中國古典文學基本叢書

洪亮吉集

第一册

劉德權　點校

圖書在版編目(CIP)數據

洪亮吉集/(清)洪亮吉撰,劉德權點校. -北京:中華書局,2001.10(2011.4重印)

(中國古典文學基本叢書)

ISBN 978-7-101-01909-4

Ⅰ.洪… Ⅱ.①洪… ②劉… Ⅲ.①文學-作品綜合集-中國-清代②洪亮吉-文集 Ⅳ.I214.92

中國版本圖書館CIP數據核字(98)第16080號

責任編輯:王秀梅

洪 亮 吉 集

(全五册)

〔清〕洪亮吉 撰

劉德權 點校

*

中 華 書 局 出 版 發 行

(北京市豐臺區太平橋西里38號 100073)

http://www.zhbc.com.cn

E-mail:zhbc@zhbc.com.cn

北京瑞古冠中印刷廠印刷

*

850×1168毫米 1/32 · 75⅞印張 · 10插頁 · 1652千字

2001年10月第1版 2011年4月北京第2次印刷

印數:3001-6000册 定價:230.00元

ISBN 978-7-101-01909-4

洪亮吉集總目

第一册

第五册

前言

洪亮吉（一七四六——一八〇九），字君直，一字稚存，號北江，别號藕莊、夢殊、對巖、華封，晚號更生居士，江蘇常州府陽湖縣人。初名蓮，字華峰。六歲喪父，貧無所依，隨母親及姊弟寄居在外祖母家。亮吉四歲時，已能識七八百字，《毛詩》、《魯論》、《爾雅》、《孟子》等，均洪母所親授。間出從旁塾師讀書，蒙師唐爲垣，素工詩。（《北江詩話》卷一）亮吉聰穎，自力於學。十三歲學作詩，嘗作《中秋即景詩》，有「月出百尺樓，花香三重門」句。十八歲，至江陰參加童子試，路遇黄仲則，兩人同好爲詩，訂文字之交。因兩人爲詩歌唱和，有時譽，人目爲「洪黄」。二十歲在外家團瓢書屋授徒，並與里中諸名宿共結詩社，與黄景仁、孫星衍、趙懷玉、楊倫、吕星垣、徐書受六人被稱爲「毗陵七子」。邵齊燾主講常州龍城書院時，亮吉與仲則均從受業，齊燾譽之爲「二俊」（《傷知己賦》）。二十四歲，應童子試，補陽湖縣學附生。二十六歲，江陰科試一等四名，補增廣生。以館穀不足養親，遂至安徽太平府，結識朱筠學使。學使久器亮吉，乃專使相延入幕。時仲則已先在署。學使曾致書錢大昕、程晋芳説：「甫莅江南，晤洪、黄二君，其才如龍泉太阿，皆萬人敵。」（《傷知己賦》注）亮吉《關中送黄二入都詩》注也説：「余與君早爲朱笥河先生所知，有猿鶴之目。」從此，亮吉與當時學者，如戴震、邵晋涵、王念孫、章學誠、汪中、孫星衍等交最密，相與親摩，學識得力於此者頗多，開始從事經學研究。二十七歲改名爲禮吉。乾隆三十八年，四庫全書館開，江浙搜採遺書，安徽設局太平，聘亮吉在太平四庫館總司其事。爲求功名，二十九歲赴江陰補壬辰年歲試，補試準附一等三名，在揚州安定書院肄業。三十歲，就句容林光照大令之聘，館於其家，授徒謀生。

乾隆四十四年，亮吉在京任四庫全書館讎校事。三十五歲，應順天鄉試，中式第五十七名舉人。乾隆四十六年首次應試禮部，亮吉因名爲「禮吉」，與禮部同字，以嫌名當有所避，改名亮吉。以後的十年時間參加了五次禮部會試，屢試不售，久困場屋。三十六歲，應陝西巡撫畢沅之招遊秦。在畢沅府中共八年，與孫星衍交往最密，切磋經學，論學相長，時人目爲「孫洪」。畢沅著作中經孫星衍、洪亮吉之協助而成者居多。畢沅曾於乾隆四十八年資助洪亮吉在舊居以西購土建園。畢沅死後，洪亮吉曾在其墓前痛哭，感激知遇之情。

乾隆五十五年，亮吉經禮部試，才獲雋，殿試，欽定爲一甲二名，授翰林院編修，派充國史館纂修官。五十六年，充石經館收掌及詳覆官。五十七年，充順天鄉試同考官，在闈中奉視學貴州之命。向例，未散館翰林無爲學政者，此算破格提拔。在貴州學政任上，亮吉捐俸助諸生膏火，清廉愛士，勉勵后學，受到貴州督撫及黔中人士的稱贊。這一時期所著《意言》，比較集中反映他的哲學與政治觀點，所表達的思想有些獨創性，説明他敏鋭地掌握了當時經濟狀况的變化。所寫的《貴州水道考》等地理研究著作，反映他既重視文獻資料，也認真進行野外考察，有所發現，貢獻較大。

嘉慶元年（一七九六），亮吉離黔返京，充咸安宫官學總裁。二年，奉旨在上書房行走，侍奉皇曾孫奕純讀書。三年，大考翰詹諸員於正大光明殿，亮吉《征邪教疏》慷慨千餘言，指陳時事，直言無隱，「都下盛傳，競相傳寫」（《卷施閣詩集》卷二十《哭任軍門承恩》注）。閲卷大臣嫌其切直，名列三等三名。適弟露吉卒於家，以弟喪陳情辭歸。四年，乾隆皇帝「升遐」，亮吉趕赴北京哭靈，被派參加修撰《高宗實録》第一分册，即高宗初年事跡，這使他有可能周知掌故，觀察、認識皇帝及上層統治者的内幕。目睹當世情狀，深感國家多亂，而無直言之士，當《高宗實録》第一分册修完，交差後怏怏不樂。出於對社會現實的强烈關注，於八月二十四日寫了近六千言的《乞假將歸留别成親王極言時政啓》，嘉慶皇帝見啓中有「視朝太晏」、「小人熒惑」等語，以爲論及宫禁，震怒，即交軍機大臣與刑部嚴審，以「大不敬」律，擬「斬立決」。後奉旨免死，發往新疆伊犁，交將軍保寧嚴加管束。朝廷還有「不准作詩不准飲酒」之諭。嘉慶五年二月十日到惠遠城，十一日去參見將軍。保寧的奏摺中原有「該員如蹈故轍，即一面正法，一面入奏」等語。嘉慶皇帝硃批「此等迂腐之人，不必與之計較。」這才饒了他一命。處境雖然險惡，亮吉到了伊犁便開禁寫詩，《行抵伊犁追憶道中聞見率賦六首》第一首便寫：「平生每厭塵寰窄，天外如今一舉頭。」表明他決不低頭。《松樹塘萬松歌》最後四句：「好奇狂客忽至此，大笑一呼忘九死。看峰前往馬蹄駛，欲到青松盡頭止。」寫詩人沉醉在邊疆瑰麗新奇的景色中，忘記身處九死一生的險境。策馬疾馳，不到青松盡頭，決不止步。表現詩人意志堅强，知難而進。

亮吉戍伊犁不過百日，忽然朝廷傳諭伊犁將軍，釋放亮吉回原籍。作爲漢族官員遣戍伊犁近百日而赦還，過去從來没有過。什麽原因呢？據《清實録》「嘉慶五年閏四月上」、《清史稿》卷三五八《洪亮吉傳》載：嘉慶五年，京師大旱，皇帝求雨未應，命清獄囚，釋久戍。仍未下雨。乙卯，喻内閣：「罪亮吉後，言事者日少。即有，亦論官吏常事，於君德民隱休戚相關之實，絶無言者。豈非因亮吉獲罪，鉗口不復敢言？朕不聞過，下情復壅，爲害甚鉅。亮吉所論，實足啓沃朕心，故銘諸座右，時常觀覽，勤政遠佞，警省朕躬。使内外諸臣，知朕非拒諫飾非之主，實爲可與言之君。諸臣遇可與言之君而不與言，負朕求治苦心。」嘉慶皇帝説釋放洪亮吉是爲了求雨，更重要的是擺出能够納諫的姿態以安定人心。

亮吉於五月初一離開伊犁東行，九月初七日到常州家中，親故話舊，恍如隔世。他早在《八月二十七日請室中始聞遣戍之命出獄紀恩》詩中説過：「預知前路應長往，從此餘年號更生。」此次返家，便自號更生居士。在故居修了更生齋，晚年詩文也編爲《更生齋集》。嘉慶七年（一八〇二）應聘出任安徽旌德洋川書院山長。八年，應聘主講揚州梅花書院。亮吉經過一次大教訓後慨嘆「人生只有鄉園樂，萬里孤臣夢尚驚」（《更生齋詩》卷三《辛酉元夕燈詞十首》）。在家專事著述，仍好遊山水，直到嘉慶十一年以後才不出遠門。里居十年，「上愁國計虚，下苦民俗偷」（《更生齋詩續集》卷五《哭錢三維喬三十韻》）。嘉慶十二年，常州大旱，禾苗不成，饑民剥樹皮以食，亮吉曾寫過《榆無皮歌》、《蘆無根歌》，驚呼：「人饑難充木先槁，昨日嚴霜路旁倒」。「蘆花茫茫兮空滿目，明歲哀鴻欲何宿」（《更生齋詩續集》卷七）！「人價低，穀價昂」（同上，卷一《賣兒行》）。亮吉首請當事率紳士捐資賑濟，自捐三百金作爲倡議，鄉人感激，稱頌不衰。嘉慶十四年（一八〇九），亮吉得知「英吉利國忽領兵至廣東互市，近始遁歸」，便寫了《己巳元日》一詩，當中四句爲：「半生苦乏忘形友，一卷先成救世方。屬國舟船歸海道，護堤官吏急河防。」

說明他時時關心國事。不幸，當年五月十二日病逝在家，享年六十四歲，葬於武進縣德澤鄉前橋祖穴。

洪亮吉精通經學、文學和史地、聲韻、訓詁之學，書法也頗受推崇，尤善篆隸。在哲學上是無神論者。他自乾隆五十五年授翰林編修至嘉慶四年遣戍伊犁的十年間，由於對社會的認識，對官場種種弊端的了解，敏鋭地看到社會經濟的變化，他「性豪邁，喜論當世事」（《清史稿》卷三五六《洪亮吉傳》），常言人所不敢言，「事必究其原，論必求其是」（《卷施閣文乙集》卷五《與錢季木論友書》）。他在貴州任上所寫的《釋舟》、《貴州水道考》等，注重考據，文章樸實無華，有頗高的學術價值。所著的《意言》二十篇，提出了一些獨創性的看法，在《治平篇》中，推算出户口比三十年前增加五倍，比六十年前增加十倍，比一百年前增加二十倍，而土地、房屋及其他生活資料最多增加三倍、五倍，説明生活資料的增加與人口的增長不存在直接的比例關係。在《生計篇》中，進一步闡述人口增殖快於生産增長及其所引起的社會問題。對於緩解人口的辦法，提出「天地調劑之法」，即自然淘汰；「君相調劑之法」，即採用移民、開荒減税、抑制土地兼併、開倉救濟災民。亮吉也認爲光靠這些辦法，仍解決不了人口過剩問題。然而，洪亮吉當時這樣提出人口問題，仍獨具卓識，在中國大概是最早的，比英國馬爾薩斯（一七六六——一八三四）的《人口原理》要早幾年。

亮吉對官場的弊端一直是痛恨的，他在《守令篇》中指出官吏謀私枉法，吏治敗壞。在《吏胥篇》中，揭露吏胥如狼似虎，貪得無厭，斂怨於民，爲害四方。他在《里中謡》説：「隸行欲殺鷄，不管鷄能啼。隸行欲索肉，不管母猪兒在腹。隸洶洶，捶阿公，阿婆旋轉門闌中。隸行飽餐錢飽橐，縣隸出門家夜哭。」（《更生齋詩續集》卷六）他不顧個人的浮沉榮辱，寫了《乞假將歸留别成親王極言時政啓》，「犯顔極諫」，主要談論時政未治的原因。「某以爲勵精圖治，當一法祖宗初政之勤，而尚未盡法也。用人行政，當一改權臣當國之時，而尚未盡改也。風俗則日趨卑下，賞罰則仍不嚴明，言路則似通而未通，吏治則欲肅而未肅。」亮吉用大量事實論證，直抒胸臆，表現他想挽救社會危機，使國家治平，士大夫階層有所振作的强烈願望，有一定的現實性和進步性。

亮吉還在《天地篇》、《禍福篇》、《喪葬篇》等短論中，説明自己不相信有鬼、有神、有仙和天命，主張無鬼論、無神論。在論證時，大多就事論事，所闡述的觀點雖然不够充分，還是十分可貴的。

亮吉所寫的遺事碑誌傳記頗有特色。一般來説，此類文字，每多失實，或千篇一律，不易寫出各人的特點。而亮吉據所見所聞，抓住各人的不同特點，用最簡潔的文字，使人物之氣態躍然紙上。

清中葉出現駢文中興的局面，洪亮吉也是駢文高手，他爲文高古道邁，多用偶語，音節遒亮，意味深長，寄奇氣於淳樸，萃新意於古音。袁枚「素嗜其文」，曾於乾隆五十一年爲洪亮吉《卷施閣文乙集》作序，稱讚洪亮吉「善於漢魏六朝之文，每一篇出，世争傳之」。「至其文之淵雅，氣質之深厚，世皆能知之」。

亮吉頗有詩才，今存詩近五千五百首。他認爲自己的詩「如激湍峻嶺，殊少回旋」（《北江詩話》卷一）。張祥河説：「激湍峻嶺八字，蓋先生之謙詞。先生詩惟妙於回旋，乃益見激峻之不可及也。」（《清稗類鈔・文學類・名家詩評》）畢沅說：亮吉「夙嗜山水，所遊嵩華黄山，皆升絶壁題字乃反。綜其奇蹟，各爲一集」。「常博奇思獨造，遠出常情。五古歌行，傑立一世」（《吴會英才集》）。王昶說：「性好山水，如天都華嶽皆登其巔，必縋幽歷險而後已」。「作詩五言古仿康樂，次仿杜陵；七言古仿太白，然嘔心鏤腎，總不欲襲前人牙慧」（《湖海詩傳》）。這些評論，説明亮吉好遊山水，尤喜探險，寫詩在形式和格調方面繼承謝靈運、杜甫、李白等的傳統，而又奇思獨造，有自己的風格。由於洪亮吉特殊的遭遇，特殊的生活感受，描繪塞外的山川景色，奇景異俗，富有想象力，充滿奇情異采，富有藝術個性。故《萬里荷戈集》、《百日賜還集》頗受歡迎。當時「海内舊交作詩題集後者，不下百首」（《北江詩話》卷一）。這是很獨特的現象。其中趙翼的題詩頗有代表性。他說：「人間第一最奇景，必待第一奇才領。」洪亮吉不愧是一位奇人奇材。

洪亮吉還撰有《北江詩話》，這部著作内容豐富，涉及金石文字、歷史人物、科場掌故、史學、地誌、書法、飲食，……還有自我詩文評介。亮吉論詩亦多精到語。他以性、情、氣、趣、格爲等第（卷二）；詩要「另具手眼，自寫性情」（卷四）；稱讚杜牧的詩文能於韓、柳、元、白四家之外，「文不同韓、柳，詩不同元、白」，「詩文皆别成一家」的獨創精神（卷一）；批評「格調」派沈德潛詩「之學古人也，全師其貌，而先已遺神」（卷四）；評吴偉業詩「熟精諸史，是以引用確切，裁對精工。然生平殊昧平仄」，「實非小失」（卷一）；評翁方綱詩「如博士解經，苦無心得」（卷一）；評朱彝尊詩「始學初唐，晚宗北宋，卒不能鎔鑄自成一家」（卷二）；評邵長蘅詩「以其作意矜持，描頭畫角，而又無真性情與氣也」（卷二）……亮吉對許多前輩詩人和同時詩人的評論，確有新見，但有時亦有偏見，如同他「論當世大事」一樣，「以氣加人，人不能堪」（《前翰林院編修洪君遺事述》）。

洪亮吉的詞清新簡要。謝章鋌說：「特其氣最清疏，讀之可藥繁瑣之病」（《賭棋山莊詞話》卷三）。張德瀛說：「稚存風骨峭厲，而詞獨清隽」（《詞徵》卷六）。

洪亮吉一生的著作十分宏富。據光緒年間洪用懃授經堂所刊《洪北江全集》共二百二十卷，佚稿十七種尚不在此數，可謂多矣。

本書收洪亮吉詩文計八十八卷。包括：《卷施閣文甲集》十卷、續一卷、補遺一卷，《卷施閣文乙集》八卷、續編一卷，《卷施閣詩》二十卷；《更生齋文甲集》四卷，《更生齋文乙集》四卷，《更生齋文續集》二卷，《更生齋詩》八卷，《更生齋詩續集》十卷；《附鮚軒詩》八卷；《更生齋詩餘》二卷；《擬兩晋南北史樂府》二卷，《附鮚軒外集唐宋小樂府》一卷；《北江詩話》六卷。

洪亮吉還有很多專門著述，如《曉讀書齋雜録》、《傳經表》、《通經表》、《六書轉注録》、《弟子職箋釋》、《春秋左傳詁》、《漢魏音》、《比雅》、《乾隆府廳州縣圖志》、《補三國疆域志》、《東晋疆域志》、《十六國疆域志》、《遣戍伊犁日記》、《天山客話》、《外家記聞》、《毛詩天文考》、《公羊穀梁古義》、《三傳古義》、《後漢書補注》、《宋書音義》、《西夏國志》、《國語韋昭注疏》、《四史發伏》、《歷代史案》、《兩漢同姓名録》、《宋元通鑒地理通釋》等，不在收録之列。

洪亮吉詩文集的主要版本：

一是《北江遺書》本，即乾隆、嘉慶間刻本和道光年間的續刻本。《四部叢刊·洪北江詩文集》據《北江遺書》本縮印。這個本子包括：《卷施閣文甲集》十卷，《卷施閣文乙集》八卷，《卷施閣詩》二十卷，《附鮚軒詩》八卷，爲亮吉門下吕培、譚正治等校字，乾隆六十年(一七九五)刊於貴陽節署。《更生齋文甲集》四卷，《更生齋文乙集》四卷，《更生齋詩》八卷，《更生齋詩餘》二卷，爲亮吉門下譚時治、譚貴治等校字，嘉慶七年(一八〇二)孟夏刊於洋川書院。《擬兩晋南北史樂府》二卷，《附鮚軒外集唐宋小樂府》二卷，道光年間續刻。

二是《洪北江全集》本，即洪用懃授經堂光緒三年、四年刊本。除包括《北江遺書》本外，還有《卷施閣文甲集》續一卷、補遺一卷，《更生齋文續集》二卷，《更生齋詩續集》十卷，《北江詩話》六卷。

這次整理，以光緒年間授經堂本爲底本，參校《北江遺書》本，也參照他書加以考訂。授經堂本所收《更生齋文續集》的個别序文，如《春秋左傳詁序》，作了些技術性的删削，今一仍其舊。書末附載有關洪亮吉的傳記、序跋等資料，以備參考。

劉德權

一九八九年二月於上海

卷施閣文甲集

卷施閣文甲集目次

卷施閣甲乙集自叙

少湔慈訓，長乃薄遊。契心五嶽，涉足八州。所資聞見，冀寡悔尤。洎乎通籍，登覽殆周。盤盤經史，復預校讎。庶幾一得，參乎九流。亮吉識。

卷施閣文甲集卷第一

意言二十篇

父母篇

人有百年之父母，有歷世不易之父母。百年之父母，生我者是也；歷世不易之父母，天地是也。人何以生，無不知生于父母也。人何以死，亦可知仍歸于父母乎？且人之生，稟精氣于父，稟形質于母，此其所以生也。及其死，歸精氣于天，歸形質于地，此其所以死也。離百年之父母，歸歷世不易之父母，雖有孝如曾參孝己者，亦何事悲乎？且我未歸之先，我百年之父母先已歸歷世不易之父母矣。則我無論生，無論死，亦何嘗有離父母之一日乎？難者曰：「人無離父母之一日，則吾之生，吾之死，父母主之乎？抑歷世不易之父母主之乎？」曰：皆不能也。夫生于土而死于土者，林木是也。生于水而死于水者，魚鼈是也。及問其所以生所以死之故，林木不知，魚鼈不知，水與土亦不知。則人之生死，即歷世不易之父母亦安得知之乎？且以吾視之，所謂歷世不易之父母似今古如一矣，安知不又有消長代謝于其間耶？是歷世不易之父母，尚不能不流轉于氣數之中，而況乎所生者也。魚鼈之生也，若與水無預，而卒不能離水以求生。林木之生也，若與土無預，而究不能離土以求活。人之生也，若與天地無預，而亦不能外天地以自存，是則所謂父母而已。當其偶然而生，是天地間多一我也，多一我而天地之精氣不加減，及其倏然而死，是天地間少一我也，少一我而天地之精氣不加增。即積而爲千我焉，積而爲萬我焉，其生與死之數，于天地亦不能少有所增減也。林木與土相忘，故能遂其生，魚鼈與水相忘，故能畢其命，人與天地相忘，故能終其天年。且不特此也，天地自生人以來，皆與之相忘矣，故來也無所凝，去也無所滯，不啻率億萬子姓之同過于逆旅也。然雖相忘，而實未嘗相離，即云有生死乎？人雖亡而精氣不亡，精氣不亡是人亦不亡矣，人不亡則直與天地同弊耳。吾故曰：未嘗有離父母之一日也。

生死篇

生者以生爲樂，安知死者不又以死爲樂？然未届其時，不知也。生之時而言死，則若有重憂矣，則安知死之時而言生，不又若有重憂乎？生之時而貪生，知死之後當悔也；死之時而貪死，知生之後又當悔也。抑謂死而有知耶？死而有知，則凡死者皆有知。吾將以死覯吾親戚，合吾良友，見百年以内所未見之人，聞百年以内所未有之事，是死之樂甚于生也。且吾有形質，即有疾病欣戚，今無形質矣，是寒暑所不能侵也，哀樂所不能及也。適孰如此也！以爲死而無知耶，吾嘗飲極而醉焉，醉之樂，百倍于醒也，以其無所知也。吾嘗疲極而卧焉，卧之樂，百倍于起也，以其無所知也。適孰如此也！又或如《列子》之言：「死之與生，一往一返。死于此者，安知不生于彼？」是始生之日，即伏一死之機，雖自孩提焉，少壯焉，耄耋焉，皆與死之塗日近，不至于死不止也；因是知死之日，亦即伏一生之機，雖或暫焉，或久焉，或遲之又久焉，皆與生之途日近，不至于生不止也。然則吾于人之始生，當弔之，以爲日復一日，去死之途不遠矣；于人之死也，當賀之，以爲雖或久或暫，然去生之途不遠矣。吾安知世不以吾之以死爲可賀以生爲可弔爲惑耶？吾又安知不有人以世之以生爲可樂以死爲可悲者爲更惑耶？

百年篇

生年至百者少。吾欲驗百年之境，于一日内驗之而已。鷄初鳴，人初醒時，孩提之時也。發念皆善，生機滿前，覺吾所欲爲之善，若不及待披衣而起者。日既出，人既起之時，猶弱冠之時也。沈憂者至此時而稍釋，結念不解者至此時而稍紓，耕田者入田，讀書者入塾，商賈相與整飭百物估量諸價，凡諸作爲，百事踴躍，即久病者，較量夜間，亦覺稍減。日之方中，飢者畢食，出門入門，事皆振作，蓋壯盛之時也。夫精神者，人之先天也；飲食者，人之後天也。日將午正，陰陽交嬗之時，則先天之精神，有不能不藉後天之飲食以接濟者矣。然先天爲陽，陽則善念多，故有人鬱大忿于胸，匿甚怨于内，至越宿而起，而忿覺少平，怨覺少釋，甚或有因是而永遠解釋者，非忿之果能平，怨之果能釋，則平旦以後之善念有以勝之也，是陽勝陰也。至後天爲陰，陰則惡念生，好勇鬥狠之風，往往起于酒食醉飽之後，亦猶聖人所云「壯之時，血氣方剛，戒之在鬥」。正此時也，是陰勝陽也。又一生之事業，定于壯盛之時，一日之作爲，定于日午之候。過此，雖有人起于衰莫，事成于日昃者，然不過百中之一，不可以爲例也。至未申以後，則一日之緒餘，猶人五十六十以後，則一生之緒餘。力强者至此而衰，心勤者至此而懈，房帷之中，晏晏寢息，是衰莫之時也。于是勇往直前者至此而計成敗，徑直不顧者至此而慮前後，沉憂者至此而益結，病危者至此而較增。視日出之時，判然如出兩人矣。非一人之能判然爲兩，則一日之陰陽昏旦，有以使之然也。此一日之境也，即百年之境也。苟能静體一日之境，則百年之境，亦不過如是矣。

禍福篇

人即有不孝于家，不弟于室者，未有不畏官法；人即有不孝于家，不弟于室者，未有不畏鬼神。二者較之，其畏官法也，尚覺有不可奈何；至畏鬼神也，則出于中心之誠而已。然其畏鬼神者，謂畏其聰明正直乎，抑畏其能作禍福乎？必曰畏其能作禍福耳。然如果有鬼神，如果能作禍福，則必擇其可禍者禍之，可福者福之而已。有人于此，孝于家，弟于室，而不奉鬼神，鬼神能禍之乎？則知有人于此，不孝于家，不弟于室，而日日奉鬼神，鬼神亦能福之乎？然人之于鬼神也，明知不能福，而其奉之也，究不敢改；其于父兄也，明知當孝當弟，而不孝不弟也，亦究不改。則鬼神不特尊于官法，並尊于長上矣。且世人見慢鬼神者，必耳而目之，以爲必得陰譴，見人之不孝不弟者，雖亦心知其非，而權其輕重，覺比之慢鬼神者，罪尚可减，則本末倒置之甚矣。吾故曰：人能以畏官法之心畏其父兄，則可謂知所畏矣；人能以敬鬼神之心敬其父兄，則又可謂知所敬矣。又世俗之言曰：雷誅不孝。故凡不孝不弟者，畏鬼神並甚畏雷。不知不然也。夫古來之不孝者，莫如商臣、冒頓，未聞雷能殛之也。雷所擊者，皆下愚無知之人。下愚無知之人即不孝，雷應恕之矣，雷能恕商臣、冒頓，而不能恕下愚無知之人，豈雷亦畏强而擊弱乎？畏强而擊弱，尚得謂雷乎？世又言：雷誅隱惡。刑罰之所不到者，雷則取而誅之。夫人有隱惡，亦即有陰德。有隱惡而刑罰不及者，天必暴其罪以誅之，以明著爲惡之報；則有隱德而獎賞所不及者，天亦當表其德以賞之，以明著爲善之效。《記》云：「爵人于朝，與衆共之〔一〕。刑人于市，與衆棄之」。天既設雷霆之神，于衆見衆聞之地殺人，以明惡無可逃，則又當設星辰日月之神，于衆見衆聞之地福人，以明善必有報。而後天下之人，始曉然于人世賞罰所不及者，天亦得而補之也。若云天殺人則使人知，天福人則不使人知，則無以勸善矣。無以勸善，非天之心也，不賞善而專罰惡，亦非天之心也。今既無星辰日月之神福人，則所云雷霆殺人者，亦誣也。吾故曰：天不命雷擊人，鬼神亦不能禍福人。《文子》之言曰：「倚于不祥之木，爲雷霆所撲」。爲雷所擊者，皆偶觸其氣而殞，非雷之能擊人也。雷不能擊人，鬼神亦不能禍福人，而人顧舍其父兄長上而畏雷霆鬼神，不亦舛乎？

剛柔篇

世傳老子見舌而知守柔，而以爲柔之道遠勝剛。非也。老子之言曰：「齒堅剛，則先弊焉。舌柔，是以存」。不知一人之身，骨幹最剛，肉與舌，其柔者也。人而委化，則肉與舌先消釋，而後及齒與骨。是則齒與骨在之時，而舌與肉已不存矣。老子存亡先後之説，非臨没時之謬論乎？不特此也，以天地之大言之，山剛而水柔，未聞山之剛先水而消滅也；以物之一體言之，則枝葉柔而本剛，未聞本之先枝葉摇落也。且天不剛無以制星辰日月，地不剛無以制五嶽四瀆，人不剛無以制百骸四體。孔子曰：「吾未見剛者」。又曰：「剛毅木訥近仁。」孟子曰：「其爲氣也，至大至剛。」剛之德可貴如此，而守柔之說何爲乎？且日有剛有柔，未聞人以剛日出則凶，柔日出則吉也。人之性有剛有柔，未聞剛者常得凶，而柔者常得吉也。語有之：「籧篨之人口柔，戚施之人面柔，夸毗之人體柔。」使柔而得吉，則籧篨、戚施之人攸往咸宜矣，而不然也。老子號有道者，豈爲此不然之論以誑世乎？此蓋道家者流，託爲老子之言以自售其脂韋靦忝之術耳。何以見之？《說苑》云：「韓平子問叔向曰：『剛與軟孰堅？』對曰：『臣年八十，齒再墮而舌尚存。』」若以時論之，叔向尚在老子之前，必不及引老子之說以爲說明矣。明舊有是言，而道家者流竊其說以欺世，又託之于老子，並託之于商容，皆不足信者也。若必曰柔可勝剛，則吾甯爲龍泉太阿而折，必不爲游藤引蔓以長存者矣。

治平篇

人未有不樂爲治平之民者也，人未有不樂爲治平既久之民者也。治平至百餘年，可謂久矣。然言其户口，則視三十年以前增五倍焉，視六十年以前增十倍焉，視百年百數十年以前不啻增二十倍焉。試以一家計之，高曾之時，有屋十間，有田一頃，身一人，娶婦後不過二人。以二人居屋十間，食田十頃，寬然有餘矣。以一人生三計之，至子之世而父子四人，各娶婦即有八人，八人即不能無傭作之助，是不下十人矣。以十人而居屋十間，食田一頃，吾知其居僅僅足，食亦僅僅足也。子又生孫，孫又娶婦，其間衰老者或有代謝，然已不下二十餘人。以二十餘人而居屋十間，食田一頃，即量腹而食，度足而居，吾以知其必不敷矣。又自此而曾焉，自此而玄焉，視高曾時口已不下五六十倍，是高曾時爲一户者，至曾玄時不分至十户不止。其間有户口消落之家，即有丁男繁衍之族，勢亦足以相敵。或者曰高曾之時，隙地未盡闢，閒廛未盡居也，然亦不過增一倍而止矣，或增三倍五倍而止矣，而户口則增至十倍二十倍。是田與屋之數常處其不足，而户與口之數常處其有餘也。又況有兼併之家，一人據百人之屋，一户占百户之田，何怪乎遭風雨霜露飢寒顛踣而死者之比比乎？曰：天地有法乎？曰：水旱疾疫，即天地調劑之法也。然民之遭水旱疾疫而不幸者，不過十之一二矣。曰：君相有法乎？曰：使野無閑田，民無剩力，疆土之新闢者，移種民以居之，賦稅之繁重者，酌今昔而減之。禁其浮靡，抑其兼併。遇有水旱疾疫，則開倉廩悉府庫以賑之。如是而已，是亦君相調劑之法也。要之治平之久，天地不能不生人，而天地之所以養人者，原不過此數也；治平之久，君相亦不能使人不生，而君相之所以爲民計者，亦不過前此數法也。然一家之中，有子弟十人，其不率教者，常有一二，又況天下之廣，其遊惰不事者何能一一遵上之約束乎？一人之居以供十人已不足，何況供百人乎？一人之食以供十人已不足，何況供百人乎？此吾所以爲治平之民慮也。

生計篇

今日之畝，約凶荒計之，歲不過出一石。今時之民，約老弱計之，日不過食一升。率計一歲一人之食，約得四畝，十口之家，即須四十畝矣。今之四十畝，其寬廣即古之百畝也。四民之中，各有生計，農工自食其力者也，商賈各以其贏以易食者也，士亦挾其長傭書授徒以易食者也。除農本計不議外，工商賈所入之至少者日可餘百錢，士傭書授徒所入日亦可得百錢，是士工商一歲之所入不下四十千。聞五十年以前，吾祖若父之時，米之以升計者，錢不過六七，布之以丈計者，錢不過三四十。一人之身，歲得布五丈，即可無寒，歲得米四石，即可無飢。米四石，爲錢二千八百，布五丈，爲錢二百。是一人食力，即可以養十人。即不耕不織之家，有一人營力于外，而衣食固已寬然矣。今則不然，爲農者十倍于前而田不加增，爲商賈者十倍于前而貨不加增，爲士者十倍于前而傭書授徒之館不加增，且昔之以升計者，錢又須三四十矣；昔之以丈計者，錢又須一二百矣。所入者愈微，所出者益廣，于是士農工賈各減其值以求售，布帛粟米又各昂其價以出市，此即終歲勤動，畢生皇皇，而自好者居然有溝壑之憂，不肖者遂至生攘奪之患矣。然吾尚計其勤力有業者耳，何況戶口既十倍于前，則游手好閒者更數十倍于前，此數十倍之游手好閒者遇有水旱疾疫，其不能束手以待斃也明矣，是又甚可慮者也。

百物篇

人謂天生百物，專以養人。不知非也。水之氣蒸而爲魚，林之氣蒸而爲鳥，原隰之氣蒸而爲蟲蛇百獸。如謂天專生以養人，則水之中蛟鱷食人，天生人果以爲蛟鱷乎？林麓之中熊羆食人，天生人果以供熊羆乎？原隰之內虎豹食人，天生人果以給虎豹乎？蛟鱷能殺人，而人亦殺蛟鱷，熊羆虎豹能殺人，而人之殺熊羆虎豹者究多于人之爲熊羆虎豹所殺，則一言斷之曰：不過恃强弱之勢、衆寡之形耳。蛟鰐之力勝人，則殺人；人之力勝蛟鰐，則殺蛟鰐；熊羆虎豹之勢衆于人，則殺人；人之勢衆于熊羆虎豹，則殺熊羆虎豹。若果云天爲人而生，則水之中有魚鼈不宜有蛟鰐矣，林麓之中有貂狐貓貉不宜有熊羆矣，原隰之中有麞鹿野獸不宜有虎豹矣。解者曰：此固非人所常食者也。若家之六畜牛羊豕犬鷄之類，則天實爲人而生者矣。抑知亦不然。天果爲人而生，則當使之馴伏不攪，甘心爲人所食乃可。今牛與羊之角有觸人至死者，猘犬有噬人至死者矣，豈天之爲人而生者反以是而殺人乎？又自唐宋以來，人之食犬者漸少，使天果爲人而生，則唐宋以來應亦肖人之嗜欲而别生一物，不得復生犬矣。人之氣蒸而爲蟣蝨，馬牛羊亦然。蟣蝨之生還而自嘬其膚，豈人亦有意生蟣蝨以還而自嘬者乎？推而言之，植物無知，默供人之食而已，必謂物之性樂爲人之食，是亦不然也。

命理篇

人之生，修短窮達有命乎？曰：無有也。修短窮達之有命，聖人爲中材以下之人立訓耳。亦猶釋老造輪回果報之説，豈果有輪回果報乎？曰：無有也。輪回果報之有説，亦釋氏爲下等之人説法耳。何以言修短窮達無命？夫天地之内有人，亦猶人生之内有蟣蝨也。天地之内人無數，人身之内蟣蝨亦無數。夫人身内之蟣蝨，有未成而遭殺者矣，有成之久而遭殺者矣，有不遭殺而自生自滅于緣督縫衽之中者矣，又有湯沐具而死者矣，有澣濯多而死者矣。如謂人之命皆有主者司之，則蟣蝨之命又將誰司之乎？人不能一一司蟣蝨之命，則天亦不能一一司人之命可知矣。或謂人大而蟣蝨小，然由天地視之，則人亦蟣蝨也，蟣蝨亦人也。蟣蝨生富貴者之身，則居于紈綺白縠之内，蟣蝨生貧賤者之身，則集于鶉衣百結之中，不得謂居于紈綺白縠者蟣蝨之命當富貴也，居鶉衣百結之中者蟣蝨之命當貧賤也。吾鄉有蟣蝨多而性卞急者，舉衣而投之火。夫舉衣而投之火，則無不死之數矣，是豈蟣蝨之命同如此乎？是亦猶秦卒之坑新安，趙卒之坑長平，歷陽之縣、泗州之城一日而化爲湖之類也。蟣蝨無命，人安得有命？然中材以下不以命之説拘之，則嚻然妄作矣，亦猶至愚之人不以輪回果報之説怵之，則爲惡不知何底矣。吾故曰：中人以下不可不信命，是聖人垂戒之苦心也，亦猶至愚之人不可不信輪回果報，亦釋氏爲下等人説法之苦心也，亦即釋氏所恃以不廢之一術也。

鬼神篇

鬼神之説，上古無有。上古之所謂神者，山川社稷之各有司存是也；上古之所謂鬼者，高曾祖考是也。三代之衰，始有非鬼神而謂之鬼神者，杜伯之射周宣王，趙先之殺晋厲公，以及天神降莘、河神崇楚是矣。然此直名之爲怪，不可言神，不可言鬼，何也？鬼不能以弓矢殺人，及壞大門、抉寢門，皆非鬼所能。又聰明正直之謂神，豈有天神而與人接談、河神而崇人以求食者乎？吾故曰：三代以上有真鬼神，三代以下不聞有真鬼神而有怪。鬼神有理，怪則無理。鬼神者，吾當畏之；怪者，不必畏也。不必畏，則視吾氣之强弱，氣强則搏之，氣弱則爲所攝而已。人未有見高曾祖考祟其子孫者也，人未有見山川社稷之神祟其管内之民者也，則知鬼神者不害人，其爲人害者，皆反常之怪耳。若怪而名之爲鬼，是直以高曾祖考待之也；怪而名之爲神，是直以山川社稷凡著在祀典者待之也，可乎？不可乎？

天地篇

信如所言，則山川社稷風雲雷雨皆有神乎？曰：無也。高曾祖考皆有鬼乎？曰：無也。山川社稷風雲雷雨之神，林林總總，皆敬而畏之，是山川社稷風雲雷雨之神即生于林林總總之心而已。高曾祖考之鬼，凡屬子孫亦無不愛而慕之，是高曾祖考之鬼亦即生于子孫之心而已。曰：伊古以來，有親見山川社稷風雲雷雨之神者，又有親見高曾祖考之鬼者，則奈何？曰：此或托其名以示神，假其號以求食，非真山川社稷之神、高曾祖考之鬼也。何以言之？山川之神，本無主名，若社稷之神，則所謂句龍及后稷也。句龍爲烈山氏之子，句龍倘有神，則應服烈山氏之衣冠；后稷者，帝嚳之子也，稷倘有神，亦應服帝嚳時之衣冠。今童巫之見社稷之神者，言服飾一如祠廟中所塑唐宋衣冠之象，則必非句龍、后稷明矣。且山川社稷風雲雷雨有神，則天地益宜有神。吾聞輕清者爲天，重濁者爲地，未聞輕清之中更結爲臺殿宮觀及天神之形質也，重濁中更別具房廊舍宇及地祇之形質也。且天苟有神，則應肖天之圓以爲形，地苟有神，則亦應規地之方以爲狀，今世所傳天神地祇之形，則皆與人等。是則天地能造物之形而轉不能自造其形，不能自造其形，乃至降而學人之形，有是理乎？推而言之，華山之形削成而四方，泰山之形岑崿而軒舉，使皆有神，則華山之神亦應肖削成四方之形，泰山之神應亦模岑崿軒舉之狀，皆不得學人之形以爲形也。至于鬼之無，則又一言以蔽之曰：人而爲鬼，則已歸精氣于天，歸形質于地矣。歸于天者，復能使之麗于我乎？歸于地者，復能使之塊然獨立，一肖其生時乎？《記》有之：「僾乎如有見，慨乎如有聞。」又曰：「臨之在上，質之在旁。」爲人子孫者，不忍自死其高曾祖考，則一念以爲有，即有矣。實則不然也。黎邱之鬼，慣儆人子姪之狀，潁川之鬼，又慣儆人父祖之形，其實豈真子姪、豈真父祖乎？則世之所言見高曾祖考之鬼，亦猶此矣。

夭壽篇

夫人之夭壽，秉于自然。未聞保攝之即能多，斲削之即能少也。何則？禽獸之壽，常不及人，未聞禽獸之能斲削。以人而論，富貴者之壽與貧賤者差等，貧賤者不能學富貴者之斲削明矣。推而言之，人有謂服食養氣而即可以長生者，亦斷斷不然。夫古之通養生之術、明服食之方者，莫如軒轅，軒轅之壽，至堯舜時已不存。保嗇神氣、調和性情，莫如榮啓期、抱犢子，榮啓期、抱犢子至春秋之末已不存。今試置兩人于此，一則清静寡欲調神房闥之中，一則適性任情馳騖聲色之内，究其後，則清静寡欲者之年壽與適性任情者相去必不甚遠。何則？清静無欲者非無嗜欲，其所秉弱也；適性任情者非故不惜其生，其所秉强也。是則人之夭壽，由于所秉之强弱矣。然必云：所秉之强，加以保攝焉，即可長生不死，則又不然。試以花葉觀之。花葉之在樹，有不及時而落者矣，有過時而後落者矣。其灌溉得宜，猶人之有保攝也，其落之先後，猶人所秉之有强弱也，而皆不能不落，則秉有强弱而歸于盡則一矣。又以蟄蟲觀之，有桀惡者矣，有濡弱者矣，或先霜雪之辰而蟄，或及霜雪之辰而始蟄，蟄有先後而同歸于蟄則一也。花葉不能有榮而不悴，蟲豸不能有出而不蟄，則人又安能有生而不死乎？世又謂清虚寂滅之地又有仙，仙則不死者也。夫仙而在于清虚寂滅之地，則必不飲不食而後可也。《傳》曰：「蠶食而不飲，二十二日而化。蟬飲而不食，三十日而蜕。蜉蝣不食不飲，三日而死。」若不飲不食而可不死，則蜉蝣不宜死矣。若不飲不食而死即可以緩，則蜉蝣不宜三日死矣。解者曰，仙非不飲食也，不火食也。《記》有之曰：「東方曰夷，被髮文身，有不火食者矣。南方曰蠻，雕題交趾，有不火食者矣。」若不火食而可不死，則東方南方之人何不皆不死也？或曰：東方南方之人今已火食，則前不火食之時，其不死之人，今又皆安在也？明人之所賴以生者，恃有飲食，并恃有火食，今乃云不飲食不火食即可不死，則説正與情理相反矣。且人而能仙，則應上古中古之時多而後古之時少，何今所傳之仙及人所值之仙，率皆唐宋以後之人？是豈上古中古之仙至唐宋時而盡死，今之所爲仙者又適皆唐宋以來數代之人乎？夫仙而果又有代謝，則無樂其爲仙矣。是又進退失據之論也。吾故曰：世無仙，世亦無長生不死之人。人之命有短長，由人氣禀有强弱所致耳。

仙人篇

曰：世果有仙，子肯爲之乎？曰：不爲也。夫生者，行也。死者，歸也。人不可以久行而不歸，則人亦不可以久生而不死明矣。試以人之老驗之。《記》曰：「八十九十曰耄。」注：耄，惛忘也。「百年曰期頤」。注：老昏不復知服味善惡，孝子期于盡養道而已。是人至八十、九十、百年，即不死，而精神智慧已離，不過徒存形質而已。使過此以往，則其冥然罔覺者更不知何如。縱云長生不死，是徒有生之名而已，無生之樂也。又嘗以人之夜驗之，人即精神至强，至丙夜未有不思偃息者矣。至偃息之候，而强其如旦晝時之作爲焉，不能也。即或强其作爲，其疲憊有不可勝言者矣。以是知人即精神至强，至八十焉、九十焉、百年焉，未有不思怛化者矣。至怛化之候，而强其如少壯時之舉動焉，不能也。即或强其舉動，而其疲憊亦有不可勝言矣。是知朝而作，夜而息，少而壯，壯而老，老而死，皆理之常也。且人之欲仙者，謂其有知乎？謂其無知乎？謂其無知則不如死，則必曰謂其有知也。謂其有知，而飲食衣服已不知美惡，何況宫室苑囿乎？何況妻子仕宦一切所繫戀者乎？又《釋名》云：「老而不死曰仙。」仙，遷也，遷入山也。故其字人旁作山。是又因年命之長，復遭遷徙之苦，即入山不死，亦不過如《述異記》之張光始、《洞微志》之雞窠老人，惛無所知，與木石鹿豕同居而已，又豈有生之樂乎？吾故曰：世本無仙，即有仙而不可爲者，以此也。

喪葬篇

喪葬之制，古今人惑雖不同，然其爲惑則一也。古人之惑，空地上以實地下。于是一棺之費累及千金，一壙之幽藏及百物，以爲不如是不足以明人子之心也。是其惑尚近于愛親。今人之惑。營一塚之地或遲及十年，謀一穴之吉必訪及百輩。于是有至曾玄之時尚未及葬其高曾者，大率貧賤者尚易，而富貴者則益難，富貴而骨肉支派少者尚易，富貴而骨肉支派多者則愈難。至有兄延一客，弟聘一師，兄購于南，弟營于北，始則各不相謀，繼則各以爲是，喪庭出而復返，卜日成而屢移，其故云何？則祈福之念十倍于愛親之心，爲子孫之謀百倍于爲祖父之計也。是則古人之厚葬尚近于愛親，而今人之營塚則實欲爲己謀爲子孫謀耳。其心術之不可問一至此乎！又古人喪葬之所飾，不過芻靈楮幣而已，今則更增僧尼道士，簫鼓鐃吹，于是而死喪之家則一室皆滿，絲麻袒免之親不及僧尼道士之衆也，袒跣哭泣之哀不及簫鼓鐃吹之喧也。甚至有爲附身附棺之具，力不及者，尚可從減，而必借此以飾觀者矣。夫鐃吹，軍中之樂也；鐘鼓管籥，吉賓嘉之禮也，而行于喪家，可乎？尤可恨者，僧尼道士所誦之經，又必爲解冤釋罪之語，是真視吾親爲愆尤叢集之身，不如此則罪莫可釋，冤莫可解也。何其以君子之道待僧尼道士，而以至不肖者待吾祖若考乎？其始愚民爲之，其後士大夫踵而行之。孔子曰：「始作俑者，其無後乎！」作俑之害，尚至無後，吾不知始創延僧尼道士簫鼓鐃吹者又將何如也？

好名篇

甚矣，名之累人也，聖賢能不好名乎！《孝經》曰「揚名于後世」，《論語》曰「君子疾没世而名不稱焉」，是聖賢不能忘名也。崔杼之惡至弒君而憂其名之傳，賈充之惡至戕主而憂其謚之著，是大姦大慝仍不能忘名也。則名不可好乎？曰：好名之弊亦尚足以扶世。何則？人而能好名，類皆聰穎拔萃之人也。聰穎拔萃之人，有賞之不能勸，罰之不能懲，而名之一字，即足以拘之者矣。然則名亦可假乎？曰：

不能也。有聖賢之名，有忠孝之名。聖之名而可假，則莊周、列御寇之徒假之矣；賢之名而可假，則郭解、樓緩之徒假之矣；忠孝之名而可假，則王莽、趙宣之徒假之矣。等而下之，至才士詩文之名，亦無不然。文有文之精神，詩有詩之精神。精神能永百年者，則傳至百年焉；精神能永之十世五世者，則傳之十世五世焉；精神能歷劫不磨者，則傳之歷劫而不磨焉，皆非己所能預也。己尚不能預，而何可以假乎？然則吾欲救天下好名之弊，亦惟使之各務實而已。語有之：實至者名歸之。有聖賢之實者自有聖賢之名，而莊周、列御寇之徒不能假也；有忠孝之實者自有忠孝之名，而王莽、趙宣之倫不能假也；有文士之實者自有文士之名，而傳百年傳十世五世及歷劫不磨，亦纖屑不能假也。

守令篇

守令，親民之官也。一守賢，則千里受其福；一令賢，則百里受其福。然則爲守令者，豈別有異術乎？亦惟視守令之居心而已。往吾未成童，侍大父及父時，見里中有爲守令者，戚友慰勉之，必代爲之慮曰：此缺繁，此缺簡，此缺號不易治。未聞及其他也。及弱冠之後，未入仕之前，二三十年之中，風俗趨向頓改，見里中有爲守令者，戚友慰勉之，亦必代爲慮曰：此缺出息若干，此缺應酬若干，此缺一歲之可入己者若干。而所謂民生吏治者，不復挂之齒頰矣。于是爲守令者，其心思知慮親戚朋友妻子兄弟奴僕媼保。于得缺之時，又各揣其肥瘠。及相率抵任矣，守令之心思，不在民也，必先問一歲之陋規若何，屬員之饋遺若何，錢糧稅務之贏餘若何。而所謂妻子兄弟親戚朋友奴僕媼保者，又各挾谿壑難滿之欲，助之以謀利。于是不幸一歲而守令數易，而部内之屬員、轄下之富商大賈以迄小民已重困矣。其間即有稍知自愛及實能爲民計者，十不能一二也。此一二人者，又常被七八人者笑，以爲迂，以爲拙，以爲不善自爲謀。而大吏之視一二人者，亦覺其不合時宜，不中程度；不幸而有公過，則去之亦惟慮不速，是一二人之勢不至歸于七八人之所爲不止。且有爲今日之守令，而并欲誚三十年以前守令之無術者。然吾又嘗驗之，三十年以前守令之拙者，滿任而歸，或罷任而反，其贏餘雖不多，然恒足以溫飽數世。今則不然，連十舸，盈百車，所得未嘗不十倍于前也，而不十年、不五年，及其身已不能支矣，無待其子孫也。則豈前之拙者誠拙，而今之巧者誠巧乎？亦居心微有不同者乎？

吏胥篇

今日之勢，官之累民者尚少，吏胥之累民者甚多。何則？今之吏胥非古之吏胥也。三代以前府史、胥徒，庶人在官者是矣。漢以來，諸曹掾史、三老、嗇夫、游徼、亭長、里魁、什伍等類是矣。三老掌教化。嗇夫主知民善惡，爲役先後，知民貧富，爲賦多少。游徼掌徼巡禁、司姦盜。亭長主求捕盜賊、承望都尉。里魁掌一百家，什主十家，伍主伍家，以相檢察而已。三代時，府史、胥徒之賢者，即可遞升爲上士、中士、下士。漢以來，三老、嗇夫、掾史之賢者，即可遞升爲丞尉守令。其人又皆通曉經術，明習法令，不特不至擾民，或尚可有益于民。今則不然，由吏胥而爲官者，百不得一焉。登進之途既絶，則營利之念益專。又自唐宋以後，流品日分，凡世門望族以及寒俊之室，類不屑爲吏胥，其爲之而不顧者，不過四民中之奸桀狡僞者耳。姓名一入卯簿，則或呼之爲公人，或呼之爲官人。公人官人之家，一室十餘口，皆鮮衣飽食，咸不敢忤其意，其始鄰里畏之，四民畏之，甚至士大夫亦畏之。若有奸狡桀出把持官府之人，則官府亦畏之矣。何則？官即欲侵漁其民，未有不假手于吏胥者。又況吏胥之于鄉里，其貧富厚薄，或能瞞官，不能瞞吏，自一金至百金千金之家，吏皆若燭照。數計究之，入于官者什之三，其入于吏胥者已十之五矣。不幸一家有事，則選其徒之壯勇有力機械百出者，蠭擁而至，不至破其家不止。即間遇有吏胥之親戚故舊，亦必不稍貸。是其權，上足以把持官府，中足以淩脅士大夫，下足以魚肉里閭，子以傳子，孫以傳孫，其營私舞弊之術益工，則守令閭里之受其累者益不淺。則奈何？曰：此輩即必不可少，亦惟視其必不可少者留之，餘則甯缺無濫而已。蓋吏之暴如虎，與其使一州邑多數十百虎也，毋甯減之又減。今州縣之大者，胥吏至千人，次至七八百人，至少亦一二百人。此千人至一二百人者，男不耕，女不織，其仰食于民也無疑矣，大率十家之民不足以供一吏，至有千吏，則萬家之邑亦囂然矣。夫朝廷之正供有常，即官府之營求亦尚有數，而胥吏則所謂無厭者也。況守令所以得罪者，大半由吏胥，始則導之貪，導之酷，導之斂怨于民。及至守令陷于法，而爲吏胥者不過笞杖而已，革役而已，至新舊交代之時，則又夤緣而入。故吴越之俗以爲有可避之官，無可避之吏，職是故也。然則有牧民之責者，可不先于胥吏加之意乎？

文采篇

人之有文采，猶草木之有華、鳥獸之有毛羽也。桃李之華，可謂艷矣，而不聞以之傲檜柏。鵷鸞孔翠文犀虎豹之羽毛，可謂麗矣，而不聞以之傲兩翼之禽、四足之獸。人則不然，有一篇之奇，一字之麗，則亟亟表暴，若不可終日焉。語有之：花葉之好者來摘，毛羽之文者來射，文采之盛者來忌。然吾謂非人之忌之，已實有以致人之忌也。夫范蔚宗之文不及班馬，而其視班馬也不足比數；杜審言之詩不過沈宋，而其視沈宋也若不足比數。是則文人相輕，一至此乎？蓋古今來，氣量之窄者莫如文人，雖以屈原之忠而銜憤以致自沉，賈誼之達治體而自傷以致夭折，皆其氣量窄之故也。且爲草木計者，願爲桃李乎？願爲檜柏乎？爲禽獸計者，願爲麒麟角端及垂天之鵬乎？抑願爲孔翠及虎豹乎？爲人計者，願立德立功立言以致不朽乎？抑僅願以文采表見乎？吾固謂人不可自命爲文人，不得已爲文人，亦當鑒于草木之華、鳥獸之羽毛，而不自炫奇鬻異。元紫芝在陸渾，人不知其能文；陶淵明之在柴桑，人不知其能詩，則善矣。

眞僞篇

今世之取人者，莫不喜人之眞，厭人之僞。是則僞不可爲矣，而亦不然。襁褓之時，知有母而不知有父，然不可謂非襁褓時之眞性也；孩提之時，知飲食而不知禮讓，然不可謂非孩提時之眞性也。至有知識，而後知家人有嚴君之義焉，其奉父也，有當重于母者矣。飲食之道，有三揖百拜之儀焉，酒清而不飲，肉乾而不食，有非可徑情直行者矣。將爲孩提襁褓之時真乎？抑有知識之時真乎？必將曰孩提襁褓之時雖真，然苦其無知識矣。是則無知識之時真，而有知識之時僞也。吾以爲聖人設禮，雖不導人之僞，實亦禁人之率真。何則？上古之時，卧倨倨，興眄眄，一自以爲馬，一自以爲牛，其行瑱瑱，其視瞑瞑，可謂真矣。而聖人必制爲尊卑上下，寢興坐作，委曲煩重之禮以苦之，則是真亦有所不可行，必參之以僞而後可也。且士相見之禮，當見矣，而必一請再請，至固以請，乃克見。士昏之禮，當醴從者矣，亦必一請再請，至固以請，乃克就席。鄉射禮，知不能射矣，而必託辭以疾。以至聘禮，不辱命而自以爲辱。朝會之禮，無死罪而必自稱死罪。非皆禁人之率真乎？《戰國策》：「衞人迎新婦，婦上車，問：『驂馬，誰馬也？』御曰：『借之。』新婦謂僕曰：『拊驂，無笞服。』車至門，扶，教送母曰：『滅竈，將失火。』入室見臼，曰：『徙之牖下，妨往來者。』主人笑之」。使當日者新婦見以爲如此而不言，則僞矣，新婦之言，新婦之率真也，以真者爲可笑，無怪乎人之日趨于僞矣。總之上古之時真，聖人不欲過于率真，而必制爲委曲煩重之禮以苦之，孩提襁褓之時真，聖人又以爲真不可以徑行，而必多方誘掖奬勸以挽之。則是禮教既興之後，知識漸啓之時，固已真僞參半矣，而必鰓鰓焉以真僞律人，是又有所不可行也。

形質篇

今之人嗜欲益開，形質益脆，知巧益出，性情益漓。何以言嗜欲益開也？古之時，膳用六牲，珍用八物，至矣。今則析燕之窠以爲餐，刳魚之翅以作食，蜂黄之醬，來自南中，熊白之羹，調于北地，非六牲八物之所可比也。古之時，冬則飲湯，夏則飲水，足矣。今茶荈則新安、武林，高下百團，備凉燠之用；菸草則香山、浦城，閩粤二種，鬥水火之奇，非飲湯飲水之可比也。古之時，中人之家，冬則羊裘，夏則麻葛，足矣。今則吉貝之暖，十倍于麻也；紗縠之輕，十倍于葛也。至于裘則異種百出，種文羊于田，搜海馬于水，不特古人所不及見，亦古人所不及聞矣。何以言形質日脆也？古者疾醫所掌，春時有痟首疾，夏時有痒疥疾，秋時有瘧寒疾，冬時有嗽上氣疾，四時皆有癘疾之類，止矣。今則小兒增疹豆之科，中年添肝肺之疾，衰老加沈痼之疴，此即吴普、仲景不能定其方，岐伯、榆柎不能知其症者也。何以言知巧益出也？今之時，天文地理之學以迄百工技藝之巧，皆遠勝昔時。吴越之綾錦出手而已若化工，西洋之鐘表自鳴而不差絫黍，手談則枯棊三百，捷過于秋儲；心計則白撰千萬，算微于桑僅。運斤者咸有倕之一指，角技者罔非遲之八投是也。何以言性情日漓也？古之時，飲羊飾脯，以爲僞矣。今則粉石屑爲鹹，削木杮作米。鴨由絮假，調五味而出售；靴以紙充，雜六街而出市，有人意計所必不及者矣。然則其形質益脆者，非嗜欲益開之故乎？其性情益漓者，非知巧益出所致乎？

校勘記

〔一〕爵人于朝與衆共之　「衆」，《禮記》卷十一作「士」。

卷施閣文甲集卷第二

釋歲

歲首，謂之上日，

《尚書》：「正月上日，受終于文祖。」《正義》稱鄭康成注：「帝王易代，莫不改正。堯正建丑，舜正建子。此時未改堯正，故曰正月上日。即正乃改堯正，故云月正元日。」

又謂之元日，

《尚書》：「月正元日，舜格于文祖。」張衡《東京賦》：「孟春元日。」

又謂之元辰，

《藝文類聚》稱晋荀勗《正會上壽酒歌》云：「踐元辰。」又庾闡《揚都賦》：「歲惟元辰。」

又謂之正旦，

《孔叢子》：「邯鄲之民，以正月旦獻爵于趙王。」《後漢書·明帝紀》永平四年，詔曰：「比來歲旱饑饉，加有軍旅，正旦無陳朝賀之儀。」《東觀漢紀》：「戴憑爲侍中，正旦朝。」

又謂之正日，

《續漢書·禮儀志》：「歲正日，爲大射朝賀。其儀：夜漏未盡七刻，受賀。及摯。」《初學記》稱崔寔《四民月令》曰：「正月一日，是謂正日。」

又謂之正朝，

《晉書·禮志》：「正朝元會。」《太平御覽》稱《玄中記》曰：「今人正朝作兩桃人立門旁。」

又謂之正會，

《晉書·禮志》：「漢建安中，將正會，而太史上言，正旦當日蝕。」又引漢儀，有「正會禮。」《藝文類聚》稱《晉咸康起居注》〔一〕：「咸康七年十二月，尚書樂謨奏八年正會儀注。」《世說》：「晉元帝正會，引王丞相升御牀。」

又謂之元正，

《晉書·王導傳》：「自後元正，導入，帝猶爲之興焉。」《藝文類聚》稱傅玄《朝會賦》：「定元正之嘉會。」

又謂之元會，

《藝文類聚》稱鄧德明《南康記》〔二〕：「盧耽仕州爲治中，嘗赴元會。」魏曹植有《元會詩》。

又謂之歲首，

《漢書·武帝紀》：「太初元年夏五月，正歷，以正月爲歲首。」《續漢書·禮儀志》：「每月朔歲首，爲大朝受賀。」

又謂之歲朔，

《宋書·禮志》：「歲朔，常設葦茭桃梗〔三〕，磔雞于宫及百司之門，以禳惡氣。」李善《文選注》：「元日，歲朔也。」

又謂之歲旦，又謂之歲朝，

《晋書·禮志》：「歲旦常設葦茭桃梗，磔雞于宫。」按：「歲旦」，一本作「歲朝」，《通典》引《晋書》亦同。

又謂之元祚，又謂之首祚，

曹植《元會詩》云：「初歲元祚。」《北堂書鈔》稱王羲之《月儀書》云：「元正首祚。」

又謂之三朝，

《漢書·谷永傳》：「今年正月朔，日有蝕之，於三朝之會。」班固《東都賦》：「春王三朝。」李善注：「三朝，歲首朔日也。」《初學記》稱《玉燭寶典》：「正月爲端月。其一日爲元日〔四〕，亦云上日，亦云三朝〔五〕，亦云三元，亦云三朔。」注：「歲之元，時之元，月之元。」

又謂之三元，

《南齊書·蕭穎胄傳》：「朝廷盛禮，莫過三元。」晋宗懔《荆楚歲時記》：「正月一日，是三元之日也。」

又謂之三朔，又謂之三始。

《尚書大傳》：「夏以平明爲朔，殷以鷄鳴爲朔，周以夜半爲朔。」《漢書·鮑宣傳》：「今日蝕于三始。」

七日，謂之人日。

《荆楚歲時記》：「正月七日爲人日。以七種菜爲羹，剪綵爲人，或鏤金薄爲人，以貼屏風，亦戴之頭鬢。又造華勝以相貽，登高賦詩。」注：「董勛《問禮俗》曰：正月一日爲鷄，二日爲狗，三日爲豬，四日爲羊，五日爲牛，六日爲馬，七日爲人。」又一説云：「天地初闢，以一日作鷄，七日作人也。」《北齊書·魏收傳》：「魏帝宴百僚，問何故名人日，皆莫能知。收對曰：『晉議郎董勛《答問禮俗》云云。』時邢劭亦在側，甚恧焉。」

上辛日，謂之郊日。

《禮記·郊特牲》：「郊之用辛也，周之始郊，日以至。」鄭康成注：「三王之郊，一用夏正。用辛日者，凡爲人君當齋戒自新耳。」《月令》：「乃以元日祈穀于上帝。」鄭康成注：「謂以上辛郊祭天也。」《春秋》：「成公十七年九月辛丑，郊。」《公羊傳》：「郊曷用？郊用正月上辛。」《春秋》：「哀公元年四月辛巳，郊。」《穀梁傳》：「郊自正月至于三月，郊之時也。我以十二月下辛卜正月上辛。如不從，則以正月下辛卜二月上辛。如不從，則以二月下辛卜三月上辛。如不從，則不郊矣。」按《宋書·禮志》云：「魏世南郊日值雨，高堂隆謂應更用後辛。」蓋即本《穀梁》説。《左傳》：「啓蟄而郊。」《宋書·禮志》：「晉武之世，郊日或用丙，或用己，或用庚，皆有别議。」又云：「晉武捨鄭而從諸儒，是以郊用冬至日。既以至日，理無常辛。」按自晉以後，宋、齊、梁、陳郊日仍皆用上辛。北郊用次辛。《通典》引王儉啓云：「宋景平元年正月三日辛丑，南郊。其十一日立春。」「元嘉十六年正月六日辛未，郊。其月八日立春。」

《齊書》：「高帝受禪，明年正月上辛，有事南郊。」《梁書》：「武帝即位南郊。爲壇在國之南，常與北郊，間歲正月，皇帝致齋于萬壽殿，上辛行事。」《陳書》：「武帝永定元年受禪，修圓丘，柴燎告天。明年，因以正月上辛有事南郊。」《北齊書》：「每三年一祭，以正月上辛。」後周憲章，多依周制。正月上辛，祀昊天上帝于圓丘是也。自隋唐始定令以冬至日祀昊天上帝于圓丘，不復用正月上辛，祀地祇亦定用夏至日。迄今因之。又按《晉書·禮志》稱「漢儀，常以乙未日祀先農〔六〕，乃耕于乙地，以丙戌日祠風伯于戌地，以己丑日祠雨師于丑地。」亦皆在正月行事。與《月令》立春後丑日祭風師，立夏後申日祀雨師不同。

月亥日，謂之耕日。

《禮記·月令》：「孟春之月，乃擇元辰，天子親載耒耜，措之于參保介之御間。」鄭康成注：「元辰，蓋郊後吉辰也。」孔穎達《正義》：「耕用亥日，故云元辰。知用亥者，以陰陽式法。正月亥爲天倉，以其耕事，故用天倉也。」《晉書·武帝紀》：「泰始四年正月丁亥，帝耕于籍田。」《文選》潘岳《籍田賦》：「伊晉之四年，正月丁亥，皇帝親帥羣后，籍于千畝之甸，禮也。」按今本「丁亥」作「丁未」，誤。

月午日，漢謂之祖日。月酉日，魏謂之祖日。

《通典》稱魏博士秦靖議：「古無正月祖祭之禮，漢氏用午祖戌臘。午者，南方之象，故以午祖。」《風俗通》：「漢家盛于午，故以午祖也。」《北堂書鈔》稱稽含《祖賦序》曰：「有漢日用丙午，魏氏擇用孟月之酉。」晉潘尼《皇太子祀祖詩》曰：「孟月涉初旬，吉日惟上酉。」按此，則魏以後，祖或皆用酉日。

十五日，謂之望日，

《荊楚歲時記》：「正月十五日，作豆糜，加油膏其上，以祠門户。先以楊枝插門，隨楊枝所指，仍以酒脯飲食及豆粥插箸而祭之。其夕，迎紫姑以卜將來蠶桑，并占衆事。」按《藝文類聚》稱《荊楚歲時記》：「今州里風俗，望日祭門。」《初學記》引亦同。攷今本《荊楚歲時記》，作「正月十五日」，不云「望日」，疑歐陽詢等或以意改也。又詢、堅等引《史記·樂書》：「漢家祀太一，以昬時祠到明。」徐堅注云：「今人正月望日，夜遊觀鐙，是其遺事。」今攷《樂書》，「漢家常以正月上辛祠太乙甘泉」，是祠太一定用辛日，不必皆正月十五。至注今「夜遊觀鐙」云云，詢、堅並同，未知何本。今所傳類書之最古者，《藝文類聚》《北堂書鈔》《初學記》等，而所稱引不足據如此，餘可類推。《初學記》稱《玉燭寶典》：「正月十五日，作膏粥以祠門户。」《北齊書》：「魏氏舊俗，以正月十五日爲打竹簇之戲，有能中者即時賞帛。」

又謂之上元，

《白六帖》：「正月十五日爲上元。」按上元、中元、下元，本道家之語，始見于《白六帖》稱《唐明皇實録》云：「三元日，宜令崇元學士講《道德》《南華》等經。」然唐時類書尚無有列及十月朔日者，猶近古也，今故削之，而附記于此。又類書引《歲時記》：「上元夜，貴戚例以黄柑相遺，謂之傳柑。」此當屬宋陳元靚《歲時廣記》，非宗懍也。

又謂之正月半。

《世説》：「禰衡被魏武謫爲鼓吏，正月半試鼓。」《荆楚歲時記》稱《續齊諧記》曰：「吴縣張成夜起，忽見一婦人立於宅東南角，謂成曰：『此地是君家蠶室，我即此地之神。明年正月半，宜作白粥，泛膏其上，以祭我。當令君蠶桑百倍。』」

三十日，謂之晦日，又謂之月晦。

《荆楚歲時記》：「元日至于月晦，並爲酺聚飲食。」注：「每月皆有弦望晦朔，以正月初年，時俗重以爲節也。」《玉燭寶典》曰：「元日至月晦，今並酺食渡水〔七〕，士女悉湔裳酹酒於水湄，以爲度厄。今世人惟晦日臨河解除，婦人或湔裙。」按《初學記》引《公羊傳》曰：「提月，六鷁退飛過宋都。提月者何？僅建夏晦日也。」何休注：「提月，邊也。魯人語也。在正月之幾盡。」《白六帖》亦同。今攷《公羊》本及注，「提」皆作「是」，未知堅所據何本。至云「僅建夏晦日也」，亦與今本不同。然堅係另摘二字標目，必非無據。《爾雅》：「太歲在寅，爲攝提格。」《楚辭》：「攝提貞于孟陬兮。」正月，建寅之月，則稱正月爲提月，或古有是語。

二月戊日，謂之社日。

《周書·召誥》：「戊午，乃社于新邑。」《詩》：「以社以方。」《周禮》：「社之日，涖卜來歲之稼。」《禮記·月令》：「擇元日，命民社。」《郊特牲》：「日用甲，用日之始也。」《宋書·禮志》：「以歲二月八月二社日祀之。」《荆楚歲時記》：「社日，四鄰並結綜會社，牲醪，爲屋于樹下，先祭神，然後饗其胙。」

《太平御覽》稱崔寔《四民月令》：「二月祀大社之日，薦韭卵于祖禰。」按社祭土，戊日屬土，故古之社日皆用戊。《召誥》：「戊午，乃社。」《白六帖》引鄭康成《禮記注》：「元日，謂近春分前後戊日。元，吉也。」杜祐亦云：「周初未制禮之時，社日猶用戊，後乃定用甲日。」《郊特牲》及《月令》鄭注是矣。漢社日用午，蔡邕《祝社文》曰「元正令午」是也。魏社日用未，《魏臺訪議》曰：「帝問：何用未社丑臘？」王肅對曰：「魏，土也。土畏木，丑之明日便寅。寅，木也。故以丑臘。土成于未，故于歲始未社也。」晋社用丑。《晋書・武帝紀》：泰始元年冬十二月，詔「臘以酉，社以丑。」此蓋五行生尅，各有趨避，非古制也。王廙《春可樂》云：「吉辰兮土戊，明靈兮惟社。」宋時方書亦以立春後第五戊日爲社日，近代禮又以秋分後戊日祭社，是民間社日皆承用戊日可知。又按晋又兼用酉日社，潘尼《皇太子社詩》曰「日惟上酉」，應禎《祝社文》曰「吉酉辰良」是矣。今吴俗社日則率以二月二日，又未知始于何時。

是月祭飲食，謂之膢。

《説文》：「楚俗以二月祭飲食也。一曰祈穀食新曰貙膢。」《玉篇》：「膢，飲食器也。冀州八月，楚俗二月。」按《風俗通》作「楚俗以十二月祭飲食」，當衍一「十」字。

去冬節一百五日，謂之寒食。

《荆楚歲時記》云：「冬節一百五日，即有疾風甚雨，謂之寒食。」注：「據歷，合在清明前二日，亦有去冬至一百六日者。」《藝文類聚》稱陸翽《鄴中記》：「寒食三日，作醴酪。煮粳米及麥爲酪，擣杏仁作粥。」《白六帖》稱《玉燭寶典》云：「寒食節，城市尤多鬥雞卵之戲。或雕鏤相遺餉。」《藝文類聚》稱《藝術圖》曰：「北方山戎，寒食日用鞦韆爲戲，以習輕蹻者。」按俗謂寒食始于介子推，非也。今攷《太平御覽》引劉向《别録》：「寒食蹋蹴，黄帝所作兵勢也。或云起于戰國，與鞠毬同。」是三代前已有寒食之名。《周禮·司烜氏》：「仲春，以木鐸修火禁於國中。」鄭康成注曰：「謂季春將出火也。」《太平御覽》稱《古今藝術圖》曰：「今寒食，準節氣是仲春之末，清明是三月之節，然則禁火蓋周之舊制。」其以爲子推者，始于桓譚《新論》及《後漢書·周舉傳》。《新論》：「太原郡民，以隆冬不火食五日，爲介子推故也。」《周舉傳》：「舉移書于介子推廟，云『盛冬去火，殘損民命，非賢者之意。』自是衆惑稍解。」魏武帝《明罰令》亦云：「聞太原、上黨、西河、雁門，冬至後皆沍寒之地，令人不得食寒」云〔八〕。周斐《汝南先賢傳》、陸翽《鄴中記》等並同。無論并州一方之俗，不足以概天下。且子推死有定月，故《周舉傳》言其月「神靈不樂舉火。」今寒食節或在二月，或在三月不一，則明非因子推而始可知。又《初學記》引《琴操》云：「晋文公與介子綏俱亡，子綏割腕股以啖文公。文公復國，子綏獨無所得。子綏作《龍蛇之歌》而隱，文公求之，不肯出，乃燔左右木，子綏抱木而死。文公哀之，令人五月五日不得舉火。」綏、推，古字通。《北堂書鈔》稱石虎《鄴中記》亦同。據《琴操》《鄴中記》，則子推亡在五月五日，據《新論》《周舉傳》等，則子推亡又在盛冬，皆與清明節前之寒食無預。惟《歲時記》引晋孫楚《祭子推文》，用今寒食節「醴酪」事，則以清明前寒食爲因子推而設者誤，或自西晋始，而陸翽等又承其誤也。

三月巳日，謂之上巳。

《詩》：「溱與洧，方涣涣兮。士與女，方秉蕑兮。」《太平御覽》稱《韓詩章句》：「詩人言溱與洧方盛流渙渙然，謂三月桃花水下之時。士與女方秉蕳兮，秉，執也。當此盛流之時，衆士與衆女方執蘭而祓除。」《後漢書》注稱《韓詩》薛君《章句》又云：「鄭國之俗，三月上巳，之溱、洧兩水之上，招魂續魄，秉蘭草，祓除不祥，故詩人願與所悦者共往也。」《漢書・孝武衛皇后傳》：「帝祓灞上還。」注：應劭曰：「祓，除也。今月上巳祓禊是也。」《風俗通》云：「禊者，潔也。春者，蠢也，蠢蠢摇動也。《尚書》：『以殷仲春，厥民析。』言人解療生疾之時，故于水上釁潔之也。」《續漢書・禮儀志》：「三月上巳日，宫人並禊飲于東流水上。」沈約《宋書・禮志》：「案《周禮》『女巫掌歲時祓除釁浴』，如今三月上巳如水上之類也。」《荆楚歲時記》：「三月三日，士民並出江渚池沼間，爲流杯曲水之飲。是日取鼠麴汁蜜和粉，謂之龍舌粄，以厭時氣。」注：《論語》云：「莫春，浴乎沂。」則水濱祓禊，由來遠矣。《太平御覽》稱崔寔《四民月令》：「三月三日及上除，采艾及柳絮。」《文選》注稱梁蕭子顯云：「舊言陽氣布暢，萬物訖出，始洗絜之也。巳者，祉也。言祈介祉也。」一説「三月三日清明之節，將修事于水側，禱祀以祈豐年。」按沈約云：「自魏以後，但用三日，不用上巳。」今攷魏以前亦有用三日者，束皙云「秦昭王三日置酒河曲」是也。魏以後亦有用上巳者，《元和郡縣志・潤州上元縣鍾山》：「江表上巳常遊于此。」又《張華集》有《上巳篇》，潘尼上巳日帝會天淵池作詩，阮瞻上巳日作賦等是也。

四月，謂之雩月。

《左傳》：「龍見而雩。」劉昭《續漢書・禮儀志》注稱服虔云：「大雩，夏祭天名。雩，遠也，遠爲百穀求膏雨也。龍，角亢也。謂四月昏，龍星體見，萬物始盛，待雨而大，故雩祭以求雨也。」《夏小正》：「四月，越有大旱。」《穀梁傳》：「雩月，雩之正也。秋大雩非正也，冬大雩非正也。」《禮記·月令》：「仲夏之月，大雩帝。」鄭康成注：「雩之正，當以四月。凡周之秋三月之中而旱，亦修雩禮以求雨，因著正雩此月，失之矣。」正義：「凡正雩在周之六月。」《通典》：周制《月令》建巳月，大雩五方上帝。按周制，雩皆在四月，故《穀梁傳》曰：「雩月，雩之正也，秋大雩非正也。」若《月令》仲夏之雩，在周已屬秋矣，疑秦時雩始用五月，《月令》係秦制，非周制，故鄭康成等均譏其失也。自秦以後，雩祭亦類皆用四月。《續漢書·禮儀志》：「自立春至立夏盡立秋，郡國上雨澤。若少，府郡縣各掃除社稷；其旱也，公卿官長以次行雩禮求雨。」劉昭注：「四月立夏旱，乃求雨禱雨；後旱，復重禱而已；訖立秋，雖旱不得禱求雨也。」《後魏書》：文成帝和平元年四月雩。北齊亦以孟夏龍見而雩。隋制，若京師孟夏後旱，則祈雨，行七事。《通典》引唐貞觀禮，孟夏雩祀五方上帝五人帝五官于南郊，是矣。

五月十五日謂之五日，前十日謂之端午。

《大戴禮記》：「匽之興五日翕，望乃伏。其不言生而稱興，何也？不知其生之時，故曰興。以其興也，故言之興，五日翕也。望也者，月之望也。而伏云者，不知其死也，故謂之伏。五日也者，十五日也。翕也者，合也。伏也者，入而不見也。」又云：「蓄蘭，爲沐浴也。」《文子·上德篇》：「蟾蜍辟兵，愁在五月之望。」按古人五日皆當是十五日，今楚俗亦以十五日爲大端陽，初五日爲小端陽。《續漢書·禮儀志》：「五月五日，朱索五色桃印爲門户飾，以難止惡氣。」《藝文類聚》稱周處《風土記》曰：「仲夏端午，烹鶩角黍。端，始也，謂五月初五日也。又以菰葉裹黏米煮熟，謂之角黍。」按此，則魏晋以來已用初五日爲五日。《荆楚歲時記》：「五月五日，四民並蹋百草，又有門百草之戲。採艾以爲人，縣門户上，以禳毒氣。以五采絲繫臂，名曰辟兵，令人不病瘟。又有條達等織組雜物以相贈遺，取鴝鵒教之語。」《北堂書鈔》稱《提要録》云：「五月五日午時爲天中節。」按俗謂五日始于屈原，非也。今攷五日之名，見於經者一，《夏小正》是也。見于諸子者一，《文子·上德篇》是也。見于傳記者二，「田文母嬖，五月五日生文。父勑令『勿舉之』。後母私舉。文長成童，以實告之。」又《鄴中記》及《琴操》皆云：「介子推以五月五日死，世人謂之忌日。」此數事皆在屈原之前。又屈原之事，始見于《續齊諧記》，既不足凴，又云：「楚人哀之，每至此日，竹筒貯米，投水祭之。漢建武年，長沙歐回見人自稱『三閭大夫』，謂回曰：『日嘗見祭，甚善。但常患蛟龍所竊，今若有惠，可以楝樹葉塞其上，以五采絲縛之，此二物蛟龍所憚也。』回依言，後乃復見稱感。今人五日作糉子，帶五色絲及楝葉，皆是汨羅之遺風也。」按《風土記》，菰葉裹黏米，本取陰内陽外包裹之象，所以贊時也。若云爲原而作，則五日煮肥龜又何説焉？又《荆楚歲時記》：「五月五日競渡，俗爲屈原投汨羅日，傷其死，故命舟楫以拯之。」而下復引《越地傳》云：「競渡起于越王句踐。是日競渡采雜藥。」《夏小正》：「此月蓄藥，以蠲除毒氣。」一競渡也，既以爲采藥而設，又以爲弔屈原而設，一書記載已復不同，何能傳信？竊謂五日競渡，古人風俗如此，非因采藥，亦非爲屈原。《藝文類聚》稱《會稽典録》：「女子曹娥者，會稽上虞人。父能絃歌，爲巫。漢安帝二年五月五日，于縣江泝濤迎婆娑神，溺死。」而《歲時記》稱邯鄲淳《曹娥碑》又云：「五月五日，時迎伍君。逆濤而上，爲水所淹。」則東吴之俗，五月五日，又似爲伍君及婆娑神，與屈原復無所涉，是又可不必置論矣。

夏至後第三庚，謂之伏日。

《史記·秦本紀》：「德公二年，初伏。」《集解》孟康曰：「六月伏日初也。周時無，至此乃有之。《正義》曰：「六月三伏之節起秦德公爲之，故云初伏。伏者，隱伏避盛暑也。《曆忌釋》曰：『伏者何？以金氣伏藏之日也。四時代謝，皆以相生：立春，木代水，水生木；立夏，火代木，木生火；立冬，水代金，金生水；立秋，以金代火，故至庚日必伏。庚者金，故曰伏也。』」《初學記》稱《陰陽書》云：「從夏至後第三庚爲初伏，四庚爲中伏，立秋後初庚爲後伏，謂之三伏。曹植謂之三旬。」《後漢書·和帝紀》：「永元六年六月己酉，初令伏閉盡日。」注：《漢官儀》曰：「伏日萬鬼行，故盡日閉，不干他事。」《風俗通》曰：「户律：漢中、巴、蜀、廣漢，自擇伏日。」《荆楚歲時記》：「六月伏日，竝作湯餅，名爲辟惡。」注：《魏氏春秋》：「何宴以伏日食湯餅，取巾拭汗，面色皎然，乃知非傅粉。」則伏日湯餅，自魏已來有之。」《初學記》稱崔寔《四民月令》：「初伏日薦麥瓜于祖禰。」按《夏小正》：「六月。煮桃。」傳：「煮以爲豆實也。」蓋即後世薦麥瓜、食湯餅之創始。

孟秋第七日，謂之七日，又謂之良日，亦謂之七夕。

《初學記》稱崔寔《四民月令》曰：「七月七日作麴，合藍丸及蜀漆丸，暴經書及衣裳。」《歲華紀麗》稱《風俗通》：「織女七夕當渡河，使鵲爲橋。」《北堂書鈔》稱周處《風土記》：「俗重七月初七，是夜灑掃于庭，露施几筵，設酒脯時果，散香粉于筵上，以祈河鼓織女。言此二星辰當會，守夜者咸懷私願。或云見天漢中有奕奕白氣，有光燿五色，以此爲徵應。見者便拜而願乞富乞壽，無子乞子，惟得乞一，不得兼求。三年乃得言之，頗有受其祚者。」又云：「魏時人或問董勛云：『七月七日爲良日，飲食不同于古，何也？』勛曰：『七月黍熟，七日爲陽數，故以糜爲珍。今此日惟設湯餅，無復有糜矣。』」《荆楚歲時記》：「七月七日，爲牽牛織女聚會之夜。」注：戴德《夏小正》云是月「織女東向」，蓋言星也。《春秋斗運樞》云：「牽牛神名略。」石氏《星經》云：「牽牛名天關。」《佐助期》云：「織女神名妝陰。」《史記・天官書》曰：「是天帝外孫。」傅玄《擬天問》曰：「七月七日，牽牛織女會天河。」此則其事也。河鼓、黄姑，牽牛也，皆語之轉。又云：「是夕，人家婦女結采縷，穿七孔鍼，或以金銀鍮石爲鍼，陳瓜果于庭中，以乞巧，有喜子網于瓜上，則以爲符應」。按俗謂七月七夕爲牽牛織女而設，非也。今攷七日之名，見于《淮南子》及《萬畢術》、《漢武帝故事》、《列仙傳》等書，皆不言及牽牛織女之事。其以爲二星辰當會于此夕者，始見于《風俗通》、傅玄《擬天問》及周處《風土記》、吴均《齊諧記》等書，而宋南平王鑠及謝惠連遂有《七夕詠牛女詩》，此後七夕遂專屬之于牛女矣。無論《風土記》等所録，皆荒誕不經。即謂神仙迂怪之言可信，則事在魏晋以前者，已不止一事。請畢述之。《北堂書鈔》稱《漢武故事》：「七月七日，上于承華殿齋。其日或有鳥從西方來，集殿前。上問東方朔，曰：『此西王母欲來也。』有頃，王母至。有二青鳥如烏，夾侍王母旁也。」又云：「王母遣青衣女語帝曰：『七月七日，王母暫來。』帝于其日，修除宫掖，燔百和之香，然九光之燈。」則謂七日從王母起可。《藝文類聚》稱《列仙傳》〔九〕：「陶安公者，六安冶鑄師也。以七月七日乘赤龍仙去。」又云：「王子喬，周靈王太子晋也。

好吹笙作鳳鳴，遊伊洛之間，浮邱公接以上嵩高山。二十餘年後，于山中謂桓良曰：『告我家，七月七日待我緱氏山頭』。是日果乘白鶴駐山嶺，望之不得到，舉手謝時人，數日而去。」則謂七日屬陶公、王子喬亦可。《初學記》稱《神仙傳》云：「吴蔡經去家時已老，還更少壯，頭髮皆黑，爲家中言：『七月七日王君當來。』至期日，王方平果來」。一又云：「七月七日麻姑當來，可取數百斛酒飲之。至期王方平偕來，乘羽車，駕五龍，聞金鼓簫管人馬之聲。」是七日屬之麻姑、王方平亦可。《太平御覽》稱《漢武帝故事》：「景帝王美人以乙酉年七月七日生武帝于猗蘭殿。」《西京雜記》：「戚夫人侍兒賈佩蘭云：『在宫時，見戚夫人侍高祖，至七月七日臨百子池，作于湞樂畢，以五色縷相羈，謂爲連愛。』」一云「漢采女常以七月七日穿鍼于開襟樓」云云，皆不及牽牛織女之事。明七月七日月日皆屬陽，古人以之爲良會，後遂附會爲牽牛織女事也。《夏小正》：「七月初昏，織女正東鄉。」後人因此附會矣。

七月望前一日，亦謂之禊日。

《宋書·禮志》：「今三月上巳，祓于水濱。」又或用秋。《漢書》：「八月，祓于霸上。」劉禎《魯都賦》：「素秋二七，天漢指隅，人胥祓除，國子水嬉。」又是用七月十四日也。

八月十五日，謂之中秋。

《周禮·籥章》：「掌土鼓、豳籥。中春晝擊土鼓，歈《豳詩》以逆暑。中秋夜迎寒，亦如之。」枚乘《七發》：「客曰『將以八月之望，與諸侯遠方交遊兄弟，並往觀濤于廣陵之曲江。』」李善注稱孔安國《尚書傳》曰：「十五日，日月相望。」《荆楚歲時記》：「八月十四日，民並以朱水點兒頭額，名爲天灸，以厭疾。又以錦綵爲眼明囊，遞相贈遺。」按中秋節，唐初尚未盛行，故虞世南、歐陽詢、徐堅等作類書，《歲時部》皆未列入。若唐以前八月十五日見于史傳者，惟《隋書·新羅國傳》「八月十五日，設樂，令官人射，各賞以馬布」，及《武夷山記》「八月十五日，武夷君與魏真人等會山頂宴集」數事而已。

季秋第九日，謂之重陽，又謂之重九，又謂之九日。

《北堂書鈔》稱魏文帝《與鍾繇書》曰：「歲往月來，忽復九日。九爲陽數，而日月並應，俗嘉其名，以爲宜于長久，故享燕高會。」白《六帖》稱魏文帝書又云：「日月並應，故曰重陽。」《晉書·禮志》：「九月九日，馬射。或説曰『秋，金之節，講武習射，象立秋之禮也。』」《西京雜記》：「漢武帝宮人賈佩蘭，九月九日，佩茱萸，食蓬餌，飲菊花酒，云令人長壽。相傳自古，莫知其由。」《荆楚歲時記》：「九月九日，四民並籍野飲宴。」注：杜公瞻云：「九月九日宴會，未知起于何代，然自漢至宋未改〔一〇〕。今北人亦重此節。」「佩茱萸，食餌，飲菊花酒，云令人長壽」。按《北堂書鈔》稱孫瑞奏事云：「興平二年秋，朝廷以九月九日賜公卿近臣飲宴。」今攷「孫瑞」當作「士孫瑞」，脱一「士」字。《後漢書·獻帝紀》：「興平二年十一月，王師敗績，衛尉士孫瑞等，始爲李傕、郭汜所殺。」則九月中，瑞尚在也。杜公瞻云「九日宴會，自漢至宋未改」，所云漢，蓋即指此而言。則九日節始盛于漢末可知。又按古人每以隻月爲盛會，除正月一日爲歲首不計外，如三月三日、五月五日、七月七日、九月九日，其日月皆應陽數，故古人于此日讌集出遊。其制蓋仿于三代，自漢以後，遂各附會其説，並非也。又按今人以五月五日爲競渡節，九月九日爲登高節，不知古人每值佳日，無不可泛舟，無不可登高。《荆楚歲時記》人日「登高賦詩」。隋陽休之亦有《人日登高詩》。石虎《鄴中記》正月十五日有登高之會。《隋書》文帝嘗于正月十五日與近臣登高。《玉燭寶典》：「元日至晦日，今並酺食度水。」《荆楚歲時記》「元日至月晦，士女泛舟或臨水宴樂。」蔡邕《月令章句》：「暮春，陽氣和暖，鮪魚時至，將以薦寢廟，因是乘舟禊于名川也。」《輿地記》：「齊武帝起層城觀。七月七日，宮人多登之。」稽含有《七月七夕登高詩》。又《月令·仲夏》「可以居高明，可以遠眺望，可以升山陵，可以處臺榭。」是五日不特可以泛舟，并可以登高矣。

冬至後第三戌，謂之臘日。其夕，謂之臘夕，亦謂之臘夜。

《說文》：「冬至後三戌，臘祭百神。」《廣雅》：「臘，索也」。《左傳》：「虞不臘矣。」杜預注：「臘，歲終祭衆神之名。」《禮記·月令》：「孟冬之月，大割，祠于公社及門閭，臘先祖五祀。」鄭康成注：「臘，謂以田獵所得禽祭也。」《史記·秦本紀》：「惠文王十二年，初臘。」《正義》：「惠文王始效中國爲之」。「始皇三十一年十二月，更名臘曰嘉平。」《索隱》云：「蓋從歌謠之詞而改從殷號也。」《風俗通》曰：「夏曰清祀，殷曰嘉平，周曰大蜡，漢曰臘。臘者，獵也，因獵取獸以祭。」又云：「太史丞鄧平說：『臘者，所以迎刑送德也，大寒至，常恐陰勝，故以戌日臘。戌者，温氣也。』」《初學記》稱高堂隆《魏臺訪議》曰：「詔問：『何以用未祖丑臘？』臣隆對曰：『按《月令》「孟冬十月臘先祖五祀。」謂薦田獵所得禽獸，謂之臘。」又師說：王者各以行之盛祖，以其終臘。水行之君，以子祖辰臘；火行之君，以午祖戌臘；木行之君，以卯祖未臘；金行之君，以酉祖丑臘；土行之君，以戌祖辰臘。今魏據土德，宜以戌祖辰臘也。』」又云：「漢火德，火衰于戌，故以戌日爲臘，魏土德，土衰于辰，故以辰爲臘；晉金德，金衰于丑，故以丑爲臘。」按此，則魏蓋先用丑日臘，至隆議後，始改用辰耳。《晉宋舊事》引魏名臣大司農董遇議又云：「土行之君，故宜以未祖，以丑臘，爲得盛終之節，不可以戌祖辰臘云。」《江表傳》：「吴以爲土行用未祖辰臘。」《通典》：「宋水德王，祖以子，臘以辰。」《晉書·隱逸·范喬傳》：「初，喬邑人臘夕盜斫其樹，喬往喻曰：『卿節日取柴，欲與父母相歡娱耳。』」《藝文類聚》稱《養生要術》：「十二月臘夜，令人持椒卧井旁，無與人言，内椒井中，可除温病。」《荆楚歲時記》：「十二月八日爲臘日。諺語：臘鼓鳴，春草生。村人並擊細腰鼓，戴胡頭，及作金剛力士，以逐疫。其日並以豚酒祀竈神。」按據《月令》，則臘本在孟冬之月，疑始皇三十一年改臘曰嘉平，始移至十二月也。高誘注吕不韋書：「今人臘前一日，擊鼓驅疫，謂之逐除。」蔡邕《獨斷》：「臘者，歲終大祭，縱役人燕飲也。」《續漢書·禮儀志》：「季冬之月，星回歲終，陰陽以交，勞農大享臘。」《四分律音義》：「臘，歲終祭神之名。或曰：臘者，接也，新故交接也。」蓋自秦以後，臘皆在十二月矣。惟後周遵古制，以建亥之月臘。《通典》：「隋初因之。亦以孟冬下亥䄍百神。開皇四年詔曰：前周歲首，今之仲冬，建亥之月，大䄍可也。後周以夏后之時行姬氏之䄍。考之前代，于義有違。其十月行䄍者止，可以十二月爲臘」，是反以建亥之月臘爲非，可云不考古矣。至以十二月八日爲臘日，則又自《荆楚歲時記》始，迄今皆因之，故俗皆云臘八。亦若今人定以二月二日爲社日也。又今人祀竈，又率以月之二十四日。

臘明日，謂之初歲，又謂之小歲。

《史記·天官書》:「臘之明日,人衆卒歲,一會飲酒,發陽氣,故曰初歲。」《藝文類聚》稱晋博士張亮議曰:「臘,接也。臘明日爲初歲。秦漢以來有賀。此皆古之遺語也。」《太平御覽》稱崔寔《四民月令》:「臘明日更新,謂之小歲。敬酒尊長,修賀君師。」又稱徐爰《家儀》曰:「蜡本施祭,故不賀。其明爲小歲,賀。稱初歲福始,慶無不宜。」又云:「小歲之賀,既非大慶,禮止門内。」

歲盡日,謂之除日,又謂之歲夕,又謂之除夜。

《禮記·月令》:「日窮于次,月窮于紀,星回于天,數將幾終,歲將更始」。張衡《東京賦》曰:「卒歲大儺。」《晋書·循吏·曹攄傳》:「歲夕,攄行獄。」《荆楚歲時記》:「歲暮,家家具肴蔌,詣宿歲之位,以迎新年,相聚酣飲。留宿歲飯,至新年十二日,則棄之街衢,以爲去故納新也。」《事文類聚》稱《風土記》云:「除夜祭先,竣事,男女聚飲,祝頌而散,謂之分歲。」《北齊書》:「季冬晦日,選人子弟,赤幘皁褠衣,執鼗鼓,百二十人,逐惡鬼于禁中。其日戌夜三唱,開諸里門」。

冬至後四十六日而立春。

《周書·時訓解》:「立春日,東風解凍。又五日,蟄蟲始振。又五日,魚上冰」。按諸書所引《易通卦驗》説與《時訓解》時有不同。今以《月令》吕不韋等書攷之,當以《時訓解》爲準。《淮南王書》:「大寒加十五日,指報德之維,則越陰在地,故曰距日冬至四十六日而立春。陽氣凍解。音比南吕」。按《天文訓》所言,皆本《孝經緯》。又按《太平御覽》稱《皇覽逸禮》:「距冬至四十五日,天子迎春于東堂。」《初學記》稱《孝經緯》:「周天七衡六間曰立春。」又稱《易通卦驗》曰:「立春條風至。」宋均注:『條風者，條達萬物之風。』」《孝經鉤命決》曰：「立春，勑門闌無關鑰，以迎春之精。」《續漢書·禮儀志》：「立春之日，下寬大書：『制詔三公：方春東作，敬始慎微，動作從之。罪非殊死，且勿按驗，皆須麥秋。退貪殘，進柔良，下當用者，如故事。』」注：《月令》「命相布德和令。」蔡邕曰：「即此詔之謂也。」《荆楚歲時記》：「立春之日，悉剪綵爲燕，戴之。帖宜春二字。」

後十五日爲驚蟄，漢曰雨水。

《周書·時訓解》：「驚蟄之日，獺祭魚。又五日，鴻雁來。又五日，草木萌動」。《淮南王書》：「加十五日指寅，則雨水。音比夷則。」按漢始以雨水爲正月節。《漢書·律曆志》：「營室十四度，驚蟄。」注：「今曰雨水。」「降婁，初奎五度，雨水。」注：「今曰驚蟄。」是也。

又十五日爲雨水，漢曰驚蟄。

《周書·時訓解》：「雨水之日，桃始華。又五日，倉庚鳴。又五日，鷹化爲鳩。」《淮南王書》：「加十五日指甲，則雷驚蟄。音比林鐘。」

又十五日爲春分。

《周書·時訓解》：「春分之日，玄鳥至。又五日，雷乃發聲。又五日，始電。」《淮南王書》：「加十五日指卯，中繩，故曰春分則雷行。音比蕤賓。」《周禮》：「春分之日，祭馬祖。」按《説文》：「龍，春分而登天，秋分而入淵。」馬，龍之屬，故以始登天之日祭之也。《晋書·禮志》：「武帝泰始二年正月，有司奏春分祠厲殃及禳祠，詔曰：『不在祀典，除之。』」《太平御覽》稱《齊民月令》曰：「春分不殺。」

又十五日爲穀雨，漢曰清明。

《周書·時訓解》：「穀雨之日，桐始華。又五日，田鼠化爲鴽。又五日，虹始見。」《淮南王書》：「加十五日指乙，則清明風至。音比仲呂。」按劉歆《三統曆》：「穀雨，三月節。清明，中。」與《時訓解》同。而《淮南王書》等清明在穀雨之前，故《漢書·曆律志》：「大梁，初胃七度，穀雨。」注：「今曰清明。」「昴八度，清明。」注：「今曰穀雨。」是也。

又十五日爲清明，漢曰穀雨。

《周書·時訓解》：「清明之日，萍始生。又五日，鳴鳩拂其羽。又五日，戴勝降于桑。」《淮南王書》：「加十五日指辰，則穀雨。音比姑洗。」《周書·周月解》：「春三月中氣，驚蟄、春分、清明。」孔晁注：「舊作雨水、春分、穀雨，非古法也。」《史記·律書》云：「清明風居東南維。」《楚辭·九懷》：「季春兮陽陽。」王逸《章句》：「三月温和，氣清明也。」

又十五日爲立夏。

《周書·時訓解》：「立夏之日，螻蟈鳴。又五日，蚯蚓出。又五日，王瓜生。」《淮南王書》：「加十五日指常羊之維，則春分盡，故曰有四十五日而立夏。大風濟。音比夾鐘。」

又十五日爲小滿。

《周書·時訓解》：「小滿之日，苦菜秀。又五日，靡草死。又五日，小暑至。」《淮南王書》：「加十五日指巳，則小滿。音比太蔟。」《三禮義宗》：「小滿爲中者，物之生長，小得並滿，故以小滿爲名也。」

又十五日爲芒種。

《周書·時訓解》：「芒種之日，螳螂生。又五日，鵙始鳴。又五日，反舌無聲。」《淮南王書》：「加十五日指丙，則芒種。音比大吕。」《三禮義宗》：「五月芒種爲節者，言時可以種有芒之穀，故以芒種爲名」。《宋書·循吏·阮長之傳》：「時郡縣田禄，芒種爲斷，此前去官者，則一年秩禄皆入前人，此後去官者，則一年秩禄皆入後人。始以元嘉末改此科，計月分禄。長之去武昌郡，代人未至，以芒種後一日解印綬。」

又十五日爲夏至。

《周書·時訓解》：「夏至之日，鹿角解。又五日，蜩始鳴。又五日，半夏生。」《淮南王書》：「加十五日指午，則陽氣極，故曰有四十六日而夏至。音比黄鐘。」《北堂書鈔》稱《孝經緯》曰：「周天有七衡，夏至日在内衡。」又稱《春秋感精符》曰：「冬至日，成天文；夏至日，成地理。」《續漢書·禮儀志》曰：「夏至，是日浚井改水。」按《春秋考異郵》曰：「夏至井水躍，故于是日改水。」《三禮義宗》：「夏至爲宗者，至有三義：一以明陽氣之至極，二以助陰氣之始至，三以明日行之兆，故謂之至也。」《荆楚歲時記》：「夏至節日食糉，是日取菊爲灰，以止小麥蠹。」

又十五日爲小暑。

《周書·時訓解》：「小暑之日，温風至。又五日，蟋蟀居辟。又五日，鷹乃學習。」《淮南王書》：「加十五日指丁，則小暑。音比大吕。」《三禮義宗》：「六月小暑爲節者，此以相形爲名。形大暑，故謂之小暑。六月之初，暑氣熱未極，故以小爲名。大暑爲中者，自十一月，一陽爻上，從地而出，至此之時，方始上徹，陽氣併出以上，大暑既極，故暑爲中。」

又十五日爲大暑。

《周書·時訓解》：「大暑之日，腐草化爲螢。又五日，土潤溽暑。又五日，大雨時行。」《淮南王書》：「加十五日指未，則大暑。音比大蔟。」《通典》：「後漢制，太史每歲上其年曆，先立春、立夏、大暑、立秋、立冬，常讀五時月令。」《周書·周月解》：「夏三月中氣，小滿、夏至、大暑。」

又十五日爲立秋。

《周書·時訓解》：「立秋之日，涼風至。又五日，白露降。又五日，寒蟬鳴。」《淮南王書》：「加十五日指背陽之維，則夏分盡，故曰有四十六日而立秋。涼風至。音比夾鐘。」《三禮義宗》：「七月立秋之言，揫縮之意。」

又十五日爲處暑。

《周書·時訓解》：「處暑之日，鷹乃祭鳥。又五日，天地始肅。又五日，禾乃登。」按《月令》《呂氏春秋》並作「農乃登穀」。《淮南王書》：「加十五日指申，則處暑。音比姑洗。」《國語》：「處暑之既至，蝖蠻之既多。」

又十五日爲白露。

《周書·時訓解》：「白露之日，鴻雁來。又五日，玄鳥歸。又五日，羣鳥養羞。」《淮南王書》：「加十五日指庚，則白露降。音比仲吕。」
又十五日爲秋分。
《周書·時訓解》：「秋分之日，雷始收聲。又五日，蟄蟲培户。又五日，水始涸。」《淮南王書》：「加十五日指酉，中繩，故曰秋分雷戒，蟄蟲北鄉。音比蕤賓。」《文子》曰：「《老子》爲天地之氣，莫大于和者。陰陽調，日夜分，故萬物春分而生，秋分而成。」
又十五日爲寒露。
《周書·時訓解》：「寒露之日，鴻雁來賓。又五日，爵入大水爲蛤。又五日，菊有黄華。」《淮南王書》：「加十五日指辛，則寒露。音比林鐘。」
又十五日爲霜降。
《周書·時訓解》：「霜降之日，豺乃祭獸。又五日，草木黄落。又五日，蟄蟲咸俯。」《淮南王書》：「加十五日指戌，則霜降。音比夷則。」《周禮正義》稱《韓詩》：「古者霜降逆女，冰泮而止。」《周書·周月解》：「秋三月中氣，處暑、秋分、霜降。」
又十五日爲立冬。
《周書·時訓解》：「立冬之日，水始冰。又五日，地始凍。又五日，雉入大水爲蜃。」《淮南王書》：「加十五日指蹏通之維，則秋分盡，故曰有四十六日而立冬。草木畢死。音比南吕。」按《易通卦驗》：「立冬，不周風至，水始冰。」而《符瑞圖》云：「立冬，北方廣莫風至。」今攷《淮南王書》，廣莫風後不周風四十五日乃至，《符瑞圖》説誤也。

又十五日爲小雪。

《周書·時訓解》：「小雪之日，虹藏不見。又五日，天氣上騰，地氣下降。又五日，閉塞而成冬。」《淮南王書》：「加十五日指亥，則小雪。音比無射。」《三禮義宗》：「十月小雪爲中者，氣序轉寒，雨變成雪，故以小雪爲中。」

又十五日爲大雪。

《周書·時訓解》：「大雪之日，鶡鳥不鳴。又五日，虎始交。又五日，荔挺生。」《淮南王書》：「加十五日指壬，則大雪。音比應鐘。」《曆義疏》：「大雪，十一月節，月之初氣也。言大陰之氣，以大水凝爲雪，故曰大雪。」

又十五日爲冬至，又謂之亞歲。

《周書·時訓解》：「冬至之日，蚯蚓結。又五日，麋角解。又五日，水泉動。」《淮南王書》：「斗指子，則冬至。音比黄鐘。」《續漢書·禮儀志》：「冬至，鑽燧改火。」《北堂書鈔》稱《孝經緯》：「冬至，日在外衡牽牛之初。」《説文》：「冬至，斗指子，夜半時加午者也。」《宋書·禮志》：「冬至，朝賀享祀皆如元旦之儀。」又云「其儀亞于歲朝。」按魏、晋時則有大小之别，元旦稱大會，冬至稱小會。亦見晋宋二書《禮志》。《曆義疏》：「冬至，十一月之中氣也。言冬至者，極也。太陰之氣，上干于陽，太陰之氣，下極于地，寒氣已極，故曰冬至。」《北堂書鈔》稱《西域諸國志》云：「天竺十一月十六日爲冬至，則麥秀。十二月十六日爲臘，則麥熟。」

又十五日爲小寒。

《周書·時訓解》：「小寒之日，雁北鄉。又五日，鵲始巢。又五日，雉始呴。」按《淮南·天文訓》「冬至鵲始巢」，與《時訓解》稍異。《淮南王書》：「加十五日指癸，則小寒。音比應鐘。」《三禮義宗》：「十二月小寒爲節者，亦形于大寒，故謂之小。言時寒氣亦未是極也。」

又十五日爲大寒。

《周書·時訓解》：「大寒之日，雞始乳。又五日，鷙鳥厲疾。又五日，水澤腹堅。」《淮南王書》：「加十五日指丑，則大寒。音比無射。」《三禮義宗》：「大寒爲中者，上形于小，故謂之大。十一月一陽爻初起，至此始徹，陰氣出地方盡，寒氣併在上，寒氣之逆極，故謂大寒也。」《周書·周月解》：「冬三月中氣，小雪、冬至、大寒。」

校勘記

〔一〕藝文類聚稱晉咸康起居注　按《藝文類聚》未引《晉咸康起居注》，應是《太平御覽》卷二九《元日》稱引。

〔二〕藝文類聚稱鄧德明南康記　按《藝文類聚》只綜引《南康記》，應是《太平御覽》卷二九《元日》稱引。

〔三〕葦茭　「茭」原作「英」，據《宋書》卷四、《太平御覽》卷二九改。《卷施閣文甲集》卷二「歲旦」等條均作「葦茭」。

〔四〕端月　「月」字原無，據《初學記》卷四補。

〔五〕三朝　按《初學記》和《太平御覽》引《玉燭寶典》均作「正朝」。

〔六〕乙未日　「未」字原無，據《晉書》卷一九補。

〔七〕今　按《初學記》卷四作「人」。

〔八〕食寒　按《藝文類聚》卷四、《太平御覽》卷二十八、三十、八百六十九均作「寒食」。

〔九〕藝文類聚稱列仙傳　按《藝文類聚》只引陶安公事，此應是《太平御覽》卷三一《七月七日》稱引。

〔一〇〕然自漢至宋未改　按《太平御覽》卷三二作「然自漢世來未改」。

卷施閣文甲集卷第三

釋舟

俞，謂之舟。

《說文》：「舟，船也。《毛傳》同。俞，空木爲舟也，從亼，從舟，從巜。巜，水也。」按或作「艅」，俗字。《方言》：「自關而東或謂之舟。」《釋名》：「舟，言周流也。」按《淮南王書·氾論訓》：「乃爲窬木方板，以爲舟航。」高誘注：「窬，空也。」俞、窬二字，音義並通。故徐鍇《說文繫傳》云：「亼者，玔二合之義。音俞，猶窬穿之義。會意。」是也。

通名謂之梭。

《說文》：「梭，船總名。」《玉篇》同。徐鉉等曰：「今俗別作艘，非是。」《漢書·溝洫志》：「發河南以東漕船五百樓。」按《吴越春秋·句踐歸國外傳》：「晉竹十廋。」注：「廋，當作樓。」《漢書·溝洫志》：「漕船五百樓。」是「樓」又通作「搜」，兼作「廋」。《說文》：「廋，水槽倉也。」義亦通。《藝文類聚》稱太公《六韜》：「武王伐殷，先出於河。吕尚爲後將，以四十七樓船濟于河。」

又謂之船，

《説文》：「船，舟也。」按此即轉注字。《方言》：「舟，自關而西謂之船。」《釋名》：「船，循也，循水而行也。」《藝文類聚》稱《韻集》曰：「船，舩也。」按舩即船之重文，《字書》或分爲二，非。

又謂之䑣，又謂之䑴，

《爾雅》：「䑣，我也。」《説文》同，義闕。《廣雅》：「䑴，舟也。」《玉篇》：「䑣，天子稱。」按《淮南王書》：「欲與物接，而未成䑣兆者也。」《文選》注稱許慎注：「䑣，兆也。」䑣兆當屬轉注字。故名舟爲䑣，又謂之䑴。又《廣韻》云：「䑣，古文作𦨣。」則或從剡木爲楫之義制字，故從舟也。《易》：「剡木爲楫。」剡，本亦作掞。

又謂之舺，

《廣雅》：「舺，舟也。」按舺字，《説文》《玉篇》並無，當作柙，古字通也。

又謂之艑，

《廣雅》：「艑，舟也。」《華嚴經音義》稱《通俗文》：「吴船曰艑。」《廣韻》同。《玉篇》：「艑，船小也。」按《荆州記》：「湘州七郡，大艑所出，皆受萬斛。」又《水經注》：「贛水又逕谷鹿洲，舊作大艑處。」宋臧質《石城樂》亦云：「大艑載三千，漸水丈五餘。」是艑亦不僅小舟也。

又謂之䑸，

《廣雅》：「䑸，舟也。」《玉篇》：「吴船也，又䑸艭。」按當從《説文》作栙。

又謂之舡，

《漢書古今人表》：「晋舡人固來。」《廣雅》：「舡，舟也。」《玉篇》同。

又謂之艛，

《廣雅》《玉篇》並舟名。《瓊州圖經》：「文昌縣有焚艛山，近大海。漢樓船將軍楊僕征黎至此，焚船登岸，故名。」按故書無艛字，疑土人合樓船二字爲一，後人遂制此字矣。《吴越春秋》：「越有樓船卒。」漢武帝《秋風辭》：「泛樓船兮濟汾河。」則樓船之制，自昔有之。《通典》又云：「樓船，船上建樓三重。」

又謂之艓，又謂之艐艃，

《廣雅》《玉篇》並舟名。

又謂之餘皇，

《左傳·昭公十七年》：「楚大敗吴師，獲其乘舟餘皇。」《廣雅》《玉篇》：「艅艎」，並舟名。又云：「艎，吴舟。」郭璞《江賦》：「漂飛雲，運艅艎。」《抱朴子》：「艅艎鷁首，涉川之良器也。」按《説文》無艅艎二字，始見《新附》。今仍從《左傳》作餘皇。艎，又別作艎。

又謂之艒䑩，

《方言》：「艖，謂之艒䑩。小艒䑩，謂之艇。」按艇爲小舟，則艒䑩之制當在大小之間。《廣雅》：「艒䑩，舟也。」《玉篇》同。《宋書·吴喜傳》：「從西還，大艑小艒，爰及草舫，錢米布絹，無船不滿。」通異名。

《類篇》：「艋䑩，大舟。」按艋，當即艒字。

又謂之𦨉，又謂之䑿，又謂之𦪇，又謂之艕，又謂之䑝，

《玉篇》有。《廣韻》：「䑝，小船上安蓋者。」按《淮南王書·修務訓》：「水斷龍舟。」高誘注：「龍舟，大舟也。」此䑝字疑合二字爲一。《隋書》亦以戰艦爲水龍。《玉篇》又有䑿字，云：「以竹葉䑿船也。」疑亦䑝字重出，或又云：「䑿，即𦪈。」今附記于此。

又謂之𦩖，

按疑亦合吴舟二字爲一。

又謂之𦪊，又謂之䑯，又謂之䑺，又謂之𦨩，

《玉篇》又别出艅字，非。

又謂之䑵，又謂之𦩘，又謂之艐，又謂之𦪒，又謂之𦨉，又謂之艧，

梁江淹詩：「方水理金艧。」以上並見《玉篇》。

又謂之𦨮。

《玉篇》：「𦨮，船名。」

舥，謂之舷。

見《廣雅》。《五戒相經音義》稱《埤蒼》：「舩，舷也，亦名舥。」《玉篇》：「舥，舷也。又船舷。」《廣韻》同。

王逸《楚詞章句》：「舩，舷也。」洪興祖《補注》：「舷，船邊也。」《北堂書鈔》稱《會稽典録》楊橋上諫曰：「臣聞之：魯子扣舷易水，魚聞入淵，鳥驚參天。」郭璞《江賦》：「詠采菱以叩舷。」按此皆興祖所

據。

艑，謂之桄。

見《廣雅》。《玉篇》：「艑，船也。按今以船旁木爲桄，亦作[illegible]。」

長而薄者，謂之艜。

見《方言》。《廣雅》：「艜，舟也。」《玉篇》：「艜，艇船。」

短而深者，謂之䑧，

見《方言》。郭璞：「今江東呼艖䑧者。」《玉篇》同。《廣雅》：「䑧，舟也。」《小爾雅》：「艇之小者曰䑧。」

《梁書·羊侃傳》：「初赴衡州，于兩艖䑧起三間通梁水齋。」

又謂之艄。

《集韻》：「艄，船短而深也。」《陳書》侯景傳：「景乃以[illegible]艄貯石沈塞淮口」〔一〕。《資治通鑑》：「侯景召石頭津主張賓，使引淮中般艄及海艟。」

小而深者，謂之舸。

《方言》：「小而深者謂之樑。」郭璞：「即長舼也。」按舸、舼、𦨴本一字，蓋正作舼，通作舸。今《玉篇》又別出𦨴、樑二字，益非。疑《方言》本亦後人依《玉篇》追改也。今姑隨其義兩列。

大舟謂之艠，

《說文》：「艠，海中大船。」徐鉉曰：「今俗別作筏，非是。」《廣雅》：「艠，舟也。」《玉篇》：「艠，大船也。」《華嚴經音義》稱《通俗文》：「筏，作䑺。」《韻集》：「筏，作橃。」同。扶月反。按䑺、筏皆俗字，並當作橃，又別見。

又謂之艬。

《説文》：「艬，江中大船名。」《廣雅》：「艬，舟也。」《玉篇》：「艬，大舟也。」按艬，俗字，當作艬。《方言》：「東南丹陽會稽之間，謂艖爲艬。」按《方言》：「艖爲小舸。」艬與艖同，則艬亦不盡是大舟矣。又別見。

又謂之般，

《方言》：「般，大也。」《玉篇》：「般，大船。」餘別見。

又謂之舸，

《方言》：「南楚江湘，凡船大者，謂之舸。」《玉篇》：「舸，船也。」左思《蜀都賦》：「宏舸連舳。」李善注：「大船曰舸。」按《三國吴志·董襲傳》：「襲乘大舸船，突入蒙衝。」《南齊書·王敬則傳》：「高道慶乘舸艒于江中迎戰。」此舸爲大船之證。然裴松之注引《江表傳》：「劉備乘單舸往見周瑜。」《風土記》：「船舸單乘。」是單船亦謂之舸也。《説文》無舸字，見徐鉉「新附」。

又謂之䑶，

《廣雅》：「䑶，舟也。」《玉篇》：「䑶，大船也。」

又謂之舶，

《華嚴經音義》稱吕忱《字林》：「舶，大船也。」今江南泛海船謂之舶，昆侖及高麗皆乘之，大者受萬斛也。又稱《埤蒼》：「舶，大船也。」《玉篇》同。又稱《通俗文》：「晋船曰舶。《初學記》引無船字。大者長二十丈，載六七百人。」按《水經注》：「孫權裝大船，名之曰長安，亦曰大舶」是矣。俗别作艊，非。

又謂之𦨭，又謂之䑟，

《玉篇》：「𦨭䑟，並大船。」《集韻》：「䑟，兩槽大船。」梁元帝《吴趨行》：「何時乘䑟歸。」按别作䑽，非是。《陳書·侯安都傳》：「坐䑟内墜于櫓井，時以爲不祥。」又「王子晋等乃僞以小船依䑟而釣。」

又謂之𦨴䑀。

《廣雅》：「𦨴䑀，舟也。」《玉篇》同。《集韻》：「𦨴䑀，大艑也。」《北堂書鈔》：「豫章城西有𦨴䑀洲，《水經注》作谷鹿。即吕蒙作𦨴䑀大艑處。」按《吴志》：「吕蒙襲關羽，至尋陽，盡伏其精兵于𦨴䑀中。」是𦨴䑀又通作𦪇䑀。又稱楊泉《物理論》：「夫工匠經涉河海，爲𦨴䑀以浮大川。」通異名。《太平御覽》稱《雜字解詁》曰：「𦨴䑀，雜船也。」

小舟謂之刀，

《毛詩·河廣》云：「曾不容刀。」鄭康成箋云：「小船曰刀。」按《詩》正義及《釋文》並云：「《説文》作䑠。」今攷《説文》無䑠字。疑陸德明等誤記《釋名》《玉篇》諸書爲《説文》也。餘類此尚多，姑附記于此。《釋名》：「三百斛曰䑠。䑠，貂也。貂，短也。江南所名短而廣，安不傾危者也。」按近人校《釋名》，誤以《説文》之𦨖合䑠，不知《説文》之𦨖從刖省，讀若兀，音既不同，且此云「安不傾危」，而《説文》云「𦨖船行不安也」，義亦相反。今別見。又《詩》正義引《説文》云：「𦪇，小船。」未知何本？《廣雅》：「𦪇，舟也。」《初學記》稱《埤蒼》：「𦪇，吴船也。音雕。」《集韻》：「或作𦪇，通作刀，或作𦨴。《廣韻》：「𦨴，吴船」。按《一切經音義》引《方言》：「小艒䑿，謂之艇。郭璞曰：「艇，𦪇也。音刀。」與今本《方言》異，或別有所據。但刀係正字，舠、𦨴、𦪇，皆刀之別字耳。《北堂書鈔》《初學記》《太平御覽》引《釋名》「𦪇，皆作舠」。《玉篇》「舠，小船也。」

又謂之艖，

《方言》：「小舸，謂之艖。」郭璞：「今江東呼艖，小底者也。」《玉篇》：「艖，小舟也。」按別作𦨈，非是。

又謂之艇，

《方言》：「艖，謂之艒䑿。小艒䑿，謂之艇。」郭璞：「𦨻也。」《釋名》：「二百斛以上曰艇。其形徑挺，一人二人所行者也。按《説文》無艇字，應作挺爲是。《廣雅》：「艇，舟也。」《北堂書鈔》稱《説文》云：「艇，小舟也。形狹而長。」按艇字見《説文》「新附」，然《北堂書鈔》引《説文》如此，則鉉或別有所本。《小爾雅》：「小船，謂之艇。艇之小者，謂之艄。」高誘《淮南王書》注：「蜀艇，一板之舟。若今之豫章。」是也。

又謂之舼，

《方言》：「小而深者，謂之𣚋。」郭璞：「即長舼也。」《廣雅》：「舼，舟也。」《玉篇》：「舼，小船也。𦩷同。」馬融《廣成頌》：「連舼舟。」李賢注：「舼，小舟也。」傅玄正都賦：「越舼泛，吴榜浮。」

又謂之艚，

《玉篇》：「艚，小船也。」按《宋書·武帝紀》：「盧循有八艚艦九枚，起四層，高十二丈。」又「垣護之隨王玄謨入河，虜悉已牽玄謨水軍大艚，連以鐵鎖三重，欲以絶護之還路。」是艚亦大小兼有，不盡屬小船也。《宋書·恩倖傳》論又云：「南金北毳〔二〕，來悉方艚。」按《説文》無艚字，疑即漕字之别。《説文》：「漕，水轉穀也。一曰人之所乘及船也。」《宋書》云「水軍大艚」，與《玉篇》《廣韻》「水運爲漕」之説亦合。後人或去水加舟耳。

又謂之麗，

《玉篇》：「欐，小船也。」《莊子·秋水篇》：「梁麗不可以衝城。」〔三〕司馬彪注：「梁麗，小船也。」按裴松之《三國志·王朗傳》注稱《獻帝春秋》：「孫策率軍如閩、越討朗。朗泛舟浮海，欲走交州」，至朗對策使者云：「獨與老母，共乘一欐。流矢始交，便棄欐就俘」云云。亦欐爲小舟之證。麗、欐古字通。佛本行《讚經音義》亦云：「攦，小船也。」攦，當屬欐字之别。

又謂之舠，

《玉篇》：「舠，小船也。」《梁書·王僧辯傳》：「侯子鑒等率步騎萬餘人于岸挑戰，又以鵃舠千艘並載士；〔四〕兩邊悉八十棹。」按《玉篇》無鵃字，當作鳥。了鳥，蓋言其小也。

又謂之幹舟，

高誘《淮南王書》注：「幹舟，小舟也。」通異名一曰大舟。

又謂之舴艋。

《廣雅》：「舴艋，舟也。」《玉篇》：「舴艋，小舟也。」按《南齊書·張敬兒傳》：「敬兒乘舴艋過江，遇風船覆。」又云：「上與豫章王嶷，三日曲水内宴，舴艋流至御坐前覆没。」此可證舴艋皆小舟。

戰船謂之蒙衝，

《釋名》：「外狹而長曰艨衝，以衝突敵船也。」《廣雅》：「艨艟，舟也。」《玉篇》：「艨艟，戰船。」按字當作「蒙衝。」《吴志》：「董襲討黄祖，祖横兩蒙衝夾守沔口。」又「周瑜逆曹公于赤壁，部將黄蓋取蒙衝門艦數十艘，實以薪草。」《陳書·侯瑱傳》：「以牛皮冒蒙衝小船，以觸賊艦。」通異名。《廣韻》：「艟，短船名。」

又謂之舭艡，

《廣韻》稱《字林》：「舭艡，水戰船。」《玉篇》：「舭艡，戰船也。」按《廣雅》作「舡艡」，或以字近而誤。

又謂之斥候，

《釋名》：「五百斛以上，還有小屋，曰斥候。以視敵進退也。」

軍行在前，謂之先登。

《釋名》：「軍行在前，曰先登。登之向敵陳也。」《初學記》稱《晋令》：「水戰有飛雲舩、蒼隼舩、先登舩、飛鳥舩。」劉逵云：「飛雲，蓋海吴樓船名。」按此類異名尚多，不能悉録，附記于此。

置戈船下，謂之戈船。

張晏《漢書注》：「越人于水中負人船，又有蛟龍之害，故置戈于船下，因以爲名也。」按臣瓚引《伍子胥書》：「有戈船以載干戈。」《吴越春秋・句踐伐吴外傳》：「戈船三百艘。」則戈船之制不始于漢。

輕舟謂之艕，

《玉篇》：「艕，輕船。」《廣韵》同。

又謂之艓。

《宋書・鄧琬傳》：「劉胡遣陳紹宗、陳慶率輕艓二百，大艦五十，出鵲尾外挑戰。」《南齊書・柳世隆傳》：「輕艓一萬。」《隋書・來護兒傳》：「楊素令護兒率數百輕艓，徑登江岸。」戴暠《釣竿篇》：「蕖花裝小艓。」按此篇所收字至《玉篇》而止。唯艓艕等字，以已見宋、齊、梁、陳等書，故亦録入，疑屬艓字之别也。又今本類書引《方言》：「南楚呼艓曰桴。」今《方言》無此語。

輕疾者謂之赤馬。

《釋名》：「輕疾者，曰赤馬舟。其體正赤，疾如馬也。」崔豹《古今注》：「孫權時名舸爲赤馬，言如馬之走陸也。」又小舟名馳馬。《北堂書鈔》稱《江表傳》：「孫權名舸爲馬，言飛馳如馬之走陸地也。」又稱《杜預表》：「長史劉循治洛陽以東運渠，嘗用赤馬。」按劉熙亦漢末三國時人，所云赤馬舟，當即指孫權所造而言。《抱朴子》「水馬飛舄」，義亦同。

子船謂之艒。

《玉篇》：「艒，子船。」通異名。《集韻》：「覆船具，亦曰艒。」

合木船謂之舸，又謂之艬。

《廣雅》：「艬、舸，舟也。」《初學記》稱周遷《輿服雜事》：「其人欲輕行，則乘海舸。合木船也。」《廣韻》：「艬，合木船。」

編竹船謂之篛。

《玉篇》：「篛竹長千丈，爲大船也，生海畔。」

運舟謂之艒。

《玉篇》：「艒，運船也。」《廣韻》同。又《廣韻》云：「艔，釣船也。」附録于此。

海中舟謂之艧，

見上。《玉篇》：「艧，海中大船也，泭也。亦作艭。」按《玉篇》分「艧艭」爲二字，非。下「艪艫」亦同。

又謂之艘，

見上。《藝文類聚》稱《韻集》：「艘，海大船也。」

又謂之舶，

見上。《廣韻》：「海中大船。」《集韻》：「蠻夷泛海舟曰舶。」

又謂之䑦，

《玉篇》：「䑦，海船也。」

又謂之艆，又謂之艕。

《初學記》稱《稗蒼》云：「海中大船曰艆艡。」《玉篇》：「艆，海船也。艡，船也。」《廣韻》：「艆，海中大船。艡，海船名。」

江中舟謂之欚，

見上。按《初學記》稱《説文》曰：「江中舟曰蠡。音禮。」蓋即蠡字之誤。《玉篇》：「欚，江中大船也。」又作「艬」。

又謂之䑿。

見上。《廣韻》：「對䑽，江中大船。」按䑽，又䑿字之别。《禮部韻略》：「艔字下引《廣雅》艔、舸，舟。」今考《廣雅》亦無「艔」字。惟䑽字，曹憲音滔。《韻略》蓋因此誤也。《廣韻》亦無此字。

舟飾謂之艜，又謂之舡。

《玉篇》：「艜、舡，舟飾也。」按《廣韻》無「艜、舡」二字。

載多謂之艏。

《玉篇》：「艏，音富。」《類篇》「船載多也。」按此蓋望文生義。因《玉篇》有此字，故録入之。

編木渡謂之泭。

《詩·周南》：「不可方思」。《毛傳》：「方，泭也。」《釋文》：「泭，本亦作潹，又作桴，或作柎，又作坿」。按《廣雅》《玉篇》又作「艀」，皆俗字。《説文》：「泭，編木以渡也。」《玉篇》同。《楚辭·九章》：「乘氾泭以下流。」王逸《章句》：「編竹木爲泭，楚人曰泭，秦人曰撥也。」《三國吴志·徐夫人傳》：「伐蘆葦以爲泭，佐船渡軍。」裴松之注：「音敷。」

泭謂之箄。

見《方言》。《廣雅》：「䈬，筏也。」《玉篇》作箄，又作簰。《詩·釋文》稱郭璞云：「木曰簰，竹曰筏，小筏曰泭。」《華嚴經音義》：「今編竹木以水運爲簰，秦人名筏，江東名簰。」又云：「北人名筏，南土名簰。」義同。《北堂書鈔》又稱《東觀漢記》：「張堪爲蜀郡太守，公孫述擊之。三百人斬竹爲椑渡水，遂免。」是字又作椑。《後漢書·岑彭傳》：「乘枋箄下江關。」《鄧訓傳》：「縫革爲船，置于箄上，以渡河。」李賢注：「箄，木筏也。」按《説文》無䈬字，今從《後漢書》作箄。

箄謂之筏。

《方言》：「䈬，謂之筏。筏，秦晋之通語也。」馬融《論語注》：「桴，編竹木，大者曰栰，小者曰桴。」《玉篇》：「筏，箄也。」按撥、筏二字，《廣雅》《玉篇》已皆兩收，今故隨其義分列之。又《大般涅槃經》：「筏，又作栰。」元應注：「經文從木作栰，非體也。」《韻集》又作「撥」，義亦通。《通典》：「軍行渡水，又有蒲栰葦栰。」

箄中謂之薦。

《方言》：「江淮家居䈬中，謂之薦。音荐。」《疏證》：「荐，各本誤作符。今訂正。」

泭之小者謂之桴。

馬融《論語注》：「小者曰桴。」韋昭《國語注》同。《長阿含經音義》：「小泭曰桴也。」

水中浮木，謂之查。

《玉篇》：「查，水中浮木也。」王嘉《拾遺記》：「堯時有巨查浮于西海。」按又作「楂」，又作「槎」，並非。又《廣雅》《玉篇》「艖」字，當即「槎」字之别。今姑從其義兩列。

併船謂之方。

《爾雅》：「舫，舟也。」郭璞注：「併兩船。」《釋文》引樊光本：「舫，作坊。」《説文》：「方，併船也。象兩舟省總頭形。」又作「汸」，云：「方或從水。」按《太平御覽》稱《説文》又作「舫」，云：「併兩船也。」《北堂書鈔》同。是「方」亦通作「舫」。《戰國策》：「方船積粟，循江而下。」《史記·酈食其傳》：「蜀漢之粟，方船而下。」司馬貞索隱云：「方船，爲並舟也。」按此知舫古皆作方。然《張儀列傳》「舫船載卒」，小司馬又云：「舫音方。」是二字又可互通。《大般涅槃經音義》稱《通俗文》：「連舟曰舫，併兩船也。」《玉篇》亦同。《後漢書·岑彭傳》：「乘枋箄，下江關。」李賢注：「枋即舫字，古通用。」《北堂書鈔》稱王隱《晋書》：「顧榮、紀瞻被徵，行至彭城，見王路塞絶，遂解舫爲單舸而歸。」《王濬傳》：「濬乃作大船連舫，方百二十步。」《宋書·臧質傳》：「明旦，賊更方舫爲桁。」按《晋書·戴淵傳》：「陸機在舫屋上遥謂淵，」《王廙傳》：「倚舫樓長嘯」，是則舫制亦如艦，上有屋，并有樓也。

方舟，又謂之斻。

《説文》：「斻，方舟也。」徐鉉曰：「今俗别作航，非是。」《方言》：「舟自關而東，或謂之舟，或謂之航。」戴震疏證《後漢書·文苑傳》「北斻涇流」，注：「斻，舟度也。」《方言》：「自關而東，或謂舟爲航。」《説文》「𣃔」在「方部」。」今流俗不解，與「杭」字相亂，誤也。《淮南王書·主術訓》：「大者以爲舟航。」高誘注：「方兩小船並濟爲航。杭同。」又《氾論訓》云：「乃爲窬木方板，以爲舟航。」注：「舟相連爲航也。」又《説林訓》：「釣魚者泛杭。」注：「杭航通。」按《集韻》：「斻，方舟也。」《羣書》無此字，惟《釋文》首序云：「吴興大斻頭。」蓋又屬航字之别。今考「𣃔」「杭」雖各部，然古人率皆通用。如《漢書·地理志》餘杭縣，《吴興記》云：「秦始皇舍舟杭于此，因以爲名」，以迄《淮南王書》等，是矣。「航」既「𣃔」之别字，若作「斻」，則又别之别耳。又按《晉書·五行志》：「海西公太和六年六月，京師大水，朱雀大航纜斷，三艘流入大江。」據此，則「航」即今之浮橋，不止並兩船也。《水經注·浙江水》下：「剡縣西度通臨海〔五〕，併二十五船爲橋航。」故《蔡謨傳》云：「蔡公過浮航，脱帶腰舟長也。」《宋書·臧質傳》：「賊更方航爲桁。」《水經注》「成固縣城北水舊有桁」是也。然又有單船謂之航者，《水經注·浙江水下》云：「剡縣東南二度通臨海，並泛單船爲浮杭。」

又謂之濼。

《説文》：「濼，小津也。一曰以船渡也。」《方言》：「方舟，謂之濼。」《玉篇》同。郭璞：「揚州人呼渡津舫爲杭，荆州人呼濼。」《廣雅》：「濼，筏也。」《太平御覽》稱太公《六韜》：「天船，一名天橫，以濟大水。」橫、濼，古字通。按《成實論音義》：「桄，古文榹㰗二形，今作桄，同。古黄反。」《廣雅》：「艕，謂之桄。」桄，當即濼字。《集韻》：「艕，船前桄也。」《韻會》：「艕、艅，舟名，義亦兩通。」今仍從《説文》《廣雅》分列，而附記于此。

船有屋謂之艦，

《釋名》：「上下重版曰檻。四方施版，以禦矢石。其内如牢檻也。」《晉書音義》稱《字林》云：「艦，屋船也。音檻。」《玉篇》：「艦，板屋舟。」按《説文》無艦字，今從《釋名》作檻。陸機《辨亡論》：「前驅不過百艦。」《晉書·陶侃傳》：「侃乃以運船爲戰艦。」又云：「賊鉤侃所乘艦，侃窘急，走入小船。」《何無忌傳》：「盧循遣别帥徐道覆順流而下，舟艦皆重樓。」《北堂書鈔》稱《義熙起居注》：「盧循新作八艚艦九枚，起四層，高十餘丈。」按《宋書·循吏·杜慧度傳》：「慧度自登高艦，與循合戰，放火箭雉尾炬，循衆艦俱然，一時散潰。」是也。《宋書·王鎮惡傳》：「所乘皆蒙衝小艦，行船者悉在艦内，羌見艦泝渭而進，艦外不見有乘行船人，咸謂爲神。」《張興世傳》：「司徒建安王休仁，命沈攸之等以皮艦二十，攻賊濃湖。」《通典》：「鬥艦：船上設女墻，可高三尺，墻下開掣棹孔；船内五尺，又建棚，與女墻齊，此戰船也。」通異名。《藝文類聚》稱《廣雅》云：「艦，大船也。」按與今本《廣雅》不同，當别有所據。

又謂之艫。

《廣雅》：「艫，舟也。」《玉篇》：「舲，小船屋也。艫同。」《太平御覽》稱《字書》：「船上有屋者曰艫。」《類篇》：「舟也，一曰舟有窗者。」《楚辭·九章》：「乘舲船余上沅兮。」王逸《章句》：「舲船，船有窗牖者也。」《淮南王書·俶真訓》：「越舲蜀艇，不能無水而浮。」高誘注：「舲，小船也。」按舲、艫本一字。《廣韻》于「舲」字下云：「舟上有窗。」「艫」字下云：「艫艦，有屋舟名。」蓋誤。

其上板謂之覆。

《釋名》：「其上板曰覆，言所覆慮也。」按今本作「言所覆衆枕也」，誤。《太平御覽》引此，作「覆衆慮」，又衍「衆」字。今攷首篇《釋天》云：「露，慮也，覆慮物也。」知此亦當作「覆慮」。

其上屋謂之盧。

《釋名》：「其上屋曰廬，象廬舍也。」按别作「篕」，非是。

上重屋謂之飛廬。

《釋名》：「其上重屋曰飛廬，在上，故曰飛也。」

又其上謂之爵室。

《釋名》：「又在其上曰爵室，於中候望之，如鳥爵之警視也。」按「視」，今本作「示」。《北堂書鈔》《藝文類聚》《太平御覽》等書引此，又作「若鳥雀之驚視也。」

船頭謂之艫，

《説文》：「艫，舳艫也。一曰船頭。通異名。《小爾雅》：「船尾，謂之艫。」《玉篇》：「艫，在船後。」按左思《吴都賦》：「巨艦接艫」。庾闡《揚都賦》：「青雀飛艫。」是艫又通作舟名。

又謂之閤閭，

《方言》：「首謂之閤閭。」郭璞「今江東呼船頭屋謂之飛閭」是也。《玉篇》：「五比爲閭。」又「船首之閭。」

又謂之鷁首。

《方言》：「或謂之艗艏。」郭璞：「鷁，鳥名也。今江東貴人船前作青雀，是其象也。」《廣雅》：「艗艏，舟也。」《玉篇》：「舟頭爲鷁首。」又作「榏」。司馬相如《子虛賦》：「浮文鷁。」張揖曰：「鷁，水鳥也。畫其象于船首。」《淮南王書》：「龍舟鷁首，天子之乘也。」按此，則字當作「鷁首」，後乃統加舟旁耳。又《晉書》：「武帝謀伐吴，詔王濬修舟艦，畫鷁首怪獸于船首，以懼江神。」是船頭之名鷁首，又專以繪鷁于首得名。

船尾謂之舳，

《説文》：「舳，艫也。《漢律》名船方長爲舳艫。一曰舟尾。」《方言》：「後曰舳。」郭璞：「今江東呼柂爲舳。」又云：「舳，制水也。」《漢書》：「武帝自潯陽浮江而下，舳艫千里。」注：李斐曰：「舳，後持舵處。艫，前頭刺櫂處也。」通異名。《小爾雅》：「船頭，謂之舳。按《小爾雅》所言，正與《説文》等相反。劉逵《吴都賦》注亦同。

又謂之杕。

《釋名》：「其尾曰柂。柂，拕也。在後見拕曳也。且弼正船使順流，不使他戾也」。《玉篇》：「杕，船尾小梢也。」木部有「柂」，舟部有「舵」，並云「正船木。」按杕即柂字。今别作柁，又作舵，並非。《物原》云：「帝嚳作柂櫓，夏禹作舵。」又妄分爲二，非也。《淮南王書·説林訓》：「毁舟爲杕。」高誘注：「杕，舟尾。」按與柂同。俗作柂，亦作舦，皆非。裴松之《吴志》注《江表傳》：「孫權于武昌新裝大船，試泛之釣臺。時風大盛，谷利令柁工取樊口。權曰：『當取羅洲。』利拔刀向柁工曰：『不取樊口者斬。』工即轉柁入樊口。」《北堂書鈔》稱《孫放別傳》：「不見船柁乎，在後所以正船也。」按《漢書》淮南王安諫擊閩越云：「拕舟而入水。」《説文》：「拕，曳也。」則「柁」當作「拕」爲是。《十誦律音義》亦云：「拕字從手。」

船前立柱謂之桅。

《釋名》：「其前立柱曰桅。桅，巍也。巍巍，高貌也。」按「桅」，本又作「棍」。「其前」，《太平御覽》引此作「船前」。《玉篇》：「桅，船上檣竿。」通異名。《淮南王書・説林訓》：「遽契其舟桅。」高誘注：「桅，船弦板也。」

船後木謂之𦨣。

《玉篇》：「𦨣，𨋀舟。」又木部「棑」云：「船後棑木。」《廣韻》同。按「𨋀」與「駐」同。《玉篇》于車部載此字，云：「𨋀，車也。」今湖湘間小舟無柁者，于梢上作孔，欲停舟，即從孔中植一木，船即不行。𨋀舟之義當取此。通異名。《玉篇》又云：「棑，筏名也。」

舟中牀以薦物者謂之笭。

《釋名》：「舟中牀以薦物者，曰笭。言但有簀如笭牀也。南方人謂之笭突，言涇漏之水突然下過也。」盧學士文弨校本，今船底上有襯板，水或浸淫而入，其最低者曰水倉，常時去之，名曰刮潮。與此説合。《玉篇》：「笭，舟中牀也。」按《説文》：「笭，車笭也。」與「篚」通訓。是舟車中可以薦物者，通得謂之笭。

張幔謂之颿，

《説文》：「颿，馬疾步也。從馬，風聲。」徐鉉曰「舟船之颿，本用此字。今別作帆，非是。」按舟之使颿，亦如馬之疾步，故假借用之。《釋名》：「隨風張幔曰帆。帆，泛也，使舟疾泛泛然也。」按今本帆，泛也，在隨風之上。非。又《一切經音義》兩引此，一作「隨風張幔曰颿」，一作「隨風張幔曰帆」，蓋一據《説文》改也。佛本行《集經音義》稱《聲類》云：「颿，船上幔也。一云船上帳也。」又稱《三蒼》：「颿，船上張布帊也。」《玉篇》：「颿，風吹船進也，亦作𩖸。帆，船上帆也，與舥同。」按據此，則帆、𩖸、舥，皆颿之別字。今《廣雅》別出「舥」字，《玉篇》舟部風部並別出「𩖸」字，皆非。《廣韻》：「帆，船上幔也。亦作颿。」《風土記》：「帆，從風之幔也。施于船前，各隨宜大小爲制，大者用布一百二十幅，高九丈。」《太平御覽》稱《韻集》云：「颿，船張也。」

又謂之雙，又謂之篷。

《説文》：「栙雙也。」《玉篇》：「別作艂艭，又作栙篗。」《廣韻》：「栙篗，帆未張。」又云：「篗，帆也。」今從《説文》作雙。《玉篇》：「篷，連船帳也。」

颿柱謂之檣。

《太平御覽》稱《埤蒼》：「檣，颿柱也。俗作艢。《玉篇》同。按《玉篇》舟部又別出「艢」字，非。《北堂書鈔》稱王粲《浮淮賦》：「建衆檣以成林。」郭璞《江賦》：「舳艫相接，萬里連檣。」

船旁板謂之枻，

王逸《楚辭章句》：「枻，船旁板也。枻，一作袣。」《玉篇》：「枻，楫也。與袣同。」按「楫」「枻」本二物，《玉篇》合而爲一，後人皆因之。似誤。

又謂之舷，又謂之桅。

並見上。

所以進船謂之櫓，

《釋名》：「在旁曰櫓。櫓，膂也，用膂力然後舟行也。」《玉篇》：「艣，所以進船也。」《吴志・吕蒙傳》：「使白衣摇櫓，作商賈人服。」《晋書・夏統傳》：「乃操柁正櫓。」《南史》：「梁吕僧珍見武帝頗招武猛，命多伐材竹，未用。僧珍獨悟其指，因私具櫓數百張。」通異名。《四分律音義》：「櫓，船上樓櫓也。」

又謂之濯，

《説文》：「楫，舟濯也。」《漢書・百官表》水衡都尉屬官有輯濯令丞。如淳曰：「輯濯，船官也。」師古曰：「輯濯，皆所以行船。」《釋名》：「在旁撥水曰櫂。櫂，濯也，濯于水中也。且言使舟濯進也。」《方言》：「或謂之櫂。」郭璞：「今之櫂歌，依此名也。」《楚辭》：「桂櫂兮蘭枻。」王逸《章句》：「櫂，楫也。」《後漢書・岑彭傳》：「委輸棹卒，凡六萬餘人。」李賢注：「棹卒，持棹行船也。」《東觀記》作「濯」。《前漢書》：「鄧通濯船，爲黄頭郎。」《大方廣佛華嚴經音義》稱《通俗文》：「櫂，謂之艥。」《玉篇》：「櫂，檝也。棹同。」按《説文》無「櫂」字，始見「新附」，當係「濯」字之别。《玉篇》又别出「棹」

「艑」字，益非。

又謂之札，

《釋名》：「又謂之札，形似札也。」

又謂之楫，

《易》：「剡木爲楫。」《詩》：「檜楫松舟。」《毛傳》：「楫，所以濯舟也。」《説文》：「楫，舟濯也。」按《漢書·百官表》有輯濯令丞。師古曰：「輯，讀與楫同。」是「楫」亦可作「輯」，與「檝」皆古字通。《方言》：「楫，謂之橈。」《釋名》：「又謂之楫。楫，捷也。撥水使舟捷疾也。」《淮南王書》：「七尺之楫，而制大舟者，因水爲資也。」《玉篇》：「楫，行舟具也。」按「楫」亦通作「杖」。《水經注》「馮舟自運，無杖楫之勞」是也。《説文》：「攸，行水也。」徐鍇曰：「攴，入水所杖。」義亦同。

又謂之艆。

《玉篇》：「艆，艡别名。」

小楫謂之橈，又謂之挐。

《方言》：「楫，謂之橈。」《小爾雅》同。《楚辭》：「蓀橈兮蘭槳。」王逸《章句》：「橈，船小楫也。」《玉篇》同。《吴越春秋》：「得一橈而行歌道中。」注：「橈，小楫也。」《淮南王書》：「七尺之橈，而制船之左右者，以水爲資。」高誘注：「橈，刺船棹也。一作撓。」《後漢書·吴漢傳》：「裝露橈船。」李賢注：「橈，短檝也。」按俗作「艞」，非。佛本行《經音義》：「江南櫂大于橈，而楫殊小。作橈者面向船頭，立撥之；作櫂者面向船尾，坐撥。楫，櫂笴也。」按此，則唐楫橈之制又與古小異。司馬彪《莊子注》：「挐，橈也。」

所以隱濯謂之槳。

見《方言》。今本作「䉶」。郭璞：「摇船小楫也。江東又名爲胡人。」《玉篇》：「槳，楫屬。」按字當作「槳」。《物原》云「顓頊作篙槳者」是也。

所以縣濯謂之緝。

見《方言》郭璞：「繫船頭索也。」

所以斥旁岸謂之交。

《方言》：「所以刺船，謂之槁。」《釋名》：「所用斥旁岸曰交。一人前，一人還，相交錯也。」《玉篇》：「篙，竹刺船行也。」僧祇《經音義》亦云：「篙，刺船竹。一云刺船竹杖。」按此蓋望文生義。《玉篇》木部又別出「槁」字，益非。《方言》疑亦後人追改。《越絶書》闔閭問子胥曰：「船軍之備何如？」子胥答曰：「篙工船師，可當君之輕足驃騎也。」《淮南·説林訓》：「以篙測江。」高誘注：「擿船以篙。」僧祇《經音義》稱許慎注：「篙，謂刺船竹，長二丈，以鐵爲鏃者也。」左思《吴都賦》：「篙工楫師，選自閩禺」。按本取相交錯之義，故字當作交，俗作篙，《説文》「新附」云：「篙，所以進船也。」然此乃《玉篇》「艣」字義訓，不可移訓「篙」。

濯船羽謂之欆。

《玉篇》：「艭，棹船羽。」

以板遏水謂之䑲艛，

《玉篇》：「䑲艛，所以遏水也。」

又謂之業。

《爾雅》：「大版，謂之業。」《説文》：「業，大版也。」《廣韻》：「澲，横水大板。」按《玉篇》無「澲」字。此蓋隨文生義，以大版在水中，故加水旁。今仍作業字，而存其義。今人呼水中横板曰淌水。

以竹塞舟謂之筎。

《玉篇》：「竹筎，以塞舟。又作袽。云所以塞舟漏也。」按今舟人塞漏，尚謂之茹船。《出曜論》：「抒船。」音義：「抒，漏也。」又《廣雅》：「抒，泄出也。」義並通。

維舟謂之鼎，

《方言》：「維之，謂之鼎。」郭璞：「繫船爲維。」

又謂之紼，又謂之繂。

《爾雅》：「紼縭維之。紼，繂也。」郭璞注：「繂，索。」《説文》：「紼，亂絲也。」繂，橤屬。」《玉篇》：「𦃃，舉船索也。或作繂。」《詩》正義稱孫炎曰：「繂，大索也。」又云：「舟止，繫之于樹木。戾竹爲大索。」李巡曰：「繂竹爲索，所以維持舟者。」

又謂之纜。

《玉篇》:「纜,維舟也。」《吴志·甘甯傳》:「勑船人更增舸纜。」

引舟謂之筰,

《釋名》:「引舟者曰筰。筰,作也。作,起也。起舟使動行也。」按《太平御覽》引作:「笮,作也,起舟使動作也。」今攷「笮」字義別,當作「筰」爲是。《水經注》:「吴國西十八里有岝嶺山,俗説此山本在太湖中,禹治水移進近湖。又東及西南有兩小山,皆有石如卷笮,俗云禹所用牽山也。太湖中有淺地,長老云:『是笮嶺山蹠。自此以東稍深,云是牽山之溝。』」《太平御覽》稱《纂文》:「竹索謂之笮,茅索謂之笮。」按下「笮」應作「筰」。漢《鼓吹曲》曰:「桂樹爲君船,青絲爲君筰。」《漢書·武帝紀》注:「西南夷尋筰以渡水,因號邛筰。」按此,則漢越巂郡定莋、大莋等縣,蓋皆以是得名。魏文帝詩:「負筰引船行。」《玉篇》:「筰,竹索也。引舟竹筊也。又作笮。」按《説文》:「筊,竹索也。」是筰、筊、笮三字並通。

又謂之縭,

《釋文》稱《韓詩》曰:「縭,筰也。」《爾雅》:「縭,緌也。」郭璞注:「緌,繫。」邵侍讀晋涵正義:「筰與緌義同,可以起舟使動行。」

又謂之牽,

《説文》:「牽,引前也。」《集韻》《類篇》稱《字林》云:「繂紱,挽舟繩。」《玉篇》:「牽,挽也,速也,連也。」按維舟之索,今俗統謂之纜;引舟之繩,今俗統謂之繂。繂即牽之别字。今挽舟兼有牽引之義,故借假用之。《水經注》：「禹所用牽山」，《齊書》：「張融權牽船于岸上住」，《北堂書鈔》稱《語林》「劉道真于河側自牽船」是也。唐人名之爲百丈。

又謂之綯。

《廣韻》《集韻》稱《字林》：「綯，挽船篾也。」按《説文》《玉篇》並無此字，疑屬紾字之别。《説文》：「紾，轉也。」轉亦有挽之義矣。

繫舟木謂之橛，又謂之杙，

《爾雅》：「樴，謂之杙。」郭璞注：「橜也。」《説文》：「橜，弋也。」「弋，橜也。」《詩》正義稱李巡曰：「杙，謂橜也。」《北堂書鈔》：「今繫舟木曰橛，俗加舟作橛。」《漢書注》：「牂柯，繫船杙也。」《通典》：「軍行渡水，又用挾絙。以善游者繫小繩先浮渡水，次引大絙。于兩岸立大橛定絙，使人扶絙浮渡。大軍可爲數十道。」

又謂之䑴，

《玉篇》戈部收䑴云：「船板木。」弋部又收䑴云：「船左右大木也。」《廣韻》：「䑴，船纜所繫。」按「䑴」「䑴」本一字，《玉篇》分爲二，誤。今姑從《廣韻》作「䑴」。又「䑴」，疑亦「戕」字之别。「柯」，一作「戕」也。

又謂之牂柯。

常璩《華陽國志》：「楚頃襄王時，遣莊蹻伐夜郎，軍至且蘭，椓船于岸而步戰。既滅夜郎，以且蘭有椓船牂柯處，乃改其名爲牂柯。」裴松之《常林傳》注稱《魏略》：「諸葛瑾攻圍樊城，遣船兵于峴山東斫材牂柯。」《太平御覽》稱《異物志》：「牂柯，繫船木也。」按《玉篇》別作「戕戟」，非是。

候風謂之綄，

《淮南王書》：「若綄之候風。」高誘注：「候風之羽也，楚人謂之五兩。」《文選》注稱許慎云：「綄，候風也。」《玉篇》：「綄，候風，五兩也。」

又謂之俔，

《淮南王書》：「譬若俔之見風也，無須臾之間定矣。」高誘注：「俔，候風者也，世所謂五兩。」按「綄」與「俔」字形本相近，當屬一字。《論語》：「莞爾」之莞，陸德明《釋文》又作「莧爾」，是也。

又謂之五兩。

郭璞《江賦》：「覘五兩之動静。」按候風之法，蓋起于軍中。故《太平御覽》稱《兵書》云：「凡候風法，以雞羽重八兩，建五重旗，取羽繫其巔，立軍營中。」此即候風之制。船上候風制，亦當同。

泝斗謂之柂，

《廣雅》：「泝斗，謂之柂。」曹憲音「頤」。《玉篇》：「柂，船戽斗。」

又謂之杅。

《太平御覽》稱《纂文》云：「杅，水斗也。」

整舟向岸謂之檥。

《史記·項羽本紀》：「烏江亭長檥船待。」集解稱應劭曰：「檥，正也。」孟康曰：「檥，附也。附船著岸也。」如淳曰：「南方人謂整船向岸曰檥。」劉逵《蜀都賦》注：「南方俗謂正船回濟處曰檥。」《玉篇》：「艤，整舟向岸。」按「艤」，當作「檥」。

水渡謂之䑦。

《説文》：「䑦，津字古文，水渡也，古文津从舟。」《玉篇》：「䑦，古津字。」按《玉篇》又云：「一作肆。」蓋又津字之别，今削之。

船師謂之舫，

《説文》：「舫，船師也。」《明堂月令》云：「舫人，習水者。」通異名。《爾雅》：「舫，泭也。」郭璞注：「水中簰符。」《一切經音義》稱《通俗文》：「連舟曰舫。」按餘已見上。

又謂之榜。

《禮記·月令》：「命漁師伐蛟。」鄭康成注：「今《月令》『漁師爲榜人。』」《北堂書鈔》稱《月令》云：「榜船人，習水者也。」《漢書·司馬相如傳》：「榜人歌，聲流喝。」張揖曰：「榜，船也。《月令》云『命榜人』，榜人，船長也。」按「舫」「榜」古字通，今俗尚呼「刺船者」謂「榜人」，又謂之「長年」。《玉篇》：「榜人，船人也。」通異名。《廣雅》：「舟、舫、榜，船也。」按或作「䠙」，非。《楚辭》：「齊吴榜以擊汏。」王逸《章句》：「吴榜，船櫂也。」《北堂書鈔》稱傅玄《正都賦》：「越船沉，吴榜浮。」

舟旋謂之般。

《説文》：「用也。一曰車右騎，所以舟旋。古文般从人。」《玉篇》：「舤，古文般字。」按皆取可以周旋之義。

舟辟謂之般。

《爾雅·釋言》：「般，旋也，還也。」《説文》：「辟也。象舟之旋。从舟，从殳。殳，所以旋也。古文般从攴。」《廣雅》：「般桓，不進也。」又「般，還也。」按《禮記·投壺篇》：「主人般旋曰辟。」同意。

舟動謂之船。

《玉篇》：「船，船動貌。」按《集韻》又出「舣」字，云「船動貌」，與「船」同。

舟播謂之航。

《玉篇》：「航，播舟。」

舟行謂之彤，

《説文》：「彤，船行也。」《玉篇》：「舟行也。」《廣韻》同。按《玉篇》又云：「彤，《爾雅》云祭也。」今攷「彤」「彤」寔二字。在丹部者，《説文》「丹飾也」，亦借作「祭名」。《書》「高宗彤曰」，《爾雅》「商曰彤」是也。音徒冬切。一在舟部，《説文》「船行也。音丑林切。」《玉篇》合爲一，誤。

又謂之舽，又謂之艍，又謂之艕。

《玉篇》：「舽、艍、艕，並舟行。」

舟進謂之艖。

《玉篇》：「艖，進也。」

舟不行而進謂之歬。

《説文》：「不行而進，謂之歬。从止在舟上。」

舟不安謂之舠。

《説文》：「舠，船行不安也。讀若兀。」《玉篇》同。《方言》：「僞，謂之仡。仡，不安也。」按「舠」「仡」蓋一字。《玉篇》别出「舡」，《廣韻》又别作「舡」，並非。《廣韻》又有「舥」字，云「船不安也。」

船著不行謂之艐。

《爾雅》：「艐，至也。」孫炎：「艐，古届字。」《方言》同。《説文》：「艐，船著不行也。讀若莘。」《玉篇》同。又音届。《廣韻》：「艐，船著沙不行也。音坷。」按不行即至矣，故孫炎以爲古届字。

舟危謂之艥。

《玉篇》有。按今本《字書》引《玉篇》有「舟危也」三字。

舟没謂之湰。

《玉篇》：「䑨，船没也。」《善見律音義》稱《字體》云：「䑲，船没也。亦作湆。」《廣韻》：「䑨，船没。」按字當作「湰」。《説文》「湰，水入船中也。《方言》「湆，沈也。」義亦同。湆、䑨、䑲、䑨，皆俗字，以音同而别。

吳謂之艎，

《玉篇》：「艎，吴舟。」按《左傳》：「餘皇，吴所造，故名之爲吴舟也。」

又謂之艑，

見上。《初學記》稱《廣雅》曰：「吴曰艑。」《廣韻》同。《華嚴經音義》稱《通俗文》：「吴船曰艑。」

又謂之舼，

見上。《初學記》稱《埤蒼》：「舼，吴船也。」

又謂之艂。

見上。《玉篇》：「艂，吴船也。」《轉注古音》：「吴人目舟曰艂舡。」

越謂之須慮。

《越絶書·吴内傳》：「越人謂船爲須慮。」

晋謂之舶。

見上。《初學記》稱李虔《通俗文》曰：「晋曰舶。」《華嚴經音義》稱《通俗文》：「晋船曰舶。」

蜀謂之艅。

《廣韻》：「艅，蜀人呼舟。」

外域人謂之䑸。

見上。《北堂書鈔》稱《南州異物志》：「外域人名船曰䑸。大者二十餘丈，高去水三四丈，載六七百人、物萬斛。」

天子舟謂之艁，

《説文》：「艁，古文造。从舟。」《玉篇》：「天子船曰艁。」按周制，惟天子得用造舟。「艁」蓋合「造舟」二字爲一。《釋文》稱《郭氏圖》云：「天子並七船。」薛綜《東京賦》注：「造舟，以舟相比次爲橋也。」

又謂之鷁首。

見上。《藝文類聚》稱《韻集》：「鷁首，天子船也。」

艁又謂之浮梁。

《方言》：「艁舟謂之浮梁。」郭璞：「即今浮橋。」《廣雅》同。《公羊疏》稱舊説云：「以舟爲橋，詣其上而行過，故曰造舟。」按東晋朱雀桁亦其遺制，但自天子而下並得渡耳。

諸侯連四舟謂之維。

《爾雅》：「諸侯維舟。」郭璞注：「維連四舟。」《詩》正義稱李巡曰：「中央前後相維持，曰維舟。」

大夫併兩船謂之方。

《爾雅》：「大夫方舟。」郭璞注：「併兩船。」義已見上。

士單舸謂之特。

《爾雅》：「士特舟。」郭璞注：「單船。」《公羊疏》稱李巡曰：「一舟曰特舟。」

庶人併木渡謂之泭。

《爾雅》：「庶人乘泭。」郭璞注：「併木以渡。」義已見上。《公羊疏》稱李巡曰：「編木以渡，别尊卑也。」

校勘記

〔一〕景乃以舣舼貯石沈塞淮口　按《陳書》無侯景傳，此句見《陳書》卷一《高祖本紀》。

〔二〕南金北毳　「北毳」原作「百毳」，據《宋書》卷九四改。

〔三〕梁麗不可以衝城　按《莊子·秋水篇》作「梁麗可以衝城。」

〔四〕又以艒舸千艘並載士　「士」原作「土」，據《册府元龜》卷四三三及《資治通鑑》改。

〔五〕剡縣西度通臨海　按王先謙《合校水經注》卷四十作「西渡通東陽」，非通「臨海」。

卷施閣文甲集卷第四

貴州水道攷上

貴州十三府，爲楚、蜀、粤上游，其間巨川數十，皆見于班固《漢書》、司馬彪《續漢志》、郭璞《山經》、酈道元《水經》等注。而唐宋以後，則無聞焉。蓋地没于苗蠻，名乖于土俗，一水則隨地易名，有至十數名不止者，何怪乎撰方志、詢土俗者之轉轉承訛，無一可依據乎！其間即有思矯其弊，如郭子章之《黔記》、田雯之《黔書》，而横據胸臆，不尋源流，則其失亦與方志之俚鄙者等。夫貴州諸巨川，其旁皆高山峻嶺，非若東南之水，可隨時易其故道者也。余以壬子冬，奉命視學此方，軺車所至，類皆沿源溯流，證以昔聞，加之目驗，既不信今，亦不泥古，兩年于兹，撰成《貴州水道攷》三卷。凡經流七，皆水之直達江海者。大水八，皆水之絡數十小水至貴州境以外合經流者。中水百八十一，皆水之能絡小水在貴州境以内合經流及大水者。小水一百五十二，皆合中水以入大水者。而水之無名及不知所歸者，尚不與焉。書成，晰爲三卷，以由湖南入江者爲卷首，由四川入江者次之，由廣西至廣東入海者又次之，各冠以表，條分縷晰，庶後爲方志者有所考鏡云。乾隆五十九年，歲在甲寅，八月一日序。

由湖南入江諸水：

沅水，至湖南，由洞庭湖入江。經流一。

豐甯司水，入沅。

九股河，入沅。

烏蕘河，入沅。

龍潭河，入沅。

麥冲河，入沅。平洲河、藤茶河附。

諸梁江，入沅。魚梁江、蘆坪江附。

卡龍河，入諸梁江。

麻哈江，入沅。擺遞河附。

馬場江、羊場江、地松河、楊老河、武勝河等附。

冷水河、樂平溪、勇勝溪、凱旋溪、舟溪、山江河，並入麻哈江。

高溪，入沅。

秀水，入高溪。

小江，入沅水。

丹江，入小江。防里河，又入丹江。

鑑水江，入沅。

西江、分水、凹水，入鑑江。

潭溪水，入沅。

洪舟江，入沅。

平茶江，入洪舟江。

邛水，入沅。

長忌河，入邛水。

城東溪，入沅。

龍溪，入沅。

凹溪，入龍溪。

左溪，入沅。

冶水溪，入沅。

直銀水，入沅。

嵝頭堡水，入直銀水。

木耳溪，入沅。九江附。

無水，至湖南黔陽縣，入沅。大水一。

飛雲洞水，入無。
興隆大河、興隆小河，入無。
苗裏水，入無。
處洞河，入無。
北門河，入處洞河。
施秉小江，入無。秉溪、別溪等附。
杉木河，入無。
瓦窑水，入無。
江凱溪，入無。
鎮遠城西河，入無。
宛溪，入無。
焦溪，入無。
梅溪，入無。
秋溪，入無。
松溪，入無。
牙溪，入無。

小由溪，入無。

勇溪，入無。

白水溪，入無。

鐵溪，入無。

異溪，入無。

鐵廠水，入異溪。竹坪河、苗龍河附。

馬口溪，入無。

注溪、架溪，入馬口溪。施溪、海龍溪等附。

文水河，入無。

易家河，入無。

野雞河，入無。

西溪、梭溪，入野雞河。

黄道溪，入無。

銅鼓塘水，入黄道溪。

辰水，至湖南辰谿縣，入沅。大水二

獨母水，入辰水。

省溪，入辰水。

乜江，入辰水。

　烏羅溪、羊溪，入乜江。

前溪，入辰水。

提溪，入辰水。

　印江，入提溪。

沅水攷：

沅水至湖南黔陽縣，始有沅江之名，固矣。然其發源之處，自班固、酈道元以後，即無能分析之者。唐杜佑《通典》列沅溪于五溪之内。李吉甫《元和郡縣志》於沅水又屢易其名，辰州沅陵縣曰沅江，辰溪縣下曰沅江水，敘州朗溪縣下又曰沅溪水。則是水道之混，自唐賢始也。攷《漢書·地理志》武陵郡臨沅縣下，引應劭曰：「沅水出牂柯，入于江。」無陽縣下，班固原注云：「無水，首受故且蘭，南入沅，行八百里。」牂柯郡故且蘭縣下，班固原注云：「沅水東北至益陽入江，〔一〕過郡二，行二千五百三十里。」《水經》：「沅水出牂柯故且蘭縣，《說文》及劉昭《郡國志》注引《荆州記》所説並同。爲旁溝水，《太平寰宇記》作「旁流水。」又東至鐔成縣，爲沅水，唐朗溪縣，漢鐔成縣地。杜佑《通典》注云：「有沅溪水。」東過無陽縣。」道元注云：「無水出故且蘭，南流至無陽故縣，又東南入沅，謂之無口。」合此數説，明無水雖入沅，然沅水自有正源，不僅資無水也。按：今黄平州屬重安長官司，北有金鳳山，山南即重安江，古沅水也。《貴州紀事》：「清江上通重安，以達都匀，下通黔陽，以會朗水，舟楫往來，較㵲溪爲便。」山北即鎮陽江之源，古無水也。自重安江以上，在清平縣境者，名凱里河；在麻哈州境者，俗名平定河；在八寨同知境者，俗名雞賈河；在都勻縣境者，俗名長河，又名劍河，亦曰馬尾河，蓋自源出都勻府城内之東山，至黄平州界已流三百餘里矣。又下此，至平召寨，北入生苗界，又東南百餘里，至黎平府西北、鎮遠府東南之清江廳界，始名清江。又東北，至天柱縣之甕東，始入湖南黔陽縣界，鎮遠江自東北來會。蓋自源至此，已千一百餘里矣。統計經古郡二：牂柯，武陵。今府、廳、州、縣十五：都勻、平越、黎平、鎮遠、沅州五府，八寨、清江二廳，都勻、麻哈、清平、黄平、施秉、開泰、天柱、黔陽八州縣。二水既合，又歷辰州、常德、長沙三府；辰谿、溆浦、瀘溪、沅陵、桃源、武陵、龍陽、益陽八縣，由洞庭湖入大江，共千二百里，合前實二千三百餘里。古里數較短，故班固云「行二千五百三十里」也。蓋沅水舊名三：其始出故且蘭，爲旁溝水，一曰旁流水，統名沅水。唐時，則名之曰沅江，又曰沅溪水。俗名九：曰長河，曰劍河，曰馬尾河，曰雞賈河，曰平定河，曰凱里河，曰重安江，曰前江，《通志》：前江在施秉城南，上爲重安江，下即清水江。曰清水江。

今且可由沅、無二水，攷故且蘭之所在。《水經》：「沅水出牂柯故且蘭縣。」班固云：「無水首受故且蘭，南入沅。」今無水實出黄平州南金鳳山，山南又即沅水所經之地，則故且蘭縣即在黄平州以西、都勻府以北左近界中無疑矣。檢諸地志，貴筑、貴定、清平，皆注云：「故且蘭縣地。」《圖經》則云：「且蘭在湄甕、黄施之交。」明漢時縣大，自黄平州西南、貴筑縣東北，皆故且蘭縣地也。前人以遵義爲且蘭，其說蓋非。又因故且蘭可知牂柯郡治所在，何則？兩漢牂柯郡皆治故且蘭，則牂柯郡治亦在今黄平州西南、貴筑縣東北左近界内可知。並可因此證漢、晋諸地志之誤字。班固注：「沅水東南至益陽入江。」許慎《説文》云：「沅水出牂柯故且蘭東北入江。」今驗此水，自黔陽縣以下至入江，皆東北流，惟經辰州府城外稍東南流數里，即折向北，則許慎之言已確。《漢志》「東南流」，「南」字蓋傳寫之誤也。劉昭《郡國志》注：「故且蘭」下引《晋書地道記》曰：「有沈水」，按《水經注》：「沉水出廣漢縣，下入涪水。」與此迥不相涉。舊本《後漢書·世祖本紀》「臧宫與延岑戰于沉水。」沉，又誤作沅，蓋皆以字近而誤。亦沅字傳寫之誤。

又攷沅水至重安驛東南，平越府諸梁江合麻哈江諸水來會，其餘州境諸水，如高溪等皆會重安江。始明沅水自故且蘭以上，僅名旁溝水。自此以下至鐔成，今開泰、天柱等縣。《山海經》「沅水出象郡鐔城西」，指此。有沅水之名。今在開泰、清江廳境者，始名清水江是也。齊侍郎召南《水道提綱》亦知清水江爲沅水上源，而不能確指其出都匀府之東山，而又混入平越府西北諸梁江，以爲亦沅水上源，不知此特支流入沅水者耳。黄宗羲《今水經》又混沅、無二水爲一，皆失不細考。

豐甯司水。《圖經》：「自都匀府界流入長河。」

九股河。《通志》：「在丹江通判城南，發源九擺寨山中，東北逕鳳臺諸寨，入于清江。」

烏堯河。《通志》：「在丹江通判城北，發源城東烏堯寨山中，流經烏耶關，入于清江。」

龍潭河。《圖經》：「在都匀府西北山，東南流，至府北十餘里，有一水自北山來，一水自東北來，一水自東南來，並會南流，逕府城西，折東南流，入馬尾河。」

麥冲河。《明史·地理志》：「平浪長官司東南有麥冲河。」《通志》：「在都匀府城西南。」《圖經》：

「馬尾河經都勻府西南境，折東南流，有一水自西南經大河鋪來會。」按當即麥冲河水。又考《地理志》「平洲六洞長官司南有平洲河」，《通志》「丹行司西南又有藤茶河」，二水當亦流合清江也。

諸梁江。《圖經》：「出平越府西北大山，東南曲，曲流百餘里，至府南境，有一水西南自貴定縣東南山東北流，經黄絲驛，合數小水來會。稍北，府城水自西來會，正當城南，東北流，府城東水又來會。又東北，卡龍河西北自牛場來會。又東，麻哈江西南自州來會。」《通志》：「諸梁江在平越府城南三里，俗又訛猪梁江。」按平越縣東又有魚梁江、蘆坪江，當亦合諸梁等江入清江者。

卡龍河。《圖經》：「合諸梁江。」

麻哈江。《明史·地理志》：「麻哈州本麻哈長官司。洪武十六年置。州南有麻哈江。」按州當以水得名。《圖經》：「麻哈州西，水有三源：一西出貴定縣東南之樂平司兩溪，至司東，合而東流，至州西南；一出州西南者，東北流；一出州南者，西北流。俱會，北流，逕州西，又北合東來一水，又北而東北至楊老驛北，又北至林老驛西北，入諸梁江。」《通志》：「江在麻哈城南五里，其上源爲兩岔江，《明史·地理志》：「兩岔江以兩源合流而名。」又爲算水下流，入于清江。」按麻哈州南又有擺遞河，當亦合麻哈江。

馬場江。《明史·地理志》：「平越府南有馬場江。」《通志》：「在府城南四里，與羊場江通。」

羊場江。《明史·地理志》：「平越府南又有羊場河，俱東入于麻哈江。」《貴州紀事》：「明景泰元年，冉璡分兵七盤坡、羊腸河、楊老堡，解清平圍。」《通志》：「在府城南二十五里，二水並流，合麻哈江。」

地松河。《通志》：「在平越府城東北十五里，其地名松屯，南流入麻哈江。」按縣境又有楊老、武勝等河，當亦合麻哈江。

冷水河。《明史·地理志》：「黄平州東有冷水河。」《通志》：「在黄平州城東三里，流入兩岔江。」《明史·石邦憲傳》：「招降冷水溪諸洞苗二十八砦。」即此。

樂平溪。《明史·地理志》：「樂平長官司南有樂平溪。」《通志》：「在麻哈州樂平司南，下流合于麻哈江。」

勇勝溪，

凱旋溪。《圖經》：「並在麻哈州境，入麻哈江。」按相近爛土司境，又有灣溪。《明史·四川土司傳》：「都御史張瓚及楊輝攻敗灣溪」，及「灣溪既立，爛土諸蠻惡其逼」是也。今不知何水可以當之，或今昔異名，姑附記于此。《清平縣册》又云：「勇勝溪合山江河，始入麻哈江。」

舟溪。《明史·地理志》：「清平縣有舟溪江。」《貴州紀事》作「丹溪」。《通志》：「在平定司東，入麻哈江。」

山江河。《明史·地理志》：「平定長官司東有山江河。」源出香爐山。《圖經》：「亦在麻哈州境，入麻哈江。」

高溪。《通志》：「在黄平州城西北，旁有高溪屯，下流合秀水，入重安江。」

秀水溪。《通志》：「在黄平州城東三十里，合高溪。」

小江。《通志》：「在台拱同知城南之牛皮箐，北流逕城南，繞城西北，入于清江。」

丹江。《通志》：「在丹江通判城西，合諸山之水以成江，下流入小江。」防里河。《通志》：「亦在丹江城東，下入丹江。」按沿江苗又有大丹江、小丹江之别，實止一江也。

鑑水江。《通志》：「在天柱縣城北，又名北門江，發源新溪，繞城而下，與清江合。」

西江。《通志》：「在天柱縣城西北，下入鑑水江。」

分水凹水。《圖經》：「在天柱縣城北七十里沅州界，水自凹分，一歸沅州，一歸鑑江。」

潭溪水，一名三十里江，又名八舟江，又名新化江。《明史・地理志》：「潭溪蠻夷長官司下有潭溪。」按元置潭溪長官司，即以水得名。「八舟蠻夷長官司下有八舟江，源自府城，西爲三十里江，北流經此，又東北爲新化江。」「新化長官司下東南有新化江，又西北合于清水江。」《圖經》：「潭溪有二源：一出黎平府西山，曰少寨河；一源出府西南，東北流，逕府城西北，與八舟河會，又東逕老潭司北，又東北逕新化所西，曰新化江，又北逕銅鼓衛西，又北至明耳司之西北，入清水江，水口正與邛水對。」《黎平府志》：「新化江源出城西，其上流爲八舟江，下流合于清水江。」

洪舟江。《明史・地理志》：「洪舟長官司下有洪舟江，按元置洪舟長官司，即以水得名。下流合于湖廣靖州之渠河。」按靖州通道縣有渠水。《方志》：「源出縣西南，北流逕靖州界，至會同縣西北入郎江。郎江至辰州府黔陽縣注沅水。黎平府洪舟江在洪舟司，一名洪州江。」攷此水合兩水後，始注沅水。《今水經》反以渠陽江爲入于洪舟江，誤矣。

平茶江。《黎平府志》：「在府城東南，源出太平山，流合洪舟江。」

邛水。《元一統志》：「宋邛水故城，在今鎮遠縣東南八十里。」按宋立邛水縣，即以是水得名。即今邛水縣丞所轄。《圖經》：「邛水亦曰德明河，出鎮遠縣東南，二溪合，東南流，有長忌河自西南來會，又東逕邛水司南。又東南，有一水自東北合二溪來會，折南流數十里。又東南流，受北一小水，又東南逕南洞西，又東南百里至毛坪之南，入清水江。」《通志》「在邛水司南，源出苗寨，下流入沅江」是也。

長忌河。《圖經》：「長忌河，西南會邛水。」

城東溪。《圖經》：「在錦屏縣城東二里，發源于苗山，經府屬之湖耳司，迴迤達于湖廣之黔陽縣。」按此水蓋至黔陽縣入沅江。

龍溪。《通志》：「在思州府城西，下流合凹溪，入清江。」

凹溪。《通志》：「府境又有凹溪，合龍溪。」

左溪。《通志》：「在都素司南，下流入清江。」

冶水溪。《通志》：「在左溪西南，亦流入清江。」

直銀水。《圖經》：「出天柱縣西界之東大山，東流曰等溪。折東北流，經直銀村西北，又東北，折南流，至縣北分流，夾城左右，有一水西自幞頭堡至縣西來會，又東稍南，流至遠口，北入清江。」

幞頭堡水。《圖經》：「合直銀水。」

木耳溪。《明史·地理志》：「烏羅洞南有九江。又有木耳溪，亦曰九十九谿，下流亦入沅江。」《通志》：「其流紆曲，東抵平南寨，有九十九折。」

無水攷：

無水之名，隨時代而改。漢無陽縣以無水得名，班固無陽縣下注「無水首受故且蘭，南入沅，行八百九十里」是也。云「首受故且蘭」者，蓋首受故且蘭縣諸水，即今俗名苗裏水、處洞河等是矣。按《水經注》云「無水出故且蘭」，而班氏云「首受故且蘭」，明其發源之處又兼受諸小水矣。合觀《明史・地理志》，「鎮陽江亦曰潕水，上受興隆、黄平諸水，東流三百里，入沅江。」其説益明。《晋書・地理志》《宋書・州郡志》則名舞陽。蓋口音輕重，字亦隨音而改。沈約云：「前漢作無陽，後漢無，《晋太康地志》有。」蓋三國吴時所立，縣名潕陽，則水亦名潕水可知。《元和郡縣志》稱《荆州記》「舞溪獠、滸之類」是也。唐又名爲武谿。李賢《後漢書》注：「土俗潕作武，在今辰州界，又名巫溪。」杜佑《通典》：「唐置巫州，以在巫水之間。」又龍標縣下云「漢巫陽縣」，是也。又名雄溪。《圖經》：「鎮洋江即古雄溪，五溪之一。」《明史・地理志》湖廣會同縣下云「東有雄溪，一名洪江」是也。按《水經注》雄、無各爲一溪，自唐以後，乃混而爲一，故無溪亦無雄溪之名也。「雄」又作「熊」。《後漢書》注：「雄，土俗作熊。」《元和郡縣志》辰州下：「次東南熊溪。」叙州潭陽縣下云「溪水，在縣南二里」按潭陽本漢無陽縣地，則此溪水當即指熊溪。是也。宋名潕陽水，亦名潕水。《太平寰宇記》：「沅溪縣有潕陽水。」《元豐九域志》：「沅州黔陽縣有潕水。」是矣。明世名爲鎮陽江，亦曰鎮南江，亦曰潕水。《明史・地理志》：「鎮遠府鎮遠縣南有鎮陽江，一名鎮南江，亦曰潕水。」是矣。至名之隨地而改者，在黄平州者曰黄平河，又曰西門河，在施秉曰洪江，亦曰大江。《明史・地理志》：「施秉縣有洪江，即鎮陽江。」《舊志》「大江在施秉城北，下流即鎮陽江也。」在鎮遠者曰鎮陽江，又曰鎮洋江，在思州府者曰㵲陽江，在青溪縣曰青溪江，在玉屏縣曰平江，亦曰平溪。《貴州紀事》：「宋寶祐四年，詔京湖帥臣黄平、清浪、平溪分駐屯戍。」明置平溪驛，亦以此水名。又統名之曰洪江。《明史·地理志》「湖廣黔陽縣北有沅水，又東有洪江」是也。至發源之山，班、酈及唐、宋諸地志皆不詳。《今水經》云：「其源自黄平所，爲黄平河。」《水道提綱》云：「源出平越府東北之黄平州南金鳳山。」《舊志》又云：「源出黄平州西北三十里之都凹山。」今驗金鳳山、都凹山下，《通志》：「北攸河在黄平州城北三十里，原名都凹水，即㵲江之源。」皆有細水，流入西門河，或皆無水發源之所。唐、宋以前，地志詳慎，故第云「出故且蘭」耳，至無水入沅，班氏云「行八百九十里」，今計黄平州至黔陽縣，實八百里而近，益爲不爽矣。又水北爲陽，水南爲陰，今沅州府治，漢無陽縣地，正在水北，而《樂史》引《荆州記》曰：「牂柯在舞水之陰。」今黄平、清平等州縣均在水南，又可知漢時牂柯郡即在今黄平州左近矣。或云：今黄平州舊城，即漢牂牁郡治。雖亦約略之詞，然相去當亦不遠。

飛雲洞水。《圖經》：「無水經飛雲洞東，有一水自西北來會。」

興隆大河，

興隆小河。《今水經》：「二水皆入鎮洋江。」

苗裏水。《通志》：「在黄平州城東南，下流入鎮洋江。」

處洞河。《通志》：「在黄平城西十里，源出苗境，東流合北門河，入鎮洋江。」

北門河。《圖經》：「在城北，下流合處洞河，流入施秉縣境，俗亦名小江。」

施秉小江。《通志》：「在施秉城南，源出黄平北門河，至城東合大江。」按《圖經》言：「黄平北門河，下合處洞河。」今復言「此江源出北門河」，豈北門河水又分二派，以入小江、處洞耶？又考縣境更有秉溪、别溪等水，當亦合㵲江。

杉木水。《通志》：「在施秉城北，合大江。」

瓦窑水。《通志》：「在施秉縣境，合大江。」

江凱溪。《通志》：「在施秉城東，合大江。」

鎮遠城西河。《圖經》：「鎮陽江，又東北流，一水自北來注之，即鎮遠府城西河也。」

宛溪。《通志》：「在鎮遠城東十五里。」

焦谿。《明史·地理志》：「鎮遠縣有焦溪關、梅溪關。」《通志》：「在鎮遠城西四十里。」

梅溪。《通志》：「在鎮遠城東五十里。」

秋溪。《通志》：「在梅溪東六十里。」

松溪。《通志》：「在鎮遠城西南三里。」

牙溪。《通志》：「在鎮遠城西五里。」

小由溪。《通志》：「在鎮遠城西十里。」

勇溪。《通志》：「與小由溪相近。」

白水溪。《通志》：「在鎮遠城西三十里。」

鐵溪。《明史·地理志》：「鎮遠縣東北有鐵溪。」《通志》：「在鎮遠城東北三十里，自宛溪以下，所謂鎮遠九溪也。」按鎮遠九谿内無秋溪，以上十溪皆入鎮陽江。宋咸平中，以田承寶爲九溪十洞撫諭都監。即此。

異溪。《通志》：「在思州府城東五十里。」《圖經》：「上源出鎮遠府西北界大山，曰路瀨河。東流數十里，合南、北二水，經鐵廠南山之南，東北曲，曲百里，至思州府西北境，有鐵廠東北水，東南流來會。此水以西水，即入白巖河，經石阡府北，注烏江者也。」

鐵廠水。《圖經》：「合異溪。」《通志》：「鐵廠河在青溪縣城南。」按縣境又有竹坪、苗龍等河，疑亦合異溪者。

馬口溪。《通志》：「在都素司，即灑溪之上源也，下流至城南一里爲灑溪，又會注溪，繞城而東，合架溪，出兩河口，入㵲江。」

注溪。《通志》：「在思州府城西南三十里。」按《明史·地理志》：「施溪長官司東有施溪。」《思州府志》「又有海龍等溪。」當亦合諸水入㵲江也。又考《水經注》：「沅水過沅陵縣後，又東，施水注之。」此施水即今沅陵縣之施黔水，與此施溪迥別。

架溪。《圖經》：「灑溪在思州府城南一里，會注溪，遶城而東，合架溪。」

文水河。《通志》：「在玉屏城東，會諸澗水，入平江。」

易家河。《通志》：「在玉屏城東，流入平江。」

野雞河。《通志》：「在玉屏城西，源自西溪、梭溪諸水會合，經飛鳳山、野雞坪、象鼻山，入于平江。」

西溪，

梭溪。《圖經》：「並入野雞河。」

黄道溪。《明史·地理志》：「黄道溪長官司下有黄道溪。」按元置黄道溪長官司，即以水得名。《圖經》：「一名户溪江，源出思州府北境山，東流九十里，折東南五十里，至司西南折東流，有一水東北自銅鼓塘西南流，合一水來會，至大魚塘北，合洪江。」按以下至湖南境入無水者，皆不録。他皆倣此。

銅鼓塘水。《圖經》：「入黄道溪。」

辰水攷：

《銅仁府圖經》：「銅仁江在府城西南，發源四川酉陽司，會府境諸水，流至湖廣麻陽縣，入沅江。」《今水經》：「辰水，源出辰州府境南二百四十里三崉山。」按三崉山，蓋即三山谷。《水道提綱》謂之麻陽河，云：「西自銅仁府合諸水來注之。」又云：「麻陽河數源，最遠者出銅仁府西北界，曰順溪。其山北即朗溪司，水西入烏江者也。此水東入麻陽縣界，又北至辰溪縣城西南，入沅江。」今以《漢志》及《水經注》攷之，即辰水也。班固辰陽縣下注云：「三山谷，辰水所出，南入沅，行七百五十里。」《水經注》云：「沅水又東，逕辰陽縣南，東合辰水，水出縣三山谷。」今攷銅仁縣有九龍山，在縣西烏羅司西南六十里，當即古三山谷。《元和郡縣志》：「三山谷，一名辰山。」今俗又名梵净山，銅仁大、小江並出于此。《圖經》謂

「此水發源于四川酉陽司。」今酉陽司，實古辰陽縣地。是《圖經》與班、酈諸説並合，且發源處又名順溪，辰、順音同，流俗聲轉耳。酈道元又云：「辰水東南流，獨母水注之，水源南出龍門山，亦名「龍門溪」。歷獨母溪北，入辰水。」今銅仁府城西北有小江。《圖經》云：「源出甕濟洞，至城東合于大江。」《水道提綱》：「麻陽河又東北折東流，而東南有小江，自北山東南流百餘里，合東一水，經府城西北，而南來會焉。」與道元「辰水東南流獨母水注之」及「獨母溪北入辰水」之文，無不脗合。則今之銅仁小江，即獨母水也。所云「甕濟洞」及「北山」，當即古之龍門山也。又辰水流逕古錦州，故亦名之爲錦水，又名長水。今沅陵縣亦有辰水，南流入沅，與此水名同實異。

獨母水，今名小江。《明史·地理志》：「銅仁縣西南有銅仁大江，西北有小江。」《通志》：「在銅仁府城西北，至城東合于大江。」

省溪，一名宙羅江。《明史·地理志》：「省溪長官司西有適邏江，即省溪。」《石邦憲傳》：「賊欲攻石阡。不克，還過省溪。」即此。《通志》：「在省溪司北，源出江頭山，下合大江。」

乜江。《通志》：「在烏羅司南。納烏羅溪、羊溪二水，下合銅仁江。」

烏羅溪，

羊溪。《通志》：「並合乜江。」

前溪。《通志》：「在城南舊大萬山司西，源出大萬山，東北流，入銅仁大江。」按《明史·貴州土司傳》：「銅仁長官司五。」其三曰「大萬山」。

提溪。《明史·地理志》：「提溪長官司東有印江，西有提溪。」《通志》：「在提溪司，源出濫泥山，流入銅仁江。」

印江。《通志》：「在銅仁府東，又流，合提溪。」

校勘記

〔一〕沅水東北至益陽入江　按《漢書·地理志》原文爲「沅水東南至益陽入江。」洪北江雖在下文考證「沅水東南至益陽入江」的「南」字蓋傳寫之誤，然此引《漢書》原文，仍應作「東南。」

卷施閣文甲集卷第五

貴州水道攷中

由四川入江諸水：

延江水，至四川涪州入江。經流一。

墨章水，入延。

落折河，入延。喇雍河、杉木河附。

猓玀河，入落折河。

以則河，入延。

烏西河，入延。

總已河，入延。

木空河，入總已河。

楊柳河，入延。

猪場水，入楊柳河。

簸朵河，入延。

武著河、墮極河、織金河，並入簸朵河。

西溪河，入延。

楠木溪水、雷澗等溪附。猓隴河、高家河，並入西溪河。

以濟水，入延。

打鼓寨水、渭河、烏慶河，並入以濟水。西門河、安樂河、隴溪河，又入渭河。

洛陽河，入延。東溪、車頭河附。

九溪河，入延。

三岔河，入延。思臘河、碧波橋河、甯轂橋河附。

牛場河，入三岔河。

谷龍河，入延。

池水，入延。

跳蹬河，入延。

三潮水，入延。

雞公河，入延。

修文南水、那奢河，入雞公河。

白花箐水，入延。

羅傅大河，入延。

息蒙所水，入延。

刀靶水，入延。

養馬水，入延。

源溪水，入延。

朗水，入延。

達溪水，入朗水。

繖水，入延。

黑澤水，入繖水。

厚水，入延。

三江水，入延。

窄溪渡水、上關水、花水溪、湄溪、馬渡谿、角路溪、大溪，並入三江水。大洞溪，入湄溪。

渡口水，入延。

石梁河、浦浙水，並入渡口水。瀼水、黃魚溪等附。

洗泥河，入延。

南明河水，入延。

上馬橋水、濟番河、一宿河、四方河、黔靈山諸泉水、貫城河水、富水、龍洞河水、黄泥哨水，並入南明河。尤愛溪，入濟番河。擇溪，入貫城河。

江界河，入延。

甕水、鬲坪水、袁家渡水、白泥司水、佛山河水，並入江界河。白厓河水、紅頭鋪河、草塘司河，又入甕水。城西河、蛇子河等附。新村河、新街河，又入白泥司水。

小江，入延。

牛場河，入小江。

鼇溪，入延。

小溪，入鼇溪。杉溪、船溪附。

落花屯水，入延。

清水河，入延。

八字河、簸箕河、三水江、甕首河、甕城河，並入清水河。麥新溪，入八字河。原谿，入簸箕河。加牙河，入甕首河。翁黄河、羅鴨溪、乾溪、三岔河、甲港溪，並入甕城河。翁樹河、十萬溪等附。

巖頭河，入延。

龍底江，入延。

大溪，入龍底江。

樂回江，入延。

深溪，入延。

各容溪，入延。

凱科江，入延。

義陽江，入延。

泥水河，入義陽江。

桶口河，入延。

洋溪、石貫塘河、清江溪，並入桶口河。犵木溪、松溪河、板坪河，又入清江谿。

沙溪河，入延。龍坪河、會川河等附。

芙容江，入延。

三江，入延。

虎溪、思溪，入三江。

河由江，入延。

亭子溪、後溪，並入河由江。猛溪河、麻海溪等附。

石馬江，入延。

昔樂溪，入延。
憲溪，入延。
鸚武溪，入延。仁溪、掌溪等附。
思卭江，入延。桶溪、網陀溪等附。
鼈水，由遵義縣境入延。大水一。
温水，入鼈水。
鳳皇溪，入温水。
黚水，入鼈水。
桃溪水，入鼈水。
樂閩河，入鼈水。
金鼓潭水，入樂閩河。
樂安河，入鼈水。
費水，正流至四川黔江縣，合延水入江；支流又至湖北宜都縣入江。大水二。
更始水，至四川彭水縣界，合延水入江；别支又至湖南永順縣界合酉水入江。大水三。
倒羊溪水，入更始水。
煎茶溪水，入更始水。

登龍河水，入更始水。

洪渡河水，入更始水。

羅多水，入更始水。

何只水，入更始水。

大涉水，至四川合江縣入江。經流二。

小河，入大涉水。

孫家河、板橋河，入小河。

齋郎河，入大涉水。

龍巖山水，入齋郎河。

九溪河，入大涉水。

乘龍山水，入九溪河。

古蘭河，入大涉水。

水思河，入大涉水。

儒溪、泥溪、盤橋溪、猨猴溪，並入水思河。

金沙溪，入大涉水。

胡盧溪，入大涉水。官堂、趙洋等水附。

溱溪、南溪水，入胡盧水。

堯霸溪，入大涉水。

沙霸溪，入大涉水。

後溪，入大涉水。

風溪，入大涉水。

永壽橋水，入大涉水。

澧溪，入大涉水。王溪河附。

僰溪，至四川江津縣界入江。經流三。

坡頭河，入僰溪。

三溪河，入僰溪。

安微水，至四川南川縣界入江。

延江水考：

《漢書·地理志》牂柯郡鼈縣下，班固注云：「不狼山，鼈水所出，東入延，過郡二，行七百三十里。」《水經注》：「延江水出犍爲南廣縣，東至牂柯鼈縣，又東屈北流，至巴郡涪陵，注更始水。」酈道元注：「温水、黚水並出符縣，俱南入鼈水。鼈水于其縣而東，注延江。」班氏所云鼈水「過郡二」者，蓋牂柯、犍爲。《水經》雖云延江水「東至牂柯鼈縣，」然鼈水入延江水處，寔如道元所云，在犍爲郡符縣地。蓋延江水自鼈縣東屈北流之後，鼈水始注之耳。今考烏江一名黔江，源出威甯州東北山，東南流，逕畢節縣南，又東逕大定府南，又東逕黔西州南，又北折而東逕清鎮縣鴨池汛北，又東北逕修文縣西北，又東北逕開州西，又東北逕烏江城南，又東南逕遵義府南境，又東南逕餘慶縣西北境，又東北逕石阡府西境、龍泉縣南境，又東北至思南府西南境，又東北至府城東南，又北稍東逕印江縣西北境，又北稍東至婺川縣東北境折西北流入四川酉陽州西南境，又北稍西至彭水縣南境，又西逕武隆廢縣南，又北曲曲至涪州城東北銅柱灘入大江，亦曰涪陵江也。統而計之，其在安順府普定縣者曰三岔河，按三岔河合以且海等入烏江，故自安順以下，烏江亦兼有三岔河之名。清鎮縣境者曰的澄河，《明史·地理志》：「的澄河即陸廣河上流。」大定府境者曰六歸河，畢節縣境者曰七星水，黔西州境曰玀革河、鴨池河，與清鎮縣界。陸廣河、黄沙渡河，《王三善傳》：「别將都司線補衮出黄沙渡。」至烏江城以下始名烏江，至餘慶縣界名巖門江，《貴州土司傳》：「總兵楊愈懋等與賊戰于江門而死。」疑即巖門江也。過思南府城曰思南河又名德江，至彭水縣以下曰黔江河，又總名曰涪陵水，亦謂之内江水。《太平寰宇記》「涪陵水一名内江水。」蓋逕二省、受貴州、湖南兩省水，入四川。八府、二十餘州縣，凡十數易其名而始入大江。

攷威甯州東北大山，已入四川屏山縣境，距僰道縣不遠。《元豐九域志》：「戎州，南溪郡。治僰道。其地界東南至南廣蠻一百八十里。」知威甯州東北境，在漢爲南廣縣地，至宋時已爲苗蠻所占，故云南廣蠻也。至大定、黔西、修文、開州、甕安、餘慶、石阡，皆漢牂柯郡地。畢節、遵義，又漢牂柯郡鼈縣地。《水經》所云「延江水至牂柯鼈縣，又東屈北流」是也。按此水自西而東而北，一一不爽。至思南、印江、婺川、彭水等縣，又漢武陵郡酉陽縣地。《華陽國志》：枳縣在江州巴郡，「治涪陵水會。」道元于江水下引庾仲雍所謂「有别江出武陵者也。水乃延江之支津，分水北注，逕涪陵入江，故亦曰涪陵水也。」延江水下，名之曰小别江矣。此又烏江爲古延水之一顯證也。至云「至涪州城東北銅柱灘入大江」，攷今涪州，實蜀漢漢平縣地。江水下，道元注云：「江水又東逕漢平縣二百餘里，左自涪陵東出百餘里，而届于黄石，東爲桐柱灘。」桐柱灘，即銅柱灘，古今字異耳。道元此注，即在《延江水》注江之下。于是而烏江之爲延江，益確然不可易。獨怪延江大水，源流二千餘里，而自唐以後，《元和郡縣志》：「黔州西有延江水，一名涪陵江。自牂柯北歷播、費、思、黔等州，北注岷江。」今攷唐廢播州在今遵義府界，廢費州在今思南府界。唐思州即今思南、思州二府境，唐黔州即今四川酉陽州及彭水縣等地。與今烏江所過州縣，歷歷不爽，足證唐以前尚無有以延江水爲烏江者。又攷宋時名此江爲巴江。《太平寰宇記》「嶺東有沅江水，嶺西有巴江水，一名涪陵水」是也。武隆縣、務川縣下亦同。爲諸土俗名所混，竟無有能剖析之者，豈非以道路絶遠，又大半爲苗蠻所居，鏡古者所不能入！今我國家承平百餘年，上下游生苗奉化惟謹，而余適以其時持節，得徧列十二府惟銅仁府未至。州縣，即水道之迂入苗寨中，不獲親履其地者，皆細詢土人，得其曲折，證之《水經》、地志等書，無不脗合，甯非一快事哉！《水道提綱》既不知烏江即延江，而黄宗羲《今水經》、田雯《黔書》，又皆以烏江爲即牂柯江，不知牂柯江乃南流至廣西泗城府合爲左、右江者，里隔數千，源流迥别，則又不足置辯矣。

黑章水。《通志》：「七星水，過七星橋，有黑章水注之。」或曰即黑特川。元大德五年，劉國傑破蛇節、宋隆濟于墨特川。當即此地。

落折河，一名落脚河。《通志》：「七星河至大定府西南，有落折河。自府城西北二十里，當兩山間，破地吼出，南流注之。《畢節縣册》亦名響水河，下流名永清河，又名東門河，即落折河之上源。」按府境又有喇雍河、杉木河等。

猓玀河。《圖經》：「落脚河又東合北來之猓玀河。」

以則河。《通志》：「七星河過大定府治南，東流，右得以則河。」按此當即《圖經》之「以麥河。」

烏西河。《通志》：「在大定府城東二十里，源出仲麥、龍潭，入六歸河。」

總巳河。《通志》：「在大定城東南，源自七星關，過天生橋，合木空河，同入六歸河。」

木空河。《圖經》：「入總巳河。」《貴州紀事》：「明萬曆中，都御史蔡文等親詣木空河，讞安智等獄，不決。」

楊柳河。《圖經》：「出平遠州西南境山，曰卜牛河。至州南境，合猪場水，下流入烏江。」

猪場水。《圖經》：「自南來合楊柳河。」

簸朵河。《通志》：「在平遠州城東一百里，源出安順，下流入六歸河。」

武著河。《通志》：「在平遠州城西北六十里。」

墮極河。《通志》：「在平遠州城西北三十里。」

織金河。《通志》：「在平遠城東三十里。」並入簸朵河。《明史·貴州土司傳》：「安邦彦奔織金。」即此。

西溪河。《通志》：「六歸河又東北，有西溪河合楠木溪水、猓隴河、高家河等水，東南流，來注之。」

楠木溪水。《通志》：「入西溪河。」按州境又有雷澗等溪，當亦入烏江。

猓隴河、

高家河。《圖經》：「西溪河至黔西州南境，有猓隴河、高家河，俱自西南來注之。」

以濟水。《圖經》：「出黔西州西北山，合打鼓寨水及渭河、烏慶河三水，東流百五十里，會烏江。」

打鼓寨水。《圖經》：「以濟河合西南來經打鼓寨之水。」

渭河。《圖經》：「又曰以馬河。」《明史·貴州土司傳》：「播州平，分其地爲遵義、平越二府，以渭河中心爲界。」《王三善傳》：「三善討安邦彦渡渭，降者相繼。」《四川土司傳》：「安邦彦等遁入青山。諸將逼渭河。」西門河。《通志》：「下流即沙垻河，合上洪、下洪二水，入渭河。」安樂河、隴溪河。《通志》：「在大定城東北百五十里，會安樂河，出三重堰合渭河。」

烏慶河。《圖經》：「烏慶河西自黔西州西北境合三水，東流百五十里，來會以濟河。」

洛陽河。《通志》：「在安平城東二里，又東北，至清鎮縣城西，入陸廣河。」按《明史·地理志》：「平垻衛東有東溪。」及《安平縣册》：「城南有車頭河。」當皆流入鴨池河者。

九溪河。《明史·地理志》：「安順軍民府東南有九溪河。」《通志》：「在安順府城東南四十里，九溪匯而成河。」

三岔河。《通志》：「在安順府城北三十里。」舊稱水內、水外者，此也。《圖經》：「三岔河西南，自安順府西合以且海諸水，合注烏江。以且海在威甯州東南二百里。」此水自源至此，流七百里，實黔江之南一源也。《圖經》：「水城汛河，以固汛前河、古北河並合以且海。」《明史·魯欽傳》：「陸夢龍等分駐三岔河。」《貴州土司傳》：「朱燮元分遣別將林兆鼎從三岔入。」按《明史·土司傳》又云：「黔兵由普定渡思臘河。」《地理志》安順府「有思臘河，接水西界。」今方志不載此河，疑即谷龍河等之別名也。《通志》：「又有碧波橋、甯穀橋等河。」

牛場河。《圖經》：「三岔河經清鎮縣西北境，折西北流，合西南來之牛場河。」

谷龍河。《明史·地理志》：「西堡長官司北有谷龍河，下流合烏江。」《通志》：「在安順城西五十里。」

以上三水，皆合流注烏江。

池水。《圖經》：「六歸河經鴨池汛，北有池水，自南來注之。」

跳蹬河。《圖經》：「自鎮西衛來，注六歸河。」

三潮水。《通志》：「在修文縣城北五里，水日盈縮者三，北流注烏江。」

鷄公河。《通志》：「上流曰麻線河。」《圖經》：「南合廣順州及安平、清鎮三縣水，注烏江。」

修文南水。《圖經》：「鷄公河至修文縣西境，有縣南水經城南，東折西北流來注之。」

那奢河。《圖經》：「雞公河又北，那奢河自東來注之。」

白花箐水。《通志》：「烏江又東，左合白花箐水。」

羅傳大河。《通志》：「自永甯縣東南，過遵義府西南流，來注烏江。」

息蒙所水。《圖經》：「水自烏江城南注烏江。」

刀靶水。《通志》：「烏江又東，得刀靶水。」

養馬水。《通志》：「烏江又東，得養馬水。」

源溪水。《通志》：「在綏陽縣城北十里。」

朗水。《通志》：「在綏陽縣城西，又名螺水，源出朗山。」

達溪。《通志》：「在綏陽城東南，源出楊柳水，經達摩山西流，與朗水合。」

䊵水。《通志》：「在綏陽城東南，合達溪、朗水諸流，出遵義，入烏江。」

黑澤水。《通志》：「一名清水河，流入䊵水。」

厚水。《通志》：「在綏陽城東南，源出趙家里，經長灘，入遵義。」

以上四水，皆注烏江。

三江水。《明史·地理志》：「湄潭縣西有三江水，下流入於烏江。」《通志》：「在湄潭縣城西南容山司，有三源，俱出苗界，東流入烏江。」

窄溪渡水、

上關水、

花水溪。《通志》：「在湄潭縣城北二十里。」

湄溪。《明史·地理志》：「湄潭縣南有湄潭水，下流入烏江。」

《通志》：「在湄潭城南。」大洞溪。《通志》：「又入湄溪。」
馬渡溪、
角路溪、
大溪。《圖經》：以上諸水，並合三江水。
渡口水。《通志》：「在綏陽城北，即合口河下流。」《圖經》：「烏江又南有渡，曰落汪渡，右合渡口水。」
石梁河。《通志》：「在城北，源出桶關，與渡頭河合。」
浦淅水。《通志》：「在城北，一名大灘，源出湄潭山箐中，與渡頭河合。」按縣境又有瀼水及黄魚等溪。
洗泥河。《圖經》：「烏江又南，有洗泥河水注之。」《通志》：「在開州城東南四十里。」
南明河水。《通志》：「烏江東南至巖門，有南明河水來注之。」《圖經》：「南明河在貴陽府城南門外，源出廣順州界，東北流，逕府城，至下流爲牛渡河，至巴香北流，合烏江。」
上馬橋水。《通志》：「在上馬橋司東北，下流入南明河。」
濟番河。《通志》：「在貴陽城西南三十里。」尤愛溪。《通志》：「在廣順州從仁里，下注濟番河。」
一宿河。《通志》：「在廣順州從仁里。」
四方河。《通志》：「在貴陽城西南五里，源出廣順州，合南明河。」
黔靈山諸泉水。《通志》：「下注南明河。」

貫城河。《通志》：「自峌龍山發源，貫入城中，流會南明河。」

擇溪。《明史・地理志》作「宅溪。」《通志》：「在貴陽城北，源出髑髏山，流合貫城河。」《明史・李檈傳》「賊退保澤溪」，《王三善傳》「破賊澤溪」，即此。

富水。《通志》：「在貴陽城南，源出八里屯。」

龍洞河水。《通志》：「在貴陽城南十里，下流入于南明河。」《王三善傳》：「賊退屯龍洞。官軍遂奪七里沖。」據此，則七里沖亦當在龍洞左右。

黄泥哨水。《通志》：「注南明河。」《通志》：「府城西北有墨特川。元大德五年，宋隆濟、蛇節作亂，攻貴州。元將劉國傑討之，大破隆濟等于此。」今考《貴州紀事》：「大德七年四月，劉國傑師出播州境，大破蛇節于墨特川。」按此則墨特川，自應在水西左近，不得在貴陽也。晏斯道引或說以爲「即墨章水，」尚近之。

江界河。《圖經》：「烏江又東，至龍泉縣西南，有渡，曰葛閃渡。又東南，有甕水、高坪水、袁家渡水、白庢河水，匯爲江界河，合餘慶縣之白泥司水，佛山河水北流來注之。」《通志》：「江界河在甕安縣城北五十里，入烏江。」

甕水，一名甕安江。《通志》：「在甕安城南，水自高坪司由乾溪里，亦曰乾溪河，至縣，流入江界河。」按甕安縣以甕水得名。 白庢河水。《通志》：「在甕安城南二十里，匯衆溪，經劉家堡入甕安江。」按縣境又有城西河、蛇子河等，疑亦合甕安江。 紅頭鋪河、草塘司河。《圖經》：「並合甕安河。」

鬲坪水。按當即《水道提綱》所謂「坪橋河。」

袁家渡水。《明史·陳璘傳》：「追奔至龍溪，又追及于袁家渡。」即此。

白泥司水，一名白泥江。《明史·地理志》：「餘慶縣東南有白泥河，下流合于思南河。」《通志》：「在餘慶縣城南，發源甕安，流合烏江。」新村河。《通志》：「在城東，下流入白泥江。」新街河。《通志》：「在城東，源出官山下，至餘慶縣治前入白泥江。」

佛山河水。《通志》：「合江界河。」

小江，亦曰小烏江。《明史·地理志》：「餘慶縣南有小烏江，下流入于烏江。」《通志》：「在餘慶縣城西三十里，入烏江。」

牛場河。《圖經》：「出餘慶縣西南境山，合小江。」

鼇溪。《通志》：「在餘慶城西九十里，發源漁鼓洞，流入巖門江。」

小溪。《通志》：「在餘慶城西，發源立鐘山，流入鼇溪。」按縣境又有杉溪、船溪，疑亦合他水入巖門江者。

落花屯水。《圖經》：「烏江東北受落花屯水，水出湄潭縣南境山。」

清水河，亦名清水江。《明史·地理志》：「楊義長官司下又有清水江，上流自新添衛流入，經城西，又名皮隴江，北經乖西、巴香諸苗界，入烏江。」《通志》：「在貴定城西北三十里，與貴筑縣分界。皮隴江在平越縣城西二十里，又東北逕開州界，至巖門入烏江。」

八字河。《通志》：「在貴定城東二里。」　麥新溪。《圖經》：「入八字河。」

簸箕河。《通志》：「在龍里縣城北，流入貴定縣，合清水河。」

原溪。《圖經》：「入簸箕河。」

三水江。《通志》：「在貴陽府城北三十里，府西境之水派流而下，至此合流爲一，又東入于清水河。」

甕首河。《明史·地理志》：「太平伐長官司東南有甕首河，下流合清水江。」《通志》同。　加牙河。《明史·地理志》：「龍里衞有加牙河，下流入甕首河。」《通志》：「在城東，源出縣東南之谷者巖，流入大平伐司之甕首河。」

甕城河。《明史·地理志》：「新添長官司有甕城河。」《李檼傳》：「參將范仲仁赴援，遇賊甕城河。」即此。《通志》：「在貴定城西二十里，自平伐發源，視諸水差大，有橋，爲黔、楚大道，下流合清水河。」　翁黄河。《通志》：「在把平司翁黄山下，入甕城河。」　羅鴨谿。又合翁黄河，入甕城河。　乾溪。《通志》：「在貴定城西十里，流合甕城河。」　三岔河。《通志》：「在小平伐司。」三水匯流，合于甕城河。」　甲港谿。《圖經》：「亦入甕城河。」按縣境又有翁樹河、十萬溪等，當亦合他水入清水河者。

巖頭河。《圖經》：「烏江又東北，逕石阡府西境、龍泉縣南境，有巖頭河自南來注之。」

龍底江，一名白巖河。《通志》：「在石阡府城西南三里。其上源爲包溪，流逕城東黄茅囤，合大溪，繞府前入思南界，注于烏江。」按此蓋即《明史·地理志》所云「石阡江」。

大溪。《通志》：「在石阡府城，南流合龍底江。」

樂回江。《通志》：「在舊葛彰司南。其源有三，至方竹箐合爲一流，注深溪，而入烏江。」

深溪。《通志》：「在石阡府城西北二十里。」

各容溪。《通志》：「在深溪西八十里，皆西流，注于烏江。」

凱科江。《通志》：「在石阡府境，亦合烏江。」

義陽江。《通志》：「在龍泉縣城東北五十里，環繞縣治，通思南大江。」

泥水河。《通志》：「在龍泉縣城東，發源東山，合義陽江。」

桶口河。《通志》：「在龍泉城東一百三十里，縣境諸水，匯流于此，合成大河。下流，直抵思南，入大江。」

洋溪。《通志》：「在石阡府城北十里，又西經龍泉縣界，合桶口河。」

石貫塘河。《通志》：「在龍泉縣城北三里。上流由老木橋、三跳石二水合成大河，下流過清江谿，至泥水、山羊等處合桶口河。」

清江溪。《通志》：「在龍泉城北五里許，下流入桶口河。」

犵木溪、松溪河、板坪河。《圖經》：「並入清江溪。」

沙溪河。《通志》：「在遵義城西一百里，源出巖孔山，流入烏江。」《明史·貴州土司傳》：「楊應龍反，安疆臣兵從沙溪入。」即此。按縣境又有龍坪、會川等河。

芙蓉江。《明史·地理志》：「正安州南、仁懷縣東南，並有芙蓉江，自烏江分流，東北入于黔江。」《通志》：「在正安城南一百里，源出婺川。」按今遵義城北亦有芙蓉江，與此自别。又攷《漢書·地理志》犍爲郡漢陽縣下，班固原注：「山闟谷，漢水所出，東至鼈入延。」《水經注》亦同。今以《輿圖》核之，四川叙州府慶符、長甯二縣，皆漢犍爲郡漢陽縣地，在今仁懷縣西斜北，則昔之漢水，當即今湞溪、石門江等水，以在貴州境外，故附記于此。

三江。《明史·地理志》：「正安州有三江，東南流，合于虎溪，亦注黔江。」按《通志》又言「虎溪流入三江。」今核從《通志》。

虎溪。《通志》：「在正安州城西南七十里，流逕州南，入三江。」

思溪。《通志》：「在正安州城西七十里，源出南川縣牛角寨，流入三江。」

河由江。《通志》：「在沿河司，源出銅仁之烏羅司，流入德江。」

亭子溪。《通志》：「亦在沿河司，水自龍岡中流出，入河由江。」

後溪。《通志》：「亭子溪又北七里有後溪，自馬鬃嶺流出，入河由江。」按《通典》：「費州扶陽縣，以扶水名，今廢。縣在思南府城西北八十里。」則扶水亦當在府境，但未知今易何名耳。《水道提綱》：「烏江至思南府境，又有猛溪河、麻海溪二水注之。」今攷思南府境諸水，皆會德江，此二水或即扶水、昔樂溪等之異名也。

石馬江。《通志》：「在沿河司，下流合于德江。」

昔樂溪。《通志》：「在思南府城東十里流入德江。」

憲溪。《通志》：「在思南府城南五里匯于德江。」

鸚武溪。《通志》：「在思南城北三十里。」按就近有仁溪、掌溪、思邛江。《太平寰宇記》：「思邛水，本出錦州洛浦縣界，經本縣四十步，至思王縣，下流入内江水。」《通志》：「在印江縣南，源出朗溪司，北流入德江。後訛『邛』爲『印』，遂以名縣。」按縣境又有桶溪、緗陀溪等，當亦合思邛等水入德江。

鱉水攷：温、䵡二水附。

今以延江水攷鱉水，則今之湘江，其即漢之鱉水乎？《漢書·地理志》牂柯郡鱉縣，班固注：「不狼山，鱉水所出，《晉書地道志》亦同。東入延，過郡二，行七百三十里。」《水經注》：「鱉縣有鱉水，出鱉邑西不狼山，東與温水合。」今考《遵義府志》及《圖經》，湘江水出遵義府治遵義縣北境、桐梓縣南境之龍巖山，流逕湘山，南與桃溪水合，迂回五百餘里，入烏江。道元云「鱉水于符縣而東注延江水。」符縣，今仁懷廳及仁懷縣以北地。漢鱉縣屬牂柯，符縣屬犍爲，是班固所云「過郡二」者：牂柯、犍爲。《圖經》云「迂回五百餘里，又南入烏江。」與班固「七百三十里」之數亦合，則龍巖山當即古之不狼山也。又以鱉水即今湘江攷之，則古犍爲符縣之温水、䵡水，即今合湘江之洪江、仁江乎！《水道提綱》不載仁江，《今水經》則并洪江不録，晏斯盛《黔中水道攷》亦然。不知二水源流，視桃溪、鹿塘河等較大，不可不著録也。《漢書·地理志》：「符縣温水南至鼈入黚水，黚水亦南至鼈入江。」此江即延江水也。《水經注》：「鼈水東與温水合。温水一曰煖水，出犍爲符縣而南入黚水。黚水亦出符縣，南與温水會。闞駰謂之闞水，俱南入鼈水。鼈水于其縣而東注延江水。」今遵義縣，實在仁懷等縣之南。知二水雖出符縣，皆南至鼈縣，注鼈水耳。若以班氏所云「入江」之文謂即大江，則皆應云北注，不得云南入矣。知班氏所云「入江」，即指延江，與道元所言無二。古人文字簡略，否則或從其究言之也。《圖經》：「洪江出婁山關南山，東南流，至遵義東境之清乘橋，北有鳳皇溪，東北自綏陽西山西南流來會，又東南入湘江。」《通志》：「仁江在遵義城東南五十里，源出永安驛山澗，下流合湘江」，是二水皆合湘江。與道元「俱南入鼈水」文相合。又攷班氏云「温水南入黚水」，道元亦同。又云「黚水亦出符縣，南與温水會。」明二水同出一縣，亦互受相注之稱。今土人或云「洪江注仁江」，又或云「仁江注洪江」，是也。又洪江，在唐、宋時爲邘水。《太平寰宇記》：「邘水在芙蓉縣東三十里，南流。」仁江，在唐宋時爲仁水。《太平寰宇記》：「仁水在芙蓉縣西南一里，南注邘水。」是矣。且可因此證《漢志》及《水經注》之誤。今本《漢書》鼈縣下，「鼈水東入延。」「延」字誤作「沅」，《華陽國志》亦同。當屬傳寫之誤。道元《延江水》下注云：「鼈縣，故犍爲郡治也。」攷鼈縣，自漢迄晉、宋，皆未嘗屬犍爲，又以知道元是誤記耳。

温水，今名洪江。《通志》：「在遵義城東四十里，源出大樓山，合仁江，入烏江。」

鳳皇溪。《通志》：「在遵義城東四十里，亦名長灘，下流合洪江。」

黚水，今名仁江。《通志》：「在遵義城東南五十里。下流合湘江，入烏江。」

桃溪水。《通志》：「在遵義府城南十里，源出城北六十里上莊山，溪水匯流爲羅家河，至霸竹水、羅會水，又數里與湘江合。」按此水源流亦遠，但源出遵義府城北至六十里之遠，以是知非温、黚二水耳。《明史·貴州土司傳》：「安疆臣焚桃溪莊。」當即此。

樂閩河。《明史·地理志》作「落閩水。」《通志》亦「在城西南四十里，原出雷變山，東流八十里，合湘江。」

金鼓潭水。《通志》：「在遵義府城西南四十里，流合樂閩河。」

樂安河。《圖經》：「出綏陽金竹里，南流爲緑塘河，又作鹿塘河。」《明史·地理志》作「樂安水」。《通志》：「鹿塘河二源：一出綏陽縣西北山，一出東北山，流至城南合，而南數十里有一水，自東北來會，又南八十里，合湘江，入烏江。」按《元和郡縣志》《太平寰宇記》及唐、宋地志，又有夷牢水、帶水、胡刀水、胡江水等。此四水未知今係何水，未敢臆決。姑附記于此，俟再攷。

費水攷：

費水，今名上費溪，流至四川夔州府以下，名夷水，亦曰清江。杜佑《通典》、《太平寰宇記》並云：「後周置費州，因水爲名。」《通志》：「在思南府城東北百里，舊費州以此名。北流入四川黔江，東北入湖廣施南府界，曰清江。」《明史·地理志》：「四川黔江縣南有黔江，源出貴州思州府應作「思南」。界，正流自涪江合大江，支流經此，下流爲湖廣施州衛之清江。」施州衛下云：「清江合衛境諸水，下流至宜都縣，入于大江。」按《漢書·地理志》南郡巫縣下原注：「夷水東至夷道入江，過郡二，行五百四十里。」夷道縣下引應劭曰：「夷水出巫，東入江。」攷巫夷道並屬南郡，而云過郡二者，蓋水又從巫縣東逕武陵郡佷山等縣，始入夷道界耳。《水經》：「夷水出巴東魚復縣江」。漢魚復縣爲今四川夔州府奉節、大寧二縣地。四川黔江縣在思南府東北，夔州府又在黔江縣東北。蓋費水正流自黔江縣合大江後，其支流又東北至夔州府境，或名魚復江，夷水又源于此耳。總之，班固志地理，不能于巫縣以上更詳夷水之源，《水經》又不克于魚復以西著彼分流之始，皆緣漢時思南等府尚陷武陵蠻中，是以不能從流溯源，梳剔幽隱，故各從其所見言之，亦其慎也。按延江水實漢牂柯、犍爲二郡經流，而《漢書·地理志》僅以鼈水所入附見其名于鼈縣下，亦此故。唐杜佑、李吉甫亦似不知費水即夷水，故于施州清江縣下並云「清江一名夷水」。杜佑又云「清江縣西有都亭，夷水所出」。清江即漢巫縣地，以爲夷水出于此，亦與《水經》爲夷水出魚復江同。今考魚復江在今奉節縣，都亭當在今巫山縣，相去僅百里。若明代迄今圖册，皆係土人記本境山水，非舟楫所經，即耳目所及，以視昔賢爲較密矣。今此水支流至荆州府宜都縣入大江，與漢《地理志》《水經》適合。《元和郡縣志》費州涪川縣下云：「内江水，經縣北一百五十步。」疑即指此。按下多田縣云：「涪陵江水，經縣南五十步。」則知内江水非即涪陵水也。至若諸水之合費水入江者，皆已在四川境，此故不録。《水道提綱》等亦止言清江發原施南府西北境，不知實出貴州。

更始水攷：

更始水，今名豐樂河，亦名水德江。《明史·地理志》：「安化縣東南有水德江，即烏江之分流，至四川彭水縣，流入涪陵江。」《通志》：「在婺川城東五十里。其水由龍泉、湄潭折入縣境，至洪渡，入龔灘，北會烏江。」《水道提綱》：「烏江入四川酉陽州西南界，又北稍西百餘里，東爲四川界，西爲貴州界。有南溪河，東北自湖廣施南府合諸水西南流，自龔灘來會，南溪河上源，即北河也。」于沅江下又云：「沅江至辰州府城西南，有北河，即酉水，西北自酉陽州合諸水，南經府城西來會。」據此，則南溪河與北河本通，一支合涪陵水，又一支合沅江矣。今攷《水經》「延江水至巴郡涪陵縣，注更始水。」云注更始水者，乃波流通注，互得其稱耳。酈道元注：「更始水，即延江支分之始也。更始水東入巴東之南浦縣，又謂之西鄉水，亦謂之西鄉溪。溪水間關二百許里，方得出山。又通波注，遠復二百餘里，東南入遷陵縣。」道元于沅水下云：「酉水導源益州巴郡臨江縣，故武陵之充縣酉源山，東南流逕無陽故縣南，又東逕遷陵故縣界，與西鄉溪合，即延江之支津，更始之下流，謂之西鄉溪口。」今考無陽故縣在今沅州府芷陽縣東南，遷陵故縣在今永順府保靖縣東。道元言「酉水合西鄉溪水，始東逕酉陽故縣南。」今更始水至永順縣界入酉水，正在漢酉陽故城南，與道元言亦合。《一統志》：「更始水，今俗名北河。」《水道提綱》云：「北河，即酉水。」蓋自其合酉水後言之，不知本別一水也。合此數條，則知今水德江即古之更始水。道元言「延江之支津」，《明志》言「烏江之分流」，其説若一。道元又云「更始水即延江支分之始」，言支分，則知水有二支，故得一入延江，一入沅水也。又云「延江之支津，更始之下流」，明自延江分出，下流乃合酉水入沅，故北河亦兼酉水之稱矣。庾仲雍所謂「有別江出武陵者」，益足證也。道元《江水》下云「其水南導武陵郡」。今思南府酉陽州及辰州永順等府，皆漢武陵郡地。是矣。《水道提綱》言「南溪河西南流至龔灘合烏江」，而《通志》亦言「豐樂河至龔灘合烏江」，是豐樂河即南溪河之證。其名豐樂河者，河左側有豐樂堧，蓋因以名河耳。《太平寰宇記》：「更始水，又名涪陵水，今名内江水。」蓋更始水係延江分支，下又入涪陵江，故通得涪陵江、内江之名也。

倒羊溪。《通志》：「在婺川縣城北五里，一名曉洋江，至隘溪渡合豐樂河。」按此，則隘溪即倒羊溪下流。《通志》别列隘溪，誤。

煎茶溪水。《圖經》：「豐樂溪得煎茶溪水、登龍河水，合洪渡河、倒羊溪水，東流，注烏江。」

登龍河水。《水道提綱》作「龍登河。」

洪渡河水。《水道提綱》：「源出婺川縣西南境，龍泉縣北境山，東流，經綏陽場南，折而東北流，有大水河自西北合一水來會，又東北有小水河自西來會。」按《太平寰宇記》：「黔州洪杜縣，唐武德二年置，以縣東洪杜山得名。貞觀三年，又北移于洪杜溪。」今攷洪杜廢縣距此不遠，則此河當即昔之洪杜溪，以音同而轉耳。《舊唐書》亦云：「洪杜縣，治洪杜溪。麟德二年，治龔湍，即龔灘也。」

羅多水。《太平寰宇記》：「在務川縣東八十里。羅多、何只，皆獠之姓名。」《明史·地理志》：「務川縣有何只水〔一〕，又有羅多水，下流俱注于水德江。」

何只水。《太平寰宇記》：「在務川縣東二十里。」又云：「思唐山，在思州東四里，南連何只水，北枕内江水。」按《寰宇記》，縣境又有河渝水、都濡水、丹陽水、波濤水，今未知已易何名，姑附記于此。

大涉水攷：

大涉水，自晉以後名安樂水，唐亦名赤虺河。《唐書》武后《征雲南檄文》有「赤虺河」是也。後轉爲赤水河。《貴州圖經》：「赤水河，源出雲南鎮雄州，由赤水衛東流，經仁懷縣，至四川合江縣，入岷江。」攷今仁懷、合江二縣，皆漢犍爲郡符縣地。《漢書·地理志》犍爲郡南廣縣下，原注云：「又有大涉水，北至符入江。」是也。《水經》名之爲「鰼部水」，而道元《注》則名爲「安樂水」。按晉穆帝分符縣置安樂縣，水又因縣而改名矣。常璩《華陽國志》：「夷縣有安樂水。」漢平夷縣故城在今仁懷縣西南。又符縣下云：「縣治安樂水會，東接巴蜀樂城，南水通平羌、鼈邑。」是也。《水經注》江水下，「符縣治安樂水會，水源南通甯州平夷郡鼈縣，北逕安樂縣界之東，又逕符縣下北入江。」今正安州在仁懷縣之北，唐于今州西七里立樂源縣，今故城尚在，則樂源亦當以水得名。由此而推，晉安樂縣亦必在今正安州界。故道元云「源南通鼈邑，流逕符縣治，又北逕安樂縣界之東，又逕符縣入江也」，又可知晉時分符縣斜東北地立安樂縣，而安樂縣之南境、北境仍屬符縣。以道理核之，歷歷不爽矣。《元和郡縣志》：「安樂水逕簡州平泉縣南七十步。」「平泉縣，本漢牛鞞及符兩縣地也。」

小河。《圖經》：「西南自畢節縣北境合孫家河、板橋河諸水，東北流，會赤水河。」

孫家河、

板橋河。《圖經》：「並流，合小河。」

齋郎河。《通志》：「在桐梓縣城西六十里。」《圖經》：「合龍巖山水西流，逕縣城南，西行百七十里，又北合一水西南流，會赤水河。」

龍巖山水。《圖經》：「入齋郎河。」

九溪河。《圖經》：「自南合西南來之乘龍山水，北流注赤水河。」

乘龍山水。《圖經》：「又入九溪河。」

古蘭河。《圖經》：「赤水河西逕脉困塘北，有古蘭河自西南來注之。」按「古蘭」疑「古藺」之譌，以古藺州得名也。

水思河。《圖經》：「赤水河至土城西，有水思河自東來，儒溪、泥溪自西來，並注之。又西北，有盤橋溪自東，猿猴溪自西南，先後注之。」

儒溪、

泥溪、

盤橋溪、

猿猴溪。《圖經》：「並合水思河，入赤水河。」

金沙溪。《圖經》：「自東來，注赤水河。」

胡盧溪。《通志》：「在桐梓縣城西五里，與溱、南二溪水會。」按縣境又有官堂、趙洋等水。

溱溪。《通志》：「在桐梓縣城東二里。」

南溪。《通志》：「在桐梓縣城南二十里，並入胡盧水。」

堯霸溪、

沙霸溪、

後溪。《圖經》：「赤水河又北，受蕘霸溪、沙霸溪二水，後溪一水。」

風溪。《圖經》：「赤水河至仁懷縣西南境，有風溪自西南來注之。」

永壽橋水。《圖經》：「仁懷縣境永壽橋水，自西來，注赤水河。」

澧溪。《通志》：「在仁懷縣城東數十步，自東注西，與赤水河合。按縣境又有玉溪河。

僰溪攷：

僰溪，今名南江，即綦江之上流。《圖經》：「源出桐梓縣北境山，兩源合，北流百數十里，曰松坎河。受西南來一小水，又北數十里，有坡頭河自東北山來注之。又北流，西受一水，又北九十里，有三溪河自東來會。又北七十里，經綦江縣東，而北有龍角溪，自東合三小水來會。又折西流，經城北，又西北流，有沙溪溝自東北來，有清溪河自西南合三坌溝及魚子溪水，東北流三百餘里來會。又西北百里，北受一水，又北，有孫溪河西南合棋盤山水來會。又北，至江津東境，又北，入江。」《圖經》：「江水經江津縣城西北，又東北流數十里，有綦江自南合諸水來注之，曰僰溪口。」攷《元和郡縣志》：「僰溪水在南州南川縣南四十步，在三溪縣西。」《太平寰宇記》：「僰溪水南自廢丹邱縣流入南川縣，又流經縣南四十里，又北入渝州江津縣界。」《明史·地理志》：「桐梓縣北有僰溪，源出山箐，綦江之上流。」今按僰溪之名，唐以前無攷。惟《通典》言：「唐武德三年，平南蠻，置僰州。四年，始改南州。」唐僰州之置，倘以水得名耶？《通志》桐梓縣下不載僰溪，惟云：「有蒙渡河，在桐梓縣北七十里，俗傳漢唐蒙渡此，因名。」以方向攷之，或即是耳。按《漢書·西南夷傳》：「發巴蜀卒治道，自僰道指牂柯江。」疑即此。

坡頭河。《通志》：「在桐梓縣北一百四十里。」

三溪河。《元和郡縣志》：「貞觀五年置三溪縣。以縣南有棘溪、東溪、葛溪合流，故名其縣。」按此，則東溪、葛溪皆合棘溪也。今東溪、葛溪，《通志》亦不載。又此下龍角溪等合棘溪，已在四川界，兹不録，他皆倣此。《貴州紀事》：「楊應龍反，以綦江之三溪、五渡、南川之東鄉塓，立石爲播界。」

安微水攷：

安微水，今名小烏江。《通志》：「源出椒溪，在綏陽縣城東北六十五里，流入正安州，經南川界，入涪江。」攷《太平寰宇記》：「安微水，一名孤微水。西自綏養故縣來，東流，經綏陽縣南八里。又東，入都上縣西十四里。又名涪水，一名洑野水。又折西南流，入廢雞翁縣南三里，又南，入費州城樂縣界。」雞翁廢縣在今綏陽縣東。按《舊志》以德江、小烏江合而爲一，似未清晰。《寰宇記》又云：「涪江水南流，注安微水。」亦誤。

校勘記

〔一〕何只水　按四庫全書本《太平寰宇記》卷一百二十二《江南西道》二十思州務川縣條作「河只水」，并云「河只者，獠之姓名」。

卷施閣文甲集卷第六

貴州水道攷下

由廣西至廣東入海諸水：

豚水，至廣東南海縣入海。經流一。

羊角寨水，入豚水。

馬場水，入豚水。

木魚河，入豚水。

巴開河，入豚水。

風柳溝小谿，入豚水。

勞村江，入豚水。

青雲溪水，入豚水。

三寶山水，入青雲溪。

高坡河，入豚水。

紅盆水，入豚水。

苗溪、浪溪三水，入紅盆水。

嘯山水，入豚水。

帶溪，入豚水。

溶江水，入豚水。

車江水、崩坡塘水、從龍溪，並入溶江。

孖女江，入豚水。

孖覽江，入豚水。

曹平江，入豚水。

温水，由廣西合鬱水，至廣東南海縣入海。經流二。

馬別河，入温。大橋河附。

深溪河、阿希河、木郎河、都威河，並入馬別河。阿棒河附。

羅炎河，入温。

搏獶河，入温。

克渡索獶河，入搏獶河。

龍渣河，入温。

冗渡河，入龍渣河。

欒繁河，入温。

盤水，由廣西合温水，至廣東南海縣入海。經流三。

結里汛南山水，入盤水。

花魚洞水，入盤水。

桃花溪水，入盤水。

九十九渡水，入盤水。

落白河，入盤水。

拖長江，入盤水。

海子鋪北水、猪場河、西安河，入拖長江。

軟橋河水，入盤水。

南板橋河水，入盤水。

者卜河水，入盤水。

阿黑河，入盤水。

馬京河，入阿黑河。大章河附。

馬畢河，入盤水。

都城河、江西坡水，入馬畢河。

甯谷河，入盤水。

白水河、王二河、霸陵河、打罕河、公具河、阿破河附。關嶺驛水，並入甯谷河。楊吉河、菜子河、石溪河，又入白水河。

北口河，入盤水。

巖下河，入盤水。郎公河、落葉河附。

魯溝河，入盤水。

大坡哨水，入盤水。

潭水，至廣西來賓縣合温水。大水一。

彩江，入潭水。

大巖江，入潭水。

樂民溪，入潭水。

利濟溪，入潭水。

容江，入潭水。

剛水，至廣西武宣縣入潭水。大水二。

漣江，入剛水。

冷水河，入漣江。

環帶江，入剛水。

回龍江、羅番河、小水河，並入環帶江。

九曲江，入剛水。

奔龍江，入剛水。

大龍河，入奔龍江。

遶翠江，入剛水。

大韋河，入剛水。

底方河，入剛水。

小番河、雲溪水，入底方河。

玉帶河，入剛水。

擺遊河，入剛水。

腰帶河，入擺遊河。

洗馬河，入剛水。

小溪水，入剛水。

雙峽水，入剛水。

豚水攷：

《貴州通志》：「都江在獨山州城東，其上源爲獨山江，又其上爲都匀之邦水河。本名板河，發源于都匀府西二十里之邦水司。」是也。按邦水河爲都江之上源。而《舊志》又云「邦水河通麻哈江」。殊誤。《圖經》：「水一名龍江，有二源：一出西南豐甯土司之北山，北流，折而東北數十里至州南里蜡寨，北有西源羊角寨水自西山東流，經州城西南，折而南流十餘里來會。」今攷都江，自發源六十里至獨山州屬之三角屯，江流漸廣，可容大舟。又百餘里，過都江通判城西，又南，逕來牛、定旦諸寨，至古州城東，會溶江、車江南流，入廣西懷遠、雒容二縣界。按《漢書·地理志》牂柯郡夜郎縣下，班固注云：「豚水東至廣鬱。」鬱林郡廣鬱縣下，又注云：「鬱水首受夜郎豚水，至四會入海。」《山海經》鬱水出象郡。《西南夷傳》：「夜郎者，臨牂柯江，江廣百餘步，足以行船。」《水經注》：「鬱水，即豚水也。」按道元此注，不及班氏明晰。蓋豚水實別一水，亦爲鬱水上源，至廣鬱下始統名爲鬱水耳。不可合而爲一。豚水東北流按此水自三角屯以上皆東北流。逕談藁縣，東逕牂柯郡且蘭縣，謂之牂柯水。水廣數里，縣臨江上，故且蘭侯國也。一名頭蘭，牂柯郡治。元鼎五年，武帝伐南越，發夜郎精兵下牂柯，同會番禺是也。」《後漢書·西南夷傳》：「公孫述時，夜郎大姓爲漢保境。後漢初，從番禺江奉貢。」即此。今《水道提綱》名是江爲龍江，反以爲福禄江之支流，不知此江之源較福禄江遠六、七百里。余以甲寅二月，自都匀按試黎平，由三角屯舟行至古州，凡三日夜。及試黎平畢，將赴鎮遠，沿道驗福禄江之廣狹，曾不及都江十分之六。且發源又近，而反以爲經流，知《提綱》之舛矣。道元云：「豚水又逕中溜縣南與温水合。」今廣西象州、來賓、武宣，皆漢中溜縣地，南盤江、都江二水，至來賓縣始合流，逕武宣縣西南。蓋今南盤江即古温水也，今都江即古豚水也，益覺道元之言絲豪不爽。又龍江之名，蓋起于唐。唐初，置龍水郡及龍水縣，皆以此水名。龍水縣即今慶遠府宜山縣也。豚、龍聲相近，蓋音之轉耳。推此言之，漢牂柯郡及且蘭縣治，當在今清平、都江之間，正臨都江之上。武帝元鼎五年，伐南越，發夜郎兵下牂柯江，其下江之處，亦當在今獨山州、三角屯左近也。惟道元言「豚水東北流逕談藁縣，東逕牂柯郡且蘭縣，謂之牂柯水。」攷談藁亦漢牂柯郡屬縣，則談藁縣亦當在今都匀府境左近、獨山州西南可知。蓋豚水，古名二：曰豚水，亦曰牂柯江。近名九：發源處曰板河，曰邦水河，亦曰黑神河；在都匀者曰都江，亦曰都匀河；在獨山州者曰獨山江；入廣西境爲龍江，《明史·地理志》：「獨山州南有獨山江，即都匀河下流，南入廣西天河縣界，爲龍江。」又名柳江，又名潯江。至田雯《黔書》以烏江爲牂柯江，則一言以折之曰：今烏江不能通番禺。明鄭旻又以北盤江爲牂柯江，則又可即《漢書》《水經》折之。道元云：「豚水東逕牂柯郡且蘭縣，謂之牂柯水。水廣數里，縣臨江上。」按今北盤江在永甯、安南之間，非漢牂柯郡及且蘭縣治所，其誤一也。今北盤江廣數十步，兩岸皆高山峻嶺，無從展拓，與《水經注》「水廣數里」及「縣臨江上」之説又相背謬，其誤二也。北盤江今尚不通舟楫，《圖經》：至廣西泗城界，始畧通船。而《漢書》武帝時「伐南越，發夜郎兵下牂柯江，同會番禺」，必非此水，其誤三也。至北盤江今尚有瘴氣，而都江則無，亦與道元、劉昭之説相合，然此或古今異宜，又不直據以折鄭旻矣。我朝雍正八年，雲貴總督鄂爾泰奏：「上江河道，不特現通爛土司與粤之荔波縣接壤，而爛土司地方有溪河一道，進至交然寨，登陸五十里，即係清水江，實天地自然之形勢。但有三大灘及數小灘，應行修鑿，已檄飭獨山州知州孫紹武查勘。五十里陸路，若可一併開成河道，則都江、清水江呼應通而聲援接」云云，是沅水與豚水相隔又不過五十里，並有可通之勢也。後不果開。

羊角寨水。《圖經》：「都江之西源。」

馬場水。《圖經》：「邦水河左合馬場水，右合爛土司西南溪水，東流爲都江。」

木魚河。《圖經》：「都江又東北數十里，有木魚河，南自唐懷寨來會。」

巴開河。《圖經》：「都江至爛土司北折東流，有巴開河自南來會。」

風柳溝小溪。《通志》：「都江過來牛營，有風柳溝小溪北來注之。」

勞村江。《明史·地理志》：「河池州荔波縣東南有勞村江，源出貴州陳蒙爛土長官司，流入州界，爲金城江。」河池州下云：「東有金城江，下流合于都泥江。」《通志》：「在荔波縣城東南。其源二：一自黑猫，一自爛土司，合流而入縣境。」《圖經》：「都江又西南，而勞村江北自荔波縣城來會。」按勞村江凡合四小水入都江。

青雲溪。《圖經》：「自廣西南丹州合三寶山水，來注都江。」

三寶山水。《圖經》：「合青雲溪。」

高坡河。《通志》：「在丹江通判城南，發源城西南囊路寨山中，經喬港、雞坡諸寨，南入都江。」

紅盆水。《圖經》：「出南丹州西南，經河池州城南，又受東南來之浪溪三水，北入都江。」

苗溪。《通志》：「合紅盆江。」

浪溪三水。《圖經》:「注紅盆水。」

嘯山水。《圖經》:「都江又東南流,受北來嘯山水。」

帶溪。《圖經》:「出古州入萬傜山東北與生苗界山,流至廣西思恩州白沙村西南,合龍江。」

溶江。《通志》:「在古州城西北,合衆小溪以成江,至城北與車江會,至城東合于都江。」《圖經》:「都江至古州城西,有溶江自城西北合衆水,又至城東來會。」

車江。《通志》:「在古州城西北,因繞車寨得名。」《圖經》:「至古州城北合溶江。」

崩坡塘水。《圖經》:「合溶江。」

從龍溪。《通志》:「在永從縣城西南,源出老荒山,流入溶江。」

孖女江。《通志》:「在古州城南,苗人謂『山之高者曰岑,水之分者曰孖』。下流合都江。」

孖覽江。《圖經》:「自永從縣寨正寨平流出,北合都江。」

曹平江。《圖經》:「自黎平府曹滴司流出,注都江。」

温水攷:

按《水經注》:「温水出牂柯夜郎縣」,逕談藁、昆澤、味、滇池、毋單、毋掇、律高、鐔封、來唯等縣,「始東至鬱林廣鬱縣,爲鬱水。」今攷南盤江至雲南曲靖府城外,合白石、瀟湘等江,始有南盤江之名。《明史·地理志》:「南盤江下流環雲南、㵲江、廣西三府之境,至羅平州入貴州界。」按今曲靖府治南甯,實漢味縣地。《圖經》:「南盤江上流爲八達河,出霑益州花山洞。」攷霑益州爲漢宛温縣地,縣名宛温，當以温水得名。按《水經注》止作温縣。又按宛温與夜郎同屬牂柯，所云花山洞者，在漢時或屬夜郎縣境。至下云「逕雲南府宜良縣東北」，則漢滇池縣地也。又「逕路南州西境」，則蜀漢建甯郡地也。道元云：「諸葛亮討平南中，劉禪建興三年，分益州郡置建甯郡于此水側。」此水，承上文而言，即温水也。又「逕澂江府治河陽縣東境」，則漢俞元縣地也。又「南逕彌勒州西境、甯州東北境」，則皆蜀漢興古郡地。「逕阿迷州北境」，則又漢益州郡地。又「逕廣西州之南境、廣南府之西北境」，則亦蜀漢興古郡地。《明史·地理志》：「澂江府治河陽縣東有鐵池河，源出陸涼州，流至此，會撫仙湖，復引流爲鐵赤河，入于盤江。」攷鐵赤河即古橋水。班固益州郡俞元縣下注云：「池在南，橋水所出，東至毋單入温，行千九百里。」道元《水經注》云：「橋水上承俞元之南池，一名河水」。按南池，鐵赤聲之轉。是今之河陽縣，即漢牂柯郡毋單縣左近地，益可證今南盤江之爲温水矣。道元又云：「温水又東南逕梁水郡南，温水上合梁水，故自下通得梁水之稱。」梁水當即今九龍、馬别等河，是梁水郡或亦即以南盤江得名也。按班固牂柯郡鐔封縣下注云：「温水東至廣鬱入鬱，過郡二，行五百八十里。」常璩《華陽國志》：「鐔封縣有温水。」蜀漢時，鐔封分屬興古。晉成帝分置梁水郡，縣又屬之。今攷自彌勒州以下，興義府以上，〔一〕在蜀漢爲興古郡，在晉爲梁水郡。來唯縣，前漢屬益州，後漢省。今臨安府阿迷州，則又漢益州郡地也。道元所云「温水東南逕鐔封縣北，又逕來唯縣東」，當即此矣。南盤江下至廣西南甯府境合鬱江，與班固「東至廣鬱入鬱」之文亦合。《水經》則言至廣鬱爲鬱水，與班注小異。南盤江，俗又名紅水江，在册亨者，俗又名八渡江。

馬别河。《通志》：「在普安縣城南八十里。」《圖經》：「南盤江至廣西西隆州界，又東北流，有馬别河，西北自貴州合深溪、木郎諸水，南流，逕興義府境東，合都威河而東南來會。」

按縣境又有大橋河，當亦入南盤江。

深溪河。《通志》：「在普安州城東一百二十里。」《水道提綱》又云：「深溪河即馬別河之上源。」

阿希河。《圖經》：「馬別河又東南流，有阿希河，東北自普安縣東南山西南流百里來會。」

木郎河。《圖經》：「出普安州南界山。」

都威河。《通志》：「在興義府城西三十八里，三水並注馬別河。又府城北五十里有阿棒河，下流入永豐州。」

羅炎河。《通志》：「在永豐州城東一百二十里，即永甯州盤江河，下流入廣西紅江。」按《明史·地理志》「安隆長官司西南有同舍河」，疑即羅炎等河之異名也。

摶儂河。《通志》：「在羅斛，又西北，有克渡索儂河，自定番而下，二水交流，會合入紅江。」

克渡索儂河。《圖經》：「入摶儂河。」

龍渣河。《通志》：「冗渡河在册亨流入龍渣河，至者它，迤邐入紅江。」

冗渡河。《圖經》：「入龍渣河。」

樂繁河。《通志》：「在册亨東北，南流爲達嶺河，又南爲百樂河，入于紅江。」

盤水攷：

盤水今名北盤江。《圖經》：「源出今威甯州西一百五十里亂山中，南流入雲南霑益州界。按北盤江實出威甯州境，自州境南流，方至霑益州。而《今水經》及《水道提綱》並諸方志，均以爲兩盤江皆出雲南霑益州，蓋失未深攷。又曲折東北流二百里，仍入貴州界，曰可渡河。又折東流，至大山而伏，又東南二十餘里出山，東南流，曰天生橋，又東南逕安南縣境，始曰盤江。又東南逕永甯州西境。《通志》：永甯州毛口河，亦盤江上流。今有鐵索橋，與安南縣夾江爲界者是也。又南入生苗界，又自生苗界東南流，入廣西泗城府界北境，又南與南盤江會，流入粵江，注海。」今攷《三國志》「諸葛亮入南，戰于盤中。」即此。《水經注》：「葉榆水又逕賁古縣北，東與盤江合。盤水出律高縣東南盤町山，東逕梁水郡賁古縣南，水廣百餘步，深處十丈，甚有瘴氣。朱褒之反，李恢追至盤江者也。」又云：「劉禪分興古之盤南，置郡于梁水縣。」所云「盤南」，即盤水之南矣。劉昭《郡國志》注牂柯郡宛温縣下，引《南中志》：「縣北三百里有盤江，廣數百步，深十餘丈。此江有毒氣。」按今雲南霑益州即漢宛温縣地。云「縣北三百里」，核之，即今威甯州，知水源出今威甯州無疑矣。又攷今普安、安南，皆元普安縣地。于唐爲盤州附唐、平夷、盤水三縣地，于晋爲梁水郡地，于蜀漢爲興古郡，于兩漢爲牂柯郡地。今方志皆言興義府境爲牂柯郡地者，蓋從其朔言之也。《晋書·地理志》賁古縣雖屬興古郡，然依《水經注》所言「梁水郡賁古縣」，則成帝置梁水郡，此縣即移屬可知。且唐置盤州及盤水縣，皆以今北盤江得名。推此言之，則今普安、安南即漢賁古縣地。且以水勢驗之，今盤江營鐵索橋所在，水漲處僅可百餘步，深十餘丈。春夜之交，即有瘴氣，又其明證矣。按葉榆水即今西洱河。檢諸方志，皆不言與北盤江通。然細核《水經》及《注》，經云：「葉榆水入牂柯郡西隨縣北爲西隨水，又東出進桑關，過交阯羗泠縣北。」道元注云：「自西隨至交阯，崇山接險，水路三千里。」劉昭《郡國志》注西隨縣下，引《晋書地道記》曰：「麋水，西受徼外，東至麋泠，入尚龍溪。」又馬援言：「從麊泠水道出進桑王國至益州賁古縣，轉輸通利，蓋兵車資運所由矣。」此則葉榆河逕賁古縣北，與盤江合之一明證。今葉榆水自永昌以下，爲諸地志所淆，二水遂若風馬牛不相及矣。然賴有《後漢書》及《水經注》諸證俱在，異日如履其地，尚可尋源泝流，一細考之耳。《圖經》又云「拖長江自普安州平夷所來會」者，平夷所，即舊時平夷縣可知。按漢、唐皆有平夷縣，此當屬唐平夷縣故址。又唐盤州在今普安州東三十里，盤水廢縣亦在普安州西，皆今北盤江所經，是又一證。至所云「盤水出律高縣東南盤町山」者，當指「伏流復出之所」而言。今攷方志，言天生橋爲盤江伏流復出之所，在威甯府東南百六十餘里。其處亂山重疊，左側即華蓋洞，當即道元《注》所云「盤町山」也。盤江或即以盤町山得名矣。又云：「盤水又東逕漢興縣山谿之中。」漢興縣，晉、宋《志》皆屬興古郡。以道里推之，即在今興義府以東，與泗城府交界處可知。

結里迅南山水。《圖經》：「即威甯州東南水，西南流，會可渡河。」

花魚洞水。《圖經》：「可渡河至木東汛，有花魚洞水西來注之。」

桃花溪。《通志》：「在威甯州城南八十里，兩岸皆植桃花，故名。」

九十九渡水。《通志》：「在威甯州城西南百里，並合可渡河。」

落白河。《圖經》：「可渡河至安南縣東北，有落白河自曲靖府界東流來注之。」

拖長江。《貴州紀事》：「明弘治中，普安苗米魯等，築三寨于拖長江諸處。」《通志》：「在普安州城東七十里，源出沙陀石巖中，下通盤江。」

海子鋪北水、

豬場河、

西安河。《圖經》：「並注拖長江。」

軟橋河。《通志》：「在普安州城東三十五里。」

南板橋河。《通志》：「在普安州城東八十里，上接城南三十餘里之大水塘，俱流入盤江。」

者卜河。《明史·地理志》：「普安州東南有者卜河，下流入于盤江。」《通志》：「在普安州城東南一百八十里。流至永甯州，亦名者馬河。」

阿黑河。《通志》：「在安南縣城東南十餘里。」《圖經》：「阿黑河合馬京河，西北自安南縣東境來注盤江。」

馬京河。《通志》：「又合阿黑河。」按安南縣境又有大章河。

馬畢河。《通志》：「出興義府新城汛西北山，東流，經城北，又東數十里，折東北而北，經高伍塘及安姑之東，又北流，注盤江。」《水道提綱》作「馬軍河」，誤。

都城河。晏斯盛《黔中水道攷》：「興義府有都城河，自安南縣界得江西坡水，至高武汛西，合馬畢河。」

江西坡水。《圖經》：「合馬畢河。」

甯谷河。《圖經》：「河自東北安順府，會西南鎮甯、永甯二州諸水，西南流，入盤江。」《水道提綱》：「甯谷河有二源：一出普定縣東北境山，一出西玉山東北麓。其西北麓即三岔河源，北流入烏江者。

白水河。《通志》:「在鎮甯州西南十五里,下注白水河。」菜子河水。《圖經》:「合白水河。」石溪。《通志》:「在鎮甯州城南四十里,亦注白水河。」

王二河。《水道提綱》:「甯谷河折東南流三十里,合東來之王二河。」

霸陵河。《通志》:「在永甯州城東三十五里。」

打罕河。《通志》:「在永豐州西北。」按《明史·地理志》:「元以打罕夷地置永甯州。」則此河亦當以打罕夷得名。又按《地理志》,十二營長官司下:「東北有公具河,北有阿破河。」二水當亦合甯谷等河入盤水。

關領驛水。《圖經》:「並合寧谷河。」

北口河。《通志》:「在永甯州城東二十里,下合盤江。」

巖下河。《通志》:「在永甯州境。」《圖經》:「河東北自巖頂山西南流百餘里,合東來一水,南注盤江。」按州境又有郎公河、落葉河等,當亦入盤江。

魯溝河。《圖經》:「盤江既入生苗界,有魯溝河,自西安籠鎮之西北木舌寨山東流來注之。」

大坡哨水。《通志》:「盤江過普市,又合大坡哨水。」

是西玉山亦黔中分水嶺也。」

潭水攷：

潭水，即今永從縣之福禄江也。《今水經》：「福禄江源出湖廣靖州，西南流，入貴州黎平府西境，爲古州江，東流，至永從縣，東南流，合爲福禄江。又東合大厓江，爲南江，入廣西柳州界，經融縣，入柳江。」《明史·地理志》：「黎平府又有福禄江，其上源爲古州江，下流入廣西懷遠縣境。」《通志》：「在永從縣城南，源出石井山，至黎平府西境，爲古州江，東合彩江，爲福禄江。又東合大巖江，爲南江，流入廣西柳州界。」攷《漢書·地理志》武陵郡鐔成縣下，班固注云：「玉山，鐔水所出，過郡二，行七百二十里。」《水經注》：「温水又東入阿林縣，潭水注之，水出武陵郡鐔成縣玉山。東流逕鬱林郡潭中縣，周水自西南來注之。潭水又東南流與剛水合，又逕中溜縣東、阿林縣西，右入鬱水。」許慎《説文》亦云：「水出武陵鐔成玉山，東入鬱林。」今考靖州本漢武陵郡鐔成縣地，黎平府亦漢武陵郡地，以是知福禄江即潭水。自黎平永從至柳州界，皆東流，又與班、酈二注合，惟《水道提綱》及諸方志以福禄江即柳江，則誤。《元和郡縣志》：「柳州馬平縣，潭水東去縣二百步，柳江在縣南三十步。」是潭、柳係二水明甚。今按在柳州府城南者，是發源都匀府之豚水，而福禄江則經柳州府城之西，所謂東去縣二百步者也。按唐馬平故城在今縣稍北。以此推之，則今之都江，乃唐之所謂柳江。《太平寰宇記》：「潯江在柳州南三十步，亦名柳江。」是柳江又名潯江。《今水經》亦名之爲「右江」。《明史·地理志》：「馬平縣南有柳江，亦曰潯水，亦曰黔江。」名雖多，而實止一水也。《元和郡縣志》：「潭水在龍城縣西十里。」今福禄江亦逕柳城縣西南以合柳江是也。蓋唐時潭水之名尚未改，至宋亦然，《太平寰宇記》：「洛容縣有潭水。」是矣。至

《明史·地理志》始名之爲福禄江。柳州府懷遠縣下云：「縣西北有九曲山，山南謂爲石門山。兩山夾峙。福禄江自貴州永從縣流逕其中，至融縣爲融江，至柳城縣爲柳江。」云「至柳城縣爲柳江」者，蓋福禄江至柳城縣合于柳江也。潭水入鬱處，在今潯州府桂平縣城東。桂平縣，即漢布山、阿林二縣地也。與道元「鬱水東入阿林，潭水注之」及「潭水逕中溜縣東、阿林縣西入鬱」之文，無一不合。按漢阿林廢縣在今桂平縣東。又《通志》言「福禄江源出石井山」，攷今石井山在黎平府城南八十里，豈即漢鐔成縣玉山耶？然福禄江源實出于靖州。靖州在黎平府東北，石井山則在府東南，且去靖州較遠，則方志福禄江源出石井山之言，非確論也。

彩江。《明史·地理志》：「永從縣有彩江。」《通志》：「古州江東合彩江。」

大巖江。《通志》：「在西山司，源出大巖山，東南流，入于永從縣之福禄江。」《明史·地理志》同。

樂民溪。《通志》：「在永從縣城東南，源出鹿背山，流合福禄江。」按《明史·地理志》：「永從縣又有永從溪。」今不見，疑即樂民等溪之異名也。

利濟溪。《通志》：「在永從縣城西南，流合福禄江。」

容江。《明史·地理志》：「曹滴洞長官司西南有容江，源出苗地，北流入福禄江。」

剛水攷：

《漢書·地理志》牂柯郡毋斂縣下，班固注云：「剛水東至潭中入潭。」《水經注》温水下，道元注云：「潭水又東南流與剛水合，水西出牂柯毋斂縣，王莽之有斂也。東至潭中入潭。」今攷柳州府屬之馬平、雒容、柳城、懷遠、融、象、來賓等州縣，皆漢潭中縣地。云「剛水西出牂柯，東至潭中入潭。」以地形攷之，殆即今貴州定番州南境之濛江也。《通志》：「濛江在定番州城南，源出州西北三十里亂山中，曰濛潭。會州境諸水，至破蠶，入廣西泗城府界，亦名牂柯江，俗名烏泥江，亦曰都泥江，又曰紅水江。入廣西界之後，歷泗城、慶遠、思恩、柳州、潯州五府，東蘭、那地、忻城、遷江、來賓、武宣六州縣，于武宣縣西北流入潭水。皆由西而東，一證也。鎮甯、烏泥江一源出鎮甯州，見下。定番二州，本漢牂柯郡地。漢毋斂縣今雖未知所在，然以漢、宋地志考之，縣當并入故且蘭，則今定番州地，或即漢毋斂。是二證也。《漢書・地理志》鬱林郡定周縣下，班固注：「周水首受無斂，東入潭。」受無斂者，當是首受無斂水，即剛水也。疑剛水至柳城又合周水，始東注潭。周水，即今柳城縣西南之龍溪水是矣。《元和郡縣志》：「來賓縣在都泥江北，來賓水東，故名。」今考濛江正在來賓縣南，又東流入潯州府界。《明史・地理志》亦曰：「來賓縣南有大江，亦曰都泥江。」是三證也。濛江，土人亦曰牂柯江。《太平寰宇記》：「來賓縣有牂柯水。」樂史引《郡國志》：「嚴州州門有長水，深十丈，從牂柯河下。」是四證也。《今水經》：「牂柯江有二源，俱出程番府。一自金筑司治北，爲麻線河，按《今通志》：「鎮甯州南百里，有烏泥江。」《明史・地理志》：即都泥江，源出山箐中，東南流入金筑安撫司境。今廣順州又在金筑東南。《圖經》：麻線河在廣順州城北二十里。即所謂發源金筑司治北之水。然則烏泥江一源又實出鎮甯州也。至府城西境，爲七曲江，過盧山，東經洪番、方番，至爲番司南爲大韋河。一自上司馬橋治東化流，〔二〕經小程番、盧番北境，南流遶府城，過卧龍司西，與大韋河合爲牂柯江。」《水道提綱》雖不明著牂柯江之名，而云「泗城府水二，俱出北境大山，一西南流，一東南流，至府城南而合。」又云

「此水源流三百餘里，泗城西山、北山諸水畢會。」今攷泗城府北境，即緊接定番州，非濛江而何？此五證也。按《水道提綱》惟誤以源出雲南寶甯縣之西洋江爲即古夜郎豚水，最誤。道元云：「鬱水又東入阿林，潭水注之。」按潭水未至阿林縣之先，于潭中縣已合剛水。今《水道提綱》：「紅水江，西南自來賓縣來會柳江，俗曰都泥江。」《今水經》以今都江爲右江，云：「右江南流，逕來賓縣東，牂柯江來注之。」按《今水經》之右江，即《提綱》之柳江。《今水經》之牂柯江，即《提綱》之紅水江也。明濛江先合柳江，始注鬱水，與道元所言無不恰合。是六證也。

漣江。《通志》：「在小程番司南，流入濛江。」

　泠水河。《圖經》：「合漣江。」

環帶江。《通志》：「在羅番司南。又金石司東南有回龍江，俱合流而入濛江。」

回龍江。《黔中水道攷》：「環帶江合回龍江、羅番河，入濛江。」

　羅番河。《通志》：「在羅番司北。」

　小水河。《通志》：「在羅番司東，亦合環帶江。」

九曲江。《通志》：「在定番州西二十里。」

奔龍江。《通志》：「在大龍司東，下流入于濛江。」

　大龍河。《通志》：「又合奔龍江。」

遶翠江。《通志》：「在卧龍司南，流入濛江。」

大韋河。《通志》：「在韋番司南，上通程番，下接卧龍，亦入濛江。」

底方河。《通志》：「在方番司，合于濛江。」

小番河、

雲溪水。《通志》：「並合底方河。」

玉帶河。《通志》：「在定番州城北，下流入于濛江。」

擺遊河。《通志》：「在盧山司西，流入濛江。」

腰帶河。《黔中水道考》：「水自盧山司南合擺遊河，入濛江。」

洗馬河。《通志》：「在盧番司東，流入濛江。」

小溪水。《通志》：「在洪番司南，東入濛江。」

雙峽水。《通志》：「在小龍司南，入濛江。」

校勘記

〔一〕興義府以上　「興義」，《北江遺書》本作「南籠」。下同。檢《清史稿》卷七五《地理志》貴州興義府，康熙二十五年置南籠廳；雍正五年升爲南籠府，嘉慶二年改興義府。

〔二〕一自上司馬橋治東化流　「東化」，《北江遺書》本作「東北」。

卷施閣文甲集卷第七

上石經館總裁書

亮吉頓首肅啓閣師石經總裁執事：昨奉諭旨，辦理石經，并諭以蔣衡所寫進《十三經》爲底本。鴻都門側，建立百碑；務本坊南，書從一體。雲臺辨難之旨，定自禁中；開元御製之篇，冠于碑首。士生今日，千載一時。又欣值執事，以上衮之尊嚴，領羣經之問答，總司秘籍，董率羣賢。此則鸞臺鳳閣，别標監領之名；虎觀麟洲，雅重諸儒之選。本日復派亮吉等四人，預司其事。老聃之守柱下，子政之居閣中。自問何人，敢同前哲；承命之下，欣悚交并。伏以聖朝舉事，度越百王；況石刻流傳，將貽萬古。是必博稽羣籍，參以昔賢，訂蜀宋之叢殘，校漢唐之昔誤。其體則括一字二字三字，爰定厥中；其字則準大經中經小經，俾分其任。子思子之言曰：「以俟聖人而不惑。」張伯松之言曰：「懸諸日月而不刊。」迨今日執事及諸君子之任乎？若亮吉者，與天禄石渠之選，已愧非才；掌三皇五帝之書，尤慚無任。竊見兩年之限，校讎既有程期；而旬日之間，義例仍難畫一。此則屢承垂詢之餘，私心有不能已者也。又自計于石經一事，不爲無緣：早從江左之使車，壯入咸秦之節署，于學士則贊成其事，乾隆三十七年，安徽學政朱筠奏請立石經。于侍郎則助校其訛。乾隆五十年，陝西巡撫畢沅，恭拓唐開成石經進呈。賃先儒之廡，摩京兆之叢碑；從好古之家，識熹平之殘字。南仲篆書，搜于壓學；光堯御筆，拓自錢塘。每有遺文，悉歸瀏覽。又況書編隸釋，仿自先臣；閣建蓬萊，不無家學。今復忝預掌書之任，厠身祕閣之中，雖識大識小，事有不同；而盡美盡善，期于無負。輒不自量，謹撰上二十四條，各約舉一二事。尚祈執事于機務之暇，察其愚昧之誠，不棄芻蕘，賜之采擇，雖義難徧及，而餘庶類推。倘可施行，乞頒本館。

一、經注參錯宜正也。《易·序卦》「履者禮也」四字，既誤以經而作注；《儀禮》下言「爲世父母」二十一字，又誤以注而作經，《左傳》「上天降灾」四十二字，又并非注而誤作經之類。

一、前後倒置宜正也。《穀梁》僖二十年「釋宋公」三字，當在「外釋不志」之上；《尚書》「武成王若曰」十二字，又誤移「大告武成」之下。

一、脱文宜補也。《大易》「童蒙求我」，中乃脱「來」，《論語》「賜也賢乎」，下應增「我」。

一、又有因數字之脱而上下不貫者，宜補也。《左傳》桓十三年「淇水」二字全脱，而「亂次以濟」之義不明，可以證《釋文》者，酈元之注也。《論語·子貢章》「樂道」二字脱一，而「富而好禮」之文不配，可以證《孔傳》者，皇侃《義疏》也。

一、衍文宜去也。《易傳》「坤至柔」上衍「文言曰」三字，《禮·雜記》「君之母與妻」上復衍「君之」二字之類。

一、又有因一句之衍而文義不續者，宜削也。《易傳》衍「變則通」三字，而德明之本，尚可並行。《禮記》衍「舞斯愠」三字。而貢父之編，遂生異議。

一、因一字之别而本義全乖者，宜改也。《儀禮》「司射實觶」之「實」誤爲「賓」，而「洗升」之文難喻。《左傳》「旦辟左右」之「旦」誤爲「且」，而「厥夢」之符不彰。

一、前後宜畫一也。《易》「包」字凡十見，而「苞桑」之「苞」獨从草；《孟子》「饑」字凡六見，而「無饑」之「饑」獨作「幾」；「句踐」之「句」並从口，而間亦作「厶」；「盤桓」之「磐」本作「般」，而又或加「石」。

一、偏旁宜急削也。「暮」从二日，「憾」有兩心；添木爲榭，加草于臧；即且之側从虫，胡連之旁置玉；此類殊多，亦難畢數。他若本之爲夲，㬥之作暴，磷莞之在《魯論》，餂莩之留《孟子》，更爲别字之尤，又屬全文當改。

一、字有誤自魏晋以前者。《儀禮》則祧初从濯，《風詩》則祊本爲鬃；《大易》陰凝，叔重尚知其俗；《春秋》衲服，當陽已改爲均。

一、字有誤自唐宋以前者。「蓍」訛爲「葴」，幸有賈逵之注，可證《説文》；「漣」誤爲「漣」，倘非《鴻烈》之編，誰明古義。此上二端，並宜裁定。

一、字雖非俗，而亦當定从本字者。如《論語》「後彫」之當作「凋」；《左傳》「絺樊」之當作「郗」，是也。

一、同一俗字，當酌去其已甚者。拖、拕，皆《論語》「袘紳」之别字，與其从拖，不若从陸氏之拕爲得。濵、濵，皆顭之或文，與其作濵，不若从《廣雅》之濱爲是。

一、經不可改从注也。《禮記·大學篇》「此之謂自謙」，鄭康成「謙」讀作「慊」，而近刻即改爲「慊」；《周禮》九嬪「贊王」，杜子春「王」讀爲「玉」，而各本依改爲「玉」。

一、此經有可以彼經改者。同一引書，則《大學篇》「一个臣」之類，移从《公羊傳》作「一介」爲是。

一、此經有必不可以彼經改者，各存古字。則《公羊傳》「鄭伯臤」之字，今改从《左傳》本作「伯堅」爲非。

一、有因上下文而誤者，亦當改正也。《左傳》僖廿八年「齊侯」二字，以上文而誤重，《論語·子路章》「輕裘」二字，因下章而竄改。

一、前代之制宜改也。秦并天下，辠乃从非；漢戒羣臣，對初離口；著火德之符，改从水之洛爲雒；表金刀之讖，易處者之留爲劉；以迄新莽疊文之誤，開元頗字之訛；《字苑》出而影始从彡，草書行而修訛从羽；紲之作絏，城之作圻，匡之作匩，桓之作桓之類，既事隔于數朝，悉當从乎釐正。

一、漢石經有急宜从者。「子游」之爲「子斿」，「石碏」之爲「石踖」，《大易》先心之文，《尚書》微言之字，此類亦多，略標一二。

一、唐石經有宜酌从者。《尚書》「視乃烈祖」之「烈」作「厥」，《左傳》「其氣餤以取之」之「餤」作「炎」，《風詩》「禯矣」，不誤，从禾；《論語》「德衰」，下仍加「也」；至其失者，則于干不辨，尃専不明，此類殊多，亦難枚舉。

一、兩宋石經有可从有不可从者。南仲號工篆籀之文，乃以豐而配禮；光堯始準宣和之詔，復易陂而作頗。

一、唐宋石經外刊本宜搜羅也。夫毛居正之正誤，藉讎監本之訛；晁公武之遺書，足校石經之失；吴興沈氏之刻，相臺岳氏之編，本留淳化，與閩本以兼行；堂號永懷，較汲古而稍善，此則並可博搜，以襄盛舉。

一、字當以《説文》爲本，而從否亦當斟酌者。《字書》無覿字，則覿當从繫傳本作儥；舊文無哂字，則哂當从淳化本作弞。以及份份之在《論語》，壿壿之在《風詩》，此急宜从者也。至若文馬之爲馮馬，戚施之作䵶黿，不妨存此異文，可不改从古字。又況葪之誤蓺，麗之从蘼，均後所誤加，不堪依據。

一、本當以《釋文》爲據，而録取亦當鑒別者。如《論語》「襁負」之作「繈負」，《易》「鞶带」之爲「鞶帶」，以隋唐之大儒，反有愧宋元之監本。又況《尚書》一册，宋人之補釋爲多；《周易》二經，近刻之脱文不少，能無待精識之去留與碩儒之裁決哉！此上凡廿四條，未知有當與否？幸有以教正之。

釋大别山一篇寄邵編修晋涵

今俗以漢水入江左側之山爲大别山，始見李吉甫《元和郡縣志》。余每不爲然。今細核之，益知無據。《尚書正義》稱鄭康成注云：「大别在廬江安豐縣西南。」《漢書·地理志》六安國安豐縣，班固云：「《禹貢》大别山在西南。」孔穎達《尚書正義》云：「《地理志》無大别。」唐人踈謬皆此。　酈道元稱京相璠《春秋土地名》云：「大别，漢東山名也。在安豐縣南。」康成注經如此，孟堅著史若彼。《春秋土地》，京相有其明徵；《禹貢》山川，漢儒均無别義。此一證也。《水經》「江水又東北至江夏沙羡縣西北，沔水從北來注之。」道元注云：「江水又東逕魯山南，古翼際山也。」《地説》曰「漢與江合于衡北翼際山旁」者也。自道元注經，以迄君卿作典，祗摽魯翼之名，無有别山之號。此二證也。首疑大别山不在安豐者自杜預。預於地理，既非所長，然終不敢遽指翼際山爲大别，蓋其時去漢尚近，而同時裴秀、京相璠等於地理又屬專家，必知翼際、大别二山不可混而爲一，故止云「然則二别在江夏界」，姑設疑詞，以啓來惑，而究不能定指一山，奪兹舊義。此三證也。必知翼際非大别山，又實有據。道元于江水下，引《地説》云：「漢與江合于翼際山旁」，于沔水下又引《地説》云：「漢水東行，觸大别之坂，南與江合。」夫同云《地説》，則必出於一人或一書，而一則云「翼際之山」，一則云「大别之坂」，各摽一號，明係二山。此四證也。杜預之所疑者，不過因《左傳》定公四年，吴師伐郢，楚子常「濟漢而陳，自小别至大别。」以爲二别近漢之名，無緣在安豐。今細繹傳文，吴舍舟于淮汭，自豫章與楚夾漢，則吴師在漢北，楚在漢南。楚司馬謂子常曰：「子沿漢而與之上下。」蓋欲子常在漢南，沿水與之上下，以綴吴師，而已則往漢北。故云「我悉方城外以毁其舟，還塞大隧、直轅、冥阨。」今方城山在南陽府葉縣南，大隧、直轅、冥阨，皆在汝南府信陽州界，均漢水以北之地也。下又云「子濟漢而伐之」。蓋楚都郢在漢南，濟水始至漢北。及子常「濟漢而陳，自小别至于大别」，則已在漢北矣。推此，則大别、小别皆淮南、漢北之山，大别既在安豐，則小别在今光、黄之間。豈有吴師自淮而南，未及交戰，先自退五六百里之地，至今之沔口者乎？且楚都郢即至沔口，亦不過沿漢而東，何得云濟？此五證也。夫師行三十吉，行五十至于轉戰，則道里不常。若疑距漢稍遠，則《傳》所云「大隧、直轅、冥阨」及下云「塞城口而入」，皆距漢在五百里以外，又可以去漢較遠疑之乎？此六證也。

夫欲求大别、小别所在，必先求柏舉所在。柏舉之地，杜預不詳。高誘注《吕覽》，京璠釋《春秋》，雖或云「楚鄙」，或云「漢東」，皆無指實。惟《墨子・非攻篇》云：「吳闔閭次注林，出于冥阸之徑，戰于柏舉，中楚國而朝。」當子常不從司馬之計，濟漢轉戰，至於柏舉，其時吳已出隘而西，楚事不可爲矣。夫云出隘而西，則已出今信陽州之隘，即上所云「大隧、直轅、冥阸」也。據此而推，則柏舉當在今黄隨左右。京相璠云：「柏舉在漢東。」最諦。又按《水經注》：「舉水出龜頭山。」今山在黄州府麻城縣東，相近有黄檗山。《圖經》亦云：「舉水出黄檗山也。」檗柏聲同，則柏舉或即在此。吉甫亦知《春秋》柏舉爲龜頭山，而乃移二別至漢南入江之處，可乎？又傳文云「自小別至于大別。三戰」，下始云「二師陳于柏舉」，則并當求自大別至柏舉之道。今麻城縣東北至河南商城縣七十里，商城縣東至安徽霍邱縣一百十五里，而龜頭山又在麻城縣東六十里，大別山又在霍邱縣西南九十里，則自大別西至柏舉，實不出三十餘里，可以按圖而索，此七證也。柏舉下即云「吳從楚師，及清發。」杜預不注所在。《水經》：「溳水又南過安陸縣西。」道元注：「《左傳》定公四年，吳敗楚師于柏舉，從之，及于清發。蓋溳水又兼清水之目矣。」是清發在安陸縣。漢安陸縣，兼今德安府安陸、雲夢二縣界。今考麻城西南至黄陂縣七十里，黄陂西至孝感縣六十里，孝感西至雲夢縣十里，是柏舉至清發又約百三四十里，皆自東北而漸至西南，此八證也。下又云「敗諸雍澨。」《禹貢》云：「過三澨，至于大別。」鄭注：「三澨，水名，在江夏竟陵之界。」今澨水在安陸府京山縣西南，南流入天門縣爲汊水。「雍澨」或取雍遏之義，與沔水有死沔之稱同。吉甫又以爲岳州巴陵縣南十一里之滃湖，足下于「滃反入」下《正義》取之，無論近舍《禹貢》，遠取唐賢。今考巴陵，又在荆州府東南四五百里，又隔大江，吳欲至郢，必不反越郢而遠詣巴陵。司馬自息還，敗吳師于此。司馬必不舍國都而遠趨江外。其種種謬誤，殊不足辯。又滃湖本名翁湖，見道元注。其水實沅、湘、澧、汨之餘波，非河水決出而復入者。足下欲明雅訓而反引此以汨經，殊非所望矣。蓋至此漸趨而南，距郢都不過一百餘里，故下復統而言之，云「五戰，及郢」也。傳文及字甚明，斷無越郢而反至巴陵之理。傳又云「左司馬戌及息而還，敗吳師于雍澨。」雍澨正在息及郢之中，道里適合，蓋《禹貢》導水，由西而東，故先言三澨，而後及大別。吳師入郢，則自東及西，故既至大別，乃及雍澨，非特釋《左傳》地名，益可證《禹貢》山水，千年疑竇，一旦豁如。此九證也。次又當求豫章所在，而二別益可推。杜預釋地云：「柏舉之役，吳人舍舟于淮汭，而自豫章與楚夾漢。此皆當在江北、淮南，後徙在江南之豫章。」杜之意，蓋以春秋時柏舉、豫章，皆當在江北、淮南也。夫云江北、淮南，則正今霍邱縣大別山所在矣。杜得之于柏舉、豫章，而失之于大別、小別，則不察也。然因此益信漢儒詁經及著史之確，雖疑之者，亦無心與之發明。又按定公二年傳文：「吳人見舟于豫章，而潛師于巢。」巢即今巢縣，與霍邱皆在江北、淮南。此十證也。傳文云：「左司馬戌及息而還」，杜預注：「司馬至息，聞楚敗，故還。」息即今光州息縣，而大別山實在今光州固始縣與安徽霍邱接壤處，距息止二百里。蓋司馬欲與子常夾擊吳師，并毁淮汭之舟，至此聞敗，乃反。則大別山又近息可知。此十一證也。又司馬云：「我自後擊之。」蓋吳師自淮汭舍舟西南趨，子常濟漢擊之，正出吳師之前，司馬自息取道至淮汭，則出吳師之後，一則當其軍鋒，一或邀其輜重，此十二證也。

又今漢川縣小別山者，本名甑山，隋立甑山縣，取名于此。强名爲小別，亦始吉甫。《元和郡縣志》「小別山在漢川縣東南五十里。」《春秋》「吳伐楚，令尹子常濟漢而陳，自小別至于大別」，即此。夫二別之山，見于經傳，如果有可牽合，則京相、道元等，何並不言？且杜預正以大別致疑，若小別可指實，則無難由西驗東，因一得二，而卒無一言，可知非實。此十三證也。且因此小別之疑，并識今内方之妄。《漢書·地理志》江夏郡竟陵縣，班固云：「章山在東北，古文以爲内方山。」今山在安陸府鍾祥縣西南，接荆門州界。而漢川縣之有内方山，亦始吉甫，至樂史遂據以爲《禹貢》内方矣。尋其初，不過泥漢水以强求二别，又因二别而僞立内方，而極其弊。則《禹貢》一章，隨其竄易；《春秋》諸地，皆可强名。若又信彼虚詞，删諸古義，則必宋、唐以上，絶無地理之書；樂、李以前，并乏淹通之士而後可。此十四證也。

總之，後人之流傳，因吉甫之附會。吉甫之附會，成于杜預之致疑。然預之咎尚可解釋者，預注云：「二别在江夏界。」今考晋初江夏郡，尚兼今信陽、羅山諸州縣界，則與京相璠在漢東之説尚不甚遠，非若吉甫終日釋地，而尚不知郢在漢南，吴來淮汭。百程遥隔，忽求縮地之方；二别强名，乃有移山之術。予故謂小顔注史，反汩班書；吉甫繪圖，全乖禹蹟者，此也。足下于經甚深，所爲《爾雅正義》，必傳無疑。而乃云：「殷時荆州，以漢水爲界，自大别以東，江南之地屬于揚州，大别以西，漢東之地屬于豫州。」蒙竊有疑，敢獻其惑。夫僕願學于足下者也。昔者鄭君一志，有張逸之更端；孟叟七篇，喜屋廬之得間。況僕之與足下乎？又「漢水以南皆屬荆州」云云，亦似誤以西漢水爲漢水。今别陳《漢水釋》一篇，正之左右，幸皆有以教之。

附　《漢水釋》

《山海經》「漢水出鮒魚之山」，《水經》「沔水出武都沮縣東狼谷」，如淳云：「此方人名漢水爲沔水。」今按《漢書·地理志》武都郡沮縣「沮水出東狼谷，南至沙羡南入江」，與《水經》所言出東狼谷同。是沮水即漢水，又名沔水也。今略陽縣東南略陽本漢武都郡沮縣地，今沔縣西至略陽縣界四十里。有大丙山。左思《蜀都賦》：「嘉魚出于丙穴。」注：「丙穴在漢中沔陽縣，有魚穴二所，嘗以三月取之。」樂史云：「大丙山、小丙山，並在順政縣東南七十里。順政即漢沮縣。北有穴，有水潛流，土人相傳爲丙穴，沮水經穴門而過，或謂之大丙水。」又常璩《華陽國志》：「沔陽有魚穴。濁水出鮒。」是今之大丙山，即《山海經》之鮒魚山也，東狼谷當即鮒魚山之別名，或谷在山左近。總之，漢水出鮒魚山，西漢水出嶓冢山。按氐道漾水，亦出嶓冢山，或以兩嶓冢爲疑，不知實一山也。以班志考之，西漢水出嶓冢之西，則漾水當在嶓冢東，故至武都合沮，亦有東漢水之目。今氐道廢縣雖無可考，然與西縣同屬隴西，則相去必不甚遠可知。《禹貢》及班固、鄭康成等所言，皆各指一水，並未嘗相背。自魏收始誤以華陽郡嶓冢山爲漢水所出，而後人如杜祐、李吉甫等，皆承其誤也。又考班《志》，沮水過郡五，行四千里。今以《水經》所過州郡核之，五郡爲武都、漢中、南陽、南郡、江夏。若今之甯羌州爲漢廣漢郡葭萌縣地，實爲西漢水所經，東漢水即沮水。並不經其地。按白水所入之漢爲西漢水。班固云：「氐道縣白水出徼外，東至葭萌入漢。」而酈注則云：「白水于吐費城南，東南流注西漢水。」是也。班固西縣下云：「嶓冢山在西，西漢水所出，南入廣漢白水；東南至江州入江。」此言西漢水至廣漢，則白水入之，非謂西漢水入白水也。後人乃以州北之嶓冢山附會爲東漢水之源，益見其誣矣。至班志與《水經》沮水及西漢水之外，又別出氐道之漢名漾水。今考漾水至武都沮縣已合于沮、漢。《禹貢》：「嶓冢導漾，東流爲漢。」《水經》：「今漾水出隴西氐道縣嶓冢山，東至武都沮縣爲漢。」而班志則云：「武都道東漢水，受氐道水，一名沔。」今考氐道水，即漾水也。東漢水，即沮水也。二水合，乃有沔之名矣。班志又云：「過江夏，謂之江水，入江。」〔一〕而《水經》云：「夏水東至江夏雲杜縣，入于沔。」明二水至江夏合爲一，故沔水又蒙「夏水」之稱矣。劉澄之云：「夏水，古文以爲滄浪水。與《禹貢》又東爲滄浪之水亦合。」又沮水即東漢水之一證也。

又與邵編修辯爾雅斥山書

《爾雅·九府》：「東北之美者，有斥山之文皮焉。」斥山，高誘注《淮南王書》及郭璞均不言所在。今足下作《正義》，稱《隋書·地理志》及樂史《太平寰宇記》，以爲斥山在今榮成縣南一百二十里。今考《隋志》雖言文登縣有斥山，然偶同其名，不能定爲即《爾雅》所指。惟樂史始言即《爾雅》之斥山。樂史之于地理，其疎誤，足下所知也。然則足下注殷商古制，而僅據北宋單詞，僕竊以爲過矣。今敢據《周禮》《爾雅》爲足下陳之。

《周禮·職方氏》：「正東曰青州，其山鎮曰沂山。東北曰幽州，其山鎮曰醫無閭。」《爾雅》惟以東方爲東北，東北爲東方，與《職方》畧異。今考《爾雅·九州》，本屬殷制。夫殷都河内，故以沂山爲東北，而以醫無閭爲東。周都雍州，故又以沂山爲正東，而醫無閭爲東北。古圖今雖不存，然宋劉豫阜昌七年所刊《禹蹟圖》者，尚屬賈眈相傳舊本。今核二山所在，以正兩代之名，既無累黍之差，益信立言之審。此一證也。《職方氏》九州之山，除五嶽外，餘即四鎮。《職方氏》舉周制四極之内，故不及昆崙墟，惟此與

《爾雅》異。《爾雅》四荒云：「觚竹、北户、西王母、日下」。今西王母石室即在昆崙山。若常山，即今恒山。《爾雅》：「恒山爲北嶽。」《堯典》：「宅朔方，曰幽都。」則北岳可名幽都之證。故郭注亦曰「幽都，山名。」是也。餘七山則盡與《爾雅》同。此二證也。隋開皇十五年，詔祠名山大川，以沂山爲東鎮，醫無閭爲北鎮，會稽爲南鎮，霍山爲西鎮，是四鎮皆不出《周禮·職方》及《爾雅·九府》。此三證也。四鎮之名，《周禮·大司樂》注與《新唐書·地理志》所載不同，《周禮》注云：「四鎮：揚州會稽，青州沂，幽州醫無閭，冀州霍山。」而《唐志》則云：「東沂山，南會稽，西吴山，北醫無閭。」是西鎮有時變遷，而東沂絶無異說。此四證也。若云「東北之美」，則《周書·王會解》：「孤竹距虚，不令支元獏，不屠何青熊，東胡黄羆。」注云：「皆東北夷，距虚，野獸，驢騾之屬。獏，白狐。元獏，則黑狐。」又《鹽鐵論》「燕、齊之魚鹽旃裘。」蓋壤地既連，則珍奇易萃，此不特羽畎之貢，載自堯時；綾絹之徵，詳于近代。而黄羆墨狐，且與紫草紅藍而并著矣。《新唐書·地理志》青州貢紅藍紫草。此五證也。今登州府榮成縣雖有斥山，山既辟小，《隋書·地志》僅有其名，外此，則自漢迄唐，皆無著録，必非《爾雅》九府之山。至欒史之言，又最不足據，故不辯。此六證也。沂，斥字，隸書本近，或省文作斤，隸書又誤寫增、蓋沂山以沂水所出得名，故山字可不从水，猶之汧山爲汧水所出，灊山爲灊水所出，後人省文，亦止作幵山、鬵山。此七證也。《爾雅》既屬殷制，殷之九州，爲冀、豫、雝、荆、揚、兖、徐、幽、營，則九府係一州舉一山，冀州霍山，豫州華山，雝州昆侖山，昆侖山在今肅州西南，《禹貢》雍州：「昆侖、析支、渠搜、西戎。」又云：「厥貢惟球琳琅玕。」荆州梁山，揚州會稽山，兖州岱岳，徐州沂山，幽州幽都山，《晉太康地志》：幽州本以幽都得名。營州醫無閭，《尚書》疏云：「青州之境，非止海畔而已。堯時青州，越海而有遼東。舜爲十二州，分青州爲營州。營州即遼東也。《禹貢》又并營于青。《爾雅》營州之境，與《禹貢》青州同，故醫無閭得在營州。若謂今滎成縣南之斥山，則與醫無閭同屬營州。一州舉二山，而徐州反闕，既乖任土作貢之義，又失辨方正位之規。聖哲立言，不當如此。此八證也。況足下八山，皆據《周禮·職方》及《考工記》，獨東北斥山，乃近據欒史，而不信《職方》可乎？又足下能別梁山之爲衡山，而乃失之于此者，則不察也。

僕近爲《乾隆府廳州縣志》，雖于古人之外，時有一得，然卷帙既廣，訛舛實多。海内故人多聞直諒如足下者亦僅見，他日亦欲足下引繩披根，是正缺失，故敢先貢其愚，幸不吝教我也。

與孔檢討廣森論中牟書

承詢中牟所在，昨客次口陳，恐尚未悉，敢略布之。閻百詩徵君著《四書釋地》，于春秋戰國地理發明者甚多，獨于中牟以爲真不可考。余竊爲不然。《管子》云：「築五鹿、中牟、鄴者，三城相接也。」五鹿，今直隸大名府元城縣；鄴即今河南彰德府安陽縣，是中牟在當時與五鹿、鄴相接矣。《韓非子·外儲説》「晉平公問趙武曰：『中牟，三國之股肱，邯鄲之肩髀。』」邯鄲即今直隸廣平府邯鄲縣，是中牟在當時又與邯鄲咫尺矣。臣瓚引《汲郡古文》云：「齊師伐趙東鄙，圍中牟。」趙時已都邯鄲，是中牟又在趙邯鄲之東矣。《戰國·齊策》：「昔者趙氏襲衛。魏王身披甲底劍，挑趙索戰。邯鄲之中鶩，河山之間亂。衛得是籍也，亦收餘甲而北面，殘剛平，墮中牟之郭。」是中牟又在衛之北境矣。

暇日閱《太平寰宇記》：「湯水在湯陰縣治北，源出縣西牟山，去縣三十五里。」《元豐九域志》亦云：「湯陰縣有牟山。」即疑中牟當在湯陰縣左近，或以牟山得名。及見《戰國策》舊注云：「中牟在相州湯陰縣。」《史記·孔子世家》「佛肸爲中牟宰。」司馬貞《索隱》云：「此河北之中牟，蓋在漢陽西。」漢陽蓋濮陽之誤。今湯陰縣正在濮州西也。張守節《史記正義》亦云：「湯陰縣西五十八里，有牟山，蓋中牟邑在此山側。」益信古今人所見如出一轍，則中牟在今湯陰縣境内無疑也。今湯陰去安陽不五十里，去邯鄲元城五鹿城在今元城縣。亦不出一二百里，益信《管子》《韓非子》所云「相接」，云「肩髀」，無一字妄設也。《春秋》定九年《左傳》：「晋軍千乘在中牟」，及「衛侯過中牟，中牟人欲伐之。」哀五年：「趙鞅伐衛，圍中牟。」亦同。杜預以「滎陽中牟」爲注，而疑其「回遠」。裴駰《史記直解》又以「中牟非自衛適晋之次」，不知《春秋傳》之中牟，即今湯陰之中牟也。《淮南子·道應訓》「趙簡子死未葬。中牟入齊。」晋在衛之西北，今湯陰縣正在滑縣等西北二百餘里，爲衛入晋必由之道矣。蓋河南之中牟，漢雖立爲縣，而其名實未嘗見于經傳，其見于經傳者，皆湯陰境之中牟也。吾又獨怪班固著《漢書·地理志》最爲精審，獨于河南郡中牟縣下原注云：「趙獻侯自耿徙此。」則以鄭之中牟爲趙之中牟，雖偶有未檢，然殊非小失矣。唐孔穎達《左傳正義》以爲「中牟在河北」，不復知其處，而又引臣瓚云「中牟當在温水之上。」《史記集解》引瓚説：「温水又作漯水」，則又未知何據？敢并以質之足下。

至足下解《春秋左傳》桓公如夫人六人，懿公母氏位次在第六，故以甲乙之數名之曰夫己氏，其説甚新，而未敢遽信，容再詳之。并白。

校勘記

〔一〕過江夏謂之江水入江　按班固《漢書》卷二十八上《地理志》作「過江夏，謂之夏水，入江。」非「謂之江水。」

卷施閣文甲集卷第八

乾隆府廳州縣圖志序

蓋聞方圓有象，白阜成書；流峙初形，緑圖有記。黄帝中經之外，乃逮于《九丘》；重華益地之餘，聿聞夫《禹貢》。《周禮·職方》，實係九州之志；《春秋内傳》，洵爲百國之書。秦圖三六，由四極而四荒；漢郡百三，乃一候而一尉。由兹以降，可得而言。

若夫斷代爲書，建元表號，則《太康地記》，始有成規；《永初山川》，實標定目。開元十道之記，既開吉甫之前；元豐九域之書，又繼《元和》而作。若據兹見在，以定厥歸，則李相所編，執衷斯在，而其得失，又可推焉。夫爲地説者，右圖左記，既屬良模，舉要撮凡，斯歸至當。故裴秀舉地官之職，惟表川原；蕭何得御府之圖，藉知阸塞。必有資乎經國，非欲助夫遊觀。乃今觀其所采，則嚴光江岸，莊子濠梁，前喆釣遊，有而必録。此則郭象述征之記，延之攬勝之編，非地理之要也。昭仁等慈，丹臺仙觀，二宗創置，靡不畢詳。此又名僧西域之經，高士老君之傳，非地理之要也。又有甚者，夫挂劍徐君之壠，灑酒喬公之墟，同係昔賢，均堪憑弔。然與其有詳有畧，何妨概屬闕如。今則關中諸兆，存班固而削馬遷；江左崇封，登陶侃，而芟卞壼。載籍並存，無疑可闕，而乃如此者，洵莫詳其用意焉。又如《周禮·職方》，《春秋》國邑，孟堅一志，文命一書，洵海宇之權輿，肇山川之名號，必謂生年已後，無得而徵，則疑者不言，盍衷諸聖。今則《春秋》土地，視杜預而尤踈；《禹貢》方名，較魏收而益誤。前者既不知所本，則後者亦莫敢復承。且其言曰：「古今言地理者，凡數十家。尚古遠者，或搜古而畧今；採謠俗者，多傳疑而失實。飾州邦而叙人物，因邱墓而徵鬼神。」旨哉斯言，實皆自背。夫大别小别，各立其名；内方外方，强標其號。以至天興一縣，載二事而皆虚；襄邑一區，設兩言而亦誤，此非尚古遠而失者乎？五星升渚，一聖名山，石則陽翟婦人，竹則霍山天使，此非采謠俗而失者乎？至于陵爲蛇骨，水繫蛟潭，陶侃則一龍作梭，跖拔則七魚猶串。馬融經學，先表讀書之臺；謝朓文人，乃紀賦詩之所，非飾州邦而叙人物乎？孝童營冢，烏口先傷，力士鑿山，牛形遽變。舒女化魚，水聞歌而赴節；思王埋舄，魂在冢而能呼，非因邱墓而徵鬼神乎？雖然，責人斯易，考古良難，安知今之所爲是者，後之人不又叢責備也？要即今所見，以揆其所安，則雷同附會，有皆不敢。而其間因革，亦微具體裁焉。

今者每布政司所轄，各冠以圖，統以三京，爲圖二十。昔則赤緊畿望，今則衝繁疲難。道里之數，一準近圖；户口所憑，要于今册。故城舊縣，有則必書；鑿嶺開渠，遠而必録。此則遵彼良規，無容改作。至若金牛聖渚，因水利而登編；白鹿神禾，以分疆而入録。外此，則畸人逸士，昔賢前聖之遺跡，概不列焉。五岳四瀆，圭瑁之尊，同于牧伯，故并列其祠。外此，而浮圖宫觀不與焉。帝升王降，弓劍之所，比于山陵，故各詳其地。外此，即聖賢冢墓，亦不及焉。同知通判，分駐必詳，則班生記都尉治所之意；郵亭鎮堡，隨方亦録，則馬彪載郡國鄉聚之遺。五金利用，標所出之山；近監鹽便民，記置場之所。水道，則據今時出入，而綴以故名；陂塘，則記歷代廢興，而并詳創始。形勢所在，非可空言；戰争之區，因事附録。又名之可合于《禹貢》，益名班書、《左傳》者，疑則或闕，徵則必書。此又其復古之初心，作書之微旨也。

我國家膺圖百年，闢地三萬。東西視日，過無雷咸鏡之方；南北建斗，逾黎母呼孫之外。光于唐漢，遠過殷周。然而大一統之書，内三館所繪。祕圖則流傳匪易，鴻編則家有爲難。非尋隳括之方，懼啓津涯之歎。臣遭逢聖世，得預儒流，四及計偕，再膺里選。九州歷八，親探禹穴之書；四部窺全，曾寫蘭臺之字。粗知湛濁，稍别方輿，閲以歲年，撰成此志。卷裁五十，慚管見之難周；譜及八荒，表盛朝之無外云爾。

漢魏音序

古之訓詁即聲音。《易·説卦》曰：「乾，健也。坤，順也。」《論語》曰：「政者，正也。」基之爲始，叔向告于周；梠之爲秏，梓慎言于魯。又若《王制》，刑者，侀也。侀者，成也。展轉相訓，不離初音。漢儒言經，咸臻斯義。以迄劉熙《釋名》，張揖《廣雅》。魏晋以來，《聲類》《字詁》諸作，靡不皆然，聲音之理通，而《六經》之恉得矣。許君爲《説文》記字，字各著聲，覽而易明，斯爲至善。又通其變，爲讀若聲近之言，則逵嚴詁字之精，杜鄭説經之例，義或不可同，而音皆轉相訓，亦其善也。蓋有定者，文也。無定者，聲也。即一字一聲，而讀又有輕重緩急。古今風土之不同，如台之爲吾，吾之又爲我，伊之爲而，而之復爲爾也。古人音聲清，故爲台爲伊。中世梢轉，則爲吾爲而。後人口語重，則爲我爲爾。以及旄之讀爲繆，閧之讀近鴻，則急氣緩氣之分。秦呼卷爲委，齊呼卷爲武，則齊人秦人之别。若一以孫炎、沈約以後之音例之，則重讀者不能輕，急讀者不容緩。台伊遞降，既淆今古之聲；委武隨方，又擯齊秦之語。反語出，而一字拘于一音；四聲作，而一音又拘于一韻。而聲音之道，有執而不通者焉。是以里師授讀，俗士言詩，皆執音韻之書，以疑天籟；越客適秦，魯人入蜀，又泥聽聞之素，以訝方音。由聲音之道不明，欲合輕重緩急之讀爲一音，强東西南朔之聲出一口也。夫求漢魏人之訓詁，而不先求其聲音，是謂舍本事末。今《漢魏音》之作，蓋欲爲守漢魏諸儒訓詁之學者設耳。止于魏者，以反語之作始于孫炎，而古音之亡亦由于是，故以此爲斷焉。又嘗考之，漢廷諸儒，精研聲訓，厥惟許君，而康成次之。許君之義，均見《説文》外，又有注《淮南王書》，今不傳，惟《道藏》中《淮南鴻烈篇》二十八卷，尚題漢南閣祭酒許慎注。或當有據。然世所盛行之本，則皆題漢涿郡高誘注。今考許君之注，有淆入誘注中者，或本誘采用許君之説，後人遂誤以爲誘也。今畧論之。《淮南王書》「軵其肘」，高誘注：「軵，讀近茸，急察言之。」又「罧者扣舟」，高誘注：「今沇州人積柴水中捕魚，爲罧。」皆與《説文》之説同。此類尚多，以是知許君之注，有淆入誘者矣。康成注《易》《書》《詩》《三禮》及《易緯》乾坤二鑿度等，皆有音讀。今考《漢書音義》有「鄭氏」，薛瓚云：「是鄭德」。晋灼云：「北海人，不知其名。」按《漢書·高帝紀》「盱眙」，注：「鄭氏音煦怡」。《武帝紀》「蛇邱」，注：「鄭氏，蛇音移。」《郊祀志》「推終始傳」，注：「鄭氏音亭傳。」而《史記集解》皆作鄭玄，《漢書·揚雄傳》「抾靈蠵」，注：「鄭氏，抾音怯。」而《文選注》亦作鄭玄，是《漢書音義》所稱鄭氏，蓋康成居多，故晋灼亦曰「北海人」也。其間有出于鄭德者，如《高帝紀》「方與」，注音房預之類，

《集解》亦别標出之。裴駰，劉宋時人，必非無據。是康成又或爲《漢書音義》，世所不及知矣。今以許、鄭二君之説參校，又各有異同。許君云：「豐，从豆，象形。」而康成《儀禮·大射儀》注云：「豐，其爲字從豆，曲聲。」今考曲不成字，不當爲聲，康成蓋誤以象形之字爲諧聲也。許君云：「槸，從木，埶聲。」而康成《考工記》注云：「槷，讀如涅。从木，熱省聲。」今考埶本可作聲，不必從熱省。許君云：「裘，古文作求。」而康成《詩箋》云：「裘，當作求。聲相近故也。」今考裘求本一，不必改字。合此數條，疑許君之説爲長矣。蓋許君生及東漢之初，親從賈逵、衛宏等問受，其于西漢諸儒張敞、劉向、揚雄、鄭興等，不啻親承提命，其學既專，故其説獨博而諦，又非他儒之所可及也。

今編次仍從《説文》舊部，而以所無者附見于後，或《説文》所有，而後復譌爲他字者，則注云某字本某字，不移其部，若傳譌已久，則亦各從其部，正附兩列焉。其後儒以反語改漢人之音者，亦置不録，以非其舊也。排比闕失，成于六旬，演贊前後，斷爲四卷。書成，值乾隆四十九年，歲在閼逢執徐，長至日。爰付之梓，庶幾諧聲故讀，復厥舊音，反語四聲，此爲前導云爾。

三國疆域志序

陳壽《三國志》，有紀傳而無志，然如天文、五行之類畧備，沈約《宋書》皆可不補。其尤要而不可闕者，惟地理一志。元郝經所補，全録《晋書·地理志》，本文即見于沈志中者，亦近而不采，他可知矣。

予自戊戌歲校四史畢，即有志於此。留心裒輯者二載，然因有數難，輒復中輟。沈約云：「三國無志，事出帝紀，雖立郡時見，而置縣不書。」此一難也。晉司馬彪撰《續漢書·郡國志》，凡郡縣增省，在安、順以後者，即不置録，是前無所承。唐初修《晉書》，于地理學最不精，建置沿革，舛錯過半，是後無所據。此二難也。即云出帝紀矣，而荆州江夏，則南北並立；蘄春廣陵，又魏吴不常。能析其州郡本末，尤不易辨其縣道遷徙。又或居巢狄道，兩國置壘，鍾離浚遒，空地不居。臨賀郡所屬，則荆廣之説不同；宜都郡立名，則魏蜀之辭不一。此三難也。從前諸地志，上論沿革，每自漢越晉，中闕三國不書，彼傳信之體則然。今既欲補志，則須上詳郡縣與東漢異者若干，下與西晉異者若干。全據金行，既謂以孫而定祖；概徵炎運，又嫌有昔而無今。此四難也。沈約著《宋書》，去三國不過二百祀，當時册籍輿圖，諒存祕省，所引太康元康定户十餘種，最資證左。而汝陰建郡，顯背《魏書》；蒙縣著文，復乖《漢志》。此五難也。今世所存諸地志可采者，如李吉甫《元和郡縣圖志》、樂史《太平寰宇記》等，不過五六種。而邱頭旌武，一人而前後不同；油口號公，三書而彼此互異。此六難也。三國土壤既分，輿圖復窄，州郡之號，類多遥領，吴有犍爲之守，蜀存京兆之名。武都一郡，土歸西國，而名立扶風；房陵一區，實隸當塗，而虚領益土。近而易混，驟每不詳。此七難也。葭萌改漢壽之名，則與屬武陵者亂；上庸建北巫之號，則與隸建平者淆。東京所無，而西魏忽置，誰别建始之年；南邦所創，而太康已廢，難識革除之始。此八難也。陳壽史例，最號精嚴。而高陵海陵之縣，沿著舊名；新安新昌之稱，復標近號。加以松之注史，好采殊説，始興未建，作守者已有羊君；東安未立，臨郡者先推郭智。作者既視睫而不見，閲者復貯心而不疑。此九難也。繼此九難，遠閲千載，沈約所據十餘種，僅存其二，而又不能稍參己意，增定郡邑。此十難也。然用力既久，終不忍輟作，而證左俱絶者，則闕疑以待焉。蓋地理之難也，班生録本朝之書，猶存俟考；沈氏徵近世之壤，每著存疑。從事于此者，當若是矣。今大類倣《宋書·州郡志》之例，而于扼要之地、争鬥之區可考者，附見諸郡縣下，參用《郡國志》例焉。其郡之未經分割者，置縣次第，準《郡國志》爲多，或已分割及廢而復置者，則先後類從晋志。要在有補原書，而不汩其實，此裒輯之意也。然天下州邑之志，繁如星草，安知所疑而闕者，不皆散見于諸郡邑圖志中？補是志者，既非爲己，何必皆出一人？同好之君子，苟能隨所見而足之，以成一史未竟之事，則是書亦補《三國志》疆域者之權輿矣。

東晋疆域志序

歷史地志，互有得失。若求其最舛者，則惟晋史《地理志》乎？其爲志也，惟詳太始、太康，而永嘉以後，僅掇數語，又不能據《太康地志》、《元康定户》等書，以爲準則。故其志州也，梁州之建，與王隱《地道》先後不同；湘廣之分，與沈約《宋書》多寡互異。其志郡也，北海則一方全脱，濟岷則兩縣無徵。其志縣也，巴東無漢豐，梁國無西華，既異晋初之疆理；滎陽有陽武，南郡有監利，又非江左之輿圖。雖分卷至四，洵可謂本末倒置，後先失據者焉。然余以爲且無論其得失也，即其以永嘉爲斷，亦止可稱西晋之地志，而于江左，則尚無預焉。此東晋疆域之不可不作也。又有甚者，僑州郡縣之設始于東晋，而僑州郡縣之與實土相混，則莫若初唐。即以此書之外論之，顔師古注《前漢書》，以京兆南陵爲今甯國府南陵縣；李賢注《後漢書》，以九江當塗爲今太平府當塗縣。遂使方州之志，郡國之書，遇荆揚之土著皆疑，并冀之流人，譜楚越之名區，悉改燕秦之郡望。喧客奪主，以假亂真，此則實土之與僑置不可不分者也。然而志東晋實土之難也，其時全得者，不過荆揚及分建之湘江數州。他若梁益則李氏僭于前，譙縱王于後；交廣則李遜踞其始，盧循亂其終。青徐則地不全屬，兖豫則户已半淪。司州雖時置戍卒，而僅服于德宗；雍州則纔振兵威，而即亡于夏國。其蹙境也，始于咸和，甚于甯康，再甚于隆安；其拓疆也，肇于永和，再振于太元，大啓于義熙。其朝南暮北，旋有旋亡者，雖巧術不能算也。至若志僑置之難也，僑州至十數，僑郡至百，僑縣至數百，而皆不出荆揚二州之域。東海一郡，寄治海虞，而又移京口；汝南諸縣，僑留金水，而又説塗中。襄垣寓邑，並奪蕪湖之舊稱；合肥主名，乃改汝陰之客號。其他僑而不知所在者尚多。輿地之記，既不克並徵；州縣之圖，亦殊難盡信。此則行迷路者多窮，而理亂絲者易紊也矣。將謂沈志可據乎？而新昌壽昌之縣，合作一區；軍平軍安之名，不知兩縣。壽春重鎮，而存没不著于篇；營陽新建，而懷穆互殊其説。其他與紀傳舛錯者，又時時而有也。又或謂《晋書》紀傳可據乎？而甯境罷州，既顯殊于《宋志》；漢嘉改郡，又互異于《蜀書》。梁水之建，亦傳紀之不同；武甯之分，乃後先之各出。蓋撰述者既非一輩，搜采者又非一書，無怪其虚實並陳，始終不照矣。

暇日以《晋書》紀傳爲主，詳求沈約，輔以魏收，外若《太康地志》、《元康定户》、王隱、虞預、臧榮緒、謝靈運、孫盛、干寶諸人所著僅存于今者，參之以酈元、李吉甫、樂史、祝穆之所撰，旁搜乎雜録，間采乎方書。凡兩閱歲，而成其紀。及于山川邑里，鄉堡聚落，臺殿宫閣，園林冢墓者，非特仿馬彪、魏收之例，亦以自西晋以來，陸機、華延儁等數十輩造述，今已悉亡，其佚説見他書者，懼其復歸淪没，爰爲采掇之，悉著于編，庶藉羣賢之簡牘，成一代之掌故焉。書成，藏之篋笥者又十年，乃序而付之梓云爾。

十六國疆域志序

《十六國疆域志》固與《東晋疆域》相輔而行者也。然志十六國之難，則更難于東晋。何則？其竊據之久者，不過數十年，少則止十數年。劉曜續開之州郡，既迥異于淵聰；石虎晚定之山河，又大逾于襄國。甚者姚萇以馬牧起事，故崇鎮堡之勢以敵方州；赫連以統萬建基，故芟郡縣之名盡歸城主。後先錯出，彼此互殊，縱欲指陳，殊難畫一。一也。近時崔鴻《十六國春秋》，既係明人所輯，不足據凴。惟《太平御覽》中所録，尚屬當日舊書，而簡略特甚，十止二三。《晋書·載記》，又非詳核，是依據者少。二也。當時霸史之見于隋唐《經籍志》者，有常璩《漢之書》十卷、《舊唐書》作《蜀李書》九卷。王度《二石傳》二卷、《舊唐書》作《二石記》二十卷，不著名。又《二石僞事》二卷、《舊唐書》作六卷。田融《趙書》十卷、《舊唐書》作《趙石記》二十卷。范亨《燕書》二十卷、張詮《南燕録》五卷、王景暉《南燕録》六卷、遊覽先生《南燕書》七卷、高閭《燕志》十卷、何冲熙《秦書》八卷、席惠明《秦記》十一卷、姚和都《秦記》十卷、張諮《涼記》八卷、《舊唐書》作十卷。劉景《涼書》十卷、史喻歸《西河記》二卷、《舊唐書》作「段龜龍」誤。段龜龍《涼記》十卷、高道讓《涼書》十卷、沮渠國史《涼書》十卷、無名氏《拓跋涼録》十卷、劉景《敦煌實録》十卷、和苞《漢趙記》十卷、《吐谷渾記》二卷、《翟遼書》二卷、《諸國畧記》二卷、《永嘉後纂年紀》二卷、《段業傳》一卷，南宋時已漸次散失，是可搜采者盡亡。三也。即有附見于晋宋諸書紀傳中者，與《載記》又多不合。如《晋書·列女傳》「王廣仕劉郡」，而《後趙録》等又不載有此郡。四也。又或名號則彼此分建，方隅則叛服不常，長子屬建興之郡名，乃肇于西燕；赫連築骨律之城土，早歸于後魏。豫州則石趙東晋，共治一城；壽春則江左苻秦，各分要地。五也。復有逞其胸臆，則務廣虚名；核彼輿圖，則多非事實。如石氏建揚州之號，僅得一城；前燕標荆土之名，惟餘數縣。夏宋誓書，指恒山爲界，既涉張皇；慕容郡册，援唐國爲稱，亦慙假借。六也。甚有指南爲北，革舊標新，赫連也以陜地爲荆州，乞伏也以溼川爲益土。琅邪之國，强號幽燕；朔代之區，忽標齊服。近而易混，驟每不詳。七也。又王彌、曹嶷、段匹磾、慕容永、翟遼、段業等，皆建有國都，跨連郡縣，雖不别爲作志，亦例得附書。若非舉要而削繁，又慮喧賓而奪主。八也。又兖豫青徐之境，空地常多，既不隸于諸方，又不歸于江左。若此者，其郡縣之空名，每以戰争而附見，列爲實土，已無户口之可稽，目以僑邦，則又山川之未改，此則去留不可，位置尤難。九也。即云魏收、酈元、李吉甫、樂史等諸人所述可以取材矣，而靈昌立渡，各異其方；梁馬名臺，互殊其號。魏該一合之塢，與晋傳而先殊；石家太武之堂，在襄國而疑誤。十也。

乙巳歲，客開封節樓，燕居多暇，因雜取諸書輯成之，距《東晋疆域》之成，不逾二稔。其附書山川宫閣，一如東晋志之例。他若田融、段龜龍等書之僅存者，並一一録入之。非廣異聞，亦所以存故事也。時中秋後五日，是爲序。

與盧學士文弨論束脩書

前坐次閣下言及吾鄉鄒君釋束脩二字，以爲當從束身修飭解，心竊疑之。今觀臧君鏞堂輯《鄭氏論語注》二卷，内間有疏證。于「自行束脩以上」句，用《後漢書注》李賢之説，以破古義，愚以爲不然。

夫一字有本訓，有假借，有轉訓。《説文》：「束，縛也。从口木。」凡經傳束脩、束脯及束牲、束矢等，皆須束縛，此本訓也。因束縛又通爲檢束之束，故史傳亦言束身、束心，此通借也。《説文》肉部「脩，脯也。从肉，攸聲。」彡部「修，飾也。从彡，攸聲。」皆本訓。然音雖同而義實迥别。《公羊》莊二十四年「腶脩云乎」，何休注：「腶脩者，脯也。」腶脩，取其斷斷自修正。古人皆取同聲之字相訓，故以斷訓腶，以修訓脩此轉訓也。然取修正之義以訓脩則可，遽改脩脯之字爲修正則不可，何則？《釋名》又云：「脩，縮也。乾燥而縮也。」謂肉乾燥則縮，脩縮又音同，故取以相訓。若脩脯可改爲修正，則紊縮亦當同朐膊之義乎？《周禮》「凡肉脩之頒賜，皆掌之。」《禮記》「夫人之贄脯脩。」前後司農皆訓脩爲脯。正義：「加薑桂鍛治者，謂之脩；不加薑桂，以鹽乾之者，謂之脯。」散文言之則通，以迄張揖《廣雅》等，無不皆同，是脩之明訓見于經傳者，又如此矣。《鄭氏論語注》「謂年十五以上」者，子曰：「吾十有五，而志于學。」皇侃疏：「十五，成童之歲，識趣堅明。」鄭氏蓋言始可以執束脩之禮見于先生長者耳。李賢不通義訓，于《延篤傳》注云：「束脩，束帶修飾。」《劉般傳》注又云：「束脩謂謹束修潔也。」

今考束脩二字，見于經傳最古者，《儀禮》、《穀梁》、《檀弓》。《儀禮》：「其以乘壺酒、束脩、一犬賜人。若獻人，則陳酒執脩以將命。」脩言執，與酒言陳對舉。《穀梁》隱元年《傳》曰：「束脩之肉，不行竟中。」正義：「束脩之肉者，脩，脯也，謂束脯之肉也。」《檀弓》：「古之大夫，束脩之問不出竟。」若依李賢之説，又當作束帶修飾之肉與謹束脩潔之問相訓乎？且古人一字不虚設，况于聖人，若果作束帶修飾，則但當云自束脩者，行及以上三字皆爲剩義。今有行者，明束脩是禮，禮須人行，故曰行也。《孔叢子》亦云：「子思居貧于衛。或獻尊酒束脩。」是又束脩之見于子者。今臧君等據唐人單詞，而即欲破三《禮》二《傳》及先後鄭諸家之詁訓，又使聖人之言語字支離，可謂鋭于立異矣。又《後漢書》言束脩者，亦不一而足。《伏湛傳》曰：「自行束脩，訖無毁玷。」《延篤傳》曰：「吾自束脩以來。」《劉般傳》言：「束脩至行爲諸侯師。」《胡廣傳》曰：「使束脩守善，有所勸仰。」蓋亦如古人所云：「束髮立名節」，及史傳所載，「吾自束髮受書以來」，及「吾自委贄以來」，「吾自從師以來」，義實等耳。賢注《伏湛傳》即云：「自行束脩，謂年十五以上。」蓋意以若訓脩爲修飾，則下「毁玷」句爲贅。且自行束帶修飾，亦不成語，故不同于篤等傳注耳。前坐次語未悉，故敢復及之，并以質之臧君。

與章進士學誠書

承示拙著《乾隆府廳州縣圖志》，每布政司所轄，應改爲總督巡撫，始符體制。君詳于史例者也，用敢畧陳一二焉。按唐分天下爲十道，故賈耽有《開元十道述》。厥後李吉甫因之，所著《元和郡縣志》，亦分爲十道，惟移隴右道至第十，與《開元志》畧有不同而已。宋初分天下爲十二道，故樂史《太平寰宇志》因之。後又分天下爲二十三路，故王存《元豐九域志》因之。元分爲十三行省，明分爲兩京十三布政使司，本朝增爲十九布政使司，雖俗尚沿元行省之舊稱，而實則同明布政司之成例。況地志者，志九州之土也。志九州之土，則每方各著守土之官以統之，足矣。督撫自明成化以後，雖已有定員，然其名則欽命也，其所握則關防也，固非可名之爲守土之官者也。且漢以刺史統郡守，而班固《地理志》則大書郡名，而下注云屬某州，不以州名冠郡之上也。唐以節度觀察使轄諸州，而《開元志》《元和志》《新、舊唐書·地志》皆以十道爲率，不以每節度每觀察所轄爲準也。宋亦設節度防禦團練等使以轄諸州，而二十三路，則專以轉運使所屬爲定。轉運使之職，與今布政使司無異也。又本朝《皇輿表》《一統志》皆各書某布政司，而不書督撫，是又志府廳州縣者所當效法耳。考之于古，則班固、賈耽、李吉甫、王存、樂史如彼；證之于今，則《皇輿表》《一統志》又如此，何必別翻新例，以紊舊法乎？又今之制，總督或轄兩巡撫，或轄三巡撫，又有有督而無撫，有撫而無督者。如君所言，將書總督乎？書巡撫乎？將一一爲之分釋乎？巡撫又或轄一布政，或轄兩布政。如君所言，將書巡撫復書布政乎？抑或止書巡撫乎？若一一書之，則題篇不勝其繁；若或書督或書撫，則稱名又嫌不一，則何如書各布政司之爲得乎？且每府沿革之下，必首記總督巡撫及兩司守道駐劄之所，是即班固于每郡下注屬某州之例，《新唐書·地理志》于每道下書采訪使治某州之例也。又今之應鄉試者，皆云應某布政使司鄉試，不上及巡撫，亦不上及兼轄之總督。亦可知一方之官，至布政司而無不統矣，不待言督撫也。亮吉非憚于改正，實例當如此耳，敢更以質之左右。

新修鎮遠府志序

貴州一隅，前人視爲荆梁南境外荒裔之地，是以志方輿及山水者，皆不及焉。然郡曰牂柯，縣曰且蘭，見《漢書》及桑欽《水經》、許愼字恉；水曰沅水，曰無水，見班固志《地理》及酈元注《水經》，尚非蒙爨諸蠻地所能比也。

予好爲地理之學，今年冬，奉命視學黔中，自常德以南，即沿無水行抵鎮遠，見其山水回互，地形高下，以爲當去故且蘭不遠。迨檢諸地志，悉無與我合者，心竊疑之。適太守監利蔡君創修《鎮遠府志》成，舉以示余。其條分縷析，星羅棊布，以爲獨爲其難。既又讀其夜郎、牂柯、且蘭等考辨，而嘆蔡君之精于地理，實有先獲我心者焉。余亦何以序之？亦惟舉余之與蔡君合者，還以質之蔡君而已。

蓋欲知牂柯郡所在，必當以故且蘭爲証。《漢書·地理志》及《續漢郡國志》，牂柯郡皆首列故且蘭。司馬彪云：「凡縣名先書者，郡所治也。」《前漢》雖不言牂柯郡治何所，亦當治且蘭可知。此一証也。欲知故且蘭所在，又當以沅水爲証，《地理志》故且蘭下，班固原注云：「沅水東北至益陽入江，過郡二，行三千五百三十里。」若沿舊志，以遵義爲且蘭，而以烏江爲牂柯江。今考遵義諸水，通流他處者凡四，湘江、洪江、仁江，則皆注烏江者也。烏江，則合三江北流入涪水者也，與沅水相距甚遠，則不得以遵義爲且蘭明矣。此二証也。《漢書·西南夷傳》：「始楚威王時，使將軍莊蹻將兵循江上。」師古曰：「緣江而上也。」是由江入沅，由沅入無可知。《後漢書·西南夷傳》則并云：「遣將莊豪從沅水伐夜郎」，則語更明顯，可証非從涪水矣。此三証也。《水經》云：「沅水出牂柯故且蘭縣，爲旁溝水，又東至鐔成縣，爲沅水，東過無陽縣。」而酈《注》則云：「無水出故且蘭，南流至無陽故縣，又東南入沅，爲之無水。」今考沅水出都勻府城東，無水出黄平州都凹山，當即故且蘭所在。此四証也。常璩《華陽國志》云：「楚頃襄王時，遣莊蹻伐夜郎，軍至且蘭，椓船于岸而步戰。既滅夜郎，以且蘭有椓船牂柯處，乃改其名爲牂柯。」夫登岸步戰，必水道不能通舟，故須椓船于此。今無水至鎮遠以上，即劣不容舟，川行至此，必須登陸。此五証也。又《地理志》故且蘭下引應劭曰：「故且蘭侯邑也。」而《西南夷傳》云：「中郎將郭昌、衛廣引兵還，行誅隔滇道者且蘭，斬首數萬，遂平南夷爲牂柯郡。」今鎮遠郡實爲入滇要道，則且蘭侯故邑與鎮遠當不遠，必不在遵義矣。此六証也。凡此諸証，皆可以推廣蔡君之説，是以略述焉。

他若貴州水道之混，余又擬別爲一書，以正其謬失，俾後之撰方志者有所取裁，當亦蔡君所樂觀其成者歟？

卷施閣文甲集卷九

請禮記改用鄭康成注摺子

奏爲敬陳管見，恭請訓定事。查貴州本年歲試，五經内輪出《禮記》，臣按試諸郡，皆於尋常擬題外出題。諸生百人中，即有曾讀全經者，亦茫然莫知其解。臣推詳其故，實緣元儒陳澔所撰《禮記集説》。自前明永樂以來，用以取士，澔書本爲科舉起見，是以凡遇可備出題者，注解略爲詳明，其餘即譾陋殊甚，是以士子無所遵循。伏查《十三經正義》現列學宫，内《禮記》及《儀禮》《周禮》皆用漢儒鄭康成注，最爲詳備。誠如我皇上欽定《禮記義疏》所云：「精奥無如鄭注者也。」且陳澔《集説》，其詳明者，皆采取鄭注；其簡略者，即自以意爲删改，是用鄭注則《集説》之精華已備，用《集説》則昔賢之訓詁半淪。近奉到部咨，《春秋》一經，奏定改用三《傳》，凡士子有志讀書者，無不歡欣踴躍，争自濯磨。臣愚昧之見，可否《禮記》改用鄭注？俾諸生通曉全經，兼明五禮，似于讀書行己皆有裨益。未審有當與否，伏乞皇上訓示施行。爲此謹奏。

邵學士家傳

君諱晋涵，字與桐，一字二雲。先世系出洛陽。宋南渡時，有諱忠者爲從官，護蹕南下，遂著籍餘姚。君以《禹貢》三江，其南江從餘姚入海，遂自號南江。曾祖炳，縣學生。祖向榮，康熙壬辰會試中式，由內閣中書改知縣，復改教諭。父佳鋭，增廣生。兩世皆以君貴，累贈中憲大夫、左春坊左庶子，加二級。妣袁氏，累贈恭人。

君，贈君之仲子也。生有異禀，爲教諭君所鍾愛，携至鎮海學署，親課讀焉。年四五，即知六義四聲。十二，偏通五經。十七，補縣學附生，屢試優等，食餼。歲乙酉，舉于鄉。辛卯，舉會試第一人，殿試二甲，歸部銓選。歲癸巳，詔特開四庫全書館，校勘《永樂大典》，時上方崇奬實學，思得如劉向、楊雄者任之，于是大學士劉公統勳以君名首薦，遂特旨改庶吉士，充纂修官。踰年，授職編修。歲辛亥，御試翰詹，君名列二等，擢左春坊左中允，遷侍講，轉補侍讀，歷左庶子、翰林院侍講學士、日講起居注官，皆兼文淵閣校理，歷充咸安宮總裁、萬壽盛典、八旗通志、國史館、三通館纂修官，又爲國史館提調官，兼掌進擬文字，一爲廣西主考官，兩充教習庶吉士，覃恩歷加中議大夫。此君之所歷職也。

君體素羸，又兼諸館，晨入暮出，復以其暇授徒自給，執經者嘗林立以待，前後著録弟子至數百人，由是體益不支。今年三月，感寒疾，醫誤投劑，遂劇，竟以六月二十五日卒于邸第，年僅五十有四。卒之日，語笑如平時，人有乞爲志傳未及成者，檢篋中稿，付次子秉華，遂從容就席而瞑，可謂神明不亂者矣。

生平至性過人，居教諭君及贈君暨恭人之喪，皆哀毁骨立，過時猶思慕不置。伯兄履涵早卒，前一歲，君以其未葬，特遣子秉恒歸，爲營冢穴，以是秉恒不及視君含斂。性和易，與輩流交，皆終始如一。談古今事，雖坐起數十，娓娓不倦，卒未嘗以所能驕人。惟有以非義干者，不待語竟，即拂衣起，人以是嚴憚之。

于學無所不窺，而尤能推求本原，實事求是。蓋自元明以來，儒者務爲空疎無益之學，六書訓詁，屏斥不談，于是儒術日晦，而游談坌興。雖閒有能讀書如楊慎、朱謀㙔者，非果于自用，即安于作僞，立論往往不足依據。迨我國家之興，而樸學始輩出，顧處士炎武、閻徵君若璩首爲之倡，然奥窔未盡闢也。乾隆之初，海宇乂平，已百餘年，鴻偉傀特之儒接踵而見，惠徵君棟、戴編修震，其學識始足方駕古人。及四庫館之開，君與戴君又首膺其選，由徒步入翰林，于是海内之士知向學者，于惠君則讀其書，于君與戴君則親聞其緒論，向之空談性命及從事帖括者，始駸駸然趨實學矣。夫伏而在下，則雖以惠君之學識，不過門徒數十人止矣。及達而在上，其單詞隻義，即足以歆動一世之士。則今之經學昌明，上之自聖天子啓之，下之即謂出于君與戴君講明切究之力，無不可也。

君于經深三《傳》《爾雅》，成進士以後，未入館以前，以宋邢昺疏義蕪淺，遂别爲《爾雅正義》一書。亮吉始識君，與同客安徽學使者署，見君一字未定，必反覆講求，不歸于至當不止。如以九府之梁山爲即今衡山，釋草蘩菟葵爲即今欵東，皆同客時所訂定，而亮吉等急歎以爲絶識者也。服官後，又爲《孟子述義》、《穀梁古注》、《韓詩内傳考》，並足正趙岐、范甯及王應麟之失，而補其所遺。

君又病《宋史》是非失實，且久居山陰四明之閒，習聞里中諸老先生緒言，遂創爲《南都事略》一編。君嘗謂人曰：「南宋諸傳，最無理法。其稿創于袁桷。桷與史氏中外，故于甬東諸人，多鄉曲之私。」今讀南宋諸雜史及桷《清容集》，君説信然。熟精前明掌故，每語一事，輒亟稱劉先生宗周、黄處士宗羲，蓋君史學所本，而又心儀其人，欲取以爲法者也。外又有《方輿金石編目》、《皇朝大臣謚法録》、《輶軒日紀》、《南江文稿》、《南江詩稿》等。若奉命校祕閣書，如薛居正《五代史》等，皆君一手勘定。分校石經，君職《春秋》三《傳》，所正字體，亦校他經獨多。生平爲文，操筆立就，有大述作，咸出君手。其沖和淵懿，奥衍奇古，則又君之學爲之也。

君于國史，當有專傳。今公子秉恒、秉華等，以亮吉尚足知君，乞先爲家傳，以綴君行事。亮吉與君交幾三十年，于詞館爲後進，凡值校讎之役，如國史、石經等，亦無不與君偕，即集中唱酬之作，亦惟亮吉爲多，用是不敢辭，而爲之條繫如左，俾他日志經籍、傳儒林者，有所採擇焉。

分江水考

《漢書·地理志》丹陽郡石城縣下原注：「分江水首受江，東至餘姚入海。」桑欽《水經》同。會稽郡吴縣下原注：「南江在南，東入海。」常疑分江水與南江截然爲二。今細校《水經注》沔水下，道元稱《地理志》云：「江水自石城東入爲貴口，東逕石城縣北，東合大溪，溪水首受江，北逕其縣故城東，又北入南江。南江又東逕宣城之臨城縣南。」考臨城廢縣，在今青陽縣南五里，是分江水至石城縣境外，已與南江合矣。下又云：「南江又東逕甯國縣南」，又「東逕故鄣縣南、安吉縣北。」則今之甯國縣及建平、廣德、安吉、孝豐諸地也。下又云：「南江又東北爲長瀆，歷湖口，南江東注于巨區。」〔一〕是又分江水與南江合後並入太湖矣。許慎《説文》云：「江水東至會稽山陰，爲浙江。」晋灼亦同。道元亦云：「江水又東逕餘姚縣故城南，縣西去會稽百四十里，因句餘山以名縣，山在餘姚之南、句章之北也。江水又東注于海。」前人每致疑岷江不能至餘姚入海者，不過以中隔浙江故耳。今考《水經》漸江水下，道元云：「臨平湖上通浦陽江，下注浙江，名曰東江。行旅所從，以出浙江也。」又引闞駰《十三州記》云：「江水至會稽，與浙江合。浙江自臨平湖南通浦陽江，又于餘暨東合浦陽江。自秦望分派，東至餘姚縣，又爲江也。」則語更明晰。蓋南江實合具區、臨平湖、浦陽江三大水始入海。班固云「南江在吴縣南，東入海」，東之一字，所該者廣，不必泥言在吴縣境入海也。韋昭，漢末鉅儒，其注《國語》，亦以松江、浙江、浦陽江爲三江。蓋此三江實岷江之下流，岷江合之，方可入海。惟班固、桑欽，皆漢和帝以前人，並云「江至餘姚入海」，至許慎、晋灼即止云「江至山陰爲浙江」，不更及餘姚者。餘姚在蕭山之正東、山陰之東北。《山陰圖經》：「鑑湖初本通潮汐。漢永和五年，太守馬臻始環湖築塘瀦水，溉田至九千餘頃。」疑南江水自築塘後，已不能直抵餘姚，故許慎等言又與班固異耳。宋葉夢得《避暑録》尚知「今錢唐江乃北江之下流」，則亦一顯証矣。惟「北」字當改作「南」。總之，以今道里計之，分江水合南江後，由今貴池、古石城。青陽、古臨城。銅陵、古春穀。甯國、宣城、皆古宛陵。建平、廣德、安吉、孝豐、皆古故鄣。烏程、武康、皆古烏程。餘杭、漢舊縣。仁和、古錢唐所分。蕭山、古餘暨。山陰、漢舊縣。餘姚、漢舊縣。諸州縣，方入海，其所逕之大水，則太湖、臨平湖、浦陽江也。班固云「過郡二」者，丹陽、會稽。云「行千二百里」者，今自池州府至紹興餘姚縣，約計千里，古里數短，故云千二百里也。

惠定宇先生後漢書訓纂序

惠定宇先生以經學名東南。其所著《九經古義》、《易漢學》、《明堂大道録》等，精博有過閻、顧諸君。余昨著《左傳詁》一書，采先生之説爲多，今又得讀《後漢書訓纂》，而知先生之史學亦非近時所能及也。此書皆先生采綴衆家，凡有異同增損，皆摘録入卷中。其門下再傳弟子朱邦衡，爲之繕寫補綴，彙爲一編。仍有籤識某書某卷未經録入者，吾友桂進士未谷，復爲補成之。定本既出，適吴念湖司馬入都，爰力任剞劂之事，瀕行復索序于余。時司馬刊閻百詩《古文尚書疏證》甫竟，復能以餘力校刊此書，公諸同好，是亦今之汲古主人矣。

余嘗慨世之讀史者類多耳食，每以謝承諸人所撰《後漢書》爲過于范史，嘗細校之，而後知蔚宗去取之精，決擇之慎，有非諸家所可同日語者。就諸家之中，謝承最有名，又最先出，而其紕繆已非一端可竟，又況華嶠、袁山松、謝沉、薛瑩諸人，年代較遠者乎！試舉一二端言之。范史《周嘉傳》高祖父燕曰：「我平王之後，正公玄孫。」李賢注引謝承書曰：「燕字少卿，其先出自周平王之後。漢興，紹嗣封爲正公，食采于女墳。」今攷《武帝紀》元鼎四年，「行幸滎陽。還至洛陽，詔曰：『瞻望河洛，巡省豫州，觀于周室，邈而無祀。詢問諸耆老，乃得孽子嘉。其封嘉爲周子南君，以奉周祀。」至元帝初元五年，又以周子南君爲周承休侯。成帝綏和中，始進爵爲公。安得有漢興即嗣封正公之事？如謂漢興二字，即指綏和以後而言，則燕在宣帝時，下距此尚遠。又汝陰縣，王莽時改名汝墳，漢興安得有汝墳縣？承蓋因燕正公之言附會而成，不知燕所云正公，蓋戰國末東西周皆降稱公，燕是其裔，故云然耳。厥後唐杜牧爲《周墀墓志》及《新唐書·宰相世系表》，皆云：「漢興，周仁封汝墳侯。」《表》更言賜號正公，皆沿承誤而更爲之説者。又《三國志·陶謙傳》：「廣陵太守琅邪趙昱，徐方名士也。」裴松之注引承書曰：「昱遷廣陵太守。賊笮融從臨淮見討，迸入郡界，昱將兵拒戰，敗績見害。」今考《陶謙傳》，「融走廣陵，太守趙昱待以賓禮。融利廣陵資貨，遂乘酒酣殺昱，放兵大掠。」陳壽《吴志·劉繇傳》及司馬光《通鑑》等並同，則所謂拒戰見害之事非矣。承又云：「謙初辟昱别駕從事，辭疾退避。謙重令揚州從事會稽吴範宣旨」云云。考《謙傳》，謙未嘗兼領揚州，一也。《吴志·吴範傳》「舉有道，詣京都，世亂不行。至孫權起東南，範始委身服事。」是範亦未嘗爲揚州從事，二也。且謙本以融爲下邳相，督廣陵、彭城、下邳糧運，及曹操擊破謙，徐土不安，融乃將男女萬口走廣陵。則融之走廣陵，實由下邳東下，道不出臨淮，三也。他如范史《隗囂傳》「更始執金吾鄧曄」，注引承書：「曄，南陽南鄉人。」前漢既無南鄉之名。又《胡廣傳》注引承書，李咸以靈帝「建甯三年，自大鴻臚爲太尉。」今考《靈帝紀》，咸爲大尉在四年，由太僕，亦非大鴻臚。是承書于邑里官爵，皆率意妄書，不求其實，其他之好爲異説，以貽悮後人者，又比比也。今先生所纂，于十六家《後漢書》，皆條采之，而不專主其説，間爲舉正其誤，又可云先獲我心者矣。

余于《後漢書》中，又嘗有蓄疑數十事，及後校刊他書，而忽覺冰釋者，亦不妨略舉一二焉。《安帝紀》永初元年及元初元年，皆三月癸酉日食。上已有「三月己卯，日南地折」一條，與《續漢書·五行志》所紀同。逆推至此年正月甲子，則己卯日定在三月，唯己卯後同月不得更有癸酉日，況三月二字又屬複書，且是年冬十月戊子朔，日有食之，自太初定曆後，至此一歲，亦不容有兩日食。及以《五行志》細勘，乃知此條專屬永初元年三月事，范史冒昧又複述于此也。又《王允傳》傳言關中人相謂曰：「丁彦思、蔡伯喈但以董公親厚，並尚從坐。」彦思不知何人？陳、范二史，于《卓傳》亦不録。及後偶閲裴松之注引《漢獻帝起居注》云：「尚書丁宫附會卓廢立」云云。而始知彦思者，當即丁宫無疑也。至唐李賢注《後漢書》，本集衆手成之，往往得失互見，即如第四十九卷《張衡傳》、七十九卷《南匈奴傳》，最爲鄙謬，則以分注之人較劣，又卷帙獨長，注後復不加檢勘故耳。然則排纂諸書，以爲一書，折衷其是，如《訓纂》者，又曷可少乎？按《梁書·王規傳》「規集《後漢》同異以注范書，共一百八十卷。」《唐志》劉熙注范蔚宗書亦一百二十二卷。竊謂當梁、陳時，衆家之書俱在，故三家所注卷帙繁衍若此。今先生獨能于殘闕之餘，網羅散失，雖僅得若干卷，而其難有十倍于王、劉者，當不獨欽先生之學識，并可以鑒先生之苦心矣。

余近又嘗以《水經注》校范書及《續志》，增益二十餘事，以《前漢書》《三國志》《宋書》校范書、《續志》，舉正亦不下數十事。他日當質之吴、桂二君，或可附先生之書以行也。時嘉慶元年，歲在丙辰，夏至後五日。

敕授登仕郎晋贈武德騎尉衈授雲騎尉世職湖北吕堰驛巡檢王君神道表

乾隆六十年十二月，余視學貴州還京，以小除日抵湖北之吕堰。曛黑中有迎拜馬首者，余起驚詢，則吾友王君芑孫之弟——吕堰驛巡檢王翼孫。既抵館，揖之入。其所言皆民間疾苦與差務絡驛，貌憔悴而公服破壞。余悚然異之。已復出其寄兄芑孫之書與一文榼，余愍其宦貧，出囊中金持贈以别。行數驛，作書與湖北大吏，言君之賢。大吏復書云：「君戇直，屢忤上官，上官及其同官無悦之者。」余又爲爽然不懌者久之。越五月，得芑孫書，則君以禦賊不屈死矣。

方嘉慶元年正月，湖北逆民猝起，于是鄖陽、荆州、宜昌、施南諸府州縣，所在如蝟毛。襄陽府屬南漳等縣，亦相應和旋起。吕堰當南北之衝，無城郭可守。君日夜焦灼，屢啓上官求擘畫，皆不報。君不得已，自起行村鎮，爲畫守禦策。時縣中官吏捕邪教嚴，株及里黨，一方囂然。具擔索，欲移徙。君急慰止之，揭榜曉示，俾耕種如常。會賊已起襄陽之黄龍壋，君預立備賊章程八條。一、凡鄉勇十名，設頭目一人。頭目十人，設總頭目各相轄，而統于巡檢司。一、附近小村，口户單弱，悉遷吕堰鎮。一、鄉勇能自食者，聽。其無食之人，爲設飯廠，立糧餉，總頭目司其事。他若擅自遷徙，及飲酒賭博，皆有厲禁。部署甫定，賊大至，攻吕堰。三月廿九日，君出迎擊，禽賊目劉方達、劉漢德、陳起蛟三人，縛斬驛前。又自作官文書，詣當事告急。然賊勢益盛，君所部寡弱，度不可守，乃作書別父兄，付弓兵劉禄持去。且便取巡檢司印上府，又令從人徐升間道行，而身上大橋罵賊。頃之，復令小吏廖之義趣劉禄。之義走未數步，見賊已過橋，有數賊方環視橋下，之義意君已投河死，遂跳免。比賊退，之義還，見橋下沙壓露衣，乃君迎擊賊時所著。繼襄陽知府跡徐升至，辨認亦如之義言。八月某日，賊再陷吕堰，領兵者從賊手獲君巡檢司印。賊目俞宗武自言親殺驛官。且言驛官從橋上獨身接戰，連刃數人，既中矛，創甚，自投于水，賊衆憤，鉤出之，并褫其衣，刀槊叢集，猶罵不絶口，乃死。君死節事，至是乃大白。然前此或傳君已死，或以爲未死，而余則斷斷然必君之死。蓋立談數刻，而見君之性定也。自君死，賊過吕堰，無不顛敗。若有躓之者，輒驚曰：「此巡檢君之靈。」爲立廟，羅拜乃去。或曰：君遺骸亦賊所營葬。則君族弟仲光至吕堰訪問所得也。事聞，有旨入昭忠祠。依縣丞例議邺，又視四品以下世襲雲騎尉，襲次完，更襲恩騎尉罔替。朝廷所以報死節之臣可云厚矣。

嗚呼！君一巡檢耳，慮事之周，臨命之定如此。然則大吏守天子封疆，而數百驟起烏合未定之賊，任其往來豕突，化爲萬千，蔓延無已，以致傷我實心任事之吏與守死不去之民，及事已過，或又以輕敵僨事之咎委之，則平日以君爲戇，以君爲忤上官者，宜也。又吾聞湖北之宜昌，四川之達州，逆民起事之始，皆因州縣逼迫，藉此逃死，而君以一巡檢，獨善拊循其民，無事則勸之耕桑，有事則偕爲守禦，至危苦萬狀，而民卒不忍舍去。迨君死，而一鎮之民死于賊，死于路，死于饑寒者，亦遂無噍類。嗚乎！君可謂賢也已！且大吏不能禦賊，而巡檢禦賊；大吏能遷延避賊，而巡檢獨當賊之衝，日夜殺賊，奮不顧身，乃力竭而爲賊所殺，此奇節也，亦僅事也。

余爲天子史臣，而不能傳奇節，志僅事，則不稱職是懼。故因君兄芑孫之請，而爲直書之，以揭諸其墓。又幸余之尚及識君，并尚能斷君之必死也。若君平日行事，以迄世系生卒歲月，詳秦兵備瀛與君兄芑孫所爲行實及狀中，不更贅。

呂太淑人墓表

太淑人吴氏，明太傅大學士謚文端諱宗達五世孫。父文學諱宏，母王氏。太淑人爲文學君次女，性至孝，嘗以父疾侍湯藥，不解衣履者累月。年二十二，歸于奉政君。時奉政君父方司訓泰州，舉家隨任。太淑人述子婦職惟謹。司訓亟稱之曰：「名家女能嫻禮法，不易得也。」嗣司訓以老告歸，家僅四壁立。太淑人所以奉養之者備至，顧自食不厭糠覈，族黨賢之。

奉政君以乾隆壬申舉京兆試，甲戌成進士。是時太淑人在家延師課子爾昌、爾益、爾熾，饋食豐潔，鄰里不知其家之窘也。歲丁丑，奉政君以前教習期滿，揀發山西，以知縣用，旋補萬全，調任安邑。太淑人始率諸子之官署，自奉一如在家時，勸奉政君節廉俸所入，饋遺族鄰。又爲族鄰之無力者，擇地營葬，至十數棺。有族子幼失父母，太淑人攜至署，飲食訓誨，一如所生，長以己姪歸之。歲丙戌，奉政君擢張蘭同知。時長君爾昌已成進士，授刑部主事。未幾，奉政君以事去官，偕太淑人就養京邸。無何，奉政君遘末疾卒。太淑人之辛勤醫藥，黽勉喪葬，與前之奉司訓君者無以異。

歲丁酉，爾昌以刑部郎中出守濟南，歷濟東泰武臨兵備道，擢安徽按察使。太淑人皆就養官廨。雖爾昌之所以奉母者無不至，然太淑人時時以盛滿爲憂，遇讞獄，必問有所平反，有，輒色喜。先是爾昌之官山左也，巡撫某公曾同官刑部，以是知爾昌才，相待出諸屬吏上。太淑人獨憂之，每密戒爾昌曰：「某公非廉謹者，又情性不常，他日汝必爲所累。」後爾昌稍欲自遠，而大府已怒，假讞案不實，奏請鐫秩矣。及移官安徽，而某公果以賄敗，爾昌亦被累遣，戍出關，半道遽卒。太淑人處之裕如，謂家人曰：「吾固知有今日久矣。」嗚乎！太淑人處閨閣中，而深識遠見固如此。以視此大案中，數監司大吏爲所株連，至駢首而不悟者，太淑人之識，不已出尋常萬萬哉！人常謂古今人不相及，若太淑人者，與漢之東海嚴母，又何以異！

太淑人歸，處家事益井井。幼子爾禧以癸卯舉京兆試，旋以四庫全書館謄録議叙知縣，發浙江。而仲子爾益亦以副貢生歷官雲南、廣西、直隸州州判。太淑人以地近就養浙江，所以戒爾禧者益嚴，以是爾禧宰桐鄉，調署仁和，皆有聲，由太淑人之教也。桐鄉獄囚每爲禁卒所苦，多有瘐死者。太淑人則命爾禧時時恤視，并以私錢給發寒暑衣及病者醫藥，全活甚衆。無何，爾益、爾禧相繼卒于官。太淑人復歸里第，居常對親串，雖時爲達觀語，然神爲之戚矣。時惟第四子爾喆在。爾喆幼不良于行，以疾故，尤愛憐之。爾喆復多病，太淑人每蹙然曰：「强壯者盡死，吾猶冀孱弱者可以送老也。」及太淑人之卒，而爾喆已先一月死。

太淑人之不起，亦半由追悼諸子云。太淑人體素豐，望之如立玉。生平所爲，皆有士大夫節槩。遇有事持大體，與人言必懇誠。有過，亦必盡言規之，無少回護。待下嚴而有恩，撻婢妾數未嘗過四五。有士族女淪于臧獲，太淑人聞之，急出貲贖歸，爲擇良耦。婢女年及笄，父母或不能輸直，輒焚券聽令遣嫁。其厚德又如此。

太淑人以嘉慶三年十月初八日卒，臨時無甚疾苦，若解脱者。距生康熙五十四年，壽八十四。屢受覃恩，累封至太淑人。子五人：爾昌、爾益、爾熾、爾喆、爾熺，皆前卒。女二人，均適仕族。孫六人：子瑗、子璵、子琴、子環、子珏、子班。子瑗以副貢生官山西、平定、直隸州州判，子班以太淑人歿後舉京兆試，餘皆讀書有聲。

子瑗將以今年四月某日，合葬太淑人于奉政君之阡，求所以傳太淑人者屬之亮吉。亮吉幼及見奉政君，及中歲客西安，爾昌之出關也，送之于渭橋，繼又識爾熺于杭州，爾益、爾喆又皆與亮吉有連，以是知太淑人詳，爰不辭而爲墓道之表云。

伯益考上 此係幼時所作適從故簏中檢出因附刊于此

余讀劉向《列女傳》「睪子生五歲而佐禹。」曹大家注云：「皋陶之子伯益也。」益信皋陶没，禹封其次子仲甄於蓼，以奉先祀。蓋長即伯益，次仲甄也。伯不封仲封者，明伯時佐禹，不外封也。伯非益，則禹越次而立仲，舛也。或曰：伯益實帝高陽第二子。《水經注》：「偃師九山，有《百蟲將軍顯靈碑》。云：將軍姓伊氏，諱益，字隤敳，帝高陽第二子。」曰：既帝高陽第二子，則啻帝嚳弟也。皇甫謐曰：「帝嚳生三十五年立，立七十年，嚳死，而摯代之，又九年，禪堯。堯立亦七十年，合舜攝爲九十八年。舜立三十九年，禪禹。禹距啓又十七年，啓之立，益無恙也，則益之歲二百三十餘也。」況《春秋緯命歷序》「顓頊傳九世，帝嚳傳八世。」則世數益不可攷矣。而曰帝高陽子者，非也。或曰益既非出高陽，出臯陶矣。聞益之後爲秦，則臯陶宜有後于秦也。臧文仲聞六、蓼滅，曰：「臯陶、庭堅不祀。」何也？曰：秦之祖伯翳，非伯益也。伯翳，大業子。使翳即伯益，則臯陶名庭堅又名大業矣。《列子》曰：「夷堅聞而誌之。」服虔注：「夷堅即庭堅。」則又名夷堅矣。一人四名，非古也。《史記·陳杞世家》云：「伯翳之後，封爲秦，垂、益、夔龍後，不知所封。」劉歆《進山海表》亦云：「伯翳與益，主驅禽獸。」崔靈恩云：「秦，虞夏商時已爲諸侯。」則秦之出爲伯翳，非伯益明矣。益之後既不見，而六、蓼又滅，故重歎不祀也。曰：唐祖臯陶，祖伯益，是乎？曰：祖臯陶，是也。祖伯益，非也。英舒李六四姓，仲甄之後也。祖臯陶，不得祖伯益也。然則《列女傳》亦盡可信乎？曰：亦非也。曰五歲贊禹者，亦《鬻子》帝顓頊年十五佐黄帝、帝嚳年十五佐顓頊之論也。且五歲贊禹，則舜舉益之日，益尚無歲也。虞廷之臣，稷不先益。若稷爲帝嚳子，則放勳殂落之日，稷齒亦近百矣，而益以五歲出其上，背也。曰《列女傳》亦不信乎？曰：其以伯益爲臯陶子，信也。曰五歲贊禹者，誣也。其他書可引，若高誘注《呂氏春秋》及鄭氏《詩譜》、陸德明《音義》等，本朝閻璩百詩已言之，不贅。

伯益考下

余既辯伯益爲皋陶子矣。閒取《新唐書》讀之，其在《宗室世系表》者曰：「李氏出自嬴姓。帝顓頊生大業，大業生女華，女華生皋陶，皋陶生伯益。」其在《宰相世系表》者曰：「顓頊裔孫大業，大業生女華，女華生大費，大費生皋陶，皋陶生伯益。」曰：余得以《新唐書》之誤而證經史志三書之誤矣。按《秦本紀》「大業娶少典之子曰女華」，則女華者，大業妻也。今誤以爲子。且于皋陶上增減世代，則《新唐書》之誤不必言矣。孔穎達《詩正義》曰：「皋陶、大業，一人也。」若據《宗室表》，則皋陶去大業二世矣；據《宰相表》，則皋陶去大業又三世矣。而曰一人者，則孔穎達誤也。《秦本紀》云：「大費佐舜調馴鳥獸，是爲栢翳。」則栢翳名大費。《唐書》謂大費生皋陶者也。而《索隱》曰：即《尚書》伯益。以三名屬一人，以三世爲一世者，則《索隱》誤也。《地理志》云：嬴，伯益之後。《鄭語》云：秦，栢翳之後。因《鄭語》而誤者，則《地理志》亦非也。夫五帝之世次，原不可考矣。若必就諸家之説，而以年代世數斷之，則顓頊之下，大業之上，當以《史記》爲斷，而《唐書·宗室表》《宰相表》，其説盡非。大業以下，皋陶以上，當以《唐書》爲斷，而《史記》及孔穎達諸説盡非。皋陶以下，以及伯益之所出，則當以《吕氏春秋》及劉向《列女傳》爲斷，而《史記索隱》以及《地理志》《水經注》諸説盡非。如此，而古人或可不受誣于後世乎？

校勘記

〔一〕東注于巨區　「巨區」，《水經注》卷二九作「具區。」下文洪北江説：「蓋南江實合具區、臨平湖、浦陽江三大水始入海。」此當作「具區。」

卷施閣文甲集卷第十

征邪教疏 戊午二月廿七大考題

今者楚蜀之民，聚徒劫衆，陸梁一隅，逃死晷刻。始則惑于白蓮、天主、八卦等教，欲以祈福，繼因受地方官挾制萬端，又以黔省苗氛不靖，派及數省，賦外加賦，横求無藝，忿不思患，欲借起事以避禍。邪教起事之由如此。

然臣以爲邪教實不足平也，何則？伊古以來，焚香聚徒，斂米入教，如漢之張魯、張角，晋之孫恩、盧循，六朝及唐川蜀之米賊，宋之儂知高，明之劉六、劉七、趙風子、徐鴻儒、唐賽兒等類，皆起于中葉以後，政治弛之時，然尚皆不旋踵即撲滅。若我朝聖聖相承，振綱飭紀，每有賑䘏，皆不惜百萬帑金，視民如傷，愛衆若子，此不特中外知之，陷入邪教者知之，即爲邪教之首者亦知之。故臨陣撑拒，必言受地方官重害，以致背皇上大德。試思此等皆身罹叛逆，萬死不足贖之人，而天良不昧尚如此。臣故云邪教不足平也。

臣今敢有請者，以爲脅從宜貸也。邪教入一村則燒一村，入一鎮則燒一鎮，以脅良民爲賊耳！邪教既退，州縣官又利其燒燼所餘，屏民使不得歸，于是良民始不得不從賊。邪教滋擾數省，首尾三年，燒村鎮愈多，則無身家衣食之民附麗之者愈衆，邪教又不甚愛惜，每行必驅之使前，或抑之在後，以抵官兵。故諸臣所入告云殺數千人數百人者，即此無業之流民，非真邪教也，非真賊也。且此曹每州縣動輒以萬計，可盡殺乎？即可盡殺，亦非皇上如天之仁所忍出此也。故臣以爲脅從宜貸，一則開愚民之自新，一則離邪教之黨羽。黨羽一散，真賊乃出，從此官兵刀箭鎗砲之所傷，乃真邪教也，乃真賊也。一則吏治宜肅也。今日州縣之惡百倍于十年二十年以前，上敢隳天子之法，下敢竭百姓之資，以臣所聞，湖北之宜昌，四川之達州，雖稍有邪教，然民皆保身家戀妻子，不敢犯法也。州縣官既不能消靡化導于前，及事有萌蘖，即借邪教之名，把持之，誅求之，不逼至于爲賊不止。臣請凡邪教所起之地，必究其激變與否與起釁之由，而分别懲治之，或以爲事當從緩。然此輩實不可一日姑容，明示創懲，既可舒萬姓之冤，亦可塞邪民之口。蓋今日州縣，其罪有三：凡朝廷捐賑撫卹之項，中飽于有司，皆聲言填補虧空，是上恩不下逮。一也。無事則蝕糧冒餉，有事則避罪就功，州縣以蒙其府道，府道以蒙其督撫，甚至督撫即以蒙皇上，是使下情不上達。二也。有功則長隨幕友皆得冒之，失事則掩取遷流顛踣于道之良民以塞責。然此實不止州縣，封疆之大吏、統率之將弁皆公然行之，安怪州縣之效尤乎？三也。

一則責成宜專也。楚撫守楚，豫撫守豫，陜撫守陜，戰雖不足，守必有餘。即以陜西言之，武關、潼關、蒲關，東面之三門也。大震關、大散關、駱谷關，西面之三門也。其地皆重巖極險，使預爲之備，先使百人守之，賊何以能入武關，何以能進劍閣，又何以能復入鷄頭，趨褒斜，東西蹂躪數千里，如入無人之境？此非封疆大吏不知地利，不知形勢，不先事預防之失乎？

夫朝廷之馭天下，不過賞罰二端，前者平金川、平緬甸，所以能即日告功者，賞罰嚴明，賞必待有功，罰不避勳貴故也。今行軍數年，花翎之錫至千百，而賊勢愈熾，蹂躪之地方愈多，則功果安在乎？將弁之棄營汛、棄鎮堡，常與賊鋒相避者，大吏又務爲掩飾，則咎果誰任乎？況有功而使無功者受其賞，則有功者解體；有罪而使無罪者代其罰，則有罪者益恣。故臣以爲今日之事，朝廷則賞必當，罰必行，親民之吏則各矢天良，封疆之臣則各守地界，削上下欺蒙之弊，除彼此推諉之情，如是而邪教不平，臣不信也。臣謹疏。

與錢少詹論地理書一

秦分天下爲三十六郡，其目見裴駰《史記集解》，而《晋書·地理志》因之，嘗以爲不然。今考之，愈知其妄。《漢書·地理志》本秦京師爲内史，分天下作三十六郡。小顔注云：京畿所統，特號内史。言其在内，以别于諸郡守也。是三十六郡内本無内史，而以數不足，强牽合之，此則裴駰之妄矣。宋劉攽又謂秦三十六郡無鄣郡。今考《地理志》丹陽郡下，班注云：「故鄣郡」。而劉顯注司馬彪《郡國志》，則明言「丹陽郡即秦鄣郡」，且于故鄣縣下注：「秦鄣郡所治」。以迄《圖經》《吴地志》等，無不然，而以爲秦無鄣郡，則劉攽之妄矣。至閣下以爲楚漢之際所置，此約畧之詞，亦嫌無明據也。

亮吉以爲秦三十六郡，當以《史記》《漢書·地理志》爲證。蓋與其信裴駰，不若信馬遷、班固、應劭諸人之説爲是也。今細校《地理志》，秦郡自河東至長沙共三十四郡，皆見於班固原注中。河東、太原、上黨、三川、東郡、潁川、南郡、九江、泗水、鉅鹿、齊郡、琅邪、會稽、鄣郡、漢中、蜀郡、巴郡、隴西、北地、上郡、九原、雲中、雁門、代郡、上谷、漁陽、右北平、遼西、遼東、邯鄲、碭郡、薛郡、長沙。他若黔中郡，見《史記·楚世家》，郯郡，見《漢書·高祖本紀》及《地理志》，東海郡下，應劭曰「秦郯郡。」而魏收《地形志》亦云：「郯郡，秦置。漢高改爲東海郡。」《御覽》引《十道紀》「海州東海郡，秦爲薛郡地，後分薛郡爲郯。《水經注》：始皇二十三年置薛郡。疑分薛爲郯，即在三十六年并天下之後也。漢改郯爲東海郡。」《水經注》沂水下「郯，故國也，東海郡治。秦始皇以爲郯郡。漢高帝二年更從今名。」郯郡由薛郡所分，故《高祖本紀》亦薛郡、郯郡連書。蓋薛郡入漢爲魯國，郯郡入漢爲東海郡，細核《地理志》自明。是則秦有郯郡之明證，而前人考秦三十六郡，皆未言及，何也？至閣下又以桂林、南海、象郡爲即在三十六郡内，則益不敢爲然。蓋秦分三十六郡，在始皇二十六年。而桂林等三郡之置，則在三十三年，相距尚八年，必不預爲計及，明矣。又既數及桂林等三郡，則閩中一郡，置又在三郡之前，不宜反漏，《史記·閩粤王傳》「秦并天下，以其地爲閩中郡。」按秦并天下在二十六年。是閩中郡之置尚在桂林等三郡之先。若統行數入，即除内史及鄣郯二郡不計外，亦與三十六之數不符。恐即如閣下言，亦當慮前後失據耳。況秦制天下爲四十郡，除内史外，其名皆見于《史記》《漢書》，故唐以前地志，皆遵用之，又非可意爲增減。裴駰之過，惟以内史足三十六之數，而不知有郯郡。閣下則又欲并四十郡爲三十六郡，遂不得不引劉攽之邪説，既又知其不安，則以爲置在楚、漢之際，且又并閩中郡削之，以附會當日成數。亮吉恐皆不足以傳信，而啓後人之惑也，用敢論及之。

與錢少詹論地理書二

來示又云：「據《宋志》，南梁郡之睢陽縣，即漢晋之壽春縣。疑太元收復以後，即僑立南梁郡，不更立淮南郡，又避鄭太后名，不立壽春縣，即以睢陽當之」云云。今考沈志，義熙十三年，宋高祖以義慶爲豫州刺史，鎮壽陽。元熙元年，義康督豫幽司并四州諸軍事，亦鎮壽陽。《劉敬宣傳》「遣使持節、督馬頭淮西諸郡軍事、〔一〕鎮蠻護軍、淮南安豐二郡太守、梁國内史」，事在義熙五年。又《劉湛傳》「高祖以義康爲豫州刺史，留鎮壽陽。以湛爲長史、梁郡太守。」《劉粹傳》亦言「以豫州刺史，領梁郡，鎮壽陽。」此梁郡即南梁郡。是晋末淮南南梁二太守並立，兼有壽陽縣之證也。近又得一顯據云：《隋書·州郡志》淮南郡壽春縣下云：「舊有淮南、梁郡、北譙、汝陰等郡。」則晋末二郡並置益可知。杜佑、李吉甫等云：「東晋時，以鄭太后諱，改壽春爲壽陽。」倘竟省壽春，則又無容改矣。又《舊圖經》云：「合肥縣，古滁陽城。東晋于此置南梁郡。」是南梁郡又在滁陽，不在壽春。今考滁陽城在合肥縣東北，壽州在其西，相拒不遠，以其近，故豫州刺史常兼領梁郡也。尋閣下致疑之由，當因《宋書·州郡志》「孝武大明六年廢南梁郡屬南豫，改名淮南。睢陽令亦于是年改名壽春。」以此疑晋無淮南郡及壽春縣耳。不知二郡之合，實在宋永初以後，于晋無預也。

與錢少詹論地理書三

《史記·曹相國世家》「柱天侯反于衍氏。」小司馬本作「天柱侯」，又引廬江灊縣之天柱以實之。閣下又信其說，而登之于《考異》，不知非也。無論《史記》《漢書》皆作「柱天」，小司馬求其地而不得，遂倒轉作天柱，已屬曲說。一也。《漢書·地理志》廬江灊縣，班固原注：「天柱山在南。」劉昭注《郡國志》亦同。是天柱山名，而非地名。秦漢之世，侯國未有以山封者。二也。又衍氏魏邑，與廬江之灊相去甚遠。三也。蓋云柱天者，不過夸大其詞，言若天之有柱耳，實非地名也。《後漢書·齊武王縯傳》自稱「柱天都部」「柱天大將軍」〔二〕。《賈琮傳》交阯兵自稱「柱天將軍」〔三〕，即同此意。豈南陽郡及交阯又有天柱山得以曲爲之說乎？小司馬之妄，往往有名號侯而必欲求其地以實之。即如高祖功臣亦有始終名號侯不別封邑者，如信武侯靳歙〔四〕，位次最高，在第二，而封非實邑，是矣。《周緤傳》亦爲信武侯。小顔注云：「以其忠信，故加此號。」緤後更封鄘城侯，則與歙異矣。又考歙爲信武侯，食四千六百户。蓋皆以名號侯食實邑，制當與後來關内侯等相仿，小司馬不知，而云《地理志》無信武縣，當是後廢，豈非曲説乎？至《蔡邕傳》「出補河平長」，閣下以爲《郡國志》無河平縣，今考兩漢河南郡，皆有平縣，疑此河字下脱一南字。又《陳寔傳》「除太丘長」，李賢注「屬沛國」。按《漢書·地理志》沛郡無太丘縣，惟敬丘下應邵曰：「《春秋》『遇于犬丘』，明帝更名犬丘。」下「犬」字應作「太」，傳寫、誤在上耳。《水經注》「睢水又東逕太丘縣故城北〔五〕，班固《地理志》曰：故敬丘也。」然則犬丘即敬丘，而閣下復欲以瑕丘當之，似亦微誤也。

候選縣丞附監生黄君行狀

乾隆四十八年，歲在癸卯，黄君景仁以瘵疾卒於解州。臨終，以書貽友人洪亮吉于西安，俾經紀其喪。亮吉發書即行，以五月十六日臨君殯于解州之運城。亮吉知君最詳，塗次撰君行事狀，以乞志傳，并使後之傳文苑者有述焉。

君諱景仁，字漢鏞，一字仲則。系出宋祕書丞庭堅，自宋南渡時，由鄱陽遷武進，遂爲武進人。祖大樂，以歲貢生官高淳縣學訓導。父之掞，縣學生。祖，高淳縣學訓導大樂。父，縣學生之掞。

訓導君撫以成立。性不耽讀，而所受業倍常童，年八九歲，試使爲制舉文，援筆立就。學使者歲、科二試，吾鄉應童子試者至三千人，君出即冠其軍。前常州府知府潘君恂，武進縣知縣王君祖肅，尤奇賞之。君美風儀，立儔人中，望之若鶴，慕與交者，爭趨就君，君或上視不顧，于是見者以爲偉器，或以爲狂生，弗測也。君守訓導君訓，未嘗學爲詩。歲丙戌，亮吉亦就童子試，至江陰，遇君子逆旅中。亮吉攜母孺人所授漢、魏樂府鋟本，暇輒朱墨其上，間有擬作，君見而嗜之，約共效其體，日數篇。逾月，君所詣出亮吉上，遂訂交焉。及常熟邵先生齊燾主常州書院，亮吉及君皆從游，君學益大進。

君爲諸生，家甚貧，不願授徒。值潘君恂、王君祖肅遷官杭、歙，君遂歷訪之，歸必得詩數百篇。後復攜邵先生書客湖南按察使王君太岳署中，是時君已攬九華，陟匡廬，泛彭蠡，歷洞庭，每獨遊名山，經日不出，值大風雨，或瞑坐崖樹下，牧豎見者，以爲異人。自湖南歸，詩益奇肆，見者以爲謫仙人復出也。後始稍稍變其體，爲王、李、高、岑，爲宋元祐諸君子，又爲楊誠齋，卒其所詣，與青蓮最近。

歲辛卯，大興朱先生筠奉命督安徽學政，延亮吉及君子幕中。先生賓客甚盛，越歲三月上巳，爲會於采石之太白樓，賦詩者十數人，君年最少。著白袷，立日影中，頃刻數百言，徧視坐客，坐客咸輟筆。時八府士子，以詞賦就試當塗，聞學使者高會，畢集樓下，至是咸從奚童乞白袷少年詩競寫，一日紙貴焉。君日中閱試卷，夜爲詩，至漏盡不止。每得一篇，輒就榻呼亮吉起誇視之，以是亮吉亦一夕數起，或達曉不寐，而君不倦。居半歲，與同事者議不合，徑出使院，質衣買輕舟，訪秀水鄭先生虎文于徽州。越日追之，已不及矣。其標格如此。

君自知年命不永，嘗共赴弔邵先生于常熟，夕登虞山，遊仲雍祠，北望先生墓，慨然久之曰：「知我者死矣，脱不幸我先若死，若爲我梓遺集，如《玉芝堂》乎！」《玉芝堂》者，王君太岳爲邵先生所刊詩文集名也。亮吉以君語不倫，不之應，君就便爇神祠香，要亮吉必諾乃已。故平生于功名不甚置念，獨恨其詩無幽并豪士氣，嘗蓄意欲遊京師，至歲乙未乃行。亮吉亦以貢入都，值母孺人疾，中止。君自京師貽亮吉書曰：「人言長安居不易者，誤也。若急爲我營畫老母及家累來，俾就近奉養，不至累若矣。」亮吉時奉母孺人憂家居，發其書，資無所出，君向有田半頃，屋三椽，因并質之，得金三鎰，俾君之戚護君母北行。後二年，而亮吉遊京師，君果以家室累大困，亮吉復爲營歸資，俾君婦及子奉君母先回，而君已積勞成疾矣。又二年，亮吉遊西安，君繼至。今陝西巡撫畢公沅奇君才，厚資之，遂以乾隆四十一年上東巡召試二等，在武英殿書簽，例得主簿，入資爲縣丞，銓有日矣。爲債家所迫，復抱病逾太行，出雁門，將復遊陝。次解州，病殆，遂卒于今河東鹽運使沈君業富運城官署，距生乾隆十四年，年三十有五。

君性不廣與人交，落落難合，以是始之慕與交者，後皆稍稍避君，君亦不置意。獨與亮吉交十八年，亮吉屢以事規君，君雖不之善，而亦不之絶，臨終以老親弱子拳拳見屬，君之意殆以亮吉爲可友乎！此或君之明，而亮吉亦有不敢辭者矣。君年甫壯歲，蹤跡所至，九州歷其八，五岳登其一，望其三。及歿而出篋中詩，篇幅完善者至二千首，是可傳矣。君之喪，沈君經卹之甚至，巡撫畢公暨今陝西按察使王君昶等亦厚賻之，皆俾亮吉挾之歸，以奉君之親，以撫君之孤，以無貽君九泉之戚。畢公又將梓君詩以行。蓋數公者，於君皆始終禮愛之，爲近今所難及，亦君之才有以致之也。

君娶于趙氏，生一子二女，子年十三，女長年十六，次年五歲。五月二十六日，行次宜陽，友人洪亮吉謹狀。

包文學家傳

先生諱士曾，字省三，一字心山。宋忠義武進縣知縣諱圭十八世孫，世居武進之横山。雍正間割縣東爲陽湖縣，今爲陽湖人。

先生少開敏，有大志，學務該博，不名一家，居恒諷誦不輟，寒則納屨束藁中，至夜分不寢。歲壬戌，補博士弟子員，有聲庠序間。顧七試皆報罷，遂專力詩古文辭。時長洲沈尚書德潛方以詩名吴下，從之遊者，類皆研摩格律，剽取聲調，以求合于唐開元天寶諸鉅公，而貌合神離，千首一律，其弊至以前人名作，竄易數字，冒爲己有者。先生雖爲尚書所激賞，而意趣不同，嘗與同輩論詩曰：「詩爲心聲。吾之詩必肖吾之心，然後可。若轉而求肖古人，縱極天下之工，亦古人之詩，非吾之詩也。」又嘗作書，規尚書選唐明諸家詩，不考檢故籍，往往時代統緒、地理官爵顛倒錯雜，或以前爲後，本東指西。并摘其紕繆數十事，有類于明孫鑛、茅瓚之校史，鍾惺、譚元春之説詩者，乞急改正，毋爲有識者所笑。尚書得其書，數日不樂，然無以難也。此亦可見先生之質直有過人者矣。

其在里中，過從者不過五六輩，餘則鍵户默坐，或時時著書，不妄結一客。善飲酒，至斗許不亂，醉則談古今義理，娓娓不倦，然非投分深者，則竟席可無片言。喜寫竹石，雅得天趣，古籍法書名畫，縱横几席間，旁及岐黄、青烏、星卜、六壬諸書，無所不窺，試之，亦未嘗不驗。歲乙亥，里中大祲，先生饘粥不給，然族有貧無以斂者，即質庫錢與之。歲甲申，修兩縣志，當事辟司采訪。先生素留意里中掌故，凡溝渠通塞，道里遠近，及士大夫之嘉言懿行，可以備采擇者，先已一一筆之于書，至是條舉付局中，人皆推其詳贍。先是常客吴中徐某家，徐以事涉訟，有陰事連其鄰富人童某，人咸嗾徐訐出之以窺利，徐以商先生，先生爲陳利害，止之，事得解，已而童知出先生意，詣客次謝，先生不任也。歲乙酉，赴試江寧，遘疾遽卒，年甫四十有八。

越三十年，族人將修譜系，其子達源前已舉于鄉，官泗州儒學訓導，遠致書亮吉，乞爲立傳。亮吉與達源同歲生，知先生詳，且舊史氏也，遂爲編次如左云。

珥塘荆氏族譜序

風俗之媺惡，由于士大夫。其端不出乎上也，亦不出乎下也。東漢風俗之媺，士大夫有以致之；西晋風俗之薄，亦士大夫有以致之。其由于士大夫何？蓋治天下未有無法者也。治天下之有法，必自士大夫之各修其家法始。故觀一世之治亂，以風俗之媺惡卜之，觀風俗之媺惡，又以士大夫之家法修與不修爲斷，家法壞，則害及于國矣，害極于天下矣。士大夫之家法，轉移風俗之具也。范滂之母，以令名勗其子；樂羊之婦，以不義愓其姑，風俗所以美也。迨正始之後，有居喪食烝豚者矣，有直斥其父之名而譏詈者矣，名家則不修叔父之敬，宦族則世無渭陽之情，陵夷衰微，以致爲人心世道之患，則風俗之薄爲之也。

丹陽珥塘荆氏自漢三國以來，即爲名族，迄今已二千年，而讀書敦行之士，代常數十輩，其故何耶？譜系之修舉，家法之嚴明，百倍于他族故也。其合族之法曰：善惡有别，貴賤有等。夫善惡有别，則父日以戒其子，兄日以戒其弟，而不肖之子弟無所容身矣。貴賤有等，則富者或寬博卒世，貧者反章服耀身，父日以勉其子，妻日以勉其夫，而偷便安喜遊竄之子弟，幾無以自立矣。其法行之二千年而不壞，故荆氏之門地才望，常爲他族冠。蓋一家無偷便安喜遊竄及不肖之子弟，不過一家之故耳。使推其法行之，而一州一邑及于天下，可無莠民矣。一州一邑及天下無莠民，而尚有作不靖以干國紀者乎？吾然豈僅爲荆氏一族言之乎？推之于他族而可，推之于天下而可。

故曰：家法之詳，國法之所以簡也。

余與荆氏有連，又幼嘗受經于華亭教諭荆先生汝翼，故知其家法甚詳，則今之序雖由于荆氏之請，

釋名疏證序（代）

劉熙《釋名》，其自序云「二十七篇」。案《後漢書·文苑傳》「劉珍字秋孫，一名寶。撰《釋名》三十篇，以辯萬物之稱號。」而韋曜、顔之推等皆云「劉熙製《釋名》」。熙，或作熹。案《三國·吴志·曜傳》，曜在獄中上辭有云：「見劉熙所作《釋名》，信多佳者，然物類衆多，難得詳究，故時有得失，而爵位之事，又有非是」云云。玩曜之語，則熙之書，吴末乃始流布，是熙之去曜，年代必當不遠。一也。舊本題安南太守劉熙撰，近時校者以二漢無安南郡，或云當作南安。今考劉昭注《續漢書》稱《三秦記》曰：「中平五年，分漢陽置南安郡。」《元和郡縣志》亦云漢靈帝立。是郡置已在漢末。二也。此書《釋州國》篇有司州。案《魏志》及《晋書·地理志》，魏以漢司隸所部河南、河東、河内、宏農、并冀州之平陽，合五郡，置司州。是建安以前無司州之名。三也。又云西海郡，海在其西。據劉昭注，則西海郡亦獻帝建安末立，其時去魏受禪不遠。四也。《釋天》等篇，於光武列宗之諱均不避。五也。以此而推，則熙爲漢末或魏受禪以後之人無疑。又《自序》云「二十七篇」，而《文苑·劉珍傳》云「三十篇」，篇目亦不甚縣遠，疑此書兆于劉珍，踵成于熙，至韋曜，又補《官職》之缺也。

其書參校方俗，考合古今，晰名物之殊，辨典禮之異，洵爲《爾雅》《説文》以後不可少之書。今分觀其所釋，亦時有與《爾雅》《説文》諸書異者。《爾雅》曰「齊曰營州」，而此云「營州，齊衛之地」；《爾雅》云「石戴土謂之崔嵬，土戴石爲岨」，而此依《毛傳》立文，曰「石載土曰岨，土載石曰崔嵬」，正與相反，是也。《説文》「錦，从帛，金聲」。凡爲聲者皆無義。而此云「錦，金也。作之用功，其價如金，故其制字从帛與金。」是以諸聲之字爲會意。又《説文》「平土有叢木曰林」，而此云「山中叢木爲林」，亦皆異義，且其字體出《説文》外十之三，益信熙之時去叔重已遠，其聲讀輕重，名物異同，與安順前又迥别也。暇日取羣經及史漢書注、唐宋類書、道釋二藏校之，表其異同，是正缺失，又益以《補遺》及《續釋名》二卷，凡三閲歲而成。復屬吴縣江君聲審正之。江君欲以篆書付刻，余以此二十七篇内俗字較多，故依前隸寫云，所以仍昔賢之舊觀，示來學以易曉也。

西溪漁隱詩序

詩至今日，競講宗派，至講宗派，而詩之真性情真學識不出，嘗畧論之。康熙中，主壇坫者，新城王尚書士禎、商丘宋尚書犖。新城源出嚴滄浪，詩品以神韵爲宗，所選《唐賢三昧集》，專主王、孟、韋、柳而已，所爲詩，亦多近之，是學王、孟、韋、柳之派。商丘詩主條暢，又刻意生新，其源出于眉山蘇氏，遊其門者，如邵山人長蘅等，亦皆靡然從風。同時海鹽查編修慎行亦有盛名，而源又出于劍南陸氏，是又學蘇、陸之派；秀水朱檢討彝尊，始則描摩初唐，繼則泛濫北宋，是又學初唐北宋之派；博山趙宫贊執信，復矯王、宋之弊，持論一準常熟二馮，以唐温、李爲極則，是又學温、李之派。迨乾隆中葉，長洲沈尚書德潛以詩名吴下，專以唐開元、天寶爲宗，從之遊者，類皆摩取聲調，講求格律，而真意漸漓，是又學開元、天寶之派。蓋不及百年，詩凡數變，而皆不出于各持宗派，何則？才分獨有所到，則嗜好各有所偏，欲合之，無可合也。

賓谷先生弱冠通籍，自祕閣而機庭，又以才幹結聖主知，總理江淮財賦者十數年。官事之暇，以詩文爲性命，其天才學識又足以副之，所著《西溪漁隱詩》若干卷是也。先生居西江，而不專主西江之派，觀集中《題湘花女史》詩卷及《戲效香奩體》諸作，則又宛然西崑，信乎才力之大，凡有所作，期于言各肖事，事各肖題，而規仿前人之習所不屑也。

亮吉廿年前與先生同舉京兆試，同出清苑李先生之門，繼入詞館，于先生爲後進，然宦轍南北，未嘗得半歲合并。今先生官維揚，與亮吉里居咫尺，而亮吉又遠戍乍歸，一意杜門，感恩省咎，不獲預賓從之末，一發其所欲言，先生顧不唾棄，獨寄示近作若干卷，曰：「子其爲我閲而序之。」亮吉何敢序先生，亦惟舉平日所欲與先生言者，一質之先生而已。若亮吉所爲詩，則意有所至，而筆未克達，其去先生遠甚。倘他日有所自得，與有可自信之處，俟十年後亦當乞先生序之。

祝貞女傳

貞女祝氏，世居海甯之袁花里。父某，諸生。母朱氏。女行四，幼端嚴，寡言笑。稍長，讀書通大義，遇古人節烈事，必手抄成帙，時諷咏之。笄，字海鹽徐生杼。生勤學，得瘵疾，纏綿數年卒。訃至，父母知女性烈，祕不以聞。忽一日，閉户飲泣，父母啓扃入，女哽咽曰：「徐郎死矣！昨示夢于女，以不得入祠爲恨。父母能如女願，當往成徐郎志，否則從此絶粒矣。」兄弟輩百方勸慰，女惟俯首啜泣，乃往告徐。徐初難之，姑蹙然曰：「有婦如此，而使之賫恨以終乎？」遂諏日成禮，于庚子三月歸徐。女時年二十七，距生殁已三年矣。登堂拜姑後，奉主入祠，布衣蔬食，儼然未亡人也。女事姑孝，姑謂人曰：「我得此婦，二郎若不死。」姑遘疾，女醫禱罔效，含殮畢，屢欲引決。有宗長謂之曰：「婦之來，爲夫計也。今兩世未葬，嗣子未立，遽捐生，如死者何？」始收涕謝之。

徐家故貧，女與伯叔析居，受瘠田三十畝，多浮糧，遇儉歲，饘粥恒不給。女性勤儉，至是爲窀穸計，晝夜操作，指爲之皴。明年冬，歸奉母病，不解帶者三月。母殁，哀毁盡禮，女念父老多疾，留侍養，逢時節及諱日，始往家祭祀，亦時迎父于家歡奉之。紉綴浣濯，不假手他人。越四載，以父病歸侍，室内無人，偷兒穴垣入，空所儲去。女聞之，號曰：「天乎！是十指所積，欲爲舅姑與夫營兆者也。」旋居父喪，女以痛父故，且念貲盡失，葬無所措，悲憤成疾。疾少間，又念年力尚壯，或可後圖，力疾强起，用益節，作益勤，雖困頓不恤。久之，戚黨見女憔悴甚，規以攝生，且即欲爲立嗣。女曰：「壽夭，命也。婦職未盡，何以子爲？」作不輟。癸丑秋，積勞成疾，瀕死者數。少瘥，詢悉醫藥費所耗殆盡，懊恨見于辭色。初，女得生遺像，懸諸房，日夕焚香。病時爲人所碎，見，益悲慟。是冬，以哭弟歸，怔忡大作，泣謂所親曰：「女不天，所隱忍至今者，爲兩世遺骸計也。門内無人，相助者惟兄弟，今弟又夭死，兄復旅食。頻年手口所營，一空于盜，再秏于病，羸體又不任勞作，是天不欲我襄大事也，但恨辜負此十餘年耳。」素蓄一婢，至是遣去，惟孑身焉。蓋自裁之計决矣。嗣後疾痛無虚日。丙辰春，女自知力不支，欲鬻産營葬，衆尼之，不果成。三月抄〔六〕，絶粒八日，不死，至夜投繯而絶。女生于乾隆十九年八月十五日，殁于嘉慶元年四月初四日，得年四十三歲。嗣子一，名鳴珂，方三歲。女殁後所立叔子也。

史氏曰：貞女之死。可云從容就義矣。其不死于夫，爲舅姑也，不死于舅姑，爲葬舅姑及夫也。至所積之資，一秏于賊，一秏于病，内外親又零落殆盡，而貞女不得不死矣。嘗讀《南史·孝義傳》，「諸暨東洿里屠氏女，孝養父母，及父母卒，女以無兄弟，誓守墳墓不嫁，爲山劫所殺。」貞女之死，一何其相類乎！卒能感族人，爲營葬立嗣，則徐氏一宗，非貞女幾幾不血食矣。志定于中，而嗣延于世，所繫豈淺鮮哉！

新刻晏子春秋書後

《晏子春秋》一書，前代入之儒家，然觀《史記·孔子世家》所載晏子對景公之言曰：「夫儒者滑稽而不可軌法，倨敖自順，不可以爲下，崇喪遂哀，破産厚葬，不可以爲俗，遊説乞貸，不可以爲國」云云，是明與儒者爲難矣，故其生平行事，亦皆與儒者背馳。唐柳宗元以爲墨氏之徒，未爲無據。近吾友孫君星衍校刊《晏子》，深以宗元之説爲非，謂晏子忠君愛國，自當入之儒家，然試思墨氏重趼救宋，獨非忠君愛國者乎？若必據此以爲儒墨之分，則又一偏之見也。惟宗元以晏子爲墨氏之徒，微誤。考墨在晏子之後，當云其學近墨氏，或云開墨氏之先則可耳。《漢書·藝文志》墨子在孔子後。

校勘記

〔一〕遣使持節督馬頭淮西諸郡軍事　「持節」原作「特節」，據《宋書》卷四七《劉敬宣傳》改。

〔二〕後漢書齊武王縯傳　「縯」原作「演」，據范曄《後漢書》卷十四改。又《太平御覽》卷二七九、《北堂書鈔》卷七〇、司馬彪《續漢書》卷二均作「縯」。　柱天都部　「都部」原作「都尉」，據《後漢書》卷十四改。原注曰：「都部者，都統其衆也。」

〔三〕賈琮傳　「賈琮」原作「賈綜」，據《後漢書》卷三一改。又謝承《後漢書》卷二、司馬彪《續漢書》均作「賈琮」。

〔四〕信武侯靳歙　「靳歙」原作「蘄翕」，據《漢書》卷四一、《史記》卷九八改。

〔五〕睢水　「睢水」原作「淮水」，據《水經注》卷二四《睢水》改。

〔六〕三月抄　「抄」，據文義，當作「杪」。

卷施閣文甲集續卷

乞假將歸留别成親王極言時政啓

編修洪亮吉頓首肅啓成親王府中下執事：日侍三天，追隨匝歲。嗣以疾病旋里，伏影閭門，正月恭讀高宗純皇帝遺詔，自以曾值内廷，受恩不次，聞信，星夜奔赴入都，得望殿廬隨班哭泣，螻蟻下誠，藉以稍慰。到日，又蒙派修實録，因假寓蕭寺百五十日，今第一分稿本業已進呈。亮吉隻身而來者也，無車馬無禦寒之具，不獲久留，叩送梓宫之次日，即請假遄回，已得請於院長矣。然區區之心有不能自已者，上則不勝犬馬戀主之誠，下則不敢忘師友贈言之義。蓋亮吉詞臣也，本無言責，但自思通籍以來，不數年中，受國家逾格之恩者屢矣。夫受恩不酬，非國士也；有懷不盡，亦非人臣所敢出也。今謹擇其尤要者陳之左右，備執事造滕沃心之一助焉。

今天子求治之心急矣，天下望治之心亦孔迫矣，而機局尚未轉者，推原其故，蓋有數端。亮吉以爲勵精圖治，當一法祖宗初政之勤，而尚未盡法也。用人行政，當一改權臣當國之時，而尚未盡改也。風俗則日趨卑下，賞罰則仍不嚴明，言路則似通而未通，吏治則欲肅而未肅。何以言勵精圖治尚未盡法也？自三四月以來，視朝稍晏，又竊恐退朝之後，俳優近習之人熒惑聖聽者不少。此皆親臣大臣啓沃君心者之責也。蓋犯顏極諫，雖非親臣大臣之事，然亦不可使國家無嚴憚之人。乾隆初年，純皇帝宵旰不遑，勤求至治，其時大臣如鄂文端、朱文端、張文和、孫文定等，皆侃侃以老成師傅自居。亮吉恭修實録，見自雍正十三年八九月親政之日起，以迄乾隆初年一日中硃筆細書，折成方寸，或詢張、鄂，或詢孫、朱，曰某人賢否，某事當否，日或十餘次，而諸臣中亦皆隨時隨事奏片，質語直陳，是上下無隱情。又側聞京師耆老人言，乾隆初，村里童嫗進城，皆北向叩首曰：「聖人出矣！菩薩出矣！」乾隆初政所以克紹聖祖、世宗，度越百王，而使億兆傾心如此者，純皇帝固聖不可及，而亦衆正盈朝，前後左右皆嚴憚之人故也。

一則處事太緩。夫四海九州之事，日不知凡幾矣。又自乾隆五十五年以後，八年之中，權私蒙蔽，事之不得其平者，又不知凡幾矣。千百萬中無有一二能上達者，即能上達矣，未必即能見之施行也。乃有赫然出於睿斷必欲平反，如江南洋盜一案者，參將楊天相有功駢首，洋盜某漏網安居，皆由署總督蘇陵阿昏憒糊塗，貪贓玩法，舉世知其冤，至今海上之人言之痛心切齒，而洋盜則公然上岸無所顧忌，皆此一事釀成。况蘇陵阿又係權相私人，朝廷必無所顧惜，而至今尚坐擁巨資，厚自頤養。而江南查辦此案，始則轉輾宕延，有心爲承審官開釋，繼則并聞以不冤覆奏。夫楊天相之罹法，即云特奉明旨，然何以坐爲誣良爲盜，并云生事海疆，情罪可惡，不得不從重辦理乎？則楊天相之命，仍須蘇陵阿及承審官償之矣。夫以聖天子赫然獨斷，欲平反一案而尚如此，則此外沈冤更何自而雪乎？

一則集思廣益之法未備。自古以來，雖堯、舜之主，亦必詢四岳，詢羣牧。蓋恐一人之聰明有限，必博收衆采，庶可無失事。請自今凡召見大小臣工，必詢問人材，詢問利弊。如所言可采，則存檔册以記之。倘所保非人，所言失實，則治其失言之罪。然寄耳目於左右近習，不可也；詢人之功過於其黨類，亦不可也。蓋人材至今日消磨殆盡矣。數十年來，以模稜爲曉事，以軟弱爲良圖，以鑽營爲進取之階，以苟且爲服官之計。由此道者，無不各得其所欲而去，以是衣鉢相承，牢結而不可解。夫此模稜、軟弱、鑽營、苟且之人，國家無事，以之備班列可也；適有緩急，而以牢結不可解之大習，欲望其奮身爲國，不顧利害，不計夷險，不瞻狥情面，不顧惜身家，不可得也。至於利弊之不講，又非一日。在内部院諸臣，事本不多，而常若猝猝不暇，急急顧影，皆云多一事不如少一事。在外督撫諸臣，其賢者斤斤自守，不肖者亟亟營私。國計民生，非所計也，救目前而已；官方吏治，非所急也，保本任而已。故慮久遠者，以爲過憂；事興革者，以爲生事。此又豈國家求治之本意乎？

一則進賢退不肖似尚游移。夫邪教坌起，由於激變。原任達州知州戴如煌之罪不容逭矣。幸有一衆口交譽之署知州劉清，不特百姓服之，即教匪亦服之。此時正資熟手，正當用明效大驗之人。聞劉清今尚爲州牧，僅得從司道之後隨同辦事，似不足盡其長矣。某以爲川省正在多事，經略縱極嚴明，勦賊匪用之，撫難民用之，整飭官方用之，辦理地方公事又用之，此不能分身者也。何如擇此方賢能之吏，百姓素所服習，如劉清等，崇其官爵，假以事權，使之一意招徠撫綏，以分督撫之權，以蕆國家之事。有明中葉以來，鄖陽多事，則别設鄖陽巡撫；偏沅多事，則别設偏沅巡撫。事竣則撤之，此不可拘拘於成例也。夫設官之意，以待賢能，人果賢能，似不必過循資格。如劉清者，則進而尚未進也。戴如煌雖以别案解任，然尚挈家安處川中，反得超然事外。聞教匪甘心欲食其肉，知其所在，即極力焚劫。是以數月必移一處，而教匪亦必隨所跡之。近知全家尚在川東與一道員聯姻，故恃以無恐。是救一有罪之人而反致殺千百無罪之人也，其情理尚可恕乎？純皇帝大事之時，即明發諭旨數和珅之罪，并一一指其私人，天下方爲快心。乃未幾而又起吴省蘭矣，召見之時，又聞其爲吴省欽辨冤矣。夫二吴之爲和珅私人，與之交關通賄，人人所知。故曹錫寶之糾和珅家人劉全也，以同鄉素好，先以摺稿示二吴，二吴即袖其稿走權門，藉以爲進身之地，亦人所共知。今二吴可雪，不幾與褒贈曹錫寶之明旨相戾乎？夫吴省欽之傾險以及掌文衡、尹京兆，無不聲名狼藉，則革職不足以蔽辜矣。吴省蘭先爲和珅教習之師，而後反稱和珅爲老師，以至竭力汲引，大考則第一矣，視學典試則不絶矣，豈吴省蘭之才望學品足以致之乎？非和珅之力而誰力乎？如是而降官亦不足以蔽辜矣。是退而尚未退也。

何以云用人行政尚未盡改也？蓋其人雖已致法，而十餘年來，其更變祖宗之成例，汲引一己之私人，猶未嘗平心討論。内閣、六部各衙門庶務，誰爲國家之成法，誰爲和珅所更張，内閣、六部以及各衙門之人，誰爲國家所自用之人，誰爲和珅所引進，以及隨同受賄隨同舞弊之人，皇上縱極仁慈，縱欲寬脅從，又因人數甚廣，亦不能一切屏除。然竊以爲實有真知灼見者，即不究其從前，亦當籍其姓名，於升遷調補之時，微示以善惡勸懲之法，使人人明知聖天子雖不爲已甚，而是非邪正之辨，未嘗不洞悉，未嘗不區别。如是而夙昔之爲私人者，尚可革面革心而爲國家之人。否則，朝廷常若今日清明可也，設萬一他日復有效權臣所爲者，而諸臣又羣起而集其門矣。

何以言風俗則日趨卑下也？士大夫漸不顧廉恥，百姓則不顧綱常。然此不當責之百姓，仍當責之士大夫也。以亮吉所見，十餘年以來，有尚書、侍郎甘爲宰相屈膝者矣；有大學士、七卿之長，且年長以倍，而求拜門生，求爲私人者矣；有交及宰相之僮隸，并樂與僮隸抗禮者矣。太學三館，風氣之所由出也。今則有昏夜乞憐，以求署祭酒者矣；有人前長跪以求講官者矣。翰林大考，國家所據以陞黜詞臣也。今則有先走軍機章京之門，求認師生，以探取御製詩韻者矣；行賄於門闌侍衛，以求傳遞倩代，藏卷而出，製就而入者矣。及人人各得所欲，則居然自以爲得計。夫大考如此，何以責鄉會試之懷挾替代？士大夫之行如此，何以責小民之誇詐夤緣？輦轂之下如此，何以責四海九州之營私舞弊？純皇帝因内閣學士許玉猷爲同姓石工護喪，曾諭廷臣曰：「諸臣縱不自愛，其如國體何？」是知國體之尊，在諸臣之各知廉恥。夫下之化上，猶影響也。士氣必待在上者振作之，風節必待在上者獎成之。舉一廉樸之吏，則貪欺者庶可自悔矣；進一恬退之流，則奔競者庶可稍改矣；拔一特立獨行、敦品勵節之士，則如脂如韋、依附朋比之風或可漸革矣。而亮吉尤所慮者，前之所言，皆士大夫之不務名節者耳。幸有矯矯自好者，類皆惑於因果，遁入虛無，以蔬食爲家規，以談禪爲國政。一二人倡於前，千百人和於後。甚有出則官服，入則僧衣。惑智驚愚，駭人觀聽。亮吉前在内廷，執事曾告之曰：「某等親王十人，持齋戒殺生者已十居六七，羊豕鵝鴨皆不準入門。」此非細故也。及此回入都，而士大夫之持齋戒殺生者又十居六七矣。深恐西晉祖尚玄虛之習復見於今，則所關於世道人心者非小也。

何以言賞罰則仍不嚴明也？自征苗匪、教匪以來，福康安、和琳、孫士毅則蒙蔽欺妄於前，綿宜、惠齡、福甯則喪師失律於後，而又益以景安、秦承恩之因循畏葸，而川、陝、楚、豫之民，其遭劫者不知幾百萬矣。其已死諸臣姑置勿論，其現在者未嘗不議罪也。然重者不過新疆换班，輕者不過大營轉餉；甚至拏解來京之秦承恩，則又給還家産，有意復用矣；履奉嚴旨之惠齡，則又起補侍郎矣。夫蒙蔽欺妄之殺人，與喪師失律以及因循畏葸之殺人無異也；殺數百萬千之人，而猶能邀國家之寬典，朝廷之異數，則亦從前所未有也。故近日以來，經略以下、領隊以上，類皆不以賊匪之多寡、地方之蹂躪挂懷。彼其心未始不自計曰：「即使萬不可解，而新疆换班，大營轉餉，亦尚有成例可援，退步可守。」則國法之寬，及諸臣之不畏國法，未有如今日之甚者。試思高宗純皇帝之時，用兵金川、用兵緬甸，訥親僨事，則殺訥親；額爾登額僨事，則殺額爾登額；以迄將軍、提、鎮之類，伏失律之誅者，不知凡幾。是以萬里之外，奉一嚴旨，得一廷寄，皆震慄失色，則馭軍之道得也。今自乙卯以迄己未，首尾五年，僨事者屢矣。提、鎮、副都統、偏裨之將，有一膺失律之誅者乎？而欲諸臣之不玩寇、不殃民得乎？夫以純皇帝之聖武，又豈見不及此？而此次辦理軍務，獨與金川、緬甸異者，聖意蓋以歸政在即，欲留待皇上涖政之初，神武獨斷，一新天下之耳目耳。倘邊平尚無期日，而國帑日見消磨，萬一支絀偶形，司農告匱。一念及此，可爲寒心，此尤宜急加之意者也。

何以言言路則似通而未通也？九卿臺諫之臣，類皆毛舉細故，不切政要。否則發人之陰私，否則快己之恩怨。即十件之中，幸有一二可行者，發部議矣，而部臣與建言諸臣，又皆各存意見，無有不議駁，并無有不通駁，則又豈國家詢及芻蕘、詢及瞽史之初意乎？然或因其所言瑣碎，或輕重失倫，或虛實不審，而一概留中，則又不可。其法莫如隨閱隨發，或面諭廷臣，或特頒諭旨，皆隨其事之可行不可行，而明白曉示之。即或有彈劾不避權貴者，在諸臣一心爲國，本不必更避嫌怨。且即以近事而論，錢澧、初彭齡皆常彈及大僚矣，未聞大僚敢與之爲讐也。若其不知國體，不識政要，冒昧立言，并或敢攻發人之陰私，則亦不妨使衆共知之，以著其非而懲其後。蓋諸臣既敢挾私而不爲國，則更可無煩君上之迴護矣。

何以言吏治則欲肅而未肅也？吏治一日不肅，則民一日不聊生，民一日不聊生，而欲天下之臻於至治不可得。夫欲吏治之肅，則督、撫、藩、臬其標準矣。試思十餘年以來，督、撫、藩、臬之貪欺害政，比比皆是。幸而皇上親政以來，李奉翰則已自斃，鄭元璹則已被糾，富綱則已遭憂，江蘭則已內改。此外，官大省、據方面者如故也，出巡則有站規、有門包，常時則有節禮、有生日禮，按年則又有幫費。升遷調補之私相餽謝者，尚未在此數也。以上諸項，又甯增無減，甯備無缺，無不取之於州縣，而州縣則無不取之於民。錢糧漕米，前數年尚不過加倍，近則加倍不止。督、撫、藩、臬以及所屬之道、府，無不明知故縱，否則門包、站規、節禮、生日禮、幫費無所出也。而州縣亦藉是明言於人曰：「我之所以加倍加數倍者，實層層衙門用度，日甚一日，年甚一年。」究之州縣，亦恃此督、撫、藩、臬、道、府之威勢，以取於民，上司得其半，州縣之入己者亦半。初行之，尚或有所畏忌，至一年二年，則已成爲舊例，牢不可破矣。訴之督、撫、藩、臬、司、道，皆不問也。千萬人中，亦或有不甘冤抑，赴京上控者，然不過發督、撫審究而已，派欽差就詢而已。執事試思百姓告官之案，千百中有一二得直者乎？即欽差上司稍有良心者，亦不過設爲調停之法，使兩無所大損而已。若欽差一出，則又必派及通省，派及百姓，必使之滿載而歸而心始安，而可以無後患。是以州縣亦熟知百姓之技倆不過如此，百姓亦習知上控必不能自直，是以往往至於激變。湖北之當陽，四川之達州，皆其明效大驗也。亮吉以爲今日皇上當先法憲皇帝之嚴明，使吏治肅而民樂生，然後法仁皇帝之寬仁，以轉移風俗，則文武一張一弛之道也。

亮吉不敏，自接侍以來，未嘗敢以一事干求，即此回入都，亦未敢一詣執事之門，此皆不能逃執事之察識，況今日已請假歸里，又豈反有所干求於執事乎？而必欲一貢其狂愚者，受恩深重，實望一日即抵蕩平，庶與海内士大夫共食成平之福耳。執事見之，或蒙采其芻蕘，於沃心造膝之時，隨時隨事進説，則鄙人之上願也。如以爲無可采而置之，亦其次也。或竟欲罪其狂惑，則區區晋國魏絳尚不逃刑，況亮吉之早聞教於君子乎？且自去春大考陳疏以後，自分當得不測之誅，蒙聖天子知其愚，而寬其罪，則亮吉已受再生之德，又何敢知而不言，負覆載之生成乎？亮吉頓首頓首，死罪死罪。

曾大父上《成邸言時政啓》，集中未梓。殆當時因書獲咎，或以中有指斥權貴語，未便傳播。然恭繹睿廟諭旨，業將原書裝潢成卷，常置座右，以作良規，並經頒示中外臣工。不特納言容直，帝德如天，即曾大父忠愛之誠，讀天語而昭然若揭。似可無庸避匿，轉使千載一時之盛隱而勿彰，兹值重梓遺集，謹將家藏原稿附刊卷末，並誌緣起於後。

曾孫用懃校竣謹識

卷施閣文甲集補遺

賜進士出身授武翼大夫貴州都勻協右營遊擊殉難賜祭葬谷君行狀

祖允宜，貤贈昭武大夫四川松潘營都司。

父子宏，贈昭武大夫四川松潘營都司。

君諱生琰，字錫九。世爲威海衛人。後衛所裁，復爲文登縣人。先世有功于明，洪武時世襲威海衛指揮，嘉靖中絶。君祖父以上皆力農。君生而有大志，學韜略，習騎射，中丁丑武進士，選四川川北守備。乾隆三十一年，隨征緬甸，進攻蒲乍變佈濟諸處。三十二年，進兵蠻化村，連攻賊寨，傷頂，墮竹簝中，幾死。夜半，就從卒吮創血以飲，始甦，以創回營調養。旋擢松潘都司。引見，賞傷銀二十兩，回籍省墓。繼赴川檄，委進勦小金川，得賊西山下緊要石卡，數斃賊人，得約咱賊寨；又攻西折龍山、甲木山梁、卡爾金邦科諸處，又自東山梁下溝攻，得溝内水碉石卡、溝口阿仰山梁、格藏達烏巴凹各宗一帶，嗣題補都勻協遊擊。又攻翁古爾隆大木城石碉石卡，殺賊十數人，又得扎爾碼、獨功孫克宗諸處，特旨賞戴花翎，賜恭親巴圖魯號、銀一百兩。又攻克美諾、功列超等。是年，率兵站拒大金川，納占山梁，獲大小石卡，旋于西山梁受傷身死。率計：征緬甸，打仗十四次；征金川，攻得石卡五道、卡碉一百五十、木城三、石卡數道、橋梁一座，殺賊無算。死年四十九。事聞，朝廷褒恤，賜祭葬銀四百兩，廕一子，守備君元配畢氏，封淑人。子二：長曰孚；次曰賢。

先是，君之征緬甸歸也，嘗謂所親曰：「鎗洞我脅不死，墮崖不死，意者其別有死所耶」？繼聞川檄，即晨夜兼廢，凡遇攻守，惟恐處同列後。蓋君之忠義奮發，本于性生，非臨時倉猝以殉者可比也。君同里陶君易延余修《威海衛志》。志成，并請余綴君之行事，以爲狀如左。

與袁簡齋書

昨奉手書，寄到趙君樂府，并爲作序，冠其簡端，具見。閣下獎掖後進，勤勤無已之心，爲趙君稱感者再，反復數四。惟内于吴中行劾座主奪情一事，閣下綴四十六字曰：「弟子劾師，鄙意頗不以爲然。師有過當諫，諫而不聽當避位去，此君子之道也。東漢周舉劾左雄，皆好名之過，不可爲法。」

伏見閣下以仁義爲心，重師友之淵源，立人倫之至正，意有所感，筆輒書之，而實不覺其言之過也。禮事師，無犯無隱，服勤終身，死則心喪三年。此言乎執經問業，講德勸義者耳。若夫後世侈衣鉢之傳，競門徒之盛，同爲師而義已降矣。故言乎受授則門生疎于弟子，言乎鑒拔則舉將過于座師。有明三百年，門生之稱座主不謂之夫子也，或呼之某翁某丈而已。《禮》曰事君三諫，不聽則去。以位者，君之位。君臣以義合，諫不聽，則不居其位耳。今閣下何得以君臣之義例師弟之倫乎？士大夫出身事主，不得顧其私。若皆徇知己之偏恩，昧事人之大義，諫師不聽，皆可避位，私門之焰日長，偏黨之禍已成。設使其屢主文衡，盡收桃李，而天下固已緘口結舌不能動摇矣。此分宜當國之秋，所以盡欲以門生子弟布于朝列，而前史譏之切也。且師之于弟，必不能勝父之于子也。李懷光之子，則密策父反矣，甚則楚子南之子，則與謀殺父矣。言其迹則罪不勝誅，言其心則皆有可憫。閣下于此，皆將附以弑父之律，參以大逆之條乎？抑將原其心閔其遇而得從末減乎？此數子者固不敢求，原不敢求閔，而讀書論世者則不可不存公道之論也。

夫曾、閔之事父。回、路之事師，豈非孝子仁人之深願？不幸而值事故則楚弃疾矣，唐李璀矣，漢周舉矣，明吴中行矣！蓋事權其變，則君父兩者尚不得不有所重輕，而況于師爲也。是以，左氏、《漢書》、新舊唐、《明史》，俱不聞有所非，亦所以通子臣弟友之變者耳。不然賢如周、吴，豈欲借師以立名者哉？又按《漢書·王駿傳》「光禄勳匡衡舉駿有專對才。遷諫大夫。」後駿爲「司隸校尉，奏免丞相匡衡。」又王章爲王鳳所舉，後章奏封事，召見，言鳳不可任用。當時不聞有非之者，豈非漢世風俗之厚，不以私害公之明證耶？故統而論之，酈寄之賣友勝于蘇章，以其激于公也；張陵之報恩過于王密，所謂見其大也。切而論之，則楚弃疾之于子南，尚可泥首請代，竊負以逃，而李璀則計無所出也；周舉之劾左雄，已屬事後，尚可委曲諷諫，不事彈章，而吴中行則勢無可緩也。

閣下聞此言，必曰此人于師友必薄。然禮吉年甫及壯，過此以往，閣下方執牛耳，以進退天下士。若禮吉于師友間稍有所缺，閣下可聲其罪而責之，以爲寡恩失義者戒，則禮吉不敢復置喙矣。閣下之年與閣下之學，皆禮吉之師也。子路曰：「有是哉，子之迂也！」屋廬子曰：「連得間矣。」聖賢尚不廢辨論，而況禮吉之于閣下哉？故有所見，不敢自諱，輒書以相質焉。如有未當，仍望閣下有以教之，幸甚。

再與袁簡齋書

再接手書，往復數千言，令禮吉目炫神駭，然以爲心折則猶未也。閣下前譏門生劾座師，其譏稍偏，然觀過知仁，禮吉未嘗不服閣下用意之厚。至此書欲折中行，而并許江陵奪情爲得。無論閣下與始意自相矛盾，而禮吉有不得不再爲閣下申之者矣。

夫不終喪而可起者，古惟軍旅行役之事有之。閣下所引《檀弓》、《公羊》諸説是也。故有宋士大夫之起服，必先借之以武階，準古人墨衰從軍之義亦可知，惟軍旅得行之而非其常耳。今閣下何得借此以爲奪情者之濫觴乎？閣下又引鄭注《王制》「三年不從政」，謂指庶人非指大夫，而不知《禮》復有君三年，不呼其門，則指大夫而非指庶人也。自漢而大臣始不行三年喪，至安帝元初三年十一月始聽二千石刺史行之，建光元年復停，至桓帝永興二年復元初之制，而延熹二年復停，故終漢之世，三公未有行三年喪者。禮吉每慨漢時風俗之淳，而獨不許大臣行三年喪爲失禮之最，當時史臣亦深譏之，故于原涉、銚期等傳，未嘗不三致意焉。

夫風俗之厚薄，原有今不如古者。亦有今遠過于古者。古大臣不行喪，而今必終三年，不得謂今薄而古淳也。又如北宋以前士大夫妻不恥再適，而今則嚴從一之義。若必欲事事師古，則詒譏者又豈少哉？若閣下引耿恭、趙熹諸人，則又非所以斷居正之獄也。夫耿恭則追行喪服者耳，趙熹諸人則乞終喪而君命不許者耳，則其事皆有可原。今居正奪情之事，尚得爲出于太后及少主乎？夫君父而奪臣子之情，已非所以待臣下之禮，而況身爲人子而立意不欲終父母之喪，則韋詒範之後，居正一人而已。而閣下必欲責中行爲居正諱過，夫奪情何事而尚可諱乎？則必使天下之爲弟子者，盡至阿私所好，至無父無母，而不敢異議，則中行又居正之罪人矣。禮吉聞人有盜其鄰左之牛者，而鄰右復竊其餘肉，爲主人所覺，訟于官，官責竊肉者而遣之。夫竊肉者之責誠當也，而不知主人固盜牛者爾。今閣下欲罪弟之背師，而至獎子之背父，是何異竊肉者之責而盜牛者之賞乎？則必風詩譏庶見之言行，禮美短喪之議，禮吉又未嘗不欲復之。閣下曰汝安則爲之也。

且居正之與中行，其賢不肖固不在奪情及劾師一事。有明一代相業，禮吉嘗以居正居首，而至于奪情及逐高拱之事，固不必爲居正諱之。中行除劾居正外，事亦不概見其用心之公與用心之私，且不必懸斷。然如閣下所言，上疏之明日，趙疏入。又明日，艾疏入。又明日，沈疏入。以爲劾居正者原不必中行。禮吉又疑之，彼中行者豈逆知乎？趙疏、艾疏、沈疏之次第以入，而不必發于己一人耶，又安知乎三疏者之不因吴疏之劾而繼起者耶？是又不足以服中行之心也。至曰中行爲他人父爲他人母，而使自己父母遺體毁傷，廷杖尤爲可哂等語，則必不鳴如仗馬，始可謂全受全歸；背約而飼豬，方可稱不損不辱，則三楊有妄男子之稱，王朴失真御史之實矣。又謂臺臣閣臣僨興之蹟起于中行，至于國亡而已，則又截明二百年以前而謂閣臣自居正始，諫臣自中行始也。欲加之罪，何患無辭，特不宜出之于閣下耳。

至閣下申前書之意，以爲門生當諫，諫而不聽可避位。曰門生多，諫者愈多，避位者愈多。大臣不善，朝廷爲之一空，彼座主者，獨無慴于心而改絃易轍乎？夫欲一人悟而至空朝廷以致之，是又古今來必不能行之勢也。唯爲中行不先諫師而即劾師，此誠閣下斟酌盡善之道，中行不及此也。總之，閣下不必爲中行起見，亦不必爲居正起見，平論其事之曲直，而是非功罪見矣。以古人待閣下，亦以古人自待，故敢肆其狂瞽之言，祈閣下諒之。

刻下擬至太平，三日後即回，閣下如有報意，祈十三日賜之耳。禮吉再啓。

三與袁簡齋書

十五日自太平歸，復得閣下手書。人即有規禮吉者曰：「後進之于前輩，非可以筆舌取勝也，盍少示屈乎？」禮吉曰：不然。禮吉自庚寅秋以後進之禮見先生，迄今六年，聞緒言餘論最悉，前禮吉喜作古字，先生自數百里移書規之，禮吉至今服膺。先生交友以直者也，今聞先生之論，意有所疑而不更質之，是不以直道待先生矣。且使禮吉日肆其狂瞽之論，而先生則日增其傳世之文，先生且將禮吉之感而何介意乎？用復敢申紙作答，惟閣下垂擇焉。

禮吉前書云云，辯閣下謂中行當避位而去爲過甚耳，豈辯門生諫師之説爲不當哉？閣下誤會其旨，即謂禮吉已降心相從，恐禮吉尚未盡然耳。又禮吉與閣下所言者，皆《禮經》之正文，不易之常法。居正處可終喪之時，無不得已之事，禮吉故以經禮責之，此真醫者所謂對症施藥者也。乃閣下歷引《喪服大記》、《檀弓》諸條，彼注一則曰權禮，再則曰權禮，孔子、子夏已辯之于前，康成復歷注之于後，閣下于《王制》下知引鄭注，而此獨不敢道其隻字，明不過游移其論，以取勝一時耳。此禮吉于閣下前書中固早以知閣下之議屈也。而顧欲引金革之變事，疑苴經之常經，甚至以《禮經》三年不呼其門者，反謂之可疑，反謂之龐雜，則試問閣下，此數書將取勝一時耶，將垂示後世耶？孔子曰：「今以三年之喪從其利者，吾不知也。」閣下欲護居正，而至身犯天下之不韙，無乃不可乎？

引經不已，至復引《論語》《孟子》以折中行，即以折禮吉。曰「不在其位，不謀其政」，曰「位卑言高」。禮吉按，有明一朝，諫疏數千，出于御史者十之四，出于館閣者亦十之三，其餘則皆内外諸臣所便宜論奏者耳。又《明會典》載翰詹諸臣例得上封事，此又不必若椒山援兵部討賊之例，始得劾分宜也。中行官編修，位亦不卑，閣下之引《論語》《孟子》得無誤乎？禮吉二十後始讀《史記》《漢書》，近復從事陳壽《三國志》，十可得七八，至《晉書》以後，《明史》以前，不過暇日泛覽而已，得一漏九，不可謂讀書。閣下謂禮吉未讀《明史》全部，信然。然閣下所引臺臣閣臣僨興之始云云，恐亦屬《明史》一卷之總論，爲萬曆朝諸臣言事者起見，非止論中行一人耳，則閣下亦未可謂善讀《明史》者也。至閣下議漢公孫弘、胡廣之終喪，而以唐房、杜、張、褚之不終喪爲明證，至分別君子小人然，何至終喪一節，亦爲閣下所譏，則閣下之用心，殊失忠厚之旨矣。

總之，禮吉言其常，閣下則遁而言其變，兩造曲直，不問可知。若閣下復欲多引證佐，强爲之說，則非經生辯禮之文，實開末俗短喪之實矣。君子之議，不可不慎，況閣下爲後進師法乎？禮吉又將從規我者之言，不復敢與閣下置辯也。若閣下引古喪禮「父在爲母期」諸說，其議極正，前人亦曾言之，且與奪情一條引喻稍遠，故不復贅辯。狂瞽之論，尚祈閣下格外宥之，幸甚，幸甚。

江甯府知府題名碑記（代）

漢循吏十八人，其治績見他傳者復十數人。久於其官者，燕則欒布，蜀則文翁，漢中雲中則田叔、孟舒，桂陽則衛颯、許荆。久者數十年，次或十年十二年，二十餘人中未有一二載而即去者，則循吏之必久于其官也。

今之知府其畀任過漢之太守。漢太守二千石，歲實得千四百斛，今則月俸之外，大府養廉至三千金。漢太守年久者或入爲議郎、太中大夫；光禄大夫；今則若翰林、若部郎中、若御史，其才具尤異者，始出爲知府。每召見温語，或策之爲大員，或寄之以方面，所以禄之者如彼，所以任之者如此，豈非以天下之治寄之知府。故臨其上者不過大吏數人，而襄其治及受其成者多或百人，少亦數十人。此百人數十人者，知府賢，則事皆舉；知府失，則事皆廢乎！

江甯自吴晋以來，沿革不一。我朝承明制，增天下爲十九布政司，而江甯復爲首府，其改應天府尹而稱江甯府知府者，則自我大清順治二年五月日始。烏乎！一百三十年中，守是土者至四十六人，計其時輒不二三歲一易，送故迎新之費，以及姦吏因緣寢盗之資，内外乘淩，公私耗費，長吏膺不次之擢，而小民有供億之煩，甚非聖天子寄治于知府之意也。則後之來者，其與民優游涵泳，以上追漢之循吏而毋事亟亟于報最歟。府皆有題名，而江甯獨闕。余懼其久而散失，無以寓勸懲，莅任之明年，乃立石作記。記四十五人，並易爲四十六人，而兼論其得失如左。其斷自本朝，以前此不得稱江甯。江甯府之名，吴昇元二年創之，本朝順治二年復之也。四十五人中，于襄勤成龍、陳恪勤鵬年政績最著。

廉恥論

廉恥之將，可使御敵；廉恥之吏，可使牧民；廉恥之士，可使入道。將不廉恥，雖勝不足喜也，是勝不敵敗也；吏不廉恥，雖才能不足用也，是利不償害也；士不廉恥，雖大儒不足重也，是得不補失也。貢、鮑、兩龔，可謂廉恥之士矣；龔遂、朱邑，可謂廉恥之吏矣；李廣、趙充國，可謂廉恥之將矣。三者不能竝得，則廉恥之士爲最。

重廉恥之士，風俗所轉移也。東漢之風俗何以盛？曰重廉恥也。東漢末之風俗何以漸壞？曰敗廉恥也。東漢之風俗敗于胡廣，繼之而甚者馬融也，繼之而甚者王朗、華歆也，又繼之而甚者王渾、王衍也。胡廣之欺世以中庸，王衍之盗名以風流，故風流者，寡廉鮮恥之别名也；中庸者，亦寡廉鮮恥所竊之名也。然則廉恥何以重？曰士不敢慕風流而已矣。廉恥之道何以峻？曰士不敢飾中庸以欺世而已矣。夫數百年積之、數百人養之而壞於一二人者，東漢是也。故卓茂、魯恭尚不救末流之失。一二人壞之而沿及數百人，沿及數百年者，五代之馮道是也。故王朴、范質亦尚蒙節士之譏。然馮道破廉恥于禮義廢絶之日，罪不過爲小人；胡廣諸人墮廉恥于名節甚盛之朝，而世復稱爲儒者。使孔子而在則兩觀之，誅者必胡廣也。

孟子曰：「恥之于人大矣。」管子曰：「禮義廉恥謂之四維。」居今日而欲使醫者進藥，大黄芒硝之症也。舍大黄芒硝之用，而欲參苓是服，則臟腑不已滋其毒乎？居今日而欲救風俗之弊、性情之失，則修廉恥之時也。舍廉恥之務而唯中庸自飾，則心術不已滋其害乎？夫流俗之士不切于日用，人猶覺之，至一號爲中庸，而遂不敢置議，此則害之尤甚者也。烏呼！自非有聖人出，正華士少正卯之誅，吾恐中庸之名不絶，即廉恥之道不敦也。

服食論

飲食衣服，非細故也；飲食衣服，風俗之本也。何以爲風俗之本？夫人而有衣服者也，夫人而能飲食者也。袖之兩而緣之重也，人所習而不知者也，有斤斤焉議其尺寸之短，而十萬人歲增十億之帛矣；醯之酸，而醴之甘也，人所習而不知者也，有斤斤焉議其烹飪之失，而十萬人日增十億之錢矣。吴越之紵，山東之繭，前之人承祭見賓之盛服也，有鰓鰓焉議其樸陋之故，而輿隸臧獲恥服以見客矣；五簋之儀，隻牲之饗，前之人歲時伏臘之盛禮也，有申申焉議其淡泊之節，而市井小人恥設以待客矣。

什物騰于上，筋力惰于下，日用之不足，奈何？曰棄本而逐末也。故昔之爲農者或進而爲士矣，爲賈者或反而爲農矣；今則由士而商者十七，由農而賈者什七。商之重，且足以犇走夫士，而況乎農？爲農者日賤，爲商者日貴，豈肯爲此勞苦而且賤之事，而不幾幾求一當于佚樂而甚貴者乎？且其勢亦不得不至此。夫厚革重錦，士大夫之盛服也，而今則輿隸臧獲之常服矣，吾不曰輿隸臧獲之過也，曰士大夫導之也；三牲海錯，士大夫之特饗也，而今則閭巷市井婚喪賓祭之常食矣，而吾不曰閭巷市井婚喪賓祭之過也，曰士大夫致之也。聚百獸之皮，不足以衣一臧獲輿隸，而麋鹿之穴，即朝生而夜剥之，不足給裘之用也；聚六畜之用，不足供一婚喪賓祭，而羊豕之牢，雖朝産而夕執之，不足以給食之用也。一人兼百人之衣，一人兼百人之食，是衣草被席而隕于道者，我殺之也；三日不食而顛于室者，我斃之也。一人服數世之衣，一日費數歲之食，是我子孫之困敗狼籍，而衣不得完、食不得充者，我奪之也。于是有侈于前而窶于後者矣，有縱于一世而嗇于十世、五世者矣。

烏呼！在一鄉一邑者，吾尚得推其故焉，推之不敢言之，僅得默識之曰：從夫人之有是衣也而程尺轉效，從夫人之有是食也而烹飪愈難。一貂之珍逾于十貂始某某，一食之費過于十餐始某某，則豈非士君子之大過哉！夫古之衣婦人衣擁繡鬣者，吾得呼之爲服妖，而甯得于今之士大夫恕之？古之日食萬錢者，吾得嗤之爲食譜，而甯得于今之士大夫恕之？且士大夫亦何利焉？夫人之尊士大夫者，以其異于商賈別于輿隸也。今與輿隸比尊，與商賈競服食，亦自輕之勢耳。吾故曰士大夫節其飲食衣服以導下，而風俗端矣。風俗端，則四民始有序矣。四民序，而士大夫亦益尊矣。不此之爲而固彼之務，使後之論風俗者曰：服妖自彼始，食譜亦自彼始也。豈不哀哉！

寺廟論

户口至今日可謂極盛矣，天不能爲户口之盛而更生財，地不能爲户口之盛而更出粟，則一州一邑之知治理者，唯去其糜費而已矣。糜費之道有二：一則前議中所云飲食衣服是也。然即以江南而論，除一二府而外，一二府又除城邑以外，所謂服食侈靡之習，在窮鄉小民者尚少。其害最偏而費最甚者，其惟神廟及佛寺乎？今率計之，一城之寺廟大率百所，一鄉一聚之寺廟大率數十，最少亦不下七八所。最久者十年一修，暫者不過三四年，又因其制而廓大者十率七八。一所之僧徒道士，大者數百人，次數十人，最少者亦一二人。大率以江南大府而論，一縣之轄寺廟至千，一府之轄寺廟至萬。寺廟至千，是僧徒道士常十萬人也。而其修築及徒衆之費，出于富人之金錢者不過什四，出于小民典衣損食之錢者常什六，是所謂不耕而食不織而衣者也，而使小民用典衣損食之錢以養之，不敢吝惜。夫人情于至親望其相助，不過視其所有，十分其一二而已，出于過望矣。而僧徒道士之食小民也，若以爲固然，甚者或假禍福以怵之。稍值歲稔，即又借此爲募化之資。其徒衆又甚閒，僻壤窮鄉可以排户而至，遂使小民所夙儲以備水旱年歉者，必説法盡出之以爲快，故其害最甚。

夫道釋之教，行之千年，勢非能一日而廢，第不可不爲之限制耳。其法當斟酌，其有田産可以贍徒衆者裁留一二所，其地稍廣闊者或裁留二三所，大率不得過五所，其他則廟之應祀典者，一邑當不過十餘所，此不過置香火，一二人守之足矣。而其徒衆及田産之過盛者，則又當如明虞謙所奏，一僧之田無過五畝，一寺之衆無過數十，凡民之欲立一寺及一廟者，必請之縣官。縣官裁其應祀典及合例者，始許之。其私修及私創者有明禁，又必以其合例者申于大吏，年終則必彙以報禮部，使天下之一寺一廟皆犂然有可考正。在君子既可以知祀典之重，而小民即以隱杜其縻費之端，其事易行而務至急者也。

夫寺廟之設，尋其初，不過里巷好事之民借以爲遊觀之所，而使耕夫織婦隱受其害，不已舛乎！上之于下覆冒之，樂育之，然其取之也不過什一，而僧徒道士之取民也，反得恣其意之所至，不爲之限，將何所底止耶？東南之患在土狹而人衆，民之無業者已多，而又積此數百萬人，使耕夫織婦奉之如父母，敬之如尊長，罄其家之所有而不惜，俗安得不貧，而民安得不困？往嘗見江以南大寺有田滿數千、衆滿數百者，後皆以作姦犯科罪至誅徙，則所以福之者，適所以害之也。用耕夫織婦之錢，以養無業之人已不可，況用耕夫織婦之錢以養作姦犯科之徒衆，非官其地者之責耶？

夫小民之怵于禍福，其性然，無足怪也，使不爲之限制，而又有好事者相煽動，其狂惑失次不已宜乎！且所爲裁者，又非裁其神與佛之數也，不過裁其寺廟之數耳。寺不過此數佛，廟不過此數神，而何用一邑之中疊出百處，則又豈彼教中所爲清淨自尚者耶？誠使一州一邑之知治理者如吾法以行之，將見民志不惑而民俗亦可稍臯也。

賜進士出身誥授奉政大夫藍翎侍衛賜花翎林君墓誌銘

世宗朝，霞浦林光禄公以宿衛謹慎受主知。雍正元年，由乾清門一等侍衛擢光禄寺正卿，兼理京城内外九門巡捕事。其明年，長君明以舉人召見，賜進士，選藍翎侍衛。是時，光禄公母孔太夫人年近八十，以受主眷，未獲歸養。進士君承父志，廷謝日，陳情乞養祖母，上許之，復賜花翎并錫太夫人白金文綺遺歸，蓋異數也。

進士君歸，色養孔太夫人者二十年，而光禄公方告歸。歸一年，而光禄公先卒。又一年，而孔太夫人始以壽終。君遭兩世之喪，哀毁幾絶，又外營葬事，内撫弱弟，復承光禄公遺命，建大宗祠，搆綸光書院，條縷擘畫，每至夜分。蓋自是而君之心力瘁矣，以故距孔太夫人之卒未七年，而君亦尋卒，年五十二。卒後三年，葬于西郊鎮峯山之麓。又二十年，而君令子光照官江南，始以狀乞銘于余，欲追納諸墓。余謹按狀。

君諱明，字景芳，一字桂閣。世爲莆田望族，後遷閩縣。八世祖某，復自閩縣遷霞浦。遂爲霞浦人。祖某當本朝定鼎初，海氛未靖，率鄉兵助當事城守，所全活甚衆。嘗曰：「聞活千人者當封，吾子若孫其有興者乎？」及光禄公貴，三世皆贈如公官。

君生，而母劉夫人有夢徵。甫數齡，即喜讀書，目數行下。年十二，劉夫人搆疾幾危，君割臂上肉療之，母疾尋愈，鄉里間有孝童之目。甫弱冠，隨師入山肄業，閲數寒暑，迺反。雍正元年，舉福建鄉試。明年，賜進士，選侍衛，年甫二十四耳。君初不爲詩，自假歸後始喜作詩。君之言詩曰：「凡詩之研究音律，推講格調，以及沉博絶麗而出之者，作家之詩也。余不能爲，而亦不欲爲。不得已，則淵明、次山，乃吾師耳。」又嘗言曰：「東漢自期門羽林之士，皆令讀《孝經》。余雖以武起家，而讀書外無餘好。且假歸日，聖主殷殷以讀書習射爲諭。余敢一日忘睿訓乎？」故里居二十餘年，自間歲一至官所一省光禄公外，餘皆閉户誦讀不輟。

君孝友自性生。事孔太夫人最得其歡心。孔太夫人嘗言曰：「汝已成進士，而尚攻舉子業耶？」人或以光禄公在朝，恐太夫人縈念，嘗以言探之。太夫人曰：「吾有孫在，能孝養我，不思子也。」居恒訓誨諸弟最嚴，門庭之間不衣冠不見，鄉黨傳林氏家法。與同里朱明經俣思、鄭進士宸最善。每春秋佳日或相約，秃巾便服，攜尊酒出郭賦詩，竟日始反，見者不知其貴公子及曾官五品者也。里居日，見義無不爲。如平糶、減價、贈金、還娶諸事，遠近稱盛德。故君之卒也，無知與不知，皆歎君之孝友，而惜君之未竟其用也。

君生于康熙某年某月某日，卒以乾隆十七年五月四日。配游宜人，先君卒。子一，光照，乾隆辛巳科進士，見官江南句容縣知縣。女三，適朱晋長、虞作彬、鄭克霖。孫二：崇緝，崇純。余與君之子若孫交，知君最悉，遂爲之銘曰：

德足及人，年未至叟。何以銘君銘君孝友。烏呼！其他之不朽者，詩二百十首。

遊茅山記

由句容縣城行五十里，至茅山。山行一里，抵元符宫。明日，行二里至喜客泉，行二里至大茅峰。下至元符宫宿。又明日，行十里至乾元館，行半里至洗心池，行五里至玉宸觀，行二十里至淤向。夜，無火，行二十里，至縣城。

同行六人：一以轎，爲霞浦林崇緝；三以驢，爲同縣孫星衍、霞浦周國柱、閩縣陳成；二以馬，爲余及霞浦鄭聯華。從行十人：門卒一，驛卒一，驢夫二，輿夫三，從僕三。

歷峰一：大茅峰；岡一：鬱岡；泉二：喜客泉，洗心池；宫觀五：元符宫，太元樓，曉霞閣，乾元觀，玉宸觀。遺址一，陶隱居辛相堂；洞三：華陽洞玉柱洞，蓬壺洞。華陽洞可半里許，阻水不得入；玉柱洞可數十步；蓬壺洞獨入二里許，先半里從僕不得入，又半里道士不得入，又一里燭盡不得入。

所見碑一：宋蔡仍書《幽光顯揚碑》；古物及法書：九九老僊都君印一，玉圍徑二寸三分，厚半寸；玉圭一，徑五寸；玉護心符一，徑六寸，廣二寸；水精硯一，徑二寸半，廣寸半，厚半寸；宋宣和所賜玉靶劍一，身徑二尺，莖五寸；所賜藏香二，元趙孟頫真蹟一，明正統頒賜道藏勅二。

痛飲三：元符宫石壇待月，曉霞閣早憩，太元樓夜集。迷路二：由乾元觀至洗心池，誤出岡左；由淤向至縣城，夜黑迷入村舍。從入華陽洞三：孫星衍、鄭聯華、陳成；蓬壺洞二：孫星衍、鄭聯華。時乾隆乙未年閏十月日也，是爲記。

句容縣士民捐賑碑記

乾隆四十年，江南北大旱。今兵部侍郎巡撫江蘇等處地方，薩公徧履所屬邑，勘灾之輕重入告。于是句容以山縣旱獨盛，特勘灾八分。十月，奉上命，發帑金三萬九千九百兩有奇賑之，自十一月始。

大江南之水旱與江北異。江北十年之中，水旱率居六七，其民之富者有蓋藏，其貧者亦人人自備，以思免于荒歉，故一遇灾沴，朝廷發數十萬金賑之，而惠已足矣。江南不然。十年之間，偶值歲歉，而民之無食失所者已甚衆，大約自秋稼不登之後至夏麥未熟之前，一百九十日中，皆無食之時也。而朝廷之賑，自分别極貧次貧一賑再賑外，勢不能復聚數百萬户仰食庫藏，于是而一鄉一邑之貲富而好善者，未始不可起而相助焉。此在《周禮》荒政十二之外，復曰五族爲黨，使之相救；五黨爲州，使之相賙。此救荒之至策也。

霞浦林君，自三十三年抵任句容，屢遇偏灾，自官賑而外，既皆風諭其邑之賢者出錢粟以相濟矣。今年被灾特甚，而邑人之樂輸者亦較多，積金至一萬七千有奇，雜官賑以賑之。蓋一邑之民庶，可賴以濟也。因進邑之人而告之曰：皇上軫恤窮簷，一鄉一邑之灾，皆不惜數萬金以賑。其自次貧一月，極貧二月以上，皆百姓仰食于上者也。而邑士民之賢者，復能以其有餘恤其不足，相率百金之家出錢千，千金之家出錢萬，此非窮民仰食富室，而實孝友睦婣任卹之誼之行于鄰里、鄉黨、宗族、朋友、親戚者也。

余既嘉君救荒之善政，而又嘉邑人之好義。一有勸諭，而遠近無不踴躍恐後，益以知士民之信君有素矣。遂樂爲之記。

準之古法，凡捐貲百金以上者書姓名于碑，而以十金及數十金者書于版，其董斯舉而用力最勤者亦例得書。率計公私所賑户六萬四百二十九，口二十二萬九百三十三。

與朱笥河先生書

不孝禮吉稽顙啓先生函丈：京華驛使，屢詢興居；屮土餘生，久疎音問，平其夙心，庶蒙原宥。不孝以將營薄葬，重歷舊遊。求糧非奉母之時，發篋異尋師之日。耳叢聲而傷風木，足層榭而弔星霜。未嘗不追感今昔，馳念左右也。夫祿不逮養，可無意于功名；檄匪娛親，將益嚴于進止。此後所務，惟乞言以章母節，束身以慰親心，如是而已。至于學道之事，亦稍有可言焉。六經去聖，未究源流；四史尋塗，尚知顛末。數歲以來，義求證實，論恥襲虛，摘馬、班、陳、范之譌，舉應、薛、李、裴之闕，戒前人所已道，示來學以適從，爲發伏十二卷。于原父刊誤，益廣研求；于義門讀書，嗤其虛矯。益以《晉書地理志考正》四卷。如過國門，當呈函丈。

不孝近獲一友，曰孫星衍。生有異才，兼勤小學，六書則尤善諧聲，九經則稍通訓詁，已能校二徐之失，訂《釋文》之誤矣。惜先生尚未見之，渠亦以不厠執經之席爲恨也。

不孝在座師處，相待亦異流俗，歲脩二百金，家用外節嗇，以謀歸葬。唯是去歲，曾以狀請先生爲吾母立傳，尚未賜下，今不孝待此以葬矣。祈急爲之，勿緩也。附問起居不盡。禮吉再稽顙。

徐南廬先生詩集序

詩之道，難言也。自漢魏六朝以來，大抵流連光景之詞多，而抒寫性情之詞少。即云抒寫性情矣，如蘇、李河梁之什，曹、劉贈答之篇，于友朋交舊纏綿悱惻之情則有之，求其繪門内之至行，狀目前之真景，詞近旨遠，言簡意深者，常十不得一焉。豈非以質直則易近于腐，緣飾則又流于僞故乎？若唐之趙弘智、李日知，宋之徐仲車，其人可謂孝子悌弟之人，其詩亦可謂孝子悌弟之詩矣。

貴陽太守徐君松圃，與余交有年。暇日，出其祖南廬先生詩見示，余三復讀之，以爲唐之趙弘智、李日知，宋之徐仲車，復見于今日也。南廬先生性至孝，自其母孺人亡，廬墓至十三年，年六十九即卒于墓所。十三年中，致祥禽馴虎之異，桐江人至今能言之。昔人云杜甫詩每飯不忘其君，今先生之詩亦每飯不忘其親者乎！是則讀先生之詩，而先生之所以事親者可知；讀先生之詩，而先生之所以推事親之道以待人接物者可知。先生雖不藉詩以傳，而詩之中不可無先生之一境。與唐之趙弘智、李日知，宋之徐仲車無以異也。

甲寅歲，太守將梓于貴陽，屬爲數語，以弁其首。余喜名之得附見于先生之集，爰不敢辭，而命筆焉。今太守方以詩名家，又膺計典入都，將蒙不次之擢。讀先生之詩，又可以知德門世澤之長，而太守詩法之有自矣。

上内閣學士彭公書

陽湖縣學增廣生洪禮吉頓首頓首，上書大人閣下：正月初六日，禮吉奉本學訓導公文遺詣試院補壬辰年歲試畢，閣下命進見，教之者再，憐其貧，爲作書致分巡常鎮通道袁公處，俾得就近將母，道以

《書》，申以《詩》，勤懇之意，溢于顏面。凡與禮吉有素者，聞閣下之舉，莫不感且奮。然禮吉感閣下者，反不在此，蓋自閣下莅任之日已然也。

閣下之莅江南也，一以經術造士，吾鄉之秀而髦者，莫不烝烝然興起矣。又閣下于試士之日，令諸生書五經本文，至數千以上者與以優等，此尤近日造士之急務也。百餘年來，學者棄六書、勾股之學以爲細務，不習音訓，不講點畫，甚者舉偏旁以代字，其弊已數見矣。己卯年江南鄉試，書「車同軌」之軌爲軌；乙酉年浙江鄉試，書「其養民也惠」之養爲養，遭斥者甚衆，此素不習之故也。大約字畫之訛，音義之失，濫自坊本。而坊本之失，則又半自有明中葉諸君子啓之。試言其尤著者，則茅坤、孫鑛諸人是矣。二君之書，近日學者所奉爲圭槷也。然其弊，至于改《漢書》矣，改《史記》矣。以古人經世久遠之文，斤斤焉，刻以制藝繩尺，稍不得其解，則從而易之，而點畫音訓破碎錯亂者，不可更僕數也。古人一字之疑，解至數萬言，秦延君之于《堯典》是矣。今人疑則改之，曾無所顧忌。深慮此風一啓，而學者遂人人自用也。故一二能讀書好古之士，必遠求宋元善本以爲定式，非苟徇其名也。誠以古人之書，爲有明中葉諸君子顛倒錯亂者不少耳。夫類書行，而不知儷青妃白之外更有經史；選本盛，而不知寸牘尺簡之外更有文章，此讀書者之大病也。故禮吉以爲：子弟二十以內質之開敏者，皆宜令讀全書；即質之稍鈍者，亦第取諸經及左氏諸本文讀之，不必旁及，則所得自勝雜讀諸書者十倍矣。又子弟十歲以內能舉筆作書者，必正其點畫，定其音訓，而不使之習于通率破敗之體，則所補于大學者不少矣。非獨爲學問計當如此，也即爲進身計，而軌軌之譌，養養之别，不可不杜其原也。

近禮吉在清容先生處，見閣下《韻字辨同》一書，以爲實有裨於學者，惜不獲假歸卒讀，然其大旨，則誠如閣下所言，慮舛官韻，取便操觚是矣。禮吉謂此書非徒取便一時，實可與唐人辨嫌干禄諸書爲小學所不可少，故反復再四，尚有一二處敢以獻疑者，不識檮昧，願閣下擇焉。

閣下謂霓有兩音，唯用雌霓，則有沈約前事，當押入錫屑韻爲是。禮吉按，霓與蜺音通。《説文》「霓，五雞切。」《廣韻》「蜺，五雞切。」陸注《離騷·遠遊章》「雌霓」亦同。且《廣韻》二十三錫不收蜺，則似不可以錫屑二韻限矣。又閣下引《老學庵筆記》云東坡押檠作平聲，本《漢書·蘇武傳》注。按《説文》「檠，巨京切」，則東坡前已讀作平矣。又謂假鱣爲鱓，其來已久，但字雖通寫，而平用則自杜詩「求飽或三鱣」始。按《廣韻》入先韻者作鱓，而音釋，則《説文》及陸德明俱張連、涉連切，則鱣用平讀，又不自杜始矣。他若部分不可同者，如喁⿰口禹之類，在冬韻者從禺，虞韻者從禹。是亦前後不可淆者，如薀爲蘊俗書，即《今韻》分隸而其下注「一作蘊」，則仍不盡没其舊也。故禮吉以爲即不改《今韻》之字而兩載，則宜以十二吻爲主，附元韻于後，以明正變。今列正文者從蘊，注見者反從薀，又以十二吻附十三元下，則前後宜易也。蓋字之流分派别，有不得不慎其繇者。豪韻删本，而書本字者，遂與本混。物韻删甶，而書田字者，遂與田混。此皆古人獨立爲一部，而今或不知其字矣，則《今韻》之當補者也。鄭注《周禮》「青州之蟹胥」。胥之音，前人以泰素二音爲是。《春秋》「鸜鵒來巢」，嵇康謂鸜當音權。而泰韻遇韻不收胥，先韻不收鸜，則又《廣韻》之宜補者也。古人于一字而各韻至四收五收，又或一字而本韻中至三收四收，後人以爲繁而删之，删之而後叶韻之説起矣。故禮吉嘗有意將唐以前音切之不同者采拾之，彙爲一編，如是而後人叶韻之説可廢。若閣下此書則固爲押官韻者設也，則所以收之字，誠不宜出《佩文韻府》中。禮吉以爲尚宜廣其注，如閣下于朏字下，分别六月朏字之類，則押官韻者始可不出一韻矣。夫唐人之官韻極嚴，故四百年中，士之以失官韻斥者尚鮮。至宋景祐間，而宋祁等始陳舉人多誤用韻矣。誠令閣下此書行，而押官韻者有所宗法不亂，則所裨于學者豈尠也哉？故禮吉嘗感閣下，以爲教人之周，實無所不至。雖歲科兩試，禮吉曾未獲執卷一試于閣下之側，而所感閣下者，則不啻閣下之一再拔識之也，時時與同學有志之士相勗爲古人之學，以無負閣下成全造就之至意。蓋二年于兹而始得見閣下。至見閣下，而殷殷誨勉，唯恐不至，則又禮吉意中事耳。

禮吉生數歲而孤，家貧，不克自振于學，十二始就外傅，十七即抗顔作童子師。爲養親計，中間時作時輟，疲于奔走，寒餓什之九，居常卒卒，頗懼不能卒業。今不恨矣，得閣下之知，憐其貧而復克教其不逮，則自此以往，或可稍自力于學，以報閣下于萬一也。袁公推閣下之雅，相待異于流俗，曾許爲謀一定所，尚未能得。家貧母病，數月中負米無貲，又未嘗不以此輟學也。前有人來揚州述閣下注念禮吉之意，故敢及之。謹此，肅問正月後起居，竝望閣下有以正而教之，幸甚，幸甚。三月二十五日，禮吉再拜。

歲差辯

曆家有歲差之法，而定以五十年日退一度者，晋虞喜也。慮其過，而增之至百年者，宋何承天也。斟酌乎二者，而定以七十五年者，隋劉焯也。以大衍之數推之，而謂至八十三年始退一度者，僧一行也。考驗今古，而準以七十九年者，渾儀略説也。推而愈遠，而至一百八十六年者，梁天監之用虞劆曆也。諸家皆精於曆學，而盈縮不同如此。

余嘗據裴胄之説，而以數積之。漢文帝三年甲子冬至，日在斗二十二度，至唐興元元年甲子冬至，日在斗九度，九百六十一年中差十三度，則歲差之法，惟劉焯七十五年之説最近，而裴胄之謂八十年差一度者，則又明知之而明失之也。焯所以稍不符者，惟於成數增一歲耳，蓋實則七十三年十一月差一度也。

夫余之説果何所據乎？《開元大衍曆》冬至，日在斗十度，至興元元年甲子冬至，日在斗九度。自興元甲子上至開元九年作《大衍曆》之日，則正七十三年十一月也。故自開元九年，而上積至晋武帝泰始三年，則日在斗十六度矣。又自泰始三年，上積至靈帝光和成《乾象曆》之日，則日應在斗十八度初，而劉洪以爲日在斗二十二度者，不符也。自光和，又上積至元和二年，則日在斗十九度，而候者謂冬至之日，日在斗二十一度者，不符也。夫未來之日，度其盈縮，或稍有所變。故《大衍·日蝕議》曰：景象皆動，動則必遷；歲時隨更，更則必異，曆不容不改。而要其曆之既驗者，則皆莫遁乎數者也。諸家之曆，其歲差最促，莫若劉洪曆之四十五年。韓翊以爲《乾象曆》斗分太過，後當先失，非職是故耶？總之，日行之度，未有前世反速，後世反緩者也。諸曆日蝕多不驗者，皆積數之有過不及耳。夫余亦何足以知曆，然數之昭然可攷者，不容不辨也。暇日，閲《隋書·曆律志》遂紀之。其賈逵所論日度亦有不同，須更考。

李鐵君尚史後序

《尚史》七十卷，起軒轅迄秦。一本司馬氏《史記》，有本紀、世家、列傳、世表、年表、諸志、序傳。其意以上古之史，編年者多，故彙萃十代，勒爲一書，欲高據二十二正史之上，閲十五寒暑乃成。考其義例，實通史也。余常惜梁武帝通史六百二卷不傳，至使後儒言三代者，多旁據《汲冢紀年》、《帝皇世紀》等書，譙周《古史考》辯其失矣，而書不備。蘇轍《古史》，本紀、世家、列傳備矣，而復無志、表，則俱不得爲完書。兹書之作，一以《左傳》、《國語》、《世本》、《國策》、《史記》諸書爲經，而兼采百家諸子之説爲緯，或從正見，或從附列。其搜採之廣洽，用心之專摯，庶幾譙氏、蘇氏而集其成與！然其間稍有類例不明，去取予奪失當者，向開雕時，一本原書，未及增減。今雖隨事訂正，而成書既久，不克盡易。略列數條于後，俟讀書者之決擇焉。

《史》既起軒轅迄秦，而秦諸臣列傳不備，分封之君，盡入周諸臣傳，而世家無始事。周分爲三，周元公分爲數傳。以《唐書·宰相世系表》例，系孔子而不作列傳。以《五代史·雜傳》例，傳淳于髡、陳軫諸人，而不分國。兵田賦諸志，倣任宏、王儉等列國是矣。乃地理則略區域，而反詳世系；氏族則昧分合，而專載言行。守褚少孫禮書、樂書，而繩尺唯恐稍失；祖班孟堅天文、律吕，而損益殊昧執衷。列女則先施氏而後敬姜，逸民則遺魯連而揭陳仲。詳所不當詳，顧紛出三仁、八士、四皃、三家諸目；略所不應略，顧減去方術、貨殖、游俠數類之人，則此書之失也。

受國於曾祖不應爲祖服三年議

或問《儀禮》不杖期章，鄭注「諸侯祖父皆有廢疾，受國於曾祖」，若及父在而祖死，將服期乎？服三年乎？賈疏：新君受國於曾祖，曾祖爲君薨，羣臣服斬，君之祖薨，君服斬，臣從服期。準是說，則是應服斬矣。余應之曰服期。

黄勉齋注疏補：天子諸侯，父在，爲祖斬衰。鄭志：趙商問：已爲諸侯，父有廢疾，不任喪事，而爲其祖服，制度之宜，年月之斷云何？答曰：天子諸侯之喪，有斬衰，無期。尋黄之意，則爲祖服斬者，受祖之重也，非代父服也。尋鄭之意，則孫之爲祖服者，又不敢降其尊也。今之重則實受於曾祖矣。祖又非有諸侯之尊，不可降者在矣。既已受重於曾祖，則家之重已在我也，而又爲其祖服，本齊衰期。父卒，而後爲祖後三年。今之越祖而服曾祖三年者，特因受國之重耳。使不受國，而曾祖卒，必不爲廢疾之祖與父代服三年也。曰無主喪，奈何？曰父雖廢疾，不容不爲其祖服三年。若喪與祭，則以適孫爲父攝之可矣。且戴德《喪服記》：爲高祖後者三年。若曾祖與祖不受重而亦服斬，適不幸已代高祖之後三年。服闋，而曾祖死，則再服斬矣。服闋，而祖又死，則三服斬。服闋，而父又死，則四服斬。合之，爲適子服，則五服斬也。且既爲曾祖與祖服，則不得不爲曾祖母及祖母服齊衰三年。《喪服小記》嫡婦不爲舅後者，則姑爲小功，明非受重，則正統亦有所降矣。齊衰不杖期内有適孫一條注，雖曾玄孫亦同。若爲曾祖後，則爲孫服不杖期者曾祖也，祖不服也，若爲高祖後，則爲孫服不杖期者高祖也，曾祖不服也。曾祖祖尚不服報，而此必三年，則又失制禮之意矣。

余故爲之斷曰：一人不受二重，爲祖服斬，非所以受重於曾祖之意也，則服期之說不可易也。

儀禮喪服賈疏駁正

「父卒，繼母嫁，從爲之服報。」此齊衰期年服也。此條下鄭無注。賈公彦疏云：「但以不生己父卒改嫁，故降於己母，雖父卒後不由三年。」余反覆其義而疑之。如此言，將父卒後，生母改嫁，當爲之服三年乎？夫生母改嫁之服，禮無明文。然此齊衰三年内，既明言曰：「繼母如母，繼母之與母，孝子不敢殊也。」豈改嫁之服，謂孝子敢殊乎？子思之母死於衛，柳若謂子思曰：「子聖人之後也，四方於子觀禮，子蓋慎諸。」鄭注：「見子思欲爲嫁母服，恐其失禮，戒之嫁母齊衰期。」此生母改嫁服期之明證也。鄭注見於彼，故略於此耳。余意子雖無出母之義，而改嫁之服，自宜與出妻之子爲母同絶族也。故從繼父而居，祭則妻不敢與，亦以族絶故。余恐《禮》既無明文，而言《禮》者復從疏義誤會，遂謂生母改嫁，亦得申三年之義，故駁正之。

又按敖繼公釋「出妻之子爲母」曰：出妻者，見出之妻也。出妻之子主於父在者，若父没，則或有無服者矣。此則未是。按「父卒，繼母嫁，從爲之服報。」繼母父没，尚爲制服，況生母乎？特不因父没申三年耳，非無服也。

父母爲爲人後者服議

《喪服》齊衰不杖期下，列「爲人後爲其父母報」一條，蓋以爲人後，故降斬衰三年。齊衰三年者，爲不杖期矣。《政和禮》：父母爲其子之爲人後者，亦服不杖期，是子已降父母，父母反不得降其子也。《儀禮》：父母爲衆子不杖期，大夫爲庶子則降至大功。至《明會典》則適長子亦同不杖期，若爲人後者反得與適長子服同，失輕重之意矣。禮吉按，此條亦宜如「女子子適人者」例。《禮》：女子子在室，父母爲服期。及適人則降一等，入大功。子之爲人後者，亦宜以親疏爲殺。爲親兄弟後者仍服期，其後同祖兄弟以上者，父母亦宜爲服大功九月爲是。

與陳德甫書

來書知足下疊遭妻父母之喪，久不克親迎，爲足下計者，欲過期而行禮。足下未敢遽信，遠書詢及禮吉，足下可謂好禮矣。禮吉粗有知識，敢不爲足下盡之。《禮·内則》云：「女年十五而笄，二十而嫁，有故，二十三年而嫁。」故爲父母之喪也，周制：父在，爲母齊衰期；父亡未葬，而母死，有厭於父，不爲母加服之議，故於二十年外加二十五月，曰二十三年也。然是條也，予已疑之。假令父服既禫，而母又卒，將不爲服三年而遂嫁乎？且爲母之服，《唐律》已改入齊衰三年，明《孝慈録》又改入斬衰。今律因之，則又不論母之卒在父前與後耳。使制禮者生在今日，未必不推其變，曰有故，二十五年而嫁也。近世仕宦之家，輟禮不講，而獨至違情背制之事，則逞造胸臆曲説，則古至如母喪過期而行昏嫁。説者方盛引古制齊衰期年禮，且謂父在主昏，可以厭母之議。無論顯違制令，亦并不知齊衰期年下，傳更有「父必三年後娶，達子之志」一條矣。凡兹之類，尤禮之斷斷不可從者，足下不可不知也。

來書又問足下當後世父與否？足下長子也。長子雖小宗，不爲人後，亦自承其宗也。禮吉先世父十三年而殤，所聘先世母未嫁而殉。先王父感其節，命禮吉歲時合先世父祀之。然以禮吉適子無兄弟，不命後也。而今世之説，必執大宗，不可絶之。見大宗信不可絶，使必無爲大宗後者，豈當奪人之宗以成大宗乎？且大宗果絶，則小宗之次大宗者，何莫非大宗也。禮固非不近人情，但人不察耳。禮吉五月二十八日書，以復足下。

卷施閣文乙集

卷施閣文乙集目次

序

予幼時讀荀卿子《修身篇》曰：「其爲人也多暇日者，其出人不遠矣。」予嘗執此以觀當世聰明才力之士，其有所成者，皆勤而不暇者也。洪君稚存，幼孤，得母夫人訓，自力於學。年未二十，以貧客四方，迄今又二十年。傭書食力之外，即鍵户誦述，研精覃思，過其外者，如無人焉。于經深《春秋》，所著有《春秋三傳古義》《左傳詁》二書；於史精地理，所著有《三國》《東晋》《十六國疆域》三志，刊《史記》以下四史謬誤十二卷，又以宋李繼遷傳國逾百年，而事蹟闕略，復成《西夏國志》十六卷；于六書通諧聲，所著有《漢魏音》四卷，外爲詩至二千首，文及雜著數百篇，而所修府州縣志及爲幕府牋奏不與焉。洪君吾不能諒其所至，庶幾可爲無暇日者矣。

君善於漢魏六朝之文，每一篇出，世爭傳之。以倦於鈔寫，玆友人爲刊其乙集四卷，以予素嗜其文，因請序于予。予前嘗欲録亡友邵編修荀慈、胡徵君稚威，暨君數人之作，合爲一集，忽忽未暇也。今《玉芝堂集》及君此刻，並已刊成，老念藉以稍慰，至其文之淵雅，氣質之深厚，世皆能知之，予不贅述云。

乾隆五十一年，歲在丙午，花朝日，錢塘袁枚序。

卷施閣文乙集卷一

連珠三十二首

蓋聞十日並出，不若陽烏之再中；百川疾流，不若靈河之東注。是以日中見斗，燭物之理自存；山下出泉，朝宗之心已著。

蓋聞以近槩遠，中無豪釐；舉後定前，失者什伍。是以宋國五石，忽憶前身爲星；泰山一雲，安知異日作雨。

蓋聞片壤之安，羌蜋逞其智；一葉之庇，螻蟻仰其陰。是以吞巨舟者，必思江海爲家；戴尺木者，乃以風雲爲蔭。

蓋聞威劫于外，則不非其非；智昏于中，則非類亦類。是以指鹿作馬者，刑餘之臣；以鶩當鳧者，刀筆之吏。

蓋聞造物之儲，或留而不用；聖王之制，每過于所防。是以一世之衆，飲不竭河，而供之以江海；萬夫之勇，超不越丈，而限之以城隍。

蓋聞塵揚席上，灰然鼎間；飛揚雖同，涼燠以異。是以灌夫罵坐，難止膝席之賓；次公酒狂，羣驚仰屋之歎。

蓋聞力竭智窮，則愚者必收拙効；識大見遠，則慼者不嫌過計。是以塵當揚海，故寃禽之志不衰；杵可倚天，則杞國之憂匪細。

蓋聞勢盛復持以奢，必無以處時過；日午又益以火，必無以禦夜寒。是以朱門矜土木之工，不能以片瓦覆末世；祖宗饌飲食之譜，不能以一飽貽子孫。

蓋聞岐塗萬千，不當殉之以跬步；今古億態，不當處之以思議。是以立志可以入世，故萬物漂動，而金石不流；無心可以貞運，故七曜改色，而風雲不壞。

蓋聞器適于用，貴賤之形泯；材值其候，小大之勢易。是以二曜不可鑑影，慙于半蜆之銅；五嶽不可厲刃，遜于一尺之錯。

蓋聞分有可冀，則谿壑難盈；物非所勝，則庸愚念息。是以鷹隼即鷙，不求虎豹之腥；漁人雖貪，非冀蛟龍之獲。

蓋聞獨心雖智，謀事不臧；隻拳雖勇，遇敵必僨。是以明堂九仞，承之以百柱則安；迅流千里，障之以一蕢必決。

蓋聞邪正殊者，必無合志之言；得失明者，不爲無益之事。是以爲盜之室，甯致禱于黔婁；習佞之夫，不交魂于汲直。

蓋聞巧匠制物，成毁難定；明鑑過影，曲直未分。是以漢璧千鎰，不能止亞父之碎；秦鏡百具，無由獨趙高之佞。

蓋聞善之與惡，氣必相感；利之與害，勢有各鶩。是以裁棘成林，鴟鴞樂其安宅；平衢似砥，狐鼠以爲畏塗。

蓋聞思匿其短者，以猜疾爲肺腑；冀遂其私者，求黨類爲膠漆。是以無鹽入室，視明燭而必讐；瘻者過市，見曲瓢而自慰。

蓋聞五篙登筵，旨者早盡；千葩攢樹，豔者先摘。是以終童夙慧，不臻厭次之年；龔生竟夭，乃致彭城之涕。

蓋聞誓苦而不信者，五嫁之妻；力勤而不録者，屢逃之僕。是以桼室之行，非藉于指天；晋文之臣，不煩于投玉。

蓋聞非神無以燭事，而或有所窮；非勢無以馭物，而或有所遏。是以珠玉没水，日月不能垂其照；魑魅遁虚，雷霆不能施其烈。

蓋聞節有至奇，視其所發；行有甚烈，必貴得宜。是以證羊之直，用于子而不懟嚴父；抱柱之信，移于女而必爲貞姬。

蓋聞乾煦坤和，矜垂于微末；日變月蝕，兆起于纖豪。是以一婦至冤，東海有赤田之旱；匹士銜憤，吴門成白馬之濤。

蓋聞能有所盡，智有所窮，安之者聖，强之者愚。是以六合之外不知，仲尼故聖于鄒衍；五經之表不議，孟子亦賢于莊周。

蓋聞淒思一入，則萬態助悲；華心既揚，則百族盡煦。是以朱户累累，明月至而益輝；蓬闕蕭蕭，寒風來而若怒。

蓋聞飛霰于夏，時苦救而天災成；舉耒于朝，民勞同而主事廢。是以馭一世者，以不勞成勞；調四氣者，以不德爲德。

蓋聞秉萬族之秀，則物遜乎人；成一節之奇，則人希乎物。是以充廉士之節，必爲蚓而爲魚；言君子之化，或成猨而成鶴。

蓋聞能有獨擅，理不得均；器有偏饒，勢無能共。是以田賓之家，以千金而易一賦；枚馬之室，用萬言而貸半鐘。

蓋聞美醜雜陳，要于取法；剛柔性定，貴擇所從。是以下士心競，視流水而可平；懦夫氣衰，見高峯而亦竦。

蓋聞嚴霜被澤，嘉草同萎；野火燎原，仁獸亦燼。是以君子業業，不垂禍福之言；小人皇皇，乃著災祥之論。

蓋聞理無所宜，必求實效；用各有適，無貴虚名。是以琴瑟雖雅，非能引之論心；鸞鶴甚馴，不可委之守藏。

蓋聞炫寶于門，伺者百盜；露奇于世，忌者萬夫。是以尺璧在抱，必加再襲之衣；積金之家，恒著重扃之户。

蓋聞拔木之獸，天不能不生，而有山以相域；惑川之蟲，地不能不載，而有墟以相容。是以魚假之足，則江海之塗必塞；虎傅之翼，則城郭之民已空。

蓋聞貴不若賤，以計得失；智不若愚，以識趨辟。是以萬衆局縮，蹈白刃者烈夫；一世震懾，犯龍鱗者匹士。

淳化縣志敍録十八首

予自歲辛丑入關，撰定此間方志者三：同州之澄城，邠州之淳化、長武是也。關中地大物博，又諸紀録自漢《三輔黄圖》以降，暨唐韋述《關中記》、宋宋敏求《長安志》、程大昌《雍勝略》等，咸可準繩。而府州縣志可采者蓋寡。蓋明代諸賢，事非師古，苟爲簡略，即故城舊瀆皆棄之如遺。今所盛傳武功、朝邑二志，不知者以爲實過古人，非篤論也。

予爲此志，一準昔賢，非苟求立異，實欲藉兹成規，示諸來禩。凡爲記八，爲簿二，爲志五，爲略三，共三十卷。凡五閲月而成。其敍曰：

古縣今縣，新城故城，黎園舊鎮，流金昔鄉，咸攬川陸，附之橋梁。倣晋朱育《會稽土地記》等，述土地第一。

史言甘泉，傳志石門，冶谷引涇，荆山導汧，灌溉之利，被于無邊。倣齊劉澄《宋初山川古今記》

等，〔一〕述山川第二。

史家遺法，首記大事。三千餘年，如掌可指。倣漢司馬遷等《大事記》，述大事第三。

古云吉行，日三十里。披諸圖經，式其遺意。倣隋《西域道理記》等，述道理第四。

嬴秦築宫，遷五萬家。越漢始元，徙民三輔。良規既失，志丁略户。稽其盈虚，逮今淳化。倣宋《元康六年户口簿記》等，述户口第五。

惟民之俗，百里不同，爰志士女，逮農工商。倣晋周處《風土記》等，述風土第六。

雍州積高，神明之區。雲陽甘泉，又帝所居。下暨小鬼，靈而不誣。倣齊《祠廟記》等，述祠廟第七。

世遠莫追，金天有陵。青鳥之冢，圖書可徵。仿宋李彤《聖賢冢墓記》等，述冢墓第八。

秦皇、漢武，築宫祈仙。洪崖弩陆，增城在焉。百世飄忽，羊牛下來。下士奏賦，通天之臺。倣晋《洛陽宫殿簿》等，述宫殿第九。

征輸之簿，前代所無。農桑絲粟，以迄市租。册籍可稽，職于胥徒。倣宋李常《元祐會計録》等，述會計第十。

泮宫居前，叢祠列後。英英羣賢，光我俎豆。倣宋《崇甯學校新法志》等，述學校第十一。

才餘于官，不廢嘯歌。此如傳舍，所閲既多。倣宋無名氏《衙署志》等，述衙署第十二。

白公鄭國，民歌至今。王陽作令，亦有遺音。采其遺蹟，以代吏箴。倣唐杜佑《通典·職官志》等，述職官第十三。

世需多士，士貴通經。茂才異等，咸貢王庭。倣宋崔氏《登科記》等，述登科第十四。

廣陵列士，會稽先賢。列女後傳，撰于顔原。邑縱蕞爾，無微不傳。倣晋常璩《華陽國志·士女志》等，〔二〕述士女第十五。

金石之文，古稱不朽。彙兹豐碑，庶傳于後。倣宋鄭樵《通志·金石略》等，述金石第十六。

淵雲之作，冠于簡端，國師峨峨，亦賦甘泉。後有多士，庶幾前賢。倣漢劉向《七略·詞賦略》等，述詞賦第十七。

凡志方隅，必推今昔，稽乎古圖，凖以今尺。惟兹一編，咸述舊聞，勿淆其次，以俟後人。倣常璩《華陽國志·序録》等，述序録第十八。

終南山圭峰寺銘

若夫一峰之上，支公疏其小池；百尺之餘，祇園森其列柏。高瞻遊鱗，頫矚飛鳥。南則層峰接天，意淩星斗；北則青氣屬地，靡見寰宇。陰厓草枯，積雪尚白；煦谷氣暖，巖花已紅。怖鴿一隊，枯僧兩三，翳緑蘿而居，穿白雲而出，相與並肩層巖，凝睇初日。金碧萬端，華心易其素念；霞采億狀，茅齋成夫麗矚。蓋已響沈音外，思舉雲表者焉。適有奇石，陵乎坐次，爰爲之銘曰：

空水易曙，白雲知春。十步五步，花香送人。蘿谷尚暗，松軒已辰。僧疑入定，鶴乍棲真。鐘疎出寺，鐙暗披帷。琴牀月落，蝶帳風開。草名躑躅，花號徘徊。虬枝競挽，馬首頻回。塔看倚杵，峰真秉圭。

終南山高觀谷銘

鄠縣東南行三十里，有高觀潭，谷水出焉。五里未及，驚霆接天；百步尚懸，飛瀑搏額。洵人外之奇觀，霞表之靈境也。若其危厓半傾，若斜景之入海；巨石自轉，同高穹之隕星。曾不踰時，已抵絶壑。雖激電之閃户，飛矢之出林，不是過也。春雨既積，山空自鳴，萬壑競乎一門，百丈限之盈尺。此則山澤氣阻，陰陽與之回皇；風雲色變，星辰因而匿采者矣。余尋幽匪遥，好奇斯過，遵彼磐石，薄焉觀之，齋心既空，盈耳有悟。遂爲之銘曰：

鯨波乍湧，龍氣猶腥。高欲切漢，光疑浴星。頹峰作檻，劈石成扃。出竇始白，回瀾乃青。流金迄石，衝谷注壤。海若輸靈，坻隤遜響。遵巖覔電，瞰壑尋雷。天地黯慘，風雲蔽虧。無人獨往，有月飛來。

漢麒麟閣功臣頌 并序

麒麟閣者，《漢宫閣疏名》云「蕭何造」。張晏曰：「武帝獲麒麟時作此，因圖畫其象于閣，遂以爲名。」以予推之，閣蓋搆始于文，終錫名于武帝。《漢書·武帝紀》：「元狩元年冬十月，行幸雍，祠五時。獲白麟。」至太始二年，始下詔「更黄金爲麟趾以協瑞應。」是時漢興已一百十年，日月麗于中天，文武集于亨衢。時博陸侯霍已入禁闥，富平侯安世已爲尚書令、光禄大夫，營平侯充國、龍頟侯增均已爲郎，丞相博陽侯吉爲廷尉監，典屬國武已使匈奴五年。按《春秋感精符》曰：「德及幽隱，不肖斥退。賢者在位，則麒麟至。」是知飲泉食露之符，爲連茹拔茅之兆矣。至宣帝甘露三年，始圖畫其人于麒麟閣，法其形貌，署其官爵姓名。惟霍光不名，曰大司馬大將軍博陸侯姓霍氏，次曰衛將軍富平侯張安世，次曰車騎將軍龍頟侯韓增，次曰後將軍營平侯趙充國，次曰丞相高平侯魏相，次曰丞相博陽侯丙吉，次曰御史大夫建平侯杜延年，次曰宗正陽城侯劉德，次曰少府梁丘賀，次曰太子太傅蕭望之，次曰典屬國蘇武。凡十一人，偉矣哉！定策則博陸，相業則丙魏，名臣則杜張，宗賢則陽城，儒雅則梁蕭，武功則韓趙，使節則子卿，親賢並升，文武備列。昔陸機爲《漢高祖功臣頌》，袁宏爲《三國名臣序贊》，歌詠功德至數十人，然徵其美備，考其績效，均若有不及焉。蓋世遭隆平，士逢豁達之主，得明目殿陛，振聲巖郎。挾一策，入石渠，請長纓，度沙幕，居禁闥而不遺，在窮巷而亦顯。中廄之馬，既擢日磾；上林之羊，亦升卜式。牧豕極于上相，販駿登乎九列，亦可謂立賢無方，用人不求備者焉。此數人者，向使生秦項之世，值吴蜀之主，上則刀筆趨走，自擬于駑駘，下則篳門甕牖，發聲于蚓竅，安能鼓垂天之翼，絶塵而逞其驥足哉！此鬭穀所以垂涕而言曰：知臣莫若君。樂羊所以捧篋而泣曰：非臣之力，君之功也。豈不美哉！夫以光武之明德，悼歎于龐萌；元皇之風烈，受譏于張禹。則知人則哲，從古難之。遂使孤臣萬里，餘搶地之呼；下士百世，奏通天之牘。自非英斷卓識，鴻業大烈，曷臻于斯。暇日慕其風尚，不揣謭陋，爰各爲之頌，亦以存景風之思，爲來祼之式云爾。

漢至五世，云惟百年。德盛化洽，麒麟至焉。按古圖書，讖緯之篇。來此上瑞，登庸大賢。皇皇大賢，神明攸贊。桓桓博陸，票騎同産。既媲阿衡，亦參姬旦。負扆畢世，放桐不反。大節既植，生知不學。

英辟握手，幼君入抱。三踐帝席，兩握國寶。勳存畫室，忠勤高廟。矯矯杜陵，留侯共族。兄罹蠶室，父治鼠獄。勤勞既著，肺附是屬。身膺上衮，世執圭玉。國鈞既秉，民譽四洽。雅善魏丙，不友田甲。英英漢廷，口議八法。彬彬儒林，腹置三篋。侯有龍頷，世爲虎臣。千户既益，萬騎出屯。雖有令德，亦鑿凶門。時惟鷹揚，起于巫蠱。功參上宰，事歷三主。言求偉伐，試覽勳簿。震震烈烈，篤生營平。方叔召虎，來于西京。有漢中葉，西羌不甯。黄髪鮐背，爰求將兵。神爵之元，天子推轂。旄頭初出，羽騎始肅。光光將軍，遠夷斯服。將偃五兵，講求六穀。高平對策，進由儒者。頗厲威嚴，庶資婞雅。建策堂陛，馳傳天下。觀漢故事，講求便宜。外戚附奏，列侯詳議。號通犧畫，乃學計倪。征和之間，八夤鼎沸。隆準寓獄，長楊望氣。中使星馳，圜扉夜閉。婉孌哲人，實司郡邸。中興之相，陰德以侯。既主禮讓，實惟仁柔。赫赫公府，恢恢皇猷。不解案吏，惟知問牛。次公簡簡，亦明法律。才平獄訟，復議鹽鐵。持躬以整，應機以疾。元平正始，實惟憂虞。職典方藥，功參立儲。幾陷許止，乃比朱虚。隆漢之規，親賢並用。城陽濟北，厥後誰踵。盤盤宗英，名德見重。甘泉召對，未央列議。軺車七乘，汗血千里。尚冠以興，海昏用廢。六經至漢，蔚然羣師。瑯邪受卦，兼擅易旗。袨服入廟，旄頭墮泥。儒術既隆，卿階不替。宏羊騂騂，比茲心計。五鹿嶽嶽，慙其經義。東海蕭生，起于白屋。犯主顔色，責相吐握。吏持匈匈，友哂碌碌。終登貳宰，入授禮服。承明高議，聲振殿瓦。英英及門，槐里蓋寡。既趣飲鴆，遂請斬馬。賢傅既決，佞臣斯怍。子卿少卿，並寄絶域。一踞胡服，一持漢節。義重于生，冤銜至没。陵惟霑衿，武乃刺血。罽帳奏樂，穹廬雨霜。飛雁不下，牧羣旁皇。掘根鼠穴，書帛雁足。方困羝乳，乃畫麟閣。肅矣西京，炳靈羣公。前後萬古，兹惟日中。允文允武，立德立功。平視九駮，高參五龍。昔嵗魯郊，宣尼所歎。今兹隴首，匡鼎以贊。傑閣雖朽，崇勳尚爛。望景中崖，流芬灞滻。

昌國君樂毅頌

皐兆大澤，伊緣空桑。猗惟若人，厥聲亦英。生後十世，不直禹湯。舉足欲出，九野虎狼。虎狼之羣，鳴鳳萬仞。回翮秦楚，歛翼三晋。攬兹德輝，擇主以進。功殊蓋世，恩亦逾分。三光既赫，九鼎亦震。時方忻亂，天未祚德。閒騰即墨，功墮騎刼。七十二城，悉傅以翼。英英鄒彦，曾不入燕。翩然來斯，惟兹一賢。封崇昌國，義感没世。身雖居趙，引領北視。銜恩而息，戴德而死。頌于千年，以感國士。

萬壽無疆頌 并序（代太常卿倪承寬作）

臣某言：臣伏讀皇帝陛下正月元日詔書。以乾隆四十五年，值七旬萬壽聖節，敬法皇祖聖祖仁皇帝成典，布大澤于天下，猗與休哉！詔書所列，自祀五嶽四瀆以迄肆赦，凡二十條。臣竊見皇上自御宇以來，四十有五年，國家承平一百三十七年之久，天下户一千萬，口一萬萬。内自羣工卿士，師尹百辟；外暨億兆臣妾，遼逖曠遠，殊形而共慶，異聲而同和，喁喁焉，忭忭焉，蓋延頸接踵，冀德侔澤，自九天之下迄九地之上，六合之内，以薄于六合之外。然皇上猶持盈戒成，藴謙育和，自乾隆三十五年六旬慶節，至此又越十載，始沛然順輿情，頒大詔，以妥神祈，以答中外，而又繁文縟節，槩敕勿事，面戒有司，訓諭諄諄，逮于下者無不隆，受于天者靡敢侈，至矣哉！法祖之烈，敬天之心，勤民惠下之誠，盛德勿德，雖休勿休之念，靡不繪丹扆，縣黼坐，降玉陛，歷金門，而被于凡有知識者矣。夫含生之類，靡一物不得其所，至聖矣；化之所被，不心而應，不踵而至，至神矣；禮樂之盛，薄地縟天，至文矣；聲威所被，窮舟阻輪，跨嶽越海，至武矣；謨文定武，廣聖極神，涵億兆之和，而受繁祉之錫，至壽矣。臣不敏，侍從數十年，自翰林洊登卿貳，親見皇上展禮嵩高，告功岱宗，歷太行，登會稽，蹕興京，謁闕里，循河隄，築海防，每所省幸，施澤輒數百萬。又親見皇上平回部，再平金川，西南諸酋，稽顙歸化，難可畢數，拓地三萬里，迄乎日月斗所出入。又開四庫館，自周秦以來，經史子集，靡不集其大成，競競業業若彼，巍巍蕩蕩若此。臣竊見《詩》之序，曰「時邁」，曰「般」，言天子巡守，告祭柴望，及祀四嶽河海也。曰「魚麗」，曰「蓼蕭」，言天子功成治定，制禮作樂，澤及四遠也。曰「天保」，言臣能歸美，以報其上也。故曰「降爾遐福」，曰「受天百禄」，言天與天子以廣遠之福，而天子克荷之也。又曰「貽爾多福」，言神又能以多福貽天子也。故天不答天子以日月之壽，則百禄之應不章；五嶽四瀆羣祈百神不佑天子以億萬之齡，則多福之徵不顯；羣工卿士内外百辟不祈天子以覆載之永，則歸美之誠不敷。琬琰所鐫，金石所述，五三六經之所遺，不可誣矣。臣今者又披瑞應之圖，集靈寶之記，以合今之所見，則狉狉蹡蹡，與化低昂，笑夸世之主，而待乎麟凰，何生不育？元氣滲漉，何曩葉之君，而炫夫嘉穀？崖崖者，岱爲宗，曷爲濯露雨，瑞日月而待升中；洶洶者，河以鴻，曷爲束魚鼈，恬駭浪而就成功。羣蒙首首，于以戴斗。惟生之厚，庶祝天子之壽。横目顛顛，而惟視天。何歡而抃？云慶天子之年。天人之應協矣，神人之理昭矣，兆姓之符著矣。凡此數十條，臣每見漢唐宋中葉諸盛辟，得其一事，無不加尊號，膺玉册，鋪張鴻名，增益盛算，而皇上獨一切勿事，惟民生治術爲兢兢，蓋于于焉，翼翼焉，又將超其識于八代之上，藐然而繼五位三紀之盛軌也。臣不敏，素以文字受特達之知，況親睹偉烈，首沐至化，又恭值敷天之休，率土之慶，得預百辟之末，而奉萬年之觴，且雅頌之蹟，彰彰若彼，而臣獨不克繼軌前哲，導揚盛美，臣實恧焉，輒不自諒，謹獻萬壽無疆之頌八章。頌曰：

皇帝御宇，四十五年。惟天眷帝，惟帝法天。法天伊何，敬以率先。德盛化洽，持之以謙。謙惟召和，敬以集福。儷乎天位，永此帝籙。右第一章。

五緯既曜，九魁聿張。鬱鬱紫府，肇乎文章。惟兹文章，釐以甲乙。苞賢蘊聖，昭典鑄則。甲觀辰啓，乙帳夜陳。炳炳麟麟，法天之文。右第二章。

惟天有鉞，鉞亦南指。惟天有弓，弓實西矢。蠢惟不靖，匪西而南。命彼六師，撻伐以三。爰俘渠率，爰拓疆土。震震霆霆，憲天之武。右第三章。

旼旼穆清，厥兆誰見。三百六度，知行之健。淵淵帝躬，八黄是奠。四十五載，省方亦徧。東西既歷，南朔聿臻。惠下以實，則天以勤。右第四章。

鴻流之貫，揚豫袞青。視天有漢，爲地之經。惟湮隄防，下土以疾。展兹宸畫，繼彼曩烈。赫赫六飛，遵海而觀。惟帝東邁，象天左旋。右第五章。

無云巍巍，天亦降威。曾不終日，雷霆已回。惟皇鑒之，以詔司士。捐瑕濯釁，一與更始。方網既解，圓斗益明。凡百肆赦，助天省刑。右第六章。

無云赫赫，天實降澤。八紘之廣，覃州溢域。帝御三殿，詔出九門。黎黄蒼赤，歸化咏仁。司農頒粟，内府出帛。凡百綸綍，體天施德。右第七章。

惟威惟德，帝皆則之。允武允文，命以顯思。融融穆穆，亦若示喜。天之視君，蓋惟一體。肇啓壽域，肇築慶基。億萬斯年，天之與齊。右第八章。

校勘記

〔一〕倣齊劉澄宋初山川古今記等　按《隋書》卷三十三《經籍志》作「《永初山川古今記》二十卷（齊都官尚書劉澄之撰）」，《唐書》卷五八《藝文志》作「劉澄之《永初山川古今記》二十卷」，此應作「劉澄之《永初山川古今記》等」。

〔二〕華陽國志　原作「華陽國」。按，常璩著《華陽國志》，似不應省作「華陽國」，下文「述序録第十八」亦作「華陽國志」，據補。

卷施閣文乙集卷二

七招

昔宋玉賦《大招》，枚乘著《七發》，予讀而善之，因合其體倣焉。

空同主人遊於元冥之鄉，寐而失其魂。其友愚公憂之，招於曠野，三日不得，踉蹌而歸。謀賓朋，詢臧獲，乃得主人生平所嗜好，意志所溺惑，十失一二，猶得八七，爰升墟而招之。

曰：今子冥焉莫焉，忘焉忽焉，如遊尾閭而失足，登昆侖而隕巔。將招蒼童，下白鶴，尋神氣於高下，訪音響於寥廓。聞子昔者淩飛濤，主人江行，上自大别，下抵海門，錢唐、富春，亦頻歷焉。上削玉，主人以壬寅七月遊華山，往反三日。東經長淮，北未及於王屋。壬辰、癸巳兩歲，皆道長淮，抵鳳泗。辛丑歲，自都門至大梁，欲遊王屋，不果。探奇不已，思畢命於嶽瀆。計子所未至，乃尚有六。今將與子升中天，歷太行；道崈高，眺南衡；由雷瓊，瞰外洋；遵登萊，而岸勢成。山則岧岧嶢嶢，雲氣四塞。泉奔如江海，龍嘯若霹靂。驚麏銜不死之草，毛女蘊長生之術。黄金之丹可成，而靈藥可乞。水則茫茫混混，色奪絳紫。天若一丸，魚長百里。當月午而潮定，見天中之霞起。驚志乍收，釃酒未已。南風拂之，行千里者不知其幾？若此者，黄華失其奇，壬辰、戊戌，兩遊黄山，歷登蓮花天都兩峰，回塗皆憩九華經宿。台蕩奪其秀；丙申秋，主人偕學使者按浙東，歷遵天台雁蕩諸勝。嗤太白之雪嶺，癸卯夏，莊大令炘邀主人遊太白山，至新開嶺，憩於龍池。哂匡廬之雲岫；雲夢七澤，坳堂而可方；癸卯五月，自西安南歸，道楚中，阻風泊匡廬下凡五日。巨區萬頃，癸巳十月，主人訪趙舍人褱玉於穹窿山，因同泛太湖，歷東西兩山，又獨入林屋洞凡數百步。一甌而儼受。此亦跨凌古今，横絶宇宙。魂如歸來，急以此請。

呼聲未絶，而百步之外，微若有影。

曰：和闐之玉，采之昆侖。百馬載一，來於西屯。行車則疾雷破地，止舍則奔星在門。昔所未值，世無其珍。侑以播川之犀，昌化之石。白文衡天，赤采照澤。廉州翠羽，鮮若霞升；瓊山蜜臘，黄如栗蒸。永昌黄金若鑑，合浦明珠代鐙。自播川犀以下，皆見今《一統志》土産。復有九州奇貨，淪於厚土。中郎發丘，以供嗜古。南山之石椁破，而東園祕器陳。鼎則仲丙公乙，兄丁伯申；卣則祖乙父癸，婦庚母辛。虹燭之錠，蜼形之尊。鏡蒲萄而馬鬛，鐘荇葉而螭紋。一寸之珠，搏於媚尸之口；逾尺之璧，擐之驕王之身。漆鐙煙騰而罩地，水銀光滿而燭天。好事所未見，述古者所不聞。古剌之丸，古剌水自明永樂中入中國，今故家時有之。歐羅之表。大西洋人製表極精，恒百金直一。千鈞則如意，百串則多寶。乃有吕宋所産，一世瑞草，含茹則火入四肢，呼吸則煙騰百竅，蒸淫不歇，薰炙子鼻。菸草一種，百年來盛行。近復尚鼻煙，皆刳玉爲瓶，精者至穴大珠爲之。五官拉雜，黑塞竅穴。珠胎既淩刳，玉孕復剖裂。他若士有女行，則冠紳而約闌；吴俗：男子腕皆喜約金玉闌及佩決。弱爲武容，則樽俎而佩決。若此者，皆世之所珍，而吾子不能舉其質。

言尚未卒，魂如豕脱。飄風拂之，入東壁而没。

曰：無已，將樂子以靡靡之聲，蕩之以淫樂。北部則樅陽、襄陽，秦聲繼作。芟除笙笛，聲出於肉，棗木内實，箕篙中鑿。今時稱梆子腔竹用箕篙，木用棗。啄木聲碎，官蛙閣閣，聲則平調側調，蓺則東郭、西郭。東郭西郭，見孫明經星衍《芍樂本事詩》。然子吴人也，請歌南部。曼綽絃索，院本是祖。五聲清脆，節之以鼓。弋陽、海鹽之調，良輔、伯龍之譜。梁伯龍、魏良輔，明萬歷間人。始變爲崑山腔。吴姬婉約，是曰名娼。髮若燕剪，聲如鶯簧。年二七而尚穉，宵三五而登場。於是繡幄盈坐，珠鐙滿廊。披玉茗之四部，舉粲花之樂章。一聲兩聲，若清商之出天半；高舞下舞，如神女之降高唐。風雷生乎幕外，霜氣襲乎衣裳。上客厭金罍之易罄，主人訝紅燭之不光。送客既出，朝曦滿堂。復有秣陵清音，維揚小部，既美歌喉，尤擅姿首。二部今時盛行。劈梨桃而心醉，擲羅巾而目授。秦淮迢迢而晚涼，蜀岡盤盤而清晝。檀板既徹，歌韻乍透。微聲動波，沈響入岫。林鳥識其餘音，市兒應之撫手。十番嘈雜，喧於里門。方響則呂黑，匀鉦則羅雲，擫笛則陸三，調絃則莊昆。里中十番一部最盛。尤擅揚者，則羅淩雲、莊象昆、陸開三、呂威如，皆先後入都，獲盛名焉。始春置酒，天中啓筵。魚鐙之光燭地，龍鵠之竿拂天。萬錢買吴孃之舟，百尺擇臨流之閣。圓鉦乍起，羯鼓閒作。響徹霄漢，聲溢郊郭。或神迷於絶伎，復破産以酬酢。至若櫻桃紅兮半樹，芍樂豔兮雙枝。植富春之館，栽北海之池。淒迷五夜，顛倒百詩。西雲擷英之譜，嚴侍讀長明有《秦雲擷英譜》。南枝傷逝之辭。《南枝集》，曹學士仁虎著。知者所樂道，才人所豔思。

歌至十闋，魂惘惘而不識。鄰雞一聲，影若冰釋。

曰：穀則河汴之麥，御廩所需。河南歲貢麪五百匣。秦中之稷，九州稱腴。今秦中人呼小米曰稷米，則今之小米即古之稷也。黄兮若真臘之寶，皎兮若冰霰之餘。三吴之秫，佐以嘉穀。餅餌所資，雜入羹臛。飴周於輪，果實其腹。倘憎陳而説新，或罷飯而進粥。則有北江之稻，白者如玉，俗呼爲香稻米，歲以入貢。初春未食，香已盈屋。牲則大荔之羊，江山之豕，江山船飼猪以穀。雲中之熊白，灤河之野彘。射雉則句曲，徵鵝則固始。以上具見方志。蔬則荇紫莧紅，芽黄白菜生江淮以北者佳，俗呼爲黄芽菜。菘白。華陰石髮數尋，吴淞蓴絲百尺。瓢兒瓠子，露葉霜實。菖本則號堯，菜種則名葛。即今俗所呼諸葛菜。酒則會稽之醞，珍於達官。京口之釀，峩峩百船。侑以橘英之觴，惠泉之尊。酒味最冽者紹興，次則京口，吾鄉惠泉又次之，吴門福橘酒則味若醴矣。高粱燒春，今燒酒，唐人呼爲燒春。味縱劣而雜陳。莫不合歡則永好，陶陶則百年。又或選珍於山，採腴於湖。雍涼有孕香之麞，閩廣有食果之狐。似帶匪帶，暨陽江中有魚，狀若帶，名吴王膾殘。非魚是魚。膾鮮鱗而或棄，巢壘燕而有餘。燕窩，一名燕舟。始見《閩小記》。西北則終南、太行百年之鹿，屑之爲脯；東南則臨平、射陽五色之鯉，薦之以醋。西湖行廚，以醋瀹生魚，揚州亦能效之。知子嗜之而未篤也，則有牛渚銀鱗，鰣魚以采石所産爲上。晴江石花。味或華而不清，質或清而不華。藐江鄉之風味，首鯸鮐之足誇。河豚産江陰，魚儈成對始市。薪炊不熟，亦能殺人。沙洲始春，海門初日。滿百則江潮已浮，捕一則怒眥欲裂。入市則一雙十雙，炊薪則永日永夕。專諸之刃縱刺，西施之乳不釋。河豚肪名西施乳。江瑶則質薄，刀鯽則味屈。羅陳於前，待子食畢。

芳芬射越，魂若有鼻。依於屋楹，欲即不即。

曰：將與子攬轡燕趙，遵乎大同。回覽吴越，極於閩中。明月既倦，宵投清風。明月、清風，鎮名，在定州。十車載氈裘之帷，百船裹綠油之篷。綠篷船，見《廣州府志》。淩越溪，抵湘江，披班竹之户扇，垂烟波之釣筒。莫不明黚如雪，回環若風。千金出客裝，百金擇冶容。留人則鷓鴣啼樹，喚客則鸚哥出籠。蕩子因以不歸，冶遊因之誇速。吾子閒雅，知未敢託足也。若夫松陰偃蓋之巷，班竹如椽之亭。梨桃之谿不夜，金粟之館長晴。花交春而失影，月墮秋而有聲。園歷十畝，樓分數家。斗隨廊而北轉，雨飄簾而左斜。恍兮若接，倏爾莫及。曠千春而寡儔，藐遺世而獨立。一則氤氤氳氳，氣如初春，衣飄搖而欲仙，佩委宛而如神，忘情三五之夕，無夢百花之辰。一則光生不滅，影若新月，素采匿重帷，餘輝想空閎，慕不言之桃李，傚無聲於反舌。竊料昔者，東西望塵。君子所不能致，惟茲二人。昔扃門而距影，今披帷而吐誠。願以弱質，充茲下陳。久長要乎天地，終始誓以星辰。髮紛披而雨泣，望良人於鬼門。

音響未畢，魂兮若來。隔秋花而不前，抱輕煙而徘徊。

曰：今與子搜史氏之編，采經生之籍。溯周秦而上之，逮唐宋之陳跡。行車如雷動，止舍若山積。則涉子問字之亭，訪子藏書之宅。江蘺盈數畝，蠹魚長一尺。僕縱欲敷蒼摛黃，道白剖黑，窮古今之至蘊，而不足擴子之高識。若夫今天子文治之昌也，弁冕千祀，涵濡百載，徵奇編於六合，挺祕閣於大內，皇皇焉，首首焉，隆古所不克津逮。繙披萬集，甄録百輩。惟江左之絶學，則庶幾乎惠戴！戴則生入華省，惠則書登祕帙。《九經》盤盤，古義是出。漢儒之詁，《周易》是述。戴則《句股割圜》，以之經天；《水經》《水地》，以緯地理。詁字則楊雄之書，校經則戴德之記。主人不及見惠徵君定宇。至戴吉士震，則於廣坐中一面，不及請益也。所見二家之書，惠則《九經古義》《周易述》《易漢學》《易例》《左傳補注》諸種。戴則《大戴禮校正》《句股割圜》《水經注》《水地記》及校楊雄《方言》數書，餘皆不及見。若此者，子之所見；所不見者，尚以百計。吴門之江，沈冥蜀莊。舍蝌蚪而無字，降柯欄而不詳。出則鄰犬吠影，入則飢烏競糧。越六十年，《尚書》著録，吴江布衣聲，爲《尚書》之學六十年，近始以小篆手寫刊木焉。是章于師友存者不敢著録，恐涉標榜。惟布衣年近七十，知者甚希，故著之以明絶學。成一家之言，高二尺之牘。汲古之士，則踵門求觀。徇華之儔，流汗而不卒讀。學士金石，碑惟五千，大興朱學士筠，收貯金石至五千種，未及編校而卒。奏開石渠，厥志偉焉。學士官安徽學使時，曾奏請刊石經及請校《永樂大典》。知古則堇浦，杭編修世駿。知今則茶山。錢文敏維城。蟣蝨一牀，甫沈酣乎論著；戈甲滿側，乃敷陳而萬言。文敏《平古州苗香要》，奏事至數十。藝苑則詞林丈人，邵常熟邵編修齊燾。鄭秀水鄭贊善虎文。蔣鉛山蔣編修士銓。程。歙程校理晋芳。詩則元祐以上，文則正始之聲。莫不著集百卷，流傳萬編。錢文敏《茶山集》、杭編修《道古堂集》、邵編修《玉芝堂集》、鄭贊善《誠齋集》、蔣編修《清容集》、程校理《勉行堂集》，皆幾及百卷。不朽之事，昭昭可言。

語畢四視，五步之外，來如輕雲，雖不即至，然若有慕云。

曰：今賡子伐木之篇，徵子平生之識。耆儒碩彦，齒髮近百。多聞在前，英俊侍側。則有談飛四座，采暎一室。錢塘則雄奇萬端，袁吉士枚。鉛山則鋒鍔百出。郎編修士銓。談神則氣王，語鬼則志懾。隨園則方冬敷花，三徑則未秋零葉。又復孫郎好辯，汪叟力敵。錢塘汪縣丞蒼霖佞佛，孫明經星衍嘗箴之，苦辯終日不屈。明經老萊之考，汪明經中著書千餘言，證《道德經》爲老萊子所作，非柱下史老子。人有詰之者，則盛氣及之。州倅熊耳之説，錢州倅坫與孫明經同客西安，辯熊耳山所在，數十日不決。今辯草存二人篋中。言未及吐，頸已發赤。若夫秋林萬聲，清澗五色。來錢生之寓齋，同里錢大令維喬。坐汪子於舫側。儀真汪學正端光。清談忘倦，妙緒絡繹。榮悴不經其懷，是非不關於臆。趙蔣覃覃，樂陳先世；主人及見趙大令彪詔，暨大令再從孫舍人懷玉，凡四世，皆善陳先世舊事。侍御蔣先生和寧，暨弟明經蘅，皆主人舅氏，從受學者。温温邵管，善語故事。餘姚邵校理晋涵，同里管給諫幹珍，民部世銘。六合之外，談浸淫於八荒；大父而上，溯淵源及百代。項孔則推占星辰，同里項秀才森，孔布衣□□，並善推算之學。錢許則剖析姓氏。錢先生人麟，即文敏尊人，與許大令方亨，陳鄉里氏族及著姓，均若指掌。寒暑雜出，興居不佳。進黃生之綺語，雜蔣子之詼諧。黃縣丞景仁，蔣上舍青耀。快意所及，不經於懷。幽憂可倏愈，沈痾亦立差。

於是一室之内，光入若電。魂來有聲，咫尺莫辨。曰：今當返子中河之橋，覓子委巷之居。主人舊居在中河橋側委巷中。危樓則北犨，土墻則中虛。淫霖奔乎寢榻，酷日炙其庭閭。吾子則蓬鬆披髮，十歲不足，六七有餘。讀書則善忘，識字則易畢。被笞逃塾，眼淚没鼻。聲與百舌競蠻，字與蚯蚓争拙。泥人滿前，鼗鼓旁列。鄰童里女，奔入滿側。疥蟲盈手，色盡醜黑。唇焦口缺，足又病躄。相與積東堂之甎，以象太山；决北溝之流，以狀溟涬。裁枯枝爲林，剪木葉作筏。回皇一室，已入復出。摩挲雞栅，薰炙鼠穴。母姊溺愛，不復呼喝。口目正倦，羹熟呼食。食竟即卧，顛倒錯失。呼聲如虎，不知枕母之左膝。

詞尚未竟，魂已倏合。體肉既動，唇吻開闔。親朋畢賀，雜踏一室。昔飄飄焉如雲之出山，今離離焉若膠之黏漆。嬌兒十一，粗識典籍，陳詞俚鄙，願長者壽彭大夫之八百。

傷知己賦 并序

粤以仲秋之月，久疾乍痊；孟冬之辰，二毛甫擢。悲哉！無金石不流之質，有蒲柳始謝之姿。犬馬之齒，過齊太尉之生年；羈旅之期，逾晋文公之在外。接於晝者，希逢舊識；覿於夢者，懽若平生。以是而思，伊其戚矣。於時窮谷日短，闞門雪深。清渭濁涇，共滔滔而東逝；太白太乙，與蒼蒼而齊色。駕言出遊，靡問所之。松柏合抱，云是含元之基。藜蒿尺深，言經端禮之闕。烏飛反鄉，值弋者而登俎；獸窮走壙，遭野虞而褫革。戴日而出，炳燭以歸。萬事迫於窮冬，萬憂生於長夜。秦聲揚，不能激已阻之氣；魯酒薄，不能消未來之憂。叢臺有霜，殘月無影，鄰笛起於東西，鄰鷄鳴乎子亥。嗟乎！回風美人之曲，楚臣殉之以身；鐘鳴落葉之操，帝子繼之以泣。大地摶摶，非以載愁；惟天穹穹，豈云可問？是知掘井九仞，冀可覿夫泉塗；載鬼一車，必當逢乎素識。復沛郡丈人之魄，或尚沈酣；起魯國男子之魂，猶應慷慨。生我者父母，知我者鮑子。嗚乎！於是綜其梗槩，述其終始。虞山邵先生齊燾、大興朱先生筠、清苑李先生孔陽、尚書錢文敏公、博士全椒朱君沛、明經高郵賈君田祖、縣丞黄君景仁、舅氏大令琦、中表定安、定熙，凡十人。賦曰：

大化推遷，人居其裏，感乎通塞，遂有憂喜。非我所生，非我兄弟，情均誼共，是曰知己。是以元伯入夢，巨卿哦而悦然；罕生云亡，鄭僑呼曰已矣。夫跡不出乎四海，壽不逾乎百年，忽承顔而握手，乃同心而比肩。假以羽翼，寵之光顔，惟子之故，豈曰能賢？感兹逝者，云有十焉。我之降生，攝提之歲，靈均是同，兆乎憔悴。張儉至而全家傾，先大父以外姻株累，又爲大王父償大同城工核減帑項，貲産遂罄。令伯生而慈父背。予生六年，先君子見背。鬼瞰其室，地荒荒而出流；所居卑隘，又枕大池，五六月間，池水泛溢，室中恒積至尺許。烏焚其巢，天盤盤兮如蓋。予與太孺人同居一樓，樓爲鄰火延燒，毁其一角。旋葺旋圮，卧起恒見天日焉。仲寶嬰於數喪，先君子没後不數年，兩叔父相繼下世。罃宏依於渭陽，予免喪後，貧不能自存，從太孺人及三姊一弟依於外家。感尊親之義顧，予最爲外王母龔太孺人鍾愛，所以撫卹之者無不至，大令舅氏亦時周給之。爰計日而分糧。南阮北阮，外家之西，即從舅氏啓宸先生所居。先生妻董安人，與太孺人最善，昕夕來往無間。元方仲方，中表十數人，定安、定熙尤與予善。定熙以庚辰年卒於江西德興署中，年十五。定安以乙酉年卒，年二十三。皆未及娶。文杏碧桃之館，雨龍竹馬之場。啓遺經於別塾，壬申以後四年，皆讀書舅氏塾中。盼歸帆於豫章。舅氏官江西德興知縣，外王母就養署中凡六年，至壬午歲舅氏罷官始歸。太白守井而霖雨集；太歲在亥而喆人亡。外王母以丁亥十月晦日下世，年八十四。是秋，大霖雨，宅前白雲谿中水溢出數尺。鼪鼠一庭，歸彦甫之子舍；太孺人以外王母没後，貧無可依，始挈家歸興隆里宅中。雞犬滿棚，別公房之壻鄉。余爲舅氏實君先生之壻。歲戊子，因贅焉。二十餘年，奉親而處，草没衡門，霜飛甕户。軺使臨而興歎，先大父自歙遷陽湖，始居白雲谿東，後徙縣西大宅，遂以故居歸趙氏。及癸巳甲午間，頻遭事故，縣西宅復入官。時趙賡西先生官浙江軺使，爲大母伯兄代贖興隆里宅十數椽，始定居焉。尚書來而徒步。尚書錢文敏公，見予所製樂府百首及遊山詩，奇賞之。適以事歸，遂徒步訪焉。東里縞帶，投之而訂交；西華葛衫，泫然而道故。文敏公言與先君子有舊。團團如月，吴紈題五字之詩；公示以所執扇，即書予數詩。飄飄凌雲，蜀錦寫萬言之賦。鄰人塞徑，野叟騎危，訝孤童之抗禮，驚上客之頻來。風蘇蘇而振壁，星踈踈而點苔，被襟而檐日昃，語笑而林花開。於是中外之戚，高下之才，欣於投紵，樂與銜杯。五經無雙，爰升講堂；青門丈人，來於新昌。歲丁亥戊子，邵先生主龍城書院講席。余偕黄君景仁受業焉，先生嘗呼之爲二俊。垂二俊之譽，共江夏之黄。作論盈篋，余時著論史數十篇，先生奇賞之。唫聲滿廊。快新篇之手録，播逸格於詞場。惟崇名之起俄頃，譬初日之出榑桑。昔者不樂，薄遊江干。歲辛卯，朱先生視學安徽，一時人士會集最盛，如張布衣鳳翔、王水部念孫、邵編修晋涵、章進士學誠、吴孝廉蘭庭、高孝廉文照、莊大令炘、瞿上舍華，與余及黄君景仁，皆在幕府，而戴吉士震兄弟、汪明經中，亦時至。嚴徐枚馬，適館授餐。談經則大戴，著史則仲援。雋勃海之博帶，杜扶風之小冠。惟戴斗之碩望，彙人倫之偉觀。方千里而建節，歷八郡而盤桓。前灘後灘，孤月濯影；上嶺下嶺，異花成團。壬辰癸巳，兩遊黄山，外若齊雲、九華、敬亭、采石、天門、龍眠諸山，靡不歷焉。復飛艖於虎觀，喻得士於龍泉。先生致錢詹事大昕、程編修晋芳書云：「甫涖江南，晤洪黄二君。其才如龍泉太阿，皆萬人敵」云云。長江天塹，淮海惟揚，乘長風而往來，逐飛隼而翱翔。揖賈生於江館，歲癸巳，余在姑熟與賈明經訂交。明經年六十餘，即席次王元之高齋韻三首見贈。後予遊維揚，又與明經爲焦山海門之遊。明經以丙申冬下世，著述甚多，惜不及見。然予交海内士流最衆，其質直好義，未有如明經也。值朱游於建康。朱博士官句容訓導，年已七十餘，風貌甚古，愛人如不及。予乙未歲客句容，與相處甚久，茅山赤湖間，亦時同遊焉。以庚子春下世。百川助流，秋雨霽而泛海；十日並列，華鐙排而涉罔。高談則海若遁跡，縱飲則山神畏狂。裁報艖而盈案，疊吟篇而滿筐。天地運而成冬，日月窮而入夜。采薪於嚙指之辰，謂丙申冬奉太孺人憂。散髮於招魂之舍。皋魚免喪，列子遠嫁。竹箭貢於皇庭，羈禽遊於日下。迎門倒上公之屣，傾蓋枉名卿之駕。荀秘監四部之目，祕而得傳；歲己亥入都，館於同歲生孫君溶寓，爲校四部書。阮孝緒《七録》之編，閲而願借。都下借書，惟翁詹事方綱、程編修晋芳數家。二君又同直秘閣，每爲予假館中本勘校。惟寂惟寞，實惟隴西。秉直德於雕鶚，相逸羣於黄驪。房師李先生性清介，以御史屢與校士，出其門者，人皆謂無私。以庚子十月下世。余與同門生視含斂焉。迨夫執贄之日，已鄰屬纊之期。枕孟喜之郄，勉之以《易》學。絶施讎之手，勗之以審幾。

嗚呼！此知我者，歸於九泉；不知我者，謂我胡然。甲第則紛紛易主，丙舍則蕭蕭數椽。車輪經而腹痛，班馬過而鳴酸。山巨源七輩之遊，人皆有集；錢文敏公《茶山集》、邵先生《玉芝堂集》、朱先生《笥河集》、賈明經、黄縣丞詩集，俱前後已刊行。李先生《清苑集》，大令舅氏《素園詩集》及朱博士詩，皆藏於家。孟獻子五人之友，半已不傳。從表兄定安及表弟定熙，均少慧，善詩文，夭没既蚤，不及有所著述。録其平生之語，邵先生已下，並有贈言，皆緘藏篋中。感其臨命之談。文敏公常以識余不早爲恨，臨没猶爲公子中銑、中鈺言之，並屬訂交加禮焉。無十旬之杯酒，有百年之松杉。心飛過嶺之樹，大令舅氏以去年秋没於廣東嘉應州書院。目斷臨河之帆。錢公子中銑，以己亥四月入都補官，病發，卒於淮安舟中。公子中鈺亦於是年下世。鬼燐紅兮沙磧，縣丞黄君，以去年夏扶病自京師逾太行，出雁門，始抵安邑，病益殆，乃卒於寓舍。神鐙白兮江潭，謂辛巳年迎表弟定熙江西之喪。思有窮兮萬古，愁無際兮終南。

過舊居賦 并序

縣南中河橋之側，洪子有舊居焉，蓋居之者三世矣。後主者以直賤轉貿他族，乃更徙焉，歲癸巳十一月也。室有樓，上下各四楹。樓後有池，寬可十步，霖潦既集，亦生鼃魚。池側柔桑一株，桃實數樹。一箔之蠶，春足於食；三尺之童，秋足於果。倨倨焉，廣廣焉，不自知其室之陋也。然而夏水甫盛，則萍藻帶於周廬；秋霖乍淫，則莓苔生於陰牖。出户之棟，鼪鼯與室鼠競馳；積鄰之垣，枯株與薜荔交翳。室既荒陋，器亦敝敗。其木之刓而曲者，太夫人之織具也；其甎之方而折者，予童時之唫几也。過之者色不怡，居之者樂自若。蓋始生焉，少長焉，及授室焉，生子焉，歷二十八寒暑乃徙。前歲復過之，則平池積淤，半已作道。鄰人以桑翳其室，斧其東枝，餘者隨墮岸而踣。周隄而視，則枯條朽蔓，無有存者，而墻之鞸北如昔也。復窺其室，則敗釜折几，無有留者，而棟之欲落未葺也。里媪巷嫗，集者數輩，則尚述太夫人之德不忘。因感而爲之賦曰：

惟吾祖之令德兮，冀樂土之是盤。吾祖居歙縣洪源，康熙戊子己丑間，始遷常州。遵過庭之雅訓兮，就婚媾於江干。遘家屯於癸甲兮，乃巢毁而不完。吾祖始卜居白雲谿東，後以其宅歸趙氏，始遷居縣西大宅。歲癸巳甲午，家事中落，乃更徙焉。駐征楫而陸處兮，爰搆造之無端。借大地之尺咫兮，規周天以爲垣。逮予躬而三世兮，尚營葺之未安。詢東鄰之所業兮，云曲簿而織筐。沸晨吹於西舍兮，職吹簫而給喪。連櫨椽於後巷兮，聞永晝之鍛聲。井泉清而倚户兮，喧朝夕之百鐺。紛吾廬之衆響兮，每夜起而傍徨。牖虚明而入月兮，瓦離披而漏霜。鳴蟲集於唫案兮，鼪鼠經其頹梁。羌吾居之何陋兮，實先世之此藏。桃離離而秋實兮，藤宛宛而春垂。風盈扉而自闔兮，雨積墻而不圜。水東西而十步兮，桑南北以數枝。每炎暑之蒸酷兮，披後户之凉飈。居陶陶而自適兮，雖屢空而不辭。昔先人之食力兮，乃終歲而在行也。暨慈親之厲節兮，勤日昃而不遑也；奉甘糗於尊章兮，爰夜紡而曉經也。惟鄰左之責言兮，淚汍汍而輟響也。囂聲慚而自化兮，薄俗久而益貞。訓鄰姬吕婦道兮，舍嫗集而傾聽。迨行之於數紀兮，消閨室之競聲。憶鄒舍之東遷兮，非垂教於三徙。念琴書之去此兮，亦豈炫乎仁里！惟居廬之易主兮，情紛悒而靡喜。犬周巡而不輟兮，詎悲鳴而四起。非儔類之是戀兮，情亦眷於鳴吠。遺縑巾於里媪兮，挂别箴於户裡。環車輪而遠送兮，盼百步而不已。别遥遥而六載兮，乃屢過乎里門。池涓涓而已竭兮，桑猗猗而靡存。紆蛇出於毁竇兮，宿莽抽其故萌。伊兹樓之虚敞兮，乃久處而習魂。紛一歲之百夢兮，每九十而是賁。荷鄰柯之曲蔭兮，感檐日之奇温。思吾親之居此兮，亦撫子而抱孫。業去此而適彼兮，遂違泰而履屯。歲月盈虚，人生與俱。前負米而養志，兹銜戚而晝居。雖爰居而爰處，孰倚門而倚閭。昔居庫而亦樂，今室廣而增歔。悟卅年而成世，實一世而此居。既性與境而皆易，吾又何樂此一世之餘？

卷施閣文乙集卷三

楚相孫叔敖廟碑

隆古以來，吾知之矣。高卑甫形，君與民近，天子猶一方之吏，九重有並耕之説。沾體塗足，日接于巍巍；茅茨土階，不隔于攘攘。夐哉上乎！九紀以降，五遷以前，惠民之實，事歸于元首乎？由周以來，亢鋸益密。閶闔九重，黔首不能歷其一；繁露十二，圓顱不能瞻其秒。又人列十等，國及數圻，非夫實心之宰，莫就小康之俗。而循吏一傳，權輿于司馬；春秋五人，兆始于南郢，則實惟楚相孫叔敖云。

相君期思之鄙夫，荆楚之下士。推其登進之由，投分之始，則婉孌之一人，膺薦賢之上賞焉。道由于莊王罷朝，樊姬立侍，牀第一語，史臣書于廟策；朝宁三歎，尸臣易其常度。人以謂南服之霸，非君王之謂，樊姬之力也；吾以謂令尹之進，非虞邱之功，掩袖之效也。然相君本幼而神靈，長而秀羸，殆庶鄰于亞聖，儀表出于齊俗，有多能之稱，稟無欲之性。一日出見岐頭蛇，殺而埋之，啜其泣矣，是將死矣，其誰知之？母也聖善，庸何傷乎？子有陰德，是知一成而爲敦，蛇邱以之著號；兩首謂之枳，妖德因而自戕。

及其相也，四境咸喜，一人獨弔。相君降赤芾之尊，聆白冠之語，位益高而志下，宦益大而心小。同虎乳之三已，凛狐邱之六言。四牡戒其疾，則利牝馬之貞；一狐怯其温，方縫羖羊之鞟。利前害後，悟主于蟬翼，泉輕幣重，利民于蟻鼻。迨夫百事具舉，精心爲政。衡前于軛，三年而不知；輪庳于梱，半歲而自易。百金之玦，無益而可碎；三尺之喙，不言而奚事。又修僕區之法，擇鬻熊之典，舉荆尸之政，紹封汝之規。惟此文德，益之武烈。《詩》曰「元戎十乘」，軍志曰「先聲奪人」，盛矣哉！勝則河雍之濱，封武軍之尸；敗則敖鄗之間，食孌人之肉。霸業之定，由勝算之先與。至夫爲于一日，利及千祀，築芍陂，濬陽泉。《淮南王書》曰「決期思之流，以灌雩婁之野。」《皇覽》云「激沮水之波，以作雲夢之澤。」後有知者，楚南大澤之池；誰其嗣之，廬江萬户之邑。謹案祀典曰：「法施于民，勞以定國。」非是之謂乎？夫其三仕三黜，勤拳于當國；十世二世，綢繆于家事。固知尺帛之暖，不逮于生前；負薪之困，將貽于身後。而存資相工之益，没餘伶人之助。越機荆鬼，避一名于寢邱；戾岡妒谷，環萬禩于封邑。君子之澤，非將斬于五世；廉吏可爲，行有奮于百代焉。

廟蓋創于西京之初，修于延熹之歲。棟宇隳壞，則感夢示之兆；輪奐聿新，則遷秩酬其德。迄二千年，有舉莫廢。知縣謝君，慕潘國之政，紹魏郡之績。方校輿地，著士女之志；遂覽勝蹟，涉名賢之庭。見夫曠而不修，憬焉而懼。又以其地逼隘，遂移先賢句子之祠祭于别所。增其式廓，需以時日。廟成，乞爲文于石。

時予方助修縣志，校勘《圖經》。陵谷未變，長掖之碑已迷；淮流方漲，北隅之基宛在。竊以爲既食其利，必報其功。連山之竹木，相君之所植；九罫之蓄膴，小民之所利。平田納秸，則一畝浮于十鍾；方舟下粟，則數鄉濟于百縣。昔云墝埆下濕，今惟沃饒上土。惠此中國，遺于孫子矣。余感夫循良之首，美利之廣。宣尼未生，不及流遺愛之涕；蔦賈先隕，無由識治民之效。而使東南之民，日出而尸祝；百世之下，春祠而歌舞。中興主相，聞縣名而動色；末世嗣續，入崇廡而頒胙。則奉法舉職、守死善道之吏，均未得及焉。是以班固作史，宰相入于良吏；范氏紀載，司空儕于牧守。莫不舉此成法，譜彼風愛。斯所謂知致治之體，得核實之道矣。則夫綰黄綬、乘墨車至祠下者，流連乎堂户，留覽于豆俎，遐哉渺焉！蓋移風易俗之事，孰不由于此焉。

八月十五泛舟白雲谿詩序

小雨忽晴，秋花轉媚；雲谿小閣，月來沉沉。錢唐郭生，南巷吕子，或携壺觴，遠挈簫篴。予與孫君，買舟深港，徑可十尺，租才百錢。王生居廛，疊市甘脆，蔆栗之屬，粲已盈艇。與二三子，拍浮其中，幛袖作帆，折柳代檝。西經紅橋，東阻北郭，兩岸宿鳥，一川遊魚，隨波沸騰，離樹上下，啾啾唧唧，聲不得歇。沿谿以北，梢有竹樹，下蔭密藻，寬可彌畝。黑白萬羽，浮沉千頭，波喧葉飛，悉萃其裏。從洲以南，檐瓦可數，橋陰數尺，乃界中外。孤簫一聲，高樹答響，吕生歌狂，不覺離口。樓閣半里，鉤簾一時，兒童不眠，應以拊掌。歌韻欲寂，盈觴勸酬，欣羅狂譚，樂説舊事。忽復相覩，首已如沐，唫肩既冷，零露可挹。離離星辰，方訝西暗；川東曉華，驚見日出。相與登岸，因而賦詩。里傳其狂，朋訝爲逸。

嗟乎！半世之樂，成于奉親；百晝之娱，奚若選夕。奈何中歲，各值多故，星辰渝乎昔約，風雨破其奇褎。顔非朱而潭鯉驚，衣皆麻而林鳥訝。此則攬盈尺之照，則逃影于闉；聆入秋之聲，而離樹却走也。以少歲之遊，畢于此夕，故振筆序之，以貽數子，亦以志不忘耳。

詩凡若干首。時乾隆四十一年丙申八月十五日，越三歲己亥十月二十日序。同游者爲錢唐郭鎔，同縣吕星垣、孫星衍、王育璇，凡五人。

適王氏亡姑權厝志銘

先君子同産七人。其五爲適高氏亡姑，歸縣學生其泰早卒者也。姑又次之，年最幼，與諸兄弟齒，故行第七，家人咸呼七姑云。魯國嬌女，扶風幼妹，生甫數月，即罹家屯。時先王父追償大同城工核減帑項，臺符屢下，折田券以輸官；囊金已空，鬻鳴琹而僦屋。爰自雲谿里舊第，遷于中河橋賃舍。翛翛予羽，業鴟鴞之四章；依依降桑，均鳲鳩之七子。甑生塵而日宴，風吹蘀以歲寒。然而歌《詩》甫半，悟鹿食之相呼；《魯論》未終，結鶉衣而不耻，以儒風移其闉識者也。

乾隆十七年，歸國子監生王君汝桂。琴瑟静好，松柏悦心。樂羊廢讀，則正容以悟之；周郁耽遊，則流涕而私諫。尊親嘉其有禮，所天感其柔誠。無何值歲元枵，傷夫奇疾。文宣見兆，知宏微之倏奄；蔣侯示神，識悦豫之不永。截髪夜禱，則光暗北辰；割肌晨饋，則血溢衷衵。靈場之鐙自燼，虚牖之幔驚開。雖戟手爲厲，尤避貞姬；而搏膺之言，親聞弱婢。臨終誦詩而逝，未知其祥也。嗟乎！語怪之録，哲人所懲。而無鬼之言，阮生已屈。同裯三載，侍疾七旬。摩笄自刺，則慈母驚啼；對食不飱，則君姑繞泣。痛心誓殯，掃跡居樓，連塵而語不聞鄰，限室而影無踰閾。蓋雖雅志竟違，而已枯魂待斃者矣。先王父憂之，俾啓紗幔以授徒，飾蒿簪而教讀。童姬繞案，便號經師；幼姒入門，咸稱弟子。亮吉每以春秋暇日，參訊起居，念揚水而傷心，勉遺孤于忠孝。蓋一門兄子，雅愛李膺；兩世曠僚，惟期沈正。先是監生君父某，三世未葬，七棺在堂，平原則哲孫屢殤，信都則全家善病。姑每以爲憂，微而入諫，某未之急也。無何姑亦遘疾以卒。烏乎哀哉！松枝生室，華屋廢爲山邱；桃符貼窗，餐厨減于藥竈。鄭宗孝婦，雖代尊章之愆；潁川悖守，將受亡靈之責。

姑生于雍正五年月日，卒以乾隆四十四年七月九日，守節二十五年，年五十有二。無子，以翁命撫族子及異姓子各一人。甥而禰舅，不聞昔經；子又生孫，望之異日。以監生君未葬，故權厝于某所，禮也。積陰之氣，既驟損乎生人；陳殯之居，或不容於列匶。重爲之銘曰：

緊中閨之弱質兮，夙降志于典墳。既怡松而悦柏兮，乃出室而字人。嗟三年之失儷兮，羌廿載以酬身。視雙棺之前後兮，隨七殯而紛陳。厝塵之未可久兮，亦聊以妥夫貞魂。

與孫季逑書

季逑足下：日來用力何似？亮吉三千里外，每有造述，手未握管，心縣此人。雖才分素定，亦契慕有獨至也。吾輩好尚既符，嗜欲又寡。幼不隨搔頭弄姿，顧影促步之客，以求一時之憐；長實思研精蓄神，忘寢與食，以希一得之獲。惟吾年差長，憂患頻集，坐此不逮足下耳。然犬馬之齒，三十有四，距强任之日，尚復六年。上亦冀展尺寸之効，竭志力以報先人；下庶幾垂竹帛之聲，傳姓名以無慙生我。每覽子桓之論：「日月逝于上，體貌衰于下，忽然與萬物遷化。」及長沙所述：「佚遊荒醉，生無益于時，死無聞于後，是自棄也。」感此數語，掩卷而悲，并日而學。又傭力之暇，餘晷尚富；疎野之質，本乏知交，雞膠膠則隨暗影以披衣，燭就跋則携素册以到枕。衣上落虱，多而不嫌；凝塵浮冠，日以積寸。非門外入刺，巷側過車，不知所處在京邑之内，所居界公卿之間也。

夫人之知力有限。今世之所謂名士，或縣心于貴勢，或役志于高名，在人者未來，在已者已失。又或放情于博弈之趣，畢命于花鳥之妍，勞瘁既同，歲月共盡。若此，皆巧者之失也。間嘗自思：使揚子雲移研經之術以媚世，未必勝漢廷諸人，而坐廢深沉之思；韋宏嗣舍著史之長以事棋，未必充吴國上選，而并亡漸漬之效。二子者，專其所獨至，而置其所不能，爲足妒耳。每以自慰，亦惟敢告足下也。

錢獻之注爾雅釋地四篇序

重光赤奮若元月，吾友錢君獻之注《爾疋·釋地》四篇畢。時予方疏《國語》地名，未竟。病荼䰩之莫定，阻彤魚之乏證。旁采金石，搜稽或窮；高觀周秦，披覽亦徧。聆遂得于許氏，臯落證以韓生。廣都之壠，注乃增乎韋昭；卑耳之谿，名堪通于劉向。以墮高之文，識觸山之語誕；由田渭之蹟，知惠竇之傳疑。《國語》共工氏墮高堙庳，知《列子》《淮南》觸山折柱所由附會也。又《晋語》爲惠公從予于渭濱。「渭濱」《韓非子》書作「惠竇」。茫茫一編，窺古獨笑焉。蓋六合云渺，難從豎亥之步；三古甚遠，誰詳伯翳所名。而儒者好破舊聞，矜其臆獲，甚或變易陵阜，移徙川澤。此則超北溟之説，非屬寓言；移太行之語，遂成左證也。夫創奇者既信心之已過，守故者又目證而或離，以數雜之居諸，窮八埏之浩渺，知其難矣。又況高下定名，肇于文命；川藪著録，仿自元公。梁卜之所未言，樊李于焉缺注，即云證之别簡。而東陵未究，先地昧于金蘭；《漢·地理志》廬江郡金蘭西北有東陵鄉。《水經注》廬江郡有金蘭縣。按金蘭無所考，二漢亦無此縣。《水經注》縣字當有誤。橋山屢移，遂神迷于劍舄。而能采兹衆説，成乎一是。高平廣平，皆區方之可指；朝陽夕陽，非向背之虚號。則前哲之所未及，視景純而或過者焉。

時孫君季逑亦注《山海經》，削諸迂怪之談，證以耳目所及。揖夷堅于上世，諒厥用心；友裴鄺于六朝，均兹命意。蓋輿地之學，至今日而言者益廣，亦訂之益精也。若夫日下之所在，息慎之爲方，此之闕疑，師夫前聖。

適汪氏仲姊哀誄

乾隆四十六年七月十二日，日在西隅，亮吉客西安使院，得舍弟京師報書，知仲姊之喪，質明，爲位而哭。烏乎哀哉！天高不聞，喪我哲昦。伊惟哲昆，閨闈之仁。烏乎哀哉！秋林隕風，嘉實首墮。高厓驚雷，迅羽早落。固知本傷者擣隕，巢崩者卵毁。而未墮之翼，迷音于霧雨；在林之柯，甘志于摇落，是可傷矣。不有闡微，曷云紀實。烏乎哀哉！

姊諱蓀，先府君次女也。先是府君舉一女，婉孌穎惠，未期而殤。府君哀銜于心，未識厥臂。及姊生，前志宛然。固知一嚙之肌，恩延乎再世；盈掬之淚，沉痛乎九地。雖在甫生，而孝德已種矣。年及毀齒，出就女師，誦盤中之詩，工九九之筭，先王父尤鍾愛焉。年十一，遭府君喪，育于外家。外家女兄弟十數人，聯裾爭華，簪首耀玉，見姊工作，爭走慰之。姊曰：「是貧女職也，夫奚以恥？」桃林披華，靡追乎遊讌；風雨如晦，尤勤于夜織。一樓不遷，十載于此焉。一夕，女兄弟十數人共坐室中，比舍回祿，延及寢室，闔坐盡走，不知其然。姊獨却入室中，扶外王母龔太孺人以起，人以是異之。伯姬待姆，無下堂之嫌；劉姜叩天，獲反風之應，誠孝之所格也。年十五，通《論語》《毛詩》。蘋藻可掇，無忘乎飲泉；簞瓢亦怡，陶陶乎婁空。時伯姊已出室，母舊多病，一室之故，姊實總之。檐日杲杲，曝先人之賜書；樓風蕭蕭，值嚴親之諱日。聞趙女之哭，哀感路人；聆樂姬之論，化及鄰媼。從舅氏妻董安人名知人，嘗目姊曰：「端敏之性，必宜爾家；柔仁之資，亦儀其母。」爲中外稱首矣。

年十八，歸國子監生同里汪君德渭。相夫有禮，處家以勤，上承君姑，內接同室。汪固巨族，食指數千。每伏臘有辰，或值宴喜，堂寢左右，列盈盈之百筵；居鄰東西，陳戔戔之束帛。侍婢林立，行僮候門。姊指畫裕如，應機俄頃。伯姒歎其敏決，媼嫗以爲神明。于于焉，肅肅焉，豐約各適其宜者也。

姊事母孝，一歲迎養，常及十旬。亮吉以貧故輟讀，姊哀其志，俾得卒業。梁安定之室，樊懋繫其輕重；李伯度之學，穆姜益其神智。姊自處尤約，曷澣曷否，服前時之嫁衣；一餐再餐，同守舍之薄餟。然而釵之數質，則周六親之貧；倉之屢匱，以拯四舍之急。蓋廓如也，晏如也。前後凡產四男四女，今惟一男四女在。姊嘗謂亮吉曰：「吳下之俗，出室之女，資千金而靡吝；授經之男，脯一束而殊慊。」予每病之，是以多金延師。先日供具，所以教者，靡不兼至。今子已授室，幾有成立，而姊遽以卒。烏乎哀哉！歲在丙申，遭吾母喪。姊及弟五人，拊踊一室。自是凡出處動静，必咨姊後行，姊哀其衷，撫視尤摯。逮亮吉舉順天鄉試，姊貽書及之，勉以世德。乃昭昭之言，方鏤厥膺；而冥冥之棺，已闔厥視。言旋言歸，靡復伯姊之問；松耶柏耶，遂拱女須之里。烏乎哀哉！姊生乾隆五年十月二十日，卒以今年五月二十五日，年四十有一。遂爲之誄曰：

金瓠不存，澤蘭永逝。惟姊之孝，申乎易世。祁祁府君，訓方惟義。亦越慈母，柔規靡替。有鶩其文，有玉其質。哦詩習算，儒服是試。歲之重光，云值閔凶。予羽飄摇，室遷于東。婉孌諸姬，耀羽綴玉。姊居其間，布裳整肅。鄰之不戒，燼其東南。赫兮沸湯，伊誰克探。一女之勇，逾乎百男。惟兹諸姬，自謂靡及。厥聲英英，中外咸集。歲華方殷，事此夫子。伊惟德門，克匡厥事。慈親之訓，民生在勤。惟姊承之，富而能貧。盤盤一編，朝夕靡替。云兹衰祚，以望予季。疇昔蓬居，凝沍之辰。持編夜歸，憶姊候門。入室爨冰，束火不温。姊勸我讀，達乎淩晨。承師之資，惟姊是恃。曾三十年，靡慰厥志。重泉既反，見母有期。云此弱弟，行猶棲棲。伯遵乎西，仲居于北。言旋言歸，靡有年載。烏乎哀哉！

暉暉日月，人祈其壽。我獨異斯，曷云不驟。晏晏室家，人慶厥居。我獨異斯，入室而吁。曾昭昭之昔戒，復汍汍之别淚；星離離而幾易，魂遥遥而莫逮。昔昔之期，夢姊于庭。若戒塗而南適，勑予季其東征。朝陳書而發册，懼宵兆之不禎。詎徂春而徂夏，慟一死而一生。烏乎哀哉！

父兮母兮，惟姊從兮。曾是鮮民，不克共兮。欲報之德，惟姊申兮。曾是鮮民，顔之靦兮。情憧憧而哭姊，志惋惋而悼姑。感衰宗于五載，曾十輩而九殂。維賈逵之永歎，服仲由之不除。庶百年之倏忽，永嘉覲于淵塗。

晋太康三年地志王隱晋書地道記後敍

《靈巖山館叢書》大類有三：小學家一，地理家二，諸子家三。地理自《山海經》至宋敏求《長安志》，凡若干種。先生以亮吉麤知湛濁，梢别廣輪，每成志地之書，輒預校讐之役。閼逢執徐歲壯月，所校《太康志》《地理志》二卷刊成，授簡賓筵，命書後序。

謹按太康三年者，晋平吴後第二年也。日南之地，甫入輿圖；建業之宫，裁爲郡治。于是潘岳著關中之記，摯虞成畿服之經，王範上交廣之書，徐氏作都城之録。唐李善注《文選》稱《太康地志》曰：「都盧國其人善緣高。」是知州郡之外，又志八荒；風土之餘，兼詳異俗。拓地萬里，成于二紀。劉石未興，揚益既滅。令甲之所載，典午之最盛云。厥後賈耽之述四夷，樂史之詳百國，蓋權輿于此與。王隱以作史之才，著承家之美。時則五馬渡江，纔逾三主；羣龍戰野，已没八州。而史氏區區，欲按伊洛之圖，舉秦函之界。雖寰中百縣，曾隷方輿；而海外十洲，同夫飄渺。撫劍及伊吾之北，而褰裳阻天限之江者焉。今觀所述，姑臧、縠遠，辨方語之譌；大夏、令支，補職方之闕。采聲罔實，或見誚于酈元；綰籍陳圖，庶亟登于劉氏矣。以此編摩，推其紹述，則仲遠一記，既導美于太康；彦季全编，殊有功于處叔。飲水知源，撫柯求葉，亦沈約、魏收之祖也。昭代右文，坤輿日闢，皇帝復撰靈河之紀，著灤水之源。輿書歸于乙部，望若之驚;疑者勿言,守闕如之義。亮吉不敏,遂不辭而序之云爾。
先生才爲命世,學既專家,每集一編,期乎匝月。煥緑字赤文之采,補蘭臺石室之藏。茫乎莫測,興
盧牟資夫宸斷。皇皇大哉,莫以尚矣!

翰林院編修記名御史鉛山蔣先生碑文

先生諱士銓,字心餘,一字苕生,江西鉛山人也。先世吴越著姓,彭籛世家。祖諱承榮,年十數齡,值明崇禎甲申之變。莨楚無室,哀錢王之孫;宛童寄生,作蔣侯之裔。父贈君諱堅,生有異禀,長而奇貧。陳萬游俠,惟云濟人;申韓刑名,祗除害馬。年四十六,始娶鍾太宜人,逾年生先生。

先生含宏深之資,禀倚魁之行。年四歲,母鍾太宜人教之。剪桐葉以習書,裁竹枝而成字。聲滿一室,智百常童。時清江楊勤恪公以主事假歸,過瑞洪見焉。藥肆問奇,先知遠志;衡門訪友,即號通家。越三歲,鍾太宜人授九經畢,贈君携先生遊澤州。擊楫于洪河,停車于霍太。鼓接天之浪,定異常鱗;嘶向日之聲,知非凡驥。館于鳳臺王氏者數年。王氏樓接百楝,書連十楹;先生達晨而觀,終歲已竟。時耆師宿儒咸在,驚趙禹之無害,傲叔向而不能。年二十二,始隨贈君還鉛山。其年即補博士弟子員。時左都御史錢唐金公德瑛,視學此方,見而異之,有奇人之目、國器之稱焉。逾年丁卯,舉于鄉。越十年甲戌,以試授内閣中書。又二年,補官,充誥勅撰文中書舍人。明年丁丑,成進士,改庶常,自朝考及散館,皆列第一,授編修,前後充武英殿國史館、皇清開國方略、文獻通考館纂修官,一爲順天鄉試同考官。京

察一等，記名以御史用。省中四户，天象應其休徵；海内一人，人倫資其模楷。中壘之校秘閣，是日兼官；永明之策秀才，號稱得士。偉矣哉！仙人入宦，東觀比于神山；漢官定儀，太史高于上宰。此先生之官也。

回翔館閣，云惟廿年；眺覽巖壑，中逾十稔。武陽之干進若彼，成都之守静若此。然而淩雲一賦，天子幸其同時；涉湘逾年，九重歎其不見。是以道馭六合，前席聆其極言；威約百僚，當官容其卧病。長揖之下，上相以矜；名士之呼，禁中所定。此先生之遇也。

至若雷電倚户，恣其發揮；雲霞在天，從其剪裂。植筆岱宗，並日觀而争秀；回瀾滄溟，與泥閭而競納。五字未竟，薄海誦述，以迄殊邦；一篇甫成，薦紳傳鈔，暨于女士。鉗耳之造象，必乞高文；馸臂之傳經，亦求定説。繡平原而絲貴，圖洗馬而縑空。此先生之名也。

丁卯乙未，遭贈君及鍾太宜人憂，哀至即慟，哭無常聲。又終鮮兄弟，一妹聯其影形；我送舅氏，外家均其休戚。祁黄羊之薦友，鄭罕虎之知人。四士未達，夜寢于焉不寧；一夫未安，露坐爲之畫策。爲上客設饌，無改八口之飢；與疎宗合居，依然四壁之立。此先生之性也。

執亢鋸之柄，以扶倫紀；踞鼉黿之識，以飭士林。王貢在位，風俗比于鄒魯；賈范入官，節義崇于性命。故臺省未入，已生列柏之風；惠文欲冠，先起避驄之諺。有緇衣好賢之雅，墨車疾惡之聲焉。此又先生之志也。

梁木易萎，激湍不駐。以乾隆四十年二月二十四日卒于南昌里第，春秋六十有一。逾年，歸葬鉛山，禮也。海内人士，知與不知，異聲而同哀，遠奔而近赴。烏乎哀哉！蘭芷之芳，不得見霜；膏明而焫，翠羽而殃。痛彭城之廉里，悼交州之讓鄉。是知三尺之石，不足書百年之行；盈掬之土，無以掩蓋代之名。而松楸甫萌，若有待于恒幹；華表既峙，不無望于歸魂。此則化人之委蜕，入户贈之三號；柏堂之隕身，臨穴增其一慟。

亮吉，先生前主安定書院時肄業弟子也。文舉之來魯國，先蒙小友之呼；步舒之至江都，遂受專家之學。立碑置墓，植表景行。烏乎！隨武子之德，我欲觀于九京；郭有道之文，均不慚于一字。

蔣定安墓碣

君諱寶善，字定安，從舅企宸先生幼子也。澤門之皙，長號多姿；江夏之黄，生而善悟。爰自能言之歲，即標獨異之稱。母董安人尤愛之，以善病，未令苦讀也。所居枕谿，樓閣尤勝。成童後，出居外舍。軒楹啓日，雲麗迷花；門徑臨波，風疎振柳。羣從既盛，執友時來，饒兹勝地之吟，益以華年之樂。君顧簡静，無所嗜也。默然視層城之移陰，與飛鳥之過跡，則停觴以思，淒淚忽墮。故銅臺之遊，乏謝莊而寡韻；南皮之會，有吴質而損歡。

一日偕送友人葬，夜歸，室冷無寐，秋蟲鳴階，鑑薄影于星河，弔浮光于林露。是夕，言神鬼之事甚悉。烏乎！君蓋有悟夫年命之靡常，而修短之合致者矣。君之卒，以瘵疾，遺命以道士服斂。爲詩若干首，母不忍睹，亦納諸棺中。化形之鶴，猶愛羽衣；識字之蟫，偏隨病骨。予與君知愛特甚，自君卒及斂，嘗守君之寢。烏乎哀哉！生何如死，願入夢以諮魂；夜已嚮晨，尚陳尸而待瞑。君以乾隆三十年，歲在乙酉，七月二十一日卒，年二十有三。即以其年九月附葬于先人之壠，禮也。

君聘妻孫氏，誓節不嫁，奉姑以居。雖無子之痛，較甚羊舌；而嗜義之念，有重熊掌，可嘉也矣。

予爲君從表弟，少君三歲。懼夫江水衝溢，高陵或沉。爰爲立石于墓，而誌其歲月云。

靈巖山館詩集序

夫時至則爲者卿相，然絳灌在位，斯懷慙于賈生；間世一出者達人，而邴管不升，亦遜能于諸葛。若夫承天八柱之才，勳勒于五岳；後帝七車之識，名徹于三辰。仲寶撰述，燮陰陽而乃成；元凱注經，盟帶礪而創始。則不朽者三事，兼之于一人焉。

巡撫秋颿先生應靈潮而生，有列緯之望。先德則歷相唐宋，望族則屢遷吴越。爰自生初，已徵異表。練時日而拜庚子，學《春秋》而知己亥。然而大任欲降，始遇已屯。蓋公生十二年，而先贈公即見背焉。公秉茲祖德，飫聞母訓，厲志于初服，授經于蕭寺。霜凌晨而辨色，月映夕而開緘。靈巖山館者，公昔讀書之地也。山石壁立，披松檜之天風；湖波浩然，挹魚龍之奇氣。命世之學，根于此矣；濟物之量，兆其端云。集之所由名也。迨乎釋褐早歲，褱職禁庭。鄭侯之稱典客，國士無雙；茂陵之策平津，漢廷第一。以此達才，冠茲朝彦，允矣。遂復百縑市紙，旬日而賦三都；十吏侍書，一晝而揮百牘。樂彦輔之名言，劉穆之之幹識，公殆兼之。

維時官京師者，贈太傅錢文端公、工部尚書裘文達公、刑部侍郎贈尚書錢文敏公，暨大興朱先生筠、禮部侍郎錢君載、少詹事錢君大昕、編修蔣君士銓、按察司王君昶、從舅氏蔣先生和甯，皆海内偉人，士林碩望。交滿一世，尤厚于公。倡酬之篇，于焉以富。未幾，帝知茂倩之深，人望安石之切。出蓬觀而建節，過隴坂而行部。迄開府于全陜，攝節于甘涼。十年之中，奇勳數著，遂膺兹殊寵，錫以崇階。涿郡三綬，表應物之才；會昌一品，名等身之集。而公事所屆，出玉門者萬里；持節所及，歷鳥道之百盤。秦州書事之作，野老誦其辭；太白禱雨之章，屬吏傳于口。惠愛形于著述，訓誡不斷于文誥。

自乾隆丙戌以後至是，凡得詩若干篇，合前所作，編爲《靈巖山館詩集》若干卷。神明之範，非所識矣；意度所在，微得言與。何則？雅頌既遥，騷歌亦古。斷于唐代，不乏達人。曲江感寓之篇，元相言情之作，常侍七日之寄，中書三楚之唫，無不弁冕一朝，楷模來祺。然或擷美人之香草，殊少壯懷；類澤士之行唫，亦乖偉望。求其稱斯名寔，符于德度者，實惟難之。若公前後之所作也，魏行人之念母，秦康公之送舅，陸平原之勗弟，鮑東海之寄妹，暨于友誼，尤富篇章。山公致叔夜之牋，庾令問深源之牘，甚或慰耿恭于絶域，書至而涌靈泉；弔温序于高原，事久而含生氣。性情之故，有獨摯者焉。至若九如所以答君貺，五箴所以達下情。韋孟愛君，辭皆悱惻；劉向對上，言必懇誠。是又求匪躬之節，必于曾閔之門；陳大雅之音，先洗江徐之習者焉。若乃際天人之學，恢八極之槩。沉想極于羲軒，大氣包乎垓宇。含墨未吐，先翻積石之源；擲筆而前，即有終崖之勢。匪由人力，殆降自天。固知崇朝而雨天下，必屬太山之雲；盈寸而燭九幽，實惟暘谷之日。夫豈蓬蓬焉，燭燭焉，寸明尺澤之所可擬乎？授簡暇時，命爲之序。

亮吉孤露偏同，聞知獨陋，宋楮刻而無用，鄭璞操而見知。稱孔融之小友，事涉抗顔；受蕭奮之專經，義當北面。歷兹年載，備極讌談，昔者彦升弁文憲之集，云以述恩；陳留序江夏之文，藉之垂法。今之握管，義亦云然。至若勳名之昭著，惠政之周流，則蟠松生徑，將參召伯之棠；多士在門，行闢孫宏之閣。其紀于國史，著于金石者，將與垂山悙物共不朽焉，非所及矣。

卷施閣文乙集卷四

與孫季逑書

季逑足下：僕遠閱千里，不覯一士。日惟陳書，頫仰宇宙；夜或秉燭，驅役魂夢。昨已冬始，寒尤逼人，狂風一來，吹卷出户，稍遲未覓，已過墻外。南鄰朽桑，蟲厚逾寸，敗葉既盡，時來嚙人。車聲過巷，床几皆動，土既不實，倏陷窟穴。離離黄蒿，乃長屋角，閒壥積畝，反不生草。地幸稍遠，掩户避客，偶出酬接，皆至失歡。一再以思，未識何故。

計念足下，顧戀墳墓，思遂南歸，寄跡丙舍。而田不滿頃，松才盈寸；溝水未活，谿橋不成。以此數事，尚遲年載。當復移家近冢，就姊謀居；對鵲營巢，徙魚築宅。林花悦魂，水鳥養性。招邀耆童，呵叱鄰狗。一壥之外，更築生壙。門皆東開，易見日月；穴必西向，暱就父母。松陰一樹，承以梅株；魚田半頃，圍此蟹籪。更望足下，能來同之。當于屋旁，爲搆數室。贍身之具，取給園蔬；歸魂之棺，仰此林木。時直霜露，言羅雞豚，祀親之餘，謀以醉客。如此數歲，即復奄忽，良可不恨。嗟乎！績瘁之士，寡至四十者，況開篋而視，已有傳書；入隧以觀，全具骨肉。後世知我，不詳何人。及身而思，惟有足下。自非親暱，誰能深言。勉謀飱饔，幸蓄光彩。

重修唐太宗廟碑記

蓋聞天眷有德，五運所以叠隆；民報惟功，百世而有必祀。矧大矣遠矣！聿臻上治之休；唐哉皇哉！爰同中古之號。則黄帝之壽三百，以畏其神；炎宗之廟六十，思廣其報者矣。

醴泉縣唐太宗廟者，自宋建隆之歲，創自東郊；逮明萬曆之年，移兹南郭。嗣後百有餘歲，曠而勿修，守土者懼焉。請于上官，發兹中帑，銀凡九千有奇，工甫數月而畢。乾隆四十五年，歲在庚子也。天作高山，成萬年之寢室；漢立原廟，藏一帝之衣冠。固知魂魄樂遊之地，近在武功；神明永聚之鄉，先瞻谷口，祀典所以重與。夫閏位不列，則嗣漢者首唐；大統有開，則名宗而實祖。必推其始，有可言焉。爰自黄星既見，天習瓜分；黑水羣飛，民隨波沸。未嘗知九州百縣，統于盈寸之圭；四海萬夫，責成一人之抱。金宿則時時入斗，玉璽則頻頻出宫，天地之厭亂至矣，神人之望治切矣。于是六合再朗，成于戊午之朝；星辰忽降，光兹甲乙之館。允矣哉！太平之運兆于開皇十八年乎？一治一亂，運天地之生；前聖後聖，拯斯民之死。故上古未奠，則八鼇開媧氏之勳；中天未平，則雙龍建神禹之績；近古未靖，則六馬昭唐室之功。亦越萬年，甫聞三聖，則淩晋跨漢，越秦軼周者焉。尤可異者，禮樂征伐，並曜一時；文德武勳，兼隆俄頃。定龍鯨之駭浪，握管而賦小池；戢兕虎之雄威，擘箋而唫艷體。何其盛也，美矣君哉！是以廿三年之政，紀在史官；十八士之文，壓于御製。梁魏二武，對金甲而顔慙；高光兩朝，見華詞而色沮者也。至于自家及國，則略跡論心，陳混一之策，奮袂而起王師；挈九五之尊，拱手而歸嚴父。此則漢尊太上，終非有位之稱；周得武王，方有無憂之實。即或闕伯搆釁，玄武貽譏，此之播稱，或云慙德。不知西京歌尺布斗粟，廟亦稱宗；東征賦取子毁巢，名無嫌聖。恢恢乎包舉天人之槩，非一端可議者乎？

知縣蔣君，宰斯三載，禮祀歷時。護青蒼之冢樹，繚以紅墻；法太紫之星垣，建兹黄屋。三過昭陵之作，世遜其工；式瞻畫象之文，人推其博。當惟新之落成，乃徵詞而授簡。亮吉再辭不獲，三歎以興。昔者龍鳳挺質，表偉度于書生；今兹贔屭負文，紀殊勳于下士。則通天岌岌，曾嘉沈炯之表；漳水浩浩，永鑒陸機之文。英爽邁昔者，諒鑒觀在今也。遂使兒童父老，嬉遊忘天日之尊；榱棟几筵，環拱聚川原之勢。他日者，過驗穹碑，來觀典禮。庶幾衡山之風忽起，西接上郡之祠；如龍之雲怒飛，東連豐水之廟云爾。

録楊起文白雲樓詩序

《白雲樓詩》上下二卷，今録作一卷。予觀其下筆不凡，寄思無聯。回視聽于内，而運徑寸于外。一世之事，不入于户域；而千載之念，時輟其餐寢。茫昧于衣履之近，而振悟于《丘》《索》之表。徹卷而視，以鷄犬爲麟鳳，枕軸而卧，疑妻子若聖賢。故其言多古褎，意寡近韻，若曙色未啓，天有昭回之星；秋飈乍興，原多淩歷之響。林木幽蒨，欲晤言于山鬼；宫徵離合，非有心于作者。推其志，亦欲混哀樂于一致，然辭愈達而思幽；平古今于俄頃，然心雖長而旨短。此則達人促朝露之期，而撫編饒駒隙之感者矣。

吾鄉論詩者，以同時若干人，合君爲六逸。然觀其筆墨所至，寄意所極。惲格《南田集》尚不能獲其彷彿，則不欲更論也。茂挺抒華于唐代，應德發藻于有明，啓文振秀于本朝，蓋吾鄉詩人之冠也。君曾孫毓舒，與余善，亦學君之爲詩，而意識限之。上章困敦歲余月，録君詩竟，因序數語于篇首，亦以明吾鄉詩之足傳者止此數人，俾步趨者知所嚮往也。

祭保母王氏文 并引

保母王氏，父本士族。歸于某，某無賴。僦外家臨谿屋二間，貧不能出直，母因歷乳兒及姊以償之。亮吉生時，母年五十餘，司保抱者又數歲。後母老且寡，轉徙寄食。逮亮吉補學官弟子，母來賀，因流涕語曰：「吾有五女而無子，以後事累郎君矣。」及母卒，亮吉適客外，竟負前諾。歸詢其女，又不告母葬所，因設薄醊，招其魂以祭之。曰：

五女之門，盜所不過。母而遭此，亦云家禍。嗟嗟五女，乃嗇一餐。七十之年，渺焉寡歡。惟母之亡，實惟我愆。重泉之恨，曩昔之言。母難復生，我述母德。惟母之德，人所不克。烏呼藐孤，而敢忘昔。零丁孤露，育于舅室。兒之告飢，母曾減食。負而過塾，聞讀以思。母分傭錢，兒迺就師。皤皤黄髮，助我親喜。聞師有言，兒讀善記。兒童而冠，厥聲英英。猶未若母，仍呼以名。如何有家，不母之顧。非我之尤，實母之故。周厨歷室，嘅我之貧。粟絲所入，言當奉親。維時我思，母庶耆耋。我之報母，非止一日。囊錢攜贈，于河之干。母兮含悽，送我出門。昔母之居，廛荒茂草。秋桃倚井，其實惟好。疇昔之辰，升樹而嬉。攀枝撫實，棘猶在衣。今茲之來，桃顛母死。踟躇半畝，頫仰一世。母亡誰知，母葬未識。負母何言，呼天以擗。敢陳薄醊，招此遺魂。告子若孫，無忘母恩。

孫季逑述倉頡篇序

《倉頡篇》者，吾友孫季逑之所述也。粤若黿浮效象，兔泣垂文，視狗知畫犬之形，伏禾制禿人之字。子夏釋物，辨丁乎魚枕；秦醫説疾，測蠱于蟲皿。徵之竹素，靡不粲然。洎乎左隸之分，遂失前人之誼。安國不以篆文存經，而易之隸古；康成頗以便讀傳教，而塵存故書。是以白羊之印，乖謬乎六書；烏馬之文，微茫于三寫。必窮其失，可得言焉。漢世諸儒，深研象數，漸忽蟲文，言星者日下從生，説地者土力合乙。箸衣于求，而古文昧；增竹于匪，而物象離。以曲爲聲，失豐形之字恉；加食爲饑，違稍氣之本訓。習甲乙之文，誰分鉤識作乙？信亞金之識，孰辨處者爲留？自茲以降，益難更僕。參首以厶，能足爲三。犯從戊己之形，般有丹青之義；書狟狟而字改，傳汎汎而文增；《爾雅》變夫鼀䵶，《玉篇》益其贔屭。罰改爲圓，音或符乎漢碣；薛謫爲薩，字始缺于儒書。楞以四方，切從十數。此則呂顧偶亂于前，陸孔復乖于後者矣。求其合者，則八厶子系，一士弓長，草肅謡齊，木亘識晋。委妥可通，非姜鼎而始見；近岓本一，證周彝而益明。此則謡詠合于經文，假借通乎字例者也。至若作旅車敦，古義莫釋；帝僵之裔，《姓纂》亡徵。榿栮不登于昔編，卤卤互殊于傳注，甯非闕如之義，當同于聖者乎？夫篆之降隸，增減見于斯篇；文以括音，精博昭于許説。今召陵之書，廣傳于學者；而上蔡之論，半墮于梵編。此季逑所急爲搜輯也。

亮吉年逾數雜，學歷五稘，別石鼓之舍，志在盍簪；訪倉史之臺，快觀此册云爾。

南樓贈書圖記

南樓者，外王母龔太孺人怡老之室也。予以髫年，過承識愛，别異諸孫之列，策其淩絶之程。先是外王父嶍峨君喜貯書，有田十雙，歲以半所入購積軸，歷數十年，而倉粟未滿，書簽已盈。又赴洛之後，增蓄異書；校閣之餘，兼存别本。每當朱明入序，赫日縣庭，陳萬卷于軒楹，散羣函于室牖。仲達之簡，雨急自收；高鳳之居，麥漂不顧。蓋自嶍峨君卒後，輒遇伏日舉而行之。

一日暴書之暇，外王母抽數册以授曰：「吾家代衰矣，能讀是者，其惟甥乎？」予時十歲，再拜受之。迄今又二十寒暑。追維往昔，遽興九地之嗟；時慟深恩，頻展兩楹之殯。蠹窺人而漸老，螢入簡而不光。陳留丈人之語，王粲念之而覺悲；扶風大家之書，馬嚴續之而未竟。又況校閒庭之月旦，已乏人知；搜外氏之遺聞，先無母問。淚浮于卷，痛寄斯圖。時乾隆四十四年十月八日，是爲記。

嘉禾序

兵部侍郎兼都察院右副都御史巡撫陝西等處地方兼理糧餉軍務加一品服畢公再涖陝西之二年，今上四十六年也。燕康公之分陝，棠表其年；魏成侯之治秦，釜銘其德。來歌去思，于于乎原耈；六郡百縣，循循乎成法。蓋下車未幾，而四月登麥，先慶有年；三時勉農，不遺厥力，皇皇乎新政之首效也。未幾，凉州一隅，番回肆逆。公靡分畛域，首運機宜。玄甲雕戈，具軍于一旦；白鹽赤黍，籌餉于千里。天子嘉焉。叔子緩帶，不張鈴閣之威；元長黑頭，早錫上公之服。偉晝所至，蠢爾藉甯；和風既蒸，應者日至。

于是，十日一雨，天瑞實惟醴泉，雙岐合莖，地寶名曰嘉穀。則長安縣某鄉之某鄙，一本兩穗之禾實生焉。原露未晞，甸人以告，猗與美哉！于傳有之，嘉禾因而名冊。其效遠矣，美稷以之立縣。公方抑然不敢自居，欲附捷書，因兹入告。此則江夏獻册，字美乎方書；陽翟陳圖，名貞于瑞志者矣。且禾名同本，異類革心之應也；種曰銜滋，同生樂化之效也。匪惟政祥，抑亦國瑞。亮吉以爲當立兹樂石，貽諸後政，遂原而序之云爾。

蔣青容先生冬青樹樂府序

蓋聲何哀怨，杜鵑爲望帝之魂；變亦蒼皇，猨鶴盡從軍之侶。遇金人于灞上，能言茂陵；值銅駝于棘中，誰知典午？又况南遷烽火，北狩軒輿。言乎締造，則東南置尉，拓疆無劉濞之雄；及此淪胥，則五百從亡，歸骨少田横之島。嗟乎！江山半壁，非僊人刼外之棊；金粉六朝，盡才子傷心之賦。今之作者，意在斯乎？

昔者申徒下士，赴清泠而不辭；精衛冤禽，投滄溟而不返。此之挺質，本視鴻毛。未有九重端穆，辭黄屋而乘桴；萬乘煇皇，褰龍裳而蹈海。此即鱗臣効順，不能使東海之波不揚；而孱主奚堪，更非若南征之舟不復者矣。夫赤眉搆禍，隆準之窆斯開；臨洮肆凶，銅馬之帝遭酷。不過行同竊鈇，號等摸金，雖下竭于三泉，尚不讐于枯骨。而此之慘虐，更所難言，斷首剥膚，毁裳裂冕。烏呼！吞炭雖忠，智伯之頭已漆；納肝較晚，懿公之體先殘。至于掩骼之仁，出自采薇之士。問中興之顯運，荒土數坏；慨六葉之承華，冬青一樹。即遺黎之感槩，何補于在天之沈痛也哉！雖然萇宏化碧，激衰周義士之心；比干剖心，作洛邑頑民之氣。焚山之節，既顯之推；匪石之誠，亦逾生畝。若夫廬陵、信陽之大節，其效龍逄、夷叔而分塗者乎？迨至風雷一警，遂歸先軫之元；陵谷已遷，尚識王琳之首。哀矣怨矣，求仁得仁。蓋士感知己，伯牙碎琴；義激友生，漸離擊筑。效包胥之慟哭，慷慨登臺；賦宋玉之《大招》，旁皇生祭。三百年之運，已盡庚申；一二士之心，猶回天地。覆亡之慘，從古無斯，而忠義之忱，亦于今爲烈者焉。

他若生而玉食，長自天家。山陽哀痛之語，命在何時？樂陵永訣之言，兒乎奚罪？柴車而辭鳳闕，破夢而入龍沙。烏乎！富貴已空，神仙何在？徒使玉輦金輿，禮化人于西域；黄冠繡舄，望紫氣于東來。此則靈妃入道，固無心不死之方；而室主移宫，獨甚此未亡之痛者也。况夫微子朝周，猶存禮樂；項伯入漢，僅事功名。韓王孫之晚節，漂母見而益哀；劉宗室之陳符，列宗聞而大恥。他若運屬當塗，華子魚尚稱名士；言歸石趙，王夷甫更侈清談。彼人是哉，何足筭也。嗟乎！蘭臺著史，婦豎不能識其辭；隴西瞟聲，搢紳或爲諱其語。何似取陳留之軼行，抵掌而説中郎；借赤壁之遺聞，快意而談諸葛。則人驚伯有，或能廣閭巷之傳；而鬼有董狐，殊堪增竹素之色。

先生于是屬爲之序，遂著于編。若夫聲音之道，文字之工，則讀臧洪之傳，髮自衝冠；登廣武之原，眥先裂血。抑至此乎？非可詳矣。

長儷閣遺象贊

長儷閣者，吾友孫君季逑妻王孺人之棲止，孫君悼亡時所署者也。桃枝亘幔，松陰灑窗。歸魂之房，入銀燭而不輝；同心之帳，棲流塵而易故。墮釵在握，遺粉懸容，爰成永逝之文，迺有傷心之賦。然而草本忘憂，禽原並命。窗深共坐，紅圍四面之花；韻險偕吟，墨染崇朝之頰。春寒而手握微温，酒冷而衣香互覆。又況華星被野，晨露迷原，翩爾來斯，温其如玉。爪痕在竹，畫自何年；衫影驚魚，窺來静夜。比肩而尋幽墅，擁背而候江潮。境難淹于百年，魂遂斷于五稔。夫三辰離離，初無停鏡之影；四海浩浩，曾靡駐波之湃。葉離枝而咎風，禽頽巢而怨雨。達士之識，已悟無生；騷人之吟，方悲未艾。于是遵兹往屬，寫彼遺形，脣朱不塗，帬碧猶摺。誓長帷而不娶，留空室以自娱，可爲情逾于分，哀過其禮者矣。象成，屬爲之贊，僕固未之許也，繼思散其哀以達其志，爰爲之書其首云：

朝暉嫌明，春色賤冶。零愁凄川，積想傾野。魂兮雖斷，猶手一編。韶華幾時，落葉積前。悟浮生之易盡兮，亦何必希乎大年。

送汪劍潭南歸序

夏序忽來，獨居已覺。絺衣叟更，雜以風雨。晝長宵短，興寐不定。置鷄于窗，將以警旦，乃復鳴夜；籠鐙于牖，所藉燭暗，不覺妨月。意緒乖違，跬步錯失。貽譏儕輩，匿笑臧獲。蓋自子欲歸，已不懌累日。

幽憂不已，將成疢疾。繼而念之，吾與子食桐江之魚，棄子悉已成鯉；擘山院之果，遺核又復抽林。蓋山川悠悠，言笑宴宴，不自知玄思之減、華色易醜也。且吾與子得曜影數紀，振響十步。中下之士，樂與齒序；瓜桃之戚，識其嗜好。閉户以處，雄長婢僕；出室而遊，亦有處所。無昧于明，以視日星；不跛于履，以羞厚地。握管徑寸，上溯結繩；申紙逾尺，下窮倚杵。自謂鬥毛角而俊，視植物而靈者矣。何必移原隰之草，萃于一丘；招高下之烏，同棲一樹，始欣欣合色，喈喈均響哉！吾子行矣，奔轂戒疾，涉川鑒沈。凡百榮利，以爲子箴。憂無傷性，喜無蕩心。百歲相保，有此骨肉。怡怡飲食，跂跂動作。從此及老，脱復偶遭。髮白面皺，起而相嘲。勞千聲于蚓竅，假一寐于蟻垤。冥冥于萬古，憒憒于七尺。無纍于覆載，無害于動植。蓋同形而化者，不無聖賢；代我而生者，又有孫子也。子行矣，子不能飲，勸子以食，子食而咽，歌以蕩魄。歌曰：

風起匝地，雨落晦天。念子不見，即如百年。百年亦勞，有生有死。其間握手，乃在吾子。此無彼厭，子不我嗔。飽食嬉遊，以説性真。各知其短，愛契所長。閱于歲時，殊忘否臧。誰驅而出，誰挺而走。念子之歸，倏如驚獸。投林覓柯，不擇其音。慨我之留，得不怪禽。獸則有穴，禽無故枝。歌以贈子，孰知我思。

與崔禮卿書

禮卿足下：霖雨南北，泥塗接天。驚禽不飛，巢樹越月。東渡清濟，西抵河洛。麻麥千里，川原百重。披林知晨，映水識夕。登陟勞頓，宿患轉失。犇車乎滎陽，覆轍乎成皋。暑疾破腹，言停偃師；炎風裂衣，乃徑函谷。時值深夜，危連十車。土囊陰陰，千丈落月。䧿樹冠斗，鴟巢冒星。車聲崩雷，雜以谷響。時復卧起，不識昕夕。沈沈燭光，映曉青紫；驚沙濛濛，當午黃赤。如此三日，始抵平陸。更復馬首斷雲，千里隨夢；雁足飛雨，崇朝灑襟。雲山恢奇，殊涉遐想。念切吾弟，南行涉江。帆驚蛟龍，棹壓魚鼈。茫茫混混，始復觀海。殊足增長氣識，濬鑿心智。海日上樹，披蓬而觀；江豚逐舟，瞠目而視者矣。

歲華不居，游讌已極。往者都下，羣從如龍。連輿接茵，尤在吾弟。齋居盤盤，言笑宴宴。晨樹撼鵲，于以極興；夜寢列燭，求其悦魂。始知美酒一石，增劉伶之狂；嘉言三復，損臧仲之疾。非昆季之愛，不及此矣。近聞楊生，夢符。遽遭此厄。僕亦遠病，重有姊喪。秋堂流螢，不夕已卧。東陽帶圍，減此盈握。潘岳病髮，時元一莖。追亡悼存，撫近念遠。以此慘戚，遂減跳盪。時復咄咄，如何如何。吾弟方在盛年，尤復嗜學，六經收其視聽，羣史供其口實。暇則縱棹幽遠，振袂原野。壺觴既列，遠憶狂客。松徑落落，肖我直致。則亦西望不樂，北遊方遥。丁生丁生，履端。共此寥寂。哲昦既別，亦寡音秏。遠聞太公，循績斯茂。所得如此，并報吾弟。東鴻若西，有以答我。

四哀詩 并序

秋日苦雨，南山多陰。校理程君，晋芳。忽焉溘逝。悲盈于中，十旬輟業。又頻得友人書，知贊善鄭先生、虎文。文學唐先生、爲垣。暨司務楊君，仁基。相繼物故，傷哉傷哉！命也命也！予稗齒未毁，執經豫章之門；元髮乍束，交友宏農之館。耽吟握管，則贊善播其英聲；研經著書，則校理長其浮譽。歲月既往，中心藏之；師友之間，人倫盡矣。于是擇窮陰沍寒之日，招秦吳燕越之魂，陳觴而言，爲位以哭。哀哉！

原夫贊善之志，古人是期。梁傅太息之褱，步兵痛哭之槩，操一于此，即能損年；兼而有之，斯多戚緒。然而談縱八極，戢黄髮以入棺；交滿海寓，御布衾而辭世。雖云悲也，可無恨焉。文學自少至老，爲詩五千；窮年累時，質券數百。授經之席，移市門而便沽；問奇之酒，呼里魁而對飲。推其梗槩，實不可一世焉。校理生有積貲，没逢奇窘，將居北山之北，訪友南山之南。四馬駱駱，載傳書而來；雙旌蕭蕭，斂體魄以去。是可哀矣。司務累葉清華，一門要劇。而焚研之後，既歎數奇；毁巢之餘，又窘陰雨。命之不永，憂殆傷人者焉。嗟乎！統而言之，贊善之達，不勝其憂；文學之窮，未改其樂。是知沈魄逝矣，招雍門而鼓琴；天懷廓然，逢劉伶而市飲。校理則魂無避債之所，司務則死餘對獄之驚。朝露之痛，不越乎兼旬；秋霜之威，遂淩乎萬物。日之夕矣，鑒素月而不輝；天何言哉，隨大化而俱去。百年之壽，不能與麋鹿争；十步之外，或當與松柏處。所以各述其褱抱，繫之以詩者，亦以通存没之情，均哀樂之致也。詩曰：

猗惟贊善，身没道存。下視百世，心縈古人。積憂炎炎，寢室以焚。室前毁于火。逝川東來，高岸亦崩。沈痾作書，告我以誠。魂如可招，越之東門。

烏呼文學，以酒自晦。闔地軒天，沉句緬載。誰云閉門，默坐而慨。草玄未就，西日歸海。質券雖積，囊錢猶在。欲奠先生，吴之里市。

校理覃覃，士流之冠。湛彼經術，足于文瀾。著書何多，云以待删。説士之甘，一世所難。宦既不達，西行入關。驪歌召哀，往而不還。神氣所聚，歸于南山。

司務英英，弱年嗜古。玉立既振，金聲徐吐。挹兹襟抱，孰云步武。方秋之朔，如月之午。頻傷疢疾，遽委蒿土。縣棺有待，殯此江滸。

卷施閣文乙集卷五

南華九老會倡和詩序

乾隆十四年，吾鄉莊氏之致仕居里中者凡九人：曰禮部郎中清度，年九十；曰福建按察使令翼，年八十四；曰臨洮府知府祖詒，年八十二；曰黄梅縣知縣贈文選司主事櫄，年六十九；曰密縣知縣封福建臺灣兵備道歆，年六十六；曰開州知州學愈，年六十三；曰湖南石門縣知縣封甘肅甯州知州柏承，年六十三；曰射洪縣知縣贈順天府南路同知大椿，年六十二；曰温處兵備道封禮部右侍郎柱，年六十。因爲南華九老會，各繫以詩。其宗之年及六十而未預斯會者，復二十一人，各依韻和焉。盛矣哉！非特宗族里鄗之榮，蓋昇平之僅事矣。

且數公者，既無巧宦之目，仕有廉吏之聲。彈琴之治甫成，抽簪之情已切。其在官也，種秫之田，無五十畝；其謝事也，成都之桑，少八百株。貴而能貧，知止不殆，此其高致一也。居鄉，與人子言孝，與人弟言弟，有公綽之不欲，法嚴平之自然，風貌樸誠，肖其披服。卜商不假之蓋，酷暑而詎張；晏嬰已敝之裘，奇寒而始御，其高致又一也。東西之第匪遥，釣遊之所不乏。葭莊之魚，涉春而已種；蘆墅之菱，經秋而可采。方伯别業，實曰青山；尚書廢園，亦名來鶴。永日永夕，斯陶斯遊。觀邦國之蜡，曳杖而必偕；

賽里社之神，聯裾而早集，其高致又一也。

維時風俗既淳，里居最樂，盈門頒白之叟，占野屢豐之年。然而刻魚入饌，行于鼎食之家；束脯爲禮，饋彼歲時之會。從大夫之後，亦竟徒行；避長吏之庭，有同由徑。薦紳之讌，市儈不列於筵；士夫之尊，吏胥罕識其面。均得遂彼恬適，享其大年，其高致又一也。家世傳學，則有夏侯；代不曠僚，實惟沈氏。是以隨會既老，燮匃嗣而登朝；望之未休，育咸皆成膴仕。門閥之盛，里鄙榮之。而數公者，處貴寵而不矜，與寒素而鈞禮。羣從之謹飭者，賜嘉果而必捧；子弟之通脱者，逢乘馬而亦數。此則十室之邑，忠信所存；百年之宗，家法斯在。其高致又一也。

予少以孤童，逮承顔色，高山仰止，不去於懷。乃文考欲賦，靈光之殿已頹；孔融成童，老成之人先謝。是可戚矣。石門君孫宇逵，世其家學，早有令聞，懼良會之就湮，遺翰之放失，遂各係以小傳，並索序于余。余惟九世卿族，首數乎甯俞；萬石素風，或衰于石慶；花樹之法，不及于百載；棠棣之碑，僅傳于數紀，皆名宗之所宜鑒也。故原其本末序之，所以紀人瑞之符，亦以垂後來之則云爾。

復錢少詹書

亮吉頓首，少詹先生閣下：比惟道履勝常，義蘊益邃。禮堂暇日，惟寫《六經》；中壘暮年，漸成《七略》。幸甚幸甚！亮吉雖未及閣下之門，然每得閣下一書，輒憫其嗜古之誠，爲析諸疑義所在，則亮吉之師閣下已久矣。承爲刊定《三國疆域》數條，除「淵泉漢葭」，前已自悟其失，隨即更定，餘謹一一如來教也。又承示唐開成石經《左傳》與今本異同處，甚爲精審。然如「旦辟左右」之旦誤爲且，「少齊有寵」之齊誤爲姜，石經之外，北宋槧本及淳化本，尚皆不譌，益知亭林顧氏之言爲不足據。比來以諸書釐正《左氏經傳》本文至數十處，如郫邵二邑，缺其一方；文公六年。淇水兩言，全成脱簡；桓公十三年。增子于適，宣公二年。脱侯爲齊，桓公六年。均係本文，非爲小失。此之增損，或尚不至戾于古也。又有杜氏時經傳本已誤者，如䩉車之爲輔，袀服之爲均，亦惟求杜氏已前諸儒之説實可據依者，間爲釐定。稍疑，即闕之。俟稿本粗定，尚當質之閣下耳。

兩年以來，《左傳詁》以外，復成《乾隆府廳州縣志》五十卷，大類亦同《元和郡縣》，而于兩漢故城，歷朝舊縣，河渠之興廢，水道之遷徙，頗加詳焉。又五金利用，詳所出之山；近鹽便民，記置場之所。其有爲吉甫所載而今則略者，如莊子觀魚之臺，滕王宴賓之閣，並登佛寺，兼采道家，以爲無裨于輿地之實，勿收也。惟水道有十數條，不敢仍古人之失，而又不能遽定者，謹略述數事就正焉。許君云「河南有湨瀷二水，同出密縣。」《淮南王書》及酈道元注，讀均如急敕之敕，今以目驗及口音斷之，疑非二水也。《水經》云「漢水有沮沔數名，同出狼谷。」而《山海經》及常璩《國志》又别標鮒魚之源，今以昔名及今地核之，又知實一水也。他若《爾雅》東方之斥山，疑即今青州之沂山，以字近而誤；《漢志》廬江之決水，疑即爲《説文》之濍水，以音近而淆。凡此未知有當與否，幸閣下有以教之也。

近時樸學之士，皆從閣下問受。閣下猶子獻之及李君生甫，均亮吉所心折。然獻之注《爾雅》而必書雅爲疋，遂致西安書手驟爲亦匹之呼。李君字許齋，而必書許爲鄦，乃令近時齒録，分鐫無邑之字，好古似微過也。附近所見聞，以博夫子之莞爾。亮吉再頓首。不宣。

湖廣道監察御史蔣先生别傳

先生諱和甯，字畊叔。世爲武進人，雍正二年分縣，又爲陽湖人。其生卒歲月，行事官閥，具於家狀甚詳。其從甥洪亮吉以爲古之顯於當時，名於後世者，皆有别傳，見於載記。自東方朔至夏統，已一百十人，所以襄志乘之闕遺，備史家之搜采焉。爰甄其遺事，以爲之傳曰：

先生以强仕之日策名，杖鄉之年去職。其在朝也，官不越五品；其家居也，遊不出千里。而許與氣類，導迎善氣，以是抱人倫之鑒，負海内之望者三十年。迨卒之日，多士之在朝在家者，皆爲位而哭，相向失聲。蓋自東漢許郭，有唐韓李以來，至今日僅見云。而又内行醇備，友誼醇篤。李元禮之仕宦，不異神仙；衛叔寶之風華，無傷道範。若綜其高致，可爲神往者焉。夫世之奬許爲懷者，或因片言之善，或録一技之長。皆本素知，由于歷試。而先生則聞聲已識，望氣先知。王猛鬻畚之歲，即推公輔之才；孝侯射虎之前，已卜非常之器。每當羣賢高會，達士盈門，推白屋之童牙，詡後門之寒畯，致之高坐，無異賓師；望彼成名，有逾子弟。非夫性情之摯，能若已有之如此乎？

又以士之曠遠歷落者，類不護細行，好爲大言。史魚爲盜，荀況以之叢譏；顔回復生，禰衡因而隕首。而先生則百喙以辯，萬端曲全。憤此囂凌，形于辭色，以《巷伯》之疾惡，成《緇衣》之好賢。保全者實多云。家無一頃之田，百金之産，而九族之親，來而共食；一面之識，貧而解衣。重門洞開，雖疎遴而可入；城府坦白，即鄙吝而必言。不移牀遠客，故人樂其寬；或破産酬酢，故世稱其達。多能本乎天性，思理成于自然。自夫家居，或營小築，平泉一石，亦徵磊落之懷；龍門半池，乃有回環之勢。聆寒谷之竹，早識陰陽；移遠圃之花，先明向背。將毋以濟物之量寓之于泉石者乎？若夫朗月入抱，莫喻其高懷；白雲在天，思成其春服。守馬卿之四壁，食何曾之萬錢；有柳下之阨窮，御孟嘗之狐白。此則不可無一，學步而即非；誰其嗣之，望塵而不及者矣。先生于學，或有不窺，而識無乎不貫，雄博如劉子駿，授《太玄》而亦觀；逸才如陸士雲，見《都賦》而驚歎！至于商搉一字，如星位之妥于天；領悟半言，若時雨之零于物，則微言之未絶，視古人而莫愧者歟。

亮吉少以孤童，育于外氏。執畚挈榼，偶影于僮奴；食淡衣麤，視同于傭保。先生識之于糞壤之内，拔之于羣從之中。同舍改觀，里閭致敬，憫康伯之陋，則輂書以貽之；傷羊曇之貧，則賭墅以乞之。嗟乎！士感知己，無時可忘；我送舅氏，啜焉而泣。秦人之思鍼虎，欲隕百身；晉客之念范公，將通九地。尚何言哉！他日信陵之客，張耳有推賢之名；潁川之門，景顧成行義之實。是則後死者之責，而先生之所望矣。

文學呂先生墓表

先生諱祖輝，字杏標。始祖泰然，南宋時知吉州，始自婺州之金華遷宜興。十七傳而諱仲始者，復遷武進，遂世爲武進人。太末三徙，不越會稽；西蠡一宗，别于丞相。祖諱佺齡。父諱官山，學官弟子員，行誼文學，爲里鄙推重，稱靜軒先生。

先生，其次子也。自其幼時，已有成人之度。其事親也，本樸誠；其交友也，崇節槩。里中父老，悚然異焉。不有君子，斯焉取斯；刑于寡妻，孝乎惟孝。靜軒君及母許孺人皆鍾愛之。未幾，學業頓進，聲譽赫然。項橐七歲，先稱闕里之師；施讎幼童，已擅專家之學。自是教授里中者垂數十年，蹤跡所至，北不越乎大江，東不及乎滄海，西登于牛首，南極于蛟渚。一歲之中，閉户者常及十月；六經之師，著録者乃至百輩。操朱墨之管，而目以之眵；書甲乙之籤，而指爲之繭。默思而坐，則屢鋭繩床；問字而前，則幾穿户限。而先生之教人也，則又以德行爲先，文藝爲末。尹公之弟子，咸號端人；東海之學徒，並矜奇節。士林遵其月旦，鄉里以爲祭酒焉。室屢空而晏如，德無鄰而不愠。

方先生之少也，與同里大學士劉文定公、侍郎劉圃三先生輩結爲文社。先生以年，常爲社首。無何兒寬上第，嚴助入官，馬安則四入九卿，望之則一歲三徙。而先生以丞相之故人，作諸生之都講。仲舉則經時拂榻，平陽則無客掃門。蓋文定公時適奉諱家居，亟遣社友招之，謝而不往，有詢其故者曰：使劉公有不赴招之老友，顧不重耶。此則濮陽之爲，揖客見重公卿；槐里之斥，小生居然口實，世論兩高之。然造物嗇先生于前，而豐之以暮境；窮先生以遇，而酬之以大年。是以禽慶遊嶽之歲，嗣續乃生；薛宣罷政之年，茂才始舉。六極則疾居次首，而先生又益以貧；五女則盜不過門，而先生復增其一。以平子之四愁，不改啓期之三樂。于是齒以老而强，遇以塞而泰。高密舉小同之載，尚克傳經；子堅察高第之時，猶能健飯。優遊里閈，快叙平生。迨至楚國之舊友，盡號先賢；陸氏之門人，亦先廟食。謂先生學徒湯知縣大奎，時殉節鳳山。而先生始息影衡門，休神家衖，則天之報施善人者實多云。

亮吉與先生有連，且近同里巷。閒庭撲棗，則王吉之東鄰；闢徑聽松，則泉明之北牖。王微枕上，聞捫蝨之談經；伯陽竈觚，視望羊之讀《易》。知先生者，實最深矣。以乾隆五十二年月日，孤子榮將葬先生于城東新河鄉之高三畝原，乞所以傳先生者，亮吉遂不辭，而爲墓道之表。

先生生于康熙四十五年七月二十一日，卒以乾隆五十一年五月二十五日，年八十有一。配蔣氏，繼配巢氏。子榮，丁酉科舉人，揀選知縣，將贈先生如其官。女六人，皆適士族。孫二人：貽安、抱安。楊亭則蘽屮尚玄，蒿里則衣冠盡白。烏乎！一邱之土，三尺之碑。此日隻雞之奠，稱有道而不名；他年下馬之陵，號通儒而莫愧。是爲表。

刑部福建司郎中趙宜人葉氏神誥

宜人姓葉氏，諱貞，世爲蘇州太湖廳人。浙江分巡寧紹台兵備副使士寬之長女，刑部福建司郎中趙君繩男之淑配也。生而淑慎，動合儀則，又聰朗善鑒，柔嘉有文。自夫結褵，逮于屬纊，無疾言，無遽色，門内化之，姻鄙宗之。蓋夫人生自鼎族，歸于德門，葉氏自少保公以來，趙宗由宋魏王以後，均代有達人，世著清德。《庭誥》二首，擬于顏門；《女誡》七篇，方諸曹氏。而是時勾吴於越之俗，吹羅綺則障天，排管絃則沸日。婆羅曼衍之戲，與節序並陳；踏青上巳之游，與冠蓋爭勝。以市媪佐談讌，以廟覡代醫療。是以沉沉畫閣，祀青溪之小姑；宛宛紅閨，雜黄冠之女士。謝夫人之整肅，尚接濟尼；竇太君之嚴明，亦通巫媪。習尚所在，賢知交譏者焉。乃宜人之爲女也，則秉副使君之懿訓；其爲婦也，則守恭毅公之家法。曲江從宦，伍相之濤詎觀；太末侍親，刺史之屏不識。迨夫里居，益嚴矩矱；僮僕受範，内外秩如。安志枕溪之宅，馬户之禁斯嚴；平仲近市之居，魚里之優不入。溢衢社火，婢不窺門；隔院鐘魚，尼難闖户。以閨閣之從風，肖臣門之似水焉。宜人則更繪列女于寢，頌其格言；祀先姑于庭，以爲師保。語笑不達于鄰，跬步不踰于閫。早焚博具，蠶織之婦難休；嚴絶禱祠，高明而鬼不瞰。若其貴而能貧，儉以率下也，翟茀之服，與澣濯而並陳；莞蒲之筵，而粗糲之是饋。諸父諸舅之至，乃具牲牢；二分二至之期，斯修魚菽。

亮吉大母爲恭毅公女孫，幼時頻隨至里第起居，宜人視若猶子，憫其孤童，閎門之教以宣，亢宗之期斯切。凡宜人之以身爲範，遇物盡誠之道，亮吉又多得之目見焉。天性孝友，篤于弟昆。德公罹禍，文姬則流涕以言；羯奴廢學，道藴則正容而悟。以先臣服官之訓，勗兹夫子；以大賢行己之法，望其所生。故長君懷玉，次君球玉，皆早有令聞，鬱爲時器。時刑部君供職于朝，蓋宜人之教居多云。疾病遽嬰，不臻耆耋，以乾隆四十九年十月十日卒于里舍，春秋六十有三。越三年，葬于城東黄塘鄉之黄塘原。方宜人之卒，長君懷玉服官京師，不及視含斂。故高柴之反里，雨泣者三年；獻子之服喪，加人者一等。亮吉呼天之痛，早歷歲時；見星之奔，同兹莫逮。鑒寒泉而弔影，聞風樹以傷心，敬于几筵，是爲神誥。并申以頌曰：

化之覃敷，門内斯起。如何世族，鮮克由禮。閨風之振，繄惟哲人。神明不惑，矩矱是崇。家人師師，惠而不怨。煢煢孤童，誨我無倦。搤臂之痛，椎心亦遲。庶幾無忝，夙夜以思。

與錢季木論友書

昨復枉書，極言友道。昔覩吾子之面，今知故人之心，輒貢鄙誠，要于永好。蓋僕縞紵之道，有二端焉。學問之友，必先器識，拘于一隅，難與高論。談性命則爲周孔，言訓詁則稱鄙儒。特牲所祠，糾其違而即同非聖；方册既載，舉其失而便爲違經，此一蔽也。言無智愚，時有今昔。渾敦窮奇，以古而足貴；垂棘和氏，以近而不珍。此則宛邱既平，必當高于泰岱；惇物尚峙，亦可等于蟻封，此一蔽也。據近定遠，屈前就後。荀卿儒術，見黜于後賢；蒙縣著書，致譏于里塾。視犬之字，斥爲委談；猶龍之言，疑非確議。此爲仲尼之識，不及于里師；新安之經，反尊于闕里，此一蔽也。復有神明本昏，胸臆是任。讀《易》半卦，已疑軒羲；哦《詩》一章，便嗤鄭衛。張頦植髭，持不根之論；窮老盡年，爲無益之學。謂日月可廢，矜其一鐙；謂菽粟多事，恃其夙飽，此又一蔽也。又或遂厥初非，矜彼私學。愚公移山，智士亦同其識；陋儒談天，經師引之爲證，此雖賢者之過，亦一蔽也。

若夫事必究其原，論必求其是。解帶一室，鄒魯不能欺其半言；馳輪九垓，嵩華不能搖其一瞬。研幾極神，深識殆聖，求之吾儕，亦有人焉。性情之友，要于至誠。非我有咎，疑詩人之不真；豈不爾思，爲宣尼所深歎。而近世之士，或以爵秩敘鴈行，拘年輩爲鱗次。何云締交，乃左雄限年之格；何云結友，成正始服官之簿，此一蔽也。聲譽起落，引爲重輕；蹤跡顯晦，據爲高下。郭李盛名，必難言其紕繆；毛薛賤士，或至掩其琳瑜，此一蔽也。執彼此之見，以致參商；因趨向之殊，忽離膠漆。孟公鴟夷，形張竦之短；伏波畫虎，顯季良之失，此一蔽也。又或以志意而合，以門户而離。仲宣賦筆，乃不嗛于司農；叔然學徒，必先讐夫聖證，此一蔽也。又性有喧寂，質有華樸。子雲沈思，强中壘而亦默；向生好遊，戒王邑以疾走。究之失其一長，或至兩敗，則亦一蔽也。

若夫脱略繩檢，求其性真。白雲在天，望之而可見；風雨如晦，思之而不已。半面之雅，鬼神無以間其隱；片言之誠，金石亦將輸其烈。求之吾郚，又有人焉，足下即其一也。僕又恨吾郚之士，幼而定分，長遽疎節，或智竭于一官，或識昏于妻子。耳目所及，不能離夫簿書；形骸若遺，未嘗踰乎寢榻。而足下則師琅邪之不娶，學平陽之若寄。落落如玉，處于朱門；明明如月，成其素履。淮南之雞犬，雅于薛公之賓客；河間之簡册，親于中山之家室。染翰終日，至忘寒暄；披圖一朝，或遺冠履，此僕之所深悉也。乃或操筆萬語，貢于所知；求人作箋，以答顯達。頻云采薪，逃簪笏之席；或乞急假，憩名山之廬。睹白鷺之羽，穢其塵容；攀青松之枝，寄此幽抱，此又僕之所深悉也。僕舍足下，又將何與交哉？蠡水之側，聞營草堂，距僕先人之閭，半里而近。東海再舉，即焚麻衣；吴興一朝，或解華組。相與商略疑義，宴談晷日，招莊生于濠梁，致蔣濟于側舍，樂何如哉？相去千里，氣候頓殊。僕客汴水，日餐黄沙；君官四明，乃飲碧海。倘因翔鴻，時有覆我。

孫太孺人八十節壽徵詩啓

夫萬物競流，不移金石之性；百卉謝氣，始聞椒蘭之馨。貞于運者久，則享其報者烈焉。是以物性至雜，而冬生之木必貞；有生不恒，而夜半之禽獨壽。理可言焉，見於是矣。

孫母許太孺人，陽羨之名宗也。父知縣君，南閣祭酒，旌陽仙令。鵝籠一具，飄爾携家；鮫浦十年，傷哉遠宦！孺人終鮮兄弟，獨奉庭闈，吟雪豔其高才，飲冰同其清德。年二十，贅贈君于家。而延陵善愁，扶風易病。集樓之鳳，已罷吹簫；過隙之駒，猶勤學《易》。逾年，舉一子，而贈君遽卒。知縣君既因玉樹之摧，欲奪《柏舟》之志。孺人叩心出誓，瀝血自明，所生憮然不能强也。無何，知縣君亦卒。嗟乎！父兮母兮，逝者已矣；天只人只，生者奚辜！痨耳叫天，則清霜凌于平旦；截髪搶地，則白日冥于中庭。遂乃兩槥克前，雙旌並舉。昔叔先雄之殉孝，白貞姬之矢節，具一于此，已詫至畸；兼而有之，斯爲大感。于是帷車萬里，則馬助哀鳴；過峽百重，則猨隨墮淚。崩城之慟，行路咸傷者與。窀穸既成，蒿麻不釋。英臺讀書之地，隻影無依；臨沂感孝之瀆，半壚爰闢。

先是知縣君有家財，臨没，析其半以畀孺人。孺人雖身挾積貲，室無長物。古屋則神鐙時出，壞墻則燐火羣飛。懷璧是憂，瘞金無所。至乃緘以素縑，藏之斗拱。湔上寡婦之僕，涕一尺而偷窺；南陽不義之奴，縫兩囊而默運。孺人不及知也。無何，乳媪之居，喧傳金穴；里卒之舍，赫建重樓。僚僕以告，孺人乃疑，發棟視之，空篋在焉。孺人既冤結莫伸，詣神自訴。爾乃傭奴鬼縛，里嫗神驅。叩首投情，詣官自告。鼠穴搜其剩貲，牛車載其餘貨，十僅獲一，稍以自存，人以爲至誠之感焉。一日，以貧困坐古室中，長歎甫伸。一嫗欻至，謂孺人曰：爾無憂矣。顧視之間，形神頓失。翌日趨影堂視之，則某代某妣之象似焉。宜都之覿，聖善無假冥求；潁川之覬，先靈非煩左顧。貞孝之獲佑，一至此乎！于是有若焠掌，報母氏之劬；顏生餐煤，共歎年之食。

歲丙子，令子舉順天鄉試第十三人。祀膰甫歸，計偕適值。時孺人方當扶杖，已荷旌閭。三江浩然，峙懷清之百尺；萬瓦𤖻若，表行義之一椽。更復桓氏之嫠，推本帝師之規；夏侯之孫，呼從外家之姓，義興房之號，與定遠支相配云。孫故定遠分支，及孺人以節顯里中，又呼爲宜興三房，舉母氏也。越十年，孝廉筮仕，得句容儒學教諭，百里就官，六旬迎養。孺人有田一頃，遂命入于大宗，以奉時祭，樹墓槚焉。夫長樂讓產，獨表于儒林；平輿贍宗，不聞于閨閣。而孺人顧以仁讓之德，克紹孝弟之宗，有識偉之宗鄙欽之者矣。御板輿而入官，隔紗帷而助課，過庭學禮，則移訓文孫；遷舍斷機，則親督婢媼。雍雍焉，肅肅焉，蓋敬姜之告文伯，大家之誨子成，無以易此。未幾，而平原文學，遠著賢聲；洛陽秀才，亦垂妙譽。句容固當孔道，時集勝流。于是過令伯之居，先瞻大母；詣士行之室，必拜尊親。而孺人亦視聽不衰，禮儀可範。餌華岡之木，肌體愈輕；讀老氏之書，神明頓徹。歲丙午，叠荷覃恩，介兹眉壽，遂即官舍爲孺人稱八十之觴，禮也。大年之兆，非假乎學仙；餘慶之徵，必推于積善。

亮吉等與孺人子若孫交，欽禮宗之在望，過義門而先式，咸以爲琬琰可以鐫德，竹帛可以著聲，不有鉅篇，曷彰朗節？于是采其本末，跡其操行，以貽世之君子云。

崔君妻莊孺人壙志

孺人姓莊氏，諱素磐，濟南府知府敦坡先生之季女，今杭州府水利通判曼亭先生之子婦也。濟南伏氏，經學傳于女孫；江東謝宗，閨望逾于男子。自其幼時，最得大父未夫公歡。稍長，隨其父濟南君歷官數州。五行俱下，視不停眸；十紙齊揮，墨常盈口。迨乎始笄，積詩已至百首。訪汝墳之俗，過南陽之墟，登高覽古，有士大夫之風槩焉。

年十八，歸于通判君次子景儼。載玉萬隻，一珏至而輸華；有鳥十雙，比翼鳴而戢影。通判君妻崔恭人，故尚書錢文敏公之女也。馬芝之行，附見辭宗；左芬之篇，光于藝苑。自孺人之歸，而扶風子婦，作讚大家；河東孝娥，續編閨範。几硯日親，文筆益進。是時通判君左遷汝郡，全舫移家。訪孤山之雪，則娣姒偕吟；觀廣陵之濤，則婦姑並賦。吴江楓落，有吾宗之逸篇；陌上花開，尋外家之故事；仕宦之地，有神仙之望焉。松方悦柏，中道而彫；月不舒華，上弦遽隕。以乾隆五十二年八月遘疾，卒于鄖鎮官署，年二十有三。子二：曾述、懷荊，女一，均幼。景儼感逝既殷，傷心屢賦。十二時之内，欲廢黄昏；三百篇之簡，竟删蒙楚。其年，歸葬于武進某鄉之某原。

嗚呼！明星七夕，天上誰期；秋水一渠，人閒何世。墓門鴞萃，時開怨女之花；華表鶴來，即作望夫之石。

署河南直隸汝州同知徐君妻楊安人墓表

歲乙未丙申以來，里中之友，悼亡者三人：錢君維喬，趙君懷玉，孫君星衍。三人皆婦賢而才，又皆乞志銘于余。余羇旅歲時，未暇畢應。今年春，客開封，同歲生徐君書受適爲州倅此方，以妻楊安人墓道之文請。州倅悼亡之戚，視三君而尤過焉，因不敢辭，而爲第其本末曰：

安人諱銀盤，及長，字孟貞，某官某之女也。與州倅爲中外親，自其少時，即嫻禮度，州倅母楊太安人奇愛之，遂聘定焉。稍長，其家益貧，兼不戒于火，安人倉猝之間，掖所生以免。伯姬既出，靈光乃頹，非叔先雄之孝，則宋無忌之災不免乎？年十二，隨父服官鹽山。逾八年，州倅就婚，遂于署成禮。州倅幼有令名，所爲詩篇，已滿人口。迨安人之歸，而益勤勸學。于是江總詞筆，借奉常之説文；李權儉腹，資大農之國策。締交通儒，是正文字。始則《中論》既成，列建安之七子；繼則《義訓》益究，受扶風之六經。阿客入世，不誚空疎；子雲閉門，益勤撰述，則安人之助也。又二年，隨州倅旋里，遘閔既多，數喪踵至。太常齋室，尚不入夫內言；巨孝堊廬，益相違于中闥。然而曉日三號，則蒿簪陪列；春秋殷祭，則麻衣助勞。喪幾不勝，屢瀕于殆。合而計之，十年之中，共牛衣者，不過三載；四方之游，偕鹿車者，亦止數旬而已。未幾，州倅舉明經之科，有奉檄之志；安人所親在遠，顧戀莫勝。州倅嘉其意，不忍違也，遂乃風雪載塗，幨車自送。嚴君一官，沈淪九品之末；老弱數口，困頓萬里之餘。安人則侍母氏之痼疾，悲夫子之遠行，離觴既傾，情若終訣。每當鋒車入谷，塞雁內飛，未嘗不纏緜徐淑之篇，沈痛吕姜之翰。其族兄倫見之，以爲即衛女之賦《載馳》，黎莊夫人之詠中露，不是過也。

嗟夫！蘞蔓之誓，皎日而莫逾；卷施之絛，抽心而遽死。乃至出室之女，殉母不辭；望夫之誠，闔棺未瞑，可哀也矣。安人產一男二女，今惟次女阿男在。又幼即嗜書，每有造述，所著若干首，今藏于家。州倅將以某年某月葬安人于某鄉之某原。念夫高岸爲谷，深谷爲陵，元堂既扃，懿行莫列。乃爲之表如左云。

卷施閣文乙集卷六

錢獻之九經通借字考叙

昭代尚文，百爲具舉；六書之學，近乃益昌。王工部訂楚金之譌，孫文學校德明之闕，皆有成書，附于小學。然尚未及讎校《九經》，正其文字。如高密定禮堂之本，傳可無疑；江式就太常之編，聞而競寫。則演贊次列，猶有待焉。

錢君獻之，夙操記事之觚，早究結繩之學。研《六經》從文字入，故時析精微；研文字又從聲音入，故尤明通假。以丙申之春，爲《九經通借字考》十四卷，若其所得，有可言焉。夫經爲宣尼所訂之書，字皆在叔重所編之部。惟簡經屢易，師或殊承，聲轉未求，偏旁轉誤。然因仍識乃，知《六經》無不正之文；用武求無，悟衆説有能通之義。《周禮》司几筵仍几，故書爲乃。鄭司農云：「乃讀爲仍。」按乃正字，仍俗字。《禮器注》「詔侑武方。」注：武當爲無。是也。舉一隅而不反，推六籍而可該者焉。至若近世學人，亦研竹素；顧或好標異説，致忽恒經。修誤爲脩，而轉議開成之失；遘轉爲姤，而或致熹平之疑。不狂爲狂之論，識者病之。若錢君是書，集衆師之言，以召陵爲斷，下則證以百家，校之金石，凡聚書若干種而始成。言標其要，則義可翼經；事涉夫疑，則吾猶及史，非僅徐邈、張參之能事矣。

亮吉亦以壬辰之夏，著《漢魏音》一編，舉昔人讀如讀若之端，聲近聲訛之故。自杜鄭説經，如蘇注史，以迄涿郡之戕陽翟，洨長之疏淮南，靡不畢收，以存故讀，蓋實據叔言反語之先，爲衆經通轉之助矣。證之君子，或有同心；貽於後人，實非小裨。因序君書，藉及之云爾。

歸求草堂壽言詩序

夫舟航可以濟遠，而戒心于江海；松筠可以樂素，而謝質于巖廊。是以富春之蹈，履高節而動星文；會稽之蹤，振瑰辭而扣天闕。彼各有所暗，故甘進者不謀于乍退，養志者靡樂乎梯榮也。若夫達身以襄一世之務，居閒以研邃古之業。臨菑讜議，屢奏乎九重；長樂專經，並行乎六籍。則出處之際，物我之事，庶交盡焉。

内閣侍讀嚴道甫先生，當代偉材，幼生異禀。方今上御極之初，時内閣學士李公牧堂、禮部侍郎方公望谿，以耆德重望，號稱知人。其見先生，均降彼達尊，接兹幼德。常山都水之學，濬厥靈源；亥唐子夏之對，矜其奇智。逮夫列士籍，服儒衣，讀《委宛》之祕編，識靈光之餘老。積逋償于一日，隆名起于寸晷，則前兵部侍郎長白夢公之力也。自乾隆十六年以後，上省兹河海，屢幸東南。是時九服承平，羣才輩出。奏枚生馬卿之賦，貴比制科；别明經進士之條，升兹碩學，蓋召試得人爲盛焉。以亮吉所見，今少詹事錢君辛楣、副都御史王君蘭泉、編修程君魚門，皆後先以獻賦頌入列清華，海内號爲宗工，儒流尊其著述，而先生則其一也。入官内閣中書，直漢票籤處，前大學士諸城劉文正公、武進劉文定公，皆奇賞之，前後領諸館纂修凡五。以彼達才，承茲異數，宜矣。

逾年，以文正公薦，入直軍機處。夫世之履經綸之地，居禁近之中，不過居常恂恂，温室有不言之樹；自守凛凛，東海無可通之賄而已。清素可風，寵靈足荷。若先生則應機成務，濟物爲懷，總數館之機宜，清累年之陳讞。滕公一言，生人于伏質；孫卿千鎰，免客于奇禍。而又國體既立，非朱浮之賣恩；朋交亦全，異蘇章之用法。方辛卯春，雲南督糧道羅君源浩以賠項逾期，獄事甚急。時文正公兼刑部，當主稿，先十日已奉命入主禮部試。人傳先生袖疏草，排棘闈，干上相之顔，動列卿之色，事卒得解。仁者有勇，庶幾見之；陰德活人，於斯信矣。于是叔堅之形，或繪圖于南楚；賓石之德，亦俎豆于長陵。聞有屈將率之尊，就子弟之列，以申報德者，先生固不自言也。其年擢内閣侍讀。凡直禁近七年，拜上賜者數四。人方謂當宏此設施，成其博濟，納言常伯之任，監牧連率之司，夫固已識在禁屏，屢勤清問。而先生當未衰之歲，遭二親之憂，遽遂初衣，憺茲榮路，有識所深惜也，達人其有見乎？歸築歸求草堂，貯金石文字三千卷，圖書三萬卷，法書名畫復三百卷。谷永疏達，冠絶夫西京；敬通詞翰，昭回于建武。君山説經之粹，臣瓚析史之精，以迄厭次之述《十洲》，涿郡之名《博物》，莫不抉宇宙之未露，廣古今所欲傳。規石爲硯，室于三易之餘；裁縑作牋，價逾十倍之上。凡著述共三十二種，副既藏于家塾，字可縣之國門。兼之讀道旁之碑，則黍前能疏其誤；出枕中之祕，則嬌女亦諷其辭。一門有集，祕監别于大顔；内外皆文，道韞參夫諸謝者矣。

配葉宜人，柔嘉有則，婉孌善文。自歸先生，即勤家政。時先生尊人以事避居舒城，宜人積紡績之資爲舟楫之費，歲之春秋，聿云定省。寢門既謁，携冰鯉以稱觴；良人未歸，潔黄瓶而祀竈。傳先姑之言，訓于冢婦；以夫子之戒，勖其佳兒。儉然慘然，其有定識者也。

歲在辛丑，先生及宜人皆届五十甲子，海内知識，爲詩以壽者凡若干，令子畯等彙録以寄先生。亮吉與先生同客陝西巡撫畢公之署，辱先生之知，命爲之序。昔彦升弁文憲之集，陳劉美伯始之文，類皆綜核生平，詳求隱行。蓋太中之勳，或韜于文學；右軍之德，反掩于書翰。自非采薦紳之口述，録名流所心許，則潛美或不章焉。又況列真五緯，配厥修齡，高山大原，徵其積累，儔類所能頌述也。若夫表知微之識，著濟時之要，則子雲鄉里，或有當于君平；彦黄周旋，庶不誣于衛尉云爾。

芍藥本事詩序

《芍藥本事詩》者，吾友蔣大令玉予及孫君季逑憶舊之所作也。探春北墅，言歌鄭國之風；修禊曲江，遂值郭虞之祓。鶯嬌待至，馬細馱來，蓋盩厔郭郎名喜者，二君所眷也。看花客倦，回面而引襟裾；聽鳥歌闌，抗喉而申宫羽。于是蔣君舉《靈飛經》有仙人郭芍藥者，告坐客曰：是亦一芍藥也。固知多年人道，難忘綺麗之名；一日同舟，雅有神仙之望。然而新蕖之生下澤，已厭淤泥；靈鶴之出空庭，不工頫仰，矯矯乎有拔俗之心焉。故振其孤花，方移姿夫露檻；而挺兹弱植，忽高舉乎風埃。春讌正濃，玉人告去，蔣君舉觴而思良會，寫影而紹餘歡。此則陽春屢詠，初移齊右之風；而夏五遂書，已應郭亡之讖者矣。

無何，遠遞魚牋，寄定情之金釧；誤傳鵲語，迎別館之瓊枝。蓋桃思代李，雖憐根葉之同，而燕不逢鴻，如學尹邢之避。時值河東曲部，籍甚關中，新聲圍羊侃之筵，妙舞亂周郎之顧。翩有麗人，忽焉傾坐；召而問焉，尤可異者。東郭西郭，隔河水而同源；南枝北枝，待春風而欲合。拈珠紀歲，既已齊齡；映玉争妍，尤堪並蒂。孫君于是撰將離之譜，昔夢方殷；欣如願之逢，亞枝更續。蒲州郭郎各雙者，並枝芍藥圖所復作也。預斯集者，咸美而賦詩，窮窈窕含睇之情，極旖尼從風之致。

予授簡之下，又有感焉。昔春卿開徑，羊仲頻來；子荆賦詩，馬公首和。款淳于之譙，燭幸高燒；贈小史之篇，牋曾屢易。筵長未接，先知越客之心；袖冷思温，已進襄成之手。未嘗不歎其同饒慧業，共厥仙源。一則泠泠善語，墊巾餘名士之風；一則宛宛依人，揮麈有清流之習。雖子元之注蒙叟，篇終而竟竊馬蹄；文舉之依茂宏，會始而猶披鹿褐。標舉所在，有不同矣。離合之致，洵可言與。夫今夕何夕，星明照邂逅之期；新人故人，道遠致殷勤之問。可知賞真者不嫌乎兼美，情摯者靡遺乎自昔也。爰不辭而爲之序。

十二月十九日終南仙館同人祀蘇文忠公詩序

歲序乍閒，豐年告慶，山隅千尺，積雪與齊。官齋東偏，舊有山館，與二三子觴詠于兹。月惟嘉平，日值十九，宋故端明殿學士禮部尚書蘇文忠公嶽降之辰也。覽乎遺文，嗟不並世；求其宦歷，又近在兹。相與薦兹清羞，列彼嘉豆，几筵既陳，畫象斯肅。則高冠峨峨，從乎支遁；長袖落落，綴以疎梅。瞻拜之餘，遐想有寄。惟時簪筆之士，既紹南皮；笙歌之聲，亦逾鄴下。當夫旅揖再拜，三歎一彈，寒禽蹲樹而不飛，凍鯉破冰而出聽。南山白雲，圍乎坐右；增采軒棟，助潤襟裾。青松在庭，列柏蔭户，崇儀則迎神降神，清聲則滿室滿堂者焉。

嗟乎！尚友之志，誦詩讀書；仰止之誠，大星列嶽。七百餘歲，思公而不忘；十有三人，握管而競賦。至于斜月没樹，音猶繞梁；寒威襲衣，飲始投轄。中心好之，《驪駒》之歌且止；歲云暮矣，《蟋蟀》之旨無忘。預斯集者，詩無不成。昔孝若作贊，言圖歲星；陳留聚賓，致徵緯象。今序而傳之者，亦以紀嘉會，著良日，且使後之祀公者有所述也。

與孫季仇書

亮吉白季仇足下：别後五旬，亮吉亦渡風陵，徑條谷，懷人蒲坂之寺，哭友巫咸之山。鹽池既届，馳蔣生之寓書；熊耳回經，憶錢君之昔辯。道路饑渴，存忘在念，兼以獨遊，時涉遐想，非復曩時共載之興矣。然而沿乎洛汭，遵彼汝墳，七聖皆迷之野，獨爾驅車；耦耕不輟之鄉，猶承指道。幽憂之思，亦間以篇什寄之。閉置二旬，始達樊城。臨池而舉觴，尋碑而墮淚。越日，乃舍騎登舟。白鷺出樹，回翔可觀；潛鱗上竿，尺寸皆市。惜沿漢入江之樂，不及與足下共也。暑月正滿，當抵武昌。行擕濁醪，上揖黄鶴；彭蠡既泛，即指北江。回日再當詳書與足下耳。

長安人海之地，尚望稍節語言，謹慎嗜欲。相見尚遠，我勞如何。亮吉白。

鄧尉山人徐友竹詩序

夫知山莫如樵，而無與巖壑之勝；知水莫若釣，而莫窮浩渺之概；知簡册莫如儒，而不克極夷曠之致。是以升林麓而能賦，謂勝于樵；臨川上而能言，謂勝于釣；積經籍而能化，謂勝于儒。若其兼此者，則身世之樂，亦幾盡焉。復有知而不獲踐者，嵇生曠矣，而鸞鳳之翮不鎩；公理遠矣，而參佐之職不辭。故著《樂志》之論，而跡局于冠纓；成《養生》之篇，而遇極于幽憤。達者之過，古人類然。

友竹先生脱塵網以遊，抱白雲而逸。一畝之宅，山花環而欲笑；五湖之田，魚蛤瀕而可拾。杖策所至，崖傾谷懸，則能賦矣；縱棹既遠，潮靈帆峭，則能言矣；積軸萬卷，心超語逸，則能化矣。若夫極一世之工，而猶窮于自然之致；涉千祀之想，而不能忘在身之累，此今之作者所以傳而不遠也。觀先生之詩，可以自悟于山水間乎？

出關與畢侍郎牋

自渡風陵，易車而騎，朝發蒲坂，夕宿鹽池。陰雲蔽虧，時雨淩厲。自河以東，與關内稍異，土逼若衖，塗危入棧。原林黯慘，疑披谷口之霧；衢歌哀怨，恍聆山陽之笛。

日在西隅，始展黄君仲則殯于運城西寺。見其遺棺七尺，枕書滿篋。撫其吟案，則阿嬰之遺牋尚存；披其繐帷，則城東之小史既去。蓋相如病肺，經月而難痊；昌谷嘔心，臨終而始悔者也。猶復丹鉛狼藉，几案紛披，手不能書，畫之以指。此則杜鵑欲化，猶振哀音；鷙鳥將亡，冀留勁羽，遺弃一世之務，留連身後之名者焉。

伏念明公，生則爲營薄宦，死則爲卹衰親，復發德音，欲梓遺集。一士之身，玉成終始。聞之者動容，受之者淪髓。冀其遊岱之魂，感恩而西顧；返洛之旐，銜酸而東指。又況龔生竟夭，尚有故人；元伯雖亡，不無死友。他日傳公風義，勉其遺孤，風兹來祼，亦盛事也。

今謹上其詩及樂府，共四大册。此君平生與亮吉雅故，惟持論不同，嘗戲謂亮吉曰：「予不幸早死，集經君訂定，必乖余之指趣矣。」省其遺言，爲之墮淚。今不敢輒加朱墨，皆封送閣下，曁與述菴廉使、東有侍讀，共删定之。即其所就，已有足傳，方乎古人，無愧作者。惟藁草皆其手寫，别無副本，梓後尚望付其遺孤，以爲手澤耳。

亮吉十九日已抵潼關，馬上率啓，不宣。

城東酒壚記

城東酒壚者，余弱冠之時，與亡友黄君景仁、馬君鴻運及今知南陵縣左君輔、文學蔣君青曜諸人讌遊之所也。地則面橋背市，沿林枕溪，闢圃製亭，截椽作閣。風颿出其前，雲樹亘其後。酒則隔歲之釀，東西接楹；魚則截流之舟，尺寸入市。摘蔬田之晚翠，啖瓜圃之深黄。乘斜日以出，戴曉星而歸。霸陵醉尉，雖冒禁而不呵；吴門市卒，恒闔扉而見待。

此數子者，又復逸氣溢坐，高譚接雲。平子作達，則一市縱觀；阮生狂歌，則四筵聳聽。北牖之日，倏去而倏來；南溪之流，時涸而時溢。撫青松以寄懷，指白首而要誓。蓋亦極酣嬉之致，窮日夕之勝焉。當是時也，自以爲七尺之身，金石比之而不及；百歲之遠，更僕數之而難終。委巷棄甓，當與浮屠争高；名厨製羹，較諸酷暑尤熱。除蜡臘之外，無非合并之期；際霜霰之辰，彌驚宴集之數矣。

嗟乎！言笑宴宴，信誓旦旦。而咸池之魂，已招而不返；燕市之魄，復墮而不收。逝者戢影一棺，存者繭足萬里。沉酣之醉骨，與冥漠以合邱；窮愁之涕洟，雜風雨而迸落。半宵之談，如隔乎數世；七子之飲，幾疑爲昔人。蓋曾不卅年，而市廛已移，遊侣頓改。城陰幾尺，不蔭黄公之壚；危橋數尋，甯來謝客之屐。升兹毁岡，弔彼陳迹。則去我不顧者，東逝之波；瞻望弗及者，西馳之日而已。暇日，偶得故圖，玩其遺詠。渺爾數子，墮若秋空之雲；恒然一身，自疑遼左之鶴。遂作是記，以志感云。

蒼雪山房詩序

《蒼雪山房詩》者，元和張君琦之所作也。其人也，飲酒泉之酒，擘瓜州之瓜，下床而接祁連，闢牖而窺龍勒。昆侖萬仞之雪，烹之爲茶；吐谷一川之羊，指而欲食。盍歸乎來，西王母之石室；其樂已極，牢蘭國之氈廬。祭酒投筆，反勒緝熙之銘；終童弃繻，緣偕鑿空之使。落落自喜，超超不羣。此則天傾西北，子乃來遊；地缺東南，家乎斯在，可謂極壯夫之槩者焉。然而搜其故篋，時歌陌上之花；念彼同心，頻折岸頭之柳。行乎日没之處，方思日出之鄉。夫洲連橘柚，則黄紺之光燭山；花雜雲霞，則青紅之氣成海。橋如缺月，四面波通；巷若長虹，百門洞啓。層樓千尺，勢欲居天；圓牖雙扉，人疑入月。遊無晨夕，出斜日而歸啓明；産乏上中，茹青山以飲碧海。照吴興之鏡，發采過乎春葩；酌虎阜之泉，轉喉工于百舌。宜其巢枝是戀，首禾致思，夢一夕而百回，意一篇而三致者矣。雖然，言乎居處，則西極之客，視蘇杭爲上天；采其風謡，則南音之靡，聆秦聲而却步。冰霰之質，桃李因而萎容；琵琶之聲，箏簫以之徹響。漁謳棹詠，何如瀚海之篇；玉樹瓊花，壓以天山之曲。歌傳《勅勒》，俗士比于聞霆；調入《伊凉》，媚夫隨而墮魄。

今僕之交君，非一日矣，乃轆轤之屬愈遠，則杼柚之機益新。百篇授我，絶管輅之常談；三日不來，見阿蒙而刮目。其獨傳西夏之音，斯永冠句吴之士者乎？夫絲竹未罷，哀樂之心已紛；觴罍既陳，鬱紆之氣尚涌。善乎昔士之言，處境有其極難，聖人亦當情恕者矣。僕聞其遊蹟，先已醉心，抽彼新詩，尤驚絶調。又念自十年以來，僕亦東棹乎甌江，西車乎汎國。州有九，未臻乎梁益；岳有五，尚缺乎岱宗。亦可謂東西南北之人，燕齊楚趙之客矣。我所思兮，乃九州外之大九州；子好遊乎，無百步而笑五十步。

杭堇浦先生三國志補注序

近時之爲史學者，有二端焉。一則塾師之論史，拘于善善惡惡之經，雖古今未通，而褒貶自與，加子雲以新莽，削鄭衆于寺人。一義偶抒，自爲予聖，究之而大者，如漢景歷年，不知日食；北齊建國，終昧方隅。其源出于宋之趙師淵，至其後，如明之賀祥、張大齡，或并以爲聖人不足法矣。一則詞人之讀史，求于一字一句之間，隨衆口而譽龍門，讀一通而嗤虎觀，于是爲文士作傳，必倣屈原；爲隊長立碑，亦摩項籍，遑其抑揚之致，忘其質直之方。此則讀《史記》數首，而廿史可删；得馬遷一隅，而餘子無論。其源出于宋歐陽氏之作《五代史》，至其後如明張之象、熊尚文，而直以制藝之法行之矣。夫惟通訓詁則可救塾師之失，服虔等二十一家之注《漢書》是也；亦惟隸故事則可救詞人之失，裴松之注《三國志》之類是也。

余少讀《道古堂集》，即歎先生之學于史最深。今合觀之，先生之史學，亦卒莫外乎訓詁及隸事二者。若《三國志補注》之作，則又繼裴松之而起者也。雖然補注陳志矣，又兼注裴注，以事在晋宋以前，不厭其詳也。采諸家矣，兼采及方志，以事關故老之傳，或轉得其實也。亦間有仍古人之失而未及更正者，如《魏文帝紀》「葬首陽陵」，《補注》引《通典》云：「富平縣西有魏文帝陵。」今考文帝陵在偃師縣首陽山南，其在富平者，西魏孝文帝長陵也。且因此可以證樂史及今《通志》之誤，何則？富平之西，爲今耀州。《圖經》云「耀州東至富平縣界十里」，則杜祐云「長陵在富平縣西者」是也。《寰宇記》云「在富平縣東南二十五里者」，樂史誤也。若大唐山又在耀州西北七十里，而《通志》云「長陵在耀州西北大唐山者」，則又因樂史之言而誤也。《楚王彪傳》「黄初七年，徙封白馬城。」《補注》云：「《志》稱七年徙封白馬，而陳思王詩稱『四年白馬王朝京師』，則當時未有此封，宜稱吴王。」今考《陳思王集》，云「黄初四年五月，白馬王、任城王與余朝京師。」《魏氏春秋》亦載「植是年還國，贈白馬王彪詩」。《植傳》「黄初四年，徙封雍邱王。」則彪徙白馬，亦當在此時。《傳》言「七年」，或誤也。他如《魏受禪碑》之可以補《魏紀》之缺，《魏王基碑》之可以糾本傳之疎，而注不及者，先生或未暇録及金石乎？夫小顔之注班史，得失並陳；二劉之于《漢書》，瑕瑜不掩。而重其書者，尚一目之爲功臣，一稱之爲諍友，又況先生此注，足以救前二端之失，而又兼有此三子之長者乎？

令子賓仁，于先生身後，能一一刊先生之遺書，俾之流布，則其能承家學，又不待問，余故不敢辭而序之。

與莊進士書

今月二十四日，方奉到去臘十日手牋。圍鑪發書，逃暑始獲，乃歎千里之离，寸心之誠。天道變矣，人事間之，爲可念也。承示校小徐《説文繫傳》，時有心得。足下以淩虚之才，而用之于實，有信古之美，而闕其所疑。求之于昔，則張杜有其規；準之于後，則徐李失其步。僕嘗聞之，實事求是，河間獻王之學也；演贊其志，召陵公乘之言也，足下近之乎？

夫近世六書，幾成習尚，甚至江總詞客，亦諷《説文》；郭公畫史，并研字學。實則明三隅而昧一，知二五而忘十，必推其故，亦可言焉。其下者，則芟除音聲，惟講意義，中心爲忠，如心爲恕，得其一端，欲杜千口。其次者，則不明假借，不辨聲轉，説要之義，則久假不歸；舉背之形，則古文未悟。草修成羽，叶紂爲鮦，此則書登梵篋，口必加旁，字入道書，雨常建首，曾儒衣冠而膜拜禹步之同量矣。又或本非義類，强爲牽合，稽省旨而加山，貢合章而成水，小言破道，似是實非，若不嚴兩觀之條，恐無救六書之失者乎？

手示云：「《説文》無覿字，小徐本儥字下注云：見也。最是。雍熙本注作賣也，恐非。」僕向欲爲弇山尚書篆石經《儀禮》《論語》，藁本私覿字本皆改从儥，得足下書，知有同心也。然竊疑雍熙本賣字亦未爲失。《説文》「賣，衒也。从貝，𡕥聲。」𡕥，古文睦字，讀若育。凡儥及讀續等字，皆从𡕥得聲，則儥注爲賣，尚从本訓也。且衒字之訓，亦有賣義。或後人以字近，又傳寫以賣爲賣耳。總之，小徐《説文》，視鼎臣稍善，然時有意爲增損貽誤來學者，不暇詳述。姑舉經史各一條，質之足下焉。《左傳·昭公七年》薳啓疆曰：「齊與晉、越欲此久矣。寡君無適與也，而傳諸君。」唐石經及宋槧本「欲」字皆無異文，今小徐于貤字下引《傳》云：「齊與晉貤此久矣。寡君無適與也。」《説文》「貤，移與也。」《玉篇》「貤，益也。」無訓欲之説，而小徐言如此。若云賈服舊經，既無明證；而云齊晉移與，又不成文。執此單詞，準其素行，不過好爲新説，以亂舊經而已。《漢書·地理志》「山陽郡平樂，侯國。泡水東北至沛入泗。」而《説文》云「泡水出山陽平樂，東北入泗。」今考泡水自睢州東北流，過商邱，始至單縣，相距二百餘里。而漢平樂故城，又在單縣東四十里，則泡水不出平樂明甚。乃小徐欲申許，而遽改班志本文「泡出平樂縣東北至沛入泗。」夫云「至沛」，則沿俗本之譌也；而云「出平樂」，則承許君之失而又爲之辭也。足下能表其長，而又不諱其短，則善矣。

炎暑攝衛何似，僕學非王陽，遣子受梁邱之《易》；才謝眭孟，甥復習嬴公之經。殊以爲幸，未識兒輩能受教否？他日守其師説，積彼近聞，問難于釋屨之時，更端于過庭之日，恐僕終當爲足下屈也。白雲在溪，修竹環舍，相見有日，不復多云。

中州金石記後序

尚書弇山先生成《關中金石記》之後二年，奉命調撫河南，又三年，而復有中州金石之著。自是而秦涼之寶墨，荆豫之貞珉，搜采靡遺，殆稱觀止。

亮吉于金石之學，素寡究心；而輿地之嗜，幾于成癖。暇日，嘗假先生碑數百通，校史傳闕遺，其間得史文之誤者十之三，以史文正碑石之失者亦十之一。繼又周覽大河，縱觀崇嶽，南遊乎汝潁，北極乎殷魏。又悟乎金石之失，有即可以金石正之者，如大坯之山，《尚書》有洛汭之文，《爾雅》標一成之目，而唐天寶中河北《黜陟使碑》以坯爲岯，遂舉黎陽縣南山當之，雖説由臣瓚，而義無左證。何則？昔曰一成，今乃巖巖之石嶺；昔曰洛汭，今乃湯湯之淇水。必謂臣瓚之言足據，則周公文命之言未可憑也。惟晉灼《漢書音義》黎陽縣下云「黎山在其南，河水經其東。」其山上碑云：「縣取山之名，取水之陽以爲名。」固知魏晉以前無有以黎陽南山爲大坯者矣。又汲縣近代《比干墓碑》稱酈道元《水經注》，北魏時墓前石銘云「殷太師比干之墓。」夫未蒙其寵，而先有是稱，此則厚誣古人，取譏來哲。惟唐《李翰碑》云：「貞觀十九年，太宗東征，師次殷墟，下詔追贈殷少師比干爲太師，謚曰忠烈。」固知飾終之典，遠逮夫貞觀；崇號之加，無關于拓跋。必炫其該博，信此魯魚，是謂生被實禍，没蒙虚稱，非後儒之無學，即前賢之不幸也。若夫滇陽之爲慎，正以永平四年之印；成皐之爲皐，見于建武中葉之章。雖始存終軼，而此是彼非，是知前之樂石，足以訂來刻之譌；昔之吉金，亦可糾近鑄之失，有裨于實學不少也。

近者圓石出洛陽，而知王伯輿爲祔葬；殘本藏太室，而知堂谿典字伯并。昨馮户部敏昌遊王屋之山，于懷縣得《司馬昇墓誌銘》；武進士億行犖洛之野，于董家邨得《姜纂造象記》。求之昔人，皆未著録。蓋好古之至，川嶽鑒其誠；購奇之心，球琳逾其價。固不必投文清泗，搜嬴秦已失之金；移檄陽侯，訪太學久沈之石，而所得既如此矣。亮吉按魏《司馬昇碑》「曾祖彭城王，祖荆州」云云，而知晋史列王之傳缺略實多。又校齊《姜纂記》云「天統元年」、「太歲乙酉」、「九月庚辰朔」，而知北齊後主之編干支亦誤。未嘗不鋪紙百回，求其墮義，面壁竟日，取悟一隅，儔類以此而疎，寒暑因之而變也。昔者戴淵之涖州，兼司袞豫；近則田公之作督，亦統山東。先生倚畀之隆，倘同兹例，庶幾絃歌有暇，訾闕里之碑，旌麾所賁，訪郎臺之刻，自是而天下之大觀，庶畢萃于一室矣。

卷施閣文乙集卷七

福建鳳山縣知縣贈雲騎尉世襲死節湯君墓表

夫仁義豈有常，蹈之者君子；股肱既已竭，加之以忠貞。是以荀息再死，永符白圭之言；臧洪復生，無踰酸棗之節。士君子肩一世，出萬死之地，義重于生，乃如此乎？若吾友湯君者，迨其人焉。

君諱大奎，字曾輅，一字緯堂，世爲武進人。自六世祖某，至君父監生君自銘，皆有隱德，監生君又以學行顯于時。祖父兩世，皆贈如君官。監生君夢明太常都穆入室而生君，以是奇愛之。君生而廣顙大目，明慧夙解，八年而通尉律，十五而明《六經》。時君與亮吉並居中河橋側委巷中。亮吉六七歲時，君年已逾弱冠，補博士弟子員，締交名流，是正文字。陋巷專室之中，有魁士畸人之跡，自君始也。未幾，秉二親之命，爲四方之遊。南眺禹穴，北覲闕里，傭書乎吴會，佐幕乎鄒魯。飛蓬嘆于微子，負米同于仲由，蓋十五年于此云。

歲壬午，年三十五，始以國子監生舉順天鄉試。明年，成進士，殿試二甲，因請急假歸。又二年，即奉命往河南，以知縣用。時二親在堂，板輿迎養，案牘之暇，極色養之致焉。補柘城縣知縣，遭内憂歸，服闋，補浙江德清縣知縣，又奉監生君憂。君頻遭大喪，有逾常禮，廉吏薄俸，靡給乎饔飧；先人敝廬，或搖乎風雨，始自中河橋側遷于昇仙里右，即今之居第也。服闋，補福建連江縣知縣。

四年，調任鳳山。鳳山縣于海中，民番雜居，風俗不一，又飴餹蜃蛤之產，利徧天下；筐篚簞篋之資，富堪數世，用是前政率以賄敗。君選于上官，特膺此任。檄調之日，携一子兩僕赴焉。至則掃除積習，徐儆刁風，三年于兹，俗安其治。候代未歸，值臺灣奸民林爽文之變，其黨莊大田遥應之。君訓練鄉勇，整飭吏民。晋陽之内，有壘而必增；疎勒之旁，無城而亦守。未幾，聞彰化陷。又未幾，聞諸羅陷。其時也，壞雲四落，海水亂飛，怪獸突門，驚禽布野。君結纓禦寇，握矢登門，刃蟻負之卒，防豕突之兵，士氣乍揚，賊鋒稍挫。方復問傷弔死，秣馬厲鋒，回聽事之堂，行飲至之賞。而烏合三百，踰毁垣而登；朱旗一軍，鑿凶門而遁。賊復蜂擁，民同獸挺。君知事不可爲，率典史史某及愛子所親，禦于堂皇，前後手刃賊六七人，賊斷君三指，復中數鎗而隕。烏乎！楚司馬之背，創之者三；晋中軍之指，斷而非一。至乃元黄被地，愛子隕于衝戈；手足異門，鄰童甘其白刃。死義死孝，兹爲烈矣；求仁得仁，又何怨乎？

越四日，吏民入，殯君于署，以史君及君之子苟業列于左右。平原之裔，用國殤而在堂；秣陵之尉，以鬼雄而列殯。無何，賊復陷鳳山，署燬于火。逾月，大兵定臺灣，搜牢之舉已行，列肆之民復返，于是巡撫徐公懸賞購君之尸，不得。今年二月，君所親有復至鳳山者，掘堂皇下二尺，得之，史君及君之子遺骼亦在焉。恒幹既摧，而上衝之髮猶植；燎原雖熾，而欲裂之眥不腐。遂復複衾三襲，斂温序之鬚；玄纁數重，藏卞公之爪。聆伯奇之哭，霜墮于重林；聞杞婦之聲，城崩于隔海。時有旨别臺灣死事者平日居官優劣，大府獨舉君廉謹以聞，于是有旨賞給雲騎尉承襲，又恩給祭葬銀一百兩，照陣亡例賞䘏銀一百兩。千秋死節，事白于彌年；翁歸潔身，賞隆于没世，于是報功之典彰焉，激勸之旨寓焉。

君之孤范業暨孫貽汾，始奉君之喪歸葬于某鄉之某原，復累君行事，求爲墓道之表，禮也。君生于雍正六年三月十一日，死事以乾隆五十一年十二月十三日，年五十有九。

君生平所著詩若干卷，《炙研瑣談》若干卷，又《補遺》若干卷。康樂成童，先驚得句；孝侯臨命，尚復賦詩。以至時歌《易水》，感下泣之賓朋；不讀《河梁》，恥生降之都尉，蓋性情之正如此也。若夫《炙研瑣談》之作，又可言焉。飛詞南閣，則不乏雕龍；投分衡門，則尚多窮鳥。未嘗不矜其片言之善，録其一藝之長，雜以舊聞，將成信史。振筆則仲宣七子，悉入編摩，餘篇則鄒衍九州，將歸著述。嗟乎！不知者或以爲海外恢奇之著，其知者即以代襄陽耆舊之編乎？今則成編數十，咸歸溟涬之宫；奇字三千，欲問豐隆之府。嗚呼！立論立功，不朽者既如斯矣；百篇百卷，所存者乃止此歟。雖復終軍之亡南粤，引重儒林；季雅之没射姑，尤增文譽。而傳家積軸，未得比于牛腰；望海招魂，并欲搜于魚腹。天之阨君者，不已甚乎！此則化東周之血，靡待三年；殺南海之青，惟留數簡。摛材之彦，不置辯于碧雞；樹檟之墳，必飛濤于白馬。烏乎哀哉！

從母莊孺人墓表

莊孺人，吾母同産姊也。少而開敏，爲外王父嵋峨君所愛，與吾母皆親課之，所讀倍于諸兄。年十九，歸同里附貢生莊君韡萼。莊故方雅之族，自孺人之歸，即操家政，孝于姑妐，睦于婚姻。有田一頃，市廛十楹，孺人明于豐嗇之宜，謹于出納之節，以故常裕。時貢生君從昆弟十餘人，皆前後擢高第，而貢生君輒不遇，孺人每以義命慰之。支機于鳴玉之側，衣敝于垂組之旁，晏如也。未幾，君舅黄梅君以疾告歸，孺人酒醴必親，果飴夙具，割肉之正，以薦尊嫜；棄蒿之邪，以存家戒。諮點心之方于鄭傪之嫂，求曼首之法于盧諶之家，蓋所謂不潔不饋，無形無方者歟。又性至孝，時嵋峨君已卒，外王母獨居，恒晨夕致饌。寢門未闢便了，至而携漿；夕飡欲陳方成，來而饋肉。

亮吉少孤，從吾母居外家，常刻日影記之，不逾寸黍焉。與吾母尤相愛，每當歸甯，輒周所乏。亮吉七歲時，孺人常携至家，時孺人五子，均在塾中。盈尺之壁，皆鑿楹而貯書；勝衣之童，知盤辟而雅拜，亮吉見而慕之。又一日，至孺人家，憫其宿饑，食之過飽。未幾，而轞係解于砌，履踵泆于庭，孺人爲泣而正焉。此則淮母之惠愛，有見于拂情；溧姬之壺漿，不忘乎没齒。

孺人以君舅之喪過哀，遇疾而卒，年四十有五。大宗喪其女儀，外姻傳其室訓，以乾隆二十七年葬于某鄉之某塋。

越二十年，而子寶瑑官雲南會澤縣知縣，寶書以方略館議叙候銓八品，于是錫類之典頒焉，施德之報顯焉。寶書因乞亮吉爲墓道之表，亮吉惟果羸之愛，無能去懷；寒泉之思，因之益痛。對溙梓之字，流涕其遺規；過花樹之宗，私求其餘慶云爾。

從母楊孺人墓表

楊孺人，吾母同産妹也。爲嵋峨君幼女，年十七，隨宦至雲南。未二年，從外王母奉嵋峨君喪以歸。峻嶺千折，洪波萬重，悲淚積于鮫潭，哀聲慘于猨岫。既歸，而毁已見骨，喪幾不勝。逾年，始適同縣處士楊君安吉。時兩家並中落，僅克成禮。廉吏之室，鬻犬因而市釵；積貲之家，市脯乃能具醼，孺人處之泊如也。所居芳茂山側，貧乏僕婢，凡抱瓮而汲，量粟而舂，皆身親之。未幾，處士君欲入貲應京兆試，未果，卒于都門。

孺人有一子先卒，二女尚幼。聞秏之餘，屢瀕于死。自後日卧土室中，以織紡自給，遂得偏枯之疾，至老尤劇云。外王母憐之，迎車數遣，僅乃一來，設藜羹而不甘，御麻衣而欲隕。外王母以道遠，爲賃樓三楹，居從舅氏室中。樓舊有狐祟，自孺人居之，遂爾絶跡，人以爲貞孝所感云。孺人積牛衣之痛，抱羊舌之悲，是以子姓之中，撫甥尤厚。亮吉幼時，出塾即過孺人，每爲亮吉誦《河梁》之詩，吟《朔風》之作，俾成誦乃已。蓋孺人習于漢魏詩百數十篇，暇即諷之，人有詢其故者，則泣曰：「此先君之所授也。」濟南之女，不忘列宿之章；沛中之姬，永懷帝師所訓，蓋同此歟。居從舅氏室凡十年，迨二女各適人，始依外氏及亮吉以居。又二十年而卒，年七十有一。嗚呼！百歲若瞬，而沈憂者七旬；兩家多故，而齎志者没世。迨至出室之女，亦摩笄而誓天；承家之男，輒零丁而絶世。此則我辰安在，周傅以之傷心；實命不猶，國風因而隕涕者矣。以卒之後十日，合葬于處士君之壠，孺人之志也。

亮吉感林風之不甯，悲墳草之易宿，爰爲加土若阜，立碑如門。庶幾十步之内，松柏茂于幽坰；百年之中，牛羊遠夫貞壠云爾。時乾隆五十四年九月日也。

王樓村先生靈豆録序

《靈豆録》者，寶應王樓村先生中歲之所輯也。

昔神農之作《本草》也，凡三百六十五種，以配一歲三百六十五日，日生一草，草治一病，是知五味六穀之宜，百醤八珍之用，以迄六根五華九實之選，造物非僅養人，亦藉以救人乎？若夫上古之世，至人嘗藥；中代以降，巨孝知醫。其次則有長者拯危之用焉，又其次則有通人博物之資焉。此先生輯書之旨也。若言其已驗者，則馬尾夜呼，烏頭食禁，見羊桃而雨泣，綰藒綬而顔開，宋平國狗之噬，蕭起河魚之疾。臣意則消石一齊，芫華數撮；元化則青黏十兩，漆葉滿升，莫不矜彼瞯聞，動關神效。士不必九能，而克名其物；醫不必三世，而可服其齊者焉。

今先生則又增以弘景之篇，益以慎微之記，上稽乎伯益化禹，外極乎《齊諧》《洞冥》，卷首于五行，篇終于寓物，含咀陰陽，包括海陸，將使天地之大，一物莫能遁其形；古今之久，一名莫不登于簡。此則蘇薮不知，儒流引之爲恥；豹鼠既辯，士林舉以爲榮。由是對大廷，冠多士，上第推夫單父，舉首表于菑川，何莫非稽古之勤、濟人之切所致乎？

抑亮吉又欲爲先生廣其例者，蓋語乎上，則天水之碧，見秣陵之書；求其下，則地泉之甘，標荆楚之記。火則九沸九變，伊尹言之乃詳；水則一湽一澠，易牙嘗而自別。他若言乎卉木，則昆崙之蘋，具區之菁也；陽華之芸，雲夢之芹也。言乎飛走，則朝穴之丸，夜飛之翼也；萑水之鰩，青邱之炙也。庶用以廣療脊之用，通醫意之條焉。嗟乎！牽牛天駟，數起于形生；搏桑落棠，不離乎卉木。是知蒼蒼正色，亦垂造物之稱；首首羣蒙，雅有廣生之目。倘正名乎百物，均不逾乎動植者乎？

先生曾孫嵩高，早通燥濕，爲楚國之枝官；解治偏枯，匪魯邦之胄子。官暇，又推先生之例，作《補遺》若干條。此則束晳續經，特增乎有獺；梁文補雅，更廣于明蟲。義必務于精搜，理有資夫泛濫，亦名醫副品之條，隱居百一之助也。用推其意序焉，以貽世之讀是書者。

閣師稽拙修先生八十紀恩序

夫五老同遊，必在伊耆之世；九魌遵度，聿生駘耇之英。士大夫之荷隆名，享耆福，因承異數，事出常倫者，非得天之獨厚，亦修德之獲報焉。閣師錫山相公者，蓋其人矣。

公甫弱冠登朝，又十年開府，周翔七卿之署，遂膺上衮之尊，中外著聲，後先踵美。綜其奇瑞，實有八云。何則？今皇上道照鴻軒，德開壽寓，占六日七分，值地天之交泰；驗八徵五福，適君相之齊年。坤輿德厚，既普潤乎大生；日月光多，乃分輝于列宿。是以鸞鶴異表，竟可參威鳳之年；松栢有心，遂得擬大椿之壽。《鶡冠子》云：「泰上一族，算比于成鳩。」王仲任云：「分陝二公，壽齊于文武。」以古準今，同符合揆，此其奇瑞一也。

夫二首六身，絳縣老人之算；三百六十，赤烏遺種之年。此不過異粻宿肉，爲盛世之耆民；采朮餌芝，作昇平之庶老。而公則禮隆五豆，登台輔已十年；算閱八旬，光卿月者四紀。平當未位三府，先使行河；趙儼纔作九卿，即看持節。金堤虹亘，早有生祠；赤幰風馳，爰敷渥澤，此其奇瑞二也。而且韋平之世及，具躋大年；鄧李之期頤，久登首輔。過伯珍之第，知老壽之尤多；飲荆楚之溪，識享齡之未艾，此其奇瑞三也。

言乎前世，則龔勝奇節，已表栢堂；語彼後來，則劉歆祕書，復讎天禄。又復計相多男，分歷官于中外；春卿闈第，已起譽于孫曾。一門有集，追沈謝之素風；七葉珥貂，兆金張之渥慶，此其奇瑞四也。

夫薛國上卿上第，既僅見之名臣；漢家元朔元光，亦耆齡之天子，可謂既得其年，又逢其主者矣。然而東閣首開，已值懸車之歲；菑川上計，聿臻養國之年。求其徧列卿曹，再周歲籥，于門下門生之後，預同年同甲之筵。覺前哲之抱慙，自後來而居上，此其奇瑞五也。

申公耆壽，行有藉乎安車；汲黯清羸，政必資夫卧治。此即蹲龍之聖，不免嘆乎吾衰；盤馬之賢，或設心于諱老。而公則氣海既盈，神明益壯。上公九命，有天閑上駟之頒；耆艾一人，無丞相小車之號。進止有常，過龍樓而必下；委佗可跡，舍鳩杖而能趨，此其奇瑞六也。

耆英表乎聖代，盛事冠乎詞林。閱茲周甲之期，再值恩榮之宴，逮今百載，實有三人，黄侍郎之于辛未，史文靖之在庚辰是也。然文靖則在告而始蒙御製，侍郎則入宴而未奉恩綸。若夫見席上台，并承特旨，詔天潢而主席，命宗伯以視儀。紅披一品之衣，花戴三公之冕。一百二十，摳衣而上謁同年；二十九科，折柬而肅稱前輩。一周彈指覺，獨峙乎靈光；六紀居官總，未離于蓬苑，此其奇瑞七也。

最異者，宴杏園之正歲，移爲萬壽之恩科；冠芸閣之三人，皆屬同鄉之後進。是科一甲三人，皆江南人。祝嘏之餘，謁丹扉而上壽；獻琛之暇，詣黄閣而呈珍。鼂錯授經于伏勝，不虞鄉語之訛；賈生執業于張蒼，可操土風而往，此其奇瑞八也。

凡此非忠悃上結乎主知，誠感默符乎天眷，則福壽之慶，理或難兼；齒爵之符，義非能並。安能遊大凝之壽域，分百福之餘榮也哉？亮吉等忝預後塵，仰叨同歲。慈恩入宴，首陪行倫之筵；永始同朝，可撰李充之杖。奉酒而節迎永日，躋堂而慶溢敷天。獻麥邱之三祝，引以萬年；分天保之一言，頌兹元老云爾。

送同年張問陶乞假歸潼川序

乾隆五十六年，歲在辛亥，二月朔日，張君問陶給假歸蜀。其友洪亮吉烹玉田之蔬，挈山陰之樽，送之于國西門。曰：

足下家居遂甯，婦留成都，鼻子宦粤，既傷親心；纍臣贅秦，復悲身計。然則足下辭金門而南邁，並赤日以西馳，勞乎此行，蓋非能已。仍復迂道嵩洛，戒途雍梁，爰謀裹糧，並訪親密。西嶽道士，留之而不能；東方細君，隨之而並返。百步之外，弱弟出迎；一門之中，密親咸萃。解笏金而貯案，被采服以娱親。雖嚴生告歸，相如乘傳，不是過也。

又足下宰相五世孫也。葛侯冢畔，八百之桑尚存；召公祠旁，一隅之宅能割。谿茶可摘，則病婦携筐；山筍欲抽，則衰年補徑。秋原半頃，税給于王官；春韭一畦，食供于家老。而且煮米作糕，舂麥爲粲，以資餘人，或給耕者。甫生之犢，等愛于孩提；頻來之燕，視同于親故。則亦物我均適，心形兩忘者焉。又況《蠶經》《禽演》，不乏奇書；蛤港螺田，别開精舍。臘頭譙客，社尾迎神。朝衫忽著，則鄰里詫觀；縣令偶來，則牛羊突竄。南軒既闢，北牖時開，果落枕前，花生鏡裏。一林百樹，招鵲辭鴉；雙澗疊波，留魴放鱧。若是者采其吉語，娱我眉梨；懲彼殺機，戒兹子弟。播三田之種，閣上巡觀；賡《七月》之章，房中屬和。未嘗不集吉門之慶，極幽居之致焉。定省之暇，時而出遊，則峨眉當其前，青城出其後，大江流其左，資水徑其西。解角之鹿，可施鞍橋；浮鼻之牛，以當舟楫。餐雲欲曙之嶺，采藥斜陽之洲。團蕉數尺，非佞佛而可趺；危梯百層，不學仙而亦往。閒防疾厄，時覽方書；偶有篇題，緘之經藏。此則金門大隱，不止平原；玉笥真人，復來弘景。

若夫僕與足下之交道，又可言焉。僕處鳩音之里，君居吠日之方，蛩蚷之合無由，牛馬之風不及。乃闕前一覿，忽若素知；飲中百篇，愛同前哲。顧性憎釋氏，不侈前因，亦鄙道流，詎云緣法。静言思之，或即吾儒所謂如舊相識乎？夫卅年成世，足下既近之，僕則又過半矣。頫仰一身，離合萬里，常恐百年，交道不盡。然精氣不散，當成神明，風車電帷，來往不絶，則僕與足下，又何慮哉，又何慮哉？自此之别，一日之内，僕眺日升，君眺日没；一江之水，君飲其源，我飲其委，則亦何嘗有須臾之間遠近之殊哉！保嗇神理，時時讀書，簡牘不詳，悉之于夢。亮吉頓首。

遊極樂寺看荷花序

出西直門三里，而近有極樂寺焉。長河蔭前，高阜倚後。其東有國花堂，西有勺亭，皆塵外之幽搆也。

梧門學士以偶日下直，徧招同人，飯于詩龕，接軫以往，車行者三里，舍車而徒復二里，甫抵寺門。緑陰當空，赤日亭午。池荷東西，曾不百步，間以傑閣，繞之回廊。水氣升岸，結爲輕綃，林香入波，漾此晴采。于是或瞑坐巖側，或孤行竹中，或擘牋庭隅，或讀畫塢側。堂高于垣者一尋，門低于砌者百級，重寮洞開，直視十里。負戴而來者，望之如鷗；乘軒而過者，擬之以艇。坡塘高低，岡阜回互；香氣拉雜，雲光降升。促織繞砌，聲如碎琴；風蟬過枝，韵疑零鐸。遊藤綿延，上樹皆紫；細草芬郁，抒花必黄。乃蔽炎牖，爰開北窗，松露尚零，栢風成陣。家京國者，離然有雲表之慕；宅南中者，又恍然有江鄉之思焉。林陰屢移，羽觴乍接。果則紅暈徑寸，與藏冰而共升；瓜則生黄滿盤，汲井華而并薦。陶令之榼，無時不携；韋公之箛，適心而飲。相與商榷今古，縱談雅俗，據石命句，臨流作圖，幽襟既抒，勝賞斯愜。又破曙而遊，薄暝始返。星河滿空，影乍曳乎籠燭；雷雨在後，勢忽掣乎軒帷。此又晴晦出于一時，涼燠交于俄頃者焉。

同遊者爲許封君兆桂、張運判道渥、李刑部鑾宣、何工部道生、吴明經方南，及梧門學士與余凡七人，運判既爲之圖，余因序其顛末云。時辛亥年七月初四日也。

南樓憶舊詩序

夫鳥以高爲巢，魚以深爲穴。居魚鳥之中者，人也。築基九層而上爲之樓，則與鳥争高矣；濬池十仞而中爲之島，則與魚競深矣。然鳥啁啾而爲巢，使無繒繳之患，則終歲猶是也；魚屏營而爲穴，使非芳餌之誤，則畢世無易也。人則不然，飛狐落雁之嶺，八埏之險也，鳥所不能飛者，人或上之矣；奔霆浴日之區，九州之浸也，魚所不能歷者，人或過之矣。則夫陟險不已，將迷東西，揚帆倏來，杳無津涘。當此者，其亦有故巢之戀，在沼之思乎？

南樓者，外王母龔太孺人所居也。余以孤童，幼蒙鍾愛，年未毁齒，從母移居。姊越十齡，弟才匝歲。魯國男子，方驚毁巢；漢陽孤生，未歌窮鳥。由春徂冬，衣無單複之製；以夜繼日，瓶無逮晨之糧。煢煢焉，踽踽焉，蓋十五年于此焉。

若夫雨龍竹馬，瓦狗泥車，探春燕于棟頭，捉秋蟲于徑裏。罔睹跳而將平，井投甎而欲滿。臨溪咒鴨，涉渚撈蝦，既兒戲之無方，亦童蒙之求我，此一時也。隨母梳頭之歲，從師識字之辰，烏焉混于一篇，蚯蚓登于半紙。藏書之篋，時匿意錢；衣帶之傍，私携面具。同學則謝家阿買，送餐則裴氏小奚，盼日影之不西，怨雞聲之太早，此一時也。

至乃歲值元枵，門憐奇窘，仲理則厨難耗鼠，史雲則釜欲生魚。井淘麥屑，反避知親；徑拾墮薪，偏逢長者。然而天青入牖，水緑周堂，秋月塞門，春花交砌，何嘗不破啼而四顧，擁絮以周遊，此一時也。又或蘇季上書，全家盡返；謂舅氏曙齋先生。桓姬索米，半舫爰來。謂適楊氏從母。中外則雙丁一到，不乏奇童；弟兄則羯末封胡，并饒道蘊。虛堂論史，鵲亦垂頭，側徑敲詩，蟲來嚙踵。篙師南巷，雅乞書符；蠶妾北頭，偏多問字，此亦一時也。授徒北館，作贅東堂，卜商色養之時，賈誼秀才之日。會稽僚壻，動色而見嚴生；陽元尊嫜，改顏而親劇子。鄰有束緼之饋，室無戛釜之聲，闢竹徑而待賓，借栢堂而讌客，此又一時也。

《詩》曰：「維桑與梓，必恭敬止。」又況螟蛉果贏之場，與松栢蔦蘿之所乎？此則明明如月，難忘在闥之辰；悠悠我思，無踰樹杞之里。遺聞傳于厮養，瑣事得于鄰童。畦栽赤莧，則湔上之蒼頭；穴識金鐶，則羊家之故媪。失簪楚國，墮履徐方，燕知春社之人，犬識衰門之客。延陵之劍，無封樹之堪懸；班惠之書，有篇題之可認。能無墮傷心之淚，鐫思舊之銘乎？又況臘頭社尾，上巳元宵，餅識春辰，餻名令節，楊柳半橋之月，芙蓉北市之鐙。水增一尺，則已嚙閭門；樹密三重，則隱開樓扇。燭龍之首，與鴟尾競高；彩鷁之竿，與神燈並出。販脂鬻粥，擊鉢吹簫，莫不紛至沓來，風馳雨驟。此又晏嬰之宅，因近市而居奇；虞氏之樓，以臨街而角勝。標孝侯之《風土》，記荆楚之歲時，差可連類而書，削牘以奏者哉！

詩四十篇，稿成，以寄巡檢二兄、上舍三兄、文學四弟，凡爲此者，亦所云寄魚鳥之思，致今昔之感也。

卷施閣文乙集卷八

寒林雅集圖序

自寓齋清化寺街至正陽門三里，正陽門至厚載門十里，厚載門至詩龕又三里。每詩龕主人之見招也，必戴啓明而興，聆雞聲而駕，飯僕于路，飲馬于途，而後至焉。

至則一巷數曲，已遠市聲；雙橋半傾，僅入車轍。五陘之山，雲靄而亦見；千頃之澤，冰凌而可行。明湖瞰其前，傑閣峙其後。寒林之雅，多于遵渚之雁；中廄之馬，高于應門之童。泉明北窗，殘月甫墮；儒仲南牖，朝曦已升。相與脱略儀節，商榷古今。酪漿既行，圍坐未畢，而諸君者亦已接軫而來，排闥以入。輟霜簡之威，乘粉署之暇。豐貂乍集，則寒鳥依楹；高論甫申，則渚雲落檻。子公之染指，移而作圖；（張運判道渥能以指作畫。）莊辛之握手，因而出句。而且欲讀之書，鑿楹而已貯；久別之友，面墻而可親。（壁中黏友朋酬贈作至數百首。）竹徑乍東，舫齋又啓，匪安石之別墅，乃昭明之選樓，縹緗塞窗，篇什盈棟。此則當陽萬户，難忘身後之名；魯國四筵，無乏樽中之酒，凡兹二者，兼自一人，以視昔賢，尤爲盛事。于是忻彼雅遊，幸兹暇日，遂各授簡爲記，揮豪作圖，或馳騁乎百言，或該綜乎數韻。至如僕者，官既最閒，性尤嗜友。茂宏竟席，不逃金谷之觴；劉芳半生，虚有石經之號。又允宜陪尊俎之高會，追談讌之餘歡者也。

坐中作圖者三人：長洲曹指揮鋭、浮山張運判道渥、甘泉羅山人聘，爲記者一人：長洲王孝廉芑孫，爲詩者九人：蒙古法學士式善、上元王給諫友亮、汾陽曹侍御錫齡、介休劉舍人錫五、静樂李比部鑾宣、汀州伊比部秉綬、靈石何水部道生、漢軍玉大令棟、泰安吴明經方南，而陽湖洪亮吉序之云爾。

楊耕夫先生柳邊紀略序

夫出重閉之内，而行九拂之外，不知者以爲遠矣；舉萬全之身，而冒百出之險，不知者以爲勞矣。抑知不然，披蒙茸，跋荆棘，有身之至苦也，蚡冒勃蘇甘之；蒙霧露，犯霜霰，宇宙之至辛也，尹子伯奇行之。是二人者，又何嘗移呼天之泣于陟屺之時，興我辰之哀在靡盬之候乎？

若山陰楊耕夫先生者，其有焉。先生尊人安城，康熙初，坐張魏之獄，徙于邊，時先生年十三。既壯，走京師，謀所以救父母者，屢易其期，百方不就。年已四十，甫克出塞省其二親。移愛日之念，爲見星之奔；輟望雲之思，作履霜之操。於陵之三日不食，墨子之百舍以趨，實一身兼之焉。試爲計之，自京師至山海關七百里，自山海關至奉天八百里，自奉天至尚陽堡二百四十里，自尚陽堡至烏喇約千里，則混同江在焉。渡混同江至甯古塔又千里。言其廣輪，則太章所不能步也；言其幽險，則夸父所不能踰也。又其間馬蹶而仆者再，石顛而殞者再，蓋越十旬出百死而後至焉。此《柳邊紀略》之所由作也。

嗟乎，作《易》者其有憂患乎？作《詩》者其有所不得已乎？而不知者，或以此爲延之《攬勝之書》，束晳《發蒙之記》，是又没作者之心，忘有生之痛矣。然其條舉大綱，包羅纖悉，較量山水，略述古今，實視《南爐紀聞》《北狩革書》諸作倍爲詳核，亦何嘗不可補域中志乘之遺，備海外恢奇之録乎？夫《松漠紀聞》之作，异書也，實臣職也；則《柳邊紀略》之作，奇書也，亦子職也。是書傳，而盛京以西之道里傳，土俗傳，作者之勞心苦思傳，即作者之父母亦無不傳。此則擘牋握管，即無异于田號泣之時；申紙發函，已如繙我躬不閲之什矣。何其流離而不敢告哀，沈痛而不能卒讀如此歟？

先生從曾孫夢符與亮吉交，屬爲之序，因述其本末云。時乾隆五十七年，歲在壬子，上元後五日，陽湖洪亮吉序。

誥授懷遠將軍福建建甯中營遊擊張君妻洪恭人墓誌銘

恭人洪氏，世居歙縣。五世祖某，客如臯，因家焉。高祖某，又遷于縣之掘港場阿干之部，以族盛而移宛孔之家，因貿遷而徙。父諱簡臣，官廣東高州府通判。南郡儒學，聿生馬倫；望都史才，乃傳班惠。年十九，歸遊擊君，大學士文貞公從弟也。丞相近族，以材官而起家；華仲哲孫，由武科而入宦。時遊擊君父封君某，亦以浙江甯波營遊擊年老致仕歸。恭人逮奉二親，克勤終日。撰李充之鳩杖，進宣子之魚飧。闇闇焉，穆穆焉，嫻乎禮教者也。

逾年，遊擊君成進士，選藍翎侍衛。漢世期門，比嚴徐于金馬；唐家彍騎，參陸李之貂蟬。里鄙榮之，恭人自若也。又復貝齒長饑，負糧而資臣朔；鹿車遠宦，質衣以奉君姑。八年于兹，有如一日。及遊擊君外擢江南羊角營都司，恭人乃隨舅姑之任所。宣明鼓吹，以壯軍聲；潘岳板輿，甫隆孝養。每當閲武之期，輒有犒軍之典。恭人則躬率侍婢，宿詣上庖，割肉必方，釀饎有術。以樊噲之彘肩，配盧諶之曼首，無王京兆之簡略，有陳孺子之均平。歷此載年，士流輯睦。雖遊擊君之馭軍有術，亦由恭人之饗士有禮所感焉。時封君以遠念鄉里先歸，恭人則傾橐出金，市縑製複。吴檣似馬，越騎如龍，曾不浹旬，迅歸京口。封君得以優游江國，宴聚賓朋，皆恭人先意承志所致也。未幾，而舅姑繼卒，遊擊君將見星而奔，恭人亦衣麻待發，而鎮帥某以委任方重，援戎弁有在任守制之例，格不使行。金革無避，墨衰涖官；雖云建牙，無改枕凷。

服除，擢福建建甯中營遊擊，值本境賊匪魏繙聚衆剽掠，途次即奉檄催赴，與前官王某勦捕有功，涖任甫九日，又檄往護金門鎮總兵印，復渡海巡臺灣，七閲月乃歸。弭谷口楊周之釁，却城頭子路之兵；挈金印以渡重洋，率戈船而巡險陿。時則外嚴鐵騎，既抒上將之威；内築金城，雅有夫人之號。蓋軍政之肅，亦内助居多云。歸署後，遊擊君以中暑醫誤投劑而卒，時乾隆辛未年七月三十日也。公孫之里，大樹爰摧；貞婦之居，嚴城忽圮。流移間道，沉痛積年。蓋自奉遊擊君櫬歸，而恭人亦幾不勝喪矣。復乃徹其環瑱，襄此窀穸。奉我夫子，祔君舅而君姑；率是藐孤，克盡哀而盡禮。宗族憫之，鄉鄙稱之者焉。

及恭人之教子也，合内外之兩宗，爲義方之三徙，特開堊室，親授《禮經》。堇父之勇，生丕兹而事仲尼；文疆之勳，有高卿而號元德。猿臂輟射，應甲乙之科；牛心啖炙，起伯仲之譽。不十年，而正倫正藏，並舉秀才；元方季方，各膺禮辟。歲己酉，次君秉鋭復成進士，特旨以知縣即用。辛亥，入都就銓，而恭人遽以八月二十六日膺疾，卒于里舍，享年七十有七。誥封恭人，例封淑人。子二：秉鈞、秉鋭。女一，適□□□□孫□□。

烏乎哀哉！方奉毛生之檄，已執高柴之喪，原流逝暉，林靡静響。將以壬子年月日，祔葬于遊擊君之壠，禮也。世去不停，哀纏無盡。届期，乞亮吉爲文銘墓。亮吉與恭人同宗，且識長君最早，爰不敢辭，而爲之銘曰：

如皐支，歙所分。幼湔室訓兮，歸哲人。相攸以武兮，貽厥以文。文武之道兮，萃于一門。蒜山之原，江水之澨。我銘吾宗兮，無愧前史。

椒花吟舫圖序

《椒花吟舫》者，翰林院侍讀學士大興朱先生邸第南偏棲息之所，而亡友懷甯余君鵬飛所作圖也。先生負蓋代之才，具人倫之鑒。誘掖後進，奬許輩流。寢門未闢，束脩之士紛來；夕漏欲沉，問字之車未返。而先生又各竟所長，不名一藝。苟賈之學，與枚馬之賦同登；後門之賢，與世家之英錯列。有景伯之和易，無周朗之偏奇。于是海内之士，有不詣先生之居者，遂不得爲聞人焉。雖夫子之門何雜，見哂叔孫；而北斗以南一人，庶惟高密。今者其室甚邇，哲人云亡，高臺多風，空室易雨，薫林之花轉芬，盈升之實空衍。武城之薪木，今同分陝之棠；公超之故居，昔並五都之市。此則山邱華屋，獨士以之涕流；斗酒炙雞，三步因而腹痛者矣。

若余君之爲此圖也，以賈生弱冠之年，預長伯四科之列，望衡而處，執業以來，每咨經傳之疑，時值笑言之宴，欣然命筆，遂作此圖。昔者鉅野之刻，曾閔及望羊之門；射陽之圖，宣尼謁猶龍之坐。非形之于圖繪，不克傳聖賢心跡乎？乃伸紙未竟，風泉之聲已悲；濡墨欲乾，師弟之亡何遽！以視趙岐臨穴，方繪延陵；劉操感亡，乃摩廣戚，何以异乎？

亮吉以歲辛卯，謁先生于當塗學使之署，始預賓僚，繼焉問業。逮己亥庚子，又從先生遊于京師。劉向之校祕閣，時假異書；朱祐之學成均，屢蒙殊奬。蓋師友之際，存殁之感，均有不能已于言者焉。暇日，先生子孝廉錫庚出是圖屬爲之序。竊以先生之門，著録弟子不下千人，咸負盛名，各官内外，而孝廉獨授簡于余者，豈非以受先生知最深，且與余君有同堂之雅乎？夫過因樹之屋，悼歎申屠；趨種栢之堂，有懷龔勝。以今視昔，其理庶符，爰序而還之，俾世之觀是圖者，亦以知取材落實，庶幾于大匠之門，攀條撫枝，泫然生並世之感云爾。

祭天柱縣學生劉緯等文

乾隆五十九年四月朔日，貴州督學使者洪亮吉遣天柱縣學教諭劉某，以清酒庶羞，詣無水之流，致祭于天柱縣學生劉緯、附生程三桂、童生諶忠欽等之靈曰：

歲惟閼逢，孟夏朔日。汝黨六人，共遭斯厄。我聞驚愕，詢彼市廛。云汝將歸，舍陸而船。時夜甫半，無流忽高。一舟飄然，乃觸石橋。橋門有三，劈舟爲兩。羣眠方酣，語不及響。烏呼此水，望海遄奔。直下千里，難停子魂。汝之始來，于何不卜。思攀驥尾，顧葬魚腹。羣瞻其出，不見其歸。成名之望，尚切庭闈。爾劉爾程，里閈有聞。文期無害，命乃不辰。人亦有言，兄友弟敬。尤慘三生，全家併命。謂程三桂兄弟三人。哀哀諶生，褎然舉首。干鎁方試，卞玉未剖。襤衫一襲，兼製儒冠。焚之三橋，慰彼九泉。尚饗。

刑部江蘇司員外郎楊君墓表

乾隆五十八年，歲在癸丑，十一月二十一日，吾友刑部江蘇司員外郎楊君以疾卒于京邸，年甫四十有四。烏乎哀哉！越明年二月，始奉君之赴，爲位哭于官廨。又逾月，君之孤紹恭等繕狀來乞爲表墓之文，謹按狀。

君姓楊氏，諱夢符，字西疇，一字六士。漢太尉震，其遠祖也。弘農之裔，卅世遷于會稽；安城之鄉，五傳載其隱德。紹興府學生贈承德郎諱國英者，君之曾祖也。優貢生廣西通判借補平樂縣知縣諱之琳者，君之祖也。國子監生候選州判贈奉直大夫諱大德者，君之父也。母金太宜人，夢長庚星入懷而生君，故小名長庚，及長，而名與字皆取義焉。傅說之騎箕尾，猶屬後時；曼倩之爲歲星，乃徵先兆。九歲能作詩，二十工舉子業，二十八以國子監生中式陝西鄉試，改歸浙江。又十年，而成進士。歷官刑部提牢廳及湖廣清吏司主事、江蘇清吏司員外郎，總辦秋審處。其間扈蹕山東，隨圍熱河各一，又隨侍郎玉德按獄奉天、直隸、江西、浙江諸處，時大學士英勇公阿桂管部事及尚書胡公季堂等皆深倚之。烏乎！處元奉使來歸，甫及十旬；奉倩積勞遷官，未嘗滿歲，亦可謂死于其職者矣。

若君之居室也，孝于親，友于兄弟。其友于兄弟也，使妯娌無間言；其孝于親也，使鄰里消勃詐。蓋自長樂君之卒，君之考以貧故，遷徙不常，最後寓常州之邗溝，因定居焉。客籍甫占，家糧告匱。巢楝之燕，伴季女而長饑；翔林之鴉，感太和而輟響。君又念無以爲養也，動捧檄之念，則投牒者數州；習負米之勞，則傭書者十載。迨乎登巍科，官省闥，而君之親已不及見矣。于是擢第則泣，擢官則泣，歲時祭祀則泣，十餘年如一日焉。捧而不輟者，盈尺之硯；讓而不居者，一成之田。推乎庭闈，以及親故，則戚鄗之待以舉火者，又十數家也。烏乎！至魂乍離之日，復念周親；目未瞑之時，望深予季。君之至性肫篤，一至此乎？

若君之交友也，内自一鄉，外逮九拂，樹米架羊之彦，飲爻吐鳳之英，莫不識面欲先，締交恐後。朝饔告匱，忽然燭以娱賓；冬裘既罄，尚假衣而貸客。又或蘇援世事，則咸舉智囊；糾排俗紛，則敢爲怨府。以是自里居以迄服官，坐上之客，户外之車，未嘗不滿也。余與君交二十年，每見有才奇而不遇，守正而遭踣者，君歎憤輒形于色，是則君之交友，亦根于性者與？

若君之服官也，以劉穆之之才，居崔祖思之任，事理無滯，神明不欺。蓋自幼時侍君外王父按察司金君祖静，外姻贈尚書刑部侍郎錢文敏公，皆奇其開敏之資，與商訊讞之務。君偶發一言，輒驚二老，以至身典案牘，職司犴扉，平疑獄者三，馳星軺者四。西蜀李郃，識使星之來；丹陽馬稜，推善風之至。人皆以君爲有陰德焉。嗟乎！丙博陽之報，雖阻于生前；于廷尉之門，將高于身後。理固有可推者乎？

若君之爲文也，枕籍六藝，描摩八代，《僮約》遜其精純，《庭誥》無其妍麗，美矣乎！其將三典午之世，四卯金之代，以參于作者乎？然而桃李之色，承列柏而不華；雲霞之光，入殘月而彌慘。九州浩渺，偏饒幽朔之聲；四序參差，乃鬱秋冬之氣。才之不羈者至矣，年之不永者亦由此矣。記有之曰：「詩言志。」若君之詩，則斷雲零霰，無其清也；奔巖削壑，無其峭也；幽花叢篁，無其韵也；馮夷水仙，無其幽也。所著有《心止居詩文集》十二卷、〔一〕《三惜齋筆記》二卷。君藉以不朽者，將在是乎？

君配錢宜人，克相夫子，勤于内政。子三人：紹恭、紹文、紹垣，皆聰穎特達，端妍善文。女一人，孫一人。紹恭等將以某年某月返，葬君于武進之某鄉某原，以亮吉交君之久也，于是馳札萬里，求其一言。

嗚呼！余又何以傳君乎？猶憶丙午之春，共艇適越，時同里鄞縣知縣錢君維喬、文學蔣君陳尊、崔公子景侃，咸在坐次。君時喜爲綺麗之文，酒半，戲余曰：「君他日銘墓之作，當以見屬矣。」余齒視君稍長，當時以爲友朋親愛之言無不至也。由今憶之，月犯星之兆慮戴逵者，翻貽會稽之凶；膏燒明之痛哭龔生者，顧在彭城之叟。梁國戲語，念之而心傷；鍾繇啁訶，引之以自咎。余之交君者，不謂其止于此也。他日薄宦粗就，歸休里閭。訪將軍之巷，君宅在三將軍巷。則大樹猶存；過邗水之橋，則溪流半涸，亦足以悽愴傷心者矣。

少寨洞贊

黎平府西四十里有少寨河，河左數里有洞焉，門險若劈，厓危欲傾。入數十步，則左塗右谿，徑益深邃，陸可乘馬，川能棹舟。土人云：「桃花水時，魚則麕至。」尋源而進，勢及百里，惜未獲窮其勝也。徒觀其積厓萬丈，無一尺之坦；懸瀑百仞，靡暫時之停。荒寒接天，陰翳匝地，雖思狂搜，不覺瑟縮。又未至少寨以前，景亦奇麗。石徑百折，蟠如怒蛇；危橋十尋，襯以鮮羽。繞岸居者，凡數百家。牖接漁艇，樓通鳥巢，花紅上牀，苔緑入竈。人禽俱蠻，莫辨啁噆。土石盡赭，尤淩景光。名花夥于種人，鵝鶩繁于沙石，則又楚南之秀壤，荒外之奇觀云。贊曰：

左塗右谿，石作郛郭。魚長于人，陡向厓落。黑盡生白，光如爨烟。呀洞陰杳，疑爲墨天。春波如雷，千尺逆上，樵丁方樵，墮入漁網。

師子厓贊

自黎平未至天柱縣百里，有師子厓焉。予行黔楚中幾徧矣，若茲之奇，則未之覩也。青氣往往，迷茲嶺坳；玄岡纍纍，突出天半。其下則表裏洞達，東西延袤。已枯之松，倒挂者千尺；欲落之石，相黏者徑寸。蹤無能停，瞬不及轉，如此者半日，方抵平坦。則麥隴鋪秀，雲光疑錦，延回一村，異景百出。高曾居巢，卑幼處穴。一榻之外，無非雞豚；百仞之餘，乃匿牛馬。怪魚窺人，頭尾五色；妖鳥咒客，飛鳴百回。黄果滿樹，即兒童之糧；紅蕉百尋，裁蠻女之袴。此則吴越山水，遜其靈奇，荆江土風，減彼殷阜者矣。贊曰：

石若立幹，巖如覆盂。穴腹空洞，倒生棕櫚。奇邪嶔崎，常有落勢。人行其間，目輒上視。紆行百盤，直下千級。厓方師蹲，馬忽人立。

黑神河贊

黑神河者，牂柯江之别名也。觀其懸流一綫，獨下千里，石亂若屋，魚飛似星，雖未遽接天，而離地已百仞矣。是以終日疾行，不覩寸壤；一夜數起，惟聞怒雷。花氣灼日，雲光亦紅；松濤接天，波影俱黑。雞犬之栅，高于鵲巢；魚龍之腥，裹此人氣。此則思理所不能及，實荒外之奇矚焉。又趲波出其旁，孖水流其側，紅盆繞其北，青浪瀉其南。村女睇客，則啼如猩猩；花苗下坡，則轉若碌碡。均足啓豁聞見，廣益神智。贊曰：

高惟見天，俯若無地。帆檣切斗，下瞰雲氣。飛鳥蹠實，神魚冒空。來往不礙，咸行鏡中。分澌擘沅，獨下南海。我窮其源，孰竟其委？

白水河贊

永甯州城東北四十餘里，有白水河。其始也，自地至天，倒行者百丈；其繼也，由上迄下，横飛者數里。雲日蔽色，始輸其奇光；人禽絶聲，乃逗此靈響。驚雷怒霆，不敢過其側；飛霰積雪，未能凝其旁。一川茫茫，雖子夜而如晝；百步懔懔，即炎天而亦寒。行客木屐，欲搜乎山坳；仙人水簾，忽懸于天外。下則洞闊數武，巖深百尋，飛泉蓋之，不見日影，穴鼠大于山鷄，苔錢圓于斗栱。神怪所窟，忘其歲年；幽靈往來，恒以月午。客曾登雁蕩，陟匡廬，所爲飛瀑懸溜，均無此奇也。于是嗜靈異者，有觀止之歎；居鑾嶠者，可無域中之慕矣。贊曰：

是聲是色，非意所想。闌干百尋，忽落奇響。白雪之白，寒冰之寒，飛仙所爲，靈怪是蟠。相傳有水犀伏于洞中。滔滔混混，淩躐川瀆。滄溟縱到，怒氣猶鬱。

校勘記

〔一〕心止居詩文集十二卷　按《清史稿藝文志補編》作「《心正居詩集》四卷、《文集》二卷，楊夢符撰。」似作「心正居」是。

卷施閣文乙集續編

東阿尋西楚霸王墓記

予以屠維之歲，始夏之月，夜抵東阿舊縣，與舍弟及長白繆君，尋西楚霸王之墓。維時暑日傾谷，炎風滿山，元扃既臻，雙壠兀立。尋碑讀之，云「有李將軍從王死，實祔葬焉。」

嗟乎！史遷不紀其名，班氏并逸其說。獨使田横之客，揚義魄于東潮；彭越之臣，振哀聲于西日。予實恨焉。且夫世之謂大王者，徒以淮陰歸漢，范增去楚，生有簡賢之名；虞兮一歌，駿馬再歎，死惟玩好之戀。以此短大王耳。

詎知一士噩噩，剖心生前；孤忠英英，納肝身後。如生之面，入九地而不灰；已裂之眥，伴重瞳而不瞑。炎漢國士，或搆藏弓之冤；楚邦遺臣，獨高埋烏之誼。大王之愛士至矣，將軍之報主忠矣。是知三户崛起，得死士而能然；一人從亡，較興王而烈矣。天之亡也，人何恨焉。于是索兹村酒，敬奠英魂，昭臣主之大綱，破古今之殊說。可知玄松濯濯，不偃漢家之大風；庶幾青隴陰陰，猶上秦時之明月。是爲記。

管履之先生告殯文

惟城之南，其谿有邗，邈前修之搆造，逢古處之衣冠。蓋味道斯静，修德以安，躬雖承乎世胄，志較厲夫單寒。

夫其弱齡克奮，專學不遷，既孜孜而靡倦，又恂恂而寡言。稽昔人之令德，視先生而有焉。是以折笄之訓，不勞于童齔；而入蓁之辨，早異于髫年。及乎隨伯氏而遄征，侍嚴親而遠仕，炎墟則龍浪千重，天險則虹扃百二。文投西嶽，擘秀嶺之雄奇；思拓南溟，鬥靈潮之逸恣。入關而襄治績，初無志乎貊鶉；過嶺而佐清名，并不携夫薏苡。亦嘗積兹素學，一試有司，既靡志顓孫之禄，自不染楊朱之絲，遂乃發名山之藏，焚干進之策。庭隅之陰，晷勤于寸；几案之課，旬積以尺。經有十四，均屢絶乎朱韋；史列廿三，靡不盈夫丹墨。一樓盤盤，終日未下；俗客擾擾，十載不參。披千箱于案左，啓列牖于楹南；數城隅之近堞，面晴郊之遠嵐。朱穆貞孤，絶塵交于車馬；子雲寂寞，聯素識于芸蟫。

雖復譽起馮公之嗣，貴在延之之男；隆以大夫之秩，享以禄食之甘。而鞶帶雖膺，拜國恩而修愈厲；華裾乍襲，啓祕篋而思益覃者矣。方謂草元之歲方臻，讀《易》之年可假，欣杖舄之優游，藉詩書而陶寫。乃霜初被野，方報淒其；訃已臨門，偏驚逝者。悵三千之道遠，鯉未趨庭；值庚子之日斜，鵩先集舍。烏乎哀哉！

某等咸在親知，共傷閭閈，悼賢相于朝端，謂相國程文恭公。隕哲人于里館。雖隱顯之殊塗，實賢愚之兮，逝不肯留；來者未見兮，我心之憂。烏乎哀哉！尚饗！

共惋。馳銅車兮結素旒，道西郭兮望南州。出無與議兮，處無與謀；少壯廢學兮，耆耄蹈尤。前人已往

董太夫人怡老軒序

怡老軒者，少司農富陽董公入居賜第，別搆軒于左奉太夫人所居之地也。

太夫人邴氏，琅邪舊族，幽薊吉門。北海三傑，合根矩而爲龍；東州六賢，並曼容而隱鳳。西漢中興之相，陰德及于千人；東周上資之家，富聲翔于百世。太夫人承兹家業，早著閨聲。梅蕊披春，雅有高寒之質；石性在玉，預含貞淑之資。年未及笄，卜云其吉。絡秀之歸周氏，欲成方雅之門；泉邱之幕孟宗，遂啓熾昌之緒。時文恪公中閫在悼，上秩方膺。斗形垂北，《尚書》則合象于璇樞；星位從東，陰宿實聯輝于參昴。琴升筵而静穆，蘿附柏以柔嘉。季隗之位非卑，已列蘋筵之次；燕姞之符更顯，聿徵蘭夢之雙。

自歸文恪公，而輔勤于室，佐宦于朝。大宗伯方司天秩，太夫人亦號禮宗，兼隆内外之稱，並睦親疏之序。勤于惠下，高嶺之頫羣峰；敬以承尊，秀草之希茂蔭。而又釵經數質，周親串之貧；廩或頻虚，饋宗閭之急。相此夫子，宜其家人者焉。洎夫魚軒既乘，鯉庭早貴，啓篋則文貂耀景，列屏則豔采舒華。然而太夫人尚御青縑，猶勤素業。一裘適體，同齊相之十年；七襄在機，勞魯姜于五夜。常之母必親魚菽之祭，歜之家必聞紡績之聲。成兹令子，既丸膽于髫年；愛此文孫，復含飴于暮歲。此則賢而有禮，宜登

右史之編；貴復能勤，克著中闈之訓者矣。

時少司農入司機密，方接曜于中台；崇安君出歷巖封，亦符明于列宿。太夫人則調脂入戒，封鮓貽規。是以棠陰一縣，咸流愷悌之名；金谷四司，皆秉清勤之訓。自家型國，以教成慈，太夫人之力居多焉。蓋自少司農之貴，而太夫人三膺錫典，疊荷榮施。儀成之號，冠命婦之崇班；大家之書，著名宗之茂則。十月二十二日，入居于賜第怡老軒。越某月日，即稱六十之觴，禮也。雋母之移居官舍，首垂家國之箴；虞宗之別立養堂，遞受公卿之拜。德莫懿焉，榮莫盛焉。

亮吉，少司農門下士也。謹受簡而爲之記。

原師

立朝之節，門内之行，於世爲有益，于學爲有用。箴曰：末學孤露，幼而無師。願持此語，没世求之。

原友

不以榮悴移，不以毁譽惑，不以身名之起落爲重輕，不以蹤跡之密疎分厚薄，是曰性命之交，吾得一人焉。出處不同而心跡可信，趨向非一而精神自投，是曰氣誼之交，吾得一人焉。人品可以厚風俗，好惡足以明是非，是曰契重之交，吾得二人焉。獨抒性靈，遠跡風雅，吾得一人焉。研究經籍，時有發明，吾得三人焉。持身作文，趨向甚正，吾得一人焉，是曰文字之交。交有本末，禮尚往來，吾得五人焉，是曰禮節之交。箴曰：古之烈士，精貫日月，微躬可蜕，信誓不滅。

家慶圖序

夫立功立事者，君子之懿行；知止知足者，達人之邃識。必推其致，皆有歉焉。何則？七葉珥貂，富平寡審幾之彦；兩疏息轍，東海靡繼起之儔。是則求之家國，理尚難兼；商之出處，義非並愜。若誥授朝議大夫、刑部福建司郎中趙先生者，其兼之乎？

先生洛下名宗，吴中世族。七歲入學，即拜經書；五世服官，能通衣履。少有奇童之目，長有偉士之稱焉。年三十，起家户部員外郎。國恩戴首，祖訓伏膺。元成涖宦，有小韋少府之稱；高密著書，守先鄭司農之教。轉刑部福建司郎中，時大學士兼理部事劉文正公、侍郎錢文敏公甚契之。君詳求律意，斷以精心。條厥重輕，時書鄧析之竹；和其顔色，匪肖皋陶之瓜。上官謂任折獄之良，足荷專城之任，特疏薦之，而君乞假歸矣。仲翁旋里，益究《公羊》；班斿告歸，惟儲秘籍。

雲谿者，里中之勝也，君之居在焉。因彼舊構，廓兹新楹。修竹過徑，東距蔣栩之居；幽花壓籬，南瞻徐勉之宅。于是會兹華組，盍彼朋簪。内史醉歸，過里門而定下；大農客至，雖賤士而必賓。後進挹其淳和，薦紳稱其醖藉，而且王鮑廉吏，世著循風；崔柳大宗，尤傳家法。齋居峨峨，舉諱日之禮；筵几秩秩，嚴伏臘之祠。鮑氏之園爲優，不入晏嬰之宅；慶季之車甚澤，敢陳叔豹之庭。雍雍焉，簡簡焉，東南士大夫之模楷也。

恭人葉氏，幼有令德，長垂閨聲，接同室以禮，撫庶弟以慈。仲升遠宦，惠昭臨北風而歎；德公坐法，文姬陳先德以規。自歸於君，而一室坐起，不易方隅，比鄰周旋，靡聞語笑。謝道蘊不接尼媪，無由知中閣之風；韋夫人親課童婢，咸能窺六籍之旨。時君令子懷玉、球玉，方以學行與東南賢士交，于是劉表致札，首號太公；王邑寓書，必稱賤子。廣陵陳登，見子魚而生敬；魯國孔融，遇元方而亦拜。而先生亦禮接後彥，雅隆寒素。春水浩浩，樓開名士之筵；車聲殷殷，門接長者之軫。安昌侯精饌，旬日必陳；復陽國田租，歲時屢散。有處貴能降、居豐可約之致焉。

庚子歲，上幸東南，遂觀于海。虞延覲道，九重頒内府之珍；長卿奏名，天子悦大人之賦。長君懷玉以召試，名在第三，由諸生授爲内閣中書。先生盛德之報，肇于此矣；國家異數之寵，萃于門焉。明年，先生又舉一孫。于是長君懷玉，屬友某爲家慶之圖。遂假官歸，爲先生及恭人稱六十之觴，禮也。世英未老，已復抱孫；文度乍歸，時還登膝。朱履塞徑，門皆上壽之賓；黄花映筵，庭成益歲之頌。

亮吉于先生有連，慶先生之獲福未艾也，因爲之推廣世德，發明賢風，于以知國寵至渥，必萃既高之門；家釐實覃，唯歸餘慶之室云爾。

食榼銘爲孫季逑作

山有木，工度之，裁作榼，無不宜。佐子飲食，減子慮思。非木之好，用代諷山樞之詩。

酒器銘

長歡之室，忘憂之樽。子行節之，無樂逾乎古人。

書室銘

行無忘其實而據其名，學無膠其跡而失其精。無尺璧之棄，而浮聲之争。或出或處，可亡可存，庶靡踰乎素位，以無忝我二人。

董夫人哀誄序

董夫人秦氏，某官之女，太子太保尚書文恪公冢婦，今户部侍郎蔗林先生繼配也。爰自中閨，夙成令質。學遷之歲，即悟焚香；識字之餘，已羞調粉。以祁祁之春日，歸藹藹之吉人。夫人則在貴能勤，處盛斯降，師敬姜之親績，樂少君之蔬食。秋鐙墮穗，久伫深宵；春樹浮花，不遊暇日。衣在身而數澣，釵飾首而不華。然而屢遘憂虞，遂罹疢疾。長帷曉卧，空室夜驚，夢呑落月，甫孕靈童。未閲歲星，即凋春樹，留環無再生之望，緘篋餘已讀之編。又況迢迢遠戍，宛宛黄塵，念弱弟之移巢，值衰親之荷戟。三旬望遠，一日寄書，衾長而魂氣先離，袖冷而啼痕宛在。尚復饋姑，黽勉相夫勤劬。疾已居肓，猶扶鳩杖；愁先侵肺，尚理朝衣。調魚飧而勤餐，先雞人而戒旦。此則永逝之感，較甚黄門；蒙楚之悲，逾于前哲者也。

先生門徒之盛，著録千人，爲誄百輩。禮吉辱承師命，題序簡端，所以廣達人之志，著女史之闕而已。

黄金臺弔郭隗文

屠維大淵獻陽月三日，洪子尋燕臺之基，眺無終之山。維時三辰冠首，九野圍足，臨觴而思，酬古以哭。爰投文以弔郭隗曰：

兹臺之成，世去不停。如何千祀，而識于名。非子之故，憂心以愬。嗟若吾子，憑邀君靈。世不待子，子實以幸。維子之幸，國士以慶。心馳劇叟，足藺鄒生。翩然來斯，亦有樂卿。嗟彼數子，端居九京。如何可作，與子偕行。無終峩峩，哲王斯兆。敢因嘉日，庶眺豐草。元泉既涸，墓石斯倒。踟躇前事，敬咨華表。百世飄忽，亦既上仙。維兹靈區，跡或偶延。木枯而壽，狸俊而言。明明博物，傳兹茂先。兹來欷歔，願訪遺事。推誠輸抱，實感殊世。泉臺雖掩，猶憾吾子。如何臨穴，顧不從死。郎山西傾，易水東出。子今沉埋，我未奄忽。如遂顛隕，願傍子穴。經千百年，擬于駿骨。

亡友林嗣基詩序

夫函宇寥廓，非虚懷所可貯；百歲浩渺，豈朱顔所及待。乃有束髮而窮理要，弱齡而振玄風，思馳六合之外，議出五經之表，微言未絶，其在人焉。

林公子嗣基者，承累代之名家，爲一宗之蔚望。既趨庭而學禮，惟彈琴以讀書。惟静也，故動植之性，寓目即知；惟靈也，故雲霞之辭，探心以出。顧性習懶，不甚涉筆，又不示人也。迨夫闔棺而詳私謚，破枕而出遺文，則有詩及文若干首焉，異矣。

方歲在乙未，太公官江左之日，賤子遊句曲之時，遇于深坐，默爾忘言，溯夫遊蹤，神焉以企。予又言吾友孫君之才于君。于是三人者，眺高嶺之荒寒，語幽窗之燭燼。連騎而出，一縣效狂。傾釀以酬，賢妻泣諫，人事盡乃幽譚鬼神，狂交希或聯羣魚鳥，于斯時也，雲出岫以忘歸，風行天而自適矣。未幾，予奉諱家居，孫君亦悼亡旋里，君省書悲惋，憂二人之死也，書簽屢及，寒暑乍周。不謂此君，遽先物化。太公書來，欲爲整理遺集。憂患匆卒，久未報命。及與孫君同客當塗，相與悵談前事。三復遺編，魂招小謝之山，涕灑空江之側，因頻夕不寐，編君詩文爲上下二卷。

嗚乎！天地之大，似無所待于摛筆之士矣。然而川幽入夜，朗以清光；嶽險頽雲，扶于元氣。寥寥今古，首首數人，委荆榛之病骨，猶孕靈芝；吐山水之奇思，當輝秘册。不朽之事，固精神所得主者也。君之夭又何戚焉？

贈翰林侍講學士朱先生石君序

蓋以蘭臺作史，會稽介枚馬之儔，廬江冠召龔之列。未嘗不歎金馬之英，無聞治績；朱轓之吏，不入承明。即兹望族，以訪全才，則南陽賢守，本知禮以服官；冀州循聲，緣經術而飾治。以東漢之賢宗，視西京之達宦，其較優乎？

翰林侍講學士朱先生石君，輦下名家，山陰舊族。張勃之移居，三世以受國恩；元順之悟學，九齡咸驚夙慧。孝友植性，禮樂滋身，十行窮經史之書，一室盡昏晨之節。龍文乍試，京兆目爲奇童；《鹿鳴》甫歌，當塗偉其國士。以賈傅知名之歲，爲終生入仕之年。評其儒術，推戴斗之無雙；溯彼家聲，云去天而尺五。然先生方淵懷可挹，績學若虚，人莫窺其際也。

五年擢侍講，十年陟學士，爲河南主考官，充南嶽祭告使。五雀六燕，平大匠之衡；山虎川龍，建使臣之節。于是天子悉彼卿才，試之吏治。蕭長倩之爲馮翊，雖曰外遷；孫子嚴之歷數州，將儲大用。遂以翰林侍讀學士，出爲福建糧驛副使。正身率屬，潔己愛民。逾年，兼攝福州府篆。百事具舉，一州咸治。俗有和合神者，既奸民之創造，爲淫鬼所馮依。車填一巷，牲牢之祭何繁；幕設三重，土木之形尤冶。飾薜荔芙容之服，懼啓淫心；焚都梁迷迭之香，漸熏惑志。先生赫斯以怒，卓爾而興，撤屋而擴爲廛，削象而投之海。付彼清流，洗百年之邪穢；條其甲令，正一郡之人心。擢本省按察使，先生外秉威神，内持仁恕。訥獄未竟，方堦留涕面之囚；施德甫周，圜室有革心之吏。未幾，以外艱去職。高柴過毁，世以爲憂；閔子免喪，哀猶未釋。服闋，補湖北按察使，復調山西，治皆如舊。逾年，即擢布政使，邊民則加額以慶，屬邑則望風而驚。先生欲澄兹吏治，故蘇綽六事，皆簡而不煩；欲振此廉風，故劉寵一錢，亦辭而不受。時今尚書山陰梁君國治、今副使仁和孫君廷槐與先生同官，有浙水三清之目。而人謂先生，以數年卓魯之治，存此州唐魏之風，則尤有力焉。

七年，請入覲。是時，天子方釐四部之書，啓三通之館，開文淵閣，以命儒臣。重其選，復留公爲翰林侍講學士。逾年，入直文淵閣，士論榮之。持節十載，復之禁林；承恩一門，咸居史職。戊戌，分校禮闈。己亥，主考福建。以《六經》而取士，類皆根柢之儒；歷數省以程材，稍挽浮靡之習。冰雪之性，惟悦素絲；松柏之林，尤無曲植。當世服先生奬拔之獨至，取與之不私焉。維時，先生歷官三十年矣，人皆以歲方開于五秩，名早簡于九重；以爲當出膺節鉞之司，入畀經綸之任。何武之徵，既符素望；王儉之相，未改黑頭，所以望先生者未艾也。不知如淳注史，史官班丞相之前；夏侯釋經，岳牧冠羣僚之首。即兹中外之所歷，已極古今之崇班。又況閩南代北，家總戴其仁恩；芸館蓬山，世尤尊其偉著。加以作弘農之屬吏，皆有清名；爲東海之門生，咸思勵節。導揚雅化，扶植人倫，何必儒臣非報國之官，禁苑匪致身之極哉！

門下士以先生方屆五十而稱觴，願乞一言而爲壽。以某于先生交，合辭以請。某固識先生之行事，而并知先生之心者也，爰不辭而爲之序。亦以見審槐里之節概，尚有華陰守丞；詳公叔之平生，庶惟陳留中郎云爾。

聖駕五巡江浙賦 爲趙懷玉作

維皇上四十有五載，德日曜野，威星景方，信風條而壤緑，仁雲展而霄黄。于是朔暨烏籍，炎訖狼朊；川静鯷鼇，陸洽龍鄉。黑質白章，叶樂趨蹌；丹翎翠吭，與化翺翔。蓋恩周乎四世，故慶極于八荒。皇帝爰諏日，而舉五巡之禮；庶僚方獻歲，而進萬年之觴。然而聖心方淵然以静，穆然以神，却慶典，沛崇恩，既精思夫至治，乃加意于勤民。法天之覆，師地之均，配日之令，象時之仁。倣斗車之始建，眺原野之初春。日麗天葩，郊原始花，禽飛山迴，鱗動川華。一人和而自運，萬騎寂而無譁；周幽兖之岡阜，遵徐楚之津涯。乃停玉輅，駐文騶，駕凌雲之寶鷁，浮泛日之仙槎；霓旌高而映漢，珠露下而凝沙。淮左名邦，會稽古郡，屏展帆遥，林長騎迅。山戴德而增巍，川凝恩而加潤，百卉荷夫温顔，千巖榮其睿瞬。彼於越與句吴，實歡忻而振奮，歌萬姓于九逵，喜卅年而五覲。

蓋皇上之飭吏也，令頒之甲，夜勤于乙，鑒庶司之勤怠，昭衆事之得失，神運乎千里，知周于萬物。山爲德，川爲刑，士惟月，尹惟日。巡東嶽暨南嶽，諭左列及右列，條吴楚之民風，頒東南之治術，莫不秉一人之謨，以成百職之述。而皇上之愛民也，或偏灾之偶及，捐數郡之所輸，下方舟于楚蜀，給歲食于全吴。而于巡省之地，則又截上供之粟，捐所過之租，仁皆銘于肺府，化乃澤其髮膚。是以黄童白叟，方趾圓顱，靡不趨翠輦，傍黄爐，冠朱纓而舞忭，釋黛耜而歡呼。既履于河，乃臻夫海，洵洪波之効靈，實廟算之所在，彼鱗臣與介伯，奉約束而未改。蘭橈既施，桂檝咸待，烏銜五色之珠，飃展八葉之綵，舒曠覽于中流，數成功于歷載。鏡天光與水光，平日采及月采，省方之禮既展，校士之典聿修。蓋以示博采，寓旁收，士有期于序進，才無待于巖搜，罔不獻醴泉之頌，效祥鳳之謳。星宫闢而給札，雲幄啓而瞻斿，類飾磨而自獻，冀擢異而升尤。

皇心悦，睿思周，宸遊瀕，奎章富。映緑字于山川，焕丹題于苑囿，攬轡而百韻成，御舟而千言就。或瓊韻之抽新，或瑶篇之疊舊；起六籍而居前，瞠百王而在後。蓋自發璇宫，反神京，登禹穴，歷金陵，清一百十日之蹕，歡二十二郡之氓。雲祥雨潤，岱聳川迎；既下孚乎民隱，亦上暢夫皇情。渺膠庠之下士，忻至澤之充盈。蓋三衢所以祝天子之壽，而六符于以頌泰階之平。

聖駕五巡江浙代四省士民謝表

臣聞天施五色，丹黄宇縣之圖；地應五聲，宫徵巖原之曲。太平太蒙之野，戴日戴斗之方，狼䀮烏滸之隅，鼊亘龍蟠之域，莫不瓊雲增其晃朗，璧日湛其清華，甘露際其涵濡，皇風神其宣暢。又況奎婁紀野，十州爲拱極之邦；婺斗名區，千里列敷猷之館。歲二月東巡，五月南巡，虞典既先于西朔；民一男二女，一男五女，《職方》首紀夫青揚。是知龍行九五，雲霓之望尤殷；巽主東南，風雷之義斯著。上法天而次法祖，故典復懋于五巡；仁爲夏而德爲春，故澤先覃于三省。是則員顱方趾，望幸既誠；而陰雨陽膏，感恩尤甚者矣。

恭惟我皇上，重熙累洽，丕冒流仁。巍巍著德，宏四三六五之規；濟濟盈庭，舉春夏秋冬之職。垂衣宸極，則常明百二十四，可名三百二十之緯，悉拱北辰；駐蹕炎方，則水經百三十七，其注一千二百之川，彙朝東海。蜺旌初指，過金雞玉犬之郊；鳳輦徐行，增黄叟青童之祝。全齊半楚，釋黛耜而瞻顔；兩浙三吴，冠朱纓而引領。

其蠲賦税也，屬邑減征緡之半，會城寬租入之全。供儲既足，留紅粟于青倉；逋累均捐，慶黄醪于白屋。其廣錫予也，道在棄瑕，爰復已褫之帶；資惟念舊，則有更賜之環。防河之吏，既晋新班；煮海之商，亦邀渥澤。其優老也，萬乘之所經，黄髪賁朱提之賜；百年者尤異，鮐顔隆絳帛之頒。其肆赦也，殷網寬而圓，斗有措刑之瑞；禹車泣而下，杓無填嶽之星。其講武及籲俊也，憲瑶光而張武伐，映奎壁而試文人。風迴周廬雲日，獻禎祥之頌；星馳員陣山川，明組練之輝。其覲于海也，波平龍氣，頒玉瑞于重淵；石密魚鱗，益金堤于萬丈。其禮于山也，東岱則典隆于青壤，爰馳牲帛之儀；南鎮則祀重于朱鄉，親展登封之禮。其勤政及飭吏也，五品以上，多晝接之人；萬幾之餘，勤宵批之諾。甲宫昃食，聆虬箭之紆徐；乙夜求衣，聽馱鈴于蹀躞。

而其尤盛者，則孟門砥柱，未慶安流；鉅野吾山，難歸故道。司農五百萬金，以役數州之力；河臣上中下策，尚稽三載之期。乃朱旗涖野，而日麗天青；蒼輅臨河，則波平鑑紫。泉沉黝犢，三霄尚裊夫神香；堤亘銀虹，千里如遵夫睿約。高下之飈車電馬，齊斂玄旗；東西之龍首魚身，咸移黑壤。千人畢力，排萬礎于蛟宫；一日宣猷，冠雙堤于鱗屋。此則靈源德水，唯馳甲乙之帆；高堰長淮，克静庚辰之鎖。蓋駭浪初恬，人謂待聖人之南幸；亦虔衷上契，于以挽巨壑使東行。源于天上，長徵瑞應之圖；行自地中，永紀至人之烈。猶復下再三之詔，降寬大之恩。均頒秬犢，春耕徙浪之田；普錫金錢，食給衝波之宅。使兖豫上流，蒼赤有安生之樂；徐揚水匯，清黄合順下之規。凡兹靈應，悉本誠符；惟此鴻謨，益徵慶趾。祝三百六旬之初，恩綸早徧；故億萬斯年之祜，薄海咸歡。

臣等膠庠下士，海甸烝黎；山邦左右，淮土東西；江水北南，越鄉近遠。欣逢盛世，既五覲夫慈顔；快睹昇平，復頻承夫睿訓。不勝感激慶忭之至。謹合繕表以聞，伏惟聖鑒。

送舍弟南歸序

歲屆孟春，節逾元夕，舍弟以幽憂致疾。一旬之中，啜食者再；申旦之内，咯血以數。蓋燕臺夢冷，不無意于鄉閭；蘇生裘敝，鎮淒其于雨雪。對寒風而隕涕，盼南雁以傷心，而行遂不可緩矣。反因遠别，索我歸期。嗟乎！麻衣易采，久非定省之辰；堊室消朱，無復門閭之望。守高堂之素綫，保護于風塵；逋阿姊之青錢，延回于力役。然而客歲十五，征程八千。識人間之路，甯作歧羊；指原上之松，終歸病鶴。勉旃吾弟，鑒豫公之薄志，無辱飢寒；念曇首之中年，當持門户。瞻望不及，佇立以泣。

皇帝南巡詩　并序

臣某頓首再拜言：臣伏見皇帝陛下，于今歲正月之吉，遵聖祖仁皇帝成法五巡江南，蓋自旃蒙作噩歲至此，越十六年。東南之境，揚越千里，雲霓鬱其深望，涵濡際其厚澤。冠朱纓，佩韋帶，風吟雅詠之士；馳銅車，垂素髮，澤耕澗釣之儔。引領接踵，晨夕以冀。而皇上又于其間展東封之禮，告西討之捷，幸闕里而蹕興京，于是，江浙大吏循例以請，皇上亦念東南望幸之誠，值時和歲豐，國家慶祉之會，迺下詔俞焉。戒鑾輿，諏吉日，發軫冀野，制蹕吴會。于是咨民瘼，察吏治，截漕粟，寬租賦，蠲逋積，釋罪繫，修山川之祀，優耆老之典，勅戎具，登俊秀，湛恩駿施，有加無已。又蒼輅所屆，河堤告竣，遵海而觀，密晝以建，至矣。夫一遊一豫之諺，可久可大之規，比于先王觀爲後世法者矣。

臣不敏，慕《車攻》《卷阿》之在雅，與《時邁》《般》之頌，咸以形容盛德，紀詠功烈，被金石，流絃管。今其如何，而闕斯作，輒不自諒，謹賦詩千六十四字，以上紀皇帝文武神聖，中以達士民愛戴之忱，下庶竭微臣夙夜之職。其詩曰：

皇帝御極，四十五載。盛德累洽，大慶以會。含生熙熙，乾悌坤闓。乃眷東南，屢膺豐歲。皇帝曰咨，惟十六祀。大吏之章，一至再至。惟朕法天，不可以怠。省方之典，祖德克配。歲惟元日，九門曙啓。泰陽升中，盈尺雪霽。帝御正殿，百辟侍陛。洞洞穆穆，以達嘉氣。國家慶祉，布告中外。惟雲之垂，其澤皚皚。皇帝曰咨，以廣錫賚。惟風之行，蕩彼釁穢。皇帝曰咨，以赦有罪。惟春徂秋，農野告瘁。皇帝曰咨，逋征悉匄。惟冀及揚，六虬所稅。皇帝曰咨，上供咸貸。臣之祖宗，慶典均霈。懷動録舊，孫子亦迨。峩峩雙闕，九門軒塏。赫赫升龍，衮衣以繪。凡百在列，服貂耀綵。朱纓抃舞，翎爍其翠。醴潔于尊，羹調于鼐。盈庭錫讌，禮成而退。登壇祈穀，方展青旂。先時而雨，足灑塵壒。風和于旂，曾不向背。萬騎隨龍，不震不驤。川原高下，春至凍解。益以和豫，光翔大塊。睠惟河流，屢築而潰。宸遊既屆，不復泛溢。魚身龍首，川歛百怪。臨流而禱，牲黝玉璯。曾不呼吸，默鑒已在。川祇奉令，河伯震駭。一日之功，隄成百排。揚徐兖豫，以堙以灑。帝心既悦，衆亦愉快。天惟左旋，帝亦東邁。東南之民，視昔復倍。傍舟而趨，陸視星旝。前之黄髮，番番未改。昔之兒童，鬢植于頰。于于扶杖，或釋其耒。戴恩于首，獻曝在背。自髮至踵，悉化所逮。化之所逮，靡有外内。豈惟含性，生植既溉。豈惟秉靈，毛羽亦遂。揚州之境，浩浩富水。會稽具區，以海爲委。惟帝日咨，鴻流巨派。原資耕鑿，川以育介。人民魚鼈，立堤而界。積葦爲塘，或恐易敗。易之以石，久乃勿壞。吏秉廟謨，防築靡懈。帝行度之，靡所勿届。帝之勤政，勞于訓誨。上自督撫，下迄庶吏。章程既立，戒勿苛碎。守官之箴，訓以勿賄。目其勤怠，以課殿最。苟或不力，高位亦汰。職之煩省，乙夜以揣。或易而居，政乃咸賴。微長可録，洗濯眚累。戴愆之吏，或復褫帶。帝之所行，州衢闤闠。帝之所念，甽畝溝澮。截兹漕粟，以實倉廥。民皆四䪥，視尚若餒。爲思其利，并悉所害。禽之催耕，其羽翽翽。飼蠶之葉，抑何旆旆。皇心悦之，引以相對。進兹襏襫，喬野無礙。上恬于下，民俗以泰。乾坤蕩蕩，以成其大。惟此大和，烝爲人瑞。百歲之老，駢踵拜跽。子惟耄耋，孫亦逾艾。年至禮加，帛錫表裏。征賦既蠲，復饒粟米。雞將其雛，犬狎不吠。兒童蒸蒸，飽食以喜。天顔既覲，均不悚畏。咸拱屬車，千狀萬態。父母于子，蓋無不愛。帝之視民，亦若斯類。草木齒角，悉與盼睞。行宫之側，獻頌百輩。帝皆省之，悉報以幣。或與釋褐，試之在位。膠庠慶洽，較此營士。熊羆貅虎，雷驚電駛。文德武功，靡不畢試。帝之旋蹕，召吏以戒。塘功既竣，親展珪玠。凡兹行館，第掃以洒。蒿宫可居，戒勿雕畫。茨階可翦，勿繪以彩。無增于前，以獲咎悔。維兹大吏，稽首以唯。同聞兹命，草野悦慰。凡帝之巡，至澤汪濊。超三踰五，邁蹟羲代。歲惟涒灘，展禮東岱。巍巍闕里，肅志進謁。興京再幸，復比豐沛。洋洋川流，長白皠皠。東南之望，山聳川待。河渠海流，實資經緯。維皇之至，雲屯星萃。惟皇之旋，霞蒸澤匯。艫名安福，帆曳瑞靄。法宫告至，慶賞以槩。頌乎從臣，以迄環衛。遠方來朝，集此軫蓋。受餐賜邸，以勞以徠。合璧日月，五星耀彩。榮光成嶽，元氣爲海。奚斯吉甫，臣頌不愧。億萬斯年，以引以戴。

祭尚書錢文敏公文

惟公生禀公忠，死稱純孝。大節無慙，神人以傚。巖巖者烈，赫赫者稱。敬因柤梪，請頌平生。伊公篤生，哀于武肅。明德達人，鍾祥太僕。公之府君，爲邑祭酒。峩峩一家，擅三不朽。髫齡之兆，實惟文明。龍首之一，公以策名。既登史館，復試于廷。揮毫奏賦，璿璣玉衡。人亦有言，賡歌小心。公官卅載，回翔禁林。洎隆主知，久膺司寇。豈惟明悊，三赦三宥。番番之律，井陷于川。平平之執，星飛于垣。公之先世，荒政盡職。暨公平反，彌種陰德。坐公于堂，有睟其容。匪瓜之削，伊玉之豐。黔陽之獄，帝資明決。惟公旬日，折獄以七。

苗民生育，惟疆之居。值兹破蠢，蠕蠕一隅。沿江瀕海，□□□左。勦之撫之，天子命我。惟頑之苗，醜唯香要。顏行敢抗，潛軍踵逃。歷佳居南，暨朋論北。誰从我公，簡兵以百。霧歛旗紅，雲積陣黑。炬火宵明，酋旌晝匿。兀兀熊羆，公坐軍門。文金鑾布，招之以恩。豈惟撻威，遂殲厥魁。豈惟撫緝，遂布厥德。巖山惟明，天風掃氛。誰從公遊，摩崖著勳。昔紀之師，實惟文成。唯公贊術，苗民以驚。秩秩苗疆，碧塍紅壤。

天子思公，鼓鼙致愴。人傳三絶，實公餘事。惟晝詩書，文敏有四。凡兹數端，實結主知。煌煌天語，疊賁于斯。憶昨南歸，知公病消。同官諮度，宸衷以勞。曁歲之春，帝謂諄諄。披圖進册，慨焉斯人。元封誄宏，鴻嘉贊趙。方玆遭際，未臻荓造。殯公于堂，經要衰裳。碩儒秉禮，善公居喪。

烏乎！大雅無常，哲人有數。前悼司空，劉工部星煒。後悲宮傅。劉文定。矧公偉烈，尤著皇家。何期箕尾，同值龍蛇。凡玆之卒，鄉閭誰式。零雨其蒙，愁貍四塞。唯昔家居，感深寒素。實愧下交，踵門徒步。惻愴生芻，兩揄兩壺。冠車莫遏，神已屆塗。於乎！尚饗！

送翰林院侍讀吳穀人先生乞養歸里序

嘉慶二年三月上巳日，吾友翰林院侍讀吳君乞養南歸，其同歲生洪亮吉招同志之朋，乘入直之暇，餞之于卷施行館。于時嘉樹百本，紅猶未敷；春蕪一畦，緑尚難藉。弋連林之鳥，釣深澗之魚。天目之筍，云惟土膏；山陰之樽，不殊家釀。爰舉觴而送之曰：

君之歸也，有五樂焉。

鬢縱頒白，衣猶純采。陟岵陟屺，三詩合歌；倚門倚閭，一老咸在。集申申之羣從，慶皤皤之黄髮。伯始之宦既達，呼之以名；文度之年雖長，登之于膝。此則五十而慕，視猶折蔆之時；八旬有奇，健逾遺種之叟。其樂事一也。

比二千石，可云尊官；垂三十年，鬱爲前輩。陳宗之校東觀，既在孟堅之前；桓郁之授禁中，僅處仲弓之後。又況楚遊設醴，正待穆生；東平奏牋，首推李育。《子虚》《大人》之賦，上客傳觀；《甘泉》《洞籥》之篇，貴人成誦。甚或賦西池之句，寵厥始行；設東都之帳，惜其欲去。其樂事二也。

未離交道之廒，已置當時之驛。青齊才士，佇望其前旌；廣陵達官，預開乎曲宴。牛腰之軸，堆案而索題；魚腹之書，封緘而俟啓。瓜步尚遠，垂虹之舫已迎；蘇臺既離，如龍之馬尚送。莫不相見恨晚，圍觀若仙。其樂事三也。

百川奔注東海，是曰歸墟；羣才挺生曲江，實惟都會。西則三江五湖，南則八閩百粤，陸路之馬多如風鴉，水程之帆密若星顆。離亭折柳，手倦于攀條；紫陌賞花，目迷于辨色。交友盡一世，曾未越乎門庭；爲客設八珍，要不離乎水土。其樂事四也。

以視膳之暇，爲著書之期。左思既敗之筆，雜貯案頭；管甯未鋭之榻，不離門右。籠鵝館闢，偶爾習書；步鶴汀長，即供覓句。孔鯉之經學，多得于過庭；揚雄之《法言》，半成于閉户。其樂事五也。

僕自惟孤露之餘，忝宦百僚之末。然非天下之士不交，非經世之書不讀。堆案數尺，書淫自嗤；臨扉百觴，酒悲不免。惟此數子，庶幾同心，賴國武之盡言，成蘧瑗之寡過，永此夕朝，藉慰離索。乃今者西行數騎，時張船山以憂歸。險欲上天；東去一帆，勢將及海。罵田蚡之坐，已乏酒狂；移江斆之牀，將排俗客。弔影自處，攢眉無聊，繁花紅于窖中，春草青于屋上。視此風土，彌懷鄉里。行亦買艇十尺，驅車兩輪，歸休于吴，訪子入越。茅容殺雞，雖不及客；范式醖酒，或當迎賓。山川渺然，來往無間。此則向西而笑，咸有待于他時；徂南之思，庶無忘乎歸宿云爾。

鉏月閣記

鉏月閣者，延陵主人讀書之所也。其地也，交徑四出，惟植疏梅；閒壥一隅，滿貯明月。每當殘雪欲凈，條風乍挩，疏花半簾，香意一室。雲外之鶴，不招而自來；巢棲之禽，戀影而忘去。招邀羣從，爰集勝侶。洞簫鳴于閣中，琴韻飄于塢外，陶陶焉，灑灑焉，此閣之所以名也。

其外，則山積萬丈，溪流百折，大石兀立，飛泉布空。幽徑過鹿，時時一鳴；危潭出魚，往往五色。陰厓霰零，當晝亦暝；温潤氣暖，過秋仍花。此則漸江汉水，或與共源；天都齊雲，此爲合脉者矣。其内，則一几數榻，前堂後軒，畫則顧愷一厨，書則荀勗四部。蠻紙萬幅，有沈約手鈔之書；隃糜兩螺，爲李尤自製之墨。胡蝶過牖，時尋幽人；芭蕉拂壥，不延俗客。因樹之屋，何以過兹；鑿坏而居，斯其足矣。

僕姻結中外，交兼紀羣。少日攬勝，疑嘗過門。先人結廬，近不數武。他日給金門之假，過玉山之居。任昉之米，色如桃花；琴高之魚，鋭若竹葉。主人其飯我于閣中乎，是所願也。

乞假後上成親王啓

亮吉猥以下士，獲趨三天，侍左右者歷時，陪清讌者不一。方冀東海傅相，稍窺卓爾之端；章城大夫，頻聆富哉之詠。甘醴既設，兼容酒悲；芳醪喻交，何止心醉。恕其迂疏，備奉恩渥，亮吉幸甚，死罪死罪！

乃者，玄枵入命，予季摧殘，浮梗斷萍，痛心疾首。侍從請急，非厭承明之廬；期功去官，亦準古人之例。臨別惘惘，殊難爲懷。又蒙從檢討張君傳諭，屬以節嗇語言，韜晦楮墨。此則吾鄙狂簡，非夫子而誰裁；鯫生偏奇，幸大府之是正。他日冀寡佁玉之過，以答斷金之期，如是而已。

昨暮復詣澄懷園，爰升北岡，引眺西墅。松竹之翠，與祥雲共浮；麟鸞之洲，視天闕同迥。斜陽西馳，新月東上，感逝惜別，兼念德意，如何如何。謹啓。

送奎文閣典籍陳嵩歸里省親序

柔兆執徐之歲，予自黔中入都，卸裝閑廛，僦屋瑣巷。于是，有挾素業以就質，操鄉語而通欵者，則如皋陳肖生也。望衡對宇，幾將一周；連輿接茵，曾不間日。越歲二月，陳君將歸。爰擇令辰，集勝侶，挈北地之果，醞南中之樽，以敖以遊，卜晝卜夜，所以申聚散之感，極欣戚之致焉。

蓋其人也，超超不羣，落落自喜，逾叔夜之疏嬾，有周朗之偏奇。病渴既久，反購茂陵之姬；斷餮不顧，方招東國之友。賃地一尺，必栽梨桃；租居數椽，先貯彝鼎。衡門晝開，遲不速之友；蕭寺夜入，緇無礙之經。有勸以疎樓護之故人，接陳遵之要客，徙居綏福之坊，屏跡蕭閒之里者，君不以彼易此也。

其官也，儒林丈人，南閣祭酒，周栩畢世，不離乎王門；景丹四科，乃官乎國邸。而且研摩六藝，總領羣經，類陳農之訪書，同子政之校閣。從大夫之後，豈曰能賢；近聖人之居，是亦爲政。即有誇六曹之要，陳三館之清，矜再命之榮，侈一邑之富以耀之者，君不以彼易此也。

其家也，大江流其右，碧海居其左。積沙成田，陽侯代其灌溉；因樹爲屋，野鳥與之毗依。螺蛤滿港，以供丈人之餐；潮汐過門，無煩少婦之汲。遊心八埏，極目千里，即有以市南閩之蔗橘，販北海之魚鹽，羅東莞之珍奇，輦西秦之玉石以動之者，君不以彼易此也。

其業也，顧愷一厨，宗測數障，涉筆偶及，五嶽成乎卧遊；含毫自如，四序由其變易。敗紙退筆，與篋笥之衣競夥；殘朱剩黄，視妝閣之粉尤富。一月之内，面壁者乃有二旬；六時之間，據案者或過卅刻。此則蕭賁傳世，詎假親賢，野王發名，不由學業。即有陳《九歌》之詭麗，摩六發之雄奇，狀左思之賦十年，述曹植之詩七步以敖之者，君亦不以彼易此也。

君行矣，偏親在堂，室老無恙。雖客路千里，續命之丹屢緘；而星紀二周，當歸之藥頻寄。遠遊有戒，去日苦多。則于君之行也，詠《南陔》《白華》之什，以代折揚、黄荂之曲可乎？

祭畢尚書師文

烏乎！公之生也，大海來潮，八月之望，氛霾始消，風車電馬，集此崇朝。公之卒也，大星墮地，七月之朔，秋雲陰翳，萬竈無烟，千屯雪涕。陟壺頭之絶巘，升鄢郢之南門，髮紛披而雨泣，望瘴水而招魂。尚聞遺語，一息猶存，閫臣以之入告，天子感其忠純。

烏乎！公之勳績，國史書之；公之心跡，聖主所知。矧余小子，友又兼師。敢同游夏，庶贊一詞。公之牧民，務培元氣。旱潦凶荒，先時而計。畜牧屯田，河渠水利。雍豫遺民，思之不替。公之馭吏，惟總大綱。或寬以濟猛，非弛而不張。擁旄齊楚，建節秦梁。自非黠吏，誰挂彈章。公之涖師，視同一體。颷赴荆襄，星馳辰澧。公去即憂，公來則喜。萑苻纔戢，山嶽遽圮。公之愛士，出於至誠。孔既傲吏，酈亦狂生。談經賈服，作賦衍衡。兼收並畜，賓坐縱横。公之詩文，氣包宇宙。海立山飛，天施地受。雲霞蒸鬱，雷風馳驟。體備四時，胸羅全宿。五言正始，一品會昌。春坊劉陸，樂府張王。儷詞景福，聯句柏梁。三唐以降，誰抗顔行。若夫盻睞非常，科名异數。出總節旄，入膺保傅。雖聖天子之知人，亦公之事業文章裕之有素。

烏乎！憂國忘家，祭征虜之忠也；鞠躬盡瘁，葛武侯之志也。佗日者，覽章疏而追思，聽鼓鼙而出涕。吾知淩煙之象贊，太常之謚議，或不在乎一時，而定有以垂乎奕禩。亮吉夙蒙國士之知，久處賓僚之位，狂瞽時陳，而公不懟。敢緣恩義，敬設几筵，以頭搶地，以口呼天。烏乎！東里子産，明明有言，夫子而死，吾其已焉。

諭祭提督花連布文

藎臣報國，藉決脰以明誠；惇史策勳，必原心而論事。匪兹茂典，曷妥忠魂。爾提督花連布，早秉忠勤，夙嫻韜略，由羽林而外擢，率爪士以西征，克振邊威，用膺閫寄。建牙三楚，傳儒將之風流；持節百蠻，致遠人之甯謐。昨以三苗蠢動，俾隨上將芟除，首厲軍鋒，統埋根之勁旅；

頻馳露布，申參具之戎威。用是特晋宫銜，屢蒙上賞。方冀竣功不日，光顔開胙土之勳；詎期轉戰無前，重捷有結蒲之痛。以忘身而殉國，用逾格以酬庸。

烏乎！銜温序之鬚，既後先之競烈；繪陽都之像，庶存殁之兼榮。魂而有知，尚其歆饗。

祭王秉玉駕部文

烏乎！君之生兮，官北部而捷南宫。較士窮而不遇兮，亦可云豐。君之卒兮，背衰親而遺弱息。曾下壽之難期兮，抑何其嗇。感蜉蝣之身世，隨蛺蜨而俱遷。自交君而哭君，曾不逾乎廿年。憶歲丙申，值君里市。我時交友，不可一世。酒徒六七，爰有孫楊。携瓢持杓，置甕在旁。圍觀一市，君哂其狂。及客汴中，歲維丙午。我時研經，君亦攻苦。是時執友，嚴邵錢孫。連闥握管，各號專門。一鐙達曉，君服其勤。洎歲丙辰，我還京國，君已沉疴，望君門側，自春之首，逮此秋初。我司編校，髮懶不梳，十旬三至，君訝其疏。冀君之生，不虞其死，命蹇如何，才豐若此。朱顔二婦，白髮一親，憑棺之痛，哀感衢人。謂君有知，哭奚不省；謂君無知，目胡不瞑。

烏乎！疇昔之夜兮，夢精廬于北城。惟同門之舊侶兮，實閶左之吴生。君未第時，與吴大令伯升讀書城北三殤菴最久。死將淪爲異物兮，生即依乎衆殤。緬軒窗之幽迥兮，有手植之踈楊。冀墮地之靈光兮，化升天之殘月。照屋角而横斜兮，影向晨而不没。否則秋蟲萬種，凉雨一庭，颺簾紋而牖黑，聚魂氣而燈青。烏呼王君！靈爽斯在，其來施施，歆我脯醢。尚饗！

祭劉汝器同年文

烏乎！與君之别，乃在京華，我持鑾節，君泛歸槎。與君之交，乃在西螽，君時研經，户常不啓。君之家世，累葉清門，承華藉蔭，宰相之孫。君之詩筆，乃學徐州，雲孤而峻，水折乃流。君之文章，遠師吴郡，鴻雁高騫，驊騮奇駿。君之孝友，人所難能，屢分薄産，以俾弟昆。君之締交，久而彌摯，王貢蕭朱，始終一至。

歲惟庚子，聿與同升，凡兹多士，並慶得朋。隴西之門，裒然舉首，以德以年，君皆祭酒。冀居要職，冀擢清途，庶幾偉抱，藉以發抒。如何如何，五上不偶，既慳高第，復屈下壽。林宗之隕，士彦之亡，凡有知識，云何不傷。烏乎！董京之社，黄公之壚，我歸哭君，三江五湖。尚饗！

福郡王專祠碑文

朕惟才爲命世，方成不朽之勳；恩足酬庸，聿有非常之典。既聲施乎内外，斯禮備乎哀榮，光我鼎鍾，視兹典册。

爾大學士晋封貝子加贈郡王福康安系出高門，幼稱偉器。爰自成童之日，即爲筮仕之初。恪恭早著于禁林，統轄並參乎戎政，遂擢貳卿之任，兼趨密勿之廷。六詔省親，訪遐方之雞馬；三川持節，領别隊之熊羆。早以軍功，肇開土宇。三京鼎峙，仍膺專閫之司；萬里風行，儼有長城之望。入則綜乎部務，出屨歷乎巖疆，惟倚畀之逾隆，乃賢勞之懋著。八膺節鉞，歷川滇閩廣而遥；五預戎行，涉瀚海天山之外。朕嘉此藎臣，拔升端揆。自綸閣而機廷，人美韋平之世德；由統軍而馭吏，世傳韓范之威名。昨以苗蠻不靖，俾由黔楚專征，屢奏膚功，克擒首逆。佇見全軍之奏凱，忽驚末疾之加增。隕我棟梁，悼深朝夕，既備飾終之禮，復思垂久之規。爰命有司，爲之度地，創兹靈宇，以妥忠魂。

嗚乎！國勳既建，廟食斯宜。況復功在八州，陶侃終上卿之位；階超五等，李晟封異姓之王。在乎前代，已屬殊榮；至若本朝，尤爲創典。桃桃俎豆，近家廟而建專祠；赫赫旂常，諭禮官而頒上謚。此日特開朱邸，並加崇先世之封；他年共讀穹碑，庶永作勞臣之勸。

諭祭大學士孫士毅文

朕維効力宣忠，克著崇勳于中外；褒勞賜邮，永隆寵錫于初終。視此藎臣，乃膺異數。

爾大學士孫士毅，早自甲科，聿官秘省，著辛勤于内直，襄密勿于機庭，外擢曹司，内兼要職。南中視學，克流詳慎之聲；西粤陳藩，不愧公明之譽。遂膺特簡，擢撫南滇。旋以同此職司，當代淳于而受譴；然且鑒其心跡，庶同高允之歸誠。免彼荷戈，俾隨簪筆，寵以詞臣之職，旋升典禮之官。爰再歷乎撫藩，乃益隆乎倚畀。總百蠻之節鉞，峻秩頻加；勵兩省之官僚，廉聲漸著。惟此海隅之屬國，偶勞天討之，時加爾以督臣，實司軍務。始則屢勤乎行陣，命榮兼五等之封；繼因未協乎機宜，仍内領六卿之秩。既專司乎邦政，并襄職于樞庭。世職官銜，用沛酬勞之典；石城劍閣，屢標分陝之勳。朕嘉此悃誠，拔升端揆。

景武則綰寬佐治，經術素優；熙豐則韓范行邊，威名久著。昨者苗方之蠢動，俾預師干；今兹教匪之芟除，亦資擘畫。據川湖之要道，清來鳳之兵氛。而且張詠抱痾，尚欲定蜀中之户；樓船占籍，恥猶爲關外之人。自非忠悃之夙孚，曷以彌留而入告。

嗚呼！視上公之典禮，用備飾終；延後嗣之勳封，足酬盡瘁。庶幾靈爽，歆此光榮。尚饗！

三壇祈雨文

維神化溥廣生，德含嘉種，協厤徵而錫福，降闓澍以隨時。當待澤之維殷，宜臚誠而默籲。維今歲上辛禋薦，祈百穀于天宗；吉亥勸耕，習三推于帝籍。既昭懋典，屢荷甘膏。乃春渥雖饒，慰良農之緯耒；而夏霖未沛，廑清畊之扶犁。業致禱乎靈湫，用虔祈乎昊綍。庶念迎豐之悃，冀邀獲稔之祥。應水德于土龍，特敷鴻佑；聽田歌于秧馬，實賴神功。期蕃殖夫百昌，俾照蘇乎五沃，尚其鑒格，偏我公私。謹告。

遊積水潭看荷花序

積水潭者，長河入城之所渚，而净業湖暨太液池又導源于此者也。潭去德勝門不數武，地居半坊，水積百頃，澤氣浸潤，黄雲四生。堤形回環，紫蘚尺厚，飛塵止于户外，生翠出于楹間。枕簟左右，時穿鷺絲；窗櫺東西，不斷煙靄。鼃黽上樹，與苔錢共青；魚苗出波，同荇葉争緑。松檜百尺，時隱丹樓；榆檀四周，間以粉堞。此則魏闕之裏，儼有江湖之思；燕垂之南，不殊吴會之域。雖然官司之守存焉，非遊屐所能及也。

若夫樓大令之爲客也，遠從赤縣，[illegible]，復同水衙，假兹禁籞，列宿之數，嘉賓適符，北斗以南，魁士咸集。既折花晨，復值涼晚，[illegible]，竹[illegible]于宗朝。鶯燕合隊，是爲春聲；梨桃滿枝，聊採秋實。[illegible]過橋而倒景，舟沿岸而[illegible]。[illegible]，或擎一枝；柳絲縈風，時攬數尺。飲碧筩之酒，莫喻其芳華；烹紅鯉之羹，難名其鮮潤。[illegible]，坐石磯以聯句。雉堞之影，排比乎衫裳；禽蟲之聲，出納此絲管。凉透木末，思舉衾衣。[illegible]會，惠寶光之後來；山陰再遊，悲逸少之既逝。謂王通副友亮 亦可以志友朋之離合，寓今昔之感慨焉。

時同遊者：歸安戴璐[illegible]，揚州[illegible]聘[illegible]人，[illegible]口周厚轅駁遠，奉新甘立猷維[illegible]，汾陽曹錫齡受之，仁和馮[illegible]叔安，浦江戴殿[illegible]，武進[illegible]孫，侯徵汪端光劍潭，蒙古法式善開文，南城章學濂守之，歸安葉紹楏琴柯，嘉興戴[illegible]衡三，代州馮[illegible]白史，當化伊秉綬組似，永康熊方受介茲，奉新宋鳴琦步韓，烏程沈琛右銓，句容孔[illegible]，[illegible]齋，鄞石何道生蘭士，汾州李[illegible]鼎，吳縣金學蓮子青，南[illegible]光祜子受，曲阜顏[illegible]，吳縣石[illegible]如，遂甯張問陶船山，皆紀以詩，而屬亮吉爲之序云。

中國古典文學基本叢書

洪亮吉集

第二册

劉德權　點校

卷施閣詩

卷施閣詩目次

卷第一

卷第二

卷第三

卷第四

官阁围炉集

卷第五

卷第六

卷第七

卷第八

卷第九

卷第十

卷第十二

卷第十三

卷第十四

卷第十五

關嶺衡寒集

卷第十六

蓮臺消暑集(乙卯)

卷第十八

卷第十九

卷第二十

序

學使北江先生少孤，其克自樹立，及學之有成，實稟賢母蔣太夫人之教，故其編詩也以及侍太夫人所作者，爲《附鮚軒集》八卷。《漢書·地理志》會稽鄞縣有鮚埼亭。《南越志》：「巢鮚，長寸餘，大者長二三寸，腹中有蟹子如榆莢，合體共生，俱爲鮚取食。」郭璞《江賦》所謂「璅蛣腹蟹」是也。先生十歲，始就外傅。二十即出授徒，負米所至，皆不越五百里外，一歲必兩歸，以慰太夫人，與莢蟹之早出暮入相類。及奉太夫人諱，讀禮於閶門者二年，繼又饑驅四方十年，乃獲升上第，官禁林逾一歲，即持節視學黔中。人欣先生之遇，而不知先生以禄不逮養，每與人言之，輒泣下不止。《爾雅》「卷施草拔心不死」，先生之名集，蓋以此乎？《卷施集》自己亥至癸丑，已得十四卷。門下之士，乞刊之于黔中。

遠覽在里門日，即受先生之知，今又從官牂柯，先生之所以待遠覽者，未嘗以屬吏視之也。今遠覽行以老乞休矣，先生門下士以遠覽知先生尚深，乞爲序刊詩歲月，因即遠覽之所以知先生者序之。至詩之工拙，世之知先生者甚多，非遠覽之所敢及也。時乾隆五十九年，歲在甲寅，新正十日，鎮遠縣知縣、署黎平府下江通判、河南張遠覽謹序。

卷施閣詩卷第一

傭書東觀集（己亥、庚子）

句容別朱三潞時朱居憂抱疾幾殆閔而贈之

一心願汝作頑石，我歸來兮石不泐。

高郵金秀才蘭以戊戌十月與亮吉訂交越月來會母葬事畢將反同人集味辛齋作詩送之並索亮吉詩謹賦此首

死生離别杳難支，復向城西餞素知。窮歲冰霜行未定，高原風木泣多時。君因作贅悲身計，我愧論交有鬢絲。夢折素梅聊贈遠，孤篷才發已相思。

清明後一日與孫大攜酒飲王七秀才廷俞南圃歸過縣門憶亡友林嗣基作

晚吟朝咏寄蕭騷，王七園前一樹桃。接翼水禽窺緑鬢，連枝風蕋墮青袍。君從愁裏何妨醉，我覺塵中尚可豪。歸路忽驚官閤過，又教鉛淚滴城壕。勞勞身計本無涯，生儻多愁死亦佳。閲世短于欹枕夢，招魂長入酒人懷。琴書風捲知誰在，花月尊空與願乖。欲把閒蹤比飛絮，年年開落縣南街。

揚州別汪大端光

木葉暗天地，雨聲連曉昏。吾行數千里，別子舊東門。家在依鄉黨，親亡憶弟昆。猶餘尼父歎，三至席難温。

渡河寄孫大星衍

春林綿綿雨聲接，紅白花飛雜黄葉。黄飄一葉忽入樓，樓上獨客生春愁。讀書先忘歲終始，瞥眼韶光已如此。同經憂患傷年少，太息前遊成隔世。荒墳三尺少婦棲，謂孫大喪婦。吾家墓門雅亦啼。頻年禮俗斥凶服，只有訪子還麻衣。麻衣不共蜉蝣死，失母尤愁對妻子。塗窮歌哭止從君，百里遥遥共江水。君家大母顏色温，一載撫我如撫孫。華陽席中多友朋，屬爾作弟吾爲昆。窮冬風雪記出門，遠遺瘦魂隨餓魂。三條銀燭共校文，暇揖沮頡談巴菉。吾儕作客尤狂放，哭母傷妻一堂上。丈人知我自不憎，謂劉雲房先生。同輩相看訝無狀。言狂甯失座上歡，性分屈曲非能堪。錢刀生計亦偶爾，我輩于分難饑寒。層紅疊翠江南地，草草狂歌人亦忌。插架奇書送爾歸，連床別夢勞予記。鳩今喚侶我別家，挂席百里隨風雅。平生性命視知己，得一死友殊堪誇。此時憶君顏不華，醉裏擾擾人聲譁。遥程豈止無一花，青草路斷飛黄沙。

高郵哭亡友賈田祖

城角參差暮雨昏，水程何處弔騷魂。吟狂陋巷三間屋，骨冷高原尺五墳。遺業尚存通德里，舊交真軼古夷門。囊錢斗酒江南路，他日相期報愍孫。丙申夏，予留滯太平幾不能行。先生假錢携酒送歸。握別盟言未敢寒，重泉書去杳漫漫。承家久已傷羊舌，論史何應食馬肝。公子才名終不達，故人歌哭總無端。霉昏蠹蝕三千字，忍向燈前掩淚看。

夜行宿遷道中

荒原真厭馬行遲，不定陰晴四月時。破澗怒雷分雨勢，斷厓高樹表風枝。無家已絕經年夢，有約先懸出世思。他日故巢相憶處，好尋芳草寄卷施。

邳州城外

十里凉雲拂柳絲，野花香破酒醒時。征衫幾日塵沙黦，怕向谿頭看鷺鶿。

偶成

荒塗百里夜程輕，破暝重從石磧行。天闊露寒人不見，忽驚郵外雨絲明。

過永濟橋

塗長客意勞，持火出層壕。小市人聲亂，危橋馬影高。岸風清薄酒，林露滴垂桃。晨氣還成雨，微寒入紵袍。

曉行

郵雞喔喔酒全傾，擁被求衣事曉行。四野月明迷向背，一山雲出定陰晴。春殘苦乏加餐信，道遠愁非負米程。醉醒十年前事起，馬頭塵夢較淒清。

過蕭望之故里

西京獄吏皆丞相，東海蕭生偶抱關。讀罷蘇碑無一事，支頤還望馬陵山。

經術崇巖位望尨，元成太傅總奇才。彭宣枉自稱方正，不及朱游和藥來。

滕文公廟

商鞅立新法，大啓陌與阡。子居謀王道，更欲建井田。强秦以滅秦，二世社以遷。滕亡祀則存，廟食普萬年。我來謁荒祠，悼歎小國君。遺像一畝宫，五十里致虔。霸術豈足矜，謀國須大賢。

四鼓行嶧縣道中

高原墳樹古，人鬼或同經。夜氣沉殘月，天風動大星。未愁前路暗，不斷此山青。向曉寒尤勁，車前雨脚腥。

謁孟廟

落落非無志，囂囂亦有承。吾猶距楊墨，真不遠齊滕。小邑衣冠肅，崇祠俎豆增。摩挲讀碑字，應愧歷階升。

憶賃東西廡，曾傳内外篇。承師北堂上，勤學斷機前。幼賤同尼父，親喪愧少連。寢筵虔拜謁，心折爲三遷。

客舍

紙屋繩床擁敗衾，鳴雞聲裏慘晨陰。星離雨絶書難達，山亂雲荒夢欲沉。香覔反魂勞曼倩，草尋益母泣曾參。應憐孤露餘生贅，無復髫年入世心。

東阿謁西楚霸王墓

松柏曾無半畝宫，蒿萊時起憤王風。學書我亦慚無就，刎劍君應恨未窮。十載通侯酬項伯，千秋大義戮丁公。猶餘一事逃清議，賣友誰誅吕馬童？

滋陽謁柳下惠墓

斷水粼粼樹色昏，行人駐馬揖空邨。孤羈我下無家淚，三黜誰招去國魂？偶食廟牲齊下邑，愁逢海鳥魯東門。傷心死士偏寥落，曉日樵蘇上冢屯。

五日客感

節物關心淚暗滋，斜陽原上泣多時。殘鶯驛路聲無緒，瘦馬嵓山骨不支。五日花開憐客久，重泉家在恨歸遲。愁看弱弟同行役，相對昏鐙理鬢絲。

與黄大景仁話舊

壯志都從憂患移，别離如夢見猶疑。尋山蹤跡誰還健？戴斗文章爾獨奇。塵海此時容小住，書倉終日坐長饑。朝來欲上燕臺望，好覓天街瘦馬騎。

十五年前將母身，同携襆被出城闉。緣知來日非今日，已覺吾親即若親。晚歲互看謀粟米，衰齡密共禱星辰。登堂此度先垂涕，我已傷心作鮮民。

傭書

傭書生計尚淹留，并疊吟懷事校讐。獨鶴見人殊惘惘，饑烏得樹亦啾啾。雲和草色荒三徑，月與花光艷一樓。却厭軟紅塵裏逐，放教愁坐轉忘愁。

小病

佳時曾少出遊車，側屋三椽此寄居。失喜遠書來酒後，時得季仇書。却憐新病入秋初。名花作果香偏異，野鶴隨人性亦疏。抛得世緣耽學静，鬢絲一月未經梳。

得孫大江甯書却寄

櫻桃一樹傍紅墻，書到翻憐客異鄉。酒癖更沾衣袂溼，花疏時入枕函香。删除好夢緣妨睡，檢點閒身未肯狂。我欲悟君先學道，携編三月坐匡牀。

憶汪大端光

淮南冀北經千里，除却孫郎便憶君。小别正當春後雨，封書欲寄隴頭雲。人輕詞客張三影，天與揚州月二分。珍重綺年題綺句，莫教前輩擅清芬。

夢入外家南樓覺後有感寄内弟阿魁阿愚四首

樓頭殘燭迥凄清，樓下愁人怨曉明。千里斷虹隨夢遠，五更零葉打衣輕。風鴉巢樹知前後，竹馬鄰童識姓名。若把舊時情緒譜，杏花樓上是三生。

兩家兄弟玉成行，十五華年逐隊忙。作達最憐羣上樹，學趨猶見汝扶牀。鐙明樓閣催書急，花入闌干壓夢長。説與封奴渾未識，却教阿母倍凄凉。

梅萼初飄杏復葩，商量春事已如麻。拜殘阿姊簾前月，看足鄰姬徑裏花。生少學愁愁未慣，孤眠遲夢夢還賒。墻頭風細星辰定，不識何時轉歲華？

鞭絲爲客去匆匆，一事如今恨轉同。尺五菱波輕燕艇，三層松閣紙鳶風。間中草緑埋歌扇，愁裏花紅照殯宫。十九年中衰盛異，欲從何處悟初終？

哭錢公子中銑

邗上孤篷竟未歸，絶憐愁魄斷斜暉。京華迢遞猶傳札，慈母殷勤尚寄衣。五日正沉江畔黍，一官虚憶省中薇。魂消送我谿南日，苦説燕臺伴侣稀。

童年經術本無師，曾愧尚書國士知。死日尚聞憐趙壹，諸郎都解敬袁滋。卅年宦達虚身計，五葉門衰賴子持。莫愴筵前小兒女，更愁堂北鬢如絲。

七夕露坐憶孫大

瓜果筵虚薄露零，懶看河鼓説精靈。思君永夕空濛望，南斗光中第一星。

讀長慶集寄孫大

《長慶集》樂天自序，長微之七年。今亮吉春秋三十四，而季仇年纔二十七，與微之小于樂天同。二人之交亦不減元白，所不逮者，或名位耳，其他尚可企及也。爰作一詩寄季仇，并邀同作。

偶讀開成少傅詩，七年我亦長微之。神仙共挂蓬萊籍，風月追吟楊柳枝。一代才名何必愧，九原交誼本堪師。江州司馬通州倅，料理頭銜似往時。

結交行寄孫大

浮雲變滅安足論，爾來友者洪與孫。九天仙人不嫌謫，一代交道殊能敦。君不見，結交不過通侯門，賤客雞狗無由分；結交不入春風場，少年鷹犬徒相妨。與其長安城中交俗儒，不若咸陽市上留博徒。俗儒言貌師中庸，緣飾經術爲三公。君無更齒馬東海，我尚恥説胡華容。博徒之交亦何有，長笑傾心在杯酒。一言席上吼雙龍，千古英雄困廣柳。我交黄子景仁。十七年，病鶴雖病形疑仙。妻愁親老不思返，白日憔悴長安眠。趙生懷玉。之交歲逾十，持論英英輩難及。洪生狷者不欲狂，知我只有真州汪。端光。壬冬岐路一握手，朗若璧月分輝光。驚濤飄篷亦思止，自問心期只三子。江山花月久厭陳，乃貢清氣生兹人。非惟文藝擅儕輩，亦覺至性流真淳。我交數子止可生，不若交子兼幽明。我交數子皆許身，不若許子兼心魂。三千里路夢飄忽，二百十字言温存。前得江甯寄書，才二百十字。我廢莪蒿篇，子悲蒙楚詩。中年哀樂亦如一，我若非爾形難支。自從五年來，會合一一數。兹離檢歷日，已過一百五。黄金臺下才士多，我不見爾還高歌。癯黄短趙屢相憶，要聽秉燭言如河。君不見，今人交道皆厭貧，不識古有范史雲；今人交道皆厭真，不識古有龔君賓。誰言刎頸交，我弔成安君。誰言投漆堅，我訪雷與陳。乃知天生爾我爲交道，不獨文雄詩傑垂千春。

華陽憶舊行寄朱博士沛林海州光照汪縣丞蒼霖兼呈孫丈勳及令子星衍

異時我客華陽春，一方宰吏無俗人。汪丞治績亞林宰，更有博士真天民。吾鄉丈人亦軒特，鏡裏顔紅鬢斑白。四家僕從屢招人，一縣醇醪止供客。邑中賢者沈與王，亦設薄具邀唫狂。居留三月九十醉，餘者病酒眠匡牀。天然憂樂還相召，妖鳥鳴春已驚告。碧樹愁聞山鬼啼，縞章夢致谿神弔。城東一別事若麻，三載復看城中花。宰官擢守縣丞徙，博士貧老辭還家。當時我識三公子，兩抱妻憂一身死。乃知造物最忌狂，自悔吟顛亦應止。孫郎悟早雅興除，脱然樓上思著書。我來憔悴寡顔色，戒酒怕過山公厨。前遊歷歷春時節，欲著思量怕愁絶。鳥翅岡南宛轉簫，青元館裏昏黄月。人生年壽何須耋，三十當令一生畢。已分琴書付鄭三，謂霞浦鄭聯華，林君愛壻，受業于余者。未應蹇放同王七。謂縣中秀才王廷俞。春華已過憐秋曉，落落天空寄魚鳥。隔世形容照水愁，無家笠屐登山好。博士年衰屢致思，縣丞無息宦聲遲。一篇爲寄淮南守，慰爾風前哭子詩。

代書寄汪大端光八十韻

百慮不失一，子才爲世需。六經甫通三，我識愧里儒。才識工拙間，出處可不圖。子意乃不然，勸我入帝都。爲言予有親，尚欲依菰蘆。子親存我亡，一語傷藐孤。負米十四年，婁空粟與芻。子行燕趙歸，勤作反哺烏。我成吴越遊，忽爲失母雛。我生慚世間，感子引作徒。爲傾橐中金，爲計道上儲。六百里水程，十八日旱塗。歷歷夷險郊，孰宿孰可餔？英英公卿中，孰謁孰則毋？我足雖云劬，子口亦已瘏。感子珍重心，臨行野踟躕。譬若深谷風，幽草亦漸蘇。存亡心已傷，離别淚屢枯。萋萋四月花，莽莽長河蕪。挈弟既慘悽，念友更咽嗚。相離第一程，夢子秦郵湖。涼月忽抱肩，老魚窺汀蒲。東阿縣西門，夢子又在吴。俱爲少年遊，鐙舫狂呼盧。三夢宣武坊，斜日殷銅鋪。新知無一人，知子應念吾。每夢必有淚，每淚必有書。書皆千百言，紙惡字跡麤。豈惟字跡麤，兼愧言辭紆。長安識君人，謗譽亦復俱。每苦立論嚴，憎子所服殊。我不置一辯，歸室始歎吁！欲摘天半星，爲子冠上珠。欲剪湘中霞，爲子身上襦。天河濯五色，色異凡紫朱。天衢曝衆文，文匪常羅繻。春月潤子顔，秋露濯子膚。日吐瑰麗辭，稱此珮服都。日陳琳球響，稱此顔色姝。留侯似婦人，曲逆美丈夫。不聞史傳譏，但覺流輩無。塵冠敝履中，不必德義孚。囚首垢面人，不必名實符。雖然願一言，少歲亦已徂。二十顔尚髫，三十頷有鬚。吾徒勤事業，棄置常所須。要當惜心神，何必營衣裾。急從良友箴，息此俗論誣。明年登玉堂，三館步復趨。貽兹老成規，莫被輕薄愚。我來人海中，戚戚意寡娱。因緣識文人，千百量以車。多文或爲史，小智僅作胥。行雖歷方州，見乃守坐隅。羣讙出詩編，朱墨盡貢諛。立語苦不工，已詡鮑謝逾。我時出直言，衆目怒以盱。謂我立論高，謂我制行迂。一心苟無慙，兀兀任毁譽。求子素識人，又各問一區。非無楊生清，亦有黄子癯。旬日乃握手，餘皆掩蓬廬。時時讀子詩，消此慨與歔。子才信鵷鸞，我筆非於菟。頗愧紛沓來，索詩若索逋。我常思子言，氣歛不敢舒。逢子乃一發，筆禁口亦呼。子書亦易作，字錯墨屢塗。前聞欲移家，急札馳郵奴。煤車米石昂，詎可携妻孥。況復堂上衰，行坐總欲扶。豈任舟車勞，與此食粒糠。詩儲（潤書。）及瘦方，（本。）言皆悉錙銖。詎不爲子謀，使子鳥就笯。子行試禮闈，先利矛與殳。亦思賀萬錢，不若儲百壺。倘或成同官，雅足見發紓。拙効我亦收，令謨子先敷。壯往庶有程，少習藉可除。被酒一縱言，省札應豁如。

九月初二日得家書始奉適王氏姑七月初九日訃翼日于崇南坊寓舍爲位以哭哀定並賦詩一章

吾祖憐嬌女，慈闈愛小姑。弱年尤痛子，（適王氏逾年，舉一子，數日而殤。）中歲即從夫。憶嫂顔常瘦，思親淚屢枯。重泉真健羨，骨肉慶提扶。

八月二十日偕黃二暨舍弟飲天橋酒樓

長安百萬人，中有賤男子。日挾賣賦錢，來遊酒家市。昨日送君回，今日約君來。送君約君于此橋，長安酒人何寂寥！酒人無多聚還喜，破帽塵衫挈吾弟。攝衣上坐只三人，爽語寥寥落檐際。君言內熱需冷淘，我慣手冷應持螯。閒無一事且沉醉，不然辜負青天高。青天高高復飛雨，二十四欞風欲舉。飛篷卷葉十里間，直視城南落驚羽。濃雲欲暗南郭門，斜日忽破千林昏。陰晴萬態鬥秋景，醒醉一夢恬吟魂。持千螯，揮百尊，不覺樓上空無人。君歸雖遥莫先走，萬事要須落人後。君不見，門前豪騎控雙龍，笑我西行馬如狗。

重九日陶然亭遇吴四端彛話舊因憶亡友唐肇文並寄令弟孝廉熊

辭君久已事征鞍，猶作壚頭俠少看。九日一尊同濩落，十年三見話辛酸。唐衢骨冷誰重哭，吴質心愁自寡歡。應愧故人狂未死，典衣還欲滯長安。

送繆公子公儼之江浦兼簡孫大

余四月中入都，與繆遇于逆旅，遂訂交焉。

相别翻憐相見遲，坐中人影壁間詩。魂摇青草東風路，夢立黄河遠岸時。與繆初相值處。病馬去來應有恨，秋禽蹤跡本誰知？寥寥門閉紅塵裏，殘臘都將濁酒支。

去去遥山一桁青，愁程先已夢中經。江南迢遞傷情思，公子知交有性靈。久據鼋鼊看讀《易》，暫探石闕記搜銘。來朝風色東南便，我亦商歸大海萍。

好因魴鯉答枯魚，總覺蛩蛩念蚷虚。白日懷人當檻坐，紅雲羡爾對江居。身名莫笑中條叟，鄉里須乘下澤車。丙舍一椽松數尺，未妨他日訪吾廬。

僧寺與徐書受話舊即贈二首

一夕長安雨，寥寥話十年。魂驚隨逝水，鶴病憶空天。被酒還如昔，題詩已遜前。窗風與庭葉，蕭颯枕函邊。

爾念無兄弟，逾年服姊喪。余尤痛風木，復此感姑亡。骨肉重泉滿，松楸隔歲長。相將營丙舍，頭白住江鄉。

東坡生日集翁學士方綱蘇齋即送羅山人聘出都

廿載我居公舊宅，東坡卒于常州。其宅前屬余外家蔣氏，歲常以生卒日祀東坡，并爲會。一年兩度薦清酤。殊鄉作客初逢臘，學士開齋尚號蘇。雅有詩名傚西蜀，愁聞征棹反東吳。買田儻遂中年願，亦擬歸收陽羨租。

被酒與吴生麟夜話

遼東道士應成鶴，陽羡書生莫化鵝。尚有十年人海願，却來吹笛共高歌。

程編修晋芳齋觀元耶律文正畫象賦

先生好古構兩軒，邀我讀畫兼開尊。頎然素幅出偉人，云元宰相遼王孫。斜陽欲下壁色昏，慘慘若動須眉神。眼光下欲視千世，限以尺幅猶英瞵。長身盤領大獨科，追憶至論如懸河。人生歲月百年耳，公甫及半勳何多！巍巍一代推上功，替人只見劉秉忠。文章年壽亦相似，若論志節尤推公。異書壓腹奇難剖，落落吾徒出公後。詞筆還驅入海濤，姓名欲戴垂天斗。即今卷畫空堂走，反復公名難去口。焚香闃傳意有餘，更酹坊南一杯酒。

題僧石濤竹西歌吹圖

浮雲急景安得留，我頃四月離邗溝。隄邊歌吹尚沸耳，回視已隔天南頭。懷鄉念友殊孤悶，我見此圖驚復問。中有春波蕩漾舟，七年往事帆檣趁。豈惟前事縈方寸，畫裏朱顔亦凝恨。紫陌牽愁柳作絲，紅窗吹夢風成陣。回流一曲波如剪，合隊春人若鴉點。三尺寒波一寸荓，游魚尚厭春塘淺。誰從門際吹短簫，萬朵花落從東飄。尋圖我欲眺江左，雲樹一抹横林梢。此詩此畫俱高格，墨粉淒涼年近百。今日揚州勝昔時，歌臺已徧隄南北。吾徒流滯幾春秋，魂寄東風第一樓。爛醉莫嫌狂杜牧，枯僧亦復繪揚州。

送趙表弟懷玉南歸即呈侍御舅氏兼寄孫大

孫郎約我遊燕臺，爾者八月無書來。趙生約共長安住，亦復驅車覓歸路。堂前白髮各數莖，一名驅爾不得停。雖然親在亦須仕，努力勗爾祈榮名。榮名得失尤須數，落落塵中尋故步。我愛時吟短李詩，人言合獻《長楊賦》。我年四五即識君，相與賭字傾其羣。爾來歲月及卅載，文筆喜各持堅軍。風霾雨黑傷年少，我爲窮愁著書早。君無羡我覆瓿書，我實輸君事親好。橋東惟爾巷南孫，海内知交有幾人？勸君歸後復垂淚，偃卧一室傷羇魂。人心不同面尤異，尺五惟營閉門地。根矩終非入世人，寥寥時有胸中氣。頃携弱弟住長安，黄葉秋深補敝冠。貧來雅復對牀卧，眼底誰足謀饑寒？窮冬道我顔何瘦，我爲傷親益思舅。三徑憑傳問訊書，十年我受恩私厚。更傳消息語孫郎，莫向人前倚酒狂。殘歲燕山風雪冷，梅花開後夢千場。

客感寄孫大

燕臺春日試飛蓬，無盡山川不定蹤。客久尚須遊二嶽，歸遲真待長千松。成鄰幸結東頭屋，投老同聽北寺鐘。何止與君交一世，此心無昧總相從。

憶汪大蓮花寺　時汪大病新愈

北巷南條共夕曛，見時雖少夢時勤。愁多壁著疎疎字，病久窗生黯黯雲。後死未妨還屬我，此生無恨爲交君。中年退盡春衫色，只有爐香尚細薰。

敬亭山色對牀眠，彈指交期已九年。詩卷正愁盈篋底，風裁無恙立鐙前。頽垣怨雨傷春早，古屋疎梅照夜鮮。應愧故人還未達，賣書真欲學遊仙。

與楊三倫夜話並悼蔣寶善楊炳文

何因心跡許相從，失母辭家共轉蓬。病裏春生勞遠望，愁邊書少憶狂蹤。爲孫大。千年城郭須歸鶴，三客鄉閭總號龍。我擬買田身計穩，倚門同數九株松。

被酒閒徵少日場，棲鴉辭樹燕移梁。癯楊門徑春陰遠，秀蔣池臺夕雨荒。數口尚存顏轉瘦，幾生修得鬢初蒼。宵談祇厭燈迷燄，不覺風聲徹户涼。

連得孫大書却寄

江東有客寄唫箋，苦説人生祇百年。多病況緑憂患積，無家仍復歲時遷。雙垂别淚燕山末，千折歸心春圳前。心事累君身累世，茫茫愁日又無邊。

和汪大憶舊詩十二首即效其體

十五年前在謝家，上樓明月下樓花。如今門鎖空春裏，一任閒枝閱歲華。

病怕東風護曲屏，每逢長日恨春晴。幽眠未起西窗晚，銀燭光中度一生。

繞砌疎蘭入海棠，眠春魂膩不分香。當時夢醒匆匆甚，開户斜陽滿鏡黄。

自愛幽居不結鄰，樓前十里漾空春。溟濛水色淒迷雨，只向疎闌浄麯塵。

山色依楹水繞墻，一層雲氣一分凉。高居莫掩窗前後，引得銀河接鏡光。
城隅一曲上無端，城裏春衫城外看。只倚北樓慵不走，柳絲衝面怯春寒。
見不分明夢亦空，接天樓閣有東風。幽窗覓徧聞歌地，只在疎螢細草中。
水花春徧惲家池，十五華年鑑影時。今日再來羞野鵲，柳枝添恨鬢添絲。
剪燭三更鬢乍梳，宵遊還覓徑生疎。誰知別有關心客，鸚䳇橋西識面初。
兩重門内數春星，燭影微紅鬢影青。容易使他籠鳥散，不來相伴讀仙經。
看鐙歸後病多時，花滿房櫳總不知。今日試將簾幕啓，亞墻開到殿春枝。
移家一棹去匆匆，蟋蟀銀牀鳥玉籠。盼得近春消息到，情懷無奈隔江鐘。

贈莊四寶書即題行幃

京華遲日飲千鐘，風味都憐酒味濃。入世偶然成短翮，長松如此亦雙龍。身因早客眉痕皺，書欲名家指繭重。手版到君須遠宦，未應同我住鵝籠。

連雲樓檻接深池，記否兒童竹馬時。花底衫裳同侍母，篋中書策遠尋師。相看夢冷情疎日，欲詠兄肥弟瘦詩。遥憶謝家羣從好，玉顔都已鬢添絲。

二月十五日與汪大至天橋酒樓薄飲乘月而回

青郊三里月，紅燭一杯春。痛飲消餘暑，能閒有幾人？壇雲入窗暗，山鳥上樓馴。只隔軒艦外，車塵雜馬塵。

爾念邗溝水，經時照玉顔。予悲白門柳，曾復伴春閒。鄉樹偏縈夢，華年渺未還。疎檽愁絶處，聊與眺西山。

憶舍弟 時抱病南歸

弱弟如形影，相隨作客初。抱關吾妄願，舍弟近在館中趨走，數年後或當得一官。涉世爾尤疎。粟水顔常瘦，塵沙髮屢梳。性好潔。待營田一頃，早與共扶鋤。

籬桃三兩樹，歸及見垂枝。藥裹須頻製，郵書莫更遲。饋蔬憐阿姊，挈袖識諸兒。只有傷心處，門閭入始知。

春江行贈汪大

紅闌干，影接天，一江春水闌干前。闌干摇紅水摇緑，波底闌文百回曲。我共春江魚，同飲春江潮。潮聲出入鯉魚腹，水色蕩漾吴儂瓢。吴儂家，花滿畦。春風來，江北飛。君門前，千樹桃。春雨落，江南飄。

飲水暮還朝，思君不可邀。水遥遥，尺五篙。夢迢迢，十九橋。

憶遠行寄孫大

波淼淼，星摇摇，約君不來莫已朝。吴帆停，越車駕，約君不來春已夏。春光九十静掩關，幾年春閒君不閒。曾雲萬里宵征路，却恨君閒我難住。十五已作同巢烏，南枝北枝名對呼。十九更作尋源魚，曉行雖遠莫復俱。東流水深，南枝有陰。千里與萬里，兩心同一心。朝心徘徊莫心怨，幾日春魂自淩亂。莫剪疎桃入户枝，春花開上横門扇。

谿南曲

谿西月不華，谿北桃無花。風光只落谿南路，和月和花築樓住。花枝二月人二旬，樓高一層春一分。谿光已隔畫橋影，柳色自門疎闌春。岸雲凝紅水雲白，總逐春衫好顔色。百花開處百禽鳴，樓上添衣樓下行。尋芳肯到春谿口，隄上行人學垂手。放船肯過長河湄，墻頭女兒倣畫眉。畫眉尚避春鶯見，照鬢都疑水禽羨。鏡裏濃雲曉上頭，竹中輕粉宵匀面。春牖親製初護風，樓角三面懸玲瓏。眸迎深館迢迢緑，手展文窗扇扇紅。星疎夜久愁猶立，露冷草香蟲尚蟄。百餅薰籠總厭燒，啓帷試放生香入。消息今年異往年，客巢新定故巢遷。愁邊曉泪疑含露，望裏春潮已接天。傷春曾到春臺畔，籠鳥生疎茶敢唤。背客親移北户鐙，呼鬟更掩重門扇。短短疎籬漠漠塵，沿谿樓閣對墻身。緣知谿路經三折，只共波光住浹辰。可憐門左間亭塢，三月誰爲衆香主？抛客年光暫不停，迷人草色尋應苦。一樣扁舟去未還，五湖蹤跡異三山。春來依舊花千樹，夢醒空愁月一彎。

二月二十三日復與汪大上天橋飲醉歌

著書不爲千年計，直借陳編壓奇氣。出門不逐萬古愁，聊上高閣開吟眸。天橋樓前一杯酒，昨日苦思今在手。我能飲，君能留，三十莫抱二十憂。識君二十年尚少，屈指十年君未老。眉痕鬢影未減青，一色緑衫同似草。盈樓飲客我獨眠，未飲滿擲青銅錢。座中誰識兩少年，江南江北無一田。尊深酒熱莫更催，頭上一雲紅覆杯。休嫌飲盡衆賓散，伴客時有春禽來。城門樓上春陽滿，一鳥囀春聲緩緩。城西山色影接天，極視惟愁目光短。今日白晝飲，復勝清宵吟，百壺雖盡意不盡。兩客所喜皆同心，醉顔時紅亦時白。一市圜觀不相識，頗説近來無此客。

二十六日過汪大齋頭見餉酒者汪大云留以相待歸後夢汪大以昨酒别餉人意甚不樂醒後戲作此以寄之

故人不入夢，入夢牀頭酒。帳中燭影欲凝眉，枕上道書猶在手。夢時得失乃可知，莊生偏悦夢醒時。君不見心空不著閒輕重，憶酒憶書都入夢。

宵望

登墟聊一望，萬瓦月光齊。地迴風生樹，春濃露覆隄。雲光迷向背，田緑誤東西。莫逐巢枝鵲，回聽警曙雞。

屠大令紳以報最入都話舊賦贈四首

遠宦迢迢十載餘，相逢我亦頷添鬚。賢勞已覺官聲起，憂患偏憐壯志虚。釜欲生魚推上考，書應成蠹少甯居。重來流輩俱清秩，莫哂狂奴尚鹿車。

一縣無能滿百家，水深山瘴路尤賒。未妨茅廨吟詩鉢，慣聽荒城破曉笳。民雜瑶僮難定户，官清胥吏厭隨衙。敝衣報政來京闕，却使尋常計吏譁。

剪蔬我奉北堂餐，市酒君憐阿姊寒。君伯姊適汪氏，與余鄰居。君恒主其家。五載篝燈通夜紡，常時籬落饋春盤。青雲志節賓朋慰，緑鬢升沉里巷看。今日乍逢先涕下，板輿天末羡承歡。

門前都復有青山，憂患時時擬閉關。客早自憐華鬢改，官貧莫愧俸錢慳。閒中歌板消年歲，君喜度曲。歸後谿船遞往還。我亦尚營千載業，著書多欲待君删。

得内寄衣

縫裁初見汝封題，百結蕭蕭故縷稀。猶恐亂將慈母綫，此生相殉只鶉衣。

送繆公子公儼出都

五嶽未陟一，欲歸難戒塗。撫劍送子行，浮雲亦南徂。子有東顧心，戀此巢上烏。予懷欲南馳，念彼濁水鱸。兩地忽易居，一心安得無。子行過岱宗，爲我謹獻書。已辦十兩屐，願届神所都。俯視六合間，靈氣藉發舒。神乎幸勿哂，東海賤丈夫。

送董秀才思駉南回

曙色起北垣，星隱西南隅。暉暉殘月光，與子升遠墟。輪蹄百萬中，中有吾子車。車行飭弗停，遠復届子廬。妻子念遠歸，悦志慰歎嘘。七載殯在堂，窀穸匪得徐。江流入海州，地大土亦腴。鬱鬱千高原，富此人鬼區。子其勉營作，庶効人子劬。吾將爲子文，明子志節紆。恭聞哲人言，爲善報有餘。勿以世澤深，冀此禄利虚。研經世務通，窮達盡足娱。吾家北溝頭，數武距子居。近聞積溜霖，尺水通積淤。黄葉堆作薪，復富鰕與魚。兒童各兩三，應客清且癯。他時著書人，兀兀子與予。

送莊四寶書至廣東得十二韻

我辦東山屐，明年上岱宗。鬟牽山霧緑，眉隱海雲紅。爾泛南溟棹，虔心禮祝融。地虛風力上，天闊日華東。嶺嶠游逾壯，川塗望欲窮。懷人依畫舫，憑客寄詩筒。遠宦憐公舉，謂令兄寶篆，時任雲南會澤令。微疴念敬通。謂舍弟。弟兄三郡别，尊酒兩年同。得句酸醎外，言情哀樂中。艱難知稼穡，少壯歷磨礱。仕覺雞餘肋，歸慙鵝有籠。早營田二頃，耕鑿慶年豐。

爲楊孝廉夢符題錢三維喬秦中畫册即寄維喬 時錢宰鄠縣

何時得入函谷關，放筆即落終南山。南山連綿畫不竟，拔取一峰來入鏡。胸中有山即有樓，下筆有川兼有舟。豈惟山水色不别，樓上客醉疑眠鷗。醉顔昏昏憶孤在，逸客都爲酒錢累。剖胸欲入秦中雲，洗眼仍須渭川水。南山浮光，北山夕陽。飛橋如雲不能跨，怒蜺飲渚裁成梁。林梢幾尺天光足，怪石森森點寒緑。此間應復置錢郎，四十癯顔尚如玉。南高峰，北高峰，宦遊今落名山中。錢今官澗中。山川二月尤清曠，憶共錢郎飲湖上。楊生思家静掩關，客帳夢好時時還。吾曹須勸苦不閒，直當爲畫迢迢一谿之緑水，落落湖上之烟鬟。

奉酬繆公子白沙河見懷詩

爾如華亭鶴，不欲識二陸。解后得值張季鷹，雅志不復矜飛騰。我如昭邱狐，讀書名博物。茂先可語不識機，亦欲辭歸住蓬蓽。

卷施閣詩卷第二

憑軾西行集（辛丑、壬寅）

書從兄顯祖畫卷

家有十步池，引水蓄百魚。室有三尺墻，種竹滿四隅。令其泉上有石，竹中通渠；穿徑之筍，不以入餐；過橋之魚，不使上竿。魚皆習主人，已忘江湖思。修竹何娟娟，亦斂干霄姿。主人不歸歸有時。主人有一弟，倜儻素好奇。曾就主人宿，愛此半畝之竹一畝池。奇石落落，清流澌澌。掩户十日卧，出關百里馳。蓮華峰頭攬明月，挂爾谿邊屋角之南枝。

酬黄上舍鉞

閒日偶傾燕市酒，經春别爾謝家樓。故人入夢疑黄鶴，早歲相期共白鷗。判與苦吟常入夜，最憐華鬢欲經秋。江湖浩蕩休歸急，風月分番且賦愁。

趙大至得孫大入關之信兼聞蔣表弟良卿欲入都城東酒徒無一人居里者感賦此首近簡黄二楊三徐大

一歲居里傾千壺，兩年爲客償宿逋。城東日日添酒壚，城西時時出酒徒。城東酒樓一十六，城中少年出相續。酒翁歎息酒媪愁，可惜少年皆遠遊。少年誰最狂？雅數孫與黄。就中短趙差有檢，結束身手趨嗆場。東風吹春入酒樓，當時少年百不憂。三更酣春樓上頭，紅燭光滿樓前洲。騎龍弄鳳世不驚，只有酒家知姓名。城東城西路回惑，只有酒家門徑識。酣嬉落魄非可常，一朝餞我東急裝。濃雲浮江雨暗海，海風吹人顔面改。離家豈獨無酒筵，太息總無諸少年。出門各歷路萬千，前後差喜皆遊燕。酒徒十輩五得官，餘者未免謀饑寒。孫郎苦戀里中樂，昨亦襆被辭江干。新春忽夢晴谿曲，暗識溪南草應緑。醉尉衙前碧月圓，蘋風乍轉春流足。花枝縱好酒縱醇，我識一城無酒人。豈惟花發無酒人，兼恐減却樓前春。春去春復來，春情忽然失。朱顔變蒼顔，黄金鑄不得。君不見，少年雖歸非昔日，又有城東少年出。

清明日闈中夢先慈感賦並寄孫大關中二首

三千里外無家客，寒食傷心念北堂。未死夢魂通夜永，浮生淚眼怯春光。頻移骨肉依青隴，雅課兒童種白楊。天末故人還抱病，風檐此日思茫茫。

爾緣親老亦遊秦，短札頻言去住因。句曲宦窮居未得，殽函塗險客方新。溪山迢遞應謀築，天地分明許結鄰。各有著書心跡在，未堪終歲作游民。

十八日早偕同人至天橋酒樓

閒蹤亦已忙，侵曉試遊裝。楊柳閉門處，桃花發曙光。露香深幕徑，鵲語静周廊。屈指春三月，還輸逸客狂。

過橋春五里，登閣樹三重。風轉闤聲沸，塵將遊騎衝。鶯花憐震蕩，衣袂競纖穠。咫尺郊壇外，春雲總似龍。

法源寺訪黄二病因同看花

長安城中一畝花，遠在廛西法源寺。故人抱病居西齋，瘦影亭亭日三至。一叢兩叢各稱心，前年去年看至今。今年花盛病亦盛，轉恐病久花難尋。天光未發雲半沉，墻角有樹交深陰。故人此時花下吟，頭鬢露沐光浸淫。梨枝桃枝分不得，楊柳接天青一色。海棠雙樹復絶奇，花背深紅面浮白。長安一畝不數看，莫夢江南千里陌。法源寺近稱海棠，崇效寺遠繁丁香。花時可惜雨聲阻，不爾遊屐時傍偟。看花抱病還難顧，我更因花乞同住。春陰如夢不逢人，墻有游禽出無數。故人逸興猶不凡，日復一訪同幽談。君不見，回途却值如龍馭，日晚羣言看花去。

三月二十六日同人至崇效寺看花作

絲風飄林雨灑空，寒甚十日留春容。馬頭拂青馬尾紅，青山亦隨馬首東。岡原東來氣深旺，青山低昂瓦檐上。迷行一里始出林，古寺山門兀相向。門高徑古叢青草，松已百年僧亦老。門前見樹尤絶奇，屋畔無枝不娟好。高低深淺藉發舒，禾苗不生地力儲。培根渥節厚人力，挺此七尺花形殊。樓前一株復兩株，梢破屋瓦參浮圖。危檐高柯勢淩躐，意以向背爭妍姝。海棠無言壓桃杏，鶯聲不來空晝永。尋廊萬點白參差，恍若銀河瀉星影。閒心愛看日午花，采色詎似殘春葩。原形十里足雄厚，天路尺五饒清華。花開雅興無虛日，三度餞春留冀北。柳絲廳北敞高筵，贏得山僧姓名識。看花十輩多少年，花下兩兩聯吟肩。花枝已闌離思牽，時崔二景儼欲南回。目斷送爾江南天。來時車鐸喧，去時塔鈴語。明日狂風遽如許，竹裏猶零前夜雨。

送崔二景儼南歸讀書並就婚

憶昨同醉長安之酒樓，少年十輩君不浮；憶昨同跨郊坰之駿馬，偕遊七人君最雅。君才豈比凡少年，我意雅欲追前賢。長安城中與君友，五度碧月聯吟肩。我交于世皆蒼老，朱賈淪亡益悲悼。謂全椒朱訓導沛、高郵賈文學田祖。吾曹緩急須託身，詎敢相輕此年少。我感古人志行超，雖未絶交能寡交。身今縱賤有殊稟，冀與一世回輕舉。十年此志不暫忘，世人不知謂我狂。鄉閭益復盛嘲毀，并以餘論加孫郎。畏讒一室居疑蟄，昨者孫郎有書及。我謀于衆謝不敏，君獨不辭乎燥濕。亦知人生饒緩急，難爾少年尤獨立。朱門紈綺艷障天，獨出英英矯餘習。吾儕快意得一朋，如入玉陛升金門。急持一書報遠人，謂此年少非常倫。離風昨日吹原野，花葉紛披已成夏。交君未久別念侵，獨持一盃與論心。酒樓花開三面陰，馬蹄浮紅尺五深。燕秦十年遊，近始抵鄉土。晏公祠外簫鼓喧，競渡來看日端午。離程闌隴復數千，時余擬遊秦中。南瞻無家有墓田。桑根草堂富經史，舉半贈子窮雕鎸。識君不嫌遲，別君不嫌早。讀書谿南柳陰好，新婦窗前月痕皎。人生聚散殊草草，君不見，百回相思令人老。

四月初二日黄二景仁邀同人于法源寺餞春即席同賦得餞字

江南百萬花不看，長安一枝春愈顯。江南唫客花成癖，買屋花中静排遣。憶昨欵門客大至，半畝緑苔横被踐。抱疴應客竟日勞，客去閉門頻仰偃。繞檐百匝唫成惱，昨黄君賦《惱花篇》。客不逢嗔花得譴。吾儕立論貴平允，勞者尤當戒衷褊。今宵忽復驅童至，雅意欲爲花作餞。書云昨值風雨驟，草色反深花色淺。惱花不得更憐花，痛飲無辭袯衣典。黄生兩歲爲花病，一歲惱花愆可免。祇憐花謝客不留，餞客餞花同一宴。屬生悔過復賦詩，明日欲來花下展。

將出都門留別黄二

拋得白雲谿畔宅，苦來燕市歷風塵。才人命薄如君少，貧過中年病却春。枵腹誰憐詩思清，掩關真欲廢逢迎。期君未死重相見，與向空山證世情。

與丁二履端夜話即以贈別

時余約與屠大令紳共買外家鸛蕩莊別業丁君言已爲渠親串所得並以志感

燕車代馬三千里，越水吴鄉二頃田。此志十年仍未遂，對君一夕竟忘眠。凴將書札傳廉吏〔一〕，莫更犁鋤課少年。未擬買山先買水，會須笠澤共耕烟。

新交數爾及崔陳，握手臨期意獨伸。聶政母亡尤念姊，馬卿家在總依人。休嫌骨相前生薄，敢詡心期數子真。風色滿天雲氣冷，更從岐路入西秦。

涿州三家店水木明瑟舍弟前共過此有誅茅之思書此以寄並當示孫大

異時我作樵蘇計，幸有孫郎及難弟。夫容湖畔結廬好，我亦川居富菱芰。門前流水屋後山，照影幾度驚孱顔。野夫何時得暫閒，偶借客夢歸蓬關。原空雅飛十餘里，烟柳千條拂花起。吾家令弟昔愛之，殘月扃門數回啓。即今留滯何能走，我獨橋南醉郫酒。百年心跡幾相知，持此遥遥貿良友。

出都行涿州道中見芃麥徧野慨然有田廬之思因作田家詩二十首寄意並寄芮光照楊毓舒兩布衣

朝耕山上田，頗苦赤日酷。雨氣來北山，蜻蜓滿空谷。家遥餱糧具，釋耒坐石屋。日晚牽犢歸，下山泥没足。

疇昔惰農畝，蓬門生長蒿。頻年生計足，梁燕亦來巢。豐嗇理有常，由來非一朝。社日集子孫，烹蔬酌郫醪。中坐垂誡言，百事須積勞。

山村十餘家，古木自回互。筍穿來東鄰，果熟落北户。居鄰結姻婭，鷄犬互相顧。出門望原田，高低百餘步。仲夏天氣晴，涼風集高樹。茶瓜供過客，留話愜幽素。日晚樵童歸，問名均不誤。

二月序始和，黄花徧林原。濃陰滋宿麥，春露洗高原。雞豚喧早市，牛羊出毀垣。隱塘花爛漫，過澗水潺湲。鳴鳩聲不已，釋耒聽無端。心切祟朝雨，都忘向晓餐。

采桑升高枝，衣上日華轉。遲遲看春陽，一谷柳花暖。沿林緒風至，對樹鶯睍睆。不惜枝葉長，但嫌心力短。東家采桑女，日暮行苦遠。沿回大堤坐，心急待同伴。揮汗忽不停，春衣又將澣。

窮鄉寡文學，頗愛土俗淳。茅檐八九家，五世相與鄰。兒童讀書歸，行處拾墮薪。偶逢大父行，拱立識所親。日晚餉北皐，牽衣渡横津。心憶朝誦書，沿途諷逡巡。

門前隙地稀，屋後半畝緑。桃李皆豐年，云茲佐嘉穀。高曾手栽樹，均作出檐木。日午蔭北牕，茅檐静堪托。溪風一回蕩，山果枝上熟。童稚不識争，探懷已均足。

層冰何棱棱，雪積冰上寸。日色照亦寒，谿風利如刃。經旬斷來往，閭里走相訊。鄰翁釀村醪，屈指年事近。還因隔城郭，甲子無可問。晴宵仰瞻天，北斗知歲閏。

力耕心志純，外物不得動。雖經百寒暑，寢息無一夢。妻孥習辛勤，百事常與共。秋成共欣慰，春至即播種。年豐賽神畢，臘酒互相送。尚哂鄰家翁，年衰腰足痛。

邨雞一兩聲，持鐮待天曉。出門不知塗，沿林驚棲鳥。宿雨零衣裳，原頭刈新草。牛饑我心急，況復犢離抱。八口嘗苦饑，飼牛嘗苦飽。

墻頭百草花，秋至尚顔色，凉雨朝來過，秋蟲鳴屋脊。驚茲時序變，當案不能食。葵枝翳南軒，疎黄落如積。物微經手植，幾月盈數尺。榮枯本隨候，催我鬢蕭瑟。村女不感時，明燈夜牕織。

山泉奔曲澗，澗曲使魚肥。板屋臨流水，當窗白鷺飛。高枝曬魚網，圓牖挂簑衣。莫訝軒牕陋，黄塵入户稀。

枕上雨聲過，蒲葵生曉凉。隱聞屋後雷，鯉魚飛過塘。孟夏天氣昏，檐間杏初黄。梅實早薦新，原麥亦可嘗。壯健既不閒，婦稚習築場。商量醖邨醪，待插三田秧。

田家偃息早，月出户已扃。連閭無人聲，屋上促織鳴。寂寂秋夜長，眠早亦易醒。荷鋤向西疇，露瀼明疎星。

朔風吹南山，黄葉滿一屋。掃之向墻隅，然薪一冬足。田疇雖不廣，常滿甕頭粟。閉户無所營，時還把書讀。

巖阿近開闢，鬱鬱多桑麻。人耕北山翠，牛食野田花。廢壘都牽果，零疇或種瓜。亂雲埋古徑，飛瀑落人家。境地殊清絶，寥寥噪曉蛙。

仲夏一月雨，屋中衝流泉。榰鐺來樹間，全家具晨餐。兒童騎土墻，葺漏尚未完。天霽日忽開，泥衣曝先乾。晴晦出一時，驚雷復喧喧。

飼蠶候三眠，繰絲日千度。辛勤一生内，衣未識紈素。東家有嬌姿，生小無所務。披服非不多，著新即厭故。昨暮會北鄰，驚看機上布。

寒鄉率多壽，作苦況不閒。暮飲谷中水，朝耕山上田。不聞求長生，倏忽已百年。同時一輩人，白髮並及肩。但苦東作忙，日出難晏眠。

種松連高岡，云有先世墳。一歲增尺土，巍然竟成原。寒食飛紙錢，盈阡拜曾元。但苦樸陋鄉，諱字已不傳。日晚祭掃歸，野花紅如然。

四月二十六日抵河間縣知崔二先一日發却寄此首

車停古驛日已曛，窗南一鐙昨照君。鐙花未落客先起，瘦影已逐寒鴉羣。清晨共出官河左，柳眼迎君方及我。楊生行色念北堂，君亦曉夕馳歸裝。車聲馬聲原上走，百里程遥亦何有。路人傳君好身手，清削真同道旁柳。道旁柳花飛貼肩，君行曉寒籠玉鞭。山雲濛濛壓衣重，清冷偏宜馬頭夢。違君百里猶可追，車上敗鐸聲如雷。祇愁殘月没前路，征馬愈嘶人不住。丁生念友君所知，昨復屬我傳相思。鄉閭年少盡君等，使我慨歎相知遲。黄梅雨廉纖，南行亦殊苦。紅棗花紛披，東徂迫炎暑。丁生五月方出都，歸棹應防惡風阻。君不見，長江風黑暑浪煎，函谷關險愁雲連。阿兄西行路復千，送彼蜀道升青天。時令兄將入蜀定省。

五月初三日臨清關阻雨因食角黍有感

徂南日共風烏語，忽值龍行北來雨。行人衣濕饑火煎，且復車前餐角黍。沉思此景傷年載，谿上幽雲久相待。三更清夢越鄉閭，尚有半樓燈火在。

自臨清關渡運河曉行

曉星未落催客程，夢聞雨聲醒復晴。車輪安穩陌塵軟，如乘越舫烟中行。河流東渡樹如薺，一綫中流日華起。行人上馬亦壯觀，開闔中原數千里。

館陶道中

柳絲濛濛新月高，卧聞笛聲過館陶。催車向路日已昃，霞色尚映征人袍。城邊古路尤雄直，松矯如龍百餘尺。古來奇士倘復然，獨立原南歎高格。

元城道中

元城縣東榆櫟田，千株百株青蔭天。車行五月不知暑，道上淲淲鳴流泉。草香花暖千家室，閭户都爲賽神出。河流兩載喜漸平，慶與農人食新麥。

五日客感示崔同年景儀

馬上一枝榴火紅，行人朝日發清豐。淒涼古驛值佳節，倦客如醉吹薰風。風花無情翳前路，客憶江南岸頭住。野花匝地試驕馬，谿水拍天喧競渡。扃門不出十五年，手種楊柳都摇烟。甯知今日道旁坐，麥飯冷飲茅檐邊。鄉閭少年誰可憐，錢郎鼓聲絶客筵。爲錢舍人中銑，時下世已一年〔二〕。趙家樓閣昔年飲，覺我盛氣何無前。橋烟谿月百回白，壓坐惟留陸生笛。沿谿瘦蔣亦不歸，時蔣大齊耀客山西。空鎖書堂北邊宅。吾儕流落縱如許，客裏聞歌尚軒舉。終能不學輕薄兒，醉挈妖姬作吴語。崔生似舅尤清婉，共我遥程數千遠。佳辰只惜鄉夢無，卧看車前斗杓轉。

未至黄河十里阻風宿辛店明日始從柳園口渡

惡風一日阻急程，十里外聽黄河聲。黄河聲急暑雨横，高浪戰雨喧三更。洶洶到枕不安寐，廐下劣馬時奔鳴。披衣支户起危坐，飲滿百盞神終醒。邨荒味淡食不咽，雨暗飽嗅蛟龍腥。耳中歷歷聽頹壁，川原曠望生夜明。樓高燭冷萬慮絶，不覺孤月來窺楹。風聲雨聲罷酣鬥，百鳥歸樹天光清。半生飽向江海宿，此夕河浪聲尤驚。清晨徑渡大波伏，霞氣壓席青紅平。十年履險不知數，狂直自笑波濤輕。

自河南入關所經皆秦漢舊蹟車中無事因倣香山新樂府體率成十章

滎陽城

滎陽城，高百尺，因阜築城如鐵色。漢王夜出城西門，滎陽以東屬楚人。惜哉一鹿抵死争，食肉不足思分羹！當時若翁幸不烹，乃火紀信燔周生。嗟嗟兩烈士，殉主亦殉名！我行天下歷州七，奇險無若滎陽城。君不見，滎陽城，值太平；排百雉，無一兵。司關午卧門掩扇，百戰古城今下縣。

北邙山

北邙山頭松百步，前碑後碑横作路。碑前繫馬客不愁，還唤北邙山下渡。前津流水無停刻，松色蒼蒼暗斜日。白楊無風亦蕭瑟，千樹萬樹升凉月。林鳥夜啼穴兔蹲，千年不看葬貴人。居僧閒乞紙錢挂，寂寞知是誰家墳？穹碑愈殘文愈好，前人傳多後人少。始知坏土繫功德，不在森森數華表。嵩高山色遠復蒼，眼中親切惟北邙。君不見，征車須卸此山側，松冢蕭蕭無暑色。

尸鄉置

尸鄉置，客欲愁，三十里進生王頭。海中山，波欲湧，五百人同死士壠。有死士，無生王，王頭上殿目尚光。九重真龍爲一哭，韓王楚王顔瑟縮。腐儒遭醢理不誣，王頭乃復僨腐儒。我來尸鄉中，白日忽挂樹，鄉人説王尚如覿。君不見，王愛士，士效忠，誠不若項王故人吕馬童，手裂王體居奇功。

賈誼墓

西京執戟郎，緑鬢忽已皓。太宗愛老臣乃少，武皇愛少臣復老。坐令人惜賈洛陽，懷奇亦不值武皇。灌嬰周勃噲伍耳，是老秃翁何足詳！長沙西來對宣室，漢皇才高殊自失。固知尚鬼由楚人，因從楚來詢鬼神。鬼神之言亦陳戒，漢廷惟生識成敗。君不見，微唫賈生賦，車過洛陽界，墳荒無人碑已壞。紛紛何况里中兒，我亦少年先下拜。

董宣祠

東京六酷吏，五輩政足觀。王生非其流，類合附宦官。名儒歐歙首尹京，威聲始傳董少平。乾坤初平天子武，徑直甯知長公主。赫然盛怒乃可攖，九重幸識小吏名。殿頭東西排赤棒，百轉安能回令項？吁嗟乎！臣賢主聖誠難得，却霽主威成令直。君不見，祠西半里府所治，道旁百碑名去思。叢碑雖高復誰記，只向道旁思酷吏。

金谷園

咸甯以前多吴氛，元康以來昏戰塵。晉家全盛只卅載，却值金谷園中春。美人顔紅與花匹，百斛名珠易珠一。樓頭光碎紅珊瑚，主人殉財兼殉珠。傷心豈獨名珠墮，轉眼洛陽城亦破。持螯仙客最達觀，興廢都從醉中過。園花開，園樂陳。朝千觴，暮百樽。二十四友皆僉人，此輩可惜惟劉琨。

二崤山

傴仄復傴仄，西經二崤山。山溜衝作道，巨石横爲關。關門前，黑如許，西飄秦風東晉雨。南陵北陵事蹟陳，追識夏后兼周文。止憶晉五帥，秦三臣，爲晉勝，爲秦奔。晉人雖墨衰，秦人亦素服。向師茫茫慟秦穆，老臣此時無涙哭。出山一里路漸平，巨石夾道愁縱横。君不見，山凹不特炎暑酷，暫有野鷹來攫肉。

函谷關

車行摧輪馬傷骨，一綫路中盤八日。今晨始及關北門，月黑望關關欲崩。新關高插天，舊關深入地。赤沙濛濛白日翳，一日一夕車帷蔽。樹根石脚露土窑，穴土一尺經旬勞。居人生世稀見日，面黑映户疑山魈。君不見，秦人虎狼據谷口，百二遂爲虎狼有。甯知天險不屬人，六國敗後終無秦。豈如乾坤蕩平天險失，前車後車行接轍。人生快意亦有時，馬上詩成車出穴。

潼關門

出險復入險，別山仍上山。河流五夜色昏黑，一片日紅先射關。壯哉龍門濤！至此始一折。驚流無風舟尚失，大魚如龍欲迎日。風陵津北起黑波，重舸徑向中流過。河聲漸遠坡愈迴，却拉馬首看全河。君不見，哥舒拒祿山，魏武破孟起。門開如雲列千騎，喧聲動天箭灑地。時平雲氣亦卷舒，孱卒立門司啓閉。關頭飯罷客亦閒，早有太華開心顏。

華清宫

秦皇墳上野火紅，萬人燒瓦急築宫。築基須深劚山破，百世防驚祖龍卧。雲暄日麗開元朝，祖龍此時庶解嘲。人間才按羽衣曲，地下未燼鯨魚膏。前人愚，後人巧，工作開元逮天寶。離宫别館卅里環，羅綺障眼如無山。紅闌影向空中折，高處疑通廣寒窟。仙妃天上坐無聊，玉笛一聲飛入月。華清宫，臺殿工，欲訪舊事無衰翁。泉流嗚咽助淒思，冷暖曾無内官試。君不見，山前四月開海棠，早有野人來試湯。

贈馮編修敏昌即乞題機聲鐙影圖卷子

馮君南海儒，二十年不出。門前靈緑一萬頃，篋底縹青數千帙。出門看海入讀書，元氣吐納如靈珠。荒厨烟斷有時有，百怪窺户無時無。豈惟不畏亦不嗤，一室静坐忘三時。偶然一出試有司，衆喜貢爾來京師。

聖人方開白玉堂，數十萬軸陳琳琅。蓬萊山高碧雲裏，仙客正復需東方。鯨鯢戮後乾坤蕩，萬卷盤盤蠹魚上。晴窗日一校祕書，手冷玉籤沾薄釀。儔居頗厭人海聲，下直只住西南城。門扃似鐵不輕出，解後偶識黃方平。兩年落落京華夢，文案無題輟唫諷。有時申紙出萬言，筆壓鱷魚愁不動。大馮君，小馮君，君偕令弟入都。君復告我神仙羣。謂張解元錦芳。廣南怪底少珠貝，斂攝精氣爲斯文。君不見，我家空住東海頭，曉日正面清江流。慚無文筆東江海，潮汐澎湃無時休。江流日日晴沙壅，上有松楸百年冢。先人志節實不誣，待覓數碑高置壠。文章不朽今見之，對面勞我經年思。吾徒會合既有時，放筆爲我吟風詩。

徐大書受浴牛圖

南溝水，流北溝。水行苦無舟，幸有犢下牛。羨君使牛如使舟，跨腹穩渡春塘流。南溝水清，北溝水濁。濁流須浴牛，水清留濯足。螺千升，泥一斗。尺鯉寸鰕無不有，濯足流還入牛口。君不見，春田之外官路高，百千萬事如牛毛。人饒千駟不能樂，君有一牛亦足豪。

聞孫大二女皆殤書此慰之並促入都

朝不見爾，暮不見爾。不能得爾書，使我煩憂不能止。朝知爾，枕一書。暮知爾，入酒壚。鴉飛鵲翻門索逋，盤盤廣文居。今歲殤兩女，隕一奴。奴進興亦以今歲病死。縊魄復跳梁，擲此巨綆驪。學吏耿升以去歲縊于庭。赫然三重門，常有十幅符，長人鬼伯利弱徒。其餘精魄强，睥睨孰敢如？陽春倏然回，陰煞盡掃除。

丈人康强大母扶，行見中婦歸而將雛。爾既久失偶又苦貧，曷不遠遊負粟以奉親？長安輩流中，近復無爾比。吾當屬王三，爲爾戒行李。

十二月初六日宿讀雪山房話舊即贈崔公子景儼

經旬頻過訪，識爾氣無前。客路三千里，春光十九年。錦書堂北枕，紅燭夜深筵。一夕虚窗夢，無忘共被眠。

謝貞女詩即寄令子振祺

我年始十五，母遣從里師。其時謝氏居，遠傍陳忠祠。貞女撫子名振祺，十五入學初勝衣，一出一入奉母儀。貞女雖有子，室居嘗涕洟。白日何昭昭，顧視久不怡。上堂奉魚飧，入室餐薄糜。兒行讀經解唔咿，市肉食子身苦饑。我時親見之，歸以語母共歎欷！爾來二十年，不復相聞知。昨得尺一牘，邀我唫風詩。開緘忽涕零，負米感後時。吁嗟失母人，遑敢措一辭。雖然母前爲我言，貞女之節世所希。汝行克屬文，闡彼孝且慈。母今雖亡母訓垂，忍一握管銜酸悲。詩成勗爾廣孝思，作詩者誰洪孤兒。

校勘記

〔一〕凴將書札傳廉吏　「書札」原作「書杜」，據《北江遺書》本改。

〔二〕錢舍人中銑時下世已一年　「一年」，《北江遺書》本作「二年」。

卷施閣詩卷第三

仙館聯吟集（辛丑至癸卯）

八月十一日夜終南僊館坐月聽趙芝雲彈琴作

秋花黄，秋月涼，細步曲折行秋堂。秋堂美人琴思生，起唤静者彈秋清。南山月明一千里，北堂琴絃三四鳴。聲迴欲入月，絃和不驚秋。東西十五房，蟲韻咽不流。一聲何低，一聲復揚。天宇乍濕，微吹新霜。絃凄絃切四五聲，此時秋聲畢入城。江南夢遠忽歸去，聽此柔櫎空中行。茫茫神明區，杳杳不可攀，怪靈千年巢此山。有時白雲成美人，青瑣窺客垂雙鬟。有時玄鶴化童子，丹頂未脱遨人間。風車月馭倏忽倘過此，驚我忽斷忽續一一空中彈。虚房無人素月團，飛雨入夜青苔寒。幽音欲乞紫府和，空腹冀得明霞餐。君不見，彈鳴琴，憶仙駕。月宜秋，琴宜夜。

附：同作　　孫星衍

秋河下映秋池清，中間月出隨波盈。烟中影結多時緑，風裏輝流不定明。秋堂主人有仙骨，授簡賓僚待秋月。珠履宵沾白露移，碧紗暮對青山揭。此時分照入千門，十二閒街静碾塵。斷續城中傳柝響，依稀樓畔擣衣人。銀屏夜落横琴影，月底弄琴琴索冷。指上清光凌亂生，絃中商意分明緊。一彈秋月生波瀾，再彈秋花欲語言。流螢乍落看還住，斷雁將飛似更還。石闌前頭百重樹，葉葉枝枝化烟霧。樓閣疑浮海上來，風泉忽到山深處。曲終月淡天爲高，何處仍吹宛轉簫？一聲約住流雲影，萬里魚鱗豔不銷。主人尋幽足幽思，何必東山挾聲伎。君不見，終南仙館夜深琴，門外終南碧無際。

十二夜雨坐

彈琴留白雲，涼雨入今夕。離離秋葵花，深黄落如積。閒房雨中坐，細酌尊酒白。寒意吹不開，空憐倚風笛。

所居堂西偏，秋氣亦逾冷。房櫳既深静，蟋蟀共凄警。三更檐霧入，澹此紅燭影。欲展江南書，先悲客秦嶺。

十三夜射堂觀月

沉沉碧苔影，皎皎寒潭光。秦嶺上孤月，清輝滿射堂。繚垣鴉點黑，零棟燕泥黄。一聽山陽笛，行歌慘不狂。是日于孫大書中得朱三亡耗。

馬嵬

馬嵬驛旁佛堂三楹，唐楊貴妃舊縊所也。今歲三月，余偕莊公子逵吉至郿縣，二鼓抵此，以燭視壁間石刻，斷句約百餘首，率無佳者，因相約出新意爲之，至漏四下，各成六截句，乃上馬而去。

客程新自會昌回，刺眼燈光宿馬嵬。錯訝驪山舊烽火，一般紅焰逼人來。

半晌匆匆訣路岐，縱然死别不生離。他時金闕西廂約，天上仍懸會面期。

佛堂宵半劇凄涼，清露微茫月有光。漠漠紫藤牽一徑，花開猶認舊香囊。

五家合隊事全非，鞭馬都看出近畿。猶勝宣陽諸姊妹，陳倉化作野雞飛。

天教國色鑒興亡，遺冢偏留官道旁。一片軟紅飛騎過，豈堪重問荔支香。

茫茫蜀道返秦京，難遣君王日暮情。只有上陽頭白女，不承恩澤竟長生。

哭朱秀才璐二首

曾同原北數歸雅，原樹南頭識爾家。上巳覓春衣袂冷，清明吹雨帽簷斜。詩從公子筵前諷，酒憶瞿曇坐上賒。君側巷有草庵僧釀酒極美。零落數人重點檢，兩沉泉路兩天涯。君與余及孫君暨林公子奕眠，過從最數。今林及君俱下世。

移榻曾依鄭廣文，故人頻到手難分。譚狂一夕空生死，夢冷三年静見聞。身後詩名常笑我，眼中山色竟埋君。元言未就桓譚死，畢竟誰傳揚子雲〔一〕。

十五夜

闌干千尺雨聲收，坐久頻看燭影流。秦嶺雲高連太白，上元月澹應中秋。俗言中秋陰晴與明歲元夕同。多年客思金尊滿，一夕天風玉笛愁。好把濃陰盡吹却，庾公清興在南樓。

附：同作　孫星衍

常時偏憶此宵情，直到今宵客恨成。如此月愁終夜對，往來雲愛一天生。舊游似夢依依在，酒力輸心細細清。又是芳筵忘未得，芙蓉池上共吟聲。

秋夜有懷崔二禮卿

蘭薰桂亦薰，燭燼復思君。歷亂百重嶺，微茫千里雲。松窗無人夢亦幽，化爲孤鴻遠相求。江空離離橘柚洲，天遠漠漠沙棠舟。夢君何如在君側，夢苦知君亦相憶。劃竹痕留指爪青，看山影入修眉碧。星橋七夕祀茶瓜，紅豆間庭接砌花。三層閣冷唫秋雨，八扇窗開佇月華。蕭王里畔清遊寡，落落朱門手誰把？遠恨吹成宛轉簫，秋聲響徹參差瓦。書堂歸後倚樓東，詩帙翻殘興乍慵。葵扇緑輕秋撲蝶，橘燈紅小夜搜蟲。才名此日推昆季，二十崔鴻學强記。交許忘年趙不虞，謂味辛舍人。書憐似舅何無忌。思親有日計程還，重上巴陵八角灘。相思應望秦關險，憶爾重歌《蜀道難》。

嚴侍讀長明招飲分詠齋中花木

數叢墻角放無端，玉色居然照坐寒。應是神仙常散髮，不教收拾上星冠。玉簪花。

石闌干畔倚斜曛，葉葉枝枝惹砌雲。數到前生合惆悵，美人顔色葬秋墳。秋海棠。

靈巖讀書圖爲畢侍郎

公才既大識亦先，一山讀書曾十年。山奇澗仄泉溜壑，石古路削雲浮天。三間讀書堂，昔昔坐復眠。研經覈史志力堅，偉抱不欲談神仙。龍唫于波虎嘯山，公時賦詩静掩關。全湖水色看不厭，一世寫入胸懷間。雲窗陰陰闢不得，靈氣空山潤生殖。松兮栢兮百餘尺，一一如苗手中植。我開名山圖，綴以七十峰。烟巒明滅不可識，水氣自緑巖花紅。茫茫月波寒，極此三萬頃。長檠短檠宵不輝，空處猶摇露華影。奇書讀罷手自緘，山腹適有藏書巖。乃知名世本藴蓄，中外文武才皆兼。公官于西昨偶還，放艇窈窕尋烟鬟。兒童不識鶴偏識，約略少日書生顔。西人德公不暫忘，行祝入相光巖廊。觀圖倘復識前後，天末回首吴雲長。人生事業固不同，萬卷要在填心胸。君不見，靈巖山卑不稱公，須借太華銘奇功。

黄二景仁以舊得宋鑄山谷詩孫印屬題即以誌别

智永視右軍，遠祖乃七世。觀其筆端奇，殊不愧哲嗣。神明離合偶得之，不惟書然亦有詩。黄生年少苦乏師，口誦祖集無一遺。童耽詩祖詩，長獲法孫印。靈文出山雷電迅，黄生得之筆奇進。二十七世六百春，恍以句法傳文孫。吾家駒父有美聲，合彼難弟稱三甥。若論源派責繩武，内外均應奉初祖。我慚作客剏多病，未暇從君乞詩譜。與君離合亦可歎，客邸借印曾三番。縑囊絨佩入華山，時君將遊華山。好句藉可通天關。君不見，印方以寸深數黍，有才如君庶得主。聊藏篋笥貽子孫，百世傳公用心苦。

九月初三日雨後偕黄二孫大遊薦福寺

薦福寺中秋氣陰，寂寥一輩愜幽尋。唐餘舊碣苔文暗，僧老閒庭竹樹深。金碧樓臺清磬響，青蒼巖谷暮鴉沉。眼中歷歷皆千古，留與詩人劫後唫。

慈恩寺上雁塔

憶從初地擅名場，閲劫來遊竟渺茫。韋曲花深愁暮雨，終南山古易斜陽。高張岑杜詩篇冷，天寶開元歲月荒。莫笑衆賢名易朽，塔前杯水已滄桑。寺外即曲江，今闊不數步。

關中送黃二入都待選

欲別復念我，我歸猶無時。江流入海家倘在，越客到秦寒自知。同居江城中，門臨北風裏。三月發一書，迢迢及秋尾。君言少賤耽百憂，欲爲卑官已不羞。長生如鶴善俛仰，莫更高視輕同儔。翰林仙人瘞黃土，鶴恍離巢猨失主。余與君早爲朱笥河先生所知，有猨鶴之目。今先生已下世。我非憂患不克伸，兀兀何爲著書苦。昨來得家書，一紙猶不足。妻常歸甯兒罷讀，草堂雨圮西頭屋。尋檐讀罷色亦怡，不嫌才奇貧亦奇。吾家阿連亦志士，都下索米時長饑。雖然一二年，亦須約歸期。傾資搆草堂，買石安漁磯。兒童不讀書，日課種一畦。君迎板輿行入官，我守親墓居江干，居者自戚行者歡。南溪邊，北江口，他時官滿放歸艘，我倘持魚壽君母。

朱孝子詩

塵勞十年三駐車，華陽岡南孝子家。伊惟孝子家，松蒼栢逾古。茅堂敞三間，全家讀書所。我識孝子父，亦識孝子昆。孝子承父兄，事事求諸身。欽其善氣蒸一門，百鳥就樹欣春温。妻孥不憂僕夫樂，雞犬未識君家貧。東門柳條三易春，我重來遊送廣文。謂全椒朱廣文沛，時以老疾乞歸。是時孝子憂父病，對我戚戚忘朝昏。俄焉一刻驚死生，骨肉至痛肌膚輕。抽刀揮股股肉零，何言孝子非好名。諱此一割如諱刑，創鉅至死無呻聲。茫茫華陽岡，哭聲一何苦！麻衣唁君憶三度，我歸哭母君哭父。我猶能生君竟死，嗚呼華陽朱孝子！

乾州馬生爲寫淩波卷子因題十二首

年華三五日，樓閣兩邊春。絶憶驚鴻影，閒中寫洛神。

書緘二十年，字暗無人曉。臨水覓游魚，尋巢問棲鳥。

破夢閒尋久，松間第幾廳。凭闌有深誓，雲隱半天星。

殷勤一紙書，夜久映牕讀。忽地訝光華，池輝後棲燭。

春愁自不同，橋影隔西東。一度搴簾見，朝曦映頰紅。

抛殘千種書，衹習《嫏嬛記》。縱不學神仙，衫裳有雲氣。

專愁病已侵，長日瘦難禁。不愛春花影，生來百種心。

門地寒如此，蕭郎合受徒。頻緣問攻苦，開篋贈奇書。

初三新月來，幽徑自迷輝。小膽愁逢魅，沿廊吹笛歸。

留兹心一寸，記此谿三折。倘復有相逢，春船岸頭歇。

悟後心常定，閒中恨亦消。猶餘空際影，風裏帶裳飄。

春愁發杏花，客夢醒亭午。聊復借銀箋，遥情細相數。

湯大令大奎以公事至甘肅往來皆過西安書贈六首

遠宦棲閩越，皇程向雍涼。故人稱早達，客鬢亦初蒼。報政心猶昔，唫篇興較長。終南山色裏，留與話斜陽。

三十年前望，能詩獨有君。閒中思數子，風裏悵離羣。徐穉頻留蜀，謂徐會基，今宰巴縣。錢郎近宰鄠。謂錢竹初。惟餘漆園吏，天末共秦雲。謂莊似撰。

所居曾咫尺，岸柳不能分。舊與君皆居城東興隆里曹庵之側。古巷一條直，疎鐘兩處聞。兒童尊輩行，里俗習温文。社日成嘉會，初看接坐芬。余年十數歲，以里中公事識君于劉氏宅。移居曾幾載，蹤跡始相違。我誦諸經徧，君成進士歸。舊書留次第，新宅羨光暉。兩歲消寒飲，燒殘官燭輝。平生耽著述，興發每忘餐。事僻須頻采，書成欲借觀。壯心消久宦，歸路憶衝寒。二月春光好，看山合據鞍。連江三百里，風物渺相思。骨相癯如此，官齋清可知。幾家分薄俸，戚黨依君者最衆。一縣誦新詩。正有循聲起，無嫌報最遲。

終南仙館獨遊看山桃花作

閒尋古廊日數回，人日已見山桃開。江南驛使昨傳訊，破臘尚未舒江梅。原高樹古春尤早，地稔年豐户均飽。終南山色對高齋，天放一株春色好。春風開簾日射櫳，草根未青花已紅。橋南冰判出潛鯉，墻脚氣暖驚鳴蟲。苦唫桃李二十年，緑鬢漸改花枝前。有情誓不負鶯燕，篋底零落詩千篇。山原氣候殊南北，花亦因方異顏色。冶葉倡條豈共時，冰魂雪魄同高格。看花春首非偶然，幽賞既愜兼逃喧。園東容膝坐不厭，板屋總倣江南船。君不見，平園賓客春多暇，妙舞清遊各消夜。三更歌吹殷地時，我亦閑來坐花下。

元夕看桃

元夕一年居一方，接天歌吹來咸陽。終南山月盛光采，一夕樓上鋪新黄。崇仁坊前百戲陳，雜樂共作秦聲尊。頗欣土俗樂豐歲，巷少服馬居無人。嚴寒初除信風勁，風裏試燈燈不定。端禮門連長樂樓，萬聲壓市囂難聽。連宵賓從席屢移，選舞徹夜殊忘疲。屏風高障碧天色，蠟泪滿堆紅地衣。園南獨客愁爭逐，看花欲來深徑宿。避寒三度著春衫，照夢千枝列華燭。墻頭月色清可憐，桃花一枝影入筵。江南無此早春景，自愛枕上看花眠。須臾舞寂將殘夜，月向城西鵲巢下。一陣簾前料峭風，遠雞聲裏寒桃謝。鄉閭此時誰復留，癯崔瘦蔣成俊遊。禮卿雲三。横塘半里足簫鼓，燈火直接三元樓。十年兩度清遊寡，更有汪倫手堪把。甲午元夕在揚州，庚子客都下，俱與汪劍潭同遊。江館雲迷宛轉簫，帝城月照流離瓦。

十六日早夢破書懷

正月十六天氣陰，窗色欲曙聞鳴禽。殘燈未滅枕書在，手記卷頁勞重尋。景純雖復好奇著，叔夜兼不妨幽吟。房櫳春思集黯黯，檐角雨氣來森森。眼看十日易新歷，屈指百夢交寒衾。蔣家高閣睡頻見，堂北老桂年逾深。無端童稚歎漸老，一輩才調誰猶欽？心雄欲狎萬奔馬，氣尚曾却千黄金。丈夫要可嗜聲色，細故詎得關胸襟。即今壯齒已逾七，坐覺客歲三交壬。談經既慚中壘歆，著史亦愧山陰沈。惟餘一事似朱穆，欲守六義追鄒湛。九州山川快登臨，五嶽方寸平嵚嶔。寥寥一編望古今，今音不操操古音。

三千卷在倘傳世，寄此一寸空明心。

十七日曉起

曉寒逼户微吹雨，柳眼欲青春不許。簾開如夢見山桃，玉色亭亭尚無侶。園空春氣來如絲，墨雲成鱗開日遲。閒移鵲巢向北枝，恐礙雙燕新來時。

二十四日侵曉園中看桃作

倏然千枝開夜風，桃花不香春氣濃。重帷未曉已高揭，静放花態嬌簾櫳。看花背樹鵲不知，鵲夢尚落東南枝。輕紅淺白漸分影，曙色欲入光參差。情孤意冷千回走，月墮烟寒著花久。倚風一樹恍如人，露眼紅顔欲回首。看花人老花莫嗔，客鬢曾與花争春。年華三十事若塵，欲訴舊事無桃根。

題黄石齋先生手書詩卷

斯人不賴世，世實賴斯人。一息不死軀，天地所以存。有時而責躬，時而念友昆。時而誨諸子，大義何諄諄！我欲起九京，危苦與悉論。南中劉念臺，北州史道鄰。八埏變非常，無過明甲申。嗟哉數君子，亦配殷三仁！操筆爲語言，氣若江海奔。雷霆走其間，足懾奸佞魂。誰當贖此册，懸之國東門。否亦寫百通，各付子若孫。滔滔萬萬世，藉以扶人倫。

楊孝廉夢符泣硯圖

一方石，母所藏，兒名甫成母已亡。泉涓涓，墨池滴，盡是孤兒眼中血。我遭孤露偷視息，對此徬徨不能食。少貧無硯寫以磚，六經手書母所傳。至今磚在猶拾襲，我念親恩抱磚泣。君孤此意當早識，莫負區區一方石。君不見，男兒負硯已可恥，負親不得爲人子。

慶將軍桂屬題方山松石卷子并送入覲

憶近雲霄天語温，十年三度拜殊恩。詔宣耿秉趨丹陛，功定班超入玉門。前部笙歌聽乍徹，舊山松石記還存。藍輿小駐非無事，卧看終南濕翠痕。

曾騎竹馬備兒童，生長鈞陶荷相公。將軍爲尹文端公第四子。吴苑佇看持使節，沙堤仍望繼家風。經霜塞北顏猶昔，似畫江南夢乍通。幾處舊遊題句徧，近聞多已碧紗籠。

送蔣大齊耀南歸

外家廳北記重行，已苦無人唤小名。冷齒尚冰寒食粥，倦眸猶怕讀書檠。新來烏鵲巢枝改，乍長兒童口語生。手授一編仍未習，十年端愧望孤甥。予少爲外祖母鍾愛，今手授書尚存。

雜詩

淵明古奇士，識者唯延之。一世乏知己，日唯唫我詩。永初人物誰，不足供一嗤。柴桑五柳間，寓目一何遠。與其交俗人，心隔貌繾綣。何似桃花源，寥寥結雞犬。

賈生治世才，經術亦第一。偶然作詞賦，秦漢渺無匹。惜哉生非時，世正尚刀筆。販脂屠狗中，宛若獨鶴翔。幸值賢守吴，亦識計相蒼。倘欲覓賞音，庶幾張子房。

張耳殊庸才，陳餘實烈士。薰蕕本殊別，何可締生死！一遂爲趙王，一則死泜水。後世俗益澆，借交傾良朋。皆張肇其端，可惜得没身。雖然夫與妻，身各事兩人。微詞寓刺譏，吾服前史臣。

馬周值貞觀，李泌逢肅代。迹其遇合奇，事欲出紀載。桓桓良相業，洵足邁流輩。臣主既相得，底蘊無不傾。終始無纖毫，没哀生則榮。何以僅贈官，不復得易名。

宫中及府中，一體皆董率。小臣戲殿上，夫乃宰相失。彼哉前史臣，反哂無學術！桓桓申屠嘉，法欲斬鄧通。其事雖不行，血已漬府中。不學孔博山，唯知媚董公。

古今一石才，植已擅八斗。下此一萬年，升合定無有。如何魏晋下，代不乏作手？又言晋南渡，已絶第一流。立論既可嗤，失色亦足羞。吾視古才人，皆若貉一邱。

春睡

春睡覺來美，窗桃發數枝。無人自開卷，初日上簾時。

倚梅圖

春風已到江南否，手植玉梅堪凭手。探春消息肯孤尋，翠羽飛飛貼釵首。凝寒徑雪猶封苔，非具仙骨誰能來。愛花雅復識花性，逸榦不遺依樓臺。泠泠風放枝高處，花氣籠人亦須住。剥蘚分明認舊題，劃釵依約成新句。花光月露看難真，月欲傍花花傍人。徘徊半日不分影，袖底高壓江南春。江南春到三千樹，須記名花望花主。錦幕甯唫處士詩，廣平已有新裁賦。

宋謝文節公橋亭卜卦硯歌 并叙

研歙材，修九寸七分，廣五寸六分，厚九分。額篆「橋亭卜卦研」五字。面左右草書云：「此吾石友也，不食而堅。語有之：人心如石，不如石堅。誰似當年采薇不食守義賢也」？轉背右題「程文海銘。」又右題「大明永樂丙申七月，洪水去，橋亭易爲先生祠。扣地得之。閩後學趙元。」硯中正書題「宋謝侍郎研」五字。舊藏天津城西海潮菴。雍正初，周上舍月東焯以米易得之。今湖南巡撫查公禮最所心賞。歲丁卯，月東搆疾。時巡撫公官廣西太平府知府。月東臨没，語其子，持書抱研，行萬里至太平以贈。嗣後公官于四川十年，會皇師平金川，公蒞其事，常與硯偕。歲壬寅，公有湖南巡撫之命，自四川入覲，予得謁公于陝西巡撫畢公之座，因屬爲歌，以紀其事云。

卜卦研，隨忠臣。六十四卦反覆陳，早識宋運終庚申。橋亭邊，卜卦所，一片趙家乾净土。有時米盡卜亦閒，讀《易》無聲飲泉苦。集賢銘後處士銘，六十八字兼元明。橋亭東西流水清，此硯欲出鏗然驚！建陽城，研易米，得錢即揮得米喜。海潮菴，米易研，瞻研如瞻昔賢面。誰云石一方，重乃抵璞玉？故人欲之心已諾，研得所歸方瞑目。嗚呼研兮！前身不從謝信州，後亦不殉程趙周。物經百劫復得主，光彩早歷天西頭。臣忠友信兼生死，抱研來還知孝子。携經萬里越百川，研兮得完人足穿。君不見，研今隨公不離側，軍中十年尤著績。飛符四調糧，草檄屢殺賊。三爻六爻有時卜，一詠一吟隨所適。平生亦聞周月東，今不見研先交公。研修九寸一寸厚，聊成一卦卜研壽。書繇辭，作研贊：海水枯，石不爛。

贈花圖爲嚴公子觀賦

嚴公子姬人，袁子才先生青衣也。公子悼亡後，先生舉以爲贈，因繪《贈花圖》，係以四詩，公子索同人共賦云爾。時壬寅八月十八日也。

秋社分明日欲斜，肯容燕子到天涯。生來不出烏衣巷，長自王家嫁謝家。

一卷曾披金石文，公子有《金陵古刻叢鈔》。玉郎才調信無羣。奇書校罷還題句，可寫新裁簇蝶裙。

識字偏多性亦柔，談經帳後十年留。鄭家詩譜聽曾慣，他日傳來與阿侯。

安石筵開酒百壺，春名桃葉記曾呼。他時倘放江干棹，更有桃根贈我無？

二月十四日自西安送蔣三知讓至臨潼試華清泉並上驪山絶頂侵曉復酌酒爲别因口占送之

灞橋楊柳春風青，南山桃花錦作屏。看花溯水不知遠，送客過盡春風亭。正逢驪山明月圓，華清宫中試湯泉。閒從栢路至絶頂，天半檐鐸風泠然。飲酒亦不樂，獨謡殊自傷。馬頭明日落花片，指點别路愁孫郎。城南小史翩翩影，謂郭勺藥。别有春人夢難醒。花過二十人半生，人縱欲愁吾齒冷。東瞻太華雲千盤，一條清光露欲團。三更暢好眺烟景，道士催客扃柴關。來時一山烏鵲飛，去踏松頂鷩巢棲。君不見，鷩烏初啼慘將别，且酌驪山半山月。

十九日姚按察頤招集冠山堂雅讌即席賦呈並送至湖南新任

花朝送客青門東，柳絲濛濛一萬重。柳絲迷雲花匝路，月光如花亦穿樹。穿樹明月光愁人，月到十九花初春。風光如此復愁别，冠山堂裏離筵陳。昔公建節來湘川，取士一一皆蓀荃。外臺聲名更烜赫，三月欲上春江船。離心明日長亭道，難遣圖中舊花鳥。葉底琴聲枝上陰，可憐都似江南好。平泉賓客氣肯降，公也愛士尤無雙。春燈滿前酒百缸，思渴頓欲傾春江。春江江頭采蘼蕪，黄陵廟前啼鷓鴣。楚天千里清且都，此景却憶秦中無。秦中幾日雲愁結，太華終南渺傷别。車前送者百輩喧，回首中條色清切。憶公日日來花前，公所手植姿尤妍。紅闌十二好遮護，待取歲月枝參天。轉愁三月春如許，公去花前復誰語？别夢都牽楚澤雲，挂帆來聽瀟湘雨。

附：同作　　孫星衍

冠山堂中列紅燭，主人有酒傾百斛。中丞夜呼客論文，客醉不歸静寄園。節署園名。春風吹愁散懷抱，座上才人各英妙。平原孟嘗並一時，却望長安共西笑。千金招賢東閣開，千金買花池館栽。看題捧硯盡紅袖，潑墨試取青眸回。桃花千枝弄容悦，欲奪尊前酒嬌色。一聲豔曲飛上天，明月白雲行不得。獸鑪紅深三寸灰，那信急雪凌春來。停歌出户一驚顧，醉影忽落瓊瑶臺。雪光朝朝花暮暮，愛客筵張日三度。明朝花落雪還晴，主人遷官客岐路。終南雲生入洞庭，客送主人霸上亭。回紅轉緑不容惜，去去爲國馳威名。尺書問訊衡陽雁，何日東山續歡燕？園深花發客愁來，此客知公亦稀見。

清明日偶成示孫大

一春曾未見流鶯，屈指韶光數漸盈。新月如眉過寒食，東風吹雨作清明。無多簾影牽塵夢，不斷楊枝綰别情。知否白雲谿畔路，半陂新水踏歌行。

花時四面啓疎櫺，花氣穿櫺夢易醒。春樹乍遮千頃緑，南山只放半樓青。回廊雨勢添簾潤，隔院禽聲怨户扃。最是昵人連夕醉，水邊人影柳邊亭。

癸卯三月十六日孫大將入都並車送至灞橋折柳爲别因憶己亥春孫大送我石城東畔至此已五年矣感而賦此

石城東畔牽衣處，灞岸西頭折柳時。人世五年重惜别，春風兩度費唫詩。才人學道狂應減，村酒澆腸醉始知。今夜驪山正圓月，未嫌清夢逐君遲。

歸卧孫大書齋讀所著山海經音義却寄一首

憶君重卧草元亭，對燭攤書户早扃。豈意異才逾郭璞，未因狂醉失劉伶。閒中花鳥探羣雅，悟後文章似六經。應愧故人眈著述，一編留與瀹心靈。

附：留别詩　孫星衍

翩然歸騎出青門，草色長亭緑未匀。不信朝朝花底醉，東風偷换六番春。

不斷霓裳按曲聲，無邊銀蠟徹宵明。歡餘醉裏成書易，紕繆何曾似子京？

洛下東西屋接聯，等閒人望若神仙。未妨皇甫輕居易，日日危談動四筵。予與嚴道甫、錢獻之、洪稚存、王秋塍客節署最久，議論時有不合。

鎮日瓊筵錦瑟傍，人言書記倚疏狂。黄金擲得休嫌重，只費長門字數行。

紅燈和月影參差，每日閒街罷宴遲。守尉平生多狎侮，不妨馬上細吟詩。

城南風日入秋清，憶得携朋落拓行。雁塔聯吟一長嘯，本來李杜不題名。黄仲則游秦，曾與稺存及予訪城南勝蹟。

識字時時一座傾，著書往往食時成。傍人漫説狂如故，北海如今薦正平。

雲山須作少年游，處處韶光要客留。灞岸春風石城月，梅花應笑柳枝愁。

校勘記

〔一〕揚子雲 「揚」原作「楊」，今改。

卷施閣詩卷第四

官閣圍爐集

錢大令汝器知武功臨卒之日自言當爲汾河神孫大星衍後適汾州因爲文祭之並邀余作詩云爾

昔者巨卿死友，厥有素車之馳；子文酒徒，無損成神之骨。恭聞故實，不謂逢君。曩以燕遊，妨君小節；圍花作縣，傾穴移金。桃分子瑕之筵，手進襃成之袖。一日則古疑無死，千秋則魂猶樂思。無何越人大去，凄涼山木之心；向生重來，墮淚山陽之笛。宛其入室，喪予平生。然而文翁之知亡日，燕飲如常；子通之令太山，妻孥有夢。雲旗晝接，梟舄宵飛。彼汾一曲，如玉娱戲之方；姑山藐然，神人翔泊之所。僕後車日載，五嶽遊來，渡妒婦之津，過臺駘之廟。所思予美，忽藉君靈；邂逅壺觴，徘徊祠宇。方冀靈衣羽葆，損爾尊嚴；散髻斜簪，助予跌宕。烏乎！參差誰思，猶揚楚江之靈；絃歌赴節，尚涌舒姑之浪。我懷如夢，君豈忘心。倚玉何時，模金宛在。況復愁加岐路，悲甚生離。靡無感再逢之難，桃梗被漂流之笑。罔兩問影，慙先後之無期；丹朱凴身，庶歡娱之有託。澆君壘魄，保此嬋媛；知我幽冥，庶其歆饗。

故人不特多高秩，闢廟作神今六七。洪厓不僊有奇格，留作廟中酬酒客。今晨得讀孫子文，欲傍汾水爲招魂。生能痛飲死廟食，倜儻不負錢王孫。花枝英英開滿堂，憶初逢君興飛揚。君言得閒且引觴，爛醉即卧花枝旁。别來春衣墮秋霜，此語闊達殊難忘。君不見，歌千聲，飲百場，少年有願須先償，既人神籍安能狂？

華清宫故址聯句

甲觀推三輔，鎮洋畢沅離宫溯盛唐。邑當秦内史，長洲吴泰來山作古陰康。統自先天禪，江甯嚴長明祧承五葉昌。麾戈綏國步，陽湖洪亮吉負斧振王綱。百度依皇極，陽湖孫星衍諸臣凛憲章。封巒兼泰華，長洲吴紹昱拓地盡河湟。上理幾元化，沅真靈降帝鄉。長生期縹緲，泰來中禁厭周防。懿此邦之右，長明隗其鬱以蒼。根蟠西土厚，亮吉陰逼午雲涼。嶺半分星宿，星衍峰多雜雨暘。懸流明鏡夾，紹昱注壑委紳長。濺霧晴難覺，沅烝霞曉不遑。巖端呈絳闕，泰來樹杪架飛梁。萬户銅交鎖，長明層岡粉界墻。百司環近陛，亮吉十宅錯回廊。花萼迷前路，星衍星躔接九潢。踆烏光隱映，紹昱支鵲影微茫。七挍凫依藻，沅千官鶴引吭。鏗鐘虯拂郁，泰來開扇雉飄颻。珠鞚驕三國，長明金羈闘五王。煒衣同輦侍，亮吉黄繖一輪張。大駕方逾畛，星衍前驅已過閶。受朝簾箔暗，紹昱頒朔瑀璜鏘。蓬觀私榮李，沅沙隄黨植楊。陳辭無董勸，泰來懸象有禎祥。麴蘖調元漠，長明宫商儼贊襄。嵩呼中谷應，亮吉天語隔烟詳。陟降由旬島，星衍低徊十六湯。星津詞鄭重，紹旦月地幸彷徉。紫玉裁爲遂，沅青霓想作裳。樓臺長結霧，泰來卉木不知霜。昔在恢基日，長明由來閲武場。唐自高祖武德六年始幸温湯，校獵於驪山，嗣是著爲令典。穹霄乘作肅，亮吉外事用惟剛。衰草無邊白，星衍驚沙一片黄。英雄歸駕馭，紹旦飛走識騰驤。叱吒風雲氣，沅趍趯劍戟光。熊彪相顧盼，泰來狐兔敢遮藏。藉使韜鈐習，長明兼令士馬强。載惟思尚父，亮吉諫不拒東方。隙駟俄成逝，星衍從禽遽兆亡。録纔淪洽鏡，紹旦柄蚤失干將。養虎真遺患，沅封狼肯受戕。三塗容易裂，泰來四扇苦難搪。火箭飛黄屋，長明金戈指御牀。親征詔元降，亮吉下殿議先倡。貂珥陪行幄，星衍蛾眉勉急裝。將軍何跋扈，紹旦天子太徬徨。殺氣横官路，沅陰風慘佛堂。白飄三尺練，泰來紅斷一枝棠。掩袂辭孤驛，長明銜枚走北邙。帝車聊蜀道，亮吉天意自儲皇。内草方傳命，星衍前茅已劃疆。蚩尤行就僇，紹旦黄道復當陽。司隸章重覯，沅勾陳氣載揚。九河供洗甲，泰來八駿頓迴韁。去似春難别，長明來如夢未忘。翠微晴歷歷，亮吉新漲緑汪汪。澀浪猜鳴佩，星衍宫花罷晚妝。安從鸚鵡問，紹旦酸遺荔芰嘗。錦襪愁雙掩，沅金釵淚一行。星仍迴七夕，泰來雨衹怨三郎。短景勞催馭，長明長星勸舉觴。軒弓看欲墮，亮吉秦璧待誰禳？有客歌《長恨》，星衍含情訪未央。陰符資聖姥，紹旦嘉頌第元萇。氣候三春盡，沅虚無一徑妨。坐憐斜日瘦，泰來行愛野雲翔。蹇産金仙閣，長明蚡緼玉女房。檐虚凋菡萏，亮吉瓦闢破鴛鴦。冷蕊低妨帽，星衍幺荷緩挹漿。暗紅流不散，紹旦真艷洗猶香。守吏邀傾蓋，沅耕民拾墜璫。探懷惟古意，泰來發韻總清商。舊史書承統，長明綏猷倚畯良。如何三紀盛，亮吉旋致耄期荒。重色原傾國，星衍由奢每積殃。存亡機自決，紹旦修短運靡常。幾見宵烽誤，沅空悲夜市忙。何因降西母，泰來堅坐話滄桑。長明

周忽鼎聯句

銘及釋文

佳惟。王元年六月既望古朔。望字從臣，望遠字從亡，不同。此用正字。乙亥，王才在。周穆王太□□此行十八字，蝕兩字。𠳵許慎曰：「籀文𢍰字。」曰：「曶，《論語》有仲忽，《漢書·古今人表》作仲曶，許慎《説文解字》無曶字，有𦥑字，曶應亦𦥑字古文。令命，古用令字。女旻更。乃且祖，考𠭊治。卜事，易錫。曶赤○○古《爾雅》以爲即環字。戠敦作○○，同。□□同上。用事。」王才在。遷此字上從省文𠥓，中作𠙵，又從卩從口從辵，未能析辨。或即古文遷字。应，居。井鐘鼎家皆以井爲丼。案，周公子所封邢侯，字從开從井者爲鄭地，丼享二字不同，攷《穆天子傳》有井利，秦有井伯，是古有井氏，應讀本字。叔易錫。曶赤全《禮》：「天子用全。」純玉也。㺷。即瑹字。三采玉名。曶受休□□同上。王曶用絲金乍作。朕文孝考字通用。𡨦《解字》有宄云「古文作𠬛」，此從宄從収。収與又同義，當即𠬛字之異文。白伯。䰞《玉篇》云：䰞，煮也。亦作鬻。案，《解字》有鬻，然則䰞即鬻字古文。牛鼎。曶其萬□此行蝕一字。用⿰巳爪。祀，古示字作示。子子孫孫其永寶。

右共八十一字，蝕者七字，存七十四字。疑者一字。

佳惟。王三四。月既生霸，霸字從月從霏，所謂月始生霏然也。經典多借魂魄字爲之。此用正字。辰才在。丁酉，井叔才在。異應是地名，而無考。敢□□此行蝕二字。事孒《玉篇》云：古文及。小子𪇰應是㪇字。此字三書皆異而義總同。以限訟于井叔：「我既賣贖。女五□□同上。父用斤馬𤔲絲。限訟曰比則畏我賞古無償字，即用賞。馬，效□□此行十七字，蝕兩字。畏復乃絲□此字蝕。效父酉訟𪇰㪇。曰于王㝼門□□此行共蝕三字。木枝，用責徃徒。賣贖。

絲五夫，用百爰。即鍰字。鍰者，鋝也。古者以二十兩爲三鋝。故《攷工記》戈重三鋝。鄭康成注許慎《説文解字》云：鋝，鍰也。今東萊或以太半兩爲鈞，十鈞爲鍰，鍰重六兩太半兩。坫案，《尚書·吕刑》其罰百鍰。僞孔安國傳，六兩曰鍰。陸德明《音義》馬融云，賈逵説俗儒以鋝重六兩，《周官》劒重九鋝。俗儒爲是。鄭不用六兩之義，故以許書及東萊云云爲證。許氏之學，即出于逵。故逵亦以六兩爲俗説。馬融則直用之矣。《小雅》曰二十四銖曰兩，兩有半曰捷，倍捷曰舉，倍舉曰鋝，鋝謂之鍰。亦承馬融之誤。《史記·周本紀》鋝作率，是借字。又《平準書》有白選，《漢書·蕭望之傳》有金選，亦並即鋝字。《尚書大傳》云，夏后氏不殺不刑，死罪罰二千饌。饌亦與選字同。蓋饌即選，選率即鋝，而鋝與鍰同義也。古者贖罪每云鋝，亦云鍰，此小子𢿱與井叔作罰罪之詞，故亦用此字耳。𠦜即別字。出五夫□□同上。罰。酉□又君衆豈全。」井叔曰：「才在。王□此字蝕。酉賣贖。□□此行共蝕三字。不迮造。𠬪從廾從又，又與手同，即《解字》之𢍏字。習，毋畏𢦔從戉下二，疑戚字。于比。」。習則拜䭫首受丝王存又《切韻》以爲即兹字。五□此行疑蝕一夫字。曰隌、即墉字。古庸字作𩫖。曰㫷、恒。曰龍、曰□、此字未詳。曰相，事爰以告比，酉畏□此行共蝕兩字。以習尊返仲偁父鼎有𠀃，云古文及字與此同。羊，丝兹。三爰，鍰。用到丝兹。及習酉每借爲誨字。于比□□此行十九字蝕兩字。□□蝕字。舍𣪊𢿱。夫五秉。曰：「才在。尚畏處處。乃邑，田。」比則畏復令命。曰：「𠷎」。諸。

右共百有八十二字，蝕者二十一字，存百有六十一字。疑者一字。

嚳昔。饉歲，匡衆及臣厶私。夫寇習禾十秭，《韓詩》曰：陳穀爲秭。《解字》曰：數億及萬爲秭。以匡季告東宫。酉曰尨乃及乃弗退，《尚書》我興受其敗。《解字》引作退。女匡罰大。匡酉䭫首于習，用五田，用衆一夫曰𢱭，即益字。《解字》有嗌，云籀文作𦏧。《漢書·百官表》伯益字亦作𦏧。用臣曰𡬠，𡬠。□𣈶，恒。曰奠，奠。又古文以爲即鄭字。曰：

「用兹茲。三四。夫，䭫首。」曰：「仐即余字。《解字》云余從舍省聲。以此論之，是從古文余，不必從舍省矣。爽無。酉則寇是□此字蝕。不丏乏字。𡿪此字未詳。余。」曰或以匡季告東宮。曶曰：「才在。唯朕□此字蝕。賞。」償。東宮酉曰：「賞償。曶禾十秭，遺十秭，𢽏敢。厶私。秭。□此字蝕。秭或弗賞，償。則□此字半蝕，未詳。𡹉此字未詳。秭。」酉或即曶用田二，又有。臣□此字蝕。月伯庶父教有月，薛尚功讀爲舟字。用即曶田十曰乃五夫。曶受匡山此字未詳。秭。

右共百有三十七字，蝕者四字，半蝕者一字，存百有三十二字。未詳者四字。鼎高二尺，圍四尺，深九寸。款足作牛首形。《藝文類聚》引《三禮鼎器圖》云：「牛鼎，容一斛者是也。」銘分三節：第一節蓋因王錫曶赤環赤全璑等，而用金作牛鼎，以祀文考宄伯也；第二節則小子𢿫與井叔訟，以金百爰贖五夫，曶受五夫而爲誓詞也；第三節則匡衆寇曶禾十秭，曶告東宮，因與匡季爲誓詞也。合四百字。乾隆戊戌歲，巡撫公得于長安，屬坫爲釋文。土花歷録，不盡識也。既命工鎪剔，字蹟顯露，因以偏旁證之古籀，而可辨者咸得焉。巡撫公矜此幸存，與同幕士更唱再和，成聯句一首，以坫如豫章之識韓城鼎也。令略疏文意，兼紀由來，書于詩後。若夫字畫難稽，或磨泐未析，則從闕疑之例云。壬寅之二月十有五日。錢坫記。

陳倉石鼓昔初得，沅韓始欲歌辭不敏。偉哉斯鼎晚方出，泰來坐使才人俊難忍。鑄成二尺徑四尺，長明字或如螭又如蚓。東坡欲讀歎塞默，亮吉南仲如尋有謞僢。賴通六義求偏旁，星衍頗涉百家知的埻。文云生霸合班志，以霸爲魄差可引。沅又云賞平馬證許書，有賞平無償乃其凖。推尋井氏得穆傳，泰來考驗王居值京尹。同名不嫌或齊忽，長明去古未遠猶稱朕。信知穆後有共宣，亮吉不到周餘入玁狁。豐宫當時大袷禘，星衍重器昔聞陪業簴。銘功示世真恢奇，沅覆鼎入門何輈殿。六卿無事飽公餗，泰來同姓駿奔分社祳。百鈞涵牛自腹闊，長明半面鑄饕尤目眕。雷雲舊制匝糾結，亮吉彩翠細文浮癮胗。薦之仍几承以黼，星衍佐以莞筵纘之純。巧倕如過訝齕指，沅力士試扛曾絶臏。豈知楚問至郟鄏，泰來早見秦謀動儀軫。子孫永寶嗟云云，長明匕鬯一驚憂惷惷。遷都已謝挈瓶智，亮吉入泗還聞貢金隕。休屠出世先峥嶸，星衍長翟模形亦輪囷。此時此鼎落何處？沅藏壑藏舟守其牝。咸陽原頭赤流燒，泰來渭水都前緑封畛。曾鄰馬冢勢隍杌，長明留鎮終南骨嶝嶙。誰云有耳竟沈埋，亮吉幸免折足遭牽紖。宣和大索究誰獲？星衍神物欲降須天允。時清一出世方寶，沅斗際多年氣成蜃。廟堂之質古所惜，泰來草莽如遺孰當愍？試讎經傳識科斗，長明藉埽俗學喧黿黽。泥沙乍脱尚斑駁，亮吉顏色驟開還彭粦。静思世事直奔駒，星衍却愛字鋒仍畫隼。與君拂拭過銑鋈，沅使我摩挲類珉瑻。焦山鼎存苦狹陋，泰來吴郡地大空隱賑。靈巖之山水之涘，長明積翠疑鬟黛疑鬒。明駝千里好移致，亮吉錦罽十重宜載輴。詎因螭魅避光芒，星衍要伴金仙置闌楯。鈞金摩拓動都邑，沅闔縣傳看走愚蠢。便從空界與山壽，泰來不共恒沙隨劫盡。高齋古色燭鬚眉，長明祕室清吟鉥肝腎。成詩或讓侯喜奇，亮吉識字庶謝揚雄哂〔一〕。星衍

開成石經聯句 并序

唐刻十二經及五經文字、九經字樣，在今西安府學後舍，通計一百二十有八枚。按宋黎持記，石舊

在務本坊。天祐中，韓建築新城，委棄于野。朱梁時，劉鄩守長安，從幕吏尹玉羽請，輦入城中，置唐尚書省西隅。汲郡龍圖吕公復徙置於府學，分爲東西，次比而陳列焉。明嘉靖乙卯地震，石半摧陷。本朝康熙庚子，曾經裒輯，未藏厥功。乾隆壬辰，中丞畢公，持節關右，釋奠伊始。詢訪古刻，見下宇傾圮，植石零落，顧瞻悚息，旋於榛莽鏤會，復得遺刻數十方。爰議修建堂廡，排比甲乙，分植其間，用以侈錫方夏，垂示永久。竊惟經典所以載道，顧道雖無窮，而器則有敝。石經肇自炎劉，熹平所立，凡四十六碑。魏正始間仿之。所謂一字三字諸刻，久隨運代遷徙，至後蜀成都、宋開封臨安，並有橅勒，今惟祥符僅存四石，杭郡僅存八十七石而已。夫書原稽古，易著觀文。竊歎古今鑒藏家偶得宋元剞劂，叢書别集，每相珍惜夸詡。矧夫聖謨古訓，復爲唐賢校勘書寫，勒在堅珉，垂諸東序，天球大貝，其爲寶貴，當更何如？而世之人往往未暇顧此，其得謂知所先務者耶！壬寅春正月上丁，中丞致祭廟廷，同人咸往觀禮。竣事後，循覽貞石，相與共賦長律一章，以志其事。凡八百字，并屬泰來書於碑末，用代題名云爾。

孔壁羣經在，沅斯書八體更。請觀唐太學，長明直紹漢東京。伊昔乾綱振，江甯張復純止原初因泰道清。殷憂開福祚，坫仁讓戢戈兵。發迹同陽武，亮吉除姦過子嬰。冗員裁伎術，星衍隻日見公卿。馭世方多暇，沅司天亦有禎。李充陪釋奠，長明翟黼奏開釁。祕閣東西列，復純遺編甲乙呈。其時冬十月，坫二載號開成。鳳漏傳深禁，亮吉天香雜佩珩。軒堯臨斧扆，星衍稷契掌機衡。先鄭原遥胄，沅臣覃敬署名。備官兼祭酒，長明乞上法熹平。拜表稱干冒，復純鋪墀久屏營。五三經戹扃，坫。百六卷從横。帝曰嘉斯績，亮吉疇咨展乃誠。宿儒須日拔，星衍天語自風行。識藉揚雄洽，沅讎資子政精。校量秦博士，長明趨走魯諸生。法變陳留蔡，復純形摹下杜程。殊文刪囸囯，即日月。唐武后造。坫新字戒霻霙。音鑾觥。吴孫亮造樣自由元度，亮吉音仍用德明。選毫知兔泣，星衍驅石有神驚。一一蒲車載，沅堂堂露闕盛。琅玕交動影，長明絲竹暗藏聲。元白真箝口，復純韓裴欲眩睛。扇天當北户，坫切地倚南榮。峭似崩雲駐，亮吉駢疑駭浪撑。蛟龍時攫畫，星衍奎壁夜晶瑩。焕矣依天府，沅嶭然鎮斗城。卜年傳萬萬，長明碩畫自庚庚。豈意壇山石，復純難藏汲縣塋。斯文愁一墜，坫大厦竟同傾。節角蘊苔蘚，亮吉榱題竄鼬鼪。流傳多贋版，星衍剥落半沉阬。一片從樵牧，沅何方避鼓鉦。代移應鬼守，長明時去懼雷轟。有客來開府，復純多年此駐營。使君終好武，坫幕吏竟非傖，便訝摧爲礅，亮吉翻成愛似瓊。聖經危更續，星衍物理否還貞。浮世真過隙，沅嘉賓等食苹。朅來同訪古，長明悵好值新晴。璧水深浮藻，復純林鴞細學鶯。偶因尋贔屓，坫復此覯峥嶸。鈎勒曾緘篋，亮吉摩挲獨倚棖。升堂欽禮器，星衍忘味等韶韺。與士爲模楷，沅伊誰覆棟甍。時清修廢事長明公德及斯氓。謂中丞。手自披趺額，復純心憐共瓦鐺。護加丹楯麗，坫出帶土花赬。石鼓初遷地，亮吉蘭亭頗覆罌。是碑猶磊磊，星衍試擊尚硜硜。賴子窮三體，沅因公更一鳴。許書時不用，長明周籀俗何輕？昫史譏非妄，復純參功詎合旌。爲求文歷歷，坫直使意怦怦。有口初嫌士，對字從口，漢文帝改从士。亮吉三田竟易晶。疊字從晶，王莽改從三田。网非秦忌改，秦忌辠字，用网非字爲之。星衍彡景葛書并。影本作景。葛洪《字苑》始加彡。似此諸經易，沅能無下士爭。書循安國僞，長明傳亂左邱盲。九易惟從費，復純三詩直取亨。雅詞加盄鳥，盄音鴡。坫禮本失濯蘽。古文祧作濯，礿作蘽。玉筯非無伎，亮吉珉材若待評。時如追史佚，星衍隷豈守秦嬴。當代開蓬館，沅呈書及晏楹。雅流胥薈萃，長明藝術有根莖。藜火虬檐澈，復純仙才虎觀盈。百家删稗莠，坫萬卷别瑶瑛。論列須公等，亮吉招要盡國英。陽冰曾獻柬，星衍江式有餘情。玉燭調方久，沅鴻都事合賡。蜀經成露電，長明宋刻久榛荆。作聖誠超古，復純如川一到瀛。卑唐徒爾爾，坫佚漢自諥諥。揖讓黄虞夏，亮吉翱翔頡誦彭。魯魚迷早辨，星衍科斗寫誰令？舊刻争留詠，沅新材待發硎。大書重作貢，文治翊恢宏。復純

集終南仙館觀董北苑瀟湘圖卷聯句 圖以謝元暉送范彦龍詩「洞庭張樂地瀟湘帝子遊」二語爲境

一緑千里何迢迢，沅人烟不接水氣驕。泰來雲霞今古見復消，長明天若蓋笠峰覆瓢。坫扁舟胡來波上飄，亮吉絲風微吹絲雨撩。星衍前有雙姝顔若苕，沅下謫經歲猶垂髫。泰來仙骨一束從風摇，長明欲出天外難招要。坫坐中一人衣帶彯，亮吉華蓋柄曲星垂杓。星衍璒罕戍削侍從幺，沅乘風而來氣忽飈。泰來得非有虞從二姚，長明往帝七澤都三苗。坫從舟三人静不囂，亮吉緑袂乍舉朱唇歊。星衍排笙絙瑟相和調，沅始若有慕終無聊。泰來將毋楚人爲楚謡，長明傾耳欲聽心摇摇。坫萬象匪意所及料，亮吉零陵内史仙格饒。星衍新亭促别心焉忉，沅詩非沈約迺謝朓。泰來想涉太古神翏翏，長明憑誰意會來生綃？坫鍾陵仙人官庶僚，《圖畫見聞志》董源，鍾陵人。亮吉微軀遠寄如鷦鷯。星衍中洲北渚時逍遥，沅瀟江湘江初上潮。泰來水色欲盡天爲繚，長明其下雜插蘆葦蕉。坫間以弱柳垂烟條，亮吉一千年前新月嬌。星衍遠映漁子來巖腰，沅罾若蛛網人蠨蛸。泰來目所到處神與超，長明真宰上訴誰遮邀？坫靈均墜魄已莫招，亮吉王郎經湘亦復夭。星衍蛟宫龍堂悲寂寥，沅水底大集文壇梟。泰來靈珠出握光入霄，長明以日爲夜星爲朝。坫幻作墨寶猶騰熇，亮吉翻飛

落手豈倖徼？星衍。裝之古錦匣亦雕，沅東西北隨使者軺。泰來秋堂展氍清以滲，長明題詩媿比英咸韶。坫直須大斗胸中澆，亮吉爲公浮白歌《離騷》。星衍

消寒一集登静寄園平臺望南山積雪　分賦得雪字

層陰凝高齋，凄念集素節。凌晨瞻終南，歲宴已飛雪。華筵撫時序，瑶館坐超忽。凛凛溯朔風，沉沉眺遥闕。微黄辨清灞，積素連太乙。壥井何鬱紆？川原互明滅。幽人來若鶴，深徑望疑月。心空冰柱響，耳訝竹梢折。豐歲諒可占，晴陽盼方切。

消寒二集同人集姚觀察頤冠山園分賦齋中草木

水　仙

海客歸無計，江花見有情。遥蹤同水國，小草得仙名。一種忘言契，先春與目成。簾疎莫遮却，新月影中横。

天　竹

篔簹影不同，千點亦玲瓏。秋實偏憐小，春花欲讓紅。拂闌朱粉暗，映樹火星中。自覺冬容淡，移瓶插數叢。

木瓜

一種香偏永，疎簾曲几傍。殷勤何以報？轉側敢相忘。木性還經歲，瓜期已履霜。青門一樽酒，風味許同嘗。

蠟梅

素心誰與侶？宴歲獨含葩。香冷回殘夢，塵昏隔故紗。過秋疑剩葉，籠月似無花。燒燭須頻看，羅浮信正賒。

消寒三集吴舍人泰來招集講院席上同賦食品二首

鐵雀

銅標鄴中記，玉集魯東家。似此名先遜，還應味可誇。以珠彈乍惜，似鐵鑄非差。十月綿初重，千頭炙欲賒。成羣來塞磧，洗處落邊沙。大厦蹤曾託，空倉粒競譁。覆車還共取，墮網亦誰嗟！骨碎登樽俎，肌豐佐齒牙。蟹螯鋒欲避，雞距鋭甯加。異物餐難數，吾生欲有涯。未妨調肉糜，稍足點薑芽。食罷興三歎，門前數晚鴉。

銀魚

小言真可賦，微物信堪憐。種匪來銀穴，名真壓錦筵。形輕團柳絮，影細貼榆錢。未覺盈筐貴，初看布網連。吴船珍乍寄，越客嗜尤先。溉釜難渝色，和羹詎改鮮。晶鹽看乍點，甘雪試同煎。夾箸慙三兩，隨波憶萬千。餘芬還沁齒，薄味轉流涎。偶帶冰霜質，相忘江海邊。塵情聊自遠，鄉思暫教牽。何日吴王膾？登盤得比肩。

消寒四集十二月十九日爲東坡先生生日同人集終南仙館設祀并題陳洪綬所畫笠屐象後

誰携玉局堂前酒，七百年來爲公壽？中丞愛公才似公，邀客設祀高齋中。高齋玲玲戛檐鐸，壽公無詩公不樂。公生于蜀卒在吴，吾鄉一樓還號蘇。外家舊宅有樓，爲東坡先生撤瑟之所。歲嘗以此日祀先生于樓上。人傳樹古樓亦古，公昔撤瑟予懸弧。童年學句殊清瘦，詩法從公夢中授。樓前溪水百尺流，公前艤舟予放舟。憶公登金山，謁公入黄樓。十年三度祀公處，略識清穎兼杭州。平生憂樂誰能悉？畫裏蒼然見鬚髮。公也何心詠蟄龍，天乎賦命遭磨蝎。世人雖知公，未若公自許。東京黨錮范孟博，北海奇人孔文舉。無端住世厭世名，飄然上天作列星。衣裳怪底切雲霧，雙屐一笠浮空青。我于公舊公宜識，陽羨書生住谿北。公思陽羨我思鄉，江岸田荒歸不得。瓣香到公應已知，天上樂或忘年時。烏臺舊案公莫思，紫府且復吟新詩。

消寒五集嚴侍讀長明招集寓齋分賦歲事四首

掃室

居然一室住經春，嬾學嵇康得性真。蛛網布來無隙地，燕巢移去擇嘉辰。窗濃未拂雲山翠，篋冷猶棲京洛塵。眼底乍看陳迹净，檐前鵲語亦懷新。

烹茗

爐響間從竹裏聽，霜華初試酒初醒。參差烟繞屏風碧，深淺山從穀雨青。渴思幾番憐永夜，空江千尺憶中泠。終嫌結習除難盡，訂罷《茶經》又《水經》。

試香

數種貽從西域遥，拈來仍與栢同燒。故人一瓣心空寄，繡被經時氣未銷。渾惹凍雲來冉冉，放隨清夢去迢迢。酒痕滿漬征裘敝，且復濃熏度歲朝。

糊窗

近删竹葉通朝旭，欲易桃符感歲華。作賦十年餘故紙，籠詩四壁换新紗。爐烟已隔香空篆，檐鵲難窺語乍譁。一榻琴書幾回睡，早看晴色上梅花。

消寒六集同人集花鏡堂分賦青門上元燈詞

桃塢南頭閣一層，坐來春夢尚瞢騰。休嫌青鬢風前改，十五年看客裏燈。
蕭郎清興本無端，幾度添衣備夜寒。拋却廣場千頃月，却來城市覓燈看。
坐來不復按雲笙，自理三絃撥玉箏。休放吴歌惱清聽，四圍筵上總秦聲。
更闌一騎去匆匆，衣上香飄葉葉濃。行到北樓人海沸，開元坊裏戲魚龍。
小徑行來避市譁，生疎還怕路頻叉。蝦蟆陵北寒塘側，月午閒看隔院花。
踏歌聲復轉城東，樹影微茫月影空。一盞佛燈同劫火，慈恩塔上夜深紅。
漢宫餘瓦尚參差，遺事惟因故老知。想見殿頭傳蠟燭，不教明月擅秦時。
城西古寺足勾留，煮茗清宵話勝遊。歸騎忽驚春月暗，南山晴雪照危樓。
留髠筵上酒頻堪，檀板聲清我尚諳。客散未教春睡穩，夜深簫鼓在樓南。
頻燒紅燭待孫郎，醉後閒眠六尺牀。遮莫歌筵苦難散，五更催着舞衣忙。

消寒七集招同人集朝華閣分賦長慶集生春詩四首

小　樓

何處春生早？春生在小樓。月中簾影上，風裏笛聲柔。緑意枝梢破，紅情燭畔流。三更乍聞語，香氣落墻頭。

畫　廊

何處春生早？春生在畫廊。一雙人影瘦，十二曲闌長。掃壁雲濤湧，巡檐月露涼。微聞屧聲近，知欲探疎香。

遠　山

何處春生早？春生在遠山。多時看窗影，幾日驗眉彎。地覺晴雲上，天將空翠還。遥遥數重樹，先合夢中攀。

曲　池

何處春生早？春生在曲池。水紋開宛轉，魚眼動參差。舊夢牽萍葉，新愁颺雨絲。凌晨卷簾看，波影上來遲。

消寒八集同人集小方壺賦憶梅詞

一年看梅在廣陵，平山高下樹千層。寒冰乍削波中鏡，碧月初圓天上燈。一年看梅在姑熟，二月花光艷溪曲。避冷人登白紵樓，尋幽艇放青山麓。曾尋梅信到錢塘，前後山光接水光。幽窗與鳥論高格，石屋隨禽嗅冷香。富春江郭潮初上，千樹垂垂亦齊放。此水東流我復西，晴波影裏疎枝漾。錢塘歸後住江郵，更載梅花向白門。刺史宅邊餘幾樹，可憐樹樹識吟魂。家園亦住梅前後，只惜花時客行久。驛使頻看寄遠音，明年花放人歸否？百旬爲客住京華，十月先看深窖花。園空陸弟吹簫冷，枝小崔郎壓帽斜。愛梅不合秦中走，待得花時憶花瘦。夢裏分明見折枝，閒中寂寞眠清晝。我賦新詞舉玉樽，梅花深館寄汪倫。劍潭舊宅有憶梅館。舊東門外三條巷，臘雪今餘幾樹存。

消寒第九集同人出西安城西南訪第五橋故址回途至香積寺小憩約賦六言二章分韵得長頭二字

初三月色雖好，第五橋名已荒。雲與石厓共削，客同原樹争長。

香積寺中午飯，樂遊原上春遊。水脉欲尋龍首，岡形忽現牛頭。回途至牛頭寺，以日晚不果入。

校勘記

〔一〕識字庶謝揚雄哂　「揚雄」原作「楊雄」，《漢書》有傳，多識古文奇字。本卷《開成石經聯句》「識藉揚雄洽」，正作「揚雄」，據改。

卷施閣詩卷第五

太華淩門集（壬寅、癸卯）

初三日抵玉泉院

雲光已不同，出樹門青紅。過澗方三里，穿林復數重。引泉通十頃，築館面層峰。松蔭迎人遠，花香落掌濃。杉條既踈直，荷柄自玲瓏。魚粱棲夜鵲，獸吻墮秋蟲。日没風雲徑，天低星宿宫。臺廊通静氣，樵牧接閒蹤。拂塵開石舫，殿簟對踈櫳。静看初三月，才聽戌夜鐘。

自玉泉院至五里關

入谷氣始陰，上坂地復失。盤盤行空中，石亂忽拒轍。維時正晴午，昏晦霧欲結。遂令高峰雲，慘若太古雪。陰寒生蒼苔，錯落繡根節。神工竟草創，巨斧未剗截。萬古積鬱怒，欲下勢已猝。危兹幽人居，陡向崖底突。云開北邊牖，夜半或見月。欹松横成梁，直石立作闕。幽瞻正徘徊，飛瀑頂上出。

由車箱谷經十八盤諸險

一松扶升天，一石絶入地。信哉雲門塹！巨石上鑿「雲門天塹」四大字。奇險難久閉。坡陀半日上，直下復里計。飛騰挂枝猿，曲折旋磨蟻。非徒鐫鑱工，迥出神鬼意。坤靈信難戴，天意恍立異。排空刺日月，巑巑試鋒利。仙人萬間厦，破碎忽被棄。巖東不開闢，拓以巨靈臂。十折復八折，草路入雲細。回瞻足幾失，直視神乃悸。藍輿尚徐行，天路誠匪易。

自莎蘿坪至青柯坪小憩

出谷始有見，怪峰驚彎環。人行莎蘿中，襟袂何斕斑。藍輿折危橋，飛瀑爲洗顔。樓臺破空垂，天頂壓石闌。蛇紆逕蒙泉，虎響生高壇。明明暑氣隆，頓覺秋意殘。客子念早饑，徒侶衣裳單。瞑坐百尺亭，道士伴我閒。掬彼石鏡水，餐此桃實丹。經日不覺午，青光交一山。巖扃雖云高，目力與往還。森然下天風，靈氣何能關。

從天井上千尺幢

空胸衝松風，側笠敵日色。危瞻千尺幢，出井級已百。驚沙亂迷目，瘦隼莽攫客。雖云級淩厲，益鼓氣峭直。手滑鐵索熟，足落石勢側。幾將隨崩濤，險復墮厓脊。調神久方定，置命往適力。唇焦呼聲勞，力竭心氣逆。洶洶雲俱垂，蕩蕩天若壁。同儕詎能顧，出險未過刻。身今逾輕猨，猨竿衹百尺。

過二仙橋憩媼神洞

人蹤既已疲，天險亦少收。行行經危橋，橋回出高樓。房簷交層雲，松子一尺浮。飲澗襟抱涼，蟬聲亦鳴秋。怡神洞門前，石几清且修。絶壁下日光，正罩青松頭。高樹皆人巢，飛羽反不投。搆此尺木棲，有若絶壑舟。東西皆深厓，遑識路所由。天意開西峰，惟堪化人遊。徒繙《黄庭經》，塵跡難少留。

經天梯升日月巖

峰危殊難飛，路斷鐵索在。高瞻誠堪驚，欲往甯有待。思隨天風升，值此雲氣靉。千尋無寸曲，百上不一逮。足勢久已虚，腕力忽欲怠。先登倘一墮，直下無地載。誰云心胸奇，驟覺腹氣餒。遵峰意猶掉，履險志不悔。乾坤分層梯，日月絢疊采。巉巖升甫半，突兀觀頓改。腰平終南山，目直大瀛海。

仙人砭望雲臺諸峰

石勢亦欲轉，孤峰圍成岡。道隘束一門，逼仄五里長。絶壁雨露稀，草緑忽已黄。陡上數十盤，飛隼安敢翔。鑿石不少寬，鋒利趾已傷。東西十步餘，飛石横作梁。背倚千尺巖，下視萬仞强。華雲披南山，初月映石廊。闌干難重扶，欲落勢早防。直下龍所居，雲霧會渺茫。思隨飛仙人，下一探所藏。離離攀虬枝，盤盤出羊腸。

日昃經蒼龍嶺

先登夫何難，欲往恃所執。瞻兹雲路駛，揮此雨汗濕。途危氣偏降，退九進乃十。岦𡶶誰人開，空處陡置級。蹤疲欲暫駐，石石倏起立。山腰衝風來，忽攫頭上笠。中途一驚望，呼出不得吸。前行盡頫傴，垂鐵苦繡澁。危均騎虎勢，過趁老龍蟄。因堅向禽志，差免阮生泣。身輕既出險，始覺百憂集。前望金鎖闗，傔從訝生入。

通天門縱眺

兹門通天門，獨上願已果。危闌折逾峻，空處雲落朵。先登需同儕，疲極藉神坐。清泉流巖腰，甘果摘道左。紆徐手堪掬，偃仰足復髁。高低峰巒奇，濃淡青緑裹。轟轟下山日，烈烈燎原火。冥冥天餘青，落落星綴顆。高瞻數峰色，藉此一徑鎖。當須鼓全神，始力戒終惰。

坐玉女峰望東峰松檜

入雲復出雲，數里上空冥。白玉築一峰，黄金開層扃。慚非列真期，已到仙人庭。雲窗借蒲團，坐半日已暝。松檜一萬株，山黑團古青。空濛洗頭盆，正落北斗星。檐廊時思飛，風掣殿上鈴。非烟亦非花，衣上空翠馨。直下半里餘，樹色尚未暝。回觀信恢奇，物外猶亭亭。

侵黑登落雁峯

大聲非常聲，山響接天響。冥蒙黑四山，顧視青在掌。初升尚牽蔓，絶頂已棄杖。洶洶何隆隆，高絶不獲仰。元衣披雲霞，赤足踏緯象。卓哉峯萬仞！不置一寸壤。清泉冒峯巔，穴大若瓮盎。酌兹泠泠水，空彼一一想。塵寰既高出，天路愈欲往。瞻西一星睘，下啓六合朗。昏昏三條流，遠近色蒼漭。奇標竟遵一，遊跡實寡兩。燭刻石上銘，來遊異時儻。

夜從落雁峯足至蓮花峯

青蒼無端倪，石石争作嶽。濛然元氣在，至妙不雕斲。侵冥登峯棱，天頂已在握。中厓視星緯，五色辨班駁。長蘿輕堪騰，劈石積不仆。滃滃足生霧，歷歷頂落雹。無端分陰晴，慘若變晦朔。稍西勢逾峭，直上怪風撲。孤鐘方三聲，老鶴忽一啄。危壇禮星斗，珠露聚作幄。何當逢秦人，險絶臂欲捉。

未曉由金天宫西至環翠巖望山南諸峯

飛隼不到處，高松摇天風。冥冥四更山，初日颺遠紅。樵子導客遊，徑絶强欲通。持火破白雲，四山青濛濛。松花開巖端，香氣來無蹤。屏山西南周，翠色一萬重。引客坐北窗，衣露何鮮濃。清寒杳難勝，山霧積欲空。俯視一徑沉，頓覺來跡窮。時聞泠泠聲，不知何峰鐘！卧起出石門，山童進晨供。

金天宮夜宿

雙闕兀立峰西東，斜陽欲落已動鐘。問階百級聚蟋蟀，要使天耳聞秋蟲。齋心正盥碧潭水，香炷乍謁金天宮。天衣颯爽垂坐上，神斧廓落交庭中。三重門閉寡天色，山果自落靈旗風。宮中道士張巨儼，自説七十顔如童。向求軒闥事偃仰，遠指樓閣穿青空。虚廊暝色下無際，歸寢更借神燈紅。闢窗四面且勿卧，星若瓮盎懸當中。作書下寄訝流輩，與鶴共宿南高峰。

松檜亭待新月

東峰户久扃，蒸此雲氣濕。濛濛梁棟間，松鼠貼若蟄。窗開分雲，一西一東。山南歸鴉，驚飛其中。石泉何空濛，俯映新月色。初生雖微茫，原上千里白。回看黄流昏，色帶清渭夕。青峰收青欲上天，山緑如雨歸平田。一山茫茫白霧連，空際止裊香爐烟。爐烟濃，塞歸路，月光如花繞階步。山童携酒出石臺，却似野鶴穿烟來。

縹紗嶺納涼

雲門古松三十七，三十六株鱗盡裂。一松蟠蟠徑離石，勢欲上天猶去尺。白雲移松巔，巨石忽欲走。巖風吹征衣，上險切星斗。石鏡露落，山泉微光。暝色入樹，松花初黄。人間殘暑不至此，鶴鷺乍著宜新涼。雲光深，霞色淺，倒影空蒙衆山顯。枕泉半日不飲泉，飽向松梢餐露眼。

四更上落雁峰看日出

客夢視初日，起來携孤笻。河東閃電來，先見中條峰。昏昏九州烟，黯黯三霄中。大聲皇皇地軸空，玉色隱隱天門東。東星西星景濛濛，南斗北斗雲滃滃。忽然前峰開，已發松頂蒙。滄溟陡近一千里，海色上襯搏桑紅。樓臺金銀一萬重，日上似戴仙人宫。黄人捧日力逾駛，耳畔隱覺聲洶洶。十年絶頂兩度見。壬辰四月遊黄山，曾升仙掌峰看日出。霞采爛爛光雙瞳。白雲穿空入太行，飛雨若席傾河梁。是曉，隔河雨甚。人間塵夢尚未醒，我倚絶壁餐清光。君不見，天高鐘動氣尤肅，下嶺仍須注紅燭。回崖俯視亦壯觀，洛水隨闌十三曲。

下抵玉泉院口占答華陰令送酒

昌黎尚識華陰令，李白才登落雁峰。餉我一樽開石舫，乘風先酹玉芙蓉。

華陰廟六十韻

太華高羣嶽，秦神貴九州。帝同周二時，佐視漢諸侯。一德承蒼昊，千年統蓐收。原形回阪峻，閣勢出闕浮。浩蕩門題迥，嵯峨石級遒。練均吴下市，琛集海南舟。一巷營千厩，三衢列八騶。圓場圍説法，隙榭聚觀優。磴左盤蒼翠，廊低飾黝髹。瑣窗籠蟋蟀，寶肆挂筌篌。揔抗金銀闕，全虚青緑疇。竿危衝太白，棟峻壓神邱。絶牖飛烟裊，層城聳榦抽。絳霞披紫閣，白雹鎖朱樓。昨者垂紳佩，諸天覲冕旒。到階雙屐響，入殿一衣摳。侍吏咸依楯，真官悉擁矛。御香懸日月，宸詠切奎婁。工作千人集，莊嚴歷歲修。詔頒中府帑，頻遣大臣籌。黄屋開南面，丹梯閲上頭。更憑黎庶樂，仍望翠華遊。并豫推彌廓，川巖眺欲遒。抉天排碧巘，劈地出黄流。足跨嶢函險，腰馳曲杜郵。沉雲極羈馬，飛霧洒泉鳩。儼覺巖雷湧，森無野鵲投。雨龍垂檻攫，風鶚入雲搜。冥漠心神炫，孤危足力柔。俯瞻秦地窄，高動杞人憂。傾耳聲疑聆，齋心實有求。尚須窮日力，詎敢作神羞。降闥瞻叢廡，依楹覽四陬。虚房丹粉落，空室鬼神幽。曠朗人間世，陰沉地府囚。百司紛案牒，兩造恍啁啾。意或威林揔，觀真邁等疇。繪墻虚舊蹟，展户闢新眸。八角檐鈴峻，三層栢子稠。散仙巢棟節，陰鳥穴杉瘤。鐵鎖西封檜，欄扶北偃楸。竄原驚白鹿，刳樹走青牛。槐目舒經漢，松腰折自周。語奇誰紀載，境古足夷猶。風柝沿林杪，嵐光瀉瓦溝。斷看碑錯落，精愛石雕鏤。唐碣尋陽孕，周文變暇攸。校量逾宋搨，剥落過岐蒐。壓石蛟螭瘦，崩沙贔屓愁。鑑形當愧魅，識字竟輸虬。凡此殘文在，皆經劫火留。高穹藉撑拄，萬古識琳球。記擅雲間陸，廟工爲潼關軍民同知陸君維垣承修。凡碑樹古者，皆别標名。談窮天口鄒。九垓初極覽，一葉正迎秋。月露零如豆，霄星燦若榴。晦明分積氣，暘雨荷靈庥。早試猱升木，明同鷹脱韝。翮從毛女借，詩學楚人咻。肅肅瞻疑在，明明願易酬。真符如顯爍，帝所亦行游。

朝阪行

一碑僅露尺，細視萬曆年。風吹河東沙，日没河西田。黄河身高田亦高，碑石九尺埋蓬蒿。君不見，居人耕沙沙没踵，子孫田盡高曾冢。

三門當黄河，門半以土窒。惟開城西門，日夕車馬出。居民防害願築堤，萬錢鬻石兼運泥。君不見，河流已退催租急，堆土若山堤未立。

昨傳黄流增，驛到八百里。官方坐早衙，失色推案起。白鬚吏人前執裾，官今勿驚安衆愚。君不見，官無一言吏會意，日午傳呼縣門閉。

龍門一百韻

鴻流何包荒，天地縣漏釜。湯湯勢誰極，莽莽氣頗粗。當夫開鴻濛，誰復任析剖。師心厭平坦，用意極莽鹵。奔濤未三折，中路忽一拄。激令流洶洶，奪彼原膴膴。忽高復忽下，驟吸乃驟吐。欲博天帝笑，不慮河伯怒。直看淩孟門，意若撫幼豎。高奔觸風扇，倒射激天鼓。無端星辰衢，幾作魚鼈塢。馮夷既飛騰，鱗伯亦跋扈。微窺意何居，欲規天作府。巢傾窟更陷，利大害亦普。側聞昔陶唐，其俗雜歡憮。有崇司水職，四岳實舉主。惜哉賢非賢，有若瞽子瞽。甯隨河性導，竟以民命賭。法官罪不糾，悍辟恩轉怙。或言驅蛇龍，何不役羆虎。欽哉虞帝聖，不受岳牧侮。八殯事誠難，任子不任父。九載功復續，治水先治土。赫然雷霆行，詎假神鬼輔。遂徵百川長，繫以八尺組。招呼不敢後，瑟縮乃欲傴。羣争貢謨策，遠畢集圭組。雖皆據淵藪，不敢觸網罟。憶夫初離家，正值啓欲乳。出門始聞哭，在室乃敢撫。冠經屨挂木，履識百易屩。兹山當洪源，厥險抵天峼。巖奇未經鑿，功驟不可樹。若高不肯下，若仰不欲俯。凹疑氣初懾，凸訝勇欲賈。昂看楚趾高，伏欲晋腦盬。逆如蠻問鼎，順若彝貢砮。岐岐阜面削，曲曲却背僂。纍纍髮全禿，齾齾脾半腐。甯成陵黯上，韓信耻噲伍。若行若中止，若立若遭踣。一起一落勢，不得不用斧。喧摧穿右脇，折拉破左股。快哉源昆侖，忽一瀉肺腑。又疑天西門，落作秦北户。神驚走相告，天口忽若杜。意非滔滔平，曷以萬萬古？强爲生民計，不受主者詛。驅除到鮫鱷，束縛若貙羖。尾初出長城，頭險觸砥柱。涑汾澮渭涇，五水畢集滸。艨艟舶舠艇，一棹敢入浦。荒荒東奔騰，兀兀植標幯。但聞巨靈蹠，不見女媧補。大哉回天力，允矣幹父蠱。九五勳縱酬，百萬工孰估？惟神有庚辰，襄役逮甲午。居然奠九囿，功足配兩廡。至今三門山，若集百石弩。誰言下浮竹，不及追駿騆。紅桃漲三春，頳鯉集萬數。驚如梭投機，捷若矢射堵。横流尾竿椙，抉浪首瓮甋。壁立五里危，直上千尺武。先登頭戴角，已落腹破肚。如藝角闕廷，盛士集鄒魯。夷然美交醜，下者玉雜碔。無慮萬與億，得上百不五。徒然限仙籍，甚或入食譜。尤傷額墨點，那得尾火炷。紛紛敗鱗甲，往往溉鬵鬴。川奇思一究，雲閉不使覩。徒勞測尋丈，難復量斗庌。方區信瑰瓌，人物亦黻黼。有漢太史奇，遭時肉刑苦。表書本紀傳，今古聖賢簿。沉才卞泣刖，堅筆昪盪努。俶高徒權輿，彪固敢翻仵。神雖妥鄉壠，名首壓史部。甯惟嵩高嶽，克降仲山甫。探奇搜殘碑，懷古酌濁醽。迢迢望舟楫，歷歷植稼圃。區雄左馮翊，縣近古祋祤。分流灌蒲部，餘潤及杜鄠。旁田號膏腴，陸產富稻稌。甯能忘帝力，早亦識神祜。朝今邁唐虞，殿昨舞干羽。四聖百卄載，五風又十雨。羣祈奉約束，異類就規矩。禋祠倘思建，奏請每不拒，施丹塗神宮，撐碧向晴宇。磨厓深鐫銘，窒石突作宔。允惟萬世功，先薦一束脯。勳勞至高大，鐘磬盍搏拊。推源祀黃熊，配極用白琥。恬波衆皆慶，報德神所取。靈壇交松烟，石屋裊香縷。回聽波濤翻，忽覺風雨聚。靜思元圭烈，普戴赤日煦。聖不可知神，吾無間然禹。

抵盩厔書院與王明經開茯步月至三鼓始宿

青松夾幽居，高下白鷺翔。客子行入門，衣上新月黃。主人高齋卧未醒，止客暫憩松風扃。客行看松出亭外，不詣主人先解帶。主人睡起客復眠，爲客松下開長筵。南山如屏列坐前，山綠似雨零層田。主人新齋月尤皎，遠有松風入簾好。縱談舊事不厭疲，清柝數聲衢巷悄。松聲入竹韵滿空，月影穿栢尤靈瓏。軒墀東畔樹如洗，更挂北斗光簾櫳。流螢三更入衣袂，主人無言客先醉。桃笙展罷未欲眠，門外終南立空翠。

自城東沿山行至樓觀作

山雲展碧山禽語，松櫟十圍時漏雨。隨風亂捲白石圓，山果礙帽皆如拳。斜行一里山色好，人行讀碑馬齕草。摩挲未已石勢欹，勒馬離碑愁欲倒。仙人舊宅今作祠，騎牛丈人稱本師。五千言古昨校定，昨偕秋颿先生以傅奕本校《道德經》。青山白雲人可思。樓臺切天朱火噴，遠有道士來迎門。疲蹤據石暫思憩，木杓飲滿甘泉温。穹碑列三層，石橋亦尋丈。馬嘶巖石鞍挂松，塵外溪山覺清曠。巖腰一角鳥道空，遠見下觀斜陽紅。前宵一雨尚未足，濕霧滿谷雲滃滃。邀登百級歷飛觀，人語寥寥落天半。爲開仙幄禮上真，更止殿門揮雨汗。殿旁松竹闢一扉，揖客入坐紛追陪。山風吹顔露灑衣，清齋飽餐松子肥。飛泉分流竹梢重，瞰壁依微出深洞。邀遊客倦復苦辭，上馬出門鐘已動。

清曉由盩厔書院二十里入南山遊玉女泉歷黑龍潭並憩仙遊寺作五首

出門望山行，再轉山已失。粼粼白石灘，遠水漾朝日。清寒生松林，涼露時墮一。朝饑亦堪忍，探袖出桃實。沿流飲清澗，澗淺足不没。時聞山花香，横波弄晴色。沙田極千頃，秋至課梨栗。清絶廿里程，幽人尚扃室。

巖腹徑十里，四山圍平山。飛瀑山頂來，正灌麥壠邊。人家亦無多，雲白接炊烟。山童跨黄牛，掉尾不用牽。數步過石橋，就飲飛瀑前。林禽亦忘機，飛鷺何翩翩。愧挈馬足塵，踐此草色鮮。曉日闢北窗，山齋望疑仙。

雲紅開層扃，草緑迷半里。牽衣來山亭，泉聲出亭裏。𤫊瓏扉既闢，窈窕窗亦啓。層山列如屏，高處聊隱几。天風遞清響，醒夢均可喜。東扣玉女扃，危潭似無底。泉涼齒初沁，石冷跡頻徙。倘有飛仙人，相遺一雙鯉。

山腰落飛濤，潭氣晴亦黑。高低及三里，聳積鐵色石。奔流無回湍，觸柱即倒射。東西危支梁，傾仄險墮魄。雖堅壯往志，勝覽塗限尺。蹲玆盤石坐，飛浪高及額。東瞻七層塔，倒影入波直。雲霧出不窮，幽靈信龍宅。

寺古不記歲，門欹戴蒿萊。峩峩古金仙，腹背生緑苔。風積丈室塵，經月客未來。欵門渴求漿，實指一樹梅。幽扉既重扃，潭響猶奔雷。閒覓石級層，上此千佛臺。回視當午日，正向南山開。山前飛火雲，騎馬詎得回。解衣坐須臾，支几消濁醅。

過終南鎮

山禽飛向山，澤禽飛向澤，山禽翎紅澤禽白。終南鎮前一萬家，均飲山緑餐山霞。山溜注水還無涯，良田出門百餘步。力倦還騎水牛渡，果熟原南悉知數。

急雨登五丈原謁諸葛忠武祠

清晨出縣霞色晴，迷路久指原東行。溪深幸跨馬腹渡，雨急似向龍鱗傾。坡塘陰陰滿杉櫟，原南怪風吹馬立。離原一里石徑奇，草深尺餘靡向西。風雲變色渭川湧，太息復有荒祠遺。原高祠荒一間屋，廟栢森枝直斜谷。斷碑棱棱石矗矗，土人耕烟拾遺鏃。入門禮謁日已曛，梁棟南北交山雲。陰廊細繪漢丞相，分廡尚祀前將軍。雞豚雅識居民意，祀典雖崇復私祭。遺家蒼茫失大星，土人傳有葬星處。綸巾颯爽留生氣。烏鴉上樹客出門，却視渭北昏霾屯。因風蕭蕭馬蹄起，如掌原平三十里。

郿縣道中望太白山積雪越日清曉復由縣抵清湫鎮入太白山三里憩上池作五首

茲山何皚皚，一白天際突。奇標隱難見，太古已積雪。陰厓絶風雲，寒影刺日月。甯惟樵徑斷，鳥道亦已絶。遊蹤届巖扃，當午氣凜冽。天風偶吹蕩，時落飛霰屑。洗眼看北山，巖光較清切。

昨來南山風，一雨山半緑。危瞻上峰雪，倒影射飛瀑。三更寒霧重，青氣溢郊谷。皎月出上方，泠泠四山肅。奔流不注地，奇響間觸木。虔哀禮星辰，盥沐壇頂宿。絶牖光景殊，靈明或神燭。

發曙禮清磬，望雲臻層扃。行穿松檜中，鞍袂何空青。山禽引雛飛，松子雜露零。陰崖一回瞻，訝若集萬靈。雲氣出不窮，觸石石即冥。千尋頫深潭，驚見北斗星。天光依微開，山腰出危亭。

亭半泉脉落，石淺泉流深。一掬石上泉，能令千里陰。映泉鑿深池，涼至披客襟。奔瀑灌頂來，四注竹栢林。頹峰屈成梁，半里石脊黔。嶙峋出東南，建此傑閣尋。坐酌太古雪，永清塵外心。支枕卧石龕，泉聲戛鳴琴。

西峰何高奇，雲出迷向背。青松交雲蘿，展此十里翠。草香難知名，一谷别蒿艾。沿流泝清泉，再轉白石礙。巖回偶孤坐，霞朵亦時墜。側徑樵語喧，連柯訝危戴。猨行渡深谷，雲白踏欲碎。幽賞歷一時，晨曦上衣帶。

後渼陂行戲贈汪進士應奎 時汪主鄠縣書院約同遊不至

馬蹄三日行山前，高下不盡南山田。原高土肥喬木列，時有流水鳴濺濺。稷州城東及鄠西，窮披縣圖尋渼陂。沿山十里歷阡陌，秖見果熟秧低迷。土人爲言百年涸，決水爲田收萬斛。田坳積雨亦作潭，水淺無能及牛腹。陵移谷徙何代無，漢代蚤失昆明湖。兹遊適值新霽夕，萬頃明月同波鋪。朋辭暑疾不至此，壺觴獨來岸頭止。君不見，不特渼陂陂前無尺水，好奇亦少岑夫子。

春盡日偕陳公子暻携酒至曲江村看牡丹作

殿春花紅酒亦香，携酒十里來花旁。春衫少年束急裝，玉鞭摇摇君馬黄。花堂主人酒先把，揖客登樓望君馬。游絲拂地柳接天，連騎直至花枝前。花枝紅紅水波緑，照水花光十分足。墻隅一朵徑若盤，顔色轉盛蜂成團。紅闌影外春陽轉，主人惜花幕難捲。花枝照眼酒入唇，緑鬢未愧稱春人。午餘花酣客微倦，携鞭出門馬嘶汗，更插花枝馬頭看。

將賦南歸呈畢侍郎六十韻

微生三十年，奔走及廿載。方其探幽奇，直欲出宇内。秦中富名山，高欲兩泰岱。公乎稱好士，一世冀盼睞。傭書羈蘭臺，引領西望再。維時歲辛丑，四月節值晦。春官初下第，喜極乃不慨。急束一篋書，重欲等耜耒。艱于行李費，肩背自負戴。塗長三十日，勇進不暫退。微聞番回肆，小醜盍芟刈。公時調兵粟，旬日敵王愾。全秦一書生，士氣自百倍。疲車來青門，十五亦列隊。公才善鎮靜，曾不耀甲鎧。乘閒一投刺，急復請相對。嘉其一言善，俾得列朋輩。賓僚皆天人，詎敢驟置喙。均蒙采葑菲，各各沃觴酹。周旋旬日中，技發不得耐。陳書近百軸，云以待清誨。公云有數才，洵足名一代。極知言獎假，厚意實可佩。公時出一篇，雅頌等切劘。牋文百重繭，筆力欲透背。時時驚望若，不敢冀津逮。維于廣堂上，默坐聆謦欬。偶道一士奇，名已入夾袋。嚴冬十丈雪，深夜理茶焙。愛此説士甘，足若躋兩敦。吾鄉數蒙莊，炘。屈節近作倅。錢生坫。亦經彥，急欲及鋒淬。賓筵有時開，燦若列采繢。殊源復千派，到海一一匯。孫郎才偏奇，近苦性隔礙。人爲推甲子，星或入計孛。非公鑒其實，世視若棄穢。新年陳華燈，列坐視磈礧。行牽歌袖急，幾至酒德悖。維公善調劑，諧語息衆懟。前時別公去，感激欲傾肺。公無慮其狂，狂實恃公愛。鄙人最無能，才足守水碓。童年承母訓，勤學掌亦焠。今來秦楚大，詎可列鄘鄁。公也待士均，一一勤勞徠。軒寮皆周行，闕物即頒賚。爲開軒楹東，點入山半黛。感今得知己，生世可不悔。雖然受恩深，益不揣冒昧。一言願陳公，好醜匪一概。公雖仁覆物，曲木勿姑貸。今將別公去，非爲憶鰕菜。鄆奴馳高函，發紙忽三嘅。爲言叔衰病，久客覓自在。昨復一書促，厲語責憒憒。行買百斛舟，枻鼓湖上埭。公前爲購室，屋好不破碎。行當列花竹，喜尚遠闤闠。明發函谷關，思公我心痗。

卷施閣詩卷第六

中條太行集（癸卯、甲辰）

自西安至安邑臨黄二景仁喪奉輓四首

生何憔悴死何愁，早覺年來與命讎。病已支牀還出塞，君扶病自京師逾太行，出雁門，始抵安邑，故病益殆。家從典屋半居舟。魂歸好入王官谷，名在空懸太白樓。君早年以《太白樓》詩得名。一事語君傳欲定，卌年心血有人收。西安幕府將爲君梓遺詩。

歸骨中條我未安，爲憐親在欲憑棺。君病中欲葬中條。須營江畔墳三尺，好種籬前竹百竿。君生平喜竹。空有頭銜書尺旐，愁餘名紙伴高冠。君衣裘爲醫藥質盡，卒後餘名紙及敝冠數事。才人奇氣難銷歇，六月松風刮殯寒。

早年猨鶴與齊名，月旦人先赴九京。朱笥河先生嘗呼余及君爲猨鶴，今先生已下世。共哭寢門思往日，向偕君在西安，聞笥河先生訃，同哭于興善寺。獨臨遺殯愴生平。貞孤論盡朱公叔，存没交餘范巨卿。却愧素車來未晚，樹頭飄雨旐將行。

倜儻平生孰可如，遺緘欲發屢踟蹰。交空四海惟餘我，魂到重泉更付書。君作太夫人書畢，目已瞑復蘇，乃更作書貽予于西安。庚亮報函疑可達，臺卿服友感難除。傷心昨歲青門道，執手危言未盡紓。君不善攝生，去歲別西安，余又苦規之，君雖頷之，而不能從也。

五月十五夜宿蒲州城外因遊普救寺作

人來桃林塞，月出普救寺。蓬蒿埋山門，碑斷覓餘字。急行百里馬汗流，却向寺東謀少休。寺僧開門揖客人，一塔面坡高百級。閒尋石級上五層，遠見太華高峰稜。蒲州城郭亦殷阜，夾縣石闕分衢燈。山僧煮茗來，邀客月臺坐。僧言家本縣北居，五十年從寺中過。恒逢征騎急叩扉，不詣古殿尋廂西。山僧語客客微哂，更引長廊看朱粉。

臨晋道中

驛騎抵二更，衣上殘月出。風沙浩茫茫，峻坂復百折。奔馳念亡友，詎憚炎暑日。沉疴逮三載，慈母旨甘缺。臨終馳素札，瞻嶺願歸骨。置茲達士懷，慰彼遥念切。吾徒重然諾，未可異存没。殘夜聞馬嘶，荒塗險相失。

道中望中條山作

昨歲蓮峰宿，看山百里遥。茲來因哭友，不及訪中條。雲色分秦晋，河聲捲暮朝。急行凡幾日，猶未及巖腰。

風陵渡歌爲巡檢李璣作

風陵渡頭行客喜，昨來長官聞姓李。長官白皙尚少年，法嚴不受津吏錢。津船月支得歸槖，十舸峩峩敢橫索。官騎白馬立岸頭，行者色喜津吏愁。津頭鯉魚長數尺，長官市魚時宴客。漁人得鯉争進衙，發錢還比市上加。我聞客言爲動色，長官清貧我亦識。君不見，津船東西暴客多，客行結隊乃敢過，官好安得常監河？

六月初六日襄陽舟中望峴山作

昔年羊太傅，勝地日相還。賓客黄初後，勳名太始間。我來登廣武，無淚灑玆山。欲試登臨興，征車偶未閒。

初七日泊舟候風

沙上月初白，微茫漢水東。三更峴山色，斜影舵樓中。村鼓偏迷曙，神鴉已警風。無人共杯酸，復此憶羊公。

舟中曉起

一程復一程，山縣枕邊過。平明讀《道書》，飛雨書上墮。青松障天赤日東，魚網尚挂星蘢瓏。舟人闢窗曉氣紅，却入萬頃荷花風。

六月十五夜宿漢川板湖口夜起視月並送舟子回家

夜闌闢户光明徹，不覺月圓疑曉日。靈湖萬頃影接天，巨魚枕波效客眠。平波無聲岸風快，柳絲牽船出天外。船行十里人不知，輕扇未舉生涼颸。隨波微茫歷湖口，朝寒初生水楊柳。舟人夢醒船抵村，却喜到家還扣門。

將至漢口江水大漲舟行值風甚險

大波如帆飛，高岸徑三尺。小波如荷卷，葉葉悉翻白。大波森然湖氣黑，小波粼粼滿舟濕。帆檣東西若隼摇，人影高下生林梢。村人三日懸釜爨，危視屋脊來長篙。此心安得百念平，眼底擾擾心猶驚。君不見，風聲水聲鷺飛起，隻影掠波還數里。

鸚鵡洲

七子才，著建安。三士奇，不獲全。才人易與忌者奇，陳琳不誅非偶遺。雄謀生殺人，頃刻斷皆果。平原書生無一可，世能殺之不必我。狂生不殺示有容，持刀乃早及孔融。弘農少年亦融伍，峻網肯寬楊德祖。咄哉禰正平，奇足與命讎。生作《鸚鵡賦》，死葬鸚鵡洲。君不見，大兒與小兒，一死尚等倫。君逢傖父亦殺身，惜哉已辱薦禰人。

二十一日自漢陽渡江登黄鶴樓

初日波如掌，平飄一葉東。携童自登閣，與鶴共臨風。曉氣三層白，廛聲八面通。延回望江國，青霧點遥空。

再偕友人登黄鶴樓

仙人真復好樓居，樓影涵江江影虚。一客正携京口酒，百錢復得武昌魚。相邀話舊三層閣，共展臨風尺一裾。却望洞庭西灑淚，素交詩句十年餘。壁間見亡友黄仲則庚寅年詩句。

七夕吴上舍紹漪招同畢山長懷圖王太守嵩高暨諸同人集漢江天都禪寺抵暮泛舟後湖至二鼓始還率成四律

是日雲如蓋，亭亭向客舟。柳邊才繫艇，花裏一登樓。病鵲栖難去，奇書曝欲收。鉤簾待嘉客，清景足淹留。

復此秋堂集，佳期已及年。風花澹今夕，河漢渺中天。波影吞簾白，霞光照座鮮。一舟迎一客，鼓浪乍如仙。

坐覺良宵永，秋鐙替月來。夜聲千樹出，涼意一帆開。鄰舫乍飄笛，賓筵時舉杯。樓臺厭瞟黑，白鷺忽飛回。

醉後衫裳委，聞當入畫圖。溪山留勝賞，風味憶吾徒。鼓棹出潛鯉，到門啼夜烏。惟應良會好，客主念全無。

是日舍姪琰以小病不至作此柬之

行穿修竹倚疎桐，到客皆憐鄉語同。合坐九人浮醆白，卷簾七夕拂雲紅。吾家法護工秋思，小病維摩怯晚風。穩待明朝洗車雨，清涼應復鬥詩筒。

江漢書院喜晤秦表兄朝釪賦贈一首秦前官楚雄太守

官清萬里乏歸裝，轉向名區闢講堂。爾汝共憐生計切，江山如許著書忙。時以所著《消寒詩話》等見示。宵深已入高堂夢，話舊都稱大父行。忍把外家遺事譜，十年羣從半淪亡。

漢江舟中謁座師杜凝臺先生時奉使自湖南回復奉諭旨至武昌讞獄率上二律

晴川閣外挹江亭，落落天空見使星。迓吏乍傳津鼓急，闌風先值畫橈停。帆圍鸚鵡洲前緑，旆曳胭脂嶺上青。明日鯫生須謁事，高情還啓碧莎廳。

三度清江使節馳，公庚子年曾奉命至四川讞獄。實心尤荷九重知。如山案理淮南獄，匝月襟題漢上詩。官燭幾條當座出，新涼一葉墮波遲。受恩祇覺彭宣最，此日辭公有所思。

黄鵠磯題仙人祠

黄鵠磯，似黄鵠，仙人遊空鵠飛落。鵠壽計以百，仙壽計以千。我不識黄鵠，安能信神仙？神仙何人云費禕，亦如鵠言翟子威。君不見，兩黄鵠言猶莫據，何況樓成鵠先去。

大別山訪魯肅祠

大別及小別，兩山波中央。小別戴土頂以方，大別累石形何長。楚水窈緑，楚天青蒼。江流合漢流，夾此明鏡光。故妃墳前桃李香，山相傳有息嬀墓。將軍祠旁松栢荒。行人前來問桃李，松栢荒涼廟將圮。君不見，勳存此土不可忘，曷不附祠神禹旁？

七月望日觀前湖放燈二鼓復至梅子山憩臨湖亭作

山石百級，湖波千層。山月不復輝，耀此湖上燈。湖船遥遥來叩關，一湖燈光隨上山。松梢竹梢露初炫，時有鴉影驚飛還。開蓬扃，歷松嶺，天青欲壓四山頂。君不見，人聲既遠月亦涼，松頂如蓋危亭方。

崇府山飲劉氏園

山城半里即一曲，曲處山光照墻緑，城欲上山猶礙麓。主人園好冠一山，非有逸客門常關，竹徑過雨花斕斑。斕斑花紅弄秋影，主人壺觴客酩酊，城上角聲吹酒醒。

舟中望匡廬

終南太華瀕秦關，關外中條昨偶攀。獨客塗長四千里，浹旬遊徧五名山。到來大別秋方永，看罷匡廬棹欲還。九朵白雲天際落，好同瀑布浣征顏。

自九江關放舟至彭澤作

曉涼吹雨出江關，薄暝彭湖第幾灣。舒簟正來殘月影，推篷却望小孤山。《道書》有味教童讀，秋水無心與鷺閒。卧聽鄰舟集鄉語，北風猶是計程還。

彭澤即事

四山圍一縣，泊處月昏黄。空水足魚影，吹波生晚涼。雨雲愁黯黯，葭菼路蒼蒼。獨酌盈尊酒，因風酹馬當。

移舟泊小孤山

湖雨初飄江雨收，大孤遥影小孤浮。湖風直上北邊閣，指月正生東海頭。雲外數星連斗極，檻前九派接天流。請看直下千餘里，不覺人愁我欲愁。

東流江舟憶唐縣尉軼華却寄二首 時唐尉此縣。

頻從使節到江干，壬辰、戊戌，皆隨學使者幕至此。秋半江聲帶雨寒。雙鬢緑慚爲客改，四山青憶上樓看。故人作尉功名冷，小閣臨流烟水寬。甚欲寄書憐道阻，倚檣離思忽無端。

未因善哭識唐衢，肩拍洪厓廿載餘。春水到橋同喚渡，緑楊垂巷共鄰居。巢門尚記雙鵁鶄，釣艇頻携尺鯉魚。憐爾宦遊予久客，夕陽荒徧舊茅廬。

江行舟中雜憶從母姊弟四首

孤露家何處？江干尺五墳。但餘松滿徑，無復杖迎門。搜篋衣裳故，尋圖笑語温。昨宵秋漏永，千里乍通魂。

昔日雷津戍，參軍寄妹書。今逢江口月，憶姊亦踟躕。馬磨生猶窘，鰕田税未除。一名期弱弟，何日得眉舒？

相依曾幾載，憔悴日支牀。眼底無兒苦，懷中有母香。老猶儲粟米，從母早寡，惟二女生計甚窘，尚時時謀拯之。別每誦河梁。外大父所受漢魏詩百餘篇，略能上口。時下傷心淚，應知爲壻鄉。時愛女新寡。

秋來惟憶弟，衣敝客經時。薄宦欣堪就，衰親惜未知。寄兄書有淚，先我鬢添絲。風雪柴門望，歸期莫更遲。

二鼓順風自花揚鎮放舟至蕪湖作

清江殘月影，放棹下蕪湖。衣袂出螢火，帆檣掠夜烏。吴歌聲乍徹，戍鼓聽疑無。一夕船頭響，兼程百里徂。

舟中望采石太白樓感賦

清江秋月圓，放棹出晴川。三更舉首別黄鶴，鶴影欲拍空江船。蒲帆南來不可收，竿杪復拂仙人樓。壯哉東南海氣浮，碧浪影逐紅雲流。仙人昔乘赤鯉魚，遠勝黄鶴腰身癯。乘風飄忽千里餘，半道或欲遊匡廬。昔居仙人樓，酒熟輒一篇。掉頭江海別五年，緑鬢詎識才如仙。客遊萬里來，松亦百尺長。松聲如龍客鬢蒼，樓好亦復侵斜陽。一詩題高樓，一詩寄道士。君不見，偕遊少年盡客死，辛卯至癸巳，與顧文子、黄仲則同客當塗，頻遊此樓。今兩君俱下世。我欲登樓淚難止。

舟中望青山因憶舊遊作

琴高谿畔路，謝朓宅邊峰。水緑明城上，山青入鏡中。魚苗上波黑，鳥喙集枝紅。竹深風宛轉，橋淺月玲瓏。野翠添流潤，仙雲落樹濃。帆回曾駐影，樓静憶聞鐘。闊訝漁梁斷，危看石磴空。勞勞遊乍記，昔昔夢思通。且復吟漁父，還因寄遠公。

抵里門感賦四首

到門已作皋魚泣，久客空餘陸賈裝。猶憶十三年上事，典衣沽酒奉高堂。

年時歸值倚柴門，百徧先誇識字孫。今日兒曹誦經過，不曾親聽已聲吞。姑理征衣姊勸餐，送兒三月上長安。如何五載音塵隔，無復牽衣但撫棺。阿應新來文筆佳，彌甥學語就人懷。謂汪甥應科，近已生子矣。九泉呼姊還相告，弱弟差欣得宦階。姊以季弟幼失學，故望其成立尤切。

八月抵里門寄錢大令維喬二首

握別江干雲樹秋，故人宰縣我狂遊。曾尋舊句南山上，君昔遊關中。遠識循聲東海頭。却晤惠休勤問訊，遥從小阮溯風流。宦情客况居然似，赢得新涼詠暮愁。

清名摠注淛江東，白髮衙胥説太公。君尊人鑄菴先生，官蕭山知縣。早值尚書傳使節，更逢仙令繼家風。後門寒素餘徐邈，北海門生有孔融。余爲君伯兄文敏公門下門生。故云。願借一編書世德，臨風三度感無窮。

八月二十五日薄暮自吴門舟抵靈巖山館偕張上舍復純等止宿次日得詩六首〔一〕即寄西安節署

南去水方迴，上來秋已闌。平橋人語斷，小市夜燈殘。惻徑禽迎路，閒扉鹿抱關。星明瀉灘急，樹暗上樓難。疎窗響叢竹，石砌點幽蘭。悟徹巖棲志，泠泠泉在山。

空蒼千盤松，紺翠百仞壁。森然西向青，却此東日赤。幽人既宵起，山館候晴色。直下千頃波，棱棱遠帆仄。山風吹黯黯，松果墮歷歷。開扃面軒牖，梁燕訝素識。容膝坐小齋，稍休試登陟。谿橋蓮葉東，小閣静回風。聚此游魚影，能令水氣紅。房廊檐互覆，竹栢葉交通。月采依簾没，天光卷幕空。蘋絲既迢遞，石柱亦瓏瓏。半日看雲坐，還疑碧鑑中。重簾驚宵明，室暗光乍吐。披衣見殘月，水色亦映户。東南遵回廊，叢竹静堪俯。泠然岩露下，絶壁恍有覩。疎窗出燈火，因復禮菴主。茅堂無鐘魚，何知非太古。楊柳三層閣，芙蓉九曲廊。晚花偏旖旎，秋士覺心傷。寒蛩抱根泣，疎螢點節涼。一花依静檻，千葉隱回塘。氣候當秋杪，池塘生静香。

萬安僧袈裟塔歌

平生不謁栴檀林，今日偶訪袈裟塔。袈裟塔名由義士，不爲西來傳佛法。宋家末造僧萬安，爲僧作將皆偶然。此身所自有君父，不敢浪語稱逃禪。流離燈昏粥魚墮，却使滿城飛劫火。轟然巨礮衝雲梯，半天淋淋肉雨飛。飼鷹飼虎苦不飽，何似兹僧捨身好。年經七百塔尚完，赫然空門爲改觀。莫謙之，徐道明，方外節義皆錚錚。君不見，子昂不識忠孝字，空寫佛經盈一笥。

九月九日蔣太守熊昌招同人集息養齋雅讌即席賦贈

昔我同君遊，雲谿草堂月。雲谿明月踏百回，草堂主人飲連日。十年重招邀，素髮已欲飄。黄花滿籬酒百瓢，訪君乃在烏衣紅杏之雙橋。似聞欲息塵中鞅，近有一齋名息養。淮頭頳尾官六年，傾囊却喜餘酒錢。酒錢雖多酒人少，坐上招邀半詩老。我豪于飲詩亦豪，胸有太華終南高。爲君消盡百壺酥，明日訪菊還東郊。菊花黄，菱角香。北墅泛艇，東郊浮觴。風聲雨聲一旬絶，月影星影三更涼。君不見，主人閒，客亦狂，中秋飲醉連重陽。

遊西山自花犁坎至慧聚寺因止宿

連山東南隅，金碧塞天地。盤盤殊難升，徑窄入一騎。抵門聞疎鐘，再轉石級細。樓臺從東開，參差屋檐麗。頹松蒼龍蟠，修竹巨若臂。凭高一遥矚，妙欲出覼記。山風颯然來，萬户倏爾閉。一谷白日遲，桃梨聚春氣。紅墻及巖麓，碧瓦山翠膩。猶餘緑千盤，蒼莽被割棄。芒鞋轆轤轉，興極乃一憩。暝色衣上來，天星出眉際。

由慧聚寺上嶺行三里許抵化陽洞復持火入洞行二里許

千盤升天門，再轉入地腹。先行聊示勇，寄命一寸燭。高低勢如削，入險恐不速。鋒銛既嚙履，傴仄忽凝目。陰飈來颸颸，蠟炬光已縮。何知莓苔青，但訝衣袂緑。高疑衆靈居，敞若萬間屋。泉靈恍無底，梯迴欲出覆。呼聲引同儕，怪響集空谷。石黑捫有稜，腥疑蟄龍伏。牽衣乍前踵，引頸屢後矚。奇險不可名，靈區哂州六。

由羅睺嶺抵檀柘寺憩

北谷天未曙，李花明一山。稍南辨晨光，驚此桃藥丹。花香本難名，草氣郁若蘭。層田植梨棠，密林間松檀。五里及寺門，流聲已潺潺。碧瓦見佛樓，清泉出僧闌。屏山忽然開，萬樹緑欲彎。山靈待遊蹤，百卉未敢殘。俯見木筆花，高低映修闌。明昌搨殘碑，舍利建石壇。寥寥百千年，倏若指一彈。靡境不遠搜，僧雛導躋攀。興倦高閣眠，赤日門外閒。

由檀柘寺後二里抵龍潭憩八角亭作

溯泉來空山，百折泉不見。亭午微北風，千林落花片。孤循危磴上，花瓣驚拂面。半里憩石樓，疎鐘禮神殿。危崖急奔溜，直下有如箭。石墮儼作梁，松頹合成澗。山僧導東轉，傑閣忽高建。百卉合一山，人稀鬧鶯燕。清泉鑑毛髮，坐久復生戀。涼燠既倏殊，風光亦千變。谿茶向樵乞，山果有猨薦。瞑坐不覺遲，歸途月如綫。

戒壇古松歌

沿山西行日光斷，一松如龍黑天半。松根一龍榦九龍，欲攫臺殿淩虚空。虬枝北出風力駛，五里亭邊落松子。蒼然一頂常宿雲，巢鶴不敢呼其羣。枝蟠入石石不知，石竅常見生靈芝。年深力厚觸山破，根斷猶穿北山過。客行破曉即看松，高下樓閣清光中。南枝迎陽日氣濃，北枝臘雪猶未融。倦時眠松根，醒時看松色。山僧愛松亦如客，隔歲松花餉人食。一株旁倚態亦奇，偃蓋静覺春陰移。復有一株雲氣重，一風微吹榦俱動。寺僧名爲活動松。其餘八九縱復横，傾耳揔作龍吟聲。初唐武德至今遠，山古寺古濤聲平。寺創于武德五年。我留三宿非愛山，松下百匝偏忘還。君不見，看松如我亦無兩，黄海終南各千丈。余歷遊諸名山，所見松惟黄山及終南山樓觀所有最奇。

龍潭憩八角亭亭外櫻桃百餘株花色紅白可愛桃杏亦盛開因而有作

我行入谷正溯風，一山桃花飛向東。山深谷轉風不到，尚有杏蘂垂深紅。孤亭八角當山半，百樹櫻桃向春炫。此花顔色異常花，紅影壓波波影絢。傍花前行轉坡陀，花氣撲處春禽多。墻隅花積厚寸許，照面忽覺朱顔酡。四圍青山落白雲，高下南北花光薰。亭坳坐久不知返，袖底香氣來氲氤。惜花平生不折花，衹向花下矜春華。山僧定後始招客，石上分餉新煎茶。如眉新月已上墻，花葉尚帶斜陽黄。歸塗似聽春禽語，明日白雲將作雨。

獲鹿縣早行

出門欲看山，山險落額上。盤盤車輪摧，巨石横一丈。踈林縱森峭，遠與峰頂抗。怪禽啼檐端，聞聲不知向。冥濛氣成雨，谷暗久不亮。缺月墮半規，昏星露三兩。梢梢寺鐘動，塔頂儼可望。居然升天關，至此斷心匠。淩空勢如攫，入穴險欲葬。千盤隨高低，百態具偃仰。飈驚掣車幔，露脚衣上漾。破曉望始驚，黑雲蒙一嶂。

井陘關題成安君祠壁

輔楚滅，輔漢興，耳乎曾客魏信陵。項不臣，劉不屈，餘乎能死趙王歇。存忘不易心所安，亦如留侯志存韓。不然富貴易易耳，稍一屈節王無難。鬚眉英英面白晢，趙邦立祠名報德。世人漫説李左車，不從其計原非愚。君不見，英雄一誤殊堪死，刎頸交先有張耳。

由固關營至井陘縣山行

人傳井陘奇，山石立若斡。直下類削成，泉聲出淩亂。斜行入深谷，人馬祇見半。厓空響易徹，隔嶺遞相唤。松櫟忽萬重，天青四垂幔。偏于危絶處，觸目得奇觀。石罅花亂飛，禽驚入雲竄。坡陀更前折，性命呼吸判。危維此天險，卓絶念神算。居人耕土脊，時得鋒鏃斷。成安以爲趙，淮陰以爲漢。太息陵谷遷，殘陽落高岸。

井陘縣

我行縣東及縣西，百里石田麻麥稀。青山缺處見城郭，楊柳合抱山禽肥。前宵一雨春泉足，水淺石深傷馬腹。停車問路客始愁，却到斜陽盡頭宿。

核桃原

持鞭笑指官塗左，濃緑一山將作果。鳥聲綿蠻枝上墮，果熟垂枝園已鎖。深山五月果作糧，客來入錢許飽嘗。高枝纍纍擿盈握，行人食殘鳥還啄。

石門汛

遠山青，近山緑，不斷山光與天複。異花團團如覆屋，南岡北岡果齊熟。危塗一綫盤兩輪，忽然青天開石門。行人失喜車軸折，停馬看山還半日。

塞魚城 唐受州故城址尚在今作汛

一綫月，開天關，車聲馬聲去不還。關頭老兵持火照，十里回皇谷猶耀。我乘殘月來塞魚，馬走半日偏嫌徐。君不見，荒臺合有神靈守，城廢花開大如斗。

介休縣署中望介山有感作

我思古聖賢，憂來不能坐。庸人均遭逢，抱志獨轗軻。包胥既逃賞，夷叔共高卧。兹山號旌善，云以志君過。猶封綿上田，終勝翳桑餓。禁烟緣子推，競渡弔纍屈。秦昭專上巳〔三〕，陶潛名九日。不知千載上，何竟少佳節？古風殊堪欽，吾懷若饑渴。四序任所遭，何心記年月。

晚宿水頭鎮

水郭帶山城，喬林倚修竹。人家總臨水，山翠亦浮屋。遥聞城西鐘，知從水南宿。萋萋三月暮，芳草緑成幄。鄰歌度崇垣，聞聲惜遺俗。懷人屢開篋，推枕起燒燭。却上嶺千盤，静看汾一曲。

曉度韓侯嶺

嶺有淮陰侯祠俗傳侯墓在此

持燈行三更，十里雲氣濕。一穴落半天，乘車穴中入。土門既回互，石罅復百級。樵蹤升如猨，貼壁立若蟄。初疑徑深阻，再轉亦已及。足劈樹杪雲，參差見原隰。饑烏及疲馬，破曉山頂集。荒荒開幽琴，忽忽墮雨泣。征衣甦短後，下馬致長揖。西瞻秦塞迴，北望代雲立。雷雨交一時，披蒿讀碑急。

國士橋

智宗已滅誰報仇，趙人乃漆智伯頭。漆頭何爲作飲器，臣亦漆身甘作厲。漆能變體炭變音，所不能變惟其心。咄哉劍術非不精，離橋數尺馬已驚。嗟嗟原過生，不若豫讓死。中都祠荒澤水泚，千載石橋名國士。原過祠在北齊中都縣故城西一里。又《史記》，原過見霍太山神于王澤。

曉發洪洞由臨汾襄陵至太平縣宿

汾水四州緑，姑山三縣青。前晨發介州，暮擬宿太平。道經伊耆鄉，懷古跡久停。風俗固大殊，茅茨而土型。炎雲起堯祠，岌岌昔神京。樵蹤絶千年，松栢頂上平。摳衣致心虔，下馬五里行。高低多原田，一徑入窈冥。引領夕亦勞，停車飯初更。縣小無百家，十室九已扃。深黄草頭花，新月荒半城。

出運城二里抵野狐泉復上亭子望鹽池作

野狐拜月昔有亭，野狐得仙泉亦靈。泉靈終覺在山好，百折不肯逾禪扃。亭邊老梅乍垂實，實密枝低鹽上結。車箱連日厭火雲，愛看清涼萬堆雪。

歌薰亭

山光合處樓臺陰，直下百級窮幽尋。青天白雲不改色，只有山溜無鳴琴。琴聲宜民俗以康，坐使風俗同軒皇。君不見，石琴七尺猶在牀，想見當日垂衣裳。

運城與沈運使業富話舊即席賦呈二首

萍蓬蹤跡尚天涯，十五年前客郡齋。辛卯歲，沈君官太平太守，余客其署。至此固應憐范叔，見公猶憶在秦淮。丙申夏，于江甯寓中相值。曾從官閣聯唫久，及與郎君上計偕。令嗣以癸卯秋登賢書，今春同客都下，應進士舉。兩世知交幾回別，又逢投轄暢離懷。

炎天騎馬謁公門，剪燭頻招旅客魂。謂黄君景仁去夏客死于此。一桁山光憐久別，十年賓從歎誰存！辛卯、壬辰間，與余同客太平署中者，爲賈田祖、顧九苞及黄君，今已先後下世。壁中尚欠分題句，衣上空餘舊酒痕。元伯縱亡留母在，白頭朝夕感深恩。謂黄太孺人。

寄丁二履端二首並柬崔二景儼

人海叢中兩少年，憶聯昆季鎮隨肩。詩慙敬禮新投句，近有見贈詩四章。書答宗之遠寄牋。時得崔二浙中書。研北故應留絶業，城南都復少閒田。心期白首真無幾，短趙狂孫共此賢。

何因躍馬向西行？蹤跡偏憐去住輕。幾日羽書馳隴阪，三旬腹疾卧咸京。高齋説劍山泉湧，小閣看星夜漏平。疎賤未嫌關國計，静燒紅燭佐籌兵。

言舍人朝標自西安携唐開成十二經石刻回將貯于先賢言子祠屬作詩紀事並以志别

舍人南歸時，百碑載一軸。爲言先賢祠，遠在尚湖曲。名宗富羣從，薪楚秀相錯。童而受諸經，頗誤里師讀。安其所聞見，竟以登簡牘。紛然譌偏旁，令甲屢不録。己卯、甲午二科，君里中及吾鄉以書題紙軌字畢字錯誤不録者甚衆，其實皆沿坊本之失未改耳。舍人憂之深，思一變習俗。兹經唐石刻，元度所詳覆。雖非禮堂定，合者十已六。牛要束之歸，莫飽蠹魚腹。祠旁爲相地，列以十間屋。旬時登拜暇，把玩亦可熟。尤期鈔萬本，急欲正里塾。君家諸小阮，麗句輩流服。儻欲窮六經，應知讓臣叔。

贈程上舍敦即題其抱經圖卷子

我初識君時，君方作文我賦詩。癸巳歲，隨朱竹均先生校士歙縣，識君于儔人中。八年相逢在京邸，君耽六經我注史。少年已過學亦深，君窮古文我古音。時君校《説文解字》及《釋名》等書，而余著《漢魏音》亦適成。此圖初作我能説，兀兀圖君抱經日。畫師詎識君少年，不貌昔日風姿妍。堂堂歲月三十載，貌更蒼于作圖歲。抛殘心力祇兩端，枕書甫了還據鞍。燕齊馬首歷欲盡，秦漢蠹簡窺將完。宵半語今昔，我慘君不懽。作詩纔畢示孫子，時與季仇同客節署。白日窗外升三竿。

甲辰四月自都門抵西安聞使節有太白禱雨之行追及于盩厔遂同尋仙遊潭止宿時四月望日也莊大尹炘方宰此縣公子逵吉因繪元池訪古圖索詩歸途于馬上得一千字即寄大尹并公子

我遊西山來，欲與南山抗。太行升盤盤，赤日貼背上。醒夢二十程，忽已過千嶂。才經蒲東門，大華儼相向。驚雷隔河至，電影衣上颺。手劈雷雨開，徑渡百尺浪。河西土囊口，城闕標閌閬。跨鞍窮日力，如棹不一搒。山形盡東轉，似復有所讓。忽然青天開，陡落千里障。滃滃雲霧塞，恍若渤海漲。兼程追使節，勒馬時一放。迷塗入深谷，屢被野人誑。一日一夜馳，旌節乃在望。持鞭才半揖，已見馬頭傍。代拂三斗塵，驚喜問無恙。材官及步騎，各各腰有韔。嗚鉦屏喧雜，旗幟悉肩掆。騶從飭皆停，征馬各繫柳。一谷驪駱驛，灘左色浘瀁。頗慚碧潭水，爲我洗泱瀼。雲山招客久，不暇述近況。翩然携狂孫，星衍。踏此碎石囥。鄙人十年來，特辦屧數緉。東西及高下，興至靡不往。王生開茯。馬疲甚，壓坐體偏壯。頻遲不能到，殊覺致深悵。再折入一山，已隔塵坱壙。摩天青松枝，當午日不煬。人家隔流水，列屋摠如舫。白鷺羽若霜，軒窗从馴養。桑陰翳南牖，列箔飼蠶蟓。經年住城市，奇氣久抑喪。茲來豁懷抱，各訝神色王。袈裟穿樹出，香炷集半晶。樓鐘不須擊，風至自播盪。甯惟童叟樸，雞犬亦殊狀。鳳臺暨龍堆，案籍覓式樣。穆滿祠已古，南北高有閌。八駿繪四隅，逸氣壁上旺。稍南讀書臺，淺步石硠硫。我諳輿地志，石室此蓋妄。搜奇涉危構，歷屋寡閃闔。高卧一小亭，四壁天若帳。厓南防獸突，車軸塞數兩。時聞控弦聲，一矢忽集阬。土人言山有虎，時撥營兵數十屯谷口備之。班狸竄無跡，祇見野鷹掠。是時將仲夏，春色尚駘宕。紅白滿路花，庶草亦蕃鬯。渥夷置行幄，圍坐一隅敞。微聞暮鐘動，極視益軒曠。南寺比寺間，水谷深且漾。橋危支獨木，空處絶依傍。森森高浮屠，積雨青緑荒。蛇行出危巘，石缺補以甓。山神避何處，深谷走踉踉。恨不揖之出，導我歷蒼莽。癯王瑜逃官筵，私復買邨釀。拉客入蘿徑，痛飲腹屢脹。居然遊興發，無暇事揖攘。選徒饒十輩，一一均可仗。入險戒不譁，足恐致跌蹋。公然遵部勒，私詡善將將。猶驚賢令尹，僻處皆供張。山厨清脆備，僧更具蔬醬。羣餐毋過飽，云欲歷峔嵣。四顧白一山，屈指月正望。北斗垂谷口，大欲奪瓮盎。溪奔石復滑，窄徑樵所創。頻于奇絶處，欲以性命償。松根劃山破，石力不敢擋。石谷蟲亂鳴，幽深忽如壙。濡頭松栢露，寒意欲挾纊。塗危值犇獸，訝極以臂攩。竟復貼耳過，似不敢猰犺。厓南既無路，西去若有嚮。草深愁毒虺，鼓勇孰先倡？狂孫首頻肯，非是不獲暢。梨桃及乾糗，絡續有童餉。逼仄路若繩，月暗天忽亮。折松插巖扃，歸路備遺忘。泠泠天風吹，遠遞樵子唱。升中眺天闕，直視無所妨。纍纍星壓帽，高絶不獲仰。山僧促歸頻，改道走横嶂。荒祠偶長揖，非欲冀神貺。力盡捉短笻，如瞽者有相。洶洶黑潭水，直向頂上漾。極知終宵饑，急語致饁饟。百壺澆茗飲，未若酒無量。瞑卧玉女房，殘月落衣笐。夢中諸仙人，各各手與亢。稍眠復驚起，傳語束急裝。亭午集樓觀，兼訪化人葬。元哉五千言，似欲一彭殤。終焉委恒幹，致我久惆愴。阿戎忽狂呼，鋪紙窮意匠。作記累百言，三復寄微尚。君才當避舍，我尚負輩行。索詩故不應，先乞飲醇醽。我詩本能奇，近避俗人謗。匆匆據鞍就，別馬走踉蹡。紫閣白閣雲，瞢騰醉中訪。

校勘記

〔一〕詩六首　按此實有詩五首。

〔二〕秦昭專上巳　「上巳」，《北江遺書》本作「上祀」。

卷施閣詩卷第七

緱山少室集（乙巳至戊申）

寒食自潼關至閿鄉道中書懷二首

塵欲浮冠浪拍肩，未成寒食賣餳天。兼程驛路猶飛雪，是日大風並雨雹。隔岸山村乍禁烟。舊友別來逾二稔，晤風陵渡巡檢李璣。名花看盡入中年。匆匆節序渾難遣，柳葉牽人到酒邊。

一種人間未了愁，杏花斜月屋西頭。都無芳草能迷徑，只有閒雲易上樓。金釧影移籠畫軸，玉簫聲徹動簾鈎。殘宵舊夢何時醒，門外黄河拍岸流。

出關日先柬畢侍郎

花暗長堤草覆汀，上坡楊柳接天青。半春移節來關外，一路傳書向驛亭。管下名山皆有嶽，坐中奇士盡談經。報公欲著《河防略》，燭跋更殘手未停。

清明後一日憩靈寶東二十里風雪寺作

馬上游絲拂面過，匆匆寒食奈愁何！鶯花已逐華年去，風雪偏于岐路多。石鼎水清勞更瀹，壁苔碑暗費親摩。重來緑髮蕭疎甚，入定枯僧鬢亦皤。

緱山道中夢遊仙詩

嬾跨茅龍上玉京，新凉踏月海中行。回頭碣石都無影，移得黄河近洛城。
真誥親繙太古前，容成展上本齊肩。吹笙歲月三千載，子晋還稱後輩仙。
三度人間謫乍還，玉虚容易綴仙班。淮南雞犬偏無劫，穩住紅雲碧落間。
來往閒雲不定方，暮遊西海曉扶桑。玉龍行雨都無暇，驅作羣仙代步忙。
八駿前頭一鶴翔，步虚聲引玉鏗鏘。不誇帝繫誇仙繫，幾度瑶池侍穆王。
上界仙人住杳冥，閒來紫府鬥心靈。青天大似彈棊局，空裏時聞有落星。
裁雲片片作窗紗，銀漢西頭織女家。天上晝閒無個事，隨風時唾碧桃花。
自檢名山結静緣，藥爐丹竈火陰然。忽然萬里紅雲破，流下仙人濯足泉。
太室峰連少室高，黄河空裏影迢迢。緱山幾尺神仙地，引得羣神日夕朝。
蕭史吹簫子晋笙，半空鸞鶴鳳凰聲。神仙一例都年少，白髮無從住玉京。

天都逐便訪浮邱，更向空同石室遊。鶴背乍涼還乍暖，不知人世幾春秋。

閒童五百執香爐，玉節新從紫府除。碑石拂雲都懶看，神仙不習漢唐書。

紫府三層碧玉臺，曉雲濃處百花開。蒼龍白虎司天闕，却放騎驢道士來。

妙義同參帝釋居，龍華會上集簪裾。忽然海水浮天去，無數星官盡跨魚。

秋半天中看月華，廣寒宮闕泛浮槎。玲瓏玉樹交無影，空裏聞香不見花。

天上仍携古錦囊，依然覓句擅詞場。都緣長爪仙人少，勅取麻姑降李郎。

膠舟南邁世人憐，傳説昭王作水仙。畢竟上蒼忠厚報，一家眷屬摠昇天。

采樵三日入烟深，絶嶺分明屐齒横。再轉一山雲氣隔，松花如雨落琴聲。

遊戲東池采碧蓮，被風吹得髻斜偏。倦來只踏飛鵶影，却訝羅裙黑半邊。

詔書新降玉霄宫，南下闕門啓數重。勅取海魚三百尾，放來天漢待成龍。

借得仙雲一片平，展來如席睡難醒。多因夢重雲頭落，閣在松風盡處亭。

金闕南頭奏玉牋，薦將師曠更司天。神光豁處雙眸炯，曾見仙人緫角年。

天帝分明築外臺，琪花瑶草勅齊栽。裴家玉杵温家鏡，挈取神仙眷屬來。

洗馬清談庶子狂，勅來仙案與司香。才名畢竟人天重，詔册仍徵白侍郎。

共守東皇藥竈邊，傳言玉女試金仙。回眸不語拈花笑，一夕都生離恨天。

駕鳳閒來碧海潯，霜柑偷食近千林。都因橘債償難滿，强得天公爲雨金。

玉妃兩兩門新粧，騎鶴公然下界翔。却灑黑塵迷世眼，不教親切見衫裳。
童顔如玉髮齊肩，自守丹爐五百年。騎得石牛偷下世，一生不願做頑仙。
怪得雙成玉手温，摶桑三日弄朝暾。鯨魚死後滄溟漲，添得天南緑一痕。
嶽瀆羣神賀正回，玉皇高拱坐層臺。虚窗亦養紅鸚鵡，慣述人間瑣事來。
無多識字便成仙，香案惟留《易》一編。詔取洛陽王輔嗣，茅亭重與論先天。
上方光景若飛烟，臺殿空明徹四邊。三十一天無月看，月輪只照兩重天。

憫旱

鎮日帷車坐，偏愁雲氣晴。客行殊望雨，敢説爲蒼生。
兩歲多憂旱，山田赤地多。到秋霖雨集，瘠土更防河。
百車汲井華，綆斷水亦竭。辛苦野人言，殘冬已無食。
三月黄花少，蓬蒿積菜園。殘燈山館夜，殊復愧傳餐。

嚴侍讀長明屬賦歸求草堂十二詠

思話軒

我愛思話軒，默坐久無侣。香草一尺深，秋蟲自相語。

冬讀書室

寂然冬讀書，一夕抵一歲。若及三十年，便足一萬載。

知白齋

坐卧知白齋，萬卷閱金石。墨氣升作雲，寥寥室生白。

過雲室

一室名過雲，籤軸紛滿架。掩卷看青天，雲生亦如畫。

蒲盧學舍

學舍名蒲盧，萬事取相類。只恐劉真長，當今本無輩。

知魚檻

濠梁静觀久，自謂能知魚。魚相忘江湖，豈復知有余。

賓竹廊

長廊列篔簹，此君無不可。他日或生孫，大父行屬我。

目聯臺

言登目聯臺，四望各百里。身世忽若浮，大江流足底。

茶塢

我尋茶塢來，茶味如在口。倘欲邀狂生，壚旁合呼酒。

兼山

拳石有山名，石勢殊卓犖。如許山不看，出門遊五嶽。

白兔泉

泠泠白兔泉，石闌高一尺。倘值梁王賓，應繙《兔園册》。

小香林

寒深香意遲，夢破花枝小。無數鶴飛來，江南春正曉。

孫大自句容來貽我二石刻喜甚各賦一詩

吴衡陽太守葛君碑

君歸止三月，我夢已百回。君來打門夢初破，破夢示我孫吴碑。我聞黄龍年，赤烏日一縣，神仙都姓葛。麤沙大石人棄之，取以作碑奇字突。鴻臚冷卿倘哲昆，南海傲吏稱文孫。羅浮章上罷官急，遠遜衡陽政聲立。試問酃湖酒一甌，何如句漏砂千粒。君不見，葛君碑，在縣西，縣南英英祀達奚。縣南有達奚將軍廟，莫能得其本末。將軍夜半過太守，賀爾石傳名不朽。

梁天監十五年井銘

祇園近小池，一雨没深井。井在句容崇明寺側。余乙未年客句容，與孫大等時遊焉。我看紅荷花，時餐井華冷。井闌危坐無虚日，詎識足邊奇字出。孫郎爲剔百年苔，楷法棱棱三十一。蕭家半壁江山麗，塔高參天井入地。寺有塔甚古，相傳六朝時建。清和月後天驕陽，千乘萬騎來皇皇。净名釋後兼好道，去訪宰相華陽岡。此時淮堰成逾月，《梁書》：天監十五年四月，淮堰成。萬井森森植楉骨。仁心詎惜六州民，却憫居人道旁渴。茅山道士鳩工徒，作井十五遵臺符。一亭覆一井，一井深百尺。行人如願飲甘泉，宗廟反憐非血食。尋源知味不可忘，欲蓋石屋名蕭梁。興亡一瞬中，都付塔鈴語。更唤井底龍，亭前作飛雨。龍言守石已千年，奇石既顯龍升天。

胡民部文銓蔣公子光世招飲相國寺

已拚泥飲度蕭辰，紅樹前頭忽覺春。偶語乍來窺檻鵲，高枝偏隱上樓人。相看舊雨都如夢，更展屏風已隔塵。幾曲艷歌歸去晚，碧流離瓦綻星辰。

籠街紅燭照歸鞭，書記平安有報牋。天放薄寒醒宿酒，人傳太白是真仙。隔坊宛轉猶聞曲，上馬懵騰祇欲眠。明日戟轅傳勝事，哦詩聲徹曉鐘前。

贈陸民部鐘即送入都

去秋同侍鹿鳴筵，二百人中最少年。通籍早司金穀重，趨庭還羨采衣鮮。機雲洛下東西屋，韋杜城南尺五天。今日送君春正好，青門遥望紫絲鞭。

聞謝大令聘由固始擢守鄭州却寄

太傅園亭我下帷，早年蹤跡鎮追隨。棊争别墅心尤競，詩學春坊格未卑。王庶子大鶴爲君房師。製錦乍來遺愛里，栽棠留伴叔敖碑。同官尚有吹笙侶，留滯天南報最遲。謂屠大令紳。

自密縣至登封謁嵩高山留山下三日徧遊嵩陽書院及少林寺回塗訪三石闕

中牟及鄭州，風黑已三日。行經大騩山，谷險忽距轍。天青被原野，氣候亦殊别。十里輒一亭，穿雲到新密。山光時破碎，風捲出林栗。一谷石若羊，高下嚙馬膝。地肥巒翠暖，村叟裌衣出。馬尾别大騩，馬首揖太室。洗眼洧水濱，看山庶真切。四面各萬里，兹山天當中。言尋古圖書，名號有獨崇。足踏河洛流，背與三塗通。赤日照上方，正如心在胸。誰云無神仙，軒昊已棄宫。天帝湯沐饒，嵩陽與登封。自非雨露殊，何以歲屢豐？是冬大有年。不見長松枝，亦扇天門風。

登封壇處南，外方祠在北。惟留少室峰，割作化人宅。少林寺在峰下。祠前一株栢，屋外太古石。言從天地始，便已挺孤直。軒轅雨七晝，堯代雪三尺。倘欲與細論，長風閃林黑。

太室少室闕，開母季度銘。兹文在世間，一字一列星。我來遊嵩高，兼謁縣吏庭。覓得數搨工，南北敢暫停。如猨升松梢，先剥苔蘚青。聞聲不見人，墨汁樹杪零。三日始畢工，爲文謝山靈。字既徑寸奇，文亦比六經。牛車馱百張，回鋪草元亭。

自少林寺携僧欲登少室峰以積雪不得上還憩子晋峰待月

山空無定影，雲白亦疑花。坐待轘轅月，聊烹堦院茶。曾聞餌雲母，誰解贈丹砂。五岳此遊四，還家鬢未華。余曾謁真定恒山及六安霍山，壬寅秋復陟太華，與此而四。

送王大令復之官臨漳兼寄楊州牧芳燦伏羌徐州倅書受太康

函關西去川原古，下第六旬行役苦，余以甲辰報罷後入關，始與君訂交。是時君爲短主簿。夷門東來景物澄，河浪三月方飛騰，是時人呼聾縣丞。君才作賦尤可傳，景龍才人王子安，競爽遠有楊盈川。即論詩筆亦擅場，鄴下首溯登樓王，作配乃有徐偉長。梁園賓客嘉書記，才子爲官亦游戲，却被人呼作仙吏。君不見，神仙吏，不可忘：楊伏羌、徐太康、王臨漳。

戲詠玫瑰花

芍藥花嫌小，荼蘼香較濃。連宵枕函裏，開得一枝紅。

偶得五百字酬景方伯安枉贈之作

五年客京師，五年客西秦。十年亦何爲，頗與載籍親。昨來遊梁園，編校事亦殷。雖依尚書居，一面或數旬。貪讀終卷書，久立門外賓。盤盤齋西頭，乃與公比鄰。君前官按察時，衙齋與節樓比。識面雖未嘗，吟聲日相聞。前奉一卷詩，未讀已束紳。開帙贈友篇，古意何温醇。我雖未面公，已晤公心神。豈惟識公賢，公友亦絶倫。方今富羣才，作者日以新。誇多而鬥奇，如鳥争鳴春。若論性情詩，當代無十人。昨來喜雨篇，憂國何諄諄。民之饑渴懷，乃若在一身。聖人垂衣裳，周覽靡不臻。惟兹大河南，民俗庶可淳。疇咨雨暘區，責此司牧臣。温温今尚書，百族依其仁。抑聞爲治方，寬猛得並伸。推誠固宜先，條教慮勿遵。自非束吏嚴，曷表于物勤？此方當河衝，水旱又已頻。調劑幸垂恩，蘇此十郡民。明明哲人言，芻蕘亦諮詢。吾儒道無方，詎敢分域畛。值昨憂旱災，露坐每達晨。雖無牧民責，憫此俗痛呻。又聞垂空言，不若實意存。元公生中唐，疲俗善撫巡。《春陵詩》一章，字複語句陳。不妄作一言，言言盡真純。

重之如典謨，敢並詞客論。期公亦如斯，古治藉以振。立言非徒然，六籍乃本根。公行擁麾幢，我亦邦國珍。各望致遠謨，貴在質有文。廿年客諸侯，利弊粗得分。前蒙相公知，謂大學士英文肅公。謂可軼輩羣。相公居東華，于公世婚姻。我行讀公詩，宗法倘可循。公才及前修，況乃性行真。感激贈一篇，交誼賴以敦。行當計吏偕，千里馳短輪。方其未屆塗，先欲一掃門。傾心于所知，拂拭衣上塵。公其佇清聽，含意庶畢申。

戊申社日送友人至河北

去年社日風，鼓浪渡河北。今年風更峭，掩卷送行客。梁園作客無可誇，春半欲過無春花。昨升射圃望原野，青草不見餘黃沙。狂來濁酒誰能捨，更逐兒童趨里社。丈夫志業亦區區，割肉聊同宰天下。

杏花四絶同方五正澍作

倚墻臨水只疑仙，艷絶東風二月天。要與春人門標格，有花枝處有鞦韆。

春陰薄薄霧濛濛，魂在江南細雨中。千朵冷光看不定，辛夷花北柳枝東。

春當好處鎮無聊，自向簾前理玉簫。手把一樽歌一曲，紅顏祝過百花朝。

十年騎馬曲江頭，拂袖籠肩憶俊遊。畢竟植根高處好，占他天外小紅樓。

開封寒食懷里中勝遊並記壬寅癸卯看花韋曲之勝漫賦二十截句

貰却黄壚酒滿巵，破愁聊飲半春時。東風吹得沙成海，不見江南雨一絲。時旱甚。

沙堤高比鐵浮屠，不信經時草未蘇。七百年來理春夢，閒窗私展上河圖。

才人艷説李深之，束髮能題七字詩。一事至今忘未得，賣花聲過晏公祠。末句，余童年作也。

枕溪樓閣水迢迢，租舍南頭巷北條。半樹桃花一雙燕，與鄰家共之，故云。十年同住裏河橋。

閒來時傍女墻行，半里蘇蘇草欲平。蝴蝶滿樓人不信，日烘花氣上春城。

經旬曾未踏蒼苔，杏樹花疎欲替梅。紅到枕邊驚夢醒，一枝捎破紙窗開。

溯流歸去路偏賒，欲到溪南被柳遮。時有鵓鴣啼一兩，墨雲如夢罨千家。

辛夷含玉柳垂金，襯得簾前一片陰。渾愛曙光初破處，遶闌來看百花心。

短短疎籬曲曲塘，過橋十步破雲光。春衫不上梨花影，只覺月明衣袖香。

一拳奇石搆幽居，小極攤書向午餘。何事鏡奩光不定，紫藤花影罩紅魚。

醉醒渾未識天涯，古寺南頭一徑斜。似有塔鈴傳細語，菜花黄徧那人家。

兩年頻讌曲江池，紅杏尚書是本師。知要傳公舊衣鉢，碧紗籠徧紀遊詩。

樂遊西去幾長亭，杏樹交紅柳接青。却礙白雲無路上，南山屏是百花屏。

豹林谷口亂山交，三兩幽禽挂樹梢。與我一般無宿處，木瓜花覆舊時巢。

半日招提問路行，欲歸已有野僧迎。一峰才轉一峰出，北斗向人衣上明。

皇子陂前一徑通，藍輿三宿水聲中。小樓東面不曾掩，夜半月來花頂紅。

傷春筵上憶王郎，容我朝眠錦瑟傍。榆莢盡飄荷樣小，更無錢與買年光。

折柳傾觴日數回，班騅欲去更徘徊。送人一片南山月，穿到霸橋東岸來。

花時頻入少年場，兩兩遊蜂逐隊忙。悟後始知春意淡，沿溪都種白丁香。

被壥封處客難行，破曉愁聽粥鼓鳴。輕燕不來人跡少，客窗誰與證清明。

寄錢三惟喬鄞縣

昨聞急使到河干，珍重臨期語百端。念友心情成疢疾，著書蹤跡尚平安。閒中閱世誰先覺，夢裏聞君欲去官。繞宅太湖三萬頃，幾時同我把漁竿。

張憶孃簪花圖

花紅無百日，顏紅無百年，只有茲圖中，花與人俱妍。當時一笑春風閣，頭上好花終不落。可知花福亦修來，長得纖纖手香握。卷中小立亦百年，不覺衣帶飄東邊。幽蘭無言露猶濕，花意人意交相憐。百年花尚香，百年人不老。題詩我憶卷中人，莫更錯呼張好好。

題夷門餞别圖爲淩上舍廷堪送友

三千食客都無用，四十斤椎乃有靈。風黑滿天塵繞地，欲從何處送秦青？

雖云卿自用卿法，坐覺人愁令我愁。目送羊車出城去，柳絲五月已驚秋。

趙大懷玉寫經圖

小時一筆不得書，吾母教以分行疏；小時一字不能識，吾母教之先點畫。識從一字至九千，寫自一筆幾連篇。年華屈指心先悚，書欲如山筆成冢。人言學術有淵源，我視庭闈若周孔。自傷孤露東家子，不謂君前亦如此。卅年文譽冠九州，可識從親授書始。白雲溪頭横舍東，吾親若親昔過從。互依膝下問奇字，各舉傳記談如風。檐前風樹聲無定，不待孤兒讀書竟。生年不造痛亦同，六十三年月冬孟。吾母及君母葉宜人，壽皆六十三，下世又並以十月。貽親望子以令名，我免爲惡慚先靈。即論至性愧君甚，泣血寫徧千回經。吴門日昨來何駛，共展雙圖淚難止。時余亦以《寒檠永慕圖》屬君賦長句。題篇不敢寫今稱，母但知兒小名耳。

七夕詞倣方五體

閉門三日雨無聊，聞説秋霖漲絳霄。若使天孫有餘巧，擲梭應已化成橋。

汳船新到綠沈瓜，早汲銅瓶薦井華。佳節莫栽閒草木，牽牛花映女郎花。
商量羽葆日相過，肅肅長雲裊裊波。莫喚填橋舊烏鵲，好教精衞去填河。
紅閨小極户常扃，只看銀河眼轉青。忙裏却添閒意緒，拜完新月拜雙星。

題仕女屏風

尋幽徑有三更霧，小病人如四月花。胡蝶影多簾影少，幾回隨夢入西家。
怪來書味上春容，校得仙經意乍慵。不信驗他雙指爪，粉痕猶淺墨香濃。
三年渾住宋家東，一語嬌羞尚未通。他日曲江亭子上，借他簪鬢一枝紅。

徐孝廉嵩芙蓉湖上讀書圖

有峰三十六，都接海天青。爲要魚龍聽，先繙嶽瀆經。鏡收千樹綠，鐙借一湖星。莫厭春蔬淡，時餐雨脚腥。

嚴侍讀長明平生樂雨花岡二忠祠竹木之勝没後適權厝於此其子爲圖乞詩因賦此篇

梅花如雪開朝暾，昔時翩然來叩門。山僧驚起欵尊客，石上煮茗春泉温。佛樓花謝剛前度，遺魄偏來賞心處。山僧行脚尚未歸，返使先生作常住。梅枝垂實葉暗廊，琉璃一鐙緑到房。闌干幾曲助風勢，繐帳瑟瑟生新涼。萬言結習難忘却，真見唫聲出樓角。可知此客不尋常，三護鳴鑾四登嶽。壯志方期獨擊鷹，赴書已附西飛鶴。枉憶春風去住舟，癸卯、甲辰間，與君先後回江南，于路相左。長懸夜雨東西閣。謂同遊紫閣、白閣。君不見，雨花岡南坡草青，前後車馬來無停。先生高卧事亦得，不見墻外勞勞亭。

黄通守易訪得漢武梁祠堂石刻聖賢畫象既爲亭覆之又繪訪碑圖索詩

高平石刻皆雲烟，千載復見嘉祥阡。平原武安吾不識，得姓要在西京前。大河南移川變陸，削石棱棱數間屋。不隨巨浪入滄溟，中有聖賢牢置足。四百餘字漢八分，句字樸棟如皇墳。以之持較李剛刻，四角但少龍鱗文。訪碑客至何瀟灑，拓地爲碑營大厦。道旁錯認魯東家，一車兩馬栖栖者。

八月初九日將赴楚中童少詹鳳三邀同張學使燾崔編修景儀趙舍人懷玉蔣上舍齊耀預至吹臺登高歸飲寓齋即席賦别

人生擾擾東西走，快意登臨亦何有。梁王城外亂雲飛，天預商量作重九。翰林仙人張别筵，邀客先上層臺巔。五車聯尾出東郭，七騎矯首來雲邊。紅沉緑暗青林表，人亦蹁躚若飛鳥。中臺陡接天半風，吹斷語聲空際裊。歸來酒腸誰最寬，詩老昨幸留餘歡。謂張學使。一時忽得兩短李，崔、趙。何處可覓詩方干？時約方五正澍不至。冥濛樓閣鐘聲細，清夜淹留賞心地。遊客鄒枚讓馬卿，酒徒毛薛依無忌。却憶三條樺燭人，時正扃院試。青衫白韈雨如塵。名經我愧身非佛，作賦羣推腕有神。少詹及舍人皆以召試通藉。勝遊一夕聯吳會，别後萍蹤復誰在？明日朱仙鎮上眠，先商黄鶴樓頭醉。時少詹亦將遊楚。

中秋夕自尉氏至朱曲途中玩月作

四望各無際，疑行萬里沙。碧天微有影，初日定輪華。露采驚棲鵲，雲光發檻花。此時心跡冷，誰復夢思家。

中秋夕三鼓作

林露下千點，砌蟲鳴百端。此時羅袖影，一一上闌干。佳節異鄉好，清輝徹夜看。延回思往事，坐久不知寒。

自樊城渡漢遊峴山歸謁羊杜二公祠作

我從南陽來，欲飲襄陽酒。秋霖三日不暫停，馬足泠泠挾波走。還携梁園客，遠上樊城望。昨日秋風捲地來，一條漢水浮天上。襄陽城北樓正開，放艇若從天際回。城樓高與柁樓對，無數山緑衝帆來。松楸連綿十餘里，客到寺門山忽起。昔聞峴首今始登，一石真堪入雲裏。可憐好景輸後來，削壁點上千年苔。紅闌干落一江水，白日照舉堂中杯。當時幾掬西風淚，更值山公百回醉。寥落征南身後名，何如眼底杯常在。習家羣從噪一時，我知葛彊亦可兒。滄桑陵谷幾回改，何處可覓山公池。白雲茫茫一千頃，曾照前賢角巾影。羊公遊後渺無人，秋草荒寒没人頂。山前一亭昨復傾，騎馬上與浮雲平。難追國士濡頭飲，亦愧英雄髀肉生。一碑横眠一碑側，石上摩挲感今昔。百世來分風日佳，一編欲正《春秋》癖。時著《左傳詁》。歸路懵騰醉不辭，乍醒還謁二公祠。可知此客今無輩，放許高吟峴首詩。

隆中諸葛忠武祠

遂有經時卧，知逢漢德終。地當天下險，山即宛中隆。蜀國望難極，沔江流不窮。蒼茫墮清淚，知不爲羊公。

九日雨中飲楊進士倫江漢書院齋舍即席賦贈

堂中書百堆，門外雨三尺。堂裏讀書人，修髯新若戟。前時别君處，七客揖馬鞭。歲月苦未多，兩復地下眠。謂莊舍人選宸、楊司務仁基。君思武昌魚，我饌終南鹿。食鹿苦鹿肥，還尋渭濱竹。首春寄君札，八月無報書。聞言楚水高，魚蝦自登厨。我乘東南風，鼓此接天浪。帆落即訪君，疑君坐天上。讀君五年作，飲我九日觴。腹笥既已富，修髯有時張。轉思三十年，交君及君弟。君弟亦服官，時君弟官鶴峰州判官適至。自知吾老矣。無言契闊久，且喜會面初。兩心苟相親，天地不得疎。

道中作

亂峰高映斜陽赤，谷裏人行已深黑。溪南新月透山來，千朵白雲遮不得。東西秋水隔一村，跣涉尚喜山泉温。山村樹濕昨宵雨，石屋泠泠出蠻語。

黄鶴樓

黄鶴磯前黄鶴樓，到來一笛欲迎秋。神仙蹤跡成長往，吴楚江山此上流。帆影静排千雉堞，檐形飛控兩雄州。支頤我正東南望，却有雲生碧海頭。

仙棗亭

纔泊金牛港口沙，上山亭復儆浮槎。真疑楚國萍如斗，誰識仙人棗比瓜。白鷺雨餘飛急浪，紅闌天半放秋花。談深我亦饒鄉思，時值里中舊友。百椀頻澆陽羨茶。

月夜再登黄鶴樓憶尚書師荆州

上城已有角聲催，曛黑窗櫺信手開。十月魚龍先入定，三更烏鵲自飛來。巴人路向雲邊出，楚國天從溢口回。誰敞庾公樓畔月，不勝清興待銜盃。

種　菊

古人愛深黄，今人愛淺碧。豈惟人事殊，花亦悵今昔。今晨買花至，隙地種盈尺。百種盡棄之，聊存花正色。清泉日疏灌，間以數奇石。倘訪泉明居，沿流即彭澤。

食　蟹

江客嗜飲江，烹鮮及蔆藕。無緣傍江住，常復面山走。兹來愜心素，百步距江口。江水照讀書，江船送春酒。武昌魚既好，鄂渚柑常有。右手留校書，持螯還左手。

黄鶴樓送史上舍善長至南昌並寄王方伯昶

蜻蛉舟，黄犢車，爾不如仙人，陸行有黄鶴，水騎赤鯉魚。豫章城，武昌郭，仙人不如爾，朝登武昌之飛樓，夜宿豫章之傑閣。一樓既參雲，一閣復接天。洲前鸚鵡唤客不能住，閣上蛺蝶飛舞開賓筵。司勳詩筆王郎文，我優爲之何論君。成名當世偶然爾，拍手笑殺神仙羣。神仙舊侶吾能識，方平牧羊今作伯。有時耳傾彭蠡百斛濤，手拗匡山幾方石。明月湖，光一碧。百花洲，香四塞。興酣容我倒玉山，不然爛醉從君校金石。方伯近著《金石集成》〔一〕。

送蔣孝廉知讓歸江西

屋角新月明，送君在今夕。君言歸故里，營冢有期日。一奴一馬縛兩羸，千里冰雪高嵯峨。黄塵飛盡緑波出，却上黄鶴同高歌。時楊進士倫主講武昌，君言當訪之。君家兄弟今無輩，百歲相知亦何愧。知君念我當有時，啓户來看九江水。

爲張孝廉鶴題烏巢風雪卷子

枯楊聲已悲，夜烏啼不歇。男兒處窮海，十日九風雪。朝烏催讀書，夜烏催閉門。枯楊作薪爨不温，老屋還倚枯楊根。去日長，來日短，夜烏窺人顔色慘。讀書成名何足言，不若識字依親前。君不見，兒行不離親，烏飛不離樹，烏巢呀呀能反哺，失母孤兒哭何處？欲望重泉作歸路。

校勘記

〔一〕金石集成　按《清史稿藝文志及補編》作《金石萃編》。

卷施閣詩卷第八

靈巖天竺集（丙午至己酉）

跋英文肅相國所藏錢文敏詠物詩卷子後

故紙方三丈，尚書五字詩。九原悲宿草，七客有餘思。是日集余風雪授經堂者七人，同觀是卷。粉墨傷心色，詩以雲母箋寫就。烟雲過眼時。猶慚門下士，亦辱相公知。余爲文敏門下門生，夢堂相公見待，亦多異數。

入值同趨朵殿偏，匆匆落墨寫唫牋。曾携暖翠浮嵐上，夢堂相公藏書畫閣，名暖翠浮嵐。忽寄閒坊冷巷邊。文敏幼弟維喬報最入都，得之坊市上。時相國下世甫數月。小友忘年情愷惻，兩家多故淚纏綿。相公詩格尚書筆，當代何嘗有後賢。

丙午二月十日偕錢三維喬楊大夢符等元墓探梅作

停帆及山椒，雨點忽破夢。東風來林間，春衣香氣重。尋山三折至一亭，樹梢微紅雨脚青。山光雨光乍零亂，薄暝花紅出天半。空林黄葉時一零，木葉盡脱花含馨。全湖香氣收欲盡，時有孤客楊幽舲。白雲不在天，碧霧欲沉水，一片溟濛盪成海。危瞻花路復百盤，瘦影先憐幾人在？時錢君偕崔夫人等先在。花光如月澹不分，松翠入户團幽芬。繞花百匝不知厭，可惜下有春人墳。時尋明張靈墓不獲。持千觴，揮百尊，不飲已慚花下人。來聞曉磬聲，歸及晚鐘動。春泥深深鞋没縫，十里回途花作衖。

贈崔三景偘二首兼寄哲兄景儀都下景儼劍門

客兒微子本齊肩，未向衙齋識阿連。今日西堂賦春草，懷人蜀道上青天。難兄執筆趨蓬觀，小弟裁詩壓綺筵。三處離愁一杯酒，夜寒聊與對牀眠。

曾訪疎梅徑石橋，錢郎度曲蔣生簫。謂錢大令暨蔣上舍陳尊。閒愁歲月過三十，如夢谿山似六朝。五夜衾裯交燭淚，一旬衣袂未香銷。穠春正好須歸去，且莫風前折柳條。

由净慈寺至龍井道中作

離湖始入山，一徑青裊裊。土風殊清淳，花比桑麻少。人家嵐氣重，屋角出青草。馬上人影高，窺林撫巢鳥。空外山雨來，方嫌出門早。

龍井小憩

昨夜月，沉前灣，朝來白雲不閉關。欸關僧少復誰伴，白鷺引客來前山。山巔一亭高百尺，峰後峰前勢相及。行人天外忽舉頭，一谷石奇都欲立。

冒雨尋三生石

一寺雨松梢，零天半樓閣。開青冥三生，寺邊石如屋。我坐剥蘚看題名，山空氣候殊難省，冰柱檐前燕巢冷。春風開徧半山花，尚有半山紅樹影。

薄暮至湖上小飲

行人乍離山，山色已如夢。回聽南屏鐘，薄暝數聲送。衣單思中酒，春醁喜盈甕。漁人蓄魚處，引水漸成衖。雙鯉欲飛時，全湖緑俱動。

錢唐舟次作

芍藥開雙枕，芙蓉刺裏衣。不知花是繡，蝴蝶上牀飛。

錢唐歸舟寄錢三維喬一首

昨來揖客津亭東，布帆如雲已挂風。春風亭前一杯酒，送客多于道旁柳。我行小别君遠宦，十艇接尾衝波寒。虎溪橋頭住經日，塔影亭亭對波出。全湖雨勢閣上來，放艇忽欲尋疎梅。梅枝高寒雨聲急。倒著羊裘雨中立。携花滿船夜不眠，花底裙屐皆神仙。時崔夫人亦偕往。我船載酒獨欲前，更有一艇嗚么絃。么絃初斷笛聲起，白鷺繞波飛不已。哦詩聲細出舵樓，更放健筆圖清遊。時方作《聯舟雅集圖》。快哉風帆不獲收，一日一夕來湖頭。湖雲正好湖月輝，惜爾遠宦余仍歸。五年回首别孤嶼，夢度江波逐君去。君行送我一惆然，何日更放梅花船。君不見，故人十輩多爲吏，誰爲梅花决歸計。

送楊大夢符至東平書院

巷南春泥深一尺，知爾欲行行不得。杏花枝頭春日晴，爾今别我有遠行。欲行不行奈何許，隔渡先聞唤船語。莊生莊四述祖。玉立北岸偏，瘦影已過溪橋前。趙家兄弟巷東走，拂盡垂垂道旁柳。沿溪送者三四人，日日痛飲酣青春。青春回首六十日，與爾同舟及旬月。忽然疑我欲作仙，著脚萬樹梅花邊。忽然疑我欲出世，百尺厓邊悟無始。看花十回月五回，更向西浙看山來。山花流紅照杯酒，碧月蒼茫墮湖口。兹行樂事無不有，十舫峩峩集良友。樂亦既已極，别亦不必嗟。劉安鷄犬亦同徙，羨爾一舫携全家。此時只憶城東門，桃枝李枝將放春。莊家笋足酒亦温，可惜眼底皆離人。時蔣大齊耀將赴選，盛二惇大入都補官，趙大懷玉亦有浙西之行。作詩寄癯崔，兼與瘦錢説。年荒花好難久居，我亦清明挂帆别。

花朝日訪袁大令枚江甯即出隨園雅集圖索題因賦以志別

生年雖後可不慙，圖中五君識者三。吴門尚書年近百，艤舟亭邊亦相值。沈文慤德潛。我讀尚書篇，已識袁尹賢。白門深秋一相訪，苦説詩人惟瘦蔣。蔣心餘先生。騷壇落落此數翁，若論文筆尤推公。圖中少年昔驚坐，陳州倅熙。此日鬚眉已如我。公前罷吏學閉關，却有謝傅遺東山。後先居山兩安石，公不争墩名自敵。翛然松竹倚北原，因憶主者名隨園。園本隋織造所搆，因仍其名。卅餘年來執牛耳，不到兹園名不起。公自言名士未有不到兹園者。偶然落筆貌昔遊，歲則乙酉時清秋。園林疎疎風屑屑，已覺尚書屐聲出。彈琴既無絃，垂釣亦直鈎。少年落紙不肯休，我見識是非常流。此詩此畫誰能逮，出筆都憐才蓋代。南北詩人十數公，卷中如莊滋圃、劉文定、尹文端三相公，暨錢文端、文敏、沈文慤、彭芝庭諸尚書，均已下世。僅餘一老稱前輩。山中訪客當花朝，擲我一卷如牛腰。止留紙尾盈一尺，寒夜乞我來揮毫。是夕，大令留宿隨園小眠齋。小眠齋外花光紫，窗前藤花甚開。讀畫讀詩愁不止。尚餘一客昧生平，掩卷來尋尹公子。圖中唯尹公子蘭未及謀面。

道中遣懷十首

月館風廊望若仙，眼花濃笑髮齊肩。讀書燈下匆匆見，此事分明十五年。

欲歸清漏已迢迢，忽覺沿溪笑語飄。風裏紙燈拈不定，暗扶絲柳過紅橋。

長廊轉盡欵幽房，鐙穗微紅月乍黄。天半忽聞金釧響，最高樓閣整衣裳。
私理銀瓶汲井華，個儂薄醉未回家。鸚哥欲睡人還立，團扇親拈自煮茶。
看星歸去已匆匆，早闔園扉怨小紅。嬴得夜深談往事，一雙人立雨絲中。
春波東去逕西斜，紅杏枝底户半遮。垂淚别他雙燕子，烏衣巷口欲移家。
酒温香膩乍魂消，月采冥濛隔絳綃。早有玉人傳細語，百花生日是今朝。
團團月扇放簾低，對面梳頭背面啼。故倩旁人説春夢，自來庭北剪棠梨。
夕望征帆已百回，糢糊明月上梯來。梨花一樹宵無影，却傍人人素袂開。
往事怔忪一夢中，欲緘清淚寄東風。可堪行到無人處，一樹桃花著意紅。

秦二世泰山石刻止存二十九字在泰山碧霞元君宫乾隆戊午年復燬于火搨本甚少今夏黄州倅易搆得一本寄孫大因爲賦之

昔者東海神，照見泰山火。惜哉篆法存，竟值炙燔禍。神人嗜古理則同，急雨已下元君宫。碑雖不存紙本出，光焰尚燭秦封中。我聞漢家重六經，丞相半武夫。秦人棄詩書，當國悉大儒。咸陽門邊《吕覽》收，泰山碑旁斯篆留。一摩巨石衝天上，一抱遺經入黄壤，爲陵爲谷倘有年。碑石没地下，遺經出人間。經學既大昌，籀法亦可窺。人摩一本日觀寫，豈數丞相東封碑。斯言雖狂由激發，且實斷碑臨萬札。君不見，欲將一字比一星，二十八宿應添伐。

童上舍鈺所藏晋太康五年買地莂歌

大男楊紹買地莂，太康五年歲在乙，文云九月廿九日。黄滕闞澤北瞰湖，古名今地勘不符，今爲山陰十七都。明嘉靖中，山陰十七都人耕地得之。乾坤六合甫歸一，日月四時須作質，瓦尾更言如令律。可憐青蓋飛前年，四十三郡登降牋，當時曾不費一錢。太平土價高于玉，買土爲墳傍山麓，四百萬錢稱賤鬻。土公當日疑有私，賣地不與天公知，故列證佐詳年時。前孫吴與後司馬，刼後山川餘片瓦，光欲流虹手難把。童君好古無一田，一瓦乃直二百千，抱瓦日向高齋眠。瓦文棱棱六十字，不及質君真恨事，采入晋家疆域志。時著《東晋疆域志》適成，莂中黄滕闞澤諸地名，悉采入山陰縣下。

青門送別圖爲史上舍善長賦即送歸吴江

渭城西去青門東，古今送客愁不同。咸陽原邊馬行少，只覺客從東去好。去年别青門，今年客梁園。梁園爲客忽不樂，放眼歷歷思秦川。幾年君向何方住，君久客甘肅。却望秦川作歸路。貪看削雪萬重山，行到斜陽最西處。東西歷盡詩一囊。已抵陸賈千金裝。吴江楓落句雖好，何似變體吟伊凉。讀君詩完飲君酒，七尺憐君好身手。塵衣浣向海東頭，飽看日上滄溟流。

送邵祕校晉涵入都補官

君行不得行，一尺大梁雨。流潦衝夷門，街泥積如許。大梁雨足欣有秋，君雖不行我夷猶。廿年三度與君別，被酒歷歷追前遊。逢君乃研經，逢君乃注史。當時苦説兩少年，只惜黄郎已前死。仲則。騎龍弄鳳戲里閭，斬蛟射虎節不拘。性情至此忽一束，細校科斗牋蟲魚。讀書識字居然異，長句猶能矯奇氣。大龍山下别君時，千六百言君倘記。辛卯、壬辰，與君同客安徽學使幕後，于懷甯城下相别，各爲詩八百字以贈焉。壬辰三月上巳筵，江水樓詩一篇。我歗白袷方詠月，君著宫錦行朝天。長安米貴居偏易，蓬觀爲君著書地。宣南坊外三斗塵，一客入門驚故人。故人久别儀容野，日倚陳編與傾寫。已看貴紙寫南都，君時著《宋南都事略》及《爾雅正義》。尚少築臺名爾雅。十年哀樂事亦同，往往相左紅塵中。丙申夏君奉諱南歸，訪余于里門，不值。是年冬，余亦遭太孺人憂，及甲辰春入都訪君，又于三日前奉太公諱南下，不及見矣。梁園握手亦意外，濁浪飽吸餐炎風。河流拍枕朝難醒，官燭燒殘夜忘永。蠹魚窺客客不知，雙鬢都垂二毛影。盤盤萬卷縱堆窗，只覺逢君氣早降。禮堂若寫羣經定，君署南江我北江。君據《漢書地理志》許君《説文》，定分江水從餘姚入海，因自號南江。余亦據《地理志》毗陵「北江在北，東入海」，因顔其草堂曰「西蠡北江」云。

黄州倅易得漢石經尚書論語拓本殘字共一百二十七因自繪象于後索賦一篇

陳留中郎真大儒，六經能以一手書。一手書後萬手模，太學門外車填衢。闢堂皇皇三百尺，日月入之光欲奪。當時共喜聖籍尊，可惜偏遭漢家末。碑成不遺贔屓馱，預恐識字驕黿鼉。惟應儒者得觀覽，證以師説無差訛。六經之文萬萬古，水濡火滅均可補。周篇秦已值祖龍，漢刻晋還逢石虎。《水經注》：「石虎載經于陜津沉没。」大河左右地可觀，掘土尺許皆琅玕。魏安僖冢逸書出，唐御史府遺碑傳。宋初開地唐御史府，得石經十餘石。此經此本誰所拓，疑古疑今日詳度。八分縱異石室體，一字已勝稽山閣。《論語》碑較蓬萊閣刻本日誨下多一女字。黄君是年三十四，尺璧換來殊不易。賞音不啻爨下材，寶墨尤逾枕中祕。吾儒策勳亦可咍，詎有麟閣兼雲臺。研經半世貌逾古，畫像且復登蓬萊。虛堂六月消暑色，且借此碑讎《隸釋》。中郎中郎不能值，我見虎賁三歎息。

送沈秀才思詵回浙中就試

三日檐漏聲，正慮大河決。沈郎馳征車，乘此踈雨歇。一奴鬢蒼然，一馬色驪栗。亦有酒一杯，迎門且言别。歸裝不憂儉，萬卷深壓轍。八月天地潮，排空試詞筆。吾鄉窮令尹，錢大令維喬。望我一書切。軍門亦吾友，陳提督大用。天上吹觱篥。君行倘相值，定復詢消息。爲言頗善飯，暇即耽著述。去去弗復遲，沿途有新月。

吴大令錫緯以二月抵大梁即奉檄勘賑西平遭疾遽卒亮吉等斂金相助至九月旅櫬僅乃得歸率賦此首哭之

夙交君叔暨賢昆，予與君季父祖健及仲兄繼緒素相契。相識方欣萃一門。濟水南來曾鬥酒，辛丑夏，予下第，偕崔吉士景儀赴陜中，時君在臨清榷署，留飲一日。大河東去與招魂。夢爲蝴蝶同飄忽，昨夢君及莊同年選宸，莊爲君表弟，時下世已一年矣。生與蜉蝣競旦昏。更向邗溝尋舊侶，十人今僅兩人存。君所居枕邗溝，巷東西最長。予童時舊相識，如錢伯謹、仲默、升之、守之、唐介石在兹兄弟、孫思雍布衣、潘章叔上舍，二十年來先後下世，今存者惟君叔暨錢樹，參明府二人耳。

送汪秀才椝堂歸錢唐

琴堂曉日列長筵，執卷呼名始得前。君尊人邦憲，曾令陽湖。予始應童子試，即識君。我傍土牛依砌下，君騎竹馬出簾邊。論文尚記三千士，時二縣應童子試者至三千人。此事多應二十年。今日送君惆悵甚，使君墳草已芊芊。

喜楊大芳燦至大梁即送入都

十年復一面，萬里各在胸。重來酒壚邊，恨已無黄公。謂仲則。我方强仕歷九州，尚恨未極天西頭。君才早宦原非過，僅得一城如斗大。花門𪖙面昨負恩，城大如斗真思吞。升平本乏邊塞績，小醜乃建君奇勳。

手揮稜稜萬言檄，左手更兼能殺賊。城頭一矢落一人，餘者不敢來争門。飄然望君一千里，時予客西安。日讀軍書爲君喜。丈夫事業豈偶然，頗恥僅以文章傳。等身著述亦何有，我抱壯心看北斗。涼秋九月集大梁，左蔣並在甯辭狂。時左孝廉輔、蔣上舍青曜適皆以事至。此時頗復憶孫楚，謂淵如。爛醉尚滯華陽岡。眠遲消盡雙紅燭，别久話多還抵足。尚書愛客知客狂，夜勅齋厨餉醽醁。一旬送爾城南臺，倘得殊擢君還來。君不見，吾徒會合真無幾，更隔十年愁老矣。

乞梅詩投左二

故人齋畔樹，植我小池東。他日花開處，如君笑口紅。疏池貯科斗，搆石帶莓苔。預恐秋窗寂，先移春樹來。

卷施閣落成偶賦四首

我非一世人，世味本無泊。中年感孤露，顧影失棲托。故巢有時歸，戚戚寡歡樂。妻孥中道合，久對面生怍。衣食粗已完，聊爲事疏鑿。閒身置天地，非可自菲薄。臺佟忘世事，幽賞寄巖壑。藉此山一房，寥寥通五嶽。

晨涼始讀書，午倦亦展衾。昔夢既爲昔，今夢成其今。夢醒理未殊，安得分戚歆。昨者疏一池，貯水不欲深。安知旬日間，不復成雨霖。閒門晝常闗，石古苔氣陰。積卷貯石旁，一詠兼一唫。掩卷忽憮然，此意難復尋。迷陽花斷腸，卷施草傷心。傷心以名閣，淚下霑衣襟。

東鄰啼鵓鴣，西牖蟬噪柳。忘機一延佇，物態欣有偶。兹晨風日好，爲具約吾友。豐歲慶有期，先秋富菱藕。雛童識南北，欵户速誰某。齊年居七八，大者顔未叟。各各徵所聞，居然足談藪。傾觴及終日，僅足盈一斗。中坐或嘅然，年前失黄耇。

昔者慕著書，鉛槧二十年。傳世難預期，庶足慰目前。前年少尹亡，黄仲則。檢討疾亦綿。孔撝約。惜哉同心人，生命均不延。初日照屋閭，神澹不復眠。偃仰萬卷中，有若田大田。注史忘歲時，炎暑忽已遷。一雨斷往來，展卷晤昔賢。餘事非所營，庶以全性天。

七夕獨遊放生禪院兼至楊氏宅訪友有懷進士倫武昌

一院千聲出，風蒲葉葉秋。怪雲都上殿，野水忽平樓。石徑歲逾圯，禪堂昔未遊。夕陽真有意，穿樹到東頭。

九株松檜緑，遥識草元亭。鄂渚客偏久，山房昨已扃。欵門逢地主，佳節指天星。正好涼汀坐，相攜采素馨。

初八夜蔣太守熊昌招同人小集即席賦贈

久别真憐廢過從，舅家庭樹尚葱蘢。所居本余從舅氏故宅。樽前秋思催春燕，天外晴雲挂雨龍。安志約僮删徑草，閒心邀客門詞鋒。狂唫痛飲都成慣，不管前溪渡口鐘。

冒雨

行人未歸處，雨點黑如鴉。細路獨三里，秋原餘幾家。魚梁入波冷，荷徑送香斜。爲有年時舊，留賓過水涯。

郊宿

破墻南望處，十里月空明。秋露洗逾緑，殘鐘敲更清。樹疎凉意定，塔古夜光生。不覺心神寂，寥寥夢未成。

夜起

水南一燈明復昏，欲歸不歸夜向晨。秋花如拳挽行客，月露似眼迷歸人。流螢出門光乍小，徑密人行復披草。却到橋西憩石欄，寒鴉噪客來何早。

早行

曙鴉聲一片，秋露洗高原。暗影驚谿樹，迷塗出毁垣。磬疎分寺塔，波響涉泉源。略彴危如此，松梢手欲援。

紅梅閣小憩

野人愛郊野，近郭行半里。紅樓出林梢，星壇人雲裏。因緣開北牖，半日坐難起。秋圃黄金花，空潭赤文鯉。

東郊憩劉氏花圃

出郭閒行閲歲華，風光偏足野人家。凉生碧玉參天樹，秋到黄金布地花。小閣四圍巢燕棟，夕陽三面響魚叉。林園不欲窮幽處，留與閒時共鬥茶。

飲酒十首

人生天地間，各各私所有。未知室中物，屬客百年否？百歲非可期，得半亦云久。萬事取目前，沉沉飲吾酒。

憶從墮地來，不識天上事。同儕應念我，久别及一世。飲酒或夢之，時時致沉醉。寄語區中人，無爲擾余睡。

嘗嫌生世遲，千載隔鄒魯。不知更千載，我又成太古。詩文代相祧，視我即鼻祖。所以勤著書，空言不無補。
作客二十年，衣食知其難。卑身與周旋，不敢忤世顔。人事既以希，飲酒輒閉關。頗哂一世人，苦説不得閒。
性癖喜獨尋，不避邱與壟。高原何蕭蕭，愛此木已拱。要知百年後，行者皆接踵。春到骨亦知，柯條節間聳。
涼蟬飲清霄，下者口亦啄。物性饑渴同，飲酒人所獨。神明頓通徹，味乃勝食肉。所幸吾已多，東鄰酒家屋。
黄生苦不達，飲酒或酒悲。孫郎庶通方，量復與興違。吾皆與之交，泥飲輒不歸。一死一别離，行當徹尊罍。
秋聲來無時，當户鳴蟋蟀。夜短心甚長，沉憂逮朝日。卑身處天地，非敢計家室。百念集一尊，傾觴亦將噎。
客有一寸心，抱此亦云久。妻孥不能知，庶可喻良友。悠悠二三子，悼歎莫吾偶。一世乏賞音，吾將寄身後。
前日無好懷，昨又寡勝侣。今晨心賞至，檐外忽風雨。蠟屐雖已携，塗泥積如許。感此復閉門，終朝杯獨舉。

將至烏鎮率成二首呈崔通守龍見

我騎竹馬甫成童，緑野堂開識寓公。壬午歲，于錢文敏公第中識君時甫成進士。裁句早甘牀上下，飲泉今徧浙西東。君歷署金華處州及烏鎮同知。雲霄事業看兒輩，謂長君編修景儀。夫婦神仙艷里中。若説通家較清切，伯孫榻畔拜扶風。

蹤跡愁邊與病邊，放懷應不受人憐。中郎才筆推前輩，太傅門墻記往年。謂錢文敏。威鳳羽儀終就日，成龍腹尾盡升天。淮南賓客如相問，只我遲回懶作仙。

四鼓渡鴛脰湖

三更涼月侵，放棹復幽尋。客念此時寂，鐘聲昨夜沉。露翻千葉白，雲定半湖陰。只有閒鷗鷺，能知天地心。

夜話贈蔣上舍陳尊二首

秋樹齋頭夜氣深，故人久別話升沉。黄金市上空求骨，白雪尊前孰賞音。循吏幸依崔不意，君客崔通守署中最久。專家應學董無心。時訊董孝廉思駉消息甚至。年來絶業誰能識，撰到清風與竹林。

二十年前共閉關，白雲谿上著書閒。曾拋屋畔撈鰕渚，君有别業在鸖蕩，近屬人矣。却買州南射虎山。君尊人近買宜興縣南山數十頃，云十年後當獲其利。別日壯懷應少減，故家生計未全慳。何時得遂幽棲志，擫笛風前與往還。

新正二日太倉毛州倅大瀛招同鉛山張上舍舟歙方上舍正澍無錫鄒公子恩三山徑探梅即席賦贈六首

昨來世事繁，今晨賞心果。甯惟市塵絶，十里斷烟火。行盡落葉聲，寥寥花數朵。

衡門當道左，客至主人辭。園林非一所，樓閣掩經時。開傍宜春帖，離離紅亞枝。

合牖敞風櫺，離堂開雨宴。陰晴花氣殊，深淺雲容變。猶斂向南枝，將無待春燕。

疎香不到處，山水足清華。曲澗流時斷，幽巖路忽叉。閒心聊點筆，元日詠梅花。

雙筵既藏鉤，獨客時唫句。淺醉已學狂，欲歸猶未許。且上百尺樓，簾疎試春雨。

居然人慕藺，毛君字又萇，故云。亦有字同楊。方。布霧方誰學，談天口乍張。無爲勤遠送，揖別此花旁。

初二夕宿漢口聞爆竹聲不絶

漢水入江處，東西一道斜。五更喧爆竹，十里散飛花。已破早梅萼，還驚徹曙鴉。聊應當鄉語，淺夢乍回家。

確山贈金同年朱楣

故人爲此縣，幾載有賢稱。隱几書三尺，當門嶺數層。雨肥山郭薛，風瘦驛樓燈。馬亦諳清況，銜寒只飲冰。

元夕宿尉氏贈張大令大鼎并寄徐州倅書受

去歲中秋永，去歲中秋日往武昌，道過此留飲。今年元夕寒。兩回明月好，都向此城看。邑宰幸同譜，盤餐聯素歡。遥憐徐騎省，雲外倚闌干。

朱仙鎮元夕

郾塞逢人日，朱仙值上元。殘燈依半壁，春夢入中原。月直危樓影，天連野燒痕。明朝騎馬去，又過古夷門。

洪兒歌爲徐同年書受賦

尚之三十後生子，乞余命名。余舉前人之例，名以余姓，而以余名字之，曰孟吉，則因其庶長也。並作是詩。

昨來欲訪夷門雪，獻歲發春才十日。故人舉子乞我名，我名故人子不輕。我年始十三，六經都過目。書堂學咏新月詩，得句先令輩流服。爾來卅載饒憂患，文筆天人倘堪贊。我老雖慚晋始興，兒行何減吴元歎。字之以吉名則洪，富貴或過我，文章止期同。白雪谿北餘環堵，我有三兒健如虎。架上盤盤萬卷書，他時一半應分汝。

董生詩贈董上舍達章

董生賦吴山，指上立采虹。董生賦南海，舌本翻龍宫。我知董生由趙左，趙大懷玉左二輔。不識董生才過我。我詩往復頗不窮，不及董生句更工。我文亦饒氣，不及董生律尤細。董生知我我不知，直待頌偏千篇詩。袁君愛巧大令枚。徐愛真，徐大書受。二者生筆皆能臻。不然何以天風海濤相間鳴，亦復雜出紫燕百舌黄鸝聲。董生三十無世名，我吟一篇見者驚。還生詩編生自省，我在何能壓公等。

閘官詩

徐上舍均爲言：乾隆壬辰年，其尊人某，官邢台令，没于官，喪歸至臨清，大風覆舟，一妹三奴盡斃，惟均子甫四歲，憑棺蓋得免。時奉天何士錫爲閘官，爲出錢募役，得曳柩出水，四人者皆爲槀葬，又賃屋居生者，數月，均甫自邢台至臨清，得奉喪歸。暇日爲余述其詳，余感何君之義，爲賦此篇。

臨清閘，閘置官。閘官閉閘方一日，忽見天上來浮棺。浮棺誰？舊令尹。急溜失風船没板，一女數奴魂不返。漆棺浮處沉四屍，棺頂乃復憑嬰兒。漕船岌岌下水來，大聲呼閘閘不開，閘不開，衆皆詈。閘官倉皇掉其臂，三百閘夫聲若沸，曳棺出水兒亦蘇，魚腹奪出雙亡奴。漕船不前漕卒怒，拍手大言官得賂。閘官甯受取得賂名，爲德不卒非人情。奴行烘衣兒進粥，更爲羣棺賃雙屋。周巡一日至數回，越六十日喪方歸。君不見，何閘官，救人出死力，送喪淚尚垂棺側，竟與棺中不相識。

濟源謁濟瀆廟作並寄錢州倅坫西安

我昔尋淮源，騎馬至大復。濟源今始訪，尚未及王屋。馬頭星落日未光，天半忽然落太行。山形西上水東下，中有百里雲之鄉。雲鄉萬畝收常最，水鳥鷺絲時作對。開門飲水性不浮，頭上白雲還可戴。尋源入廟得數潭，酌以木杓殊清甘。坐思地脉出靈異，更有一源穿寺南。延慶寺西南有一源，俗名海眼。藻萍静覺微風起，那識泉流及千里。不是天青落眼前，都疑赤日行潭底。殿頭斜交松栢風，碑頂錯落填青紅。九州三瀆得配食，北海一神成寓公。廟後祀北海神，又有三瀆殿。水光沉沉走靈氣，飲水況兼知水味。點波縱乏魚眼紅，入饌復添萍葉細。土人以萍葉作羹。雛童道我行不休，出廟遠看珍珠流。土人指點復非一，我卧欲向山南遊。斜行卅里無平地，石觸馬蹄如斧利。車箱側坐作一篇，聊當西尋濟源記。我有故人官故京，萬言能辨濟爲滎。州倅以《爾雅》濟爲泲爲滎字之誤，置論甚辨。何時並馬入河滸，應訝蔡河原號楚。

延慶寺

向西行一里，側耳水潺湲。古寺埋荒草，春風被北原。上樓迎雁過，遠樹避禽喧。欲抑飛揚性，時時酌水源。

盤谷寺

日斜來谷口，新月正東升。石壁餘千仞，空山衹一僧。品泉殘雪淨，當竈白雲蒸。照我歸途好，寥寥塔上燈。

盤谷寺東山墅題壁

我來百級盤空砌，一樹臘花香蓋地。寺中臘梅一株，花朵積地寸許，香尚郁烈。出門正值過嶺風，半里疎疎挹香氣。此山泉水不出山，曲折偶落幽人闌。泉流落處閣飛起，更向天半支紅闌。閒心欵户還相揖，一馬一奴催去急。臨行偶展几上書，窗外白雲如鶴立。

盤谷寺道中

盤谷路屈盤，怪石都欲齧。馬行既傷蹄，騎馬復傷膝。馬鞭苦不前，奴亦涕垂尺。當其勢倉皇，天頂作深黑。天黑未黑幸有星，松櫟百樹流空青。入山行遲出山急，馬上別山聊與揖。

宜溝行

宜溝驛中逢節使，三日馬蹄聲不止。衝途驛馬苦不多，役盡民馬兼民騾。民騎不給官家食，更要一騎增一卒。馬行三日力不支，馬病乃把民夫笞。長鬚壓後尤無忌，急還官騾訪官伎。民田要雨官要晴，一日正好兼程行。車前輿夫私歎息，曾與此官居間壁。官前應試苦力疲，百錢得驢詫若飛。君不見，人生貴賤難如一，不是蹇驢偏有力。

夜過漳水橋

十里平沙兩戍樓，薄寒衣上點春愁。行人莫問銅臺事，漳水如今入海流。

自錢唐放舟至上虞即寄唐大令仁植嵊縣

我抛西子湖，來訪山陰月。山陰道上夜不眠，明月都疑古時雪。古人何太閒，今人何太忙。四明山色笑人久，狂客一去誰能狂。山陰舊友無人到，還訪山陰昔時廟。巢梁秋燕忽翻飛，螢火遥遥出門照。山前月緑山背紅，十里燈火連青松。神簫法鼓聽不足，水面黑已摇靈風。北山雲暗誰能見，星點如萍落波面。枕中秋夢爾許長，船上月痕移一綫。我思訪友至剡溪，故人手版歸無期。曹娥江水秋轉緑，話舊還來此江曲。天台山連天姥青，舊遊十載難重經。偶然雲朵錯江上，訝落十二芙蓉屏。道旁峩峩孝女碑，當日偏遣兒童爲。閒繙榻本坐船屋，落落可笑時無才。自非賀季真，誰識李太白。我羞黄絹詞，祇憶錦袍客。詩成絲雨忽下汀，屈指明日秋當晴。會須散髮飲官酒，百尺樓上眠秋聲。

湖上看雨

雨聲不著地，惟走松栢梢。山風颯然來，時時撼鴉巢。歸鴉點黑雨點青，星出復没天冥冥。樓高百尺陰晴變，山外月明山裏電。

湖上坐月

闌干既戀月，月亦戀闌干。十二回廊内，無人徹夜看。青天沉沉黑雲破，時見東山鬼燐火。星沉月落雨一天，闢牖更枕荷香眠。

湖上夜起

背山十里行何遲，沿湖草香人不知。草根螢火草頭露，照客歸夢三更時。紅疎緑暗誰家宅，十二曲欄眠獨客。開門無意望雲山，秋水連天月華直。

韜光精舍

山頭戴屋屋戴山，山上又復開禪關。斜行百步路深阻，飛鳥不到人應還。竹梢垂垂栢陰直，一徑夕陽紅欲没。雲深草暗不見人，蝴蝶花開四山碧。

山陰舟中

四山圍一澗，流水不能東。青草添波緑，高雲映樹紅。挂帆零竹雨，啓帳引松風。已覺衾裯薄，寥寥秋氣通。

夜坐

三更人意定，風竹自敲琴。樹樹月華直，峰峰秋氣深。海雲當户落，齋磬隔烟沉。莫飲寒潭水，空明此夜心。

中秋詞

樓上月，疑尋人，穿户南北還當門。墻頭花，欵伴客，覆屋高低復窺隙。秋棠軒北待月華，出户小語聞呼茶。蓴絲如指藕如臂，齒冷怯進西園瓜。池臺左側闌干右，隔巷萬燈輝若晝。琅玕鎖徑不一開，坐久竹風涼逼袖。三更月暗絲雨飄，約伴溪北行三橋。走橋人多不相省，獨向橋心鑒春影。

錢三維喬以桃花卷子屬題時錢新室將落成因作長句貽之

春風百萬花枝旁，桃花李花能不香。桃花紅紅李花白，誰比春風好顔色。昔人飯桃三十年，顔色姣好都疑仙。人生駐景亦虚語，聊取玉貌臨風前。披圖一人美無度，緑鬢猶留《遂初賦》。東邗溪北斗城南，欲種桃花閉門住。一株花開千，萬株紅蔽天。卷圖忽忽念疇昔，此景只有南山邊。牛頭寺古慈恩側，雲欲不紅何可得。君今臨水築新居，縱不栽多亦當百。春風一吹香半空，隱几如坐南山中。半城鶯燕在何處，鬧氣只掠花西東。初陽入樹光淩亂，一日風光百回换。尋常客至門不開，祇許鄰童上墻看。我家亦傍溪水隈，桃無一株愁舉杯。豈徒鶯燕不相訪，蝴蝶絶少窗間來。與君衔東西，屈指月三五。携樽來遊莫相阻，我今題作桃花塢。

楊秀才嵎谷漁樵問答卷子

聖不自聖何其謙，執射執御無能兼。儒羞爲儒亦何意，欲漁欲樵誰者是？方其學爲樵，不識世有淵；方其學爲漁，不識世有山。用心可一不可二，君意胡乃雙相關。我知終日樵，薪復不盈束。何以贈君？爲君歌伐木。終日漁魚，復不上竿。何以贈君？爲君詠忘筌。吾儒之道無不該，況乃二者當優爲。樵夫笑士匪無謂，漁父鼓枻何悠哉。君家家法爲儒好，天禄可讎元可草。堯夫《經世》吾懶觀，復恐誤爾儒爲禪。

有入都者偶占五篇寄友

孫比部星衍

自君居京華，令我懶作詩。作詩與誰觀，誰爲定妍媸。一篇偶賞心，世論不免嗤。一篇牽率成，俗賞反在斯。我雖不敢言，得失我自知。唯我與子心，膠漆難喻之。我工子開顔，我拙子不怡。非惟字句間，兼爲審篇題。前寄袁尹章，枚。昨答汪叟詞。蒼霖。上皆有墨瀋，由君指其疵。或時作一篇，我心如亂絲。置君于我旁，紊者即以治。别君居三年，作詩少千首。以此厚怨君，君能識之否？

邵校理晋涵

自君居京華，令我懶著書。一義偶有疑，捜篋復發厨。不然在君旁，理藴已畢抒。問一必答三，背誦若貫珠。君疏《爾雅》篇，訂正五大儒。使我心上疑，一日頓掃除。君師錢少詹，大昕。精識世所無。吴門及錢唐，復有王鳴盛。與盧。文弨。皆言此書傳，遠勝唐義疏。盧爲校三匝，誤字一一鋤。惟嫌體清羸，力疾廣授徒。《穀梁》疏倘成，《孟子》義定乎？别君居三年，我書不盈尺。以此厚怨君，君行亦當識。

章進士學誠

自君居京華，令我懶作文。我前喜放筆，大致固不淳。君時陳六藝，爲我斧與斤。不善輒削除，善者爲我存。儀真有汪中，此事亦絶倫。藐視六合間，高論無一人。前者數百言。並致洪與孫。勗其肆才力，無徒嗜梁陳。我時感生言，一一以質君。君託左耳聾，高語亦不聞。君與汪論最不合。君于文體嚴，汪于文體真。筆力或不如，識趣固各臻。別君居三年，作文無百幅。以此厚怨君，君聞當瞪目。

管民部世銘

自君居京華，令我懶詣人。詣人或有忤，時時致紛紜。誰能爲斡旋，並復正色論。我病非由他，半或飲酒醇。君齒逾十年，戒之每醇醇。畏此一尺面，嚴冷無陽春。我交有趙莊，懷玉、述祖。我交有楊倫。數子亦獻規，使過不敢文。餘人非不言，言亦或不聞。言豈有不同，數子愛我真。前時傍君居，藉此得束身。傭書蘭臺中，得免一世嗔。別君居三年，酒失屢自懺。以此厚怨君，君行倘相念。

汪學正端光

自君居京華，令我懶入山。君雖不能遊，喜我窮躋攀。陟險慮我危，懸樹驚我頑。嘗坐白石邊，静日待我還。復恐相背馳，時唤林壑間。每挈酒與肴，解我饑渴顔。共艇泛釣臺，同車出昭關。七十二盤嶺，三百六十灘。時登仙人峰，時上毛女壇。我狂不可遏，藉子爲捉攔。不然險上天，失足性命殘。紀遊實雄奇，君誦皆循環。別君居三年，過山亦不詣。以此厚怨君，君時當一嚏。

酬崔太守龍見時攝處州守

萬里歸來攝一州，桃花嶺畔使人愁。松杉密處稀耕隴，麋鹿閒時滿郡樓。到海怪風聞尚懍，愛山狂客記曾遊。丙申秋，從王學使至此。官清何事忙偏甚，幾許新詩落案頭。

寄崔三景偘三十二韻

昨來遊西湖，兼爲訪君病。迎門一相見，坐語不能竟。欹臥六尺牀，朝曦與相映。紅窗闔兩扇，尚畏曉風勁。藥物貯枕函，醫嫌不符症。復言昨携燈，失手不持柄。燈燼誤拂眉，瘢痕額間釘。君雖顔色瘁，玉骨尚精瑩。竹扇揮不停，羅衣最娟凈。神清能照物，朗若玉爲鏡。榻畔數册書，拋殘未裝訂。爲言是君集，偶亦取諷詠。雲箋蒙四壁，愛好實天性。翡几插白蓮，秋桃花亦倩。朱魚貯甆榼，水淺喜游泳。憐余欲稍憩，深室早除摒。阿母喜客來，開扉急延請。齋厨戒葷殺，蔬筍搬欲罄。銀梨手中擘，緑果盤内飣。傾觴復携榼，一一催使令。憶昨握别時，君妻尚初聘。今聞娶盈載，嫵婉並能敬。君兄持玉節，失喜早相慶。仲子昨有書，潛修怕奔競。惟君忘進取，所喜達時命。晚挈臥具來，紗厨放端正。辭君不可得，連榻話宵静。絮語不覺長，疎疎佛樓磬。雖癯談尚劇，使我醉時醒。一夕話數年，奚奴隔窗聽。松櫺移影徧，殘月復窺徑。明發倘别君，重來尚難定。

九月念一日自府東街醉歸由迎春橋取空闊處玩月歸舍喜而有作

我從缺月看至圓，復自月圓看至缺。其間何夕最賞心，初八十三今廿一。月當八日剛上弦，日午已挂城樓邊。私心催送夕陽去，好透清影來窗前。十三此夜清輝好，遠挈幽人踏衰草。是日偕錢竹初、莊廷叔，飲趙味辛宅，酒後即偕味辛兄弟自雲溪步月，東折至葛仙橋始歸。趙家樓上千盞清，縣尉衙前百燈皎。今宵無意復出遊，坐客失喜相攀留。是夕值州守余存謙招客，因拉入坐次。主人初歸萬餘里，塵面未洗邀朋儔。歸途正值如圭月，照我城東堞樓隙。沿溪寂寂總閉門，剩得清涼沁肌骨。我生愛月歷八州，月色無異殊歡憂。中間多病復沉醉，誰肯徹夜懸簾鈎。少年二八還三七，得月不眠眠若失。古巷迢迢走欲窮，高樓漸漸看將徹。出門漸遠月漸親，千里對月如鄉人。幾回愁苦向之説，高興亦引同清樽。海門浩渺江流兼，看月出波還没浪。萬斛清光一葉舟，誰言我不居天上。蓮花峰東玉女盆，十五十六無黄昏。齋心曾向石壇坐，百怪看月來松門。嵩高夜色尤無匹，霜一層蒙尺深雪。緱山明月向南來，三樣寒光一時結。東西南北遊萬場，祇恨不上天中央。我疑青天月色不及此，有若鏡面皎潔鏡背無輝光。看殘月慘新月歡，百歲月止千回圓。尚嫌平地住時久，起處落處不得一一窮其端。我詩被酒尤清快，説月還愁衆星怪。夜深説月更有神，引得一番兒女拜。

爲史秀才次星賦焦尾硯

硯才係端溪石，閩江舟人以支茶竈，史君客閩時，出錢三百易之，其半尚焦，後琢爲硯，因名曰焦尾云爾。

昔有焦尾琴，今有焦尾硯。山中木石豈有知，不遇才人不能辨。琴來爨下五尺長，此亦日久支茶鐺。磨之三日故紋出，洗以海水逾清光。端溪僞質今無限，此石故應稱舊産。有時携向沸水旁，蟹眼尚侵鴝鵒眼。史君才大不可量，携硯歷涉天南方。興來草辨漢赤壁，否亦或賦秦阿房。草堂他日吾當識，匣以紫檀時拂拭。人生皆作如是觀，爛額焦頭稱上客。

偶成

情懷苦被藕絲纏，時醉時眠亦偶然。誰向西窗唤人醒，一房春夢碎難圓。

卷施閣詩卷第九

西苑祝釐集（庚戌、辛亥）

萬壽樂歌三十六章 并序

臣謹按，唐臣元結有《補樂歌》十章，白居易有《新樂府》五十篇，類皆言簡意深，可以播于樂章歌曲。臣嘗慕之，伏見我皇上御極五十五年，仁如天，弘如地，舉凡廣聖極神，謨文定武，類非形容所克盡致。今者恭值八旬萬壽慶節，臣幸得擢巍科，備員詞館，自正月一日恭讀恩詔以後，親見皇上敬天法祖、勤民察吏諸大政，足以度越百王而垂則萬世者，已不下數十事。輒不自量，謹依類撰次，爲《萬壽樂歌三十六章》，非敢斷元白之逸塵，亦庶乎衢謠壤詠，得附本朝樂章之末云爾。

元日詔第一

上章之年月初建，旭日初升太和殿。詔宣宗伯上玉墀，二十二條宣讀徧。九門以外齊歡呼，一日數驛馳郵夫。殊恩豈獨神州内，普錫還教外藩逮。遐哉上古迄漢唐，三千年來無此祥。皇皇天語真堪述，每遇庚年輒逢吉。

讀實録第二

作者聖，述者聖，天命元年逮雍正。我朝開國值泰交，百八十載如一朝。夜向晨，讀《實録》，玉檢金函日三復。人言帝治超軒鴻，岢師三祖及二宗。

巴勒部第三

巴勒一部，遠在西徼。酪食漿飲，同時獻表。云敬大皇帝，如敬佛三寶。珠瑟瑟，衣班班。道畢拉，兼烏闌。哈哩薩野先稽顙，巴拉八都還合掌。

坎扒窪經第四

樹頭椶高五六丈，其實纍纍花可釀。葉名貝葉取寫書，一葉百字如聯珠。梵經不到西南部，以意作經遂四布。國基既兆立普哇，傳經亦名坎扒窪。坎扒窪經有義，不歸佛法不歸僧，只願歸依大皇帝。

貢子象第五　南掌所貢

貢子象，貢子象，人面刺花人性獷。遠邦百載名老撾，左佩右佩皆雕瓜。别乘數象來中華，不嘉遠物嘉誠效，特敕象房增俸料。

春燈詞第六

昆明湖水連天碧，萬盞燈煇一天月。臨湖亭上看春燈，魚龍曼衍從東升。春燈詞接春帖子，遠自乾隆丙寅始。辛壬以後皆八篇，却與卦象同綿延。生生不已真堪卜，今歲自隨還至復。年年歲歲游豫同，誰識義藴陰陽通。宸篇下計歸政日，却合伏羲全部《易》。

普免租第七

免錢糧，免漕糧，四次兩次看謄黄。今年詔下恩尤厚，普免正供由萬壽。三分減一十減三，前史盛事何庸談。大農錢粟雖頻散，耕九餘三積儲慣，户部銀仍八千萬。

殿勤政第八

夜未央，乾清宫中燭煌煌。日將出，勤政殿前傳警蹕。機庭綸閣三兩賢，日或一再瞻天顔。萬幾當晝皆周徧，七品宰官多引見。法官御苑名總同，行在亦復懸堂中。江甯行宫有勤政堂。讀書若以今方古，隻日視朝何足數。

續石鼓第九

太學中，周石鼓，二千年來石文古。若將一字比一篇，却合《關雎》及《殷武》。石鼓舊存僅三百十字。親加排比較短長，重刻十石陳堂皇。舊者藏庋珍球琅，流傳至久還堪數。周宣中興製石鼓，乾隆萬壽年春補。

八徵璽第十

古稀天子古已稀，復越十載符貞期。重華宫中製聯句，既壽永昌猶泛語。嘉名肇錫得未曾，璽章特與鐫八徵。石經若舉殷宗例，享國百年重製璽。

五福堂第十一

萬年天子兮，萬年觴，五代元孫兮，五福堂。儒臣歷檢明宋唐，得者六輩錢吴張。士夫獲此慶已長，帝籙從未膺斯祥。膺斯祥，由慶洽，十一世還徵玉牒。

釐四部第十二

四部書，帙萬萬。提要一百卷，臣昀臣熊奉敕撰。全書告竣已十年，有敕亥魯須重編。本朝實事皆求是，不遺傳疑留一字。文淵畢，釐文源，百臣日夕來御園。東南三分皆無誤，海上然藜校文溯。

御製集第十三

御製詩，御製文，近自己酉溯丙辰。文一千，詩五萬，五十五年成百卷。九經廿史義藴宣，四岳五瀆搜根源。遠紹二典三謨傳，巍巍卷軸如山立。豈特帝王難冀及，十倍漢唐文士集。

五國朝第十四

東西南北車書極，朝正國王三十一。三十一國分年來，春秋冬夏邸第開。普天同慶當斯日，五國遥遥適相值。神雞五色魚八捎，貢及犀兕兼猞猁。史臣若舉春秋筆，五國來朝王正月。

開經筵第十五

讀《洪範》，讀《召誥》，五三六經開祕奧。萬幾之暇日一編，春仲敬復開經筵。經筵樂奏何噰噰，抑詩還取衛武公。昔賢今聖皆先覺，九十耄期還好學。

親釋奠第十六

臨雍歌，幸學詩，八十天子猶尊師。崇賢坊，大成殿，二月上丁來釋奠。春渠如鑑波溶溶，前年天子臨辟雍。太平盛事皆稽古，鄉飲酒歌詩樂譜。

朝日壇第十七

朱旗絳扇來城東，至尊親詣朝日宮。黄軒紫幄光如燭，至尊親詣齋宮宿。太平五色雲擁輪，迎日正見雙黄人。雙黄人，捧日起，朝日禮成天下喜。

登岱宗第十八

會稽南，恒岳北，西及五臺中太室。天旋向左帝邁東，卅年六徧巡岱宗。吾皇卓識超秦漢，但禮天中不封禪。天門日觀瑞色開，八旬天子騎驢來。

謁闕里第十九

猗昭維則，聖人在昔。衆善若林，六經乃宅。猗皇是欽，聖人在今。宗謨既纂，祖訓是尋，青旗央央，越歲來謁。前聖後聖，其揆則一。歲則庚戌，月維庚辰。山左三大，禮祀畢臻。

百歲民第二十

廣督摺，直督摺，百歲耆民比肩立。滇撫章，皖撫章，民間五世共一堂。太和翔洽超前代，不産麟皇産人瑞。朱提文綺出上方，幾餘染翰錫一章。耆年壽婦布魯特，絶域貢珍由感德。

萬壽科第二十一

萬壽節，萬壽科，九十八十來婆娑。春官一百二進士，外一百人年已至，詔出東華盡宣賜。膠庠抑阨五十年，閬苑盡許稱神仙。白髮亦戴花盈顛，升平盛事誰能及？兩宴南宫值庚戌，大學士臣璜謝摺。

勤察吏第二十二

盜不讞，責總督，清苑縣官愆莫贖。吏蠹民，責撫臣，高郵州牧罪較真。皇躬一日周萬幾，外省案牘何從稽？詔書直下諸大吏，當戒江南與直隸。

清字藏經第二十三

西華門中闢經館，大小乘經堆欲滿。法門先寫百二章，排比兩晋兼三唐。國書結體尤嚴重，舉筆如龍復如鳳。經成一藏功萬千。佛力祚皇萬萬年。

黑龍潭第二十四

三月麥，四月秧，不雨麥瘁秧將黄。行宫宵旰無時釋，先詣黑龍潭外歇。排空萬朵雲垂垂，真龍不禱雨不來。

三大祀第二十五

三大祀，歲必親，五十一月象輦陳。南天壇，北大内，百尺燈竿與相對，壇内宫中合虔拜。耆民夾道成風謡，五十五徧躬南郊。

山莊夏第二十六

灤河之北臨邊墻，每年避暑來山莊。雲山四面奎文署，云是山莊最高處。澄然四海集一心，日日亭上占晴陰。殿前引見員嘗滿，吏部帶來分月選，更撥幾餘念柔遠。山莊但識無炎歊，日昃可念宸衷勞。

經壇設第二十七

九門中，官吏車，一日百輩來徐徐。殊方絶域摩肩入，在籍諸臣亦羣集。分曹百輩爲一班，盡檢大寺開經壇。湖山郁作栴檀味，初日煇煇照初地。青梯樓閣須暫開，無量壽佛拈香來。

盛典增第二十八

萬壽盛典凡六門，聖德聖文兼聖恩。萬方集慶儀文重，其次繪圖同獻頌。巍巍蕩蕩難具書，特徵二事古所無。八徵五代奇祥起，塞外闢疆三萬里。

夕月壇第二十九

朝禮日，來東郊；暮禮月，來西郊。鑾輿親向齋宫出，萬壽節過才一日。規壇不獨祀夜明，二十八宿兼經星。不見唐貞觀，樂五闋；隋開皇，坎三尺。豈如吾皇大祀躬致虔，禮成光景生中天，千秋金鑑懸當前。

安南來第三十

安南來，安南來，國統雖舊基新開。廣南大吏爲陳奏，親詣天朝祝天壽。路人指點盡識名，安南國王阮光平。海邦自此知冠履，好變文身與椎髻。阮光平奏請從本朝章服，特旨俞允。

前殿宴第三十一

太和門中頻列讌，日日平明御前殿。七旬宴後復八旬，下逮屬國兼陪臣。年九十，階一品，特賜金尊殿前飲。千人統計歲萬千，稽首合作今皇年。就中受恩誰最樂，國子監臣郭鍾岳。

祝嘏樂第三十二

祝嘏樂，樂一部，歌者歌，舞者舞；敲銀瓶，擊銅鼓，萬里遥遥來祝嘏。太常樂奏列四蕃，不數貞觀兼開元。蕃王親向階前祝，更獻十章名法曲。法曲十，可歌亦可謡。一章一章名特標，謁金門，賀聖朝。阮光平進《萬壽詞》凡十章。

昇平寶筏第三十三

三層樓，百盤砌，上干青雲下無際。上有立部伎，坐部伎，其下回皇陳百戲。蟠天際地不足名，特賜大樂名昇平。考聲動復關民事，不特壽人兼濟世。萬方一日登春臺，快看寶筏從天來。

王會圖第三十四

東西廿里如繩直，夾道樓臺成頃刻。千層覆屋百尺臺，大舸載自東南來。回廊曲檻天然合，空處扉櫺自開闔。方壺圓嶠咫尺間，海上頓訝移三山。拈毫若準唐貞觀，王會圖應添百卷。

普天慶第三十五

日庚申，圓明園中法駕陳。日甲子，乾清宫中鹵簿起。宫中御苑石作塗，萬叟夾道還嵩呼。如山燈火連湖曲，想見太平調玉燭。

萬萬壽第三十六

萬壽節，日以十三時八月。月瑄日徽皆叶律，我皇御極當丙辰。越若稽古堯期臻，五五數復箕書陳。無疆若展大衍策，萬有一千還五百。

馮少卿應榴夢蘇草堂卷子 時馮作《蘇詩合注》。

少卿室冷無纖塵，穎濱翩然來叩門。履聲皇皇響空谷，欲前不前猶躑躅。褰簾一笑霜滿空，迎門次公立長公。長身高冠貌奇古，七百年來覲詩祖。邀公不入亦可思，一屋光燄皆公詩。夢中自謂得所師，敬告欲續施元之。公雖不言心已可，來處仙雲落如朵。峩眉山月清可憐，半夕移挂高齋前。來時不迎去何送，我謂非真亦非夢。醒來急詣南頭翁，謂翁閣學方綱。證以畫象將毋同。君不見，少卿詩名滿人海，夢裏師公醒如在。因君我亦念瓣香，太白樓前一江水。

自蒙陰縣界早發從車上望泰山半日始抵山麓又步行半日憩高老橋日已曛黑乃尋路而返

夙昔好大言，岱宗視秋毫。玆來距百里，意念肅不驕。靈風吹車帷，總向西北飄。日上戴一山，半白雪未消。平明開東峰，忽與天争高。向背卅里間，鉅細無不包。聖人坐明堂，若受萬國朝。半日走未休，才能憩巖腰。絶頂豁一門，注視久亦勞。誰云千丈松，貼若徑寸苗。海氣漬石厓，天聲走林梢。來乘西月光，去揭北斗杓。小酌白石泉，吾行過飛橋。

臚傳日馬上口占寄畢尚書師湖北

五年爲客曲江頭，屢向慈恩寺裏遊。曾解緑衫陪廣讌，愛拈紅杏上高樓。看花未必輸前度，擢第偏教遜一籌。好繳公門舊衣鉢，至今慙愧説袁州。

昨年里中有入都者偶占五篇寄友海内交舊見之共詑以爲洪體今適一年余留官京師里中知好復往來不能去懷適汪甥楷以定省南歸爰更賦五篇寄諸同人末章并以示弟原吉及兒子飴孫見者幸勿復以爲創體也

盧學士文弨

里中誰最憶？我憶抱經堂。抱經翁七十，讀《易》猶琅琅。餘經貯案頭，日漬丹與黄。盤盤經師居，庭草一尺長。問字數百人，誰來上堂皇。匪徒文體乖，書仍誤偏旁。俗學錮性靈，反厭師説詳。一月偶一來，惟應伺餱糧。就中領悟誰？庶有顧明與臧。鏞堂。顧生嗜《説文》，臧生勤《爾雅》。百里澄江中，誰如二人者？

錢大令維喬

里中誰最憶？我憶竹初居。前年養疴歸，買地十畝餘。四邊何周遭，桃梅竹棕櫚。規高欲巢禽，掘地乃種魚。魚鳥既獲安，餘力營吾廬。一室開八牕，風日來徐徐。主人欲登樓，花氣爲縈紆。主人欲出門，芳草攔衣裾。北巷吕秀才，景尚。南頭畢居士。涵。偶有剥啄聲，經旬一來此。

趙舍人懷玉

里中誰最憶？我憶味辛齋。味辛齋中居，風日多好懷。五日一出遊，經旬宴朋儕。我居與若居，僅隔南北街。花時與月時，出入必與偕。君尤善清談，觸緒理不乖。差苦持論莊，時爲雜詼諧。同志六七人，均能外形骸。無日無客來，闔敞不必排。不來亦有時，或值體不佳。盛惇大。吴堂。近南歸，莊寶書蔣齊耀復遠宦。預苦離别多，臨觴定三歎。

蔣上舍馨

里中誰最憶？我憶杏花樓。杏花既已枯，種杏人在不。雖無一株花，花下石尚留。雖無種花人，畫象懸樓頭。昔爲大母居，謂外王母龔太孺人。今屬孫曾遊。孫曾昨問訊，敬我齒已優。童年看花詩，黏壁尚四周。種杏曾幾時，一讀一淚流。檢點樓下人，半又客遠州。阿三庶雁行，阿二廷耀。尚兄事。何時續栽花，吾當日三至。

弟原吉兒子飴孫

里中誰最憶？我憶卷施谷。拔心不死人，時來谷中宿。谷中有羣書，谷中有嘉木。主人出門去，書好無人讀。花紅上斗栱，草緑出垣腹。賴有主人兒，時來理書簏。稍移碍簾燕，時剪出墻竹。昨宵家問至，北上期亦卜。愁無束裝具，典却里中屋。一書寄令弟，一書示飴孫。此谷不入券，爲吾鎖重門。

自題城東訪月圖

余家清暉橋，距城東門不三十步，出城古寺五六，排比而立，寺後爲晉陵縣故址，廣場數百畝，幽人三兩家，余每晚食後必一詣其處。半里之内，鳥之有巢，花之有名者，莫不與余相識。即風雨夕不能至，夢亦詣焉。庚戌獻歲將北行，友人錢明府竹初、畢上舍蕉鹿爲合作《城東訪月圖》，遂係以詩云爾。

月初三，至初九，一日一回城外走。十三以後人不閒，人静月好更先闌。徹夜不遣城門關，月過二十看星出。乘殘月歸更欲絶，人言我愛月如癡，不識城東月尤潔。城東有白塔，城東有紅橋，橋痕下欲枕蘋藻，塔影上直干雲霄。迎春堂北東西路，一草一花都識數。匝月能來二十回，繞堤何止三千步。三松一客静淹留，復有危巢結四周。好寄吟魂與烏鵲，夜深隨月上城頭。

張進士若采梅屋讀書圖

築室高丈餘，鑿楹深尺一。我愛一屋中，書外無長物。無心種桃李，無心種桑麻。我愛一屋旁，梅外無餘花。書牕只向梅邊拓，果熟好從書上落。長身如玉忽然來，不是主人疑是鶴。

送莊通判炘至漢陰新任

太乙從西來，終南向東轉。我前甚羡君，十宰山水縣。君歷宰郿、鄠、宜君、盩厔、富平、長安、咸甯、渭南、朝邑諸縣，今擢判漢陰。高觀潭上銘，牛頭寺中詩。君前亦羡我，五醉桃李時。花枝歷亂山南路，紅欲上天雲轉炻。君從山縣偶然來，一路尋花入韋杜。黄河西岸渭水隈，我頃亦復騎驢來。君官郿及盩厔、朝邑時，余皆曾至其署中。君家令子亦好友，十日留飲三千杯。仙遊壇北風飄瓦，君坐藍輿我騎馬。意外孫郎手重把，慈恩塔下日炙軒。君摹石刻我上巔，拍手尚有妻江錢。謂獻之。尚書賓從居然異，醉裏後先升上第。萬條紅燭百篇詩，贏得人傳杜書記。識君已卅載，别君又五年。重陽風日正晴好，相與共話金臺邊。治中别駕今何有，五十才名作通守。鄠杜山田買不成，全家更進褒斜口。離筵重傍菊花開，適有尚書信使回。畢竟梁園賓客好，如今視草用鄒枚。

吴布衣蓬癡寄示紙仿秦漢瓦當爲題二絶

陶泥作瓦形難古，近西安陶者能燒漢瓦當，與真者無二。爛紙爲泥法轉良。總是刼灰燒不盡，有人閒裏仿阿房。

應共錢獻之。程彝齋。作雅遊，青門西去曲江頭。蠻牋十様如分寄，君定能成五鳳樓。

送李同年賡芸赴任浙江

上章閹茂歲，科舉由萬壽。我方登岱宗，三月乃北首。遊山筆殊健，得逐衆賢後。同舉一百人，于君契尤厚。君才富詞藻，早復窮篆籀。闈中萬言策，兩策蒙進奏。春官遲錫讌，新例試當覆。光明殿東西，賢良門左右。聖人親試士，如漢策孝秀。衆中君最捷，一卷成正晝。引見來御園，麻衣改紳綬。人才較清拔，竟以民社授。官由楚改越，以親老改近。母老欲遷就。十月始出都，風號雪花驟。同袍凡八輩，執酒道旁候。疲馬出北門，依然學寒瘦。阿翁循吏傳，君尊人亦以進士宰江西，有惠政。車上可尋究。努力報最先，無徒事琛賧。輶軒倘重到，舊侶可全覯。郎官改祕閣，此例亦有舊。二十有七人，今歲蒙恩入館者共二十七人。待子成列宿。

王大令復自汴中來邀同人小集惜陰秉燭山房羅布衣聘作圖紀事是日并送儲明經潤書南歸分韵得租字

有客歸何急，疑收陽羨租。似君來正好，還挈朗陵厨。官滿趨金闕，春濃買玉壺。朝衣吾幸典，衫笠入斯圖。

十五夜對月獨坐有懷里中舊遊

獨酌一樽酒，含情上小樓。故人難會面，明月却當頭。隻影長廊入，清輝滿鏡收。誰云天上好，今夜不勝愁。

送萬大令應馨之官廣東

謫仙樓頭乍相揖，君年三十我二十。初識君在朱竹君先生節署。下所云高、顧、張、黄，皆署中客也。平山堂外飄長裾，君年四十我有鬚。廿年歲月真如駛，高東井。顧文子。張方海。黄此中死。即今海内論心交，汪子劍潭。憔悴孫郎淵如。豪。馬蹄亂踏長安市，前後與君成進士。若論位置殊可商，君爲外吏我漫郎。一官遥遥六千里，三月仍難具行李。僮饑馬瘦住不安，我轉質衣謀爾餐。孫郎汪子交終厚，日揭破車門外走。窮冬行色略已成，此時送君須出城。崇文門前別不足，更借宣南坊裏宿。故人有子稱能文，謂仲則子。昨歲主我今依君。君不見，貧交生死原非偶，此子年來況無母。君先令讀等身書，我爲故人兒娶婦。

錢同年福胙乞假南回書此送别

君歸我何憶？我憶西湖水。飲水亦已香，水中菱更美。湖中誰最憶？我憶裏湖魚。小繫雙篷艇，時來五柳居。湖頭誰最憶？我憶山陰酒。一葉載百罇，千錢沽十斗。湖邊誰最憶？我憶上山茶。煎向深甌内，如開數朵花。預想君歸時，食單先出宅。烹魚水要鮮，醒酒茶先摘。此時却憶金臺人，無米飽飯天街塵，人生快意當有日，君倘能來我應出。

崔公子景偁竹樓圖

竹緑參天筍亦抽，偶然竹裏有高樓。不知樓上人何處，我欲打窗尋不休。三尺寒檠七尺牀，阿三曾共捉迷藏。謂令兄景佩。落來畫裏還相識，爲我窗西補夕陽。

袁安卧雪圖爲王太守嵩高作

屋頭無炊烟，門外一丈雪。此時屋中人，已恐不能活。永平及永元，三世弼天子。此時屋中人，如何遽能死？閉門一卧歷一時，門外雪深殊不知。洛陽縣令來何巧，從事汝南饑欲倒，門外雪花飛入竈。從兹舉足一出門，衣被四海皆陽春。眼前高卧匪無意，預想俗敝當還醇。君不見，丈夫一世歸懷抱，有事日多無事少。即論無事亦須眠，那得閒心訪安道。

三月廿五日小病初愈至法源寺看花適得崔三景侃書却寄

剩得韶光有幾時，病餘端不負花枝。商量欲把春衫典，又值微寒颼雨絲。

幾日人閒蝶却忙，引人花底欵遊廊。傷春正憶昨年事，迎面一枝紅海棠。

冥蒙花外語呢喃，燕子真同佛一龕。千尺緑陰吹不斷，粉紅墻北是江南。

鶯鶯燕燕可憐春，乍欵花枝乍欵人。無數亂紅飛上柳，更疑楊柳是花身。

一春心事費商量，欲趁春陰夢幾場。花上曉星花底露，分明著眼看年光。

春盡傷心抵歲除，江南别後意何如？丁香花底懵騰醉，却展崔三二月書。

五月初三日偶成

蜀葵如錦粲籬根，檐雨初添屋漏痕。新月乍來簾正捲，槐花落盡不開門。

五日憶白雲溪競渡作示兒輩兼寄錢三趙大里中

黍裹菰蒲酒泛芸，薄醺閒話小兒羣。江鄉四月饒新雨，樓閣三時盡白雲。溪果作紅偏礙帽，岸波摇緑欲煎裙。誰憐天上清如水，手擘桃符遠憶君。

送丁二履端南歸

白雲溪水向東流，我住南頭爾北頭。小市酒帘頻夜飲，斷橋蠟屐共春遊。揭來天上愁無盡，却惹人前罵不休。屈作宰官原可惜，時擬偕崔曼亭太守至荆州，以教習期滿，以知縣用而止。也應差勝客荆州。

法學士式善招飲詩龕並至西直門看荷花即席賦贈一首

翰林近日詩名盛，遠有詩龕近詩境。翁閣學方綱額其齋曰「詩境」。詩龕主人尤嗜詩，退直閉户唫多時。龍樓鳳閣森前後，尺五天邊住偏久。五陘山色落墻頭，時有閒雲墮高柳。開門十頃荷花潭，邀我早日同幽探。啓明星落已催駕，我本蓄意來詩龕。馬前遥遥兩紅燭，十里路中晨睡足。詩龕已到不索詩，舊讀主人詩已熟。東頭詞宗百菊溪，百侍御齡。宗伯宅復連街西。鐵侍郎保。三人分日操選政，時有滿洲四朝詩選。一室墨雨揮淋漓。以詩存史誰能及，佚事多年苦搜輯。遺山已矣傳習亡，北斗以南惟此集。清談已竟還傳餐，飽食散步來河干。城門正對御河口，萬柄荷葉風聲搏。官衢南北車如織，騎馬欲歸歸未得。青槐影裏晝初長，我亦玉堂將入直。

七月初四日遊極樂寺看荷花分韻得看字

出西直門三里而近，有極樂寺焉。長河蔭前，高阜倚後，其東有國花堂，西有勺亭，皆城外之幽搆也。梧門學士以偶日下直，偏招同人，飯于詩龕，接軫以往，車行者三里，舍車而徒，復二里，甫抵寺門。緑陰當空，赤日亭午，池荷東西，曾不百步，間以傑閣，繞之回廊。水氣升岸，結爲輕綃；林香入波，漾此晴采。于是或瞑坐巖側，或孤行竹中，或擘箋庭隅，或讀畫塢側。堂高于垣者一尋，門低于砌者百級。重寮洞開，直視十里。負戴而來者，望之如鷗，乘軒而過者，擬之以艇。坡塘高低，岡阜回互，香氣拉雜，雲光降升。促織繞砌，聲如碎琴；風蟬過枝，韻疑零鐸。遊藤綿延，上樹皆紫；細草芬郁，抒花必黄。乃蔽炎牖，爰開北窗，松露尚零，柏風成陣。家京國者，離然有雲表之慕，宅南中者，又恍然有江鄉之思焉。林陰屢移，羽觴乍接。果則紅暈徑寸，與藏冰而共升；瓜則生黄滿盤，汲井華而并薦。陶令之榼，無時不携；韋公之莽，適心而飲。相與商確今古，縱談雅俗，據石命句，臨流作圖，幽襟既抒，勝賞斯愜。又破曙而遊，薄暝始返，星河滿空，影乍曳乎籠燭；雷雨在後，勢忽掣于軒帷。此又晴晦出于一時，涼燠交于俄頃者焉。同遊者爲許封君兆桂、張運判道渥、李刑部鑾宣、何工部道生、吴明經方南及梧門學士與余凡七人。運判既爲之圖，余因序其顛末云。時辛亥年七月初四日也。

長河萬柄紅荷花，匝月不來開已半。花枝似嫌河水窄，幾葉亭亭欲升岸。初陽入浦看難定，十里雲光自淩亂。寺門南下景最幽，可惜年時水波斷。田田葉瘦花枝悴，我欲重煩桔槔灌。新秋天意亦可知，雷雨急將新水换。别來花不忘前約，一朵迎人出橋畔。東西燕剪掠不停，惹得盤珠落無算。鶯黄鷺白來成陣，一一見花如欲唤。花香深處朱樓好，檢點新涼放詩案。明朝無用騎馬來，畫取花枝卷中看。〔一〕

送趙大令希璜之官夏邑即題其三十二峰詩集後

昨來卸輕裝，今復馳急騎。牛腰詩卷行必偕，復恐人呼作塵吏。趙生三十詩名早，脱手羣公已傾倒。黄生謂仲則。租屋與對門，五夜叠誇詩句好。爾來十載官長安，君行入關我出關。終南太華昔皆歷，所恨背我遊梁山。搜奇剔勝狂如馬，好古如君亦應寡。摩天欲覓秦昭箭，掘地能尋漢宫瓦。山南山北行不休，官好到處容勾留。幾年頗喜善擿伏，一事可慙同摸邱。盤盤法物歸樽俎，奇字入詩詩愈古。我披三日手不停，可惜良朋已黄土。指仲則。歷官差喜名區多，昔傍陸海今黄河。譙城北去黍邱右，不日佇聽疲民歌。河流日夜犇馳速，此土年來亦非沃。故入一語欲規君，好破夜唫披案牘。

跋鐵宗伯保容臺詩卷後

梧門學士交何遲，乍見示我《容臺詩》。宗伯屬梧門學士轉示亮吉。《容臺詩》名高北斗，三百二篇如一首。誰言官貴詩難工，此卷半出雲霄中。西清南苑日趨侍，日月滉瀁天花紅。横山北上灤陽道，眼底萬峰青不了。直廬夜半忽朗唫，拔地倚天長句好。琅邪參政劉尚書墉。嘉禾翁，錢侍郎載。詩名海内歸秩宗。先生健筆復軒舉，要與冀北開宗風。萬條紅燭聯官騎，正好同官有難弟。閣學王保。玉河斜月午門鐘，馬上百篇成復易。我前讀公詩，今復隨公遊。殿頭作賦公最賞，可許執筆從螭頭。君不見，丈夫事業垂區夏，豈僅曹劉與方駕！他時一品集編成，我欲作文同鄭亞。

法學士式善山寺説詩圖

茅屋十數間，青松百餘樹。昔爲説法場，今作談詩處。説法祇了生死緣，不若説詩能使死者不朽生者傳。倘同天釋較功德，一瞬萬古殊相懸。梧門學士才名勁，説法亦同僧入定。席前傾耳凡幾人，木佛都疑座旁聽。談深不知寺在山，高論往往通天關。指揮若假鐵如意，花雨欲落茅檐間。詩龕左右詩如海，時選近人詩。丹墨紛披幾年載。他時悟後忘語言，更有不傳詩法在。

送周同知世紹回西安

詩名宦蹟廿年中，雅與高三十五同。君行二十五，故云。雙節正堪膺上佐，百篇曾共賦東風。同官一輩憐亭長，錢獻之自號閿音亭長，時宦況甚苦。因爾連旬夢石公。君與張舍人石公交最厚。欲別更邀通夕飲，城頭殘月已如弓。

贈陳方伯淮

十年兩度謁行旌，叩閣皆逢失喜迎。殘雪尊罍滋水驛，經秋風月武昌城。詩名早見題襟集，世澤欣承曳履聲。倘許從容話鄉里，鵝籠我本舊書生。

偶成

白露甫三日，闌干著意凉。偶然飛雨至，花亦點頭忙。

雨中答法學士見懷之作

重門三日雨，百鳥響俱寂。秋館渺無人，青苔夢行客。閑房夜難寐，矯首望城北。昏霧接半天，連林色如墨。遥憐通德里，定閉草元宅。瓦燈紅一盞，砌草荒三尺。應有苦唫人，披牕檐漏滴。

卷施閣小集

秋樹脱一葉，素心來幾人。將以屐齒頻，補此閒庭春。閒亭立多時，一客入門喜。胡蝶亦翩翩，飛來客懷裏。斜陽倏西頹，新月已在東。同心六七人，團坐秋陰中。秋陰何離離，一榼傾未了。幸有石上藤，先扶醉人倒。屋南青梧桐，屋北雙株槐。諸君欲言歸，正好月滿街。

十三日張運判道渥招同人小集分韻得露字

長安路，花無邊，酒無數。醉中陶陶十年住，酒客家家識門户。西風幾徧吹，酒人去何處？今朝花下飲，忽復思前度。主人愛客黄金富，何不先將酒人鑄？長安路，人生行樂須及時。君不見，屋角殘星草頭露。

中秋日無月獨飲

中秋月，一年無，一年有。有月即出門，無時滯盃酒。離離雞冠花，短短鴨脚草。秋紅既傷心，秋緑如何好。秋雲吹黑入酒尊，長安比來無酒朋。坊南深冷一間屋，判與無月還無人。闌干影外初停雨，舞罷筵前小兒女。我有心情梁燕知，三更尚作將離語。

十六夜有月

幽人喜新晴，屋角看星影。巡廊才數武，圓月出西嶺。白雲東西飛不停，七里壇樹秋烟平。危樓驚起白蝙蝠，似曳疋練空中行。天橋南北千家宅，萬瓦參差月光濕。柳絲如沐草垂珠，添得碧苔無限色。微風吹空月流波，山翠落向城隅多。清輝入掌覺微膩，衣上似復傾銀河。歸來敞南軒，傾此一榼酒。三更静後無一人，却喜戴頭惟北斗。北斗未落客不眠，一榼酒盡愁無錢。光明如此不須燭，却把《道書》梯上讀。

校勘記

〔一〕畫取花枝卷中看　「畫」，原作「晝」，據《北江遺書》本改。

卷施閣詩卷第十

祕閣研經集（辛亥）

南樓憶舊詩四十首 并序

夫鳥以高爲巢，魚以深爲穴，居魚鳥之中者，人也。築基九層，而上爲之樓，則與鳥争高矣；濬池十仞，而中爲之島，則與魚競深矣。然鳥啁啾而爲巢，使無矰繳之患，則終歲猶是也；魚屏營而爲穴，使非芳餌之誤，則畢世無易也。人則不然，飛狐落雁之嶺，八埏之險也，鳥所不能飛者，人或上之矣；奔霆浴日之區，九州之浸也，魚所不能歷者，人或過之矣。則夫陟險不已，將迷東西，揚帆倏來，杳無津涘，當此者，其亦有故巢之戀，在沼之思乎！南樓者，外王母龔太孺人所居也。余以孤童，幼蒙鍾愛，年未毁齒，從母移居，姊越十齡，弟才匝歲。魯國男子，方驚毁巢；漢陽孤生，未歌窮鳥。由春徂冬，衣無單複之製；以夜繼日，瓶無逮晨之糧。煢煢焉，踽踽焉，蓋十五年于此焉。若夫雨龍竹馬，瓦狗泥車，探春燕于棟頭，捉秋蟲于徑裏，罔睹跳而將平，井投瓶而欲滿，臨溪兕鴨，涉渚撈蝦，既兒戲之無方，亦童蒙之求我，此一時也。隨母梳頭之歲，從師識字之辰，烏焉混于一篇，蚯蚓登于半紙。藏書之篋，時匿意錢；衣帶之旁，私携面具。同學則謝家阿買，送餐則裴氏小奚，盻日影之不西，怨鷄聲之太早，此一時也。至乃歲值元枵，門憐奇窘，仲理則厨難耗鼠，史雲則釜欲生魚。井淘麥屑，反避知親，徑拾墮薪，偏逢長者。然而天青入牖，水緑周堂，秋月塞門，春花交砌。何嘗不破啼而四顧，擁絮以周遊，此一時也。又或蘇季上書，全家盡返；桓姬索米，半舫爰來。謂曙齋舅氏及適楊氏從母。中外則雙丁二到，不乏奇童；弟兄則羯末封胡，并饒道藴。虚堂論史，鵲亦垂頭；側經獻詩，蟲來噏踵。篙師南巷，雅乞書符；竈妾北頭，偏多問字。此亦一時也。授徒北館，作贅東堂，卜商色養之時，賈誼秀才之日。會稽僚壻，動色而見嚴生；陽元尊章，改顔而親劇子。鄰有束緼之饋，室無戛釜之聲，闢竹徑而待賓，借柏堂而讌客，此又一時也。《詩》曰：「維桑與梓，必恭敬止。」又況螟蛉果贏之場，與松柏蔦蘿之所乎！此則明明如月，難忘在闉之辰；悠悠我思，無踰樹杞之里。遺聞傳于厮養，瑣事得于鄰童。畦栽赤莧，則湔上之蒼頭，穴識金鐶，則羊家之故媪。失簪楚國，墮履徐方，燕知春社之人，犬識衰門之客。延陵之劍，無封樹之堪；懸班惠之書，有篇題之可認。能無墮傷心之淚，鎸思舊之銘乎！又況臘頭社尾，上巳元宵；餅值春辰，餻名令節；楊柳半橋之月，芙蓉北市之燈。水增一尺，則已噏閭門；樹密三重，則隱開樓扇。燭龍之首，與鴟尾競高；彩鷁之竿，與神燈並出。販脂鬻粥，擊鉢吹簫，莫不紛至沓來，風馳雨驟。此又晏嬰之宅，因近市而居奇；虞氏之樓，以臨街而角勝；標孝侯之風土，記荆楚之歲時。差可連類而書，削牘以奏者哉！詩四十篇稿成，以寄巡檢二兄、上舍三兄、文學四弟，凡爲此者，亦所云寄魚鳥之思，今昔之感也。

沿溪樓閣枕南頭，溪水迢迢自北流。怪底近來鄉夢好，一旬多半杏花樓。

載來塵具不盈車，孤另偏應託外家。絶似幾番霜信後，一枝籬落寄生花。余家自追賠先曾祖大同城工核減帑項，田産悉入官，至先君子下世，遂無乙椽可居。

循廊三折入層梯，板屋居然判畛畦。不向大家厨索米，自泥新竈小樓西。外王母以南樓西偏一間，令太安人率余兄弟及三姊居之。

七齡入學感孤兒，逃塾先教都講嗤。燈下國風還課讀，始知阿母勝嚴師。余七齡附學實君舅氏書塾，蒙師爲惲牧菴先生。外兄肇新則學長也。

婉轉隨娘識百憂，貧家照水亦梳頭。不知粱燕緣何事，却怪春人懶下樓。此言諸姊隨太安人作苦，終歲不下樓也。

三月青黄不接時，燕南書札寄歸遲。朝來欲糴桃花米，已報租船到水湄。外祖母田不滿百，食指浩繁，每及缺乏時，素園舅氏館于京師，亦間寄修脯歸供匱乏。

黄泥墻北颺街塵，簫鼓嘈嘈聽未真。清曉上書還未半，巷頭不放看迎春。

夜寒窗隙雨淒淒，長短燈檠燄欲迷。分半紡絲分半讀，與娘同聽五更鷄。余八九歲時自塾中遣歸，每夜執經從太安人紡側讀，恒至漏盡。

一年多半住江邨，饋歲匆匆入里門。不待郡城元日到，江船先已送河豚。此謂素園舅氏妻楊孺人，江陰楊文定名時猶女也。一歲歸甯時多，惟蜡臘乃回。

十齡左右謝家甥，孤露偏憐易長成。綰得一般雙角髻，家家户户拜新正。

侍郎宗派號東莊，愛女先教住近坊。便了作奴如願婢，有人分日饋羹湯。此謂適莊氏從母，事外王母最孝，常分日饋羹。

西頭阿姊慣句留，小極扶梯不上樓。約得走橋諸女伴，背人月午更梳頭。

天中節後賽神多，十六雲車次第過。剛是卷簾迎面看，水嬉又報進城河。吾鄉雲車，相傳隋司徒陳杲仁守城時所創。今司徒誕日及賽神皆設之。城内外凡十六坊，故數亦十六。

迎門西去徑欹斜，曲曲房廊被柳遮。一尺井闌涼沁骨，記曾團坐説人家。外家門西偏有井最清洌，近聞已湮矣。

清明過了又端陽，母不梳頭針綫忙。幾日斷餐緣底事，叠錢來買束修羊。吾鄉從師者，饋束修常以清明、端午、九日及歲除爲四節。

衆裏聰明百不如，學將新樣寫神荼。比鄰一半迎春帖，乞取蕭郎弱腕書。歲除前數日，臨溪三五小家，每將紅牋乞書春帖子。

久别都應見面生，相逢幾徧問年庚。早來阿母房前過，親切重聞唤小名。此指適河橋程氏姊。姊爲曙齋舅氏次女，與余同庚，從宦京邸十年，歸而問齒長幼，故云。

江鄉豐歲景偏饒，親製連環小樣糕。一榼牢丸三百顆，歲除筵上吃元宵。此指適楊氏從母，居城東鄉芳茂山下，歲除嘗饋外王母糕及粉丸，外王母以分給諸孫及余等。粉丸俗名元宵。

走索人教細馬馱，十番纔了又秧歌。臨街樓上憎騰坐，要看魚龍徹夜過。樓前爲縣學場，每春日百戲俱集。

問訊厨娘去不回，歸甯百徧使人催。五更枕上春波響，知是山橋艇子來。從母楊自嫠居後，隔一二歲始一歸甯，外王母必遣人促之，方至。

樓前楊柳最依依，樓下人家試裌衣。那識清明好時節，滿樓胡蝶雜花飛。雲溪清明前後風景尤勝。

尋常不放到門邊，生小都憐疾病牽。記得廿三逢縣考，小心囑上渡頭船。此指十五歲時，初寄籍陽湖，應童子試也。

連廛北出竈新添，疊日齋厨課米鹽。買得吕家新宅子，小房分住白雲尖。曙齋舅氏出後從外祖文元，遂徙居白雲尖。

新裁錦襖束當胸，競渡先將逆浪衝。日午晏公祠外路，暖波初試小青龍。吾鄉競渡最盛，以余所見不下十餘，有金龍、小金龍、青龍、小青龍、白龍及五色龍諸目。

别開池館隔重墻，半種芙蓉半海棠。留得一方明月在，倩人涼夜捉迷藏。此指從舅氏啓宸先生所居，在南樓西偏，饒有花木，余幼時常與中表寅谷、定安等嬉戲于此。

社公生日是來朝，已聽沿門畫鼓敲。今歲燭龍添九節，簇燈還插滿池茭。元宵及社日並有龍燈，自三節至九節不等，其簇燈之佳者，俗名滿池茭。

八字門偏路復叉，春陰曾不隔窗紗。冥濛添得墻頭黑，知是東鄰皂莢花。此指從舅氏秀君先生所居，在南樓東偏，鄰有皂莢一株，覆屋常滿。

廛土真疑欲汚人，尋常衆裏亦嫌身。蓬門一例先教鎖，明日高齋會六親。自移居後，外家有大讌集，太安人常鑰余兄弟于室中，不令出。

一條幽徑幾家通，徑轉偏憐曲似弓。携得紙燈何處去，石榴廳北捉秋蟲。外家東廳側有長巷一條，門凡三四，從外祖永嘉及從舅氏于璜先生等並宅焉。石榴廳，即從舅氏居也。

銀泥槅子粉紅墻，蛺蝶遊蜂爾許忙。一陣暖風初過處，百花齊撲曬衣場。南樓後有隙地一廛，爲諸宅曬衣之所。

纔過中元又下元，賽神簫鼓巷頭喧。年來臺閣多新樣，都插宫花扮杏園。賽神會中，每用七八人扛一棹上扮金元院本諸故事，名曰臺閣。

手簡先蒙羣從招，郭東明日合登高。晚來乳媪床頭説，好吃倪家九日餻。南樓外臨水，有小家住宅三四，其一以賣餻爲業，倪姓，即乳母王氏女夫也。

新來小婢勝樵青，識字依稀認一丁。乞與百番書紙仿，韋郎十五擅書名。此指素園舅氏自江西罷任回，有浙婢名小丁，最慧，常給事書堂，故云。

一室如瓢枕水隈，緑楊影裏小門開。紙鳶脱手人驚散，却值先生曳杖來。外家書塾名團瓢書屋。

昨宵短至飲梅漿，功課新添日影長。還喜學堂人散早，初三新月上紅墻。南樓迤東即學官繚垣。

槅子通明刷絳紗，小庭三面放秋花。已涼天氣清如許，約伴今宵守月華。庚辰、辛巳歲後，值中秋日，每與外兄弟鴻三、定安、重光等及外家姊妹于南樓守月華，恒至徹曉。

除夕初開讌喜筵，諸孫合隊拜床前。有心欲乞奇書讀，辭却朝來押歲錢。歲除日，選青錢結百索賜小兒，名押歲錢，亦名百索。

園扉斜對禮門開，纔著襴衫馬已催。惹得比鄰皆注目，秀才初謁泮宫來。此余初補博士弟子員日也。從舅氏園門與學宫禮門正對。

露滴新紅水染藍，兩重門裏試單衫。薺花撩亂春如海。記得年時三月三。吾鄉諺云：三月三，薺菜花兒單布衫。只把聰明譬愍孫，説將孤露便聲吞。紗帷寂寞庭花死，垂淚頻過通德門。外祖母以乾隆丁亥十月晦日下世，不數年，樓前杏花亦萎。

題張同年問陶詩卷

同輩二三子，詩各有所優。或優春夏氣，亦或優于秋。惟君一卷詩，盡把秋氣收。讀詩亦不同，候有昏與夙。或當暎疎星，或欲秉明燭。惟君一卷詩，宜剪秋燈讀。昨携君詩歸，氣候已迫冬。翛然一室居，四面皆秋蟲。又疑秋鳥鳴，嘐嘐滿寒空。此聲非出砌，此聲非出籠。有聲亦無聲，均出詩卷中。秋燈乍滅還乍明，時復朗誦時孤行。思君此意不可得，無乃造物賦爾偏多情。燕臺住十旬，蜀道遠千里。思親兼念友，悒悒何能已。我欲借春氣，生君十指間。方君作詩時，桃李皆開顔。迨余讀詩日，花色猶斑斕。然後登君堂，飲君酒。我狂可百樽，君捷亦千首。謫仙和仲二公皆蜀人，故云。並庶幾，若説今人已無偶。

附：原贈作

張問陶

翰林昔未遇，名高神采王。歌聲塞寰瀛，筆與嶽瀆抗。今春同拜官，識面鑾坡上。示我《紀遊》詩，雙眸豁層障。墨雲騰十指，一往但奔放。崧華想嶔崟，江湖寫清曠。眼前真實語，入手見奇創。五字作長城，騷壇踴名將。我生齊楚間，望古心無讓。衣染泰山雲，帆迴洞庭浪。年來苦饑走，轉喜遊蹤暢。足跡半人寰，舟車隨所向。夢中窺海日，愁外看雲嶂。方域所區分，鶯花亦殊狀。方知詩律難，一得終無當。小技具神工，乾坤歸醞釀。軒然讀大作，一片宫音亮。萬象羅心胸，此才胡可量。詩人遇不窮，名士語何妄。努力頌昇平，殷勤副時望。

長至前一夕久坐待張同年不至兼懷里中舊遊拉雜書畢不覺破曉

三更正懷人，一馬嘶過巷。失喜自啓門。正與馬鞭撞。馬鞭東指客面生，孟浪客前還致聲。入門無聊出門走，更向街西市春酒。歸來風葉隨打門，打門童驚欲詈人。僮癡貪眠客貪起，十二曲闌行不已。隨闌一曲酒一盃，静若主客相追陪。青天淡淡雲如掃，月光畢竟江南好。金波樓閣紅闌橋，去年此月還此宵。相思不獨人如鶴，兼有野梅初破萼。梅枝開落未一年，轉眼客路成三千。人燒銀燭朝天早，我典金貂猶醉倒。坊南遠客期不來，不覺一窗先白曉。君不見，我居咫尺郊壇中，壇外雲氣升如龍。更殘烏鵲不敢東，天子今夜居齋宫。

附　　　　張問陶

臘月十三日，與朱習之、石竹堂、錢質夫飲酒。半夜，忽有作道士裝者影門掩入，視之，則洪稚存也。相與痛飲達旦。明日作詩一首，分致四君，同博一笑。

勝侶偶然合，何妨一舉杯。南鄰朱老聲如雷，大呼僮僕無遲回。曼卿亦復隱于酒，錢郎争勝惟狂吼。閉門歡笑儼一家，掃除賸客如揮帚。回看好月來窗下，更洗清樽同卜夜。看盡將擒寺狗烹，壺傾又向鄰僧借。客貧歲暮時搔首，豈不懷歸愛吾友。任他風柝響三更，密坐談心還執手。何處微風入，開簾若有人。羊裘氊履五柳巾，莊嚴妙相如天神。大叫取酒來，四座皆逡巡。疑是唐朝酒人李太白，不然定是荷鍤所埋劉伯倫。屋漏之神或大笑，公等無鑿混沌之七竅。樽有餘瀝且澆之，乾坤浩浩知爲誰。吁嗟乎！乾坤浩浩知爲誰，醉中各化飛雲飛。

十二月初三日雪霽邀同年張問陶顧王霖過飲醉後作

墻東半畝園，雪積難置足。客來門亦鎖，護此一庭玉。高低枝上白萬條，愛惜不遣兒童摇。今宵却初三，新月出墻腹。峩眉山下人，聞來訪庭竹。掃此枝上雪，迸作盃中春。泠飲亦可堪，胸次饒春温。閒中富貴誰能有，白玉黄金合成酒。屏除童僕不入門，行酒却驅坐上賓。公榮不飲亦殊苦，罸作怪禽筵上舞。墻陰一尺掃不開，醉便埋此何須回。一層銀燭輝，一層新月影。樹頭屋角看更奇，倒射清光百餘頃。主人不送客亦行，脱略酒後皆呼名。來時衣上黄，去時衣上碧，來乘斜陽去月色。君不見，人奇馬亦清到骨，嚼我海棠枝上雪。

附：同作

張問陶

臘月初三，雪後拉容堂就稱存飲酒，醉後酣卧雪中，不知何以遂至松筠禪院？五更酒醒，見案上有朱習之、方茶山名刺。僮云：「此二公者，昨日戌時過訪，坐此室中，談笑久之乃去，主人不知也。」因細詢昨日事。僮云：「主人在雪裏時，但聞洪、顧二公呼『李太白』，主人在床上時，但聞朱、方二公叫『劉伯倫』而已。」

賓主威儀一笑空，酒杯嵌入雪當中。大家伏地同牛飲，直有無懷已上風。

錦衣玉帶雪中眠，醉後詩魂欲上天。十二萬年無此樂，大呼前輩李青蓮。

何人負我入輕車？混把空門當敝廬。寄語鄰僧須看樣，非仙非佛是真如。

上帝敲門也不開，偶然醉死亂書堆。比鄰二妙真多事，悄入遊仙夢裏來。

張同年將乞假歸蜀醉後作兩生行送之

一生居坊南，一生住坊北。車聲馬聲不得停，十里路中常若織。我馬見君馬，鳴聲一何高。君僮與我僮，望著手即招。我來時多子來少，馬繫寺門僮醉倒。青天如磨旋不休，醉裏有時來打頭。心癡直欲走天外，下瞰日月方開眸。朝沽三升莫盈斗，吸盡東西兩坊酒。朝衣典盡百不憂，尚有身上青羔裘。一生皇然開笑口，那著酒錢街上走。一生無聊想更奇，酒盡伏舐壚邊泥。有時忽下牀，有時忽出門。人來雪裏衣盡白，疑是送酒柴桑人。幕天席地原無礙，十萬人中兩人醉。醉中分手亦不辭，淚墮黄公酒壚内。君不見，長安莫復輕酒人，酒人腹裏饒經綸。容卿百輩等閑事，爛醉尚復噓陽春。一篇我作臨行曲，馬帶離聲僮欲哭。從此長安少一生，酒星只照南頭屋。

附：同作

張問陶

讀君《兩生行》，涕笑一時作。黑夜關門讀不休，打窗奇鬼争來攫。懷詩急走心茫然，遠登雲棧如登天。人言彼土即吾土，藏詩可以經千年。我方欲西行，一星墮我前。戴罇衣褻佩龍勺，俗客驚駭疑真仙。莫驚鬼奪詩，我爲公呵護。且復立斯須，和此好詩去。是時下界冬已殘，風狂雪虐天漫漫。一生牽衣愁欲絶，一生和詩嘔出血。城南萬柳秃無枝，天詔酒星綰離别。重讀《兩生行》，如見兩生情。一一若吾語，大痛難爲賡。翩然一躍入杯底，繞地萬人呼不起。生瑜生亮偏同時，萬古之名今已矣。酒星抱月來，擲入兩生杯。兩生驚起糟邱臺，歡呼轟作隆冬雷。忽聞門外征馬語，兩童泣下紛如雨。馬聲高朗童聲俯，似訴兩生離别苦。一生聞之悲，一生聞之喜。兩生悲喜人不知，天外浮雲地中水。君不見，開天盤古氏，其情最可憐；九州莽莽無人烟，獨坐獨行一萬年。又不見，高真之居亦孤寂，舉酒招人人不睬。九天費盡百神謀，僅奪唐朝一長吉。兩生把盞同軒眉，居然日日相追隨。一生偶送一生去，臨期何必吞聲悲。我馬莫憐君馬獨，君僮莫向我童哭。雲天萬里好聯唫，共把長空當詩屋。

再送張同年一律

更從何處別？且復上高樓。一世真游戲，三旬偶滯留。已超生死刼，難破古今愁。何日青天外，同君一舉頭。

附：同作　　張問陶

吸盡都城酒萬杯，此行原不算空回。眼前醉語天收去，別後詩情夢補來。小住談心孤月滿，狂呼拍馬亂山開。思君他日書千紙，定向峩眉頂上裁。

小除日仿唐賈島例與張同年問陶祭一歲所作詩並屬王文學澤爲作圖各係以詩

君詩四百篇，我詩六十首。君詩苦多我苦少，差喜流傳同不朽。我年二十登詞場，接詠已有橋西黃。仲則。晏公祠内祭詩處，一屋神鬼皆憎狂。生年三十尤奇肆，是日孫郎號同志。筆壓南山白額愁，挺鋒復把生龍試。燕秦楚趙遊何壯，所不能臻秖天上。風月千場酒萬場，醉中歲月偏奔放。爾來四十氣已降，筆陣敢詡今無雙。異才爾復出西蜀，百斛龍鼎邀同扛。前年同客龜山左，我不知君子知我。直待蓬山頂上行，相知一世方能果。我詩與君詩，識者不能別。雖然我自知，與爾陳一一。長江一萬里，先瀉君門前。若論飲水源，我較輸君先。一年三百日，日日有昏曉。若量日出時，我比君家早。君如吸盡江水源，使我門外朝夕無奔湍。我如繫住西馳日，令爾屋頭終古長如漆。我放白日西，爾蹴江水東。高高下下總無極，與爾分半填心胸。爾筆何處架？青城與蛾眉。我硯何所支？黄山與天台。天公夜半笑口開，餘子位置綦難哉！此時一瓣香，裊入九霄碧。惹得千家與萬家，如椽紅燭都無色。君不見，黄郎黄郎已前死，不及見君詩百紙。孫郎雖狂一字無，見爾亦作奇人呼。今宵約不來，苦説有官事。坊西令我走不休，欲拉閑人作陪祭。醉中一客爲作圖，更遣一客題分書。時朱同年文翰適至。君不見，門前車轍痛掃除，分付鬱壘同神荼，今夜俗客不許來催租。

送張同年問陶乞假歸蜀 并序

乾隆五十六年，歲在辛亥，二月朔日，同歲生張君問陶乞假歸蜀，其友洪亮吉采玉田之蔬，挈山陰之尊，送之于國西門。曰：足下家居遂寧，婦留成都，鼻子遠宦，已傷親心，纍臣贅秦，復悲身計。然則足下辭金門而南邁，並赤日以西馳，勞乎此行，蓋非能已。仍復迂道峦洛，戒途雍梁。爰謀裹糧，並訪親舊。西嶽道士，留之而不能；東方細君，隨之而共反。百武之外，弱弟出迎；一門之中，密親咸萃。解笏金而貯案，被采服以娱親。雖嚴生告歸，相如乘傳，不是過也。又足下宰相四世孫也。葛侯冢畔，八百之株尚存；召公祠旁，一隅之宅能割。谿茶可采，則病婦携筐；山筍欲抽，則衰年補徑。秋原半頃，税給于王官；春韭一畦，食供于家老。而且煮米作糕，春麥爲麋，以資餘人，或給耕者。甫生之櫝，等愛于孩提，頻來之燕，視同于親故。則亦物我均適，心形兩忘者焉。又況蠶經禽演，不乏奇書；蛤港瀛田，別開精舍；臘頭宴客，社尾迎神。朝衫忽著，則鄰里詫觀；縣令偶來，則牛羊驚竄。南軒既闢，北牖時開，果落枕前，花開鏡裏。一林百樹，招鵲辭雅；雙澗疊波，留魴放鱧。若是者，采其吉語，娱我眉梨；懲彼殺機，戒兹子弟。播三田之種，閣上巡觀；賡七月之章，房中屬和。未嘗不集吉門之慶，極幽居之致焉。定省之暇，時而出遊，則峩眉當其前，青城出其後，大江流其左，資水徑其西。解角之鹿，可施鞍橋；浮鼻之牛，以當舟楫。團蕉數尺。非佞佛而可趺；危梯百層，不學仙而亦往。閑防疾厄，時覽方書；偶有篇題，緘之經藏。此則金門大隱，不止平原，玉笥真人，復來宏景。若夫僕與足下之交道，又可言焉，僕處鳩音之里，君居吠日之方；蛩距之合無由，牛馬之風不及。乃闕前一覿，忽若素知；飲中百篇，愛同前哲。顧性喻釋氏，敢侈前因；亦鄙道流，詎云緣法。静言思之，迨即吾儒之所謂如舊相識乎！夫卅年成世，足下既近之，僕則又過半矣。俯仰一身，離合萬里，常恐百年交道不盡，然精氣不散，當成神明，風車電帷，來往不絶，則僕與足下，又何慮哉！又何慮哉！自此之別，一日之内，僕眺朝陽。君眺夕采；一江之流，君飲水源，我飲波末，則亦何嘗有須臾之間、遠近之殊哉！保嗇神理，時時讀書，簡牘不詳，悉之于夢。亮吉頓首頓首。

城南初日照高樓，樓下勞勞僕馬愁。此日別君須握手，古人見爾尚低頭。交同北郭推三世，學許東方記十洲。竟欲上天留不住，夢魂隨過古安州。

附：留别詩

張問陶

離筵相對别情多，曾與羣仙會大羅。半世心交偏得爾，十年詞筆偶登科。堅持壁壘争詩律，亂擲尊罍鬨酒魔。忽送孤鴻天際去，月明千里意如何？

年年奔走逐風塵，又對春明折柳人。蓋篋隨身千管秃，鶉衣衝雪一童貧。山中酒熟還家好，雲外心閒得句真。肯學長卿西去日，高車駟馬嚇鄉鄰。

一椽破屋寄三川，累我西行欲上天。十萬峰巒生足下，尋常雲月在眉前。花時泥飲從田父，雪夜狂歌理釣船。只恐重來忘禮數，倒持手版謁同年。

小碾輕車出鳳城，東風煖到子規聲。一官偶得常疑夢，萬里能歸豈好名！細詠白華真樂事，便言書錦亦人情。迴鞭忽下憐才淚，八百孤寒羨此行。

袁大令枚病中以自挽詩索和率賦一篇寄呈

我生爲鮮民，逮養苦未果。孤真同孟陋，名合作楊軻。雖然檢此身，欲死尚不可。唯公丈人行，早結文字緣。事勳與文章，一一喜可傳。即論委蜕期，事亦須推袁。幸公未死時，我欲代公述。二十厲志初，七十著書畢。若論文福兼，公可死者一。早年預清班，繼復作循吏。風謡至今留，俎豆倘可冀。若論位望亨，公可死者二。君卿取十妻，諸葛得二男。身如柏枝强，境若蔗尾甘。若論居處優，公可死者三。十洲縱未遵，五嶽已畢至。黄山武夷間，垂老游復肆。若論山水緣，公可死者四。拾遺踣耒陽，供奉隕江滸。昌黎不攝生，和仲備疾苦。若論年命豐，公可死者五。中書廿四考，方鎮四十年。汾陽處危疑，長沙疾緜延。身命匪不達，得不償失焉。何如公致身，半世卧巖谷。入門與出門，偃仰無不足。若論心志舒，可死不止六。世凡號爲儒，家置公一編。上者師公文，次學公詩篇。下逮决科策，誦之口流涎。公名聾瞽知，公貌僮嫗識。或疑天上人，或引作前哲。甯知公尚在，年僅七十七。如此復不死，寧能望神仙。勢必神采離，形作塊壘牽。與其卧闤闠，曷若墟塚間。顔公自爲銘，陶令自作詩。頗怪同輩中，一一不和之。逮公始創例，徧索執紼詞。我謂果愛公，生并致脯奠。及公能飲食，一切口嘗徧。庖人出新意，尚可令公羡。又公在地上，説鬼不肯休。恐歸地下時，萬鬼聲啾啾。蓄憾既已深，瓦礫伺間投。公其見夢余，聊可助一臂。公雖塊然亡，我尚有生氣。鬼車與鬼馬，辟易一萬騎。公今雖自挽，我更欲速公。公如讀之竟，大笑聲隆隆。當嘉此狂生，交道有始終。

袁大令以辛亥除日復作告存詩七首索和戲加二絶奉答

赴書昨日過江東，消息傳來總不同。我信戴逵無死法，越中名士勝吴中。時誤傳錢少宗伯載赴書至京。

儻來勳業那堪論，絲竹東山道自尊。却見白鷄原不礙，故應久占謝公墩。

已抵紅塵一百齡，名山五十載韜形。如何更展人間限，天上多應妒歲星。

告存纔接七篇詩，此語賓朋喜可知。誰識仙山樓閣裏，有人望眼欲穿時。

準擬銘旌已欲題，無端白日忽回西。生天成佛都應後，莫哂精廬孟會稽。

耆舊居然壓輩羣，老來心力著書勤。十分彭祖當時壽，却愧公還未一分。

人嫌不及此偏過，恐是神仙受折磨。謫籍至今填未滿，周妻何肉累公多。

名山咫尺好攀躋，趁此春江緑欲迷。畢竟太真年命脆，請公來日試然犀。

脱手新詩衆競鈔，豐干莫怪舌偏饒。兩篇多作非無意，先代巫咸賦九招。

里中十二月詞

辛亥小除夕，避債沙河門側。因憶里中舊遊及諸勝事，爰成十二月詞十二首。

西瀛里畔人聲沸，翠色染天紅蓋地。排門剥粉書豐年，屋後水扉燈影連。橋上人，橋下艇，不斷檣聲兼帽影。東迎邗水西接城，夾河祇聞爆竹聲。料量香燭南街口，共向喜神方上走。元宵節近當出遊，却喜客歲晴中秋。吾鄉西瀛里中，爲百貨叢集之所。臨河一帶，半皆染坊，屋上飛竿插天，大率皆曝布廊也。除夕爆竹聲尤盛，詰朝紅緑紙積地常至寸許。又里諺云：中秋雨打上元燈。若隔歲中秋晴，則元夕月必大好，以此爲驗，十常不失一。

右正月

神祠昨日鐙花笑，屈指社公生日到。龍鐙九節茭滿池，就近還參各神廟。後街絲管聲沸天，鐙影直接斜橋邊。衣香隊裏春雲熱，謁廟仍須夜深出。鐙光疎處穿市過，社公不拜拜社婆。延回只説歸途枉，朱雀橋邊水聲響。笑指鄰家姊妹言，百花生日還相訪。里中近年尤重社公生日，鐙火較元宵更盛，城内外社公祠數十區，惟北後街及斜橋二處最修整，至期絲竹聲每徹夜不絕，傾城士女皆于更定後出遊。朱雀橋在玉梅橋東，過橋即楊氏園亭也。

右二月

二月二過三月三，薺花黄徧穿單衫。單衫何處尋春好？先踏艤舟亭畔草。紅梅閣接迎春堂，一路草香花亦香。紅墻缺處危樓突，正好滿塘春水活。賣花擔子不得停，昨日寒食今清明。花間古廟門開早，一片香烟接花裊。傾城人出不遽歸，緩步却從城北回。君不見，興闌欲訪閒桃李，却惜山莊前已圮。里諺云：三月三，薺菜花兒單布衫。艤舟亭、紅梅閣、迎春堂皆在城東。距城北三里有青山莊，爲前明吴氏別墅。林壑之勝，甲于郡中。雍正中，張布政适居之，後籍入官，爲里中富民所有。乾隆三十一、二年，其家中落，遂拆以償逋。今久鞠爲茂草矣。

右三月

玫瑰花香一城嬾，數起數眠天不晚。城彎北去覓午涼，柳線亂將行客綰。鮰魚上市值萬錢，山筍轉嫩櫻桃鮮。微泉閣枕緩雲閣，商略欲啓荼蘼筵。廉纖梅雨纔經夕，已報江波入三尺。趙家樓上望欲驚，畫舫却與樓窗平。出東門至天甯寺，後有曲巷一條，名城彎，夏中納涼所也。微泉閣在縣學西，侍御史董玉虬別業，今歸趙氏，緩雲閣在雲渡東，舊屬吕氏，今圮。

右四月

柁工昨日支闌鈔，迓得龍頭出神廟。龍身沉處奠酒肴，頃刻龍尾波心摇。六龍城古龍舟七，城北東西按方色。一層彩檷鐙一層，水面徑看高百尺。晏公祠外臨河滸，朔日先聞賽神鼓。三元高閣颭錦標，聯尾北出迎春橋。飛竿快槳都成隊，船上樓中卷簾對。打招要取波面寬，一舸前呼百船退。雲溪半里樓接天，一河鐙光人不眠。龍頭纔過看龍尾，四面十番絃索起。洞庭楊梅甜不酸，更有盧橘堆成盤。舵樓吴姬約早餐，港口昨到江魚船。每歲競渡時，一龍舟例支滸墅關税銀十餘兩。常州城有六門，舊號六龍城。余所見龍舟，有大、小青，大、小白及烏龍、金龍、五色龍，凡七。午節後，篙工取大石沉舟身于河底，而以龍頭藏廟中，至用時乃迎取焉。晏公祠、三元閣皆在雲溪。

右五月

萬花開後園林老，日永如年客來少。銀衫斗笠思出遊，城北水上多危樓。窗櫺豁處天光現，十頃荷香撲人面。東西兩水夾寺門，水緑欲把門扉吞。紅闌幾曲生林杪，屋古似巢僧若鳥。閒僧唤客客不應，小艇出市前溪菱。晚涼莫向閒街走，九栢山房門新酒。城北放生菴内外有池，寬至十數頃，荷花甚盛。菴南即元處士謝應芳祠，祠後有樓甚涼敞，又西行數十步，即楊進士倫九栢山房也。

右六月

七月七日侵曉妝，牛郎廟中燒股香。回塗更把裙衫整，織女橋邊鑒春影。彎彎新月看至圓，結伴好上臨河船。東塘北岸人争覰，倚艇低頭放鐙去。今年鐙樣人更誇，飄出萬朵紅荷花。年年歲歲祈無疾，自信今宵鬼緣結。君不見，東家女兒結束工，染得指甲如花紅；斜簪茉莉作旛勝，鬢影過處饒香風。又不見，西家女兒還未嫁，閉户挑鐙坐深夜；神鐙社火總不看，獨望銀河占米價。北門外十里有牛郎廟，旁一木橋，俗名爲織女橋。中元日，土俗普放河鐙，又多市楮幣，于深夜燒之，名結鬼緣。七夕前後，天河隱不見者常十數日，吴俗以日數之多寡驗米價貴賤，多不爽。

右七月

十三月，如元宵，十四十五光尤饒。蒹葭莊，來鶴莊，更有蘆墅蔆堪嘗。歸來樓上開扉望，正見光從海門上。江波濯月月更涼，千户萬户堆新霜。層樓影向三更直，高下棱棱瓦檐濕。更殘女伴出走橋，行過八字剛三條。頳顔難却鄰姬請，更走烏衣及紅杏。莊家燈謎猜不完，曲巷更有花鐙看。打十番，跳百索，攔路復看飛鼠落。兜鞋纔了復墮釵，南街怯行行北街。君不見，團團明月方迎面，一入采棚天不見。蒹葭、來鶴二莊，桂花最盛。蘆墅在北門外，産蔆尤佳。八字橋在城東，與紅橋及元豐橋斜對。烏衣、紅杏二橋名在邗溪上。近年中秋鐙謎盛行，己酉、庚戌，莊公子逵吉在里門延名士十數人，專司其事。以是所製尤膾炙人口。中秋前二日，恭值萬壽聖節，居民皆結采爲棚，張鐙至五晝夜，大街及西瀛里尤盛。

右八月

中秋説餅辰，重九題餻節。汪三湯餅倪婆餻，却與龔丸作三絶。出門衣袂多北風，偏向南郭聽齋鐘，再轉僻寺來城東。驚聞天半人聲雜，一郡人登七層塔。攔門一客索一錢，鼓勢直上浮屠巔。窗櫺八扇迷方向，咳吐皆飛鳥巢上。前行如挽後若推，足底復有人頭來。飛梯盡處波如鏡，坐久蒲團始神定。閒尋菊種來僧房，更借苦茗澆詩腸。歸途忽見紅鐙簇，禮斗筵前夜焚籙。雲溪倪婆製糕，葛仙橋汪三製餅，皆奮有名。近厨人龔玉魁製粉丸亦精。清涼寺在南郭外，九月中，香會頗盛。自城南至東郭必出崇慶寺前。太平寺在東郭，有塔七層，爲九日登高處，里中人常以九月禮斗，城東毘耶室、塔隱山房，皆禮斗壇。

右九月

一花一草都無色，黄葉砌邊堆數尺。下元會好强出遊，乍冷客亦披輕裘。蕭辰欲偕笙歌暖，排得雲車大街滿。迎神曲好還送神，香篆影裏回陽春。馬山紫蟹螯，鸖蕩青魚尾，屈指消寒會當起。舍南竹屋梅乍開，掃室便已安尊罍。趙君飽啖吴君飲，更有蔣君工食品。潁州酒政推嚴明，不到四更杯不停。君不見，坐中有客歸何遽，欲附租船上墳去。里中賽神，以清明、中元、下元三節，届期城隍神皆詣北壇行禮，出入儀從甚盛，兼設雲車。臺閣故事，傾城士女咸設幕觀焉。蟹産太湖者佳。鸖蕩在西門外五里，産魚最多。里中諸老輩，趙丈繩男食量兼人，吴上舍祖健稱豪飲，蔣太守熊昌酒政尤嚴。舍南竹屋，則余侍御舅氏書舍也，食品每出新意，他人倣之皆不及。又吾鄉展墓以清明及十月。

右十月

租船歸日盈筐載，精穀上倉粗入碓。嚴寒料理及薺鹽，買得城南幾挑菜。花猪成隊羊一羣，冬至日前商祀神。蜡筵開處賓朋滿，紅燭壓簾行酒緩。清歌小部方上場，門外嫁女笙簫忙。君不見，東鄰贅壻仍開讌，自説豐年百般便。連天爆竹西半城，一月不停歌吹聲。樂工醺醺里巫飽，却詡今年日辰好。吴俗于冬日預蓄菜數百斤，以鹽漬之，可經久不壞。里中富人于冬至後報賽，名曰蜡筵，是日必徧請親朋。又里俗婚嫁事，必擇冬季，若遇豐歲，則更多，亦昔人「霜降逆女，冰判而止」之遺意也。

右十一月

桃仁滿把餹盈掬，臘八家家煮膏粥。袈裟三百紅滿街，穿徧一城云化齋。闌干影裏飛花爆，相約廿三先祀竈。神祇五路土五方，屋後有井堂前倉。小兒新年上學堂，牲醴并欲祠文昌。年殘百物先儲蓄，家讌賓筵喜俱足。君不見，書生生計絶可憐，研斷凍墨書春聯。臘月八日，以百果煮粥，并饋親鄰。城東天甯寺，僧徒常三百餘人，臘月初，則空寺盡出，各化臘八米。祀竈舊以廿四日，今則家計稍裕者，皆移廿三。土俗以五路神爲行人，歲盡則祀五方土，士人則加祀文昌朱衣。歲除，寒士之最窘者恒設筆硯于通衢，代寫春聯，可日得數百錢。

右十二月

卷施閣詩卷第十一

五陘聯騎集（辛亥、壬子）

雨窗讀何水部道生詩適有饋蟹者率賦一首即題卷末

平明生輕寒，秋雨閉門大。窗風扇如鬼，稍入竹數個。起來天冥冥，枯坐無一做。攫得一本詩，中邊頁先破。案頭光正黑，捉就窗隙卧。讀一首兩首，大叫急起坐。波濤欲掀屋，日月忽顛簸。無端蟠虹霓，光怪生土坐。排空一枝筆，五岳透皆過。凝然七字出，重欲百馬馱。又如五兵利，當者無不挫。讀時忽狂笑，一屋悉驚邏。一句復一滴，恍與檐漏和。雖然萬言富，無救一日餓。忽然敲門來，送蟹有鄰左。是時雖正晝，墻外黑若磨。安排醋盈盞，疊取薑桂剉。呼童急斟酒，好句我欲賀。遺經嬾書寫，即此當清課。時爲幼子書《爾雅》。讀詩一兩卷，食蟹七八個。快哉復快哉，屋漏頂上墮。

自蘆溝橋西入山至花犁坎道中作

山程七十里，半道馬已死。時同行劉檢討湛齋馬忽斃。主人寄坐僕告歸，一馬乃載三人來。前山蒼蒼月初出，對面一山看落日。微紅入水尚有光，水底已復鋪新黄。山風斜衝兩山口，倦客欲眠山石走。一峰槲葉下趁人，車上鈴鐸聲疑嗔。客行無糧馬無草，三兩人家閉門早。却怪前頭紅樹多，槖駝不到山初好。

自慧聚寺北行歷化陽朝陽觀音諸洞晚上極樂峰作

峰形南北殊凹凸，入地上天皆一日。濳行五里不見天，蠟炬光遠空浮烟。莓苔森森緑疑夢，蝙蝠手捫皆不動。一風衝出微帶腥，足底萬竅聲俱鳴。好奇徑欲窮顛末，行僮失聲炬將滅。四人急轉我後來，風黑恍有千人追。是時屈指當交酉，出洞見天天尚晝。飲泉百盞神始清，坐調鼻息方遠行。樹巔斜行途轉窄，鴉點撲人如雨黑。東行一洞勢較低，一洞復出清泉西。斜陽沉沉嶺頭落，客意極疲龕極樂。下方已黑天頂青，側帽恐礙當頭星。

自潭柘寺至龍潭久憩

一亭蓋清泉，再轉泉已失。山腹空若囊，時時怪風出。青松高穴蒼鼠肥，紅葉遠雜烏雛飛。四山茫茫樵跡稀，山翠沁骨思添衣。斜陽下嶺客上山，山寺防虎門先關。坡陀百轉行客餓，林果却從頭上墮。

宿慧聚寺山房

寺門望殿樓，樓迴若天上。一松蟠殿角，高復出千丈。山僧導客行不休，石屋轉出青松頭。客行開窗玩松頂，下視僧房若居井。秋衾鋪月夢不成，一夜枕上皆松聲。松耶雲耶不能省，月裏千重百重影。三更闢户禮上真，北斗正南來瞰人。

日午抵潭柘寺至猗玕亭久坐

到門諸峰低，青翠收一殿。直上百級奇，雲紅撲人面。穿廊入厨院，百匝水聲徧。危亭圜衆緑，當午無所見。林杪開北風，晴陽落如綫。山牕當殿展，涼燠亦時變。朝饑誰可喻，山果幸時薦。吴筠雖説餅，束晳仍賦麫。卧枕明昌碑，狂思永和讌。亭有流觴曲水故云。

慧聚寺夜起行馬鞍山麓

三更東峰明，斜月逗林左。連閣無人聲，獨往意亦果。北户昨已扃，山風自開鎖。稍南通一徑，細路出墻垛。碧樹合作屏，黄雲散成朵。低同馴鹿步，高與彌勒坐。一寺十數廊，閒行止餘我。徘徊念儔侣，水黑月已墮。歸路愁徑昏，山榴綻如火。

山房與邵侍講晉涵話舊兼呈曹侍御錫齡劉檢討錫五張運判道渥

憶昨從君遊，青山謝公宅。五更摇夢醒，君苦行不得。出門殘月尚在墻，照見四野黄花黄。傍花前行衣袂香，緑鬢欲與花争光。看山百度花千度，鏡裏朱顔已非故。五嶽雖成汗漫遊，一春每被風光誤。洪厓仙人甯足誇，君亦嬾種青門瓜。雲山無意忽相合，且拾山果烹谿茶。對床七輩今誰似？可惜三人已前死。壬辰三月，同遊青山七人，今朱竹君先生、張上舍方海、黄二尹仲則並下世。學士才名上舍詩，還餘李嶠真才子。今日張顛有替人，曹劉聯轡出風塵。青松白石談遥夜，艷李夭桃訂好春。時約明歲三月重遊。

歸途遊石鏡山作

馬行半日坡皆陡，槲葉隨風出林走。桑乾河北飲馬時，却望樹色還參差。平沙茫茫埋馬膝，復有一山當路出。遠尋千級到寺巔，寺外城堞皆衝天。紅林蕭疏日光薄，破樓無鐘殿扉落。庭隅堆草濕一邊，夜半或有山魈眠。

梧桐葉

梧桐葉，秋來大如掌。肅肅西風催，蕭蕭打門響。

何工部道生招飲即席羅山人聘曹指揮鋭張運判道渥合作一圖名秋堂雅集因繫以詩

一人畫山，一人畫樹。旁有六七人，嘐嘐屋中住。曹興宗，昔時畫馬今畫松。羅江東，畫人不工畫鬼工。

張風子畫即有風，獨葉恍起秋堂中。兵曹詩百篇，法時帆。舍人酒一斗，劉湛齋。比部談天李石農。我叉手。屋頭有樹樹杪山，却怪樹底門常關。晚晴巷口車聲接，一徑呼僮掃紅葉。斜陽入樹留一分，道遠客欲趨城門。時帆居内城。君不見，山雞窺客喜復嗔，認是昨日遊山人。

遊古寺

入門悄無人，北風吹小住。誰肯揖先生，長身一松樹。

朱孝女奉親圖

孝女婺源人，誓志不嫁，以養父母。父亡，事母幾二十年。及母没，孝女年已五十。依兄弟以居，繪父母象懸室中，朝夕事之如生。其兄某爲作《奉親圖》，索詩云爾。

二十事父母，三十依偏親。四十作藐孤，哀哀逮晨昏。父亡事母母亦亡，高齋却掃爲影堂。影堂西偏兒所住，生死不離親一步。行年五十不下堂，父母以外無尊章。畫師敬復瞻顏色，髮白未笄何可得？椿兮萱兮合作圖，旁有几榻兼詩書。君不見，孝可生，孝可死。由周秦，逮今此。伊誰作配光青史，北宫之女嬰兒子。

歲暮飲酒詩十篇

一屋無閒人，勉復出門走。一巷無閒人，驅車出坊口。東西街十里，排户欵良友。皆云出門久，十至九不偶。沿路爆竹聲，兒童拍雙手。車來仍復返，斜日已交酉。一世無閒人，誰同飲盃酒？

飲酒或不樂，時時復嘯歌。讀書有時疲，披氅亦吟哦。設榻書案旁，所以消睡魔。房廊亦周行，時還撫庭柯。大抵一日中，良朋問經過。飲酒時究少，讀書時究多。

自爲京朝官，童僕色不展。連晨朔風至，寒色到雞犬。吴奴昨告去，朱户別思欵。今辰闞右僕，衣被亦將捲。欲留心不忍，各爲計安善。十年依倚久，一旦忽辭遠。周親復交詈，食窘衣不暖。笑讀東觀書，何如北門管？

學士不能飲，而時負酒錢。法時帆喜招客。侍講久輟詩，邵二雲。獨喜客贈篇。孝廉耽宵吟，王惕甫。日出擁被眠。廣文退食遲，汪劍潭。負券愁逼年。皆隔十里遥，誰能比唫肩？歡悰杳難尋，俗累苦復牽。惟應孫比部，淵如。時鬧笙歌筵。

比鄰指揮署，對户車羸坊。鄰雞第一聲，馬嘶人亦忙。否則公案側，貫索聲琅琅。羣動既已繁，吾行起徬徨。門户尚未開，初日上北墻。窺厨炊烟稀，正苦瓶無糧。吾師昔人言，冬日則飲湯。

歸鴉值歸鴉，十十復五五。酒人憶酒人，相思倍云苦。寥寥心一寸，誰復可傾吐？欲因西逝日，寄此蜀江滸。江水杳以深，高原復相阻。思君不能見，夜起聽更鼓。安得雙鯉來，奇篇概今古。此首寄張同年船山。

屋頭無星辰，積晦已三夕。淩晨先習霰，騎馬懶入直。生徒來饋歲，野鶩間鮮鯽。更有酒一樽，聊云破岑寂。雖慚通德里，差比草元宅。呼兒開美醞，小酌經案側。正好無俗人，門前雪盈尺。

人皆處城西，我獨居城東。城西人不來，賓坐時時空。非徒息紛紜，藉臥篇籍中。日旰弱弟歸，粥飯喜與同。兒曹誦經餘，得句輒復工。爲善無近名，我師陳仲弓。干禄不欲多，我法邴曼容。興至即舉杯，消磨寺樓鐘。

昨來京華居，闢室作影堂。晨昏覲吾親，旬朔申瓣香。禄苦不逮親，時時我心傷。幸伴弱弟居，諸甥亦隨行。誨以勤讀書，庶幾能顯揚。歲晏風雪中，懷人益傍偟。一舅依郭門，兩姊居江鄉。何時能合并，築室先壠旁。

向生無他奇，貧甚益偃蹇。人言年歲竟，屏當無一件。開函展然笑，一室尚仰偃。泉明乞食詩，吾行恐難免。欣然喻妻子，且設歲除宴。爲歡極今日，先把百愁遣。待過元日朝，衣裘亦堪典。

歲除以酒炙酹亡僕窺園并繫以詩

自余爲諸生，汝即侍左右。皖江隨學使，姑熟依太守。兩年居白下，一載住京口。逮擢明經科，相從浙東走。窮冬遭大故，九死返林藪。汝也痛哭隨，衣穿露跟肘。經年堊廬内，料理及鬖溲。一僕乘間逃，蓬門汝兼守。余心感其義，待汝乃不苟。除喪來日下，百事益紛糅。春秋兩闈試，十上九顛踣。屈指十五年，所值苦不偶。親知久相棄，汝乃誓不負。落落十數州，商量覓升斗。遊梁才匝歲，客陝時最久。中謀金半百，爲汝歸娶婦。南下不半年，長饑婦先訴。踉蹌復追及，訴室有病母。汝才工料事，兼復習科蚪。每寫百幅書，人疑出余手。余交徧區宇，能一數某某。孫黄曁崔趙，識我交最厚。不來同我憶，來即具尊酒。各能諳食性，默爲理菘韭。武昌城郭外，客歲歷申酉。地也南北衝，邨墟雜花柳。平生汝頗謹，苦被僚僕誘。到此亦有由，都緣婦奇醜。妄心希外遇，或可副箕帚。放艇夜渡江，時時逐鷄狗。衙推頻乘隙，間值墨尿毆。有時方縱笑，遭我出行陡。厲色一禁之，鞭笞願甘受。扶病方就道，風雪復連嘍。余來幸通籍，解汝顔色愀。遣歸迎眷屬，兼爲覓糧糗。汝時雖已病，閩語尚抖擻。今年附舟至，面色益昏黝。殷勤覓醫藥，病早醫乃後。短至節氣長，時時伏床嘔。屏除諸食品，日僅啖蔆藕。沈病由自取，將死乃一剖。彌留三兩日，作札呼汝舅。瞠目不得言，頭從枕邊叩。卅年爲一世，誰識汝不壽。汝行雖厠僕，汝義實兼友。汝不善攝生，吾行又誰咎？急爲馳惡耗，書至月已九。汝母哭定癡，汝父顔亦叟。伶仃遺弱女，學語未離彀。一棺雖草草，必爲枕邱首。除夕酹一杯，傷心汝知否？

小除日寓齋卷施閣祭詩作

昨年祭詩日，同館挈仙史。謂張船山。今年祭詩時，闔户僅兒子。一兒讀詩業未醇，一兒學選粗有文。呼來筵上作陪祭，不向屋外招詩人。事功一歲慙何有，詩一百篇文十首。借之作達亦可憐，敢向衆中誇不朽。此筵設自我，此例舉自唐。浪仙詩句鏤肝腎，積歲預恐心神戕。我詩直欲寫胸臆，元氣未劚何由傷？雖然一日間，檢韵亦已忙。灤河仙鹿北谷羊，作脯聊潤詩人腸。南鄰訴誶聲，北巷市廛沸。吾廬雖冷一事無，尤喜門無索租吏。一詩焚筵前，一詩寄蜀中。狂生避債作臺後，預想掩户浮千鐘。我行亦返卷施谷，欲仿長江作詩屋。更邀諸老同祭詩，短趙狂孫附癯陸。陸秀才繼輅年尚幼，已工詩，兒子友也。

小除夕從家大人祭詩歌

飴孫

兒時放塾庭前過，重慈提携侍行坐。桑陰屋側隨嬉遊，手捧新詩當餘課。十年負笈從師遊，樓前學詠珊瑚鈎。閒中分賦荷奇賞，出語不肯同朋儔。歸來朗誦喜阿母，慈顔一笑開眉愁。歲除亦解束詩卷，雅伴積軸堆床頭。屋傍十畝富風景，絶愛春晚兼新秋。偶然好句覺自得，僮僕往往嗤吁嚘。艤舟亭畔蠡河地，花落花開摠能記。年華二十春二分，入世文章敢遊戲。春明北上隨慈親，歲星在亥月在辰。曾登嵬繹望泰岱，更喜擊楫經渾淪。看山看水不相識，問名一一窮本根。祝風咒雨一枝筆，行客舟子驚奇珍。燕中隨宦樂趨侍，一卷兀兀隨晨昏。過庭重誡爾小子，學詩一語言重申。閒堂月好命分賦，擘牋搦管噓陽春。一篇偶合長者笑，一篇若拙長者嗔。弟昆相賀復相戒，冥索時復煩心神。金臺芍藥鬧河柳，快飲百杯詩百首。夜闌掩户時朗吟，一屋兒童都上口。卷施閣集排西東，更列酒脯酬天工。庭除恪侍作陪祭，釭穗凝緑花冥濛。太華培塿並時列，光氣淩亂殊青紅。瓣香縱不在前哲，敢説家學能兼通。他年倘得嫻一藝，略比過邁隨坡公。

花朝日獨遊二閘歸適馮編修集梧得田侍郎雯大通橋秋泛卷子索題因率書長句于後

花朝日展重陽圖，百年風光今在無。蓼紅荇碧色不減，只有卷裏人俱徂。河流北去都成岸，驢背紅塵亦頻换。誰從物外觀古今，石塔亭亭峙天半。惜哉秋好何如春，津水乍緑無纖塵。獨遊徑苦意蕭瑟，坐恨不見當時人。百年似此清遊寡，都策疲驢不騎馬。沿堤正好迎面風，攬得柳絲盈一把。米船東來晝舸西，百丈往往牽朱旗。羣公觴詠致堪樂，可念民力東南疲。君不見，東南十郡沿江滸，陟險誰憐挽輸苦？就中若以河沙量，我亦江鄉一編户。田郎仁者固不同，刻石告誡垂橋東。即論文筆亦殊健，赤幟已植騷壇中。風光過眼誰能久，感舊懷人一杯酒。春禽送客如有情，約我重來看新柳。

葉舍人雯移居觀菜園上街東作圖索詩爲賦長句

樓頭擘山作兩峰，門外江漢流無窮。先生開軒日正東，繞宅萬樹桃花紅。朝烹武昌魚，暮飲江渚酒。卅年撰述無不有，博士一官堪白首。無端欲將閶闔排，愛看紅藥翻當階。江頭池館覓人住，反使猨鳥情俱乖。水程迢迢陸程少，糧盡唯憑讀書飽。津門橋南賃百驢，囊金雖少書有餘。揭來都門三易居，菜圃開處真吾廬。盤盤老屋横街後，分半貯書嫌不轂。鎖廳退直事亦忙，目力苦短書聲長。談心時接北街李，小松編修。聯句尚有南頭王。惕夫孝廉。君不見，買山何似還山住，一樣門前幾株樹。屋頭添得十丈塵，失却雙川合流處。

法學士式善屬題曹指揮鋭張運判道渥所繪二卷子

蓬壺有仙人，早歲即食禄。所居尤禁近，丹闕森在目。官清饒暇日，當午駐車軸。閉門詩作命，萬事不貯腹。我頃謂先生，身外物皆足。無須更誅茆，天地即詩屋。苦吟朝復夜，雙舉日月燭。惟愁鑿幽險，或致鬼夜哭。元氣不可漓，期君返真璞。詩名試屈指，海内不五六。餘如閲傳舍，彼此可駐宿。賞心雖偶寄，過眼亦苦速。兹龕庶突兀，表以出檐木。名山原有待，壇坫今已築。我亦念故居，卷施一隅谷。

右詩龕圖

我家門前接早潮，却行一里數十橋。橋邊朱樓橋下艇，千尺闌干漾清影。扶橋楊柳高接天，樓上著客疑飛仙。偶然窗際落高詠，却惹遊魚出波聽。此橋此屋别幾年，轉眼風月凋朱顔。幸從塵外覓棲止，百步尚有泉濺濺。車聲馬聲何日歇？每遇橋名輒驚絶。橋心何止無水流，反惹岸塵高尺一。先生詩思本最超，更喜畫裏逢溪橋。桃花溪南楊柳梢，著一斗室如鴉巢。我因鄉夢頻生妒，君爲尋詩盍延佇。徑携秃筆及團蕉，明日從君畫中住。

右溪橋詩思圖

寒食出遊詞

墻頭無雨聲，墻下無草色。杏花一枝空復情，薄暝吹香作寒食。春衣初試欲出門，東風吹塵日已昏。天橋南去路如掌，楊柳缺處藏春墳。春墳高高盡尺五，貼徧紙錢知有主。橋西燕子飛不停，啄得幾家墳上土。啄殘墳上土，來作梁間塵。堂前宴客開酒樽，即是掃墓歸來人。世間行樂皆如此，一邊生人一邊死。消沉代謝那得知，冷眼却輸雙燕子。東風吹塵日向西，燕子亦逐遊蜂飛。成團蝴蝶出門去，屋角幾樹桃花低。坡陀高低土無隙，高種花枝下栽麥。老翁往歲食有餘，麥穗既黄桃實赤。今年無雨桃少華，麥隴三月飛黄沙。關心歲事各惆悵，令我興盡思還家。歸來閉户同誰語，一枕輕寒夜如許。忽驚飛夢到江南，借得鵓鴣來唤雨。

館僮折梨花一枝供膽瓶中率賦一絶

折枝聊復詡春華，插向文窗影絳紗。蝴蝶一雙來入定，錯疑添得樹頭花。

三月廿三夜丁香花下獨坐適法學士式善以庚戌辛亥兩年所作詩屬訂定因跋于後

丁香花底展君詩，花穗千條月一絲。句向卷中吟欲活，月從窗裏墮多時。商量握管題長句，珍重臨風嗅亞枝。明日欲邀花下醉，更憑殘朵索新詞。

三月晦前一日清曉獨遊法源寺看海棠花下值馮户部敏昌因同過寺旁亡友黄二景仁舊寓室已傾圮不可入感賦一首

出門誰是看花路，縱馬直前知不誤。斜行七里破曙光，馬不識途能嗅香。平明一寺攔街出，萬緑衝門馬驚逸。客行下馬方拂塵，花下已有先來人。羡君何止尋花早，花氣入簾餐欲飽。十分花事惜已過，砌下漸比枝頭多。明朝更惜花無幾，窗外怪風成陣起。看花人老花莫悲，花下幾見常追隨？不然花枝南頭兩間屋，曾有詩魂抱花宿。眠時如鷗立如鶴，看得開時復看落。如今寂莫鎖幾春，花屋祇當詩人墳。門闌雨圮紙窗破，時聆唫聲夜深墮。君行歎息欲出門，我更代花招客魂。君不見，客魂定在花深處，怪底曙鴉啼不住。

暇日校法學士式善張大令景運近詩率賦一篇代柬

我詩時苦難，法詩時苦易。若欲詩筆工，兩人先易地。張君下筆有古人，我詩下筆苦有我。若論詩格超，有人有我皆不可。咄哉詩道匪易言，何況雅頌至此已及三千年。誰無好句播人口，大抵來往起滅一一如雲烟。天有日月星，地有嶽與瀆。筆端撼之不能動，何以奴視荆朱僕賁育。若夫一身之内理更該，心志各淩爍，口眼各闔開，不將我之心志口眼寄于古人四體百骸内，始覺我與天地錯立成三才。不能已于心，乃復出諸口，爲天地立言于我亦何有？有所溢于目，乃復矢厥音，爲山水寫照而我何容心？一言二言精不磨，千語萬語甯嫌多。鋪牋直可概八極，濡墨真欲成江河。然後張君詩法君詩，牛腰巨卷擲我我欲頂禮同所師。且令前萬古與後萬古，得我數輩中立藉可相支持。

晦日卷施閣餞春偶賦十首

紅杏枝前拜朔來，丁香花底餞春回。冷官一日無餘事，衹向疎闌數舉杯。

經旬常坐此花前，花幔愁開日影煎。怪底鬢絲都不潤，江南抛却已三年。

白雲間有護花心，時墮高枝作曉陰。雲起接天花委地，欲憑誰與判升沉？

細語擔鈴那得聞，城東風物感羈魂。春原一様平如掌，只少菜花黄到門。

雨絲真欲比黄金，尺五閑階草未侵。九十日春晴過了，却餘今日是春陰。

春殘排日鎮飛沙，自掩疎櫺護碧紗。誰向燕南記風土？屋頭青草窖中花。

閒禽多半向城東，花裏高樓面面通。不看生紅看生緑，天壇十里柳絲風。

送春歸處敞斜扉，星露微茫點裌衣。休更梯墻看風色，明朝不放紙鳶飛。

悟徹繁華揔是空，興來擫笛自西東。尚餘幾尺斜陽影，要與春花門晚紅。

一種心情小婢猜，四更猶自踏蒼苔。燕疑殘月銜簾出，那識幽人秉燭來。

惜春詞

一風吹自東，一雨來自西。風催花作塵，雨催花作泥。作塵飛揚作泥定，誰是春花舊心性？桃枝欲窺廊，柳枝欲窺樓。窺廊見客行不休，樓上柳眼看春愁。入門復出門，不見碧天色。離離滿徑堆緑陰，明月欲從何地白。心長夜短睡不甘，曉夢亦復歸江南。夢時看花醒時叫，芍藥如盤向人笑。

四月十三日張運判道渥招同王給諫友亮劉舍人錫五伊比部秉綬何水部道生胡文學翔雲陶上舍涣悦至海北寺街古藤書屋看花小集分韻得花字

一屋如舫門開斜，半空吹香不見花。入門老榦復横路，根古半入鄰人家。抬頭花向竹梢颭，一架正把天光遮。緑雲濛濛雜紫霞，花朵缺處蜂爲衙。花光豈止潤眉宇，坐久衣上濃香加。主人華筵開咄嗟，有畫可質無須賒。巷南喧喧來酒車，花片驚落隨飛鴉。以花入酒沁齒牙，海濱石首津門蝦。更喜蘆筍先抽芽，年光慨如赴壑蛇。春止一日須豪奢，十五日立夏。握拳透爪拇陣譁。上樹百徧能搔爬，酒盞嵌入枝丫杈，不爾恐有旁人拏。十三清宵月正華，笑視竹影生窗紗。忽思逃席路復叉，一徑却好鳴官蛙。到家冥冥吹曉笳，袖底香氣留些些。

自御園回半道遊五塔寺寺中有古樹二株出檐幾數十丈花開覆屋寺僧曰銀杏也爲賦一律

五塔寺邊雙樹奇，馬行迂道欵禪扉。高枝似向雲中出，落蘂猶能天半飛。清磬幾聲催夕照，疎香十里點朝衣。鄰齋東去春如海，寺旁即極樂寺，牡丹、薔薇盛放。較爾濃陰覆院稀。

廿二日侵曉偕孫大至豐臺看芍藥

馬聲嘶過柳梢頭，宛轉雲容清淺流。十畝竟從人外闢，萬花如向鏡中浮。狂思海國春三月，夢斷江城尺五樓。小坐不妨遲日出，滿汀濃緑撲簾鈎。

國花堂看牡丹

新緑叢邊競吐芽，柳陰先爲障飛沙。縱教風雨無寒色，占得樓臺是此花。幾日酒中勞悵望，有人簾底惜韶華。如盤莫向閒時笑，第一銷魂數謝家。

崇效寺看海棠

入寺先教蜂蝶忙，殿前一樹倚朝陽。若逢蜀客應回首，不作秋花恐斷腸。萼雨心情初挹露，冠春顔色肯施香。紅紅白白看千朵，莫更臨風笑野棠。

題阿少空彌達西尋河源卷子

鞭梢生層雲，馬尾摇晴暉。却行數里即天上，側帽忽礙星芒歸。雲外一株樹，我疑是落棠，不然何以夸父擲杖來兹方？石林何周遭，復疑天盡處，不然何以豎亥逡巡欲回步？地高于天石壓雲，北斗背上生峻峋。幾回洗眼望來路，秖覺黄氣一縷從東奔。漢家西南羌，元人鄂端尾，去此不知凡有幾？一條天路雖分明，歷萬萬古無人經。飲源三日馬亦靈，五色石上飛而行。天河轉近滄溟遠，三面銀光截雲斷。行經萬里無一人，立久氣如春日煖。乃知《山經》《水注》皆放哉，眼底甫覓真源回。道逢青鳥亦不訝，見慣捧日黄人來。圖中繪花翎黄馬挂。君不見，相公奉命安河流，怒濤如雷喧七州。此時那識鑿空使，藐爾已據天西頭。一尋其源一疏委，同日奏功天子喜。雲梯關北望板桐，只隔地中三萬里。

立秋前一日法庶子式善邀諸同人至積水潭匯通寺泛舟觀荷分韻得學字

入門一徑何磽確，山鳥迎人如鼓樂。繞垣三折到寺樓，松櫟圍堂密如幄。是時正值新晴後，破曙園亭色班駁。張顛窗裏先揮翰，以指擘牋如可學。卷頭衹寫波一層，已覺清光動榱桷。苦唫尚厭人聲雜，逕上高枝與商榷。何生入座先邀客，後日出遊期可確。時約遊南西門外金尚書園亭。坡陀高下石百堆，坐啖冰棱與瓜瓝。新蓮去菂桃芰核，客未及餐遭鳥啄。纍纍紅果堆緑陰，不問鄰家棗先撲。誰人升屋思逃酒，墻角銀衫險遭捉。樹頭啖果人不知，風峭時時墮菱殼。碧筒盃好長三尺，荷露殊清酒偏濁。東西捋陣何喧雜，熱暑欲將衣袖濯。趁閒拉客淩波去，忽有小舟無木榷。船頭三四船梢兩，喜得吴儂體修𥢑。豈惟快飲荷盤露，盤底嫩紅時一搦。離離百頃生晚涼，此樂江南庶堪較。坐中誰復唫詩健，欲以持橈抵橫槊。弄波東去香尤迴，指爪時驚刺菱角。潭平日落風正生，手撼前汀鷺絲覺。

法學士以康熙己未鴻博前輩徐嘉炎等崇效寺雪公房探梅詩册索題爲賦一律

棗花寺裏看花日，我後諸君衹百年。見説雪公疑古佛，却驚梅榦亦飛仙。馬蹄聲冷春三月，鴻爪泥留尺五天。莫哂阿儂題卷末，後來應又作前賢。

卷施閣詩卷第十二

黔中持節集（壬子）

八月十四日闈中奉視學黔中之命紀恩八首

手披口誦日巡環，清福誰言不等閒。却愧主恩原過厚，校文纔了許看山。

未妨旬日緩征程，官閣西偏瑣院清。時居會經堂西。八百孤寒倘回首，使星猶傍玉階明。

學荒甯好作人師，心賞偏教下筆遲。日向一堂横處坐，沉思不異課經時。

二十三人説聚星，三主試、十八同考及内收掌二人，共二十三人。横排几案敞扉櫺。諸公僻事勞相訪，我尚應慙劉石經。

一紙除書下九重，凌晨傳徧棘闈中。神仙亦有升沉感，閑向瑶階説杜沖。時分校十八人，惟余及江西李編修傳熊奉視學恩命。

箱擎甲乙卷縱横，宵漏沉沉入五更。忽得一篇勤擊節，却逢紅燭語分明。俗言燭花語爲吉祥。

七尺筠藍手乍抛，舉子入場，例携竹藍貯什物。竟携文筆試同曹。官資深淺由君較，坐中有言科分深淺者，是以及之。

只我前年尚白袍。

姓名題向榜頭遲，短李才偏噪一時。填榜畢，本房頗有知名之士。纔欲解顔先下淚，孤兒十載已無師。予少孤，從太安人授經。今太安人下世已十七年矣。

九月十六日次子昐孫殤

一病經旬朔，行蹤爲爾遲。如何束裝日，却值蓋棺時。櫝楚威初斂，予督課頗嚴。參苓命不支。九原翻羡汝，先得侍重慈。兒爲太安人所愛。

臨發志感

萬里初持節，經旬屢斷魂。受恩原色喜，念母忽聲吞。負米程非昔，傳經席尚温。明明昨宵夢，親見倚閭門。

蚤發良鄉小雨

村雞喔喔五更餘，馬陟坡陀步轉徐。昨日晚凉翻急雨，滿堤黄葉似遊魚。

良鄉道中

我行雖值秋，氣候已冬月。尚喜天宇温，風霰猶未烈。濛濛遠道開濕光，楊柳緑盡初生黄。歎鄉豈獨民無業，樹底饑烏亦餐葉。

早發涿州

寒夜雞失晨，馬嘶聲愈警。十籠銀燭煇，遠逐殘月影。

由涇陽驛早發至望都縣小憩復抵清風店

早發涇陽驛，兼程日未西。力疲山縣馬，聲短戍垣雞。淀落雲千頃，秋成菜百畦。傳餐吾自愧，車下有饑黎。

蓮花池暮訪汪修撰如洋不值留柬一律

豈料塵千尺，猶留水一方。風沙來數驛，烟雨忽横塘。猋仄開波暝，星圓蓋樹涼。主人何處在？雙鶴入書堂。

趙州雨花庵小憩壁間有雍正三年吴少宗伯裹題句和者甚衆亦用其韻作一首示菴僧滿坤

一菴當孔道，終日鐸鈴譁。但願土宜麥，不須天雨花。乍醒完縣酒，頻浣趙州茶。知我南來客，勞勞問九華。宗伯自題九華山人，故菴僧詢及之。

邯鄲題呂祖祠

兩年前尚一書生，持節今看萬里行。自恐功名亦如夢，漫逢人説是皇程。

自柏鄉至磁州道中雜詩

一日行兩驛，所苦乏昏曉。十日歷數州，尤愁值僵殍。眼中過百井，生計殊草草。閭邑雖尚盈，歡顔抑何少！日斜楊柳外，一一閉門早。驛亭依北郭，路斷垣亦倒。吏辭供億困，愍此山縣小。僮僕有人心，宵餐不能飽。

昨日馳縣東，今日馳縣西。屈指兩月中，萬里積四蹄。我願騎馬人，惜此馬力疲。渴引就水源，行無使長饑。此甯欲市恩，體物或庶幾。廐吏慘不仁，鞭撻詎有期。我詩寫驛亭，墨淡字亦攲。用以警牧民，危言匪無稽。

十里一驛樓，三里一堡房。塗皆列五軌，楊柳疎成行。持較江以南，地力殊太荒。行者色苦饑，居者無餘糧。岡原何高低，土脉鬱不揚。洛水既已微，溼流庶湯湯。欲著水利書，俾引清濁漳。越俎倘代謀，何人宦兹方。

北風連晨來，節候已冬月。荒荒野燒紅，補此炊烟缺。人家林木外，氣象何凜冽！饑來聊飲水，乾糗苦時絶。誠知年歲歉，生理亦殊拙。道逢駝背叟，引與話清切。辛苦無他言，惟祈一冬雪。

道中寄真定邱太守學敏

雨花庵内柏林中，太守文章老更工。得句便思勤寄與，郵筒今變作詩筒。

湯陰道中簡管同年世銘時在河南撫署。

强半詩從馬上成，孤吟不覺過層城。人因入洛三年別，天許看山萬里行。尚喜石交難割席，若論子舍各沾纓。時君方居憂。夷門東去繁臺路，明日知君望遠情。

衛輝行館憶己酉春計偕北上阻雨于此一日逆旅主人尚識之

臨街樓上雨縱横，三載重來感客情。莫訝馬前雙節引，道旁還識棄繻生。

早發鄭州

此地通河洛，車聲徹旦昏。適逢秦歲首，來過鄭時門。百戰荒原在，三椽遺愛存。謂子産祠。土垣青不斷，一綫上朝暾。

鄭州十八里鋪

連閭擊柝破林昏，候吏迎人過一村。無數鵲聲原上起，日光濃塞戍樓門。

自鄭州至新鄭道中作

鄭州及新鄭，百里劣不足。程其土色堅，乃可礪剛鏃。森森禿邱阜，厥性不宜木。行過郭店驛，益覺欹地軸。土門何陰森，岡隴愈回複。出如囊露穎，入訝車脱輹。是知名函陵，曾不異函谷。前行泥没髁，後矚塵眯目。危橋經洧水，我馬行始速。十里陘山青，原田亦輸緑。

早發新鄭作

陘山月落尚有星，紅燭亂注幽禽驚。坡陀逼仄若行巷，楊柳缺處天初明。濛濛豈獨衣垂霧，點滴初明馬頭露。天寒十月已有梁，無假縮足升車箱。

將至潁水橋

高原日午露初收，紅葉疎林尚帶秋。岸勢欲南岡自北，一條清潁向中流。

十一日暮抵襄城行館作

龍陂山色參天半，城内石坊高插漢。昏時騎馬出南門，烟水微茫欲無岸。沿橋南北皆石堤，鋪岸月色何高低！排空忽奏軍門樂，驚起大魚波面躍。

抵南陽行館蔣表弟青曜自舞陽來訪因邀至前驛共宿談次出行卷索題爲拉雜書此并以志别

白雲谿之東，書屋名匏瓢。君家屋東偏，小巷走北條。酣嬉少年遊，厥性誰最豪？我齒加長三，賭跳欲競高。阿母愛汝深，縱汝塾屢逃。壓袖十數錢，日市倪婆糕。上樹或偶閒，墻東紙鳶飄。阿定與阿馨，屈指無汝刁。光景若目前，歲月忽已遥。自余爲孤兒，怕與親串遭。往事一縱思，痛極祇欲號。十年三值君，京洛及漢皋。情話苦太長，日短繼以宵。今作萬里别，離懷益蕭騷。爲汝設一筵，環之以兒曹。汝姊亦不眠，頻將燭花挑。袖中出短圖，灑落白紵袍。穨松兩三株，日午響怒濤。不飲顔亦紅，唫聲激林梢。鬢豈類秃鶖，須亦磔蝟毛。欲我作一詩，爲汝略解嘲。前贅汴水頭，樂土願久僑。我意乃不然，欲汝返舊巢。庶幾三徑中，剪此蓬茅蒿。他時我歸田，與汝頻招邀。投老暇日多，歡悰續垂髫。文木斗拱間，匀甎補堂坳。盆池益栽荷，更植千葉桃。因君夢還鄉，小立紅闌橋。我醒君已行，雙淚頻頻拋。

王大令復以雪苑消寒集屬題因憶甲辰乙巳間與大令同客西安畢尚書師幕府亦有此集預其會者吴舍人泰來嚴侍讀長明賈上舍元模莊通判炘錢州倅坫朱秀才熼徐布衣堅蔣縣丞齊耀王文學開沃孫比部星衍凡十人今甫八年存没相間不勝懷舊之情爰作一篇跋大令集後并寄尚書師武昌

憶昨三冬飲，誰如十客閒。嚴吴歸地下，王賈散人間。別有神仙侣，偏淪簿尉班。謂錢、蔣。朱雲稱久疾，孫楚亦長鰥。避債媯山側，謂莊。逃禪胥水灣。謂徐。襟期總霄漢，遊戲偶塵寰。醉每忘階級，狂甯避謗訕。別來經歲月，遥隔萬雲山。吾子官初達，高齋客乍還。一編沿故事，百首許重刪。驚坐名原振，陳明經燮詩最多。登樓賦早嫻。勝遊何灑落，逸興與躋攀。水碧圍衣帶，峰青鬥髻鬟。嘔心憐句好，握手恨緣慳。我愧持雙節，行將化百蠻。凌門欣咫尺，謂尚書師在武昌。沔水歎回環。屬有同堂誼，時方子雲、孫香泉皆同在幕府。都愁會面艱。感恩情抑抑。懷舊淚潸潸。爾日風多厲，相思月乍彎。持牋不能寐，已恐鬢添斑。

夜至林水驛

薄醉馳三驛，迷途轉數岡。岸藏茅屋小，村入密林長。水鳥依沙白，天星映月黄。依微有漁火，此景是江鄉。

夜抵吕堰驛因憶戊申八月與方五正澍赴武昌阻雨于此却寄一首時方尚在武昌節署

歷歷經遊所，明明笑語温。半廊斜礙砌，雙榻小依門。隸覺饑年瘦，燈憐雨夜昏。思君幾回唤，恐有舊時魂。

樊城

樊城三萬户，笑語徹晴江。帶得斜陽影，都開臨水窗。賽神沿楚俗，吹笛雜吴腔。正好衝風渡，漁人盪槳雙。

涉漢欲至峴首輿丁誤輿入九宫山時日已將暝因小憩而返

山光欲雨江欲晴，雲黑復白波微明。此時擊楫涉江去，薄暝始向前山行。林梢一抹斜陽色，高下山磎一千尺。雲中道士來遠迎，語不分明指碑石。纍纍林果紅一山，傾耳衹覺禽聲蠻。道旁礤石削如鐵，山溜滴瀝苔花斑。沿岡久立怯北風，送客出户聞敲鐘。昏江棱棱水聲起，却喜一星明舵尾。

羊杜祠

拍手兒童送遠行，荒祠重到轉欷傾。金環倘識生前事，石碣誰争死後名。偶爾折肱成素志，居然垂瘦戮遺氓。何如衹學山公飲，日日高陽未解醒。

宜城

一路沿江轉，隨帆到郭門。燈明小河集，縣古大堤村。欲飲宜城酒，偏貽京口尊。是夕，署縣事楊君餉京口百花酒。壁間詩句在，三復憶狂孫。行館壁上黏余及淵如聯句詩。

將至荆州先柬太守崔丈龍見

昔年判鄜鎮，昨來佐臨安。我皆騎驢來，訪舊河之干。痛飲曾幾時，丈人復原官。君前守順慶，緣事左遷，近始復原官。郎君昨來稱使星，次者近復成明經。劉綱夫婦鬢猶緑，往往聯句開中庭。膝前五輩吾皆識，阿四形疲阿三瘠。因君我復念存亡，痛哭東山謝安石。君爲尚書錢文敏公壻，是以云。我今行役敢厭遥，昔者司寇馳星軺。相傳一日行五驛，髀肉總向忙中消。棱棱執法原無礙，過峻差貽後時悔。王令先悲少子亡，鄭公幸有孤孫在。此州地大甲楚中，城險况值江流衝。五年民氣未全復，所願吏好年常豐。尚書用法公施惠，法立民方識慈愛。但使遺黎説有瘳，何妨大府稱無害。武昌欲往道苦迂，我視荆郢兼程趨。心知尺一定相迓，果有驛使來通衢。談深夜久殊難别，駐馬卸裝謀久歇。酒酣試問座上人，量好何如浙西日？我持使節難久停，明日送我西南程。匆匆更作道旁語，殘月欲向衣邊明。武陵南去桃源路，回望荆門在何處？一山歷盡復一山，不到青天恐難住。

自麗陽至石橋驛道中作

移居欲避千章木，山鳥山人齊出谷。高低一月共苦辛，高處結巢低蓋屋。客行望谷如可遊，前欲涉水愁無舟。茅齋了了見烟火，笑語自其谿聲流。背岡北去行難速，嬾向溪東石橋宿。三更入門甫卸裝，頻起開户看山光。寺鐘初鳴鵲聲起，月墮長林三十里。

早抵荆門州憩象山書院

殘月已墮風凄清，水緑自向城頭明。冥濛山徑開一綫，觱栗吹處幽禽驚。吟堂豈獨山堆案，堂下水聲還拍岸。芙渠雖枯菱葉黄，枝榦尚帶前時香。周堂緑竹復千箇，惹我百徧唫回廊。堂虚無人水聲急，鶴到空亭與長揖。出門數步馬忽驚，却訝樹頭山欲立。

本欲詣武昌以驛道迂回不果行次建陽驛三鼓得尚書師急遞以適欲至襄陽閲兵爲先期行二日約相會于鍾祥途次時亮吉已越行二百餘里勢不能回車再圖握手夜起不寐輒成長句一篇却寄

從公十年遊，八年居幕府。離公祇兩載，月僅二十五。余自己酉春從武昌計偕北上，至壬子三月，尚書入覲，都門復得握手，統計别時僅二十五月耳。昨年公入覲，復得旬日從。自喜師弟緣，時可意外逢。慈恩縱愧傳衣鉢，幸出公門早持節。盤盤百驛敢厭遥，更喜路從荆沔出，才過新野縣，已得鄂渚牋。櫜鞬一何雄，控馬拜道邊。襄陽日訪閑僧寺，兩日待公書不至。酒酣上馬嬾出城，縱有峴首愁重經。大堤南去方逾夕，夜宿荆門建陽驛。三更門外遞急郵，失喜讀罷翻成愁。偏憐此度緣難巧，急遞書遲我行早。自悔王尊叱馭忙，欲從墨子回車好。細思會合亦有期，公待入相光綸扉。同門數子各清要，謂邵二雲、孫淵如。我亦官滿歸京師。城南奕奕鳴珂里，早侍趨朝暮歸邸。三館讐書我定隨，百篇脱稿公應喜。此時憶公因不眠，起視落月行檐前。瞢騰却夢旌麾過，只隔武陵山一座。

抵荆州

早行荆南展然喜，碎甓砌途三十里。渡舟復有兩下篷，恍若置我秦淮中。濛濛水緑低飛鳥，近郭更聞人語好。差憐屋瓦碎不完，昨者江浪衝城垣。危樓傾欹石坊倒，城北至今人户少。爾來差喜皆有年，移户漸入居城邊。長衢似砥房廓寡，願飭官窑急燒瓦。此州歷歷鎮重兵，户號十萬田疇盈。灾傷元氣亦易復，吏不擾民民已足。宰官迓我勸駐驂，導訪息壤來城南。荆臺遺跡渺何處，但見蒼茫接江樹。西琛南貝夾道陳，簫鼓一城稱賽神。君不見，新城巋巋堤屹屹，我仰廟謨同禹烈。城工及堤，皆奉勅建。

至公安寄崔三景偘

十年五度手頻分，猶喜常時入夢勤。行到驛亭殘月出，一叢修竹卧思君。

澧州城外渡涔澧諸水作

澧水緑如玉，水清魚露目。沿波惹得鷺絲忙，高下日光飛不足。紅霞欲渡波攔住，一綫分明接天處。涔波入澧澧入沅，欲向何處尋江湍？殊方晚稻收偏早，黄葉自零花自好。行人十里香筍蹊，踏得涔陽岸頭草。

宿澧州行館夜雨因柬州守方維祺

昨來行館宿，蕉栢雨縱横。更漏分明處，思君吏術精。一麾今出守，三拜昔知名。他日涔陽浦，彌添望遠精。

至清化驛

澧州六十里，行抵清化驛。其中涉三水，淺者亦没膝。前旌及行李，半晌渡方畢。盤盤升頹岡，轉轉歷黝穴。肩輿忽高視，天上炊烟出。回頭戒僕御，至彼謀久歇。初日出縱高，杉林帶殘月。晴光時破碎，宿雨明復滅。岡南勢稍坦，我馬行已疾。手劈樹上橙，聊先慰饑渴。

大龍驛道中

五塘汛南途百折，二十四岡斜刺日。大岡如龍小如虎，復有如雷水聲阻。肩輿力盡跨馬行，屈指籠燭當相迎。溪風蕭蕭生馬尾，一綫日光馳卅里。

桃源行

沅江水碧疑無岸，一路布帆飛入縣。藍輿偶憶義熙年，三復陶公一篇傳。我知栗里宅，即是桃花源。武陵路遠不須涉，咫尺好上潯陽船。陶然酒後詩成偶，可識漁人亦烏有。試問千株洞口桃，何如一帶門前柳？北窗日共羲皇遊，眼底尚恐無殷周。何言秦漢與魏晋，卑論不欲驚時流。華胥以上風尤厚，事隔千年已非舊。雲中雞犬倘有知，肯出淮南八公後。但書甲子仍作詩，此意亦有誰人知。永初開國是何世，不若洞裏忘年時。沉沉遠岸楓林出，恍若溪桃欲成實。波流千折樹百盤，再轉或恐逢真源。

夜抵桃源宿江上行館

澧水既已緑，沅江流益清。三更鑑江波，波影逾空明。昨宵雨足山流黛，添得江波幾層翠。帆空若行明鏡中，鏡裏對舞山禽紅。涉江何處江波狹，欲向回塘問鶺鴒。鸕鷀忽迎殘月飛，扇得水波流向西。溪深緑暗途尤阻，纔見郵亭一燈吐。三層閣上客少休，閣底自任江聲流。虚窗閃白疑人面，却是布帆來一片。

桃源行館夜起

明知宵漏竟，開牖光尚黑。萬木裹一亭，森森日難赤。瞻西殘月影，微露遠山碧。高低飄濕翠，不放白雲白。江溜昨有聲，回汀没三尺。

涉蘇溪

蘇溪何彎環，中有百家屋。出門臨水坐，炊飯白如玉。樹頭山果殊酸甜，衹向縣中求食鹽。涉溪前行馬礙脚，水鴨多于枝上鵲。

過長板塘進山口作

甫過長水塘，山色當晝昏。林木既回翳，湍聲急東奔。樹杪出數家，竟闢東出門。非徒便趨麓，藉可瞻朝暾。欲習筋力勤，絶壁居子孫。昨搆木百章，營巢畜雞豚。空處立一橋，下倚松柏根。我渴趨此林，索水貯瓦盆。箕踞進一瓢，詎識官長尊。戒吏勿使呵，喜彼風俗淳。

武陵行館飯畢戲作

飲溪何其涼，佐以棱棱薑。自常德以上，水性過寒，每食必啖薑少許。煮魚何過美，芼此青青菜。溪田晚稻亦有香，山果嫩緑橙生黄。虀腸似荷山神憫，爲我一林生瘦筍。

新店驛夜起

四更林梢明，月出光甚暫。山禽影落波，反使遊魚啖。欲携雙艇子，遠至谿南泛。離岸山雨來，衝波閃燈暗。

出新店驛雨暫止留柬李學使傳熊

積晦殊難霽，山靈倘待君。料量三日雨，留得一溪雲。高閣燈初燼，東峰曙欲分。猶餘竹間露，衣上灑紛紛。

入沅陵縣界雨中遠望壺頭諸山

沿溪雨猶零，上嶺天始曙。帶得桃源雲，來穿沅陵樹。濛濛竹木覆一山，不見馬公穿岸處。男兒出身須立名，足底萬里遊行輕。雖然垂老亦宜審，當日何意輕南征。君不見，二十八將登雲臺，馬革獨裹公尸回。論功我意亦未允，不特薏苡遭嫌猜。蕭蕭谷口松杉直，怒榦都抽一千尺。精靈倘化蜀山蛇，夜夜山頭望京國。相傳穿岸處有一巨蟒，即公精靈所化也。

發界亭驛

昨宿新店驛，今居界亭谷。試看黔中山，久已離地軸。藍輿不至天，恐未得歸宿。雲中數騎出，北斗貼馬足。我驚一回顧，詫是後來僕。濛濛露迷眼，背上北風肅。高處難久停，身心願時束。

廿八日五鼓師子塘西見殘月

如塵似霧影溪流，惹得行人馬上愁。却比初三更消瘦，曉星一箇占當頭。

過揚武堡升嶺

我方下嶺謀少休，前騎又復穿雲頭。藍輿待得上岡脊，一谷白雲無馬跡。高高下下半日中，百徧起伏隨雲峰。有時望嶺行欲及，石復離雲自孤立。半空山果紅欲然，連臂恨不如羣猨。到來始信高居好，從此擡頭已無鳥。

將至辰州先柬陳太守廷慶

到州已歷百重山，消息應知太守閒。釀酒乍迎千里客，作歌欲化五谿蠻。日邊書至顏先啓，天上詩成手自删。爲問玉堂前度宿，可曾飛夢入壺關。

界亭驛南以山險肩輿增繂夫八名

卅日歷萬山，所幸軀未損。今晨出門望，失喜忽一哂。輿丁增八箇，繫繂笱輿本。爲言塗崎嶇，藉此力勉黽。不然升陡壁，或復致狂窘。我感鄅卒意，百計致安穩。回思立身處，曾未藉牽引。玆雖憑衆力，失足亦能殞。途同蟻旋磨，客類牛負紖。高低既相倚，曲折若施準。天路即可通，吾心尚當忖。

白露塘道中

沅陵三百里，秀止萃林木。居人讀書少，見客輒瞠目。雖云枕山住，愛結水邊屋。十月溪無梁，行歌赤雙足。山深寒不至，荷榦尚芬馥。商略出市鹽，門前菜畦緑。

山行

日光沉入淵，水光浮上嶺。水日空明中，禽魚趣何永。無窮物外意，所苦人不省。魚將蘋作屋，鳥以谷爲井。飛行甯復越，各若守疆境。我讀莊周書，閒觀倘心領。

廿八夜飲陳太守廷慶署醉甚四鼓起行四十里至馬溪河乃稍醒

森森萬竹竿，日出溪上緑。涉此徑寸波，溪魚圍馬足。溪流三折忽暫停，石上戴土營危亭。茅菴一僧閒誦經，烹茶餉客酒始醒。指途南行入峰缺，壁陡仍煩數人曳。沿山松竹忽無聲，一嶺蘆花白如雪。

將至辰州道中望大小酉諸山作

施黔江上望，山路劣纔通。天壓松杉緑，雲連橘柚紅。緩行長水驛，時見伏波宫。入沅陵界，居人祀伏波甚虔。我亦無他願，書藏大酉中。

初一日未曙渡辰溪

一州及四縣，皆以水得名。凌晨渡辰溪，天黑尚未明。卧聽柔櫓聲，知較沅水平。上流一燈飄，争渡喧有聲。輕帆觸烟來，誤向溪左行。船丁正徘徊，穿出林鳩鳴。

從山塘驛行十里至龍門塘一陡坡作

削峰巖巖天半立，白馬白雲争路入。有時雲向馬首飄，馬足亦與雲争高。坡陀直下蹄難駐，雲始離山欲升樹。乃知馬亦戀白雲，行過西坡復回顧。

渡周溪入山

沿山三日西南行，山果愈美溪魚腥。出門忘挈種樹經，靈橘百樹疑冬青。水花茫茫亦登陸，一頃寒蘆雜修竹。山危不平心轉平，馬上睡起知身輕。

十一月朔日發懷化驛輿丁甚速行三十里至板橋塘天始曙

四更排馬陟山岡，候火齊明竹樹光。欲向藍輿續殘夢，鑼聲驚過第三塘。每至一塘，塘兵輒擊鉦相迎。

雙溪水繞一山流，溪上冥濛薄霧收。睡起不知雲弄釆，錯疑天半有朱樓。

大山頂

山頂樹，樹杪人，樹底歷歷吹輕塵。回頭人復出樹底，樹上棱棱一山起。危塗似却反得前，要在絶地方通天。拋書莫笑無心得，幾日山行增學識。

板橋塘北入山

五色溪光炫眼新，到來不信是蕭辰。穿林石墮偏驚鳥，出嶺雲奇欲趂人。小夢乍迷千樹橘，長吟想見萬山春。行經谷口須重問，恐有當時鄭子真。

巳刻抵羅舊驛

我來羅舊驛，日已及午候。陰晴勢未分，赤白雲相鬥。須臾赤雲升，日影乃微溜。白雲復歸谷，空作一川皺。山雲本無心，人意有左右。白鳥亦喜晴，勞勞向川咒。

抵羅舊汛即沿無水行

今來見無溪，不復憶沅澧。同此石磷磷，無流清到底。沿溪山百折，勢斷復中起。似欲勒波住，不放出山裏。魚遊戀潭曲，鳥亦鑑波喜。最羨臨水居，峰峰石如洗。房廊藏暗谷，石罅墮蕉尾。天半露一窗，知聞馬嘶起。

山行至一谷

好奇往往入雲扃，此谷樵人或未經。行到上頭心轉怯，四山緑欲破天青。

至巴洲汛無水中生一洲長幾一里無水至此分流復合

無谿忽分流，水色仍可辨。洲窮溪復合，波影益葱蒨。沿溪盤細徑，直下欲如綫。馬走北谷中，恍若帆一片。紆回出林杪。馬上露人面。同行成久別，忽復得相見。稍休厓石上，一一喚名徧。愛水故緩行。吾真欲成殿。

自芷江縣曉行

沅州出西門，頗苦歷永巷。出城即板橋，長逾一里，上皆覆屋，馬行幾不能舉首。坊壥無隙地，覆屋不獲仰。俯行一里始出坊，欲曙未曙星猶光。溪深谷陡杳難辨，撲面祇覺林蒼蒼。前旌半日途疑失，數騎驚看隔山出。人行貼樹馬逼厓，上下朱纓紅奪橘。看山一路不覺疲，吐納雲氣忘朝饑。峰奇正惹人回顧，急溜偏從馬頭注。

下山至大栗塘

輿丁愁上山，我意怯下嶺。步放不得停，顛危出俄頃。白雲英英鋪嶺平，誰識左右山崎嶔。行人欲前飛鳥停。勸客暫憩山前亭。一坡棱棱注千尺，直下途危況深黑。始知身世總若浮，瞥若鴻毛輕一擲。

上回龍關

夕宿無谿西，朝發明山東。藍輿天半忽一折，坐處正落空潭中。心驚不敢復俯視，尚喜缺處交長松。回頭顧僕復不至，人説尚隔雲重重。行經平地願少憩，飽聽萬壑衝松風。

山行

探奇因失路，觸處總高墳。渡水雲成陣，爭山獸作羣。轉愁人跡少，渺與世塗分。一晌支頤坐，沉沉靜見聞。

便水驛行館見水仙一盆榦長三尺香亦較江鄉者馥郁爲賦一絶

傍山臨水幾人家，下馬匆匆感歲華。牽得客懷無別事，芷江驛裏一枝花。

騎馬行

我昔居里門，騎馬如騎龍。屏息不敢言，急復掣馬騣。十年作客奔馳急，與馬誰知日相習。風陵渡北中條西，百里風馳入安邑。謂赴黄仲則之喪，一日馳二百餘里。即今騎馬如騎羊，馬亦步步隨低昂。愛之不忍復鞭策，一日常教餘馬力。朱纓纍纍玉鞭把，我馬力常先衆馬。舉鞭問僕笑不休，何似吴下蜻蜓舟。

渡無溪 土人名大河

溪亭皆有屋，分半水禽巢。昨夜前灘漲，遊魚上樹梢。

無溪道中

我行十日歷五谿，馬蹄不南即向西。凡渡澧、沅、施、辰、無五水。山深愈轉塗愈出，令我日日看山疲。臨溪飯罷行尤急，轉眼斜陽欲追及。亦知此地近西垂，好擇一山看日入。

將至波州汛行入一山轉轉不得出林木甚美爲小憩少頃乃別

沿溪北折山始夢，濃緑堆林欲無縫。忽然樹杪一綫開，穴底倒射天光來。一村松竹復疑繪，鷄犬亦雜居樓臺。林陰染黛山成幄，我酌水泉疑漱玉。君不見，炊光上與雲頭平，烟火亦徹仙人肩。他時縱復得霞舉，誓與此山通性靈。僕夫催行三十里，我坐松陰不能起。卜鄰結宅亦虚言，但假十日山中眠。

波州汛南上山

東峰視西峰，已與碧天界。南峰更孤迥，意乃出天外。峰頭一峰雲不收，似向天外仍回頭。前山行完後山阻，我識天公用心苦，六曲屏風界黔楚。

將至大魚塘山行

水聲湍急處，山亦讓溪流。只此萬峰隙，何來一葉舟？石潭魚瑣碎，竹徑鳥鉤輈。正覺孤吟好，黄梅發嶺頭。

過風木塘有感

及此塘西路，連岡百折餘。徑荒飛野馬，名古泣皋魚。人説官資好，吾傷禄養虚。望原徒步過，不忍坐藍輿。

曉發玉屏劉教諭嗣武陳訓導秀升率諸生相送輿中口占六首示之

一例青衫馬首迎，羅施山半見諸生。眼前指點爲文法，似此峰巒始不平。

童年敢説有師承，一事如今記尚能。堂北雪深三尺路，不曾辜負讀書燈。予少孤，蒙太安人授經。

潛修莫恨閉門遲，倍惜分陰是此時。却喜十州民氣愿，殿頭早荷聖人知。召見日，蒙諭以黔省士習淳樸，須勤爲教導。

閣帖堂碑奈俗何，烏焉三寫已成訛。子雲門下生徒盛，誰比侯芭識字多。

一字離音總不成，黔音差較楚音清。諸生莫慣稱天籟，好屈周顒學四聲。

我無奇術報殊恩，欲闢當時通德門。他日講堂勤問業，六經誰似鄭公孫？

發玉屏縣

玉屏及清溪，五十里不足。其中山雜沓，頗覺寡平陸。寥寥依斥堠，時有幾家屋。西南緑呑山，雲歛日光縮。猶欣枝上竦，土性無曲木。山凹諸土著，居各面林麓。邊徼歲屢登，稍聞事儲蓄。深林鵲聲喜，時得啄餘粟。前及羊坪塘，村烟已成簇。

山行

出山泉百折，殊有戀山心。澗水復時落，重源何處尋。紫藤垂岸陡，白鳥渡波陰。臥聽灘聲急，勞勞自古今。

將至漫溪塘

漫溪途猶危，絶巘立斥堠。心疑不能到，再轉谷已湊。遵坡何洶洶，雲出與石門。不知雲起落，但覺一山皺。前行塗轉晦，時見涉波獸。濃緑復萬重，密林無正晝。

將至清溪縣上嶺

障坡千萬樹，不覺有山城。忽訝鳥巢外，時飄人語聲。撥雲看塔峻，映柳識橋横。及渡清溪水，方知水色清。

清溪行館見梅一株花甚爛漫喜而有作

風利如刀雨若梳，一林花密竹蕭疏。墻頭更有山無數，疑是江南二月初。

何曾驛使解封題，空向長安醉似泥。三載别來惟兩面，白雲溪外即青溪。都門不產梅，惟庚戌春初，計偕北上，蔣大齊燿餞我于舍南竹屋，時老梅適放數花，然不及此十分之一。

夜移瓶梅入紙帳作伴曉起香愈酷烈復賦一首

自來荆郢南，山路愛曉行。馬蹄慣踏紅燭影，送盡殘月聞鐘清。偏憐昨夕山窗裏，魂滯疎香不能起。風疎雨薄送出城，猶執一花籠袖底。

發清溪縣至梅溪塘二十里沿無水行山徑逼仄幾不能上

盤山道險幾不通，大石礙路知癡龍。灘聲愈急嶺愈峻，嶺似不放溪流東。一卒引馬，十卒引輿。頗念衝途人，不得常安居。兒童生小登山易，履險真如履平地。百錢縛肘餅繫腰，口吸山泉詫甘味。梅溪才過復小溪，十里肩上藍輿飛。書簽倒落茶具剖，只有梅枝猶在手。山行望舟始覺平，舵樓客眠尚未醒。君不見，行經平地僕夫喜，一葉舟驚突波起。

渡水至焦溪行館山水環抱林木尤邃覺嚴灘剡中無此奇勝也

山百折，溪百回。到來山水欲俱斷，一葉忽破青冥來。南津樓，北津樓，津樹對出雲分流。嵐光密處山花好，十月猶青堤上草。沿溪一帶飛緑烟，偏向人家鏡中裊。人來岸南立少時，岸北征馬聞驚嘶。行人銜寒馬流汗，馬影度波魚忽竄。

盤石塘

黔中行兩日，山險止梗道。東西無起訖，所苦寡阨要。行經盤石汎，石脉始森峭。奇峰破天出，頳石突若廟。排空立一徑，萬古不得到。中疑穴靈怪，縷縷雲出竅。飛瀑復百重，誰能抉真奥。生平好奇性，失喜忽一笑。尋路欲出山，鷓鴣怳前導。

侵曉入太和洞

轉覺岡巒峻，難容地脉回。客方升閣望，山欲渡溪來。市郭燈初暗，帆檣霧未開。半時心境澈，孤坐此層臺。

上油榨關

一石横絶天，一石横塞地。盤空兩巨石，缺處復鋒利。雖云置營汛，劣僅入隻騎。前經絶壁下，轉覺人馬細。東南初破曙，一縷入雲氣。大息撫鳥巢，吾形願同寄。

下關逢驛使却寄張同年問陶　時張方由蜀入都

君來蜀道如天上，我渡黔關入地中。今夜相思倘回首，各從北斗辨西東。

相見坡

小相見坡折不休，三起三落時句留。藍輿正對我來路，迎面不復勞回頭。盤盤路向雲中辨，七里來尋大相見，石古途危細如綫。馬頭亂撥雲濛濛，馬上人面猶雲中。東西對立峰何陡，天半驚看一招手。馬頭已西人面東，隱約尚見坡竿紅。飛泉攔路復衝出，人面始同坡面隔。下坡十里行轉遲，縱不相見還相思。還相思，不相見。我願天下人，皆如此坡面。東西縱復隔浮雲，一日之中時隱見。或云會面數則離，此則仍復分東西。雙坡近又判兩縣，大相見坡屬施秉。亦若古者好友百里愁分携。乃知在遠仍如邇，我念神交倘如此。劉家塘畔作一詩，火急封貽二三子。

偏橋

重鎮當年建節旄，石闌千步尚迢迢。江南到此川程絶，想亦應名萬里橋。

天梯關 在施秉縣城内。

樓閣排空雉堞齊，霓旌高閃夕陽低。萬山過盡疑天上，不信前頭尚有梯。

二鼓至飛雲巖秉炬上巖略周覽即回至養雲閣宿平明獨行上巖并至聖果亭雲根泉等久憩

藍輿小睡已二更，半里外響飛泉聲。入門一徑生虚白，是石是雲同一色。前行百級即少休，秉炬却憩巖西頭。征衣暫付山童滌，先煮山泉與山歠。自來京國夢始寒，枕上一夜鳴飛湍。平明待得雲全出，始向山根搜石窟。乃知雲亦無石奇，石轉覺瘦雲嫌肥。纍纍却似枝垂果，一朵峰尤奇一朵。飛騰只在人眼前，不遽拔地思升天。遵巔欲及仍難及，石却戴松空處立。玲瓏百竅生百松，飛起松亦當排空。松身夭矯本若龍，會見汝植天門中。須臾日晦光開闔，雲復飛來與山合。出門雲動石覺行，雲脚送我來黄平。

巖側古梅一株花正放

碧澗層層暗緑苔，石闌干畔久徘徊。不知樹向巖中出，祇覺香從頭上來。新月正宜當檻坐，高枝疑欲待人開。寺僧云：今日花始盛放。泉聲石色都成戀，便繞花光亦百回。

黄平州西見日出

黔中行兩日，天短日苦陰。玉屏及清溪，尤若日暮行。黄平州北逢初七，甫見平衢流赤日。車前歡喜到八騶，馬上曝背寒威收。宜娘山外風尤峭，一半花苗出趨廟。紅綾肩上羊一腔，七尺花幡引神轎。相違百里風土殊，山前老苗亦讀書。怪來門帖宜春字，明日欣逢日長至。

至日發重安江行館憶京師早朝諸君子

過盡州西岃崗峰，重安江水緑溶溶。獨從萬里橋邊宿，却憶千官闕下逢。三殿左趨燈影密，石經、國史諸館皆在殿左。五雲高捧日華重，幾年此夕朝天慣，猶向山齋數曉鐘。

渡重安江上嶺作

三里與江背，泠泠響尚聞。前經百重樹，始隔一川雲。天向松梢暝，途從石罅分。寄書情較切，空有雁成羣。

入大風洞半里阻水不得進

途行抵清平，山不秀而樸。盤盤十里外，石脉已潛伏。巉巖當面出，劣欲轉地軸。停輿入欹徑，風氣早森肅。泉流四飛注，細石時礙足。絶險劈一門，途寬不紆曲。東南諸洞穴，所苦地維促。兹遊庶森爽，敞及萬間屋。恍若古達人，推心貯人腹。渾淪含衆有，不太别清濁。巖奇列千竅，尚未及雕劚。乘虛一燈入，百怪露人目。風輪覺森森，大氣自回復。褰裳行欲進，捫黑若相觸。陰房長入夜，日月光不燭。狂思傾海水，一洗龍霧毒。東西靈境闢，真見列松竹。方志云：洞深可廿里許，昔有高一廬者秉炬深入，忽見天光豁然，洞外松竹森列。瞑坐一縱思，苺苔照人緑。

晚晴自白泥塘至楊老驛山行

才收薄霧即新晴，似畫溪山馬首迎。添得白雲成睥睨，連岡真似古長城。白泥塘北石零星，下坂難教足暫停。幽絶山村幾家屋，晚霞黄處炊烟青。

宿楊老驛

兩山中間夾一驛，驛路如繩盡高出。山凹忽現數百家，瓦屋鱗鱗若居穴。下山欲向橋南住，水碧堤青渺無路。更殘繞砌空百回，新月不過山岡來。

度響琴峽

排空石筍立一山，人向筍上行彎環。藍輿舍此即無路，危在皆從筍尖步。行人至此亦掉心，空有細響同鳴琴。琴聲愈急步愈促，一跌幾將陷山腹。我行萬山無此奇，過此一折山仍夷。君不見，危塗莫謂無人到，此是康莊通六詔。

黄花坪道中

黔中雖易雨，一雨亦易晴。濕翠甫欲收，早喜霞光明。山花亦時開，助以百草馨。最好山徑奇，一轉一曲屏。才過清水塘，已抵黄花坪。回頭望諸山，復覺雲冥冥。

泠溪塘

四山盡高出，中陷若一井。居人欲入縣，數里方及嶺。松櫟若井闌，沈沈閉升景。塘兵瞻導騎，半日已引領。樹杪百尺樓，樓前柝聲永。相將過溪去，溪水清鑑影。太古雪尚留，何嫌水光泠。

牟珠洞

層山天半列作屏，下有洞銎藏真經。到門口缺若建瓴，一徑斜入天光青。飛空真人倚疏櫺，法象奇古忘年齡。千百萬態韜真形，旋螺三折步不停。石上戴石何瓏瓏，巖深無人杳冥冥。石腹夭矯參龍形，中陷若穴堆蜻蜓。凝脂點乳流素馨，石嫩可掐膏猶零。恍如鴻鐘撞寸莛，絶巘往往揚空舲。有聲無聲難可聆，偉哉造物實至靈。鑿出雷斧穿飛霆，另闢一洞居明星。小者如盎粗如瓶，否亦或是仙人庭。百丈高處懸飛鈴，更有一曲雕雲軿。馬前兩兩排仙伶，馬旁力士疑五丁。後來一人殊伶俜，側首鬢影光熒熒，回身匿避如尹邢。千年老鶴初刷翎，絶壁萬丈懸猱鋋。或如空原萃鶺鴒，或如高枝綴蜻蛉。如人狒狒似豹鬣，回毛宜乘細角羚。形奇態詭孰使令，久視方得心神甯。稍南一厓結作廳，嫩緑錯雜同回汀。碎影點出疎疎螢，一門森森列萬釘。五色變幻形竛竮，巨者恍若浮江萍。山南如坎北若陘，幸有巨石層層冋。萬古不入蛟龍腥，靈風蕭蕭雨濛溟。晦朔惜乏知時蓂，來遊如夢出若醒。刻石欲作山前銘，我留一言神倘聽。巨斧徑欲鐫岭崟，一綫裂處開明廷。從玆光怪不得扃，正午赤日來亭亭。時議欲用四川開鹽井法，子巖頂鑿一穴，以通日光。

過新安塘未三里見絶頂一關高出鳥道即隴首關也延回行半日始至

才過新安塘，未抵壠首界。嶺樹千重復萬重，驚看白道懸天外。計程七里行半時，我意尚覺來何遲。回頭忽驚飛鳥墮，隔却白雲穿不過。

晚至龍里縣

清絶山城衹百家，城門樓上晚吹笳。猶餘濕翠收難盡，商略明朝作曉霞。

早發龍里縣道中雜詩

濛濛四山雨，中有一山晴。漏得朝暾影，林鳩復怪鳴。絶巘疑無路，雲穿一徑斜。野花隨意放，不復有人家。山樵值山樵，陡壁亦相揖。濛濛雨不晴，莓苔綴圓笠。牛羊識分界，不復過溪限。只有谿魚好，斜穿石罅來。全家三五輩，種藥此山中。開牖摘生果，朝霞滿袖紅。誅茅搆一亭，遠近皆可徙。因貪聽溪聲，移入前林裏。

觀音閣

溪聲流不盡，三折到橋南。初日紅猶斂，殘冬緑尚酣。乍疑僧入定，真與佛同龕。北閣休教掩，衝寒性所耽。

小除夕祭詩作

南行逾萬里，小歲入三更。爆竹驚心碎，桃花照眼明。時桃杏及海棠諸種並已盛開。祭應遵舊例，醉復盡餘觥。笑向兒曹語，今年帙已盈。

除夕寫歲寒圖貽徐太守日紀

樂府新傳二十篇，太守近勘事定番州，有樂府二十篇。蠻花犵鳥倍鮮妍。使君循蹟吾能識，記得相逢又廿年。壬辰年，太守官英山令，時余隨學使者至六安，得識面。風光知否入春無，竹葉青葱柳眼蘇。欲祝一番交誼永，臨溪仍寫歲寒圖。

卷施閣詩卷第十三

黔中持節集（癸丑）

人日登東山遇雪復携客至黔靈山久憩

別來方十日，春色滿山村。樹矯將穿牖，峰奇欲突門。
半城新緑影，齊上振衣岡。露濕棲鴉徑，春濃選佛場。
我愧非安石，山真似白門。乍披天半牖，同醉雪中樽。
松陰委曲廊，杏樹攢高閣。城中客始來，原上花先落。
積雨厨烟重，穿雲澗水温。馬頭山鵲噪，牛角野禽蹲。
樹侵官道窄，山壓女墻低。馬逐雲頭上，人隨雨脚西。
三層樓上雪，百尺樹頭花。白欲迷天影，紅疑迓歲華。
廊長縱獨行，龕小容危坐。天上有人聲，山樵墮松顆。
小亭三面影，清磬四時聲。樹暗藏西嶺，窗明瞰北城。

半窗初積霰，一枕昨聞雷。時連夕雷鳴。臘意屏前散，春容鏡裏開。

新正初一日發筆

誰向黔陽記歲時，殘年氣候較參差。夢回昨夜燈猶永，春入空園柳已知。小病乍將人事減，薄寒聊遣酒杯支。驚雷爆竹都成陣，門外三更雨若絲。

初春憶里中諸同人

萬山深處住，忽憶海邊春。不特花香好，兼思花下人。花枝濛濛柳條長，花裏高樓日堪上。危橋東轉多坡陀，一水出城名蠡河。河流至此剛三折，亭號艤舟人亦歇。左家兄弟工煮茶，閑訪屋北疎梅花。錢郎多愁趙生嬌。瘦董超然。癯崔瘦生兄弟。鄉語好。毘耶室冷晝不扃，塔影七級看亭亭。圍罏聚久清談足，小卧還繙藏經讀。蒙莊興逸不可當，來及曙色歸斜陽。一童携錢每先走，爛醉城東市橋酒。此時十輩五客燕，兩客復住荆江邊。我頃南行路七千，遠道誰拍洪厓肩。山形盤回水迢遞，夢裏還家亦非易。作詩火急欲寄回，屈指到日榴花開。

貴陽元夕燈詞

花墅連宵爆竹催，惹他桃杏一齊開。惟餘徑草難全緑，却值山南絲雨來。

西南郭外盡平疇，節使筵開百尺樓。燈火似山人似海，忽驚天半一回頭。
廿家門巷一樓燈，火樹銀花夾數層。只有笛聲淒怨甚，四更還待月華升。
金鎖橋西送客回，趁人叢處廣場開。蘆笙吹徹秧歌起，逐隊花苗跳月來。
一旬强半雨連綿，不信黔南是漏天。騎馬出門思鏡聽，沿街却喜説豐年。
廉訪齋南笑語譁，姜廉使開陽工射，每集同官角勝負。當筵絶技使人誇。射棚一盞銀燈上，墻外驚傳鼓子花。
花枝不異故園春，短巷長廊記却真。倚徧石闌干畔月，就中只少走橋人。
簫鼓初停坐客稀，魯巖節使以予不觀劇，爲擇日另設一筵。半酣筵上换春衣。七千里隔津門路，却有黄魚入饌肥。
古墻陰碧燭花紅，待月樓高影數重。一簇銀燈山半墮，乍看真訝下天龍。
疎楊成幄水如烟，錯認江南二月天。星月未來樓閣暝，萬枝燈裏漾秋千。

清鎮道中

春陰一堆紅百堆，山翠缺處桃花開。冥濛緑意石根迸，春筍昨夕聞驚雷。行人衣上泥猶濕，高樹塘邊漾晴色。山泉日午開鏡光，菜甲花滿疑斜陽。

過龍井塘上坡

李花如含顰，桃花已迎笑。藍輿再轉復一岡，天外奇峰鬥清峭。春塘北折凡幾家，飛蓋過樹驚棲鴉。回匡陰陰蝶飛滿，春在海棠深處暖。

春分日抵安平行館作

清削峰巒得未曾，峭厓馬上却肩承。山泉圍郭緑三里，村樹接天紅一層。遠道書來春正半，小樓人去月初升。商量欲待尋巢燕，齊捲疎簾喚上燈。

沙作塘西上陡坡

連聲爆竹鵲驚回，正好山南雨欲來。只有桃花解迎客，趁人叢裏一枝開。

人家多住石塘西，石屋參差望欲齊。空裏鶺鴒聲轉急，山雞飛上故巢啼。

中火塘西入山

東厓及西厓，深巷密無縫。厓窮山寺突，補此密林空。行人下岡脊，騎劣急施鞚。石罅三百家，隨波緑疑動。冥濛遠天外，飛鳥忽相送。宿雨時一零，檐間杏花重。却蓋一層雲，山房尚春夢。

寒食出安順府西門校射

閉門甫經旬，芳草已如積。黄花瀰平疇，春露曉逾白。青山迎道左，濕翠馬頭滴。闤闠三里餘，朝晴試騎射。隄旌紅閉野，岸柳緑窺隙。山鵲閃畫弓，林烏占門戟。于焉心寄賞，觀者足若植。慙無養生技，敢論扶風德。聊記在鑾方，西郊度寒食。

三十日遊金鐘山

百盤升作嶺，一石削成臺。山筍高踰屋，天風響若雷。澹紅雙徑羃，新緑一窗開。正好容危坐，齋鐘莫屢催。

武當山久憩

道人侵曉初啓關，一城花光浮上山。闌干影外春陰膩，香氣依微塞空際。交鳴鶯燕殊有情，三里路中飛不停。深紅淺白看難足，葉底參差間新緑。看山百回眼轉青，山殿開處祠元冥。殿旁一徑天風墮，我借蒲團向風坐。此行訪客擬夕陽，一騎忽復來山房。傍花南行衣袂濕，花裏先聞響鳴鏑。是日，彭軍門廷棟約射鼓子。

初一日出南門至華嚴洞持燭入三里許

百折山已深，遵巖復千轉。山扃深萬仞，欲往怯途遠。洞門蠟炬擲兩頭，直下無底光難留。奮身一擲若飛鳥，回視偏驚洞門小。土花濛濛緑滿衣，巨石礙路如雙扉。牽衣屈曲入扉罅，飛瀑偏從兩肩下。危厓覆釜下轉空，大聲如鐘疑蟄龍。孤笻欲拄不得拄，地底陡復衝天風。厓窮路斷天愁晚，半寸燭中人復返。高低三里路蜿蜒，出履平地同登天。當時誰把華嚴説，已覺豐于太饒舌。我欲磨厓易舊名，讀書山畔藏書穴。

華嚴洞外山甚秀折而無名縣人趙氏聚族居焉余歲試安順趙氏子弟獲雋者文武各二人因以讀書名其山從士人所請也

城南十里路回環，百折烟嵐水一灣。却喜青衫迎馬首，華嚴洞口讀書山。是日，值諸生釋菜回。

初六日發安順作

昨旬騎馬入行臺，草脚疎青尚未回。今日藍輿向西去，海棠花放蜀葵開。韶光欲老愁梁燕，碧月初圓照酒杯。莫更匆匆感時序，山榴紅綻客仍來。

上巳日自鎮甯抵安莊道中

銀塘北去山如鎖，正好一村新緑裏。沿林乳鵲飛刺天，掠得餘花落千朵。藍輿小睡轉數岡，夢裏時觸幽蘭香。山危已换長繩挈，一半花苗帶花出。林深緑暗路欲迷，却喜穿樹如鴉飛。今年上巳風差緊，分水橋邊鑒春影。過橋南北分兩堤，樵徑北去行人西。柳絲濛濛挽客衣，去路開徧黄荼蘼。

白水河

我尋白水源，澗削流殊細。西經白虹橋，河聲始如沸。前行十里響不停，巨石欲裂穿驚霆。河流至此經千曲，激得飛濤欲升屋。回頭屋後山俱破，却讓河流隙中過。非烟非霧鬱不開，此景豈是人間來。忽驚一白垂無際，高欲切天低蓋地。泉聲落處搆一亭，水色正壓羣山青。離潭一尺波如斛，襯出空潭影逾緑。巒方三月景不妍，賴此兩兩懸珠簾。轉愁萬古簾難捲，隔得仙源愈深遠。潭側有水簾洞，爲昔人避兵之所。潭旁一枝花較紅，照影只在空潭中。四圍山色高如岸，祇覺白雲顔色暗。眼中神物誰得看，潭中相傳有犀牛伏此。會待月午波心寒。行客去不停，孤吟我偏久。泉飛兩派君知否，分送行人出山走。亭側有二道，往雲南及南籠府者于此分。

鷄公嶺

險絶鷄公嶺，枝蟠百斛蛇。嶺背有古藤，粗幾百斛。上樓天欲墮，攀樹日初斜。怪石團孤寺，巒烟簇幾家。下山途更窄，警客有棲鴉。

關索嶺

山南路，飛鳥亦不知。排空翠巘逼天住，乃識細路懸如絲。前行問路頻相失，時入穴中時出穴。東西向背杳莫分，幸向林梢辨斜日。兩山中間夾一橋，細水畢集聲如簫。過橋三折方遵嶺，忽訝危橋若深井。前行籧篨後戚施，時俯時仰愁難支。征衣匆匆棘心挽，攫客復有青松枝。居然一廟藏山半，上視山巔尚霄漢。停輿聊復酌山泉，以手讀碑疲復換。後先濟美誰所云，嶺上有關索廟，相傳祀蜀漢前將軍子。當日或隸征南軍。神扉開處山僧迓，我敬英靈且先拜。虛亭留客聽晚鐘，炊火遠雜山花紅。山門撲面風尤大，幸有扶人竹千箇。君不見，來途一綫雲初破，天上驚看馬頭墮。

永甯道中

一馬行天半，雙旌逼嶺頭。澗光黄奪月，山勢黑吞州。蟻穴開平郭，猨梯直戍樓。人家止三兩，相對雨中愁。

哈馬塘

哈馬塘邊路，肩輿趁午晴。山如重甗合，人亦左擔行。竹密都題字，花香不識名。前旌且回緩，留酌野泉清。

抵盤江過鐵索橋久憩復下坡至凉水營午飯

盤江水，流千里。三月江水清，泠泠望無底。岸東安順西南籠，天半一橋飄若虹。空中疋練交如織，知費當時幾州鐵？高低兩層鋪板平，人行半空馬不驚。登樓試面晴江色，陡下驚看一千尺。四圍山勢若削成，樹亦直上無縱横。危厓盡處僧房鎖，三月榴花已如火。闌干影裏望行人，一半分趨石厓左。蠻中節物何太忙，百卉開落誰平章。賞心豈獨無儔侣，鶯燕南來亦蠻語。出門石罅路不分，烏道十里鋪黄雲。凉塘三百家，忽覺春如海。我食盤江魚，還憶盤江水。

普安道中作書寄南中諸友

别來春色已成團，一種花枝隔水看。榴火樹中風驟暖，芭蕉聲裏雨仍寒。蠻方不定陰晴景，瘴嶺先慵旦晚餐。南籠一府，處貴州極南，微有瘴氣，客此者宜節飲食居處。是以云。便欲寄書無别語，七千里外客平安。

新城行館即事

繞廊不厭百回行，客已離軒酒尚傾。銀燭一條花兩樹，伴人清夢到三更。
闌干都復綴青苔，鋪地松陰緑不開。半捲竹簾貪看月，鵓鴣啼雨枕邊來。

南籠苦旱余抵郡二日即得驟雨然麥苗未暢發也十三夜甫就枕即聞雷聲自南來雨急如注徹曉不止喜而有作即柬張太守鳳枝

經旬誰説使車閒，憂旱心情未解顔。乍覺清涼思擁被，忽驚雷雨欲移山。沿堤松栢争飛瀑，合隊烏鴉猛叩關。却趁電光升閣望，已聞歡喜到苗蠻。

答張太守鳳枝見贈之作

領郡天南復幾春，退衙仍是苦唫身。苗蠻繞郭風偏悍。孔李通家誼最親。千樹影中圓月上，萬山深處一官貧。閑情譜到雙紅豆，莫哂吴儂白髮新。太守有紅豆詞二闋，極工。

南籠府東郊試射士作

盤馬場西緑欲匀，紅旗獵獵起纖塵。貪看一角春山翠，忘却當前角伎人。

一條馳道倚晴空，破曉先聞響角弓。正是柳塘風急處，亂花隨馬入雲中。

南籠道中夜行

藍輿三折面方塘，雨後溪光著意涼。行到石橋剛夜半，野花殘月鬭深黄。

羊場塘西見海棠

三月風光疑有恨，十分顏色已無香。林昏露薄誰人看，留得松陰護曲廊。

發新城道中值雨

别來春色已陰陰，收拾高低偏野金。來時菜花極盛。一晌東風豈無意，雨絲都灑百花心。

三望坡騎馬歴黑土坡老鴉關諸隘

三望坡前緑欲迷，一鞭高與白雲齊。多因馬上人回首，惹得春禽逐馬蹄。

楊柳三層接緑苔，春陰如海浸樓臺。山凹一騎穿花出，錯認雲帆天半來。

度老鴉關

絶險疑無路，回頭雨復來。正愁疲馬惑，却值嶺雲開。細草黑如霧，野泉聲若雷。輿前長官拜，何處與徘徊？安南令張君世昌迓至此。

過保甸塘至盤江道中

隔江途若綫，正對行人面。更轉百坡陀，江流尚難見。

春盡日發新鋪至永甯州道中

到曉風難定，山雲欲亂飛。上樓初破夢，過嶺復霑衣。石澗草蟲響，藥欄花事非。去程三十里，如夢雨霏微。

道中作家書戲占一律

過得鷄公嶺，蠻風説亦愁。春田喧蟋蟀，晴木囀鵂鶹。雷雨輒排户，牛羊分占樓。居人怕飛瀑，竹屋製成舟。

自永甯州署發至北口塘值雨

百折途如綆，千林晝若昏。嶺藏初祖塔，苗别仲家屯。竹瘦欲穿石，雲奇竟塞門。隨車謡已愧，偶值雨翻盆。連日至安南、永甯皆得雨，士人有隨車之謡。

觀音洞

仄徑西來日欲曛，洞門流水緑沄沄。擡頭忽覺峰奇峭，錯認天空數朵雲。
半厓音響若聞鐘，石罅纔開蘚復封。誰識洞中仍有洞，小橋流水一株松。

自界首塘至駱家橋道中

南岡北阜自分條，如雨谿光路轉遥。欲引行人向東去，柳花攔定駱家橋。

乾溝道中書所見

新緑填街馬過遲，幾家竹屋枕陂池。鴨欄明浄鵲巢整，却有野棠開一枝。

初六日渡鴨池河至四方井道中作

隔窗催客鳥何勤，凉甚先將濁酒醺。才欲出門衣袂濕，馬頭猶罨昨宵雲。
江于清曉泛浮槎，隔岸山隅路幾叉。行入白雲紅萬點，半空都放石榴花。

將至黔西柬州守張同年曾塝一首

憶昨相逢渭水邊，忠宣門下説齊年。同官萬里君尤遠，曾宰三峰吏是仙。到處溪山疑緑野，予曾兩詣桐城，並至相國園林。別來京國望紅箋。時郎君計偕北上。衙齋借榻心殊慰，爲我先開卜夜筵。

四方井至黔西州道次

危途既稍夷，平壤拓十里。溪聲流四面，山亦伏不起。良田富林麓，百鳥展然喜。固知巢危厓，心亦匪得已。溪田新雨後，波活掉魚尾。裊裊青竹竿，抽梢入雲裏。途長怯晴日，迂道走坡底。一頃荷花風，炎蒸忽如洗。

十九日至大定城西坡上校射歸塗復詣斗母閣看飛瀑

射場距五里，清曉聞吹笳。初日旗幟翻，鳴鉦出官衙。拂露過北郊，先驚樹頭鴉。藝士植若墻，臺高建崇牙。下馬入鎖廳，山青四周遮。臺杪射的紅，高低奪明霞。一水出道旁，來源抑何賒！墻缺竹樹交，路若之字斜。直下百尺餘，依微有人家。雲氣復四飛，驚風走汀沙。回路改郭西，山田夾鳴蛙。飛瀑空際來，濕此半嶺花。客倦欲暫停，禪扉試煎茶。

路穿巖

萬仞峰何峻，巖腰豁一扉。遠從波影入，已有日光飛。攀徑野花緑，排空石笋肥。谷鶯偷覷客，時復閃紅旗。

烏西塘

清晨馬上來，薄暮烏西宿。烏西人已知，巖頭注雙燭。

黔西州署西偏有海棠一株大蔭半畝惜花時已過同年張君約科試時再過此相賞因作此以贈之

海棠籠半畝，辜負此花時。車馬何因暇，闌干有所思。碧窗懸舊句，紅蘂剩殘枝。不是張公子，誰能訂後期。

張同年邀遊東山寺

山厨連日綺筵開，邀客東峰角伎回。是日，約同人在山棚角射。我比謝公心更冷，屏除絲竹始能來。

石峭潭空夜氣生，少焉亭上燭縱横。酒闌倘復待殘月，北斗欲斜山四更。

將至爛泥溝上嶺

四山飛瀑合，鳥亦誤西東。乍劈林梢緑，遥分寺角紅。幾家波影外，終日雨聲中。絶險藍輿折，尤防撲面風。

革撥塘遇急雨

百道飛泉合，魚龍欲上天。戍樓何處在，野水忽無邊。徑仄花迷眼，厓傾棘刺肩。夜程猶十里，愁絶馬難前。

夜黑行三重堆汛南諸山中

卅里羊腸路，高低夜色浮。虎風腥撲面，榴火艷擡頭。雨急三層磴，雲迷百尺樓。林梢一聲磬，隱隱出平疇。

贈周刺史景益

卅年家住蠡河灣，只隔衡門不往還。清切早聞登上第，沈淪我亦厠朝班。閒情偶欲消餘暑，君善度曲。遠宦同應歷萬山。何日對床鄉夢好，白雲流水自潺潺。

渡渭河橋

渭河北去路尤稀，急溜横衝石徑微。二十二條衣帶水，劈空争欲上山飛。

楊柳塘道中

雨絲初斷日光微，十里亭前試袷衣。剛被軟香吹破夢，滿山黄偏野薔薇。

白蠟坎道中

忽覺身無據，藍輿下半空。冥濛萬重緑，中隱夕陽紅。客醉連宵雨，花殘昨夜風。誰言播州惡，土脈較疎通。

鴨溪道中

水田千百級，中有石泉青。一道復孤下，四山相與冥。過溪晴乍永，隔岸雨猶零。最是椒花好，時時破夢馨。

五月五日遵義試院憶里中競渡之勝十首即寄錢三維喬趙大懷玉

溪流一曲巷雙條，燈影三層接畫橋。我亦趙家樓上客，七千里外憶今朝。

新闢柴門遠市廛，病餘讀畫復逃禪。謂錢三。多因暇日添遊興，偷上吴孃鴨嘴船。

内河昨日雨蕭騷，溪水平添緑半篙。惹得龍舟銜尾去，十番船泊北城壕。

簫鼓聲聲壓畫檐，整衣多半出褰簾。橛頭艇子如飛去，就近還趨八字尖。

河干扶醉却歸來，聽雨樓窗半面開。偏是謝孃諳食性，枕函堆徧紫楊梅。

兒童撲手説端陽，杏子輕紅梅子黄。乞與一瓶桑落酒，醉眠仍入少年場。

三元閣上久裴徊，天氣陰晴乍熟梅。畫舫塞河人塞岸，忽驚雷雨打頭來。

雲谿谿北接官衙，添得紅闌眼乍遮。好是一河燈影白，橋東錯認月西斜。

連日河頭畫舫開，無端鄰嫗亦追陪。溪南一樹石榴盡，都到美人頭上來。

艾葉紛披蒲葉長，盈觴酒緑泛芸黄。蕭王里畔鄉風好，幾日門前角黍香。

遵義試院

花紅結作屏，山緑圍成障。引領望山城，山城在天上。

遵義校射場在城外六七里因就近假副將署射圃校士

三面青山繞角場，僅餘一面入斜陽。沿林石細馬堤脆，帶得落花來射堂。
三里周垣百尺臺，斷碑如戟翳莓苔。多應曾作老蛟宅，夜半石厓喧怒雷。署本明楊應龍舊宅。

回龍洞

過橋凡五折，已到遠公廬。徑削才容馬，溪喧欲上魚。曉烟摇竹栢，初日定村墟。莫訪乖龍洞，泉靈脈久淤。

桃源洞

名區馬到亦徘徊，竹葉迎人鳥語催。已覺溪山隔城市，絶無鷄犬有樓臺。前塵事向殘碑讀，洞土人相傳爲李太白聽鶯處。絶壁花争五色開。依舊澗聲流不住，錯疑重到武陵來。

渡烏江

出山殊有戀山心，飛槳迎人過浦陰。百折水紋千折嶺，急流時見點波禽。
江流中劈四山開，雨後江聲怒若雷。萬朵白雲空際落，錯疑潮自海門來。

馮巡撫光熊招飲即席賦贈二首 是日，馮初度。

早識雲間大小馮，時令子開州牧，克鞏亦隨侍在署。鑾方何幸服官同。欣看裙屐筵初啓，難得民苗歲屢豐。槖筆卅年呼内相，公久值機廷。趨朝四日領司空。自山西巡撫入覲，持旨署工部侍郎，四日即有黔撫之命。到來倘覓稱觴地，却有東山若待公。

咫只銜齋遞往還，識公心跡幾曾閒。五年官已移三嶽，公自山東布政司調直隸，旋擢湖南巡撫，又調山西。八月恩先洽百鑾。涖貴州任甫八月，又調撫雲南。秋半風雲迎使節，樓高烟雨夢鄉關。移家我合稱同里，只隔明湖水一灣。

使院後墻俯臨縣倉有荷池十頃癸丑二月將按試上游命工築三層臺于墻内五月杪歸池荷正花臺適告竣因分日讌客于上同里楊上舍浦爲繪千葉蓮臺雅集長卷同人各繫以詩余亦率成此篇云爾

北人喜看山，南人喜看水。我雖南人居北久，有水有山方不悔。胸中先有萬仞山，山外流水聲潺潺。欲從山斷水流處，更種疎花築廬住。拜官昨歲來筑中，所見宛與胸中同。不特有山有水有高閣，且喜山緑繞閣閣外十頃荷花紅。爲補竹百竿，爲築臺三層。倉廒百舍比如櫛，静裏已落書窗燈。花枝紅，水流碧，雲氣時黄亦時白。有時天黑雨欲來，却好一窗收五色。宴客既有藕，藕底復有魚。池蓮可劈桃可食，酒盞借此青芙蕖。簾垂百尺樓千丈，譎客真疑在天上。窗欞八角燈影聯，一城居民望若仙。樓高高，觴滿滿，豐歲莫教行樂緩。黔中有山皆可田，雨足便已成豐年。新秋昨夜涼風起，樓閣都歸雨聲裏。君不見，紅荷花開亦無幾，接得稻花香十里。

七月五日曉出南門三里至南嶽山下射圃校士回塗小憩

野人籬落偶成

數月不一出，禾麻已盈疇。炎暑曾幾時，節序慨已秋。離離瓜田花，黄朵露未收。日出鷄尚鳴，沿灘飲羣牛。射圃向北開，南折路苦修。旗門揭峰前，東西兩高樓。迤左百尺墻，觀者積上頭。山鵲噪不停，防驚幽矢向巢上流。馳道滃白雲，馬行亦遲留。回途改西南，偶作物外遊。園扉映方塘，竹筍秋尚抽。防驚幽人眠，花裏停鳴騶。

七夕四首示女紡孫

一歲十二回，回回拜新月。何事禮雙星，一年惟一夕。

牛女緣何摯，天人路本殊。何須借靈鵲，月裏有蟾蜍。

挈得書千卷，樓頭曝不停。分將小兒女，樓下拜雙星。

銀漢間紅墻，迢迢理七襄。天孫如果巧，何事不成章。

十六日姜廉使開陽招同馮巡撫光熊萬方伯甯吴超尼堪什張繼辛三觀察暨徐太守日紀聽緑軒賞荷即席爲賦采蓮詞十二首并邀諸君同作

牂柯秋到雨如麻，盼得新晴露已華。我自看紅君聽緑，一月前，余曾邀同人集紅香館賞荷。參差一月賞名花。

曉日華筵水上開，瑣廳千尺接層臺。笙歌小部雍容甚，都雜兒童竹馬來。

門前赤棒肯攔遮，齊放遊人入使衙。怪底鷺絲無立處，壓波人影黑于鴉。

鳴騶來處甫侵晨，午榻横排任欠伸。各占一亭陳百戲，却忘賓主是何人。

束素腰纖點屐高，是日，令諸歌童結束作采蓮女子。花非勺藥即櫻桃。旁人錯認紅粧好，十五吴姬刺錦篙。

偶然擊楫趁波平，也學津船打鼓行。消受小年無個事，一花開處一飛觥。

繚垣日午轉驕陽，一例都將小繖張。知有美人空處立，好雲低爲護明璫。

水心亭北接危城，亭左先聞按玉笙。且覓柳陰深處坐，暫停雜伎奏新聲。

無端燈影欲迷星，高拄檐牙下繞汀。空裏忽驚添異采，晚霞黄入電光青。

百重擔子憩墻陰，小合高擎唱點心。一樣酒帘花外颭，亂吹羌笛搊胡琴。

薄暝遥看打槳迎，紫微花點照波明。若非萬里橋横岸，軒側有萬里橋。尚認吴頭楚尾行。

廿年前乏此花枝，貴州近年始有荷花。小艇何由泛曲池。此日黔陽似江左，當筵爲譜《采蓮詞》。

十七日徐太守日紀偕安順遵義思南石阡黎平銅仁六太守威甯麻哈開州普安四刺史松桃丹江兩司馬貴筑遵義及候補諸大令復邀集聽緑軒賞荷是日馮巡撫萬方伯以事未至即席戲柬諸君子

笙歌隊裏許閑行，月黑簾櫳水自明。鸜武亦知遊客意，此來看雨昨看晴。

夜涼移席屋西頭，燭跋都同笑語流。怪底諸君興偏逸，座中有蟹少監州。是日，始食蟹。

鄭州倅錕自永豐寄近作百篇乞爲點定因率成長句題後并寄張太守鳳枝

我從黔靈山，望子萬峰底。知君升黨嶺，夢遠亦千里。山能隔面不隔心，一月不斷瑶華音。官閒一室開常早，虎跡訝多人跡少。使君句好誰能謳，高吟祗憑石點頭。怪來詩札霉如許，道遠聞經普安雨。我時宴客開華堂，發函先擲馮侍郎。侍郎讀詩笑語我，屈宋衙官何不可。東南賓從萃一時，更拓北牖哦君詩。八行莫訝詩巉皺，入坐荷香可同嗅。三更客去益朗吟，涼月正墮層波心。倦來復憶南荒守，索米還家得之否？書成燭跋贅一言，鑾府參軍我詩友。時太守欲假百金歸爲兩親壽，聞尚未得。

馮巡撫既作外臺讌集詩及見余采蓮詞十二章即日復依韵見答其用韵之妙不減皮陸爰作此志謝

傳牋飛騎一何忙，射虎將軍善挽强。不特事功吾拜倒，瓣香直欲到文章。

新秋回憶早春時，頻把餘閒付酒卮。燈影兩層花幾朵，博公二十五篇詩。公元夕燈詞及兩次賞荷詩共二十五首。

吴司馬玉墀洗硯圖

瓶花齋中書有目，不減鮑家知不足。搜羅各本元宋明，天一閣中無此精。東方卌萬言，南閣九千字。盤盤嗜古三十年，歲宴不知門外事。忽然四十作漫郎，騎馬遠復來炎荒。牙籤錦軸誰寄將，書少乃珍硯一方。鑾陬豈獨無書假，硯亦止憑縑素寫。君未携硯來，所見止有圖耳。一世難耕嘅石田，半生卒業思《蒼》《雅》。可憐有硯不鈔書，僅寫年來主客圖。開緘忽欲念良友，讀畫已覺忘朝餔。因君我憶卷施谷，千本異書碑百束。他時兩客各歸田，硯北還從借書讀。

十四夜坐月

初三逮十四，月止晴一宵。羞喜魄已圓，清光徹層霄。鄰東歌吹聲，舍北亦叫號。豐歲庶有期，中坐喧酒豪。而我亦甚閒，銜杯飲陶陶。一酌天宇開，再酌雲氣消。悠然到三酌，月采如鮫綃。兒女集我前，競索梨與桃。礎潤既已收，房廊步周遭。幸此徹夜光，歡喜到汝曹。他時返江南，水郭景倍饒。結伴或采菱，沿堤泛輕橈。比舍携密親，相將走谿橋。此景汝勿忘，興至我欲謡。紅燭忽斂輝，開簾已崇朝。

寫管下名山圖八幅寄富尚書綱

古人祝長年，類取象岡阜。我今頌尚書，亦以山爲壽。尚書八州督，惠澤及民久。前時持節處，閩海及陝右。仁風所丕播，地力實雄厚。每于奇絶處，皆得未曾有。中南從東趨，太白向西走。武夷清暎海，華岳秀參斗。尚書前按部，一一迎馬首。飄然來萬里，清夢憶之否。雲奇嶺復奇，倏又落吾手。碧阜出我前，蒼山峙其後。烟嵐日千變，各各入窗牖。春秋多勝日，時復挈賓友。咸云享清福，得此蓋非偶。慙余課士暇，秃筆有如帚。翩然圖名山，不敢雜培塿。圖成寄尚書，應復開笑口。倘有飛仙人，同來獻春酒。

過隴首關

排空傑閣勢迢迢，百折才能及嶺腰。只向密林深處轉，怕憑風力上層霄。

新安塘道中

橘柚叢中半里遥，秋雲如畫束林腰。溪南欲訪閒親串，趁曉先支獨木橋。
村村都喜説豐年，板屋斜開䆉椏邊。飽飯芋魁無個事，盡收雞犬上樓眠。

廿二夜看殘月

團欒時節雨辛酸，待得如鉤轉耐看。那識幽人有深意，五更樓閣坐高寒。

谷子塘

人行谷子塘，林木始回亘。野花生東西，葉葉悉垂露。肩輿欲東轉，黄犢忽攔路。旆影拂曙鴉，驚飛四穿樹。初陽開谷口，樓閣恍無數。知有山僧居，泠泠曉鐘度。

九日偕署中同人至城南福泉山高真觀登高鄭大令五典設筵于此相待即席賦贈

纔經寒露辰，已值題餻節。騎馬上城時，暉暉半樓日。臙脂花紅菜甲黄，夾道半里來山房。主人開筵樂未央，琥珀作盞茱萸觴。幽禽語琳琅，清磬聲疎越。騎馬下城時，輝輝半樓月。仙人樓閣涼意生，隔嶺遞響山泉聲。爨光如霞出山頂，却壓萬家燈火影。

九月十一日發平越至葛公橋作

平明天氣晴，送者逾五里。言尋葛公橋，乃復居釜底。泠泠江一綫，絶壁插江汜。嶺樹鬱百重，淩晨露如洗。危亭峙林表，初日出亭裏。花朵映日紅，晨扉竹中啓。鄰舂杵相答，童叟色俱喜。白屋飯已香，幽人睡難起。

清平道中

四山茶花香，黄白均可愛。花苗聯袂出，時折一枝戴。秋葵盈半畝，野蓼色如醉。危塗穿竹徑，竹密出岡背。險絶天半程，疲蹤屢思退。前旌久延佇，半晌甫及隊。行及羅仲塘，山雲轉深晦。

藍嶠至草塘關道中

藍嶠及草塘，十里壁如削。濛濛棘生刺，左右難著脚。回崖野花艷，谷口日西灼。石竅嘘北風，鷹鷲馬頭掠。人禽争一竇，撲面險欲著。東西缺盈丈，道險藉略彴。樹杪俯石樓，窗檽望依約。驚沙莽成陣，馬走前復却。半道聞語聲，長鑱劚山藥。

過偏橋西三里上一陡坡

石黑雨亦黑，行人向何處。巉巖當面出，欲往決無路。蹊斜非意想，時隱復時露。石罅逗一門，奇花忽無數。高低盤百級，樹杪作回互。撻客西北風，洶洶有如怒。頻于奇絶處，欲把生命置。老樹猛攫人，踉蹌敢回顧。危疑行半日，深險已畢度。出谷路轉平，欣然下徒步。

翁頭塘道中

半嶺昏雲積不開，空山秋盡怳聞雷。怪他百道山泉合，却詫藍輿飛渡來。
翁頭塘北路尤賒，屋脊横看一徑斜。誰向閑門訪秋色，夫容開徧野人家。

自平貫塘至白巖汛道中

午餘都枕白雲眠，兩兩飛泉出竈邊。肯向淮南乞靈藥，本來雞犬只居天。
馬頭濃緑間深紅，半日全行複嶂中。百轉千回抱村塢，江南無此好屏風。
濛濛絲雨日千回，夕照光中霧半開。怪底樹頭山鵲噪，却驚天上筍輿來。
秋來風味足山家，深淺園林百種花。先有入樓紅柹子，飽嘗聊可當谿茶。

石阡城南温泉

石罅空濛逗燭光，訪泉亭上拂衣忙。半生莫訝塵勞甚，已試人間第七湯。予所試温泉：直隸則盤山，陝西則臨潼、盩厔，江南則黄山硃砂泉及和州、句容與此而七矣。

白石渾疑築釣磯，流從壁隙漾依微。形神釋後却危坐，蝙蝠嚇人頭上飛。

自塘頭舟行至思南府城外

青山至塘頭，南北忽中斷。驚流適有幾葉舟，一半舟行半登岸。帆影欲入地，馬嘶驚上天。高高下下行不歇，馬力反後帆居前。雙江合處波流拓，急溜平添水千斛。高低橘柚合一村，五色石中魚比目。風帆北轉飄雨絲，馬上戴笠知多時。舵樓半晌酣清夢，馬背人愁濕衣重。江流曲處城郭開，岸上一騎驚先來。船頭吹笳船尾鼓，濕霧驚開日剛午。

出思南府遵化門道中

一山方如筐，一山圓若筥。山真中繩尺，雲亦就規矩。偉哉造化功，幻此亦奚取。奇零不能割，嵌以數僧宇。霞景正欲升，炊烟穿縷縷。林紅初曙日，澗緑昨宵雨。誰闢天半扉，幽人正軒舉。

至思南府城東七里校射作

三里出郭門，七里至角場。材官藝士已先待，日乍破曙雲蒼凉。忽然對面誰能覷，霧捲千人萬人去。須臾一騎來破空，帽影正罩晴暉紅。斗坡直下誇輕舉，馬背白雲飛縷縷。山雲高高上接天，萬緑倏現屏山前。紅林蕭疎噪山鵲，屋後人家飛矢著。

夜起至射堂看殘月

樓臺高下樹縱横，環郭峰巒不見城。好是四更山月上，獨來亭裏聽灘聲。

觀音閣

到來已覺上青天，尚有人耕屋上田。老樹緑零前夜雨，夕陽黄破半城烟。江聲似恨山重疊，鄉夢都迷路七千。且倚石闌閒啜茗，半空靈果落僧肩。

小厓關

足底先驚萬疊山，半空樓閣自回環。紅雲堆砌不知冷，白水繞門無用關。日影鏡光偏照燿，鳥聲人語合綿蠻。差憐送客殷勤甚，七里岡前馬未還。

將至掌溪塘道中

歷徧危岡陟淺沙，沿江途細欲如麻。蠻鄉秋盡饒春氣，十月猶黄菜甲花。
客程難得片時閒，穩卧藍輿出險關。欲剩心情看江水，垂簾行過幾重山。

將至石阡道中

水西林塢好，迢遞隔東村。偶跨水牛渡，閒從石嶠蹲。嶺穿疑有路，雲定不知門。清絶垂綸叟，忘機坐竹根。

重浴石阡温泉

百里裝方卸，孤亭馬獨來。誰云此冬日，聊比坐春臺。磴削穿巖竇，屏虚障水隈。奚童欻扉入，一綫夕陽開。

曉發路瀨塘

離堂尚聞雞，暗谷甫見日。濛濛荆棘影，披草至絶壁。露氣周一山，秋衣冷侵骨。回瞻驚後隊，如蟻穴中出。前旌復穿雲，石瘦路如髮。風蘆聳清聽，時墮隔林橘。客倦欲少休，茅軒樹頭突。

將抵荆蓬塘

誠知山百折，每折非意想。飛瀑間一層，泠泠愈神往。茅齋雲際逗，絶壁倚仙掌。十月花尚紅，松濤落清響。山田欣倍入，石囷列三兩。豈僅人事饒，雞豚藉生長。兒童乘冬隙，倚户結絲網。相約捕渚魚，烹鮮佐樽盎。

過思南塘道中

高下田如百衲衣，人家初日啓雙扉。草中尚有閒胡蝶，却恨蘆花作雪飛。

轉覺空山氣候春，冥濛花氣拂蕭辰。峰根獨石誰來坐，時有松枝掃落塵。

出鎮遠城南三里試射士

一半山雲雜水雲，到來空裏草香薰。環墻人語覺清脆，曉日射堂紅一分。

寥寥飛矢去如星，惹得樵蘇跡暫停。天半午鷄啼不徹，東南樓閣爨烟青。

沿流歸復誤西東，出郭燈光映水紅。不信鳥巢皆戴屋，幾家樓貼半空中。

送姜廉使開陽入都

相離真不忍，且盡酒千壺。每歲衝風雪，憐君在道途。君自言五年除夕皆在途中。計應朝北闕，且莫憶西湖。好趁帆檣便，行過故里無。同官凡幾輩，接跡戍三邊。謂歸、王、顧三方伯。吾子能孤立，君恩僅左遷。暫還諸季節，行贈繞朝鞭。他日金臺側，相思屢寄牋。

冒雨訪諸葛洞

雨聲無時停，天宇忽已黑。輿從空際下，照路有白石。前行未及轉，飛瀑已及額。蒼蒼兩層厓，萬古積暝色。懸流至三仞，雲出波下白。排空列千竅，難作老蛟宅。居人掩關坐，屋上浪花織。傾耳聽此聲，天空地疑拆。

再度響琴峽

黄平州，度玉虹，玉虹峽在黄平州南。青天飛下一白龍。魚梁江，度琴峽，十萬絃聲驚拉雜。大聲疑宫小聲徵，激得山雲去如駛。斷厓崚峋石色紫，厓上沈沈日光死。離波百步飛雨飄，隨響曲折經危橋。溪風蕭蕭溪月静，疑有神魚出波聽。

黄花坪道中

連岡西去路千重，竹色蕭蕭間嶺松。照路野花然似火，出山流水活于龍。風棱時掣當風燭，雲朵驚飄隔院鐘。錯認脱綿時序近，豈知寒序迫隆冬。

再經隴首關

朝晴爽氣通，胡蝶尚西東。錯訝春花放，平原野燒紅。掩關暮復朝，香篆生林末。孤客心易驚，上樓雲欲活。

雪意 試貴山書院諸生題得先字

嚴凝樓閣杳難眠，是處林巒戞暝烟。飛霰乍飄孤嶼外，重陰欲釀小寒先。光埋高下三更月，雲黯西南半壁天。不是官齋望偏切，欲憑盈尺卜豐年。

卷施閣集卷第十四

黔中持節集（癸丑、甲寅）

初五日近山堂消寒一集分體詠秦宮人鏡《鏡銘》云：「天上見長，心思君王」八字。

六王雖畢闥左空，男行築城女入宮。長城東西萬餘里，永巷迢迢亦無底。宫中永巷邊長城，内外結成寃苦聲。入宫詎識君王面，三十六年曾不見。轉思天上歲月閒，那識相見期仍難。班班血淚銷難盡，剩得團欒一方鏡。攜來照影影亦寒，明月尚作秦時看。非珍異物思垂鑒，背上千年土花豔。君不見，《鏡銘》八字誰所爲？篆體絶似東封碑，留伴斯刻千秋垂。

家大人命同作　　飴孫

祖龍一卧羣雄起，三月阿房土花紫。千年宫鏡出人間，往事分明亦如此。玉容顧影人争羨，昔日紛華鏡中見。驪山明月夜梳頭，竹宫歌舞朝匀面。鏡能察面難察心，冷眼那及金銅人。菱花徑尺青絲紐，拂影都誇好身手。可憐三十六宮懸，不辨興亡辨妍醜。天上迢迢望本奢，昭陽銘後事如麻。誰携玉匣闈中物，去照宜春苑裏花。

初十日漱石山房銷寒第二集題張太守鳳枝珠還圖

圖爲太守侍姬冉氏所作。姬母無賴，妄搆訟端，姬由是遣歸。其母謀别嫁之，姬剪髮自誓，乃止。同人感其義，勸太守復迎焉，爰作是圖，名曰《珠還》。亦所以美太守也。

瑣廳圍坐燭如山，本事詩成手自删。輸與清廉海南守，六旬傳説去珠還。

自返蓬門百事非，香雲和淚剪依微。從兹百幅梅花帳，不覺蕭娘鬢影肥。

兩條官燭影闌珊，百詰初窮語抵讕。絶勝河陽舊潘令，種花猶易護花難。謂陳大令。

暇日間窺青瑣旁，玉山筵上未頹唐。抵他一曲翻風怨，只有銷魂淚兩行。姬以訟事未結，留貴陽守署匝月。一日，隨徐恭人觀劇偶窺坐客，見棫齊太守在席，不覺垂淚。

輕車油碧許迎回，紈扇親拈出鏡臺。臨行，徐恭人以二絶題紈扇贈之。不是求仙舊童女，肯隨徐福住蓬萊。

垂老休嫌善賦愁，使君宗法本風流。他時九曲梁溪上，合與修成燕子樓。

十五日藏春塢消寒三集題范巨卿碑額即送張州守曾塝南還

昨者黃少尹，此碑刻係戊戌年夏亡友黃君仲則所貽。貽我金鄉碑。摩天石刻揭巨孝，復有獨行名孤垂。洪流浩蕩豐碑没，僅識青龍舊年月。八分徑寸誰所書，無乃山陽縣君薛。傳觀足令友誼敦，二千年來八字存。若言至性刊金石，不數王貢兼雷陳。一篇論愧朱公叔，中世交期益翻覆。賣友人傳酈曲周，面朋我恥蕭光禄。史家創格非好奇，欲與薄俗貞心期。不傳吏蹟傳友誼，此意亦愁知者稀。開緘淚已垂言下，恨不還君伴長夜。匹馬招魂又一時，荒阡種樹知何暇。百徧摩挲紙亦光，含情重送郅君章。他時北上金鄉道，酹酒應臨官道旁。

家大人命同作

飴孫

烈士相交衹情性，二千年來傳獨行。偶從山縣拓此碑，姓氏偏教坐生敬。卓哉山陽范使君，獨抱古意超倫羣。豈其交誼足不朽，乃寄金石垂斯文。千秋一語饒奇旨，生死論交自君始。始知友誼殊可珍，交到重泉合心死。郅君章與殷子徵，未識死友焉知生。長沙學生新野卒，縱不生交亦心折。巨卿好友不顧身，落落死後殊無人。幻形誰復論爾我，一往直欲兼幽明。鄉民翟循縣君薛，留得金鄉墓前碣。篆文不特軼八分，好補酈元《經注》缺。建安以來世俗澆，慨然何止劉孝標。願將剥落數行字，持贈世人同石交。蠻鄉刺史殊今昔，況值窮冬束裝日。偶讀廬江太守碑，一篇還贈張元伯。

張州守瀕行又以素册索詩復成二絕句

風雪連晨偶滯留，行蹤莫爲左遷愁。君看判府威名重，絕勝西南領小州。

紅塵十載鬢初班，却喜今因定省還。欲借寒威暢離緒。留君十日住黔山。時留作消寒第三集。

二十日聽雨蓬消寒第四集同詠諸葛燈

尚從遺製識英靈，五夜軍書肯暫停。收燼未應忘火德，穴胸先已勒金銘。虛疑絕徼留銅鼓，遠憶高原墮大星。畢竟出師餘恨在，至今燈影作深青。

廿三日寫歲朝圖贈馮巡撫光熊並繫以二詩

如水臣門日往還，識公清節服諸蠻。何妨饋歲無長物，自寫黔南幾尺山。

餳香粥鼓滿平疇，鬧得花香出樹頭。都是蠻方小兒女，春風竹馬十三州。

二十五日思補齋消寒第五集即題徐太守日紀陽春有脚圖

何妨遺婢中閤，聊爾充君下陳。欲賜人間湯沐，先回天上陽春。

蓮蕋屏風凍雨，梅花紙帳春雲。待過消寒九九，預防修竹彈文。

附　　飴孫

温和足底有春光，着意真能識熱腸。頓憶孤山林處士，梅花多處太淒涼。

早從洗濯見風流，一晌春華偶滯留。不着人間閒冷暖，此鄉端合號温柔。

小除日消寒第六集招同張太守鳳枝孫刺史文焕陳大令熙藩王參軍湛恩暨兒子飴孫卷施閣祭詩即席成六十韻

我方謀讀書，俗事急除屏。爆竹出我旁，瞿然心始警。起來視林梢，失喜發桃杏。黔中花事最早。明明紅燭餤，一歲去無影。因之思我友，走僕急延請。陳生疲案牘，王子困簿領。孫郎耐繁劇，張叟性剛鯁。窮冬居省會，衣敝鞍不整。居然七千里，聚此數萍梗。豈無還鄉夢，隔越萬重嶺。蒼蒼四邊山，城郭若居井。牛車行鼠穴，一笑等蛙黽。差欣合并數，未覺昏旦永。規船作吟齋，製小類舴艋。獸炭紅一爐，先堪辟奇冷。雙棚支鼓子，弓弩嬾不檄。榩門誰更出，一室樂恬靖。房廊稍曲折，衆詫若仙境。堂阿鋪長筵，胾脯雜餈䴵。霜螯搗初碎，鮮鯽已剔鯁。滇榴暨匀橘，兼不棄梨梬。南方來百物，圓蝺長者廬。歲除饒食品，一一列盤皿。非徒祀心神，藉以壓灾眚。明燈懸四角，香炷紅耿耿。高杯羅數十，文石及生礦。雄黄鎸兕虎，犀角刻菱荇。或如肘生柳，或若瓠有癭。争先誇大户，蓄意欲吞併。盤飧來陸續，誰識夜已丙。慙余少孤露，敢説有殊秉。時時避詩債，獨處心怲怲。永豐才尤奇，筆早露鋒穎。創爲《小言賦》，剖析到句䪿。南籠年六十，齒硬截春餅。雖然能飽啖，不改顔瘦瘠。惟愁酒杯寛，苦語求減省。參軍揮千言，尚説才未逞。微知所宗法，《天問》及《哀郢》。浙西饒秀士，遠復勝汝潁。辛官仁及物，讞獄繼張邴。心雖尚寛大，酒政獨嚴猛。藏鬮兼拇陣，十九冀儌倖。興酣開牖望，繁麗富星景。衕齋闊西北，隙地得一頃。雖非二三月，春樹已華靚。兒曹不入座，窗隙屢延頸。大兒粗有筆，頗復愛習静。年來通選學，出語喜彪炳。盤盤祭詩筵，得預良已幸。小兒才十歲，逃塾每遭打。攔門喧畫鼓，日轉益頑獷。阿翁防醉仆，座外戲扶綆。酣眠到童僕，百問百不省。皆言沐餘歡，沉湎誰可儆。窗櫺頭互觸，蠟炬險失柄。更闌客辭主，失笑喉復哽。肩輿北風大，各各蔽笭箵。輿前馬居後，爛醉戒馳騁。何須更持燎，太白光冏冏。

新正五日消寒第七集同人集陳大令熙藩雪溪吟舫大令以盆栽素心蘭見贈即席賦謝

此日何日，窗櫺陰陰。撫序不樂，求我素心。素心之人，其室如斗。街南巷西，爲約良友。春酒既熟，園蔬雜陳。雖未投轄，童先閉門。離離光明，一室四出。重簾無人，花影若月。坐客默坐，咸披素襟。所愧空谷，跫然足音。移花居前，移酒在左。友知我心，舉以贈我。我家南頭，一閣面山。山桃水仙，位置其間。入之素心，花亦相肖。言詮已忘，静不索笑。時或獨醉，時還孤眠。半窗冥冥，香徹曙前。

賀方伯長庚屬題其尊人蘭竹卷子

畫蘭不畫雨，雨已飛晴空。畫竹不畫風，風已出榦中。稜稜數竿風，卷此楚波白。亭亭幾枝雨，亦勝楚天碧。先生偶開門，漢水溢水流無痕。先生偶楗户，蘭枝竹枝約同住。卅年豈以畫得名，轉借蘭竹抒幽情。乃知氣味本無別，與蘭同心竹同節。一幅雪景一幅晴，末幅皎月枝間明。君不見，蘭枝竹枝幅盈十，并寫森森石林立。展圖不及見先生，奇石當前且長揖。

人日消寒第八集同人登黔靈山復迂道訪聖泉歸飲王參軍湛恩一角山房雜成三十二韻

兩載逢人日，三年住鬼方。路疑窮北首，雨欲破南荒。過臘餳簫緊，初晴筍屐忙。願尋何地勝，咸指此山岡。峻嶺回天外，奇峰立斗旁。浮青界滇粤，濃緑壓城隍。交壁松烟暝，岐途栢榦擋。幾回衡馬首，百折走羊腸。積霰鋪層殿，罡風響曲廊。解鞍懸石磴，易履坐繩床。果向僧衣落，禽從佛面翔。怪聲穿土穴，仙掌拓蠻鄉。半郭巒光斂，全黔地勢張。天龍煩説偈，野鹿看傳觴。更許陪開士，憑誰禮法王。客方搜古蹟，巘已下斜陽。詎可辜清興，仍須束急裝。澗幽留剥蘚，寺僻富修篁。毁廟神無火，陰崖虎有倀。微黄辨樵徑，曛黑墮漁梁。聖水名終妄，上人言：投一錢，泉即漲起。試之不驗。同人擬易其名爲廉泉。廉泉改未妨。逸情嫌晝短，回路覺川長。候騎依官柳，宵鐘出女墻。雙街籠燭樹，一角訪山房。濁酒何能減，逋篇久不償。簪裾來浄域，旗鼓集虚堂。當代爲長句，羣公雅擅場。俊才同鮑沈，堅筆鬭班揚。設榻容孤卧，行厨約徧嘗。擁爐斟淺碧，升閣望空蒼。此會多應羡，他年誌勿忘。靈山今夜月，添影照詩狂。

十五日五鼓起看雪

攔門語忽驚，僮報四山晴。蠻地少冬雪，逢人詫夜明。冷光飛列帳，寒影淡孤檠。幸有辛盤在，聊將卯酒傾。

陳大令熙藩屬題城南雅集卷子

兹方當九日，撫序却三秋。早陟高真觀，客秋按試平越，九日在高真觀登高。遥思甲秀樓。果然逢大尹，于此集名流。愧未陪遊屐，題詩最上頭。

十六日消寒九集湛碧亭禪房看雪至二鼓乃返

及此初更後，冥冥雪乍晴。林巒互蕭瑟，水月與空明。兀訝樓臺影，寒流鳥雀聲。倩誰圖作障，一角傍山城。

蠻方慙久駐，豐歲喜頻仍。一尺道旁雪，萬家門外燈。爆從冰柱裂，月共凍雷升。是夕大雪，中有雷聲。此夕清虚景，還應念遠朋。時徐太守馮開州以疾不至。

寒風送别圖送張太守鳳枝南歸

甲寅新正十二日，太守遭外艱去任，將于春杪奔喪南歸。同人欲作黔山折柳圖贈行，余意有未安，易爲寒風送别，蓋仿燕丹時白衣冠送荆卿之例。攷白衣冠本弔服，非執喪者所衣，吾輩與太守交厚，于其行，故當素車白馬送之，情事方稱。爰賦三詩，即邀諸君同作。

名山人日記勾留，乘興聊同麋鹿遊。一度巷門重問訊，麻衣如雪感蜉蝣。

歸及江鄉五月時，北堂正好夢孤兒。思君欲贈忘憂草，不向風前折柳枝。

易水千年事已陳，歌聲猶若繞梁塵。何妨更舉前修例，皆白衣冠送此人。

初春折柳圖送陳大令熙藩北上

前年來黔陽，長官攝疲邑。貴定城東南，馬前驚一揖。昨年駐會城，長官爲劇縣。衙齋欣咫尺，投謁乃無算。長官爲政甫及今，大吏拭目民輸心。琴堂愔愔静撫琴，暇復伴我耽幽吟。一行作吏何嘗廢，赤棒森森墨胥避。簿書叢裹集賓朋，撰得城南一篇記。謂所作《城南雅集圖記》。初春柳絲黄及肩，拂拭鞍馬行朝天。蠻方百姓心難足，官好更防遷去速。燒燈節過持瓣香，私向山神社公祝。十月種麥四月秧，官歸正好麥上場。吏胥無權户殷阜，但祝官遷此方守。

出貴定城雨至高家塘稍止

今晨山氣寒，呵凍集徒侶。行穿石罅中，濕霧黑如許。蕭蕭松竹徑，馬首寒不舉。前旌瞻後隊，似隔烟萬縷。忽然衡山風，捲去一層雨。稍復見晴雲，山樵喜相語。

自蔣塘岡至谷洞塘

寒空時復捲風聲，石削橋傾道未成。忽訝禽巢落人語，山樓都向竹梢生。連山無際水無涯，過嶺南來一徑斜。不是數聲山犬吠，全邨都被雪花遮。

早發谷洞塘

一峰雲，一峰雪，一峰冥冥影未開，猶帶前溪夜深月。須臾天平明，月向雪峰墮。冷光百道飛撲人，穿得白雲如縷破。前山日欲出，後山雨復來，深谷隱隱喧輕雷。君不見，蠻方氣候殊凌亂，曉日須裘午須扇。

落月西塘

馬首迢迢溯北風，兩山青破酒顔紅。我來似欲齊昏旦，落月塘西日正中。

將至都匀道中

一山途四出，一水流百曲。山奇方礙帽，水冷復縶足。途危輿轉穩，空處交竹木。前行皆俯視，一綫入山腹。茅檐無冬春，濛濛土花緑。花苗迎使節，半嶺注紅燭。十里戍鼓鳴，蘆笙響空谷。

橋頭汛

過橋方數折，正對石塘西。却望來時路，蒼蒼樹已迷。野蔬全上屋，春水半吞堤。莫厭山程緩，才聽日午雞。

初六日小雨至都匀府西門外試射士

半里冥濛霧，山郵雨不成。野雲隨地落，春樹接天生。白訝懸泉影，青流飛矢聲。射堂寒較甚，馬過亦驚鳴。

初七日射堂試士畢登劍河橋聳翠亭望西北諸山

沿流都有鷺絲飛，空翠時時沁客衣。忽訝危厓突人影，似驚鳴鏑啓山扉。回潭西去緑沄沄，一角樓臺上夕曛。傾耳却聞空際響，入山雲鬥出山雲。

勻陽書院春望

春波闊處春堤狹，十二回塘滿浮鴨。晴鳩催換裌衣忙，樓上人閒盡開篋。半城花香裊若絲，新緑對岸愁參差。銷魂別有東風柳，絶似春人十五時。

多結塘

多結塘邊雨似麻，沿途風峭尚飛沙。無人知道春將半，時有出墻紅杏花。

晚度大登高小登高諸險

一山當面氣冥冥，高下燈光接樹青。不是雨絲飄左右，玲瓏猶認半天星。

都江舟中

危厓春正半，花氣欲薰天。劇愛東風樹，斜生北斗邊。淩空自樓閣，絶壑渺雲烟。一帶人家好，簾垂飛瀑前。

下陡坡渡鷄買河

上征誠云難，下達亦非易。横空旋若磨，百折始及地。藍輿甯敢却，頭上壓飛騎。欲前仍縮足，矗處石犀利。胡蝶忽一雙，飛來立人臂。厓窮坡復陡，入隙途轉細。平視雞買塘，斜陽落巖際。

羊忙塘

行徑羊忙塘，奇石破空下。壓雲排萬仞，時裂一尺罅。飛泉頭上出，光景相激射。稜稜峰斷處，欲往少憑藉。馬首卷北風，孤桃向空謝。杉林轉蒙密，間亦露臺榭。頗念北山人，幽棲若長夜。

石檻灘 俗名石門檻

始棹發都江，江干日初起。鑼聲行不絕，奮迅已百里。蒼蒼兩邊山，厓斷石將圮。驚梭時一擲，險欲没潭底。石脚萬竅鳴，時時出潛鯉。前行經石檻，舟子展然喜。風暖日亦晴，沿郵數桃李。

雷音灘

一舟挐一繩，一繩長百尺。繩頭持十輩，畢力踞巖隙。高低懸半里，觀者咸失色。一瞥倏已過，微驚眼光黑。危崖排石齒，都向舵樓突。我僕忽失聲，頭低險遭嚙。長年欣過險，緩棹出厓側。却望四邊山，蒼蒼路仍塞。

都江夜行

前山誠欲雨，其奈後山晴。澗水忽然暝，李花無數明。墨鱗成隊出，白鳥破空行。卧聽花苗曲，勞勞解送迎。

古州登抱膝亭春望

山城二月花光足，空處香飄萬家屋。桃枝摇岸柳拂簷，花裏兩兩懸珠簾。樓臺影外春陰薄，試茗重登一層閣。日斜盤馬射堂西，却送菜花黄出郭。

抱膝亭望憩園花木甚盛欲往未果

小築烏蠻地，全家緑水灣。數聲花外屐，千尺雨中山。午倦童呼茗，春閒鹿抱關。上頭容展眺，未肯説緣慳。

渡溶江登五榕山兼謁諸葛祠作

溶江江頭石如磨，五龍徘徊一龍卧。排空一石支一樓，高榦四出扶樓頭。一枝雅復高羣木，樹腹空于百閒屋。低枝欲雨高蓋晴，臘雪尚向枝梢明。年深樹古禽難宿，剩有一巢藏廟祝。行人入廟火伴驚，嗚嗚角聲巢上鳴。

孫司馬鑑招同彭軍門廷棟書副將麐飲署西諸葛臺並角射至二鼓乃返

闌干曲處林陰直，官裏春閒試鳴鏑。平坡十頃吹細香，日色裊裊垂鵝黄。笛聲初停鼓聲警，舫屋深深若居井。忽地排空雨作絲，梨花白得春無影。

八匡塘

一邨都不見，全被李花遮。澗水到門合，山樓出樹斜。露光開梵刹，雲影抱人家。時有遠香至，應知春事賒。

夜宿寨麻有苗女年十三四者結隊來歌苗童吹蘆笙和之

歌管初停舞袖忙，燭花紅處勸飛觴。前身合是梁間燕，猶着烏衣入畫堂。苗女衣裙皆黑，故云。

山中夜行

小雨乍三日，梨花合一邨。夜燈紅覆屋，春樹緑當門。卷幕留禽影，開扉驗水痕。更殘月將出，山氣尚昏昏。

九朝塘

嘈嘈天半響笙簧，雉尾排肩繡兩襠。三百蠻姬擁前後，藍輿飛過九朝塘。

大容塘值春分

薄寒初散酒初醺，炊火斜連嶺上雲。小閣兩層山四面，百花香裏度春分。

宿路團行館

使節遥從柳外村，一間茅屋侶鷄豚。妖禽入樹花先顫，薄霧吞簾鏡亦昏。吹夢夜風寒有影，接天春水月無痕。柴扉莫謂誰來欵，宵半驚雷欲劈門。

將抵黎平歷滾馬坡諸險

古州及黎平，天黑少白日。忽然雲際一閃紅，天外雷驚劈山出。沿山巨石悉欲崩，轉眼已失千家邨。白雲茫茫時吐吞，陰厓束人疑鬼門。一坡直下如注矢，削壁棱棱僅容趾。輿夫歎息何至此，呼吸真堪判生死。峰形中斷裂若溝，鞭馬一躍愁回頭。前峰行完後峰起，上欲摩天下無底。眼前親切雲霧生，足底忽已開山城。君不見，平岡鱗鱗鋪萬瓦，突起一峰名滾馬。

出黎平南門

街衢南北嶺西東，柳外高樓面面通。一晌曉霞紅不定，前旌行入百花中。
依然江水緑無邊，不信離家道七千。絶似踏青南陌路，暖風晴日裌衣天。

射堂即事

出郭濛濛霧，林烏背客啼。梨花三百樹，白到射堂西。
隔岸坡陀好，人希馬作羣。過橋飛矢急，穿破一溪雲。
極目望層城，春融萬家屋。衹覺遠天低，靡靡接新緑。
山樓鼓角忙，歸騎出横塘。無數春人影，斜陽落女墻。

南泉山

今朝天氣晴，靈鵲聲有喜。言遵南泉山，異境乃獨啓。喬枝森上聳，側出悟石理。生翠羃一山，空青露如洗。蹤疲方問路，絶頂尚三里。㚇㚇石鼎香，迎人入亭裏。天風盪衣袂，雲白欲緣履。卑瞻窮萬仞，微辨爨烟起。却哂下方人，經旬居釜底。

靈觀閣春望

千折泉出山，百折人上嶺。尋源至亭側，石闕方若井。禽聲千百種，蠻語本難省。手掬石上流，呼童試新茗。郡齋憐窅寂，飛騎餉春餅。幽人居絶壑，搆屋恍横艇。微風振林杪，斜日逗光景。闌干飛百尺，坐處據松頂。半日衣袂香，濛濛逗花影。

過少寨河橋

平蕪一雨春花謝，濃緑樓臺若深夜。雲陰如夢不逢人，澗水分從馬頭瀉。波空若行明鏡中，鷗鷺兩兩舒春容。危厓面水不濡水，石脚到地仍懸空。人家屋上山如活，石竅玲瓏牖邊突。沿溪三里行半時，細聽丁丁斧聲出。

少寨河旁入一洞行半里許

一峰高疑帆，缺處作堂奥。前行石當額，側足入岩竅。玲瓏千百隙，曲折孕奇妙。大石闢若扉，稜稜縱森峭。左途右爲壑，坐石儼可釣。稍深阻天日，飛瀑光已照。支遁少石牀，稽康留鍜竈。厓同豺虎伏，水學龍鸞嘯。削室驗孟勞，入洞，有鍜者數十人在此製削。藥籠驚佁約。昏程不逾百，閑客倘能到。來欣去悒快，一步一回蹈。半里望始迷，晴陽赤如燒。土人云：入洞可五六十里。惜未窮其勝。

早發新化塘

水田百級行方半，攔路野雲蹊忽斷。牽衣避道歷少時，大石如牛復當岸。行人欲歇嘶馬催，村店正向雲頭開。山坳石磴暫延佇，衣上緑綴寒莓苔。冥濛路向松梢破，絶頂一山如石磨。清泉落處花朵妍，山翠壓樓人尚眠。

平江塘

晴鳩聲裏燕呢喃，高下藍輿睡乍酣。好向春波寄花片，迢迢此水入江南。

春殘是處緑芊眠，十里平蕪盡帶烟。胡蝶欲高高不得，野花黄已上青天。

出錦屏縣城上斗坡

一山綿一縣，高下里三十。高者仰如跂，下者俯如揖。愁霖行撲面，碎石險埋膝。中途勢倉皇，懸溜復飛及。天風下林莽，石竅自呼吸。蟠澗三兩松，人禽亦争集。厓深羣燎火，盪此衣袂濕。濛濛雲氣蔽，却向空際立。石罅忽啓扉，生苗下山汲。

黄泥峽

馬蹄真已踏千峰，上嶺叢杉下嶺松。當午日光分顯晦，南山雲淡北山濃。誰將界石作横梁，上是黎陽下澌陽。怪底廟門開向北，南行不炷嶺頭香。

紫雲橋

春山一片疑無骨，都作紫雲扶曉日。馬頭隨意歷西南，無數樓臺復飛出。沿溪一橋如一舟，橋上三面開朱樓。前旌後隊何回緩，似向長虹腹中轉。橋心倒插十丈餘，飛蓋過處驚遊魚。君不見，一山前頭復如井，却喜嫩晴鋪十頃。

師子厓

我行及雙溪，大石黑半天。人緣石隙中，有若蛇蜿蜒。危巖何陰森，行處正壓肩。懸瀑復四飛，時聞響濺濺。藤蔓百尺垂，倒出花朵妍。空處突一亭，簾垂裊青烟。延回出層厓，萬頃鋪水田。清絶半里程，人家總疑仙。沙鳥亦有情，飛蹲筍輿前。

早發邛水

早行出邛溪，殘月溪上漾。濛濛千樹花，正罩邛溪上。花朵落盡，巢禽不知。遊魚吹花，香氣若絲。花光深，萍色淺，襯出魚苗緑千點。枕波樓閣三百家，春夢正好驚啼鴉。橋東覓路才能出，暗影溪頭自飄忽。千林緑重曙不開，一樹梢紅甫迎日。

瓦寨

半程卌里走沙礫，一寨四面圍松枏。雄黄出穴百蟲伏，牡丹壓闌羣卉慙。洞形如扉日韜采，天頂若握雲拖藍。相携活火欲烹茗，却有死谷邀停驂。

鬼鳥塘

石徑空濛露有光，四山風刺裌衣凉。杜鵑一樹紅于血，月黑愁過鬼鳥塘。

路瀨塘道中

路瀨塘西石逕遒，人家竹屋半臨流。低飛胡蝶高飛雨，百種花香出草頭。高下岡巒馬去遲，緩行剛及午晴時。山南一片波如掌，閑看兒童捉活師。

雨夜至石阡温泉浴

月黑雨聲愁，穿林到嶺頭。似防湯谷沸，飛瀑入池流。昨宵江水深，没却江干樹。老鶻無處棲，從人屋檐住。

延江兩生行示貴筑熊生焕章思南安生嶕

延江水，流千里。一生居江頭，一生住江尾。熊生十八貌最癯，自搆竹屋臨江居，一室窘乏文豐腴。安生英英年十九，從宦三年住清口，尊人官江南桃源令。落筆居然學劉柳。我前持節來衡文，萬言日試童子軍，惟二子者超倫羣。雖然日課文一篇，不若日讀書一卷。赤文緑字填方寸，激電驚虹注雙腕。嗟余遲暮猶勤學，矧復生年甫當冠。九垓一瞬何難屆，尺璧寸陰甯得換。抉起三霄翮欲全，遠行百里程方半。佇看子筆排風霰，會見余言匪河漢。君不見，蠻中一雨何綿連，延江水流行拍天。吾曹學術亦如此，努力來看有源水。

袁太守純德招遊城南文昌閣並歸飲署齋即席賦贈并壽太守七十

我前遊秦中，聞君宰米脂。十年來荆襄，君官擢同知。盤盤政績推尤異，佐郡淹留賞心地。尚書清節號知人，我作門生君屬吏。昨慙持節來黔陽，君亦五馬官思唐。秦中知名楚中見，何似黔中日謀面。春殘約客城南頭，江漲欲從城上流。看花步幛遊山屐，誰信使君年七十。窗櫺八面閣四層，飛步早從高處立。日斜回馬東南街，轉歷百級來官齋。亭危正面延江口，我飲一杯君一斗。眼中落落五老峰，且挈浮邱爲君壽。

雨發思南袁太守純德鄒遊戎寬率兵弁出小厓關相送即席賦贈一首

袁君揖我處，絶壁立千丈。藍輿方欲下，飛瀑眼前滉。竹亭留少坐，茶話覺清曠。雨立三百人，升頭致微悵。愁霖敢安坐，急騎出厓上。澗水奪路流，巖門不能抗。前行泥滑滑，黑霧馬前障。五里甫出山，晴光草頭放。

發都勻日枉道過七星山入仙舟引洞

偪仄疑無路，隨雲七里東。水從深徑黑，果向怪厓紅。削壁風徐下，幽軒日乍中。正憐書韻好，鳥語復瓏瓏。諸生徐時英等讀書其中。

卷施閣詩卷第十五

嶺衡寒集

八月十五夜

蠻方今夜月，兒女集樽前。迢遞思鄉國，團欒敞客筵。塔光雲外隱，菱角雨中牽。不寐緣何事，相將話昔年。

十六夜雨

闌干沉不見，都在雨聲中。細霧吞簾白，孤花隱幔紅。半街籠畫燭，一笛引涼風。正好臨流坐，寥寥爽氣通。

秋日登城南甲秀樓訪鄂文端公紀功鐵柱

層樓設重扃，事罕與俗接。芳洲歷春夏，送客偶陟躐。節序慨已移，青林半黃葉。雙橋通梵刹，三面俯城堞。攝履偶上征，褰裳畏深涉。豐功緬疇曩，往事稽故牒。銷金清四野，立石表三捷。勳名既鷹揚，文史復漁獵。丹方初奠定，黄閣藉調燮。俯仰跡已陳，苗蠻志猶懾。叢祠扉乍展，荒徑露還浥。詎止攬勝心，孤懷濟時業。

九日偕富尚書綱馮侍郎光熊重至甲秀樓登高

菊已衰黄柳尚青，更尋芳杜出前汀。殊方再值重陽日，候館欣聯五使星。是日，送黔中兩主司北上。諸葛廟旁開石舫，伏波灘畔訪金銘。惟公志業差無愧，十五年來邊徼寧。富節制滇黔已十五年。

徐太守日紀餉菊數十盆因結作花龕并邀同人共賞即席賦謝太守

十日苦雨三日晴，秋老已覺無歡情。打門有客送花至，一笑紅紫紛相迎。來鴻去燕無消息，剩得山雞日啁嘖。攤書堂北日猶長，人與花枝共高格。衝寒花性昔所諳，斗室合作藏花龕。重重簾幕夜難放，勾取殘月來花南。秋堂夢好偏能醒，看足花魂抱花影。寥寥風味許誰參，不稱醇醪稱清茗。醒時看花倦即眠，人意花意交相憐。君不見，紅塵十丈官道邊，誰有清福來花前？

沈太守丙招集寓齋賞菊

三間古屋如浮槎，静掃四壁懸秋花。扃門不出究何事，却與此花商位置。篔簹三寸截作瓶，刳腹滿貯寒泉清。高低花色誰能省，恍若銀河瀉星影。一花前頭酒一盃，客若不飲花徘徊。酒傾十斛花千朵，醉倒倩花扶客坐。三更以後客較狂，月影花影催浮觴。君不見，花前五客皆濡首，花意未知嫌客否？從花乞假亦可憐，明日閉門須病酒。

嘉杜軒公讌

嘉杜軒初構，今看一再來。霰從雲外落，花向雨中開。夜已侵三漏，狂猶酹百杯。主人留客摯，籠鳥亦徘徊。

馮刺史克鞏招集七研齋

窗前葉葉芭蕉雨，坐上沈沈簫管聲。不是主人情較重，醉眠誰遣到三更。

入坐先教飲百壺，簾鈎影裏燭花粗。狂來合被時苗駡，蔣濟頭銜是酒徒。

題篇已擅沈休文，頌酒仍須劉伯倫。謂坐中沈太守丙、劉太守雁題。明日馬頭西北去，醉顔還剩十分春。

自新鋪至永寧

馬上尤愁撲面風，坡陀百折誤西東。初晴也識朝陽淡，添得千堆野火紅。山南山北路嶙峋，只隔蘆花便絶塵。削壁四圍溪半折，野鷹盤處定無人。

安南抵安姑作

幾日西風撲面吹，濛濛尚有柳絲垂。鳩方逐婦天偏霽，馬到安姑路轉危。渴思乍拈籬畔橘，閑心還讀道旁碑。山程紅燭誰相迓，却喜前邨月半規。

將抵南籠道中作

羊場驛外千山亂，一郡如巢突天半。藍輿百折入郭門，細水中分兩峰斷。高低半日坡難上，斜處却留行客館。尤愁馬瘦蹄應碎，不覺役疲肩屢换。居然一巷深如井，對面樓臺若居岸。如龍松柏競瞰城，幸有女墻高處判。已看日没繁星景，難得雪天揮雨汗。雙旌早駐前山麓，一屋尤爲衆峰冠。排衙纔了且賦詩，百尺龍山作吟案。

南籠試院即事

衙齋高處逼浮屠，天半樓臺落日孤。雲氣大都紅似火，居人多半黑于烏。城隅尚隔三層嶺，樹杪驚看四出途。也識摶猿饒瘴厲，怕從直北展輿圖。

十八先生墓

按《南籠府志》：明桂王由榔自廣西至貴州，孫可望處之安籠所四年，無人臣禮，從臣吴貞毓、張鐫、周允吉、楊忠〔二〕、徐極、蔣乾昌、李元開、李頎、朱議湶、鄭允元、趙賡禹、蔡縯、易士佳、胡士瑞、朱東旦、任斗墟等憤甚，與内侍張福禄、全爲國謀，遣之滇南，諭李定國共圖可望。事洩，皆爲可望所害。時人哀之，收遺骸葬于城外西山之麓，題云「明十八先生成仁處」。自是桂王復入于滇，蓋國朝順治五年事也。

七千里路接蠻鄉，十八先生併命場。絶勝瀛洲唐學士，就中寧有許高陽。

黔中樂府十二首

賽神謡

山腰十數家，屈指無百人。樹頭營危巢，云以祀土神。前門飄風後門雨，傴仄半間神乏侶。村女纔燒一瓣香，社公腹内秋蛇語。

打虎謡

斑斑猛虎文，彎彎水牛角。牧童騎牛來，乘便虎欲撲。虎憑爪鋭牛角尖，兩兩轉鬥來山巖。腥風沾林血粘草，虎卧病創倀出禱。

起龍謡

黔中怪底淫霖注，石腹龍藏不知數。閒來龍穴看起龍，頭大如瓮聲疑鐘。晴天亦覺風雷湧，百步龍堂陷如冢。排林牧馬莫不收，日盻生駒得龍種。

網魚謡

上山忙，下山緩。花深深，波滿滿。踏波不須郎，儂衣正將浣。腰肢不怕春波濕，村樹陰邊裏衣脱。沿回半晌即出波，八幅裙拖鯉魚出。

漏天謡

東黄平，西普定，十驛雨中行不竟。有時雲際露日光，萬户争曝泥衣裳。蠻山萬叠愁霖透，不説天荒説天漏。老翁自詫八十年，生日未逢晴正晝。

跳月謡

一年中，好時節，前中秋，後元夕。錦袜碧當胸，羅裙紅染血。蘆笙吹徹人欲還，眼波一瞥郎上山。上山亦識儂心切，天際黑雲來罩月。

摘蔬謡

厨中苦無鹽，盤内久無肉。幸喜一方田，青青菜畦足。山家食料常如此，瓜蒂深黄茄色紫。筠藍挑滿手暫停，牽得樹梢紅柿子。

采茶謡

今晨儂獨來，昨莫歡未遇。製得憶歡歌，沿山采茶去。春慵不嫌歸路遲，茶藍枕首眠少時。村花滿頭紅未放，胡蝶一雙釘頰上。

宴客謡

男行欲成婚，女行欲出嫁。團團茅柴筵，纔把生客迓。石臺却有八尺長，東西南北羅酒漿。座旁誰牽牛一隻，黄犢離村亦爲客。

嫁女謡

十五愁嫁遲，十三欣嫁早。嫁女雖十三，偏愁歡已老。山羊十角米百擡，嫁女不惜傾家財。歡來牽儂儂不宿，却抱黄羊水邊哭。

織錦謡

阿娘理紅絲，阿妹理彩綫。竹閣止一間，織絲看四面。眼波時向郎邊瞥，十指纖纖化工出。春禽怪底齊上樓，織得一堤花欲活。

曳纜謡

上官來，役夫走。百板雙繩齊在手，上山居前下山後。排頭雨汗揮不停，鬢上都插山花馨。生苗出語真無緒，官好牽他上天去。

自南籠至新城道中病酒

一程纔了日平西，遠近岡巒望欲迷。渴馬縱蹄尋野水，閒禽展翅曝山泥。節臨長至猶餘燠，天入南荒漸覺低。慙愧故人知病酒，滿籃黄橘早封題。

新城行館獨坐

獨坐竹軒内，冷冷夜欲分。半窗斜入月，空徑静生雲。病酒宵餐減，抛書吏牘勤。同儕知欲至，隱隱馬嘶聞。

小病

小病初除偶自思，料應不及少年時。酒能忤客先宜減，墨欲磨人漸不支。婦解藥方參服食，兒通選學付鈔詩。君親一例酬難盡，閑處齋心懔四知。

三味塘道中

一帶坡隨馬首東，記程今夜宿波中。敲殘石虎尋雲母，見慣山羊類雨工。傍屋種松憐地窄，冠厓營閣與天通。寥寥橘柚今餘幾，留伴楓林門晚紅。

自高伍塘至安姑宿

高伍塘邊渡隙河，緩程不覺夕陽過。人疑夸父西追日，路識安姑北下坡。白首僧從初地出，茜裙苗憶仲家多。桑間三宿真成戀，況復頻聞子夜歌。

自安姑抵安南道中

界首塘東路復彎，情懷真耐雨闌珊。無魚偶作經旬客，多虎全荒一縣山。捲地黑風迷鬼箐，排天紅葉出禪關。安南令尹驚相訊，走馬來偏走馬還。余往還此縣皆騎馬，以避三旺坡老鴉關諸險。

范公子學敏讀書倉廨索題

伏波能聚米，上蔡亦監倉。移作攤書地，真成避客方。水泉朝瀹茗，石鼎夜焚香。落月諸峰好，玲瓏影上床。

自保甸塘望盤江對岸諸山半日行尚未到感而有作

半程誰識路途修，百折巖坳尚未休。只有鳥飛偏逕直，往來曾不礙雲頭。

侵曉渡闗嶺

之字山程卍字樓，昨宵剛值月當頭。一聲鷄唱出門去，小市夜燈猶未收。

松櫟爲扉石作壇，罡風吹袖覺衣單。相看即是青天上，莫更頻歌《蜀道難》。

去歲三月自安順按試南籠道過安莊花事甚盛今復經此則秋林盡摇落矣感而賦此

安莊汎北路頻叉，使節重來感歲華。依舊野羊眠道左，半林紅葉替春花。

歲莫懷人二十四首

袁大令枚

清福能消四十年，老來仍作地行仙。居然手筆空千古，隨分頭銜寫一編。公頭銜或書庶吉士，或書江南知縣，或書陝西候補知縣，不拘一例。

名士竟須依作主，美人聞已放歸禪。存亡舊例都參破，生輓詩鈔萬口傳。

錢少詹大昕

燕吴楚越路偏長，君官京師，余在里中及君服闋，友人延修浙中志，余亦自楚中歸，甫得相見。十載纔申一瓣香。絶業竟傳齊稷下，此翁何似魯靈光。奇搜秦漢碑無缺，例校金元史獨詳。我亦誼應參北面，淵源寧止丈人行。

畢尚書師 時緣事降撫山東。

全湖南北節初移，聖主優容俾近畿。五斗未能除薄俗，兩旬聞已昧先幾。右才每搆千間厦，左宦仍披一品衣。山東巡撫兼提督銜。此日汲公難卧治，九州分半入封圻。山東一省，全得青、兖二州境，其迆北迆南及迆東諸處，又兼有幽、豫、徐三州地也。

錢通判維喬

相識寧論行輩先，爾來久已訂忘年。早傳吏績人呼佛，晚避詩魔自學仙。百種盡除留畫癖，幾時重與枕書眠。勸君歸後余纔宦，面目多應愧此賢。

王侍郎昶

聞聲卅載苦相思，孤露同看母作師。猨鶴從軍憐早歲，蓴鱸歸計惜衰遲。眼前事業千頭橘，身後才名萬首詩。一卷苦爭君記否，三條官燭校文時。

盧學士文弨

文格蓬萊賦紫微，罷官依舊苦長饑。六經校後真無誤，七十行來尚若飛。雅苦俗儒嗤狗曲，閒謀隙地築漁磯。草玄亭在雲溪上，除却侯芭問字稀。君自言主講常州三年，能請益者，惟臧鏞堂一人。

邵侍讀晋涵

苦憶餘姚邵夫子，授徒却待勘經回。君兼石經、國史二館，下直即復授徒。殊師肯啖公羊餅，君擅穀梁學。絶業誰營爾雅臺。憶共五陘連榻住，也同六郡校文來。謂在朱笥河先生安徽學使署。青山回首應惆悵，斷送高張幾許才。謂同幕高東非、張方海、黄仲則諸人。

屠刺史紳

案牘如山目已迷，趁閒偏欲逞篇題。縱官刺史無千石，却學君卿有十妻。好友總抛蠻嶂外，全家憶住小湖西。所居名西小湖。何時共泛南歸棹，卧聽溪禽自在啼。

李太守廷敬

五載欣看歷四州，清郎出守最風流。曾登祕省稱前輩，重到蘇臺感舊遊。愛客自拈金縷曲，迎人多上木蘭舟。吴閶風月梁溪酒，可憶人居天盡頭。

法祭酒式善

翰林詩格冠詞場，屢改頭銜作漫郎。左手書應成絶技，苦心詩已入中唐。兩番冑監遷官速，百本名經選佛忙。君時選同館課藝。我愧枚公賦情拙，莫將疎陋玷班揚。

管侍御世銘

積歲機庭苦未閒，昨觀除目與開顔。青驄早避鮑司隸，温樹難言孔博山。作賦廿年推老宿，爲郎十載冠清班。也應寫寄争臣論，好待昌黎出使還。

趙舍人懷玉并酬入直見懷之作

舍人入直題牋日，驄馬南行按部時。明設提學御史，今尚沿稱學院。却憶紫微廳北路，聊吟紅杏驛中詩。鄉園漸喜田除税，余有田二頃，入京後皆爲主者贖去。聞君年來亦割田償債，故云。兄弟都驚鬢有絲。遮莫善愁兼善病，得閒須復强支持。

王學博吉士

誰是南宗與北宗，阿兄城北弟城東。穿籬却有三間舫，入市頻驅五尺童。産破中人憐沈駱，宰迎上客説孫洪。瘦羊博士今何處，薄宦聊應似轉蓬。君尚未補缺，惟東西署事。

楊大令倫及令弟煒

迎春橋北放生池，猶憶平生訪舊時。門巷一雙前進士，家風五葉老經師。藏花席上看君醉，君拙于酒令。問字堂邊待我遲。同在龍城書院肄業。羯末封胡俱下世，謂大令煒伯兄簡及仲弟端從弟煐諸人。不愁君不鬢添絲。

汪明經中

不敢隨車試大廷，頭銜真許號明經。人言鑱目同荆尹，自詡龍頭壓管甯。喜讀梵書排釋氏，慣餐劣藥冀修齡。狂來更頌東陵跖，君有狐父之《盗頌》一篇。手劈蠻牋寫作屏。

陳軍門大用

識字何須五石弓，昇平儒將最謙沖。争看隨陸司兵籍，無復伊涼唱土風。江國别來饒艷句，海氛清後寡奇功。軍門只在千花内，好買鱸魚鬥酒筒。

汪助教端先

卅載閒情不自持，蕭疎今已鬢添絲。纔看薄宦拘平子，多分揚州誤牧之。我欲共參山水月，人傳三絶畫書詩。年來苦憶梅花館，開徧南枝到北枝。

孫比部星衍

早入承明侍從廬，爲郎莫更嘆紆徐。經時偶斷船官獄，何日同乘使者車。郭芍藥詩成本事，鄭櫻桃室作安居。奇寒可憶茅山夜，兩客同驅一蹇驢。

張檢討問陶

西蜀奇人作冷官，青氊猶剩十分寒。何妨日住蓬萊頂，不改常餐苜蓿盤。子美數間吟舍窄，淳于一石酒腸寬。金釵典盡眉常歛，欲畫仍須拂鏡看。君篤于伉儷。

呂學博星垣

卅載詞場志已灰，狂名猶被世人推。好奇欲破古今格，傲俗肯交中下才。不覺一官餐苜蓿，依然十幅寫玫瑰。年年避債君尤窘，曾與同登百尺臺。己酉年除夕，君避債城東曬經臺，余訪君劇談竟日。

王孝廉芑孫

人言風貌太酸寒，那識詞源萬斛寬。吳下早聞呼短李，禁中久已識詩韓。傳經帳後縑雙疊，君以賣文爲活。寫韻軒前墨數丸。誰似阿儂夫婦好，賣琴錢少減晨餐。

楊州守芳燦暨令弟觀察揆

家山百里望堪通，君住溪西我水東。兄弟才名吴二陸，宦途階級漢諸馮。射羌身手知還健，君前守伏羌城，射殺一番回。入蜀詩篇詡最工。我在黔中七千里，寄書應趁石尤風。

左大令輔

當時踪跡最清閒，繞屋梅花自掩關。千首早摹梅處士，一官今傍謝家山。緣知小弟才尤捷，可識衰宗客未還。謂黄仲則子，時在廣東，余屬至君署中讀書應舉。腸斷廿三年上事，黄公壚在白雲灣。

莊公子逵吉

兩載何因滯故鄉，一鞭聞已入咸陽。多金結客家頻破，廣柳藏人事已忘。狂甚竟聞呼彦國，貧來先欲弃姬姜。何時魂壘澆應盡，與築糟邱醉百場。

續懷人詩十二首

紀尚書昀

子雲筆札君卿舌，當代無人可並論。直閣新銜同掌院，文淵閣開，先生首兼直閣事。曲臺故事號專門。研心十載讎《皇覽》，快意千篇續瑣言。謂近所著説部五六種。只我最饒知己感，下春官第枉高軒。先生主甲辰會試，余試卷最爲所賞，欲首擢之，爲監試御史所阻而止，于卷末題《惜春詞》六首。有云：「萬紫千紅號花海，冠春畢竟讓槐黃。」徹棘後又枉道過訪。

江布衣聲

家傍要離尺五墳，布衣七十甫名聞。因題刺字摹秦篆，君生平未嘗作楷書，即題刺亦皆篆字。爲愛尚書習古文。生世未嘗知鮑謝，學徒差喜得芭菜。君自少至老從未有授館者，近忽有市賈延君教子，執禮甚恭，亦奇人也。閲音亭長今同調，謂錢州判坫。一樣欽寄不人羣。

家編修梧

機庭綸閣兼詞館，十載勤趨朵殿東。家世我慚稱大阮，制科人已比三洪。君兄弟三人，皆以召試得中書，人比之鄱陽三洪云。全抛舊業因廉史，君伯兄樸，出守順德，清節絶人，家以此中落。合譜新詞寄阿翁。君尊人填詞最工。兩樹櫻桃一樽酒，風懷閒日與誰同？

管漕督幹珍

早歲清名滿石渠，東南久已駐軺車。君巡江南漕至三任。數程不異官鄉郡，十省今看領國儲。嚴檄早清飛輓路，閒心時復故人書。堂開依舊塵凝坐，爲有耽吟習未除。

方上舍正澍

家本新安客上元，半生知己得隨園。工愁五十偏無恙，避俗三旬竟不言。手筆捷如錐脱穎，肩輿行比鶴乘軒。梅花百本扃門住，尚厭朝來鳥雀喧。

徐太守大榕暨從弟縣丞書受

二十年前契最深，嗚珂南巷酒時斟。阿兄作吏能强項，小弟裁詩學嘔心。七子才名虚擬議，一家官爵竟升沉。篝燈倘憶初逢處，只惜秦州宰木森。余初識縣丞時，方從董州守熙讀書。今州守聞已下世。

唐少府軼華

中河橋左廟溝西，老屋三間户最低。蠟屐每思穿巷過，粉書時復到門題。卑官已屈陶彭澤，佞佛何如孟會稽。一事至今忘未了，謝家園裏有鶯啼。園在君宅後。

章進士學誠

鼻窒居然耳復聾，頭銜應署老龍鍾。未妨障麓留錢癖，竟欲持刀抵舌鋒。君與汪明經中議論不合，幾至揮刃。獨識每欽王仲任，多容頗罟郭林宗。安昌門下三年住，一事何嘗肯曲從。君性剛鯁，居梁文定相公寓邸三年，最爲相公所嚴憚。

蔣少府廷耀暨令弟上舍馨

君增十歲稱齋長，我後三人作學徒。外家兄弟五人，余齒居第四。逃塾早曾窺睥睨，背燈時欲學呷唔。樓扉敞覺書聲脆，紙仿描驚字跡粗。重向講堂尋舊事，桂花零落杏株枯。

莊縣丞寶書

夢來阿婴竟無徵，從母生君時有夢兆。五十驚看白髮增。詩社早參三健守，君詩集中，與蔣太守熊昌、徐太守大榕及從子通守炘，唱和最多。通守時攝興安府事。書名誰似兩聾丞。君書法與蔣縣丞齊耀並名。回車尚憶南皮飲，丁未夏，訪君河間客邸。歸艇同尋北寺燈。指庚戌年元夕。荒徧外家廳畔路，竹梯邪斷杳難登。

馮户部敏昌

早向長安門酒盃，之秦之楚屢追陪。一官止抵傳經席，五嶽都成避債臺。君以避債出都，遂徧遊五嶽。此日最推長句好，名山曾步後塵來。己酉春，余北上，枉道遊王屋，時君甫出山數日耳。青松兩樹花千本，頓使先生笑口開。在都日，屢同詣法源寺看花。

姜廉使開陽

憶自蠻鄉入帝都，舊營池館日荒蕪。三層閣上簾虛掩，萬里橋邊水亦枯。臬署有萬里橋。搜篋雅知廉吏窘，時甫謀捐復道員。持杯誰念酒人孤。何哉早逐西飛雁，謂君所善歌者喜兒。爲問先生記得無？

福公相康安自全蜀移節滇黔近聞已抵威寧寄呈四首

烏撒山川界蜀滇，遠勞上相復行邊。拜公鄧禹年三八，鑿空張騫路萬千。左道更須嚴折石，偏鑪誰敢鑄浮錢。時辨理大寧邪教，兼清釐錢法。旁人莫羡頭仍黑，國事辛勤已久肩。

束髮争傳命世才，相門出相著風裁。何妨早日登三省，已覺奇勳塞八垓。兩度廣陽看飲至，頻從絶域受降回。朱轓玉節雍容甚，分野星明接上台。

昨傳使節入秦關，威望先馳壓百蠻。三萬里踰星宿海，八千人上賀蘭山。偏裨盡注通侯籍，掌記猶分侍從班。方太常惟甸、楊侍讀揆，近日皆曾隨幕府。却笑燕然地猶近，竇公容易勒銘還。

外臺何幸接班聯，温語頻番荷報牋。一刺記投通德里，庚戌夏，公自兩廣率安南國王入覲。余時新入館，曾謁公里第。十年久領大羅天。欣陪節鉞來荒徼，敢向蓬瀛説散仙。幾度自慙文思拙，欲將簪筆頌凌烟。

安平行館見梅

輕裘覺暖寒猶淺，峻嶺初平路轉叉。獨坐小窗斜日裏，膽瓶風拆一枝花。

衙齋十詠

貴州學使公廨最湫隘。乾隆癸巳，今大學士孫公士毅視學此方，始于其後積土爲堂，名曰近山。然屋止三楹，不足以資燕息。余抵任後，復于常西隙地築屋十數楹，或高而爲臺，或曲而爲塢，或因樹構屋，或臨溪製軒。賓僚觴詠之暇，昕夕讀書，恒于此焉。開歲將報滿入都，爰分詠十截句，以貽後之來者云。

官廨各占山，貴州官廨，自巡撫以下各占一山，惟學使署在平地。此但與山近。最喜開北軒，寥寥發松韻。堂後與東山咫尺。

右近山堂

獨坐思話軒，孤吟悵無侶。幸有黄粟留，時來伴人語。

右思話軒

筑中山最高，況復據山頂。披香夜半開，東西眺星景。

右千葉蓮臺

春來樓檻外，百卉盡抒紅。欲别風花味，香生第幾叢。

右紅香館

屋仿江南船，聊住江南客。所苦一百旬，孤篷雨如織。

右聽雨篷

日坐此閣中，著書愁未了。窗欞三面陰，緑徧卷施草。

右卷施閣

鑾中金粟花，三歲偶開一。方牀夢醒時，婆娑滿窗月。

右金粟山房

惡木既已鋤，篔簹植千个。只有問字人，時穿竹中過。

右修竹廊

無日不讀書，無日不晨起。闢牖看啓明，濛濛鵲聲喜。

右曉讀書齋

天無一日晴，地覺四時暖。持此養寸心，滃然春氣滿。

右藏春塢

校勘記

〔一〕楊忠　按《明史》卷二一九《吴貞毓傳》十八先生無「楊忠」，只有「林鍾」，此應是「林鍾」。

卷施閣詩卷第十六

蓮臺消暑集（乙卯）

乙卯人日早登黔靈山

扶雲入山門，一壁削天半。青松三百樹，直上寡曲榦。危厓嵌樓閣，懸處鐵索斷。開軒同客話，響與禽雀亂。窗紗裂盈尺，臘雪尚堆案。僧延繙佛藏，石匱鼠驚竄。雲光開半郭，下視起烟爨。東西萬家屋，驛道復中貫。一徑促下山，藤枯屢縈絆。嶄巖生對面，欲下削如岸。風寒砭肌骨，坐處裘屢换。忍凍舌本强，輿丁尚揮汗。

回途自郭外東轉至雪厓洞小憩

危橋背郭幾人家，石徑東西路轉斜。清淺溪山浮曉日，冥濛樓閣散棲雅。閒身乍孄非關病，春氣原馨不繫花。一帶壁龕藏古佛，幾回欲與論年華。

十五日立春

元夕春，百年少。日月食，皆逢卯。鴉聲愁，鵲聲喜。兔申頭，虎曳尾。雷憑憑，電光掣。春朝風，元夜雪。

二十日送客久憩圖甯關

黄塵飛百尺，樓上馬蹄聲。道古高于屋，山奇逼若城。闢軒春睡足，窺逕晚烟生。莫更留行客，勞勞尚半程。

二月初六日偶成

春雲黯黯飛一城，城角缺處花枝横。風吹折枝供膽瓶，不向樹上戕其生。烏烏角聲吹不停，憶昨夜過三千兵。山陰美酒貰百瓶，傾耳欲聽苗蠻平。時銅仁苗匪滋事，巡撫以下並領兵親往。羣公花下來駐旌，醉過寒食兼清明。

初十日侵曉至龍場

銀燈影外星初落，一山開雲矗樓閣。冥濛花氣不知名，十里曉風浮絳萼。花前鶯語聲猶澁，花底春衫著疑薄。晴光艶艶鋪郊甸，青氣茫茫注巖壑。馬頭回處客亦驚，却值曉暾紅出郭。

阿江汛道中

一山途四出，曉日正當頭。好鳥背人立，清泉擇地流。霧歸僧閣暗，雲出寺門浮。半晌沿林走，偏忘路阻修。

杏花一絶

屈指好春惟二月，稱心小閣却三層。多應獨夜愁無侶，來向書窗惹客燈。

十九日出城東門看花至芳杜洲作

只有尋芳興未闌，閒排僻徑出層闕。淡紅十里杏花路，淺碧四圍楊柳山。夢好尚憐春思冷，塵飛時望捷書還。征東將士應無恙，何日先平板楯蠻？時銅仁逆苗尚未授首。

曉發龍場

二月氣尚寒，蟄蟲扃未啓。冥濛菜甲花，飄黄十餘里。南瞻黄盡處，一綫日初起。人家依竹木，分半住坡底。東風灑然來，綻此桃與李。宵露濯滿枝，浮香出垣裏。寒鳩蹲屋角，兩兩鳴未已。一晌雨復來，高原忽如洗。

延江道中

桃花已全紅，李花未全白。翩翩馬上人，高比花逾尺。初陽才出樹，紅紫相映射。花梢度人影，花底紫馬策。西顧殘月痕，冥濛淡無色。沿溪籬落好，風定爨烟直。香氣不可名，交飛蝶如織。

早渡延江

蠻鄉居已久，不復知蠻中。蠻水一彎緑，蠻花千樹紅。蠻人如飛禽，舉足能蹈空。但覺雲四飛，眼底青濛濛。倏忽下萬山，驚流盪心胸。青緑漬一堤，撲此眉宇濃。解纜語未完，舟已當水衝。中渡驚語聲，我僕留岸東。蒼蒼鸕鷀羣，送客飛逆風。

將至螺堰塘

白雲埋西山，雲破花一谷。花光接雲氣，交處香斷續。沿山行十里，稍覺展地軸。高下極水田，參差萬畦緑。波流縈折處，臺榭亦回複。溪魚能入市，驚筍穿石腹。日午飯已香，幽人候茅屋。

養馬塘道中

延江及播州，山勢忽平易。坡陀騎馬入，逼仄始見地。衡門兩下屋，搆製亦微异。曲巷分數門，平堤溢川氣。連岡西北展，斜與碧天際。居人汲深泉，百級盤石砌。雲容間梨杏，稍覺天宇膩。一頃黄花風，牛羊下山細。

曉發遵義四十里鋪

濛濛雨不停，十里天尚黑。春塘白鷺絲，寒傍梨花立。沿溪數十家，斜左窗並啓。風遞人馬聲，吹笳入雲裏。

遵義試院

二月春光好，幽尋使院西。草迷儃室暗，花壓步堦低。馬病離槽立，禽閒擇樹啼。樓前小家巷，時聽屐衝泥。

二月晦日使院小樓看桃花

長水捷書當可達，銅仁逆苗，聞已進勦，尚未得實信。播州春雨不能晴。山圍城郭常時暗，花發簾櫳徹夜明。精舍未妨勤課士，麤官聊願與談兵。如椽紅燭燒何事，樓上閒來酒獨傾。

試院小樓獨坐柬嵇太守承孟

風光多在小樓西，無數山雲壓檻低。與客生疎惟燕剪，背人開落有棠梨。酒逢地主麨中户，君量最宏。札報天兵過五谿。時得福公相書，言已率黔兵入辰沅門矣。〔一〕早晚捷書來郡閣，春融拚共醉如泥。

曉發遵義

深淺山坳内，時浮一樹花。白猶零露雨，紅不見人家。澗水碧于玉，雲光薄似紗。面西樓閣好，翻恨路東叉。

八里水塘道次

十日雨始晴，高原鬱春氣。連山亘南北，濃緑漲天地。斷嶺一以開，花紅亦無際。連綿芳艸合，來路渺難記。幽香惹行客，處處欲停轡。竹屋三四家，鳴泉響頽砌。臨波亭自好，新筍大如臂。窗櫺紅八扇，花裏自開閉。簫鼓知賽神，村厨爨煙膩。

鴨谿行館

一巷黄鸝語，多于雞犬聲。酒邊人去住，花裏徑縱横。戍火上樓見，山泉傍榻生。居人最勤力，月黑未歸耕。

石壁塘道中

一程六十里，昨午發蠻郡。窮鄉不知途，衹覺嶺奇峻。坡陀懸絶處，十退乃九進。人方驚失足，頭上鳥飛迅。敗葉已隔年，因風尚成陣。輿夫行視地，石削利如刃。岐途仍百出，荒絶少人問。冥濛山澗緑，壓客眉宇潤。一晌花氣紅，山村已知近。

發半水塘

南原寡桃李，桑樹圍成村。桑葉尚未抽，稍待春氣温。居人數十家，咸闢臨水門。無事遠汲勞，清泉繞山根。山厨豁然開，餘瀝傾瓦盆。斜左一徑寬，呼聲集雞豚。深屋復數重，遠颺簾幕痕。已有白髮人，樓頭曝朝暾。

度虹安橋

分半溪聲作雨飄，暗風時復響餳簫。百重花路行初透，又踏春紅過小橋。短篷風捲落花多，却趁春晴曝雨簑。捉得鯉魚長一尺，小舟如葉旋回波。

宿沙溪行館

依然下馬歷重扃，宛轉房廊屈曲屏。添得巒中一旬雨，屋頭山比去年青。風光都被亂雲遮，水閣南頭路較賒。看到小桃紅盡處，夕陽幾點着歸鴉。

過三重堰上嶺

巒方積煙霧，日午氣始開。梨桃摇天風，引客上北臺。衆山西南趨，中峰獨東回。迤左削一厓，俯瞰緑萬堆。值此春雨餘，山泉響如雷。飛旆過北林，飢烏已驚猜。半道值戍樓，復有畫角催。陰寒中人深，屢剔衣上苔。稍休下前山，呼童剪蒿萊。

渡渭水橋晚抵牛場塘

厓東無暝色，一谷李花明。澗底水流響，雲頭人語聲。半橋楊柳古〔三〕，獨徑鷺絲行。正有衝寒意，欣逢候火迎。

黔西州廨海棠一株大可半畝到日花正盛開喜而作

兩年心跡寄喬柯，喜向花時整玉珂。碧澗雨餘泉溜急，紅闌風定日華多。山光著客濃于酒，簾影隨雲逝若波。要與東皇再三約，好留十日待重過。

看墻外桃花

池臺斜占水波東，無數繁枝壓砌紅。醉裏似聞鶯燕語，桃花顔色稱春風。

宿海棠庭院

墻頭香氣時飄忽，騎馬入門絲雨歇。春風亭外二分花，夜色簾前半規月。梨桃杏李春事忙，參差一畝横海棠。三更窺徑花如活，紅氣入窗蒸夢熱。

自黔西州至新鋪道中

春陰何重重，花外路如墨。墵頭見鳴鳩，咒雨一雙黑。坡陀過新鋪，稍覺徑夷直。高原三日雨，千頃抽宿麥。溪山最雄奇，大氣自闔闢。森森松柏榦，雲外挺怪特。生苗饒種類，作屋厓畔匿。年來厭追呼，塞逕横巨石。居然判畦畛，遊騎停不得。遥望一畝花，沿波弄春色。

寒食大定試院試威甯等三州童生竟日坐聽事作

日午臺前試袷衣，柝聲清脆掩雙扉。多應人氣烝如雨，惹得梁禽觸紙飛。

十五日薄暮作

枕上紅燭攤書看，貂裘壓被防晚寒。離居誰信是寒食，檐外風雨來無端。登樓試眺山南北，薄暝窗櫺已無色。萬點歸鴉何處棲，冥濛壓得桃花黑。

清明

三年寒食住三州，前年在安順，昨年在黎平，並皆扃院試士。一樣攤書據案頭。春半雨多頻臘屐，蠻中花好不登樓。扃門鶯燕時來覷，出谷烽煙昨已收。時得馮巡撫知會，初二日在嗅腦勦殺逆苗二千餘人，正大營道路已通。却笑青衿未知事，漫思投筆佐軍籌。時有畢節附生熊瑶，具呈，欲移送軍前効力，余已諭却之。

十七日晴使院後圃望遠

分半山城入畫中，炊煙都㠐岸西東。房廊映水多時緑，衫袖承花一色紅。上冢船歸雅咒雨，築毬人去馬嘶風。年年桃塢春如許，辜負鄉園三兩叢。

將抵西溪

欹斜石徑杳難通，來往輪蹄若蹈空。却好一村居谷底，爨烟開處萬花紅。

冥濛曉露濕花心，欲到橋西路莫尋。三兩鷺絲明似雪，隔溪飛不破春陰。

西溪汛即事

蒼蒼山已深，淼淼流不止。無嫌鳥飛疾，撇浪魚若矢。稍休厓石上，四面聒流水。風勢聚一橋，驚看去雲駛。橋西邨落好，人語罷朝市。紅白花萬堆，中飛虋烟紫。

重至黔西宿海棠庭院

闌于十二敞銀屏，尤喜芳時此再經。雙柳有情垂檻緑，萬山如夢壓簾青。花邊惆悵尋前約，葉底參差間曉星。依舊燕鶯飛不定，可能重把夜窗扃。

將抵鎮西衛

兩山離百步，中挂一絶壁。人攀厓樹上，碎石傷馬膝。穿雲過深澗，飛露灑如雪。高下千級田，濛濛漾朝日。房廊臨水好，雲向枕邊出。茶樹花亦香，迎人下山歇。

偶寫荷花便面寄費方伯淳

小閣纔看暑雨過，一拳奇石面層阿。知君雅有鄉山念，爲寫錢唐一頃荷。

端五日聞官兵捷音 是日夏至

今年節候奇，元夜立春節。如何日長至，復值端午日。榴花紅處排兩筵，却值露布來東邊。興酣邀客共劈牋，鐃吹雅樂吟連篇。官兵早破黄瓜砦，賊勢愁亡椰木隘。後隊仍燒藺艸坪，前軍已逼花園界。固知廟算無遺策，遠近花苗更輸力。臺築三層號受降，詩歌六月勞還役。主將翩翩善出奇，搜牢應遣種無遺。還憐春夏行軍久，倘念西南民力疲。

自春及夏淫雨連綿倉池荷花十減六七感賦一篇近柬馮侍郎光熊張兵備繼辛銅仁尼堪巴圖魯臬使思州並寄姜兵備開陽甘肅

前年築臺面池水，昨歲花放池臺前。朋來喚我作花主，日日樓上開賓筵。今年霖雨無停刻，水緑衝臺臺欲缺。三層閣上無一人，花亦悄然如惜别。征東軍容盛如火，憶昨出城來别我。殘荷隔歲尚數莖，臘雪初看出梅朵。城頭一别經廿旬，轉眼已值看花辰。豈徒花色減疇昔，把酒苦憶花前人。幾年愧作單車使，不獲荷戈先戰士。昨日軍符又發兵，棘童捲甲東行駛。此時花發不欲看，月裏開却紅闌干。已涼天氣纔幾日，一任風雨摇無端。轉思萬里橋邊水，多半樓臺雨中毁。臬使署中，荷花最盛。今空署半年，聞樓閣半傾，花亦憔悴非昔。兩地看花無一人，寥寥壁上詩牋在。藏春塢北偶傍偟，風急猶聞遞遠香。莫更城東招小史，左官先已抵伊涼。謂姜臬使開陽，時以事左遷平慶兵備道。小史郭郎，即姜所眷者。何時一輩重相聚，笑折花枝賦長句。屈指平苗露布來，主人亦欲辭花去。

平苗凱歌十章即寄福康安公相行營

海宇年來慶謐甯，偶移旌節涖邊庭。鉤陳十二明如月，上相星聯上將星。
軍律嚴同細柳營，聲威先已懾蠻荆。櫜鞬大將皆趨左，詔統川滇五路兵。
萬仞蒼厓一綫通，兜零火照馬頭紅。原知廟算真無敵，先定黔中下楚中。
五姓花苗敢獗猖，曾傳吴畢石雞娘。烏羅地大如甌子，又見天兵下石梁。《明史·土司傳》：宣德五年，石各野糾同石雞娘、吴畢郎等擾亂銅仁。亦會川湖兵討平之。
出險方看建鼓旗，居然絳灌列偏裨。前軍早報花連布，已解長圍入永綏。
南出羅蒙北哨闕，十旬先定五溪蠻。摩厓好壓中興頌，勒徧壺頭百尺山。
閫外軍威敢自專，國恩重叠與傳宣。勞來不用歌周雅，六月王師已凱旋。
黄旗植處許歸耕，一半蚩氓慶更生。神武聖仁原不殺，詔書先築受降城。
五度殊方討不庭，淩烟圖上鬢猶青。酬庸此日原無兩，耀首新頒三眼翎。
榴花紅徧四山梁，初度欣看日正長。十萬貔貅齊下拜，凱歌聲裡慶傳觴。

楊兵備揆兩至黔中皆不及見今得書知又抵軍營寄懷一首

我生遊跡殊通達，《禹貢》九州今歷八。雖然輸爾涉河源，遠度崑崙越哈察。東西南北五萬里，頭上翠翎風細戞。如拳大字如椽筆，先把天山石磨刮。銘功紀德字五千，高比浮屠七層刹。居然遠壓神邱頌，何日重煩墨工刷。丈夫志業真難量，一半貔貅歸統轄。昨來雪嶺今炎山，車不停輪況脂牽。花門異種方稽顙，五姓苗偏肆輕猾。盤陀斗絶隆棚險，一半休誇地形圠。搜牢匝月肯暫停，山搏熊羆水擒獺。滇黔楚蜀雖同勦，神武聖仁非嗜殺。杈枒怪樹當山巔，百歲根株一朝拔。尚煩奇計參帷幄，頓使蠻方靖戈鈒。讀君露布才益奇，鬼膽先看破羅魖。甯知馬上殺賊手，正復翩翩如俊鶻。相思苦欲專人訊，道遠又愁泥滑滑。重陰天氣發一棫，霉雨應零八行札。

聞銅仁日來復有賊警兼辰水決城數丈馮侍郎光熊率官弁晝夜堵禦寄懷一首

天乙虹梁暑雨交，昨傳江水決城壕。蠻中穲稏紅千頃，峽裏舟船緑半篙。六月可能平板楯，一軍聞尚駐松桃。蕭蕭白髮籌邊夜，誰識馮唐志意勞。

酷暑至蓮臺夜坐

六月六日天乍煦，窄袖葛衫猶苦暑。連房早厭人語稠，却曳襆被來樓頭。蓮臺三面波光漾，一榻居然最清曠。濛濛桃樹月西斜，鳥影斜生紙窗上。

自六月朔日移至蓮臺避暑聞兒子飴孫疾尚未愈書示一首

經旬曾未涉南臺，藥裹頻從禁滿開。却笑兒曹未耽讀，燕痂纔去雁痂來。

七夕陳大令熙藩邀集城南鳴玉山房即席賦贈一首

感時青鬢欲如何，初地聊從暇日過。赤甲一軍爭渡久，時續調滇、粵兵甫過境。紫微雙樹得秋多。陳邱已保思邛水，劉秩應嗤曳落河。莫向尊前問牛女，早憑天漢洗兵戈。

中秋日曉望

城南未見烽煙歇，忘却秋中有佳節。陰寒霧雨迷一旬，纔見清涼此宵月。烹葵剥棗飲不休，逸興且上城南樓。忽然黄葉下如鳥，笑過三歲蠻中秋。

秋海棠

一種嬌無那，新涼小院東。葉猶棲敗蝶，根已泣秋蟲。艷色偏嗟晚，酸心孰與同。昨宵鄉夢破，露冷一庭空。

中秋夜坐

上弦及初圓，一夜輒三起。連廊南北抱，靸履行未已。闌干嫌露重，空處聊徙倚。衫袖葉葉風，斜穿竹華裏。樓臺萬家夢，燭影沉不起。簷瓦弄月光，空明忽如洗。簾櫳中外徹，暗牖不須啓。照水水亦空，魚鱗逗波底。蠻鄉三載住，良夜能有幾？握管欲賦詩，朝曦墮林尾。

乙卯貴州揭曉會城書院生徒獲雋者二十七人回途率成五百字志喜全用十四緝韵即呈吴烜陳希曾兩主試及許刺史學范諸同考

前年使者來，冬仲月初拾。奉命宣化條，窮經事尤急。周行十三府，日或不暇給。苴蘭及毋斂，亘古屬蠻邑。山坳嵌城郭，俯視類蟲蟄。無旬不淫雨，萬古地卑濕。蠻生粗識字，書不入行笈。删除到筆硯，所事者簑笠。間歲試學官，泥塗甫衣褶。低眉對文卷，窘若遭縛縶。四聲疎不講，顛倒出篇什。化俗具苦心，庠宮飭修葺。陳書數十篋，云以待温習。兼疏聲韵譜，潤此舌本澁。峩峩講堂開，一善皆引汲。經旬輒分俸，俾得備糧粒。行之勤不懈，多士志方輯。貴山儲人才，兩歲雋及册。謂貴山書院生徒，甲乙兩科中式者至四十餘人。方忻讀書效，私自理囊裘。昨歌鹿鳴來，城府已鳳集。然聞聘同考，頗復論階級。賀方伯代監臨試考官，以朱經歷龍藻文爲第一，然不預内簾。朱雲名不預，執卷每嗚唈。朱鐫其擬墨徧送同人。闢門逢月朔，雨霽路微濕。監司迨州縣，一一連騎入。堂深更扃鑰，門外植雙鈒。朱墨卷二千，兩吏相對執。名皆抗聲唱，得失判呼吸。挨排附欄楯，頭上墨淋汁。聞書五經魁，千百燭光熠。紅箋名在手，感擬破鍵戾。白屋士較多，壚聲沸如湁。我行然炬返，欣此輿論翕。酬恩願粗了，行且具舟楫。三年飽看山，大峘小者岌。籠南箐東北，靡險不搜緝。誰云鬼方惡，直欲勝宣歙。麻衣三百輩，門外時鵠立。諄諄戒勤學，士行尚謙挹。紅苗前蠢動，論此嘗悒悒。昨聞大芟勦，不日兵可戢。高低萬山田，耕者看佀佀。頻年仍大有，喜氣溢原隰。持衡兩君子，公望庶諧諿。筵排多士卷，一一蒙訪及。庶幾能相馬，拔十真得十。翩然召陵許，文不尚沿襲。前時鎖廳見，贈子先一揖。掄材盡如此，願爲執羈靮。談深嫌夜短，時復飯鄰邑。只惜北郭生，猶然向隅泣。時諸生中，知名者惟賀世清獨不售，賀居北郭，故云。

十九日獨酌偶成 是日，家累南回。

不覺蕭蕭雨，風聲徹户涼。又添新别恨，獨對古重陽。石鏡花千朵，琴臺酒一觴。遥憐車騎遠，凝睇此高岡。

徐太守日紀屬題桐廬申屠氏宗譜中山水畫册八幅

雙婆澳

嶺頭時有窄徑，江口皆通小河。鄭姥宅連杜姥，陳婆溪繞楊婆。

兩坂邨

爭傳上坂下坂，却界前村後村。漁網陰邊小市，稻香深處衡門。

黄山

名擬三天子嶂，秀參五老人峰。莫訶山田龜坼，時瞻雲氣如龍。

范井

家移浙水平壤，里本陳留外黄。瓣香我憶傭叟，汲井人傳胥鄉。譜云：申屠氏自漢代遷居富陽之屠山，及宋時，有贅于范氏者，又移居荻浦焉。井即范氏之舊也。

慈濟寺

紅雲高閣初啓，白鴿春田四飛。待得孤僧入定，鐘聲穿出松扉。

荻花溪

高低山合村塢，南北江連渚沙。消受九秋明月，輸他千頃蘆花。

鷄頭峰

欲賽社翁社姥，相邀漁弟漁兄。鷄頭峰頂晨雪，鴨嘴船邊夜明。

松濤浦

閣外蒼苔一片，門前碧水三篙。居屋不殊居艇，松濤遠接江濤。

屠二紳自尋甸州守擢判廣南道過貴陽留飲三日醉後賦贈

依緑亭邊識君日，三十年來五回别。一回握别一傾倒，我越壯年君未老。天憐狂客愛遠遊，遠宦皆出天南頭。君行斗大得一州，我亦持節來邊郵。囊空衣敝官初改，歷盡蠻山飲炎海。北來驛使遞一箋，驟閲反疑君左遷。人言宦廣勝宦滇，俸入乃逾十萬錢。平原坐上多良友，比日談君不容口。忽然一客來欵門，矯首徑入無寒温。旁人驚看僕夫笑，三寸麴塵猶在帽。卸裝先約欲促裝，爲爾南去程途長。秋花黄處頻高會，一日爲謀兩回醉。朋來尚未悉姓名，脱口遽已聞歌聲。我行一一爲分析，故態狂奴總如昔，不爾先防欲逃席。昨日醉外臺，今日醉縣中，歌盡百曲傾千鐘。新交有嵇陳，舊交憶孫趙，鄉語連翩述難了。君不見，少歲嘗我去，幸有少歲交。紅闌百尺挂酒瓢，恍若醉我城北之山橋。山橋邊，即鄉社。我距君家不三舍，何日同歸醉橋下？

喜代人將至率賦六詩留以志別并貽新學使談户部祖綬

我饒山水癖，乃官山水鄉。黎平及都匀，靈秀之所藏。大山何峩峩，長川亦洋洋。五嶽四瀆外，得此庶頡頏。間歲輒一遊，奇蹤匹翺翔。靈氣歸筆端，奇矯得未嘗。詩文及千篇，藉以壓客裝。仲冬當北征，念之尚徬徨。約客頻出遊，時時陟高岡。西郊松竹幽，南郭蘭杜芳。作詩別山靈，此景殊難忘。

東從相見坡，西去亦資孔。茫茫三十驛，鎮遠迄南籠。疲氓居要道，百事實倥傯。民夫徵不足，搜剔到蠻洞。負擔行萬山，心傷足俱腫。衙胥不之卹，而復相驚恐。我朝恩澤厚，域外悉帡幪。況兹粱楚界，大吏所控總。所期仁及物，役不到繁冗。公廉率其下，守宰自惶悚。昨來馳尺一，荒户給田種。軍行所過郡，秋不賦秸穗。愚民縱無知，戴德已山重。東南傳露布，艸野悉躍踴。聞宣寬大詔，却立手俱拱。花苗既輸誠，吏勿輕煽動。

雲山殊戀别，忽作兩月晴。自八月十四日至此已兩月，並無大風雨。土人云：爲數十年所未有。清晨來閣中，霞采東南明。連岡何蒼蒼，修林亦英英。機事庶久忘，物亦諒此情。伴我日讀書，不覺寒暑更。謝者尚未謝，生者日以生。愛此三載中，日添雛鳥聲。新篁手所栽，亦樂觀其成。

牂柯及夜郎，古乃列益部。今兹十三州，夔郢實門户。津船通列貨，間亦雜書賈。流傳坊市本，十竟不登五。删除到羣經，擢髮罪難數。我行搜左塾，見此赫然怒。嗟嗟蠻嶠士，化久隔鄒魯。開篋出六經，仍疏四聲譜。口陳兼手畫，聽者若環堵。精微難遽悉，冀或得其粗。餘閒陳列史，俾得究今古。憶昨桉部回，書聲滿堂廡。紛然陳藝暇，略亦通訓詁。明明尹荆州，庶思能步武。《後漢書·西南夷傳》：牂柯郡人尹珍，從汝南許慎、應奉受經書圖緯，學成，還鄉里教授。常璩《華陽國志》：尹珍，毋斂人，官荆州刺史。此方雖蠻方，楚蜀粤上游。延江及沅江，其源一何修。沅埋唐宋間，地志苦不收。前年使者來，一一窮險幽。鼇水既合温，黔江亦通涪。盤南鎖鐵橋，匀左刳木舟。我行皆乘之，徧歷十二州。惟銅仁府寄考鎮遠，按部所不至。馬上作一書，分此楚蜀流。芟除土俗名，不使混固彪。庶以示後來，不貽兹土羞。香樨南北廊，修竹東西徑。紅雲樓百仞，白藕花千柄。兹廬最閑適，旁榭亦幽靚。豈兹崇土木，藉以適身性。昨者偶讀書，欣聞有除命。前旌臨沅水，當遣騶從迎。周閭更修飾，砌石拭如鏡。雖爲居者計，客暫寄歌詠。分番扶美植，惡木久除屏。以此黽勉心，庶幾貽後政。

同里諸君子邀集蘇參軍鳳池廨舍餞別即席賦贈一首

逶迤徑折入琅玕，蠻府參軍廨宇寬。已覺朔風傷謝朓，不妨微雨過蘇端。羣公雅稱芙蓉幕，一老曾餐苜蓿盤。聞徐太守日紀，亦欲入坐。拚得花前幾回醉，馬蹄應又踏長安。

校勘記

〔一〕言已率黔兵入辰沅門矣　「門」，《北江遺書》本作「間」。

〔二〕半橋楊柳古　「古」，《北江遺書》本作「占」。

卷施閣詩卷十七

回舟百嶠集（乙卯、丙辰）

自鎮遠舟行至常德雜詩

時正會勦銅仁沅州紅苗，一路皆傳箭送舟，僅乃得過，亦幸水程距札營處稍遠也

青溪及玉屏，水程從此起。飛夢入吴江，迢迢七千里。
兩關皆虎豹，一棹若蜻蛉。昨得軍門札，傳烽送使星。
孤猿攀危厓，意思亦若懾。仙人飛空行，投杖手復接。
一程復一程，幸爾水流急。山頭看花苗，排刀向空立。
水祇深三尺，舟摇亦不妨。來朝衫笠影，隨月漾瀟湘。
見慣即不驚，殘骸蔽江黑。鷹隼何不仁，抽腸作常食。
楊柳千條巷，夫容百尺樓。可憐兵火後，剩有夜烏愁。浦市甫經燒刼，所見尤慘。
空灘三百級，一石一文贏。更有莓苔影，朱文漾錦波。

殺聲喧落日，何處可潛逃？幸是昏黄月，騰身附鵲巢。

泊舟仙人房，仙人遁無影。我欲上帆竿，延回瞰深井。

楚女生來好，淩晨掉小舟。神魚知好色，出水看梳頭。

及到洪江口，材官馬上迎。蘆灘都有諜，不敢點燈行。

人頭及人脛，一半出魚腹。怪底帆不前，荒灘鬼叢哭。

淩晨坐清寒，閉目養心性。過盡千百灘，都從雙耳聽。

烽煙不到處，幾樹發黄梅。鵲語先傳喜，雲光亦四開。

六州兼十縣，魚鳥竄紛紛。只惜桃源洞，難容爾許人。

辰州謁畢尚書師出所定詩文集見示即席賦呈二首

一半戈船下瀨横，烽煙開處見山城。天南縱置籌邊驛，研北仍聞擊鉢聲。幕府盡稱詩弟子，謂劉侍御錫嘏等。虚窗閒禮古先生。軍容荼火由來盛，未改臣門似水清。

述作多應拜下風，憐才如此復誰同。諸生並致三霄上，五嶽分標各卷中。歲月釀成無事福，灾氛消盡未言功。殿頭第一人争羨，不負科名僅有公。

常德胡同年文銓招飲郡齋即席賦贈

十年前事重徘徊，曾醉梁王百尺臺。未覺壯懷輸少日，不妨閒裏門深杯。掃除硯北横經席，料理城東小史來。清興到今仍未減，春風先爲折疎梅。

荆州喜晤錢上舍伯坰即送南歸并寄令叔維喬

年時揖子清暉橋，卷施閣中挂酒瓢。沉沉醉後不能別，轉眄燭花明復滅。彈絲戛竹夜未央，節日笑我行何忙。一城春燈轉曲廊，送者短趙兼髯莊。謂舍人懷玉、縣丞寶書。翩然一別萬餘里，凌亂雲山馬頭起。尚書筵上説錢郎，抵辰州日，尚書爲言，君尚在荆臺未歸。坐客半驚余失喜。嘉平廿日來渚宫，騎馬直詣官衙中。攔門握手久相視，尚喜君貌非衰翁。中郎阿大欣俱在，時令兄鉞亦在署。詠絮詩成復誰對。我官鑾府已四年，才劣恐難成一隊。飄風三更入五更，墻外羽檄飛無停。龍山殘雪落如掌，頗念未息征苗兵。萬言揮灑仍如故，此筆合移書露布。不然手挽五石弓，上馬殺賊成奇功。稜稜俠氣填胸抱，可惜君偏著書老。卅年知己姜侍郎，姜巡撫晟。一見猶能一傾倒。雖然此遊不可忘，踏徧七澤兼三湘。零珠斷璧篋中字，尚抵陸賈千金裝。欲行不行更搔首，握別還思素心友。君不見，竹初菴内證無生，應笑勞人日奔走。

荆州官廨偕錢上舍鉞令弟伯坰暨崔恭人作消寒七集即席有懷崔丈龍見

欸客荆臺苦致思，舊遊重到酒難辭。猶憐匹馬衝寒日，却值閑庭詠絮時。久别未妨書代面，故交多已鬢添絲。冰弦彈至傷心處，時話文敏舊事。不管花窗夜漏遲。

一載軍書插羽飛，人傳公瘦我甯肥。路穿烽火驚身在，夢逐波濤入姊歸。時在宜昌一帶讞獄。會面未能忘息壤，關心先自理初衣。君時乞養疴歸里，未允。天南佇看苗氛净，好買蓉湖築釣磯。

題崔恭人秋山訪菊圖

幽窗雨過點青苔，蠟屐曾從響屧回。自覺向來秋氣少，不隨探菊祇探梅。丙午二月，曾追陪鄧尉看梅。

衫裳葉葉起雲霞，簇蝶裙飄一徑斜。却過小橋天路近，絶無人跡有飛鴉。

飛瀑渾疑石上琴，欲從何處更幽尋。空明一點靈山月，與證迢迢世外心。

雲裏紅闌曲折横，半秋時節出山城。飛仙一個花千朵，都署頭銜太瘦生。

閒從卷裏憶西州，零落羊曇感舊遊。苦向尊前問癡叔，謂大令維喬。渚宫殘雪不勝愁。

少日談詩有性靈，後堂延客眼先青。願營百本梅花屋，更展紗帷乞授經。

酬錢上舍丙曜

舊時門巷判西東，蠟屐常穿楊柳風。占得雲溪一灣淥，小樓都在水聲中。

詞筆欣看萃一門，比年風月共琴尊。龍華會上如相問，交到彭佺四葉孫。余幼時謁蕭山公，即蒙奬識，及長，受尚書之知，又與大令及伯坰兄弟並稱莫逆。

鄉園春半飲屠蘇，握別仍行萬里途。自笑遊蹤太遼闊，更從北夢説西湖。前在西湖與君别。

襄陽呈房師王觀察

遠宦迢迢各一方，馬頭真喜向襄陽。西南尚見烽煙赤，師弟初驚鬢髮蒼。懷古池臺聊駐節，探春簾幕偶傳觴。是日立春。盈箱案牘須勤理，肯學山公醉百場。

立春日過襄陽謁羊杜二公祠有懷孫觀察星衍山東

君爲東國諸侯長，我作南方多士師。竹馬共思逃塾歲，土牛又見迓春時。酬恩尚愧身無補，傳世先驚鬢有絲。至竟古人能及否，薄醺閒謁二公祠。

元日南陽

幄殿趨朝夜向晨，宛南春首净無塵。早聞内禪光唐宋，又見元年值丙辰。全楚正欣秋再稔，史官應奏日重輪。堯階未在追陪列，尚愧西清侍從臣。

人日抵鄭州巡撫景安遠遣人相迓書此報謝

握别梁園已八年，憶君風味逼前賢。大河南北頻經歉，好爲蒼生計息肩。

人日聊登百尺樓，繁臺東望久淹留。破除舊例吾何敢，瘦馬羸童入鄭州。君清素如昔，一切酬應送迎之禮皆絶，今獨遣一介相及，是以云。

衙齋聯句記經時，風雪甘凉苦致思。在甘肅籌邊最久。尚以書生待開府，逢人仍索《憶山詩》。君所著有《憶山詩草》。

王大令復專人約遊偃師余以驛路迂回未果翊日從岡里渡河半渡風發舟幾覆日晚僅得抵南岸因徒步携從子兩門生至惠濟橋行館宿却寄大令一首

故人一别經歲時，封書約我遊偃師。把書沉吟復東走，塵土隨人已三斗。津頭塵暗風尚微，挂席如馬從風飛。忽驚風從半空旋，長年大呼人語亂。眼看北岸離纔尺，帆急欲收收不得。一風吹舟舟轉輕，樓櫓盡訝凌空行。蕭然天末一使星，河伯已遣鮫人迎。盤渦欲下仍未下，惡浪幸從船後瀉。舟人心定客始猜，欲抵岸北偏南來。聳身一躍得平地，觀者居然詫神異。鄰舟望我竟若仙，餘艇尚在風中顛。君不見，故人此日遲高會，客卧津亭自顛沛。瓦燈一盞土橋南，且喚行童理生菜。時覓食物無有，僅得生菜數把。

葉縣道中雜詩

保安及昆陽，一驛三十里。奔馬逐歸鴉，齊入黃塵裏。

屠蘇酒乍傾，簫鼓賽昇平。爆竹聲何脆，年頭年尾晴。

卓午昆陽道，溪橋細細風。春衫紅一片，併颭日華中。

寄王大令復

南來已是一旬馳，真擬忩忩入偃師。河外上風堪作宰，洛中人日偶題詩。何因祖客筵前酒，轉憶孫郎帳下兒。來書言及舊僕吴順，已作孫郎帳下兒矣。幾許笙歌兩行燭，昵人魂夢憶多時。

黄河阻風却至惠濟橋行館晚携從子門生至橋東玩月作

寂寥山館許停驂，酒薄都憐興未酣。多謝北風能欵客，吹帆三日住河南。

頹墻三折路參差，拂樹先驚鵲踏枝。艷殺野橋山店月，不妨人去立多時。

過新鄉贈孫同年希元

籃輿薄晚過山莊，飛騎驚看迓道旁。一代相門傳縣譜，君爲文定公從孫。千年古邑號新鄉。采風近郭民謡肅，話舊虚窗月影凉。更喜外臺條教密，時景侍郎撫豫有善政，又爲州縣設立科條甚周。兩河應可息痍傷。

曉發湯陰

破曉趨南郭，城荒竹木稠。地爲今下邑，山即古中牟。殘雪明華表，驚沙暗驛樓。停驂吾不願，昨已飯宜溝。

將至安陽先柬趙大令希璜二首

尋常三五團欒月，自到牂柯見未曾。料得鄴中元夜好，故人應爲剪春燈。

爾許情懷漸不支，屏除絲竹已多時。還能與門筵前酒，可有孫郎帳下兒。壬子冬，飲君署，醉甚，幾欲逃席，值孫兵備舊僕郭勺藥代飲數觥，乃解。

湯陰謁岳忠武祠

古木叢臺起怒風，岳王祠倚堞樓東。何因浣盡孤臣血，不祀前朝嵇侍中。

埋骨西湖恨已多，小朝廷久厭兵戈。此方立廟非無意，尚爲君王障兩河。

抵安陽境塵土撲人戲柬大令一首

主人倘厭客經過，故遣飛沙織似梭。休望琴堂門尊酒，元規塵已污人多。

十四日未刻抵安陽趙大令爲招春燈社火讌客海棠詩屋至三鼓乃别翊日更邀遊天甯禪寺設百戲餞别醉中賦贈

鄴中十萬户，一户排雙燈。城東城西徑十里，萬影礙月難東升。安陽大令我素知，飛書約我停少時。排門燈影看不足，中有戛竹兼吹絲。紅塵障天緑波掣，馬尾摇風馬頭月。鼓樓街北蕭寺東，齊捲珠簾看飛雪。昨日醉幾場，好友爲我招張王。皆幕中賓客。海棠詩屋圍社火，夜半更約傾千觴。今晨别何地，更遣聾丞控飛騎。佛樓開處面廣場，闢户爲余陳百戲。此回元夕無不有，月影燈光與杯酒。董生董生惜前走，謂上舍達章時已入都。説與王郎應妒否？謂大令復。更排石級上石亭，一城華燈尚若星。摩挲金石百回步，寺有元至元十二年《鐘銘》及至正中石刻。足力倦處開僧扃。念君官事忙如許，衆裏離觴復頻舉。一晌歌聲壓彩雲，梅花山館飛如雨。君持手板輿前立，我瓣心香馬頭揖。時以所刊近著見贈。别袂猶餘燭燼光，離亭已暗風沙色。

晚發安陽至磁州行館一路燈火甚盛喜而有作

十里平沙柳數層，漳河橋上月初升。何因爛醉安陽酒，來看磁州郭外燈。

李舍人鼎元登岱圖

平生心力瘁躋攀，五岳遊完鬢未班。肯待向禽婚嫁畢，僅留老眼看青山。欲把星斗挹穹蒼，杖策仍須辟穀方。我是上春君早伏，入山先已異炎涼。

戲題秦人種桃采芝圖

童男童女五百，桃實桃花萬千。何不合成鄉里，婚男嫁女耕田。毛女忽然大笑，惹他四皓顔開。商洛山連太華，大家飛去飛來。

馮給諫培竹鶴圖

意中我有閒樓閣，閣下亭亭立雙鶴。鶴徑時看一花落，胸中我有奇峰巒。此外觸處皆琅玕，六月更有松風寒。乘軒豪，此君直，開徑居然得三益。門開無人，鶴亦應門。叢竹兩兩，爲除行塵。門關無人，竹亦索笑。仙禽翩翩，自翮同調。先生此圖，實得我心。鶴既有侶，修篁成陰。尚恨竹外無月，鶴邊無雲，石牀無積書，竹几無清尊。客來不醉相對，何以能追古人！君不見，今人不來古人往，鶴步空庭竹森爽。畫中山好不可居，何不歸爲五湖長。

寒食早得家書偶題二絶寄南中小兒女

莫怪尋常鶯燕猜，踏青時節未花開。鈎簾欲訪春消息，却值江南驛使來。
平堤一色緑初鋪，四月江鄉畫不如。遥憶風前小兒女，紫藤花下讀家書。

奉酬邵學士晋涵病中見寄之作

與君卜鄰意非好，欲拉酒徒時醉倒。墻西望汝一樹花，君病未瘳春遽老。饑云日噉半甌粥，頗厭墻東酒徒擾。墻東酒徒非得已，匝月行完七千里。轟天礮火衝身出，弔影驚魂可知矣。昨來偶自窺青鏡，不覺二毛填鬢底。期君醉我君辭疾，反作新詩惱行客。酒逋我縱盈門索，藥券知君亦山積。君如戒藥我戒酒，一日顛毛恐俱白。

李公子存厚梅窩圖 羅兩峰畫

橫斜影百枝，坡陀石千尺。不知是我不得來，或是君家不招客。花遮簾櫳柳藏槅，空裏似飛鶴一隻。有魚千頭禽百翼，幽人一一與之數晨夕。兩峰畫石如屈鐵，兩峰畫梅如植戟。披圖我忽念疇昔，三十載前攜蠟屐。余未弱冠時，從叔爲崑山尉，曾過訪，留居旬日。一峰如頹一峰劈，更上一峰吹竹笛。此時不知梅窩在南復在北，但見高低屋橫脊。屋上殘冬雪花積，百年君居此山側。孫時看梅祖所植，幸我淵源盡相識，不然何以揮灑千言有餘力。詩成對卷仍嘆息，兩峰老嬾殊可惜。君不見，玉峰前頭湖水碧，咫尺應須望鄉國。倘使餘殘更有一丈長，直接吾家水西宅。

却扇詩爲吴孝廉鼒賦

譬婦詩成百口傳，可知標格本天然。青綾步帳曾相識，我是張玄友謝玄。吴所娶爲孫兵備從妹。半臂新裁蜀錦鮮，薄寒聊與壓吟肩。馬頭明月如團扇，偏照怱怱惜別筵。耳語臨岐記可真，回頭生怕阿兄憎。看花遲早尋常事，莫作蓬瀛第二人。怔忪鞭馬出金臺，失意偏教笑口開。我憶壻鄉風日好，紅荷百頃待郎回。

白髮詩爲胡上舍唐作

鄰東胡生昨叫絶，白髮忽然衝帽出。大呼擲帽理髮末，幸喜根株惟有一。胡生胡生意若失，走馬索詩兼口述。我爲生語生勿怵，此事何關存與殁。古來賢聖半夭折，顔賈頭中無此物。矧生飾貌有不屑，從此何妨罷梳櫛。平生品與陸展别，無子未聞收側室。鉗之鑷之可不必，生聞我語笑兀兀。二三子者粗有筆，爲我責頭須痛切。我聞生言意亦豁，一毛雖小慎勿拔。或者明朝生七八，疾呼奚僮馳急札。朋來盍簪賀白髮，茅柴之筵咄嗟設。生今上坐非忝竊，燕毛之禮誰敢忽。雖然生不可不察，此物上頭急作達。從兹陸行乘驢水乘筏，面垢莫除塵莫刮，衛玠弗愁人看殺。

題王太守宸仿董北苑瀟湘圖爲徐孝廉嵩賦

此卷長三尺，零陵老守圖。居然棐几側，徙落洞庭湖。山水情今古，荒唐夢有無。卧遊吾尚記，千里下黔巫。予自黔中還朝，取道洞庭。

四月廿日與胡公子稷會飲金光禄孝繼宅被酒醉甚歸途于馬上得五百字即送南歸兼柬莊上舍逵吉陸秀才繼輅

今年絶代才，皆下考功第。汪端光。王芑孫。徐嵩。趙懷玉。張，問安。尤苦不得意。王生除學博，賣字作歸計。趙生居僻巷，忽爾鬧車騎。無端長鬚奴，失笑復垂涕。揭曉前一日誤報中式。汪生將外擢，以助教當得同知。畢力此一試，寅初聞揭曉，側立門隙伺。猛聞敲扉聲，妻子雜沓至。甯知非報捷，有客誤投刺。徐生病支離，一夜屢登厠。先期唫病鶴，君甫作《病鶴賦》。讖已兆垂翅。蒙頭聞報罷，急起理囊笥。張生已獲售，黜落爲奇字。欲歸東西川，柰此楚氛熾。相邀避人跡，戚戚聚蕭寺。吴生鼒。示不屑，頻日酒筵肆。監厨得驚坐，謂假陳肖生宅燕客。肴饌悉精緻。酒徒七八輩，痛飲日三四。我慚居下位，不克挽風氣。尚書名知人，紀宗伯昀。本可愜羣議。微嫌心有主，意在急防弊。遂令中材升，杞梓或被棄。凡兹數君子，一一洵國器。中年饒底藴，詎止文藻麗。沉淪致顛蹶，此事亦匪細。今晨聞剥啄，君又理歸轡。君才希數子，靡不夙投契。況兹年尚少，拭目盼遭際。嗟貧兼歎老，與衆不一例。感君行計速，飲餞爲粗備。不愁分袂早，反恨遲把臂。君歸過庭暇，勤學户嘗閉。吾州衙署廠，古檜陰拂地。側聞賢太守，一歲興百廢。瓏瓏疏曲河，搆閣臨睥睨。春闈兩人捷，吾鄉獲售二人。已獲毀橋利。形家言吾鄉戚墅堰及城中白雲渡橋皆與縣學有礙，太守今已折之。其餘懲薄俗，悉力整凋敝。侯賢實桑梓，予與太守本從歙徙。東望舉足企。明春當乞假，官閣倘可詣。蒙莊雖從甥，夙昔視猶弟。知君過從數，一語煩遠寄。逋錢三百萬，土木苦煩費。園成諸債集，何不築臺避。陸生才筆健，竟欲逾老驥。陸生嘗從予遊。昨來觀近作，好句我能計。吾鄉兹數子，得不詫尤異。相思不相見，發念時一疐。遊山我防嬾，日在室中肆。所欣腰脚健，百里走尚易。一嬴聊負笈，一僕持絮被。預思重握手，不得到春季。倘及三月三，春江可修禊。

五月初八日方比部體吴孝廉鼒邀同人出西直門小集金氏園亭即席賦贈並送桂大令馥之官雲南

雨絲疎不斷，一路出西城。日閃塔頭影，雷轟澗底聲。草高飛騎入，花滿露舟横。清絶尚書塢，當門杞已生。

幾許關心客，無多賣賦錢。暫抛官裏事，來趁酒家眠。岸柳陰三面，溪雲白四邊。遥程愁更數，西去萬三千。

城南雅集圖

城南雅集圖凡八人：法祭酒式善、李編修如筠、張檢討問陶、劉舍人錫五、何户部元烺、水部道生兄弟、王廣文芑孫、徐孝廉嵩。圖成，屬亮吉跋之云爾。

城南百萬家，屈指無幾人。匪緊果無人，下直常閉門。幾年我苦居天末，閒煞城南好風月。側聞我友興尚豪，把卷呼之齊欲出。法祭酒，王廣文，近來作詩稱雅馴。徐孝廉，張檢討，倔强自誇長句好。介休詩老偏改官，貧甚不厭居長安。稜稜弱冠才尤異，難得何家好兄弟。我交短李惜已遲，靦面却值居憂時。八人所貴忘形久，不問圖中貌妍醜。昨日作一篇，今日作一篇，城南廛舍不數里，時有飛騎馳吟箋。流傳俗口殊難耐，只説羣兒自相貴。豈知帝京景物本冠十七州，賴有數子晨夕成清遊。不然東西紅塵日如織，何以使春花生輝月饒色。一奴前行不著鞭，八騎矯首皆如仙。穿行古剎及荒墅，日永或借閒齋眠。數君才調皆經世，所喜昇平無一事。木天粉署官本閑，欲以琴尊消壯志。徐生忽然策蹇驢，時下第南歸。王子亦欲登牛車。時赴華亭教諭任。遂令七客忙不已，分日載酒延王徐。還君斯圖三太息，勝會如今亦難得。卷圖水竹自生涼，差信此中無熱客。

法祭酒雪窗課讀圖

堂中一寸書，門外三尺雪。孤兒讀未完，慈母心若結。朝行課讀書，暮行課讀書。孤兒業甫成，慈母年先徂。衰親無百齡，積雪不逾月。所以人子心，常思事親日。感君與我孤露同，六歲七歲稱孤童。君以七歲孤，余甫六歲。貧家無師讀不得，卒業皆在紗帷中。雖然我與君稍異，憂患餘生復難記。《五雅》《三蒼》業縱同，經旬九食談何易。白雲前頭一曲谿。余昨繪《機聲燈影》卷子，亦圖太安人課讀時事。昔者我友曾分題。長檠無光短檠繼，持較此卷殊依稀。我家茅三層，君家竹千箇。我家屋比君家破，雪朵盡從頭上墮。君家門向左，我家門向右。我家雪比君家厚，徹夜有光飛甕牖。可憐遲暮猶耽讀，只惜春暉杳難續。每值窮冬風雪辰，攤書時向茅檐哭。吁嗟乎！今年之雪非去年，今日之景非從前。安得衰親常存雪不化，兒甯讀書終老茅檐下。

少宗伯鐵保暨少宰玉保繪聯牀聽雨圖屬題率賦一篇

散人步入蓬萊遲，大茅小茅皆本師。天門不敢與鈞禮，却憶抗手同行時。余與少宰同舉京兆鄉試。祇疑未换仙人骨，閑掃落花消白日。忽聞天上落吟聲，矯首不禁狂興發。披圖乃仿逍遥堂，下直兩兩登匡牀。置身高處莫忘却，但見榻畔左右竹柏摇青蒼。誰言天上清閑極，一例苦唫能入癖。他時竹杖或敲門，慎莫移牀先遠客。

送桂大令馥之官永平

汪錢盧邵汪明經中、錢教授塘，暨盧文弨、邵晋涵兩學士。相繼作，海内故人今益稀。洪生終日塊然坐，欲哭不哭常歔欷。數君豈止傷夭折，汪、錢、邵，年皆僅五十左右。六藝微言亦將絶。閒搜篋底出手箋，精義猶堪補殘缺。桂生亦是今儒者，六十扃門校《蒼雅》。遠官萬里無一錢，手抱遺經尚難捨。君不見，許君弟子有尹珍，首以小學傳蠻人。二千年來師授絶，得毋待爾一一重敷陳。君不見，蠻方志乘尤疎略，若水蘭滄考須確。博南倘許宦三年，他日應傳畦君學。

題陳布衣嵩畫梅册子

君前築屋臨江屯，老梅一株香一村。泠泠江水半彎緑，更向花下開横門。幾年作客思家切，手寫一枝如老鶴來梳翎。客來時立梅花側，是客是花渾不識。三更月淡雨又來，清冷獨抱花魂回。

鐵屈。猶嫌比屋多塵氛，不遣虬枝四邊出。一花中間綴一星，空處掩映天光青。嚴寒百鳥絶無影，間有

題陳同年慶槐借樹山房

人生天地間，百物無不借。日受天地恩，不向天地謝。況乎百年内，偶復賃傳舍。何人開此巷，此屋又誰架？主人名誰何，何日得閒暇？因而覓奇樹，一一種如稼。何年高出屋，清影相激射。自從有樹來，人事疊交卸。前者有因依，後者得憑藉。冬有以爲冬，夏有以爲夏。時而蔭清晝，時而響長夜。賒此千尺陰，無須一金價。居人不之德，鄰亦不之訝。我今爲評量，不得不枉駕。知非乞諸鄰，造物者所貰。君如思報德，日日羅酒炙。邀此一世人，相與酣樹下。狂來鋪席卧，林密已無罅。倘問身所來，亦從天地假。

七月七夕吴侍講錫麒招集澄懷園賞荷即席賦贈

居然秋雨餘，邀客集深徑。何止盈眸花，葉聲清可聽。槐黄堆北牖，香氣一窗迸。奇書隨手讀，兼復展明鏡。婉婉越客謡，沉沉洛生詠。雖無鸞鳳翮，雅有麋鹿性。蒙莊方任達，管輅苦言命。坐中趙味辛舍人談命不已。莫負佳節歡，移樽酌波暝。

酒半移酌池上與張同年問陶皆失足墮水戲作一篇並呈

西頭萬葉戰秋雨，東岸百花明夕陽。夕陽紅退遜花色，秋雨緑净逾溪光。張郎酒行冠已側，笑道一年惟此夕。携觴約客臨北池，指點塘坳欲鋪席。影先入水身誤從，影没反訝身凌空。一花驚從足底紅，轉眼荷葉迷西東。誰云直下真無地，幸踏纖纖藕如臂。玩波一晌不出波，濃緑溪光若衣被。忽然一躍波已開，分手亂擘青苺苔。吾曹不死亦可哈，多謝花朵擎魂回。

初九日早舊僕朱禄忽遘危疾卒將以是夕斂于旁舍余不忍視之因出巷至胡文學唐寓齋索飲醉甚至二鼓始歸率賦一首

凌晨欲出門，一僕隕西牖。念其久追隨，不忍視棺柩。驅車出巷西復東，訪友十輩九不逢。雨聲蕭蕭促歸去，日晚方欣與君遇。主人不在客亦豪，胡時主程吏部振甲舍，程前已出使。呼酒半日辭無肴。充腸且復啖生果，幸有菱栗兼梨桃。我前與君同里井，三十六峰懸倒景。烏聊山頭筍堪煮，更摘鄉園雨前茗。時吴上舍文桂出問政，山筍及松蘿茶啖客。千杯百杯酒不辭，簾角月已來絲絲。排頭生客座旁聽，鄉語拉雜愁難知。鼓聲隆隆街北響，我醉欲歸神忽愴。馬嘶聲苦步亦慵，瘦馬轉若憐疲童。君不見，魂燈已出門，穗帳猶在舍。世間百事皆代謝，新僕逡巡候檐下。

初十日吴上舍文桂邀津門李生爲余寫管領九秋圖爰贅以二絶句

管領秋花事可知，姚黄魏紫不同時。算來也被仙人妒，東海新教月上遲。
籬前薄薄有花陰，小立居然爽客襟。一曲紅闌天萬里，是誰能識九秋心。

桂大令馥戴花騎象圖

與其北方騎槖佗，不若跨象踰牂柯。與其東中餐苜蓿，不若簪花撫蠻服。我官蠻服諳土風，民戴長吏同家翁。車前何必八騶列，象鼻舒卷如長虹。花枝紅紅罩官帽，六十使君猶若少。有時象背嶮欲顛，惹得幼姬開口笑。祝君官滿無一錢，堆鬢花好垂吟肩。君不見，三年政成歸亦好，叱象北來耕海島。

趙大令希璜雲車飛步圖

我昔至盤谷，欲登王屋山。馬疲僕嬾不能到，日晚僅訪靈源還。是時閑雲逐歸鳥，天半夕陽紅不了。空林飛瀑影間之，覼得四山青裊裊。我亦欲乘雲中車，天門旁邊學步趨。舉頭見君忽大笑，已被怪風吹裂帽。

張同年問陶夢月卷子

我夢久已闌，君夢乃方兆。斜月照天西，迢迢石牛道。此客支離極，隨人棄道旁。蓬蒿三五尺，中有竹匡牀。

陳布衣嵩詠篁軒卷子

深淺篔簹内，能令日氣青。四山飛瀑布，百道下巖扃。欲制安心法，聊攤種樹經。何人伴幽獨，螢火兩三星。

卷施閣久坐

園林千萬葉，如雨落漫漫。秋燕已無影，夜窗殊覺寒。小眠琴榻潤，閑步竹廊寬。只有西軒月，無人徹曙看。

送張孝廉問安歸蜀

朝看東籬花，暮折北堤柳。人生無根株，安得不奔走。張生年四十，抱道苦不偶。西顧有老親，曰歸覓升斗。窮秋霜霰集，戚戚聚儕耦。相對慘不歡，惟應市篘酒。君家難弟好，縱飲日濡首。長飢資薄俸，未足餬兄口。我意亦勸歸，名山闢窗牖。沉潛三十載，庶可冀不朽。努力盡一尊，西行寡良友。

邵進士葆祺邀集寓齋餞張孝廉即席賦贈

邵生不特詩才逸，兼買黄花醉行客。就中行客我素知，西蜀才人張亥白。十餘年來詩道乖，正論往往參俳諧。汪孫端光、星衍。近亦輟吟詠，欲覓長句誰能佳。張郎令弟才如虎，酒後千言氣頗粗。只惜奇書束不觀，沉酣自欲成千古。生成進士方少年，乃復憔悴長安眠。郎官上可應列宿，何必蓬島方神仙。聯吟快得閨中友，艷體叠成三百首。璧人居處亦不凡，蝃蝀裁扉月爲牖。花前揖客屢舉杯，客醉欲別花徘徊。攔門殘月向東逗，興發尚能騎馬回。君不見，醉中歲月偏無據，落葉紛紛訝飛絮。東頭言八朝標。折柬來，明日酒人須復聚。

寓中獨坐

荒園倚古井，三折遠市塵。傍屋十數株，烏巢多于人。蕭然一徑東南好，豈止無花且無草。堆檐黄葉一尺深，下有著書人不老。

廿三日雪邵進士葆祺餉酒并約張同年問陶過卷施閣小飲別後復獨酌池上讀亡友黄景仁悔存軒集至二鼓作

酒人攜酒來，賞我庭畔雪。我時方讀史，一卷粗已畢。掃兹盈尺地，相與坐林樾。風爐依土銼，隨意雜陳設。閒官兩移居，皆喜境孤絶。當時沉醉處，依約記庚戌。倏忽六七年，雲煙事生滅。横街南北路，好友半夭折。謂邵學士、楊比部。如何不酣飲，坐待生白髮。君看空中花，真如電光掣。淺醉不出門，送客竹籬畔。酒人從此去，蒼鼠亦隨竄。前車方越巷，後騎忽聲喚。俄頃人語希，來塗雪飄斷。移尊酌池上，看此冰欲泮。舊友陟上心，遂令爵無算。沉酣到中夜，空白忽欲暗。正好殘月來，光華與凌亂。

題黄上舍恩長印譜

雅覺一拳堅緻，尚須八體摩描。試問誰工此技，山農谷口三橋。

叔孫不朽三事，江夏無雙一人。文苑儒林藝術，恐君難以分身。

送黄户部鉞乞假還蕪湖

黄生通籍久，而乏仕進意。郎官才半歲，堅欲潔歸計。乞閑書既允，偃卧無一事。歸日萬斛濤，空明洗一世無相知，何人識飢飽。

胸次。築屋古鳩兹，于焉可終老。苦無江上田，可刈霜前稻。仍然携襆被，遠復客江島。時將遊皖江。一世無相知，何人識飢飽。

十一月十四夜卷施閣待月適蔣表弟良書以惠泉酒索售因留飲至醉作

所居偏西南，十日寡良友。今夜明月圓，清輝殊膩手。蔣生叩門入，半日俯其首。索我助急裝，餉我一尊酒。開尊與酬酢，鄉味汝知否。移坐石屋中，清談亦云久。苦言辭我去，相送出門走。夜半西北風，泠泠吹笑口。

十六夜獨坐玩月至四鼓月食詣太常寺隨班行禮

全家既南歸，一婢携向北。欣聞月當頭，爲我具肴核。軒墀開左右，雲向瑣窗白。古木十數株，居然富泉石。携壺隨處坐，淺醉不終夕。官閑乏塵事，敢尚曠厥職。三更驅羸車，入寺救月食。

感舊

忍向三生石畔過，此情除有劫能磨。愁中花月催人老，夢後樓臺易主多。紫燕日聞移舊棟，〔一〕白雲猶是宿層阿。惟將一掬東風淚，和雨和煙逐逝波。

胡上舍唐屬題夢李昌谷圖即戲效昌谷體

古錦裁作囊，時嘔心中血。古錦裁作被，時縈夢中結。江南仙客夢隴西，魂氣上覺南山低。左耳黄河聲，右耳瀉滄海。塵飛接黄雲，如鈎月沉采。闌干十二行不前，轉眼已及三千年。玉京路向瑶池直，金虎玉龍攔不得。却怪仙人酒面紅，映天天作桃花色。清虚帝所宅，何有白玉樓，一語道破天應愁。天公愁，山鬼笑。神雞亂嚼星斗完，飛上燭龍頭上叫。夢中授受詩百篇，只借東壁爲長箋。從兹投溷詩，仍須出人間。來何翩翩去何遽，出户有光團若絮，長爪纖纖破天去。

柬錢三維喬

竹初庵主近如何，習静翻憐歲月磨。到枕水雲清夢適，應門汀鶴道心多。黄金久已欺中壘，白璧誰能剖卞和。君前宰鄞縣，爲接任者所累，大爲上官白眼。一片五湖千頃月，收帆擬共著漁簑。

夢入從舅氏白雲溪舊宅感賦長句

一半軒窗面水隈，已凉頻奉板輿來。簾從碧月光中捲，花向紅雲影裏開。分砌紙燈搜蟋蟀，過汀蠟屐點莓苔。歡場總被風吹散，贏得春宵夢百回。

張烈婦詩

烈婦王氏，余友人張大令景運之子婦，文學慧裕之妻也。慧裕以勤學得瘵疾，氏刲肱療之，不愈。卒後一月，氏繪夫像于壁，雉經其側以殉。

張烈婦，交河人。年二十，歸所天。所天勤讀書，氏亦助攻苦。朝聞雞嘐嘐，暮聽紞如鼓。所天學成病轉危，夢裏血淚時時垂。誰言色如花，匝月成死灰。叩天乞緩須臾死，割肉如丸啖夫子。臂創未合髻已鬔，柰此出腹兒呱呱。嗟嗟一塊肉，敢累翁與姑。長跪向保母，願乞存遺孤。捐軀却憶前三日，心事曾爲小姑説。翁姑有叔兒有母，地下良人待余久。神完志定反不忙，却掃東壁如銀光。七尺軀，墻上植。烈婦善繪事，先畫良人像于壁，乃就旁縊。三尺繩，梁上直。墨光血光相對射，形影不離夫一尺。君不見，婦先兕，兒童烏，阿翁復作鬼董狐，大令近作《述異記》數種。一家奇行皆堪圖。

偶成

哀樂中年詎可支，未衰恐已鬢添絲。遭讒真悔知名早，投隙方嫌見性遲。乍識面人偏入夢，不關心事忽沉思。平生學行吾能審，豈待悠悠論定時。

百種芟除癖尚留，閉門索句出門遊。研摩未及唐餘史，蹤跡粗窮禹九州。胸次漸能忘寵辱，舌鋒從不快恩讐。白雲溪畔三間屋，略有頭銜好乞休。

間來屈指溯從前，孤露餘生我自憐。平輩半皆成老宿，故人多已學神仙。難忘硯北千秋業，却有城南二頃田。一事冷官差可慰，趨朝常得弟隨肩。

亘亘平生一寸心，不同朝士競升沉。憑誰可解胸中結，倩客時彈海上琴。乞與藥罏希駐景，肯從塵網索知音。南舟北馬頻來往，坐使勞勞變古今。

廿五日雪

蓬門且喜絶將迎，繞砌南頭自在行。一片廣場三畝雪，好同心地證空明。

十二月十九日卷施閣招同人祀蘇文忠公即席賦一章並邀諸人同作

七百年來彈指過，又隨裙屐壽東坡。生天至竟誰能免，傳世如公庶不磨。香篆裊時詩思入，風簾開處雪花多。狂吟痛飲君休惜，不見勞人鬢已皤。謂吴侍讀錫麒，時以病未至。

小除日邀同吴侍讀錫麒戴吉士殿泗趙舍人懷玉温舍人汝能方比部體劉舍人錫五伊比部秉綬葉舍人繼雯張檢討問陶彭明經蕙交戴禮部敦元集卷施閣祭詩作

洪生除日築兩臺，餔糟避債人俱來。客來不來豈須速，先注滿堂銀蠟燭。歲聿云暮興轉高，分半債帥兼詩豪。卷施之門如鐵立，百輩申頭不容入。側聞門外客，暗數堂中人。九州仙客萃一門，休嫌坐上賓僚少，閩粤楚吴兼蜀趙。坐中十二人，凡四川、湖北、廣東、福建、山西、浙江、安徽、江蘇，共八省。無端聚飲衆或嗤，轉假舊例稱祭詩。多逾二百篇，少乃十數首。吾曹自有傳世資，不藉詩篇成不朽。燭花分從肩上飛，蠟淚滿滿堆春衣。忽驚屋後雷聲墮，四面紙窗齊欲破。山雌水母并入肴，遠有吴客貽車螯。百壺不嫌多，一觴不言寡，夜半清談振檐瓦。肉拌貂，酒污茵，脱略極處無人嗔。明宵莫守庚申歲，後日早朝纔破醉。

偶成

客來半不知名姓，到即隨堂住幾時。醉後忽然長揖去，主人不問僕難知。

破工夫把蜀茶煎，一枕新涼乍欲眠。不合約他狂道士，騎驢直到竹牀前。

校勘記

〔一〕紫燕日聞移舊棟　「日聞」,《北江遺書》本作「已聞」。

卷施閣詩卷十八

侍學三天集（丁巳）

正月十四日雪霽温舍人汝能招飲分韻得兼字

且插梅花壓帽檐，乍來香氣欲衝簾。籠街月與燈光合，繞砌霜將雪色兼。縱飲未妨朝客罵，朗吟生怕夜烏嫌。千言一例輕揮灑，已有春華上筆尖。

十五夜琉璃廠步月

一市人如海，塵從隙處穿。帷車排巷窄，社火壓場圓。濁酒呼朋飲，奇聞藉客傳。欲尋容足地，飛爆向肩然。

元夕有懷四首

半生思紀外家聞，朱文公有《外家紀聞》。清淚時時滴典墳。十六人中留上壽，舅氏再從兄弟共十六人，惟舅氏届八十。

七千里外寄奇文。予典學貴州時，舅氏將生平所述作寄存余處。難忘閣上三更月，只占溪南一塢雲。莫哂霸陵亭醉尉，阿誰能識李將軍。憶州倅舅氏。

一居闤闠一居鄉，零落年來姊妹行。少賤每教通世故，長貧時與話家常。封書寄弟箋曾濕，對鏡梳頭髮已蒼。腸斷邗溝東去路，適汪氏二姊下世已及十六年，所居天井巷小樓，屢過之，不忍登也。小樓空鎖月昏黃。憶姊。

晴暉橋北學場東，竹屋時時與夢通。砌繞石泉三寸碧，窗分梅蕊一株紅。已將複閣棲嬌女，可有新詞寄阿翁。猶憶北行牽袂處，萬家燈火五更風。憶女。余以庚戌元夕北上。

故人生子我生孫，世執還應擬弟昆。趙舍人得子最遲，僅長余孫一歲。竹馬跨時纔識路，紙鳶放處定當門。攤書已分傳家業，學語差憐具夙根。遲汝長安來繞膝，看翁日日倒金尊。憶孫。

吴上舍文桂倚梅圖

黔南冀北走紅塵，昨夢江鄉正好春。何不石旁添畫我，承明同作憶梅人。

纔過燒燈無幾日，誤書穀雨我心驚。來札雨水日，誤書穀雨。多應仙客思家切，預想踏青人出城。

劉刺史大觀爲亡友黄二景仁刊悔存軒集八卷工竣感賦一首即柬刺史

一瓣心香契獨神，此公高義出風塵。應憐少日齊名者，已作千秋傳世人。檢點溪山餘笠屐，删除花月少精神。詩爲翁學士方綱所删，凡稍涉綺語及飲酒諸詩皆不録入。向平婚嫁爲君畢，君一子一女，皆君没後爲之婚嫁。亦擬穿雲訪列真。

題蕭照所繪宋高宗瑞應圖六幅

剩得東南半壁天，忍將奇瑞説從前。何曾楚璧能歸趙，轉使吴州又姓錢。《朝野雜記》：徽宗夢錢武肅王入宫而生光堯。内殿早教皈繡佛，小朝真欲泣金僊。蕭郎落墨非無意，只畫樓臺夕照邊。

不少當時命世雄，櫜鞬都覺有儒風。誰令密計參張愨，却以中原付杜充。唾手燕雲時已異，傷心懷愍事將同。茫茫一局全輸却，轉悔飛棋入九宫。

天水南流讖不成，臨安城異汴州城。到來捷縱誇三矢，從此寒應在六更。未覺赤龍能踐夢，好防白鴈欲渝盟。冰天雪窖吾家事，坐使披圖百感生。

三月三日作

不妨衣冷更裝綿，十里衝寒籠玉鞭。到處雨猶零昨日，别來人乍入三天。是日，入直上書房。情懷已分難成夢，消息緣知欲禁烟。只有御河橋畔柳，臨風裊裊試初眠。

送吴文學文桂旋里

我從黔中來，共子客京邸。君今新安去，是我舊鄉里。旄頭星落白虎傾，屈指井絡當銷兵。二千石吏倘奉法，五斗米賊何難平。金門索米空年載，無補于時亦思退。黄花半頃麥一畦，努力同輸太平税。

送郭同年淳乞假還里

春秋三榜悉同年，入直同趨朶殿偏。手版竟思參俗吏，時同年外任者頗衆。頭銜莫更説神仙。著書我續《容齋筆》，述祖君箋《爾雅篇》。他日講堂來問訊，胥臺側畔越溪邊。

古意十首貽晋齋應教同作

魚遊濁水中，鳥宅高枝上。托身雖不同，遥遥亦相望。連枝新月出，鳥影波上漾。魚樂我自知，沿流擘輕浪。

晨興必資餐，夕寢必資被。一身雖無多，物物無不備。從兹百年内，殊覺太繁費。當前欣各足，安用事心計。微名在身後，亦以付天地。惟時把書讀，掩卷輒垂涕。持此一寸心，寥寥欲誰寄。

莫辭家出門，出門路即岐。處既誰可偕，出亦誰可依。身非我之身，父母之所遺。敢學陳孟公，一世隨高低。

松筠及桃李，羣焉托春風。先時及後凋，命意乃不同。桃李方華滋，松筠亦青葱。共結青帝知，幽芳閒香叢。榮悴任所操，不居造化功。所以深識人，澄觀悟初終。

五日一澣衣，十日一休沐。衆中常緩步，敢逞絶塵足。齋糧時告匱，祇復購薪束。不知何奇書，然火樓上讀。

昨者臥復起，忽然心憂煎。前古與後古，一身居其間。責備之所歸，安得不懼焉。何以貽後來，何以承昔賢。當食三歎嗟，高懷惜徂年。反羨行路人，逐便可息肩。

繁星與望舒，晨夕麗天闕。司存各有在，取道亦殊別。如保百星光，難補員景缺。北斗亦自知，光輝不如月。

我不爲神仙，非徒厭荒渺。亦恐過百年，事能生意表。閑居偶然夢，列闕事幽討。洪厓與浮丘，容顔那能好。微聞田横客，近尚住仙島。畢竟忠義人，後天而不老。

人言記誦佳，不必炫文采。甯知華與實，兩兩實相待。生爲行祕書，一死究何在。何如能涉筆，自命可千載。

締交數十年，夜夢隔魂魄。忽然來同心，半面成素識。神明苟相契，不在今與昔。孔程乍傾蓋，華管久分席。君看曹平陽，方延掃門客。

送鮑郎中之□乞假南歸〔一〕

五年不復同簪筆，忽向東華語將别。高齋學士我自慚，長慶老郎君第一。廿年前憶夫容城，君官我尚爲書生。一篇君賦初月影，我把君卷時縱横。十年前過昆陽驛，君作使星吾尚客。八句君嘲退院僧，僧把君詩倍珍惜。驛旁僧有娶妻生子者，君作詩嘲之，僧每舉以示客。竭來同宦曾幾時，君復僦屋鄰曹司。銜杯每苦暮鐘動，一僕一馬趨城遲。君寓内城。此回别君真草草，道遠飯君須及早。練塘湖北蒜山西，他日訪君應未老。

西爽村雅集應教

平波三十頃，樓閣總如浮。聽雨來檐隙，穿雲歷樹頭。竹梢時礙鹿，花點欲驚鷗。不是春光滿，還疑雪苑遊。

三雍開祕笈，萬畢述奇辭。古樂河間獻，新碑丞相斯。主人工小篆，時觀所橅嶧山碑。阜同分陝陌，水軼定昆池。喜值端居暇，賓筵酒不辭。

清明日同人各携酒至陶然亭餞吴侍讀錫麒分韻得郭字

今晨值清明，淺步不出郭。言登西南亭，稍覺筍鞋拓。窗櫺無用掩，空翠四垂幕。天半遞遠風，輕雲落如鶴。梨棠間桃杏，花暗一層閣。春蔬羅數十，所喜新意各。泥飲苦不豪，停觴歎離索。東瞻暨吴會，西念及商洛。時聞賊匪竄入魯山。如何遲露布，顧望期屢錯。吾子又告歸，心期渺誰託。中年富筋力，敢退事耕鑿。無容籌去住，且復視寥廓。客去酒忽醒，泠泠戛車鐸。

閉門見花落有感

塵勞擾擾復紛紛，却掩重門杜見聞。入世早推能慮事，到頭何止僅工文。閒花積地驚三寸，薄酒澆愁衹一分。欲搆草玄亭未就，暫將奇字課劉棻。

晚坐

草花艷紫林花紅，胡蝶五色飛當中。刺梅黃更出墻角，白玉一樹嬌春風。藤床坐久春陰薄，香氣冥濛合成幕。忽地吹來雨脚斜，梨花樹上桃花落。

四月十一日綺春園雅集應教

名園一棹水沄沄，柳正披香草乍薰。畫舫已教延碧月，紫藤偏欲上青雲。欣傳檄報秦關捷，不礙顏從魯酒醺。雅有剡溪牋百幅，時觀成親王所書堂額，亦乞寫卷施閣榜。醉餘書許乞羊欣。

昆明湖水接天流，揖客都從水上頭。正好柳陰三弄笛，未妨花裏一登樓。迂疎尚荷賢王禮，擾攘誰分聖主憂。殘盜莫矜盤踞穩，早看飛將下神州。

趙忠毅鐵如意歌

三尺鐵，作如意，誰其握之趙忠毅。惜哉公生明已季，委鬼茄花吹滿地。恨不擊，王孟津，門生有此真亂羣。恨不擊，烏程魏，故人子已成敗類。半生所遇總如此，悼歎公生不如死。鐵兮別主二百年，倔强宛若公生前。君不見，我雖不見公，幸見公遺物。稜稜一方硯，凛凛三尺鐵。嗚呼二物偶流傳，想見公心如鐵石！

米圖南鐵笛歌

一聲遲，一聲疾。雲將穿，石欲裂。不知何人製頑鐵，百鍊鋼成三弄笛。空園初春，窅其無人。水際一曲，蛟龍欠伸。排清風，出明月。樓高高，聲不絶。三更已還客興闌，百舌軟語花開顔。

望雨作

朝望雨，雨不來，烏鵲聲裏紅雲開。暮望雨，雨不下，柝聲茫茫星影瀉。五陘山，十日不出雲，赤日炙竄牛羊羣。昆明湖，一句水減尺，青草欲生魚鼈窟。東西紫陌飛麯塵，祈禱日煩兩聖人。君不見，安得檐頭雨如注，更望驛西傳露布。時望陝西，捷音甚切。

廿六日新雨後作

燕歸梁，雀歸牖，雅巢左邊鵲巢右。延回只有雙老烏，無樹無巢向空門。先生看雨出屋頭，破暝復聞呼婦鳩。風聲蕭蕭葉聲亂，一尺鯉魚飛上岸。

頻夜起看殘月有作

少歲如新月，初三及上弦。最憐光滿夜，亦似客中年。齒髮今如此，情懷愈黯然。回回過宵半，判與看殘蟾。

偶成

殘月出半宵，殘客扶半醉。月從門外入，披牖與之對。客行既不前，月影亦不退。何如鋪桃笙，就此月中睡。

澄懷園即事十首

讀書樓上一燈紅，穿破疎簾入水中。隔牖乍驚錢庶子，誤疑殘夜月升東。所居與錢庶子棨相接。

雨濕溪光畫不成，平堤百尺水雲生。過橋時有琤琤響，學士廳前落子聲。張學士運暹與王侍講綬、裴編修謙，暇輒對局。

直廬遥對寺門開，童大理鳳三寓廬獨在澄懷園外。分得西山一角來。載酒欲過童大理，十年重與話繁臺。十年前曾同客開封。

八分日影上堦除，張檢討綬出入每刻日影爲度。風動簾紋自卷舒。携得剡溪藤十幅，成王書罷定王書。

嫩凉時節雨初過，格子千行墨數螺。却笑病餘陳贊善，萬全。索書人比索逋多。

屈指風光五月前，蛙聲閣閣草綿綿。宫紗賜罷頒宫扇，日午傳宣集後天。

偶向花前共舉觴，自慚小户遜三張。謂學士及檢討翻綬。花猪肉好梅蘇熟，更憶西頭達侍郎。達侍郎椿飲饌兼人。

破曙同看入左門，金爐宿火尚餘温。傳經不愧真司業，分課皇家五代孫。邵司業玉清督課最嚴，時分授皇玄孫經。

洗馬清談昔擅名，説經祭酒亦鏗鏗。闌干日午天風起，吹徹南來笑語聲。謂王學士坦修、汪祭酒廷珍。

閒廛一畝富莓苔，正值花時借榻來。架却紫藤扶住竹，清陰仍待主人回。予應居西頭小樓，以墻宇盡圮，暫假寓萬侍講承風直廬。

夜起

塔頭明月來，長徑一千尺。非比青松枝，欹斜不能直。

天中節近有懷里中景物并望家累入都

梅仁如豆杏如丸，桃實成拳砌滿盤。昨夜江船來海口，鰣魚三尺勸加餐。
薔薇一架後先開，不向墻根問蜀葵。襯得石榴紅更好，野鶯桃與土玫瑰。
睡覺西窗雨氣腥，戲將采線繫蜻蜓。聚頭扇子無多摺，自寫《黄庭内景經》。
石首江瑶總遜渠，品高入市故徐徐。銀鱗玉頰疑無骨，喚作人間團扇魚。
新篘白酒透簾香，冰齒還嘗薜荔醬。却謝水鄉三尺雨，楊梅深紫枇杷黄。
約伴同遊西滆湖，梳頭先費睡工夫。倦來不怕春魂魘，新貼紅梅閣上符。
蜀山鞭筍出林長，紫莧黄瓜取次嘗。兔麥上場蠶豆老，便乘舴艋醉新凉。
枕波樓閣止三椽，簫鼓盈盈咽一川。已是苧衣凉沁骨，更扶殘酒上燈船。
初三已是學堂空，競渡争看出郭東。六角蒲葵三角黍，采絲穿就過天中。
不見津門信使回，小亭遲汝獨銜杯。船頭醉蟹船窗酒，可彀而翁消夏來。

山行雜詠

人從窗裏卧，塔向門外立。忽然塔上人，欲與窗間揖。檐鈴吹笑語，高下勢不及。無由寄真意，飄此頭上笠。一晌乘便風，翩然墮階級。

空園半畝花，左右交虎迹。清晨客初來，怪鳥啼屋脊。心空忘喜懼，即此鋪尺席。鳥亦竟遠飛，虎亦不前逼。始知忘機人，物外有真適。

船從西岸行，馬向岸東走，魚從急溜下，三者勢若湊。中流微約略，十步拒前後。魚沉倏無影，馬倦亦難驟。客意正苦吟，沿流一篇就。

山樵本無家，隨意向山宿。忽于鴉巢外，突出半間屋。上竄鼪與鼯，下復走麇鹿。樵薪堆一岸，意倦亦託足。縷縷飛爨煙，應知飯初熟。

斜陽半天紅，雨氣半天黑。冥冥紅黑交，螮蝀橫百尺。仍然雨難下，依舊幻晴色。須臾雲黑處，透出星漢白。野老涕不休，低頭對原麥。

一塢寄塵外，謂有田堪耕。豺狼多于人，見慣亦不驚。客至主染疴，閉户絶送迎。連呼强之出，先把門扉撑。荒寒信難居，滿頬莓苔生。

出谷雨聲碎，入谷雲光肥。一出一入中，蝴蝶雜客飛。疲蹤欲誰投，暫借雲所棲。一川饒怪蛇，百鳥噤不啼。何因知宵昏，庶賴警曙鷄。

橋東與橋西，破曙一招手。前行殊未覯，隔此水楊柳。荒荒行半日，月落斷山口。居人方啓户，行者倦奔走。勸客盍早餐，山桃實如斗。

四望悉無見，松杉與檜齊。亂石黑半天，壓此眉睫低。石竅出一門，何能辨東西。居人耕山田，盡向屋脊騎。勸客早出山，雲生路當迷。

迷途忘高低，蠟屐向空墮。濛濛倒生竹，衣袂牽向左。欲尋人跡問，半里斷烟火。沿流聊徙倚，缺處雲落朵。古廟無神靈，牛羊占高坐。

午日拜紗葛香藥之賜紀恩一首

弱冠爲人師，逮今幾卅年。人言紳佩榮，簪毫入中天。經傳聖人孫，戍削甫及肩。朝朝食天厨，虀鹽夢仍牽。日午宣賜來，鵠立朶殿邊。繽紛香藥丸，紗葛欣有聯。纔出内左門，傳宣復連翩。俯念節物佳，當食更賜鮮。是日並蒙賜克食。我苦無母遺，承恩涕漣漣。會當家祭時，持此告寢筵。

偪側行同金秀才學蓮作題亡友黄二悔存詩集後

偪側復偪側，住世纔幾日。朝吟山頭魂，暮委泉下骨。偪側行，歌黄郎。黄郎五歲始識字，十五十六能文章。十七試冠軍，十八登詞場。十九客浙東，二十遊瀟湘。當其興發欲賦詩，寒暑昏旦皆忘之。山行麋鹿憎，水行蛟龍嗤。有時沿林覓句不知遠，前飛鵂鶹後狺犬。我疑蒼蒼位置皆得宜，獨出此人天不管。春非我春，秋非我秋，一世出不得，延回歷九州。大兒小兒亦何有，忽向燕臺訪屠狗。形疲骨瘦志已灰，偶爾一官頭上來。驅車入解梁，誓將涉咸陽。避責未築臺，塊然身遽亡。三十既已逾，四十渺難得。赴君之喪哭君切，伶仃一棺詩數册。此時偪側復偪側，巫咸罔，雲四結，昆侖河，濤百折。炎風蕭蕭雨聲急，又疑天爲詩人泣。詩人亡後十五年，新鬼故鬼圍墳前。君亡後，君配與太夫人皆相繼卒。錦州刺史劉大觀，獨抱一卷來長安。奉錢三百千，一一爲校刊。姓名一日長安市，交口誦君如未死。我頃聞之淚難止，却憶石交疑隔世。楊大令，趙舍人，里中昔年稱等倫。此時憔悴百僚底，轉羨君名日邊起。倡側行，誰所爲，金子亦豈人間才。浮名身後總如此，不若未死常銜杯。一杯復一杯，倡側歌倡側。却憶虞山山頭論詩夕，夜半神祠火雲赤，兹遊何期死生隔。嗚呼！兹遊真成死生隔。

送楊大令倫之官粤西

儒流誰説不知兵，躍馬提戈萬里行。猿鶴已堪成一隊，時以粤西軍務檢發知縣八人，皆先後同行。苗蠻從此乞餘生。愁經百驛先頭白，官比雙江徹底清。莫忘鵝籠舊時事，夜寒風細擁孤檠。

南行飛雨北飛沙，三十年來事若麻。笑我尚難忘輩行，羨君先已富才華。論詩未欲輸餘子，破涕先聞説外家。姊弟數人天末住，君從洛中赴粤，時蔣表兄鴻三久客洛陽，表姊適繆氏者，全家留滯粤西，于君爲從舅氏及從母，故并及之。幾時商略泛歸槎。

戲簡陳侍講萬全四首 時陳新納姬人，作詩索和。

填門索字比催租，頗覺仙郎暇日無。添與玉人書紙仿，者番須破睡工夫。

偶然一語尚嬌羞，説到雙眠着意愁。比似早朝還起早，怕人簾底看梳頭。

昆明湖左路偏賒，下直偷歸日已斜。好事却同錢庶子，五更雙巷響雷車。錢庶子檠直澄懷園，每三日必一歸，即于次日五鼓趨海淀入直，常以爲例，君寓居相近，故戲及之。

倦來鸚鵡替呼茶，不掩窗櫺看月華。我屬司香好調護，東風纔放二分花。姬年十四。

立秋前一日偕顔大令崇槼趙舍人懷玉侵曉詣太液池觀荷便訪法祭酒式善遂自德勝門徒步至西直門五里長河花事甚盛並過極樂寺勺亭久憩乃返

北斗未落天冥濛，騎馬獨入蕭齋中。夢醒拉客事遊覽，曉日未透觚棱東。三亭二十有四面，所喜面面花香通。豈惟花色艷如錦，魚尾亦閃明霞紅。此時夜色未全散，樓閣不受驕陽烘。石闌干落一千丈，月影星影穿玲瓏。斜枝面水結巢穩，鵲夢未破花香濃。荷盤承露亦殊好，珠光細碎磨鏡銅。偶然興發欲出郭，三里已至官河衝。背城人語太岑寂，繞砌百級喧鳴蟲。劉家亭子足清賞，細路曲折諳老農。斜行距水不三步，仄徑尚被蛛絲封。黃塵車馬鬧如織，閑處鷗鷺何從容。西山咫尺不容見，花挺高榦遮雙瞳。乍紅乍白乍深色，裁出片段非人功。環橋石勢鬥清削，花亦旋轉如長虹。池寬不放水波展，風蒲獵獵交水葒。迷行半晌始得路，歷盡豕柵兼牛宮。花前吟客果下馬，一一瘦步行偏工。寺門斜對御園闕，當午紅氣酣房櫳。釵環塞户不容入，是日，國花堂爲遊女所占。僻巷走避衝斜風。瓜花斷路蔓橫徑，紫艷映水黃浮空。吐絲蟲碧轉丸黑，堆地棘刺仍叢叢。何來驟響刮客耳，別出水脉穿青松。僧房盡處避人坐，瓜果一任僧雜供。開窗望雨不能得，雷鼓隱隱聲隆隆。冰盤磊落高數尺，蠅蚋半日潛無蹤。良朋屢約期屢誤，世事何苦填心胸。團蕉卧久僕夫促，來趁斜月歸聞鐘。回車頓覺有秋意，一葉正墮青梧桐。

二十日早章大令學濂邀遊積水潭看荷同人分韻得光字

十里長河匯作塘，馬嘶人語看花忙。能閑客總神仙侣，當曉潭交日月光。斷札幾行留黯淡，時展舊遊長卷，見亡友王友亮通副所作《看荷詩》。喬松千尺揖青蒼。惟應薄醉牽船好，消受荷花面面凉。

跋方布衣薰所作春水居長卷後

方居士，性本孤。畫水不畫舟，畫岸不畫廬。縱然畫屋僅結茅，前後左右皆禽巢。一身居其間，意態何嘐嘐。縱然畫舟僅一葉，四面風聲水聲接。掉船何所之，似欲出六合。春林緑重煙濛濛，初日淡作臙脂紅。杜門百事不挂意，鬭牖自與天光通。方居士，富有千頃波，貴作五湖伯。朝吟晚吟同蟠蟀，夜窗無人電光擲。人立大魚時揖客，不爾前灘訪鸂鶒。偶然興發作此圖，一筆即已環全湖。全湖盡處青無數，知是君家冢前樹。我與居士交，恨未及往還。手訂居士詩，不識居士顔。他時我訪湖西宅，爲補四圍松與柏。君不見，飛去飛來寒鷺絲，渾疑弔客衣冠白。

七月朔日雨竟日夜不止作此排悶

一夜蕭蕭雨，開門水倒流。亂雲穿斗栱，野鳥宿簾鉤。兵甲真堪洗，欃槍尚未收。似聞宵旰慮，仍在益梁州。

苦雨待客不至戲成

五更雨急檐頭衝，壞垣倒屋聲洶洶。起尋蠟屐出門看，半里曳入塗泥中。西家床頭索瓦瓶，東巷歷歷排墻聲。重來輦轂又逾歲，天漏似向黔中行。吾家老屋常掩關，壁倒已覺無遮攔。獨愁苦霧翳天半，咫尺不見西頭山。冷官百事皆相左，折柬偏言此晨可。齋厨無蔬爨無火，拒客先將巷門鎖。甯知客念亦早灰，侵曉誰肯衝泥來。廠橋西門水三尺，到亦叱馭驅車回。水聲泠泠没及髁，掩書無聊酒時把。一杯未已復一杯，忽爾風狂墮飛瓦。君不見，天公此意知者寡，要向西南洗兵馬。

哭盼孫

爾病真難起，吾衰久矣夫。猶應阿兄在，次子盼孫于壬子秋殤于京邸。莫嘆夜臺孤。世業憑誰振，重慈藉汝扶。傷心厝棺地，夕照滿平蕪。盼孫棺厝于城西夕照寺，今亦當同。

詩冢詩

無錫顧兵備光旭選刻同縣人詩爲一集，其剩稿賈上舍崧乞得之，爲卜地瘞于梁溪之側，三伏日走數千里爲索詩，可云好事矣。爰爲賦四絶句。

側栢疎梅插滿塋，三千里路走燕京。不知何預先生事，肯爲詩人觸熱行。身後浮名定有無，尚餘清淚灑平蕪。他年地下傳文苑，此事真推鬼董狐。少日齊名顧虎頭，老來吴質倍工愁。顧進士敏恒、吴明經黼仙，于梁溪詩人爲最。九原珠玉終難瘞，合置中郎與發丘。

不結詩人結酒人，邇來麴蘗更沉淪。潘張陸左誰能識，有鍤須埋劉伯倫。

女貞行爲俞貞女作

無錫俞貞女，許字高郵金明經蘭。未幾，明經病卒，貞女誓以身殉，母兄防之苦。貞女畫女貞花一枝，題詩于上以見意。不半歲，終以瘵疾卒。其兄孝廉坊爲索詩，爰賦此篇。

花莫作斷腸花，草莫作拔心草。拔心草死尤可憐，誰識斷腸花色好。俞貞女字金明經，二十待年仍未行。明經亡，貞女病。口不欲言心已定，寫得一枝祈絶命。不繫尺五組，不赴清泠淵。兒身雖可捐，母意殊拳拳。十旬百藥終無効，兒雖死貞不傷孝。英英女貞樹，鬱鬱冬青枝。上有六出花，下有五色芝。君不見，斷腸可續死可生，不若此木尤堅貞。良人無年妾命促，手握此花方瞑目，萬古貞心托貞木。

同人約七夕卷施閣小集先作此代柬

紅燭千條酒百瓶，石闌干外雨初停。人間未必輸天上，此夕虛堂聚德星。

七夕詞

今歲風波惡，濤衝星斗邊。時大雨連日，永定河決口。鴛鴦三十六，險欲上青天。茅垣排東西，土室圮前後。只有天漢邊，紅墻尚依舊。別夜雲軿歛，淩晨絳節移。年年當此夕，真可說瓜期。

十一日同人集卷施行閣醉後作

十日無一客，客至必滿堂。十日無一樽，客來必千觴。主人愛客客亦知，皆競來早無來遲。鞭絲影拂稜瓦，洗手花前客停馬。淵魚林鳥盡不猜，客到先已穿池臺。茶爐聲喧話不足，失喜一林新果熟。雛童攀樹鳥啄枝，一徑先入紅參差。果中開筵忘爾我，上坐主人無不可。忽然客句矜速成，滿屋盡變爲吟聲。歡呼座中人，歷亂屋頭雨。驚雷掣電總不聞，銀燭如椽客圍語。須臾雨歇月滿廳，蠟屐攢響來窺楹。半廳人歸半廳坐，別掃一廳留客卧。金手山等皆留宿閣中。三更門索誰更牽，知是驚烏夜飛過。

鳳仙

砌下亭亭立，應呼侍女花。緑須扶徑草，紅欲睨窗紗。逸榦零朝雨，芳心待月華。窺籬兩三種，因爾倍思家。

鷄冠

爾亦知時者，忘言得久安。未應憐鎩羽，空自揭高冠。秋實甯同味，幽花不並看。劉琨思起舞，側耳聽無端。

秋葵

八尺櫓楹峻，枝高尚出楹。孤懷終自揭，仙掌曉來擎。似愧凌霜質，徒矜向日名。甯隨鮑莊子，刖足有餘榮。

紅蓼

秋花雖自好，未比水花妍。紅紫分三徑，江湖别十年。舞風疎竹外，弄影夕陽前。不聽吳孃曲，從兹别夢牽。

秋海棠

何事腸俱斷，傾城色尚誇。春人兩行淚，秋雨一叢花。恨繞江郎筆，愁生蘇小家。蟲聲漫嗚咽，心緒正如麻。

玉簪花

秦關誰種玉，楚國倘亡簪。泣露寃難剖，埋蒿冷欲尋。淡宜涼月曉，閒稱古墻陰。似有泠泠響，風前答素琴。

十七日驚聞畢尚書師楚南之赴翌日于卷施閣中爲位而哭哀定賦詩六章即寄莊邠州炘錢乾州坫陝西毛簡州大瀛四川孫兵備星衍山東楊靈州芳燦甘肅方伯揆貴州楊大令倫廣西王大令復河南

三十年來事，都憑信史編。此生誰念我，九死欲呼天。訃出朝班上，魂歸夕照邊。報公惟砥節，方不負名賢。

死不爲公恨，傷公未盡才。潢池仍待勦，衡嶽遽先頹。諸葛中年隕，文淵半道摧。世儒真淺識，猶望歷三臺。

由來三楚事，終始一人支。微管功甯泯，亡彭讖獨奇。公少時，術士言公官楚南日即當謝世，蓋合公姓名爲讖也。夜星驚櫪馬，秋霧濕牙旗。千百孤寒淚，從今灑路岐。

遺大投艱後，羣疑衆謗中。萬言陳至計，公去歲請撤湖南兵專剿湖北。疏入，上嘉其盡誠。一死遂孤忠。分野旄頭落，盤門羽檄通。蠻民商配食，先在伏波宮。

老每思巖壑，君恩未賜環。回天心獨苦，匝月鬢都班。公體素强，自籌楚事旬日，鬚鬢皆白。事與元勳勒，封同五等頒。傷心別時語，乙卯冬，余自黔中報滿入都，公留話三日方別。原不計生還。

同人凡幾輩，白髮半應飄。訶絶全家訃，半年以來，公仲弟夫婦及家媳房老皆相繼卒。哀騰八月潮。公以潮生日生，故小名潮生。枕鞍書耿耿，歸櫬雨瀟瀟。他日虛堂宿，仍歌楚大招。

曾都轉燠以六月廿一日集平山堂爲宋歐陽文忠生日設祀同人賦詩成帙并索亮吉詩因賦此

臨安祀東坡，邗上祀永叔。兩公政績猶在人，不特高名輩流服。異哉平山堂，乃祀和仲忘歐陽。予以癸巳、甲午客揚州榷署，臘月十九日曾兩隨衆于平山堂爲蘇文忠設祀。門生風義古無匹，詎敢僭食來堂皇。千秋此論誰折衷，乃在七百年後曾南豐。雖然文章節義謚並同，配食六一庶得眉山翁，此後君倘接武雙文忠。賓筵開，酒人滿。太守風流逮都轉，昔時門生今里閈。誰知誕日尤奇絶，君後公生纔兩日。陳公塘接邵伯湖，荷花世界昔所無。不羡奏樂章，不羨祝嘏詞。只羨蜀岡岡頭三日讌，正直千朵萬朵紅白花參差。古來文福能兼少，況復身持節旄早。一輩才人座上多，二分明月揚州好。君不見，我亦平生感舊遊，吟魂多在庾公樓。大星昨報前軍隕，昨得弇山尚書赴。清淚揮殘天盡頭。君思歐公我思畢，同是龍門異今昔。十輩門生宦九州，謂莊似撰、錢獻之、孫淵如、楊蓉裳、荔裳諸同學。感恩一日頭俱白。王南甯，少林太守。陳博士，澧堂學博。我所思兮二三子。却憶征南幕下人，一篇並寄吴江史。册厓文學。

重哭尚書師

三日愁霖漲滿池，打門消息到偏遲。南來薏苡冤方白，北渡瓊瑰夢已知。無淚哭公惟有血，此身閲世詎多時。平原賓客消沉盡，誰共筵前奠一巵。謂邵學士諸人。

七夕夜坐戲擬古别離詞寄孫大山東

中歲念師友，懼或成晨星。晨星今亦稀，惟剩一啓明。啓明之東我則西，天末回首常淒迷。一回思君一回切，願減光明作殘月。一月相隨得旬日，不然此滅彼復生。君爲啓明我長庚，昏旦相代東西行。我持此語思上告，織女黄姑愁未報，南極老人先大笑。

苦　雨

十日雨不停，莓苔緣斗栱。虚堂蒸毒霧，梁燕欲移棟。居鄰斷煙爨，欵户求火種。爲言墻半圮，床榻陷成家。填街三尺水，决竇不旋踵。憂來展書坐，蟲喙集窗孔。心切望曉晴，偏驚横螮蝀。

贈楊州倅廷煥即題其傳硯堂卷子

難兄薄宦久蹉跎，時令兄倫檢發廣西軍營。萬里新從馬伏波。小别最憐饒涕淚，半程相送越滹沱。傳家硯比兼金重，賣字錢無落葉多。我是孔融交兩世，一回展卷一摩挲。

八月廿二日侵曉出西便門抵海淀約任軍門承恩共遊西山因小憩官廨待法祭酒式善何水部道生作

我行月初升，甫到月未落。初日亦已煇，星光尚回薄。濛濛開濕霧，纔止巷南柝。官齋野花艷，隙地日開拓。早飯及射堂，紛然具羹臛。年豐饒稻蟹，且喜鱠新斫。傳觴休更緩，有約在巖壑。斜行車屢陷，溝水仍未涸。周廬欣在望，便道一省度。園林甫修葺，昨已飾丹雘。笑指雲外樓，今成草元閣。時新修澄懷園，余已移居近光樓下，因便道入視。

循青龍橋北入山

高原無人居，千頃堆白日。前行驚眯眼，沿道飛石屑。流雲勢洶洶，意欲礙車轍。萬葉鼓北風，斜衝一門出。騎行既回互，徒步徑尤劣。絶險度一岡，同行儼相失。瓓瓏諸石竅，往往野花茁。秋蟲與相間，竹徑亦幽絶。到覺萬仞湖，孤懸石樓末。

久憩龍神殿觀泉源并喜春海棠復開

墮薪天半落，知復有樵人。及此林花放，幽巖忽覺春。稍稍開宿雨，黯黯及蕭辰。三時金鑑影，五色苺苔文。土囊風既迅，石竇泉初分。松陰灑危殿，嵐光度寒門。層層凌曲磴，步步絶流塵。禪扃雲欲活，初地鳥尤馴。百念此時寂，齋鐘亦不聞。

登蒼雪菴小軒望安定平則諸門并見白塔

松陰甫迎人，槲葉忽拒轍。土垣從東頹，了了露佛闕。旋螺方數轉，足險入石穴。欹斜臻層軒，眼界始突兀。窗櫺甯待啓，雲怒已飛出。重岡莽回環，幸有北口缺。奔流從此注，百里只一瞥。濛濛煙盡處，時逗人馬跡。心空無窒礙，木葉半俱脱。誰云飛鳥迅，詎若隙駒疾。危瞻七層塔，天際白如雪。斜日下九門，丹樓亦齊突。

題羅山人聘爲周編修厚轅所作移居圖

人生安得如淮酒，更載奇書及嘉耦。書完一卷酒一杯，鶯燕一一飛前來。倦餘即卧書函下，酒得美人斟較雅。我疑醉鄉日月不可遊，何意復戀鄉温柔。或云藉銷奇氣憑萬卷，否則佐此情話須千甌。周郎舊乞金門假，重到蓬萊已三夏。偶然聚得薄笨車，家具如此方移家。酸寒頓改儒生素，玉軸金釵照衢路。

遂令畫鬼羅兩峰，描繪人物仍能工。馬嘶塞路車填轍，一笑敵君如有術。以劍抵君書，以琴抵君妾。惟餘酒癖未盡忘，醉裏狂譚磨齒頰。雖然此客尤可防，倚酒或恐登君堂。書能目十行，酒亦吸一斗。把君奇書覆君瓿，惹得美人開笑口。

八月廿九日抵澄懷園成親王枉騎過訪并辱贈詩謹賦此報謝

偶厠談經席，頻勞問字車。過汀喧列騎，入室噪棲鴉。土竈茶難熟，丹林日易斜。不因鄰禁禦，猶認野人家。

中秋日何民部元烺水部道生招同法祭酒式善伊比部秉綬趙舍人懷玉遊法源寺竟日

慈仁荒敗崇效遠，禪窟此間稱最古。維摩立地有丈六，傑閣去天纔尺五。三門乍啓通松徑，百步相連有花圃。虚堂僧健老復丁，静夜人歸月亭午。

澄懷園九日

荒園秋盡景蕭騷，一半松林起怒濤。是處岡巒行已徧，破除今日不登高。

澄懷園夜起看月

卷簾列宿已全收，是處天光接水流。剩得一星隨一月，憑欄看到五更頭。
周廬三面麯塵清，風起雲生與地平。百步樓臺少人影，馬嘶聲和客吟聲。

管夫人墨竹

石徑空濛翠欲流，琅玕影裏雨初收。何緣不寫王孫草，多恐人饒故國愁。

澄懷園即事

横塘萬頃荷花死，蓮葉蓮根泣秋水。參差鴛瓦鋪新霜，螢火一夕收清光。枯楊半掩窗前卧，抱葉寒蟬向空墮。湖東明月湖西來，緑窗此時開未開。

晚　步

荒岡南去徑縱横，半里斜飛落葉聲。惹得暮鴉成陣噪，夕陽人影樹頭生〔二〕。

夜起[三]

落葉驚人起，開軒月露迷。却從行馬外，斜度濯龍西。萬樹風聲肅，千門燭焰低。勞勞我何意，默坐聽荒鷄。

築屋

築屋臨官道，郵書鎮日馳。水寒雲去駛，天迴月來遲。劍閣初聞捷，荆門尚出師。南征諸將士，知否抵恩施。

澄懷園偕同人晚步

歸鴉已入林，未礙客幽尋。風遞千門響，雲飄四野陰。訪經蕭寺冷，照水石梁深。不是逢摇落，誰知天地心。

袁大令枚寄示擬戊午己未重宴鹿鳴瓊林詩二十首率成十二絶奉簡

唐代詩人推李杜，何曾雁塔得追陪。先生要吐前賢氣，兩向慈恩頂上來。

也逐遊塵上六街，不知早已脱芒鞋。賓筵開處呦呦鹿，定帶長生苑内牌。

白首研摩事可憐，從來一第比登天。名經千佛雙番寫，始悟公真劫外仙。

三月春光暖已回，五雲多處綺筵開。劉郎前度誰能識，錯認耆年賜第來。

一輩人皆上玉京，獨留老眼識羣英。先生遊戲蓬萊日，多恐諸賢盡未生。

憶昔追陪聞喜筵，記同上相説齊年。謂庚戌登第日，嵇文恭公重赴禮部宴。不知此老來春宴，更有何人步謫仙。

却笑從前向子平，苦留婚嫁晚經營。先生五岳書名徧，游戲重題雁塔名。

老去重登選佛場，此翁何似魯靈光。斷無門下門生在，有亦居然大父行。

宴罷瓊林走壁車，珠簾十里影横斜。當時玉貌誰能識，只有宜春苑裏花。

短笻秋到倍精神，無數羣賢逐後塵。畢竟姮娥愛蒼老，桂枝全借白頭人。

屢枉山公問訊椷，林泉歲月一何淹。公與文成公阿桂同舉鄉試，今文成已辭世。少微不隕中臺隕，始信公真文福兼。

王母蟠桃歲月長，朅來屢見竊東方。曲江杏比瑤池實，也要先生三度嘗。

十月初六日同人集積善大令晚香精舍看菊并出古琴十六相示即乞主人與何水部道生于花下撫琴率成長句

琴琴不同聲，花花不同色。琴標六代元宋唐，花放百枝黄赤白。古琴泠泠一十六，其外蕭疎盡叢菊。琴囊滿墻花滿屋，一本花開彈一曲。主人豈止能愛琴，愛琴兼賞琴知音。何郎三十妙指法，花下一見先題襟。主人豈止能愛菊，尤愛看花人不俗。爲花築屋亦殊雅，別自扃門不煩僕。我生嗜古癖未忘，舊物先撫澄心堂。主人蓄唐琴三，其一即澄心堂物也。題名元祐三十字，洗以菊水逾清光。灌花初完撫琴好，猶有春泥在長瓜。琴聲愔愔花㬐㬐，花韵都浮七絃表。客彈一回主一回，千朵萬朵花徘徊。罷琴置酒客不去，花下促坐傾千杯。琴停既無聲，菊暝亦無影。主人離披客酩酊，明月入來窺藻井。

輓王大令復二首

昨得安陽札，安陽趙大令希璜札來，始得凶耗。連篇悼偃師。更憐交友少，已愧哭君遲。泲上猶相訊，孫大昨來札尚詢君近狀。函關定未期。錢州倅坫。茫茫揮老淚，西向酹親知。謂畢尚書師及君。

中州民力竭，防賊又防河。屢處凋殘地，偏能惠愛多。敢期膺上計，終自拙催科。一卷新詩在，明明勞者歌。

李大令符清濮陽跨驢卷子

琴堂三月別，獨跨一驢來。面目都非是，衙胥各浪猜。詎知行役苦，安恠壯顔摧。他日傳循吏，推君利濟才。

乞友人作歲朝圖貽詒晋齋主人并綴四截句

窈窕房櫳水一彎，早春偶得著書閒。休嫌屋後峰巒峻，此是淮南大小山。

沿街都爲歲除忙，清絶城西半里坊。却憶諸王勤問字，未妨門有束脩羊。

詒晋齋中一事無，幾聲爆竹歲將除。兒童簫鼓轟前後，不礙閑堂讀《道書》。

日晚天街跨馬回，小疲聊復舉深杯。房廊迤左休教掩，要盼西山臘雪來。

小除日章大令學濂遣人餉酒時適寫歲朝圖却寄並附以詩

故人念我寒，餉我酒一尊。閹門不敢應，恐是催租人。催租人不來，送酒人踵至。時郭大令亦遣人餉酒及食物。開顔對使人，汝亦大解事。主人官赤縣，騎馬日出城。百事逼歲除，猶能念友生。銜杯對盆梅，前數日承餉盆梅四種。此意何可報。聊寫春風圖，博君元日笑。

校勘記

〔一〕送鮑郎中之□乞假南歸　「之□」疑作「之鍾」。據《清史列傳》卷七十一《文苑傳》，鮑之鍾，江蘇丹徒人，乾隆三十四年己丑進士，四十八年，充貴州鄉試副考官。在京師時，與洪亮吉、吴錫麒、趙懷玉唱酬最密，法式善稱爲「詩龕四友」。之鍾後官户部郎中，與詩題「郎中」相符，又詩中「練塘湖北蒜山西」，即之鍾故鄉丹徒的湖山，正是之鍾乞假南歸丹徒，洪亮吉擬「他日訪君」。

〔二〕夕陽人影樹頭生　「夕陽」，原作「夜陽」，據《北江遺書》本改。此「夕」與下文題目《夜起》之「夜」錯簡。

〔三〕夜起　「夜」原作「夕」，據《北江遺書》本改。

卷施閣詩卷十九

全家南下集（戊午）

偶成

黄埃飛百尺，難辨馬頭人。只有雲生處，都無一點塵。三冬及半春，雪白不蓋地。遂令墻頭蒿，枯黄刺天際。

欲留不留歌贈張太守鳳枝

欲留不留，廠橋西頭。欲坐不坐，横街斜左。攔門一人，龍鍾可憐。千里萬里，將戍極邊。念爲置酒，勸之加餐。酒沾衣裳，淚落食柈。高高三天，下者九地。一身居中，生死不易。白骨不朽，行當長征。寃心不剖，誰能暫生。風吹車帷，高至屋脊。三更出門，聊與訣别。

人日譙客薄醉聞韓孝廉崧及令弟觀察對招諸同人作消寒四集因闌入痛飲醉後孝廉兄弟屬題聽雨圖率筆作長句應命

一杯人日酒，醉我至元夕。君家兄弟皆可人，肯放非時欸門客。欸門客豈真酒狂，或者以醉韜其光。孝廉説我詩名好，比部訂交愁不早。滿堂華燈滿堂客，半不相知半相識。長安人海宦十年，屈指觴政皆居先。閑坊冷巷行還坐，酒嫗酒翁都識我。即如今宵痛飲亦偶然，坐客握手一一稱前緣。忽然牛腰巨卷擲我前，屬我醉後放筆題長篇。繪圖伊誰馬秋藥，趙詩舍人懷玉。頗詳盛詩略。侍御惇崇兄弟。畫中兩人顔戍削，分案讀書分盞酌，聽雨木牀三隻脚。君不見，長安八月無雨聲，屋脊衹有蓬蒿横。愁君欲聽不得聽，此景令我思江城。吾家令弟昔抱關，昨者共我趨朝還。蓴羹鱸膾興莫遏，先我一載還鄉山。觀君斯圖意相觸，我家亦有雲溪之老屋。雨聲琳琳如戛玉，不爾共泛吴船之百斛。聽雨層湖亦酣足，梁溪之酒傾百鍾。此樂豈與長安同，君今四十當建功。伯也亦是人中龍，縱饒有宅江水東。何暇聽雨眠孤篷，昏燈一盞簷漏重。千里百里雲頭濃，蕭蕭瑟瑟聲灑空。韻事合讓歸田翁，卷圖一笑生長風。

將乞假南歸仍于行寓種花蒔藕以貽來者戲題壁一首

雙橋口，栽新柳。乞歸未遽歸，更種横塘藕。寥寥春風，不過短墻。團團明月，剛滿曲廊。桃花蹊，李花隄，海棠一株香絶奇。黄薔薇，紅郁李，紫藤花牽北窗裏。君不見，月月花開主人喜，種花人隔三千里。

澄懷園夜起作

前宵風，昨宵雨，一花初開鵲傳語。樓高榻冷夜不眠，紅燭艷艷光簾前。長安道上車輪駛，只有半宵聲暫止。三更向盡横門開，枕上馬蹄聲已來。

即　事

一屋都無壁，禽聲四面穿。斷崖冰柱瘦，高樹日光圓。便作攤書舫，愁無載酒船。幽眠正酣處，促起聽傳宣。

十九日綺春園觀燈即席應教

一燈迎人過橋去，忽有千燈萬燈聚。水中燈影乃益奇，百影已化千虹蜺。爆聲飛林鵲墮巢，火艷燭水魚驚逃。樹頭彎環燈若橋，赤焰儼欲烘三霄。玻瓈屏風八窗列，一房燈光疑入月。持燈作衖上石梁，歷徧十二空中廊。稍餘一角天光白，太乙星芒大逾尺。斜飛燈影復百枝，碧月欲升升不得。三更熾火列帳旁，酒人門酒嫌酒涼。開窗意欲待殘月，不覺幕底飛新霜。廣場棱棱千步拓，大聲如雷轟爆竹。前行低頭穿壑谷，百仞冰山穴其腹。裁冰爲鏡雪作燈，高下社火飛千層。禽蟲飛揚獸馳突，一半銀花穴中出。

此生此樂安得忘，好客況似陳思王。黄金堆盤一宵擲，昇平樂事甯易得。鄙人歸田有時日，欲與田間老農説。乘船甫了復據鞍，歸路黑霰仍漫漫。昏燈入門僕驚瞬，蠟淚積冠高一寸。

花朝日作

横塘燕，驚相見。今日百花朝，花香無一片。塵暗地，愁漫天，鶯聲不來殊可憐。風連旬，霧連曉，半春豈止無花鳥，踏青又恐無青草。

春日遊昆明湖

車輪遲，馬蹄遽，十騎斜穿碧雲去。山雲穿罷入水雲，鵁鶄天半飛成羣。闌干窈窕回廊複，山作屏風亦千曲。朝陽一縷透遠紅，却被松杉罩深緑。牽牛亭北環橋東，八窗齊開迎八風。回途咫尺春波漲，燕剪都從馬頭颺。

清明日侵曉自南城抵澄懷園道中作

幽人春夢方迷曉，催客鴉聲出林早。持燈夜待門闢開，一片曉霞城上來。横門西來卅餘里，泥滑馬蹄聲不起。揩眼春光忽逼人，五雲樓閣桃花裏。

澄懷園早起

主人枕上眠方起，百種禽聲入窗裏。西飛殘月東飛星，花香此時偏杳冥。平明略彴誰同過，一隻鷺絲人一箇。千門萬户交春風，日影已射金鋪東。

三月初四日驚聞舍弟南中之訃因準古人期功之喪去官例乞假南回書此志痛即留别京邸同人

往昔朞功例去官，聞喪何忍更盤桓。斯人詎料中年隕，異事偏留老眼看。肯學右軍先誓墓，欲同元伯一憑棺。鴒原已抱無窮戚，況聽荒鷄感萬端。

廿年彈指别親闈，此日初衣願已違。敢詡入山成遠志，轉傷無母寄當歸。餐蟆縱後張長史，化鶴將隨丁令威。聞説草堂親購就，祇應分半貯斜暉。

西厓詩爲法式善祭酒賦

昨者法祭酒，索我西厓詩。西厓以人重，不在水一陂。寂寥今昔人，斷續往來水。流波照居人，前後差濟美。相公居前朝，文作一代雄。祭酒生盛世，詩有三唐風。遂令東逝波，叠鑑苦吟影。厓前通長河，厓後冠西嶺。昨聞西厓上，别立雙梧門。非云堦級高，藉表壇坫尊。六月紅荷花，清光徹天地。高低千坡陀，日有百遊騎。君餐層湖藕，我飯北江稻。西厓去人遠，疑在五雲表。流波日以深，積土日以高。他時西厓名，與嶽争岧嶤。

周孝廉邵蓮屬題羅山人聘所仿董北苑瀟湘卷子

屢題瀟湘圖，一詣瀟湘境。瀟湘人不見，獨雁時相警。朅來得遇湘浦人，紙上瑟瑟秋將分。山樓豳風亭楚頌，余在秋帆宫保節署八年，其題《北苑瀟湘圖》，時在秦中，及題王蓬心太守仿本，則在湖北。今宫保已下世。回望瀟湘轉增慟，萬事尋思縱如夢。

瀕行詣韓城座師話别兼憶舊遊即席賦呈一首

汪于劉李汪明經炤、于文學□□、劉編修汝謨、李刺史瑞岡，向並在幕府。並蹉跎，歲月真隨東逝波。如許少年成老輩，記曾賓坐縱狂歌。憂時早見扶鳩杖，賜第都堪設雀羅。與詣城相公隔巷，清節亦同。差喜鄉關馳露布，元戎新已剪幺麿。時姚之輔、齊王氏皆在陝西授首。

湛懷園留别諸藩邸

草玄亭外水粼粼，日晚軒車載酒頻。自覺漫郎饒意味，不妨要路絶依因。半春我約隨歸雁，一疏人傳批逆鱗。詎敢便尋忘世侶，報恩終擬剩閒身。

臨行張刺史鳳枝走送書此志別

蠻鄉血戰經三昔，慷慨故人多廟食。謂軍門彭廷棟、花連布諸人。南籠老守僅脱身，亦作西垂戍邊客。臨行握別淚不流，荷校送我城南頭。東飛黄塵西掣電，不死他時會相見。

東方朔故里題壁

敢言竟比汲直，巧宦何如馬安。漢家自有法度，先生游戲無端。

抵兖州日適孫大星衍自濟甯回署即日邀遊南樓席上賦贈

東武城南古兖州，暫停歸騎一登樓。奔鯨駭浪方迷目，時河決口未合。野鶴閒雲偶掉頭。林壑總留他日約，時約遊濟甯諸名勝，以行促未果。神仙應妒此宵遊。試看百里賢人集，時王石華、張止原、畢恬溪、楊雲三、王景桓、劉霞裳，皆不期而集。會見祥光燭斗牛。

臨別戲贈孫大并索和章

時河臣以孫未諳河務，奏離本任候補。

少日齊名孫與洪，即今相對儼衰翁。疏渠君苦桃花汛，蕩槳吾欣柳絮風。津吏幾時沉白馬，時決口尚未合。詞臣有客避青驄。自余《征邪教疏》出，每有京邸讌集，居諫垣者必引避。十年共挂神仙籍，劫外居然勝劫中。

錢少詹大昕林屋夜遊圖

我携鐵杖遊林屋，此事如今及卅春。蝙蝠竅中時見日，蛟龍堆裏不逢人。竹籠貯火驚穿穴，石墨留名記隔塵。便欲辦糇三百兩，徑從山脅上昆侖。

萬頃湖環三大州，飄然一葉忽西浮。要尋委宛奇書讀，真向嶙峋古洞遊。百里未妨通地肺，一拳先欲壓人頭。先生何事臨厓返，却惹靈威笑不休。時同人皆至隔凡，惟先生以足力不及中止。

靈巖謁畢尚書師墓 墓即水木明瑟園

奇勳久勒凌煙閣，遺愛猶留墮淚碑。公與古人争不朽，我思前事感無涯。篋中章奏千篇富，屋後峰巒百尺垂。便擬一年來一度，野花村酒奠江湄。

虎丘謁白公祠即呈同年任太守兆炯 祠即太守所建

大歷才人剩此翁，百篇稍已變唐風。因思白傅談詩好，雅與生公説法同。言外自然參妙悟，箇中兼可喻童蒙。西昆詞格西江派，只惜彫鎸語太工。

同攀仙桂無多日，得蔭甘棠已十年。差喜故人皆守郡，時魏君成憲亦擢守揚州。可容傲吏早歸田。租船即繫祠邊樹，築屋都模池上篇。何止政清詞筆麗，望君心跡繼前賢。

上海榷署與李兵備廷敬夜話即席賦贈

八載重來訪素知，訝公頭白我添絲。樽前萬里投荒客，時牛太守稔文在坐，即當赴雲南澂江任。篋底千篇寓興詩。激電入樓飛一瞬，怪風吹海立多時。更闌急遞書何數，只覺樓船出浦遲。時崇明、狼山二鎮會勦洋匪，久未出海。

偕牛太守稔文范孝廉□至砲臺望海

澂江太守老能奇，邀我同來陟翠微。人與魚龍争奮迅，帆從鷗鷺各紛飛。天光澄碧遮眉宇，海色青紅上袂衣。便欲乘風向東去，空濛一點著魚磯。

將發上海寄王博士芑孫

我乘松江潮，欲泊松江郭。殢人連日酒，酒醒潮已落。仙人海上忽見招，要看六月飛寒濤。搜巖剔壑匪無事，窟穴恐有潛蛟逃。時正搜捕洋匪。閒中賓從閒臺榭，難得羣公政多暇。李兵備連日邀客遊吴淞砲臺及葉氏園。溪南笑指白雲生，别有故人廬此下。

砲臺觀海歌

平生頗耽奇，欲出天地間。飛行忽履北閣巔，下已無地高惟天。目光遥遥百餘里，直送青天入波底。天波合處界畫明，一縷黄霧分空青。漫天重叠魚龍色，夕照沉沉不能赤。驚雷出海聲已收，似怯惡浪先回頭。忽然激電來如箭，一點微茫著洋面。海中黑子人盡驚，十萬煙火崇明城。更從此外尋源委，上已無天下無水。冥然孤坐閣上頭，静攝耳目從天遊。鷺絲窺客久不去，或者疑我同眠鷗。客行將歸客不樂，自覺身心杳無托。回瀾萬里生遠風，一笠飛從海中落。

李兵備邀集葉氏園小集待客久不至贈楚僧鐵舟

一千章木生回風，邀我早集斯亭中。客來不來勞久待，閣外飛樓有僧在。我不待客先揖僧，僧握客臂從東升。僧言與客成三友，身外一琴年代久。横琴在膝欲摘絃，忽有鼓吹來門前。

吴淞江道中雜詩

前山已挂龍，咫尺雨當到。危橋面西北，曲處可停棹。長年知燥濕，語每得其要。驚雷衝小暑，所慮伏秋潦。樵人驅牛羊，亦下山北道。

所居雲水鄉，鷗鷺共生長。全家生計足，一屋一魚網。門前雖有路，屋後别通舫。還因粗識字，不斷客來往。日昨雨没竿，池寬鴨堪養。

海居饜海鮮，日日市江鯽。江魚餐亦厭，復把野蔬擷。商量釀村酒，知近插秧月。日午餉北田，雷喧雨飄忽。村女花滿頭，因之感時節。

一村據高阜，去海不千步。兒童忽驚傳，龍蟠廟中樹。遂令羊與犬，奔走出門户。莓苔蒙塑像，久已斷香炷。日晚吹北風，前溪雨如注。曲處排石林，欲把海潮捍。地形西漸下，人盡住東岸。西溪形製好，曲折啓山館。漁人網魚至，各各出門唤。再轉忽已迷，坡陀樹遮斷。生死不相遠，十屋間一墳。街衢與丘隴，畛域無由分。連廬爨煙稀，燐火飛出門。客行阻風潮，繫艇枯樹根。牛亭月白時，鬼語時時聞。

感舊

往事只如昨，回頭已卅年。瑣窗曾瞰客，白髮遽垂肩。薜月冷無恙，花溪清可憐。傷心石橋立，南北數人煙。

九峰園感舊

一雨園林足，泉聲百道來。夕陽明蝃蝀，高閣暗莓苔。燕繞横塘楫，魚窺曲水杯。古藤應識我，親見五回開。

慧山酌第二泉

自來兹泉側，水厄乃不避。竹爐煎松明，静聽蟹眼沸。一椀至百椀，走卒苦急遞。清凉生齒頰，兼復沁心肺。童奴皆竊笑，已破往時例。先生語童奴，汝太不解意。我重在山泉，兼之故鄉味。神清不思睡，偃仰借初地。

村居即事

對面魚梭擲，回頭鵲羽驚。貪看過橋影，錯應隔墻聲。徑小穿林入，村斜割澗成。乍凉思午睡，隨意拂桃笙。

跋陳方伯奉兹敦拙堂詩後

杜陵叟作前輩，粟里翁真替人。我從東浦酌蠡，不向西江問津。門前彭蠡九派，屋後匡廬數峰。先生擲筆而起，章水貢水朝宗。累我長唫短諷，知君後樂先憂。所爲五字七字，不減嘉州道州。力厚欲蟠崧華，氣奇直薄星辰。眼空前古後古，膽破千人萬人。

後湖觀打魚歌

橫街一雨水急流，擔夫争道趨湖頭。漁人挾具來尤早，背上一舟蓮葉小。舟輕入水若蹈空，一一漾出波心中。大魚蹴浪高于屋，尾急觸舟舟欲覆。一舟一槳去不停，倏爾舟散如浮萍。魚多網重收難住，突有一魚飛上樹。風聲離離水聲怒，半空鳥與魚争路。跳波不已復擲波，來往倏忽疑穿梭。忽然脱網逃偏急，水面居然學人立。須臾風急帆亦收，千頭百頭齊入舟。嗚榔港口聲何數，泊岸舟多水先濁。舟人停舟魚赴壑，我縱非魚識魚樂。

晚静閣聽山僧鏡澄彈琴

冥冥復濛濛，簾外雨絲小。移來烏木几，屈作琴牀好。先有剪刀聲，枯僧削長爪。一松覆一庭，空外怒濤集。寥寥琴韵起，松響時參入。風遞三兩聲，禽驚出巢立。

快園雅集

雨餘蠟屐集南城，竹樹蕭疎古意生。一徑野雲疑鶴影，半廊人語雜蟲聲。閒中花氣穿簾入，坐上詩篇刻燭成。莫怪比來歡讌數，承明容易得歸耕。

水閣

秦淮一雨水初通，昨日江潮到閣東。妾自拜星魚拜浪，夜涼同宿電光中。

白秋海棠

墻角離離殿衆芳，空濛影不上斜陽。孤花忘到色香味，一洗俗名稱斷腸。

題金文學捧閶客窗續筆後

蹤迹山巔及水涯，齊梁久客不思家。移居誰似先生便，頰上時懸鬼一車。
正是華年賦壯遊，靈奇都藉筆端收。小閒欲乞談天口，海外重繙大九州。
瓠巴鼓瑟伯牙琴，弦外泠泠得賞音。不譜詼奇譜淳行，就中尤識拔時心。
屋後回環西小湖，談空時覓北街屠。謂屠刺史紳，時亦著《瑣蛣雜記》等書。比鄰各逞如椽筆，争作人間鬼董狐。
泲上相逢眼乍青，白門仍約共揚舲。空江夜静煩揮麈，要使魚龍出水聽。

桃花洲歌贈王文學豫

北江入海我所家，從岸北望迷津涯。焦山金山兩回抱，中有百里洲欹斜。南阡北阡路不賒，天遠水遠雲難遮。平明日射三山脚，突出一洲如木杓。樓臺空濛樹依約，樓中居人益纖削。恍似連林鳥巢着，春江緑浄磨青銅。黄鶴九子排屏風，桃花開時天地紅。桃花魚漾波玲瓏，下襯十里黄花叢。其外緑柳煙濛濛，花朵盡處雲光濃。京江西北瓜步東，奇氣不盡歸魚龍。乃有逸士生其中，春來放棹春江側。載酒兩頭隨所適，看海看山兼看客。船屋奚童飭吹笛，船後箏琶亦時摘。江神江神本相識，爲我春江展如席。

小西湖雅集

舫屋三兩間，門外立一塔。天風墖上來，泠泠語相答。案頭青緑堆浮屠，脚下十頃環靈湖。靈湖盡處大魚集，一一網出供山厨。眼前百輩奇人集，海外羈孤亦闌入。歸塗星黑雨欲來，空裏塔光飛九級。時座中有安南國遣戍人。

八月初七日秦司業承業招同座師劉少宰暨戴學使均元張侍講燾茅學士元銘李兵備廷敬許太守兆椿集隱仙菴看桂并聽王樸山道士彈琴丙夜乃返

平明欲出門，一巷忽飛雨。前行及山店，雲白穿縷縷。衫裳半日嵐氣濃，不覺已入雲當中。雲中道士爭相揖，天半一亭如斗笠。秋林蕭蕭冠蓋集，林外馬蹄盤百級。樓臺既參差，老桂復兩三。前身金粟本不凡，逸榦四出陵松杉。花梢棱棱度遠帆，花底客並能清談。側聞千年枝，化作兩童子。倏忽十數年，此生彼即死。爲花爲人偶然耳，游戲人間乃如此。天風吹客不得休，忽然招我百尺之飛樓。樓房盡處繙書坐，宿露時從竹梢墮。瓊臺貝闕驚早寒，琴韵雜雨來無端。一聲遲回一聲疾，百鳥飛集紅闌干。紅闌干外零星地，認是臨春兼結綺。五條弦上六朝山，一夕分明感秋氣。天低月黑江怒潮，過嶺艸木聲蕭蕭。琴彈一曲續一曲，坐使江月復白江天高。樸山道士翻新譜，能令人歡令人苦。我願頑仙住世間，眼空不復知今古。琴聲欲畢滿進觴，琴韵復入杯中涼。嗚蛩百種陡然絶，飛雨瑟瑟鳴空廊。三更歸路誰能見，下嶺水波明一綫。衝泥正欲尋冶城，如雨秋螢撲人面。

蔡明經元春天花亂落長卷

我從皇初平，曾詣蔡經宅。麻姑長爪亦出迎，啖以松花及桃實。翩然一别三十年，此老白髮都垂肩。半時挈我堂北語，苦詢雲中舊時侶。雲中舊侣散八州，時問楊蓉裳、孫淵如近狀。宦海出没歸無舟。洪厓仙人格較優。許脱手板東南遊。坐君天花齋，卧看天花落。蹁躚對影兩不俗，門内一翁門外鶴。

蟂磯夫人像爲方廉使昂賦

廟門斜對石磯開，一日靈潮兩度來。好屬錦鱗三十六，劉郎浦口寄書回。識力居然軼輩羣，卷中依約説三分。二喬莫更誇夫壻，天下英雄只使君。一舸翩翩下武昌，歸甯以後史難詳。惠陵松栢如南指，尚認江東作壻鄉。

越羅猶認嫁時衣，花艸吴宫事已非。只有杜鵑啼血夜，江聲如哭撼危磯。
吴頭楚尾路迢迢，家國多年恨未銷。咫尺望夫山上石，一般心事付江潮。
一賦驚鴻謗議騰，寓言詞客本難憑。洛川終古留遺恨，不及江波徹底澄。

蔣上舍徽蔚雨窗讀史圖

三百六十日，日日可讀書。晴日客苦多，不若雨斷途。堂東堂西檐漏徹，堂裏讀書盈一尺。朝研羣經暮諸子，其外六時皆讀史。先生用目不用耳，一目驚看十行駛。客來百喚百不應，静裏目光時透紙。驚雷掃户雨瀉盆，何法可使先生聞。先生此時只閉門，但怪昏黑無朝暾。我今用耳不用目，目力雖衰尚耽讀。買山何不與君鄰，君日讀書吾耳熟。

友人屬題春山覓句圖

借得仙人屬轆轤，不知曾徧九州無。我慙結習除難盡，一岳遊成繪一圖。
叠嶂連峰春到遲，江南山淺好尋詩。野猨相見不相識，跳上月明松樹枝。

初九日侵曉至攝山待劉少宰座師李兵備同年共遊最高峰及紫峰谷白鹿泉諸勝竟日乃返

别山二十年，夢寐松色古。松濤已出關，迎人至江滸。江雲欲上山雲下，紅紫壁間相激射。泠泠清梵雲中出，五色樓臺不知夜。藍輿過嶺夢始醒，海日甫上天鷄鳴。山僧揖我樓前坐，無數馬嘶知客過。齋堂小憩路轉東，鶴蓋共歷高高峰。背峰乃識峰奇狀，百轉千回不容上。齋心既久身世空，峰頂飯罷聞疎鐘。緑雲庵，紫峰谷，一石一雲看不足。桃花澗，白鹿泉，一僧一客來偶然。謂許封君兆桂及僧默庵。秋風吹山秋氣深，座上别念時時侵。東南良會有如此，屈指何日重幽尋。醉中飛觴益何急，怪石扶人向空立。出山南北不復知，松下頽然一長揖。

八月十五日晚聯舫邀方上舍正澍儲廣文潤書汪文學文錦暨諸名士至青溪泛月遂暢飲達旦醉中作

隔岸先有月，隔舫先招呼。樓頭一燈淡欲無，月裏啼殺城頭烏。欲浮秦淮潮，雙鯉告潮歇。城烏約客東北行，去弄青溪古時月。一船送酒一舫迎，約客未至杯先傾。前舟阻淺勅勿停，抗手茭葦叢中行。橋高百尺樓千丈。紅袖居然出天上。三更已盡復四更，天上人聲雜鷄唱。水色飛上檻，月采飛上梁。平堤南北亘無極，水月盡處交天光。荒荒城南隅，柝聲知欲盡。月照小姑祠，團團尚如鏡。我今欲問城上烏，青溪小姑汝識乎？六朝人物本如海，可有一客狂如吾。涼風吹水水拂衣，雙槳始復分頭飛。陸行争輿水争渡，送客未完天已曙。

廿九日邀同人至陳渡艸堂小集

陸行四里餘，水行乃三倍。登樓望江城，正與郭門背。西蠡河外通西滆，引水入橋高數尺。秋林八月山果紅，山鳥啄墮溪流中。風吹欲出橋門鎖，鳥口啄殘魚腹果。園扉陰陰當晝開，主人不約客亦來。君不見，滿堂花香客酩酊，網得一魚長似艇。

冒雨至錫山作

冥濛竹樹交成片，炊煙和雲不能辨。溪光浄處豁一橋，泉水下注聲如簫。山腰一抹人家少，山不能深徑偏杳。抬頭正喜山果肥，已有黄葉林間飛。

阮大令升基約遊陽羨山水先寄一首

五岳尋都徧，鄉山獨未遊。偶逢賢令尹，約共小句留。天外峰初現，雲邊翠欲收。年豐萬民樂，冠蓋亦探幽。

龍池寺

蒼蒼山已深，古木復回互。冥濛松樹杪，一綫日華吐。嶙峋盤百級，石碎馬蹄怒。危瞻斜壁外，飛瀑影微露。蓬蒿深十尺，已斷采樵路。雲光偶然開，石屋突無數。厨煙生胯下，岸仄窘回步。枯僧迎客遠，約共石梁渡。東西排梵篋，丹白別經注。盥手禮法壇，山精瞰庭户。

善權洞

靈奇信無端，顯晦各一窟。高征摩蝠竅，俯視入蟲穴。攀枝禽共迅，履險蠖同屈。峰峰環如螺，歷歷墮若鼇。樽罍亦奇古，甕盎别凹凸。危橋中偶斷，巨釜下先缺。導騎忽失聲，行童屢迷轍。微明空際下，怪響壁中出。石牀延客坐，了了察顛末。半晌出石樓，松梢已新月。

善權寺訪祝英臺讀書處及三生堂故址

百折溪流斷，藍輿束急裝。碧山迎客遠，紅樹導人忙。道昃侵官柳，臺荒倚女桑。三生益何渺，茶話此閒堂。

偶成

一度相思一舉杯，昨宵書到手難開。彎彎竹徑濛濛月，記得人來夢亦來。

偶向山中度歲華，浹旬春事已如麻。世情怪底闌珊甚，又報東風嫁杏花。

初八日斷橋晚步

閒從獨鶴行，偶與孤僧遇。落葉忽驚飛，衝人入林去。

南高峰上月，徐度北高峰。坐使全湖緑，都飛匣鏡中。

偶成

纔飲湖頭酒百杯，笳聲已向堞樓催。船船都載夕陽去，却讓後湖新月來。

與陸七嵇三游湖即送入城

諸公虎嘯我龍蹲，踏遍松杉竹栢根。但祈兩日作一日，不放夕陽紅對門。

城門不夜已吹笳，陸七嵇三盍到家。誰共湖頭飲春酒，德生菴裏華秋槎。

湖上作

朝看湖上山，一一雲中出。暮看湖上山，一一煙中没。雲煙出没不可常，雨後滿郭生青光。離離雲動山疑活，城縱界山山勢越。山腰樓閣一萬家，天半炊火紅如霞。山中望湖頭，一水明于鏡。紅樹千條罩鏡中，寥寥更落招提磬。窮冬十日湖上居，日飲湖水烹湖魚，人説客貌清而腴。客行時醉還時醒，却愛看山復酩酊。城扉闔處輿轉孤，飛出一城燈火影。

暮歸

湖頭淺醉歸來日，竹裏軒窗自在眠。不怕幽人夢難醒，夕陽紅到枕函邊。

余内直日與胡總憲高望直廬咫尺總憲没及半年適余假歸以事至武陵與總憲遺櫬同日抵湖上厝屋又甚逼近不勝存没今昔之感爰賦一詩哭之即寄謝方伯啓昆馮鴻臚應榴二君皆總憲同年生也

彈指人生歲月遷，感公歸骨我歸田。并無華屋棲恒榦，自有清名過昔賢。魂魄詎應淪九地，班聯曾共直三天。何因丹旐飄摇日，又結居鄰水榭邊。時以無居第，權厝湖上。

龍井小憩

山已深百折，水亦曲百回。怪哉兹山巔，石石如飛來。石腹中偶虚，欹斜寺門開。憩我雲中亭，悍石立萬堆。側坐不敢安，石恐頭上頹。所幸機事忘，魚鳥不我猜。深山十月中，香已逗古梅。冥坐歷片時，泉聲殷如雷。

靈隱山房浴

雲林信幽奇，古木互盤曲。到門途逼仄，忽復展地軸。嶙峋非意想，一石戴一屋。山僧穿飛廊，迅疾乃逾鹿。山房留客夢，山寺招客浴。詎止清我心，兼堪濯雙足。窮冬天地閉，水尚作春緑。浴罷望始驚，危樓挂深谷。

蘇文忠公祠二首即呈秦同年瀛 祠即秦所創。

長篇千首恨雷同，近時學公詩者極多，不無流弊。不敢師公祗慕公。略有瓣香歸粟里，久因奇節説文忠。祠前蘋藻三時潔，屋外梅花一頃紅。擬作蜀遊仍未果，好移清夢入湖中。

只我重遊日，湖淤已歷時。倘尋良吏傳，并建白公祠。花發來時路，官饒去後思。他年商俎豆，到汝汝應知。秦在浙中，極有政聲。

秦同年瀛觀察浙江重新淮海先生祠落成索賦

君于淮海稱初祖，我距忠宣亦末孫。各有祠堂留浙嶺，互將詩筆溯淵源。廿年何愧蘇持節，百首先嗤陳閉門。今日奠公吾自忝，掃廳擬更潔清尊。

春溪垂釣圖爲秦同年賦

好向波心築釣磯，溪風吹鬢水湔衣。不妨分作江湖夢，魚已忘機客息機。

文書堆案鬢添絲，忙裏能閒樂不支。三兩桃花一雙燕，伴渠垂釣覺多時。

春濃魚不厭波寒，清切真如鏡裏看。知否太湖三萬頃，得歸隨爾把魚竿。

五柳居食魚

夢憶湖頭雙鯉魚，十年重向此幽居。溪童拍手還相識，却繞紅闌引客裾。

文窗窈窕夕陽鮮，一樣湖光落榻前。添得柳絲長百尺，隨風與客拂吟肩。

十一日待蔣大齊耀昆仲不至因買舟往御教場聖果寺

船船都不是，偏復到門前。别鼓尋幽艇，仍携買酒錢。半湖摇落日，一棹破輕煙。到晚休相訪，山公醉欲眠。

是日晚蔣裕之携歌者相訪遂至湖心亭及蘇公祠痛飲醉中作〔一〕

偶携春酒至湖頭，難得春人鏡裏遊。半舫賓朋誰是主，一隄風月尚疑秋。禽魚雅識閑中趣，絲竹都飄水上樓。爛醉莫辭歸去晚，斷橋掃榻待淹留。

月夜自湧金門泛湖至漱石居

城頭吹角促客行，客醉尚戀茶香清。闕門持鑰不敢下，一燈遥遥出門罅。舟斜欲趁北岸風，月影已落南高峰。高低出没十餘里，水面飄忽南屏鐘。湖心跳浪聲何急，魚厭波寒出波立。三更歸路月已昏，剩得一星明斗笠。

壑菴訪破迷和尚不值題壁

壑菴一石塞一壑，桂子石邊無數落。菴有香桂數株，種絶奇。我餐松子石上眠，初日正墮山窗前。山窗四面黏吟句，挂壁木魚摇不住。松花飯熟僧不歸，聞説南屏訪師去。

十三夜自花神廟夜歸

南屏鐘未歇，且復小遲留。月黑花王殿，春生酒嫗樓。朗吟驚宿鳥，緩步逐眠鷗。忽有千燈出，冥濛水盡頭。

鳳皇山頂望江海及裏外湖作

湖水緑，江波黄，海氣五色浮空蒼。山形抱湖江抱山，大海東北仍回環。峰形南走連閩廣，百轉千回勢蒼莽。回頭一望歎絶奇，十萬煙火山城低。南峰雄奇北峰峭，中有孤峰復回抱。茅菴煮茗歷少時，海口潮上聲如馳。閒穿石罅玲瓏走，一半磨厓大如斗。前吴越，後建炎，王氣落落東南延。祗憐老樹心空早，欲問前朝竟誰曉。朔風吹客下頂峰，峰面尚挂斜陽紅。君不見，南遷怪底營作宫，上有十二巫山峰。山頂有巨石十二，大皆數十圍，吴越時呼爲排衙石，即此。

長至日携酒至葛嶺訪初陽臺半閑堂故址

昨訪閱古泉，今來半閑堂。小朝廷事碎如火，蘚石剥落誰能詳。初陽臺上初陽出，可惜蓬蒿没山骨。仙翁祠屋亦已敧，鼪鼠都從石龕穴。神仙畢竟不可爲，化鶴或恐仍歸來。試問葛稚川，何似丁令威。荒荒昔人臺，落落今日酒。城中招客不得閒，地下寥寥呼死友。

由華津洞登蓮花峰

直石立作龕，横石卧作廟。尤奇穿石樹，宛與石形肖。巉巖理斜出，阻客入深奥。彈碁形略具，伊昔誰所造。擾擾此暫停，茫茫發孤嘯。陰厓落蟲篆，絶壁出鳥道。擡頭礙峰頂，側足限石竅。甯知雲路滑，欲下心尚掉。齋心無妄念，平地冀可到。洗眼看北山，參差入斜照。

由鳳皇山半至勝果寺復從寺後尋石門及仙姑洞郭公泉升天梯諸勝

幽人欲移筇，石石先下嶺。前行三兩客，一一如墮穽。峰奇非意想，欲去屢延頸。玲瓏穿石罅，時漏夕陽影。飛樓當山腰，屋古極修整。升臺雖百級，坐處尚如井。搜奇興尤劇，屋後豁異境。雙扉斗然落，一水過清冷。迤西峰雜遝，欲往迫短景。空處忽有梯，延緣望山頂。

月夜從六橋歸

欲訪漁師舊釣磯，鐘聲沉水月光微。六橋行遍無人跡，楊柳居然挽客衣。

雲棲寺望五雲山并訪蓮池大師塔院

到來一谷雲，空白濕朝露。披雲尋絶磴，生翠落無數。濛濛萬竿竹，中有接天路。谷禽飛不透，怒欲攫雲住。巑岏正迷目，塔院忽回步。緇流吾豈識，重此本儒素。遺規尚堪仰，百代守其故。引泉來山門，飛雨屋上注。齋厨隨粥飯，不更闢堂户。衆生皆簡默，勞客久延佇。情磬出石房，悠然發靈悟。

向晚由徐家村至理安寺

理安萬株松，雲棲萬竿竹。理安較雲棲，山徑益深複。高低萬緑冥濛聚，攔住夕陽飛不去。歸鴉招客入一林，山鳥嗔人復相拒。千回百折上石臺，嵐翠膩屋扉難開。山僧總覺眉宇緑，古佛亦卧青苺苔。陡然一片山風惡，綴壁萬松摇欲落。厓危石峭路亦窮，松頂偶看支一閣。林梢一抹野火然，手拾松子煎山泉。紅查花開臘梅破，繞屋異香延客坐。

下石屋嶺徧遊石屋水樂諸洞

風聲遞水聲，松影接天影。千盤青雲梯，百折白石嶺。孤禽前若導，嘶馬後如警。危驚天半石，截若水中艇。東西列尊罍，高下别畦町。莊嚴三百輩，襴袂悉修整。恍疑泛滄溟，一一咸引領。滃然水聲出，古樂誰更省。齋心讀銅篆，洗眼摩石鼎。欲發僧苦留，遲歸僕頻請。

表忠觀拜錢武肅王像

不爲東帝只稱臣，江左真王僅此人。故里錦衣殊赫奕，中原棋局太紛綸。州排十四疑無敵，弩射三千若有神。依舊吴宫好花月，遺民從未識煙塵。

躍馬提戈海上回，儒風早喜被江陔。年名不改唐天祐，國士能容羅秀才。使宅例皆除艸創，陌頭歌已報花開。門材百世猶全盛，時有文孫握節來。

靈巖山重展畢尚書墓感賦

江左方傳箭，天南伫洗兵。時聞川、陝捷音。更馳新露布，無復舊書生。丘壑心徒戀，公屢欲遂初不果。巖巒氣未平。松杉識人意，都作怒濤聲。

石湖戈氏園訪戈上舍襄復不值

一程趨水國，百折走巖扃。欲雪地先白，過雲峰轉青。怪禽摩絶壁，老鶴啄空汀。訪客仍難遇，空題石上銘。

小除日城東晚步

百事抛殘歲欲終，得閑聊復步城東。念沉清磬一聲外，影入歸鴉萬點中。叠港乍添新雨緑，小樓斜帶夕陽紅。道人正把雙扉闔，知要堂西訪寓公。

崑山道中阻雨 時吴門友人已有書相促。

野禽飛不透，雲氣十分濃。夕照昏如此，前山路復重。遠煩馳越使，昨已發吴淞。到恐難拘日，遥椷莫早封。

臘月二十九日澹香斜月西堂告成招陸秀才繼輅等及兒子祭詩

年除百事費支持，檢點閒情付酒巵。却約比鄰三陸到，埽廳同與祭新詩。瓣香同奉此清才，百樣春醪百種杯。要與先生洗寒瘦，迎神歌裏報花開。

校勘記

〔一〕蘇公祠　「祠」原作「詞」，據《北江遺書》本改。

卷施閣詩卷二十

單車北上集（己未）

初九日楓橋訪袁上舍廷檮

挂帆東南行，百里祇瞬息。非徒訪疎梅，兼詣幽人宅。幽人宅傍寒山住，臘雪在門曾一顧。三條水涸今復通，依約門前繫舟樹。洞庭山人約客遊，鼓浪擬到湖東頭。吴船屈指須三宿，好插疎梅滿船屋。

三鼓自木瀆放舟至胥口

濛濛露未收，黯黯月方墮。三更欲渡湖，先此理征柂。幽人眠正熟，估客浪先破。微茫接天水，歷落綴星顆。感此一葉微，驚濤屢掀簸。披衣看曙色，早向柁樓坐。穿黑旅雁飛，聲從半空過。

自胥口渡湖

看山三十年，甫欲遂初服。閒居又經歲，人事苦拘束。朅來湖東頭，藉洗塵百斛。伸眉視初日，紅展鏡中緑。湖寬三萬頃，差足養心目。濳鱗方俯視，飛鳥忽高矚。物物各有天，忻忻遂其欲。空明無障礙，高下不局促。我亦心志怡，終朝坐船屋。何來南下客，苦欲附童僕。中坐忽告言，西南尚蠻觸。

湖心遇風

偶向篷窗卧，誰傳風色顛。情懷消短夢，身命付長年。浪已高千尺，衣纔濕半邊。奚童休股栗，險未及從前。謂癸巳十月。

將至東山作

沿山半日行，欣此巖壑美。微覺風北來，千帆皆貼水。濛濛鷗鷺影，一半出蘆葦。亦有蚱蜢舟，船沿坐烏鬼。篷窗展衾枕，客倦卧移晷。神澹夢亦清，經時絶塵累。

暫憩東山麓

一塔高千丈，魚龍氣尚浮。灑空松栢暗，陟險鬼神愁。古佛依人卧，馴禽導客遊。面西窗莫啓，兀自濺驚流。

翠微禪院

東山白雲起，欲與西山接。甯知飛鳥路，亦向浮雲貼。蒼蒼幾重岡，一寺出山脅。登樓半無見，蔽此松栢葉。軒窗何玲瓏，橘柚貯重疊。回廊斜北啓，庶足展眉睫。穿牖出一燈，枯僧理經笈。

客夏孫總戎廷璧約遊東山以事未果新正八日訪梅鄧尉因便詣衙齋值他出不遇兩公子留住信宿意甚勤摯爰留别二首并呈總戎

爲有將軍約，來隨估客槎。半帆懸雪月，百里走風沙。公子欣除舍，疎梅正作花。夜闌銀燭裏，留與鬥新茶。

憶昨吴淞浦，樓船出海遲。枕戈時待旦，横槊偶題詩。豈意萑苻澤，頻煩組練師。報恩知有在，莫惜鬢如絲。

同孫公子錦暨令弟鑲至翠峰枕流閣訪梅

昨留漱石居，客冬寓西湖漱石居半月。今訪枕流閣。川程逾十驛，勝地乃交錯。青松千丈接水限，十步五步梅花開。僧房盡處一株好，榦古錯落青莓苔。山凹石屋何鱗次，五騎如龍後先至。門開正值東北風，笑語吹入雲當中。客倦倚石牀，馬亦繫天井。一亭稜稜據山頂，主人敲詩僕烹茗，窗隙太湖三萬頃。

即席贈程司理師樂

清絶程司理，官貧日課詩。心香原有屬，手板不曾持。肯作通方吏，甯爲多士師。時以課徒自給。梅花三百首，風味耐尋思。

鄭司馬時泰招飲賦贈一首

剖符殊不俗，分領此山中。屬吏如梅福，謂程司理。通家得孔融。孫總戎父子。快談當世事，饒有古人風。臨别仍相約，同來訪石公。約夏半遊西山。

渡湖與鈕布衣樹玉同舟因出其所著説文新附考見示賦贈一首即柬錢少詹大昕王給事念孫段明府若膺孫兵備星衍

東山三萬户，僅止一儒者。童年耽竹素，暇復討蒼疋。《説文》五百部，寢食不暫捨。蠅頭排細字，時把心得寫。茅檐兩三層，住乃近橘社。家貧長物少，書反盈兩廈。扁舟偶相訪，坐久燭屢灺。口陳六書失，如水向盆瀉。維時四座客，耳口若聾啞。二徐生唐末，不甚曉通假。諧聲兼會意，一一多苟且。强編新附字，合者蓋已寡。惟生糾厥失，證以毛鄭馬。隋音庶劉曹，唐疏陋孔賈。陵夷南北宋，棄置若土苴。長編侈稱引，又出張郭下。方今富儒術，小學亦媕雅。王錢暨孫段，見爾手定把。倚椸贈一篇，飄風忽飛瓦。

十三日鄧尉訪梅憶昔遊寄錢大令維喬蔣文學陳尊

昔遊錢蔣殊不閒，獨我近自山中還。連宵清夢屢飛越，聞説梅放西山灣。西山灣中萬樹花，古幹鬱勃枝交叉。山中猨鶴盡無恙，豈識世事紛如麻。草玄亭圮季重亡，謂楊比部夢符、吴上舍祖健。天末回首思崔郎。景佩。閒心檢點壁間句，蝸篆剥蝕無偏旁。湖亭三面交遠風，香氣攖入湖光中。看花歲月苦難駐，花亦憔悴無懽容。君不見，看花背花立少時，别有會意誰能知。忽然大笑出山去，峰頂落落雲分馳。

光福鎮哭徐處士堅

魂歸萬樹梅花内，家在三更鶴唳中。我欲哭君無處所，半山殘月滿湖風。

過鄧尉感舊

首春來吴門，訪客入雲榭。相邀携蠟屐，告我苦無暇。甯知人事改，歲月屢代謝。别來山中客，已葬山花下。摩挲墳上樹，一半梅枝亞。花光縱奇麗，未肯照長夜。念寂獨舉杯，初陽出林罅。

元墓小憩

穿林十里只一鞭，花影灑地松浮天。松濤覆屋客眠穩，夢覺香氣來無邊。波流到户聲先約，花影入波魚誤嚼。松間客倦欲少休，且汲寒泉斟木杓。

香雪海久坐

下方蠟屐聲何急，却惹山禽出巢立。山禽欲下客徑登，相與竟此岡三層。風吹花氣入遠空，一半上接山雲紅。君不見，人間清福消未易，幸是玉皇香案吏。

北　行

三月束裝歸，二月束裝發。出門才十稔，抵家無百日。昨爲弟喪歸，今爲國喪出。我勞何敢憚，我淚忽嗚咽。揮淚北向行，程程冒風雪。已爲還山雲，復作出山水。看雲心尚戀，照水色增愧。親朋苦留餞，臨發期敢改。前行誰與共，一僕瘦如鬼。初日上蒜山，回頭望東海。

過沂水橋柬族孫梧二月十二日。

沂河之水清且徐，先二十日來祓除。風光春半尚未足，鶯燕見客猶生疎。參差流水兼修竹，緑暎橋南萬家屋。横流昨歲喜乍平，數郡創痍漸將復。時以曹縣河決，鄰郡皆助工作。路人爲言太守賢，貪吏昨已褫歸田。君不見，吾宗兩守皆稱職，記否趙人思順德。君兄樸，守順德，有惠政。

別敖陽鎮二日敖山尚可見因題壁

兹山雖一拳，青出天地外。連晨走三驛，路已及新泰。瞻山仍在目，風尚送清籟。迤南方數武，蒙嶺亘如帶。再轉望始迷，翻嫌去程快。

羊流店望岱

精誠與山通，百里覺迅速。夜半岱頂雲，飛來冒車屋。冥濛雲皺處，顧視炫心目。月出斗柄東，森然衆山緑。青松一千丈，霞采時斷續。想有飛仙人，排空走如鹿。

夜半忽大風雪驚雷徹曉

三更驚雷奔，忽復雪没膝。神區信靈異，寒暑一夕出。狂飈來若怒，激電去如掣。稜稜檐瓦落，歷歷冰柱折。思沽山後酒，屢斷門外轍。遥程瞻尤驚，一白色突兀。

將至泰安于崔莊驛壁敬讀太上皇遺誥泣賦一首

平明欲出門，青氣已四布。崔莊行廿里，木末天始曙。驚傳上皇誥，涕泣滿行路。黄縑曳三丈，急遞頒鎮戍。山崩川復潰，此事關氣數。兹方當孔道，入見翠華駐。成功告天地，神亦被休祚。今來山色改，慘戚若蒙霧。時當春仲後，急雪匪無故。神人哀痛切，井邑先縞素。微臣等蟣蝨，夙昔感恩顧。俄焉驚遏密，旬日急奔赴。山靈鑒微誠，恍若導前步。百里行不休，横流馬驚渡。

山　雲

濛濛四山雲，欲出不敢出。回瞻岱宗上，白練飛一匹。一匹白練當空馳，四山出雲圍繞之。君不見，出山爲霖未可知，何日更是歸山時。

泰山道中五首

兹山亘東方，鬱勃截生氣。虚輪扇風海，空腹入天地。其高無端倪，一半植空際。滃滃雲出始，裊若絲髮細。俄焉分道騁，寰宇悉衣被。洪荒迨今日，年代渺誰記。登封壇數尺，藉以驗興替。允哉神明區，心精默相契。

山人渡海來，告我山勢尊。波面日出時，與山相吐吞。遥看不知山，謂是天有根。峰棱破空垂，倒挂日月輪。青冥一氣中，高下固不分。伊誰啓鴻濛，當有主者存。雙厓劃然開，截作天東門。一山戴一山，重戴至谷口。遵山視重戴，高僅及社首。方知衆高積，拔勢乃得陡。山坳環數郡，元氣蒸澤藪。中虚蕴靈寶，萬古誰敢剖。天閶雖已逼，地軸亦孔厚。七十二代君，貞符藏北斗。山形非徒高，遠莫測所届。滄溟三萬里，石脉透海外。當其勢奔騰，顯越齊魯界。低瞻饒岳瀆，並此析支派。巍巍兼蕩蕩，克配天體大。其標難正視，萬象怵光怪。支峰皆整肅，略不涉奇態。風遞滄海濤，山前作清籟。三更望兹峰，月出石腹内。雲容方欲展，雷雨已在背。明明神所宅，乃復遘陰晦。冰柱十丈長，驚看石厓戴。居然神斧落，厓半亦奔潰。回飈搜激雹，雪月光迸碎。遂令登陟客，倏忽迷向背。清遊雖暫阻，未敢遽思退。終當携松明，絶壁掃蕪穢。

雪霽

日昨大冰雪，地寒天宇陰。今晨已晴和，冰雪在我心。在地或可消，在心終不忘。庶幾炎暑時，胸次餘清凉。

二鼓抵鄭州故城宿南關

居人時向女墻耕，一片東風百草生。忽地樓臺空裏現，三更月上鄭州城。

重抵蘆溝橋有懷亡弟

橋下層冰積雪寒，春明重到感無端。白鬚老吏當車立，猶是欷歔説故官。

跋金文學學蓮悼亡詩册後

春花紅，美人結屋花當中。秋草碧，美人悽然立花側。花花草草無一年，含淚永訣梅枝前。梅枝陰陰滿天雪，豈止燕歸雛亦失。巢空難居，隻燕欲回，一日百匝，飛鳴徘徊。燕行思雛復思偶，況值主人亡未久。明朝雪霽花欲開，忍覩新燕巢中來。

蘆溝折柳圖送金文學至大梁

東西南北人，皆向長安走。蘆溝橋上往復來，便折橋頭一枝柳。蘆溝橋柳年年禿，折盡柔條剩枯木。幽燕客罷客大梁，楊柳作絮飛何忙。莫作道旁枝，莫作道旁客。道旁枝，手易折。道旁客，頭易白。

萍梗篇爲友人作

不作天上星，乃爲地下萍。星宿有定位，萍梗流無停。一風吹從西，一風吹從東。萍面作草緑，萍背疑花紅。紅既不如花，緑亦不若草。我送浮萍歸，頗思故鄉好。

哭任軍門承恩

槐里朱雲本最狂，藉公時復語通方。同遊愛詠新題句，分道爲收舊奏章。予去歲大考後，即以弟喪乞假歸。都下盛傳予疏，競相傳寫，間有失真者。公恐又成僞稿之事，百計爲購而焚之。死友誼真逾骨肉，殤兒疾已入膏肓。公六十後甫得子，不久即殤，以是疾益亟。厝壥何止時來唁，一事相思奠一觴。

法源寺看花即送言八朝標至夔州任

卷施一谷中，花好無不有。主人緣獨慳，花發出門走。黄沙撲面三千里，待得看花已春尾。花前既少雙鵜鴂，花下更有誰提壺。櫓聲咿啞花外斷，白日馬足塵糢糊。花光何似江南好，花氣薰人亦難倒。君不見，看花偏值别花辰，走馬從戎趁好春。會看白帝城頭立，却笑黄金臺下人。

春盡日夢入卷施谷看花

窗前十餘株，窺牖復窺衖。高低拂牀榻，紅紫叠壓夢。幽人眠正熟，壓夢識春重。伊誰伴清寂，新燕昨巢棟。波光猛飛越，春半已消涷。緣階栽緑竹，一碧欲無縫。奇書堆面面，正此酌春甕。一晌魂已飛，南鄰笛三弄。

題左大令輔葛嶺蒿廬圖

北江至西湖，五百里而遠。一歲上冢忙，春分及秋晚。十年遠宦嗟何及，丙舍蒿先没階級。魚飱麥飯遠莫將，反使孤兒抱圖泣。孤山葛嶺西南開，我昨詣君先冢來。摩挲松栢一回首，拜石爲洗青莓苔。虔心豈獨私吾友，雅聆南陵政聲久。君不見，孤兒倘思親，欲親傳不朽。豐碑百尺亦何有，不若好官碑在口。

四月二日法祭酒式善邀同人至極樂寺小憩分韻得月字

我前遊莫釐，正值早春月。濤聲猶在耳，迫促詣京闕。凡花幾開謝，月衹兩圓缺。船頭經花朝，馬背閲佳節。我病何敢辭，我勞誰可述。風沙眯人目，紅紫色不别。雷車時聒耳，塵土鼻仍窒。蝸廬甫能定，春去已飄忽。花開思走避，俗恐砭肌骨。偶得學士椷，邀我叙契闊。賓朋集三五，飯罷强之出。前遊雖隔歲，門徑亦粗别。桃李七八叢，紛披倚禪窟。縱談當世事，喜罷或嗚噎。側聞秦隴蜀，兵苦不得歇。至尊憂黎元，御殿每日昃。時時思讜論，何異飢與渴。開誠布條教，欲使黎庶活。柰何諸大吏，敷告尚不實。民猶困科斂，吏不奉法律。文書巧相抵，百變難致詰。居然貪欺成，不復畏斧鑕。兩湖全陝地，事變可臚列。因循及弛廢，百事待剛決。倒懸誠已久，水火救宜切。我官非諫諍，詎敢肆筆舌。幸多同志友，肝膽素鬱勃。能言固堪貴，尤在通治術。敷陳政之要，置彼事纖屑。雖爭焚諫草，道路有傳說。吾儕究多幸，貯見盪平日。花前時時來，一醉百憂豁。

送同年祝兵備曾至陝西軍營即題其山寺讀書卷子

男兒少日貧如此，四面亂山如破紙。仍無一屋可蓋頭，暫借僧房作棲止。僧房似竇排山麓，夜半雲奇欲穿屋。林空無人竄驚鹿，山鬼依微伴宵讀。扃門不出眼界空，意見不與時雷同。丈夫豈肯忘世事，四海九域環胸中。一朝山雲破空去，人亦公然得奇遇。山深幸喜住十年，不爾何來濟時具。君不見，殷深源，房次律，畢竟讀書無本末。君今上馬能殺賊，下馬檄書成頃刻。亦知平生饒素識，召對尤蒙賜顏色。散關峩峩去天尺，一賊不除歸不得。露布期君在朝夕，濟時已了倘欲還，仍作山中讀書客。

偶成二十首

我聞荀生言，善惡皆有性。忍于殺人者，乃反惜物命。此非性之真，轉展惑報應。仍緣薄滋味，可自託清淨。百僞寡一真，吾心湛明鏡。

我昨謁達官，先有後堂客。思陳天下事，四坐皆箇默。移牀前復却，日影去階尺。甯惟言不省，反欲斥狂惑。朔風吹横門，檐瓦響歷歷。中有揮麈人，豐貂饒菜色。近時士大夫蔬食者十有六七。

廣場三十頃，乃在池以南。近移居西華門外南池關帝廟。自非土偶居，即作木佛菴。土功何煌煌，香火積一龕。日與神鬼居，禍福念不參。陰陽縱回翔，柰性所不諳。攤書梵篋旁，相與同沉酣。

一身雖不貲，事有大于此。何因賢與哲，僅自計生死。端居勤學道，民物甯可恃。驅馬出北街，殷然念朝市。八紘誠已廣，所見乃尺咫。欲貢出位言，愁呼妄男子。

千金構亭臺，百金施繪采。天公矜物力，不使成遽毁。前門方逮訊，後户已遷賄。複壁不匿人，惟應穴金在。主人雖已易，朱户仍不改。春半燕子來，啁啾舊時壘。

男兒不出門，出門路四岐。對面即太行，途危不逶迤。裹糧思長征，白日忽已西。揮汗走不停，百里或庶幾。我甯遭豺狼，不逐狐與狸。

承平百餘載，風俗漸喜誇。物力苦不多，踵事而增華。我頃讀風詩，頗願刪《木瓜》。苞苴之所興，禮節日以奢。君子慎厥初，百事除萌芽。

遊魚性喜沉，林鳥性喜浮。人生居其中，渺不克自由。迴飈吹飛蓬，旋轉何日休。自非金石性，皆逐流波流。東海雖已廣，何能積沉憂。庶幾三神山，可與逸客遊。

人生一世間，駒隙影易度。飲食與衣服，詎云皆細故。所惜士大夫，視同經世務。不然營土木，樓閣極回互。平生名好客，惟見揖樓護。落落張伯松，望門先却步。

束髮事結交，相知本難得。馳驅三十載，已寡素心客。稍能知大義，半死刀劍側。精魂歸大漠，時向夢中識。昨得插羽書，憂仍在西北。沉酣非我志，藉以遣晨夕。

縛茅作一亭，正面微向東。四壁盡斥除，依傍庶一空。侵晨即披衣，陡覺曙色紅。社日既已過，徧野饒春農。携編省芸鉏，勤苦理則同。倦憩亭北隅，引領眺澤宮。他時開八窗，藉以通八風。

師臣者三王，友臣者五伯。逮兹秦漢後，視下比厮役。長孺前正論，天子輒變色。惜哉公孫弘，其性本便辟。庸儒司國柄，何事足裨益。田蚡暨衛霍，半又起外戚。當日嚴憚人，庶幾惟汲直。

寒暑飲食中，所獲本微恙。忌醫兼諱疾，自恃一身壯。天時日乘除，精采忽不王。陰寒八筋絡，危至莫名狀。遂令皮毛疾，惡乃攻府臟。和緩失色啼，庸醫又何況。

孔明相巴蜀，貴在飭綱紀。斷獄斬幼常，時時面流涕。古來真將軍，親愛法不廢。所以百萬師，常若身使臂。桓桓司馬法，無事出奇計。恩多不能勸，用法乃始勵。莊賈後即誅，庶乎知此意。

依草而附木，自信不如此。平生戒受恩，盍自賢者始。伊余少迍邅，本不盼榮仕。遭逢況逾格，業已被驅使。兼之凛慈訓，詎敢背尺咫。吹律暖不回，其人已心死。

平生何所慕，所慕在同調。三川恣沿洄，五岳寄歌嘯。青雲忽緣履，白日斜壓帽。側聞唐太尉，勳業繼周召。功雖積山阜，事往何足道。只惜平泉莊，生時不重到。

疾風走空谷，奔此霆與雷。鬱鬱松杉姿，高榦罔不摧。一朝營華居，悼歎無良材。良材本無多，大匠意不回。我欲從唐虞，先借皋與夔。開誠而布公，一世識所歸。君看參天枝，夫豈旦夕栽。

操持本不優，又欲守成例。遂令一世才，受制幾胥吏。危疑偶相值，苦乏經遠計。盈庭皆雷同，誰肯獨立異。雷同心始愜，獨立遭所忌。根矩兀傲人，英英動心氣。

鷹隼善搏物，尚懼鳳鳥嗔。豺狼欲噬人，道恐逢麒麟。今乃知不然，麟鳳性益馴。積骸雖如山，委以不見聞。轉于水火中，救此至不仁。或云西方法，祇乞見在身。羣生究何辜，冤痛杳莫伸。

少年頗耽奇，氣欲吞名山。有時驅樓船，入海不願還。倏忽三十年，塵土冒鬢顔。顯晦亦偶然，山水興未闌。著書高于身，準待同志删。要皆真氣存，足訂懦與頑。興至欲舉盃，天風響禪關。

送陳太守熙藩至貴州即寄馮侍郎光熊吴兵備超暨程太守國璽諸人

五年我已别南雲，又向金門見此君。幾許故人皆抗節，謂彭廷棟、花連布兩軍門。無多健吏亦從軍。張太守鳳枝近以事發新疆。工愁吴質官先罷，垂老馮唐力尚勤。珍重雪厓亭畔月，好封書札慰離羣。

爲法祭酒式善題漢晋人畫象

東國奇男子，重瞳是故人。偶然欹一足，天上動星辰。

百千儔類中，乞食亦一等。我欲拜督郵，琴心先不肯。

右嚴子陵

右陶淵明

書事

憶昨倉皇際，防生肘腋憂。何嘗動聲色，先已決機謀。訊鞫歸藩邸，傳呼出殿頭。縞冠纔幾日，褫服作纍囚。

斂怨知何似，茫茫八極中。干戈兆秦楚，珠玉罄南東。逼迫歸邪教，搜求過正供。明明祖宗法，百計壞淳風。

全家俱内侍，甥舅暨婚姻。推轂歸予季，分符引所親。病仍升鼎鼐，敗亦繪麒麟。日晚塵如織，高門接要津。

尺五城南第，經時締構崇。閣摹元武闔，人出上陽宫。金屋參天半，銅山穴地中。是誰搜複壁，珍蓄頓教空。

漢廷誰巧宦，賣友得呈身。不是懷中奏，難成坐上賓。商量最高秩，汲引幾私人。附傳他時好，崔倪倘後塵。

怙寵真逾昔，辜恩遽若斯。小車穿殿過，隻騎繞廊馳。地密誰能舉，天高倘未知。監奴益無忌，通籍上軒墀。

屈指承恩盼，南頭一侍郎。祇緣新歲近，催送侍姬忙。粉墨乖清議，銀黄奪舊章。浪傳收騎過，失足墮匡牀。

火城三十步，煙燄欲薰天。故相揮門外，真王拜轎前。幾人容接膝，同列敢隨肩。一事尤奇絶，酋豪願執鞭。

金字書恩地，由來在賜廛。憑人説鷄狗，堅自乞貂蟬。詞筆慚三榜，圖書冠一船。直廬清切處，莫謂少流傳。

誰説台司重，真憐骨相輕。上公偏下視，直級亦斜行。偶舉遺忘事，時矜聰察名。猶應勝齊虜，五鼎食非烹。

單車催上道，特敕不隨人。奏草除元惡，爰書比叛臣。脅從先股栗，判吏乍眉伸。畢竟能行詐，題篇炫鬼神。

賜盡圜扉日，無聊舉百觴。攀龍知已後，牽犬歎偏長。西市嗚鉦急，東原啓土忙。恨無朱椽在，親葬董雲陽。

爲法祭酒題移竹圖

一竹緑一窗，十竹緑一牖。尋常百竿竹，能使雲水皺。雖然竹性北不宜，榦葉縱具清蒽稀。先生愛竹識竹性，先引活水周堦畦。豈惟竹下流泉迸，竹裏白雲圍半頃。穿廊戞牖響不停，嫩緑都浮碧天影。廣文先生苜蓿盤，京俸苦薄無餘餐。長飢婢僕尚林立，一一瘦若青琅玕。先生暇日繙僮約，婢未裹頭奴赤脚。擔土汲泉前復却，一亭誅茅泉一勺，亭外更須營略彴。一壻一兒顏戍削，唤取筵前侍杯酌。君不見，何時新筍出一林，我欲載酒來相尋。

哭管侍御世銘

半生每自誇龍尾，晚節憎人説鳳毛。獨有上書心事在，不教風節並錢曹。聞先生客秋欲上封事，屬草已定遽卒，莊刺史炘尚及見之。錢、曹，爲錢南園、曹劍亭兩侍御。

哭董太守思駉

玉杯珠柱書難著，鳳髓龍筋判獨傳。記得白雲溪水漲，凌晨送上淛江船。君回里中匝月，由浙江水程赴潯州任，到官甫七日而謝世。

自勵

甯作不才木，不願爲桔槔。桔槔亦何辜，頫仰隨汝曹。杈枒適當時，旋轉如風濤。高原多低枝，感汝汲引勞。一朝時雨行，棄置眠蓬蒿。甯作無知禽，不願爲反舌。衆鳥皆啁啾，反舌聲不出。豈繄果無聲，無乃事容悅。依依檐宇下，飲啄安且吉。何忍視蜀鵑，啼完口流血。

涼夜

草蟲忽無聲，人倦鳴亦倦。疎螢夜不飛，悄立蒲葵扇。長廊不燒燈，夜久佇殘月。秋風驀地來，十二廉齊揭。三更涼意多，蒲葉響回波。斜界龍樓影，游魚不敢過。暑氣夜不收，移牀入林隙。帳頂明一星，森森知太白。

牧牛詞

門前黄牛老，牧兒甫襁褓。兒年四五即飼牛，牛轉惜兒年過小。六七歲甫交，兒肩及牛腰。昨年上書兒八歲，兒足居然跨牛背。飼牛已了仍牧牛，牛知兒心喜出遊。登隴涉水無時休，半年送兒入村塾。半歲書從牛背讀，兒思阿耶牛憶犢。却鼓長鞭入牛屋，牛背下來書爛熟。

種魚詞

祖遺十頃田，乃在城門邊。低窪不堪耕，却引河水流濺濺。一船淤泥兩船重，肥土出魚何必種。南邊菰蒲北茭葑，更灑浮萍作魚俸。波面既養鴨，波底復種螺。昨宵一雨通北河，隊鴨更挈成羣鵝。小時魚苗怕鵝鴨，魚大竟同鵝鴨狎，掉尾時時欲相壓。賣魚歲入得萬錢，不羡鄰舍耕原田。君不見，原田遭荒無六穀，豈若魚池歲常熟。

畜鴿詞

老翁誅茅作一堂，東西南北皆鴿房。老翁無妻有女郎，引鴿入室還穿廊。朝來糴得新春稻，鴿剩方令女郎飽。鴿欲出房先却掃，老翁呼鴿皆以名，好在一一能承迎。翁倦鴿亦眠無聲，休嫌養鴿形神敝。與鴿居能助精氣，閒上翁衣立翁臂。君不見，老翁龍鍾女遠適，死仗鴿羣爲弔客。

養蠶詞

飼牛須小兒，飼蠶須小女。小女纔上頭，靈明已如許。堂中一筐復一筐，屋左屋右皆柔桑。挑桑作蠶衾，挑桑作蠶褥。蠶食蠶衣無不足，閒來習静深閨裏。一種心情更堪喜，與蠶同眠復同起。蠶行作繭女嫁夫，裁繭作女身上襦。君不見，養蠶雖勞得蠶效，拜得馬頭孃上轎。

寄石太守韞玉

聞説東川守，騎驢過百城。書仍寄旁午，地未塞夷庚。啓事人先悚，君以川匪曲折，作啓事致成親王，王即以上聞。登壇衆盡驚。巴渝兵火地，何以慰疲氓。

雨歇

高下窗欞竹栢生，南池雨歇近三更。夜涼殘月清無寐，聽到秋蟲第一聲。

即事

攜尊訪幽客，三至不一遇。門前秋樹好，樹下石堪據。涼風西南來，竟爾挈衾具。近删詩不作，頗復減思慮。惟于人事外，時得少佳趣。白鳥笑客狂，翩翩入林去。朝陽出偏遲，昨夜路仍濕。車行三里外，已有暗香襲。幽人邀客住，一屋大如笠。平鋪波萬頃，高下見堦級。居然空色相，顧視尚難入。萬朶白藕花，鷺絲何處立。

讀書倦後偶題齋壁

蕭齋賃三間，長日渺何事。因無用世心，益堅傳世志。行裝本無幾，并疊陳篋笥。所居幸深遠，熱客無一至。中年驚已過，盎扣囊底智。不見七十翁，辭官課奇字。時正寄書錢少詹大昕，索所著《聲類》。

遣興

千杯百杯皆已空，昨者醉夢殊怔忪。承天之高豈一柱，受地之命惟孤松。孤松流青栢流翠，冷眼看人百年内。當前保事尚營營，入後有人思潰潰。堅持一念皆可傳，瓦硯木榻驚齊穿。丈夫自信不役物，方寸以内嘗湛然。性靈自足供抒寫，美醜都看入陶冶。三千里外賦歸與，十九年來忘兀者。

後遊仙詩

地在天中見可真，半從高處望紅塵。冥濛似蟻還如豆，都是三千世界人。

誰打泠泠澗底鐘，月明人宿第三峰。朱符夜半催行雨，卧聽天龍唤地龍。

詔集周秦漢宋儒，寓言曲筆勅删除。修成三十三天史，一字都無梵釋書。

月午濤聲響怒雷，滄溟盡處覺扉開。誰憐天外花如海，只我騎鯨一再來。

雨雨風風春事休，誰言上界總無愁。可憐清淺銀塘水，不彀天孫日飲牛。

碧虚景色太蒼蒼，日月從無背面光。乞取火珠三百顆，凌晨先與挂明堂。

爾許遊蹤向客誇，偶隨漢使泛星槎。九天九地行都徧，輸與仙人萼緑華。

作賦何須定馬枚，偶搜淹滯出塵埃。詞人下第文人老，流落都歸天上來。

天田近亦種桑麻，略遣仙人識歲華。偷住碧虛三十載，日紅從不到窗紗。

可是東皇意見殊，上方日日有遷除。神仙自恐無才思，偷讀人間未見書。

清虛一別事茫然，消息誰從下界傳。聞説白榆天上樹，夜涼時亦噪秋蟬。

呼吸疑通下界潮，天孫機畔水迢迢。月中仙桂如堪斫，先與裁成獨木橋。

不用爐峰向上薰，四邊香氣自氤氲。生來著色屏風好，檢取嵩高岱頂雲。

神仙多半是中年，白髮從無挂兩肩。更與種桃園裏異，天街行徧少厨煙。

天河迢遞隔天關，露氣雲光日往還。不放雙魚住天上，怕傳消息到塵寰。

踏得星光顆顆青，撥雲時坐白沙汀。天街一事偏惆悵，可惜從無疎雨聽。

獨構茅齋静見聞，年來四氣總難分。偶扃北牖開南牖，已覺漫天盡火雲。

百年一瞬夢何曾，超劫先居最上層。飛下九天三萬里，却驚足底日華升。

欲踏雲梯第一層，生驚石磴潤難登。冥濛下界三旬雨，引得靈河氣上蒸。

雲生雲滅望初窮，知隔黄塵幾萬重。獨占一天誰與共，兩三蝙蝠數株松。

閒來多是坐忘時，不讀《丹經》不賦詩。怪底東南雲似墨，書仙半日偶臨池。

昨宵騎鶴下蓉城，一舉千杯醉未成。蒼狗白衣都不管，隨他足底亂雲生。

要從天上捉迷藏，銀漢紅墻界畫方。粗服亂頭編一隊，董雙成與杜蘭香。

誅茅都在白雲巔，學道心清自不眠。抽得地坪三四尺，倒呼明月到床前。

白楊種不到天門，自詡飛仙萬劫存。要向天公破陳例，凌虚高築醉人墳。

雲林一到一徘徊，選勝頻同逸客來。構得山亭要奇古，剥殘星斗種莓苔。

天邊甲子記依稀，宵半晴光已四飛。齊向玉虚稱賀朔，曉霞紅作上朝衣。

北出雲門磴數盤，天風時一凭闌干。因看太白峰頭雪，始識棱棱下界寒。

東南一抹是揚州，天外山排十二樓。欲趁新凉看滄海，月高吹笛下雲頭。

偶得東皇食料單，烹龍炰鳳亦全删。清虚自有餐霞法，東海靈芝進一山。

玉軸牙籤散不收，偶逢閒日亦勾留。名心畢竟銷難盡，檢得奇書作枕頭。

疎星三兩逗河津，新月如船欲載人。便擬裁帆向東去，麻姑傳説海揚塵。

行童一輩隨徐福，避世千年住武陵。華嶽峰頭毛女笑，一般鄉里各飛升。

白鶴峰頭到偶遲，三生一笑本難支。何妨背面仍分手，萬歲千秋見有時。

天然顔色勝吴娃，住近西池阿母家。養得靈蠶大如虎，也應喫盡佛桑花。

偷將暇日閲華筵，一輩誰如張老顛。只自愛看塵世界，倒騎驢子上青天。

玉皇香案住多時，慧業偏教上界知。惹得洞天三十六，都來乞我作新詩。

雲脚微黄雨脚青，望中日脚復瓏玲。前頭去海無多路，且借天腰作暫停。

七夕偶題寄女紡孫

匝月都居水上頭，夜涼雲向竹間流。輸他百鳥啼春徧，一箇吟蟲欲占秋。
層層暝色上間廳，簾底繙書手暫停。買得一瓜如斗大，豆花棚底祀雙星。
花氣衝廊竹塞門，全家應復坐雲根。閑將故事從頭說，壓倒符孫與胙孫。
佳辰偏要耐心腸，曝過奇書曝畫忙。第一莫將花染指，預防紅色汙青箱。
宗崔月令手全鈔，誰似吾家幼女嬌。莫證瓜期是初六，怕他烏鵲再填橋。江南人皆以初六夜爲七夕。

神魚曲

大魚立水長一丈，昂頭看船不相讓。船撑欲近魚忽飛，白浪濕盡舟人衣。抽帆追魚魚不及，夜夢大魚波外立。明朝風浪急護持，咫尺看我成龍時。

神狐曲

狐强神弱争一屋，狐悍操兵穴神腹。神逃荆棘不敢言，白晝狐枕神龕眠。遊神訴天狐始悔，爲神不終願爲鬼。君不見，重新社屋迎故神，畢竟狐尚居承塵。

有饋蟹者戲答

萬羊太尉唐代，萬鴨詞林本朝。若許各從所好，願烹十萬霜螯。

偶成

眼冷心空日，長安始易居。三更池閣上，眠對白芙渠。

中國古典文學基本叢書

洪亮吉集

第三册

劉德權　點校

更生齋文甲集

更生齋文甲集目次

卷第一

卷第二

更生齋文甲集卷第一

與安西州守胡紀謨書

昨握别後，出州城西北行九十里，至白墩子宿。墩旁地勢高下，沙礫中尚有廢城舊址，土人居者亦不下數十家。右側有泉，寬二十餘步，土人呼爲疏勒泉，日用灌溉皆資之。余時即疑漢疏勒國在龜兹之西，于闐之北，較烏孫等國更遠，何得敦煌郡地即有疏勒泉？連日車中無事，取所携《前、後漢書·西域傳》及《耿恭等傳》校之，而知恭所屯之疏勒城，實非漢疏勒國所都之城，但同其名耳。

攷《前漢書·西域傳》，疏勒國，治疏勒城。《後漢書》傳云：「疏勒國領户二萬一千，勝兵三萬人。」于西域中爲强國，則都城内既有王，又有疏勒侯、擊胡侯，以訖左右譯長等。官既不一，加以居民勝兵，自不下數萬，何以棄而不居，反留空城爲恭等一二千人所據？若云與疏勒國衆同城，則匈奴、車師不僅圍恭等，并圍疏勒國君民矣。匈奴既于城下擁絶澗水，則一城之人必皆大困，恭即能穿井得水，疏勒國衆又將何飲乎？恭即能煮弩作食，疏勒國衆又將何食乎？且自圍城已及圍解，《傳》不涉及疏勒國一字，明非疏勒國都城可知，一也。

二則地理遠近不合。《恭傳》言「恭爲戊己校尉，屯金蒲城，謁者關寵爲戊己校尉〔一〕，屯柳中。」金蒲城即今奇臺縣東之古城，柳中即唐柳中縣，在哈密城西十里，皆與今州西之疏勒泉近，而與漢疏勒國城遠至二倍，《圖經》：古疏勒國，去陝西省九千六百里。今鎮西府去陝西不及五千里，古城在府西不及五百里。二也。

三則日月遲速不合。《恭傳》言「肅宗建初元年正月，秦彭等會柳中擊車師，攻交河城。」自柳中至交河城，一往一返，及攻城之日，至少亦須一月。及車師降後，乃分兵使范羌從山北迎恭，又遇大雪丈餘，即至速亦必半月可達。圍解之後，且戰且行，吏士又素饑困，然《恭傳》云是年「三月已至玉門」，則道里甚近，必非自疏勒國至玉門可知，三也。

又《恭傳》云：「發張掖、酒泉、敦煌三郡及鄯善兵。」鄯善國在今沙州衛西，與三郡皆距今州西之泉密邇，當日必就近徵發，四也。

四則南北向背不合。交河城即今土魯番，在雪山之北，今疏勒泉亦在山北，而疏勒國遠在雪山之南，若恭果據疏勒國城，則當使范羌從山南迎恭，何得反從山北？此又一顯證矣！五也。

又與《班超傳》彼此情形不合。《超傳》：建初三年，上疏言「臣孤守疏勒，于今五載。」自建初三年上溯至永平十七年，方及五載。校《恭傳》，被圍之日，正在永平十八年及建初元年。且《超傳》言「永平十八年帝崩，焉耆以中國大喪，遂攻没都護陳寵。超孤立無援，而龜兹、姑墨數發兵攻疏勒。超守槃橐城，與忠爲首尾。」即疏勒國王。使恭此時在疏勒國都城，正可與超往來接應，不慮勢孤，而何以《超傳》既言「孤立無援」，《恭傳》又云「孤城固守」？明二人必不同在一國可知。況一疏勒城也，豈有龜兹、姑墨攻其一面，匈奴、車師又攻其一面，而兩不相聞者乎？且恭果在此城内，是以喪敗之餘二三十人，受四國迭攻，恐亦無此理。況鮑昱、鄭衆上疏訟恭之功，使圍城有四國，正當張大其詞，而何以一則言「匈奴圍之，歷旬不下」，一則言「當匈奴之衝，對數萬之衆」，皆僅言匈奴不及他國乎？此又可準情酌理，明爲必無之事矣。

至非疏勒國城而亦名爲疏勒者，此亦如上郡之有龜兹，酒泉之有玉門，或居其流人，或徙彼降户，皆未可定。總之，此疏勒泉，即爲耿恭所守疏勒城旁之泉，雖不敢懸斷，而恭所守之疏勒城，必非疏勒國都城，則已萬無疑義矣。

前者坐次縱談，知足下素留心輿地之學，況此泉又近在足下州城之下，用敢就便質之。負罪遠行，不克多携書籍，恐有窒礙處，尚望足下有以教之。

昆侖山釋

昆侖山即天山也。其首在西域。《山海經》：「昆侖墟在西北，河水出其東北隅。」釋氏《西域記》，謂之阿耨達山。《爾雅·釋水》云：「河出昆侖墟。」《史記》太史公曰：《禹本紀》言「河出昆侖墟，其高二千五百餘里」之類是也。其尾在今肅州及西甯府。《漢書·地理志》金城郡臨羌縣，「有弱水、昆崙山祠。」《郡國志》：臨羌有昆侖山，其地在今西甯塞外。崔鴻《十六國春秋》云：張駿時，「酒泉太守馬岌上言，酒泉南山，即昆侖之體。周穆王見西王母，樂而忘歸，謂此山也。」《括地志》、《元和郡縣志》、《輿地廣記》、《太平寰宇記》並云，昆侖山在酒泉縣西南八十里，是矣。杜佑《通典》云，吐蕃自云「昆侖山在國中西南，河之所出。」《唐書・吐蕃傳》云，劉元鼎使還，言「自湟水入河處，西南行二千三百里，有紫山，直大羊同國，古所謂昆侖，虜曰悶摩黎山，東距長安五千里。」在今青海界。《一統志》：今黃河發源之處，雖有三山，而其最西而大爲真源所在者，巴顔喀喇也。東北去西甯邊外一千四百五十五里，延袤約千餘里，山不極峻，而地勢甚高，自查靈、鄂靈二海子之西以漸而高，登至三百里，始抵其下。山脈自金沙江發源之犁石山，蜿蜒東來，結爲此山。自此分支向北，層岡叠嶂，直抵嘉峪關，東趨大雪山，至西甯邊東北，達甘肅涼州以南大小諸山，並黃河南岸，至西傾山，抵河洮階諸州，至四川松潘口諸山。河源其東，而其枝幹盤繞黃河西岸，勢相連屬，蒙古槩名之爲枯爾坤。枯爾坤，華言昆侖也。益可知自賀諾木爾至葉爾羌，以及青海之枯爾坤，綿延東北千五百里，至嘉峪關，以迄西甯，皆昆侖山也。華言或名敦薨之山，或名葱嶺山，或名于闐南山，或名紫山，或名天山，或名大雪山，或名酒泉南山，又有大昆侖、小昆侖、昆侖邱、昆侖墟諸異名，譯言則名阿耨達山，又云悶摩黎山，又名騰乞里塔，又名麻琫剌山，又名枯爾坤，其實皆一山也。

善乎！馬岌之言曰「酒泉南山，即昆侖之體。」明昆侖山首在西域，而其體則綿亘漢敦煌、《漢書・地理志》敦煌郡廣至有昆侖障。酒泉、金城等郡界。《穆天子傳》、《爾雅》以及《史記》、《漢書》所言昆侖，皆指今酒泉南山及臨羌大雪山而言，不遠迹至于闐、葉爾羌以及先零、燒當等境也。《禹貢》所言昆侖、析支、渠搜，亦當去雍州不遠。昆侖國蓋因附近昆侖山而名。今考《水經注》引《涼土異物志》，「葱嶺之水，分流東西，東爲河源。《禹紀》所謂昆侖山者」是也。是葱嶺名昆侖之證。《漢書・張騫傳》：「天子桉古圖書，名河所出爲昆侖山。」此昆侖山，即指今于闐南山。是于闐南山名昆侖之證。《唐書·吐蕃傳》：「其南三百里三山，中高而四下，曰紫山，直大羊同國，古所謂昆侖者也。」是紫山名昆侖之證。《元史·河源附録》云：「吐蕃朵甘思東北有大雪山，亦名麻不莫剌，其山最高，譯言騰乞里塔，即昆侖也。」是大雪山名昆侖之證。馬岌言酒泉南山爲昆侖之體，是酒泉南山爲昆侖之證。

總之，昆侖者，人之首；昆侖山者，山之首，亦地之首，故以爲名。《河圖括地象》云：「昆侖山爲地首」，是也。今攷南山自西域至酒泉、金城，實皆南條諸山之首，故可總名爲昆侖。此山邐迤至雍州境，即爲太乙、終南諸山，山名終南，明塞外之南山至此已終也。

西海釋

吾家《容齋隨筆》以爲「四海一也，無所謂西海。」其實不然。《山海經·海外大荒經》云：「西海之南，流沙之濱，有大山，名曰昆侖。」《漢書·西域傳》云：「于闐之西，水皆西流，注西海。」《水經注》引《涼土異物志》云：「葱嶺之水，分流東西，西入大海。」大海，即西海，與《西域傳》略同。又引康泰《扶南傳》云：「恒水之源，乃極西北，出昆侖山中，有五大源，枝扈離大江，出山西北流，東南注大海。」又引《法顯》云：「恒水又東到多摩梨軒國，即海口。」云海口，即西海口也。班固《西域傳》：「犂軒、條支，國臨西海。」范蔚宗《西域傳》論云：「甘英臨西海以望大秦。」《晉書》：「安息、天筑人與大秦國交市海中。」又云：「鄰國使到者，途經大海，海水不可食。」杜佑《通典》：「大秦國即拂菻。在西海之西，亦云海西國。」此西海之見于唐以前史傳者。若以近今證之，葉爾欽，即古于闐國。《西域聞見録》：「葉爾欽西行六十餘日，至克食米爾。克食米爾復西南行四十餘日，至温都斯坦，水亦可通」云云。又云：「温都斯坦其地之江河皆通海洋，時有閩、廣海航到彼停泊。」是西海即在温都斯坦之西，東西南北之海無不通，故西海中亦時有閩、廣船到也。所云葉爾欽水可通温都斯坦，又可證《西域傳》「于闐之西，水皆西流，注西海矣。」余遣戍伊犂，親遇温都斯坦人，以筆詢其曲折甚悉。土人又云：「喀什噶爾連界有阿諦國，在西海之濱。」而《一統志》于榜葛刺、拂菻、古里、柯枝、錫蘭山、西洋、瑣里諸國下，皆云在西海中。又可知昆侖之西實有西海，與東南北三面之海並通，非乾遠浩渺無所指實者可比矣。

蓋西海有泛言者，《漢書》王莽立西海郡，在今青海。《續漢志》：建安末，以張掖居延屬國置西海郡。歐陽忞《輿地志》：北庭大都護下有西海縣，云唐寶應二年置等是也。有土俗名爲西海，而實非西海者，《禹貢山水澤地記》：谷水出姑臧南山，北至武威入海，届此水流兩分，一水北入休屠澤，俗謂之西海。《水經注》又云：敦薨之水自西海逕尉犂國，去都護治所三百里。此西海即鹽澤，一名泑澤。《水經》稱爲蒲昌海等是也。《容齋》又疑西海即蒲昌海，亦非是。有實言西海所在者，《前、後漢書·西域傳》及《山海經》《水經注》，以迄上文所稱《異物志》《扶南傳》及《一統志》《西域見聞録》等所述是也。

或又難余曰：故書言河源上通天漢，則河源當在地之極西，今既言實有西海，則河源在西海之外乎？西海之内乎？曰：河源介西海之南，《淮南子·墬形訓》可證矣。云「河出昆侖東北陬，貫勃海，入《禹貢》所導積石山。」高誘注：「勃海，大海也。河水自昆侖由地中行。《書》曰『道河積石』，入猶出也。」

蓋河水伏流，至積石山始出耳。故《漢書·西域傳》云：「于闐之西，水皆西流，注西海；其東，水東流，注鹽澤，河源出焉。」下語極有斟酌，不言水東流注黄河，而云「注鹽澤河源出焉」者，明從此以上，河皆伏流，不礙于闐以西之水注西海也。是黄河又伏流于西海之下，與濟水之伏流于河水下等耳。南宋疆域既蹙，皋蘭以外，即如异域，又何況萬里外之葉爾欽、温都斯坦等乎！此則校《容齋隨筆》，又未嘗不首欽昭代輿圖之廣，得以目驗口述者證前人所未及也。

竹栢樓記

入楓橋半里而近有小谿，通胥江，谿旁夾岸各數百家，岸西有老栢合抱，修篁成林者，爲袁氏竹栢樓。竹栢樓者，袁君廷檮之生母韓太孺人撫孤所居也。余交袁君遲，不及親睹太孺人之行事。然每過吴門，士大夫必稱袁君學行，其稱袁君學行也，又必本諸袁君之母。余已悚然異之。繼于友人處識袁君，又嘗一登袁君之堂，則所爲五硯之樓、萬卷之閣者，皆太孺人所留貽也。又于梁棟閒讀太孺人《庭誥》《家範》，輒諷誦不忍去。袁君又嘗泣告余曰：「太孺人之教廷檮也，凡廷檮一言一行之善，太孺人必色喜；獲交一端士聞人也，亦然。凡與廷檮問學相長者過從，太孺人必親爲治具。或有以緩急告者，必傾橐以助之；適力有不能，則欷歔不怡者累日。太孺人殁後，廷檮承太孺人之志不改，家以此中落。」烏呼，太孺人可爲賢矣！

余頃以罪謫伊犁，不半歲，蒙恩釋歸，甫抵安西，即允玉門令嵇君承裕之請，爲張烈女作傳。今又得得也。凡作竹栢樓詩者共若干人，而舊史氏洪亮吉爲之記。

紀吾賢母行事。往返三萬里中，甫得傳一烈女，紀一賢母，然後知貞固之操、瑰奇之行，在世間亦不能多

錢大令維喬詩序

余幼耽吟詠，未成童日，即識里中詩人三：曰陳蕤賓，曰湯遵路，曰錢季木。時三人者，詩名已噪。余甫學吟，未敢遽定其優劣也。三十後，交道漸廣，學識亦粗進，因悉取三人者之詩而合觀之。蕤賓能頌習古人矣，顧自爲詩反不能學古人；遵路能學古人矣，而未能盡化古人之蹊徑也；獨季木才最高，五言法魏晉六朝，歌行則自初唐以迄北宋諸家，無不涉歷，近體則尤近大歷十子，雖心摩古人而于古人之外，别有一種幽奇靈秀之氣，耐人尋味，余尤心折之。

年益長，交益深，季木所爲詩亦益富，及四十後，季木已以名孝廉出宰浙中數縣，遷有日矣。忽謝病歸，築室邗溪之北，名曰半園之半。乃過從，未及數月，余即入都。嗣後官京師者十年，季木之音問時至，詩顧不多覯也。歲戊午，余以弟喪乞假歸。在里中八閱月，與季木過從尤密，亦時時觀季木之詩，季木亦時時言欲綜理前後所作，乞余訂定之，而余又以奔國恤入都矣。

不半歲，以語言愚戇，部議殊死。聖天子寬其要領之誅，戍之絶域，即日押出國門。時余在請室中，縲紲徧身，役車又敦促上道，匆猝未暇念及妻子也，獨割讞案紙尾，疾作書，寄季木與孫兵備季仇，與之訣别。聞季木得余書，痛哭失聲，時時走余家問消息。及余抵戍所甫一日，即得季木書于患難中，申之

以婚姻，所以慰戒之者無不至。在戍所三閱月，凡三得季木書，而余已蒙恩旋里矣。季木于友朋死生離合之際，不忍相負如此。然後知季木詩之工，季木性情之摯爲之也。

烏乎，人惟性情不摯，故遇事輒持兩端，甚或幸人之急而排擠之，訕笑之，以自明涉世之工，否則自詡爲深識遠見，以爲固早慮其有此，此其人亦何嘗不爲詩文，然要皆揣摩世故之談，與影響游移之語，求其能頌習古人者，已十不得一矣，況能學古人而得其似乎！學古人而得其似，又百不得一矣，況能于古人之外别具心手乎！此季木詩之所以可貴。而予之序季木詩，綜覽平生，不禁其悲喜之交集也。季木近頗學釋道兩家，他日所爲詩，或稍雜道流禪悦之語，然此非季木詩之至也。故予序季木詩，亦以己未以前爲斷云。

復臧文學鏞堂問通俗文書

昨頒到《通俗文》輯本，披閱之下，知足下好古之殷，網羅載籍之博，與亡友任君大椿所輯《字林》，均爲小學家不可少之書矣。亮吉幼亦嘗從事于此，故尊集跋語内，欲足下于所引原書下分别開載，以存古人之實。足下或不以爲然，而又垂詢及之，用敢粗次所知者以復焉。

此書自劉昭《續漢書》注後，徵引者不下十餘家，然惟李善《文選注》及《太平御覽》所采最夥。攷《文選注》引《通俗文》不著服虔者，如《上林賦》注「水鳥食謂之啑」，《長楊賦》注「骨中脂曰髓」，《登樓賦》注「暗色曰黲」，《江賦》注「髮亂曰鬇鬡」等是也；有引《通俗文》而明著服虔者，《赭白馬賦》注「天子出，虎賁伺，非常，謂之遮迾」，《長笛賦》注「營居曰鄎」，《洛神賦》注「耳珠曰璫」，《琴賦》注「樂不勝謂之嗢噱」等是也。《御覽》引《通俗文》不著服虔者，「脣不覆齒謂之齗」，卷三百六十八。「乳病曰疕」，三百七十一。「嘖導曰謽」，六百八十八。「障牀曰幨」六百九十九。等是也；引《通俗》而明著服虔者，「剡葦傷盜謂之搶」，三百三十七。「毛飾曰毦」，三百四十一。「匕首劍屬，其頭類匕，故曰匕首，短而便用」，三百四十六。「矛長八尺謂之矟」，三百五十四。「大杖曰棓」，三百五十七。「所以制馬曰鞚」，三百五十八。「凡勒飾曰珂，笰鞻尾曰鞘」三百五十九。等是也。

至若他書所引，有止言服虔，而文法絶似《通俗文》者，《史記·禮書》裴駰《集解》引「服虔云簣謂之第」等是也。有變文言《通俗篇》者，《文選·琴賦》注引服虔《通俗篇》是也。又有止言服虔《俗説》者，《顔氏家訓·書證篇》：「殷仲堪《常用字訓》亦引服虔《俗説》」之類是也。至杜預《左傳注》多用服虔舊説，今《通俗文》與杜注可相發明者極多，又如「亭水曰汪」，「腋下謂之脅」，「頭創曰瘍」，「遮取謂之抄掠」，「自蔽曰庇」，「財帛曰賄」，「覆蓋曰葺」等，疑皆服氏注《左傳》舊説，又互見于此編也。若《左傳·文三年》「螭魅罔兩」，《周禮·家宗人》《正義》引服虔注云：「魍魎，木石之怪。」而《一切經音義》引《通俗文》「木石怪謂之罔兩。」益可爲服氏著《通俗文》之證。至《襄十四年》「射兩軥」，《詩·小戎》《正義》引服注云：「軥，車軶。」而《御覽》七百七十六。引《通俗文》云：「軸限者謂之枸。」枸、軥，古字同。又可知義訓無不合矣。

至前人疑此書出李虔者，不過因晉《中經簿》所無，又引《初學記·器物部·舟第十一》引李虔《通俗》「艒曰舶」一語，以證梁阮孝緒之説，不知《器物部·牀第五》先引服虔《通俗文》云：「牀三尺五曰榻板，獨坐曰枰，八尺曰牀」。近在一卷之中，且《牀第五》引服虔之説，緊次《説文》，而《舟第十一》引李虔之説，則次于《廣雅》之後，明《通俗文》係服虔所作，而李虔續之。名既相同，阮孝緒等遂混二書爲一。如許慎《淮南王書注》，半淆入高誘注中，亦賴有《御覽》係北宋初年所輯，尚分標二人之名，後人則亦混爲一矣。《唐書·藝文志》固明標「李虔《續通俗文》」。言續，則非始自李虔可知。君家先人《經義雜記》又以《隋書·經籍志》次此書于沈約《四聲》等書後，而證其爲李虔。不知《隋志》亦唐人所修，與徐堅、釋元應相距不遠。今徐堅所引，則次于《説文》《一切經音義》所引，則皆在《三蒼》《釋名》之上，則唐人亦皆以此書爲服虔所造也。至若反音，不妨爲後人所補入，或專係李虔續書中語，與《通俗文》之爲服虔注無礙也。

又輯本中亦尚有脱漏處，如《御覽·人事部二十二》引《通俗文》：「容麗曰嫱，形美曰婧，容美曰婠，南楚以好爲娃，肥骨柔弱曰婐娜，頰輔妍美曰嫵媚，容茂曰嬫，不媚曰嫱，可惡曰媨，大醜曰奃，醜稱曰娭」等語，足下引其半而遺其半，未審何故？得暇尚示知之。

三山僧詩合刻序

三山僧者，乳山方丈古巖、攝山方丈慧超、焦山方丈巨超。三山者，在江甯、鎮江之間，相去不越一二百里，山既近，而三僧者，以詩相切礪，無間晨夕。余不識古巖，而識巨超，又因巨超識慧超。二超者又時時爲余道古巖遺事。既而讀三僧詩，其清遠絶俗，若出一轍。又加以性靈，焚香掃地，椀飯杯茗，撞鐘擊磬，梵聲佛號，佈施之雜沓，經懺之繁瑣；入則一蒲團一龕，出則一瓶一鉢；經府歷縣，蹈山蹠水；千險百怪，億態萬狀，一一見之于詩，而未已也。值俗家父母兄弟之疾痛，所居所遊歷之州縣水旱疾疫，皆于詩見之。非尋常緇素者流，貌守戒律，以口頭禪爲五七律者比。

或以謂三僧者既逃乎方之外矣，而又拳拳于一家，拳拳于一世若此，于彼道爲過。余獨謂不然。三僧者惟遊于方之外，而尚能拳拳于一家，拳拳于一世，以視士大夫受倚畀之重，而遺棄一切，不肯任事，反侈説因果，縱談天釋，以驚世而惑衆，彼其心或以爲置身事外，則人莫能窺我之際矣。又豈知即談空説法而不能任事之實，已百喙莫辨乎！則何如此三僧者，雖以空虚爲主，寂滅爲宗，而尚不忘天性之親與食毛踐土之德，有所觸而即動，至于如此也。

余性不佞佛，而未嘗不與方外交。方外之交，又以二超爲最。因二超而復有以知古巖，然後知方外之詩亦未嘗不以性情爲重也。陽湖洪亮吉序。

重建新塘鄉文成橋碑記

自城而鄉，橋之石者以千計。大率創始于本朝者十之三，創始于明者十之七。十之七中，其在弘治以前者，又居大半焉。蓋其時世漸坦夷，人皆務實，工作之事，董厥成、供厥役者，一切無苟且之心，濬之欲其深，培之欲其廣，鎔之欲其固，築之欲其堅。縱歷三四百年，偏旁偶有傾塌，而視其内，則鑿之不能入也，斧之不能裂也。即一橋之成，而人事之慎密，物力之充裕，均可見焉。明中葉以後則不然，歛錢非不多，工作非不久，而視其石，則薄以裂；視其磚，則滲以坼；視其灰與土，則淋而不周、掩而不實。故稽其所歷之歲月，嘗不及弘治以前之半云。

新塘鄉之有橋，俗呼曰雪堰，即《方志》所爲文成橋也。其上爲南北之孔道，其下爲吴越之要津，又爲太湖之隘口，旱潦宣洩之所經。嘉慶五年六月，甚雨，水漲，橋忽崩圮，橋洞之碑出焉，云「建于成化二十年」。考之《方志》，則又曰「成化十三年」，要不出成化中近是。逾年，本鎮募錢得五百餘千，復興築之。拆視其下，基址深固，層復一層，惟椿以松木，則已朽壞。于是某某司其事者，益不敢艸率卒工，而排基則易以徑尺老杉，長約七尺餘，老杉以上，均用大石博砌，復錮以石粉，自水盤石而上，約深十餘層，計深丈有零。某等皆廢其本業，日夕監視，稍不如意，輒改作之，以視成化年之所造，蓋有加焉。

夫橋之成，必書其歲月及司事者之姓名于石，此陳例也。若歷久而不壞，則里之人必追頌之曰：「是某某之所督司也，某某之所營造也，費不浮而工歸于實，是以能歷久若此。」若夫成而遽毁，或不及百年、不及數十年而遽毁，則里之人亦必竊竊議之曰：「是某某之所督司也，某某之所營造也，歛錢雖多，中飽者若干，浮費者若干，某某又慢于其事，以致如此，則豈不爲一方之大戒哉！」橋成，乞亮吉書日月于石，因樂爲記之，并垂以爲後來式云。時嘉慶六年九月望日。

董太恭人晚翠軒遺稿序

《晚翠軒遺稿》者，吾友董君心牧母莊太恭人所製也。

亮吉與心牧同歲生，心牧日月差長，亮吉六歲孤，心牧九歲孤，又值兩家中落，貧苦之況亦略同。憶亮吉服喪甫闋，心牧尚未居憂。

舅妗董安人，莊太恭人從姑也，暇日偶携諸姊及亮吉訪太恭人于玉梅橋里第。時太恭人一子一女，女甫及笄。里第向北，太恭人居屋南向。屋中設幔一、卧榻二，南壁鑿楹，層叠貯書，一琴在北几，甕盎四五，列西牖下。董安人知太恭人之善琴也，拂絃以請。太恭人轉以命女，鼓竟一曲，乃止。復與董安人語兩家事故甚悉。亮吉時與心牧兒戲堂皇下。間聆太恭人語，雖年尚少無甚識解，已肅然敬之。殆成童日，復與心牧訂交，益詳審太恭人之所以撫孤，所以教子，所以貧而自立，幾幾至于子之有成也，與吾母太宜人一無以異，以是兩人交益親，學亦益苦。及亮吉與心牧先後成進士，官京師，而兩家之母已不及見矣。閒中與心牧過從，談及先世事，往往對泣不已。

歲戊午，亮吉時蒙恩侍學三天，以弟喪乞假歸，適心牧亦以户部郎出守廣西潯州，兩人者又同時出都，同時抵里，里中諸父老與知舊讌客，兩人者亦無不偕。心牧則時時言欲爲太恭人刊遺稿，而以序屬亮吉。亮吉敬諾之。然心牧行甚急，不暇報命也。後一年，亮吉以奔國恤入都。半歲，復乞假歸。瀕行奏記三府，以語言愚戇，罪至不測。今上赦其死罪，遣戍伊犁。行至涿州，始聞心牧廣西之訃，于役車中，東向以哭，不暇爲位也。

烏呼，亮吉與心牧交三十年，心牧則可以不死而遽死，亮吉則可以死而卒不至于死，以至復荷聖天子不次之恩，放歸田里，距與心牧别僅二年，距心牧之死僅一年耳。方其荷戈萬里，冒大雪出關，行無人之境者至六十日，墮傳車不死，陷雪窟不死，又豈知生還有日，復能訪太恭人舊日之居第，并亮吉童年與心牧嬉遊之所，一再展故人之殯，又敬序太恭人之詩乎！蓋吾兩家三十年來死生離合之故，無不畢備。序太恭人詩，一一棖觸及之，涕不知何從。又因太恭人而轉傷吾母太宜人之先亡，與太恭人皆不逮子之禄養。繼又念亮吉流徙遷轉，瀕于萬死之狀，幸太宜人不及見之，見之而或悲其愚，悲其愚而又或慮其死，則太宜人必憂傷成疾，是又益重亮吉之罪也。

太恭人遺稿一卷，詩凡若干首，上者無愧漢魏間人，次者亦不作尋常閨閤語，雖一編寥寥，其傳于後，已無疑義。若夫守志撫孤之大節，前仁和盧學士文弨撰《常州府志》，已與吾母太宜人並編入《賢母傳》，無俟亮吉複述。時嘉慶五年，歲次庚申，歸自伊犁之次月。

與宿松文學書

遠承足下渡江過訪，慰甚，幸甚。坐次足下述及宿松本漢之松滋，并言漢晉時有五松滋，分屬廬江、安豐、南郡、南河東及僑立之松滋郡。其言甚辯，然實不如足下所云也。

今攷松滋之名，始于漢昭帝始元五年，封六安共王子霸爲侯國。《漢書·地理志·廬江郡》有松滋，注云「侯國」是也。今廢縣在宿松縣北。後漢無松滋縣，至晉初復立，又移屬安豐郡，縣治亦移至北百餘里。《圖經》：「故城在今霍丘縣東十五里。」沈約《宋書·州郡志》稱「《晉太康地志》松滋縣屬安豐」是也。安豐郡本分廬江郡立，是安豐之松滋，即廬江之松滋無疑矣。至晉成帝，又于尋陽僑置松滋郡，安帝又省松滋郡爲松滋縣，皆遥隸揚州。《晉書·地理志》所載是也。《圖經》：「廢縣在今九江府德化縣東」，此松滋僑縣之一矣。若荆州南郡之有松滋縣，《晉書地道記》云：「咸康三年，以松滋流户在荆土者立松滋縣。沈《志》亦云疑是有流民寓荆土，故立。今湖北荆州府松滋縣尚承晉僑縣舊名，此松滋僑縣之二矣。若南河東郡之松滋，則沈《志》又云「晉成帝咸康三年，征西將軍庾亮以司州僑户立南河東郡。」而《圖經》則云「咸康四年，于南郡所屬松滋僑縣立南河東郡。」是南河東郡之松滋，即南郡之松滋，非有二也。

然古今地志每好立異説以亂真，如松滋之改名高塘，高塘之改名宿松，在隋開皇十八年。而樂史《太平寰宇記》乃云：「晉武平吴，以荆州有松滋縣遂改爲宿松。」夫晉武平吴，即漢松滋舊縣立尚未久，何容即有荆州之僑縣？則豈非瞽説乎！又《古今地名》復云：「廬江郡松滋即古鳩茲地。」攷《左傳》襄公三年：「子重伐吴〔二〕，克鳩茲。」杜預注云：「鳩茲，吴邑，在丹陽蕪湖縣東，今皋夷也。」《圖經》今訛作勾茲港，在縣東四十里。是鳩茲在江以南，何容越江七八百里移至今霍丘縣境乎！此又可不必辨者矣。

總之，瓜分豆剖，以僑户占實土之名，以後起變厥初之號，遂至一縣之名也，而領之者四州，揚、豫、荆、司。統之者五郡，廬江、安豐、松滋、南郡、南河東。而地志之好爲異説者又不一，何怪足下之致疑乎？足下能以漢、晉、宋地志爲據，而稽其道里，驗其沿革，不爲異説所惑，則善矣。

吕廣文星垣文鈔序

吾里中多瑰奇傑出之士，其年相若而才足相敵者，曰孫兵備星衍、楊户部芳燦暨君而三。三人者，皆肆力于詩、古文辭，而各有所獨到。孫君能爲説經辨駁之文，以匡稚圭、劉子政爲宗。楊君能爲梁陳初唐之文，尤以徐孝穆、王子安爲宗。君之文則不名一體，其上者，則敬通《問交》、士衡《辨亡》也；其次，則皇甫持正之寺碑、孫可之之書壁也；至義關懲勸，旨寓抑揚，則灑灑千萬言不止，此又君之自命，而人亦以此推君者矣。三人者，負其才，各不相下。馳騁名場者及三十載，然或立勳邊徼，或著績河防，皆卓然有所樹立。君獨窮老不遇，僅以名諸生貢入胄監，出而秉鐸數縣，所遭益無聊賴，則自命益不凡。自命益不凡，則所爲詩文益放而不可捉摸，今之《白雲草堂文稿》至數十百篇，大半皆秉鐸時之所作也。

余二十後，與三人交，于孫君尤密，次則君，又次則楊君。猶憶丁酉春，余居憂，授徒里中，楊君者買舟百里相唁。時君與孫君皆落拓居里，因約至舍，作竟夕談。余時賃廛在白馬三司徒巷側，貧甚，無几榻，三人者相與就余苫次，鱗比而寢，夜半月出，談亦益縱，顧饑甚，無所得食，君獨敲石火，搜旁室中，得敗齏及麥屑升許，就三隅竈作餐，競以手掬食至飽，天破曙，生徒以次進，三人者始散去。是時年少氣盛，讀書多不甚知世事，各負其兀傲之志，視古今無不可及之人，天下無不可爲之事，以爲他日當各有所建豎，不負知己也。乃忽忽數十年，各更事故，各歷艱險，齒髮日益頹，意氣日益減，而議論亦日益持平，雖後此所成就，尚未可知，而三人者明歲皆已五十，余則又過之，爲可歎也。

余前歲遣戍出關，楊君適官滿候代，餞余于皋蘭河橋。昨歲蒙恩旋里，時孫君居憂，寓居江甯，先訪余里第，獨君以職守不獲相見，而書問時時來，均可爲死生患難之友矣。然則今之序君文者，豈僅爲君文而設哉！他日序孫君、楊君之文，亦當如是而已。

諸氏族譜序

有西北之著姓，有東南之著姓。西北之著姓，如宏農之楊，聞喜之裴，河東柳、薛，涿郡崔、盧之類是也。東南之著姓，則延陵之吴，義興之周，瑯邪之王，南昌之熊，以及吴都則顧、陸、朱、張，浙西則范、全、姚、沈之類是也。又有姓雖稀而不可不謂之著姓者，西北則太原之祁，廣平之閻；東南則丹陽之荆，昆山之諸，丁户不甚繁，然自春秋迄今二千年中，常聚族而居，或占一鄉，或占一鎮，即小有遷徙，亦不出數百里之外，間數代必有聞人，是以譜系修明，佋儫畢舉，洵可謂土著之名族矣。

考諸姓出自越大夫諸稽郢，其見于《春秋左傳》者有諸鞅，見劉向《説苑》者有諸發，見應劭《風俗通》者有洛陽令諸於。今桉其譜系，雖自越而吴，自肅山而昆山，自昆山而無錫，自無錫而陽湖，要皆不出四五百里。自唐宋以前，則間有可攷，元明以來，則世次秩然，瞭如指掌，非子孫之賢而有學，世世克承其先志，而能如此乎！且諸氏歷世以來，官閥雖不甚顯，而亦無極不肖子弟獲罪家國，爲世所指。名著于史册，如沈氏之充，柳氏之璨，熊氏之曇朗，崔氏之允昭緯其人者，謂非名宗之大幸，抑亦家法修舉，而能然歟！是則講求譜系，所以上紹祖宗，條舉家規，即所以下貽孫子，亦名宗賢士大夫之責矣。

嘉慶六年，歲在辛酉，某某等將重修族譜，以余之粗辨氏姓也，乞爲識其始末，余故樂爲序之。

釋璽一篇示及門呂璽

《說文》字皆从本訓，獨「璽」字《說文》云「王者印也。」則本秦漢之制言之，非「璽」字本訓。何則「璽」字从土，古人制璽蓋皆以土爲之。《呂氏春秋·適威篇》云：「若璽之于塗也，抑之以方則方，抑之以圜則圜。」《淮南·齊俗訓》同。古燒土爲璽，此云「抑之以方抑之以圜」者，未入火以前，璽之坏也。秦漢以前尊卑共用之。《周禮·地官·司市》：「凡通貨賄，以璽節出入之。」鄭康成注云：「璽節，印章。若今之斗檢封矣。」「掌節」、「貨賄用璽節」，鄭注亦云：「今之印章也。」《月令》：孟冬之月。「固封璽。」高誘注《呂氏春秋》云：璽讀爲「移徙」之徙。封璽，印封也。誘注《淮南子》亦同。《左傳》襄公二十九年：「公在楚，季武子使公冶問，璽書追而與之。」桉《玉海》引《世本》云：魯昭公作璽。今此事在昭公以前，則《世本》之說非矣。杜預注：「璽，印也。」《戰國策》：「欲璽者，段干子也。」《史記·楚世家》：懷王「置相璽於張儀。」是上下通名璽之證。

籀文璽字从玉，此籀文出當在後，秦以來璽無不以玉爲之者，故字又从玉耳。孔穎達《正義》引衛宏云：「秦以前，民皆以金玉爲印，惟其所好。」宏此語亦但以意言之，如秦以前即以玉爲璽，而因製从玉之璽，則宏言金可爲璽，何又不制从金之璽字乎？《玉篇》有鑈字，云：堅正也，奴頰切。義與此別。至《説文》「王者印也」下又云「所以主土」，蓋因字本从土。上「王者印也」四字恐與土義不相涉，故又足此四字，然究非此字本訓。《玉篇》以下，又皆承許氏之説。《玉篇・玉部》下璽字又云：「天子諸侯印也。」義亦不該。若在秦以前，則稱璽者不僅天子諸侯，若在秦以後，則諸侯亦不得稱璽。蔡邕《獨斷》所言皇帝六璽。《續漢書・輿服志》：璽皆玉螭虎紐，文云「皇帝行璽」、「皇帝之璽」、「皇帝信璽」、「天子行璽」、「天子之璽」、「天子信璽」。《百官志》：符節令下有「尚符璽郎中四人。」本注云：「舊二人在中，主璽」，是也。桉《霍光傳》：「光召尚符璽郎」。攷「尚符璽郎」當係秦官，漢承其制耳。

然則「璽」字本訓當若何？曰：當云「璽」，以土爲印也。秦以來王者始稱璽，并以玉爲之。義方諦耳。至《釋名》云：「璽者，徙也。」封物使可轉徙而不可發也，則又以同聲之字爲訓，與高誘注讀若義同。

釋珠乙篇示及門李珠

《説文・玉部》珠云「蚌之陰精」，亦非珠字本訓。攷珠字从玉，古人之珠，皆以玉爲之。《周禮・天官・玉府》：掌「共王之服玉、佩玉、珠玉」，「若合諸侯，則共珠盤、玉敦」，是也。鄭注及孔穎達疏，以珠玉爲蠙珠，亦承許氏之説，殊無別據。《續漢書・輿服志》：「孝明皇帝永平二年，初詔有司采《周官》、《禮記》、《尚書・皋陶篇》，乘輿服從歐陽氏説，公卿以下從大小夏侯説。冕皆廣七寸〔三〕，長尺二寸，前圓後方，朱緑裏，玄上，前垂四寸，後垂三寸，係白玉珠爲十二旒。桉此即《周禮・弁師》之玉十有二。三公諸侯七旒，青玉爲珠；

卿大夫五旒，黑玉爲珠。」所謂白玉珠、青玉珠、黑玉珠，皆琢小玉之白、青、黑者爲之。歐陽、夏侯皆承周秦以來先儒舊説，明三代之制，冕旒所垂之珠，皆琢玉爲之，非蚌珠矣。桉蚌珠亦無青、黑等色。

珠亦有出于天然不須琢者。《山海經》：歷山「楚水多白珠。」揚雄《子虛賦》云：「赤玉玫瑰，琳瑉昆吾。」注引《倉頡篇》云：「玫瑰，火齊珠也。」張揖云：「琳，珠也。」左思《蜀都賦》云「江珠瑕英」，又云「青珠黃環。」注引《博物志》云：「江珠，琥珀別名。」「青珠出蜀郡平澤。」《玉篇》：蜀郡平津縣出青珠。此皆玉珠之天然不須琢者。且即以《説文》證之，瑰字下云：玫瑰，「一曰珠圜好。」又云：「璣，珠之不圜者。」又云：「琅玕，似珠者。」亦可知珠皆玉爲之矣。若蚌珠亦名珠者，以其形之似名之。然古人亦不單喚爲珠，必加字于上，以區別之。《禹貢》：「淮夷蠙珠暨魚是矣。」若古人所用之珠，果皆係蚌珠，則字當从虫，不必从玉也。又考《説文》玭字下云：「玭，珠也。宋宏云：淮水中出玭珠。字又作蠙。云夏書玭从虫賓。」《玉篇》：「玭，又作璸。」此則專指蚌珠而言。是知蚌珠之珠本別有字，玭是也，蠙是也，璸亦是也。不必更以玉珠之珠移屬于蚌也。況物之有珠者，又不獨蚌。《山海經》文：魮「生珠玉。」又云：「激汝之水，其中多蜃珧。」郭璞注：「珧，亦蚌屬。」是蚌有珠，魮蜃亦有珠矣。他若鼉、鼈、魚、龍、鮫、蛇、鼃、鼃亦皆有珠，《埤雅》采舊説云：「龍珠在頷，蛇珠在口，魚珠在目，鮫珠在皮，鼈珠在足，鼃珠在腹」之類，是也。明百物之珠，皆借玉珠之字爲義。《輿服志》又云：「建華冠，貫大銅珠九枚。」是五金皆可以製珠，然但能同其名，不可即奪其義。人之呼之者，必當曰銅珠，或曰龍珠、魚珠，不得僅目之爲珠也。然則「珠」字自有本訓，何得獨屬之于蚌乎！孫强等著《唐韻》，稍知其義，于珠字但注云珠玉，不專屬之蚌，最爲得解。

夫余爲許氏之學者也，非敢規許氏，但欲以輔其不及耳。餘尚有十數字不从本訓者，辯已見《曉讀書齊雜録》，不贅。

校勘記

〔一〕戊己校尉　原作「己校尉」，據《後漢書》卷一九《耿恭傳》改。又上文已明言「恭爲戊己校尉」。

〔二〕子重伐吳　「伐」原作「代」，據《春秋左傳》襄公三年改。

〔三〕冕皆廣七寸　「七寸」原作「七尺」，據《後漢書·輿服志》改。

更生齋文甲集卷第二

春秋十論

壬戌歲，在旌德洋山書院課徒，因作此以示及門。

春秋時以大邑爲縣始于楚論

春秋時，楚始以大邑爲縣。桉《秦本紀》：「孝公十二年，并諸小鄉聚，集爲大縣，縣一令，凡四十一縣。」《商鞅傳》作三十一縣。《漢書·百官表》：「縣令、長，皆秦官。萬户以上爲令，秩千石至六百石。減萬户爲長，秩五百石至三百石。皆有丞、尉。」桉《商鞅傳》止言置令、丞。然其制實自楚創始之。《左傳》宣十一年，楚子入陳，殺夏徵舒，因縣陳。十二年，鄭伯對楚莊王曰：「使改事君，夷于九縣。」杜預注：「楚滅九國以爲縣，願得比之。」《正義》言：楚滅諸國見于經傳者，哀十七年稱文王「縣申、息」，莊六年稱「楚滅鄧」，十八年「克權」，僖五年「滅弦」，十二年「滅黄」，二十六年「滅夔」，文四年「滅江」，五年「滅六」，又「滅蓼」，十六年「滅庸」，凡十一國。蘇氏、沈氏以「權」爲小國，「庸」先屬楚，除二國外，爲九也。襄公二十六年，伯州犁言：「穿封戌，方城外之縣尹。」此見于《左傳》者也。其見于《史記·楚世家》者，則子革對靈王曰:「且入大縣而乞師于諸侯」,又惠王之十年,「是歲也,滅陳而縣之」是也。

此外,則晉自文襄以後,大邑亦名縣。《左傳》僖公三十三年,晉襄公「以再命命先茅之縣賞胥臣」;宣十五年,晉人「賞士伯以瓜衍之縣」;襄公二十六年,楚聲子欲復椒舉,謂令尹子木曰:「晉人將與之縣,以比叔向」;昭公五年,薳啓疆謂楚子曰:「韓賦七邑,皆成縣也」,又云「因其十家九縣,其餘四十縣」云云。二十八年,晉殺祁盈及楊食我,「分祁氏之田以爲七縣,分羊舌氏之田以爲三縣」是也。蓋春秋時,已有改封建爲郡縣之勢,創始于楚,而秦與晉繼之。至戰國,而大邑無不爲縣矣。

又考楚文王縣申,在魯莊公六年。《史記·秦本紀》言:武公「十年,伐邽、冀戎,初縣之。十一年,初縣杜、鄭」。《晉語》公子夷吾對秦使公子縶曰:「君實有郡縣。」皆當在楚文王縣申之後。《廣韵》又言:「楚莊王縣陳,縣所自起。」亦非。當云自楚文王縣申、息始。

後世置小州,其制亦始于楚。《左傳》宣公十一年,莊王「復封陳。鄉取一人焉歸,謂之夏州」。《史記·蘇秦傳》:楚「東有夏州、海陽」。《集解》引徐廣云:「楚考烈元年,秦取夏州。」今桉《楚世家》又云:「納州于秦」,徐廣又註云:「州,楚州陵縣。」彼此不同,未知誰是。又引車允撰《桓温集》云:「夏口城上數里有洲,名夏州。」張守節云:「州在大江中。」

春秋不諱娶同姓論

春秋時,娶同姓者,不一而足。《穆天子傳》有盛姬,是天子以同姓之女備後宫也。列國則晉獻公有大狐姬、小狐姬,驪姬、其娣生卓子,亦姬姓,故莊公二十八年《傳》「惟二姬之子在絳。」平公則内有四姬，《傳》襄二十六年，「衛人歸衛姬于晉」等是也。《國語》富辰曰：「聃由鄭姬。」韋昭注：「聃，姬姓，文王之子聃季之國。鄭女爲聃夫人。同姓相娶。」

大夫則齊崔杼娶棠姜。東郭偃所云：「君出自丁，臣出自桓。」是也。慶舍以女妻盧蒲癸，慶舍之士以爲「子不避宗」是也。哀公十一年，太叔懿子娶晉悼公子慭女，亦同姓。晉則羊舌氏爲晉公族，而亦娶同姓。《論衡》：叔向之母姬姓，是矣。《廣韵》：鄭公子有食采于徐吾之鄉，後以爲氏。是子南、子皙又争娶同姓之女也。獨昭公以吳孟子貽譏者，以魯爲秉禮之國故耳。

又世皆譏漢惠帝娶魯元公主女爲婦，以爲妻外甥女。不知春秋時即有之。《左傳》僖公二十四年，「晉侯逆夫人嬴氏以歸」。《史記·晉世家》文公夫人，秦女也。服虔云：穆公女文嬴也。又《傳》稱「秦伯納女五人，懷嬴與焉。」《晉語》稱「不敢以禮致之，懽之故也。」韋昭注：「懽愛此女之故。」是懷嬴亦穆公之女，于晉文公皆外甥女也。

春秋時晉大夫皆以采邑爲氏論

晉大夫皆以采邑爲氏，除韓、趙、魏本係建國，不必更論。後趙氏别子趙同，食采于原，故又稱原同。屏括食采于屏，故稱屏括，又稱屏季。邯鄲氏食采于邯鄲，故稱邯鄲氏。《元和姓纂》：「邯鄲氏，趙穿之後。」魏犨之孫魏錡，食采于吕，復食采于厨，故稱吕錡，亦稱厨武子。《國語》：錡之子亦稱「吕宣子」。又魏顆子魏頡，食采于令狐，故《國語》又稱爲「令狐文子」。《地理志》河東郡猗氏，樂史云：「春秋時令狐也。」韓獻子玄孫康食邑于藺，又稱藺氏。《地理志》西河郡藺縣。《廣韻》：「藺，姓，亦出西河。韓獻子玄孫康食邑于此，因氏焉。」外若欒氏食采于欒，故欒叔以下皆稱欒氏。《左傳》哀公四年，「國夏伐晉，取邢、任、欒、鄗。」杜預注：「欒在趙國平棘縣西北。」桉，即今趙州西北，故欒城與正定府欒城縣接界，《地理志》常山郡關縣，後漢改爲欒城，是矣。郤氏食采于郤，故父曰郤豹，子曰郤芮。《一切經音義》引《聲類》云：「郤鄉在河內。」是也。後又食采于冀，故亦稱冀芮。《水經注》引京相璠曰：「今河東皮氏縣有冀亭，古之冀國所都。」《左傳》僖公三十三年，「命郤缺爲卿，復與之冀。」是矣。其後郤犨食采于苦成，故又曰苦成叔。《潛夫論》：「苦成，城名也，在鹽池東北。」豹之孫楊又別食采于步，故稱步楊。《世本》：「豹生義，義生楊，楊生鵲居。」《廣韻》：「晉有步楊，食采于步，因氏焉。」楊子鵲居食采于蒲城，故稱蒲城鵲居。見《周語》韋昭注：鵲居子至食采于温，故亦曰温季。桉《廣韻》「唐叔虞之後，受封于河內温，因以命氏」，是晉又有公族温氏也。胥臣先食采于胥，後又合采于臼，故稱胥臣，亦稱臼季。《左傳》僖公二十四年，取臼衰。《水經注》引京相璠曰：「桑泉、臼衰，並在解東」。《博物志》又云：「臼季邑。」在解邑西北。先軫食采于原，故曰原軫。杜預《釋例》云：「河內沁水縣西北有原鄉。」是矣。至先且居，則又稱霍伯，當亦以采地名。《郡國志》河東郡永安縣有霍太山。桉，山側有霍城。《水經注》：「汾水又南逕霍城東。」是也。韋昭又云：「先且居，先軫之子蒲城伯也。後受霍，爲霍伯。」是未受霍以前，又嘗食采于蒲城，故云蒲城伯。蒲城即重耳所居，在漢河東郡蒲子縣。其後先穀又食邑于彘，故曰彘季。《地理志》河東郡彘縣。是也。悼公時，士魴亦食采于彘，故亦曰彘恭子。狐突食采于狐，故稱狐氏。其子狐毛、狐偃亦然。《左傳》僖公十六年：「狄侵晉，取狐厨。」杜注：「臨汾縣西北有狐谷亭。」又云：「狐厨、受鐸、昆都，晉三邑。」偃之子又食采于賈，故又稱賈季。韋昭《晉語》注：「賈佗，狐偃之子射姑、太師賈季也。食邑于賈，字季佗。」劉昭引《博物志》曰：「臨汾有賈鄉，賈伯邑。」又《圖經》：蒲城縣西南亦有賈城，即古賈國。《古今地名》亦同。荀息食采于荀。《潛夫論》：「荀，亦作郇。」杜預注：「解縣西北有郇城。」《水經注·汾水》下，古水又西逕荀城，古荀國也。《汲郡古文》：「晉武公滅荀，以賜大夫原氏。」桉《竹書紀年》：「晉曲沃滅荀，以其地賜大夫原氏黯，是爲荀叔。」是荀叔本姓原氏，以食采于荀，始稱荀叔也。又《紀年》于桓王二年云：「莊伯以曲沃叛，伐翼〔一〕，公子萬救翼，荀叔軫追之。」此荀叔軫或即息之先，始受采地者也。後荀首别食采于知，故自罃以下又稱知氏。劉昭引《博物志》：「河東解縣有知邑〔二〕。」是也。吕甥先食采于吕。劉昭引《博物志》云：「河東永安有吕鄉，吕甥邑。」後又食采于陰，故稱陰飴甥。《左傳》哀公四年，「國夏伐晉，取陰人。」後又食采于瑕，故亦稱瑕甥。《郡國志》河東郡解有瑕城。桉，後詹嘉亦食采于瑕，故曰瑕嘉。文公十三年，「晉侯使詹嘉處瑕，以守桃林之塞。」是也。士會之先隰叔，食采于隰。《郡國志》「河内懷縣有隰城。」至士會先食采于隨，後又食采于范，故稱隨會，又稱范武子。至文子、宣子、獻子等皆然。韋昭《晉語》注：「食邑于范爲范氏。」又云：「隨、范，晉二邑。」《潛夫論》：「食采隨，故氏隨。」《左傳》隱公五年，「翼侯奔隨。」杜預注：「隨，晉地。」《圖經》：隨城在介休縣東。春秋時爲士會食邑。《地理志》：東郡范縣。《圖經》：春秋時晉大夫士會邑。虢射父食采于虢，梁由靡食采于梁，梁、虢本皆舊國。陽處父食采于陽，箕鄭父食采于箕。《郡國志》：「修武有陽樊攢茅田。」杜預注：「太原陽邑縣南有箕城。」是也。《圖經》又云：「陽邑縣，晉大夫陽處父邑。」邢侯食采于邢，雍子食采于雍。《地理志》河内郡平皐。應劭曰：「其地屬晉，號曰邢丘。」《郡國志》「山陽縣有雍城。」董氏食采于董。《左傳》文公六年，「改蒐于董。」杜注：「臨汾縣有董亭。」又有董澤，在聞喜縣東北四十里，古豢龍氏董父所居，故名。解揚食采于解。《郡國志》解縣有解城。張老食采于張。《潛夫論》：「河東解邑有張城，有西張城。」《史記》又有東張城，今在虞鄉縣西北。輔果食采于輔，鐸遏寇食采于鐸。《左傳》宣公十五年，秦「伐晉，次于輔氏。」杜注：「輔氏，晉地。」十六年，晉「滅赤狄及留吁鐸辰。」苗賁皇食采于苗。杜注：「食邑于苗地。」梁餘子食采于梁榆。《水經注》：「梁榆水出梁榆城。」桉，在漢上黨郡涅氏縣。《圖經》：春秋時晉梁餘子養邑。王官無地，食采于王官。《左傳》文公三年，「秦師濟河，取王官及郊。」夏陽説食采于夏陽。桉，夏陽即虢舊邑。高梁伯食采于高梁，故曰高梁伯。杜注：高梁在平陽楊縣西南。荚成僖子食采于荚成。《廣韵》：「姓，出平陽。《世本》有晉大夫荚成僖子。」閻氏食采于閻。《元和姓纂》：「唐叔虞之後，公族食采于閻邑，因氏焉。」今考昭公九年，「周甘人與閻嘉争閻田。」是閻嘉亦以食邑爲氏，故曰閻嘉也。柏氏食采于柏。《晉語》韋昭注：「柏，晉之舊姓。」《地理志》趙國柏人。注：本晉邑。叔向稱「狐、續、慶、伯」，古伯柏同，當即此也。陘氏食采于陘。《廣韵》云：「陘，晉邑也，大夫氏焉。今爲井陘縣。」

以至祁氏食采于祁，桉賈辛亦食采于祁。《地理志》：祁，晉大夫賈辛邑。蓋是時祁氏已滅，與鄔、銅鞮之屬司馬彌牟、樂霄等同。楊氏食采于楊，劉昭引《地道記》又云：楊縣有梁城，去縣五十里，叔向邑也。又桉《水經注》河東郡楊，晉大夫僚安之邑。蓋儌安食采于楊，亦在羊舌氏滅後也。鄔氏食采于鄔，盂丙食采于盂，銅鞮伯華食采于銅鞮，《太康地志》：「銅鞮，晉大夫羊舌赤邑。」又未食銅鞮以前，又嘗食邑于羊舌。《左傳》《正義》引《世族譜》：羊舌，其所食邑也。邯鄲午食采于邯鄲，蒲城午食采于蒲城，則又皆漢河東、河内、上黨、太原、趙國所屬之大縣，人所共知者矣。

更有異者，《地理志》上黨郡余吾，《通典》作徐吾。桉《左傳》昭公二十八年，晉大夫有知徐吾。又河東郡襄陵有讎氏鄉亭。《水經注》：襄陵縣故城，晉大夫郤讎之邑也，故其地有讎氏鄉亭。是又以采邑命名矣，亦他國所未有也。

春秋惟秦不用同姓而喜用别國人論

春秋時，列國皆用同姓，惟秦不然。見于經傳者，亦不過數人，公子縶、小子憖、公子鍼、公子士雅等，是也。至好用異國人，則亦自穆公啓之。《秦本紀》所云，求百里于楚，迎蹇叔于宋，取由余于戎，求丕豹、公孫枝于晉外，又有内史廖、隨會等數人，若孟明視、西乞術、白乙丙，則又百里奚及蹇叔之子也。降至戰國，而孝公用商鞅，惠文君用公孫衍、張儀、司馬錯、樂池、魏章，武王用甘茂、陳軫、齊明、周最，昭襄王用田文、樓緩、壽燭、向壽、白起、任鄙、吕禮、蒙武、尉斯離、客卿胡傷、客卿竈、王齕、司馬梗、張唐、范雎、蔡澤、將軍摎，莊襄王用吕不韋、蒙驁。及始皇用麃公、王齮、茅焦、尉繚、桓齮、楊端和、王翦、李斯、羌瘣、昌平君、索隱：昌平君，楚之公子。昌文君、王賁、李信、王綰、馮劫、王離、趙亥、隗林、馮毋擇、王戍、趙嬰、楊樛、蒙恬、辛勝，類皆異國人也。

骨肉中惟樗里疾最用事，然疾中間又嘗相韓，明用之亦無商鞅、范雎之專矣。且公子虔，同姓之親，又太子之傅也，鞅一言，而即劓。涇陽君，高陵君王之同母弟也，雎一言，而即出之關外。公子十二、公主十皆二世之親昆弟也，趙高一言，而同日伏尸于市。明秦于骨肉之恩本薄，故人人得而間之。惟遊士則不然，能西行入秦，無不各得所欲，有不幸者，僅韓非、鮑丘等一二人遭罹讒謗以死耳，其他則皆立談取卿相者也。

此非穆公之留貽家法然乎！然秦之霸以此，秦之并天下以此，秦之土崩瓦解亦以此。迨二世之亡，項羽殺子嬰及秦諸公子宗族，疑其子姓已無復有矣。此則雖貴爲天子，而易姓之後，尚遠不如齊之諸田，楚之屈、昭、景等，猶能布滿天下，謂非立法不善之故哉！吾故曰，春秋時惟秦不用同姓，而喜用異國人，其法自穆公始。烏乎，穆公家法之不善，又豈僅殺三良而已哉！

春秋晉比楚少恩論

春秋時，晉國待大夫最少恩。《左傳》昭公三年，叔向對晏子所云，「欒、郤、胥、原、狐、續、慶、伯降在皂隸」，是也。至二十八年，而祁氏、羊舌氏族亦滅。夫狐、胥爲從亡之臣，欒、郤、原皆有勞于國外，如伯宗、祁奚、叔向之賢，又皆《傳》所云「猶將十世宥之者也。」況所坐之罪又均非叛逆，狐、續則坐專殺，先縠則剛愎，三郤則驕侈，胥童則從君于昏，欒祁則又以家事至于滅宗，最爲無罪。若伯宗之被讒，羊舌之從坐，又不待論矣。

楚則不然，伯棼之惡，至于攻王；鬥懷之悖，至于欲弑君，然莊王則曰：「子文無後，何以勸善？」命其孫箴尹克黄復其所。昭王則復國之後，賞大功九人，鬥懷亦預焉。子西：「請舍懷王。」曰：「大德滅小怨，道也。」夫一家之中，兩犯叛逆之罪，鬥氏即若敖氏。而不以及其身與子孫，楚報功之典，可云厚矣。卒至戰國之末，而屈、昭、景三族亦究與楚相始終。謂非立法之厚，遂獲享其報乎！若昭公二十七年《傳》，言「盡滅郤氏之族」，則令尹子常爲之，非王之意也。

又攷《春秋》于叛臣、篡弑之臣，其子孫之食禄居位，亦並如故，并有不忍絶其後者。夫鄭之公叔段，可云叛臣矣。然《左傳》莊公十六年，「公父定叔出奔衛。杜注：公叔段之孫。三年而復之，曰：「不可使共叔無後于鄭。」又《傳》以「良月」入，何其用法之寬乎？至夏徵舒親弑其君，可云罪大惡極矣。然《左傳》昭公二十三年，其孫陳夏齧復見于《經》。《世本》：「徵舒生惠子晉，晉生禦寇，禦寇生悼子齧。」是又生則爲卿大夫，死則賜謚，與立勳諸臣亦無以異。至漢時，而法已漸嚴，有罪之家不得入宿衛，其後并不得官京師。是也。然究當以漢法爲善。

春秋時君臣上下同名不甚避諱論

春秋時，禮法尚疏，雖云以諱事神，名終將諱之。然君臣上下同名者甚衆，如周穆王名滿，而周有王孫滿；厲王名胡，而五世孫僖王亦名胡齊。《鄭世家》武公名掘突，而其孫厲公亦名突；簡公名嘉，而同時即有公子嘉。《左傳》《史記》並同。宋殤公名與夷，而一傳即有公子目夷。《衛世家》穆公名遬，而裔孫成侯亦名遬，靈公時又有戲陽遬；襄公名惡，而臣又名石惡。

是又祖孫上下同名。《左傳》宣十七年《經》「蔡侯申卒」至哀公四年《經》「盜殺蔡侯申」，是玄孫與高祖同名。《齊世家》武公名壽，而春秋時齊有公子壽。《曹世家》有夷伯喜〔三〕，而後又有公子喜；時有幽伯彊，而數傳又有宣公彊，又有大夫公孫彊。《陳世家》有幽公寧，而後又有大夫孔寧；有武公靈，而裔孫平國又謚靈公。《晉世家》唐叔子晉侯燮，而范文子亦名燮；定公名午，而同時大夫有邯鄲午、蒲城午。又文公、昭公子皆名雍。宋微子啓爲宋始祖，而《春秋·傳》宋景公所養子亦名啓。楚靈王名圍，而一傳即有「王孫圍聘于晉」，見《楚語》。

至若魯武公名敖，至廢敖山，可云諱之嚴矣，然文公時即有公孫敖。他若晉曲沃桓叔名成師，而晉官有太師；魯幽公名宰，而魯官有太宰；楚共王名箴，而官不廢箴尹；晉獻侯名籍，而晉不廢籍氏；魯魏公名濆，而魯邑之費不改；陳莊公名林，而陳地之株林不改；此類益多，不能枚舉矣。又如以國號爲名者，衛宣公名晉，成公名鄭，魯定公名宋，陳惠公名吴之類，當時赴告于諸國者，又豈能連他國之號而諱之耶？

明春秋時雖以諱事神，而禮法闊疏，尚有諱有不諱，非如漢以後禁忌日甚，并同聲之字而亦諱之也。

春秋時楚國人文最盛論

春秋時，人材惟楚最盛。其見用于本國者不具論；其波及他國者，蔡聲子言之已詳，亦不複述。外此，則百里奚霸秦，伍子胥霸吴，大夫種、范蠡霸越，皆楚人也。劉向《新序》：百里奚，楚宛人。《吴越春秋》：范蠡，楚宛縣三户人；大夫種，亦楚人。他若文采風流，楚亦較勝他國。不獨左史倚相能讀《三墳》、《五典》、《八索》、《九丘》也，《史記·楚世家》析父善言故事，《楚語》共王傅士亹能通訓典六藝，觀射父能辯山川百神。

蓋楚之先鬻熊，爲周文王師，著《鬻子》二十二篇。其後即諸子百家亦大半出于楚。《史記》：「老子，楚苦縣厲鄉曲仁里人。」「老萊子亦楚人。」《漢書·藝文志》：道家《老萊子》十六篇，楚人。又《文子》九篇，班固注：「老子弟子，並與孔子同時。」今讀其書，有與平王問答篇。蓋楚平王，班固以爲周平王，誤也。又有《蜎子》十三篇，班固注：「名淵，楚人，老子弟子。」《鶡冠子》一篇，注：「楚人，居深山，以鶡爲冠。」《楚子》三篇，不注姓名。又孔子、墨子皆嘗入楚矣。《史記·孔子弟子列傳》：公孫龍、任不齊、秦商。鄭康成注：皆「楚人。」《藝文志》：《公孫龍》十六篇，即爲堅白之論者。《儒林傳》：澹臺子羽居楚。至莊子雖宋蒙縣人，而蹤跡多在楚，觀本傳及《越世家》等可見。《孟子列傳》載「環淵，楚人，著書上下篇」，即蜎子也。又云「楚有尸子、長盧。」劉向《别録》：「楚有尸子。」張守節《正義》：長盧，楚人，有《長盧》九篇。《孟子》内篇言：「陳良，楚産也，悦周公、仲尼之道」，又「爲神農之言者許行，亦楚人。」鬼谷子，皇甫謐注：楚人。荀況則嘗爲楚蘭陵令，《藝文志》儒家有楚蘭陵令荀卿三十三篇，是也。其他在七十子以後傳經者，《易》則楚人馯臂子弓，《禮》則東海人孟卿，《春秋》則楚太傅鐸椒，《藝文志》有《鐸氏微》三篇，《詩》則毛、魯二家，《春秋》則左氏，皆出于楚蘭陵令荀卿，是矣。至詞賦家，則又原始于楚，屈原、唐勒、景差、宋玉諸人皆是。蓋天地之氣，盛于東南，而楚之山川，又奇傑偉麗，足以發抒人之性情，故異材輩出，又非僅和氏之璧、隨侯之珠與金木竹箭皮革角齒之饒，所得專其美矣。

春秋時謚法詳略及美惡論

春秋時，于秦、楚、吴、越諸臣皆不著謚，蓋以戎蠻外之。何以知皆有謚而不著也，蓋以他書攷之。楚有魯陽文子，見《國語》；吴有辛文子，見《范子》，疑皆謚也。宋大夫亦無謚，或殷人尚質，宋尚仍殷之舊，故卿大夫皆無謚。至齊、晉、鄭、衛，則大夫無不有謚矣。然亦有不可解者，齊大夫則高、國、陳、鮑，無不有謚，而管夷吾、晏嬰之謚反不著。攷之《世本》，管莊仲產敬仲夷吾，夷吾產武子鳴，鳴產桓子啓方，啓方產成子豫，豫產莊子盧，盧產悼子其夷，夷產襄子武，武產景子能陟，陟產帶。以上下例之，則敬即仲謚，韋昭《國語》注：管仲謚敬。則平亦當即晏嬰之謚也。晉大夫無不有謚，而狐偃、郤縠、先軫、胥臣等謚獨不著，又叔向、祁奚等亦不知其謚。

或曰卿有謚大夫無謚。然士彌牟、韓无忌等亦大夫也，彌牟謚景伯，韓无忌字穆子。《國語》新稚狗謚穆子。韋昭注：晉大夫。是也。鄭大夫如馮簡子等，亦皆有謚，而子產、子太叔之謚獨不著，賴有《晉語》，而始知子產之謚爲成。衛大夫無不有謚，且有生而賜謚者矣，而史鰌、蘧伯玉等謚反不著，賴有高誘《呂覽》注，而始知伯玉謚成。又春秋之例，雖出亡及被刑戮者，亦皆有謚，晉郤至謚昭子，欒盈謚懷子，知瑶謚襄子，魯郈孫謚昭子等，是也。此或事定之後，時君所追謚，否則其家臣等爲之，然亦可以見風俗之厚矣。

夫靈、幽、厲、悼，謚之惡者，今攷亦不盡然。周靈王以生而有神靈，故謚靈；晉悼公以降年不永，故謚悼之類是也。有似嘉謚而實非者，周穆王以周行天下，故謚穆；周懿王以王室始衰，故謚懿；《史記·蒙恬傳》：「秦穆公殺三良而死，罪百里奚而非其罪也，故立號曰穆。」《論衡》引儒家董無心之言，近而以秦穆、晉文言之：「繆者誤亂之名〔四〕，文者德惠之表。」又云：「晉文之謚美于穆公」云云。桉此，則繆字皆讀如謬，所謂名與實爽曰繆也。蓋春秋時懿、穆皆非美謚，衛懿公及身失國，齊懿公、楚穆王皆及身簒弑，宋穆公舍子立姪至數世不靜，晉穆侯名少子曰成師，而至國亂十世，晉卒併于曲沃。是也。

春秋時以隱疾爲名論

春秋時，以隱疾爲名極多。《左傳》：魯成公名黑肱，晉成公名黑臀。《周語》單襄公云：「成公之生也，其母夢神規其臀以墨，曰：使有晉國，故名之曰黑臀。」是矣。又《傳》文公十三年，「邾子蘧蒢卒。」《晉語》：「蘧蒢不可使俯。」韋昭注：「蘧蒢，直者，謂疾。」是邾文公亦當以疾名也。成公二年《傳》：楚襄老之子黑要。十年《經》：衛侯之弟黑背。襄公二十二年《傳》：鄭公孫黑肱。二十七年《傳》：楚公子黑肱。昭公三十一年，邾黑肱以濫來奔。並是矣。

又或有肖己之形爲名者，襄公二十二年，鄭游販。《說文》：「販，多白眼也。《春秋傳》曰：鄭游販。」二十六年，宋太子痤。《說文》：「痤，小腫也。」二十八年，齊慶隽。《說文》：「隽，頭衺骫隽態也。」昭十六年，鄭子齹。《說文》：「齹，齒差跌皃。《春秋傳》曰：鄭有子齹。」今本作齹，《說文》云：「齒參差也。」義亦通。推之楚子名頨，鄭伯名睔，當皆以形似名之。《說文》：「頨，面目不正皃。」「睔，大目也。」《史記·老子列傳》：名聃。《說文》：「聃，耳漫也。」張守節云：「耳漫無輪郭也。」又《說文》「耴」字引《春秋傳》云：「秦公子耴。」耴者，其耳垂也。其見于他書者，尚不止此。

蓋春秋時人尚淳樸，故生子或即以隱疾及形似名之。後世文多于質，故每取嘉字及吉祥善事爲名。如戰國時孫子之名臏，漢昌邑哀王之名髆，僅見于書傳，不能多矣。

春秋時仲尼弟子皆忠于魯國并善守師法論

春秋時，惟孔子之徒，皆忠于魯國。哀公十五年《傳》：仲由謂齊陳瓘「善魯以待時」，子貢責公孫成「以周公之孫而喪宗國」，其尤著矣。又同師而學者至三千人，卒未聞有起而相軋者，其敬師如此，待友又如此。語有之，同志爲朋，同學爲友，洵可謂同志同學者也。

夫龐涓、孫臏未嘗不共師也，蘇秦、張儀未嘗不共師也，韓非、李斯未嘗不共師也，及各仕一國，即起而相軋，幸則爲張儀，不幸則爲孫臏，尤不幸則爲韓非。然此非數人之過，學術不正之過耳。當其學陰謀、學縱横捭闔之時，殺機早已暗伏，其乘間而輒發，勢所必然，然豈特于同學之友然哉！使其師尚在，與共處一國，共事功名，亦必起而爲逢蒙之反刃，是學術使之然也。荀卿雖彼善于此，然言性惡，而以堯舜爲僞，且又訾毁及子思、孟子，其心術已槩可見。

夫心術者，學術之源也。心術不正，而欲其學術之正，不可得也。學術不正，而欲其徒之必無背其師，不可得也。然則使荀卿而果入秦，能保李斯之必能相容乎？曰：必不能。非僅必不能而已也，亦必以所以待韓非者待其師，不至于死而不止。或曰：何以見之？曰：即觀其所以待韓非者見之矣。夫斯非不知韓非有過人之材，并材之十倍于己也，其心悦誠服者亦未嘗不與待其師者同也。何以見之？曰：于非之死後見之。方二世之時，斯以丞相爲趙高所間，恐懼上書，此時畢生之學術，苟可以求免者，當無不用之矣。然其書中惟兩引《韓子》之言，一則曰「慈母有敗子，而嚴家無格虜」云云，二則曰「布帛尋常，庸人不釋；鑠金百鎰，盗跖不搏」云云，末又云「雖申、韓復生，不能加也。」是斯之心悦誠服于非者何如？然必殺之而後已者，懼其勝己也，是即逢蒙殺羿之意也，是即戎夷弟子忍死其師之意也。況荀卿之材又過于非，而謂李斯之能容之乎！

吾故曰：心術不正，則學術不正；學術不正，則師弟亦不能相保，勢使然也。烏乎，安得仲尼之徒布滿斯世，以救天下之學術，即以正天下之心術乎！若陳相之于許行，其咎不過見異思遷，非有反戈之意。此亦由陳良學周公、孔子之道，學術本正，故不至破敗決裂耳。是則學術可不講哉！

跋汪大令煇祖所撰二節母行狀後

亮吉年二十餘，從吾友邵學士晉涵處讀《雙節堂詩文》，即知二母之賢，學士并述君至性過人，其闡揚二母也，力惟恐不及，益心敬之。憶曾爲《雙節堂詩》，脱稿後即爲友人挈去，未識得達左右否也？今忽忽三十年，蹤迹南北，究未克與汪君相見，而學士則已謝世矣。昨歲，亮吉蒙恩自塞外歸，汪君又介同里臧文學鏞堂以請。烏乎，以二母之賢，暨君之孝如此，亮吉亦何足以表揚萬一哉！

及讀君所爲《二母狀》，其零丁孤苦，疾病顛蹶，與吾母太宜人無異也；其奇節苦行，百死一生之狀，與吾母太宜人無異也；遭家難而幾幾不獲自全也，亦與吾母無異。又讀狀中所云，「君幼時出塾，二母令覆背日所讀書，至齒棘舌齾處，二母怒輒欲呼杖。」烏乎，又何與吾母之教亮吉如出一轍乎！然君性淳謹，以是數呼杖，數中止。若亮吉之少也，性既暗劣，又寄居外家，外家男女兄弟至十數人，出塾後或相聚以嬉，輕則言語無狀，重則碎服折笄，是以太宜人必一夕數呼杖，乃稍稍歛抑。迨少長，補博士弟子，或出豫讌會，太宜人恐亮吉之過飲也，必先嚴飭之，歸必視其面無酒容，言語不失度，方命歸寢。亮吉三十以内，未嘗敢有酒失，太宜人教之嚴也。善乎吕不韋之言曰：「家無怒笞，則竪子嬰兒之有過也立見。」

亮吉又嘗謂聖人所云「小杖則受，大杖則走」者，亦謂父母壯盛之時，盛氣之下，或至有錯失耳。若父母年已就衰，則愛子也益甚，非萬不得已，何忍用大杖？即用大杖，而以年力就衰之父母杖壯盛之子，杖亦必不能有所損，如是，亦何忍走而避之乎！亮吉又嘗憶年二十九時，太宜人年已六十一，時長子飴孫，生已二年，太宜人愛之甚。一日，亮吉因其啼不止也，扑之。太宜人見而盛怒，呼杖杖亮吉，至六七乃已。亮吉起，就暗處淚涔涔下不已。姊怪而問之，則泣語曰：「以太宜人杖之不能重也，知氣力之衰憊甚矣。」甫及二年，而太宜人即已棄亮吉等。烏乎，亮吉今日即欲復求吾母之杖，其可得乎！

三復君狀，不忍卒讀。非君至性過人，又何以語之沉痛一至此乎！自此以往，君與亮吉倘時時思賢母之訓，則末路或可以不至差跌，他日亦庶可見兩家之母于地下矣。

誥授通議大夫內閣侍讀學士陞鴻臚寺卿加三品銜特贈光禄寺卿賜祭葬胡君墓志銘

烏乎，吾又何以銘吾友哉！憶歲乙卯，余方視貴州學政。時君以兵部郎隨大學士福康安貝子在銅仁軍營，以戇直屢與同輩鬩。余作書規之。越月，得君書遜謝，若深有感於余所言者，自後不通音問者五歲。迨己未十一月，余以罪謫戍伊犁，道出甘陝，值同歲生今四川布政使司楊君揆、同里今邠州知州莊君炘，並自漢中軍營回，極道君近日行事，有人所不能及者。云「君從經略額勒登保公贊畫軍務，屢以事忤經略，經略顧能容之。每日拔營必首跨一馬，與領兵節將偕，節將或沿路逗留，君必大聲叱之。遇賊，則務當賊衝，節將或前却，君必慷慨獨進，怒目視節將，節將不敢不前。至弁兵之不進者，輒以馬策撾之，以是屢得勝仗。回營後，凡徑路曲折，山谷奇險；與糧運斷續，兵弁或一日二日不食；以及雨零日炙，器仗敝敗，衣履破碎；猝遇賊匪，狡詭萬端，出没不定之狀；又諸將若者有功，若者戰不力，若敢出賊前，若僅尾賊後，必一一與經略言之。經略知君不欺，即據案定賞罰，將弁輕則褫責，重則奏請行法。以是軍營之畏君也，與畏經略等。然共憚其公正，卒無以間也。夜卧不半刻，即燭治官文書，凡屬草及繕寫，皆出一手。辨色已出營，促視諸帳中蓐食，食畢，輒躍馬數步外以待。或大營中會語，視將弁之畏葸不前者，氣必凌出其上；或以持重説進君，必叱之曰：『汝安知持重直逗撓耳！且畏死無過書生，我不畏死，汝轉畏死，是不欲死于賊，欲死于法耳！』聞者咋舌，君不顧。君時已得疾，瘦骨立，日食不及半升，自湖北軍營中須髮已畢白，見者不知其爲五十人也」。余不待二君語畢，惕然起曰：「如是，胡君死矣。」未幾，余蒙赦還。又未幾，而君訃至。烏乎，祀典所謂以死勤事者，君庶無愧乎！桉狀：

君諱時顯，字行偕，一字晴溪。先世爲江西奉新人。五代時遠祖瓊官常州路刺史，遂家武進之安上鄉。明禮部尚書謚忠安公瀠，其後也。君爲忠安公十一世孫。祖□俊，父用嘉，兩世皆封贈如君官。君又嘗出嗣季父直隸高陽縣知縣文英後，季父有子，君復歸大宗。君少而穎異，讀書數行並下。弱冠出試，顧數屈於有司。年二十二，遊京師，名公鉅卿，咸禮異之。歲壬辰，適大兵進勦金川，倉場侍郎劉公秉恬奉命辦理西路糧餉，奏君自隨。是時君已從國子生考取謄録，遂馳驛偕往。凡文移案牘，無一不出君手。侍郎才之，奏請給中書或國子監學正學録銜，得旨賞給中書科中書職銜。越歲，侍郎又以君遇事奮勉入奏，特旨遇缺補用。及入都引見，擢主事，計君以軍功得官，由主事擢員外郎中，皆在兵部。三次京察一等，嘗擢選廣東雷州府知府，以親老乞留。繼以隨大學士福康安貝子勦湖南貴州紅苗功，賞戴花翎。以隨參贊額勒登保公勦湖北教匪功，賞給内閣侍讀學士銜，嗣參贊以功授經略。君又以隨經略歷陟湖北、川陝，屢次奏捷功，加三品銜，實授内閣侍讀學士，尋擢鴻臚寺卿。及以勞瘁卒，又贈光禄寺卿。此君所歷官也。

君前後在軍營十數年，勦川陝教匪獨至五年，日日走猨猱鳥道人跡所不到之處，饑未及食，渴未及飲，夜枕未及貼。中間雖屢荷渥恩，然究未嘗一見天子。雖歷官九卿侍從，卒未嘗一日得立於朝。人或以爲君遇合之奇，而余以爲君數之奇亦已至也。烏乎，人生二十以内，大都在長者膝下。其得展尺寸之效，争竹帛之名者，不過二十至五十卅年内事耳。此卅年中，君叠遭封君及兩繼母憂，官兵部者不及十載，餘則皆短衣匹馬奔走勞苦之日也。勦金川酋，勦苗匪，勦教匪，其間又嘗隨大學士福康安公一至安南國界，經畫邊務，凡國家有征勦諸大事，君無一不預，遂至一人之身與軍事相終始，以迄窮老盡氣，致命遂志，乃獲已焉。且又不止於此，方君之以主事入值軍機也，純皇帝悉君才，行大用矣，忽以言語忤要人，即日斥出。要人所以扼君者不遺餘力，而君之所以抗要人者亦幾不留餘地焉。卒至不安於位，東西走軍營，而其以公事抗貝子、抗經略者，復如故也。君亦可謂百折不變者矣。

君與人交，不設城府，亦不苟爲言語以悦人。與余同官京師，蹤跡亦不甚密，然大節所在，未嘗不交相勵，余以此重之。爲文移箋奏，頃刻立成，曲折如意，同輩雖精思，不能易一字也。尤善書，官京邸日，踵門求者不絶。名轉出館閣諸公上。君未卒前數月，尚力疾條奏十事。其請增隨征兵役口糧及令巡道稽查轄下營伍二事，尤蒙俞旨焉。君生於乾隆八年，以嘉慶六年八月二十四日卒於興安軍營，年僅五十有九。有旨照三品例賜祭葬。子之富，四川潼川府經歷，服闋，以知縣陞用，皆异數也。君娶於楊，爲同里山西壺關縣知縣楊君宸女，前封恭人，例晉淑人。之富將以今年十二月□□日，葬君於某鄉之某原。銘曰：

得官於西，卒官於西，君之遇奇。朝入軍機，夕出軍機，君之數奇。雖然人皆以爲是，而君獨非。槐里之折東海兮，君或庶幾。我荷戈而出塞兮，不獲殺賊。君持刀而行陳兮，乃屢克敵。雞頭之關待君塞，燕然之山待君勒，生爲藎臣兮死毅魄。烏乎！君魂不歸僅歸骨，魂待西川大功訖，我知君心兮鎸墓碣。

開沙于氏族譜序

于氏近支凡五：皆元末自杭州而分，曰滁州，曰徐州，曰徽州，曰金壇；其在丹徒者，曰開沙一派，又自金壇近徙者也。自元末迄今，幾五百年。其在杭州者，以功業顯，即明贈太傅忠肅公是也。其在金壇者，以文章著，而析居在丹徒者，獨以孝友稱，洵可云望族矣。

今天子嘉慶建元，詔天下守土官舉孝廉方正之士。縣不過一二人，甚有無以應詔者。丹徒爲江以南大縣，而守是土者，獨以于君宗林應詔。督撫大吏核實，皆以爲允。上之朝，特旨賜六品頂帶，以備召用。于是鄉人皆曰，此于氏孝友之報也。

又二年，徵君以其族姓之繁，謀于其宗，欲重修譜系，而屬序于余。

夫于氏之以功業顯者，既煊赫于前代；以文章著者，又昭灼于近時；獨以孝友稱者，名若不甚彰然。

吾嘗過其里居，在京江以西，子姓之讀書者皆愿而能文，力田者皆勤而無外事。父訓其子，兄勉其弟，若嚴師之于門弟子焉。而子弟之所以奉父兄者，亦惟恐不及。歲時伏臘，漿酒豆藿，善氣凝于一門。以次蒸及鄰里，推至一鄉一邑，皆視其家法以爲準的。俗奢者，以之儉；俗薄者，以之淳。以視功業之在一時，文章之僅在一家者，其有裨于世道，或過之焉。則豈非孝友之澤，積之者愈久，則報之者愈綿，又非十世二十世之所可量乎！況族譜之修，所以叙一本之親，即所以垂百年之法。事無有善于此者。

吾願于氏之宗，世世克守其家法，俾世之推族望者，爲于氏以功業顯，以文章著，又以孝友傳也。則江以南之氏族，非首屈一指者乎！余與徵君交，其弟淵又受業于余，知之詳，故序之如此。

校勘記

〔一〕莊伯以曲沃叛伐翼公子萬救翼　「伐翼」，原作「戊翼」，據《水經·澮水注》改。

〔二〕河東解縣有知邑　按「知邑」，《後漢書·郡國一》作「智邑」。

〔三〕曹世家　按應爲《史記·管蔡世家》。

〔四〕繆者誤亂之名　按此句引文見《論衡》卷六《福虛篇》，其中「繆者」作「穆者。」

更生齋文甲集卷第三

新修甯國府儒學碑記

秦分天下爲三十六郡，而江以南得大郡三，曰鄣郡、會稽、豫章。而鄣郡最大，都尉分治，東至山陰錢唐，西又雜出豫章郡界是也。次則會稽，又次則豫章。今江甯、安徽、浙江三布政司所屬，半皆秦鄣郡地，漢改鄣郡爲丹楊。今甯國府治即漢丹楊郡治，是甯國之爲大府，自秦漢以來即然。地大物博，與會稽、豫章皆爲江外都會，其人物足以弁冕當世，其文采足以藻麗東南。三歲中春秋兩試，士獲雋者，恒倍他處。夫程功速則報本必隆，師儒多則學校益重。而甯國府儒學，乃曠及百年不修，非所以嚴祀事植士氣也。守兹土者，亦時以爲憂，然輒以工重費繁中止。

府所屬涇縣黄田，有淳德君子曰朱武勳，偕其從子慶彩，于雍正、乾隆中，嘗以修學宫爲己責。而一府之人，無議及此，朱君亦不能違衆議遽自興作也。乃自乾隆中葉後，宛陵春穀，秦漢以來素號文藪者，至是實學漸稀，文采漸落，科第亦漸不振。于是一府人士，皆歸咎于學舍之不修，俎豆之不肅，以至此焉。官于此者，始不得已而諷其所部之人。君之孫曾某某，遂亟承先志，毅然請獨任之。鳩工庀材，皆飭子弟督其役。越歲工竣，視其舊則煌偉堅實過之。凡用銀七千有奇，出于君之孫曾者六之五，出于慶彩房者六之一。費不外求，而工皆歸實，是又善之善者。朱氏之先，徙自婺源，于宋時爲徽國文公近支。今科第之盛，甲于縣中，蓋皆君崇尚學校、尊禮師儒一念有以啓之。君曾孫理、琣與余皆同詞館，遂屬爲文以紀之。

夫學校之在今日，咸視爲不急之務，而君獨若饑之于食，渴之于飲，一日不可廢者。以視漢之文翁，唐之韋珪，或不多讓。況國家至治翔洽一百六十年矣，純皇帝創辟雝，刊石經于壁，與今天子皆數幸學，講求典禮，孳孳如不及，而朱氏之修建學宫，適承其後。其所以佐右文之治，樹正學之幟者，又豈規規焉爲利百年，爲德一方者所可比乎！吾知江以南十數大府，必有聞風而起，踵行而不倦者，即以爲創始于朱氏也可。

全秦藝文録序

《全秦藝文録》者，吾友階州邢君澍官浙江長興縣時所著也。長興于東南爲最繁，君涖事數年，刑清政簡。乃以其暇裒輯《宋會要》及《金石劄記》等書。又以關中自唐宋以來，叠經兵燹，昔賢述作，淪佚者衆。復以二年之力，精心搜采，爲《全秦藝文録》一書。始自三代，迄于有明，共若干卷。脱稿後，即郵以示余。余讀之，歎其搜羅之廣博，類例之嚴整。大致仿歷史藝文志等書，而參以近人朱檢討彝尊《經籍考》之例，分别門類，條舉遺佚。而後知君不特能于其官，即著一書而其取材之博，用心之審又如此也。

夫全秦爲天下之首，從古載籍，無不權輿于斯。《易》則文王上下篇，《詩》則《周南》《召南》，《書》則

《泰誓》《秦誓》，又且言《禮》則河間獻王，言《春秋》則劉向、劉歆父子，皆號專門之學是也。史則司馬遷、班固，皆三輔人。子則《道德經》二篇，老子入關時爲關令尹喜所著。其所入關，昔人或以爲大散，或以爲函谷，類皆不出秦地。班固作《漢書·藝文志》，凡詩賦一百六家，而以《高祖歌詩》二篇、武帝所自造賦二篇弁其首。是則經史子集無不權輿于秦，舉全秦藝文而天下之藝文已探其原，舉全秦藝文而天下之藝文又居其半。君之此書，所以爲不可少也。

抑余又有進者。關中地勢極高，水之停注者少，自秦漢以後，無不引河、渭、涇、洛數大水以溉田，三輔之鄭白渠、廣通渠、龍首渠，甯夏之漢延渠、唐來渠、大河渠皆是。他若漢中、興安則引褒水、漢水，蘭州則引阿干水、灘水，甘州則引弱水、羌谷水，凉州則引谷水、土彌干川水，涇州則引涇水、汭水，安西則引南藉端水，肅州則引呼蠶水等，以是溝渠之在甘肅、陝西境者不下數百。然百餘年來，故道湮廢，水泉擁遏，反足爲田畝之害者，蓋十居其九焉。地勢瘠而民氣愁，職是故耳。以君之學識，官事之暇，倘復能仿班氏志溝洫之例，于關中渠瀆所在，勒爲一書，名《全秦溝洫録》。他日州縣長吏，有能舉其職及實心爲民者，案圖籍而疏濬之，則有益于鄉里者，又豈在元虞集京東水利，明王恕《漕河通志》書等下乎！余又拭目俟之矣。

重修明太常少卿凌公祠墓碑記

吾嘗作《續吴地冢墓志》，載黎里鎮有明太常寺少卿凌信墓。其旁有菴，名寶綸，即凌公祠屋也。舊藏宣德時所給勅命及成化時賜諭祭葬之文，故菴以名焉。厥後子姓凌替，日益傾圮，一修于萬歷丁巳同里胡居士元嶽，再修于崇正辛巳龔居士濟寰，并爲置祠田，繕庖湢。迄今又一百五十年，田鬻于住持僧某，碑磨于遊方僧某，其僅存之子姓亦無有過而問者。徐待詔達源見而慨然謀于里人，并太常之父明工部虞衡司主事凌顯祠墓亦並修葺，工始于嘉慶六年，至七年秋甫竣。將立碑，以永其傳，以碑文屬亮吉。

亮吉攷《明史》暨《一統志》、《江南通志》，凌公事蹟，無所著録。惟吴江縣舊《志》載：「凌顯，黎里鎮人。字彦光。考授大興縣丞，欽給勅命，陞工部主事，後以子信貴，贈尚寶司丞。凌信，字尚義，以楷書授中書，仕至太常少卿。」及閲《明史·安南列傳》，載「憲宗踐阼，命尚寶卿凌信、行人邵震賜王黎灝及妃彩幣。灝遂遣使入貢。」是凌公未官太常以前，又嘗爲尚寶卿，並出使遠國也。夫宣德、成化爲有明極盛之時，公以善書，遂得致位卿貳。與華亭之沈度及弟粲，皆以楷書選入翰林。凡金版玉册，皆令書之。其致身通顯，亦與太常等，稱「雲間大小沈學士」云。以是知士生承平，凡有一藝之長，無不可濯磨自見。太常與二沈均可云遇其時矣。

又嘗憶今天子嘉慶四年，亮吉尚在翰林，適琉球國王以嗣位乞封于朝。掌院事者將舉亮吉以往，後值他事不果。亦可知當國家重熙累洽之時，持天子節，越大海，使萬里遠國，得以紀其風土人物，備一代掌故，亦有命存其間，固不可幸致耶。凌公之由尚寶卿得擢太常，或即以出使故，未可知也。

總之，凌公之生，獲以才自奮。其没也，歷數百年，祠與墓，又頻見修于里中之後進，使人過太常之阡，訪寶綸之菴，尚流連往復不置。謂非身前後之遭際均有過于人者乎！亮吉既重待詔之能，表章先哲，又慮淩公父子事蹟久而就湮也，故樂爲記之。

萬刺史廷蘭重校刊太平寰宇記序

《太平寰宇記》二百卷，宋太常博士直史館樂史所撰。史事蹟見子《黄目傳》首。所著又有《坐知天下記》、《掌上華夷圖》等，今不傳。史官至商州刺史、判留司御史臺。《傳》列其生平所撰述，不下數十種。蓋史官南唐及宋初，其時漢晉以來載籍尚未散佚，故太宗修《御覽》等三大書及史撰此志，徵引繁富，多南宋以後所未見本。即以地志論，晉《太康土地記》、宋《永初山川古今記》、闞駰《十三州記》、顧野王《輿地記》、魏王泰《括地志》、賈耽李吉甫《十道志》，以迄圈稱、譙周、鮑堅、李克、周處、陸機、晏謨、張勃、鄧基、任昉諸人所劄録者，多至百數十種。史雖不善決擇，然零篇斷簡，藉是書以存者實多，此其所長也。

至若地理外又編入姓氏、人物、風俗數門，因人物又詳及官爵及詩辭雜事，遂至祝穆等撰《方輿勝覽》，甯略建置沿革，而人物瑣事必登載不遺，實皆濫觴于此，此其所短也。甚者，佛肸叛之中牟在河北，而此於開封所屬中牟載入佛肸墓，並云墓有二所；《漢書·地理志》：雲陵、雲陽並左馮翊縣，而云雲陵即雲陽；至以宋蒙門當漢蒙縣，以唐陵當楚棠谿，蓋以譌傳譌，多不參攷如此。性頗嗜雜家小説，于洛陽下則載樊元實爲洛水神，附書潤州下載高驪山海神以酒醴聘外夷女等事，意在徵奇，罔知傳信，是又非史例矣。乃自序反譏賈耽之漏落，吉甫之缺遺，不知己之病適與之相反也。然地理書自吉甫以後，藉以考鏡今古，聯綴前後，實無踰此書，宜其傳之久而必不能廢矣。

自元以來，雖刊本不一，然皆不甚精審，此刻自宋影鈔本外，能彙集諸舊本，補其遺亡，校其譌舛，于近日刊本中最爲完善，則先生之有功于欒氏爲不少也。刊成，屬爲之序。爰書其得失，即以質之先生。

送巨超僧自焦山移主山陰玉笥山方丈序

余自辛酉歲六月始識焦山僧巨超，與之久處，知其心性明澈。雖不涉世事而于世事無不周悉，與世人交，亦不離不合，而皆得所以自處，余心識之。今歲春，巨超以其鄉賢士大夫敦請之殷，將自焦山移主山陰玉笥山方丈。適余亦自洋川書院移講席于揚州梅花嶺。巨超來謁别，并乞一言以贈其行。

夫巨超，浙人也。今歸主鄉山方丈，與昔人之官鄉郡無以異矣。余家陽湖，距邗上亦咫尺，今之移講席于梅花嶺也，與宋士夫之乞就近宫觀亦無以異。不知實則有不然者，昔人之官鄉郡，或委政上佐，或責成判司，類皆食其禄而不預其事。至宋人之乞就近宫觀，亦不過資其禄糈，雖有提舉點檢之名，實亦無一事也。而主方丈則不然，今玉笥山雲門寺爲浙東勝地，寺以内焚修諷誦者，率不下數十百人。其禪律之精進，梵誦之嚴整，均視一人爲統率，脱聚數十百不守戒律之人，而彼教中不能檢押，適有一破度敗律者，則將誰任其咎矣！主書院講席者亦然。揚州爲東南名郡，四方之士來肄業者，亦不下數十百人。其學業之勤惰，品詣之純雜，亦視一人爲步趨，脱聚數十百不知勤學，不識立品之人，而爲其師者不能訓化，適有一踰閑蕩檢者，則又誰主其責矣！然則不知者或以方丈爲高僧習静之區，講席爲士大夫養閑之地。又豈知各有專責，與爲所必當爲者。余與巨超又何得不彼此相勗哉！然余居山中久，疏懶益甚，驟居南北衝要，酬應紛沓，心實苦之，或不久即當謝去。而巨超之歸主鄉山也，會稽之松栢，鑑湖之魚鳥，禪定之後，顧而樂之。其所得又豈余所可希其萬一哉！其行速，因率書所見，以爲之敘。

跋新唐書馬周傳後

余讀《馬周傳》，至「周亡，帝思之甚，將假方士術求見其形。」不覺泣數行下，曰：「君之于臣，益至此乎！」《漢書·外戚傳》：「孝武李夫人卒，上思念不已，方士齊人少翁言能致其神，令上居他帳中，遥望見好女如李夫人」云云。及唐白居易作《長恨歌》，有臨邛道士爲明皇求致貴妃楊氏之説，此不過情志溺惑者耳，世猶傳爲美談。乃漢武、明皇用之于私昵者，文皇帝則用之于賢臣。

且不特此也，《魏徵傳》云：「帝夢徵若平生，及旦，徵薨。」《杜如晦傳》亦云：「夢如晦若平生。」《虞世南傳》云：「卒後數歲，夢進讜言若平生。」是太宗之精神意氣，無一刻不與賢臣往還，不以生死移，不以久暫易，不以上下隔也。夫殷高宗之夢傅説，或尚神其説以服衆心，而太宗則實因悲成憶，因憶成夢，歷歷不爽若此。此而欲不度越百王，直接三代，得乎！三代以下，推令主者，莫不曰漢文帝、唐文皇。賈生之才又過馬周，而文帝之所以待之者，視文皇顧遠不及也。然則百世之下，才如馬周者，或尚不乏。讀《周傳》及諸人傳者，吾知亦必有忽然而悲，忽然而泣，如吾之今日者矣。

後蕭陶氏重修族譜序

作史者不可以不明譜系。不明譜系，勢必據各族之單詞，以上亂歷朝之舊牒。矜門族則有餘，徵信史則不足。其流弊豈特《新唐書·世系表》等然哉！又上而唐初所修《晉書》，又上而沈約、李延壽所修《宋書》及《南、北史》，亦皆有此失。

請即以陶氏論，《淵明集》有《贈長沙公》詩，其序云「長沙公于余爲族祖。」則明與長沙桓公房非近支矣。淵明又嘗爲外祖父《孟府君傳》，言「嘉娶大司馬桓公陶侃第十女」，亦非所以稱曾祖之辭。國初，太原閻詠曾著論辯之。余又得顯證二云：其一則稱長沙公爲族祖，若淵明果係侃曾孫，則襲長沙公者于淵明爲曾祖之子，當稱從祖。于五服之次爲小功五月，不得降稱族祖明矣。又《晉書·陶潛傳》：「祖茂，武昌太守。」今攷《侃傳》，子十七人，惟洪、瞻、夏、琦、旗、斌、稱、範、岱九人見于舊史。若茂亦係侃子，則既見于前傳，又嘗官武昌太守，不可謂不顯，及不見舊史矣。或又以《命子》一篇，詳述長沙勳德，遂以爲淵明祖侃顯證。不知古人重官閥，凡同族有位望高、勳業重者，雖非本支，悉得備述。如《史記·司馬遷自序》，載入殷王司馬卬；班固《漢書》自序，詳及侍中班伯事蹟，皆非本支，無礙稱述。蓋漢晉以來，文士皆然，非獨淵明也。顏延之與靖節同時，所爲《陶徵士誄》亦不言系出于侃，此明徵矣。總之，誤始于沈約《宋書·陶潛傳》，而梁昭明《陶靖節傳》以及《南史》、《晉書》本傳遂並承其誤也。夫使淵明果爲侃後，則此襲長沙公者，與淵明服屬甚近，何得云「昭穆既遠，已爲路人」哉！此又不待辯而知者矣。

九江陶氏舊譜明知其誤，又强移侃十七子中岱爲淵明祖，是又與本傳「祖茂武昌太守」之文牴牾，益不足辯。夫淵明爲晉世賢者，其人與詩，皆足千古，又豈藉長沙之勳業始傳者哉！是欲表章淵明，而必非淵明之心也。今《後蕭陶氏世譜》云：「出自晉康樂伯回」，則與長沙、彭澤二支皆系遠派。考康樂以後，自梁及宋，代有達人，固無藉遠引二支以爲門望，且茂爲侃子，不見于《侃傳》中。

夫家之有譜，所以信今而傳後也。今既無傳信之書，義當在闕疑之例，是又亮吉之欲與名宗賢士大夫共商之者矣。又況今日之家譜，即他時國史之所憑，一失其實，則後人何述焉。今之序陶氏族譜，非僅爲凡爲族譜者舉例，兼欲告後之作史者，慎無信單詞而失其實也。

長流水關神武廟碑記

人有代謝，神亦有代謝。神代謝者，若周之杜主，漢之城陽景王，漢末蔣子文諸人是也。惟忠義之氣塞天地者，則歷百世如一日焉，神武與唐之張許、宋之岳忠武是矣。而神武廟尤徧天下。

己未歲，余以罪戍伊犂。出嘉峪關，抵惠遠城，東西六千餘里。所過鎮堡城戍，人户衆者，多僅百家，少則十家六七家不等，然必有廟。廟必祀神武，廟兩壁必繪二神，一署曰平，神武子也。見裴松之注所引《蜀記》；一署曰周倉。則宋以前悉無可考，僅見于元人所作演義。神其説者或云，近世山西人掘地得周墓，有石碣焉。亦附會不足信。吾鄉有里儒，撰《神武世繫》，據《吴志·魯肅傳》云：争荆州日，「坐有一人」云云。遂定爲周倉。夫陳壽固未嘗標姓名，則百世下何由知之？此真里儒之見矣。余前奉使貴州，過鎮甯州關索嶺，嶺有廟，香火極盛，土人及方志皆云，神武子也。正與周倉事相類，並不足信。神本謚壯繆，本朝定謚神武。余蒙恩赦回，過長流水，值里人欲新神廟，乞爲記其壁如左云。

法式善祭酒存素詩序

一代之興，必有碩德偉望，起於輦轂之下。官侍從，歷陟通顯，周知國家掌故，詩文外復能著書滿家，以潤飾鴻業，歌詠太平，如唐杜岐公佑、明李少師東陽者，庶幾其人焉。少師雖家茶陵，然其先世即以戍籍居京師，與生輦轂下無異也。若余所見，則今之國子祭酒法時帆先生殆其人矣。

先生二十外即通籍，官翰林，回翔禁近者及三十年。作爲詩文，三館士皆競録之，以爲楷式。先生又愛才如命，見善若不及。所居净明湖，外距黄瓦墻僅數武，賓客過從外，即鍵户著書。所撰《清祕述聞》、《槐廳載筆》等數十卷，詳悉本朝故事，該博審諦。人有疑，輒咨先生，先生必條分縷晰答之，不以貴賤殊，不以識不識異也。先生性極平易，而所爲詩，則清峭刻削，幽微宕往，無一語旁沿前人及描摹名家大家諸氣習。校《懷麓堂集》，似又可別立一幟，不多讓也。

余爲詞館後進，承先生不棄，前後倡酬者五年。今余以弟喪乞假歸，先生曰：「君知我最深，序非君不可。」余因曰：先生之所居，李西厓之舊宅也。先生采擇之博，論斷之精，杜君卿之能事也。然則他日撰述益多，位望益通顯，本學識以見諸施行者，視二公又豈多讓，詩文特其餘事耳。余行急，請即録是言以爲序。

釋髦

髦，見于《詩・栢舟》者曰：「髧彼兩髦」；見于《禮記・内則》者曰：「子事父母，雞初鳴，咸盥漱，櫛、縱、笄、總，拂髦。」鄭康成注云：「拂髦，振去塵著之。髦，用髮爲之，象幼時鬌。」其見《儀禮・既夕》者曰：「主人説髦。」鄭注云：「今文『説』皆作『税』。兒生三月，剪髮爲鬌，男角女羈，否則男左女右。長大猶爲飾，謂之髦，所以順父母幼小之心，至此尸柩不見。喪無飾，可以去之。」其見于《禮記・喪大記》者亦同。孔穎達《正義》云：「髦，幼時翦髮爲之。至年長，則垂著兩邊，明人子事親，恒有孺子之義也。若父死，説左髦；母死，説右髦；二親並死，則並説之。」《玉藻》云：「親没不髦。」是也。

髦之形象，則鄭康成及孔穎達、賈公彦皆云未聞。今攷其制，人子幼時髦，蓋翦髮爲之。今之幼童，髮覆及額。是也。及長大，則或編髮爲髦，以象幼時之狀，鄭注及陸德明《釋文》可證矣。鄭云「髦者，用髮爲之，象幼時鬌。」陸云「子生三月，翦髮爲鬌。長大作髦以象之。」是也。其制當如婦人之假紒。今吴俗并有不用髮，或結絲爲之，以覆小兒之首，前垂至眉際，後垂過腦，于其上設二角，俗名曰鬌鬘。又謂曰多梳。亦有祇結半邊者，或即古人垂左垂右之别。其形狀當即古之髦也。孔鮒《小爾疋》亦以弁髦爲太古之冠。杜預《左傳》注云：「童子垂髦。」桉，弁與髦雖二物，皆可以覆首。杜注似合爲一，亦非。髦知非盡真髮者，蓋一則曰飾，二則曰象，又曰用，則非天然所有可知。況髦而曰説，説又作税，皆爲説除之義。與《左傳》襄公二十八年「税服而入内宫」，《孟子》「不説冕而行」一例。《毛詩》《禮記》正義又云：

「若父母有先死者，于死三日説之。服闋，又著之。」是明其可説可著，非真髮明矣。然雖非真髮，古人亦必以髮爲之。《説文》：「鬏，髮至眉，从髟，敄聲。」引《詩》「紞彼兩鬏」是也。蓋髦本作鬏，又作髳，義並同。《釋文》：「髦，冒也。覆冒頭頸也。」則翦髮、編髮，義並可通。《詩》之干旄，秦之有髦頭虎賁，漢之有髳令，皆注髦于首，又皆取覆冒之義。其形象蓋皆倣髦爲之也。《爾疋》：「髦，選也。髦，俊也。」皆因文生義，非髦字本訓。郭璞注：「士中之俊，如毛中之髦。」説亦可通。

後魏書音義叙

《十三經》皆有唐陸氏《釋文》，宋賈氏《音辯》，以迄歷朝所著音釋義訓，及古音古字補音補義等，無慮數十種。獨史則不然。惟《史記》有《集解》、《正義》、《索隱》三家，《前漢書》有十三家音義，《三國志》有裴松之補注，《後漢書》、《續漢書》有劉昭、李賢等注，《晉書》有何超《音義》。此外若《新唐書》董衝釋音，既不載所引書名，《五代史》徐無黨注，又寥寥無幾，更非何超等可比矣。嘗以爲隋唐以來之史，得失參半。且卷帙浩繁，爲音義者尚可緩。獨沈約《宋書》、魏收《後魏書》成於一手，文既奥衍，義例亦嚴，尤不可無音義。中歲以後，《補三國、東晉畺域志》等竣，即思爲之。顧服官於朝，凡三館纂述，皆預名其中，未暇及此也。既又以罪戍邊垂，雖不久赦還，而精力漸短，不耐煩瑣。

今春以事過宣城，值同年生凌君廷堪以名儒教授此地，坐次出近所撰《魏書音義》四卷見示。余受而讀之，而以爲實獲我心也。顧此書音義，亦有數難：一則代北複姓及命名等類字，或半出六書；一則

《地形志》真君以後所改，西北諸郡縣名，義例亦難槩悉；一則釋老等《志》，俗字極多，又多引浮屠氏等書，非精通彼教者，不足紬繹其義。君則經史之外，於道釋二藏，本所素諳，凡諸訓義，證以中經，參之内典，又自《方言》、《説文》、《釋名》、《廣雅》以降，凡訓詁之在唐以前者，無不旁搜畢采，偏旁字畫之正俗，亦一一抉摘其原。蓋數閲寒暑乃成，且能以其暇爲伯起辨誣，洵屬史家所不可少之書矣。夫唐沙門玄應等注《一切經音義》，既半引儒家。而君注此書，又旁資二氏，又可謂不拘一法，及無礙著書之例者也。余雖衰陋，然《宋書音義》亦粗有類例，他日當付兒子飴孫足成之，或可附君此書以傳耳。

西圃記

西圃者，余所居西偏隙地。歲戊午，自京師乞假歸，以廳事隘，因即其地搆屋三椽，隨牖之南北而六之。前疏爲小池，環以峭石，牖之北則列竹焉，今澹香斜月西堂是也。未落成，即入都。又遠戍絶域，往反者二年。既歸，杜門省愆，不更遠出。鄰有廢圃，友人復爲購得之，距堂北僅數武，遂築樓三楹。樓之後架平臺，以眺東北隅巽宫樓、玉梅橋及楊園、陸園諸勝。名臺曰曙華，名樓曰卷施閣，名樓以下曰紅豆山房。樓前皆叠石爲小山，石徑曲折，蒔古梅及紅豆、金粟、青桐、紫微共十數株，春秋二時，可慰岑寂。左有廊，通西堂，發曙即乾鵲噪其上，遂名乾鵲廊。迤西南得平屋二層，因其舊而新之，名其北曰更生齋。齋有後楹，列架藏所著地理書木刻于内，名曰墨雲軒。墨雲軒之右，複道以通于南，亦二楹，名收帆港。蓋于驚濤駭浪中得歸藏息于此，是以名也。

嗟乎，人生不過更蜡臘數十！此數十蜡臘中，所居又已三徙。即云定居此矣，而衣食奔走去十之五，仕宦又去其二，戍所往來去其一，則得居此者亦暫耳。然惟其暫，益不可不記。況屋無定主，吾子孫不能有，則他人居之，他人居之，亦不可不知本末。爰書以揭于壁，俾後之居此者得以覽焉。

敕封承德郎翰林院待詔加三級徐君妻吴安人墓志銘

余以壬戌十二月道出黎里，始識翰林院待詔徐君達源，并聞其哲配吴安人之賢，復素嗜吟詠，所著有《寫韵樓詩》若干卷，匆猝别去，未暇授讀也。今年三月，余授徒徽、甯兩府界之箬嶺，地居萬山中。忽見有冒雨至者，則徐君僕也。發君書，始知吴安人已于又二月二十三日謝世。瀕危，屬徐君轉乞余志墓之文，徐君諾之，乃瞑。烏乎，余與徐君交僅半年，何兩人者前後悼亡，若出一轍耶！桉狀：

安人姓吴氏，名瓊仙，字子佩，一字珊珊，吴江平望鎮人也。年二十，始歸徐君。性婉淑，能得翁姑歡。翁卒，哭泣盡禮。所以事兩姑者益謹。徐君耽讀書，不甚問家人生産。凡會計出納，皆安人主之，規畫井井，暇輒助徐君校書，或分韵，至漏三下乃息。顧體弱善病，又叠遭父母憂，益哀毁骨立。今年春，忽患痢不止，竟以是疾卒，年甫三十六。病方劇，適余與徐君書并所贈詩，安人尚令兩婢扶起，讀竟乃卧，其性嗜翰墨如此。余嘗謂女子不可有才，才過人則不寡必夭折，否則或遘危險困阨，有非可以常理論者。漢徐淑、晉謝道韞、唐封絢等十數人，特其較著者耳。余並世所見，亦已五六人。今安人得歸徐君，相莊者幾二十年。徐君負時名，膺清秩，中間惟官京師半年，與安人别耳。餘則皆彈琴賦詩、焚香讀書之日也。即此半年中,從郵筒寄安人詩,前後至二十餘首,伉儷可云篤矣。

安人年縱未四十,然子若女已林立,蘭茁桂挺,其長者讀書已有聲,則安人不可謂夭。居江南浙江之間,東鶩䑛,西虎阜,山水清絶,時奉太夫人出遊,則境不可爲困。徐君家有桑三百株,粟田五六頃,安人經理之,歲入常有餘,則家不可謂貧。倡隨得徐君,不可謂非嘉耦。性又聰穎,詩文外繪事無不工,暇即發揮煙雲,摩寫花鳥,十餘年中得《寫韵樓詩》至數百首,不可謂非奇福。然則安人雖未永年,亦可以自慰于地下矣。若徐君,則又何悲焉?余妻蔣宜人,亦以客冬謝世,雖齒長于安人二十年,然早困米鹽,中更憂患,末又苦疾病,處境無安人之逸也。

安人子三,長晉鎔,年十二。次晉錩,年七歲。次晉銘,年三歲。女三人。徐君將以此年四月十六日厝安人于南胃阡。其走千里乞銘于余者,安人之志也。銘曰:

恒娥抱魄,天姬織絲。女子有才,非云福之。楚蒙悼亡,芣苢傷病。女子有才,兼妨乎命。禽魚花鳥,畫奪化工。煙雲月露,思與天通。三絶是嫿,百憂亦攻。蘭芳而鉏,苗秀而揠。凡似此者,均不白髮。斷炊寒食,云以寄哀。續命上巳,魂兮倘來。三層之臺,百尺之榭。定有吟聲,出乎良夜。

崔上舍金南覆車懸鑑引

天地之氣薄,而後有豆瘮。蓋自唐末後五代始。唐以前無有犯豆瘮而麻者,名醫著書,亦未有詳及豆瘮者。蓋天地之氣薄,而人之嗜欲益煩,五齊六和,皆醖釀雨露日月之精華以成,氣薄者不能勝也。于是一人之身，先天後天，皆預儲其病，以待時而後發。有不發者，特千中之一，百中之一耳。近世又有種豆之法，皆病未萌而先以藥劫之，往往至于破敗決裂。余嘗譬之，其病自至而死者，令終者也；其病未至而矯揉造作，以猝至于死者，無異于兵殺者也。然則爲父者即愛其子，爲祖者即愛其孫，不妨時其飲食寒暖，以待其氣機之自發，何必矯揉造作，使可以死可以不死者之必至于死，且必至于速死乎！

太平崔君金南患其里俗信種豆之説，罹其害者不一，爰爲《覆車懸鑑》一書，條列其利害于前，洵可云救時之苦心，保赤之要術矣。以其立論多有與余合者，爰爲之弁其首云。

跋新修廬州府志後一寄張太守祥雲

一方之志，沿革最要。漢廬江郡無江以南地，其證有五：

《漢書·地理志》：「廬江郡，故淮南。」明建郡在淮以南，非江以南。一也。

廬江郡所統之縣至十二，無一在江以南者。人或以尋陽縣爲疑，不知尋陽舊縣本在江北，晉南渡後，温嶠始移至江以南，是以《地理志》尋陽縣下原注云：「《禹貢》九江在南。」二也。

試以沿江州縣計之，今自池州府東流縣以上，爲漢豫章郡；彭澤縣地又上，爲漢柴桑縣地；東流以下，今貴池、銅陵諸縣，爲漢丹楊郡；石城、陵陽二縣地又下，爲蕪湖縣地；并無隙壤可以建置廬江郡。三也。

《新志》所依據以爲廬江郡在江南者，僅因《漢書》淮南、衡山、濟北王傳：「廬江王以邊越，數使使相交，徙爲衡山王，王江北。」以爲徙王江北，則郡必舊在江南，故依此立説，除此則别無明證也。不知廬江、九江之地，秦漢以來皆稱爲江西，蓋大江自今安慶府以下，勢皆斜北而東，故江至此又有東西之名。《史記·項羽本紀》：「江西皆反。」《揚子法言》亦云：「楚分江西爲三國。」《三國志·魏武帝紀》：「進軍屯江西郝溪。」《吴主傳》：「民轉相驚，自廬江、九江、蘄春、廣陵户十餘萬皆東渡江，江西遂虚。」《孫瑜傳》：「賓客諸將多江西人。」《晉書·武帝紀》：「安東將軍王渾出江西。」《元帝紀》：時戴淵在江西。時淵以司州刺史鎮合肥。《晉書·地理志》：以廬江、九江自合肥以北至壽春，皆謂之江西。《郗鑒傳》：「拜安東將軍、兖州刺史、都督揚州江西諸軍事，鎮合肥。」是古無以廬江諸郡爲江北者，廬江王徙王衡山，正自江西而徙江北。蓋衡山王舊都邾，見《史記·項羽本紀》，邾即今湖北黄州府黄岡縣，漢故城即在縣城西北一百二十里，正在大江以北。四也。

《晉書·陶侃傳》：侃在武昌，「議者以江北有邾城。」即其證。若《漢書·地理志》言「廬江出陵陽縣東南，北入江。」即《山海經·海内東經》「廬江出三天子都，入江。」郭璞注彭澤西〔一〕。《水經》：「廬江水出三天子都，北過彭澤西北，入于江。」此彭澤即《地理志》宛陵縣下之「彭澤聚」，非豫章郡之彭澤縣也，《水經注》傳寫衍一「縣」字耳。何以見之？彭澤縣在漢陵陽縣西南幾四百里，如果至彭澤縣入江，則當云「西南」，斷不可言「西北」。言西北者，水本從蕪湖界入江，于陵陽正西北也。三天子都在陵陽東南，或言陵陽，或言三天子都，其實則一。廬江郡本兼山水以名，廬山既界江之中，廬水又自南而北，正當廬江郡東境，爰取以名郡。五也。

今《新志》于首篇沿革下言「漢初爲淮南國，統四郡，兼有江南。」又云「漢時廬江郡，江南之地。」不知于何時割去？數語似未審諦，爰書此以質之。

跋新修廬州府志後二

又閲《新志·山川》下云：「廬江有冶父山」，云即《左傳》桓公十三年楚「羣師所囚」之地。「巢縣東三十里有梅山」，云即《左傳》襄公十八年「右回梅山」所在。又《古蹟》下「府城同食館」，云即《左傳》文公十六年「自廬以往，振廩同食」之處。以迄無爲州之有漢陰陵故城，廬江縣之有何晏等墓，此皆誤自昔人者也。《漢書·地理志·汝南郡》有慎縣，故城在今潁州潁上縣西北。至合肥之有慎，係東晉僑立，今以爲東晉分逡遒縣置。又慎縣，宋紹興三十二年避諱改爲梁，是宋之梁即晉之慎，今列作二處，是又今日之未及訂正者也。其尚有漏略者，如巢縣西北有橐皋故城，又有僑蘄縣故城之類是矣。

又有古今方名可以類推者，漢縣類皆以山水得名，今無爲州北境有襄河與全椒縣界，則漢襄安之名，蓋取襄水安流之義可知。《地理志》：「廬江出陵陽東南，北入江。」而《丹陽郡》下又引「桑欽言淮水出陵陽東南，北入大江。」所出同，所入同，是淮水即廬江水。又淮水下流名魯港，又名魯明江，至繁昌縣境入江。廬、魯音同，魯港當即廬江音之轉，是千餘年來地理家所不能悉者。今以源流道里驗之，歷歷不爽，既足破昔人之疑，又可以補今志之缺，想足下亦必助我稱快也。再攷《新唐書》及《十國春秋》，唐文德元年，楊行密遣廬州將孫瑞攻趙鍠于宣州。鍠將屯褐山，斷行密糧道。瑞因築五堰于魯港〔二〕，塞通江之水。又可知淮水出江，即抵廬江郡境，道本徑便，故漢初取此水以名郡耳。

明周恭節公文集序

文章之傳，以其工也。乃有無意求工，亦不必求工，而其傳即極天下之工者亦遠不若焉。則豈非文章之外又别有維繫于人者在乎？

有明嘉靖中，以文章名者，王元美、李于鱗、歸震川、唐應德等，不下十數人，可云刻意求工矣。然而《八編》《四部》以及《震川類稿》、《白雪樓集》等，人或閱而置之，其愛憎又或隨風氣轉移焉。獨至楊兵部《椒山集》、沈錦衣《青霞集》，雖寥寥一編，而人之尸祝之俎豆之者，無知愚賢不肖之異也。則其故又何哉？太平周恭節公之集，亦猶是而已矣。公得罪與楊、沈二公同，在請室歷五年，所稍幸者僅僅不死耳。然當其伸紙握管，叩心泣血，又豈有死不死在其胸中耶？又豈知死之在他人，而不死者或在一己耶？蓋其激發于忠義者，非一朝一夕之故；而其洞燭于古今成敗興衰利害得失者，亦豈小儒淺學之所能！讀公之文，亦可以得其槩矣。

余嘗數至太平，訪黄山三十六峰，即《山海經·水經》所云三天子都也。又嘗尋陵陽江之源，即桑欽所云淮水，班固所云清水，其下流即李吉甫等所云青弋江也。山水之奇如此，意其鍾靈毓秀，必有大異于他處者。顧太平自唐天寶四載分縣以後，其能挺名臣之節，著循吏之聲者，實惟公一人，與天都、青弋競勝焉。則魁士畸人之在世，又豈易覯乎？公裔孫先登從余遊，曾導謁公遺祠。祠正在山水間，松栢林立，百載後尚有生氣，偉矣哉！洵足與天都、青弋共著不朽矣。

余昔在京師，暨過保定，亦曾謁楊、沈二公祠，其傾慕禮謁，與拜公祠無異也。既退而讀公之集，有不能已于言者，爰書之以爲序。

誥授朝議大夫山東濟南府知府改補京員徐君家傳

君諱大榕，字向之，一字惕菴。先世由江陰馬鎮遷武進吕市橋，遂世爲武進人。五世祖夔州府通判東旭，以次子元珙貴，贈都察院左副都御史。高祖龍游縣知縣元璞。曾祖縣學生允容。祖國子生材。父瓚，乾隆癸酉舉人，四川新繁縣知縣。乾隆三十八年，大兵勦金川酋，將軍温福于木果木營失事。瓚拒賊不屈死，贈兵備道。兩世皆贈如其官。

君，兵備君長子也。性開敏，自幼時讀書即曉大義。受業同里檢討李君英之門，盡傳其學。稍長，補博士弟子。兩應省試，不售，遂入都，以辛卯舉順天鄉試。壬辰，成進士，分部以主事用，尋補户部浙江司主事。明年以父難奔喪歸，服闋，擢本部員外，尋轉郎中。其間隨原任大學士三品銜李公侍堯至湖北審辦事件。君條分縷晰，務得實情，以是知名。京察一等，選授山東萊州府知府。

萊州邊海，俗刁悍難理。及君涖任，民情翕然。未幾，以州民張子布事落職繫獄。子布性闒冗，娶羅女爲婦。子布外出，婦弟有良將姊轉鬻他所。子布歸，詢婦所在，有良無以對〔三〕，遂相與毆詈，有良强毆子布斃，時有良母在側，有良恐母漏其事，因并毆斃母。有頃，子布復蘇。有良遂以母死誣子布。知州事郭某即據原報申轉。君廉知情實，駁令改正。郭某堅執不從。一方大吏，爲郭所蔽，反以失出罪君，立奏削君職，繫濟南府獄。事且不測，君割案牘尾作訴狀，令所親赴刑部控告。有旨令尚書胡公季堂、侍郎吉慶公赴平度讞其獄。讞日，忽非時雷電大震，一府官吏失色。有良不待刑詢，即將弑母狀盡情供吐，事乃大白。即日復原官，旋調泰安府知府。

尋又有泰安縣民張承宣夫婦一案。承宣爲張培嗣子，素不爲父母所喜。培與妻朱氏及張成文等共商，將承宣夫婦勒死，移屍一里外桑園内，以自縊報縣。又誣縣學生薛枝與承宣婦姦，爲培夫婦猝遇，遂羞愧自盡。君細核，情節不符，移獄府中親讞之。逾月，始得其實。縣亦堅執原讞不從，别請委官檢驗。迨發棺日，傷痕與君所指一一不爽，乃抵張培等罪。

君在山左，屢平大獄，益有聲，遂調濟南。凡諸府有疑案，必委君覆訊，無不得其情而止。君見地明決，又善揣度情理，遇疑難事，他人血膚不能决者，其真僞曲折，君輒以談笑誘勸得之，平反凡數十起，傳者以爲神明，同官屬吏亦自以爲遠不及也。任首府，遇事無所讓，又素戇直，屢以事與大府争執。大府雖以計典薦君，心勿善也。及君入覲，純皇帝尚憶君平度州事，即命記名，遷有日矣。大府忽摭君他事，鐫君數級。迨事白，得開復。君遂以母老呈請改京職，得旨以部員補用。尋即乞假歸養。逾年，母楊太恭人始卒。君居喪盡禮，服闋，未及赴補，今歲春夏忽患痟疾，至冬病益劇，遂以十一月十九日卒于里第，年五十有七。

君居家孝友，坦懷無城府，與人交不擇流品，人皆樂其平易。然素持繩檢者，亦以是少君。尤工書，生平作詩至數千首，類皆直寫胸臆，不拘拘古人格律，至其歷落可喜處，一如君之爲人。今所存百二十《硯齋集》是也。平時達觀過人。里居日，常賃地一廛，即料量竹石，位置亭館。然賃券實不過二十年，人或泥君。君笑曰：「吾以寄興耳，二十年後豈復有所謂徐大榕哉！」余嘗舉以告人曰：「若徐君此言，則士大夫之求田問舍規規爲身後計者，可不必矣。」

君娶于姜，封恭人。子三：維馨，國子生，早卒；維賢，世襲雲騎尉，仍準生員應試；維榦，年甫二歲。女二：長適陸某，次字歙縣程氏，尚幼。

余與君同歲，甫出塾，即訂交。自居里中及京邸，君處事或失當，未嘗不規君，君不以爲忤也。今其遺孤以家傳爲請，爰不辭而爲條係如左。烏乎，余自成童日，里中之友與余同歲者，至十數人。十年來，相繼殂謝，惟余與君在耳。今君又卒，而余復悼亡日近，濡筆述君，不自知其涕之何從也？

禮社薛氏宗譜序

黄帝二十五子，一任姓，其先奚仲，居薛，爲夏車正，禹就其地封之，于漢爲魯國薛縣。今爲山東兗州府滕縣地，縣東南六十里尚有奚仲山。李吉甫云：「奚仲造車于此，是以名也。」薛之先最顯者，于商爲仲虺，祖己，于周爲文王外家。武王克商，復封于薛。春秋時，薛伯是矣。于漢爲御史大夫廣德。于魏爲鎮東將軍安都。于唐則曰訥、曰稷、曰超，皆爲宰相；曰仁貴、曰嵩、曰平，或爲大總管，或爲節度使，並見《新唐書·世系表》。而其支分派別者，則又有南祖北祖西祖；分地徙居者，則又有河東新蔡、沛國高平，此薛氏唐以前之大略也。

然以余攷之，周秦以來，以薛爲氏者，亦不盡皆任姓之裔。戰國時，齊田氏封于薛，再傳爲孟嘗君，後子孫亦以薛爲姓。又《字書》無薩字。攷菩薩二字，皆以草受名。《説文》云：「薛，艸也。」唐釋玄應《一切經音義》云：「菩薩本作扶薛。」宋張有《復古編》又云：「薛，别作薩。」非是。今之以薩爲姓者，又本皆姓薛，或得姓于草，或得姓于二氏，取扶薛爲義。是又與任氏、田氏之薛判而爲三矣。且即以吾鄉論，有義興之薛，有江陰之薛，有無錫陽湖分界五牧之薛，姓雖同而宗派别，亦不可强而同也。

今禮社之薛，實由江陰而分。自宋以前，世次雖缺略無攷，而元明以來，則條分縷晰，昭穆秩如，謂非名宗之多賢士大夫而能若是乎！夫略其所疑，而詳其所信，作譜之法，與著史同。今之序薛氏之譜，不敢定其爲出于何姓與析于何房，蓋其慎也。即所以爲禮社之薛，傳信也。時嘉慶八年，歲在癸亥秋孟。

校勘記

〔一〕郭璞注彭澤西　按，《山海經》「入江，彭澤西」，郭璞在「彭澤西」下注曰：「彭澤，今彭蠡也，在尋陽彭澤縣。」

〔二〕瑞因築五堰于魯港　按，《新唐書》及《十國春秋》無「孫瑞」其人。「築五堰于魯港」係「臺濛」，非「瑞」。見《新唐書》卷一八八《楊行密傳》。

〔三〕有良無以對　「有良」原作「子良」，據上下文改。

更生齋文甲集卷第四

書文成公阿桂遺事

文成公阿桂，滿洲正白旗人。其勳簿官閥，生卒歲月，具載《國史》。兹特録遺事數則。

方公之爲定西將軍，勦金川酋索諾木也，已百戰，抵其巢。索諾木震懾，業約別日盡室出降。其木城木栅，悉已毀撤。是日晚，參贊以下謁公曰：「事機叵測，今日必生縛索諾木致帳下，方可安枕。」公不答，亦不待語竟，已入帳中卧。諸將弁待命，不敢退。而公已鼻聲如雷，徹帳外矣。諸人者旁皇達旦。甫日出，索諾木已自縛，率諸酋跪帳外。公次第以屬吏，因進參贊以下告曰：「諸君昨日之語，蓋懼索諾木他竄或畏罪先死耳。我已據阨要，竄將何之？渠若能死，又豈待今日哉！吾故以爲不若高卧，待旦日當自來也。」諸將弁諾諾，皆曰：非某等所及。

又木果木失事後，公代統大軍。一日，日欲昳，公忽率十數騎，升高阜，覘賊屯扎處。不知阜數折已逼賊砦。賊望見，即率獷騎數百，環西南阜馳上。公顧從騎曰：「下馬。」復曰：「解衣。」衣不足，復曰：「解裏衣。」解畢，曰：「衣悉寸寸裂，急分走高阜，雜挂林木上。」挂畢，曰：「無衣者悉束帶。」曰：「上馬。」曰：「向阜南緩轡下。」適賊騎已馳至，距向所立阜僅二十步。時暝色已上，忽見岡缺處旗幟飄忽，絡繹不絶，疑援騎從山後至，勒馬不遽進，方遣騎四出覘伺，而公已率從騎回大營矣。公曰：「此兵機也。不爾，則賊馬十倍于我，甯得脱耶？」前一事，余值内廷日，成親王爲言之。後一事，在文淵閣石經館，公自言之。

純皇帝末年，和珅横甚。公業知不能制，凡朝夕同入直必離立十數步外。和珅知公意，故就公語。公亦泛答之，然卒未嘗移立一步。公嘗病卧直廬，吾友軍機章京管君世銘入省之。公素所厚也，忽呼語曰：「我年八十，可死！位將相，恩遇無比，可死！子若孫皆已佐部務，無所不足，可死！忍死以待者，實欲俟皇上親政。犬馬之意，得一上達，如是死乃不恨。」然竟不果。

余登第日，公爲讀卷官。擬第一進呈。余素不習書，公獨賞之，嘗謂吾友刑部郎孫君星衍曰：「人皆以洪編修試策該博，不知字亦過人。」余首拔之者，取其無一毫館閣體耳。

書劉文正遺事

劉文正公，名統勳，山東諸城人。其行事在《國史》，生卒年月在家乘，不更述。述其遺事數則，信而有徵者。

乾隆二十六年，河决開封楊橋，公以大學士奉命臨視决口，久不得塞。一日，日昃，公張秋氊笠，御大繭袍，微行出公廨，至决河口，見數十步外，稭料山積，牛馬雜遝，繫車轅下，人則或立或坐，或卧復起，皆戚戚聚語，甚有泣者。公訝之，招老成者問故。則並云：「來已數日，遠或四五百里二三百里不等，一車或四牛或三兩牛或雜羸馬，一日口食及牛馬麩草至減得銀兩許，日久費無所出，復不知何日得返，是以懼且泣耳。」曰：「何不交官？」則雜曰：「此岸稭料，某縣丞主之，每車索使費賖，衆無以應故也。」公怒甚，回廨即論傳巡撫恭請王命，并縛某縣丞，限時刻至決口。諭一出，河堤使者亦失色。夜將半，巡撫倉皇縛某縣丞來，跽轅外。公怒甚，出坐堂皇，受巡撫禮謁，因大聲曰：「口一日不塞，則聖心一日不安，河南北萬姓亦一日不甯！塞口所恃者稭料，今稭料山積，某縣丞以勒索不遂，稽留要工，罪死不赦。今先斬若，徐專摺參撫司道耳。」巡撫股栗，叩首堂皇下不止。天且曙，不解。同公出使滿尚書某起爲緩頰，久乃釋。即命褫縣丞職，枷示決口。甫半日，南北岸稭料車無一在者。又二日，而決口塞。公臨事剛斷不假借若此。

猶憶乾隆四十二年，睢州河亦決。時余客河南，以事數至河上。見老柳下一蒼白叟歎咤不止，旁繫兩牛一車。叟，滎澤人，距決口三百里外。問其故，曰：「十日前以兩牛一車駝稭料抵工所，某主簿監收，索重費不得，遂痛抑稭料斤兩，云止九十七斤，余不敢争也。」叟故詼諧，因指二牛曰：「豢養若數年，日食料數升，稭數束，不意恇弱至此，駝不及百斤也。」蓋河員之肆横藐法至此。而重臣視河及河隄使者，又類皆養威重，不輕出，一任其慘肆荼毒及縻費國帑，以爲固然，甚或借以漁利。老人年七八十者，述文正視河時事，爲余泣也。

公屢奉使遠出，所挈祗二奴，用驛馬不過六七匹。抵行館，即使二奴居後廨，公處其前，卧亦如之。公食畢，呼二奴食，奴退，徹者乃入，不使見一人。有所需，則州縣之承應者傳以出入焉。乾隆中葉後，親信重臣出使，無有逾公者，然究未嘗于令甲外有所加也。厥後奉使者不然，空驛馬不足給之，遂有役民嬴民馬者矣，有數州縣津貼一縣者矣，有跕規，有門包，有鈔牌過站禮，州縣官惴惴惕息。謹厚者，費以千計；稍厲威嚴及侈輿馬厨傳者，以萬計，以數萬計矣。大率一方倉庫虧缺，多由驛站。驛站糜費，多由重臣出使。州縣官窘急無計，則大吏爲調劑法以救目前，于是調腹内州縣，疊處衝途。又告乏，則又調員。不十年，而州縣倉庫無有不虧缺者矣。使皆如公，挈二奴，用馬六七，又事事不過令甲，則民生吏治困壞豈至此哉！

方金川之用兵，每召對，公屢主撤兵議，純皇帝頷之，然不遽撤也。一日，純皇帝在熱河，公留京辦事，兼上書房總師傅上行走，天暑甚，公適在三天中檢視諸皇子日課。忽廷寄至，令公一日半馳詣熱河。公至澄懷園，索肩輿即行，馳到，日已過午，即時召對，曰：「昨軍報至，木果木僨事，温福已陣亡。朕煩懣，主意不定，用兵乎，撤兵乎？」公即對曰：「日前兵可撤，今則斷不可撤。」復問曰：「誰可任？」公又對曰：「臣料阿桂必能竣事，乞專任之。」純皇帝良久曰：「汝言是，朕意决矣。留京事重，汝即日回可也。」蓋公晚年，純皇帝眷注益隆，信任益篤，事或有待公而决者，即此一事可見。公自奉極儉，所服朝珠無值十金以上者，故綆斷即弃之，不更拾取。卒之日，肩輿已詣東華門，忽悶而仆，額駙福隆安以聞。純皇帝急臨視之，及門，聞已卒，哭而入。蓋始終倚畀之厚，朝臣無有過者，實公之藎誠有以致之也。

公之前爲大學士者，高安文端公朱軾，最著立朝大節，多人所不能及，以采聽未審，敢侯異日。次則協辦大學士興縣文定公孫嘉淦大學士、海甯文勤公陳世倌。文定公每事必廷諍，純皇帝輒曰：「汝又以古大臣面目對君矣。」文勤公每值民閒水旱疾苦，必反覆具陳，或繼以泣。純皇帝輒霽顏聽之，必笑曰：「汝又來爲百姓哭矣。」亮吉敬繹二語。純皇帝禮貌大臣，及二公之忠藎抗直，均有古君臣所不能及者。國家重熙累洽，億萬斯年，職是故耳。紀文正事，因并及之。文正前一事，河南人皆能言；後一事，亮吉在上書房行走得之；餘則同里貴西兵備道趙翼以中書值軍機最久，以目所睹者爲亮吉言，用敢録入焉。

書裘文達遺事

裘文達公，名曰修，江西新建人。余入詞館，距公卒已二十年，不及見也。然余所蒙識拔者，皆文達所識拔之人，時時告語曰，裘文達某事某事云爾。公賜宅在内城石虎胡同，購一軒，名好春，退直所憩。賓客門下士往來者，于閽人悉不關白，徑入此軒。若已退直，則公必坐軒，左右若待客矣。一日，值歲小除，諸人者咸詣軒與公餞歲，忽司閽者至公側耳語，公大笑曰：「户部堂官歲盡分飯食銀兩，亦不可告人耶？」即命挈一囊至，瀉出之，皆庫貯大定兩五十，公數坐中客若干，令各懷其一，曰：「諸君年事大窘，聊以分潤耳。」數不足，復命入取之，徧給乃止。公食指既廣，又賓客常滿坐，值窘乏，亦時時斷炊。一日過午，尚未具食，坐客有愠者，公覘知之，即出語曰：「諸君他日皆飫天厨頒克食之人，豈矜矜于裘某之一餐乎！且主人亦尚未食，不獨客也。」客意乃解。

純皇帝眷公，時得召見。公奏事畢，則必言各衙門人材，曰某人勤，某人幹事，某人擅文筆。是以公在部及掌院日，翰林諸曹司遷轉最速，由公推轂勤也。

時公房師大學士蔣文恪公溥亦極愛士，肯爲寒素地，有揭薦牘來者，悉館門下，未嘗拒一人。其掌書記者，即公所引入。一日，公入朝，遇文恪公，公曰：「有一孝廉，在都候選，所學極優，師留之乎？」文恪唯唯。公知文恪性闊達，賓客多寡皆不甚措意。明日，遣一僕徑送孝廉入文恪邸第，屬僕曰：「第送詣某書記廳。云昨已面語相公，相公屬留客耳。」僕致公命出。書記某即挈孝廉巡歷聽事側兩廊，見屋比櫛，悉客館，内一室門獨啓，遂徑入，見榻上亦有卧具，遽命僕撤出，貯聽事中，語孝廉曰：「君行李至，即安置此。但出必須鍵户，慎勿啓也。又一要語相屬，君雖館此，實無一事，不妨日出游衍，然必須飯畢始出，日兩飯，亦無邀客者，但聞長廊口有高唤者曰『飯具矣』，即速詣聽事食，遲則不及。」孝廉遵其約，每日飯畢，即鍵户出遊，約計復當飯，則又歸。歲值五日、中秋日及歲盡前數日，即有老僕從三四輩挾巨囊至，徧入客館，見一卧榻，即置朱提一封，標其函曰「歲脩，爲數五十」，若旁有卧榻，則貯一小封，爲數四，以犒從者。孝廉居文恪邸二年，選湖北一縣令，始去。在邸日，未嘗爲一事，亦未嘗一面文恪，蓋疏節闊目如此，然無礙其爲太平宰相也。故因文達連類及之。

自數公以後，風氣又變，非鑽營競進之士及以賄交者，不開閣款客矣。前一事，袁布政鑒爲言之；後二事，皆畢宫保言之。宫保自言愛才已不及公十之一二。余識公子及孫，好春軒者亦曾一詣焉。

書李恭勤遺事

李恭勤公，名世傑，貴州黔西人。自少以父官江北鹽場大使，遂入貲爲巡檢。由巡檢官至四川及江南江西總督。内擢兵部尚書，加太子太保。純皇帝屢欲以爲大學士，有尼之者言公「不由科目，例不可官内閣」，乃中止。然治行實有絶出流輩者，以此欽純皇帝知人。

余素不識公，歲戊申四月，在河南巡撫畢公沅幕府，值畢公病亟，公適自江南總督調回四川，道出開封，素厚畢公，欲入省之。畢公知余與公次子爲同歲生也，屬余迓公入，坐牀側數語，畢公憊甚，余遂延公入就近聽事。將飯公，坐次余頌公江南治績，公蹙額曰：「子過矣，余爲江南總督非所長，爲四川總督庶可耳。」請其故，則曰：「兩江地大事劇，主持者非一人，三巡撫，一漕督，一河督，兩織造，一鹺使。巡漕榷關復在外，動皆可具摺上達。以一人居十數大吏中，遷就不可，徑情直行又不可，余故不能爲也。四川不然，舉十一府、九廳、九直隸州與諸邊内外事，皆一人專之。事權不分，號令畫一，故可爲也。」余又請其故，公曰：「飯未至，姑爲子述一二事可乎？」余唯唯。曰：「四川自兩金川用兵以來，又承制府福康安後，徵調賦斂無藝，倉與庫皆若洗。譬若中落之家，非有一人率先，蚤夜操作，減省衣食，裒聚絲粟，則元氣不復。余既與司道以下設厲禁，凡府州縣無事不得入成都，即以公事來者，不得過日限，不得畜音樂、侈讌會，不得飾輿馬衣服；朝珠之香楠犀碧、蟒服之刻絲顧繡者，皆有禁。余官總督數年，未嘗讌一客。成都將軍者新涖任，不爲置酒則太恝，置則破例，乘其家口抵任日，饋一豕豚一燒羊，使標下守備婉告曰：『本欲屈入署，適聞眷屬至，謹以此佐家讌。』屬吏自布政司以下，亦未始爲具一飯。惟届歲除，則先飭子婦及婢嫗爲餫饠至十數斛。歲首五鼓，朝賀畢，布政司以下皆集轅門，督撫制嚴重，屬吏至，恐不即見，自正印以上，廨左右皆有官廳，余因遣巡捕官遞告曰：『汝曹爲朝廷出力久，行且遷擢，今總督爲汝發兆也。』遂令佐雜官坐州縣官廳，以次上令府廳坐司道官廳，皆食以餺饠。余則出延司道至署共食，食畢出堂皇，先受司道謁賀，即令府廳州縣等遞謁司道府廳，禮畢，告曰：『元日俗例，上司同官雖不接見，亦必肩輿到門，道有遠近，必日昃始歸，徒苦傔從，無益也。況若曹亦有父母妻子，歲首例得給假，諸君何不早歸，令若曹亦放假半日乎？』皆應曰諾。于是元日虚文往來俗例始革。迨調任江南日，倉庫缺額者漸已填補，布政司王站住力亦居多焉。」公尚欲語，而飯適至，遂飽餐去。

後六年，余奉命視學貴州，嘗道黔西。公先以病告歸，足疾不得行。然入州境後，見書院學舍、義田義冢等，無不井井，李氏先隴封樹亦倍修整，詢之，皆公歸里後一一所繕造也。未抵城數步，公令兩僕扶掖，出迓于道左，余急下輿揖曰：「何敢勞公？」公笑曰：「非迎學使，迎不徇情面之賢者耳。」余遜謝別去。試竣，復過公，留話半日。時公相福康安由四川調督雲貴，將入境。語次，公頻蹙曰：「聞近日辦督撫行館，竟有以顧繡貼地者，侈風一啓，他日伊于胡底耶！」因歎息執手別。未幾，公亦謝世矣。書此以爲官大吏者勸。

書朱學士遺事

朱學士，名筠，大興人。以乾隆辛卯視學安徽，延余及亡友黄君景仁襄校文役。先生學不名一家，尤喜以六經訓詁督課士子，余與黄君亦從受業焉。時先生請于朝，乞刊《三字石經》，并求校明《永樂大典》，由是特開四庫全書館，搜采遺佚，校正缺譌，凡宋元以來所亡之書，于《永樂大典》編韵中輯出者，亦不下數十百種，實皆自先生發之也。

先生以讀書必先識字，病士子不習音訓，購得汲古閣許氏《説文》初印本，延高郵王孝廉念孫等校正刊行。孝廉爲戴吉士震高弟，精于小學者也。工竣，令各府士子入錢市之。先生性寬仁，不能御下，校官輩又借此抑勒，并于定值外需索，以是不無怨聲。然許氏之學由此大行。先生去任後，二十年中，安徽八府有能通聲音訓詁及講求經史實學者，類皆先生視學時所拔擢。夫學政之能舉其職者，不過三年以内士子率教及文風丕變而已，而先生之課士，其效乃見于十年二十年以後若此。

先生每試一府畢，必進多士教之。值發放日，辨色即坐堂皇，日不足，或然巨燭畢事。蓋先生本口吃，諸生自一等至三等十名以上，加以歲科兩試新進者不下數百人，必一一呼至案前，舉卷中得失利鈍，詳悉告語，又視其質之所近，復教以讀何經，習何義訓。其初坐堂皇也，轅門奏樂畢，重門洞開，學校各官、巡捕官以及唱名抱案書吏、各色雜役無不依次入，肅立左右，久之倦，又久之飢，遂稍稍散去，日昃後，惟學使及唱名者一人，諸生執卷以聽者三四人，餘則窺學使仁且不較細故，去已無可蹤跡矣。一日始過午，學使與諸生方講藝，忽有戴笠策杖據案旁箕踞聽者，學使回顧愕眙曰：「汝何人？何自至此？」曰：「余貿易者，過署外，值重門洞開無一人，故聊入散步耳。」語竟，復曳杖去。聞者無不傳以爲笑。課士日，亦必終日坐堂皇，令一童子饋食，食竟，童子即飛步去。所與談者，惟監試校官耳。一日，語校官曰：「昨作一詩，饒有古意，諸君幸正之。」因頻呼童子，不應，笑曰：「童僕不可恃如此，余獨不能入取之耶。」其簡率皆此類。

其降調入都也，亦爲門下士大興徐瀚所誤。瀚即司刊《説文》者，蓄厚資後，以飲博蕩盡。先生仍録入門下，衣食之，卒不念前事云。

書畢宫保遺事

畢宫保，名沅，鎮洋人。以湖廣總督辦理湖南紅苗，復接辦湖北教匪，往返籌餉及銷核軍需各項。嘉慶二年六月，以勞卒于辰州軍營，有旨加太子太保，諭祭葬。其遺孤乞錢詹事大昕、王侍郎昶立傳及墓道碑，本末悉具。今特録遺事數則，得之翰林同官及公所自言與余所親見者。

公生平之學，其得力處，在能事事讓人，然公遭際實亦半由此。乾隆庚辰，公會試，未揭曉前一日，公與同年諸君重光、童君鳳三，皆以中書值軍機。諸當西苑夜直，日未昃，諸忽語公曰：「今夕須湘衡代直〔一〕。」公問故，則曰：「余輩尚善書，倘獲隽，可望前列，須回寓偃息，并候榜發耳。湘衡書法中下，即中式，詎有一甲望耶？」湘衡者，公字也。語竟，二人者徑出不顧，公不得已，爲代直。日晡，忽陝甘總督黄廷桂奏摺發下，則言新疆屯田事宜，公無事，熟讀之。時新疆甫開，上方欲興屯田，及殿試，發策試新貢士，即及之。公經學屯田二策，條對獨詳核，遂由擬進第四人改第一，諸君次之，童君名第十一。蓋是年讀卷官秦尚書蕙田奏殿試佳卷獨多，故進呈有十二本，非故事也。

在翰林六載，以久次充補日講起居注官。值上耕籍田，講官惟籍田侍班與御座最近。先是，勵編修守謙侍班日，行立欹斜，特旨申飭。是日復應勵侍班，勵窘甚，知講官中惟公易制，先一夕走公寓曰：

「明日必須君代我，我業語君，即歸閉户卧。倘誤，不任咎也。」公亦不得已代之。翊日，上三推畢，回坐御幄中，諸大臣依次出耕籍田，在上前者，僅講官四員耳。上忽語曰：「布穀戴勝，一耶二耶」？公立班在前，即出奏曰：「布穀即戴勝。」上是之，因詢甲第，又知爲第一人，因諭曰：「汝能詩乎？」對曰：「翰林職也。」上喜，即以「戴勝降于桑」命題，公頃刻成五言八韵詩呈進。上稱善，遂有意嚮用矣。及已官巡撫，復值上耕籍田，語諸大臣曰：「朕于此曾拔擢一人。」蓋指公也。

公性寬平，官陝西久，諸細事或弛廢。適上命原任大學士李公侍堯以三品銜署理陝甘總督，駐西安久不去，意欲翻駁數案及鉤考諸屬吏。公以李故相也，不敢與鈞禮，每日平明即撤儀，從上謁到皆在司道前。李知公之敬己也，厲威嚴不得發，留數日，意不懌，馳去，于是諸惕息者始安。嗣李以重罪逮入都，公送之獨遠，復執手流涕乃别。李在刑部獄，語人曰：「一路來，愛我者惟畢公耳。」公之處同官友朋，類皆若此。然人不能學也。

公愛士尤篤，聞有一藝長，必馳幣聘請，惟恐其不來，來則厚資給之。余與孫兵備星衍留幕府最久，皆擢第後始散去。孫君見幕府事不如意者，喜慢駡人，一署中疾之若讐，嚴侍讀長明等輒爲公揭逐之，末言：「如有留孫某者，衆即捲堂大散。」公見之不悦，曰：「我所延客，諸人能逐之耶？必不欲與共處，則亦有法。」因别構一室處孫，館穀倍豐于前，諸人益不平，亦無如何也。公軍旅非所長，又易爲屬吏欺蔽，卒以是被累，身後田産資畜皆没入官云。

書杭檢討遺事

杭檢討，名世駿，錢唐人。少舉于鄉，乾隆元年以鴻博科官翰林院檢討。先生性伉爽，能面責人過，同官皆嚴憚之。乾隆中葉，上思得直言及通達治體者，特設陽城馬周科試翰林等官，先生預焉，日未中已得數千言，語過戇直，末又言「滿洲人官督撫者過多」，觸純皇帝怒，抵其卷于地者再，已復取視之。時先生試畢，意得甚，方趨同官寓邸食，忽內傳片紙出，言罪且不測，同官恐，促先生急歸。先生笑曰：「即罪當伏法。有都市在，必不污君一片地也，何恐？」尋得旨放歸。

先生家故不豐，以授徒自給。主揚州安定書院者幾十年，以實學課士子，暇即閉户著書，不預外事。又疏懶甚，或頻月不衣冠。性頗嗜錢，每館俸所入，必選官板之大者以索貫之，積牀下，或至尺許，其幺麼破碎及私鑄者方以市物，兩手非墨污，即銅緑盈寸。然先生雖若有錢癖，嘗見一商人獲罪鹺使，非先生莫能解，夜半走先生所乞救，并置重金案上，先生擲出之，不顧。最不喜讀邸報，里居二十年，同歲生或積官至大學士尚書總督，先生不知也。歲戊子，劉文定綸適服闋，特旨以吏部尚書協辦大學士內召，過揚州，訪先生。先生見其冠服，詫曰：「汝今何官？」曰：「不敢欺，參預閣務者已數年矣。」先生譃之曰：「汝吴下少年耳，亦入閣辦事耶？」閧堂笑，乃别。

余年未二十，省從叔𠂔溝，始識先生。先生見所擬樂府及古賦，奇賞之，留語數日，曰：「汝後必入翰林，不可不知掌故。」因日舉翰林故事十數則告之。及余入翰林，而先生所言規制，已大半不可行。蓋不及三十年，風氣之變如此。

先生一歲必兩歸錢唐，歸後無事，或携錢數百，與里中少年博左近望仙橋下。時吾鄉錢文敏維城視學浙中，詞館後進也。一日盛暑，張蓋往訪先生，頭踏過橋下，文敏已從輿中望見先生，短葛衣，持蕉扇，與諸少年博正酣。文敏即出輿揖曰：「前輩在此乎！」時先生以扇自障，業知不可揜，即回面語曰：「汝已見我耶？」文敏曰：「正詣宅謁前輩耳。」曰：「吾屋舍甚隘，不足容從者。」文敏固欲前，先生固却之，始尋道反。文敏去，諸少年共博者始從橋下出，驚問曰：「汝何人？學使見敬若此。」曰：「此我衙門中後輩耳。」遂不告姓名去。書至此，客適有過訪者，見而笑曰：「不修邊幅，與博徒戲，若此尚足記耶？」余曰：「誠如若言。然以視士大夫罷閑後，日飭章服，出入官廨，干預公事，並修飾輿馬僕從者，以檢討視之，不尚勝耶？」客尋思久之，曰：「是當記，是當記。」

書提督花連布遺事

提督花連布，滿洲鑲白旗人〔二〕。以世職歷官貴州南籠鎮總兵。余視學此方，始識之。公性質直，與人交，有肝膽。自言少時讀書，曾習《論語》、《左傳》。襲職後，乃輟讀。學政例歲試武生童，必移文所轄總督，乞派副將以下一員監視騎射。蓋立法之始，恐文臣不諳弓馬。故余試南籠，所派適公標下參將。余桉定制，正坐演武廳，而參將及提調之知府左右坐。公聞，不悦，日晚，會讌公所，尚愠見于色。余笑曰：「非妄自尊大，實向例若此耳。況公不讀左氏乎？王人叙諸侯之上。」語未竟，公意頓釋。後兩人者，意氣合，遂約爲兄弟。時從弟顯吉留太守署中，一日見公，以公之官稱之。公不悦，曰：「吾與若兄交，汝何外我耶？」因拉入署中，令妻子出見。歲時饋問，若骨肉焉。

歲乙卯，公當入覲，半道，適銅仁紅苗殺官吏反，貝子福康安以總督進勦，檄留公隨營，素稔公勇，令結一營當大營前禦賊，悉以勦事委公。大營日宴會，或雜以歌舞，公則晝夜巡徼，飢不及食，倦不及寢。苗匪又獸駭豕突，或一日數至，公竭力堵禦，賊已退，乃敢告貝子。如此百晝夜，須髮畢白。余時報滿，將入都，以書别公，復書曰：「事勢至此，與君永訣矣。他日史館中爲余作佳傳可也。」時公已擢提督，加太子太保〔三〕。後半歲，公禦賊山梁上，轉戰益奮，中巨礮一，鳥鎗三，旋墮入深澗中，詬駡不絶口，賊欲鉤出之，乃自力轉入巖石下，折頸乃死。事定，諸將弁百計出其屍，則顱骨皆寸寸折，兼失一臂。特旨賜祭葬，并建碑墓上。余時正派撰進擬文字，碑文即余所擬進也。公死事曲折，亦檃括爲敘入云。

又書三友人遺事

汪中，江都人。少孤貧，事母極孝。家無書，因日往書肆中繙閲，即十得六七。補博士弟子後，肄業安定書院。每一山長至，輒挾經史疑難數事請質，或不能對，即大笑出。沈編修志祖、蔣編修士銓，皆爲所窘，沈君本年老，後數日即卒。人遂以爲中致之，共目之曰「狂生，狂生！」中議論故抑揚，以聳衆聽。時僑居揚州程吏部晉芳、興化任禮部大椿、顧明經九苞，皆以讀書該博有盛名。中衆中語曰：「揚州一府，通者三人，不通者三人。」通者，高郵王念孫、寶應劉台拱與中是也。不通者，即指吏部等。適有薦紳里居者，因盛服訪中，兼乞鍼砭。中大言曰：「汝不在不通之列。」其人喜過望，中徐曰：「汝再讀三十年書，可以望不通矣。」中詼諧皆此類也。然不没人之實，有一文一詩之善者，亦贊不容口。

余弱冠後始識中，中頻以有用之學相勗，余始愧勵讀書，今之有一知半解，未始非中所激成也。歲甲午，余館揚州榷署，以貧故，兼肄業書院中。一日薄晚，偕中至院門外，各跨一石狻猊，談徐東海所著《讀禮通考》得失。忽見一商人三品章服者，肩輿訪山長，甫下輿，適院中一肄業生趨出，足恭揖商人曰：「昨日前日，並曾至府中叩謁安否，知之乎？」商人甚傲，微頷之，不答也。中憤極，從石狻猊下，潛往拍商人項，商人大驚，回顧，中大聲曰：「汝識我乎？」商人逡巡曰：「不識。」曰：「識向之趨揖者乎？」商人曰：「亦不識也。」即告之曰：「我爲汪先生，趨揖者爲某先生，汝後識之乎？」曰：「識之矣。」中曰：「汝識之，即速去，毋溷吾事。」商人大驚，然度不能柰何，喪氣以去。

及余登第一月，中致書曰：「足下與量殊、淵如，皆吾弟也，而前後登第，名次悉同，老兄不出，豈欲虚左以相待耶？」量殊者，江侍御德量。淵如者，孫兵備星衍。皆中所素厚。中三十後不事科舉，以選拔貢生終。中爲文及詩，格度皆謹飭過甚。余怪問之，中曰：「一世皆欲殺中，倘筆墨更不謹，則墮諸人術内矣。」其譎又如此。

武億，偃師人。生而長九尺，要腹偉甚。善讀書，成進士後，常居京邸，假朱學士筠、程編修晉芳兩家書讀幾徧。與人無款曲，嘗欲學不動心法，因時詣菜市口觀決囚。冬月大決，亦必早詣焉，觀者數百人，亦有蹙額隕涕者，億獨色不變。翁學士方綱與億有淵源，億顧不喜之。殿試日，對策保和殿，日晡，學士派收卷，亦至殿中，語億曰：「汝爲我小門生，汝知之乎？」億忽怒，抵几起，曰：「此豈認老師太老師處乎！」欲拳毆之。監試諸大臣呵禁，乃止。

官博山縣知縣，民愛之若父兄。嘗以公事至濟南謁大府，大府無心詰之曰：「聞君兄弟行居二。」億疑以稗官中事相譃也，拂衣起，曰：「知縣已無兄。」欲徑出，大府婉謝失言，乃止。其罷官也，大府亦知其枉，欲爲入鍰捐復，億不願也；博山民固留居縣中，亦不願。然實貧，不能歸，因歷走諸鄉郡縣修方志，授學徒以卒。卒之三月，余自伊犁蒙恩赦還，道出偃師，見西郭外武氏先隴有新土阜，心固疑之。入縣問，則億果先卒，昨見者即其新壠也。億及汪明經事，吾友孫君星衍爲作傳，已詳列之，兹特記傳所無者。

汪蒼霖，錢唐人。少即走京師，以國子生客甯郡王邸數十年，工詩及書，王甚重之。晚始得官，爲江南句容縣縣丞。歲乙未，縣中大旱，赤地數百里，縣民無食者，研石屑及糜土以食，名石屑曰觀音粉，後又掘蘆根食。適大府勘灾入境，蒼霖裹數物示大府，大府怒，命跪行轅外一日，晚復召入，斥曰：「汝何官，狂惑若此！」蒼霖伏曰：「卑吏誠狂惑，然實不敢隨諸貪黠者病民，欲于中流中作一砥柱耳。」大府笑曰：「汝誠砥柱，但砥柱太短也。」叱出之。又嘗奉檄運米賑淮安水灾，終日立泥淖中，分撥已盡，賦《灾民謠》三章，乃反。爲丞，氣必凌出令上。蒼霖年故長，遇本縣令及他令，率以弟呼之，不拘俗格也。賑灾銀有餘，令私分餉之。大怒，欲舉實。令恐，并入已者捐置公所備添賑。

以勞調江甯縣丞，丞廨在雨花臺側。余以事至江甯，必過訪之，值蒼霖據案決事，必命僕先引入内署，決事畢始入，曰：「吾不敢以友故妨民事也。」性佞佛，余故斥毀之以博笑，蒼霖必歷述因果及毀佛者所得惡報以相懾，余亂以他語，乃止。嘗以公事赴吴門，回舟與汪明經中同載。二人者性並傲，且其始皆歙産也。泛論世次，忽謂中曰：「余長君兩世。」中曰：「君誤矣，余實君曾大父行也。」蒼霖恚甚，欲縛中擲揚子江，以救獲免。後余官京師，聞蒼霖攝本縣事數年，甚有聲。時兒子飴孫歸試，因札之。得報書，極言爲令之難，與雪冤獄數事。未幾，聞蒼霖死矣。以不得大府歡，歷四考究不得遷。

跋簡州知州毛大瀛所致書及紀事詩後

此手書一，紀事詩二，毛君守簡州城時所寄也。君名大瀛，寶山縣諸生，善屬文及詩，試輒不利，五十外，以薦舉得官。教匪起湖北，蹂躪陝西、河南、四川諸處，大府奏君隨營，以功擢知縣，尋又擢簡州知州。土賊復起，君城守踰時，援不至，城陷，罵賊不屈死。距發書時僅五月耳。

君爲幕府牋奏最工，業此者二十年。其在山東巡撫國泰幕幾十年。國泰者，君在京邸時素識，約爲兄弟者也。出官山東，即挾之以行。國性暴戾，妻子僕隸皆若不可一日共居，獨重君，始終無纖毫芥蔕。君質直，嘗面數其過，國受之，不校也。國盛怒時，或至撲妻子，刃僕隸，獨得君數語即解。以是署内外事，君如神明，國亦飭所親下人奉君若奉己。君或赴試，則一府中環以泣，阻其行，若勢不可留，則各囊金爲贈，君一入試，則所獲無算，君亦隨手輒盡，不餘一錢也。在幕府日，國四鼓即促君起，然巨燭，與分桉治官文書，日出，事始竣。國讀書不甚分句讀，顧酷嗜作制舉文，日必拈一題，强君共作。方御史錢灃之特糾國及山東虧缺庫項也，上心動，特命親信大臣偕御史晨夕馳往勘實。其弟國霖覘知之，募善走者先半日馳抵濟南，國倉皇喪魄。時署中積金寶無數，因乘夜運入司庫及運司首府首縣各庫，以補缺項。然存金尚纍纍，公廨後有珍珠泉，深丈許，遂舁至泉側沉之。後撫臣明興濬池，尚得金數十萬，蓋國黷賄如此。事大露，逮國入都，下刑部獄治罪。君亦隨入，時以諧語寬解。一日，國檢衣底，出一大珠，圓徑寸，授君曰：「留此無用，以遺兄。」君曰：「弟事解後，此即可充貢，僕無用處也。」居久之，國忽得妄秏，謂君曰：「事可無慮，兄處此已久，可暫出洗沐。」君乃出，然國即以其夕賜死。君偕其弟入哭，檢所爲珠，已失之矣。

余識君在武昌總督署，時同署復有吴門項君，字直莽，忘其名。項君，故浙江巡撫王亶望客也。方王遭母憂，擁妻妾居會垣，并日事讌會，爲人所發，王亦知罪且不測，而積重貲至多，因闔門召幕客散給之，數或三萬五萬不等，屬曰：「若無事，歸我半；事不測，則諸君盡留之。」時項適省親歸，不及預，後數日至，王嗤之曰：「日前少有分餉，而君不來，何運蹇若此！」項固寒士，又極知足，則對曰：「暴得重金不祥。前日即在，亦不願預。」王笑置之。居數日，王甘肅匿灾冒賑及監糧案併發，即日逮入都，諸幕客竄已無影，項獨送至鎮江。王强項曰：「必送我清江浦，俟登陸乃返。」項允之。同舟渡江，王忽慨然曰：「幕中某某，吾待之極厚，竟無一送我者。今走千里反在君，吾愧君甚！」因懷中出一硯，曰：「此宋蘇文忠公物也。籍没時，獨寶此不忍舍，故尚在耳。以贈君，倘入都後，蒙恩不死，異日必措萬金贖硯。」復賦詩一章贈項。王入都，即伏法。後項幕橐稍裕，感王意，别購一室貯此硯及所贈詩。不一歲，室毁于火，硯及詩並煨燼。後幕客得王重貴者，五年内不病死，即子嗣夭絶，無一終饗其利者。

余嘗謂毛及項曰：「二巡撫者，谿壑可謂不易滿矣。至谿壑一滿，而要領復絶，徒使己受惡名，而人饗其利，計亦大左。甚至饗其利者，不身死即嗣絶，是貪吏之金與酖毒又何以異？」癸亥三月暴書，得君此札，跋竟，復書此，以爲服官者戒。

新修箬嶺道記

箬嶺界宣、歙間，爲歙、休甯、太平、旌德要道。其高徑二十里，逶迤倍之，大約道險巇，南北合百里。行其間者，蓁莽塞天地，藤蔓翳日月，㵎水犖石之礙路者，隨地皆是。且不特此，陰翳晦莽，則蛇虺穴之，狼虎窟之，盗賊奸宄竊發者，亦必于此焉。統計一歲中，顛而踣，以迄遭援噬攫𤪷利刃白梃殞斃者，常接踵。兩府皆視爲畏途，然舍此則無别道。

程君光國，自爲諸生時，由歙縣赴會城鄉試，道常出此。君貧甚，一囊一繖，恒自負戴，蓋自上嶺以至平地，凡數百休，乃得至焉。目見行道者之難，心竊憫之。自諸生時，已立志修嶺上下道，然力不及也。後五舉不售，遂儒而兼賈，生計稍裕，即决意爲之。薙莽鑿石，剷峰填塹，危者夷之，狹者闊之，幾及百里；以歙石易泐不可用，本山石不足，復自新安江輦載浙石青白堅久者補之，長七八尺至四五尺不等，皆隨道之廣狹築之；咸自履勘，不假手于人，蓋蓄數十年心力，甫得就焉。卉莽去，則搏噬者無所容；道路夷，則奸宄亦無可托足。于是行者始不避晝夜，不慮霜霰霖雨，往反百里，均若行庭宇間。又慮道渴力乏之無所憩也，嶺半本有舊刹，狹陋過甚，復興工庀材，築樓數十楹，自此行者有所憩，渴者有所飲，暮夜者有所棲宿，而君之心計亦瘁矣。

嘗讀《宋史》，南康軍有大庾嶺，道尤險阻。宋嘉祐八年，蔡挺提刑江西，兄抗漕廣東，乃淘土爲甓，各甃其境，仍夾道種松，以休行旅，又立梅關于嶺上，以分江、廣之界。夫同一嶺也，抗、挺兄弟以兩路持節使臣，集十數州之力，發官帑，驅遣民夫，然尚數歲始成，人猶詫爲盛舉。今程君以一諸生，不假人力，數百年來兩府人所欲爲而不敢爲不克爲者，竟以一手成之，其智勇又豈抗、挺兄弟所可同日語哉！語曰「活千人者當封」，率計一歲中行是嶺者，不下十數萬人，嶺道之成，其堅久可垂四五百年，則程君之所活者，人數又不可以億兆計矣。君儒者，固不祈報，然天之所以報君者，必有在也。君卒後四年，余始自旌德以事赴歙，道出于此，感君德在人，而又恨不及識君也，爰爲記修築歲月，以貽來者云。

君之子文選郎振甲，在京邸時與余善，亦能隨時修整此道，不使圮壞，庶幾能承先志者。

洋川毓文書院碑記

洋川毓文書院者，旌德縣洋川鎮人譚君子文所創建也。君以勤苦起家，有貿易在廬州府之雙河，距家五六百里，君徒步負行囊，數日輒往返，以爲常。五十後，家稍起，即割其資之半，創書院于鎮之洋山，費白金二萬有奇。縣固多富人，十倍數十倍于君者，不下二十家，倍君及與君等者，不可數計，始皆笑君所爲。及書院既成，走數百里延師儒之有名者主其事，而折束招江以南四府一州之士肄業其中。購橫舍百間，各有床几，各置户牖庖湢，負笈至者若家焉。規畫井井，與江南北都會之地所創建者無異。君又節嗇衣食，時市珍異以饋師及生徒之勤學者；簡省日用，購經史子籍各書以貽多士之能讀者。于是始之笑君者，亦均遣子弟受業焉。君自幼時已棄學爲賈，然性酷嗜書，一日輒兩至院中，聽諸生讀書聲以爲樂。院中自講堂及横舍外，又就岡阜之高下曲折建爲亭館廊廡，有塔焉，以備遠眺；有樓閣焉，以備文讌游息，蓋勝于君所居室遠甚。

余自戊午歲以弟喪乞假歸，君即請于大府，欲乞爲課士師，然未久余復入都，又以罪戍伊犁，不果至也。及自伊犁歸之二年，君又遣冢孫來，以前約請。余感君之意，又以地居萬山之中，可借以避讒謗、遠塵雜也。館于是者二年，君暇日請曰：「書院之成，不可無記。記又非先生不可。」余諾之。

君名廷柱，年已七十一。次孫正治已補博士弟子，亦勤學有聲。蓋君能爲人所不能爲，又使數府士子藉此以知實學，勤踐履。則君之有益于其鄉者，又豈僅賑饑恤患、葺橋梁、施醫藥一時之事而已哉，行且食其報矣！嘉慶八年，歲在癸亥，三月望日，陽湖洪亮吉記。

校勘記

〔一〕湘衡　按《清史稿》畢沅傳作「纕蘅」。

〔二〕滿洲鑲白旗人　按「白旗」，《清史稿》卷三三四本傳作「黄旗」。

〔三〕太子太保　按《清史稿》卷三三四本傳作「太子少保」。

更生齋文乙集

更生齋文乙集目次

卷第一

卷第二

卷第三

卷第四

更生齋文乙集卷第一

天山贊

自凉州以西抵伊犁，凡七千餘里。地勢積高，天形轉下。其横亘南北，界畫中外；戴雪萬仞，排雲百重；半嶺以上，靈禽不飛；百步之外，晴霰尚炫者，皆爲天山，亦名雪山，北人所呼爲祁連山也。

夫天者，特積氣耳。今祁連諸峰，尚有出積氣之上者，又況外則磧鹵，中藏秀靈。松檞芝菌延年養生之藥，無一不備；寒暄晝夜風雨晴晦之節，與外適殊。縣溜飛瀑，高逾石門；雲液石乳，百倍天目。而世人不之知，逸客不之訪者，豈非以徑路絶遠，逾流沙瀚海火山風穴之險，始足以盡其奇耶？且漢世雖嘗通西北國矣，然票騎浞野，挺劍持戟，既無意于搜奇；博望定遠，鑿空進孰，亦不期于攬勝。是則天地之奇，山川之秀，甯不待千百載後懷奇負異之士，或因行役而過，或以遷謫而至者，一發其底藴乎！夫太華太室，僅中土之奥區；南條北條，又此山之支絡。爰爲之贊曰：

積高惟天，誰能企焉。抗不相讓，實惟祁連。首沐塔里，足排居延。萬古積雪，無人及巔。其標挺外，其秀貯腹。松檞撑拄，高出若木。我登支峰，意欲濯足。洪流洶洶，斜出飛瀑。

瀚海贊

自嘉峪關以外，皆屬戈壁，古所云瀚海，亦曰流沙，亦曰大漠，亦曰鹽磧。今略計之，玉門、敦煌、安西、哈密、巴里坤、奇台古城、薩木濟、阜康、烏魯木齊、瑪瑙斯、呼圖壁、綏來、精河、伊犁之頭台二台三台，以迄鎮堡所在三道溝、疏勒泉、格子墩、長流水、松樹塘、菩薩溝、肋巴泉、三箇泉、木壘河、安濟海、滋泥泉、四十里井、蘆草溝等，有水草者，不過二十餘處，餘皆戈壁也。

平沙漫漫，寸土不入。極目千里，殊無遁形。陰陽未分，霜雪不積。禽畜則四足二足以上，艸木則一寸二寸以下。飛鳴杳然，萌蘖頓絶。水泉則遠至三百里五百里方可負汲，程途則久至二十日三十日亦皆露宿。甚則怪火時出，光逾日星；陰風倏來，勢撼天地；鳴沙逐人，則迅雷無其厲也；飛石擊客，則霜刃無其銛也。烏乎，此亦天之所以限中外而域南北乎？蓋凡不火食而露處，前後至六十日，方抵戍所。爰爲之贊曰：

沙行如龍，欲出天表。昆侖束之，怒氣猶矯。冥冥日月，有暗無曉。人行著沙，如蝗之小。一風排空，車軸競飛。十里五里，愁無據依。白氣周匝，元雲盪摩。時出丈火，曾無勺波。

冰山贊

伊犁之南，渡渾河五六百里有冰山焉，俗名八達坂，爲適葉爾羌、西藏要道。其冰一日數拆，亦終古莫解，高撐層霄，下絶九地，能分軫陰陽，回轉日月。過此坂者，必以子夜，人馬半道，亦輒聞天傾地裂之聲，或竟有陷入無閒者，開合既倏，孰窺神奇；呼吸未周，已判人鬼。每星郵羽檄，取道于斯；雖蚊行蠕步，蛇杠魚擘；咸震慄失形，回皇墮魄；然舍此以往，别無他道。若天風不鳴，月魄晃朗，涉其巔者，又輒聞百丈以下，弦管絲竹，嘈嘈並舉，聆其清聲，絶肖子夜，或以爲流澌沙石，上下搏擊，其幽咽吞吐，響或類斯，亦卒莫究其奇矣。主宿頓者，必日撥回户二十，鑿冰棧冰梯，以通過客。余偶隨將軍至此，既訝其靈異，又莫測幽隱。爰爲之贊曰：

陰陽顯晦，倏爾萬變。飛仙失足，亦墮無閒。冰梢爍日，波末閃電。清商夜聆，奇鬼晝見。危兹達坂，高乃百盤。南馳于闐，北走大宛。汹汹隆隆，地軸半拆。熇熇爍爍，天宇五色。

净海贊

未至三台數里，有水焉，廣闊可五百步，深至無底；有島嶼，無委輸，不生一物，不染一塵，投以巨細，頃刻必漂流上岸，土人稱爲西方净海，譯名賽爾謨淖爾是也。

余自烏魯木齊以來，盥沐久廢，又欲休馬力，日步行半程，足亦繭栗，驟聆此名，殊愧塵垢。爰税駕路側，餐白雪以洗心，藉行潦而盥手，然後進焉。則見百樹之葉，隨雲外馳；四山之禽，擘霰東邁，若有所避，不容稍遲，心始異之。及抵其境，則西南北三面盡皆雪山，中波外沙，儼欲分界，流既百折，緑若再染，怪石林立，頹峰斂容，晷刻已移，心形並澈。歸途則又值仲夏上旬，涼風蕭蕭，弦月欲落，攜此枕簟，坐卧岸側，不復就舍館矣。山寡别木，惟松之竦而上者；岸乏雜草，惟莖之翠而圓者。塊坐無事，因歷數宇内靈川秀壑笠屐所至者，或同兹幽奇，實遜此邃潔。誠西來之異境，世外之靈壤矣。爰爲之贊曰：雲分雹擘，山空月華。中有緑海，旁周素沙。奇峰倒影，幽草舒芽。時飄遠磬，時墮空花。百步之外，靈禽不棲。十里以内，驚塵詎飛。赤日縱炙，元霜不墮。庶幾成連，抱琴來過。

與崔瘦生書

瘦生足下：昨携屐過訪，足下已遊吴門，過梅里。布帆東飛，悵望不及。屈指歸棹，尚無期日。高閣雨坐，益難爲懷。整理故書，因得足下南潯之詩，鄂渚之札。諷誦往復，詞旨悱惻。不報足下久矣，足下得無恨乎？然僕與足下，形疏意親，貌遠神近。前在絶域，尚時時貢夢左右，況今得暫同里閈乎！足下此歸，寄居密親之所。僕不喜詣人，足下所知也。

然僕亦有性所樂者，嘗以爲黄金可求，難者素友；白璧尚碎，況乎浮生。故每逢良遊，或值勝侣，覽晝不足，續之以夜。又遭罹憂患，悟徹生死，妻子田宅，均非挂懷。惟遇一竹一石，一花一草，苟有賞心之境，皆存没世之想。況春社以後，上巳以前，江南水鄉，景尤奇麗：花始破蕚，禽皆出巢；天浮淺青，水作深緑；梨桃萬樹，紅白競放；薺麥百里，青黄雜鋪。時時獨行，故擾野鵲；往往高詠，多穿白雲。或輒遇知舊，縱眺幽遠。行童携壺，每挂深樹；埜老布席，偏臨曲波。摩挲花朝，睥睨寒食。溪魚煮緑，園笋鋤青。酒白風簾，蔬紅雪徑。當午讀史，凌晨注經。携朋日昃，語鬼宵半。窮晝夜之觀，極淋漓之致，其樂本可以忘死乎？

頃歸田以來，被服粗陋，惟于滋味，尚不盡忘。然而霜前斫膾，人效其方；雨後墊巾，世傳爲法。每至廛市，兒童隨之，伺其語言，競相傳播，則亦不知其何意也？自念身歷九死，足踏百險，而筋力尚健，神明不衰，徒步之遊，尚可百里。又回顧同輩，年齒相若，尚有應童子試者。而僕轉憶疇昔，已忝擢上第，回翔禁林，出則握節方州，入則侍經帷幄，雖年未至老，人皆以輩行尊之。且少耽訓詁，粗識吟詠。執贄之騖，盈于軒墀；問奇之酒，充塞庭楝。訪竹別墅，多留劇談。尋花東鄰，咸喜過望。雖灑掃應對，教非西河；而磨礲切磋，士半北面。亦何幸哉，亦何幸哉！

伏念前之所歉者，生平好遊，宇内靈境，十祗臻七，以爲當待之來世耳。昨歲忽發狂愚，當斷腰領。聖恩高厚，宥之以遠。單車疲羸，即日上道。有司不知，敦迫萬狀。遂以十二月六日，北出嘉峪關。奚奴脱逃，死友訣别。長城以外，復判人鬼。天地改色，星日不曜。積雪百丈，流沙萬里。汗血之馬，兩斃于道，僅抵戍所。沙同海飛，冰與天接。又或怪火四出，燒雲皆紅；狂風歷時，衝斗盡黑。龍蜧成陣，飛如猨猱；山魈出遊，勢挾風雨。念所不到，目能逢之。《夷堅志》奇，曾未及此。顧肩背所荷，戈猶未温，赦書星馳，已過百驛，天地之德厚矣，日月之照普矣。行路感泣，又況身受。若乃一出一入，里歷三萬，顛而復起，僵而復活者，正不計數。然宇宙荒遠之態，人世訝謂之境，無怪不搜，無險不歷。方得稍弛負儋，歸卧林壑，賓朋驚呼，妻子雪涕。百日之後，神理始定，欲求良工，圖所經歷。午枕初貼，爰成卧遊，宵魂不甯，尚歷關塞。杜門省過，没齒戴德。暇即約束子弟，課以耕讀。冀同齊民，時納井税。期于未死之日，不幸國恩；奄忽之餘，無忝生我，願斯足矣！嗟乎，自非親愛如足下者，亦何敢剖肺附，出心曲，以相示哉？

足下哲昆二人，亦舊相識，仲爲婚姻，伯則同歲。然皆馳騁皇路，雅志用世。束帶終日，腰嫌其疲；文書滿前，手倦于寫。與僕雅趣不同，亦各行其志也。獨足下既精楮墨，不事科舉。終日静坐，時而讀書。陳編朽腐，輒得奇趣。又性非泛愛，交必擇友。如僕之外，投分絶少。每與相對，輒至歷時。言笑宴宴，信誓旦旦。僕之所絶心折者，僕又何慊于足下哉？俟足下歸，尚欲綜生平所著書，其旨趣意向有子弟所不及知者，一一告之足下，庶後世知其本末耳。轂雨既届，庭花亂開，歸期若遲，恐值風雨。

遊京口南山記

余自返遐荒，即思屏跡。徒以邱壠在望，松楸未盈，縹緗滿前，讐校待畢，以是尚局跡廛市，偶影妻孥。然比之再櫱之木，對林樂而顔慙；拔心之草，值樵蘇而志惕，勢使然矣。杜門省愆，遂已閲歲。今夏六月，始近爲百里之遊。避暑焦山者，旬有六日。此山産于江心，四面遼絶。東瞻海門，百里而遠。晴雨昏旦，心焉樂之。獨恨無奇石峭壁，可以跨凌星辰，隱顯日月。且半山以下，土氣純濕。蛇虺入波，黿魚上岸。幽翳荒遠，非能久居。初秋復泛太湖，遊洞庭東西山，往返浹日。然石公奇矣，而巖壑殊淺；林屋邃矣，而奥窔太深。一則參居半天，易盡一覽；一則深入九地，回皇萬端。蓋緇幽鑿險之方，非養性樂生之境矣。

若地近而勢阻，迹幽而心逸者，其惟京口南山乎？夾山、招隱、鶴林，皆六朝以前舊刹也。益之以蓮洞之幽奇，獸窟之雄峭，八公之清邃，九灣之曲折，山不甚高，而石脈萬竅；水不甚廣，而泉靈一盂。林壑之美，無心自呈。日夕所需，不求已給。升山采菌，便可盈斛；沿境拾果，先能滿懷。故人馳書，時貽京口之酒；同學問字，頻饋新洲之魚。此則京峴左右，實包良積書之巖；滆湖東西，爲龎公上冢之路，不亦去住兩便，心形俱逸哉！夫人生恒榦七尺，有所自來；浮蹤百年，倏焉已往。而必欲于闤闠之中，房闥之内，奄然待盡，識者惜之。此昔人所以寓悲于鐘漏，寄興于駒隙也。

遊凡三日，同遊者僧三人，焦山方丈巨超、攝山方丈今退居放生池静室慧超、夾山首坐恒讚。導遊者僧一人，吾鄉天甯寺知客耨雲也。是爲記。

右竹林寺贊

天風動地，水氣漫山。月缺窺牖，星疏掩關。禽聲分樹，蟲響各灘。初芬叢桂，猶芳砌蘭。疲蹤暫歇，獨鶴與閒。

右藏經閣贊

前惟竹林，此則經藏。百盤斯陡，八牖以曠。披帷孤眠，攀樹遥望。沙日以飛，江日以漲。金、焦兩丸，如流岸上。

松濤驅雲，竹屋披霧。花魄破暝，石已斷路。如古畸人，中含盛怒。嶔寄歷落，底蘊悉露。一寸靈臺，湛然可睹。

右獅子窟贊

桑下三宿，松間屢來。崖虧日漏，樹劈門開。花光作鏡，香霧成臺。雲心頓剖，石脅疑摧。人方躑躅，鳥亦徘徊。

右蓮花洞贊

雖無樵蹤，時有墮果。雲從東來，影赤如火。幽禽欲出，密葉深鎖。蒼蒼八公，終古常坐。庶惟淮南，配此江左。

右八公洞贊

良朋雨絶，飛鳥星散。攢峰霧隱，突谷霞爛。我思古人，夜半始飯。裁紅爲羹，剪玉作饌。山僧製秋海棠玉簪花作羹，殊有風味。風鈴乍歇，星閣已旦。

右深雲菴贊

初陽上山，行客下嶺。縋幽匪奇，恍墮智井。青蒼既合，日月斷影。披帷一僧，意若修省。殘燈熒然，蜥蜴據頂。

右招隱寺贊

飛仙故址，選佛名場。山頹以曲，徑削而長。千年花朽，六代泉荒。猶餘紺壁，都帶斜陽。瓜花繞屋，復此深黄。

右鶴林寺贊

遊消夏灣記

余以辛酉七月來遊東山，月正半圭，花開十里。人定後，自明月灣放舟西行，涼風參差，駭浪曲折。夜四鼓，甫抵西山，泊所爲消夜灣者。橘柚萬樹，與星斗並垂；樓臺千家，共蛟蜃雜宿。雲同石燕，竟爾回翔；天與白鷗，居然咫尺。舟泊水門，岸來素友。言采菱芡，供其早餐；頻搜魚蝦，酌此春酒。奇石突户，乞題蟲書。怪雲窺人，時現鱗影。相與縱步幽遠，攀躋藤葛。靈區種藥，往往延年；暗牖栽花，時時照夜。晚辭同人，獨宿半舫。蓮葉千幹，遊魚百頭。怪響出波，奇香入夢。蓋至夜光沉壑，湖浪衝霄。悄乎若悲，默爾延佇。此又後夜漁而燕息，先林鳥而遄征者焉。是爲記。

遊城北清涼山記

夫蒹葭盛則吟蟲集矣，雲霞生則爨煙絶矣。猶復紺宇斜出，瞰臨流之舟；青藤上緣，接過嶺之樹。于是縱睇幽遠，悼歎今昔。連山青而百里，夕陽紅而萬狀。草露炫目，天風振衣。聲摇鵲巢，影入雉堞。蓋曾不半日，而城北之勝，已俱覽焉。菴名隱仙，樓則掃葉。北登翠微之亭，西泛莫愁之艇。升阜陟岡，遊禽輸其捷；鳴榔鼓棹，潛鱗訝其狂。陰谷蔽日，流螢已飛。長林無風，密葉自下。金粟數樹，與松花競香；

秋棠千株，共玉蘽比潔。泠泠瑟瑟，凉生秋初；寥寥蕭蕭，境出塵表。興盡而返，途窮乃歸。經黄公之酒壚，亡友黄仲則寓瓦棺寺最久。指徐君之墓樹，謂袁大令子才，即葬清凉山下。歡悰方延，哀緒忽振。蓋數君者，靈爽尚接，笑言如生，而墳土已三尺矣。既傷曩遊，復念逝者。

同行孫君星衍、汪君爲霖、陶君涣悦，亦並有懷舊之感，相與彈琴賦詩，盪此哀鬱。迨至白日入地，紅燈燭天，始復聯騎以前，接坊而過。臻于快園，復預雅集，亦庶幾曩哲投轄之旨，古人秉燭之義焉。是日也，孫君等各賦詩，而亮吉爲之記。

仙桂兩樹，吟廊四周。中有道士，翛然寡儔。沉沉冥冥，夢與天遊。臨春結綺，幻境都收。四山歸雲，琴出樹頭。

右隱仙菴贊

萬樹蔽谷，朝曦不通。青苔緣階，直至閣東。僧飯一盂，案有鳴蟲。秋燕睇之，低飛竹叢。誰開西窗，天風掃空。

右掃葉樓贊

清凉之西，壁實陡絶。一亭横空，揖日及月。高攀雲衢，下俯石窟。松杉千樹，沿逕蒙密。人行既難，鳥亦數歇。

右翠微亭贊

樹杪見水，行殊周遮。入門登樓，東西采霞。斜陽新月，分照十家。白鷺之渚，偏棲晚鴉。古情乍鬱，回路方賒。

右莫愁湖贊

遊幕府山十二洞及泛舟江口記

余以辛酉秋仲，送客白門。事畢欲歸，吾友孫君星衍送我臨江之渚，時日乍過午，相與舍舟登陸，携一僧一童，偏歷幕府山十二洞。厓層岫衍，川虚谷靈，雲浮景沉，林隱花顯。遂爾心遊于虚，神會于默。光景倏忽，遊蹤回皇。蓋僕行天下多矣，川陸之勝，寓目八九；巖壑之美，羅胸萬千。顧兹賞心，久失交臂，未嘗不歎江表之境至此極焉。其峭也，如斜行升天，遽握斗柄；其邃也，如再轉入壑，先聞颷輪；其紆也，如蝸角已出，仍盤羊腸；其險也，如熊櫓甫離，更入虎坎。又或石頂裂穴，形如彈丸；厓旁闢扉，削若永巷。衆壑既美，層田亦奇。其高低不齊，赤白閒出，如墮星而圓，怪火而裂者，名曰榴田；其入地而紫，逼天而青，懸厓挂壑，五色濛冥者，名曰蘚田；其榦虚而員，節厚而錯，叢生水眉，迸出石腹者，名曰竹田；虬枝鶴蓋，兩兩夾擊，不風而吟，聲出金石者，名曰松田；隨波離離，影界水陸，下拂魚尾，上憩鳥足者，名曰葑田。以此五田，間玆十洞，遂復隱顯不測，凉炎互殊。削壁萬仞，腹背裂而通樵；浮雲數重，中央虛而過鳥。樓臺東西，以雲氣爲界畫；巖岫曲折，準鳥巢而升降。梨桃多于粟米，魚蟹富于葱韭者焉。晚日，汪君爲霖、孫君星衍，接踵而至。于是蠟屐既停，蒲帆又舉，載酒涉險，並舟浮江。霞采極于新洲，風稜生乎瓜步。激雹搜海，魚皆上潮；寒星點波，豚不拜浪。螢光浮沉，沿岸遠近；飛羽啁哳，隨波上下。半圭之月，倏爾西行；雙槳之舟，逝將東邁。小史羌笛，長年吴歌。矢晨露之詞，衣夜行之錦。樂且無極，舟行不停。視謝公之于牛渚，供奉之在采石，殆又過之。蓋較量絲竹，所以陶寫性情；指揮煙雲，亦以跌蕩山水。古者之樂，既不讓夫有逢；後來之遊，庶可貽于無盡。此又山靈鑒之，江水司之者矣。是日三鼓，遂濡筆而爲之記。

右三台洞贊

陰房不晨，夜壑無晝。莓苔中滿，蝙蝠四走。巖腰偶開，日脚忽漏。危泉爭涌，怪石獨瘦。人行無聲，龍蟄其右。

右流雲澗贊

四山流雲，競入一門。貯之不盡，時復吐吞。巖巒積勢，藉此作根。幽扉半開，上有掌痕。風泉夜朗，煙景晝昏。

一石作壁，孤淩青天。衆峰西來，意態亦閒。山腰出樵，禽訝其仙。危轉百級，無能及巔。誰于幽絶，嵌此華軒。

右永濟寺贊

天與水泊，曠無端倪。一峰將頽，四壁絶依。如鳥而翼，亭亭欲飛。再轉翠壑，孤升丹梯。月露渥頂，天風灑衣。

右燕子磯贊

青芝山下卜鄰圖記

夫燠館凉軒，可以適體矣，而必委心于邱壑；佩玉垂組，可以章身矣，而或寄意于樵漁。是以朱門之内，奇石因而磊砢；丹楹之旁，珍鳥于焉翕集。杞梓構室，必名之曰草堂；檀欒蔪窗，爰號之曰竹屋。于以知宇内之榮觀，必參以塵表之遐想，始足盡幽奇歷落之致乎？然其道亦有二焉，山陰若邪，鄭公采樵之里也；襄陽峴首，習氏種魚之宅也。或因彼故廬，創爲新構。釣遊所在，鱗羽因而改觀；桑梓之邦，魂魄以之生戀，此則仁人懷土之思也。抑或齊國男子，忽遠占乎富春；平陵高隱，乃借廬于吴下；東嶽道士，至西嶽而幽居；南山丈人，或北山而訪宅。以彼勝懷，未妨隨地，則達人夷曠之致也。

若賓谷先生《青芝山下卜鄰圖》之作，倘亦是乎？雖然先生嘗雅意于西谿矣，就萬樹之梅，于焉築室；劈千枝之藕，遂以蕩舟，亦實極左江右湖、背陰面陽之勝覽焉。未幾，斧斤不戒，名勝久虚。孤山之鶴，倏爾移巢；靈渚之魚，從而徙窟。而必欲就十畝之桑，爰構百人之舍，識者以爲過矣，此青芝山下之所以改卜也。其地也，環之以笠澤，拓之以吴淞，極之以巨浸，有海飛天盡之觀焉；其山也，引之以天平，扶之以峴石，達之以包山，有雲興霞蔚之槩焉。又且土膏之沃，畝或數鍾；山木之饒，枝皆十丈；采蛤之港，通于螺田；撈蝦之渚，閒以蟹籪。香成海而百步，魚跳波而十里。此實海濱之奥壤，山側之幽構焉。欒子蓮裳，萬子廉山，鄉里素心，漁釣之舊侣也。心期有年，結鄰此日。于是衡宇在望，笠屐互通，分明月于檐前，合湖光于鏡裏。如欲學道飛舉，則靈威之丈人；如欲泛宅浮家，則天隨之逸客。有不應念而至招手以來者乎？

况自湖而西，即僕蓬茅之宅也。挂席甫竟，已抵乎溪橋；芒鞋一携，便通于竹徑。絜中泠之泉，煎顧渚之茗；市南潯之酒，烹平望之魚。相與登穹窿，陟縹緲，看雲半起，眺月初升；讀書崇朝，鳴琴中夜。述燕臺之軼事，則耆老咸驚；創吴下之新聞，則儒流過訪。蓋紀事之筆，與垂綸之竿雜投；學仙之書，共經驗之方兼貯。洵可償塵勞于夙夜，生神智于俄頃者也。是爲記。

姚春木萬里圖序

夫志在用世者，朝辭衡門，莫睨魏闕，徘徊九衢之上，躑躅三殿之側，倘十上書而不遇，則以君門爲萬里者矣。志在出世者，冠星冠，服羽衣，餐日月之始光，藴陰陽之宿火，倘丹九轉而未就，則又以碧霄爲萬里者矣。若是者，希難得之遭，冀未來之遇。霑體甫竟，即雅意于遷除；齋心不能，遽縈情于沖舉。其爲萬里，不愈遠乎？

若夫羇旅行役之萬里也，悠悠我思，勞勞在疚。卷回風而逾迅，見曉月而亦怨。嵩華儥面，不賞其奇峭，而厭爲紆回；滄溟在目，不覩其汪洋，而畏彼危險。秦髪元于越地，楚足繭于燕郊。此則朝吁暮愁，月怵歲惕之萬里也。

至若放臣逐客之萬里，則又可言焉。縲絏未除，出國門者數驛；薪爨既絶，距沙漠者百程。天非敢呼，而蒼蒼者目已極；地豈能縮，而莽莽者脛已疲。山鬼一足，同其步軀；妖禽九頭，引爲弔客。此僕之所身歷者也。

若足下《萬里圖》之作也，無前之覬倖，無後之艱辛。英偉絶特之槩，于枕席便安遇之；驚心動魄之觀，于眺覽從容得之。此則奇福種于生前，而壯遊成于俄頃，爲古人所絶無僅有者焉。蓋足下齒未及毀，譽已起于門庭；冠甫可加，名先隆于遠邇。從宦則琱戈元甲，洗兵于峨岷；遄歸則赤米白鹽，裹糧于梁楚。秋賦南北，恣其遨游；趨庭東西，藉以登涉。果下之馬，行遲速而靡計；楚南之艇，泛晴雨而不常。綜而論之，黔靈劍閣，足下陸行之萬里也；長江洞庭，足下水行之萬里也；太華之巔，岷山之麓，足下夢遊之萬里也；東海之靈奇，南雲之浩渺，足下神遊之萬里也。足下貯四萬里于胸中，又且目之所及，心能寫之；心之所及，手能達之。是則嶽有五不足罄其奇懷，瀆有四不足殫其逸趣。

竦肩之侣，庶有盧敖；繼踵之儔，或惟禽慶而已。僕之遇足下也，在明聖湖之側；足下之望僕也，在祁連山之西。遇亦可謂奇，而交亦可云雅矣。然則《萬里圖》之序，非僕之屬而誰屬哉！今日者，杜門閒居，飛鳥絶迹。溝水既斷，舴艋之舟不來；園蒿怒生，轆轤之屬亦朽。去者如夢，來者如塵。亦惟借足下此圖，以爲卧遊之具云爾。

三益齋銘及跋

持訪祕籍，携遊名山。藜鐙校閣，松明掩關。秦鏡號齋，漢瓦製硯。鵰吻尚張，龍蹲倘見。

右漢瓦硯銘

其圓若升，其陷若井。殉兹口腹，幾斷要領。過期不貳，悔或可追。庶幾昕夕，視此雲雷。上有雲雷文。

右漢銅㪺銘

虹飛知姓，墨潤識晦。覘天月日，視鏡向背。刓文周郭，古意在鼻。星仍暈緑，字尚流漆。

右漢漆鏡銘

三器皆漢物，並二十年前于西安故市上得之。自此常挈以自隨，未嘗暫捨。己未秋，獲譴，自請室出戍伊犂，行既迫促，衣履皆不獲具，可云無長物矣。而瓦硯漆鏡，尚携以共行，惟銅爵則時已戒飲，獨付兒子賫歸。庚申正月望日，行未抵烏魯木齊五十里，猝中寒疾欲死，僕人已布籧篨，歛手足矣。殘喘未絕，尚屬從者以二物爲殉。嗟乎，可云嗜之癖矣！夫古人患難生死之際，妻子僮僕，一不克自隨，而杜伯山獨拳拳于泰書古文，趙臺卿又諄諄于四賢之畫象，何所見之不廣歟？然古人亦有念微時之敝簏敗笥遺簪墮珥者，或亦仁人不遺舊之一端也。是年九月旋里，三物既已合并，因鑿卷施閣北楹貯之，并名曰三益齋。而各爲銘，因以自儆云。

擬小言賦

壬戌八月既望，有觴主人于西堂者，薄醉，偕諸生暨兒子輩升山椒，穿石廊，憩乎風雲之閣。時酒渴思飲，主人適遊九華歸，携霧露之茗，因謂諸生曰：「有能爲宋玉《小言賦》者，沃以巨甆。」諸生欣然，略一搆思，即歷級而進。

汪瓚曰：「體無形之妙質，乘野馬以遨遊。結廬蟭螟之睫，馳驅針穎之頭。百離朱兮莫見，甯象罔兮可求。」兒子符孫曰：「托迹飛塵之末，遊覽秋毫之端。偕童冠兮並往，猶馳騁而厭寬。」埍繆楠曰：「細過輕塵，萬物莫可方象；眇逾毫末，秋陽無以鑒形。」吕偉標曰：「馳萬馬兮秋毫巔，嘆寥廓兮杳無邊。」吕培曰：「以芥稃爲乾坤，騁蟻穴之萬里，行於其中，茫乎百年，莫得其止。」吕壐曰：「極邊之國，有幺小之人，統六軍以出戰，渉一隙之纖塵。揚旌拂天，離婁莫睹其影；大響振谷，師曠未聞其聲。」譚正治曰：「駕舟蠅髓兮，若博望之探天河；馳騁蟣腹兮，若章亥之窮地域。猶恨宇宙實無窮，怪其前者馳不疾。」

諸生賦畢，主人亦曰：「揚一塵于蟭螟兮，兀若昆侖之丘；噴微噓于蠓鼻兮，浩如滄溟之流。析百分之芒穎，建九層之危樓。眇眇乎新生之毳末兮，上已具乎山海九州。而未已也，以遊絲之莖，貫七曜與列星；以鍼鋒之所值，書廿史與九經。黄帝所不能識，以咨杳冥。杳冥茫然，時睒其睛。自少迄耄，晴晝月午，究未嘗一見其真形。」諸生皆曰善。因以玉川之數，前爲長者之壽，諸生亦並得啜之。譚正治、吕壐復得倍飲焉。

方欲抽奇思，各賦大言，日方半辰，天忽晝晦。塵飈鼓其前，雷霆出其内。童竪股栗，或向或背。懸流百尺，響若列碓。皇然懔然，因不敢賦大言而退。

勸學銘

友人搆兩齋，分授其二子，并屬爲銘以詒之。

焠掌刺股，其塗本分。一以希聖，一思徇人。氣食萬牛，力馳六驥。吾何所師，蚓用心一。

力田銘

朝作夜輟，志在闢壤。帶經而鉏，念已涉兩。思收拙効，巧所不務。布穀布穀，耻學鸜武。

陳姬吴荔孃壙志銘

吾友陳明經蔚，有别室曰吴荔娘，歸明經甫一歲而卒。明經傷之，乞余爲志壙，倉猝未果。壬戌九月雨夜，偶檢案頭，得荔孃所作《蘭陂剩稿》，讀竟，憮然曰：「是其慧業或可傳矣。」因據明經所作傳略，爲之志曰：

荔孃，福建莆田人。父農家，粗識書義。荔孃幼即喜從父讀，年八九，即學作五七言詩。桼室之智，可云無師；椒盤之詞，是曰夙慧。然性絶愛潔，每獨處一室，其窗櫺几榻之屬，光可鑑也。香焚篤耨，日必數周；米飯桃花，晨無半合。尤異者，閩俗尚鬼，荔孃獨不然。歲時自展敬祖先外，無所拜也。姚江幼女，不事婆娑之神；清源小家，尤嚴膢臘之祀。其智識有過人者焉。年十四，問名者踵于庭，無適從也，明經獨以後至得之。迨結褵之夕，却扇之辰，明經方賦詩催粧，而荔孃答詩即有「嫁得江南詞伯」之句，可云識所歸者矣。時明經以將軍之殘客，得仙遊之麗人，慕之者既多，妒之者亦衆，于是遂挈以歸江南。度仙霞之嶺，則嬌鳥助其清音；泛嚴陵之溪，則潛鱗訝其明艷。望凰山而弔古，過虎阜以聯吟。樂事賞心，于斯爲極。歸青陽數日，明經即有秣陵之行，而荔孃遘疾遽卒，年僅十六，未及與明經握手訣也。

嗟乎！繁欽定情之詩，士林方播；庾信傷心之賦，鄉里已傳。春甫半而先凋，月未圓而遽隕，亦可謂悽愴傷情者矣。明經葬之于九華山側，原樹東向，不無情于故鄉；唐蒙孤搴，尚有懷于高格。重爲之銘，曰：

生于海浦兮，嫁于江沱。降年何促兮，賦才何多。事君子兮別所親，志憪憪兮甫經旬。一棺既闔兮詩亦焚，以松爲壠兮桂作墳。庶靈光之不閟兮，吾知其不爲九峰之月而即釀五溪之雲。

更生齋文乙集卷第二

平生遊歷圖序

夫有用世之心者，丘壑既難挂懷；抱濟人之具者，間適亦乖本念。蓋務其所急，而置其所緩也。是以少翁仕而百畝荒，元卿歸而三徑治。前喆所爲，即後事之師也。

予幼孤貧，然亦嘗有大志，又湔磨師友，飽飫慈訓，冀得稍展尺寸，以報所天。中年入官，而心性迂拙，言語戇直，又加以不識趨避，動乖事機，思之慨然，時有退志。至己未，奔國恤入都，遂以語言文字致罹大辟，幸聖天子全之耳，遠戍絶域，未及半歲，遂蒙赦歸。製寬博之服，以代銀章；種青葱之蔬，漸忘肉食。又生平性嗜山水，蹤迹所至，幾徧寰宇，縋鑿幽險，冒犯霜霰，若飢之于食，渴之于飲，未嘗暫離。自奉明旨，不令遠出，于是登涉之志，巖壑之願，亦遂輟焉。

壬戌長夏，以暑疾臥更生齋，年家子陸生過訪。生固奇士，尤工染翰。稔予之好遊，又陟歷廣也，乞爲道生平之奇與怪偉錯愕，可一不可二者。留兩晝夜，余隨所記憶，絡繹告之。生歸，自以其意，爲余作十六圖。圖竣，并乞詳本末于後。遂各繫以贊，前八圖爲及侍太宜人時内外所陟歷，則腸肥腦滿，志壯氣盛，俯仰八埏，凌厲一世之志概也；後八圖則皆太宜人見背後事，是又凄風苦雨，震雷激電，千態百狀，萬死一生之境地，無不備焉。

嗟乎，以壺丘待死之年，叙高密畢生之事。其達也，亦嘗召對麒麟之閣，持衡龍虎之方；錫譙而入承明，抗言而驚三殿。其窮也，亦嘗受誣牖上之業履，致窘里中之墨尿；感异品于園蔬，泣奇温于襖絮。其動也，亦嘗登五嶽，歷九藪；渡駭浪而百重，越龍沙而萬里。其静也，亦嘗插架萬卷，十旬而卒業；傍舍半畝，崇朝而畢功。蹤跡不可爲不奇，耳目不可爲不廣矣。況身縱閒退，而一世尚不吐棄，陳幣者接于户，問字者踵于庭。名位已盛，求弁首之一言；穹碑既磨，乞銘幽之數字。親戚藉其餘潤，妻子因而不饑。出覽百里，則道釋欣從後車；閒登一丘，則童叟歡爲撰杖。又甯非再造之後，更生之餘，蒙覆載之德，宗祖默祐，而能若是乎？他日歸魂而上岱宗，含笑而依親隴，尚當爲泰山主者告之，并述于吾父母及素所親暱者也。午卧乍起，作此報陸生，并以爲序云爾。陸生名伯才。

少而孤貧，日祇一食。言依外家，大母之德。紡牀左側，《毛詩》《魯論》。幼不力學，身餘杖痕。烏乎，杖痕雖平兮學未就，安得吾母兮再篝燈而口授！

右《南樓課讀圖》第一。主人六歲孤，從母育于外家，雖間出從塾師讀，然《毛詩》、《魯論》、《爾雅》、《孟子》，實皆母太宜人所親授也。又極爲外王母龔孺人鍾愛，以樓後廡居之，時給其缺乏。圖中後樓二楹，正瞰雲渡。太宜人坐紡牀中，旁列矮几一，密排丹墨，主人即讀書其側，几左復一巨罇，光黑可鑑，課讀暇，即蘸墨習書其上，以爲常。前後凡四年，歲乙亥，舅氏始以塾滿遣歸。後雖頻至南樓，起居外王母，間或留宿，然不復有課讀之事矣。

雨頹我瓦，水齧我門。解樞繩而縛筏兮，疑童性之猶存。旬不見日出兮，竈已上樓。池魚窺我闥兮，願烹之以進羞。從中河而屢徙兮，或經歲而一至。摩挲老桑兮，庶知我之三世。

右《北屋泛槎圖》第二。主人十一歲自外家遺歸，即從太宜人居中河橋南賃舍。其北屋即主人始生處也。既歸，而北屋已爲季父所居，遂别賃小樓二楹。大池踞其後，三四月後淫雨，則屋中水先盈尺，主人以意製木爲槎，可旋轉出入。圖中老桑一株，半枕池上，爲繫槎之所。樓俯逼鄰翁王氏宅，翁老病，不欲聞人聲，以是主人之書常默誦焉。弱冠授室及補博士弟子員，皆在賃屋中。至癸巳秋，始奉太宜人移居城東白馬三司徒巷。計居賃屋共二十六年。

蠡河之東，無有岡與陵。市聲嘈雜，土氣鬱以烝。間有隙壤兮，闃不可以登。伊誰築居，無山而山，有亭有塢兮，終日掩關。侍親遊兮白露節，中外羣從兮訖臧獲。折名花兮盼新月，惟兹遊兮冠曩日。

右《山墅訪秋圖》第三。圖中所繪，爲城北之青山莊。敞者爲翡翠堂，高者爲麥浪軒，曲者爲煙雨橫塘，邐迤而折者爲新月廊，皆園中最勝處也。先是園屬京江張方伯，适公子某能詩，曾大會大江南北諸名士于此，園中諸勝皆有詩紀事。歲丁丑，主人年十二，曾隨太宜人與從母暨外家諸姊妹訪桂，一至其地。時主人已受四經，甫學吟，太宜人與從母曾命賦新月廊詩。不十年，園凡屢易主，續後園主以逋官錢折毁迨盡，今里中無復有勝所矣。

東迎春，南顧唐。一曲路，風花香。五月五日，千舟百輿。龍有五色，東西以趨。采船南來兮，月正皎。盈前白髮兮，不敢稱老。假辰良兮，祝壽考。燭光如山兮，一川曉。

右《雲溪讌月圖》第四。雲溪五日競渡最盛。歲甲申，外王母龔孺人始自江西官廨就養回，年已越八十。五月十日，太宜人暨諸舅氏從母，爲外王母補祝，合宴于畫船歌舫中。余時年十九，與外家諸兄弟姊妹均得執樽俎侍側。時笙管咽岸，燈光塞河，里中人正爲競渡勝會，徹曉始罷。太宜人與諸舅氏從母年並過五十，酒半，叠起奉觴上壽，外王母亦甚樂。親串觀者，咸詑以爲名家盛事云。

巢禽不起客先起，竹杖棱棱注坡底。蓮花高，天都高，天都望蓮花，始覺平眉梢。一日不食，一夕不食，望之不來，疑値鬼與蜮。我入門，驚同人，手足既已僵，不復吟與呻。酌一瓢，餐數黍。顔雖活，氣尚阻。我雖堅强不莽鹵，我遊山愧爬山虎。土人陳某，登山如飛，俗號爲爬山虎。

右《黄山雲海圖》第五。主人壬辰年四月，隨安徽學使者朱先生筠，歷遊黄山、齊雲、九華諸勝。黄山視二山尤奇。天都、蓮花二峰，則奇而又奇者也。嘗憶偕諸同人，自慈光寺抵文殊院看雲海畢，即留宿山頂。夜半，知學使者不能更上，遂曳杖獨行，先陟天都之半，道梗塞，不得上，至戊戌歲四月，又從座主劉先生權之至此。始偕土人陳某直陟峰頂，以補壬辰年之缺。復回從間道至蓮花絶頂，久憩乃下。學使已不能待，先從文殊院下山矣。主人凡一日半夕不食，方追及于雲谷寺，履已穿决，衣爲荆棘所刺盡裂。學使及吾友邵學士晉涵正色規曰：「君遊山亡命至此，獨不爲太夫人地耶？」余悚然，自此始不敢冒險獨行，佩師友之規也。

日不赤，山乃赤。曦輪著山淡無色，我今得遊真定識。同人摇手我獨前，瀑布千丈懸山巔，快覽人世方升天。自朝兮及夕，月初升兮日輪昃。金庭不死兮，吾豈爲所惑。我之嗜山兮，若飢者之食。雁蕩欲遊兮，除用此策。

右《赤城煙月圖》第六。歲丙申，主人在浙江學使者王先生杰幕府，以八九月歷試温、台、處三府，因得遊天台、雁蕩兩山，雁蕩匆遽不獲窮歷其勝，天台則曾上赤城，并一宿國清寺。學使性謹飭，又不嗜遊山，以是值名勝所在，皆約束幕中人不令登陟。余得遊二山，實破格之事也。嗣學使爲主人庚戌禮闈座主，主人性戇直，屢以事與座主執争，座主每曰：「此人當格外容之。」仍談及浙中遊天台、雁蕩舊事，以爲笑樂。

忽升天，忽入地。湖光碭，燈影細，龍爪畫沙童膽裂。入以巳，出以申。湖風狂，不渡人。挈帆行，帆破幅。漁師顫，柁工哭。詣何所，莫鼇宿。波如山，不見船。出險語，驚枯禪，我裹龍腹君蛟纏。

右《湖風破浪圖》第七。歲癸巳，趙舍人懷玉率弟姪讀書于穹窿山之茅篷。主人以十月訪焉，因約爲東西洞庭之遊。翊日，挈茅篷僧一，自胥口出湖。日昃，至西峰包山寺宿。侵曉，棹小舟，沿山麓至石公山飯。飯畢，即訪林屋洞。洞逼窄且直，下數十級，勢已在湖底。舍人有難色，主人因獨挈舍人一僕勝元，束炬入洞。怪偉巉刻，千門萬户，然祇可匐匐入，百步悉不得仰，歷金庭、玉柱，迄隔凡，壁削不得進，剔炬小憩。忽大聲從石罅中出，勝元又于沙水中躧三爪巨跡，闊可徑尺，怖絶，始尋路回。抵洞口，日已西下，主人興正劇，欲徑抵莫釐峰宿。風急波暝，茅篷僧及柁工堅止之，不可，自挂帆幅以行。至湖心，則舟覆者已屢，茅篷僧及柁工並哭，然勢不獲止。三鼓，僅抵東山，舟中人面已無色，惟主人尚談笑自若。

崖紅壁紫，澗黑渚緑。青爲宿霧兮，白則飛瀑。一川之窈窕兮，忽五色以班駁。似出天地之外兮，乃墮入山水之腹。頂盂而覆，谷釜而仰。或猨猱之數擲兮，或蛇蠖之屢枉。潮猛而帆劈兮，江已盡而入湖。方出屏障兮，又置我于畫圖。平湖之水兮，八月已凍。越三十年而秋潭紺碧兮，摇摇而尚入春夢。

右《江艇劈潮圖》第八。此圖亦癸巳七月杪，在新安學使行廨，意有不合，即買舟同汪助教端光從新安江東下。一路分風劈流，蹈壑凌澗，青嶂四合，紅林萬株，惝怳幽奇，與宣、歙、台、處諸山水迥别。過七里瀧，上東西臺，助教不能登陟，皆在山半以待。將抵錢唐，忽海潮猝至，舟倒退三十里。五鼓稍殺，始劈潮而下，泊候潮門，陟萬松嶺，至西子湖，遊覽竟日。夜即宿湖心亭，寒甚，與助教咏「瓊樓玉宇」之章，徹曉不寐。瀕行，復從湖頭買菱角芡實歸里，爲太宜人壽。以上八圖，皆主人及侍太宜人時所遊歷。此後雖亦嘗登五嶽，涉四瀆，然與負米時之意緒如出兩人矣。

平生耽奇，惜乏天上梯。欲陟落雁，身與北斗齊。三更乍交，天海頓赤。滄溟洶洶，如釜底上突。雍青究豫，地脉遽縮。千奇萬怪，炫此心目。巨響出海，紅輪贕天。杳杳冥冥，一世尚眠。

右《蓮峰日出圖》第九。主人以壬寅七月，自朝邑潼關，西抵華陰，即馬行十五里，宿華山之麓，曰玉泉院。將曙，即乘竹輿行二十里，抵青柯坪小飯。復舍輿行三十里，歷千尺幢、媪神洞、仙人砭、日月崖、蒼龍嶺諸險，抵所謂三天門者。自此以上，東爲玉女峰，西爲蓮花峰，中爲落雁峰，皆以此門爲限。晚由東峰趨山後，尋希夷厓、秦皇博臺諸勝，始至金天宫宿，道士云：「宫至落雁峰尚五里。」是夕早卧。三鼓，即束炬行昏黑中，百轉方至峰頂，華池及老君鐵殿在焉。四鼓，日已出，青齊海水畢露，金碧萬狀，天水一色，紅氣久久始融成日輪，而下方濛濛尚不見指掌也。辨色，乃取道蓮花峰，觀巨靈蹠山處，始下。往返共兩日，各以詩紀事，而復爲之圖。

蒙嶺望岱，尚隔一程。雷電雪月，交乎四更。崔莊驛北兮，遺誥始布。岱宗之有神兮，先已縞素。

右《岱宗雪霽圖》第十。歲戊午四月，主人以弟喪乞假南歸，不更思北上矣。己未正月，恭值純皇帝大事，以曾值内廷，奉文奔赴。二月望日，行抵羊流店，距泰山不百里，海月正升，遽爾大雪，夜半疾雷迅風，震撼山嶽。次日，行抵崔莊驛，始敬讀純皇帝遺誥。蓋泰山有靈，先一日已相告也。日昃，過山下，已積雪，不得上。圖中縞衣素車與林巒岡阜一色。時年家子劉孝廉嗣綰，亦以急欲就試隨行。

少讀書，長出遊。迨通籍，歲已周。惟兹一名，敢望先執。禄不逮親，受糈以泣。

右《雲呈五色圖》第十一。此記庚戌年登第事。主人禄不逮養，本無足記。然性素嗜書，通籍後，值國家校刊石經，命主人預司其事，兼詳覆官，藉得會萃漢、唐、宋諸石經异同，讐正字體，惜未及半載，即奉命視學黔中，不獲始終厥事爲歉。統計前後官京師僅五年，歷充純皇帝實録及内三館纂修，又嘗爲咸安宫總裁，及教習庶吉士，並掌進擬文字，得以恭讀九朝日歷，周知掌故，并泛覽新疆外域圖書，不可謂非厚幸矣。圖中恭紀臚傳日拜恩訖，一甲三人，隨殿試榜自午門出。雖自開國以來沿爲故事，然實異數也。

幼孤貧，作塾師。《急就篇》，誦不輟。今官清華，進教冑子。六經盤盤，兼課奇字。人言三天中三島悉，不如節頒内府金，日叨大官厨，午餘退食沙堤畔，紫翠樓仍插天半。澄懷園觀光樓，爲寓直所。樓上恭貯仁皇帝宸翰，云「半天紫翠。」

右《日麗三天圖》第十二。圖中黄墻碧瓦，爲海淀澄懷園，恩賜入直諸臣退食之地。計一歲侍學諸臣直乾清門内北廡者，僅新正十日及十一、十二月，餘皆在海淀。每日辨色，即自賢良門東紅左門入，從軍機直事房，東行約半里，方達三天。碧波環之，以法瀛洲三島，惟一橋得通。天章煌煌，署曰「前天垂祐」、「中天景運」、「後天不老」。卯正巳正，兩頒食于西廡，申正始畢出。蓋歷代家法之善，無有過本朝者。自親王以下，均與入直諸臣抗禮，侍學之暇，即商榷經義，間或周詢世事。亮吉管窺蠡測之見，以爲庶惟漢之河間、東平，唐之鄧康王、曹成王，或可同日語耳。

伯催人兮，倏不及待。一書纏綿兮，尚附棺蓋。蠡河之東兮，妥此旅魂。遺經而可讀兮，庶以期夫愍孫。

十驛五驛，兼程以馳。俟我瞑目，云何敢遲。中條西去兮，隨雨奔波。飢不及食兮，掬盈懷之餅餺。鬼

右《蕭寺哭臨圖》第十三。亡友黄君景仁，體素癯，又不善珍攝，二十內即自知年命不永，每以後事見屬。主人初以爲戲也。及壯歲遊燕趙，歷秦晉，遇益窮，疾亦益甚。先是君以天津召試二等，在三館繕寫，當得官，以費無所出。癸卯三月，遂力疾出都，將遊西安，至運城沈運使業富官廨，疾已亟，飛書達主人，促急行，以屬後事。主人聞耗，即借馬疾馳，日走四驛，而君已不及待矣。運使已移君殯古寺中，入門，而遺篇斷章，零墨廢紙，尚狼籍几案。哭奠後，主人日三臨，并爲文告殯，始偕其柩以歸，葬之于黄氏先壠之側。烏乎！主人與君交二十年，不見者又二年，竟不獲執手以訣，亦命也。劉刺史大觀、趙大令希璜已兩刊君詩，楊方伯揆又刊君詩餘入叢集中。嗚乎！君亦可以傳矣。

伏地不起，時時叩頭。狴牢夜半，傳呼重囚。煌煌天語，汝不得活。汝爲詞臣，摺乃不密。公然萬言，移副三府。傳聞影響，疑謗君父。囚罪萬死，敢置一辭。得免拏戮，猶銜聖慈。琅琅貫索，不詣西市。再造之德，感實没世。

右《圜扉待訊圖》第十四。主人以己未八月，乞假將歸，臨行，上書三府。即日軍機處傳旨訊問，覆奏入，即褫職下刑部獄治罪。刑部獄有南北二所，主人所下，即南所獄也。獄旁窄屋二間，凡官吏待罪者例得居此，以别于衆囚。初涖獄，司事者不測上意，令兩吏夾持以寢，四鼓即唤起，嚴加桎梏。押至御史臺嚴審，嗣軍機刑部，照大不敬律，擬斬立決。蒙恩減死，發戍伊犂。自下獄至出獄，共三日夕，每夕提鈴喝號及重囚縲絏桎梏之聲，徹曉不絶，雖隔一巷，亦嘈雜不得寐。

室可無梅梨楂，菜不可以不花。菜甲之花，春光始華。青菘紫莧，緑葵紅蓼。有客入門，餐之至飽。主人之鋤，與戈並懸。荷戈既畢，鋤此廢廛。太常之齋兮，非欲妄託。經旬累日兮，案竟可以無肉。

右《閑廛學圃圖》第十五。主人蒙恩赦還，道過哈密，見少司馬伍彌烏遜于廨旁闢圃，親課園僕種菜，晚日，即以圃中所有飯客。主人見而慕之。回里後，閉門謝客，不涉世事。適鄰左有隙地一廛，友人爲購得之，爰闢作菜畦，暇日即自力作，稍有功緒，迺命雛童竟其事，圃中凡春夏秋諸種之菜靡一不有，以爲常餐，殊有至味。他日并當命少子幼孫于讀經之暇，即入此圃，力作習勞，或亦前人抱甕運甓之遺意耳。

六齡卅齡，忝下日少。庶歸魂之有日兮，尚可以娛我二老。吾家先隴兮，前橋之村。因伯姊而闢地兮，近外氏之墓門。子孫而賢兮，不望封植。惟三松而五梅兮，毋或使中道而殆。

右《叠港種梅圖》第十六。余在伊犁日，于渾河左側置地一區，已屬同戍之友張太守鳳枝、韋大令佩金：「他日奄忽，即葬我于此。」蓋慮罪釁甚重，不能歸骨也。今既蒙恩釋回，則歿後祔葬先人壠側，已無疑義。稍暇，當于旁近擇一隙地，種梅五，樹松數株，爲他日歸休之所。大灣橋水至吾家墓前，凡數折，層岡叠港間之，極夷曠幽遠之致。夫生寄死歸，又得從先人于地下，所謂魂魄猶當樂此也。此一圖不繪人，但三松五梅，層岡叠港，境極寥寂，主人或先已休神于地下也。蓋生平之事，畢于此圖，故取爲殿云。

琴高溪夜遊記

夫長川不回，非必歸海也，而潛鱗避之；危嶂無極，非必接天也，而迅羽違之。是則魚鳥也亦畏天地之高深乎？非也。逶迤而上，則飛鳥巢其巔矣；紆徐而赴，則遊鱗萃其中矣。宣州之山水，迨皆逶迤而上、紆徐以赴者乎？獨琴高之溪與嶺則不然。拔地矣，不遽千仞，而旋螺如可級也；赴壑矣，不及十尋，而頫蛤如可拾也。此則幽隱之外宅，動植之奥藪乎？

主人以壬戌七月，再過此谿。日昃不行，炎歊轉甚，相與挈竹簟，持坐具，憩于橋陰。適客有就主人乞書者，携精筆良墨，甘水苦荈以至，主人亦出姑溪之菱，洞庭之蓴，以佐之。橋廣十步，長及半里，青峰四圍，白石千級，主人與客占其半，餘則以資行人，走驛騎，尚各不相涉。輕塵既净，矮几徐設，相與拈毫搆思，揮筆振紙。歸鳥合隊，覘其苦吟；潛鱗一雙，嘬此餘墨。未幾，赤日墮嶺，凉颸出林，客導主人，復陟隱雨之巖，歷垂竿之徑。石竇半豁，凝神而有光；藤牀倒欹，冥坐而自得。遵彼幽遠，試筋力之捷；愛此清冽，净肌膚之塵。殘漏客去，而主人亦不歸逆旅矣。睇北斗之星，繩下弦之月，行及十里，天始逼曙。回顧曩處，煙籠霧隱，纔隔半黍，幾疑兩塵然。而五色之露，猶霑苧衣；一鉤之雲，尚滯竹笠。未始非琴溪昆山之所得也。七月二十六日發曙，是爲記。

自下洋川取道遊九華山記

壬戌八月，自下洋川將遊九華，梯峰礪川，蹈險蹠暗，凡百有六十里。甫至山麓，過嶺四：九峰、三折、軻、沖榧嶺。越水三：洋河、麻川、舒溪。洋河合于麻川，麻川合于舒溪，下不十里，石溜灘險，即青弋江也。穿縣三：太平、石埭、青陽。均不及城郭，或遠至半程，或近在百步。時瞰閭井，輕煙間之；遐瞻浮圖，飛瀑又隔。途次望名山二：黄山則天都蓮蕚，近接眉睫；陵陽則洪嶺旋溪，不越肩背。又沿路可觀覽者，蓮心之亭，石柱之灣，烏林之社，黄華之岑；金光臺笠，洞盡穴脅，舒姑黄鶴，波悉鑑心。

初七日，宿汪王岑。月方上弦，天若覆笠。候蟲入枕，蝙蝠拂衾。鵝鴨上樓，牛羊下穴。數寐數起，猝不能卧。披霧入嶺，追雲過橋。依乎杉樠，飯止梨栗。日未昃，已至南陽灣。樓臺破空，厓壑頓遠。

是夕初八，宿陳氏湛清園。主人明經蔚他出，其弟爲呼綱師，捕此溪鯽。山筍裂徑，秋菱溢池。烹鳴旦之鷄，漉隔宿之酒。子弟聚立，多于梟鷗。房廊散空，盡逼星斗。飛雨適至，煩襟頓除。休乎北窗，愜此清夢。翊日，筍輿竹篼，已布門外。自屋後上嶺，復四十里，迺抵所屆。陳氏子弟之雋者二人偕行，度澗越壑，能言其名。躡屐撰杖，過愜所望。石屋木拄，危橋蔓支。舍輿而行，憩一陟兩。回皇峰巔，屏息樹杪。飲泉一甌，未抵雨汗。休磴百級，纔平喘聲。徑逾精廬，遠跡危巘。山僧出迎，忽訝素識。披蘚讀碣，則壬辰年石刻在焉。

是夕初九，宿捨身厓之東牖。霖雹怒飛，松櫟雜響。雷斧劈牖，雲光閃窗。披衾驚寒，穴竇望曙。逼殘漏，冒宿霧，復與二生，拉一老衲，尋所爲轉磨之峰，摩空之嶺。木獸猛而若鷙，雲峰奇而欲飛。時縋幽深，時漏光影，蓋半日始徧歷焉。洞外獨支房廊，別一天地。足力既乏，凝神久之。仍臻來途，復飯故處。始悉呼傔從下嶺，時主人已自江北回，余少日同學也。來迎山輿，笑闢水榭。盤羅川陸，話匝今昔。又命少子塾、猶子壤執經于余，即偕行之二生也。

天曙，别取道陵陽鎮，以避柯沖之險。過沙澗，復飯于及門曹汝賢宅。乃回。

是遊也，往反共五日。上距壬辰年偕諸同人，隨學使者大興朱先生筠過此信宿，已萬一千一百七十餘日。嗟乎，回眸未周，云已一世；申臂俄頃，先逾卅年。以至昭昭笑言，落落指顧。珠玉之氣，久幽于泉扃；雲霞之光，不升于天闕。蓋前遊十二人，墓木拱者，已十有一。均未臻徂年，隕以半道。摩挲讀碑，嗚咽話舊者，僅後死之一人耳。以視棲澗之鶴，頂仍未丹；蟠庭之松，蓋初欲偃。人之不能與植物動物等也，一至此哉。又怪乎山水顯晦，各自有時。陵陽棲真，神仙窟穴。今則磴道棘梗，厓谷晦霧。而梁陳以前，輿地不紀。如九子峰者，金碧蓋地，丹青燭天。赤松不遊，白足斯集。居者若聯房之蜂，來者若赴垤之蟻。相隔數里，間有所謂仙人子明與弟子安者，已不能舉其姓氏矣。不又重可歎哉，重可歎哉！道中及登山所歷之境，各繫以贊，共十六篇，以貽明經及兩生。

乙川倒流，波捲白雹。礙眉萬竹，霧隱不見。石亭當空，樵徑四叉。山童闢門，曉日正華。

右蓮心亭贊

山既百盤，谿亦百曲。山水既窮，天浮慘緑。層巖叠嶂，厭客入井。晴陽穿空，時漏鳥影。

右石柱灣贊

萬峰陰陰，突出古廟。褰裳入門，緑竹如笑。客夢正熟，秋蟲上牀。雲光露影，意與之凉。

右汪王岑贊

千步石嶠，下有怒溪。時長時落，倏無端倪。雲噓谷咽，石阸澗阻。老蛟窺人，或以月午。

右千尺嶠贊

中水小水，咸輸大川。山漏白道，灘奔響泉。斜穿數縣，直下百丈。四山彈琴，合此清響。

右舒姑泉贊

石上戴石，危如累碁。黑白未判，仍思出奇。如古畸人，長劍左佩。雨零日炙，臺笠破碎。

右臺笠洞贊

黄禽白雀，背負山雨。穿松北來，翅濕不舉。陵欺谷壓，賭勢競高。一風吹空，萬木怒號。

右南陽灣贊

過橋飛雹，正值天笑。入門稜稜，奇石礙帽。新雨瞥下，魚梭亂飛。意欲上樹，藤爲作梯。

右湛清園贊

古之陵陽，神仙所都。時移世易，競築浮圖。靈蹤沉埋，梵宇凌逼。我登經樓，東望太息。

右九華山贊

羣峰東傾，一徑東突。下視佛樓，陷同蟻垤。萬愁蒼蒼，蓋此九野。摩挲石碣，行感逝者。

右石舟厓贊即東巖。

秋氣集谷，鳴蟲不驕。露白于月，光凝九霄。三更中峰，謂天柱峰。霞采明滅。飛仙人來，譙此佳節。

右摩空嶺贊

截峰成佛，劗石製虎。一松千年，栽作木主。大石自轉，枯僧不驚。謂磨盤峰。半黍出定，初疑耳鳴。

右伏虎洞贊

履危無梯，怪蔓作索。緣邪瞥下，如石投壑。秋隼攫笠，飛瀑搏顙。神光驟離，骨節競響。

右金光洞贊

千盤升天，勢不獲仰。飛泉褛松，反出雲上。嶺僅三折，人經數休。林鴉笑客，多端逗留。

右三折嶺贊

黄葵離離，布滿一谷。斜暉戀之，不忍西落。白龍升天，陵陽不還。巖扃窅然，頹光若山。

右陵陽峪贊

雷欲劈樹，不知有人。雹母入谷，如搜驚魂。兩厓出泉，陡落萬丈。幾葉竹舟，浮來天上。

右九峰嶺贊

黄山浴朱砂泉記

余授經洋川，距黄山七十里而近，欲續舊遊者屢矣，頻待良友不至。八月杪，余適有抑搔之疾，旰夕不甯，因决意往焉。携兩門生一僕，由雲嶺西南行，蓬顆蔽路，愁霖積塗，日入甫届湯口，又嚏黑行五里，抵紫雲庵。庵據湯泉上百步，住凡三日夕，計七浴于湯泉，而所患若失，人皆异焉。

蓋温泉有三種：曰朱砂，曰礬石，曰硫磺。磺、礬皆能捐夙痾，除積垢，而氣實酷烈，久之不能堪也。惟朱砂性温而和，凉暖適中，浴之久，可以濬神明而益年壽。然世苦不多遘，非地近而與山水有夙緣者，或畢世不一值焉。余得三涉于此，幸也。至浴之候，或以曙朝，或以子夜。雲埋去跡，谷斷來轍。衆響盡歇，池光自明。于是清氣溢潤，温香出谷。芬凝髮膚，砂沁肌骨。相與涵濡久之，心志愈定，則神光屢回。此則蟬蜕之境，證而益明；羽化之期，樂無逾此。洵靈區之祕藴，延景之上藥也。

屢浴之後，神清體疲，不復更能遠陟。又念天都蓮萼，奇險之處，昔已畢歷。因與門生北歷紫峰之麓，南瞻白龍之潭，訪藥鑪藥竈遺跡，并西眺飛瀑澗，半道尋狎浪閣故址，均不出五里以外，即返屐焉。實則今昔既殊，勤惰頓異。嶺雲瞰客，弔此衰容；山飈蕩林，掃彼陳迹。人殊曩時之勝侶，僕亦乏往者之逸興焉。及回憩所爲紫雲庵，則亦茅齋平而復移，石屋傾而屢築。砌蘚增緑，林花減紅。窺林之虎，深夜仍來；飲澗之猿，舊時已徙。均無復昔時之境也。

門生呂培、譚正治二人，各得詩十數篇，而余僅綴贊四首，聊以紀事云。時壬戌九月初四日也。

右朱砂泉贊

地之寶，龍所守。浴者褻，湮厥竇。乾隆二年，江北飢，逃荒男女麕至，雜浴于池。未幾，大雷雨數日，即失池所在。後有定僧居池上，日禱于神，至七年，池水復出。僧有道，泉復歸。雲青紅，池上垂。西湯嶺，東湯口。飲泉人，無下壽。

右紫雲庵贊

紫雲庵，無鼓鐘。風水石，聲成宫。泉彎環，嶺壁立。夏堪浴，冬可蟄。禪志定，夢亦無。氣清明，天所都。庵背即天都峰。

右紫雲庵贊

石何奇，長半里。飛濤來，石或起。濤光青，潭氣黑。雲漫漫，雨工宅。霆爲索，雷爲鞭。呼龍起，雨大田。是年夏秋，徽甯數府皆苦旱。

右呼龍室贊

雲門開，日正晝。雨霏霏，訝天漏。泉腹斷，石脅摧。迤東峰，勢益危。瀑四飛，厓半鑿。頭正仰，樵斧落。

右飛瀑厓贊俗名珍珠挂簾。

更生齋文乙集卷第三

金秀才學蓮三李齋詩序

夫傷心之士，吾知之矣。于四序爲秋，于六時爲夜；爲西日之光，爲下弦之月；爲零雨，爲飄風；爲啓明之星，爲先集之霰。皆先事而生戚緒，轉境而鬱悲懷。危苦之語，出于豐腴；蕉萃之情，根于髫齔。烏乎，沉湘投汨之後，代不乏人。于宋得一人焉，曰鮑參軍照；于梁得一人焉，曰江光禄淹；北周得一人焉，曰庾開府信；唐得二人焉，曰李協律長吉、韋常侍莊。雖顯晦不同，通塞異致，其情一也。

若吾友金生學蓮者，以功名之士期之，而渺爾不顧；以承明著作之才望之，亦夷然不屑。惟以傷心之士目之，而翩爾來斯，啜其泣矣。嗟乎，是豈所望於生者哉！而生若舍此，即無所位置。其故亦可得言焉。生饒于才，而富于情。甫當弱冠之年，兩抱中閨之戚。定主簿之情，先傷瘵疾；就樊姬之館，已染沉痾。屢悼童烏，仍傷金雀。永朝兮永夕，銜恨無窮；九地而九天，埋愁何所？遂使霞晨月午，露晚星初。花亦寓愁，草皆銜怨。精衛有未填之海，蜀鵑無可望之鄉。駕言出遊，愁思之嶺千折；挂席以往，惶恐之灘百重。憂能傷人，事可知矣。故其所爲詩，類皆黯爾銷魂，凄其動魄。沉憂入骨，無可瘦之腰；清淚盈眸，多欲彈之血。言其格，則晨風稿黍，無其悲也；飛蓬杲日，無其怨也；白雲黄竹，無其清也；錦衾角枕，無其艷也。境地若此，又何三李之足言乎？烏乎，嘑紅萬古，化碧三年。我倘知君，誰曾解此。覓忘憂之草，庶永今生；續傷心之銘，用爲茲序云爾。

貞壽堂記

貞壽堂者，陸孝廉繼輅奉母林太孺人娛老之室也。太孺人家本閩海，世傳神繫。勝衣之歲，于焉施衿。汝南出獵，蔚此周宗。泉丘幕廟，以祥孟氏。于時太夫人在堂，女君見背。腶栗之饋，踵寢門而陳；蘋蘩之采，闢影堂而祀。

于歸之日，女君之子，均已授室。「秸鞠」之詠，邦人以謠。《晨風》之操，伯奇罷作。自居中閨，即董家政。如願趨事，與紫姑均勞；便了立約，偕長鬣分役。以迄警晝主夜，露翼掉尾。凡在嗚吠，各就準繩。冲和外施，嚴肅內秉。及大令罷歸，素持廉聲，并乏長物。文貝紫蛤，無海南之珍；紡牀績笥，有鬱林之石。里門既歸，座客嘗滿。執經問字，闢牖已盈。束脩之羊，執贄之鶩，嘗溢軒楝。爰有隙地，遂營簡園。列竹半畝，以供春盤。種魚千頭，曰備文讌。怪鳥之舌，儷于笙簧。軒禽之羽，潔比雪霰。客至不速，輒呼治具。一語之外，無他及焉。孺人酌量燥濕，平準豐儉。山雌水母，珍極水陸。梁溪會稽，酒門吳越。宴本卜晝，時而徹宵。生果數種，備醉客解酲；華燈十盤，與蒼頭夾侍。客號夜半，筵移月中。非時之需，不求已具。大令及客，樂可知矣。費之所從，不復問也。蓋大令里居二十年，此樂一月輒數舉焉。袁吉士枚與大令爲同歲生，每詑大令家烹飪爲吳中第一，職是故矣。

服髫之後，一意教子。時孝廉甫及毁齒，罄此薄産，以延名師。宵供魚飧，晨饋粱肉。十稔于兹，心力已瘁。孝廉遂以孤童，鬱爲偉器。甫及壯歲，即升巍科。東方諸侯，招作上客；北海太守，呼爲小友。鮑叔知我，時而分金；林宗異人，庶可拜母。太孺人顧而樂之。適春秋之序已七十矣，奉觴北堂，開宴東第。亮吉與孝廉，兩世交也。嘗讀《後漢書·范滂傳》，滂母云：「既有令名，復求壽考。」今太孺人壽考若此，而孝廉復名滿士林，以方古人，過之遠甚。今之記貞壽堂者，非僅以祝賢母，亦一爲孝廉幸，一爲孝廉勗也。

題襟館記

題襟館者，賓谷先生榷署中退食之地，亦公讌之所。其地也，踞四達之衢，半廛不入；處三江之會，百舫咸通。稍離聽事之廨，别搆精思之軒；倣漢上之名，據邗水之勝。奇石三面，回廊四周。高棟接乎層雲，危垣隱于修竹。無須館僮，有候門之鶴；不蒔雜木，留掃廳之松。晝接賓友，夜染篇翰。蓋官事之暇，無不居於此焉。

維時海宇承平，名流輩出，由庚無塞，旁午不驚。以公事及攬勝至者，置鄭莊之驛，盈孔融之坐。李郃覘象，識西行之星；何公審音，聆南下之棹。夜半之客，甯惟逸甄。日中之期，不爽前范。以是西北之彦，東南之英，有不登先生是堂者，咸若有所缺云。

先生亦愛養人材，傾意賓從，有周朗之逸朋，無敬容之殘客。寒素麕至，視比于麟鸞；恢奇博收，愛同於㮚鼎。執經之彦，多于三伏之星；臨書之池，仿彼半規之月。分韻即就，劈牋若飛。振鄴都之聲，貴洛下之紙。仕宦之地，有神仙之目焉。

自癸丑以來，十年於兹，先生以政舉尤異，當膺節旄。于是高齋賓僚，横舍弟子，恐盛事莫傳，高會不再，屬亮吉爲之記。亮吉百里來遊，三宿生戀。居山謝客，草木頗諳。泛海陶生，鷗魚並識。兹不辭而爲記者，亦以誌賢人之集，上比景星，名篇之傳，後成故實云爾。

遊天台山記

天台山者，山水清深，靈奇棲止之所也。其徑路迴殊，卉草亦别，霜霰異色，風霜態岐。山最幽者爲瓊臺。沈埋滄溟，凌歷世宙。金碧之影，見層霄之中；雲霞之光，衣九地之表。山花抽藍，圓葉疑扇；林翼接翠，和聲同琴。樵蹤蛇紆，升降數十；石脊猱奮，回皇半時。巖果潤肺，作朝霞之紅；靈泉清心，漾夕澗之緑。雙闕峙其前，絶壑振其表。霜同剥蘚，偶印來蹤；雲與昔賢，難停去影。登陟既疲，久坐石屋，作華陀五禽戲乃返。

最奇者爲石梁。長不計丈，狹僅盈咫。潛蛇窺而甲悚，飛鳥過而魄墮。余齋心既空，往志益奮。青苔十層，去履不嚙；飛瀑萬仞，來目未眩。遂休神於藍橋，嘯詠於碧澗。飛花積衣，重至盈寸；驚筍礙帽，長皆及尋。至魚鼈啖其影而步不移，猨猱攝其神而坐不返，蓋渾渾乎身世兩忘焉。

最高者爲華頂。此山本斜侵東溟，高壓南嶠。烏兔重叠，交煇於其巔；魚龍萬千，出没乎其趾。于是山棲谷汲餐松餌柏之士，無不萃焉。結茅以居者，至七十二所。類皆委形神於土木，冀壽命於金石者也。靈雨界山，春霰迷谷。余與清凉僧振屧欲往，笠飄于上，衣裂于下。隔歲槲葉，橫來嚇人；經時飅風，險欲飛客。土人云：海霧至重。即上，亦無所睹也。重以松檜拔地，振龍鸞之吟；塵霾蔽天，現蛟蜧之影。凛然瑟然，半道乃返，距頂尚百步耳。

最麗者爲赤城。水復注水，雲頭已穿；山仍戴山，日脚亦凝。途經百盤，望乃咫尺。施丹埤蜺之上，焕采乾坤之中。晴日墮而轉紅，涷雨洗而逾赤。遊客十憩，方臻松扃；巢禽百飛，乃屆石竇。一塔冠斗，雙橋冒虹。絳萼萬樹，疑飛仙之飯桃；元宮一區，云化人之委蜕。心神澂澈，視聽凝一，而遊遂止於此矣。

凡居山者五日，耳疲於聽，而鴻濛之響，萬劫不停；目倦於觀，而惝恍之形，六時屢變。手勞於牋記，而腕不欲休；心瘁於描摩，而興不可遏。遂至揭藏經之紙，競寫紀遊；坐團蕉之僧，願傳詩訣。亦可謂方外之勝遊，塵表之奇福矣。凡宿清凉寺、方廣寺、桐柏宫者各一夕，雨阻國清寺者二夕。所歷者爲騰空嶺、萬年嶺、寒風嶺、桐柏南峰北峰、赤城上寺坡下寺坡，共得詩三十首。時嘉慶十年二月十一日也。

遊廬山記

出九江府南門，行十五里，至新橋塘。霜花已零，湖水尚漲。又十五里，抵東林寺。樹雜絳紫，畦分青緑。峭雲盤鶻，零霰埋雉。水聲琮琤，人境凄瑟。寺殿圮已久，僅存虎谿橋、三笑堂。舊址有二斷碑卧道，則元至正中重刻唐開元二年李邕碑記及元至元中虞集所撰寺碑也。堂基丈寬，碑石寸裂。雲去不停，客來難駐，過西林寺始飯。青浮七層，黑壓半嶺，所謂香爐峰繙經臺及東晉舊塔也。日甫過中，渡虎谿，沿山行，林禽若梭，水碓如織。十里，度石門澗，抵報國禪林宿。

僧名去凡，略有元解，本能仁寺方丈退閒者也。小憩，復陟山後鉢盂峰，峰有數巨石，徑七八丈，獰狰拒客，歷落笑人。積勢欲頹，支以弱木。漏下，返寺。堂敞延月，窗虛受風。清夢未沈，曙光已徹。去凡僧欲從至天池，千磴百回，五里九折，過白雲亭、甘露亭諸遺址，瞰北峰九奇菴。儼嵌眉睫，大砂磊砢，細石瑣碎，間以飛瀑，無時無聲。舍輿而步，過半天峽，徑益險澁，峰峰倒垂，石石悉立，巖號試心洞。纔駐足，復入一石門，門刻「廬山高」三字。明王守仁所署也。益歷九十一盤，至峰頂，有平地半畝，爲披霞亭故址。仍高低百餘步，至天池寺，舊峰頂寺也。入寺先瞰天池，朝暾上樹，殘月在潭。林花雪花，競鬥開落。寺西數武，爲廬山神享殿。外突出一坡，爲文殊臺。稍高爲聚仙亭，舊所云「凌虛臺」矣。飯後，由寺北約行三里許，至佛手巖。掌紋贏旋，爪削犀利，巖泉從石竇中出，嶺指九天，泉蟠九地，洵奇景矣。由寺後西北尋訪仙亭遊仙石故址，出壑森峭，沈雲鬱興，其陽則春花成團，其陰則冰柱垂尺，凉暄分於一谷，寒暑變於俄頃者焉。小憩，復上嶺，至白鹿昇仙臺，與去凡僧揖別。肩輿復東上一嶺，峻折一二里，甫至地坪，即椴封寺門外也。別逶迤上一嶺，較前益陡，嶺半已洶洶作聲，即黃龍澗。自此至黃龍寺一里許，皆行深樹中。空翠沁骨，寒風襲肌，低行坎埳，恍隔人世。寺門甫開，山勢乍拓，門上即藏經樓五間，正面西日，以境地幽曠，爰下榻焉。金輪森轉，玉宇嚴凝，非復人境矣。樹皆娑羅，高出山頂者尚數百尺。山僧云：「祖師自西域携種來，非所詳矣。」入夜奇冷，寺僧燒松明徹旦，始得就枕。

五鼓起，飯數盂，迎日東上。寺僧以竹筧接泉，長至五里。泉響既斷，峰形轉高。歷金竹坪五里，陟上霄峰，踰含鄱嶺。嶺勢直下，肩輿幾殆。又十里，逕三峽澗，入棲賢寺。山谷中紅紫眩目，波濤聳耳，憩方丈飯，又歷登影堂、舍利閣。空曠之致，與巢禽共分；幽深之景，隨潭鯉浮出。沿澗百步，至普門橋，旁即普門菴，山與澗深，谷同雲轉。十五里，至萬杉寺。寺僧引至寺後，觀卧石上龍虎嵐慶四帚書，旁注槐京包一行。僧指爲宋包孝肅，非也。又二里，至秀峰寺，舊名開先。即詣黃龍潭觀千尺瀑布，宇宙之觀，至斯而極。台蕩之勝，曾何足奇。卧以代坐，晝遂至暝。石上前明迄本朝人題字極多，半皆俚鄙，半復漫滅，惟正德八年李夢陽題名尚可察識。夕即止宿七佛樓下。

晨仍堅坐潭側，久乃出寺，循金輪峰趾行空翠中。十里，抵歸宗寺，則金輪峰乃寺後鎮山也。方丈僧復導至晉右軍將軍王羲之故宅，前有墨池，池側南壁，嵌宗鑑堂石刻，自宋黃庭堅至明董其昌，共十數家，並尚完好。飯後，至寺北五里，訪玉簾泉，泉亦出山頂，與開先瀑布同，覺微瘦耳。峰同玉燭，吐焰及天；水漾珠璣，流影匝地。從官道至南康十五里，星子縣令廣西周君吉士已遣人遠迓，遂入城，憩一行館。周君爲甲寅舉人，來謁，久談乃去。夜將半，南康太守霍丘竇君國華垂訪，知已卧，乃去。

翼晨復來，余已欲出城，塗次相值，立談一晌，始知太守乃庚子北闈同歲生也。十五里，逕回流山，至白鹿洞書院，周君已候道左，相與登洞前，眺石橋飛瀑。諸生在院者，亦鵠立相迓，并聞私語云：「蘇内翰去，洪内翰來，不知可相敵否？」諸生大半皆豐城人也。遂升講堂，并謁禮殿。夫子暨七十二賢，均有塑像，蓋仿曲阜孔廟所作。文翁西蜀，壁繪聖賢；李渤中唐，室陳俎豆。蓋山惟此一隅不爲佛剎所占云。飯罷，與周君及諸生別。八里，至土樓。又三十里，至吴障嶺。圓月已上，團蕉可棲。覺籧篨之席，華笎無其安；虀鹽之餐，牲牢遜其潔矣。

未曙，即度嶺，回身與匡君揖别。二十二里，至八里坡，始出山。是日，雲氣陰翳，日出復没。又八里，至九江城。前後計遊六日，若文殊臺之峭，佛手厓之奇，黄龍寺之古樹，開先寺之瀑布，則又廬山之四絶也。所未遵者，亦黄厓及三叠泉，與蘇文忠等耳，共得詩二十六首。嘉慶十年十月望日。

青山莊訪古圖記

余以丙申之歲，奉母家居，衡門授徒，往往多暇。時則孫子伯淵以婦病就醫里舍，相與譚讌，時時出遊。典架上之書，市樽中之醁。鄉閭憎其跌宕，鄰里目爲狂生。有佳城菴焉，爲北郭叢葬之所。王生秉玉、吴生公珍，讀書其中。亮吉樂此清幽，頻與過從。老圃相就，譚皆無稽；殤鬼出遊，客同不速。俗名三殤地。一日者，秋雨初霽，晴陽不驕。忽憶故侯之莊，爰求漁父之楫。于野謀食，無須兼珍；從僧假衣，不避百衲。笠屐之影，高參鴉巢；吟哦之聲，下駭牧豎。未及三里，則青山莊址在焉。老鶴既蜕，青松亦僵；潛鱗已殲，溝水盡黑。萬稗生於寢室，禾黍裹其窗軒。狐兔作窟，昔爲藏嬌之區；牛羊來斯，前經宴客之所。

猶憶六七歲時，園未毁之日，曾隨太宜人及親串遊焉。翡翠作屋，晴紅四周；瓏璁㪍窗，膩緑千叠。新月半玦，回廊百盤。風花過樹，鳥亦裴徊；烟雨壓簾，魚曾睥睨。此一境也。既而秋蛇緣樹，臺已漸傾；

野獺瞰梁，池皆半涸。分香故姬，展夜臺之鏡；織屧遺僕，晞冬日之陽。林鴞有聲，梁燕無影。此又一境也。百牛銜索，運此奇峰；十斧臨門，摧兹怪樹。以鴛鴦之碎瓦，填魚鼈之空池。劈山榴以代薪，析海桐而作櫬。傷遊客之心，裹漁樵之足。此又一境也。遂使天山戍客，尚夢横塘；余戍西海時，曾夢至此。蘭亭舊友，欲模曲水。平原草木，盡作勞薪；南皮主賓，半爲異物。時王君及菴僧並已物故。此又悽愴傷心之一境矣。孫君撼懷舊之念，作訪古之圖，千里寄書，屬爲之記。嗟乎，園成百歲，毁祇片時。揆厥所由，誰職其咎？聞向生之笛，慘不成聲；聆雍門之琴，泣何能已。今之援筆作此者，亦以志前遊難再，去日苦多。病叟出橘，已迷滄桑；仙人爛柯，難詳塵劫云爾。

戒子書 并詩

余以年迫遲暮，不復能傭力於外，又念女曹漸已成長，回憶畢生之事，冀弛日暮之肩。郭外有薄田二頃，城東老屋三十間，使四子一嗣孫分守之，以爲寡也。則廉吏之子，尚有負薪，以爲多也。則翁歸之家，或餘賜鎰，女曹能勤苦自持，當衣食粗足耳。

又余本中材，不敢以大賢上哲祈女。惟早承先訓，門有素風，易衣而出，并日而食，叠遭家難，粗識世情，忍餓讀書，先大夫之遺語也。財不歆非義，福不歆非分，處則孝於家，出則忠於國，太宜人晨夕之面命也，慎之哉！惟儉可以立身，惟恕可以持己，儉則無求於人，恕則無忤於物，況以單門而處侈俗，凉德而承世業乎？無昵宴朋，無染薄俗，無是古而非今，無陟前而忘後，毋愛尺璧而不愛修名，無畏疾雷而不畏清議，窮達本之於命，豐嗇任其所遭，如是而已。

飴孫年過三十，處事尚不克平心，是女之短也。惟編校故書，尚知條理，他日或當傳吾記誦之學耳。余幼嗜六書，長而不倦。今符孫弱冠已過，涉筆便譌。又更歷十師，難成一技。學之不修，亦已焉哉。其餘幼子弱孫，則尚争棃栗，無辨菽麥。顧念蓺菊之子，縱非同生；樹蘭之門，亦均共氣。他日兄率其弟，父課其子，庶幾寒宗，毋墜先緒。

夫功名之士，以身殉時；勤學之儒，以身殉古。各有所好，强之不能，在立志何如耳。形質不能與天地争久，姓名則克與嵩華競高。植足疾流，學金石之止；鑒影巨壑，師江海之寬。勤則王霸之子，蓬頭而不慙；惰則任昉之裔，衣葛而莫恤。女曹慎之哉！夫陶令達者也，不忘於戒子；魏收凉德也，亦眷眷於遺言。吾上不敢望泉明，下不致同伯起，是在女曹成吾之志耳。

又况承恩返里，已屬更生。憂患備嘗，庶謀行樂。每當朝暉入座，夕月灑窗，春樹欲花，秋林未擇，何嘗不携阮孚之屐，泛漁父之舟。東眺郭門，西尋村墅，南湖樂其浩渺，北阜陟其高寒。挈伴以出，行歌以歸。但使入曾元之室，酒肉尚陳；過言子之廬，誦聲不輟，願斯足矣，樂何如之。今雖聞雞而起，尚擬著書；秉燭以遊，仍書細字。然暮草已緑，鬢絲不玄。素心之友，蔭鬼燐而見招；同氣之親，出柏根而相望。鬼者，歸也。歸其真宅，庶有時矣。自念生雖無似，然不見屏於里閭，不見譏於長者。蹤跡徧於九州，姓字鐫於五嶽。官不達而齒胄以之爲師，禄不加而問字豐其所贄。詩文至五千首，撰述至三十種，門生義故百人，著録弟子三百。

窮老盡氣，韜精斂魂。終此天年，從親地下。以此貽女，不亦多乎！伊維我祖，於歙始遷。中河之橋，賃舍在焉。我之始生，賃廛之左。水何清侖，桑亦婀娜。他時築樓，署曰生我。其生也瘁，其死也休。下壽六十，吾又何求。或有所求，厥惟允嗣。後望百年，上承奕世。墜緒茫茫，勗哉小子！九垓之内，人同蛾多。不自僇力，資生則那。東鄰歌鐘，北寺擊鼓。嚴霜入門，響亦凄楚。人以爲歡，我以爲苦。欲貽子金，我不爲盗。宦而巧取，較盗尤暴。鑿楹有蠹，穿徑有螢。益人神知，照我汗青。療貧之術，不出户庭。

更生齋文乙集卷第四

遊武夷山記

夫五嶽之外，復有勢凌星辰，氣絡垓宇，規重溟以爲郭，蓄滄海以爲池。智計之士，思慮所不及周；濡豪之儔，摩擬所不克肖。其惟閩之武夷乎？山之得名最早，重嶺未闢，奔鯨避其威；八神乍萌，乾魚肅其祭。而且圓則九重，不足包其外；苗裔百世，不足盡其緒。圓則不包，則煉石以補之；苗裔不盡，則張樂以讌之。蓋巨山喬嶽，未有天象昭著，神理嚴肅如此者。

余以丙寅八月，得成兹遊。沿塗雨零，到日姓霽。以月之十八日，鼓棹入山。謁沖祐之觀，禮幔亭之神。而魑魅據其宮，灌莽没其脊。陰翳荒寂，有足感者。偕此勝侶，憩乎頹垣。金粟一樹，艷侵銀河；羊燈百盞，光導兔月。是日，沿嶺望大青師、小青師、玉女峰諸勝。暝色已上，遂泊舟第一曲之水光厓宿焉。蒲帆接天，桂棹没水，響硠硠而磑磑，夢蕭蕭而寥寥，疑登天中，非復地上。夜色未殘，枕與雲接；零露欲下，波同雨飛。蓋明霞未飧，而蠟屐又御矣。舟移至第二曲，振舄上嶺，盤石磴百級，凡歷數佛刹，正望天樞峰。無路可上，爰易棹而進。則玉女峙其前，虹橋亘其後；虎嘯突其裏，香厓裂其中。經松緯杉，背魚面鳥，目鈎奇於雲表，心索幻於瀾際。挾奇而來奇，迴出於素念。抱虛以往，虛更廓於靈臺。是日，或舟或步，徧歷仙人橋、釣魚臺、接筍厓、仙人掌、雲寮泉諸勝。或上征而緪絶，或下瞰而波騰。裂石藏霧，奔厓礙斗。陰巖百盤，頑仙積其遺蜕；陽谷萬仞，靈霄暴其神丹，見所未見者，亦元之又元矣。斜景炙衣，絶壑當面，飛鳥礙跡，遊踪忽騰。百步黝黑，疑穿黄泉；一成朱丹，已上赤巘。途披兩厓，亭號一覽，捫舌指暖，餐飈腹寒。即土人所謂天遊菴也。是晚舟宿第六曲，復緩步至金雞社，則玦月已上矣。明發更早，澄波愈寬。山光慘青，天宇淡白。不愁霖而霧，不閃電而雷。昏霾三折之嶺，墨染九回之水，逮聞齋鐘，方抵星塢。五方之語，雜出蜃墟；八垓之形，錯浮蜑舶。九曲蓋至此畢也。

回棹甫發，玄雲轉暝。壁日慘慘，弔影叔圭之厓；黄雲離離，匿跡仲晦之室。然復賈餘勇，臻乎茶坪，訪避秦之源，覓季宋之蹟。草黑百步，花明七盤，疑浮邱之再來，歎季札之觀止。憩錦雞嶺、桃源洞、伏虎厓、司馬泉及乘皋禪林者久之，復迴棹至第一曲。晦谷復明，霧徑稍霽。遂沿嶺至止止菴、復古菴、紫雲洞，並久坐大王峰下。峰蓋武夷主峰也。鴻濛未開，元氣仍鬱。絶巘冠斗，危峰瞰霄。栢檜蟠其根，風雲出其腹。蹤皆斜行，目怯正視。山僧汲寒泉之英，烹蒙頂之葉，并出繭絲，以索蟲篆。二鼓，移棹出曲，宿盤珠巖下。夜半即起，顛蹶上嶺。凉飈揭冠，暗水冒袖。十步五步，鴟梟搏影；前岡後岡，蟋蟀攢響。夜氣沈澗，凉蟾滿山。破曙，甫抵盤珠，上征之途已窮，下嶺之石悉起。僧宇未闢，頽然臥階。日月交影，金碧炫乎層霄；山川霽顔，林嵐聳其殊態。俯仰偃息者久之。遂復高下百折，石腹之鐘甫聞；東西屢迷，天心之菴乃出。盤巨石，歷奔澗，已往而復，似續忽斷，目迷乎曲折，口倦於咨詢。逮夫途窮，適與舟合，則已離原泊處十里，出九曲之外矣。

是遊也，遵途者百程，居山者四日。晴雨晝夜，倏呈眉端。幽深靈奇，叠嵌方寸。桂棹所入，代筍鞋之疲；風帆既懸，無雨笠之苦。入波愈深，升嶺益峻。此則五嶽四鎮，無由兼川陸之奇；八域九州，獨此擅燥濕之勝。爲人外之靈境，域内之大觀。蓋蹤迹所至，足冠乎平生。而東南之遊，亦止於此日矣。是日行抵建溪，是爲記。

遊南湖記

南湖者，南江之委也。自漢以來，南江不能至山陰入海，遂匯爲此湖。與丹陽石臼湖等通，桐水亦入焉。澒洞千里，微茫百重。蘋蓼荇藻，青浮一州。梅桁棕櫚，緑積萬狀。巢波則盈丈之鱗，細至徑寸；南湖出針魚。穴岸則百斛之蟒，微而么麽。五色之鳥，時浮鏡中；同聲之禽，或囀雲外。圓浪銜漢，驅凌日星；方波撼山，振動林木。魚鼈層累，以淪漣爲梯；蠯螺沈浮，藉漚沫作屋。游鱗東西，或生世而不值；水族巨細，亦恃强而互吞。雲霞朱丹，時出波底；雷電赤白，咸飛水心。或夜半金碧，知朝暾之升；或日中青黄，識靈雨之集。衣食於南湖北湖者，至數千家。然詢其層湖之深淺，壖岸之廣狹，即終老於此者亦不知也。蓋陸有定界，州縣以之區分；波難割圓，蛟蜃因而越軼者矣。

余以丙寅三月中旬偕友人來遊，食宿於湖者二日。晴雨雜出，風雲杳冥。絳蘂白絮，争飛一林；黄鸝紫翦，雜囀百步。釣岸有得，即供晨餐；傍舟所撈，云待夕膳。兒童驚其嘯詠，鹿豕訝其淹留。距岸十步，狂思揭衣；離橋數尋，響已拍枕。不速之客，無算之爵。日之夕矣，夜如何其？穿徑出筍，足供朵頤；

驚濤落魚，助此饔飧。飛雨踵至，將沉席帆；殘蟾忽升，時颺竹笠。神燈翔乎影外，鬼語出於橋心。忘世之侶，能全其性天；朝宗之魚，以此爲渤海。有聲無形之禽，怪響時出；由波達岸之獺，跛形可嗤。雖止二日，而晴雨晝夜之景，罔不備焉。迨乎回舟，已接新霽。童冠之樂，云當暮春；祓除之期，剛展十日。鬮草船尾，湔裳水濱。萬鱗窺蒲，百翼映樹。雖皆遠人，疑若送客。於是泛山陰之樽，摘水陽之稻，櫻桃紅而餉客，玫瑰艷而登席，叩舷而歌，擊楫以往，有不知儀度之脱略，神致之飛越者焉。同遊者爲涇縣胡孝廉世琦、宣城貢州倅□及門旌德吕文學培，而亮吉爲之記。

答章徵君天育書

西台徵君足下：昨歲比屋而處，每一念及，欣然過從，及相隔百里，此樂遂不可再。庶幾稽亭之龍，行雨至彼；江岸之鯉，沿流及斯，或得藉申契闊耳。

又聞足下遭伯兄之戚，值邱嫂之喪，摒當篋笥，以襄窀穸。儉不廢禮，哀至則哭。足下之境，何其戚歟？獻歲發春，麻衣似雪，想更匿跡里門，弔影蓬徑也。然益恩雖逝，小同漸長，家本義門之胄，室有禮堂之書。中閨雍穆，無敬通之悍聲；童稚笑歌，饒栗里之樂事。秋燈課讀，春花助裝。歌北門之詩，夫豈交謫；闢南向之牖，欣然含飴。亦足以慰岑寂忘世態矣。

來書云：小學六書，時時從事，慰何如之。足下既下董生之帷，專沮誦之業，精心字恉，留意聲詩。僕又恨近日學者，吕登陸譔《字林》無新舊之别；子慎李虔《通俗》，昧正續之殊。甚至雍熙新附，混作召陵之編；安南釋名，淯入祭酒之籍，則聲音訓詁之不講，未有甚今日者也。足下昆季，才皆過人。但吹壎之暴，曾少逝梁之遊；鼓瑟之點，偏饒舞雩之樂。一則面壁百日，方烝烝而皇皇；一則鼻亭一隅，轉泄泄而沓沓。嗜好或不同也。秋仲聞鼓鵲洲之棹，歌鹿鳴而來。老蚌出珠，光先照乎百步；瓤生剖玉，價迺逾於十城。得之者無心，賞之者有目矣。

又承詢兒子飴孫近狀，已令索金門之米，寫蘭臺之書，微禄倘霑，衰親可養。然老不自量，顧欲受童蒙之書；壯而欲行，轉使謀升斗之糈。足下得毋笑其老誖乎？比作《六書轉注録》及《比雅聲類》等，均已告成。不日返延陵之皋，觀弔屈之舸。榴火塞徑，蒲英滿觴，海燕拂檐，江魚入饌，惜不獲與足下共耳。飽食讀書，相見不遠。此啓。

奉政大夫刑部河南司主事候補員外郎李君墓表

嘉慶十二年七月日，刑部河南司主事候補員外郎崑山李君，以疾卒於里第。越□年□月，將葬。遺孤存厚等以表墓之文爲請，余與君同舉順天試，知君最悉，爰不敢以不文辭，謹按狀。

君諱以健，字建人，一字淞漁，晚又號蔭薌。先世出宋忠定公綱，十三傳至字愛泉者，自無錫遷居崑山留暉門外，繼遷縣東南之尚書浦，遂世爲崑山人。曾祖國學生緝熙，祖歲貢生惇，皆以都轉君貴，並贈中憲大夫、長蘆都轉鹽運使。

父都轉君世望，自爲諸生已有名，由辛卯科進士歷官刑部郎中、雲南迤南湖南岳常澧分巡兵備道，調鹽法長寶道，擢長蘆都轉鹽運使，所至咸有循聲。人以爲君之學行官位，均可以繼起云。

蓋君之幼也，爲大父贈君所賞，而外大父配京君有知人之鑒，亦奇愛之。出通德之里，爰名小同；授彭祖之經，先知大義。時都轉君尚爲諸生，家計甚窘，君時隨母夫人寓外家，距所居數十里，歲時省覲大父母，以買舟多費，常徒步往還。曲渚鼓棹，時遇西陵之風；危途褰衣，或阻北崤之雨。君不以爲苦也。少即嗜學，長而益純。百氏旁通，五行並下。片善可紀，即服伯淵之膺；三時或疲，先焠子若之掌。其勵學又如此。

君之長也，色養則無間晨昏，程蓺則有聲學校。時都轉君已舉本省鄉試，主淮安麗正書院，未幾即成進士，官京師，君並隨侍。靈輀之餓翳桑，宦遊不輟；卞和之刖楚國，獻玉益勤。蓋君是時已省試連報罷矣。遇既滯留，業益精進。至乃屏絶人事，寄居蕭齋。披衣搆蓺，則每趁晨鐘；升屋讀書，則時隨落月。至庚子，甫舉順天試。其失之也，人呼趙壹之冤；其得之也，衆賀公孫之第。蓋爲諸生時，已爲海内所屬望如此。逾年，即聯捷禮部，歸進士班銓選。時都轉君以特膺簡在，出任監司，由六詔而三湘，自分巡而都轉。其在長沙及天津也，君皆隨至任所。喬卿之在親署，不見一人；掌武之侍節樓，克襄百度。人以爲君經世之略，馭衆之才，並權輿於此云。

君之服官也，始選山西汾陽縣知縣。爰以書生，遽膺劇邑。然而彼汾一曲，謦已播於三河；此水東流，化偏敷於西土。君尤嚴誣告，時警奸徒，赤口不騰，墨尿斂迹。縣東鄉地勢窪下，每遇夏潦，輒成巨浸。君以《禹貢》行河之法，師叔敖泄水之方，水患遂絶。巡撫蔣君肇奎，於屬吏中尤契重君，遂奏調鳳臺縣。薛宣無害，官從粟邑而移；魏戍不貪，獄上梗陽而定。蓋君至是治聲益著云。未幾，入爲刑部河南司主事。君既佐爽鳩，尤嚴害馬，然豐下之相，本殊乎削瓜；持平之心，不嫌乎刺骨。時值辦首逆劉之協一案，殲厥鉅魁，寬其脅從。蜀郡之平米賊，蔓不使支；典午之勦水仙，波難再沸。大學士尚書並契君，擬令總辦處行走。而君以都轉君年邁，遽爾引歸。朝野惜之，以爲未竟其才也。

及君之居里也，始則承歡，繼而奉諱，哀毁過禮，葬祭竭誠。營大夫之廟，籩豆綦嚴；過京兆之阡，松楸益整。而且薛焚債券，仍無市義之心；周集哀鴻，爰動哲人之譽。譔宗之什，升自風詩；寄妹之書，傳於雷岸。加以元伯死友，留須巨卿；子敬積貲，先推公瑾。蓋自君居里，而一方頌德，百廢俱興，文翁之修禮殿，像亦顯圖；魯郡之發懸書，壁難暗竊。他若修神廟之檐楹，創講堂之灑掃，尚不在此例也。余所見士大夫居里，能爲一方實心任事者，黔西李恭勤公世傑、無錫秦都轉震鈞與君而三云。秉命不融，斯人長逝，春秋僅六十有一。嗚乎哀哉！存厚等將以明年□月□日葬君於某鄉之某原。

君配顧宜人。子四人：存厚，國子生，候補光禄寺署正；培厚，附貢生，候補太常寺博士；徵厚，早卒，皆顧宜人生。增厚，尚幼，妾周氏生。君所著詩文集若干卷，並藏於家。嗚呼！昆岡之玉，遭炎火而焚；秦柱之雲，值疾飈而墜。遂使巴湖減色，虞浦無聲，過南武而傷懷，巡北山而隕涕。草没亭林之塢，傷耆舊之云亡；雨荒傳是之樓，悵藏書之誰讀云爾。

繡餘近草序

若有人兮，夢落雲中，居懸海上。偶拈愁句，輒寄三天。不畫修娥，迥如初月。掩卷靜思，念鸞鶴之侶；啓户遥矚，挹龍魚之奇。

《繡餘近草》者，非復尋常女士所及矣。憶其生自海虞，來歸滬瀆。王謝家世，烏衣悉知，童蒙賦詩，青鳥代誦。臨水鑑影，媼嫗知其不凡；當春詠花，尊親嘉其明悟。蓋高世之格，有見於生初者焉。又生擅奇福，獲配嘉耦，有林下之風，無天壤之歎。相莊之下，時復歸甯。迢迢七夕，既無阻於星期；明明百里，曾未憂於河廣。此其所以幸也。然而高明之室，鬼瞰其貧；多女之門，盗屏其迹。罄倉中之粟，雀鼠生愁；遊釜底之魚，魴鯉聚泣。熊羆之夢不兆，鷦鷯之翮仍斂。此其所以愁也。若其詩格，則又可言焉。夫中閨之所云才者，不過椒花一頌，柳絮片言，即以名滿古今，艷傳中外。今則萬言述志，百首抒懷，早已軼彼士流，并不慙於作者。又且桼室之女，殊抱隱憂；丹山之禽，時揮奇采。渢渢乎有身世之感，具民物之憂焉。暇日一編，屬爲之叙。

夫僕也，早交臣叔，忝據輩行；曾主騷壇，雅同臭味。授而讀之，未嘗不歎其語之奇，采之麗，不覺爲心折也。他日言旋言歸，永朝永夕，睹圍棋於別墅，侍絲竹於東山。得值晏閒，置之几案，則僕也雖無擲金之聲，庶可質安石之坐云爾。

答胡孝廉世琦書

得手書，知別後訪六朝之山，過百花之巷，隨潮東去，逐雁南來，尋香佛樓，采藥僊徑。幽居一句，蠟屐欲碎;曲巷半夕,驚梭忽投。可云艷播白門,韻流金屋矣。繼又聞無知故鬼,亦愛新人;挈此楮錢,來趨錦被。足下此時,得無作長人之前導,爲土偶之蹇修乎?此則花開夜合,定許同遊;詩唱秋墳,或當聯句。此事得之於施上舍,未識信否也?

自僕之歸,既悼遺簪,復遭竊鐵。窗扉半折,篋笥一空。青氈不留,金粉零落。所謂燎原之後,加以焚林;嚴霜之餘,復此密霰。嗣以出弔東郭,遂遊北山。過漁父之居,陟樵風之徑。西墅讌客,南屏訪僧,紅林薰天,晴碧凉醉。素月下嶺,環蒼若眠。持螯歷旬,黄綻指爪。鬬茗百度,青浮眼光。甫乃返棹本州,憫灾故里;盈前赤地,絶不生禾。滿眼青蟲,偏能害稼。僕縱傾篋中之俸,搜甕頭之粟,無濟於事,稍竭厥誠。然而晨無顆粒,鷄不來前;暮乏積儲,鼠皆遠竄。蓋已從事枵腹,難快黿飽矣。急欲抵貴郡者,了文史之案,免素飧之譏。但空齋兀兀,絶少讌朋;深閣迢迢,并無巢燕。短狐射影,來自鳩兹;妖禽顫聲,半出鵲岸。泮林之梟未變,蒙楚之葛堪憐。如是而已。回憶擘浪挂席,浮觴上巘;元暉故宅,銀杏巢烏;謫仙危樓,畫壁匿魅;士龍笑疾,險墮急灘;樂天醉吟,無畏狂藥。蓋三十旬之内,六百里之中,似此樂者亦罕矣。何時合并,方快紓鬱?彼此諒同,不更多及。

志事將竣與甯國太守及諸同事書

不晤足下者,越一年矣。此回僕抵宣城,志事已刊至十分之四,聞底本皆自蕪湖發來,改竄處極多,未知盡足下所定否?竊有未喻者數事,敢更質焉。

一則府縣次序，本朝憲綱與前代不同，宣城附郭下即次以南陵者，元明兩代之憲綱也；宣城下即次以涇縣者，本朝之憲綱也。元明之憲綱，以元明二史《地理志》爲據，本朝之憲綱，以本朝《大一統志》爲據，若康熙中府志以及吏胥文移案牘，尚沿勝朝舊例，未經改正者。固截然不紊者也。今以南陵縣生員一訴呈，遽移南陵在涇縣上矣，是曲畀刁生之健訟，不難移昭代之章程，此未喻者一也。

人物如懿行、宦蹟數門，不輕采録，最爲得體。然事必慎之於始，未有今日批準，明日駁回，批準者既或由私囑，駁回者亦未盡叶輿評，徒使朝令而夕更，未必昨非而今是，此未喻者二也。

冢墓中，同一贈將軍也，乃登耿宗元而删葉遇時；二人一見府志，一見縣志。同一侍郎也，乃登張守道而删徐沛如。以爲采訪册不足信，則乾隆十八年之志，亦由采訪而來，況又有非采訪册而亦删者矣。又入本朝以來諸臣冢墓，既載及梅氏兩代封翁矣，而諭祭賜謚之梅文穆，即不葬本鄉，亦須注明所在，而今亦略之。此門桉語有云：「自乾隆十八年以後，采訪册悉不足憑，是因現在之生人，讐及冢中之枯骨。」且此次續修者，續修乾隆十八年以後事也。今自職官、選舉諸門以外，一切槩從其略，則新修府志何爲乎？此未喻者三也。

循吏中載甯國令范傳真，是矣。然何以令甯國而得修南陵之堰？則唐宣城郡之地理與名宦傳不可不合勘也。文苑中欲登唐詩人張喬，是矣。然何以家南陵而又附入池州之籍？則唐武德中之沿革及人物志不可不並校也。此皆近在志傳，而亦懶於搜稽。此未喻者四也。

山水諸門，係僕所纂者，頗欲正前人之失，不致傳後代之疑。其考證各條，略具苦心，皆還實據。今乃不察由來，半從删改，執筆者既以不狂爲狂，主修者亦遂將錯就錯，是同事欲泄一時之私忿，竟忘其爲六屬之官書。此未喻者五也。

學校之金石，有登有不登；官廨之廢興，有載有不載。甚至宣城缺新建之祠，旌德削俞公之廟；涇則縣丞廨宇亭脱見山，旌德則主簿衙齋堂芟景吕；升降任心，去留隨意。此未喻者六也。

祥異各志，營建諸門，於舊志皆照本抄謄，甚誤者亦略無改正，何貴重修？是名爲愛古而薄今，實則偷安而自便。此未喻者七也。

封建則挂七而漏三，大事則記一而忘兩；流俗之傳疑則信之，正史之明備則略之，此未喻者八也。

刊工雖集於宣城，而底本則來於権署。局中總修分校諸人，皆若有不得預聞者，遂至一卷之内，前後逕庭；半部之中，各相矛盾。而奉行者又復過當，以爲自蕪湖來者，無一字之可更；自局中定者，無片言之足信。此未喻者九也。

虚設總修之號，翻爲衆怨所歸。況足下既取獨斷而獨行，又何須羣策而羣力？加以官事孔繁，高齋少暇，足下既假他人之手以代辛勤，他人亦即假足下之名以逞威福，以致物論沸騰，人情駭阻。此未喻者十也。

他日告竣之時，尚望於編纂内削去賤名，何敢於弁首中復加拙序。倘以爲微勞可録，片善必登，即希將鄙人此書及與同事諸君書附入卷末，備蒭蕘之獻可矣。

更生齋文續集

更生齋文續集目次

卷一

更生齋文續集卷一

春秋左傳詁序

余少從師受《春秋左氏傳》，即覺杜元凱于訓詁、地理之學殊疏。及長，博覽漢儒説經諸書，而益覺元凱之注，其望文生義，不臻古訓者，十居五六。未嘗不歎漢專家之學，至孫炎、薛夏、韋昭、唐固之後，法已盡亡。自魏受禪，至晉平吴之歲，不及百年，戎馬倥偬，著書者漸少。輔嗣既啓空疏之習，子雍復開飾僞之門，而孔門之弟子門人一綫相承不絶如縷者，至此始斷而不克續矣。然又竊怪元凱雖無師承，然其時精輿地之學者，裴秀、京相璠、司馬彪之儔，尚布列中外，即以訓詁論，《左氏》一經，陳元、鄭衆、賈逵、馬融、延篤、服虔、彭汪、許淑穎容諸人之説俱在，倘精心搜采，參酌得中，何至師心自用若此！豈平吴之後，位望既顯，心跡較粗，又一時諸儒，學淺位下，不能復駁難故耶？自此書盛行，千六百年，雖有劉炫等《規過》之書，不能敵也。況今日去劉炫等又復千載，其敢明目張膽起而與之争乎？然以後人證前人之失，人或不信之，以前人正前人之失，則庶可釐然復矣。

于是冥心搜録，以他經證此經，以別傳校此傳，寒暑不輟者又十年。分經爲四卷，傳爲一十六卷，遵《漢藝文志》例也。訓詁則以賈、許、鄭、服爲主，以三家固專門，許則親問業于賈者也。掇及《通俗文》者，服子慎之所注與李虔所續者，徐堅《初學記》等所引可證也。地理則以班固、應劭、京相璠、司馬彪等爲主，輔而晉以前輿地圖經可信者，亦酌取焉。又舊經多古字、古音，半亡于杜氏，而俗字之無從鈎校者，又半出此書。因一一依本經與三傳，暨漢唐《石經》、陸氏《釋文》與先儒之説信而可徵者，逐件校正，疑者闕之。大旨則以前古之人正中古之説。雖旁證曲引，惟求申古人之恉，而己無預焉者也。書成，合爲二十卷，臧諸家塾，以教子弟焉。名爲《春秋左傳詁》者，「詁」、「故」、「古」字同，欲以存《春秋》之古學耳。時嘉慶十二年歲在丁卯立夏日也。

與胡孝廉世琦書

來示云，《文苑傳》中，當補入顧蒙、蒯鼇二人。所見極是。至任臣《十國春秋·鼇傳》外，又附注一條，即沿方志之誤，不能參攷，以歸于一，是任臣之疏也。因校《新唐書·地理志》復得數條，並附正焉。

南陵縣下云：「甯國令范某因廢陂置，爲石堰三百步。」今以舊《府志·名宦傳》校之，而知范名傳真，鄧州順揚人，可補《地理志》之缺，一也。又云「觀察使盧坦，嘗命攝事南陵，修復大農陂」云云。嘗疑大農陂在南陵，而何以修水利者又屬甯國縣？今核以《名宦傳》，始知傳真曾攝南陵縣事，故能修廢築堰。如此，可以補《地理志》之缺者，二也。《盧坦傳》：「李錡誅，有司將毁其祖墓，坦上疏諫止。」下云「宰相裴均怒，罷爲左庶子。數月，拜宣歙觀察使。」按，李錡之誅，在元和二年十一月，則坦拜觀察使當在三年，與《地理志》及《舊志》坦令傳真攝南陵開堰時事亦合。此又可以補《名宦傳》之缺，三也。《新唐書・范傳正傳》：「鄧州順揚人」，今《職官表》、《名宦傳》之范傳真，亦鄧州順陽人，則「傳真」「傳正」當屬一人。宋時避嫌名，故又改「真」爲「正」。《文藝・李白傳》：「元和末，宣歙觀察使范傳正祭其墓，禁樵采。」元和祇十五年，此云「元和末，」是傳正爲觀察使，又在十一、二年之後矣。此可補范傳正本傳之缺。四也。

又《劉太真傳》：「宣州人。善屬文，師蘭陵蕭穎士。舉高第進士。淮南陳少游表爲掌書記。」今以《陳少游傳》攷之，少游之鎮淮南，在大歷五年，以迄少游之卒，皆在淮南。而太真以興元初已爲河東宣慰賑給使佐幕，未幾，即已持節。下云「累遷刑部侍郎」，並在貞元四年以前，距「興元初」亦止三四年，遷轉可云至速，良由少游之力使然。是太真本非端士，其以桓、文擬少游也，無足怪矣。至少游爲宣歙觀察使，本傳亦不著何年，以《地理志》攷之，宣城下有德政陂，云「大歷二年觀察使陳少游署」。是少游觀察使，又當在此年之前，至大歷五年始徙浙東，則少游在宣城，蓋已歷五年也。至張喬，本應歸入南陵。今《一統志》及《通志》《池州府志》或云「池州秋浦人」，或云「貴池人」，蓋一沿前之所屬，一又下同於後之改名，皆未深攷。蓋南陵之隸池州，實止唐武德四年至貞觀元年，計共五年，至改秋浦爲貴池，又在五代楊吴順義六年。喬係唐咸通中人，不得云池州，亦不得云貴池也。至《通典》諸書，不言南陵曾隸池州者，則文有省略耳。唐李洞《送喬下第歸宣州》詩：「無成來往過，折盡謝亭松。」謝亭在宣州北二里，即謝脁送范雲赴零陵之地也。益可證喬之爲宣州人矣。至分劉太沖、劉太真爲二傳，亦合方志之體。蓋國史貴簡，故有并合；方志貴詳，不妨各爲一傳，况《新、舊唐書》又各有所據乎！此亦如《新唐書》不爲韋應物立傳，而《甘澤謡》爲補作之，即其例矣。又以本傳及舊志綜核之，傳正之令甯國，當在舉進士及宏詞高第之後，或自縣令内擢集賢校書否，則由校書郎出爲縣令，皆不可知。後又歷三州刺史，而始爲觀察使也。十年之中，由縣令爲觀察，亦皆循序而進。此又可補《新書》及《舊志·職官表》之缺，五也。

敕授文林郎晉封奉直大夫四川彭水縣知縣徐先生墓表

乾隆中葉以前，吾鄉爲府州縣長吏者極多，有甯忤上官，不得罪小民；甯自處儉陋，不虧缺倉庫錢糧者，十尚二三。彭水縣知縣徐先生士勳，即其一也。

先生字紀常，一字毅夫。世爲武進望族。曾祖元珙，都察院左副都御史。祖永宣，康熙庚辰進士，候補主事，以詩名于時，世所稱茶坪先生者也。父植，國子監生，贈奉直大夫。母陶宜人。先生，贈君之次子也。性開敏，九歲即徧讀五經。弱冠學即大成。以乾隆丙子舉京兆試，屢謫于春官。歲壬辰，大挑一等，得旨發四川，以知縣用。繼丁外内艱，服闋，仍赴四川。庚子春，題補彭水縣知縣，未抵任即檄署會理州事。會理與雲南接壤，苗僮雜居，最號難治。先生始欲與之休息，因多作條教揭通衢，以曉諭之。其言明切懇至，父老有讀至泣下者。又葺義學羅諸生，親與之講。貫州舊設銅廠，有司例收其息，至是始撥爲諸生膏火資。由是士氣亦振。時川南北嘓匪擾害良民，至白晝劫人于途莫敢問。其健吏則偶獲一二，必斷腕矐目杖斃之，不申大府也。先生曰：「此非懲一警百之道。」因詳請上官，設法偵捕，務在必獲，一一顯致之法，以懲薄俗，以杜後患。啓十餘上，皆不報。後不二十年，嘓匪遂與邪教合，蹂躪蜀中幾徧。今天子赫然振怒，用大兵致勦，費國帑千百萬，歷六七年，根株始得浄盡。人乃服先生之先見也。州北嶺有大猾曰蔣鴟，其横與嘓匪等。先生廉得實，先設法散其黨羽，因輕騎往捕之。里閈少年不期集者至千數，皆持挺隨往。至則鴟已自縛跽道周，即械入州，縶聽事前石墩，窮治所犯。鴟大呼曰：「吾巨魁也！嘓匪且畏我，自來官司不能捕，即捕，吾死黨亦必中道劫之去，何今日吾魄奪而人事亦變也？」即觸石殞，一州大快。

州土司沙金龍與同母弟争産，訟數十年不决。君莅任之始，獄已達成，都無從辨曲直。又特旨派刑部侍郎杜公玉林親往讞定，于先生無與也。侍郎甫還朝，而土司抱成案復訟。會時宰與侍郎不合，檄全案送京師，即以先生護行。既至，勢叵測，訊斷至數月迺定，卒如初讞，而先生顧以漫無覺察落職矣。生平惻怛憂民之意，未盡見之設施，世論惜之。

罷官後，貧無可歸，主山東講席者數年。先是，長子書受以副貢生永樂大典館校録議叙發河南，以本班銓補，時已擢蘭陽縣。遂迎養先生于署中，并爲先生舉七十之觴。時先生兄弟存者三人，暨諸子姪，皆聚官廨稱祝，先生深以爲樂。越二年，始以疾卒于官署，春秋七十有二。子三，楊宜人生書受、瞻任，皆庶出。任又出嗣先生弟丕烈。女二：一適同里黄斗照，一幼殤。孫四人：葆孫、夔孫、蘭孫、藝孫。先生性孝友，遭考妣喪皆哀毁過禮。生平于倫理尤篤，撫弟之子若女如所生，一一爲畢婚嫁。尤不喜妄交，所過從非惇行君子即以學術相切礴者。素嗜學，即宦遊服官得暇，輒手不釋卷，所著有《六書鼎》八卷、《瞥見編》十卷、《難字解》二卷、《服食撮要》一卷、《蜀遊記》一卷、《雅令》三十二卷及詩文等，藏于家。敕授文林郎書受爲先生加級請封，得晉階奉直大夫。

配楊宜人，先先生卒二十年。性尤仁孝，事翁姑，委婉盡禮。素不佞佛，然生平未嘗戕一物命。家貧，操作盡瘁，未五十髮已半白。其撫書受也，雖甚愛，而課之極嚴。書受以某年某月，奉先生暨楊宜人合葬于某鄉之某原。以表墓之文來請。

亮吉于先生有連，又與書受爲同歲生，知先生詳，用不敢辭，爰掇其梗概如右。餘詳書受所爲行狀中，不贅。

汪上舍墓表

嘉慶十二年，歲在丁卯，三月日，國子監生汪君以疾卒于旌德縣板橋鎮里舍。越二年月日，其子璸將卜葬于某鄉之某原。先期乞爲表墓之文，謹案狀。

君諱承澤，字潤輿。世爲安徽旌德人。父又雲，生八子，君其冢嗣也。少開敏，事父母極孝。年十三，母譚孺人病，所居村舍僻陋，無醫者亦無市藥處，君每冒夜行數十里延醫購藥者累月，母卒不救，君毀幾滅性。父本窮諸生，家屢空，一日君自塾中歸，跪而請曰：「家計若此，使兒呫嗶守一經，何以爲養？請去而爲賈可乎？」父笑頷之。時年甫十六，遂涉歷千里，冒險過江，貿易于淮海間。在揚州之泰州東臺最久，以爲此故，貿遷地也，遂僑寓焉。長娶孫氏。是時君繼母吕孺人亦卒，再繼者爲譚孺人。君與婦事之，咸得其歡心，間歲必一歸省父母。逢歲臘，必治具，召戚友，以次起爲壽，極歡始罷。諸弟之幼者，君皆一一成就之，爲築宅環親舍以居。父竟享大年以終。後瓚兄弟偶檢舊篋，得父所與君書云：「七八兩男，得以提携訓誨，分我老人半世之憂。吾子雖多，豈易得如爾哉！」則君之孝友不間于父母兄弟之言者可知矣。迨譚孺人卒，君皆竭力營葬其冢，地在徽歙間崇阜峻坂，距所居百數十里，費至不貲，然一不以累其弟也。

生平篤于友誼，與歙縣黄某善，黄素落拓，不治家人生産，君賙其急者屢矣。一日黄聞父赴過辭，君知其無有也，贈以重金，俾爲卒葬之費乃别。中懷坦白，遇事直言，有欲就質曲直者，往往望門而返。歲乙丑，洪湖泛溢，泰州尤被其害，君雖僑寓，首率州人捐銀米若干，藉以全活者甚衆。

君生于乾隆□年□月，卒于嘉慶某年□月，年甫六十有六。子二：璨，國子監生，有文名，後君數月卒；瓚，旌德縣學生。孫四人：時謙，時豫，時升，時泰。

答張徵君炯書

洪亮吉頓首，肅啓季和先生徵君執事：挹執事名久矣，又嘗讀所輯諸書，服其條例謹嚴，搜稽廣博。遺編碎簡，藉以流傳；晉豕魯魚，因之訂正。未嘗不思傾心握手，攷古證今，訂從前學究之訛，窺往昔通儒之旨。又聞嘗枉道過訪，適以事他出不獲。掃先人之敝廬，迎有道之過軼，至今爲歉矣。亮吉頻年授生徒，譔方志，皆在琴川箬嶺間。又值執事都門遠客，把晤無從，惟與次仲同年及令子言之，以志快快。今歲貴郡復有修志之役，亮吉學殖荒落，方爾汗顔，何期遠賜手書，奬其庸陋，荷甚愧甚！然本欲與執事言者，亦有一二。

此州爲東南名郡，而元明以前圖經方志傳者絶稀，即如秦漢以來，陵陽山係屬涇縣，今則分隸青陽、石埭，非府境内山矣。至府城内有陵陽山，不過偶同其名，非陵陽子明之舊，且名亦自唐中葉以後始起，杜牧之《贈宣州元處士》詩：「陵陽北郭隱，身世兩忘者。」則真府城之陵陽山矣。《漢書·地理志》班固之所爲「清水」，《説文解字》許慎之所爲「泠水」，皆即今清弋江。「清」、「泠」、「涇」音並同。其謂之清弋水者，始見于《晉書·鍾雅傳》，而《元和》、《元豐》等地志並因之，李吉甫、王存諸家志可證，審中葉後始有清弋江之名。《新唐書·地理志》：「元和四年，甯國令范某因廢陂置，爲石堰三百步，水所及者六十里。有永豐陂，在清弋江中。」杜牧詩亦有「清弋江頭」之句。然宋初諸地志尚稱爲清弋水，至宋南渡後，清弋水之名始隱，而並稱爲清弋江。王象之《輿地紀勝》可證舊志。或合而爲一，或析而爲三四，非事實矣。他若魯港爲《漢志》廬江水之謁，南湖實《禹貢》南江之委，此類十數條，頗足以補地志之遺，訂前人之誤。執事見時，即當定其得失耳。

又承示《當録》及《金石》，與鄙見適同。亮吉向譔方志，皆别立《金石》一門，新修《涇縣志》，即用此例。又南宋王象之《輿地紀勝》，近日始有鈔本，其采宣州所屬金石，自南齊至北宋已三十五通，今大半已失傳，又當亟存之，以存一方掌故。此門雖係府署中施上舍分纂，然已一一鈔示之，或不至失落也。又示唐劉長卿當作宣州人，以姚合《極玄集》爲據，亦精審之至。亮吉攷《劉文房集》，又有行至宣州一詩，詳其詞意，亦應爲宣城人。即如《唐書·白居易傳》言祖自太原遷于下邽，然居易成進士，實由宣州解送，則長卿不妨即同此例。且唐賢最重族望，其原籍一處，占籍復一處者極多。武功去文房不遠，當得其實，不必以史言作河間人爲疑也。是則唐中葉兩詩鉅公又皆宣州人矣。此間太守極賢，然局中同事諸君極多，亦或各存意見，他日體例恐未能畫一耳。

亮吉昨修《涇縣志》，又有《辨證》一門，有與同縣諸君商搉者問答皆録入，以備後來采擇。今執事此書亦當録入《府志·辨證》中矣。外近所作文二首，適有稾草，又均與志事相關，謹附呈左右，幸有以教之。别有《奉懷》一篇，并寄正以志。欽挹。亮吉又頓首。

誥授建威將軍浙江提督總兵官總統閩浙水師軍功加二級紀録二次追封三等壯烈伯謚忠毅李公墓誌銘

我國家多將率才，並世所見者三人，皆官提督，皆死國事，又皆未竟厥用。曰馬忠壯全，曰宫保花連布，其一則忠毅公。然宫保與余同官最久，忠壯亦尚及識一面，獨忠毅遠隔數千里，二十年來，宦轍南北，耳其名，究未面其人也。惟屢讀邸報，見其勇猛任事，見其忠勤爲國，見其出萬死不顧一生，又獨能以精誠上結主知，以爲東南閫師有此人，小醜不足殄矣。及聞黑水洋之變，雖識與不識，無不東向哭失聲，爲聖天子惜此鞠躬盡瘁之臣也。烏乎！十年來，使封疆大吏，人人能與公同心，則賊之平已久。然又怪公以孤忠孑立，今上親政，未及一覲。闕廷顧轉邀不世之知，破浮言，排物議，一意任公，命爲總統，功已旦夕成矣。而變出意外，遂使邊隅小醜，暫緩天誅；東海藎臣，遽淪泉壤，此則不能無恨者耳。夫忠壯勦金川酋，宫保勦銅仁紅苗，皆死于事之方殷，而公獨死于功之垂，就此則尤可惜者。烏乎！公孫述滅，光武感念。岑彭吴孫皓亡，晉武帝亦流涕曰：「此羊太傅之功也。」吾知不日海宇盪平，聖天子亦必軫念勞臣，以爲非李長庚不至此，則公死而亦若不死矣。按狀：

公諱長庚，字超人，自號西巖。世爲同安著姓。曾祖，思拔。祖，宗德。父，希岸，彰化縣學生，三世皆贈如公官。妣皆贈一品夫人。贈公有五子，公次居三。幼即異常童，甫入塾學書，即振筆書唐李白句云：「天生我才必有用。」贈公大奇之，命以今名。性篤孝，年十七，母余太夫人疾，衣不解帶數月，免喪，習騎射，慨然有當世志。試補武生，舉乾隆庚寅恩科鄉試。明年成進士，授藍翎侍衛，扈蹕畿輔者三年。二十六，出爲浙江衢州都司，居六年，擢提標左營遊擊。又六年，由太平參將擢樂清副將。

林爽文之亂，入閩護海壇鎮總兵，所轄日南、濱州故盜藪，公至，始哨其地捕除之。會鄰境有被劫者，誤指爲海壇界。落職留緝。公一不申辨，遽毁家募鄉勇，出洋擒盜首林權，又擒盜陳營等。大岞盜善火器，戰屢却。公竿鎌以斷其船，跳登之，賊火燎公須，短兵接，大獲乃返。時總督爲郡王福康安訪水師將材，獨禮異公，公慷慨言曰：「長庚破家爲國，船既自造，軍食器械，一不資于官，惟火藥非私家物，願有請。」于是，督府下檄沿海，凡李某所在，調用軍火，不限多寡與之。先是閩盜陳禮等闌入殺，浙江參將吏莫能捕，以屬公，不三月，獲之。奏起遊擊，旋署福建銅山參將。銅山戰艦徒空名，公別用選鋒作商人裝，出海不張旗幟，見者不知爲官軍也，故賊至輒得。越歲，以父憂歸，仍還署任。救象嶼商船之被劫者，賊來撲，我兵少，勢不敵，公伏不動，待賊礮盡，出不意，創過其舟，一礮殪之。日嚮暮，隱約又見數艇，公亟收泊，數艇者亦泊。比曉相持，公命我舟一字排列作長山蛇形，後船插前船，巨纜緄之，賊從東來，我師東第一舟應之，以迄第八，西來亦如之。回環終日，賊無如何。是役也，鎗礮聲震數百里，殺傷過當。旋補海壇右營遊擊。今上元年，即授公銅山參將。明年，擢澎湖副將，保舉入京，未至，授定海總兵。純皇帝召見，獎諭有加，命速抵任。公受事，條具緝捕事宜，以上總督故協辦大學士書麟公，多如公議。前總督魁倫，奏請改造同安梭船一事，亦公所創也。明年，土盜鳳尾幫誘入安南夷艇，公破之。三盤嶴拔他將被圍者出之。當是時，羣盜蔡牽、林阿全等，諸有名目無名目，大小以百數舶交海中，而當事者獨急艇匪，日夜程督，公追之浙洋，追之閩洋，又追過閩越交界之甲子洋乃返。明年四月，擊蔡牽白犬洋，功最，賜花翎。五月，夷匪大入，浙撫阮公元奏，以公爲統帥，報可。六月，與黃巖鎮會師松門，颶風作，覆賊舟殆盡，獲其僞爵倫貴利，俘斬數千人，艇患自是紓矣。

計自蔡牽、朱濆以外，公所捕獲海盜有名目者：于深水洋獲李出等二十二人；于潭頭獲丁郭等十九人；于六橫獲林俊新等十五人；于徐公洋獲楊烏等十九人；于竿塘獲李車黑等十人；于旗頭獲陳帖等二十二人；于東霍山獲李廣等二十一人，斬首十級；乘勢至盡山，獲陳火燒等二十二人，斬首十一級；于三盤獲高英等七人；于山東黑水洋生擒林權等五十餘人，斬首二十級，獲船隻器械無算；他若浮鷹之戰，生擒五十餘人；南圮之戰，一日夜獲八十餘人；黃攏之戰，沈賊艘二，斃七八十人，斬首五級，數俘得五十二，以上皆稽年逋盜，遇公無不亡魂失魄，魚奔豕竄，陷胸抉首，相接以是。賊中口號曰：「甯遇千萬兵，不遇李長庚。」此即公勦賊不遺餘力之大略。又計公所歷洋面曰：白水洋、深水洋、潭頭洋、六橫洋、徐公洋、竿塘洋、盡山洋、日東滬洋、三沙洋、南麂洋、浮鷹洋、淡水洋、甲子洋、斗米洋、調班洋、三盤洋、沱濇洋、佛堂洋、白犬洋、黑水。蓋自嘉慶之元，迄丁卯，歷十二年，凡寒暑晝夜、風霰雪雹，無一日得離海洋，亦無一日不搜海盜，鬢髮以此白，面目以此黧，而公亦誓死滅賊，不復有旋踵想矣。記曰：以死勤事，以勞定國者，實于公一人。見之公所自創舟船、營陣：曰火功船、同安梭船，曰常山蛇水陣。

其爲總統也，又申明軍令條下，陣法一定。幫兵船居中，用黄旗，總領用五色方旗；黄、温二幫兵船居左，用紅旗，總領用五色尖旗；閩幫兵船居右，用白旗，總領用五色尖旗。軍船行，日插五色旗，夜懸三燈，一遇賊兵，不論何幫，先見者即高張本色旗，以便後船眺望，協力攻擊。仍視中軍旗號，指東則嚮東，指西則嚮西。入夜，中軍船放火號三枝，各統領二枝，各船一枝。所携藥彈，必待盗船既近，然後開放，故鎗礮絶無虚發。蓋公行軍嚴整又若此。

其年冬，擢浙江提督、臺灣平調福建水師提督，旋又調浙江總統。蓋自上親政以來，又專以蔡牽事付公，閩浙水師皆屬焉。公感激上知，益思自奮。其勦蔡牽也，敗之于青龍港，覆之斗米洋，又大壓之于鹿耳門。嗣以牽船從北汕漏出，有旨奪翎頂，繼又敗之于三盤，又挫之于調班洋，又大搏之于漁山，公血戰受傷。事聞，復頂戴。又大敗之于東湧，礮擊牽，從子蔡添來落海。明年，又扼之奧洋大星嶼，斷牽船大桅，燬其篷索。時公爲客兵，以粤爲主，使粤援即至，客主交逼，則牽受首必矣。而無如粤之故緩其期，若惟恐公之成功者，牽復得間脱去。上聞雖切責粤帥，下部叙公功，而事機已坐失矣。又與粤帥會勦嶴門盜，先期奏請事竣暫還浙理軍政，上未允。遂即日復行。冬，合金門福甯二鎮，共擊牽浮鷹，擒七十五人，斬級十五。十二月二十五日，至黑水洋追及之，牽所有三舟耳，公奮勇欲登舟，幾得上，忽風浪遽作，倉猝中，賊礮傷咽喉額角，遽以是日日昃隕命。烏乎！賊瀕于死屢矣，乃桅斷不死，蹙之絶地不死，豈天故欲稽其誅，以俟惡稔始舉族以殲之，使一不留遺種耶？抑天欲彰公之節，故使變生不測，而賊亦旋踵即滅耶？是皆不可知者矣。督臣疏入，上震悼，爲之墮淚，使撫臣迎其喪奠醊，賜帑金千兩，續又賜帑金四百兩，追封三等壯烈伯，于本縣建立專祠，仍下部臣議恤，賜全祭葬，賜謚忠毅。又累降旨，申飭水師將帥爲公復仇，勅督臣用所獲蔡牽義子蔡二來臠以祭公，梟其首。喪次，聖代褒忠之典，可謂無以加矣。非公之破家爲國，忘身滅賊，不以死生利害之念稍存于中者而能致此乎！

公生平讀書外，喜静坐。天性知兵，尤長水師。大小經百十戰，所斬獲不啻千數，所獲軍裝器械不啻萬數，他人得其一，即詫奇功，在公尚不足言。公所至，脩學校，作義冢，見義必爲，并有士大夫所不能者。公生于乾隆十五年四月二十五日，年五十有八。

配吴夫人，無子。有養子二：曰廷駒，乙卯科武舉，早卒；曰廷鈺，方爲公後承其喪。吴夫人生女二：一字葉寅，在室殤。一適同縣候補同知陳大琮，今奏留浙江，欲隨大府勦賊，以復公讐者也。將以某年某月葬公於某鄉之某原。千里走使，乞爲志墓之文。余生平慕公，而恨不得見者也。重爲之銘曰：

岷山之源，誰神于江？離堆灌口，爲公之宗。閩江之南，誰神于海？高浦浯洲，公神斯在。公不滅賊賊害公，怒氣上作三天虹。雷電擊賊滄海東，公之英靈在天地。一訃傳來十州涕，除夕先膺萬家祭。公能報國死亦甘，留此正氣維東南。我銘公墓兮石作函，歷萬萬古兮詞無慙。

南陵工山神祠及孝感祠壁記

南陵工山，縣鎮山也。其周七十里，高數千仞。《魯語》云：「社稷山川之神，有功烈於民者祀之。」工山雖一隅之山，然實能出雲降雨，灌溉百里，則山之有神，神之有祠，固也。而前世相傳神爲晉孝子何琦。夫生有嘉德，没爲明神，亦固也。事不必遠引，漢秣稜尉蔣子文，以逐賊死，爲鍾山之神，至改鍾山爲蔣山；晉宣城内史桓彝，以禦寇死，迄今爲涇縣湖山之神。甚至三國吴時梅根冶一小女子，以救父死，亦得爲神，是何孝子之得爲神，非鑿也。然今之祀蔣山神者，木主則曰蔣山之神，祀湖山神者，木主則曰湖山之神，不以蔣侯、桓内史鑿之也，善夫！明洪武三年詔書，祀五嶽四瀆者，東嶽則稱泰山之神，東海則稱東海之神，舉凡前代封號及一切附會之説皆削之，社稷、城隍之祀亦然，曰社稷之神、城隍之神，亦不以句龍后稷之説附會之也。

今何氏子姓必欲證工山神爲祖祠，而此方知禮者又或起而争之，皆非執衷之説矣，必欲爲百世不易之論，則祀工山者，主宜稱工山之神，所以遵歷朝祀典也。祀孝感祠者，主宜稱晉孝子何琦。如是，而何氏子姓與土人之以工山神即何孝子者，固並行不悖也。

然余更欲爲何孝子辨誣。朗陵爲西晉何曾封邑，《晉書》列傳：「曾，陳國陽夏人，」與《孝友傳》之何琦爲廬江灊山人者，渺不相涉。按，琦本傳：母亡，服闋，公府辟，皆不就。高尚可知，何必假他族朗陵之封以焜燿身後乎？方志至謂之朗公，則又以支公遠公緇流一輩目之矣。明沈堯中《碑記》又稱爲「何孝廉」。攷《琦傳》雖曾「察孝廉」，然嘗「除郎中」，又嘗「補涇縣令」，不得復稱爲孝廉也。何氏子姓不此之争，而沾沾焉争工山祠、孝感祠之分合，遂使祖宗受百世之誣，而反不置辨，得無貽籍談數典之誚乎？其他神奇附會之説，儒者所弗道，亦不足道耳。余又怪明曹學佺作《名勝志》，顧祖禹等作《輿地書》，咸自負該博，而于工山朗陵山下皆沿土俗之謁，而不能正，則不考書傳故也。

今明經章兆祥等既致啓于余，而何氏子姓又以工山祠、孝感祠碑爲請，用一一詳列之，其證何孝子之可爲工山神者，亦以明神人一理。士大夫之能孝于家、忠于國者，死而不朽，不朽之事，即爲明神，亦庶幾可風勵末俗耳。至汪貢士越著辯，又以爲何孝子琦當配祀工山，如后土社棄配稷之例。説殊未諦。夫工山，一縣之山耳，安得復有配祀？若如貢士之説，則古今帝王之祀，皆以其臣之有功德者配享，如風后、力牧之于黄帝是矣。風后、力牧不聞又有配食者，明大有配，小無配也。

學津討原序

宋左禹錫有《百川學海》一書，判作十集，共一百餘種，經史子集四部釐然。較之唐宋諸賢，歐陽詢、虞世南、徐堅，及宋初三大部，以迄《玉海》、《事文類聚》諸書之以事相類、以詩文相類者，可云最善。

國朝汲古閣毛氏因之有《津逮祕書》之輯，視《學海》采擇較精。蓋叢書之例，極搜羅之富，無割裂之嫌，既録全書，并登祕籍，勝于類集者。以此，近時鮑上舍廷博復輯《知不足齋叢書》，至登乙覽。復采入四部中，可云極榮遇于儒者，集盛事于文林矣。然毛氏則多采書畫跋及詩評、詩話，而于有裨經史者反略焉。鮑氏則意專在未刊之本、未經見之書，而不能以經史子集爲類，是以稗官及説部亦進，而與經傳相參，此則千慮之一失也。至李兵備調元《函海》，雖由漢迄今，多及百餘種，然專主全蜀而不及他州；趙明經紹祖《涇川叢書》亦能網羅散失，然又專主一隅而并不及本郡。此蓋一方之書，非可以統古今之盛，括垓宇之全者也。

張君若雲，生于海隅，而嗜古若渴，家藏至數百萬卷，而又校讐精審，登采謹嚴，其僞者黜之，無關切要者削之，共百數十種，刊布遠近，名曰《學津討原》。雖本毛氏之書而增損之，而義例益嚴，復加之考證，可云善之善者。嗣又得宋本《太平御覽》，不日將刊成，以公同好行，且讀而叙之。吾知海内珍此二書，當有過于毛氏汲古閣、鮑氏知不足者，吾與海内士大夫又樂觀其成矣。

何孝子祠書壁

余既爲工山神祠及孝感祠壁記矣，嗣何氏子姓復請于上官，乞以工山神祠，何孝子祠合而爲一。上官據明輿地書，移文局中，云：「名雖有三，神號實一。」何氏子姓復持官文書來乞余作祠壁記。夫既控于上官而得直，則事即編入令甲，余亦無以難也，無已爲援一舊例。吾鄉及三吴皆祀春秋時吴延州來季子爲土穀之神，香火甚盛。康熙中，吴氏遠裔居城頭者忽控于上官，以爲此吴氏始祖之廟，非他姓男女叢雜所可出入祈禱、歲時祭獻者也。上官遂允其請，出示禁止，而土穀神祠之祀，儼然移爲吴氏祖廟矣。夫生爲食采之地，殁即廟食此方，是延陵季子之爲神，固昭昭不爽也。

今工山一隅，何孝子生平棲遁之所，死即俎豆于此。所謂生有嘉德，殁爲明神，是何孝子之爲神于此方，亦昭昭不爽也。吾願何氏子姓及居是方者皆赫赫然以神理事之，既可以息争，又可以教孝，則善之善者。若南陵何氏之望爲廬江灊山，而非陳國陽夏，史傳甚明，前記已詳言之，不更贅。

新修餘杭縣儒學碑記

三代以下，封建變爲郡縣。郡縣之學校，侯國泮宫之遺制也。郡縣學校最古者，郡則蜀文翁禮堂，縣則漢溧陽長校，官碑尤著。至若郡縣建置，兆于秦漢，郡縣名之古者，至秦漢止矣。獨餘杭之名，尚在秦漢千餘載以前，《郡國志》不云乎？夏禹東去，舍舟航登陸，乃以爲名，是餘杭之名尚在秦漢千餘載以前。樂史《寰宇記》引舊圖經亦同。然吾又疑之。縣去臨安僅咫尺，而學校創建，轉遲至宋景德三年，反不若洞霄之宫肇自漢武帝，徑山之寺始于唐代宗，豈釋道之教隆，而儒術反不振乎？此亦餘杭學者之恥也。

吾友張君吉安，涖政之初，即以此爲首務，首撤大成殿而新之，重建兩廡，改舊七間爲九間，又易殿前唐塗以石，整欞星門，闢玉帶街，改明倫堂爲崇聖祠，即以祠爲明倫堂，以迄戟門、泮池，一律修整，前後凡六年，而功始迄焉。余又怪錢唐臨安爲唐宋以來都會之地，聲名文物，甲于東南。即以金石而論，王象之《輿地碑目》唐宋金石至五六十通，然類皆尊勝陁羅尼之咒華嚴元覺之碑，道院磨厓，《法華》刻石，釋則嵩嶽大師、烏窠禪師、徑川禪師、悟空禪師諸石碣，道則龍神之祠、赤松之蹟、皋亭神宇之記、洞霄提舉之碑，指不勝屈，而學舍之創置，庠序之興廢，杳無聞焉。又豈福田利益之心日勝，而崇儒重道之舉遂槩置不論乎？

夫振興文教，賢守宰之任也；修明經術，一方士大夫之責也。吾願後之官此者，時增修而倡率之，以佐聖天子文明之化，將見學舍之崇隆，有大過于琳宫梵宇者，是又余之所厚望矣。

重刻吕子呻吟語序

明儒吕叔簡先生有《呻吟語》二卷，乾隆丙辰之元，桂林相國陳文恭公評節而刊之。越五十年丙午，渭南漕督蔣時峰先生重刊以行世，然流布者絶少。今霽峰先生之涖吾郡也，距重刊時又二十寒暑矣。先生以愷悌之政守煩劇之區，偶值偏灾，竭心賑恤，遂得感召，天和雨暘。時若暇日，復取《呻吟語》一編，以爲可以藥世人身心性命間受病者，欲校刊以廣其傳，而以叙屬之亮吉。

夫呻吟者，疾痛聲也。必病伏于中，始聲發于外，無以絶其病，即無以輟其聲。因是，思居君相之位者，能捄一世之病，始能絶一世之呻吟；下此，則有民社之責者，能捄萬衆之病，始能絶萬衆之呻吟。呻吟之聲絶，而歡欣鼓舞之念斯起矣。今先生之校刊是書也，謂非欲絶呻吟之聲，而躋一世于歡欣鼓舞之域乎？語曰：「防患于未然。」又曰：「服藥于未病之先。」吾願世之受病淺及未始受病者，三復是編，身體而力行之。將見一世盡起沉疴，而斯民並登仁壽，此則不負先生捄世之苦心矣。

吴守齋先生小傳

先生名佩，字敬之，一字守齋。世爲錢唐人。少開敏，勤于學業。從倪明經國璉、汪大令惟憲兩先生游最久，兩君固名下士，凡從遊者，無不速售。然先生少即補博士弟子員，浮沉場屋者三十年，卒不得如志，人咸惜之。先生内行甚摯，事親敬長之外，撫孤姪及從母之女，嫁娶皆以時。又以其暇，課從子穀，成乙丑進士；梲，甲戌中書；有丈夫子六人，孫十一人；驌，已舉壬子鄉試。皆先生爲善之報也。年六十九歲卒。

舊史氏曰：記有之，不知其人，視其友；傳有之，韓起與田蘇遊，而稱其好仁。觀先生之所從遊及所與遊，皆魁人正士落落不羣者，則先生之學行可知矣。余與先生令子炎交，知先生最深，用敢詮次及之。迄今過南屏之嶺，泛明聖之湖，未嘗不歎先生一家門才之盛，舊德之多，皆先生之所積累。烏乎，盛矣！

讀雪山房唐詩選序

吾友輼山侍御，深于詩者也，而世不盡知，則以制舉文之工掩之也；侍御又深于論詩者也，而世亦不盡知，則又以論文之精確掩之也。夫侍御之文風力至天崇，國初而止，若侍御之詩，則宛然開元、天寶之體格也，大歷、元和之嚴整也。傳曰：「惟其有之，是以似之。」觀侍御之所選，不可知侍御詩之所自出乎？又嘗論之王文簡、沈文慤，以名工鉅卿手操選政，文簡則專主神韻，而蹠實或所未及；文慤則專主體裁，而性情反置不言。其病在于以己律人，又强人以就我。今觀侍御之所選，一人有一人之面目，一人有一人之性情，各不相肖，始各極其工。選一代之詩，而即可爲前古後今之法，蓋善之善者。

猶憶己亥、庚子間，余在京師，一日集讀雪山房，與侍御從叔松厓、漕督及侍御論詩至夜半。于古體，則高、岑、王、李、杜、韓、白、錢、劉、韋、柳而外，尤醉心次山；近體，則初唐五家、天寶數公、大歷十子之外，以玉溪爲中興，致光爲後勁。三人者意見無一不合，因相視大笑。至酒冰復温，燭跋屢易乃散。一俯仰間，若昨日事。而二君之殁已十數年，二君詩集之刊定又及十年矣。然則，余之序兹集者，非特序侍御所選之詩，即爲序侍御之詩，可謂兼序漕督之詩，亦無不可也。

蘇先生家傳

吾里中有淳德君子一人，如唐之元紫芝、宋之徐仲車者，則蘇先生是矣。先生生七十年，困于諸生，家又苦貧，授徒自給。然當世識與不識，聞先生名，則曰此長者也，此大君子也。先生何以得此于人哉？

先生諱灝，字景程，一字謹人，爲宋蘇文忠公軾二十二世孫。高祖良知，始自無錫蘭儀岸遷居府城，遂世爲武進人。祖廷弼，父維仁，皆有隱德。先生少即穎敏，六歲就傅後，未嘗一日去書。家藏宋司馬光《資治通鑑》，幼時即樂觀之，凡古今成敗得失，皆鏡于胸中，間發一論，父兄不能難也。十九補博士弟子員，即有聲横舍中。先生天性孝友，家庭間事，皆以至誠處之，親戚里鄰，均無間言。家苦貧，少即授徒，以資色養。館餐雖極腆，恒不下箸，人怪之，則曰：「吾母在家常蔬食也。」亮吉少先生幾二十年，同在講院肄業者五年，里中有文課，亦無不與先生偕。人皆重先生之文與學，而亮吉尤敬先生之爲人，以爲友朋中終身無過舉者，惟先生一人而已。性淡于名利，雖家無儋石，屢舉不售，處之裕如，未嘗少見顔色。生平成就幼童末學至數十人。課藝之暇，與人子言孝，與人弟言弟，即桀傲不純者，聞先生言，亦皆感悟。二親歿後，無意進取，惟留意實學，日誦《内則篇》「思貽父母令名」數語以自警。每遇歲歉，必命減膳，曰：「道殣相望，吾輩得飽菜羹足矣。」學宫圮，先生率同學倡修，人感先生之誠，入貲以助者尤多。

先生娶馮氏，無子，以兄之子敏善爲嗣，親見其讀書成立。今已舉于鄉，官儒學教諭，需次當得縣令矣。先生年七十有九，以嘉慶十三年十月六日卒。遺令速葬，不用樂工僧道。敏善皆遵之。又以亮吉交先生最久，暇日踵門，乞爲先生立傳。亮吉，舊史氏也。又生平重先生之爲人，用綴其行事，俾他日志耆舊傳純固者有所考焉。若狀中所臚列類皆束修自好者所能爲，不足以爲先生重，故不更録。

汪氏佩珍遺詩序

嘗讀唐李翱《與陸傪書》，云：「李觀之文如此，官止于太子校書，年止于二十九，雖有名于時俗，其率深知其至者誰哉？信乎天地鬼神之無情于善人，而不罰罪也甚矣，爲善者將安所歸乎？」余讀而悲之。以爲雋才之不幸，未有如觀者，而不料汪生之年命才學，適與之同。

生少有殊禀，甫成童，即善吟詠，隨父客居海陵，屋數椽，嘗扃户不出，以誦讀爲事，瀕海無師。時生弟瓆從余遊，生遂介其弟，時時以詩質余，余閱而賞之，以爲宣歙間詩人無有出君右者。如《出門》云：「此際非無淚，恐傷父母心。」則善于事親可知矣。其《寄弟》云：「望汝書來早，憐余別後思。」則友于昆季可知矣。其《舟次偶成》云：「不知何處秋砧急，錯認山妻擣藥聲」；《春閨》云：「陌上小桃紅不了，可能開到婿歸時。」則伉儷之情，又何其纏綿悱惻也。他若《莫愁湖》云：「燕子亦已去，高城啼亂鴉。」可云工于發端。《遣貧》云：「春來多少好春光，春風到處春花香。我正携樽醉花底，厨娘來聒甑無米。」可云工于作結。又如《春曉》及《雜詠》諸詩，皆不愧齊梁間人語。然功名止于上舍，生年亦止二十九，何其與唐李觀不謀適合如此。

余雖不敢怨及于天地鬼神，然未嘗不憫其門祚之衰薄與騷人賦命之窮一至此也。臨終屬其弟以詩乞序。余故哀而許之，并録其詩入《北江詩話》中。

陶侃論

清談之禍烈矣，起于魏正始而西東晉祖述之，其間能卓然不爲所惑者，惟陶侃及卞壺數人而已。侃尤有遠識，即如諸參佐或以談讌廢事，侃命取酒器、蒱博之具，悉投之于江，吏將則加鞭扑，曰：「樗蒱者，牧猪奴戲耳！《老》《莊》浮華，非先王之法言，不可行也。君子當正其衣冠，攝其威儀，何有亂頭養望自謂宏達耶！」又嘗語人曰：「大禹聖者，乃惜寸陰，至于中人，當惜分陰。」此數語，豈漢魏以後諸賢所能道耶？

夫王、謝、温、庾，可云江左名將相矣，然茂洪麈尾、元規清興、安石絲竹，皆正始風流之習也，甚至太真之偉烈，聞過江第一流已盡即復失色，非結習未盡，何以至此？大抵游俠之習，起于戰國，綿延于楚漢之際，至西漢全盛之日，其風始衰。清談之習，起于黄初、正始之間，横流于晉及六朝，至唐一統之時，尚未克全變。人心以此而漓，風俗以此而壞，國亂亦以此而循環，其禍之烈，可勝言哉！夫游俠之害，起于閭里，小人士君子之從風而靡者，尚不過十之三耳。至清談之禍，自君相啓之，其禍亦即自君相被之，内自中朝以迄薄海内外，千百年來，使五帝三王之化，掃地無餘，非正始諸人實堦之厲哉！故范甯以爲王弼、何晏之罪浮于桀紂，非過論也。蓋桀紂之害在一時，王弼、何晏之害及于千古。烏乎！孟子之功不在禹下者，以其能闢異端也。弼、晏之罪浮于桀紂者，以其害世道人心也。故因論陶侃而并及之。

于定國論

《漢書·于定國傳》：定國爲廷尉，其決疑平法，務在哀鰥寡，罪疑從輕，加審慎之心。朝廷稱之曰：「張釋之爲廷尉，天下無冤民；于定國爲廷尉，民自以不冤。」是漢時廷尉之公平者，張釋之、于定國二人爲最矣。

余獨以爲不然。夫釋之議犯蹕者之罪，以爲「方其時，上使誅之則已。」魏王肅已顯譏之，以爲「廷尉，天子之吏，猶不可以失平，而天子之身反可以惑謬乎？斯重于爲己，輕于爲君，不忠之甚者也。」然釋之當時不過言之失耳，犯蹕者究未嘗論死也。于定國則不然，計定國之爲廷尉，自宣帝地節元年至甘露元年，一十八年之久。今按：京兆尹趙廣漢之死在地節四年，左馮翊韓延壽之死在神爵四年，光禄勳楊惲之死在五鳳四年，司隸校尉蓋寬饒之死在神爵二年，皆定國爲廷尉時事也。且楊惲之免官也，廷尉定國奏「惲怨望，爲訞惡言，大逆不道。」惲之死也，廷尉當惲大逆無道要斬，寬饒、延壽亦皆坐不道誅。使事皆出宣帝意耶，則定國承望意旨，畸重畸輕，何以爲執法？使定國自出己意耶，則罪不傅律，何以爲法之平？

余以爲定國于四人之罪，當以法争之，不能得即當去官，不能去官，亦當如乃父于公抱其具獄痛哭以争之，以冀主之一悟。今不此出，而一則擬以「無道」，一則擬以「不道」，且于一人之身，再擬以無道不道，竟若死尚有餘辜者，廷尉之平果如此乎！徒使中興令主以誹謗殺人，以語言文字定獄，非定國加之戾乎！而尚竊執法之稱，尚播不冤之譽，何耶？

弟子職箋釋序

古之教弟子者，纖悉無不至也。在《小戴禮》者曰：《内則》教弟子，所以事父兄。在《管子》雜篇者曰：《弟子職》教弟子所以事師、長，二者缺一不可。三代以前，國家風俗之厚，士大夫家法之修，無不由此。孔子之言曰：「弟子入則孝，出則弟，謹而信，汎愛衆，而親仁。行有餘力，則以學文。」孔子之言内則，《弟子職》之綱也。子夏氏最得孔氏之傳，故其教門人小子以「洒掃應對進退」爲務。陵夷至戰國，風教盡矣。然孟子之言，尚曰「爲長者折枝。」趙岐注：「折枝，按摩折手節解罷枝也。」西漢以來，萬石君之家法，江都相之師範，以迄趙恭之步僉、劉般之頌詩、荀爽之御李膺、殷陶之侍孟博，尚皆有三代之風。

烏乎！風俗之壞蓋肇於魏黄初、正始間乎！其上則祖尚玄虚描、摩《莊》《列》，於是爲子弟者，亦相率以跌蕩爲高，通脱是務，阮籍則居喪食蒸豚矣，胡母輔之，則直呼父字爲彦國矣。弟子之繩檢盡去，而天下之風俗隨之。于是劉石入中國，而懷愍皆下堂，百年之中，四海鼎沸，其不至于爲禽獸者，僅僅一間耳。《弟子職》不謹之害，一至此乎？蓋弟子者，成人之基也；成人者，一鄉一國所取法也。正弟子，方可以正成人矣；成人正，方可以正一鄉一國及天下矣。語有之：少成若天性，習慣成自然。聖人又豈好爲此委曲煩重以苦弟子哉！觀三代之風俗如彼，魏晉之風俗如此，亦可以憬然悟矣。

按今《弟子職》亦非管子所爲，乃古塾師相傳以教弟子。管子作内政時，取以訓士，後人遂入之于《管子》耳。總之，弟子職之在《管子》，與《内則》之在《小戴禮》等也。班固《漢書·藝文志》本劉向之舊，附《弟子職》于《孝經》，最得聖人之旨。自《隋書經籍志》以下，皆雜入《管子》中，不更分出，則魏徵、歐陽修等讀書之無識也。

余少習是書，凡子弟入塾皆以是書爲始，又病唐尹知章注簡陋、劉績補注亦未該洽，因仿漢儒注經之法，一一箋釋，俾是書得專行。烏乎！後之教弟子者，其慎之哉！

兩漢同姓名録序

《漢同姓名録》二卷，所采書自前、後《漢書》《三國志》外，以迄金元著録，凡二十餘種。《隋書經籍志》梁元帝《同姓名録》一卷，《宋史·文藝志》作二卷，又載子野《同姓名録》六卷。元帝書今不傳，子野所著亦未見。案姓氏之學，自王符、應劭以後，著録者不下數百家，而同姓名之録，則僅見此。然漢世風俗簡樸，數傳而後，諸劉名字同者尤衆甚，或河間孝王開，傳其玄孫濟南王康子，復名開，是彌孫與始封國祖同名。裴松之《三國志注》稱《荀氏家傳》：「荀惲，字長倩。」而官太子中庶子者，亦「名惲，字景文。」是從孫與從祖同名。此類尚多，不表出之，恐視睫不見者衆也。

宋王伯厚著《困學紀聞》，于宋世諸儒，較爲審覈。然其考史二條，一云「嚴延年劾奏霍光『擅廢立，無人臣禮，不道。』奏雖寢，朝廷肅焉。」下稱「沙隨程氏云：『廷年女羅紨爲昌邑王賀妻，生子女持轡，惟漢人風俗之厚，不以爲嫌』」云云。是合兩延年爲一人。不知在《酷吏傳》者字次卿，在《昌邑哀王傳》者字長孫，非一人也。一云「戰國有兩公孫宏，與漢平津侯爲三」。不知即漢代而論，公孫宏亦有三人。平津侯之外，一爲幽州從事，見《後漢書》列傳卷二十三，一爲楚王英黨，見《續漢書》志第十一。伯厚史學之粹尚如此，何怪鹵莽立論者謂漢作《聖主得賢臣頌》之王褒，即鄭通里男子漢，又有朱買臣官武昌太守謂元帝時人者，是又不足辯也。又考劉歆字細君，見于《東觀漢記》；公孫宏字季，又字次卿，見于《司馬遷書》及鄒長倩遺宏書，而班固皆不録，今一一爲著于編，未始非讀史者之一助也。夫古之用心于瑣屑，有著《古今小名録》及《古今姓名雜録》者，猶登于譜牒及小説二家，况此之所述，實本蕭氏舊例，而補簡册之散亡，備史家之雜録，較天隨孔至所著爲賢乎彼矣！

傳經表序

《六經》權輿于孔子，《六經》之師亦權輿于孔子。《易》，孔子十五傳至劉軼；《尚書》家學，二十一傳至孔昱；《詩》，十五傳至許晏，《魯》。十六傳至賈逵，《毛》。《春秋》，十九傳至馬嚴，《左氏》。十三傳至孫寶，《公羊》。十一傳至侯霸；《穀梁》。佗若《今文尚書》，伏勝十七傳至王肅；《齊詩》，轅固七傳至伏恭；《韓詩》，韓嬰六傳至張就；《禮》高堂生六傳至慶咸。上自春秋，迄于三國，六百年中，父以傳子，師以授弟，其耆門高義開門受徒者，編牒不下萬人，多者著録至萬六千人，少者亦數百人，盛矣。降自典午，則無聞焉。豈非孔氏之學專門授受，逮孫炎、王肅以後遂散絶乎？

暇日，採摘羣書，弟其本末，校正譌漏，作《傳經表》一卷，其師承無可考者，復以《通經表》一卷綴之，而通二經以上至十數經咸附録焉，較明朱睦㮮《授經圖》、國朝朱彝尊《經義考承師》一篇詳實倍之。蓋周、秦、漢、魏經學授受之原，至此乃備也。是爲序。

唐豐溪處士呂從慶詩序

豐溪處士，名從慶，本大梁人。從宦金陵，唐廣明中避地至歙，又自歙遷於旌德之豐溪，遂家焉。生平喜爲詩，年九十七乃卒，自題其墓碣云：「唐詩人豐溪漁叟之墓。」子孫守之不去，迄今及九百年，其裔繁衍至數千家，寒食上冢之禮，歲歲不廢，唐詩人之有後福者莫處士若矣。

余嘗謂聚族而居，有三善焉：祖宗邱壠歷世可不迷毁，一也；昭穆之叙數百年秩然不紊，二也；先世留貽之物可以守而弗失，三也。余家亦自唐中葉以後即居歙縣之洪源，余祖雖已遷居常州，然三十年前，余憶隨學使者校文至歙，事竣，獲歸展祠墓，于族長老處得敬觀唐畫像一，宋畫像三。唐畫像爲始遷祖宣歙觀察公，絹本漫漶，不甚可識，疑亦後人臨本也。宋畫像三，則墨采尚新，一爲先忠宣公，一爲文惠公，一爲文敏公。忠宣公像後跋者張南軒栻等七人，末皆稱通家子姪，蓋宋時敬父執之禮如此。其法皆傳於子孫之賢而有文者，俾收藏之，老則又擇通族之賢者付之，是以久而不失。今豐溪處士之詩，亦皆其歷世之賢而有文者所搜羅哀集者也，此非聚族而居能若是乎？

今年春，余來主洋山書院，吕氏之從遊者數人，括帖之暇，亦皆喜賦詩。暇日，璽、培兄弟輯豐溪處士詩，共得四十五篇，謀復付之梓。余細讀其詩，而益敬處士之爲人也。處士之於唐末，特未沾寸禄者耳，而流連宗國，慨念故君，偶有所作，即三致意。如此，則其詩之傳而久者，謂非處士之志與節有以致之乎？夫唐末詩人之能以忠義著者，不過司空表聖、羅昭諫等數人。余昔入王官谷，曾訪表聖墓，及遊浙右而竄江左側，亦有昭諫故居，惜子姓皆不振作，求如處士之裔能表章先代者絶少，豈天之於處士，於生前有意阨之，俾得大顯於生後乎！吾故曰詩人之後福莫處士若。然亦賴聚族以居，故能寶護愛惜，愈久而愈顯。若此，佗日修方志者能準許棠、蔣華之例於豐谿載處士之墓，于糺峰栅山詳處士遊歷之地，則處士益不朽矣。璽、培皆勤學有文，其表章先世不遺餘力，亦可嘉也。

楊大令倫九柏山房詩集序

余少日在外家讀書，出塾後，即喜爲詩，語雖不雅馴，然頗不可一世，視外家兄弟之作頗易之。所心折者獨二人：於記誦之學，則敬蔣上舍松如；於五七言之詩格律，則敬君。松如，余外兄子；君，又余外姊子也。三人者，同志同學，出入亦無不同，大約余氣最盛，松如次之，君議論及處事獨持平，余與松如皆面折之，然卒以君所處爲當。後與余同館邗上，又同客京邸，又與余同舉京兆試，君先成進士。越十年，君謁選，余已官京師，君又客余邸第，及揀選得廣西，余送君又獨遠。然不十年，君遽以宰荔浦，卒于官矣。越一年，君之婦扶櫬歸，余弔之于孫氏。君之婦流涕爲余言：君官廣西日，無日不相憶，臨卒而諄諄欲以詩之序見委也。未幾，而君婦復死。君無子，君之弟將梓君遺集，然則余之叙君者，容可緩乎？

君之詩尤講格律，生平以唐詩人左拾遺杜甫爲宗。余每欲廣之，君不以爲可也，獨服膺余詩，以爲非近人可及。猶憶歲甲午冬仲，余與君及松如弔塾師喪于宜興之豐義鄉，論詩至夜半，忽起拜余，并强君弟子今官甘肅知縣歙金宜者從君後叠拜，宜不從，君大怒，責之。尚若昨日事，不知君卒已五年也。去臘，松如自江西授徒歸，憔悴黯慘，少余四五歲，鬢鬚更白于余。余延松如飲酒，後復對哭君，然後知三人者髫齔之交，非後來相識者所可冀及。君詩集外，復有《杜詩箋釋》，生平師法所在。君死，而城北放生池及九柏山房之遊讌遂絶。或待他日松如復歸，當設一筵于雙池列柏中，誦君生平尤愜心之作，以侑酒，不知吾年能待否？君知之而吾不知也。

莊達甫徵君春覺軒詩序

夫詩以人傳乎，抑人以詩傳乎？吾必曰：詩不足以傳人也，惟人足以傳詩耳。何則？今之伸紙握管者，不下千百人矣，何足傳者不少概見乎，此其故不在語言文字間也。品之不端，則無以立其幹；氣之不盛，則無以舉其辭；性情之不摯，則無以發其奇；心思之不沉，則無以扶其奥；學術之不贍，則無以極古今上下屈伸變化之方。五者具而始足以言詩，始足以言詩之傳。然則詩豈易言哉？若徵君之性情之品之學固夫人而知之者也，其言皆有物，不苟作流連光景之語，而又加之以氣息之淵雅，意匠之深邃，而詩之道亦遂無不備焉。或尚以徵君之詩少山水恢奇之致，然不足以病徵君也。晉陶徵士潛，詩家第一流也，然家柴桑而官彭澤，踪跡所到，不出數百里焉。唐裴秀才迪，王右丞之畏友也，然除《輞川》諸名作外，他所詠不多見，則其遊亦不遠可知，均無礙其爲傳人也。徵君嘗箴余好遊遠近名山，垂暮不倦。然余自問性情品學不及徵君，庶藉山水以補之，亦古人學畫不能，去而後塑之遺意耳。徵君以爲然耶？

更生齋文續集卷二

復胡吉士承珙問小爾雅書

得手書，並尊校《小爾疋》若干條，精審之至，知同館中又有繼張臯聞、王伯申二人而起者矣。謹將手示所及細覈之。

如《廣詁》：「艾，大也。」云：諸書無訓艾爲大者。按「艾」、「乂」字同，《書·臯陶謨》「俊乂在官」，《漢書·谷永傳》作「俊艾在官」，俊可訓大，艾亦可訓大。《夏小正》：「正月，時有俊風。」《傳》云：「俊者，大也。」是矣。

又「屑省，過也」。云：近刻《小爾疋》，疑屑字衍。按《方言》：「迹迹、屑屑，不安也。秦、晉或謂之省省。」《注》：迹迹、屑屑，皆往來之貌。《廣雅》：「屑屑、迹迹、塞塞、省省，不安也。」又云：「屑屑猶切切，動作之意也。」《漢書集注》：屑屑，動作之皃。動作往來，皆有過意，則「屑」非衍字。

又「嗟，發語聲。」云：《文選注》引《小爾疋》：「羌，發語聲也。」疑此嗟字本作羌。今攷《爾雅·釋詁》舊注亦云：「嗟，楚人發語聲。」《釋名》亦云：「言之不足以盡意，故發此聲以自佐。」《毛詩傳》：「嗟是口語之啃咀。」則嗟爲發語聲明甚。至《楚辭·王逸章句》：「羌，楚人辭語也。」李賢《後漢書注》並同。

是「嗟」、「羌」二字無妨並爲發語聲。且李善《西都賦注》引《小爾疋》亦云：「嗟，發語聲。」亦可明《小爾疋》嗟字之非誤矣。

至「話，治也」，「話」當作「詁」。杜預《左傳注》：「詁，治也。」即用《小爾雅》之文。「愸，强也」，「愸」當作「愸」。《釋文》引《爾疋》「愸，强也。」陸氏所引即《小爾雅》文，誤以爲《爾雅》耳。「履，具也」，「履」當作「展」。鄭司農《周禮》選牲注可證。

至「縞皓素白也」，來書據《後漢書注》引此，以爲「皓」下脱也字，是疑以皓釋縞，以白釋素，分四字爲兩義矣。不知《漢書集注》一云「縞，素也」，一云「縞，白素也」，一云「縞，皓素也」，皆當用《小爾雅》文，則以「皓」下當有「也」字，非矣。

又「奸，犯也」，來書兩引《文選注》云：《小爾疋》作「迕，犯也。」按「干」、「奸」字同。鄭玄《禮禮注》：「犯，猶干也。」《衆經音義》引《音義指歸》亦云：「犯者，干也。」則不必改奸從迕矣。

《廣義》「下淫曰報」，來書引服虔《左傳注》：「報，復也。淫親屬之妻曰報。」《漢律》：淫季父之妻曰報。據此，謂「報」亦上淫之名，非下淫。鄙意謂：君淫臣之妻亦可云下淫，《漢律》專爲平等人言，故不著上下。且服氏云「上淫曰烝」，文法與此正相對。古訓簡質，況義亦可互見也。

《廣名》「車轅上謂之轙」，來札云：諸書無以轙爲轅上者。按《廣雅》「轙，轅也」，《玉篇》「轙、轅，並轄也。轄，車軸頭。」《方言》：「車轄，齊謂之轙。」則車軸頭是在轅上，不得云誤。

《廣雅》「槀謂之稈，稈謂之芻」，來札云：《衆經音義》引《小爾疋》「稗，謂之芻」。按鄭玄《儀禮注》

「匑，謂藁也。」《説文》「藁，稈也」，「稈，禾莖也」。禾莖可以爲匑，故《小爾疋》云。然《説文》「稗，禾别也」，《玉篇》「稗，秕也」，他書亦無有以稗爲匑者，恐《衆經音義》傳寫有誤。

《廣雅》「度四尺謂之仞」，來札云：漢儒訓各不同，即《書疏》引王肅《聖證論》亦不云「四尺曰仞」，惟《周禮疏》引王肅云「《爾疋》四尺曰仞」。當即用此文。今攷以七尺爲仞者：包咸、鄭玄、高誘諸人也。以八尺爲仞者：孔安國、王肅、郭璞諸人也。《説文》：「仞，伸臂一尋八尺。」《漢書·食貨志》集注亦同。近歸安丁進士杰忽爲异説云：當是「四尺謂之」下脱五字，四尺别有度而倍之謂仞，仍是八尺曰仞也。然下即云「倍仞謂之尋」。《説文》尋八尺也。使《小爾疋》果有八尺爲仞句，則倍仞謂之尋，已十六尺矣；倍尋謂之常，已三丈二尺矣，有是理乎？是丁之説不足馮也。

又倍兩謂匹，尊意疑倍字爲衍文，極是。古未有以八丈爲匹者。鄭玄《禮記注》五兩五尋，則每卷二丈也，合之則四十尺，今謂之匹。《説文》「匹，四丈也」，則倍字衍文無疑。

至「兩有半曰捷，倍捷曰舉，斤十謂之衡，衡有半謂之稱」，來札云：四語未詳所本。今攷《白虎通》所述，與此並同。其全文云：「二十四銖曰兩，兩有半曰捷，倍捷曰舉，倍舉曰鏘；鏘謂之鍰，四兩謂之斤，斤十謂之衡，衡有半謂之秤，秤二謂之鈞，鈞四謂之石，石四謂之鼓。」與《小爾疋》適合。秤即稱之俗字也。惟十一句分作數處，疑《小爾疋》之錯簡矣。

來人怔忪，不欲令久待，謹先此率復。惟川程眠食自愛，餘容續啓。不宣。

書道德經後

竊嘗謂三代以後，用孔子之道治天下，與周公之所以治魯同。用老子之法治天下，與太公之所以治齊同。何言之？孔子之所以治天下，純於王道者也。老子之所以治天下，參王伯並用之者也。今讀其書而知之矣。

蓋儒家好名，老子能不好名，其言曰「名與身孰親」？又云「天下皆謂吾大，似不肖」。又云「受國之垢，是謂社稷之主。愛國之不祥，是爲天下之主」。是老子能不好名矣。范蠡悟其旨，遂以伯越。《國語》：吴之再行成也。句踐曰：「吾欲弗許，而難對其使者。」以句踐之蓄怨深怒而猶爲此言，名之念不盡忘也。范蠡知之矣，其對王孫圉曰：「余雖靦然而人面哉，吾猶禽獸也。」范蠡能不好名。不好名，此越之所以沼吴也。「養身章」：「功成而弗居。」又云：「功成名遂身退，天之道也。」范蠡悟其旨以全身。申包胥、張子房似范蠡者也。子胥、文種、韓、彭所不能也，故皆至殺身。

「微明章」云：「將欲噏之，必固張之。將欲奪之，必固與之。」陳成子悟其旨，故厚施於國而遂以篡齊，魏武悟其旨，亦遂以篡漢，智伯袁紹不能，故皆至滅亡。「忘知章」：「爲無爲，則無不爲。」又云：「我無爲而民自化。我無事而民自當。」曹參悟其旨，以成開創之勳。「儉武章」：「以道佐人主者，不以兵彊天下。」云：「天下有道，卻走馬以糞，天下無道，戎馬生于郊。」魏相悟其旨，以成中興之業。「易性章」云：「夫惟不争。」故無尤直不疑之處世也。「歸元章」云：「無遺身殃，是謂襲常。」楊王孫之自處也。

「洪德章」云：知「清净以爲天下正。」汲黯之居官也。「立戒章」云：「知足不辱，知止不殆。」疏廣、疏受之致仕也。凡西漢之有實政實學者，無不法《老子》。且西京之所以彊，亦以此。

大抵西漢尚實，魏晉尚虚。尚實，故在上者綜覈名實，在下者奉行故事，百事具舉，而天下治，此國勢之所以彊也。尚虚，則在上者惟務通達，在下者迭祖玄虚，百事廢弛，而天下亂，國勢之日趨于弱，亦以此。因讀《道德二章》，竟爰及之。

敕授文林郎河南南召縣知縣候補知州徐君墓誌銘

嘉慶十年月日，河南南召縣知縣候補知州徐君以疾卒于官。越二年，其孤始克扶櫬旋里，并乞余爲銘墓之文。謹按狀：

君諱書受，字留封，一字尚之。世爲武進望族。高祖元珙，都察院左副都御史。曾祖永宣，進士候補主事。祖植，國子生。父士勳，以舉人官彭水縣知縣。君，彭水君長子也。母爲楊宜人。君性純孝，尤得大母及楊宜人歡心。讀書數行並下。年十六，補博士弟子員。歲庚子，舉京兆試，充副榜貢生。時君已以四庫全書館謄録當得官。癸卯鄉試又報罷，遂遵例以本班分發河南。不數年，以材擢縣令，歷署太康縣丞、汝州州同、尉氏縣知縣，奏補蘭陽縣。

其政績最著者任尉氏。時縣有富民，待子姓極薄。前令皆與之交，君拒不與通。其人與從子角門，訴于官。君令以索係頸至詢之，則從子因貧乞貸不遂，故門。君即援筆判曰：「叔則爲富不仁，姪則因貧無賴。」越數日，其叔以三百金賂君，乞置從子死地。君僞允之，即命之曰：「汝金翊日呈繳可也。」届期叔果納金，君即畀其從子曰：「汝叔所助後，須改行從善。」其人不知其故，泣謝而去。蓋善全人骨肉如此。縣有無賴，受其害者不止一人，君立斃之杖下，一縣稱快。

任蘭陽日，方抵任，行至西關，忽烈風吹手中帕去，跡之，入古廟中。廟久燬于火，俗所稱金龍四大王者也。前令欲新之而不果，君始糾工卒事云。又訪知廟有旅櫬，係孟縣被人謀害懸案未結者，爲緝凶抵償乃已。丁外艱歸，服闋，補南召，以河工堵禦勞，特旨以知州題補，未及遷而卒，年甫五十四。

烏乎！君少爲奇童，長爲聞人，壯爲能吏，然不盡其才而卒。余嘗兩奉使過大河，南北譽君者甚衆，間亦有毀君者，蓋君出納最謹，前官有虧帑項者，君堅不受代，故至此。然君待人實開心見誠，即與争于上官前者，退實無後言，以是人亦諒之。君卒前一年，曾屬余志彭水君墓。不及三年，君之孤又以君墓銘爲請。四年之中，銘君兩世，而余年亦已老矣。回憶少時，鳴珂里之徵逐，九柏山房之過從，忽忽如昨日事，而同輩及君羣從無一在者。山陽嵇、阮之遊，鄴下應、劉之逝，世去不停，悲來無限矣。君少即工詩古文，所著有《教忠堂存稿》若干卷。余與君有連，舉京兆試又爲同歲生，是知君莫若余者。君娶于楊，先君卒，無子。側室生二子：葆孫，夔孫。將以某年某月葬君于某鄉之某原。銘曰：

爲儒而雋，爲吏而良。廉鄉兮，讓鄉兮，禮義鄉兮，魂而有知，庶先歸我，水雲之鄉。

合刻河上公老子章句郭象莊子注序

陸德明著《經典釋文》，末綴《老子》《莊子》二家。于《老子》，則首取河上公章句；于《莊子》，則以郭象本爲據。余前在陝西巡撫畢公節署，亦曾取《道藏》中河上公注《老子》足本校刊之。今王君性嗜古，尤留意周秦諸子，因先求河上公《老子章句》郭象《莊子注》善本合刊之。書成，乞爲之叙。叙曰：

治術至漢末分，學術亦至漢末分，何言之？三代以前以儒術治天下，人人而知之矣。自漢興，而黄、老之學始盛行，文景因之以致治。武帝之世，竇嬰、田蚡雖好儒，欲推轂王臧、趙綰，然勢不能敵也。老子之徒又有文子，其書述老氏之言爲多，世亦並尊之。當時上自天子，下及士大夫，内及宫闈，莫不服膺黄、老之言，以施諸實事。其尊老子、文子也，與孔、顔並故。王充《論衡·自然篇》曰：「以孔子爲君，顔淵爲臣，尚不能譴告，况以老子爲君，文子爲臣乎！老子、文子，似天地者也。」其尊之若此，蓋黄、老之道，以迄文子述老子之言，實皆能治天下者也。西漢之治，比隆三代，職是故耳。至漢末，祖尚玄虚，治術民風，一切不講。于是始變黄、老而稱老、莊。陳壽《魏志·王粲傳》末言：「嵇康好言老、莊。」老、莊並稱，實始于此。于是治術、學術皆自此而分，君相之好尚不同，而世道人心遂陵夷，不可復問。即以注二家者論，爲《老子》解義者，鄰氏、傅氏、徐氏、河上公、劉向、毌丘、望之、嚴遵等，皆西漢以前人也，無有言及《莊子》者。注《莊子》，實自晉議郎清河崔譔始，而向秀、司馬彪、郭象、李頤等繼之，蓋莊之配老，嵇阮發其端，崔、向抉其奥，郭、李衍其流，而導之者，則黄初、正始之君也。是則二書之升降，百代之盛分也。請即以質世之君子。

衰係焉，夫豈細故哉！唐玄宗時，升老、文、莊、列四子之書爲經，而無所區别，此開元、天寶治亂之所以

師大令二餘堂詩集序

余好遊名山大川，所至，輒見趙州師君荔扉題句，心恒异之，不知其爲同歲生也。繼晤君同里錢南園侍御，始悉君之生平。君游歷最廣，中歲後以名孝廉出宰山縣，凡催科讞獄、憫荒憂旱、一切居官行事，以及懷人念友、登山臨水、傷今弔古，無不一一見之于詩。其詩類皆抒寫性情，敷陳時事，不描摹古人而自合于古，不沾沾焉求異于世俗，而自不由人，君詩之可傳以此。又所與交，如尹楚珍閣學及南園侍御等類，皆天下第一流人。抱負既不凡，見地自覺迢遠，發爲歌詩與流連光景、應酬世故者，即不可同日語。蓋天南清淑之氣，點蒼、雞足、玉龍、銅馬、金沙、瀾滄、洱河、潞江諸名勝，不能盡之也，必有瑰人奇士出于其間。所謂瑰人奇士者，又必發爲傳世之文，以鼓盪山川之靈氣，則謂六詔之人文極盛于今日亦無不可。

余與君爲甲午同歲生，神交者三十年，通音問者亦已五六載，然卒未及一謀面。今日叙君之詩，并憶及南園諸君，又不勝人琴之感及雲樹之思也。

唐陶山岱覽序

岱宗爲五嶽之首，然嵩、華、恒諸嶽，前人皆有記述，而岱嶽反無專書。唐以前如晏謨、伏琛，宋以來如于欽、宋燾等，雖皆曾泛濫及之，然語焉不詳，且亦非專爲岱作也。近日雖有《岱宗小史》、《泰山圖志》等書，而去取不甚得當，若太安聶布衣鈫之《道里》、儀徵阮侍郎元之《金石》，又皆各述一門，非岱嶽之全矣。此吾友唐陶山刺史《岱覽》之所由作歟。

陶山以名進士需次主泰安書院者有年，其學既博而精，其搜采又簡而覈，精心苦志之暇，又加之以目驗身試，而後成焉。首冠之以圖，繼之以《總覽》、《附覽》、《分覽》、《叙覽》，而附以《金石》、《藝文》，共若干卷。蓋自有此山，即應有此書，而書至今日甫就，吾知自登封以來三千餘年七十二君之靈望此書之成也久矣。雖然，《岱覽》之作，又豈僅爲覽岱而作乎！夫東方萬物發生，其靈耀奮發易動人反本追遠之思，陶山之爲此意固有在矣。今試登山而東望，則太公駐節之方，去思遺愛之所在也；由山而眺其西，則太夫人歸墟在焉，棲神定魄于此，蓋已久也；山之支麓四出，又皆童年侍遊之地、誦讀之所，訪碑碣，搜簡牒，感今弔古之所寓也。《詩》不云乎：「陟彼岵兮，瞻望父兮。」又云：「陟彼屺兮，瞻望母兮。」烏乎，陶山殆以此泰山巖巖者寄詩人岵屺之思乎！不然，陶山之家亦在南嶽之麓矣。《詩》云：「維桑與梓，必恭敬止。」陶山何不南岳之覽而岱是覽乎？則讀是書者，又非可僅賞其聞見之確、采録之勤，與編次之有法、論斷之得體已也夫！膚寸而合，觸石而起，不崇朝而雨天下者，太山之雲也。昔狄梁公望太行之雲尚云：「吾親在其下，久立不忍去。」況以陶山之純孝，而父母之存歿又與梁公迥殊，吾知其升天闕之崇隆，望浮雲之去住，其寓感有百倍于梁公者，是其感而泣，泣而不止者又將何如乎？若亮吉與陶山友，而孤露之痛更甚于陶山，是又讀其書，而覺其涕之無從者矣。

靖江朱氏義項記

三代以後，合族之法不行，稍得其遺意者，義田、義莊之類是也。靖江朱氏爲縣中舊族。乾隆己巳歲，朝議君自宰長清歸里，以族姓繁衍，貧困者多，因倣宋范文正公義田之法，捐銀若干，爲之義項，凡族姓之喪葬、婚嫁、孤寡、老弱及有志進取無力讀書者，皆于此取給焉。以是朱氏自曾祖竹窗先生以下，讀書仕宦，藉以成就甚多。統計義田七百二十畝，餘銀權子母者若干，乃行之四十年，而子姓漸繁，經費漸拙。至嘉慶之元，今晉階方伯守同州時，復與猶子嗣曾仲武輩續捐銀若干，增立規條，并詳明所屬之府與縣，以期永久立法，可云善矣。

然祖宗之良法美意，亦貴子孫善守之。度支有定額，必先事而預籌，今昔有不同，必隨時而酌改。蓋出納宜謹也，條規宜肅也，經晝宜裕也，偏私宜化也。以大公無我之心，推敦本睦族之誼；以一視同仁之念，寓水源木本之思。倘行之久，而經費復絀，則子姓之有力及服官於外者，均可續捐，以襄善舉。然義田則惟虞水旱之災，義項則又恐生挪移侵蝕之弊。若皆能以祖宗之心爲心，以族中之老成長者爲法，此豈特朱氏世享其利，將見江以南世家大族亦當取朱氏法以爲準繩，如義門之鄭、義莊之李，一世咸取則焉。豈非賢子孫能推廣祖宗之遺意，由一姓以及他姓，由一鄉一邑以及于一世之明效大驗歟！

晉階方伯將以其事勒之于石，爰屬亮吉爲記其本末。餘並詳朝議君所作《碑記》及方伯所續立《規條》，此不贅。

焦山東洲接漲洲田記

焦山峙大江中，四面距城市十里及數十里不等。驚波巨浪中斷渡或一日至四五日，是以寺僧居此者，時有斷爨之憂。然言其勝槩，則警蹕之所時幸也；言其形勢，則南北之所關鍵也；言其奥古，則漢大隱、唐禪寂棲止之地、焚修之所也。夫高旻以水陸之湊，江天以楚越之衝，寺門一開，香火錢日不下數萬數十萬。而焦山百無一二，則神佛之香火，僧衆之衣食，樓臺殿宇之修葺，焚香掃地道人衲子之日給，篙工柁師南來北往之月廩，所恃以不乏，則東洲洲田是矣。

東洲距山麓尺咫，自宋祥符六年敕賜本山洲場田地一萬二千九百餘畝，作焦公香火田，優免一切差役，并敕有司一歲兩祀，迄今不替。迨明嘉靖後，本山所有洲場田地盡已圮没，以致釋子星散、名區日荒。迨我朝定鼎，而仁皇帝、純皇帝皆親御六飛至焉。奎章法書，照燿山海；龍輅鳳舸，震驚龍蜃。乾隆三十五六年，連山洲東新漲泥灘三段，蒙大吏具奏，勅準作焦山香火田，就近民户，不得復争。恩至渥，法至善也。寺僧清恒等，復恐年代久遠，比連洲場之户致啓訟端，因乞太守鄧君晅給示勒石，而復請亮吉爲之記，以壽貞珉，以垂奕禩。

吾願後之官于此者，推聖天子之德意、高僧大隱之風烈，隨時爲培護整飭，將見香火之炳燿，僧衆之焚修，并有過于江天、高旻二寺者，又拭目俟之矣。吴門邱永年、丹徒王體和實司官司文案，既詳慎于事，又用力最勤，亦例得附書。

誥贈朝議大夫晉贈資政大夫光禄寺卿伊封翁墓表

君諱經邦，字靖原，一字厚菴。性孝友，早歲即遭贈君喪，哀毁如禮。母黄太恭人，善持家，身自作苦，俾君讀書。君樂易開敏，喜交遊，胸無城府，人皆願與交。既補博士弟子，再試有司，不售，即絶意進取。友人勸挾貲遊江南，逐什一利。未幾，資斧盡喪。有誑公者曰：「此不必若行，吾力能爲若致三倍利。」公信之。俄復盡逋其貲。人有勸訟于有司者，公恥之，焚其券不校。家計日落，始鬻大宅，遷居隘巷，三遷而隘愈甚，處之澹然，有笑公者，勿顧也。然課子若孫極嚴。時光禄君已有聲庠序，爲聘名師，遂連捷南宫，官禁近，公以此稍慰。其課孫秉綬也，一與課子同。《論語》、《禮經》皆公所手授，并携與卧起，醒輒令背誦所授書。暇或携遊東山横嶺間，搢紳園館，無不畢涉。遇道流釋子、樵夫釣叟，輒連話移晷。所居雖一廛一圃，必徧植花木，引水環之。值一花乍開，或衆果方熟，即延佇其下，嘯詠不倦，其風致如此。其望孫秉綬成名較望光禄君尤殷，易簀時，尚手摩秉綬頂曰：「惜不及見兒之成立矣。」以乾隆壬午閏月初四日卒，年六十有九。

配王夫人，又娶雷夫人，則光禄君及贈朝議君之生母也。生而静重寡言，勤儉作苦，自歸資政公，而黄太夫人性嚴厲，夫人能得其歡心。又嫡王夫人以久病足不良，凡厠牏浣濯之事，皆身親之，溲溺則負以上下，暇則織紝以佐家計，以是太夫人忘其勞，王夫人忘其病，如是六年，王夫人始卒。又撫其女至長，厚嫁之。凡再妊再得男。家既貧，資政公居恒不自得，有觸即怒，夫人未嘗有怨言。光禄君既孤，資館穀以養母，值歲饑，甯化俗諱言食粥，夫人則躬自啖薄糜，間以芋菽，不以爲苦也。一日秉綬苦程課嚴而泣，夫人勉之曰：「孺子無然，他日發名成業，其甘若何？」逮光禄君通籍，迎養京師者六年，而夫人遽以疾卒，年亦六十有九。

子二：長即光禄君，以己丑進士歷官光禄寺卿；次恒珂，以秉綬官貤贈朝議大夫廣東惠州府知府。孫四：長即秉綬，以己酉進士現官揚州府知府；次秉徽、秉縉、秉纓。曾孫四人。君以子貴，歷贈資政大夫光禄寺卿。配王氏、雷氏，皆累贈夫人。以某年某月合葬于炭山祖墳。越十年，秉綬屬亮吉爲之表。

國子監生程君墓誌銘

維嘉慶十二年□月□日，文學程望光等，將葬其尊甫君國子監生子元于某鄉之某原。先期以墓道之文請，謹按狀。

君諱惠，字子元。太平縣六州道一圖二甲人。生有至性，自少逮長，事父母能得其歡心。父某，年六十一，患癱瘓不離牀褥者三載，醫者以爲不起，惠昕夕不暫離，每事能先意承志，暇則品量水藥，澣洒垢濁，凡婢僕所不能爲者皆躬親之，晨起必焚香祝天，願減己壽延父算。忽一日，有方士過舍，贈藥一刀圭，父服而愈，覓方士，已不知所在。父病愈後，壽至八十一，始無疾而逝。里人及親串皆曰：「是疾何得起？是方士亦何能活人？殆君誠孝所感耳。」君兄弟三人，昆季皆早世，君撫視猶子等尤篤，先後皆讀書成名，一門怡怡。過其廬者，如入奮建之里；住朱陳之村，不復作近世想。又慮族姓之貧苦，不克葬也，買地許家塘，俾各得歸骨。甚窘者，復出資助焉。縣有箬嶺，屆三府六縣。乾隆十八年，蛟水陡發，山徑悉崩壞。君獨力修，連刀灣、八里岡、五里亭、橫培里至嶺頭諸處，費數千金，行旅咸誦之。遇歲歉，輒視其力之所及以賑，又嘗仿古雷公等炮製法徧製丸散以濟人，踵門求者不絕。今子若孫尚奉行不怠。洵可云好善不倦者矣。君卒年六十一，配□氏，子□人。銘曰：

賑災補患，一鄉太平。以養以育，一家太平。躬行實履，一心太平。綜君之畢生兮，庶不愧乎縣名。陵陽之谿，天都之峰，君棲神其間兮，并以昌其後昆。

賜進士出身敕授文林郎晉封奉直大夫湖南甯遠縣知縣加三級蕭山汪君墓志銘

亮吉年二十餘，客安徽學使者署，始與餘姚邵學士晉涵訂交，甫二日，即出《雙節堂啓》索詩曰：「此吾鄉蕭山汪孝子輝祖爲二節母乞言也。」亮吉讀竟，悚然异之，亦曾作一詩郵寄，未識得達否也？厥後四十年，宦轍南北，卒未得與君一面。歲辛酉，亮吉自伊犁放還，君時已罷湖南縣令歸里，又介吾里中臧文學庸乞爲《雙節堂序》，亮吉不敢辭也。越二年甲子，有天台之行，道出蕭山，甫得訪君于里第，時君已得末疾，兩公子捧之出，得訂交于譔美堂。其貌温然，其言藹然，而家法修整，又甲于浙右。然後歎學士不妄許人，以亮吉所見，有過于學士所許者。爲飯半升，談竟日乃去。昔唐蘇源明之言曰：「余不幸生薄俗，所不恥者，以識元紫芝耳。」亮吉徧交海内士大夫，其不愧紫芝者，惟有君耳。謹按狀。

君諱輝祖，字煥曾，晚號龍莊。十九世祖大倫，始由浙之鄞縣遷蕭山。祖之瀚。父楷，原任河南淇縣典史。皆以君貴，贈文林郎晉贈奉直大夫。嫡母方，繼母王，生母徐，皆贈太宜人。君五歲，方太宜人卒。十二歲，贈君又亡。君孤苦，無所依賴。王、徐兩太宜人勤紡績、黏楮鏹自給，夜嘗達旦。太宜人泣而訓之曰：「兒不學，必不可爲人，使汝父無後，吾二人生不如死。」于是太宜人泣，君亦泣，以爲常。君性開敏，七歲始就外傅，夜輒能背諷日所誦書。君既孤，而叔父某又以博破家，疑兩太宜人有私蓄，求索不遂，則撻君。太宜人百方貸錢應之，後又從徐太宜人手篡君去。人有勸徙君避之者，太宜人以宗祊所在，堅不忍去，于是往往絶食，過臘恒無複衣。蓋君少歲之苦，家難之多，有與吾母蔣太宜人撫亮吉同者。讀君手録，未嘗不涙涔涔下也。君能文，後所歷凡數師，惟同里鄭文學嘉禮、上虞徐明經晁，課君最嚴，每作一藝，必令三四易稿。明經又勗之曰：「汝不成立，則汝母無涙乾日矣。」蓋知君有家難也。

年十七，補博士弟子員，鄉試數報罷，家計益窘，遂入州縣幕，掌書記，漸習刑名。君既善讀書，又勤于其事，每仿漢江都相《春秋》決獄之法，時以《禮經》參會律條，平疑獄者數十。前巡撫侍郎胡公文伯、協辦大學士莊公有恭尤契重之，語屬吏曰：「事經汪君，必無冤獄。」君藉此亦得展布其所長。君理刑名至三十年，平反大案者無數，皆詳君《佐治藥言》，不贅。君以戊子年舉于鄉，越七年，乙未成進士，又十年而官縣令，得湖南甯遠縣知縣。蓋君自弱冠以後、未筮仕已前，皆在州縣署主刑名，及君入官，而洞悉民隱，燭照物情，胥吏舞文之弊，墨尿恫嚇之繇，罔不剖析入微。故甫抵任，民即號爲神君。

縣界廣西，國初兵燹後，城堞久圮，庫藏無所，廨宇半頹，君以次修舉。又值歲稔，集三十六里紳士殷户，以里數分段爲三十六，令分任之，里之産少者，以産多之里助之，七閱月告成。又以其暇修武廟、城隍廟、龍神廟、馬神廟。正月之吉，行鄉飲酒禮。四月朔，出勸農。七月朔，行賓興禮。觀者塞途，諸父老有歎息泣下者，以爲數十年所未有也。以士風樸陋，創修崇政書院，一月數課之，一如家居教子弟法。蓋自君修城堞後，城以内始有補博士弟子者；自君葺書院後，縣始有舉于鄉者。

君欲清吏治，以爲非力行保甲法不可，于是集三十六里地保人，予空白簿一、墨一、筆一，令所轄村莊注管内四至八到接壤，及山多、田多、塘堰若干，大路通某處、小路通某處，某土著住幾屋，某流寓主何人，有無恒業，一一注入簿内，限三月繳。并手諭：「各鄉官民，本屬一體，緩急義須相關。聽訟之任責專在官，完賦之任責分于民。官不勤職，咎有難辭；民不奉公，法所不恕。甯遠錢糧素多延欠，今舊習已更，深可嘉尚。今定約，月三旬，旬十日，以七日聽訟，以二日校賦，以一日手辦詳稿。校賦之日，亦兼聽訟。爾等若遵期完課，則少費校賦之精力，即多留聽訟之工夫。」云云。後傳誦至長沙大府，命州縣皆倣行。是君治一小縣，而湖南八府七州皆隱受其福，以爲非今日之循吏不可也。

君爲治，尤嚴于訟師、土棍、流乞之貽害一方者。訟師則有黄天桂一案。天桂一名名世，前縣趙君任内與人訟，歷控大府已審誣矣，復翻控，逸不到案。君以他事獲之，檢得與大府吏史坤攬訟筆據，禀大府發審。大府立革坤役，歸縣案審辦，事遂得直。天桂雖逸去，然恨君刺骨。適侍郎傅森以祭告舜陵，道出甯遠，天桂遂誣砌各款，乘夜以毾裹紙擲入輿中。侍郎沿道詢君治蹟，則雜然應曰：湖南第一好官也。侍郎大异之，即以匿名呈辭發君究辦。君覈字跡，則天桂所書也。天桂偵知狀，復由道州竄入廣西，終君任不敢返。流乞則有老猴夫婦一案。老猴者，廣西人，俗呼飛天蜈蚣，妻號飛天夜叉，年僅五十，有拳勇，佔居縣境巖穴中十六七年，黨羽六七十人，分路强乞，輪日供老猴夫婦，積餘貲則轉貸貧民博厚利，或忤其黨，則挺身行兇，人莫敢觸。君訪知，即與營弁里民設法同捕，伺醉掩縛之。妻竄逸。栲治盡得匪黨姓名，羈老猴獄，分路緝捕，各遠竄出境，不半月，縣中無乞。後君兼攝新田，惡乞懾君名亦皆遠去。兩縣士民，至今感誦之。

君以餘閒，復能考古。據《漢書·趙廣漢傳》鉤距法，斷縣民匡學義獄。據新、舊《唐書·劉蕡傳》，斷縣民李氏祖唐李郃與蕭氏争先隴獄。嘗夜聽訟，聞雁聲，按輿地書甯遠在衡州南五百餘里，以爲雁未始不過衡陽，駁前人回雁峰説之誤。蓋君勤于官，又不廢讀書如此。

君兩爲湖南同考官，兩署道州，又兼攝新田縣事，皆有惠政。奏調善化縣時，君以代驗江華縣楊古晚仔命案，越山險二百餘里道，失足，舁回病轉劇，君年已逾六十，將以此乞休。適有承審遲延一案，廉使遂據以劾君，大府以君良吏，欲爲之地，又欲引入幕中，君皆固辭，遂以壬子年二月罷官歸里。時君抱末疾，已不良于行里，居十年，課子及孫外，寒暑昕夕，皆手不釋卷。前後所著有：《佐治藥言》、《學治臆説》、《善俗書》、《廿四史同姓名録》、《遼金三史同名録》、《逸姓同名録》、《字同名異名字相同録》、《元史本證》、《貽穀》、《燕談》、《越女表微》、《病榻夢痕録》暨《詩文集》，并共十數種。及見第四子繼培成進士，官選司，孫世鍾等補博士弟子員。又一年而卒，年七十有八。

娶王氏，繼娶曹氏。子五人：繼坊，乾隆丙午科舉人，候補直隸州州同；繼墉，福建某縣典史；繼塀，國子生；繼培，甲子、乙丑聯捷進士，吏部文選司主事；繼壕，國子生。孫□人。繼坊等將以□年□月□日葬君于山陰□鄉之□原。述君遺命，乞亮吉爲墓道之文，而錢塘梁學士同書手書上石。

烏呼，亮吉與君神交四十年，甫獲一面即卒，若吾兩人之交多一面不可得，缺此一面又若斷斷不可者，豈相知之深反不在笑言促膝之久乎？然計君一生，在家爲孝子，入幕爲名流，服官爲循吏，歸里後又爲醇儒，律身應物則實心實政。烏乎，君亦可爲完人矣！重爲之銘曰：

曾閔卓魯一已難，兼而有之古所罕，經史學況兼劉班。三唐以降求人師，薄俗乃生元紫芝，一千餘年君繼之。廬名歸休大禹旁，循聲乃在舜所藏，九嶷三湘阻且長。我臻赤城兮訪黄髮，皃傳《六經》兮母雙節，冀淳風兮被吴越。

涇縣志序

一方之志，苟簡不可，濫收亦不可。苟簡，則輿圖疆域，容有不詳，如明康海《武功志》、韓邦奇《朝邑志》等是也；濫收，則或采傳聞，不搜載籍，借人材于異地，侈景物于一方，以致謡以傳謡，誤中復誤，如明以後迄今所修府州縣志是也。

問嘗與友生言之，凡一方志乘，有唐宋以來輿地圖經可依據者，類皆登采嚴而敘致覈。夫宋敏求《長安志》、《洛陽志》何以善？以《三輔黄圖》、《三輔舊事》、《洛陽宫殿簿》、《西京記》、《洛陽記》，以迄唐韋述《兩京記》、《兩京道里記》等導其先也。范成大《吴郡志》何以亦善？以《吴越春秋》、《吴會記》、張勃《吴地志》導其先也。然則前志之善者，非後志之所當奉行不失乎？

涇縣在宋嘉定中有本縣令濡須王拯所撰《志》十三卷，今雖不傳，而明宣德、成化、嘉靖三《志》間引之，亦尚十得二三，其條理之詳，搜采之允，迥非後來者所能及，是以悉録入焉。又念此縣爲秦漢所建，地大物博，山則陵陽，蓋山水則南江分江故道皆滙于此；人物則漢楚王英之所徙也，丁鴻之所封也，孫桓王太史子義之所屯駐也，鍾、桓兩内史之所守城也。其巖壑清峭、道里深邃，實爲東南諸縣之冠，而錢、鄭二《志》並修于乾隆十八年，有失之略者，有失之鑿者。今于其略者補之，鑿者救正之，餘則悉仍其舊，惟于水道故城之類，則視舊志較詳焉。凡閲二歲，書成，共析爲三十二卷。蓋撰方志之法，貴因而不貴創，信載籍而不信傳聞，博攷旁稽，義歸一是，庶乎可繼踵前修不誣來者矣。至其不敢蹈苟簡、濫收二弊者，實此方士大夫編校得人之力。時官于此，而爲主修者，爲丹徒魯子山太守、宣化李棋巖大令，于《懿行》、《文苑》諸門，雖采擇微廣，要不失乎？善善從長之意，亦庶幾晉常璩之志《士女》、摯虞之撰《流别》比乎？夫甄陶真僞，官是方者之責也；搜采幽隱，詳求遺佚，又此方士君子之責也。然則余雖學業無似，幸與諸君子共襄此役，或藉可以無大過矣。

唐見山先生傳

先生姓唐氏，諱爲垣，字麟臣，一字見山。年十二即孤，從其兄爲坤學。學坤固名諸生教授里中。先生穎悟，又過其兄，帖括外，時時喜爲詩，年二十八以詩文冠府屬九學，補博士弟子員。後每值歲科二試，輒以詞賦冠其曹，以是學詩者踵門；又工楷隸，乞書人亦滿户外。先生授徒不足充家食，藉此稍贍。事母夫人尤孝。謹所居白雲草堂，屋半傾圮，然怪石林立，梁燕潭鯉常出没棟砌間，松竹聲塞窗户，秋冬日輒奉母曝背東楹，時進酒食。先生兄弟或爲兒子嬉以娱母，母夫人笑乃止。鄰里化之，比屋中無悍子弟，先生兄弟所致也。亮吉成童後，從兩先生遊，先生以亮吉孤子，教之甚嚴，督課常不使暇。猶憶年十七時，讀書郭北四十里鄒翁塾中，翁素封粗通字學，顧喜以詭僻字與塾師相詰難，歲常屈其師，益自矜喜，惟先生則論難不竭，隨問即隨折之，翁乃大沮。五應省試不售，晚節益自放于酒，見衣冠者或上視不省，酷喜呼販夫騶卒共飲，潤筆所入輒寄酒家，家數日不舉火不問也。卒前一歲益狂飲無度，不復視案上書，醉即呼兒子銓讀稗官之俚鄙者，至酣睡方止。所爲詩至多，不自愛惜，今所存《桐孫詩稿》一卷，類皆中年所成，半屬門下士及子銓所記憶者。年五十即曳杖，杖磊砢處成穴，寢疾後置杖壁間，果蠃蟲至，取泥巢穴中，而先生亦不起矣。年甫五十有五。

舊史氏曰：先生教弟子以嚴爲率，成就者極多。余久從先生遊，稍長，亦以先生所以教弟子者教人，迨通籍後，蒙恩視學百嶠，并入侍皇孫學兼教習。諸翰林無不以先生所以教弟子者教之。始皆憚其嚴，久之，乃稍就繩尺，卒皆各有所成就以去。始之畏之怨之者，末已恍然曰：「先生愛我甚也。」是先生教人之術，門下士行其一端已有成效，倘先生親執木鐸以振之，當何如乎？至先生之晦于酒，或亦不獲已也，非劉伶、畢卓可例。

涇縣新豐柯村洪氏宗譜叙

唐林寶《姓纂》，作于元和七年，其間載吾宗洪氏著姓，列爲三支，曰：宣城、舒城、毘陵。今涇縣柯村，爲舊宣城郡所屬，而吾家今居武進，實昔毘陵郡治附郭縣也。兩家之居宣城、毘陵，似皆唐宋以來土著矣。不知實非也。吾家及柯村之洪，皆自歙縣徙，皆出于唐天寶中宣歙觀察使經綸公之後。忠宣公皓爲觀察使九世孫，其遷鄱陽，當在唐末五代時。自鄱陽遷柯村，則忠宣之孫椉，爲文安公遵第八子，蓋南宋之末也。《姓纂》云：吴有廬江太守洪矩，爲宣城支之始。然其後不□□□□□□□□洪尚書宅，舊志山鋤得古□□□□□□銀青光禄大夫兵部尚書兼上柱國賜紫金魚袋洪永章及列女傳香心夫人之夫爲洪勝可，永章、勝可，其即矩之後耶。據此，則涇縣洪氏又有二族矣。《姓纂》又云：監察御史洪察，常州人，本姓宏氏，避孝敬諱改姓洪氏。生子興，起居舍人。生經綸，諫議大夫。是歙縣之洪又從毘陵而徙，實亦不盡然。今考《三國・吴志・賀齊傳》，歙已有洪明、洪進，則居歙者，又不自唐始也。至云「避孝敬諱改宏爲洪」，則何以三國時矩及進、明先已氏洪耶？豈避諱改洪之説亦傳疑而非事實耶？

今柯村之《譜》，于忠宣以下二十餘世，世次秩然，其在忠宣前者，尚多錯舛失實，即如經綸公歷仕天寶、大歷年中，姓名見于新、舊《唐書》及《資治通鑑》者，不一而足，而《譜》分爲二，云「大經大綸」，則尤所當訂正。吾願柯村之宗有好學深思之士，舉凡唐宋以來所傳世族譜及歙縣大宗之譜，合之于史傳輿圖所載，以訂其譌，以補其闕，如是而始可以信。今可以傳後，亦可以不倍于古也。是爲叙。

崔恭人浣青詩草序

余以壬辰歲七月，以所業受知于同里尚書錢文敏公。越八年，與公之彌甥，今翰林院編修崔君景儀爲同歲生，因得拜公之女崔恭人于里第。又逾年，恭人出前後所作詩示余，授而讀之，則皆述世德之淵源，傷弟昆之奄忽，懷人、感事、紀行、贈答之所作也。夫門閥之盛也，荀氏八龍，而女荀復挺奇節；世祚之薄也，謝家羣從，而道藴獨號高才。惠昭之讀史，中郎既不及知；行義之□□，五更已倏焉没。則夫流連篇什之□□□□□□□□□恭人以吴越之名宗歸博陵□□□□□□□□守君已成進士，恭人則分鐙夜讀，擘□□□以峰青江上之篇，配楓落吴江之詠，見者稱勁敵焉。未幾，而從宦漢中，遠經函谷，鄠杜五陵之會，長安六陌之遊，使君之婦，則望若神仙；名士之筵，則首推巾幗。攬大河之勝，思擊楫而壯遊；挹太華之奇，乃攀雲而欲上。故百篇之傑作，以三秦爲稱首云。無何，郎君上第，讐東觀之書；循吏左遷，作西湖之長。恭人則丹鉛之暇，剖析米鹽；造述之餘，佐參案牘。曾不逾年，復成一集，殆非人力，或由天授者歟？又十年之中，里門三返。過庭之處，荒草没其檐楹；學繡之窗，瓜蔓連于斗拱。范伯孫之宅，僅有孤孫；羊侍中之書，欲歸愛女。哀至則泣，何以克堪，而情生于文，殊難卒讀。余以通家，及知四世。當蕭山君之卒，既校其遺文；尚書公亡，復讐其篇翰。今復與袁湛之名甥，訂大家之別集。此則歲月之感較甚于周侯，文獻之區有慙于常璩。昔對司隸之語，尚號奇童；今過尚書之門，不辭殘客云爾。

更生齋詩

更生齋詩目次

卷第二

卷第三

卷第五

箬嶺授經集

詩卷六

卷第八

北郊種樹集

更生齋詩卷第一

萬里荷戈集

八月二十七日請室中始聞遣戍伊犁之命出獄紀恩二首

暫離三木即身輕，忽綴元戎後隊行。那彦成尚書奉命往陝西軍營參贊，亦于是日率京兵啓行。天上玉堂虚想像，道邊金甲尚縱横。預知前路應長往，從此餘年號更生。穩卧側輪車畔好，員扉幾夕夢難成。

已作孤兒三十春，道旁今更泣孤臣。全軀自感君恩厚，對簿偏忘獄吏尊。人笑冷官罹法網，天教熱血灑邊塵。受知兩度真逾次，未散館即簡任學政及入直内廷，皆屬异數。敢向閑中惜此身。

蘆溝橋口占贈張吉士惠言并寄同館諸君子

張君本同里故交。今歲五月，余蒙恩派教習庶吉士，張君適在其内，執弟子之禮甚恭，余不敢當也。其餘諸君，亦竝絡繹出送致賮，故作此致意云爾。

春明門外駐征輪，簪笏同來唁逐臣。我視黄州已僥倖，綴行相送較情親。

出嘉峪關僱長行車二輛車箱高過于屋偶題一絶

持燈行三更，鞭屋行萬里。削雪正欲烹，一星生釜底。

出關作

半生蹤跡未曾閒，五岳遊完鬢乍斑。却出長城萬餘里，東西南北盡天山。

抵玉門縣

萬餘里外尋鄉郡，余家郡望敦煌。三十年前夢玉關。余弱冠時，在天井巷汪宅課甥，曾夜夢至天山。詳見所著《天山客話》。絶笑班超老從事，欲從遲莫想生還。

安西道中

萬古飛難盡，天山雪與沙。怪風生窟穴，戰地絶蓬麻。野戍年將换，穹廬日不華。仍從候人問，恐有路

三叉

疏勒泉

一水懸天上，遥知疏勒泉。浴波童類鶴，剷岸屋如船。齒髮衝冰墮，功名煮弩傳。從戎本吾願，前路莫潸然。

安西至格子墩道中紀事

我行發安西，十日五停軸。疲蹤本思憩，所苦乏室屋。兼之山萬仞，不貯水一掬。狂風飛牛羊，往往集空谷。三更寒霧重，馬足植如木。乞火爇束薪，言依橐佗腹。此日風候嘉，殘漏行百里。荒荒紅一綫，日出土囊底。嚴程原有限，沙磧從此起。來從天山頭，去向天山尾。沙深行旅斷，見客心輒喜。泥漿藏破甖，到口甘若醴。飲馬投百錢，喧聲尚難已。偶逢陳世昌，曾令楚邊邑。殺賊爲賊縛，荷戈來百驛。三歲得減徒，庶幾歸有日。班荆相慰藉，反致淚嗚咽。一妻前被殺，兩子致殘疾。生還雖可樂，奈已乏家室。東望嘉峪關，中懷慘如結。林烏大如犬，兀傲不避人。攫肉翔道旁，足蹴十丈塵。居民半焦黑，人鬼固不分。出穴競往來，半雜鷄與豚。襆被何處棲，爬抉沙石根。不然升高原，廟古依土神。

天山歌

地脈至此斷，天山已包天。日月何處棲，總挂青松巔。窮冬棱棱朔風裂，雪復包山没山骨。峰形積古誰得窺，上有鴻濛萬年雪。天山之石緑如玉，雪與石光皆染緑。半空石墮冰忽開，對面居然落飛瀑。青松岡頭鼠陸梁，一一競欲餐天光。沿林弱雉飛不起，經月飽啖松花香。人行山口雪没蹤，山腹久已藏春風。始知靈境迥然異，氣候頓與三霄通。我謂長城不須築，此險天教限沙漠。山南山北爾許長，瀚海黄河兹起伏。他時逐客倘得還，置家亦象祁連山。控弦縱遜票騎霍，投筆或似扶風班。别家近已忘年載，日出滄溟倘家在。連峰偶一望東南，雲氣濛濛生腹背。九州我昔歷險夷，五岳頂上都標題。南條北條等閒耳，太乙太室輸此奇。君不見，奇鍾塞外天奚取，風力吹人猛飛舉。一峰缺處補一雲，人欲出山雲不許。

進南山口

一峰西來塞官路，峰頭一峰復回互。人疲馬嬾亦少休，雲外飛橋落無數。山坳路古盤如綫，却向林梢瞰遥甸。一片伊吾曉日華，黄金世界空中現。

下天山口大雪

危峰北去高無際，過嶺風聲水聲異。鞭梢拂處險接天，風勢吹人欲離地。千峰萬峰迷所向，意外公然欲相抗。雲頭直下馬亦驚，白玉闌干八千丈。

松樹塘道中

馬定知人意，穿松屈曲行。漸忘遷客感，足慰看山情。閱世心俱寂，聽泉夢亦清。林威丈人約，何日許將迎。

松樹塘萬松歌

千峰萬峰同一峰，峰盡削立無蒙茸。千松萬松同一松，榦悉直上無回容。一峰雲青一峰白，青尚籠烟白凝雪。一松梢紅一松墨，墨欲成霖赤迎日。無峰無松松必奇，無松無雲雲必飛。峰勢南北松東西，松影向背雲高低。有時一峰承一屋，屋下一松仍覆谷。天光雲光四時綠，風聲泉聲一隅足。我疑黃河瀚海地脈通，何以戈壁千里非青葱。不爾地脈貢潤合作天山松，松榦怪底一一直透星辰宮。好奇狂客忽至此，大笑一呼忘九死。看峰前行馬蹄駛，欲到青松盡頭止。

菩薩溝道中

天山南北口，百里積冰雪。歲晚不逢人，牛羊伴除夕。山隅一兩家，早已閉門宿。空明北斗光，穹廬代然燭。齒髮能旋里，應知亦主恩。時值有江西減徒回里者，帶同戍人齒髮歸里。仍憐異鄉久，魂怯玉關門。此水酌一滴，永清人世心。臨流莫相照，聞説鬢毛侵。

廿八日抵巴里坤

南山高瞰城，下復裂深谷。巉巖千丈堞，排齒入山腹。晴天飛雪霰，即已没車軸。陰寒中人深，肩背苦瑟縮。千年留戰地，往往鬼夜哭。年殘風益暴，客至裹重幄。燈火集一城，宵驚燭光緑。

除夕巴里坤客帳祀先

昔日公孫瓚，臨岐祀北邙。潸然感先德，忘却在殊鄉。燭借穹廬火，牲求牧澤羊。荒寒一甌雪，聊抵奠椒漿。

除夕夜坐

世緣應已盡，夢亦不還家。别有關心處，偏忘去路賒。幾行墳樹影，千叠隴雲遮。他日能歸骨，從親傍水涯。

鎮西元日

兩日松塘走急程，亂雲開處出邊城。奔馳萬二千餘里，來聽鄰雞第一聲。

殊方都喜説新年，板屋斜欹彩勝偏。一事暫教鄉思緩，家家門巷有秋千。

逢人入關即寄胡安西紀謨楊靈州芳燦莊邠州炘錢華州坫四刺史

何處能尋遷客蹤，車箱眠已過三冬。聊烹太古荒寒雪，盡洗平時磊落胸。人説更生同子政，我慚行殰學山松。心交海内今餘幾，呵凍裁書手自封。

覆車行

風漫天，雪逼夜。匹馬隻輪，馳至山下。驚沙撲馬馬忽奔，削徑倒下先摧輪。車箱壓馬馬壓人，馬足祇向人頭伸。身經竄逐死非枉，只惜同行僕无妄。驚魂乍定忽自疑，奔車之上無伯夷。

肋巴泉夜起冒雪行

北風排南山，山足亦微動。寒光亘千尺，壁立雪若衖。車箱沁肌骨，清絶無一夢。更殘欣出穴，飛白壓衣重。百里僅數家，山房叠成瓮。相將依爨火，漿濁感分送。人氣亦少蘇，無如馬蹄凍。

人日白山道中

三載逢人日，驚心客鬼方。謂在貴州學使任。今來遷客夢，仍阻亂山旁。莽莽沙如雪，勞勞鬢已霜。居人能尚義，猶饋束脩羊。逆旅主人子將授經，屬余爲分句讀。

自白山至噶順

嘐嘐蕭蕭徹五更，狗亦不吠雞不鳴。車箱縮項凍欲死，誰復料理征人行。忽然破屋晴光出，湧得天山一輪日。疲羸嘶風馬亦奮，踏雪兼程到噶順。

發大石頭汛

天山界畫分半空，白雪自白雲光紅。馬蹄斜上雪飛盡，衣袂飄入雲當中。連峰中斷郵亭壞，此是奇台鎮西界。平沙日午捲北風，數點牛羊落天外。

烏蘭烏素道次

烏蘭以北地不毛，極視千里無秋毫。窮荒鳥亦拙生計，啄土飲雪居無巢。居人覿面能欺客，獸復欺人占居宅。健兒彎弓射不得，空手歸來氣填臆。

初八日乘月行四十里至三個泉宿

人煙百里何渺茫，疲羸獨行古戰場。高天下地總一色，明月白雪分清光。拂眉時有山禽過，清欬聲高野禽和。三泉屈指尚半程，我倦欲從雲外卧。

古城逢立春

短轅車逐短衣人，萬里來尋塞上春。識路未應呼老馬，岐塗先已泣孤臣。雲邊一笛驚殘夢，天外三山伴此身。肯把障泥容易滓，就中猶有帝京塵。

鷹攫羝行

一山巉巖忽裂口，千羊萬羊出其竇。羊羣居前牛在後，鷹忽飛來攫羝走。羣羊哀鳴牛亦吼，北巷南村集羣狗，鷹攫羝飛勢偏陡。雲中健兒弓已拓，一箭穿雲覺雲薄。羊毛灑空鷹爪縮，天半紅雲尚凝鏃。

牛觸冰行

天山十丈冰稜大，牛角觸冰冰欲破。牛向冰稜窟中墮，馬車西來不能過。三馬曳牛牛尚坐，道旁田夫添十箇，索曳牛蹄角先挫。須臾冰陷牛方出，一角已從冰上折。牧童驅牛不敢叱，更裂氈裳裹牛血。

夜抵木壘河

到得山村夜已迷，窗櫺全不辨東西。狼馴似馬憑鞭策，鵲大于雞共樹棲。穴鼠岸然欺客睡，野猿時復雜兒啼。峰峰塞路誰能究，只覺檐前北斗低。

早發四十里井寒甚路人有墮指者

極天惟有雪，萬古不開山。祇覺雲生滅，從無鳥往還。路人傷墮指，遷客屢摧顔。倘有攀躋處，思排虎豹關。

元夕過阜康縣七十里宿黑溝

君恩應已重，不敢更思鄉。即此逢元夕，先忘在遠方。話愁惟對影，與僕互傾觴。兒女雖相憶，何由識阜康。

黑溝步月

邊庭昨日已東風，寶鴨頻添雪乍融。一晌春人夢魂膩，焉支坡上月光紅。
五家村裏獨裴回，奇絶峰巒面面開。三百橐它燈一盞，夜深偷渡黑溝來。

安濟海夜起

夜闌安濟海，波焰燭天紅。迥異雲霞色，都疑神火烘。松杉開嶺末，烏鵲繞圍中。待得雞頻唱，關門日始東。

自烏蘭烏素至安濟海雪皆盈丈十餘日不見寸土因縱筆作

烏蘭烏素迄安濟，十日見天不見地。有時天亦被雪遮，天與雪光原不異。惟交日午與月午，日月破空光獨麗。皁雕如鵬排齒舞，黑蜧象龍交角戲。雙峰獨峰駝背闊，三角乙角羊頭細。家牛湩乳酪尤厚，野雉作羹膏過膩。冰厓倐爾超百仞，雪窟不須分四季。狹哉豎亥東西步，笑絶唐虞朔南暨。漢家亦僅開張掖，惹得控弦益無忌。何如聖世中外一，并斷匈奴左邊臂。南庭北庭幕已空，陽關玉關門不閉。二千餘年方拓壤，三十六國皆請吏。尤欣棲畝盡軍食，不爾闢疆虧國計。温都斯坦布魯特，退木爾沙哈拉替。修眉羅刹久作汗，戴角博羅都號比。羣驅羊馬作互市，從此番回悉衣被。賜之瑰麗手加額，目以酋豪頭戴髻。昆侖去天纔咫尺，日月藉此相隱蔽。金銀臺殿誰得過，我欲乘風縱遊轡。渾河入地波乍洌，熱海逼冬泉亦沸。山傾西北悉破碎，河界天人此分際。張騫鑿空乃得到，伯益蹠實何其諦。荒寒近始遭抉剔，神妙誰能復思議。元霜更在昆岡外，手握龜蛇出人意。只憐我亦老史臣，振筆欲增西域記。會看拓地過西海，不使羣生有殊氣。閩船已具千百艘，宛馬益多三萬騎。寒門銅柱親勒銘，功德高于百王帝。

贈呼圖壁巡檢沈仁澍

如何遠宦經三徙，君從闢展調署濟木薩丞，又調署呼圖壁。僅比流人近十程。同向瞭高臺上立，欲從何處望江城。

三臺阻雪

北風吹雪入鬼門，風定雪已埋全村。村人鑿穴透光景，百尺稜稜瞰樓頂。燒松作炭雪不消，反使石穴全身焦。征人停車已三日，雪穴驚看馬牛出。平明一綫陽光開，烏鵲就暖皆飛來。征人欲行馬瑟縮，冰大如船復當谷。

發二臺

看山不厭馬蹄遥，笠影都從雲外飄。一道驚流直如箭，東西二十七飛橋。

行至頭臺雪益甚

天山雪花大如席，一朵雪鋪牛背白。尋常雞犬見亦驚，避雪不啻雷與霆。幾家房廊陷成井，百丈青松没松頂。瞥驚一騎去若飛，雪不没髁風生蹄。東風乍停北風起，驅雪松濤十餘里。松柴燒赤老瓦盆，奇冷更變成奇温。

蘆草溝

蘆草溝邊路，茫茫日欲昏。堅冰截南北，空白合乾坤。馬避千人集，雅啼獨樹村。車箱夢疇昔，聊足慰羈魂。

伊犁紀事詩四十二首

城西乞得暫勾留，到日，將軍派居城西別墅中。何止逃喧亦避讎。只覺醫方有奇效，閉門先學陸忠州。

橐筆頻年上玉墀，虎賁三百笑舒遲。書生亦有伸眉日，獨跨長刀萬里馳。廢員見將軍，例佩刀長跽。

環碧軒中祟不迷，僅餘風柝雨淒淒。固知此老迂難近，絕勝宵分咒準提。余寓齋相傳有魅，全太守士潮居之，每爲所嬲，夜分輒誦準提咒，然不能禁也。余未至前數日，鄰童夢魅已移去。

到日先傳領督催，無端堂帖復追回。余到日，初派督催處行走，後又改派册房。閒心檢點流人册，棖觸西川御史臺。余檢點舊事，見御史李玉鳴年貌册，故及之。

熟客先驚問姓名，記曾躍馬入咸京。當時書記疏狂甚，親屈元戎作騎兵。謂張總兵廷彥。余辛丑歲客西安節署，張時尚在撫標學習，親導至曲江鎮看花。

誰跨明駝天半回，傳呼布魯特人來。牛羊十萬鞭驅至，三日城西路不開。布魯特每年驅牛羊及哈拉明鏡等物至惠遠城互市。

已分從公老牧羊，門生家世本敦煌。金丹五百題容綏，臨行屬篆金丹五百字。先獻麻姑禁酒方。房師王荔園先生，官湖北安襄鄖道，以軍興法先遣戍伊犁，在將軍署課讀，飲酒時或過量，故末語規及之。

畢竟誰驅澗底龍，高低行雨忽無蹤。危厓飛起千年石，壓倒南山合抱松。伊犁大風每至飛石拔木。

日日銜泥掃落苔，一條春巷八門開。鼓樓北有八家巷，屋宇街道極修整。外臺自有蕭閒法，謂廉使德泰乞余書堂額云「蕭閒外舍。」携具方家說餅來。方兵備受疇，製餅極佳，與廉使對門。每邀余飯，則兩人合治具。

坐來八尺馬如龍，演武堂高夾路松。謫吏一邊三十六，盡排長戟壯軍容。四月一日，隨將軍演武場角射。時廢員共七十二人。

鑿得冰梯向北開，陰厓白晝鬼徘徊。萬叢燐火思偷渡，盡附牛羊角上來。冰山爲伊犁適葉爾羌要道，常撥回户二十人，日鑿冰梯，以通行人。

古廟東西闢廣場，雪消齊露粉紅墻。風光穀雨尤奇麗，蘋果花開雀舌香。

城隅兩日霽寒威，韋曲詞人尚下幃。謂韋大令佩金。趁得南山風日好，望河樓下踏春歸。惠遠城南有望河樓面伊江，爲一方之勝。

幽絶城西半畝宮，古垣迤北盡長松。危樓不用枯僧上，罔兩時時代打鐘。西城外有古廟，常白晝見罔兩迷人。人無敢入廟者。

百輩都推食品工，剪蔬饒復有鄉風。銅盤炙得花猪好，端正仍如路侍中。同里趙上舍炳，先以事戍伊犁，今館于綏定城，食品最工，燒花猪肉尤美。

甌脱宵寒忽异常，行轅門外橐它僵。堂期縱過天中節，明日仍冠骨種羊。將軍一月内以二五八爲堂期，諸廢員咸入辦事。又伊犁夏日即换季，後每天寒則仍帶暖帽。

遊蜂蛺蝶競尋芳，花事初紅菜甲黄。只有塞垣春燕苦，一生不及見雕梁。春燕皆巢土室中。

一卷《平臺紀事》功，十年循吏説宏農。楊廉使廷理，曾官臺灣知府，預平林爽文等，著《平臺紀事》二卷。時屬余點定，廉使在閩中最有政聲。便同海外奇書讀，腹痛還思邴曼容。内有紀吾友湯大令大奎死節事。

城西連日雨昏黄，急溜先傾羊馬墻。夜半老兵驚起叫，旱鵰如虎撲人忙。

萬死方來西海頭，别司鎖鑰領兜牟。謂張太守鳳枝，時派管軍器庫。南中老守疏狂甚，尚憶東風燕子樓。太守有一妾，留河南親串署内，時憶及之。

將軍昨日射黄羊，親爲番王進一湯。時哈薩克王子以承襲王爵來謝，因照例設宴。百手盡從空裏舉，更凴通事貢真香。外番以藏香爲貴，有所敬則獻之。

芒種才過雪不霏，伊犁河外草初肥。生駒步步行難穩，恐有蛇從鼻觀飛。伊犁南山下有異蛇一種，遇騾馬即直立如挺，或入馬鼻中啖腦髓，馬遇之無不立死。

黄泥墻北打門頻，白髮來辭喜氣新。謂開鎮臺九敘，以前四月奉恩旨釋回，至四川軍營效力。却買鮮魚飼花鴨，伊犁鵝鴨必以鮮魚飼之乃肥。商量明日餞歸人。

伏流百尺水潺湲，地勢斜衝北斗垣。高出長安一千里，故應雷雨在平原。伊犁地形高出西安八百餘里。

生羌一月病彌留，夜半魂歸户不收。忽變驢鳴出門去，郭橋何似板橋頭。二月中，有生羌居北關外，將死忽變爲驢，惟一足未化，人皆見之。

偶選龍媒貢上方，萬蹄如鐵剖河梁。驊騮盡解如人立，環拱將軍下角場。

鵓鴣啼處却東風，宛與江南氣候同。杏子乍青桑葚紫，家家樹上有黃童。伊犁桑葚極美，白者尤佳。

纍臣百計遣秋光，學圃年來寖有方。蒔得菊花三百本，歸家亭子宴重陽。歸方伯景照善蒔菊，每年以重陽前後宴客。

窮荒連月有恩綸，邊雨初晴塞草春。昨午北郊迎詔使，分明捧日兩黃人。純皇帝升祔詔使到日，雨適霽，余隨將軍出北郭恭迓。

怪風時起撲燈蛾，舊燕巢欹鼠作窠。蒸得春蚊大如斗，南山溼霧入簾多。

老饕到此已無緣，且減常餐汲井泉。十日齋厨冷于寺，故應蔬味勝腥羶。

達板偷從宵半過，箏琵絲竹響偏多。不知百丈冰山底，誰製齊梁子夜歌。夜過冰山者，每聞下有絲竹之聲，又聞有唱子夜歌者，莫測其奇也。

籬豆花紅蘚葉班，時時約客話更闌。齋厨百品多嘗徧，惜少山雌入食單。陳巡撫淮食品絕精，聞秋冬間燒雉尤美，惜不及食之。

山溝六月曉霞蒸，百果皆從筵上升。買得塔園瓜五色，温都斯坦玉盤承。果子溝至六月百果方熟，伊犁北郭外滿洲駐防塔章京園内有五色瓜，温都坦製玉盤盂等極精，伊犁亦時有之。

偶向尊前學楚歌，天涯誰識故人多。郎官湖水清如鏡，絕憶三更放棹過。癸卯秋，余自西安歸，過漢陽，族姪聖也邀余夜遊郎官湖。時廉使德泰爲漢陽守，亦在座，余已不記憶矣。及至此，廉使話及之。

五月天山雪水來，城門橋下響如雷。南衢北巷零星甚，却倩河流界畫開。四月以後，即引水入城，街巷皆滿，人家間作曲池以蓄之，至八九月始涸。戟門東去水潺湲，山色周遭柳作垣。日昃馬行三十里，納涼須駐會芳園。會芳園在綏定城總兵署後，極幽爽。

待得城樓月欲升，竟攜茶具就書燈。九朝舊事無人聽，只有西廳老郡丞。同知哈豐阿性嚴冷，與滿漢同官無一合者，惟最重余，又留心國朝舊事，以余歷直內廷諸館，頗諳掌故，每夜輒攜果餌等物就訪，乞余爲説九朝事蹟，恒傾聽不倦。

結客城南緩步回，水雲寬處浪如雷。昨宵一雨渾河長，十萬魚皆擁甲來。伊犁河魚極多，皆無鱗，而皮厚如甲。

一旬胡蝶已成團，便擬開筵宴謫官。攜得百花洲畔法，種來罌粟大如盤。陳巡撫寓齋罌粟獨盛，有五色如盤者，蓋江西所攜來之種，擬分日宴客。

積雨冥濛路不開，巑岏歷盡始三臺。萬松怪底都相識，曾向童年入夢來。

雪深纔出玉門關，三月君恩已賜環。贏得番回道旁看，爭傳李白夜郎還。

行抵伊犁追憶道中聞見率賦六首

嘉峪關前夕霧收，布隆吉後曉星浮。馬毛作雪明千里，龍氣成雲暗一州。冰谷對床聲乍噤，火山當户汗仍流。平生每厭塵寰窄，天外如今一舉頭。

黃羊如織馬如梭，託命三更有駱駝，關展尾疑通地穴，巨靈手竟握天河。松杉倏爾垂行幄，螭魅居然避荷戈。行到路岐偏認取，卅年前記夢中過。

背可施鞍鼻可牽，衆生疑鬼亦疑仙。地幽古佛皆穿耳，月朔新蟾已抱肩。初一日即見新月。厄魯特魚紅有影，俄羅斯馬白無邊。流沙萬里傳書少，且續夷堅海外篇。

總是非非想處來，見聞無用更驚猜。人如混沌何嘗鑿，天似鴻濛乍欲開。日月偶摶空外影，塵沙都認劫前灰。山魈獨足蛇岐首，盡咒征夫去不回。

烏弋烏孫視陝西，九天九地判高低。下飄鬼國須浮楫，上瞰神霄若有梯。湯谷沸波今未改，寒門標柱古誰稽。流聞何止征和碣，伊犁相傳有張騫石碣，徧訪未之見。尚詡倉公四目題。莫笑書生一石弓，置身十萬健兒中。雲烟氣總歸西海，弧矢音皆中北風。跡隸伍符慙百户，階崇都護壓三公。將軍位在蒙古王公上。逐臣自問難酬德，且學張騫事鑿空。

附：題萬里荷戈集諸友人詩　以得詩前後爲次。

黄聘三　閬縣

忠言讜論壯朝班，能得君心忽解顔。臣罪當誅寬斧鑕，聖恩過厚賜刀環。賈生猶待三年召，韓愈何曾百日還。青簡留題光奕奕，明良聲問重如山。

韋佩金　江都

莫作逐隊鴉，百千爲羣散風花。須爲鳴岡鳳，忠孝會使文章重。投書樞府帝曰吁，容臣愚，不殺軀。覽書丙夜帝日俞，鑒心孤，戍名除。嘉慶五年閏在夏，擊鼓鼕鼕詔書下。將軍轅門馳匹馬，趨跪當階聽宣赦。西海九死臣，伏地不起放聲悲。堯仁覆載廣，舜哲日月輝。遭逢如此隕無恨，豈在一人留與歸。作餞不爲君設酒，折贈不爲君折柳，聖人解網羣生宥。中外騰頌主恩厚，道旁感嘆泣稽首。

結托十載前，已識才如斗。何期故鄉人，翻遇雪山口。諫草動萬言，樸誠真不朽。直有回天力，堪稱救世手。鎔經與鑄史，莫不欽抱負。荷戈來伊江，閉門斷詩酒。雷霆間雨露，總沐主恩厚。既不受人憐，豈肯隨人走。委心任去留，東歸瞻馬首。煌煌天語頒，一德洵非偶。以上三人，同在伊犁戍所。

顧 掞 金匱

天禄藏書幾費詮，逍遥暫作地行仙。先憂早裕昇平業，後會都成歡喜緣。域外扶輪推大雅，馬前揮筆著新編。銘留御座輝煌甚，片札應同刀劍傳。

楊芳燦 長洲

張騫碣下拜恩殊，聖德如天重碩儒。文字直堪追漢魏，遭逢更喜邁韓蘇。吟懷朗映三秋月，飲量汪涵萬頃湖。他日廬陵訂詩史，可容祕演學浮屠。時戍烏魯木齊。

蘭山話别各傷神，浩蕩冰天逐雁臣。幸免若盧收杜衆，還愁樂浪竄崔駰。孤蹤判作長流客，温語旋迴絶塞春。開盡桃花消盡雪，兩行紅柳送歸人。

雞竿詔向九天頒，鄭重君恩特賜環。傳到好音先破涕，懸知小别未摧顔。朝搜斷碣窮沙磧，夜聽清笳度雪山。萬里只如庭户近，輶車聊當採風還。

上書慷慨豈沽名，願效涓埃答聖明。宣室舊曾徵賈傅，讜言今已念班生。親知預擬聯裙屐，邊徼行看洗甲兵。見買夫須營釣艇，滄江穩卧頌昇平。

湖山佳處儘相羊，蟹舍漁邨認故鄉。築室且教泥水蔽，著書合付子孫藏。羈魂恐尚依銅柱，温都斯坦有堯時銅柱。相傳塞外人死者皆歸之，如中國之岱宗云。歸夢時應到玉堂。愧我浮沉銷志節，白頭顔駟乞爲郎。

莊炘 武進

聖主由來宥直臣，投荒旋見作歸人。重逢隴首飛黄葉，此去江南采白蘋。飲酒無多消歲序，吟詩何益費精神。扁舟我亦如張翰，相訪城東月色新。

曾燠 南城

聖主求言量獨宏，謗書宣示舉朝驚。竟將忠愛憐蘇軾，不許公卿害賈生。絶塞烏頭三月白，歸裝駝背一編輕。旁觀猶感君恩重，何况親爲雪窖行。

孫星衍 陽湖

秉燭論心已有期，尊前霜鬢認依稀。我傷駒隙三年速，君自龍沙萬里歸。折檻風流成盛節，埋輪心事有危機。曩在山左，幾爲附朝貴者所中傷。不知此後方元白，可仗文章定是非。前尊詩有「偶讀開成太傅詩，七年我亦長微之」之作，故此句及之。

趙懷玉 武進

青楓林外擬招魂，此日居然入玉門。詔下已聞伸士氣，身留何以答君恩。可能詩酒捐狂態，想見妻孥拭淚痕。氛祲未消雲漢皎，時久旱。幾人封事爲時論。

錢伯坰 武進

山崚嶒兮崱屴，雪瀰漫兮際天白。朝不見日出兮，暮胡然而止息。荷戈者誰子，度沙漠兮，不知其幾萬里，莽寥廓兮寄生死。落彼大荒，竄跡牛與羊，大府特兀凌穹蒼，旌旗雲日刀劍光。將軍使相曰中堂，中堂屹然坐堂皇。叱聲階下走，小臣帖身受。汝何獲罪聖天子，天子宥汝以不死。但當蟄伏窮三冬，敢攖詩酒號寒蟲。翰林卑躬執厮役，帶刀跨馬前趨風。皇輿隆覆載，此日西域界。是罪人所徙，西盡日所曬。張騫鑿空疑不到，鄒衍空談九州外。間搜聞見落中華，地志山經補其隘。忽然中堂宣拜舞，丹詔煌煌奉天語。賈生仍遣洛陽歸，小臣涕泣紛如雨。是能先幾翊萬幾，且將座右箴其辭。大哉王言詔中外，八荒共慶天無私。昔年身向圖中去，關門一閉入朝天路。今日生還作畫看，謹誌君恩不忘處。歷聖相承二百年，吾鄉清節幾人賢。妙筆生涯拓君手，畢幼安，高士也。實寫此圖。壯哉斯圖洵不朽。

楊嵎谷 武進

六合誰能賦，千秋獨占難。高岑饞塞上，燕許只臺端。更闢詩中界，還馳域外觀。書生空朒縮，武士但糾桓。健者今詞伯，風騷主敦盤。臚雲登上第，起草擬如干。葑菲辭誠過，芻蕘慮畢殫。無私天鑒近，不殺聖恩寬。慷慨行何畏，頭顱亦早拚。壯懷輕萬里，祖帳揖千官。遠戍提長戟，輕裝衣短襴。雄關出嘉峪，中土隔騰蘭。赤陂陰常焰，平沙井亦眢。大風掀滄漭，古雪積巑岏。險阻勞筋骨，荒涼沁肺肝。只疑天欲盡，不道路猶漫。所仗惟忠信，如飛得羽翰。烏孫傳舊部，虎將築新壇。乍到名編籍，先驅背負籣。空房鎮宵魅，軍府對南冠。履尾凶將咥，吞氈强勸餐。愆尤悔山積，感激涕汍瀾。舞劍霜華滿，聞笳月魄闌。敢懷歸井邑，長夢侍金鑾。豈料烏頭白，真噓黍谷寒。炎崑分玉石，集泮别鴞鸞。特旨從原有，危言策治安。賜環裘葛换，匹騎往來單。雙足重添趼，千山慣據鞍。自來原鐵漢，服食謝金丹。定遠生仍入，終軍吏不攔。眼中風景舊，歸後髮膚完。慈訓三遷里，才名百尺竿。胸全羅列宿，腹稍露琅玕。威鳳終巢閣，孤鴻已漸磐。芰荷裁野服，桑梓結清歡。庭草觀生意，漁磯息怒湍。親朋争問訊，尊酒話團欒。佛國追成紀，荒經好補刊。若非身自歷，誰信語無讕。博異前賢少，瑰奇後代看。惠潮皆内地，小謫笑蘇韓。

楊元錫 陽湖

黄沙莽莽無行迹，玉堂仙人碧霄謫。天山積雪没馬蹄，一萬里去陽關西。長鞭摇摇入雲去，繞袖濃雲若披絮。怒龍鬬雷騰半空，蒼鶻攫人飛上樹。二事皆集中記所見。一峰行盡復一峰，奇句題偏峰峰松。松濤嵐翠蕩胸臆，咳唾珠玉隨天風。天山盡處軍容重，曉謁轅門氣先竦。投筆能教壯士驚，請纓都訝文人勇。山中魑魅怒侮人，鍵户瑟縮潛悲辛。同時遷客皆開讌，問訊争來識君面。邀月空憐太白杯，微吟欲築望鄉臺。楓林青青塞雲黑，五更笳管腸千迴。殊方甯望生還路，玉門不信春風度。一道恩綸天上來，萬人感泣成甘澍。羡君出關復入關，匹馬仍復過天山。峰峰松雲若相識，馬首青山向君揖。添得長刀短後衣，用集中句。生向玉關吹笛入。折檻曾憂直節難，賜環旋荷主恩寬。桂叢未老黄華綻，待得歸人酌酒看。故人握手驚且喜，快讀新詩搔首起。天生奇境待奇才，抉透靈光筆端使。吾謂才華學問雖絶倫，不若獨秉至性歸貞純。機聲燈影少年事，比鄰早羡樓頭人。群少時隨太夫人居外家樓上，與余比鄰，曾作《機聲燈影圖》。萬言伏闕直聲震，必于孝子求忠臣。一時風骨如君少，孤隼凌秋羽毛矯。長安冠蓋去復來，諸君袞袞奚爲哉。崑崙山高接西極，妙手圖成挂齋壁。和君萬里荷戈詩，醉卧窗前看山色。

莊宇逵 陽湖

雨露雷霆次第過，閒身始得返山阿。故園快把初衣遂，小謫榮於晝錦多。寫入丹青傳大漠，編成詩卷當章莪。直開邃古鴻濛界，那數陰山《敕勒歌》。萬里輪蹄疲雪窖，孤臣心事挽銀河。履危欲坦顛軨道，出險迴思灩滪波。噩夢儘教游汗漫，壯懷難仗酒消磨。請纓畢竟書生志，不是封侯便荷戈。

孫韶 上元

身到金鰲最上峰，人間還種碧芙蓉。三年使節歸雙闕，一疏危言動九重。才子文章原慷慨，聖朝進退自從容。抽簪不比長沙謫，閒拄仙山緑玉筇。

黄郁章 建昌

去歲長安中，説經當破屋。請業席縱横，過午啜齋粥。仄聞罪言上，衆口譁不足。晨趨視行李，空庭烏啄木。追送踰國門，聞已單車促。驚沙翳盧溝，佇立傷遠目。男兒得罪去，身在已爲福。不知途路遠，甯惜毛髮禿。絶漠事耕種，揖讓非殊俗。行矣甘白頭，飽餟太平粟。而乃高厚恩，矜全天語獨。投荒未百日，歸及塞草緑。竄死固踰分，生還竟何速。海内幾交游，感嘆同一哭。我行到江南，問訊屢躑躅。昨逢曾大夫，示我書累幅。塞外天蒼茫，鐙前墨滲漉。又見先生筆，揩目再三讀。定知再造身，安心侣樵牧。村童及鄰叟，招要趁秋熟。嗟余迫行路，未共離樽續。寄詩隔江湄，遠勝招魂玉。

陳文杰 錢唐

青海西頭咽暮笳，詔書萬里許還家。行周地角輕秦隴，赦出天恩陋漢槎。小謫夢隨金闕遠，生歸魂悸玉關遮。閉門自有名山業，珍重文章蔚國華。

陶涣悦 上元

卿月分光照草萊，桂花迎客已全開。自携塞北新詩至，爲訪江南舊雨來。落紙雲煙多古趣，驚人著作本仙才。秣陵佳味蓴鱸美，好對秋風共舉杯。

已治安求益治安，賈生獻策瀝忠肝。桐孤真比臣心直，海闊何如帝量寬。諫草傳來荒服遍，封章收上御屏觀。聖朝赦過開言路，似此遭逢古亦難。

霜冷窮荒草盡斑，身騎匹馬出重關。獨由絶徼難行路，飽看中原未見山。一片丹心昭盛節，九重恩詔許生還。江湖切莫耽閒放，轉瞬除書紫禁頒。

積水潭邊荷滿池，秋藤花下酒盈卮。京華春好詩中記，悦在京師，屢陪讌。集有詩紀事。塞外風寒别後思。蘇軾愛君青史重，朱雲折角聖人知。望公丰采還如舊，萬里行歸鬢未絲。

張問陶 遂甯

無詩無酒氣縱横，誰指伊吾問死生。萬里風沙悲獨往，舊時李杜愧齊名。是非終向平心得，毁譽徒勞衆口争。落日安西凝望遠，浮雲難掩故人情。此首送出關作。

窮荒一夕返驚魂，天遣春風度玉門。有詔傳觀褒諫草，無人申救見君恩。全焚詩筆留心血，重製儒衣想涙痕。小別經年歸未晚，殘秋高枕夢江邨。

徐鑅慶 金匱

才名落拓誤儒冠，醉著新書擬治安。抗疏已招時輩忌，謂《平邪教疏》〔一〕。投荒還幸聖恩寬。龍沙地古人煙少，虎帳天寒道路難。絶塞寄書愁不達，朔風凉雪祝加餐。

遭逢堯舜際昇平，忽謾狂譚四座驚。甚欲致君嗟乏術，須知涉世忌孤行。萬言書本違時用，三代人原戒好名。他日朝廷思汲黯，春雲回首鳳皇城。

劉嗣綰 武進

一紙書來笑絶纓，班超已復動歸程。龍鱗肯恕孤臣死，馬角終邀絶塞生。天上本無私雨露，山中還有舊柴荆。歸時好濯江流足，聞道銀河昨洗兵。

惠遠城西萬里鞭，主恩到處總如天。長沙漫泣遷來傅，太白真呼謫後仙。聖世漁樵原戀闕，清秋蟹稻好歸田。登高准備茱萸酒，便有洪厓共拍肩。

蔣業晉 吳縣

諤諤昌言動九霄，平生風義士林標。羅胸列宿窮三史，抗疏孤臣答兩朝。荒徼賜環天子聖，家山拄笏碩人遥。好賢不待蒲輪賁，有客欣開石室招。謂甯國府譚君，設學仿紫陽書院，幣聘相招。

汪爲霖 如臯

談笑天山匹馬馳，讀書不愧是男兒。十年我見先生晚，一片心惟聖主知。塞月蒼凉隨遠夢，秋笳斷續入新詩。生還復恐除書到，未許江干理釣絲。

王　豫　丹徒

語罷月沉水，江濤忽怒飛。不緣明主詔，那許直臣歸。白髮悲青鏡，丹心戀紫微。朝廷留正氣，吾道豈終非。

荷戈君遣後，近覺直言稀。君遣後，上諭廷臣曰：「自洪某遣戍，無以君德民隱上陳者，得毋以洪某爲戒乎？」即下旨放回。天語真堯舜，王心判是非。直教臣節愧，不負布衣歸。正值憐才日，終難卧釣磯。

吴嵩梁　建昌

一疏居然動聖明，同時申救少公卿。窮荒天許重磨盾，請室心猶望洗兵。正氣三更銷鬼焰，邊愁萬里入笳聲。孤臣垂死恩難報，不願人傳敢諫名。

春風吹入玉門關，天上金雞詔特頒。五月雷聲傾雪水，一梯雲影度冰山。神魚擁甲隨潮滿，龍馬如人立仗閒。留得新詩光萬丈，夜郎争看謫仙還。

陳　蔚　青陽

侃侃陳詞迥不羣，高岡鳴鳳振朝曛。上書自謂同劉偉，移副何嘗異李雲。此日更生逢聖主，當時欲殺有將軍。荷戈萬里詩篇富，西域江山盡助君。

釋清恒　焦山

一棹乘風過海門，千秋事業喜重論。長歌絶塞詩人福，即賜刀環聖主恩。不殺真能容直道，忘身始可得危言。而今暫與焦仙約，只恐天書下九閽。

釋達瑛 攝山

目窮西海歸東海，到處名山已盡探。正恐欲閒天未許，不妨暫借與茅庵。

又 以下及門。

呂　培 旌德

古人求忠臣，是必于孝子。讀書苟有得，家國一理耳。先生起孤貧，中歲乃筮仕。思親不能報，盡瘁供職使。詞臣兩抗疏，惜不作御史。刑官據成律，奏上擬殊死。巍巍聖人恩，幸免肆都市。出門即荷戈，去去行萬里。先生愛遊山，崑崙插雲裏。先生校輿圖，絶域接天尾。何須博望槎，海已過安濟。長吟猿夜啼，慘淡塞烟起。洪河文思闊，葱嶺筆峰峙。冰雪悟餘光，風沙闡名理。盥誦每一過，孤懷緬朱李。

陳　壞 青陽

萬里輪臺縹緲間，迢迢車馬出秦關。探窮星宿源頭水，題遍崑崙界外山。諫草至今留御座，詩篇自昔滿人寰。盤根錯節甯無意，大任將肩豈等閒。

譚正治 旌德

一片金戈鐵馬場，挺身原不計冰霜。詞臣舊慣鸞坡直，謫吏今趨虎帳旁。萬里外圖時勘校，卅年前夢未荒唐。此行敢爲先生惜，只筭天山債已償。

陳塾 青陽

黄沙四起朔風吼，萬仞雪山迎馬首。批鱗不殺投新疆，狂直緣知聖恩厚。書生此去學荷戈，天語傳來誡耽酒。手疏猶縈聖主心，頭顱豈落將軍手。峥嶸壯志銷不得，摇筆精神益抖擻。黄沙青海入吟鞍，毳帳旃墻歸墨藪。嶺海欣逢吏部韓，沅湘快得儀曹柳。百日方周即賜環，選秀剔奇愁未久。暫從西域歸東海，小挫亦知終大受。君不見，丈夫勳業高星斗，豈獨文章垂不朽。

吕壄 旌德

似此遊方壯，身危氣不磨。夷堅窮地軸，博望溯天河。鳥道千山折，龍沙百日過。從今校圖説，時辨古人譌。

汪瓊 旌德

月朔先舒月一鉤，望鄉客上望鄉樓。投荒漫作中原夢，此是西南天盡頭。

吕偉標 旌德

莫作烏孫戍卒看，十年長見侍金鑾。天山百丈冰和雪，尚念瓊樓玉宇寒。

于淵 丹徒

奇山奇水酷相思，勘徧方輿卅載時。應恐較圖遺塞外，天教萬里走焉支。

中壘文章冠漢京，石渠天禄校讎精。先生前後相輝映，不愧齋名號更生。

昨返南湖棹，來尋西海菴。先生昨從洋川書院回，即至焦山避暑。要隨雲共宿，不與佛同龕。蓬島頻年住，河源一昔探。讀公詩百首，何異啓瑶函。

譚時治 旌德

已束傳經帳，何期出漢都。歲己未，家祖延至書院課經。後以入都奔國恤不果至。心惟天子諒，詩創古人無。鏡硯藏行篋，關山入畫圖。喜今趨鹿洞，一一指前途。

譚貴治 旌德

萬里沙場外，孤臣匹馬過。死生冰雪裏，呵凍尚高歌。探遍天山境，詞人幾輩迎。生還恩渥厚，足慰著書情。

曹景先 績溪

平生學業尚淹通，解詁居然並馬融。聚米圖知詳地域，生花筆更奪天工。萬言削牘人争誦，謂《征邪教疏》。五字堅城客敢攻。文苑儒林兼獨行，問誰能繼此宗風。

校勘記

〔一〕平邪教疏　按，《卷施閣文甲集》卷十作「征邪教疏」。

更生齋詩卷第二

百日賜環集

庚申又四月廿七日特奉恩命釋回感事紀恩四首

出關無別念，止有首邱願。何期聖人恩，特赦返鄉縣。將軍階下九叩頭，微臣之命天所留。上慙螟蠓下螻蟻，百計無能報天地。

纍臣七十人，臣罪最不赦。甯知未旬日，先已詔書下。一人泥首百衆隨，階下戴德聲如雷。命輕恩重無所惜，挺劍終南殺殘賊。

虞翻作逐臣，一世未賜環。縱有骨肉親，不敢期生還。聖恩直與天地參，投畀有北仍歸南。鵂鶹怪啼魑魅笑，此客入關真再造。

五月始生魄，送者盈北關。捆載戚友書，代致閭里間。入關一日走一驛，計到江南止三月。兹還夢想所不及，到日閉門先感泣。

將發伊犁留别諸同人

如天聖主沛殊恩，料理投荒未斷魂。一體視猶同赤子，十旬俗已悉烏孫。詎留齒髮歸銅柱，西去即鄂羅斯，相傳有唐堯時銅柱，上鎸「寒門」二字，西域人死者，魂氣皆歸于此，如中國之岱宗云。真戴頭顱入玉門。他日荷耡農事了，築廬先署海西村。

嚴鼓三聲曉漏收，將軍營外引纍囚。此生不料能歸骨，萬死無言秖叩頭。常擬帶刀同佩犢，何曾投筆學封侯。渾河橋畔春波闊，一輩羈人望未休。

别惠遠城

下馬步出城，百步屢駐脚。長刀短後衣，未忍即拋却。逐客縱已歸，猶念未歸客。今宵路岐夢，分道向南北。

瑪瑙斯龍鬥雷行

雷欲飛出山，石忽逼雷住。龍神復驅石，横截雷去路。龍施水法雷火攻，水影火影懸當空，水火焰燭星辰宫。忽然雷奔龍亦走，龍旁小龍突張口，奪得雷輪大如斗，雷神歸山訴失守。

綏來縣

十里一戍樓，無異纖緊赤。山城忽横亘，云以界西北。闢門白鬚吏，日昨適上值。椽微襄要務，奸宄亦專責。車旁勤問訊，藉以驗名籍。其餘童僕馬，無不視清册。長吏出郭迎，吏驚竄無迹。招邀驛亭坐，先已具朝食。官賢誠念舊，一一訊遷客。不知經年來，添得幾相識。離家萬餘里，百事宜自適。諄諄意良厚，共話移晷刻。客去始閉門，林陰正西直。

呼圖壁

一日渡百河，馬力亦已疲。星光瀉空灘，懸溜復四飛。豈惟乏纖鱗，波急草亦稀。渡旁茅屋中，燈火已出扉。騎馬入土城，夙與仙尉期。佇聽鄉井談，藉以慰渴饑。兼聞徐南昌，時同年徐大令午亦納贖將南歸。先時理征衣。倘得合伴歸，百驛庶不迷。語盡夜已闌，當窗警晨雞。

二十日抵烏魯木齊那靈阿州守顧掞熊言孔徐午三大令頻日致餞即席賦贈三十韵

我爲東海臣，罪重謫雪嶺。前行望西海，衹隔八達頂。聞言潮汹汹，已備閩越艇。窮商咸裹足，此道實荒梗。來時冰萬丈，去已孕桃杏。投荒雖百日，屈指萬千幸。纍臣先未到，幕府業奏請。國書三百字，引例悉嚴整。狂愚乃至此，不殺不足警。余未到時，總統將軍已具清字摺密奏，稍蹈故輒，即一面入奏，一面正法。摩刀營門前，到日即延頸。鼓嚴方喚入，長跪氣先屏。厲語若震霆，官皆上持梃。歸來荒屋下，閉户匿形影。時時語僮僕，恐不待朝景。皇恩實寬厚，往返不俄頃。倘非如天德，未免污湯鼎。同官接踵賀，喜極代咽哽。珍羞羅中丞，陳巡撫淮。方伯邀説餅。歸方伯景照。微生仍懼禍，觴至代以茗。離城三十里，馬尚不敢騁。旬時經精河，庶獲保要領。脱身豺虎穴，足甫踏人境。自綏來以東，方設郡縣，與軍台稍異。明明天與日，再得見公等。前時覆尊罍，前至此斷飲，約重到乃開。今此復酩酊。非云肆荒宴，聊記受恩泣。時徐亦奉文將歸。況聞寛大詔，悉欲洗尤眚。昨讀諭旨，以京師甘霖普徧，并赦常所不能赦者。遂令九死客，一一返鄉井。兵先清隴蜀，盪滌到河潁。宂黎都踴躍，羣盗命合併。巖廊固無論，耕鑿亦清静。東歸理春田，彌覺化日永。此意告故人，故人應早省。

將至滋泥泉汎雨

未來滋泥泉，風色忽十丈。南山青數點，龍已抉雲上。排頭盡如瓮，勢欲穿叠嶂。須臾雲脚下，牧豎指所向。冥濛半犂雨，谿水未及漲。汹汹南溝頭，牛羊尚奔放。沿村拾新麥，打鼓雜俚唱。車箱徐徐眠，北斗挂客帳。

四十里井汎

四十里井間，祇有十家住。十家汲井過，併向麥畦注。麥肥如野菽，飽食耐征戍。耕餘了無事，間或插桑苧。遂令半里間，夾屋無雜樹。南山團作障，三面塞去路。時有歸墟人，穿雲白如鷺。

三臺夜宿

峰巒南北途千曲，天半亂霞烘馬足。山程九十到未遲，覓得山村最西屋。緑莎窗開波影摇，酒渴我尚餐山桃。夜闌殘月僅一綫，紫燕白鴿争歸巢。

未至吉木薩二里見賽神者絡繹不絶時劉二尹之芳亦出城相迓因作此以贈

彩旗彩勝從空墮，滿屋春人賽神坐。賽神已畢跨馬忙，十里紅袖沿春塘。城東出城愁不及，争上城樓向西立。鐘魚聲中角聲響，馬上人皆避官長。

廿九日發古城巡撫伊江阿大令阮曙并馬送至水磨閣茶話乃别

出城聞泉聲，到閣復數里。逶迤岡四面，雲向水中起。濛濛萍藻緑，水鳥浴未已。曲處響始奔，驚流出潭底。人栽沙果好，都入北窗裏。板屋止兩層，高瞻忽迢遞。殷勤相送客，門外尚餘幾。揮馬去不停，林長久延企。

奇臺訪同里張縣尉潮海

一刺字半滅，長鬚方呶呶。縣尉赤足來，窺門忽呼號。前月流人來，今月流人返。聖恩真如天，來去僅旦晚。飯我屋正中，浴我堂北箱。百斛塵土盡，陡然餘清凉。主人雖至誠，留客已不及。三更出東城，持燈上車急。

道白山口取小南路往哈密

一山傾欹一山斷，宛轉前行入螺旋。山頭雲氣復四飛，人行忽如蝨綴衣。行完百里無一家，荒寂并乏棲林鴉。黄羊上嶺客登樹，相望遥遥徹天曙。是夕，人馬依高樹下宿。

道中遇大風避入山穴半晌乃定

白山之東絶椽瓦，間有土房人亦寡。雲光裹地亦裹天，風力飛人復飛馬。馬驚人哭拚作泥，吹至天半仍分飛。一更風頽樵者唤，人落山頭馬山半。

將至七箇井宿

日脚欲下雨脚酣，半嶺草色同江南。山坳一道去如綫，卅里外人皆覿面。霞光天半色若頽，新月竟與斜陽争。星光延回日光暝，一道彩雲生斗柄。

朝發七箇井雨

初陽甫出山，絶壁忽挂雨。馬行益奮迅，踏破雲萬縷。濛濛戈壁暗，行及卅里許。我僕穿徑來，提壺挈筐筥。陰厓巢老鶻，猛志欲攫取。征人思暫佇，我意仍未許。空翠落不完，欣同僕夫語。

初四日至節節草店露宿

新雨乍傾飛瀑溜，一尺水深疲馬瘦。雙鞭齊舉馬忽騰，傾刻已過坡三層。駝蹄峰前衹一家，新月欲出峰攔遮。車箱兀坐夜忘永，腐齒猶能截堅餠。

早行四十里至一間房小憩

大風摇天山，旬日不出屋。茅舍縱一間，寥寥雞犬足。昨宵天始霽，雞犬屋頭宿。尤欣飛溜急，潭水緑如玉。心空聊酌水，小坐傍車軸。亭午尚一程，摇鞭出林曲。

瞭臺三老柳行

自根及頂僅二尋，老榦横披忽千丈。枝梢幸遇坡佗轉，不爾居然勢奔放。驅車覓路尤盤曲，騎馬入林時俯仰。風飄羊角忽迅厲，枝撼鵲巢頻震盪。排空欲攫雷電影，入瞑争言鬼神狀。土人所言如此。清泉竟爾流根窟，飛瀑無端挂枝上。半晴半雨勢乍分，一榦一枝形不讓。近看十户民居繞，遠與萬株松翠抗。錬形或是倚丹井，相近有丹井。挺榦終須抉青嶂。距村十里復掉頭，攔路青葱尚堪望。

至蠍子泉雨驟大

戈壁無端雨，先愁急溜衝。電低偏嚇馬，雲薄不藏龍。躑躅千盤磴，低迷萬樹松。時南山口尚在望。前行及山寺，剛打午時鐘。

宿沙棗泉

伊犁三月三，哈密六月六。風日固自佳，其柰客幽獨。今宵宿沙棗，馬病攪心曲。時一馬中暑病，五日不食矣。揮扇急出門，臨流看飛瀑。林長久延佇，石喜可容足。鴉巢厭人影，月出競相逐。雙燕獨有情，更殘導歸宿。

余發伊犁日理事同知哈豐阿贈一白馬性極馴謹行抵白山改道由小南路馬忽中暑五日不食至三堡汎勢垂斃矣詢于逆旅主人主人以爲尚可救余即留以贈之并作一詩寄意

視爾如新僕，相期返故鄉。艱難同所歷，寒暑忽違常。魂豈招中野，年疑等下殤。頻行亦何意，偏一傍車箱。

自三堡至頭堡一路見刈麥者不絕 多回部所種，土人呼回部爲纏頭。

三堡至頭堡，畝畝麥新刈。咸携薄笨車，往返數難記。伊吾節候晚，已及三夏季。纏頭何辛勤，風雨所不避。全家挈筐榼，兒女在旁戲。一歲祇一收，倉箱已云備。窮荒無天時，祇復收地利。今看戈壁外，沃壤庶無棄。尚書膺大任，本裕經國計。時覺羅長麟爲甘陜總督。秦隴多流民，移來就邊地。邪教近又滋擾秦隴一帶，并突至静甯、安定間。

抵哈密日誠毅伯伍彌烏遜招飯署東蔬香圃

屋中書繞屋，堂下水周堂。清絶無餘事，時聞薜荔香。昔聞東陵侯，今見安山伯。皆種五色瓜，偏能餉行客。蔬圃雖一隅，百種花皆具。成團胡蝶來，成團胡蝶去。相公真藎臣，侯爲大學士伍彌泰子。司馬習邊事。哈密土魯番，十年勞卧治。

長流水題壁

短流頭，長流頭。長流水，流不休。黄蘆闕，格子墩。二百里，無軍屯。黄塵撓，赤日炙。聲如雷，裂山石。

自哈密至苦水鋪作

兩車一馬裝亦華，後乘滿載敦煌瓜。一旬戈壁苦無食，幸與瓜時適相值。日昨長流河，今日苦水泉。不復置茗椀，惟應進瓜盤。兩旬遥遥入關口，縱剩數瓜當亦朽，即以車藏酒泉酒。

十三夜三鼓抵星星峽

天上星，白皚皚。地上星，黑纍纍。星星峽中十五夜，天星地星光激射。一屋皆支一星罏，須臾天晦地忽明。地星却比天星青，北斗黯黯雞初鳴。聲三號，眠一眨。炎炎火，星星峽。

月夜自馬連井至大泉

入夜程偏好，微茫大小泉。鵲巢雲外突，馬影月中圓。達板驚斜下，征車偶倒懸。林稍瞭房近，已有角聲傳。

度赤金峽

兹山多赤雲，石石悉靈異。冥濛當月午，寶氣燭天地。丹砂亘南北，碧澗分巨細。絶頂闢石房，玲瓏逼天際。青羊及馴鵲，一一向空睇。稍南盤一徑，石古路如砌。森森女媧廟，客户競私祭。兒童聚鄉塾，師出盡兒戲。黯黯神燭昏，脂車作行計。回坡何雜沓，足滑沙石膩。出峽月已高，驚聞鼓聲沸。是夕，村人賽神。

入嘉峪關

瀚海亦已窮，關門忽高矗。風沙東南驅，到此勢已縮。候門餘數騎，駿足植如木。風遞管鑰聲，巖扃忽然拓。城垣金碧麗，始見瓦作屋。羌回分畛域，中外此樞軸。曉日上北樓，長城莽遥矚。平衢馳若砥，雪嶺俯如伏。天形界西域，地勢極南服。數折向郭東，泉清手堪掬。尤慙關令尹，來往餉芻牧。駐馬官道旁，生還慶僮僕。

示關吏

詔許南回理釣磯，寄聲關吏莫訶幾。書生萬里歸裝内，添得長刀短後衣。

凉州城南與天山别放歌

去亦一萬里，來亦一萬里。石交止有祁連山，相送遥遥不能已。昨年荷戈來，行自天山頭。天山送我出關去，直至瀚海道盡黄河流。今年賜敕回，發自天山尾。天山送我復入關，却駐姑臧城南白雲裏。天山之長亦如天，日月出没相回環。朝依山行草山宿，萬里不越山之彎。松明照徹伊吾左，隆冬遠藉天山火。安西雨汗揮不停，酷暑復賴天山冰。天山天山與我有夙因，怪底昔昔飛夢曾相親。但不知千松萬松誰一樹，是我當時置身處。兹來天山樓，欲與天山别。天山黯黯色亦愁，六月猶飛古時雪。古時雪著今楊柳，雪色迷人滯杯酒。明朝北山之北望南山，我欲客夢飛去仍飛還。

古浪縣七夕

古浪縣邊逢七夕，天河橋外説雙星。夜深偶憶小兒女，遮夢遠山無數青。
昨來三伏差快意，飽啖甘瓜過肅州。留得一枚如碩果，夜凉聊與薦牽牛。

過枝陽渡

危樓在天上，天半一橋横。清絶枝陽渡，平番只半程。
水如天上來，欲冒四山出。四山如覆釜，東北口微缺。

自武勝驛抵平番

萬重山險忽已收，又轉百曲羊腸溝。前行正愁途愈窄，對面乃復來車牛。馬行攢蹄牛怒目，百計方能挽牛足。牛人咨嗟馬夫歎，半日誤程時已宴。南行噪鵲北唤鳩，晴雨亦如風馬牛。

客歲在請室中崔大令景儼頻入問訊就道時又送我獨遠今歲余奉恩命釋回大令適官蘭州先飛札道中急待把晤因率占一律以寄

纔辭獄吏仍低首，乍見交親即解顔。杜甫預悲成死別，虞翻偏幸得生還。含辛客路奔馳速，旁午軍情措置艱。崔時理軍需總局。爲我急沽桑落酒，與君先話祝期山。祝期山即火焰山。

十五日過車道嶺時尚留一巨瓜因分餉僮僕及同行伴侣并以瓜皮飼馬

西域餘一瓜，剖餉及童馭。瓜皮兼飼馬，人畜皆悦豫。征車方下嶺，雲已没車轍。風向西北來，天空雨絲白。

答楊文學芩

我前訪子深溪北，鯉魚如龍相對食。昨君覓我黄河邊，北風如虎吹出關。出關入關止三月，意外訪君君不測。君前寄我詩一篇，令我回環誦難綴。君今五十道在躬，遊歷幕府甯終窮。布衣欲作車丞相，文教先布船司空。我今欲行爲子留，携手且上黄河樓。黄河洶洶欲歸海，我屬河流少相待，海上先人敝廬在。

七月杪道出西安費大令濬邀集同里二十餘人宴我于署齋之海棠小舫即席賦謝

短衣昨日過咸陽，故舊都憐鬢髮蒼。赤汗馬驚來異域，余乘一大宛馬入關，是日贈莊刺史炘。素心人喜盡同鄉。蓴羹鱸膾秋皆具，是日饌皆鄉味。雪窖冰天夢未忘。蘇武廿年臣百日，坐中客以蘇武牧羊圖見贈。感恩真欲罄千觴。

八月十五夜中牟旅次邀李巡檢宜春及逆旅主人共飲待月作李自甘肅解餉回。

居然一斗鄭州酒，復有雙尾滎陽魚。秣陵醉尉興不淺，逆旅主者言非迂。秋花叢叢入檐隙，眉上都飛一輪月。回汀風勢疾轉徐，出水月光凹復突。酒行千巡客將起，頭上玉簫吹不已。主人長嘯客亦呼，秋燕驚飛鵲巢裏。官漏亦已絶，車鐸又復喧。明晨醉眼上鐵塔，飽看萬筆揮如椽。時值秋試。

十六日抵祥符與蔣表弟青曜話舊

十年又向祥符過，把臂故人無一個。祇餘髯蔣住北頭，貧病亦憐豪氣挫。我行萬里歷七州，腹痛屢過元規樓。昔遊西安、開封，皆依畢尚書節署。主人蜕去巢已毁，我正荷戟天西頭。前遊轉悔耽書誤，風月梁園等閑度。嚴長明徐堅王復邵晉涵約客頻，只我書堂日扃户。此時豪興忽復來，無意更上城南臺。土街嘈雜棚巷窄，且擇隙地同徘回。三更開筵四更歇，望後清凉一輪月。與君歷落論盛衰，逐客亦厭遊天涯。

十八日杞縣東郭阻雨

兩日兩夕秋雨大，杞縣東頭不能過。疲羸顛蹶泥土中，油衣不完油轎破。水深一尺村農喜，東陌西阡麥苗起。鄙人拚得三日留，只恐灌頂黄河流。

商丘作

三日愁霖大，黄河欲倒流。魚蝦成水市，鵝鴨占城樓。久戍兵纔返，時守兵半隨巡撫守盧氏。經時麥未收。儒生半投筆，土人云，今歲應試者最少。争欲事兜牟。

廿三日將至江南境大雨

堪憐海西客，纔聽江南雨。迢迢萬里來海西，十日五雨行何稽。八窗檐漏無時歇，寒甚燭光青欲裂。愁中淮岸三尺風，夢裏天山萬年雪。

過宿州

鵓鴣聲裏轉西風，秋色江南倍不同。夢醒鄉心覺棖觸，瓜花黄過宿州東。

宿州東阻雨

州南飛鷺絲，州北富葑草。茫茫葑草高逾屋，白鷺絲多部民少。州城正當決口衝，三板不没天回風。扶携老幼向何處，江北民户逃江東。高田出水曾無幾，却慮河流更東徙。河魚驕盛不畏人，白日城墻曝腮尾。東西路斷已經月，門外水泥皆尺一。投荒客到且不愁，飽飯魚蝦待晴日。

道中無事偶作論詩截句二十首

偶然落墨竝天真，前有甯人後野人。金石氣同薑桂氣，始知天壤兩遺民。

早年壇坫各相期，江左三家識力齊。山上蘼蕪時感泣，息夫人勝夏王姬。謂吴祭酒偉業，爲江左三家之一。

筆底居然絶點塵，卅年大雅藉扶輪。争傳北宋南施好，恰與邊徐作替人。

蠶尾山人絶世姿，聆音先已辨妍媸。何應一代才名盛，只辦唐臨晉帖詩。王尚書士正。

藥亭獨漉許相參，吟苦時同佛一龕。尚得昔賢雄直氣，嶺南猶似勝江南。

只辦人間時世粧，名姝未稱古衣裳。查編修慎行。不凡作事惟龍子，拍手先驚斛律光。陳檢討惟崧。

校刊存疑信可嗤，近人刻《吴天章集》，于一字二字同异，皆注存疑。後先相距不多時。名家往往無全集，贏得人傳選本詩。謂吴雯、康乃心等。

窘于篇幅師王孟，略具才情仿陸蘇。學古未成留僞體，半生益覺賞心孤。

晚宗北宋幼初唐，不及詞名獨擅場。辛苦謝家雙燕子，一生何事傍門墻。朱檢討彝尊。

茶烟縷縷出山厨，遼左名家竝不如。一事枉抛心力苦，欲將尚史比藏書。豸青山人李鍇。

長慶老郎人不識，開元宰相帝先知。試看甲秀樓頭句，不愧名同諸葛祠。鄂文端爾泰，有紀功鐵柱，在貴陽府南門外。其旁有祠，傍諸葛忠武享堂，亦名丞相祠堂。

近來浙派入人深，樊榭家家欲鑄金。何似耕餘老居士，百篇猶有古遺音。謂鄭孝廉世元，著有《耕餘集》。

遊戲詩應歸苦海，性靈句實逼香山。同時老輩猶難及，只許錢程伯仲間。袁大令枚、錢侍郎載、程編修晉芳。

四十九年前一日，世間原未有斯人。此二句阿文成桂五十自壽詩。相公奇句誰能敵，祇覺英雄面目真。

雲谿南北兩詩人，黄景仁追楊起文。不以烟霞蓋簪笏，尚書亦足張吾軍。錢文敏維城。

鬼簿算經雖作俑，王楊盧駱信難訶。近來海内詩家少，一半人誇記誦多。

氣粗語大定何如，百輩先慚筆力輸。各有醇疵不相掩，弇山前後兩尚書。謂畢宫保詩集才氣横逸，絶似前明王尚書世貞。

虞山文筆比詩工，邵編修齊燾。一卷齊梁體格同。贊善鄭贊善虎文。學韓王王方伯大岳。學杜，愛才兼有古人風。

描頭畫足高東井，高孝廉文照。盪魄回腸瞿叔遊。瞿主簿華。都遜上虞張處士，每誇「醉刎月低頭。」張處士鳳翔。上三人皆同余在安徽學使朱學士筠署内，張有《詠西瓜燈》，詩内一聯云：「藍團盧杞臉，醉刎月低頭。」
祇覺時流好尚偏，并將考證入詩篇。美人香草都刪却，長短皆摩擊壤編。

將至固鎮

平岡方縱眺，烟水忽無涯。一道黄蘆港，都成白鷺家。竹房經雨壞，漁網帶風斜。問路偏難準，蒼茫十里賒。

過臨淮關憶亡友黄二景仁

及到淮南路，尋思三十年。夜窗書共讀，吟舫客如仙。癖更誰能解，貧仍不受憐。傷心黄叔度，泉下已高眠。

過滁州憶亡友朱訓導沛

所交盈海内，誰可作人師。只有朱居士，無慙元紫芝。百篇于道近，七十八官遲。腸斷西岡路，瀕行手重持。

自浦口放舟至觀音門

且展蓬窗緩舉杯，蒲帆百尺水鳴雷。不妨東海波臣笑，逐客新從西海來。

燕子磯守風

陸程何其長，一百二十日。方買一葉舟，風急檣又折。空灘一步不可移，烏鵲亦向西南飛。蘆花白處雲氣黑，坐看日脚平沈西。逐臣自分干天譴，萬死南回尚難免。何堪十日五駐程，風伯雨師頻致餞。柁樓攤書讀不休，飽飯更上空王樓。浮生過眼行可歎，沿江纍纍石俱爛。

抵　家

鄰舍墻頭望，親朋户外呼。生還亦何樂，聊足慰妻孥。雪窖冰天歸戍客，瓊樓玉宇謫仙人。生還檢點從前事，五十年如夢裏身。

趙兵備翼以長篇題余出塞詩後報謝一首

四岳三塗力不支，避公海外去吟詩。惟餘日月同中土，不覺鴻濛是昔時。山鬼慣覘人動息，天龍争共馬奔馳。歸裝正苦無奇句，辜負先生弁首詞。

老結雲谿寂莫鄰，詞場宦局幾番新。七千里外尋陳語，君前任貴西兵備及余視學此省，已距二十年，尚于行部時見君吟詠。十四科中認後塵。雪舫正堪談往事，雲山難得共閑身。玉堂此度真天上，公作邊臣我逐臣。

附：原贈作　趙翼

人間第一最奇景，必待第一奇才領。渾沌倘無人可鑿，不妨終古懵不醒。中原一片好景光，發泄已盡周漢唐。所未泄者蠻獠窟，天遣李白流夜郎。又教子瞻渡瓊海，總爲儋昧開天荒。伊犁城在西北極，比似炎徼更遠僻。烏孫故地氊裘鄉，睢盱何曾讀倉頡。近年始入坤輿圖，去者無非罪人謫。一聞嚴譴當出關，如赴鬼門淚流赤。豈知天固不輕與，若輩紛紛何足數。要等風騷絶代人，來絢鴻濛舊風土。稚存先生今李蘇，狂言應受攖鱗誅。熱鐵在頸赦不殺，廣柳車送充囚徒。天公見之拍手笑，待子久矣子纔到。鍾儀故是操南音，斛律何妨歌北調。從此天山雪嶺間，神馬尻輿恣吟眺。國家開疆萬餘里，竟似爲君拓詩料。即今一卷荷戈詩，已如禹鼎鑄魅魑。狂風捲石落半嶺，堅冰鑿梯通九逵。人驚鵰撲抱頭竄，雷怯龍門飛輪馳。生羌變驢或剜腿，降夷化魚皆遊屍。皆詩中所記。隨手拈作錦囊句，諾皐狹陋甯須支。翻嫌賜環太草草，令威百日歸華表。倘更留君一二年，北荒經定增搜考。憶君唯恐君歸遲，愛君轉恨君歸早。

歸里後案頭見友人問訊書積已盈寸作此奉答

南歸真復對妻孥，更訪黄公舊酒壚。絶域先傳畀豺虎，故鄉曾否見鴟鴞。《山海經》：鴟鴞見城郭，則其國有放士。傷離罷種文無草，避毒誰携押不蘆。時有友人索阿魏等藥，故及之。好語海濱垂釣侣，鮫人休更淚成珠。

余文學彤畫山水竹石幅見貽作此報謝

千山萬山客始還，無夢不與山相關。忽然一客款門至，贈我百尺山彎環。危墻陰陰日光縮，復有三竿五竿竹。故人此意良獨殷，以竹以山娱寂莫。故人昔日知名早，下筆萬言超意表。賣文不活方賣畫，賣畫纔供一家飽。憶君更憶君茅堂，亦有怪石兼修篁。茅堂東邊雜雲樹，我昔曾從畫中住，腹痛鄭公門外路。君尊人，余受經師也。

答友人問近狀三首

自從伊江歸，閉户不敢出。惜無先世田，可以給晨夕。中年一哀樂，并力事撰述。茅廬枕江汜，日起掃一室。蕭閒無客至，時復理卷帙。庶幾能傭書，八口仰以活。

一兒初計偕，一兒未離塾。呼僮拾墮薪，庶可佐宵讀。其餘孫與子，襁褓尚善哭。梨桃雖未競，時欲索饘粥。昨來山中友，約我種黄獨。善卷山地美，歲歲少荒熟。吾將携長鑱，畢命此山谷。

昨來方閒居，老僕忽窺牖。貽我尺素書，言來自江口。側聞雲霄客，念及耕釣叟。飢寒門内事，詎足累交友。幸兹中歲後，神智未衰醜。奇書倘編校，事或需下走。吾雖乏三長，一得庶時有。囊錢與束脯，計功良可受。

立春前一日出郊訪迎春堂故址因遇園叟均祥話舊 均祥，余乳媪子。

四十一年上，衰翁挈家孫。來從太平寺，閒訪小東門。野鳥顔甯識，堂獅劣尚存。惟應灌園叟，猶認乍歸魂。

兕觥還趙歌爲趙大令貴覽賦

神廟嗣立當冲年，方禮師傅開經筵。忽然宰相報父死，據政乃不思歸田。編修吳中行，檢討趙用賢。詞垣本乏諫諍責，抗疏反在臺臣先。二公不死實天幸，血肉狼籍彤廷前。此時英英許文穆，獨執兕觥行且哭。同官餞别事亦常，正氣稜稜挽朝局。君不見，救朱雲，辛慶忌，救陽城，張萬福。武臣何忠諄，文臣反瑟縮。差强人意惟許公，稍爲儒生洗慚辱。此觥閱歲二百餘，如璧歸趙盟無渝。我作兕觥歌，淚若綆貫珠。忤宰相者罪瀕死，忤聖主者當何如？始知吾皇聖德古所無，歐刀在頸赦不誅，僅使萬里行長途。樞庭昨忽下急符，絶域已把流人呼，小臣萬死不蔽辜，乃復荷此天高地厚恩施殊。我欲借兕觥，獻觴于九重。并爲千古萬古臣子勸，曷不肝腦塗地歸命于蒼穹。君不見，以今視昔何不同，堯舜之主臣偏逢。

漢文宋哲尚爾遠不及，何況明代末葉之神宗。嗚呼，曷不肝腦塗地歸命于蒼穹！

劉舍人召揚自山左寄示潘文學夢陽驛柳詩四首并約同作因匆猝賦此即寄文學

萬緑濛濛夾去津，鞭絲影裏柳絲勻。何曾肯綰千回別，只解平飛十丈塵。地近紅心愁戍馬，天留青眼閲勞人。春明門外重分手，一度相看一愴神。

半生蹤跡共榮枯，記得迢遥往事無。李白舊曾傷遠道，楊朱今與泣岐途。秋期黯黯金風透，春路茫茫玉雪鋪。擬向下河亭長説，流年真欲寫成圖。

憶共柔條賦遠征，出門西望迴含情。萬株密蔭長楊館，一逕斜穿細柳營。馳道舊聞通候火，捷書先喜報銷兵。風光畢竟秦中好，走馬來聽谷口鶯。

和烟和雨一絲絲，三復君家憔悴詞。絶憶戍樓勞遠望，前歲余遣戍時，君適在都下，送我獨遠，并傾囊中裝相贈別。幾曾驛使寄相思。愁生王粲南登道，君時即南歸。話到桓公北伐時。惆悵玉門千萬里，含情頻折最高枝。

小除日卷施閣祭詩作

不意茅齋内，居然拓入窗。源曾探西海，派尚憶長江。逐客形非獨，寒梅影亦雙。百壺聊自慰，淺醉對銀缸。

更生齋詩卷第三

山椒避暑集

辛酉正月二日步至前橋村上冢兼至大姊宅久憇

我行八九里，筋力喜尚强。前抵松栢林，連壟眺層岡。步緊不敢舒，先世之所藏。何意俯仰間，愛弟亦在旁。攀條泫然悲，我鬢久已蒼。地下骨肉多，會面庶久長。半里謁姊居，迎門慶扶將。亦有容黍居，闔户羅酒漿。三田昨大收，已轂一歲糧。我謂隙地多，代補幾樹桑。却待菜作花，還來啜新黄。

天甯寺僧借月兩以詩見投戲得八百二十字報之

我性不佞佛，而喜方外交。苦憶揚州僧，八旬名誦苕。西山有顛禪，神理亦復超。不語已九年，見客兩手招。今爲謫吏歸，偶詣知客寮。聞有借月僧，形癯事推敲。爲爾携蠟屐，爲爾經谿橋。爾從百僧中，揖我坐砌坳。我于儔類間，望爾成詩豪。峨峨巽宫樓，肖爾詩筆高。迢迢西蠡河，似爾詩致遥。不然艤舟亭，緑水可半篙。與子携竹罏，悠悠泛輕橈。不然紅梅閣，绛蕊已半飄。與子學坐忘，沉沉爇香茅。否則樓三層，夜半禮絳霄。否則塔七級，凌晨歷高標。猶勝居一菴，時時坐團蕉。蒲牢吼五更，木魚響終朝。禮佛佛不知，泥塑而木雕。唄佛佛不𧫴，唇乾而口焦。窮老盡氣時，生趣總不聊。不聞金剛禪，能拒鬼伯邀。不聞大乘經，能使罪孽消。他人飫八珍，爾獨食一瓢。他人襲重茵，爾僅絮一條。趨承衆檀那，世故仍膠膠。經營伊蒲餐，歲儉猶嗷嗷。不知天生人，洪鑪鼓鴻毛。天無所容心，人何必太勞。我得定命丹，非世所及料。生老與病死，安坐任所遭。不知人在世，蟣虱處緼袍。附身身不知，偶或相爬搔。我得養生法，身外一切抛。雞猪與葱蒜，遇便即飽饕。結習苟未忘，間或追風騷。我唱子必和，我歌子其謠。三百六十日，往往忘昏朝。一十二萬年，茫茫齊壽夭。縱有甲子期，何必詢大撓。似聞三神山，亦已沉六鼇。羣靈無所歸，空中任翔翱。誰向足底過，下士嗤盧敖。生生遞銷除，物物難堅牢。惟有行樂方，可解末俗嘲。麯生時時來，向我屢折腰。醉鄉何其寬，一世皆并包。炎精貢火梨，金母致木桃。灤河鹿重胎，淮浦蟹兩螯。流沙割幺鳳，藿水烹文鰩。芸芳出陽華，桂樹生招摇。閩中紅荔支，凉土黄葡萄。南州設寒具，北地致冷淘。妖姬萼緑華，童真王子喬。爲我彈素琴，爲我吹玉簫。湘靈鼓瑶瑟，洛浦鏗雲璈。或欲赤雙足，或復垂雙髫。翩翩有光施，㬑㬑難摩描。醉飽爲語言，古欲過卦爻。綈鋪三百軸，軸軸鮫人綃。文簫與采鸞，爲我玉手鈔。醉呼日月星，啜我醨與糟。狂叱江海流，變作醇與醪。子其從我遊，飄飄復飄飄。庶幾末路悍，不爲異説淆。彼教倘有人，即以子作招。仍煩走諸方，一一呼其曹。或歸士與農，或混漁與樵。同祈享昇平，各復修宗祧。充腸苦虀鹽，潤之以脂膏。章身厭袈裟，束之以紳條。郁郁栴檀香，化作蘭與椒。森森旛幢林，化作旌與旄。所得如邱山，所失無纖毫。一炬尚可收，無待原火燎。一派尚可挽，無待洪流漂。我爲子作詩，非徒逞喧囂。冀子鑒苦心，中道回風飆。戒衣既已穿，華髮亦已彫。生既不可恃，死亦不必逃。我言既諄諄，我醉仍陶陶。

過祥源觀訪陳刺史明善

故人近住祥源觀，老友時過楊陟庭。謂楊刺史奎，字陟庭。準待北河春水發，墅橋安穩共揚舲。時約遊徐墅。

十四夜同人至各廟觀燈棚歸路過白雲谿步月

青牛老子廟，白馬社公祠。古屋門齊敞，疏燈架已支。凍梅纔放後，春月正圓時。却向雲谿步，無嫌夜漏遲。

辛酉元夕燈詞十首

百串歌珠百串燈，緑楊枝外九龍升。商量踏偏城東路，先把浮屠七級登。

更闌女伴各招邀，八字尖西巷數條。走得三橋更思五，迎春橋轉玉梅橋。

撥灰誰復認前塵，被酒黄壚屢欠伸。只有溪童偏識姓，廿三年上唤舟人。

今宵無月有疏星，僻巷行來草乍青。挈得蔣三茶話去，洗心池上小方亭。

燭龍七節影俱無，空有邗溪似畫圖。却約十番諸子弟，孫家廳北戲於菟。

夜久頻將玉笛催，白雲尖上冷徘徊。谿流到此先嗚咽，不見紅窗四扇開。

轉憶輪臺樂事紓，蠻姬十隊合吹竽。三更人馬皆同色，杏子紅衫汗血駒。

一條春港乍冰開，艇子如風去復來。看盡廟燈三十架，所思不到雨偏來。

兩邊簾幕影參差，方玉堂西月午時。只向最無人處走，芒鞋先踏晏公祠。

日日衙齋燈火盈，一樓絲竹慶昇平。人生只有鄉園樂，萬里孤臣夢尚驚。

積雨簡趙兵備翼

三月不雨當如何，内河水涸連外河。吴船寸步行不過，斷港日日挑泥螺。忽然一雨即五日，怒雷聲聲喧不歇。人言未蟄先啓蟄，一百廿日晴晝失。西鄰翁，歌苦寒，昨見示《苦寒歌》。束手三日書難觀。東鄰叟，歌苦雨，隔巷招邀期亦阻。皇天有意寬災黎，米價不復能居奇。昨朝三十今廿五，只有菜把仍拖泥。米價稍平，惟蔬價甚昂，市沽常雜泥出鬻。君不見，龍嘴灘，帆盡走，猪婆灘，停不久，銜尾糧船出京口。

雨中得莊刺史炘榆林寄書言甘陝盜賊已盡喜而有作

閉門六晝雨如塵，枉却江南乍好春。只有蟲書消永日，愁無蠟屐走西鄰。茅齋伴客餐乾糗，竈屋呼童爆溼薪。稍喜八行來遠道，早聞盜賊靖三秦。

廿四午後暫晴翌日復有雨意再柬趙兵備

乞得田間自在身，課晴課雨閲昏晨。天山尚夢三時雪，人海初平十丈塵。浪説戈頭能淅米，幾曾釜底乞分薪。燒燈市外雲如墨，辜負風光過早春。

東西街近屢經過，各有門迎八字河。此客半千殊未敵，買鄰百萬不爲多。書生絶檄曾磨盾，先生曾奉命參傅文忠公征緬甸軍事。逐客新疆偶荷戈。咫尺五湖烟水闊，得閒休負釣魚簑。

二月二日獨行至城東北謁土神祠幾徧回途至玉梅橋觀社火作二首

巷南行已徧，巷北此重經。一陣社公雨，三層雲母屏。水心初漾白，柳眼乍回青。絶憶年時事，斜橋且暫停。

土風今已變，社日勝元宵。草緑烏衣巷，花明朱雀橋。滿堤喧畫鼓，隔院喚餳簫。聊復行歌去，城東有酒標。

花朝日午晴邀諸同人各携一壺一榼至檥舟亭小飲乘月乃歸即席成長句一首

檐漏乍歇谿風清，天放一角東南晴。同人宿約竟思踐，十里五里同遊行。檥舟亭枕大河側，五兩往往衝簾旌。布帆樓外出無數，去者如送來如迎。辛夷纔放梅未落，墻角老杏先敷榮。風光好處一亭嵌，緑柳裊裊空中縈。與花對面設高座，雄談四出聽者驚。烹蔬各復出新意，洗盞未了仍飛觥。沉思往事亦何幸，昨歲此日烏孫城。磨刀置頸久乃釋，賜以區脱全餘生。豈知此日對花飲，座上八客皆知名。溪光簾影恍如昨，一一逞態來檐楹。諸公莫更堅挧陣，頭上怪石危將傾。喧聲入樹鳥巢動，老鶻突出筵前鳴。酒酣各復繞廊步，衫袖拂處香何清。臨河亭子闊丈五，玦月未出波先明。嫣然修竹静如笑，似與花朵争高擎。嘿携一盞向何處，苔滑石洞穿峥嶸。祝花生日并自壽，笑我一往饒深情。髯翁去後七百載，或者海外仍騎鯨。不然即跨赤壁鶴，落落游戲歸蓬瀛。文章在世匪偶爾，動與氣數關虚盈。矧公大節越流輩，詎止洛蜀稱耆英。零篇斷簡映天地，文采縱落留精誠。此詩此筆復繙讀，代有作者誰能争。即如硯池衹一泓，墨瀋尚在光晶瑩。餘波沾溉及一世，清亦可濯塵中纓。眼前樂事最難得，何必擊筑兼吹笙。君不見，仙亦不羡茅初成，幻亦不學王方平。五侯鯖復懶入口，狎客詎識樓君卿。關心別有一二事，梁上語燕林間鶯。商量桃李及時放，牡丹勺藥況已萌。山陰清酒京口釀，誰其爲我儲百甖。此生萬事不可料，未審明歲將何營。興闌一笑出門去，攔客花影偏縱横。

十三日同人復約至趙恭毅祠看杏花回飲蔣太守熊昌宅賞玉蘭花作

五更枕上聞剥啄，瘦僕排門徑相速。爲言紅杏開半株，恭毅祠西一間屋。江鄉又饋刀鯽至，驚筍出籬剛一束。眼前光景期不負，遠拉髯吴俊臣。及癯陸。伯才。南華先生有加饌，出水鯸鮧悍雙目。潁州食指久已動，有客樽前避酖毒。厨娘洗手緩烹飪，脇若凝脂肪如玉。其餘蔬果七八種，糟漉蟹螯鹽漬肉。吾徒甯僅事口腹，冀欲昨詩今夜讀。況聞阿買近已殤，謂蔣騏昌通判昨殤一孫。約至西齋慰歌哭。荒廳留客談益縱，茶味方回酒剛熟。雛僧又復携花至，七尺亭亭樹如沐。爲花位置久乃妥，徑把墻西古苔劚。旁栽修竹或四五，白壁終須伴蒼轂。主人意欲傾家釀，一斗初完百壺續。參軍觴政束溼薪，作吏極良糾則酷。淋漓百盞急思避，口令瀾翻及詞曲。雖然盤樂亦當戒，雅興何須十分足。半圭春月縱未墮，已換兩番銀蠟燭。歸途南北更握手，天外濛濛柳絲緑。青錢三百倘復嬴，明日定來看覆局。時太守與兩吴君角棋，互有勝負。

十五夜獨至雲谿步月

燕後花前春好，鷗邊竹外樓高。黄舒新柳一搦，緑響回波半篙。
可惜舊時風月，都銷一徑雲烟。倪嫗閣仍臨水，即鬻糕倪宅。王家艇在誰邊。舊雲溪有渡舟篙師名王太年。

十七日趙兵備翼蔣少府廷曜叠邀賞山查及杏花薄晚歸看燈作

山查花紅杏花白，兩地賞花日已夕。寬衣側帽行水東，却好徑側來和風。趙家茶花甲城郭，赤纈當空日華薄。蔣家文杏種亦殊，昔時一株今兩株。闌干影裏分南北，花上晚霞皆五色。春花艷極乃不香，衹以顔色酣春光。風光只有花朝好，燕剪乍來蜂尚少。兩家觴客酒百壺，月出隔岸聞歡呼。樓臺一帶光凌亂，花影入波波亦絢。沿溪約略三兩家，歸客攀樹驚棲鴉。齋鐘初動客初醒，花外萬枝燈火影。

十八日戴村土人約食河豚因放舟詣其居并留宿

鯸鮧肪白土花斑，夙約凌晨出北關。却到戴村渾半日，舵工云轉十三灣。

牛宫斜對讀書堂，纔出堂扉便廣場。不種疏梅與桃李，門前十里菜花黄。

十九日偕陳刺史明善同詣亦園夜宿即席賦贈

我初來亦園，主人耽賦詩。坐客劉文學駿。邵文學辰焕。屠，刺史紳。各各拈吟髭。我再來亦園，主人思彈冠。名士欲出山，笑殺蔣侍御舅氏。與袁。大令枚。山中猨鶴抛離久，卅載復來園畔走。紅香亭暗緑閣傾，一壑一邱何所有。亦園主人亦可憐，五十乞養囊無錢。折腰空拜道旁吏，歸骨已少城南田。窮州遠在風沙窟，自説歸裝僅冰雪。賣刀買犢記前時，作字换鵝空此日。主人工書，時賣字作活。主人雖貧仍愛友，布置一筵談夜漏。園空月出棲鳥驚，醉折園花爲君壽。

月上携酒花神祠下小飲

夢中欲去醒復還，門外流水聲潺潺。主人約客啓一關，夭嬌十二排紅闌。神兮却立玉作顔，佩影空際鳴珊珊。仙人顔色皆渥丹，騎鶴無數雲頭看。案旁一人堆髻鬟，艷若桃李香吹蘭，格高意遠不可攀。幸昨識面緣非慳，乍離乍合彈指間。嫣然笑口合覺難，三十三偏春花殘。始知神仙在世亦不閒，况我木石心同頑。作詩題壁興亦闌，月午花朵偏班斕。放船出口越數灣，卧看一桁船頭山。

古香齋栢樹歌爲陳刺史賦

古香齋頭兩株栢，出土根同榦如劈。主人齋屋斜向東，一樹從南一從北。虬枝擊屋屋已破，拔地青蒼刺天黑。森然四角沉陰滿，日出當心不能赤。人間落落古丈夫，天半亭亭挺孤直。飽經雨露顔仍黝，不與凡姿競顔色。主人愛客客奇絶，三十年前住昕夕。客行握别樹始栽，樹竟幾番長過客。今來盤薄山齋内，樹與主人皆素識。摩挲撫樹對主人，可惜主人頭竟白。客今行周三萬里，樹亦添高廿餘尺。祁連山頭樠木滿，曾遜此株雄且特。頂平不待修雷斧，榦老偏能挽風力。枝經數折撑霄漢，根已三重透泉脈。因思復有三十年，樹欲抉天人入穴。沉吟不厭百回步，徙倚每聞三歎息。十圍櫟樹枝皆俯，半里松濤響誰敵。心空早厭禽巢鬧，眼冷静將人海闊。商量何物伴歲寒，移得園東丈人石。

二十日微雨自徐墅七里步至潘墅買舟歸

徐墅及潘墅，弓背路七里。雨絲雖驟灑，客步亦徐起。買舟東岸下，柳外天始霽。紆徐路何曲，偪仄橋欲圮。行至西小湖，驚翻一雙鯉。

廿一日同人遊東嶽廟久憩禮斗樓

奇花初孕鶴初胎，曾約幽人一再來。要望紫雲飛過處，大家排手上層臺。

長日悶從何處破，拈得紙燈繙夜課。三層樓上月當心，燕子不來人獨坐。

寒食已刻趙兵備翼招同趙比部繩男蔣太守熊昌莊宮允通敏陳大令賓劉宮贊種之小飲山茶花下即席賦贈

萬花紅處屐初停，勝踏橋南百草青。此樹果然同晝錦，故交先已若晨星。十餘年前，曾同盧學士文弨、莊明府繩祖讌此。今皆下世。才奇耻著《談龍録》，席間主人論及近時人詩，議極平允。屋廣仍餘旋馬廳。何幸洛中耆老會，始衰先得附頹齡。坐中客自八十至六十，惟余年僅五十餘。

是日晚偶成

月到廿三剛半夜，客從二十便孤征。何因沙漠歸來早，重見江鄉節序更。蒸黍未嘗忘絶域，伊犁清明日，以蒸黍餽客。賣餳先已報清明。籬桃乍放溪梅落，算在人間又一生。

莫折柳歌 清明日早起，見人家皆折柳插門户，感而賦此。

君不見，道旁人。歲復歲，傷陽春。又不見，道旁柳。年復年，摧客手。赭白馬，迎人歸。所種樹，皆成圍。門内人，門外樹。縱相離，無十步。客欲折，人已嗔。人愛樹，花憐人。前花朝，後寒食。柳眼青，人鬢白。

清明日早起

一片迎神鼓，驚從枕上來。最憐新節序，須覓好池臺。鳥逐吟聲囀，花同笑靨開。兒童漫相詫，廿載客初回。予自己亥後至此始值里中清明。

廿四日西堂獨坐

魏紫姚黄放尚遲，東風先落小桃枝。梨花白到銷魂處，只有雙雙鴝鴒知。

廿七日上城東浮屠遠望

偶踏城東路，孤僧爲煮茶。因登七層塔，看得一城花。挂帆東北去，尚未越溪灣。只有吟眸闊，能看百里山。

廿八日莊徵君宇逵招飲小山堂看花作

抱病經時履跡稀，忽傾家釀佐鮮肥。春從傍水朱門入，花繞扶風絳帳飛。雲外子規啼緩緩，夢中胡蝶影依依。主人未是耽狂飲，憐我新拋短後衣。

初二日味辛齋看海棠作

無香色已冠香林，艷向亭坳屋角尋。隔岸緑先浮曉漲，對牀紅欲膩重衾。秋花祇作傷心草，蜀魄原疑共命禽。一曲闌干三尺影，幾回燒燭到更深。

三月三日携酒出遊并上城東浮屠

風光真已勝清明，杏葉扶疏柳葉輕。上巳幾年悲遠客，先庚三日喜新晴。初一日晚，積雨始晴，至初四爲庚辰日。書從薄洛津邊至，是日得蔣仲先河南書。酒向浮圖頂上傾。不是遇花偏痛飲，更誰佳節住江城。

顏大令崇椝寄示明楊忠愍公名印敬賦一律

不與頭俱碎，惟餘石一拳。百年宗社託，三字姓名傳。入世心先剖，登壇肘偶懸。何須尋四角，應有怒蛟纏。

却憶明中葉，權奸盜國章。幾人關氣運，此石閲滄桑。尚有朱丹色，彌争日月光。危塗如借佩，螭魅爾何藏。

趙兵備詩來嘲余牡丹未開遽爾召客因走筆用原韻作四百二十字報之并邀同作

前日上巳過，後日穀雨至。天公逞春容，伎倆已畢試。惟餘木勺藥，墻缺尚需次。含苞雖未吐，已復極姿致。春鶯翩然來，胡蝶各展翅。鄰家雙紫燕，日向闌楯伺。主人亦瞿然，此足助詩思。萬物取氣先，遲恐不及事。以口試問心，催花具當治。倘經三兩日，蜂蝶必大肆。成團舞花下，人反無位置。鄰翁顧相嘲，笑我先設施。何如花放日，花下具筵熾。看花仍縱飲，乃拜主人賜。不知主人心，蓋亦有所自。流年如電掣，稍縱即欲逝。前時餞辛夷，欲待月十四。十三風雨破，白璧忽捐棄。留花無别法，祇限花下涕。因之悟消息，事事須早計。一觴兼一詠，庶不失交臂。諸公誠詩豪，亦可預先製。名篇早流播，不使有疵累。又聞此花開，神仙定游戲。以我厠其間，造物或者忌。何如先數日，看此欲開意。花光雖未破，先足嗅花氣。梨桃及棠杏，四美況兼備。縱然輸國色，紅白亦奇麗。午餘新月好，旭日又晴霽。譬如名姝來，先已媵姪娣。遲延至月望，花酒徧甲第。家家排花筵，勢必窮百味。而我先設餐，庶不哂粗糲。先生展然笑，此或自爲地。牡丹開十日，鶯粟又當替。藤花三兩架，紫艷半空蔽。芙渠與金粟，一一緣此例。主人詞已畢，客或笑詞費。仍須罰主人，別具餅一笥。謝花兼謝客，并助詩氣勢。花月皆十分，何妨再揚觶。

趙兵備以十四日招客讌牡丹花下先期以花朵絶小作詩解嘲因用原韻復得五百八十字答之

我家一叢花，發自月初九。將開及全放，自卯看至酉。凌晨携卧具，月午佇尤久。今年比前年，花朵益穠厚。將傾十家産，約此數執友。忽然敲門來，遞到詩一首。千言何反覆，欲自飾怩忸。主人詞未畢，花已若蒙垢。我爲花歎息，轉向主人叩。解嘲既前作，踵韵曷敢後。名花同主客，兩造愈紛糾。今來展詩讀，花乃開笑口。主人非憎花，其實乃惜酒。酒纔量升合，花敢大如斗。如能傾宿釀，日日約儕耦。更呼箏琵琶，花外小垂手。園亭雖未廣，水木足淵藪。池甯嫌屈曲，山不厭培塿。尋檐引芻尼，闢港貯蝌蚪。斜飛紅蛺蝶，倒挂緑鸚鴞。花光既全舒，花蘊始盡剖。圓花與圓月，上下璧合紐。自然圜徑尺，益復致抖擻。酣春倚池臺，窺客入户牖。黄紅紫墨緑，五色無不有。主人不負花，花肯主人負。今聞乃不然，花亦欲回詬。年前春乍半，挐棹至虎阜。買花先靳價，遂不計美醜。歸同薪把束，益致種雜糅。譬如龍鳳姿，肯齒牛馬走。名雖市娉婷，實則計子母。花神暗中笑，此老亦奚取。如何不自責，反使花受咎。不見劉中允，（種之。）不見蔣通守。（騏昌。）千金買傾國，臉杏臂則藕。錢刀惟不惜，貴在得幼婦。名花倚闌檻，静女執箕帚。理固無不同，珍皆等瓊玖。主人讀新詩，唯唯又否否。花無纖介失，過總主人受。鼠姑開已徧，次欲到鴉舅。香丁紫瑣碎，菜甲黄蕾菩。翩反山櫻桃，旖旎水楊柳。蓺蘭成一頃，樹蕙又數畝。凡兹眼前景，均足佐樽卣。如思共晨夕，并可約誰某。名花分向背，好友列左右。目成原不易，心賞亦非偶。闌干巡乍徧，墻角放偏陡。商量設几席，羅列到瓮缶。肴甯侈水陸，囿自足筍韭。沿林採松簟，搜徑覓竹颸。將雛雉登木，合隊魚麗罶。山陰醅正熟，淮北麵須溲。一一炊溼薪，時時具乾糗。花前成勝賞，兼爲主人壽。我若醉百回，頽然亦成叟。

偶遊夾城菴題壁

夾城菴，風日好。人欲往，橋先倒。牛羊多，人跡少。百株花，一坡草。僧歸遲，燕來早。

十五夜小飲牡丹花下待崔三景偘不至

燕燕鶯鶯久作羣，墻頭入夜望如雲。得天獨厚開盈尺，與月同圓到十分。何處更容傾國見，此香先已上樓聞。誰憐露白燈紅夜，倚徧熏爐待鄂君。

劉中允種之齋頭紅牡丹盛開招同人小集即席賦贈

入座香風已四飛，姚黄魏紫認都非。神仙隊裏仍耽酒，富貴叢中獨賜緋。影共朱霞相激射，情於紅袖最因依。平泉十載纔開宴，怪底從前識面稀。

自無錫放舟至梅里謁泰伯祠

山城距山鄉，卅里挂帆往。土風何清淳，耕釣尚相讓。崇岡經數折，土殿亦軒敞。東西無雜木，列栢振清響。咫尺堯峰山，堯時日初上。

古藤歌

藤，相傳爲宋蘇文忠公寓孫氏宅時手植。今宅歸湯方伯雄業。三月十九日，湯公子招同人宴集花下，即席賦此。

建中靖國藤一條，剖半化作潛潭蛟。猶餘半榦卧偏穩，閲歲七百如崇朝。心空貌古枝尤秃，自砌及檐剛五曲。居停偶憶孫居士，移種竟傳蘇玉局。花時一巷吹古香，紫燕不敢棲雕梁。借公真氣方壽世，木理亦肖公文章。距花百步看乃足，高榦都遮出檐木。沿溪左右三十家，一半看花盡升屋。葛仙橋邊路四通，香氣已過橋欄東。半空紫纈益奇絶，千朵萬朵飛玲瓏。竟思遠挈郫筒酒，祝樹與公同不朽。因花我復憶名花，香國亡來亦云久。藤側有香海棠一株，亦文忠手植。康熙中，燬于火。滁山釀水首重回，風味不減歐家梅。滁州醉翁亭側水上，有歐陽文忠手植梅。廬陵幾載作滁守，公亦三席常州來。才名一代兼風義，落落寰中此師弟。詩狂久已上青天，幹古尚能蟠大地。樓窗八扇正面花，欄楯屈曲枝丫杈。若將座客比花壽，細校歲月無多差。坐中十客，年共計六百餘。君不見，紫藤花開墨池漲，東坡洗硯池，本在藤花側。四十年前，始移至檥舟亭。古色班爛各相抗。此花畢竟始何時，我欲東行咨石丈。

雲谿行送楊上舍元錫北遊

月出雲谿東，照見雲谿西。雲谿鯉魚亦成隊，生世不肯離雲谿。奈何溪邊人，屢放溪邊艇。我向溪頭望遠行，布帆一一飛無影。君居雲溪已七世，三世及交情竝摯。君族祖衣文印曾及尊人敦復，皆余故交。矧君才筆勝昔人，使我論交復傷逝。牡丹花紅繡毬緑，摇蕩溪光數間屋。家無長物殊可笑，衹有貯詩餘舊簏。城東別墅高數層，君家有園在玉梅橋側，俗名楊園。老樹尚挂千年藤。昨因酒後一臨眺，君已薄醉難同登。最憐雲溪春，更向雲溪步。我屬溪頭赤鯉魚，送君直到江干渡。

廿三日沈廣文元輅招飲餞春

苜蓿盤雖舊，櫻桃讌已新。是日始嘗櫻桃。歌仍呼趙鬼，論早薄錢神。二句隱括座中事。半夜乍升月，五更猶是春。更欣時雨足，歸路洗街塵。

屋後圃中鶯粟盛開率成一律

日日衝簾柳絮風，送春已覺酒杯空。墻頭新月半鉤緑，屋後好花三畝紅。芳草更縈人跡外，艷陽都在鳥聲中。誰憐萬里烏孫道，錦樣韶光罩郭東。伊犁年來鶯粟最盛，花朵視内地加倍。

蔣州守業晉寄天遠歸雲圖索題

江漢争流處，茫茫鸚武洲。又隨鴻北去，直到海西頭。楚國萍如斗，天山月挂鉤。何因暫謀面，兩地訝同遊。余兩至楚中，一詣塞外，與君略同，而路較遠。又戊午年乞假歸，曾于吴門一識君。

萬里遄歸日，輪臺雨夜過。夢餘清淚落，天外斷雲多。此客情何逸，勞人鬢亦皤。披圖一惆悵，疑聽郢中歌。

端五日偶成二首即柬趙兵備

古人稱禁煙，不聞禁競渡。此如唐水嬉，亦若漢賜酺。一年惟數日，奔走及婦孺。書生縱憂俗，施設當有素。調劑得其中，貴在審時務。何因興大獄，幾至成黨錮。甘陵判南北，此事匪細故。流傳到絶域，衆口尚含怒。欲救舉國狂，惜哉謀已誤。余昨歲入嘉峪關，即知里中因禁龍舟至興大獄。

白雲一曲溪，夢寐三十載。流觀眼底人，已苦乏同輩。今晨新雨霽，耕者釋耜耒。萬屐鏗有聲，紛然聚闠闤。榴花紅似火，村女滿頭戴。橋左幔已張，溪光迭晴晦。沿溪尤曲折，窗牖分向背。龍舟銜尾至，畫舫亦成隊。俗奢原可慮，幸此豐歲再。江魚頻入饌，山果隨所愛。水明樓上望，趙佴已先在。相應携蒲觴，終日與晤對。

雲溪競渡詞十二首

雲溪如畫水如油，今歲歡場昨歲留。不肯更將風景煞，六龍城現四龍舟。
高處燈光碍月輪，軒窗無地着飛塵。生生視昔加三倍，樹上禽巢樹下人。
怒雷激電滿平川，艇子如風不及旋。齊向白雲尖上立，萬堆蠟屐雨聲圓。
傳來新調唱攤黃，分半吴姬束急裝。八角鼓完三弄笛，十番弦索一齊忙。
萬艇如梭集水隈，兩邊樓閣亦齊開。官河塞斷雙龍嘴，不管吴門水馬來。
吴船裝束近來工，南北窗櫺面面通。一晌夕陽紅不定，杏黄衫子立當風。
枇杷桃杏滿盤堆，遠有江鮮入饌來。屈指半旬交夏至，洞庭船不送楊梅。
河泥船好六倉寬，村女梳頭映水看。燕麥兔葵蠶豆莢，曉涼先向舵樓餐。
占得雲溪好景多，前門船向後門過。詩翁住處人能識，八字門臨八字河。趙兵備所居前後皆枕溪。
角黍堆盤酒滿壺，家家歡喜易新符。董龍社橘人猶指，更禁魚蝦入市無。
一旬日日敞華筵，醉向東頭閣上眠。怪底月光飛不到，船船燈影接青天。

夢裏雲山一萬重，生還真荷主恩濃。升平樂事誰能譜，我本江鄉識字農。

續競渡詞十首

紅板平橋次第過，未昏燈火塞城河。風光暗覺年來换，畫舫珠簾卜夜多。

緩雲閣接甌香館，一帶紅欄間碧欄。正值白雲谿水漲，龍舟南北打招寬。

鳴鉦日午説傳餐，鄉味偏驚水陸全。抛却萬錢邀七客，將軍原合住樓船。劉總鎮烜讌客極費，爰戲及之。

無舟可買上藍輿，衹覺今年興有餘。畫舫塞河人塞岸，更無隙地著禽魚。

郭東千尺水雲寬，老白龍來盡改觀。更向榜頭題御覽，天津城北昔迎鑾。

五色牙旗按五方，東西北廟爇真香。更穿白馬司徒港，去謁金龍四大王。

水中彩鷁岸雲車，鉦鼓聲喧雜晚笳。同向赤烏橋外過，霓旌紅閃半天霞。

百尺濃雲水上開，嫩晴先已過黄霉。白須社長從頭説，二十年中第一回。

兩邊簾幕不須遮，日日輕橈泛水涯。笑煞隔河諸女伴，釵鈿質盡不歸家。

雲簑雨笠剩閒身，夢後樓臺愴客神。依舊瑣窗飛燕剪，就中偏少賭茶人。

趙兵備以地理數事見訪因走筆奉答猥蒙長篇獎假并目爲行祕書因率成四截句酬之即戲效其體

百篇君有連城璧，萬卷吾無紀事珠。一賦十年如製就，願同逵載注三都。

尚慙正卯記醜博，敢説師丹老善忘。莫更一瓻緣舊例，次公猶恐醒而狂。來詩欲緣借書之例，問一事即贈酒一瓻，故戲及之。

一巷東西本接連，數椽應愧卜居先。倘逢款户求文者，大作家今在那邊。

三伏將臨九夏長，不辭揮汗走門坊。奚奴拍手還相笑，此兩閒人何大忙。

西谿漁隱歌爲曾都轉燠賦

我家近南江，乃望北江北。桃花洲上三面山，久欲臨流築居宅。君家住西江，乃憶西湖西。西湖盡處一溪在，碧水蕩漾天低迷。我爲北江農，志不謀稻粱。江潮壁立一亭嵌，日校《五雅》兼《三蒼》。君爲西溪漁，意不在魴鯉。緑簑一領不肯穿，日日吟詩北窗裏。萬言落筆不得休，雕琢欲使前人愁。明堂左右列樽俎，武庫甲乙森戈矛。西溪漁隱詩六卷，派與西江亦殊判。沉思早抉天地奥，古色不供時世玩。竹西風月宦十年，珠履賓客盈三千。平山堂縱日登眺，清夢只落西溪邊。西溪近界江海中，溪上南北雙高峰。詩筒往往雜釣筒，得句時復驚蛟龍。才名京國誰能偶，輩行居然欲稱叟。西清東觀及外臺，十六年中一千首。歐陽戀潁湖，安石號半山。名流所在寓清興，好景何必皆鄉關。即如西溪邊，咫尺接東海，拔地倚天詩筆在。潮生潮落爾許忙，漁弟漁兄欲誰待。君不見，宫亭湖上源兩支，章水貢水流無時。西江宗派吾豈知，快意且讀西溪詩。

袁文學廷檮移居載書圖

不惜兼金百計儲，牙籤時卷復時舒。一瓻日詣袁居士，欲讀人間未見書。委巷南頭與北頭，三遷我敢比前修。丹黄句讀依然在，時復傷心上小樓。中河橋側委巷中，有小樓二楹，余少孤時母太宜人授經處也。今從弟顯吉等尚居之。

袁文學集明東林諸賢及黄石齋手札彙成長卷索題

不知我者不可言，知我何不書連篇。笳花委鬼正當路，舉筆欲下心憂煎。二周一魏書如此，悼歎人生不如死。求忠于孝古所云，忠節門仍生孝子。銅山先生起漳泉，萬言一疏人争傳。明知末路不可挽，獨抱白日歸虞淵。蓼洲詩，石齋集。筆底欲扶天地立，快論時歌復時泣。明家社屋已百年，紙上尚復生雲烟。君不見，季侯箋，孔時箋。

跋巨超上人足踏萬峰卷子

天下佳山水，南條與北條。我餐葱嶺雪，目斷海門潮。是處皆飛錫，何峰合挂瓢。言從贊公宿，相與話迢遥。

佛國鳩羅什，仙都梅子真。欲尋方外友，喜得箇中人。論已參禪悦，菴仍借隱淪。百篇心賞在，幽谷乍生春。

十五日自京口渡江至焦山憩定慧寺作

西南行盡路萬千，返棹乃訪兹山巔。兹山風急不得上，幸有巨石攔洲前。山坳一石戴一屋，步縱曲折心安便。側身東望始寥廓，初日欲上潮無邊。心飛西海足東海，下瞰無地高惟天。放臣逐客罪應死，跬步懼有神拘牽。山靈怪我貌衰老，頭上雪色來祁連。齋厨粥飯客寮酒，彈指已近三十年。僧雛髮白野猿老，只有鶴頂紅逾鮮。四山松栢悉合抱，榦老盡起青蒼烟。少年事業百不就，削壁僅把新詩鐫。浮名在世究何益，回顧我已甋焦先。塵勞擾擾及一世，足繭欲乞空山眠。來歸萬里去萬里，衹覺豎亥堪隨肩。昨呼漁叟與堅約，終老誓種江南田。

東升樓看日出

海日欲出海，先有鼉鼉鳴。青氣一綫來，潮與佛閣平。樓上客未眠，光景榻畔生。一杵京口鐘，先遞瓜州城。

山半訪隱君洞

此山開何年，此客殊突兀。形骸生即委，真性任汩没。遂令巖樹上，飛鳥性皆拙。想見千載藤，猶纏隱君骨。

觀音厓待月

我來觀音巖，月出斷厓口。棱棱紙聲碎，壁上蜥蜴走。海風吹幡竿，石冷坐偏久。夜半扶月歸，清輝膩人手。

法界樓夜坐

龍界與人界，相去僅咫尺。夜半驅潮來，知憑夜叉力。枯僧樓上坐，親見髮如戟。復恐漁叟驚，懸燈照昏黑。

山齋訪冒鳴茹壽衢兩秀才并招小飲

書聲出户蟲不鳴，山鬼一足深宵行。人頭魚身慣窺户，見慣不怪心能平。昨來酷暑剛三夕，讀得好書盈一尺。鄰翁最喜文字交，夜半煮酒來相邀。

翠屏洲訪王秀才豫

此洲樓閣何參差，五十年前盡江水。廣陵城低波浪闊，藉此居然障東海。圍洲三面煙水空，正與北固成屏風。更殘日出東海東，照見一角樓窗紅。

六月二十一爲宋歐陽文忠公生日同人賦醉翁操以壽并邀同作即呈曾都轉燠

醉翁去後七百五十年，平山堂下仍復開賓筵。醉翁生日重理醉翁操，欲使醉翁心跡一一傳人間。醉翁十年二十年，孤露蹤迹殊可憐。父書讀罷母垂涕，窆骨尚未營新阡。卅年四十年，醉翁作直臣。彝陵滁州兩遷謫，身縱可屈眉仍伸。幾年作詞臣，幾年作循吏。治平至和中，遂爾登政地。醉翁文筆世莫儔，超軼六代直接韓潮州。遠不識柳開，近不數穆修。醉翁志節尤峥嶸，手掔正士歸明廷。是時青苗免役新法尚未行，洛黨蜀黨亦未交相傾。醉翁居朝端，一世仰作範。仁宗朝相不下數十人，公也獨參韓富范。

醉翁勳業又如此，一世如公幾人耳。醉翁吟，吟一篇。惜乏沈夫子，亦無杜彬琵琶皮作弦。醉翁操，操土風。此曲依約來滁中，當時坡翁及涪翁。門生後進詩筆縱極工，若論文福一一皆輸公。昔者楊靈州道公我前身。楊州守芳燦、顧進士敏，恒扶乩，所言如此。見所著《梁溪筆記》。公名如太山，詎敢追逸塵。惟餘一事薄相似，唇不掩齒厥效何其神，無事得謗如前人。因之壽醉翁，醉翁或不嗔。泠泠絲竹公賞音，逸興更或彈鳴琴，斜月欲墮長江潯。陳後山，謂東浦方伯。曾南豐，詩名官爵皆可次醉翁。不見題襟館中來日集，都轉生辰後公二日。荷榦荷葉依舊吹香風。滿堂樺燭漏盡不須剪，正好來日直接朝曦紅。

寄酬曾都轉見題荷戈集詩二首

記程一萬六千里，葱嶺遥遥接蒜山。今日竹西歌吹地，又從吟榻夢陽關。

我于經閣論心久，君已詩壇駐足牢。絶似鄴中諸子會，主人吟比客吟豪。

附：原贈作　　曾燠

君得爲詩是國恩，長歌萬里入關門。笑他紹聖元符際，蘇軾文章禁不存。

滄江風雨一船高，招我松寥看海濤。君時在焦山避暑，擬往訪之。絶少行吟憔悴色，知君未肯著離騷。

題襟館贈鶴

空廊怪底步不前，五鶴一客隨吟肩。廊斜入屋勢尤窄，鶴步故緩人争先。回風開窗捲羅幕，客醉欲眠聞擊柝。閒扉六扇夜不扃，窗裏客眠窗外鶴。

又贈柳

柳枝西北禽巢大，枝下砌蟲鳴百箇。三更星暗月欲來，蟬響復從枝上墮。乍眠乍起天欲明，絲柳拂面人先醒。比肩豈獨同心友，添得三株水楊柳。

巨超偕棲霞僧慧超過訪喜賦

一僧江北去，復挈一僧來。把卷憶前度，論詩日幾回。病依笻作命，瘦與鶴同胎。夜久生衣薄，相遲般若臺。

月波臺夜坐

萬聲聽不絶，人静此樓頭。地缺洲三面，天空月一鉤。烏鴉争噪暑，蟋蟀遽鳴秋。夜半龍吟水，寥寥衆響收。

贈巨超慧超即題二僧詩集

巨公居江心，慧公住江滸，詩筆如龍復如虎。句成寶氣燭九霄，龍虎鉢中頭盡俯。生平我喜七字詩，不可一世人儘知。眼中無人締方外，一任下士相嘲嗤。君看建業東來水，日夜滔滔欲歸海。二僧筆力可截江，端坐已受潮頭降，餘力更把焦山扛。巨公欲雲遊，慧公欲高卧，飛錫竝從天外墮，他日蓮臺孰高坐。

廿六日同人月波臺看潮

東南風轉急，全不見朝暾。雲欲沉江島，潮争截海門。鬢因思舊白，眼覺讀碑昏。偶問滄桑事，枯僧幾個存。

曾都轉燠及諸賓客約以廿六日至焦山見訪聞至瓜洲阻風二日尚不得渡作此戲柬

七日東南風不止，倒捲滄溟入揚子。順流一葉不得下，斷渡先從象山始。一客既去不得來，一客留滯仍難回。時翠屏洲王下二生過訪，一留象山，一留此，皆不得渡。松寥閣小一無事，飽看雪浪飛千堆。回頭却憶瓜洲客，日日江樓看風色。别來幾日心眼空，清夢時與焦公通。君不見，波濤繞榻一萬重，正好日試登山筇，時叱檻外巡江龍。

酬慧超僧二首

因觀竹栢樓月，遠指高旻寺燈。三世佛前老衲，六朝山下詩僧。

嬾到不參佛座，閒來唯理詩瓢。寰中五岳難住，海外三山見招。

廿八日同巨公慧公松寥閣早飯

山僧約客松花飯，破曉同登竹葉樓。正爾日長思就枕，未妨風急遽回舟。始聞都轉等以阻風回舟。怕傳消息來三楚，時楚中教匪尚未净盡。閒理心情説十洲。淺醉更從窗外揖，午潮無際接天流。

將至消夏灣在新塘守風晚值雷雨

一湖水，欲入船。一湖風，欲揭竿。雨沉沉，三十里。消夏灣，在波底。

泊舟夾浦七夕

此夕新湖汊口，昨年古浪城樓。笑看新月生處，曾到斜陽盡頭。

一叟自談衷曲，十年寄跡湖邊。衣食全家已足，瓜田盡處桑田。

夜携酒至湖口望縹緲峰作

明月鋪不滿，全湖半生陰。東山飛鳥來，欲宿西山岑。一觴初完一觴續，倦向望湖橋上宿。潮生月落方賞心，天盡海飛空極目。

東南風急不得至西山因回舟從伍浦抵東山作

白鷗入我夢，知我無窮意。憐兹眼前景，不作身後計。浮名生在死即休，不見敗筆作冢糟成邱。石公咫尺不得進，回棹决向東山遊。

自新塘至伍浦溪行雜詩

溪水緑已窮，巖扃忽重閉。日華與山翠，層叠川上膩。前村爨煙好，穿此石林細。一徑山雨來，寥寥入秋氣。

瓜花黄無端，被此一川緑。晨凉把竿好，閑坐此谿曲。人家隔坡水，路暗通石谷。日午携榼來，人聲出山腹。

兩村本一村，中有雲水界。溪流經數折，南北已分派。連宵風色緊，目送去帆快。人定波有聲，神魚望星拜。

陸行富桑麻，水行富菱芡。惟兹雲水鄉，不虞年歲儉。門前臨水路，鵝鴨數堪點。屈指白露交，秋禾又將斂。

寄長興邢大令澍二首并柬李司馬賡芸

故人久宰長興邑，逐客新遊消夏灣。甚欲牽船遠相訪，斜陽影外浪如山。

年前寄我長牋好，前寄質經説數條。逋峭文章擅一時。更憶南荒李司馬，同官同榜兩經師。

偶成

横風兩日住江干，甕底桃花米已完。咫尺荒村無處糴，芡頭蓮實抵朝餐。

溼雲堆裏漾龍鱗，一片荒寒景色新。猶勝玉門關外路，案頭無水動經旬。

伍浦夜泊

高士宅邊新月上，伍胥浦口落潮餘。多應念與雙峰結，未覺途經百里紆。别路更須尋馬蹟，此行端不爲鱸魚。宵殘燭跋攤書卧，静聽松聲落枕虚。

五鼓自伍浦渡湖至東山

到來青歷歷，七十二峰巔。駭浪魚先拜，驚雷鳥已顛。水聲摇短夢，風色眯長年。昨夜前山雨，茫茫笠澤煙。

喜晤程司理思樂

我借全湖水，來清百斛塵。故人吟骨健，遷客鬢絲新。感激樽前語，扶持難後身。廨旁營釣舫，久約共垂綸。

憩東山道院

松杉千百株，小者僅及肩。歷盡松杉梢，一院開山巔。《黄庭》讀未完，丹爐火猶煎。道士識未來，勸我山頂眠。白雲有階級，倘可升青天。

孫總戎廷璧坐上即席賦贈二首并憶亓總戎九叙四川軍營 孫

爲庚辰科武探花。

萬頃洪濤艇似梭，相逢先唱定風波。山中共説支離叟，天上同魁甲乙科。話舊半皆淪宦海，謂畢宫保沅、童少宰鳳三諸人。溯源先已到黄河。狂吟痛飲三更盡，衣上分明燭淚多。

獵獵營前秋雨斜，將軍筵上説龍沙。何曾一醉輪臺酒，余出關即戒酒。憶昨同乘博望槎。薄譴最憐家似夢，感恩新覺鬢添華。誰知萬里歸來客，依舊軍門聽曉笳。時亓在四川軍營效力，已補都司矣。

初九夜乘月自東山放舟至西山消夏灣宿荷花内

花光碍月舟不前，花氣薰客宵難眠。三更一棹破花出，客夢尚結花香邊。東山荷花十里長，千枝萬枝送客忙。花朵露滴波心涼，西山荷花一灣好。千枝萬枝迎客早，曙色上波花愈姣。楊梅樹繞荷花灣，深紫已落新紅殷。荷花香破夢亦闌，再轉已入仙人關。

梅花仙人歌爲程司理思樂賦

伯牙臺前花一山，君家梅子山下。愛花人住梅花灣，無夢不與花相關。莫釐峰頭花萬樹，愛花人宦梅花渚，却喜官閑作花主。少年愛名花，花外無性情。離花一步不肯行，四十不復營功名。中年愛名花，花外少肝膈。一官雖卑意亦適，靜對花枝已忘食。世人不知君，笑君作花癡。君聞亦夷然，直受顧不辭。滿堂花開滿堂客，客或呼君作花癖。君聞若不聞，意亦良自得。一花初開詩一首，爲酹花枝亦呼酒。花神感君祝君壽，來歲居然七旬叟。花癡花癖君甯然，意與花有前生緣。君不見，梅花賦就三百篇，我今署作梅花仙。

消夏灣歌贈蔡博士九齡

全湖三萬頃，包此千仞山。湖流再轉已不見，山腹復有溪彎環。溪流迥與湖流異，湖水如油溪水膩。荷花世界夢亦香，淺白深紅炫天地。幽人家在花深處，正闢軒窗摘蓮蘂。蜻蜓舟小迓客回，半日醉客荷筒杯。荷筒杯，醉君酒，荷露烹茶沁人口。荷花中間結一樓，主人約客樓上頭。烹魚煮藕日尚早，手劈蓮房客先飽。

白雲

白雲濛濛，空所依傍。天風吹之，偶落坡上。魚吹浪蹴，忽爾孤往。空中亭亭，儼若覆盎。成陰既溥，一世咸仰。

新浴後怡雲閣望縹緲峰

不向前山策短筇，新凉浴後且從容。幽窗正苦日西轉，陡落一支縹緲峰。

雨花臺待同人不至

凌晨發清興，瘦馬入絶壁。沿山石理黝，雨點亦深黑。馬力忽已微，斜行憩危石。風雷莽成障，花雨渺無跡。却啓西北扉，高臺望孤客。

四鼓自西山渡湖

挂席向何處，五更風色微。海雲天半立，山雨月中飛。百念籌闗隴，全家理釣磯。東峰此歸去，魚鳥爾何依。

更生齋詩卷第四

滬瀆消寒集

題孫文學韶行卷後即送至浙江幕府

江左詞人最擅場，卷中亦復唱伊涼。通天臺下曾三過，怪底新篇壓沈郎。

怨李恩牛意氣真，罪言草罷見經綸。能容一個真名士，足抵孤寒八百人。

重修水繪園卷子爲冒文學鳴作

記曾彌勒與同龕，園中廢爲僧舍，近始復。小劫誰從静後參。檢點樓臺及魚鳥，風光依舊壓江南。

人物當年勝永和，時時觴詠雜笙歌。更闌偶向樓頭望，天上星無座客多。

雙鬢愁同萬樹凋，閒窗話舊雨瀟瀟。桑田是處連滄海，門外時時起怒潮。

雲郎去後小楊枝，檀板都吟絶妙詞。只有夜烏還記得，冒家園裏放燈時。

蔣斗燦童養媳吕貞女題詞

烏乎何辜！貞女生不見父兮，童養于蔣又不及見姑。然貞女之幸兮，曾未結縭而已得數面其夫。何貞女之遇屯兮，守義二十五年而尚未及撫孤。我聞而心惻兮，感外氏之衰徂。緬前孫從表兄定安聘妻孫氏，亦未嫁守貞，年過五十卒。而後吕兮，顧兩見夫貞姝。倘貞女而有後兮，吾將代恤夫遺雛。

生日自述

今朝柴門開，親故忽羣集。云將壽先生，共向草堂揖。我聞方猛悟，答禮恐不及。回頭語山妻，治具爾須急。嬌兒與孫子，禮數未嫻習。賓來盡歡喜，傳語競出入。先看具杯茗，繼復羅酒汁。仍愁翁欲醉，預向膝前立。長孫纔毁齒，口語已捷給。私語更五年，阿翁剛六十。

偶成

閒從里巷説新事，卧聽兒孫讀故書。不必更携芒屩出，閉門紅日下階除。

喜張上舍舟過訪口占以贈

五回曾領江淮運，君祖有衛籍，曾簽運糧艘五年。兩度同招楚蜀魂。畢尚書沅、毛州守大瀛，與君最善，今先後殁于王事。赤米白鹽家已破，朱旗元甲陣猶屯。多愁自覺新詩少，老友今餘幾輩存。話到十三年上事，渚梅零落野雲昏。辛酉年新正，在漢陽三山徑訪梅握别。

黄主事丕烈祭書圖

古人飲食必祭始，何以讀書則不然。致身通顯不知報，是爲飲水忘其源。先生創例實陳例，拜庚子日尊文宣。陳書萬卷復千卷，燭炬如梃香如椽。書神報君亦孔厚，往往獲一珍珠船。宋元精槧本幾備，尤喜篇幅皆完全。先生嗜此若性命，快意不惜千金捐。搜羅書目所未採，中興館閣明文淵。樓名傳是閣天一，嗜好亦恐無君專。就中精本祕不傳，緘以篋笥承之氈。偶逢識者一啓示，先掃几席除葷羶。何應寒具致污軸，千載以上嗤桓元。君家舍宇本精潔，又少俗客相糾纏。焚香偶復展一卷，眼與明月光同圓。君不見，時逢朔望列一筵，不必牢豕須新鮮。胥谿菱芡石湖藕，一一皆可成加籩。書田雅與穀田等，報賽或可祈豐年。我曾借本細讐校，例得陪祭來筵前。虔誠拜罷共飲福，一醉欲乞書倉眠。

九月十三日越來谿見燕

寂寞漁莊款水扉，越來谿上月微微。何因燕子不歸去，却向夜凉庭院飛。

自吴淞江抵上海與友人夜話

吴淞江上路，乘月去迢迢。海氣全疑雨，天風不捲潮。夢餘頻悵望，雲外偶招邀。及此燒紅燭，層樓已半宵。

唐大令仲冕招飲網師園即席賦贈

纔從識面便忘形，飯我城東水上亭。老友瘦真同野鶴，謂王廣文芑孫。殘荷多尚比天星。百身未易酬恩遇，時坐客詢伊犁釋回日月。一石偏教吐性靈。歸去且營耕釣好，得閒隴畔便横經。

偶成爲陳太守廷慶賦

一幅蠻牋任屈伸，半鈎新月倍精神。關心幽鳥能窺客，過眼空花不惹塵。雲影去來傷往事，水光摇蕩識前身。悲秋宋玉支離甚，况復登臨送遠人。

過盡三春爛漫時，九秋籬落訂交遲。來猶背面誰曾見，去不回頭事可知。海上早應隨范蠡，洛中枉自賦陳思。《黄庭》一卷香千縷，半欲銷魂半自持。

顔魯公名印歌

一方石，千餘年。魯公名，誰所鎸。海中搜龍劚龍骨，更點星星老蛟血，地老天荒丹不滅。君不見，公名怪底天子驚，河北二十四郡僅一顔真卿。

哭蔣二尹齊耀

萬里歸來訪病身，劇憐面目已非真。余自伊犁歸訪君，君半面已毁。嘔心疾比龐眉客，懸腕書同透爪人。兩度悼亡形轉悴，一官瀕死志難伸。東山絲竹銷沉盡，垂老羊曇益愴神。余少受侍御舅氏知，每過居第，未嘗不揮淚也。

偶成

萬念俱空後，寥寥酒易醒。未能離世網，聊展度人經。路暗燈明壑，窗疏劍指星。書生爾何意，空自湜心靈。

石湖訪范文穆祠分賦得石字

兹遊日已斜，霞采叠蒼赤。携兹書畫舫，償我山水癖。舟行十餘里，心境一開釋。杉藤凌澗紫，鷗鷺點波白。濛濛湖一曲，落落嶺千尺。非無懷古意，風捲渺無迹。危登開士閣，幽轉范公宅。祠即文穆舊宅。斯人預機軸，時事已逼窄。終焉感滄桑，渺爾念疇昔。憂時識希文，蹈海憶少伯。遭逢逮伊管，隱顯並賢哲。丈夫如有志，于世匪無益。庶幾不朽名，勒此厓上石。

夢遊仙詩三十二首

屢譙瑶池鬢已蒼，偶從天半話滄桑。轆轤幸是仙人屬，踏盡紅雲到上方。

科頭跣足任天真，隨分燒香拜紫宸。郤喜近來蕭散甚，蓬壺管領謫仙人。

生世應居離恨天，愛從生後説生前。銅仙又復垂鉛淚，會面居然五百年。

白雲紅葉影參差，欲向前頭訪素知。拖得月華裙半幅，却來波面立多時。

誰從天上號詞宗，淡寫新篇墨不濃。一朵絳雲環一字，笑他人世碧紗籠。

尋常每夜不呼燈，却坐雲窗第二層。一卷道書時背誦，惜無人與證飛昇。

下弦殘月訂幽盟，青鳥傳來誤已成。幸有玉妃來世約，眼波回處定三生。

慣拈針線作生涯，剪得靈河一道斜。認取近來花樣好，青城雲氣赤城霞。

我識飛仙萼緣華，最憐秋鬢插春花。天田亦種人間果，一味香清愛木瓜。

繞砌菖蒲倚閣松，仙人眠處五雲濃。夢回報道高真過，先鎖閑門十二重。

出世情懷絶世姿，冥濛香氣散如絲。紅雲一瓣邀同坐，奇福難消是此時。

紫府新來品秩高，隨風上下騁輕軺。磨厓五岳都應徧，且復題名北斗杓。

屈曲房櫳宛轉風，一樓疑復住虛空。盡驅雞犬雲中去，獨敞銀屏待八公。
心思一串最瓏玲，更有長眉射眼青。欲籌人間未來事，滿盤珠借滿天星。
挈伴時來阿母家，采蓮艇子住雙娃。神仙一例嬌羞甚，不折天池並蒂花。
幽居隨處費提防，忽報飛星已入房。親到下方緣底事，借將弧矢禦天狼。
生來不假麝蘭薰，坐處偏離粉黛羣。欲灑天山萬年雪，罩他巫嶺不生雲。
住近天河水氣涼，萬株荷幹一方塘。蓮花蓮藥都嘗徧，不及仙人舌本香。
欲逃百劫避羣魔，天上誰知事更多。斲斷玉虹橋百尺，神仙從此絕經過。
桂樹扶疏月影涼，漫無情緒守吴剛。靈山採藥他年事，先與裁成出世裝。
雲漢西頭路幾叉，浮家真欲擬乘槎。兩三紅淚揮天末，都作人間異種花。
早住扶桑暮落棠，仙人遊戲本無方。忽然招手來天外，認得麻姑指爪長。
雲軿一步一徘徊，不分前途分手來。啖得荔枝三百顆，此時應向海南回。
日月雙丸剩半丸，東西海水亦齊乾。仙人一笑春風轉，萬劫偷從祕籍看。
王母池邊踏月回，羣花妒影不曾開。何應三百神仙侶，總學劉楨平視來。
巧笑仍含一種愁，見人常自不梳頭。朝來偶凴闌干望，自有神光照九州。
高居豈復有塵情，魔境應從道境生。惹得龍華先罷會，人間飛語謗雙成。
要從南粵達南閩，天漢東頭與問津。十度錦箋何處寄，倩他三百六魚鱗。

多應清福不曾修，逐浪來居羅刹洲。莫歎姻緣簿多錯，天孫亦復嫁牽牛。
朝正儀從最煇煌，龍虎前頭列隊忙。騎得鳳凰拳一足，笑他六六紫鴛鴦。
鋒車晨夕響如雷，結屋星辰頂上來。却約下方人未到，天門一日走千回。
日正斜時月乍圓，紅林處處露珠懸。洪厓洞古誰能訪，只有修真謝自然。

趙兵備翼以所撰唐宋金七家詩話見示率跋三首

一事皆須持論平，古人非重我非輕。編成七輩三朝集，好到千秋萬世名。未免尊唐祧魏晉，欲將自鄶例元明。塵羹土飯真抛却，獨向毫端抉性情。

詩家别集已成林，一一披沙與檢金。作者衆憐傳者少，前無古更後無今。法家例可平心斷，大府文非刺骨深。卷卷漫從空處想，就中多有指南鍼。

名流少壯氣難馴，老去應知識力真。七十五年纔定論，一千餘載幾傳人。殺青自可緣陳例，初白差難踵後塵。君意欲以查初白配作八家，余固止之。只我更饒懷古癖，溯源先欲到周秦。余時亦作《北江詩話》第一卷泛論，自屈、宋起。

附：和作　趙　翼　武進

詞客低昂本不平，品題間弄腐毫輕。但消白首無聊日，豈附青雲不朽名。老始識途輸早見，貧堪鑿壁借餘明。洪崖拍手從旁笑，猶是燈窗未了情。

何限紛紛著作林，揀來只剩幾銖金。論人且復先觀我，愛古仍須不薄今。耳食争誇談娓娓，鼻參誰候息深深。錦機恐負遺山老，枉度鴛鴦舊繡針。

晚知甘苦擇言馴，一代風騷自有真。耄學我悲垂盡歲，大名君已必傳人。幸同禪窟參三昧，不笑元關隔一塵。從此國門縣《吕覽》，聽他辨舌騁儀秦。

偶成

愁多久已置形骸，恩重終須異輩儕。《長慶集》仍含諷諭，東方論敢雜詼諧。銷兵乍喜流亡返，横潦仍嫌燮理乖。何自近來恒斷肉，安貧聊學太常齋。

汪庶子學金以捉月圖屬題戲成三言詩一首

天上月，地上人，煙茫茫，隔十塵。隔十塵，欲捉月，馳風輪。風輪遲，月輪快，不得已，及天外。隔十塵，欲捉月，轉地輪。月輪寬，地輪小，不得已，出天表。隔十塵，欲捉月，借日輪。日輪紅，月輪白，不得已，兩相食。上弦月，捉不得，彎如弓，向人射。下弦月，捉不來，愁如眉，慘不開。十二三，十五六，圓疑環，白疑玉。玉與環，難把握。醉中客，總不知，時呼月，一問之。蓬萊山，作糟邱，捉不得，即拍浮。滄溟水，作醇酒，捉不得，即濡首。排千觴，列百樽，我欲起，爲解紛。仰明月，呼先生，爲詩伯，爲星精。時或醉，時或醒，酒星暗，蟾月明。啓明落，長庚横，萬萬古，傍月行。

曇陽仙觀題壁

生天成佛事皆真，二百年來記昔因。化鶴人歸冢已剖，釣鼇客到觀重新。觀爲州守鼇圖新建。蟲魚篆尚留遺跡，麟鳳洲先謁後塵。王鳳洲兄弟首先稱弟子。畢竟傳疑由弟子，曇鸞枉説化前身。鳳洲作《曇陽仙師傳》，末侈説師爲曇鸞師後身，以致人疑。

題明姜黄門埶圃諫草樓二圖

折檻朱雲氣已粗，時艱不敢作身圖。愚忠自欲回天地，臣罪原難保髮膚。滄海變來留隙壤，危樓築處傍浮屠。敬亭山下春蕪滿，月黑愁聞杜宇呼。

吴梅村祠題壁

寂寞城南土一邱，野梅零落水雲愁。生無木石填滄海，死有祠堂傍弇州。同谷七歌才愈老，集中有《避難倣杜七歌》。秣陵一曲淚俱流。興亡忍話前朝事，江總歸來已白頭。

題王應宸太守洞庭泛月卷子

修月八千户，常居天上頭。釣湖三萬艘，亦趁水東流。我覺飛仙好，時陪帝子遊。宵涼亦何事，嘯起岳陽樓。

苦愛蓬心叟，煙雲筆底濃。冥濛舟似蟻，活潑水如龍。欲到三層閣，仍携九節筇。天風忽然遞，嶽麓寺前鐘。

又歲寒宴坐圖

不知門外路，爾許雪霜深。客念此時寂，鐘聲昨夜沉。淡然忘世味，渺爾豁幽襟。在在都無著，空明此夜心。

如公能幾輩，未許卧蓬蒿。終爲蒼生起，應知素望高。志猶營宇宙，跡暫脱塵囂。即此坐忘處，天風響海濤。

題扇贈汪童子元爵

昌黎已序張童子，魏國先知員半千。他日蓬萊問家世，童子祖父已三世詞館。四傳應號小神仙。

吴舫即事

杜曲城南記最真，繁華悟後始尋春。蘭香仙去秋孃老，零落尊前見此人。

水明樓上會羣芳，屑玉研珠費較量。折得一枝紅芍藥，鏡臺先往贈花王。

别友

謫下蓬萊又幾春，形骸疑假復疑真。天荒地老重相見，君是前身我後身。

意外相逢是昨宵，可憐知復在明朝。十三夜月難連曉，魂斷溪南長短橋。

消寒第一會萬大令承紀招集吴舫聽甯福校書彈胡琵琶爲賦長句 時長至前一日。

金閶城外人煙密，琵琶一聲萬聲絶。萬聲縱沸亦不聞，琵琶聲高壓四鄰。夕陽欲滅猶未滅，唤出團圞海邊月。北風吹潮海上來，怪響迸入蛟龍堆。繁弦促節手不管，似有玉虬纏玉腕。神明矩度心不關，金鳳獨翔金指環。一聲舒遲一聲疾，霹靂出山天乍裂。大絃展拓幺絃收，雲霞鋪空地欲浮。欲完未完聲一束，直立琵琶若鼈足。我行昆崙葱嶺二萬里，青氣漫漫障天起。非無胡琵琶，拉雜彈不已。妖姬十五如山魈，十指漆黑聲啾嘈。招來區脱彈數曲，帳外似虎天風號。烏孫戍客何曾久，意外生還感高厚。禽巢南枝獸邱首，百里遊行畏讒口。蒲帆無風向東走，忽復遭逢數良友。烹龍炰鳳爲我壽，更拉琵琶佐樽酒。金戈鐵馬音鏗鏘，奔厓裂石詞激昂。玉門關前天雨霜，天馬欲走蹄先僵。天山界畫陰與陽，日月影碍冰硠硠。曲終四坐慨以慷，似識遷客曾投荒。我爲琵琶歌，行酒復食炙。商婦當年已衰謝，何似玆樓起聲價。雲英翩翩未經嫁，拜起尊前貌閑暇。當時樂天淚墮琵琶下，我謂時平遷謫何足訝。況復經時即蒙赦，南冠初除囚服卸。席地幕天無所藉，三百六日擇此最長夜。金烏玉兔光激射，二十八星環水榭。君不見，樽前情淚何能灑，百歲浮生亦虛假。胸中之奇誰識者，出户茫茫眺原野，有淚或向銅仙瀉。

消寒第二會汪庶子學金趣園座上追賦嘉慶戊午四月編輯婁東詩派成爲諸詩老設供建水陸道場用瑜伽薦度法并考生平行詣分上中下三壇别設閨秀一壇七日乃竣分賦得栢梁體一首

玲瓏水上飛千燈，東海璧月同時升。佛香妙處繙大乘，掃屋更結壇三層。一壇别設列采繒，雲鬟飛入皆鬅鬙。天人丰格不敢䚬，净名居士智力宏。佐以百六高功僧，婁東詞客繁名偁。恒河沙數量不勝，詩編大小束以絚。平生慧業此可徵，魂魄化去心神凝。光采尚若爝薪烝，靈車鬼馬空際騰。一一彼岸祈同登，否亦尚冀天衢昇。仙人心空鑒亦澂，品第甲乙，復經卟壇改定。品第甲乙殊兢兢。空中垂問空中譍，忠如龍比孝閔曾。陳雷朱范篤友朋，賈彪郭泰偕李膺。拄世風骨真稜稜，就中節義尤所矜。生可模楷没豆登，列上上乘皆日應。其餘稍或寓勸懲，亦不以愛不以憎。原心略迹目匪瞢，大邦齊魯小杞鄫。州蓼隨絞邾薛滕，次等亦復難加增。灌夫駡坐肆轢轅，樓護結客多依馮。胸中鱗甲手葛藤，甚或遇事全模棱。諫垣瑟縮嗤凍蠅，酷吏忮猛同蒼鷹。亡身破家刺史澄，降胡負漢都尉陵。品列下下無能陞，知人論世最足憑。不以文筆相誇凌，大弦稍緩幺弦揯。筆法直似朱絲繩，定論無用參疑丞。此邦前代尤岐嶒，後先七子稱代興。兩王荆石相國，弇洲尚書。事業世所稱，各有祠廟羅肴脀。迪功集若雲霞烝，日觀巇鳳天池鵬。梅村祭酒緒復承，此道亦屬三折肱。歷年二百留雲礽，流光疾若矢射堋。琅邪太原壇坫仍，品題直到驌與騄。語簡而當争鈔謄，我于彼法習未曾。服此論斷非儚儚，忠賢奸佞各列棚。竟若二水分淄澠，學仙學佛縱不能，何必苦判溝與塍。山雲欲凍海欲冰，萬丈雪霰愁難麦。歸裝幸有十束綾，敬録一本隨行幐。

消寒第三會王孝廉履荃胡明經金誥邀遊樂郊園因出婁東十老圖索題

十老：爲王育，字石隱，年八十；陸羲賓，字素朴，年七十一；宋龍，字子猶，年六十四；郁法，字儀臣，年六十五；顧士璉，字殷重，年六十四；盛敬，字聖傳，年六十二；陸世儀，字道威，年六十一；江士韶，字虞九，年六十；陳瑚，字言夏，年五十九；王撰，字異公，年五十。皆婁上明末隱君子也。

十人慘慘荒江潯，時歌時哭天爲陰。朝無食案夜乏衾，尚扱朱履行空林。沈思古昔淚雨淋，往者不作何况今。魯連既向滄海蹈，屈子又復湘江沉。田光刎頸萇宏胣，漸離矐目豫讓瘖。吹簫吳市亦時有，擊鼓河岸誰能尋。寰中止剩伯倫鍤，海上自拊成連琴。龔生未授新祭酒，伏勝尚屬秦儒林。以之相較盡不愧，餘子未足披深襟。歸迂顧怪在咫尺，庶可與爾稱同心。

消寒第四會汪刺史廷昉座上賦南園古梅歌梅爲前明王文肅公手植名一隻瘦鶴

一雙鳳去不回，一隻鶴翩然來。城比〔二〕即雙鳳鎮。翩然下啄莓與苔，渺爾化作羅浮梅。羅浮仙夢何時醒，幻作梅花尚朱頂。三生落落出世姿，七尺亭亭照波影。不飛不鳴作高格，四出枝猶排逸翮。亭空月冷露欲零，仙客欲騎騎不得。百餘年來丁令威，游戲倘復時來歸。人民城郭縱非是，尚認一樹衝寒開。幽人幾日園南住，香氣横飛海東路。滄溟今已作桑田，婁河口今叠長海沙，遂至淤塞。此樹應須憬然悟。園林之主先後殊，昔者太保今尚書。南園近爲畢秋帆尚書購得，以居甥沈慤師。圍棋賭墅偶然得，瘦骨尚欲凌高株。研鄰居士開賓閣，邀客詠梅如詠鶴。長身安得居樊籠，復恐化鶴飛横空。

消寒第五集田大令鈞邀集官廨即爲題荆樹山房圖卷子

荆樹山房，爲大令六世祖明萍鄉令□□所建，嘉慶三年錢唐黄司馬易爲補圖。

田家集，在何處。門前清濟會濁河，百世流傳紫荆樹。紫荆樹老花愈多，四出不復分枝柯。尋根既悟一本義，攀樹時作同心歌。我願兄弟心，化作此樹陰。祥風甘雨萃一林，三冬三夏不使嚴霜烈日交相侵。

仍願手足誼，化作此花蒂。千枝百枝同一氣，花葉雖繁枝不替。李家花萼樓，馮家棠棣碑。不及君家此樹好顏色，千古萬古名猶垂。山房三間下有池，容易得值花開時。花前盈盈酒滿巵，既不識尺布斗粟三字辭，亦不聽然萁煮豆《七步詩》。君家此樹真堪愛，大令逮君剛六代。一門草木皆異常，芣苢不吟蘐樹背。龔梧生，黄小松，爲君作圖作記皆極工。君不見，紫荆花，花色異，絶愛君家好昆季。六世相傳幾循吏，更覓甘棠栽隙地。

消寒第六會汪公子彦國招集復初齋觀王石谷繪山水直幅　畫

係石谷贈公子七世祖明處士汪溥。溥亦工畫，爲婁東第一手。

我行徧天下，却愛黔中山。黔中山勢盡壁立，出地萬仞無彎環。南峰升雲北峰月，畫裏溪山亦奇絶。靈泉破空山石裂，飛出千年萬年雪。崖窮路古林光倩，斷壑奔灘鬼神現。林花對客纔一笑，山鳥窺人剛半面。洞門怪響七尺笻，奇古似是商山翁。商山翁，居海曲。得意時歌復時哭，地老天荒一間屋。滄浪之水清濯足，鶺鴒鸕兹與同浴。放艇時來玉峰麓，森然非松亦非竹。植立門前聞剥啄，主人開户喜不速。邀坐茅檐背同曝，忽然一筆寫不足。肌膚如山骨如玉，狂叫自呼王石谷。我題此畫亦非偶，二百年前倘良友。畫中蕭疏兩閒叟，著罷枯棋偶垂手，瞥見洪厓拍肩否？王石谷自題有「洪厓拍肩」之語。山中古洞如敲開，兩翁曳杖還能來。消寒集上醉幾回，大笑手覆三千杯。

消寒第七集唐明府仲冕招集吴縣倉廨觀唐六如畫馬

唐生畫馬如畫鶴，仙骨棱棱難捉摸，不識人間有羈絡。唐生畫馬如畫人，霞采奕奕光瞳神，氣軼天半心難馴。唐生本是神仙謫，畫馬亦與龍麟匹。眼空千里萬里程，一點飛從草頭黑。蹄高四尺尾徑尺，全力都從尾間出。頭肩背腹鬉脛膝，大氣回環如一筆。鑾靴烏帽衫落拓，此客我疑孫伯樂，不然何以神采飛騰氣磅礴。我曾行經大宛兼烏孫，枕戈萬里求絶塵。生還豈意復相值，雪夜對此開芳樽。六如畫品陶山詩，落筆往往饒精思。前生不是趙承旨，或者即爲李伯時。君不見，旄頭星尚照巴蜀，眼急捷書來不速，十萬騹騮競馳逐。饑火燒心尾毛秃，何如此馬真有福。飛行限以尺一幅，低首且食太倉粟。

消寒第八集孫兵備星衍邀同人泛舟至永昌鎮訪孫武大家

率成四首

初日甫欲升，照我出東郭。巫門已迷離，何況冢廓落。言尋永昌鎮，十里路初拓。英雄骨未朽，其上已耕鑿。雖然巢冢鵲，鷹隼不敢搏。繙罷《越絶書》，酸風下懸閣。

伍胥貢奇士，本欲爲國謀。寥寥一寸心，亦報身家讎。要離與專諸，詎與公等儔。蕭蕭吴宫中，頸血五步流。遂令姑胥臺，濃春倏成秋。平原不知兵，亦斬笑者頭。

生齊而仕吴，位視客卿例。如何蓋世才，乃用作兒戲。兵鋒纔一試，已取鄢郢地。嗟嗟甬東叟，不及盡奇計。至今十三篇，海内悉衣被。荒墳極十頃，上有柏樹根。高碑止留趺，文字已不存。茫茫今古殊，地尚名孫墩。百步絶采樵，没世若有神。千年倘思鄉，魂登望齊門。

消寒第九集臘八日李廉使廷敬招同人至虎阜憩梅花書屋看黄梅作

十步亘一閣，五步横一臺。藐姑仙人尚未來，風信先已催黄梅。門開稜稜石千尺，徑險最宜雙蠟屐。小樓開處三面花，花下屋古如浮槎。闌干東西屋前後，不及捲簾香已透。紅紅白白不並時，南枝北枝開故遲。維餘寒影互激射，凍蕊落葉光參差。黄蜂千頭綴枝冷，只惜南園蝶無影。紞千山雀時一雙，噪得遊人發深警。日當臘八月上弦，樓上兩兩排華筵。飲中八客疑八仙，是日同在詞館者共有八人。不飲我欲花前眠。花光既分飛，燈影亦交錯。君不見，談深不覺冬日促，幾樹夕陽黄不落。

古會晤詞

回頭即相思，對面忽無語。妾身雖堅貞，妾意已相許。妾如團欒月無缺，儂似曉星常逐月。升天入地影不離，何必更判雲與泥。

古訣别詞

紫騮不曾歸，青驄不曾去。同行複道中，意外復相遇。黄梅一株香未折，花底忍寒來訣别。暗影朦朧啓北扉，嚴霜正白城頭月。

邗溪步月

空外月華直，幽人此際來。寒梅三兩樹，並影一齊開。

臘月十九日卷施閣邀同人爲宋蘇文忠公生日設祀作

東坡謫南海，我謫西海頭。東坡更三歲，尚未離儋州。我頃荷戈來，僅止三月留。我歸正值黄流漲，海外奇花未全放。天山六月汗不流，冰雪千層萬層障。揭來半載荒江沚，一念感恩先欲死。江田時陸復時沉，自歎浮生亦如此。年殘百事如蝟毛，歲未全稔民仍勞。憶公更憶初度日，置酒遠復邀朋曹。初陽離離開竹屋，黄白種梅香乍馥。遠行萬里今甫歸，濯足卷施一隅谷。君不見，坐中七客鬢皆斑，難得人間歲亦閒。同獻樽前一杯酒，祝公生日我生還。

凌同年廷堪以其族曾祖明侍御□□遺札屬題率賦一首

一紙留遺墨，千秋識藎臣。更因懸腕疾，彌覺剖心真。臣節終横草，朝端尚厝薪。傷心江總輩，文采竟亡陳。

借月歌爲借月上人賦

出門即看山，閉門即抱膝。上人于世何所需，祇借天空一瓢月。有時欲閒吟，一瓢月在心。空濛百斛光，先與祛煩襟。有時欲説法，一瓢月在頰。靈明百琲珠，如看瀉行篋。空空相色非非想，瓢月時時復盈掌。離鄉忽欲念鄉山，天姥天台或長往。去年住城東，看此瓢月生，巽宫樓前燈影明。今年住城北，看此瓢月蝕，天王堂中香炷熄。僧既不還俗，月亦不上天。假而不歸凡幾年，聞説塵劫歷百年經千。天邊之月時或缺，月在一瓢光不滅。

許上舍汝原觀濤圖

避人何敢學乘桴，東下滄溟住得無。轉眼忽憐塵世小，一杯海水一葫蘆。
三千里路客何久，十八家村住亦難。我欲與君同卜築，城南陽羡好溪山。

題畫

峰峰嵐氣誰能辨，一色采雲分一面。山形正闕西北峰，却好海霞生片片。山深六月徹骨涼，世事不到三間堂。回厓偶爾透日光，水流花開天地忙。石壇中間棋局具，五客入門饒逸趣。纔完一局已卅年，騎鹿公然上天去。

答友人問近狀

門前三萬六千頃，架上二千四百年。胸次近來無一事，釣竿纔放枕書眠。

跋唐豐溪處士呂從慶詩集後

處士本大梁人，以唐廣明元年避黃巢之亂至歙，又自歙移旌德之豐溪，遂家焉。處士卒時，年已九十七。自題其墓碣云：唐詩人豐溪漁叟之墓。時已屆石晉天福中，蓋處士之不忘唐如此。自後遂世居豐溪，迄今已九百餘年。子姓繁衍，多至數千家。余來主洋川書院，其末孫璽與培皆從余游。近復從零縑斷碣中搜羅處士之詩，并前所刊共得四十五首，乞余序之，因并繫以詩。

君詩四十有五篇，流傳九百十六年。豐溪自此占居籍，百世尚識開封遷。人丁至萬户至千，前後南北圍墳田。清明歲歲上先冢，十里以外聞香煙。千年家法堪則傚，不用西方化人教。牲牢奠後布路回，墳頭從不飛紙灰。君不見，司空表聖羅昭諫，唐末英英義聲見。詩人豈藉詩句傳，大節所在尤昭然。豐溪處士生晚唐，末路乃值晉與梁。時吟時輟心内傷，醉後自北陶柴桑。烏衣山，王官峪，糾嶺柵峰同岸嵉。九原數子如何作，愧煞陵陽杜荀鶴。

友人貽所知集見卷中録先君子詩頗多敬讀一過感賦

親承色笑猶如昨，孤露餘生五十秋。夢好尚能依膝下，愁多時復上眉頭。傳家舊業詩千首，卜築新塘土一抔。便種梅花滿墳屋，他時地下鎮從遊。

校勘記

〔一〕城比　按，《北江遺書》本作「城北」。

更生齋詩卷第五

箬嶺授經集

勵志詩三十首

獨木可製棟，乃反裁作橋。獨木之橋，心焉摇摇。獨木可立柱，乃反刳作舟。獨木之舟，或沉或浮。

天形不知，以農爲師。地圖或溷，引商參問。欲知古，詢及賈。欲通俗，訪及僕。

羅網待物，不擇飛走。資格縛人，不問賢否。

慢神無福，謟亦如之。不慢不謟，是爲得之。學佛無益，毁佛無損。不佞不毁，達人所允。

萬燈雖明，不敵一星。九流雖精，不敵一經。星晶瑩，海宇甯。經習熟，治術足。

蕣佐飲，菸佐食。腸浸淫，口呼吸。一火攻，一水厄。消肌膚，鑠精液。

一家飢寒，擾及里鄰。四民飢寒，憂及君相。

靈狐狺狺，善惑世人。神祠穴久，不媚土偶。林禽剪舌，巧過百物。有法制之，禦以木訥。

身欲死，藥不靈。心欲死，語不經。語不經，神殛之。藥不靈，鬼殺之。

我欲上天，祇憑一梯。天之高高，梯則已低。我欲渡河，祇結一壺。河流湯湯，壺不可泭。以力養人，力懼不展。以心養人，活及無算。以財濟世，財有匱時。以言濟世，利無窮期。妄思奇福，必得奇禍。妄思窖金，必至家破。

龍行雨，聲不聞。龍出聲，雷即嗔。鵬摶風，翮不露。鵬奮翮，天即怒。

我所思在九域以外，九域既窮，天地何届？我所思在萬物之究，萬物既究，孰持其後？

心無欹傾，不畏震霆。行無疵累，不畏社鬼。社鬼所摶，必非强梁。雷火所觸，人或不祥。

齊三士，可稱勇。伏劍死，不旋踵。魯兩生，可號儒。叔孫先，不能污。齊三士，誰可敵。田横島，五百客。魯兩生，孰可同。哀平中，楚二龔。

衣無複單，難以禦寒。家無法紀，難以服官。衣之有複，潤及肌肉。家之有法，化及鵝鴨。

惠人升斗，莫惠以口。殺人刀戟，莫殺以舌。口惠人，怨必叢。舌殺人，己必凶。

妖禽九頭，妖狐九尾。顧首顧尾，不見可喜。抃鼇斷足，形天斷頭。時起時舞，不見有憂。

盜賊水火，不過家破。飢寒困窮，一身之凶。妒賢嫉能，殃及孫曾。利己害物，禍至殄滅。

環堂而行，跬步有幾。行之不已，可積千里。索書而觀，書苦易竟。循環讀之，義乃不盡。

欲身不病，無與物競。欲身無災，與物共財。

檻虎縱馴，不使導遊。吾誰與偕，岸有白鷗。籠禽雖俊，不與論心。吾誰款曲，案有素琴。

不隨俗，可挽俗。不趨時，乃捄時。

父母存，苦賤貧。虀鹽蔬菽，日以奉親。父母逝，感遭際。錢刀錦綺，僅以營祭。東流滔滔逝不回，西日宛宛誰能追。行持形骸入蒿萊，元堂幽扃永趨陪。

鵬六翮，難傅天。蟲百足，難陟巔。終爲人所嗤，不爲人所憐。

百步之内，必有嘉木。吾拜松竹，重其先拔俗。一林之中，必有飛翔。吾拜烏鵲，重其不出鄉。一身之事，妻孥不詳。欲告我友，又苦各一方。百年之中，半不居里。惟蠹魚追隨，見我輒喜。

喜飲海水，喜食海魚。春夏卜居，無逾巨區。喜餐湖淥，喜采湖菱。秋冬讀書，宜傍禹陵。

鏡不留物，影過即滅。世不待人，事去即陳。浮雲激電，生滅何速。視世以心，不視以目。

壬戌新正九日吴封翁端彝等邀集世經堂看梅作

昨夜羅浮月，微黄挂屋端。居然半間舫，釀足十分寒。殘葉樹頭墮，古香枝上探。花前兩年少，吹笛勸加餐。

十八日偕陸孝廉繼輅莊上舍曾儀黄秀才載華至城東檥舟亭探梅回集卷施閣小飲即送孝廉北上

東風纔解凍，北風又飛雪。已傷青春遲，復與友生别。陸郎卅載同鄉里，早歲聲名日邊起。蝶夢莊周昨已醒，牛醫黄憲今誰比。三君一例皆少年，各矯健翮凌風前。流光真慨熟羊胛，壯志欲餐生彘肩。嗟余病已經時卧，五十五年彈指過。范睢脅向生前折，荀偃頭從夢中墮。閉門且學楊子元，精義一一離言詮。雪花六出梅五出，日月右旋天左旋。因兹悟徹無生旨，大地春光亦如此。要從鶯燕識春秋，不與蜉蝣共生死。燭光千頭淚百堆，日昨晝鷁從東來。元夕，城東戚墅堰有競渡之戲。天門一笑即飛電，地軸半拆驚轟雷。開門却倩梅花守，掃徑惟應待良友。二頃雖無陽羨田，百壺且中山陰酒。東門之東花幾株，草根樹皮春已蘇。大姑城訪東晋刹，少伯河接西洮湖。荆湘米價平難得，楚蜀軍書尚馳驛。燈火初回眼已青，干戈乍歇頭先白。八角籬門尺五汀，暫時分手若爲情。南行欲趁梟溪棹，北上先題雁塔名。

將至洋川書院先詣郭北謁别先塋

經年方覺定羈魂，松栢蕭蕭謁墓門。已分頭顱行萬里，昨歲蒙恩免死，遣戍伊犂。至戍所，將軍又欲行法，亦荷聖恩以免。僅留皮骨反孤村。長愁擬共張平子，妙德慚無袁愍孫。揮淚更從原北望，鶺鴒聲裏上朝暾。

過東垻

已斷中江路，銀林五垻長。水難歸震澤，波轉突丹楊。别派分天塹，低圩減地糧。五垻成，高淳諸縣遂爲澤國。前明遂奏減地租派入宜興、荆溪等縣。臺濛遺事在，三復感滄桑。

花朝日阻風江口望采石太白樓咫尺不得上

今朝花朝無一花，今夕月夕亦無月。因之酒人無酒飲，空向酒仙樓畔歇。沉思往事心内傷，陳劉應徐均已亡。謂三十年前，學使署及沈太守業富署中諸賓客，如邵學士晉涵、高孝廉文照、汪明經中諸人。我前同公謫夜郎，意外復得還江鄉。眼中千里與萬里，只坐沙洲慵不起。忘機雅有忘機伴，鴨鵁鷺絲飛不已。君不見，江源亦出昆侖中，往者險欲探奇蹤。伊犁去昆侖、葱嶺皆不遠。豈知勞人家住海東岸，江水過我始得東朝宗。奔馳歲月方三載，江水未移青鬢改。竹帛偏憐壯志虚，乾坤剩有詩名在。二更月出斷厓口，遠道呼童復沽酒。花時雖無桃杏花，且向原南折新柳。

涇縣道中夜宿

春山一路幽蘭香，菜甲遠襯斜陽黄。藍輿時向杏梢度，薄暝尚欲穿層岡。一山初平一山出，怪石總從頭上突。却到山溪夜已闌，橋南一樹花如活。

過茹麻嶺

茹麻嶺南無隙地，麥隴盤盤上天際。青松陰裏紅杏花，波影日光微覺膩。疏疏一樹闌干右，燕剪未來蜂已逗。晴空復聞唤雨鳩，呪得一角陰雲浮。

行次桃花潭山店看杏花作

整整斜斜劇可憐，桃花潭側杏花妍。銷魂樓上三更雨，似畫江南二月天。小語未妨留晛睆，閒情只欲惹鞦韆。慈恩回首真如夢，露冷烟殘又十年。

山坑道中

雲乍離山日向晨，浣衣津口净無塵。不知頭上花齊放，祇覺遊蜂戀美人。

抵洋川書院

來路雲已遮，去路山復塞。山禽亦分界，飛不妄南北。惟愁山外事，傳到此山側。預戒五尺童，不延山外客。

追思荷戈地，亦有萬仞山。但覺白氣周，無此青彎環。攤書向檐前，鳥語殊綿蠻。勞攘三十年，獲此一歲閒。

生徒十數人，曙即攬衣起。周廊聽書聲，都穿白雲裏。與談前世事，一一盡色喜。所愧學業荒，款門來不已。

樓前半畝花，紅氣通八牖。朝霞復相間，赤白分左右。欣兹讀書暇，時亦陟岡阜。日昨山雨肥，園丁獻新韭。

詠亭側海棠

薄暝行山坳，花氣籠一谷。紅襟一雙燕，守此花畔宿。紅紅白白競半春，只此花態尤清淳。亦如名姝善守身，艷極不欲銷人魂。一花初開承一葉，葉上時時綴胡蝶。雲紅露白夜不眠，要看殘月來花前。

曉起看梨花

一白疑無影，亭亭物外斜。祇宜將曉月，襯此欲開花。飛瀑空相照，幽禽静不譁。闌干兩三曲，何處著春華。

山樓喜雨歌

一月不雨憂三田，四山出雲高接天。雨聲似挾海潮至，一夜迸落山窗前。山中懸溜本數重，添出百道如飛龍。喧聲忽然入室中，欲挾床几淩虚空。漫空花雨尤堪訝，桃花李花成陣下。海棠可惜昨始開，連蘂都飛北窗罅。園丁失喜農師幸，風伯差嫌煞風景。翻盆雨驟晴亦驟，北斗仍看挂松頂。沉思往事聲暗吞，憶昨雨急趨烏孫。竄身無地得空穴，雷電又入撈驚魂。雨行作雪夜若年，我僕尚滯南山巔。羊裘濕盡不得脱，指凍欲裂饑腸煎。即今生還萬事足，況復眼前書可讀。雨聲風聲縱淩厲，足不下床頭戴屋。

君不見，雨餘濕翠復幾堆，曳杖更欲登層臺。老饕無端笑口開，明日驚筍登盤來。

山館靜坐憶孫大星衍 戊戌年曾共隨學使者按臨過此縣境。

峽號壎箎澗響琴，卅年前事一追尋。巖腰柳尚凝青眼，谷口蘭真愜素心。偶爾塞翁悲失馬，依然山館仿來禽。舊遊十輩今誰在，最少如君白髮侵。

將至旌德趙兵備翼枉詩相餞未暇報也山館無事戲作長句柬之并約同遊黄山

逐臣初歸戀鄉土，日日醉眠腸欲腐。有花即向花前飲，不問誰賓復誰主。少年英英丁與陸，明經履恒，孝廉繼輅。跌宕文場氣頗粗。就中我敬西頭趙，七十高年健如虎。哦詩一字不相讓，往往雷霆雜吞吐。牡丹八首尤奇絶，老筆轉能生媚嫵。百年文獻差不愧，一輩賓朋試重數。忘筌莊叟善高論，中允通敏。荷鍤伯倫稱大户。舍人召揚。沈吴近又結詩社，廣文元輅，封君端彝。劉蔣頻招宴花圃。太守熊昌總鎮烜。賽神我憶月廿三，去歲二月廿三日清明。競渡人喧日端五。波光已覺凈如綺，筆力復看强過弩。座中詩派判唐宋，壁上兵鋒看秦楚。危詞縱累十二碁，定律不差分寸黍。便教長樂嚴刁斗，敢與淮陰鬭旗鼓。强梁幾欲扛周鼎，弱肉何堪試蕭斧。叢譏杜老作詩瘦，轉學荀卿著書苦。此來百里程迢遞，實避千言氣莽鹵。仍携季豹同趨塾，時挈兒子符孫入塾。未碍伯鸞居賃廡。萬山已距南來轍，一屋祗開東向户。三天子障肩堪竝，五老人峰頭復俯。九華山距此不及二百里。雲光破曉嵌眉睫，清氣歷時充肺腑。恥同詞伯競壇坫，可許散仙居洞府。狂遊尚未卜時日，鄙意終須待儕伍。我餐黄獨飽匝月，君跨青驄去何所。時聞有吴門之行。名山欲入先鼓興，此老若來當步武。朱砂泉記仍可續，紅杏原詩不須補。緩程水定由青弋，回路嶺仍登白紵。狂思策蹇升龍脊，醉或然犀燭牛渚。餘閒并可覓酒人，陳巡撫淮近寓居蕪湖。得暇未妨談食譜。君如爽約當有説，意必兩端持首鼠。蹤疲既畏行客笑，句劣或恐山靈侮。興公果係天機淺，安石輒爲人事阻。縱然曳踵看山色，應悔埋頭住江滸。溪南帆席不肯挂，屋北降旗定須竪。歸時擲示一巨編，讓我長歌擅今古。

登山半小閣

一閣瞰四山，缺處望箬嶺。山坳一千户，歷歷若居井。白雲穿入牖，曉夢尚難醒。幾家晨爨早，烟縷上山頂。烟光觸花氣，倏忽暗朝景。獨坐心轉清，憑闌試新茗。

山下訪友

門前古樹分向背，千枝百枝鳥聲碎。有時出屋不及冠，頭上白雲如可戴。興來欲訪溪南友，水鳥鷺絲分作隊。橋心甫過魚驚竄，瘦影亭亭嵌波内。南山雲晴北山暗，坐覺一窗殊顯晦。野人留客頗勤懇，手剪青青一畦菜。家貧不諱瓶無粟，舍北村南總堪貸。飯餘一晌眠初熟，倏忽怒雷喧水碓。竹中一徑穿曾慣，人去鳥來都不碍。零星舊事談難竟，送過前溪步方退。爲言山僻有一龕，明日倘來堪晤對。

侵曉送客過嶺

孤帷隱一燈，行客尚未起。殘月下北山，寥寥犬初吠。一峰抱一峰，劣徑入隻騎。十里吹濕香，原空瀉花氣。

偶成

鳥聲不下樹，蛙聲不上山。夢醒聞衆聲，寥寥隔層關。前宵一雨山光緑，添得水聲飛上屋。三層閣倚百尺松，飽聽日午吟蒼龍。

連日風雨花事零落殆盡牡丹芍藥尚無消息感而有作即示諸生

岡北岡南厭登涉，十日看花都作葉。風飄萬朵無一存，隔隴蔬花尚層叠。閒情幾日少歸束，春夢百番難妥帖。負暄行客乍脱綿，驟暖高齋欲摇箑。無端頃刻變晴雨，或者陰陽欠調燮。名花縱謝柔桑嫩，樹上家家有蠶妾。携壺挈榼上冢忙，劚土四邊封馬鬣。茶畦偏多麥畦少，久矣斯風盛宣歙。洋川書院挺山半，築屋居然象城堞。一瓻我尚遠借書，百里最慙争負笈。閒繙左氏獲麟史，教倣羲之换鵝帖。蜂腰終覺句可商，鴂舌半憐音不叶。九經四史孰淹貫，八體六書宜涉獵。百房燈影遥相射，半里書聲怳如接。

埋頭已覺遥夜永，陟足偏欣上山捷。諸生英英志莫惰，春日遲遲睡防魇。何時便可放勺藥，此信定難瞞蛺蝶。花寬十日五日約，香已千枝百枝裛。新蟾屈指黄半鉤，嫩蘂闞心紅一捻。二分纔向枝頭吐，一朵誰先鬢邊貼。花前勸我頻携酒，花下阿誰時步屧。醉同山簡接䍦倒，雨學郭公巾角墊。金罍總向人前瀉，玉笛須從樹頭擪。半街月霧籠衫袖，五色花光照眉睫。商量却待榴火紅，青弋江應放歸檝。

度嶺

一山初平一山起，更有一山生足底，怪峰稜稜都礙履。山鴉啼愁山鵲喜，翠柏青松浄如洗。山頭回身望山尾，來路都沉白雲裏。天梯初升石門啓，已隔下方三十里。

山樓曉望

花紅宜朝暾，花白宜曉月。梨花尚帶殘月光，一樹棠梨已迎日。人家分住東西嶺，菜甲作花連十頃。平田雨後飛濕光，雲朵亦與花争黄。

微雨

天半浮雲過，山頭暗一重。早凉開北牖，微雨入前峰。已度三層澗，全迷萬壑松。冥濛看飛鳥，歸樹尚從容。

山行

添衣欲出門，日色驟晴煦。濛濛北原上，春氣零若雨。斜穿松櫟徑，百鳥頭上語。草花三兩種，曲折礙芒屨。前渡淺水灘，牽衣待儔侶。

三月三日憶里中雲溪諸勝

今晨三月三，禁烟亦此日。風花無一朵，清冷值佳節。携樽上高阜，轉覺鄉思切。遥憐池館好，疏雨亦將歇。北郭展嫩晴，雙橋上新月。應有挑菜人，延回出城闕。我家白雲溪，雲白溪亦漲。一鳥溪上鳴，千花樹頭放。近移東半里，築屋轉相向。春來倘無夢，夢輒在溪上。樓前楊柳樹，闢牖可閒望。花落溪水深，春人定惆悵。

郁李

階前郁李多，只惜花瑣碎。沉沉春晝影，迷客有如醉。幽蘭獨高格，開尚與人背。梨花嫣然姿，亦出桃李内。庶幾顔色淡，蜂蝶所不愛。三春孰蹤跡，一客獨盼睞。欣然携茗具，晴晝看至晦。詎忍折一枝，夜窗仍晤對。

半山看雨

雨聲欲走北，風力欲挽西。遂令一谷雲，分向西北飛。風驚西來雨北走，天頂依然挂星斗。風聲雨聲入夜昏，鳥歸人歸争一門。君不見，歸人歸鳥何太急，鳥亦有巢人有笠。

大風拔木歌 寒食前一日。

危亭不合皆畫龍，怪底拔宅思騰空。爪牙森森頭角挺，惹得天龍下窺影。雨聲飛完復飛雹，風力驟回先拔木。飛泉如濤響空谷，餘勢尚摧花與竹。畫耶真耶不可知，但見半壁雲分馳。雷聲亦自屋中劈，照見鱗甲光參差。江南山高水復闊，幽處盡爲龍所窟。以龍招龍龍即出，或者真龍怪唐突。黄山之西白嶽東，勸翁掃壁更畫高高峰，不爾龍挾此屋飛入雲當中。

寒食偶成

伊犁河上值清明，東距關門尚百程。今日萬山深處坐，雨花如夢撲簾旌。
誰向洋川紀歲華，沿門都已採新茶。山中春事忙如許，桃李先開半月花。
日午山窗睡起遲，東風吹夢入游絲。愁無一架秋千影，閒煞滿庭紅杏枝。
衰遲未敢説春愁，棖觸鶯花憶舊遊。只有白雲知我意，隨風都到海東頭。

偕諸生至下洋川修禊各賦一首

我來已半月，未及洋水濱。兹逢禁烟節，又值上巳辰。諸生學經時，用志已不紛。相携勝地來，驗此心賞真。聯行亦無多，童冠八九人。牽衣過石橋，酌蠡向水湄。頗感歲月馳，奄忽及莫春。吾徒勤讀書，尤在志行純。心性苟不漓，遑計泰與屯。朱雲折安昌，其氣尚未馴。及對辥贛君，品乃絶等倫。寥寥一千年，冀欲追絶塵。狂狷致失中，又恐戾聖門。同堂貴參稽，得間盍共陳。歸及新月輝，陶然飲芳尊。

清明日望遠

三更白雲四更雨，踏青人聽更殘鼓。鼓聲纔絶人聲擾，已見春衫度林杪。濛濛松竹徑尚昏，春燕亦復隨春人。風光縱好春人訝，似怨桃花已先謝。山中一歲止一來，棠棣枝下仍徘徊。一旬春鬢無顏色，却戴幽蘭露猶滴。洋川曲折徑亦斜，沿路喜尋親串家。湔裙春水年年好，只惜紅顏鏡中老。

階前草花黄白可愛爲賦一絶

黄黄白白滿窗紗，破悶聊拈午後茶。從此不嫌風景淡，草花能替樹頭花。

清明日憶女紡孫却寄

小白長紅幾樹桃，嫩黄淺碧柳條條。春光偶到三層閣，客夢頻牽八字橋。壻可學文愁病肺，兒能涉筆幸垂髫。謂符孫。他時卜宅烏衣巷，時得孫大季仇札，約買宅共住江甯，故云。門外山光即六朝。

偶成

校得《南華》内外篇，晚春已覺日如年。新紅看罷看新緑，正是江南麥秀天。

夜起

尋詩似厭春晝忙，三更起行百尺廊。紅蘭花前月尤皎，白鷺影外天何長。樓臺密處闌干複，北斗正垂闌北曲。水西一燈行不休，夜半已到山南頭，款門殷殷人不識，失喜偏逢寄書客。山深不及羅酒漿，飯客祇有蔬花黄。主人將眠客復起，欲到縣中還卅里。

水北三松歌

日日樓上看三松，今日甫向松根過。亭亭拔地百餘丈，遠望仍疑水邊卧。松邊一橋亦千步，橋盡松根始全露。盤空夭矯不可名，一半横遮水南路。松梢沉沉足烟霧，白鶴不來棲白鷺。一枝北出勢更奇，罩得樓臺復無數。五松中間兩已枯，間向岸北尋根株。移南倘復十數武，老榦直欲捎浮圖。霜皮一尺裂一縫，堆得苔錢已無空。風聲雷聲咋倥偬，龍欲出山雷雨踵。倒海排山浪齊湧，只有此松兀不動。攫拏星辰疑有力，回轉陰陽不踰刻。根株盤盤穿入石，透出石中枝尚直。松聲近樹反不聞，數里外覺驚濤奔。鄰翁下見五代孫，自説輩行無松尊。愛之不忍手撫玩，一月幾回來斷岸。君不見，四山中間人跡斷，此客此松聊作伴。

暮窗看霧

分半山坡枕水涯，讀書樓上一燈斜。怪來眼界空如許，白霧漫漫蓋萬家。

望遠

挑菜湔裙總未曾，半旬常自睡瞢騰。小桃落盡春無夢，雙燕歸遲夜有燈。舊友許貽京口酒，新詩都寫剡溪藤。惟餘望遠心偏切，月黑高樓上幾層。

山杜鵑

十日不出户，杜鵑紅滿山。始知造化功，足補春事殘。紫藤亦牽花，掩映松竹間。胡蝶去已久，何時復飛還。曳杖一縱觀，花露衣上班。側聞鄰翁言，消息到牡丹。有此匝月紅，庶可待藥欄。

山中

山中雨半宵，三日足清響。蛙鼓亦上山，寥寥非意想。

即事

山雲朵朵欲凌空，罩得山花處處紅。自覺著書心地徹，不知身在白雲中。

雨夜友人過訪友，涇縣人。

竹笠芒鞋猛叩關，匆匆知自震州還。故人欲話三年事，積雨先沉四面山。勸客酒杯心轉怯，照人燈火鬢初班。離家早已忘家累，擬築幽居水乙灣。所居水西，山水尤勝。

洋河橋題柱

洋川三面是人家，到得橋頭路已叉。却趕犉牛山北去，不教喫盡野田花。

題士女遊春圖

白白紅紅艸亦香，且扶新月過橋梁。春光似海人如海，不避遊人説大方。

羅衫葉葉趁春遊，竹粉時時拂面流。摘得菜花何處用，嫩黄先襯玉搔頭。

黄蜂何處覓遊蹤，欲上層梯意轉慵。拂面遊絲已無數，第三層塔且從容。

驟晴驟雨筆難描，一朵輕紅未破苞。乳燕尚嫌毛羽重，祇教胡蝶上枝梢。

曲曲溝塍之字斜，踏青纔了路偏賒。一條春巷門無數，何處能尋阿姊家。

十四日夜起

及此三更後，吟堂寂不譁。夜雲時作態，春月亦能華。蝶夢穿書幌，蟲聲落畫叉。空明一灣水，似不隔窗紗。

十五日詣日涉園看牡丹

紅疏緑暗悵無端，路僻山深夜尚寒。似爾鏡中花爛漫，鬥他天上月團圞。風光艷憶餐霞閣，香味清逾承露盤。迢遞樽前小兒女，故鄉春好不同看。昨歲友人貽異種數叢，植卷施谷中，此時當亦盛開，故憶及之。

看花歸值急雨

雲頭倏已昏，雨脚來亦驟。歸途經略彴，四面水聲湊。忘携簑笠具，衫袖薄將透。幸兹坡險處，我僕已迎候。扶携到軒墀，早復注簷溜。樓頭窗八扇，看雨敞前後。只隔山兩重，空明月如晝。

夜坐

好書圍四面，複屋住三層。花氣能消酒，雲光不碍燈。下帷更乍永，擁被月初升。只此清凉境，年前得未曾。

十八日詣延芳書屋看牡丹

別分池館枕汀洲，花外纔停喚雨鳩。修到紅顏仍有福，開從緑野不知愁。吹香簾下頻牽夢，照影波中亦並頭。倘仿徐熙圖没骨，焉支山下我曾遊。

歸途復過日涉園花事尚盛

別來莫恨花開緩，月缺一分花尚滿。風風雨雨即不時，梅枝李枝能護持。牡丹旁有梅一株，高出檐角，爲蔽風雨。梅枝高更出簷角，雨縱日飛花不覺。固知顏色異泛常，樹亦曲意憐花王。花前艸緑都如帶，花影將沉夕陽外。朝霞色淡莫色紅，雨後花尚嬌春風。片時危坐北窗裏，静聽周廊鵲聲喜。君不見，林陰初昏客初起，香氣逐人還半里。

二十日大風雨屋瓦皆飛至四鼓乃睡

四山都冪雨，雲氣代成峰。怪響時穿屋，飛濤半入松。夜燈迷百級，露瓦揭三重。誰説高居好，眠遲待曉鐘。

案頭盆蕙盛開

書纔完一卷，蕙已舒九朵。清絶山館中，幽花伴人坐。

二十八日破曉雷雨

驚雷一片穿窗紙，花上棱棱電光紫。朝霞欲上倏復收，讓此霹靂穿雲頭。日光初明電光暗，雲外數峰雷尚占。陰晴百變誰得知，殘月尚挂青松枝。

連日風雨山杜鵑紅者盡落復有黄色一種花朵較大滿山谷喜而有作

昨朝山杜鵑，一雨紅盡退。今來黄更艷，萬朵出山背。深山花事好，五色若相代。花黄不到處，點入四山黛。森森碧合流，纍纍緑成隊。如拳復如合，花朵不繁碎。已有采藥人，嬌黄鬢邊戴。

自十五六日雨至此十餘日不止春事將闌感而有作

只惜花千片，都隨雨脚飛。此時孤客夢，樓上一燈微。夜久頻牽幔，春寒孰寄衣。惟應入簾燕，話舊尚依依。
衆響居然寂，天風静掃闌。殘春懷遠道，斜月逗前山。影逐孤雲上，魂隨獨鶴還。鄰翁縱相約，花事恐闌珊。

二十九日稍霽向山後縱步

上山平，下山險。霞光舒，露光斂。雲頭尚有瀑一重，雨脚亂飛花萬點。厓窮谷斷步欲回，對面樵客穿雲來。沿流飛渡捷于鳥，詑説北山花事好。

山樓讀書雜詩

朝陽出東山，生氣滿空谷。春禽飛不到，時亦響啄木。經時春露好，潤此松與竹。閒披東北牖，偶復眺村屋。空外飛爨烟，應知飯將熟。
晨興對聖賢，夜夢侍親側。神明涣然開，真趣誰復識。孤生百年内，所苦駒過隙。庶幾餘寸晷，藉以獲三益。平生尤與悔，至此已冰釋。

平皋三日晴，原野漲春氣。裊裊青竹竿，森森逼天際。高低楊柳外，鳥亦鳴得意。而我久客斯，孤生或如寄。山農勤播種，僻壤少隙地。昨者餉豆苗，盈筐緑猶細。軒墀行迹絶，艸密已無縫。冠裳束高閣，月朔偶一用。離俗愧未能，經旬有鄉夢。山樓極高寒，所苦山霧重。誰云春日暖，幽谷未消凍。閒身三十年，一日書不離。每于積軸中，獲此神解奇。一義苟豁然，詎識渴與飢。遊山素所耽，近屢改日期。亦恐心志專，或以耳目移。殘漏披北窗，攤書竟忘疲。山雲不出山，舒卷如在我。林禽知客意，時亦近窗左。軒墀無別物，積軸致堆垛。而我顧樂之，時行復時坐。風花雖已謝，又綻滿林果。今日山杜鵑，入簾開幾朵。

頻年著左傳詁已欲告成偶題一律

頻年几案整精神，訓詁方輿勘較真。于世已疑成棄物，此經未愧號功臣。時將古意參前哲，不肯多端誤後人。紅豆一株今在否，莫教嘉種化爲薪。紅豆山房，惠徵君定宇所居也。此書采徵君《九經古義》頗多，故憶及之。

三十日餞春

屈指將長至，攤書晝漏長。日濃花氣淡，山静水聲忙。紅隱新遷社，青連古戰場。北去即蘭石，爲晉宣城守桓彝兵屯距蘇峻處。殘春今已盡，三復舉離觴。

山館即事

三重碧澗客難渡，一片白雲吾與居。平心已任喚牛馬，壯志偶欲箋蟲魚。樓頭青松下芳艸，樓上著書人未老。經旬窺徑無一人，抗手欲招飛過鳥。花光一重雲一重，花氣香入雲當中。雲頭花香亦分卸，高下任逐泠泠風。幽居百日絶妄念，山在屋頭看不厭。惟嫌村酒淡不醲，卅里呼童走山店。

初七日夜偕同人至鄭氏園亭看勺藥歸途遇雨作

閉户纔旬日，高原麥已黄。亂流雲外湧，百草雨中香。地僻留春氣，廊虚閃月光。居人無乃笑，曛黑看花忙。

喜青陽陳明經蔚過訪

驚起山南鳥鵲羣，筍輿穿徑已斜曛。意中欲定千秋業，時以所作乞訂定，并乞序。肩上猶飛五色雲。種蛤近添新事業，近于江北置水田數頃。射魚仍憶故將軍。君客福建將軍署中五年。他時九子峰頭路，訪罷東巖便訪君。東巖即九華東峰，三十年前與君分手處也。時訂重遊九華。

豐溪道中望天都峰作

山南地陷如眢井，人鳥争巢松柏頂。高低山麥皆已刈，留得白雲鋪十頃。千峰萬峰兩糢糊，一峰獨立天所都。記曾曳杖至絶頂，七百里瞰高浮圖。戊戌歲，隨學使者遊黄山，曾偕土人陳某登天都峰頂。天氣晴朗，約略望見江甯城外報恩寺浮圖，蓋相距已七百里矣。陳某土人名爬山虎，聞死已及十年。名山歷徧人驚老，如虎健兒今亦少。君不見，置身高處眼界開，足底復有千山來。

畫眉嶺

竹笠芒鞋兩脚粗，更從峰隙望平蕪。畫眉嶺上無多地，除却茶菴便酒壚。

涇縣道中山行

水東水西天下最，一縣好山都染黛。人行螺旋不得休，纔欲出山雲復凝。溪光五采霞五色，霞外樓臺好登陟。艸頭黄白時有花，紫燕交飛亦如織。仙人溪上雲冥冥，山青一路至敬亭。君不見，車箱驢背坐已怕，欲借仙人鯉魚跨。

琴高溪小憩

連山雲氣暗層岡，瘦僕偏憐策蹇忙。只有雨絲無日影，琴高溪上十分涼。琴魚琴筍更琴茶，琴高魚之外，地産茶筍，亦極佳。土人名爲琴茶琴筍。似與仙人共一家。欲約麻姑過溪上，平田添種女桑花。

渡小南湖

稍晴渡南湖，波闊三十里。鸕兹及鸂鶒，水面飛不已。一綫日影中，湖頭達湖尾。四山青乍露，雲已伏不起。何因吴地犬，見日亦鳴吠。只有南下人，推篷展然喜。時陰雨已及半月。

第一村圖

于徵君宗林家在蒜山之麓，相傳即晉時孫子荆所居第一村也。壬戌六月十日，徵君招余過洲上信宿，並命幼弟淵問業于余，坐次出此圖索題，因作長句以贈。

京江西頭第一村，大水細水吞柴門。柴門開處一峰立，對門即九子山。直上棱棱百千級。水邊楊柳分三層，鳥巢人屋魚有罾。水光不動山雲化，魚鳥與人皆入畫。東瞻北固南五洲，屋背更壓金山頭。徵君兄弟文筆優，闢屋别築藏書樓。草堂時來第一流，十日五日能勾留。萬株青竹竿，百頃香水稻，九派江流入懷抱。君不見，晉人風流安可效，合署此村名有道。余過介休日，曾兩詣郭有道村。

十一日同人遊九子山

今朝北風好，吹我入南山。一谷怒當路，千花静掩關。時繡毬薔薇尚盛開。客從三伏斷，雲自五州還。却挂征帆去，幽巖未及攀。擬重遊獅子窟，未果。

剪江至焦山并遊巨公厓諸勝

火雲燒處户難開，却被支公信使催。我比海潮還有信，兩隨圓月渡江來。

石骨峻嶒石髪纖，海雲東上日西淹。來春我看桃花處，之字江流品字巖。厓正對桃花洲。

巨超上人于焦公洞西北復闢一厓境極奇峭十二日邀余及同人避暑其下并乞命名余因以巨公名之復繫以詩

道人夜洗山，洗入北山腹。玲瓏逢一竅，貼若巨黿伏。梳爬及三日，寬已半間屋。西來山勢猛，至此始盤曲。石石悉欲雙，惟兹石成獨。安排青石磴，甫可展遊目。南瞻及京口，西正眺浮玉。鬱鬱卅里洲，雲烟互重複。鑿山疏水績，始事尤足録。成功雖欲讓，衆論久已屬。剥苔題數字，庶配朗公谷。

十三日早至别峰菴看日出

一峰既别出，一水亦别流。山水各有别，于兹起危樓。樓上八牖開，正對東海頭。百怪未及藏，光已燭郁洲。森森赤玉盤，正向案上浮。朝景既已開，夜氣始盡收。我心亦空明，障翳一不留。僧雛訝久淹，敬進水一甌。移榻閣上眠，心神與天遊。

詣高旻寺如鑑上人招登天中塔望海

不信帆檣上，居然户牖開。岸疑穿地出，山欲渡江來。舫屋東西接，樓船楚蜀回。贊公招手處，飛鳥亦驚猜。

此日隨飛錫，多年歎轉蓬。三層歷霄漢，百級出樊籠。天意誰能問，坤輿已欲窮。請看東海水，流入尾閭中。

茱萸灣别墅與諸同人納凉分賦 即放生池。

茱萸灣中無六月，水竹水雲凉沁骨。支公迓客鶴亦隨，毛羽離披脛先折。房廊已遠官河口，四壁都依水楊柳。幽人見慣亦不驚，水面大魚人立久。斜陽欲入雙徑松，一杵已遞焦山鐘。雷塘螢火忽飛到，百劫尚識臨江宫。石牀旁邊安竹榻，僧古説詩如説法。道心不止鷗鷺喻，善念都看到鵝鴨。勞勞行客歷八荒，誰識此子疲津梁。天山冰雪話難竟，客詢及出塞舊事。座客心地皆清涼。茶杯鬥罷鬥酒杯，七客反送孤僧回。君不見，東西咫尺涼燠異，隔岸火雲飛驛騎。

高旻寺行宮敬賦

一水居然跨兩州，塔前千尺步廊周。怪蛇古柏争横砌，海燕溪雲各上樓。話久緑莎廳外路，涼生黄屋殿西頭。誰憐憔悴江干客，曾侍長楊五柞遊。

侵曉詣放生池看荷花因夏仲雨水過多花事寥落池上謝公祠等又半燬于火感而有作回途復至卞家池上小憇

謝公祠畔路，不是不能來。水雲既已荒，水上無樓臺。半池枯菡萏，十頃黄蒿萊。沿溪三兩家，枕此蘆荻隈。終朝女墻影，鏡裏常裴回。待此曉日升，久坐石砌苔。回經卞家池，紅荷反齊開。

盆蕙盛開

東南卅步回廊直，香氣出門如索客。尋香覓蕊淡不分，花葉稍分淺深色。一枝亭亭凡九花，根蒂尚帶山中沙。君不見，離山更憶居山日，萬朶奇花一鈎月。洋川書院在山半，此花尤多。

哭張編修惠言

直爲朝廷計，尤須惜此人。義堪風有位，官僅作詞臣。嫉俗眉常斂，憂時意獨真。研心仲翔《易》，骨相亦同《屯》。君時注虞翻《易》。萬里逢嚴譴，三秋值抱痾。避人來請室，鞭馬及渾河。己未八月，余在請室中，君無日不入訪。濒行，復扶病送至蘆溝橋，聚談竟夕。閱世知心少，思鄉别夢多。屢欲乞假歸，未果。十年無淚灑，爲爾一滂沱。

校禮圖爲淩同年廷堪賦

君年三十正據鞍，相與共客河之干。丁未戊申，曾同客河南撫署。是時我有《左傳》癖，未暇從子研《周官》。《禮經》盤盤若干例，君近著《禮例》一書。釋例甫完先擢第。木天粉署非所願，只覓著書將母地。宣城僻在水一方，昔爲詩藪今禮堂。驚人不賦謝朓句，解詁間學盧中郎。我行千里與萬里，羡子枕書眠不起。昨宵訪舊來此州，萬卷都堆竹窗裏。遊談我已戒不根，况子經術今專門。留賓亦復太狡獪，倉猝爲我羅雞豚。君不見，溪茶可煮笱可食，官滿十年階欲陟。他時博士擢禮官，兀兀看君稱其職。

更生齋詩卷第六

蠡河傷逝集

夜宿九華山東巖讀壬辰年朱學使筠題名碑共十二人自亮吉外十一人無一存者感而有作

前遊十二人，十一登鬼籙。惟餘一生者，西復窮地軸。當其勢倉皇，天地爲一哭。甯知遄返迅，又此濯雙足。平生時檢點，恐負友生屬。餘年惟欠死，除此萬事足。山僧勤問訊，把袂恍如昨。灑酒對石厓，四山紅躑躅。

度柯冲嶺

屋前童失聲，屋後山起立。尤愁沙石滑，空處不置級。斜暉初没水，行客勢轉急。君看厓上樹，迅羽亦不集。飛騰如猨猱，我僕愧難及。明星三兩顆，天已逼斗笠。石罅出一門，雷霆復相襲。時時凉沁體，衣袂宿雨濕。過嶺望九華，凌空向予揖。

湛清園夜宿爲陳明經蔚點定所輯聯珠集

不用屏風六曲遮，屋頭了了見金霞。門外即金霞峰。一門詩集追元祐，百里溪光似永嘉。墨雨醉看飛四座，水雲涼欲罨千家。平生幾兩遊山屐，到處争圍問字車。

下洪溪憩雲嶺書屋贈芮茂才炳

泉聲碧玲瓏，石氣青靉靆。林梢花匼匝，潭隙魚瑣碎。主人雖獨坐，修竹列成隊。主人雖孤眠，翔禽舞成對。閒雲知夙契，空水識心愛。中年富文史，亦屢至都會。因緣無把臂，甘此事恬退。況今耽道寂，久與俗相背。閑仍課經卷，偶亦勤耜耒。扱履不出門，寥寥今卅載。

自廟首至石柱山久憩

二石絶不黏，高下及三丈。凌晨北風峭，積勢欲顛蕩。將頹仍不下，突兀出意想。奇峰覩千百，此石僅能兩。行人經脇下，險絶不獲仰。無心雲亦慴，出谷徑皆枉。孤盤千級磴，竟少一寸壤。艱危歷方盡，烟水忽駘宕。貪看遊屐過，樓閣幾家敞。夾岸紅蓼花，沿途足心賞。

歸途訪白山精舍

南山與白山，勢若不相接。青紅雲萬縷，祇向白山貼。望中纔數步，忽隔嶺千疊。松梢高復下，門此筍鞋捷。樹杪露石樓，參差間層堞。山深富文史，百里争負笈。讀書精舍者甚衆。禽巢及人屋，近若眉與睫。窗開瞰峰罅，鳥道入休歙。棱棱飛瀑外，山鬼或能涉。爆竹偶一聲，鼪鼯落如葉。

松澗

藍輿一折已入山，百折不獲升松關。鳥聲噪客一何急，飛瀑復向輿前攔。夕陽欲没仍不没，始覺石門天半突。雲頭陡落一片陰，且憩松澗聽鳴琴。

余本約焦山僧巨超同遊九華巨超遲至山二日遂不相值巨超瀨行丹徒顧文學鶴慶繪天臺踏月圖見寄因作長句題後以貽巨超即寄文學及王秀才豫

我前遊九華，苦乏熟客陪。有僧名道成，道成俗家江都，今主九華飛來峰精舍。有峰號飛來。登峰挈僧行，奇險始盡開。猶遲過江僧，未及登天臺。天臺山高一千丈，却值秋中月將望。山光正好客不來，一谷猨猱致惆悵。我來早數時，君來逾二夕。蒲帆何遲筍鞋疾，百里白雲迷去轍。數君住近桃花洲，見畫忽欲生離愁。君不見，我今讓爾出一頭，逸興竟與神仙儔。天空月華露不收，任爾徹夜成清遊。

余以九月初旬至黄山浴朱砂泉及門青陽陳博士坡文學壤及塾昆仲後十日始至亦不相值博士等宿文殊院及紫雲菴各二日始下山并迂道過訪出遊山詩相質復率作此篇跋後兼寄巨超

半春約客遊天臺，芒鞋已返客始來。半秋約客入黄海，可惜疲蹤復難待。山靈笑我屢失期，不待伴侶相扶携。豈知事會適然耳，僅隔百里趨先岐。山山秋爽山山月，爾乍入山余轉出。題糕説餅興益豪，不負秋中兩佳節。狂來翻怨天半風，不遞笑語來雲中。諸君清福亦誰及，各以月滿升中峰。一峰參天一拔地，盜得乾坤最清氣。環山宣歙十萬家，下視泠泠垤中蟻。九華既愧雲水僧，黄海又復慙吟朋。君不見，天臺天都讓爾登，我轉下歷階千層。萬峰中間一水澄，寶氣上燭光如燈。三宵七浴爾可能，痼疾若失神明增。静中道氣時鬱烝，他日或者能飛升。

七月廿三日道過宣城淩教授廷堪邀趙舍人良霨戴教諭大昌陪遊南樓晚日即飲教授學舍率賦一篇奉贈并呈趙戴二君

我前來宣城，北樓正盛南樓傾。樓頭七客作高會，壁月夜半縣簾旌。我今來宣城，南樓招客北已扃。江城不雨及匝月，樓上習習涼風生。地高正可瞰中外，岡阜缺處菰蒲平。春歸臺前望敬亭，山色無復前時青。流光彈指卅年耳，舊友一輩誰峥嶸。紫微舍人有盛名，前遊正直歌鹿鳴。靈光巋然尚及見，謂舍人父侍御青藜，余壬辰年隨學使者至此，猶及見之。令我再到思前型。西頭博士官極冷，大戴小戴俱横經。教諭子孝廉揚煇亦隨行。邀來共向此樓坐，意外一一欣合并。我行僻路人罕經，頗怪百輩隨人行。我顔衰慙衛洗馬，我句拙愧蘇端明。郡人看我亦何意，後先轉告喜且驚。得毋平生性拙罪屢攖，或者疑我非人情。不然又疑昆侖雪窟在何處，怪我萬里遊行輕。豈知我荷再生德，投畀又許重歸耕。此來訪舊亦偶爾，難得四面山如屏。依然遊興尚未減，九子蓮萼思逢迎。淩陽仙人竇子明，邀客不惜飛千觥。烹鮮斫膾煮菱藕，灑掃竹徑開荒廳。茶杯初停酒杯續，愛我奇論時縱横。主人先醉客轉醒，隔屋僕竪杯難停。君不見，燭花墮穗已四更，門外僕馬催長征。炎天雖熱夜氣清，嵐翠重疊浮冠纓。瞢騰醉客路杳冥，照徑幸有東南星。南樓北樓此夜一回首，落落更鼓餘三聲。

霜降前二日得家書知山妻病甚亟時以事淹滯未得急歸書此遣悶

山館傳經底事忙，一旬猶未返江鄉。青林盡變爲紅葉，那得愁人鬢不霜。

宿京口于徵君宗林宅

日月雙丸竟若梭，此愁難遣酒銷磨。《癸辛雜志》從頭讀，丁卯荒橋接踵過。鄰舫乍驚歌小海，寓樓偏苦逼長河。淹留信宿非無事，課得侯芭奇字多。

焦山法界樓記夢

法界樓前雨乍昏，半宵忽復見驚魂。夢中不畏波濤險，飛盡江關到海門。

幾番推枕睡難成，索索愁聞故紙聲。一語似傳陽羨好，微茫或已證來生。夢中見蔣宜人，似言將往宜興。

悼亡八首

蔣宜人亡已匝月，心緒惡劣，不能握管。昨赴弔吳門，舟次無事，勉成八律，聊寄哀思云爾。

四壁都無百事非，依然佐讀忍朝飢。窮年累日埋頭慣，月地花天携手稀。質釧記供除夜讌，購書先鬻嫁時衣。貴來只憶居貧候，宦海頻頻勸息機。

會稽僚壻最輕浮，心薄酸寒笑不休。顧我幾時纔奮翮，累卿長日鎮低頭。補衣怕在人前綻，缺米羞從舍外謀。春半好花秋半月，可曾結伴出清遊。

客久燕臺復吹臺，遠人難返遠書回。中年總覺愁眉斂，上第纔令笑口開。官俸薄憐隨手盡，宮紗新憶稱身裁。宜人二次入都，皆直端午拜内廷紗葛之賜。歡場畢竟平生少，夜夜遲眠漏暗催。

柰此迢迢遠道何，行完舟楫上車贏。七千里外携家往，三十年來負汝多。憶壻夢魂逾紫塞，傷兒涕淚滴黄河。余視學貴州，出都日，次子盼孫忽殤，宜人思之，往往垂淚。浮生本擬難重見，卿詠飛蓬我荷戈。

百齡原未敢輕求，妄冀同將甲子周。昔日望夫幾化石，他時唤婦怕聞鳩。裹屍馬革吾曾具，滴淚牛衣爾尚收。奉倩過情蒙叟達，悟來一笑欲忘憂。

常將家計一身支，甘苦誰人得盡知。慈母羹湯調隔日，宜人自都中回，母莊孺人年已九十，宜人日饋甘旨不絶。兒曹衣履製隨時。輪官不待催租吏，掃室先延課讀師。可惜了無情緒在，譜他遺事入哀辭。

深閨解笑元才子，捷徑行纔冠百僚。尚詡俸錢逾十萬，可知名節墮終朝。偶思卿語閒中涕，頻把生魂暗裏招。我亦營齋更營奠，居貧未改舊簞瓢。

一種傷心譜不成，畫眉窗外繐帷横。何堪枕冷衾寒夜，重聽兒啼女哭聲。隻影更誰憐後死，遺言先已訂他生。無眠轉羨長眠者，數盡疏鐘到五更。

客中雨夜不寐起坐讀吴祭酒錫騏近所寄詩

誰憐奉倩最傷神，起坐披書屢欠伸。垂老僅餘囊底智，獨醒時啖果中仁。閒將晴雨占庚子，未許雌雄判甲辰。祭酒與予同舉鄉試，并同庚，故戲及之。正是客懷淒斷處，玉梅窗外影横陳。

十二月十日同徐達源待詔陳焕理問唐在簡潘眉沈翻三秀才吕英馮珍兩上舍遊故宫傅周元理宅後五畝園率賦

我來黎里鎮，冬杪意淒肅。悠然思縱眺，退傅存老屋。維時款户客，笑語聆皆熟。攔門富烟水，惜尚少喬木。尚書曾一面，歸棹昔何速。休神家衖日，久已鬢毛禿。死有五畝園，生爲八州督。同時弇山叟，亦復振英躅。俄焉大星隕，倏爾故巢覆。並看饒遠略，獨此享殊福。無端判豐悴，誰得識倚伏。去去訪墓門，靈巖北山麓。畢宫保墓在靈巖山麓。

贈徐達源待詔

居鄰水國號山民，校勘陳編事業新。官爵偶同文待詔，唱隨欣得管夫人。君配吴夫人亦工詩，有《寫韵樓集》四卷。買書船好通支港，寫韵樓高絶點塵。屋後女桑三百樹，不妨來訪異時春。

跋屠秀才掞鮮燈筆談

吴江書生授徒畢，不朽思憑退毫筆。文章李益詩韓翃，鬼董狐兼作三絶。比來作家殊可商，數日便已盈巾箱。《春秋三傳》閣上束，《委宛》一册匳間藏。豈知著書人，貴在義創獲。陳編盤盤出心得，世事悠悠嗤耳食。元之又元倘難冀，譎以傳譎究何益。韓陵碑外呼以驢，沈約傳中嗤作賊。游談縱欲宗儀衍，邪説遠不如楊墨。仍矜信手書一寸，可畏當頭法三尺。汗牛充棟出不休，郢書燕説吾所羞。流傳縱復屏不視，雅爲世道人心憂。掃除一切斯政要，昨者竟煩天子詔。近有諭旨飭禁説部等書。從兹委巷絶傳布，不與俗儒資語笑。六經置案廿史陳，吾儒事業本有真。見聞自此可畫一，風俗或者歸真醇。君之此書我所喜，有勸有懲非衆比。因君發我所欲言，白日當空照窗几。

阻風二首寄吴祠部蔚光

殘年心跡閑如此，爲訪知交屢阻風。料得故人吟案側，寥寥先有夢魂通。
燕然日日荷戈馳，苦憶孤蓬聽雨時。何幸望湖亭外路，阻風中酒更題詩。

偶成

俗儒不知古，亦復不識今。喜作經世書，何异聾與瘖。聖人旨昭昭，不向六籍尋。沉埋語録中，痼疾既已深。事故紛疊來，隨俗而浮沉。仍然嗤老莊，又復哂向歆。一冊挾《兔園》，更詡工詠吟。遐哉鍾子期，何可託賞音。

阻風二日隨地泊舟率書所見四首

昨宿吴淞營，今宿海虞鎮。官塘咫尺不得近，且向波心候風信。雪花夜半縱復横，一燈如豆寐不成。老龍窗外欠伸立，來聽五夜吟詩聲。

一村無十家，屋背皆黄蘆。村前村後集釣徒，衣食總靠門前湖。大魚網得愁無法，倔强先將石碪壓。魚多市遠不值錢，時割銀鱗飼花鴨。

人蹤既已稀，犬吠亦不聞。舟移一村復一村，對面忽迫前朝墳。荒碑半埋難卒讀，落月正懸墳上屋。多年翁仲欲出行，石馬石羊争尾逐。

一舟依魚梁，一舟衝蟹簖。鵶巢紛披鵲巢亂，風急船船欲登岸。清晨糴米路復遥，蠟屐險欲經危橋。船窗飽飯無一事，行客水鳥皆無聊。

山村雜咏

殘冬已見蟄蟲蘇，晝暖無人詣酒壚。看徧市橋春帖子，家家都已寫神荼。

猪欄鴨栅護偏牢，柴積先逾屋脊高。一事轉驚除夕近，堆盤春餅襯年糕。

蠻方聞未息烽煙，近聞廣東復有會匪蠢動。造物恩于此地偏。但得臘頭三寸雪，江村又可卜豐年。

江鄉歷盡更山場，蝦菜都看入市忙。曉日淡黄天淡墨，竹梢先已逗春光。

自吴江歸取道宜興舟次值同年邢大令澍話舊即席賦贈

前年西子湖，同訪孤山鶴。戊午冬仲，在西湖把晤。今年鼓歸棹，值子鷗波閣。我行萬里歸兩年，君官一縣還未遷。即今大吏舉尤異，鞍馬結束行朝天。官舟初停我亦泊，意外值君殊錯愕。山陰踏雪訪安道，西陵遇風獻康樂。分張久已慨班尹，同泛近看追李郭。君才轉以繁劇進，我境苦從憂患縛。吟詩不已復著書，君前著《全秦藝文録》，近又欲緝《宋會要》，官齋聚書至三萬卷，多有藏書家所無者。萬卷總爲秦風儲。精心復緝《宋會要》，俗吏百輩誰得如。邇來述作殊難説，往往著書成頃刻。惟君畢力究經史，餘事猶能及金石。家山憶在古隴西，君家在階州。近聞尚未歇鼓鼙。秦川之中血没腕，白日已有妖禽啼。怪君語及顔色慘，日日心馳到關陝。飛書走檄君最慣，殺賊持刀我尤敢。瀕行索我輿地編，我今學業荒可憐。投荒來去絶吟咏，即有亦不如年前。昨來歷徧甘涼肅，荒翳從誰借書讀。河西子弟多才俊，健筆尚須資卷軸。君駝萬卷歸秦階，可作隴右藏書家。開門看山閉門讀，課子暇日還咿啞。妖氛銷盡山容爽，隴底平平亦如掌。秦中山川我神往，挈杖來遊異時儻。

夜泊

忽風忽雨入黄昏，繫艇聊從古樹根。五夜單衾驚驟冷，卅年舊夢喜重温。荒途似訝非人境，密意憑誰寄鬼門。我已傷心不能説，更聽鈴鐸語荒村。

十二月十八日吴祠部蔚光招同邵聖藝封君孫原湘席世昌邵□□三孝廉雅集小湖田館即席分賦

小湖田館值年殘，難得詩人六輩閒。映雪半窗聊讀畫，衝泥雙屐罷登山。休官未免仍憂國，荒飲何曾更閉關。尤喜賊氛消咫尺，符離城外戍兵還。昨宿州鹽梟戕官滋事，江蘇巡撫亦領兵至徐州防守。適聞事已大定，兵可撤還。

打冰行

船頭敲冰如戛玉，船尾打冰如擊筑。一冰飄來大如斛，船尾船頭手皆束。北風如虎冰所憑，冰面又復添層冰。嚴霜一層雪一層，照燿白日初東升。枯樹灣，白楊渡。舵樓指點鑿冰處，鼻涕先驚作冰柱。

守凍雙河口竟日對錫山喜賦

平時祇覺山容峭，不識玲瓏石千竅。今晨看山山益奇，九峰高處鳥不飛。半宵稜稜朔風驟，雪壓白雲如絮皺。更殘缺月上嶺時，雲白與雪光參差。霜加濃，雪增厚。襯得空林鳥巢瘦，三日凍雲難出岫。

小除前一日祭詩作

過江名士渺難求，温嶠居然第一流。懶把黄金鑄生佛，閑栽碧玉繞新樓。時于屋後築一小樓，先期種竹以待。升歌尚有兒能讀，斗酒先無婦可謀。誰更殷勤送梨橘，蔣宜人在日，余夜飲歸，必預儲梨橘以待。未經沉醉已生愁。

癸亥元日影堂祀先感賦 時蔣宜人亦祔祀。

收拾全家畫裹看，愁從紙上話團欒。如卿又已裝成軸，只我何時定蓋棺。殘臘雪封梅蕊白，五更風颺燭光寒。朝參久罷朝衣典，野老應知禮數寬。

新正十九日趙兵備翼招同莊宮允通敏劉宮贊種之暨舅氏蔣檢討蘅湛貽堂雅集適同年曾運使燠過訪遂并邀入會並詞館也兵備作三詩紀事余依律奉答并寄顧修撰皋莊吉士騂男謝吉士幹 是集本約三君，修撰以道阻，二吉士以屬疾，皆不至。

堂高真認大羅天，五輩飛仙一謫仙。同羨玉皇香案吏，仍參絳縣老人年。檢討舅氏以年過八十賜第。已甘名士稱龍尾，里中同館，余齒居末。曾與將軍導馬前。余謫戍伊犁，將軍每出，多使余前馬。今日蓬瀛重預會，尚疑杖乘是張騫。

一院陰陰覆薜蘿，清談原不沸笙歌。筵前客尚遲三少，修撰及兩吉士。座末人猶冠七科。余于詞館爲後進，然下距壬戌新及第諸君子，已屬七科前輩矣。選日早欣傳里鄗，使星偏欲駐巖阿。運使以公事赴吴門，歸塗阻凍，留宿余舍。揚州金帶圍休羡，只此梅花瑞氣多。

屈指先庚與後庚，兵備以庚午鄉舉，余以庚子，前後却三十年。迢迢卅載許齊名。登科記憶蘇和仲，諫獵書慙馬長卿。九秩乍開稱晚進，檢討舅氏，年已近九十。宫允與余皆舅氏執經弟子。一堂分半禮先生。家風雪窖冰天慣，敢詡鑾坡世澤清。先文敏謝啓有「父子相承，四上鑾坡之直」云云，用及之。

是日座上有懷孫兵備星衍復成一律即呈諸前輩并寄兵備

白門旅客亦詞臣，却望歸帆已浹辰。坐次尚虚三祕閣，飲中原擬八仙人。居然皓首稱先輩，同向青雲逐後塵。兩度木天高會好，占他殘臘與初春。前歲臘八日，李廉使廷敬于吴門作高會，坐中同館亦有八人：吴祭酒錫麒，范編修來宗，李糧儲奕疇，孫兵備星衍，李太守堯棟，張吉士溥，暨余及廉使也。

十三日約蔣二廷曜出東郭看迎春

今朝却喜值花辰，是日梅始放花。晴雪能消隔歲塵。却約白雲溪畔客，試燈風裏看迎春。

二十四日小窗獨坐聞慧超巨超蓮艇三上人已抵西郭即欲過訪喜賦

簿寒開南窗，默坐苦不樂。忽聞三上人，遠到慰離索。閒雲西北至，並落天際鶴。呼童掃三徑，先把長帚縛。溪邊梅樹古，細驗開與落。山人庭宇窄，略復具疏鑿。更生新作齋，卷施昔名閣。沿階攤坐具，相與話寥廓。未知江上艇，能得幾時泊。蕭然忘世味，蔬止辦藜藿。飲罷訪定僧，謂天甯寺了月方丈。連翩出東郭。

二十五日雨中同三上人至紅梅閣探梅小憩

久晴既望雨，久雨亦望晴。街泥滑如油，携屐忽遠行。一樓入虛無，三面柏作屏。沿階石狻猊，色帶苔蘚青。中藏全真廬，翛然誦《黄庭》。遠挈開士來，勞此道侶迎。清談忽移時，天色又已冥。仙人既飛空，梅蕊亦不馨。時閣後古梅，凋落殆盡。朔風擘衣裘，難臻檥舟亭。惟應栴檀香，歸塗訪天甯。

蔣宜人亡已百日感賦一首

生離每經年，死別又百日。感此泉下人，時添鬢邊雪。薄帷風乍舉，暗牖燈自滅。如何傷心淚，先作冰柱結。椒漿聊此奠，時物爲卿設。笑言猶在耳，音響已終絶。明明稱共命，惘惘冀同穴。行築土一壞，衰年願方畢。

邢大令澍松林讀書圖

作宦已十年，讀書近萬卷。仍然勤吏事，訊讞無剩案。時移六經筆，頻寫五花判。精嚴吏胥懾，事事取心斷。輕囂吴下俗，近已樸而願。公餘仍泛覽，官廨若經館。甯惟勤載籍，百氏悉貫串。太湖三萬頃，此縣實南岸。旁通苕與霅，百里足溉灌。官清放衙早，嵐翠塞庭院。挹兹清遠境，迥異繁劇縣。松青三面列，竹緑四時看。官賢既如此，多士亦競勸。曾聞哲人訓，仕學本同貫。作吏即廢書，彼哉何足算。

二月十七日早至淩江閣久憩浣梧道士爲招張高士鉉郭孝廉堃早梅花下小集于生淵昆仲聞信亦至日昃更放舟至金山駐江天寺看夕照作即寄浣梧道士

淩江高閣平明開，横江一鶴先飛來。扉聲殷然磬聲落，道士迎門亦如鶴。修眉長爪彈素琴，朔風泠泠絃上音。張生郭生住咫尺，招我花下同披襟。花當爛漫人惆悵，萬事不如花未放。初春閣上景亦幽，春酒初濃月剛望。于生來從第一村，拜浪先復驚江豚。忽然興發欲西去，挂席日昃來山門。一山遊完屐方駐，樓小如船欲同住。回瞻閣勢尚隱然，却在斜陽正紅處。

江天寺晚步

一曲中泠泉，至此波始闊。多年石贔屭，筋理已欲活。豐碑八尺柏木韜，壓岸不使鼃鼉驕。青霞赤日疊絢采，神物終須走東海。

西來閣夜宿

一菴名西來，圓月向東出。江空遥夜永，雲水四邊徹。僧樓一一高挂空，倦客似鳥投樊籠。三更以後羣動息，萬夢並落蛟潭中。

曉登慈壽塔

孤笻摩青蒼，一塔壓白日。棱棱開四牖，絶頂海門出。濃雲浮江帆不舉，江北江南洗春雨。高寒鐘磬已絶聲，自在一鈴天上語。

頭陀巖小憩

墻頭開鳥巢，墻下出蟻垤。天風飄客下，已復抵石室。莓苔青青石色赭，人語依微出巖罅。陰房舉火照始驚，百歲枯僧蟄其下。

方丈僧出宋蘇文忠公玉帶見示並恭讀純皇帝御製四詩敬賦三首

八尺囊裁宋刻絲，雕盤中有上清詞。平生不合時宜處，輸與團團碧玉知。
七百年來步後塵，乘雲游戲任天真。更從以上推前輩，只有金貂換酒人。
蓬萊謫下已多時，肯向紅塵挂一絲。莫笑寶山空手入，髯翁留帶我留詩。

二月廿四日程文學贊皇吉士贊甯王上舍豫招往平山堂探梅即席感賦一首即寄汪司馬端光廣西并近柬儲明經潤書汪秀才文錦

花朝已過十餘日，梅枝纔抒三兩花。舍舟登岸一展眺，令我三復悲年華。浮雲變滅誰能說，轉憶邗溝授經日。當時白袷諸少年，眨眼忽驚頭盡白。汪生憔悴秀才文錦。金生死，高郵金明經蘭，在揚州日，皆寓秋雨菴，今久下世。秋雨菴中土花紫。窮邊遠宦今何在，久不得汪司馬端光消息。三歲不貽書一紙。岡南岡北梅花村，何處可覓詩人魂。他時鶯燕亦惆悵，覿面已少前時人。新知雖多故知少，百歲交情願相保。徑草猶稀敗葉深，林禽已老雛僧小。花枝映水作淺紅，沿岸更溯東南風。回舟擬向虹橋歇，準待四更山吐月。

古意十篇奉酬范文學棠見贈作

西山望東海，東海何茫茫。銜此木石來，力苦不自量。何補涓與埃，口舌均已傷。青鳥昨獻規，與世期相忘。

與世而相忘，在我殊不敢。閒居緬前哲，所慕莊與黯。平生攖世事，又苦知識闇。欲獻封禪書，將毋近于諂。

諂既不可學，戇亦不敢居。東溟及西洋，三萬里有餘。一身周其間，力竭敢告劬。自非覆冒恩，詎返先人廬。

維兹先人廬，經始已卅閏。感此聖善恩，頻嚴義方訓。童年粗有識，先戒以干進。奉此庶畢生，敢稍逾尺寸。

妖氛昨已殄，欣此海宇甯。耕鑿率厥常，時時詠升平。兒曹能讀書，僅令畢六經。留此樸魯風，長爲聖人氓。

河汾伊洛間，風氣一何質。齊俗愧未能，先以訓十室。故人從政久，半已遁仙佛。獨善良所嘉，于人貴求益。

波流何迢迢，熠燿亦裊裊。經天日月星，明豈藉腐草。所悲微末質，志欲燭昏曉。不畏霜霰零，衝寒出林杪。

頻年筋力强，日出逐羣動。雖耕東海田，時有北闕夢。投荒獲歸骨，恩渥亦云重。懷抱尺一書，時時隴頭誦。

平時苦諷誦，暇亦窮幽尋。尋源酌其流，間憩嘉樹林。此木經卅年，綿綿甫成陰。乃知造化功，生物具苦心。

仙人海上來，貽我縑數尺。蟲書周四角，字古不能識。緘藏何敢讀，讀即三歎息。中有經世言，今人豈能得。

汪上舍璨自泰州枉道過訪不值郤寄一首

君居海陵倉，我客江瀆祠。相隔祇百里，聞聲久相思。故人昨復貽新詠，聞說薄寒成小病。梅花香裏倘復來，同聽茅菴六時磬。講院旁即僧寺。

二月晦日家太守梧招同族子瑩族孫維德小集梅花下用少陵示從孫濟韻見設率酬一篇即用來韻

東風被郊原，寒久氣已温。泠泠疏梅花，宛宛成一村。窺檐兩三株，樹古皆蟠根。吾家太守賢，花下羅盤飧。招邀數宗盟，情話逮日昏。宗支雖已疏，誼則視弟昆。同登三榜中，敢云齒末孫。吾家歙之西，里有通德門。峨峨忠宣公，品望自昔尊。平章及簽樞，畫象今尚存。所願子姓賢，遑計泰與屯。我頃荷戈來，縱談及昆侖。冰天雪窖中，氈酪酷亦雜吞。得預合族筵，詎非大造恩。興到酒反疏，頻頻覆空樽。時久已節飲。

閏二月朔日曾同年燠招同人至平山堂探梅歸途值風雨漫賦一首

今年花信何太遲，探梅幾及修禊時。寶珠木筆絶消息，風裏未見垂楊絲。長春嶺畔花千樹，縞袂紅裝出無數。仙人間有蕚緑華，時緑梅數樹尤佳。一湖波光飛上花。花光炫處波光暝，隔岸山容恍如病。花前舉酒不得休，花外時浮一聲磬。東風吹香香乍回，雨脚似妒花齊開。乍開乍落止一日，千點飛入黄金罍。花香方濃酒香續，消得千條萬條燭。主人愛客客亦豪，風雨何嘗敗花局。一更初聞柔櫓聲，二更分燈入北城。三更濃香袖中起，客夢猶疑殢花底。

秋雨菴

溪花紅不然，溪水緑無語。曈曈日影中，似有蕭蕭雨。竹聲穿户水到門，三面皆有春人墳。春人墳上梅花發，烟露濛濛棲獨鶻。

鎮海樓

一樓枕邗溝，江水出其右。到來東海聲，已復走南牖。炊烟十萬攢郭門，窗隙下瞰千帆奔。樓頭城上紞如鼓，風急三更遞江浦。

江口喜遇焦山僧巨超賦贈一首 時巨超將從焦山移主山陰縣玉笥山方丈。

欣逢一棹入江灣，與話春波浩渺間。笑我轉成僧退院，時余以性疏懶將辭楊州梅花講席。羡君真有術移山。何妨講席頻南北，更擬名區遞往還。爲語若耶溪畔客，忘機何似白鷗閑。

題秋海棠卷子即贈金秀才學蓮

醉完春酒醉春茶，三十才人鬢欲華。滿砌海棠雙瘦影，時君已兩次悼亡，僅携一姬寓維揚。傷心人看斷腸花。江左孫郎最少年，每吟詩輒問青天。君詩筆絶似吾友孫君星衍少時。此才只有君堪替，合跨茅龍統衆仙。

初至梅花書院

横舍東西竹柏林，暫停行笈事披尋。二分明月三生夢，萬樹梅花一客吟。閱世更須堅晚節，傳經先已負初心。枕流漱石吾甯敢，且與同堂惜寸陰。

史閣部祠

尚餘壞土枕荒汀，冢樹蕭蕭戰血腥。末路愁呼大丞相，初心思挽小朝廷。時危未可無安石，事去先驚有隕星。擬把烏金鑄螭魅，馬程番與阮懷甯。

清明日招同人各携一壺一碟至艤舟亭小集酒半崔三景侃以事先去餘十五人並至月午始歸分韻得闕字

十五地上人，十五天上月。花初紅欲膩，月正圓不缺。相招花下飲，佳節興超忽。空濛柳絲外，水緑鑑毛髮。閑汀三五轉，怒草生鬱勃。亭亭辛夷花，香氣盈十笏。盤餐隨所見，各各辦嗟咄。無愁觴欲罄，門外酒旗揭。人生歡會少，半又感存歿。黄生景仁。久埋玉，莊叟實書。二人皆昔時同遊者。又歸骨。神仙吾嬾學，況肯事禪窟。餘生益疏懶，久已罷干謁。惟餘花月夜，往往興孤發。客來常不速，客去亦倉猝。崔生逃席半，瘦影竄林樾。追之不能到，足滑致顛蹶。其餘凡幾輩，杯底任汩没。天空亭月午，清響益疏越。空明無障礙，醉影自突兀。終當跨茅龍，矯焉歸玉闕。

舟行

一道溪流之字斜，阻風阻雨路尤賒。柳絲緑入船艙内，爲泊橋頭賣酒家。

泊楊家港

小樓三面花光纈，分半紅深半紅淺。濛濛三日春雨絲，浸得鵓鴣巢半偃。沿階細艸三兩叢，艸心更比花心紅。一雙燕子乍前卻，似怨簾角西南風。

過三塔蕩

花光照夜都無隙，帆底略聞香氣息。三層簾外軟東風，開到桃花已無力。紅窗一扇紗斜破，夢裏驚聞紙鳶墮。湖波添得尺五寬，胡蝶驕驄飛不過。

抵銀林垻

溪流南北都如箭，風急争飛萬花片。愁看上垻亘高淳，不使中江走陽羨。沿溪水瘦湖水肥，水影分上征人衣。一帆如龍忽東去，劈浪欲上桃花堤。

渡小南湖

南湖雖小卅里周，水面亦復分三州。濤聲忽濺柁樓上，挂席風急知難收。舟輕半日穿湖罅，雲氣青紅不知夜。鸕鷀方欲飛入雲，激電正穿雲脇下。

廿一日抵宣城偕淩教授廷堪戴孝廉揚煇暨蔣表姪德培至城南看桃花值雨

此花綻日征帆開，看花直到宣城來。泥中處處留鴻爪，花笑征人在家少。官河一路春雨絲，嫩寒莫厭花開遲。紅紅白白競顔色，敬亭山放朝晴時。山雲青黄水雲墨，襯得此花成五色。看花人憶卅年前，花亦嫣然念疇昔。城頭細草已若麻，坡底正謝紅山查。固知地氣輸不盡，餘力尚放山鵑花。雨聲蕭蕭走西衖，多半春陰壓衣重。幽人過曉尚未醒，小閣三層結春夢。

蘭石桓太常墓

古戰場邊置古祠，祠旁荒冢柏參差。猶疑上厠銜刀讖，想見攖城伏節時。一瓣心香留故治，萬年遺臭付佳兒。孝侯生札充生勁，天道從來未可知。

重至洋川書院

依然林鳥唤春風，三面晴窗落采虹。採藥僮歸青嶂外，著書人老白雲中。東山未肯隨安石，北海憑誰問孔融。衰病漸將忘世事，經旬不更展郵筒。

山居雜詠

白露零有影，白雲流有聲。靜中一相值，倍覺幽興生。我欲過石橋，眺此殘月明。行穿竹柏中，疏鐘已三更。空際飛瀑來，忽向足底横。

一月不出門，驚筍折衣架。偶然窺北牖，竹密已無罅。山中春仲月，氣已若長夏。生徒增日課，所幸仍有暇。意欲校道書，閒從佛樓借。

樓居一何高，高出雲百丈。樓前芳草地，一片緑如掌。携燈坐深宵，空此一一想。竹梢穿入牖，坐久不獲仰。破曉山鵲鳴，官蛙始停響。

我從居山中，不復關世事。所苦剥啄聲，郵筒有時至。經旬及逾月，排案已鱗次。預擬欲别山，從頭一披視。案塵僮不拂，聊用一相試。此僮有機心，不遣案旁侍。

更生齋詩卷第七

西圃疏泉集

競渡燈船行

燈船尚隔三條橋，寶氣已復衝層霄。三橋百巷密如櫛，波上歷歷人聲囂。須臾赤焰將橋鎖，分半樓臺燭光裏。林鴉林鵲驚四飛，鴉背鵲頭都帶火。忽然龍爪攫半空，千人萬人看燭龍。橋回風勢亦稍緩，龍忽正面停波中。橋南百尺波如沸，龍甲龍鱗照天地。妖狐竄水魚登岸，光景欲從何處避。緑楊枝頭閣幾層，無數紅袖圍紅燈。船燈直與閣燈接，咳吐落處雲霞烝。百舟迎龍百舟送，别有百舟排不動。三更以後抵北關，一派火光飛入衖。鉦聲已遠簫聲起，裊裊聲驚入雲裏。蜻蜓舟小琉璃暗，有客添衣出蓬底。雲溪我住三十年，客夢只落雲溪邊。回船復向溪上過，衫影笠影人疑仙。曙光曈曈斷更鼓，千萬燭光收入浦。君不見，何如天上兩燈忙，圓月乍傾圓日吐。

跋錢三維喬自製壙銘及三幻圖説後

雖非祖道雹河干，易水，一名雹河。紙上蕭蕭風色寒。君是生魂我生輓，銀牋聊當白衣冠。
太虚偶爾綴微塵，詎有前身與後身。多少樓臺雜松竹，君皆疑幻我疑真。

宗忠簡祠

六百年來氣不磨，江干遺廟鬱嵯峨。迎門九派東歸海，卧榻三呼北渡河。夢裏銅駝餘涕淚，望中鐵騎敢經過。劉琨祖逖應同傳，未了忠心尚枕戈。

陳少陽祠

少陽祠外駐征輪，國士應知俎豆尊。已覺舉朝忘二帝，不妨在野蹈三仁。捐軀子諒彈仙客，並世朱雲值佞臣。一樣書生心跡異，酉前叩馬又何人。

城渡橋訪明唐襄文讀書處

荆川臺址尚崚嶒，卜宅當時愧未曾。余戊午乞假回，將卜居于此，後不果。君慕古人三不朽，我甘世事百無能。牛腰卷軸傳難必，馬革功名謗已騰。何似掩關長却掃，白頭仍擁讀書燈。

讀晉書偶成

剩得荆揚半壁天，偏安王氣尚綿延。生憎謝客稱山賊，死笑孫恩作水仙。南渡化龍纔幾日，北來飲馬是何年。茫茫萬里中原土，只惜無人肯著鞭。

七夕京口淩江閣待友人不至率成四絶即寄張文學崟郭孝廉堃暨及門于生淵

兩株高樹倚檐前，却擁秋衾自在眠。絡緯乍停蟬又響，曉霞紅入寺門鮮。

煉丹臺畔值佳辰，也買甘瓜向曉陳。不敢更談天上事，久安心作謫仙人。

北固潮頭未肯降，忽驚人影出蓬窗。誰言一葉舟偏小，滿帶秋聲過北江。

年來百事總闌珊，門外江流亦漲灘，一枕水窗眠未醒，算來還比白鷗閒。

是日過聽秋軒飯并觀瓜果筵作

華堂乞巧筵，商略祀牛女。天邊瓠包星，筵上戲摘取。

華堂乞巧筵，商略坐宵永。籬角牽牛花，迢迢妒星影。

陰晴客不知，榮悴草無語。門前洗手花，門外洗車雨。

天孫踏鵲橋，中隔雲一片。靈鵲不擡頭，何由見仙面。
千聲與萬聲，蛩響一何切。天邊方停梭，地上已促織。
天上星神過，人間兒女忙。欲知霄漢事，除問杜蘭香。

携于生淵夜半剪江至焦山

百尺驚濤内，呼舟半晚過。夜帆明螮蝀，秋浪狎黿鼉。舊雨南徐少，回風北固多。到山山已黑，撼樹且高歌。

焦山

山頭高士壟，山下大江潮。一柱中流兀，千年古像凋。氣猶淩北固，名欲並南譙。（山本名譙山。）且把心香爇，魚龍未敢驕。

張秀才學仁寄槎圖

家山同百里，各復感飄蓬。我在昆侖上，看君滄海東。枕戈馳遠夢，振袖揖長空。咫尺天河近，無須更使風。

吾鄉錢生履坦在南昌日作梅花卷子寄萬刺史廷蘭到日正值刺史八十四壽辰因繪爲長卷刺史并作詩紀事邀同人共賦

此梅公手植，梅壽亦輸公。却喜南枝早，香浮北屋中。老來長句健，客到一尊同。他日花開處，先酬百歲翁。

翠屏洲

秋聲塞港口，風急船不過。江蘆明百頃，一叟截江卧。游鱗逐驚蛇，居然上舟柁。

嘉魚港

大水抱細水，水盡波忽動。中有百頃潭，嘉魚歲堪種。食之可平心，兼乏江海夢。

種竹軒

百竹緑半村，十竹緑一巷。人從巷口立，時與竹竿撞。海上蝃蝀來，餘光半軒絳。

巨公厓

重來巨公厓，石石悉迎客。惟餘一石傲，壓客險及額。石上雲亦奇，孤飛上天直。

初九日鄒水部文瑍載酒相訪因約同人松寥閣小集分韵得聲字

難得新涼載酒行，酒兵鬥罷鬥心兵。江光入夢仍如練，秋色摶空若有聲。悟後雨從衣上落，醉餘天向笠邊横。京華舊事勞重説，卧看潮頭滅復生。

初十夜山半步月至三鼓始回

出門看山光，月色忽無盡。簾前秋景好，花氣亦徐引。江光山光新月光，點入秋色逾蒼涼。花香堂前一杯酒，杯底清光無不有。三更以後月愈明，興發我欲淩波行。秋花倘點頭，秋竹若摇手，秋鐘泠泠恍開口。一風吹人入竹樓，竹樓旁邊茶百甌。茶香雖清客沉醉，七尺竹牀三客睡。花香亦若憐酒人，忽灑花影來周身。夜光齊收夜鐘歇，却夢酒魂飛入月。

十一夜東昇閣看盂蘭盆放燈作

一燈先出法界樓，大魚迎燈争逆流。燈來大魚忽然竄，一鬼一燈擎不亂。三燈五燈波面停，鬼欲待侣方同行。有時一燈衆鬼擎，惹得燈影皆深青。燈光時分復時集，鬼臂壓魚魚直立。燈光叢處鬼亦夥，魚驚避鬼欲出波。大聲軒然波上起，盡捲燈光入雲裏。鬼車鬼馬已四飛，燈去鬼伯愁無依。洲東洲西萬聲沸，鬼氣居然避人氣。樓頭仙客正朗吟，激得波響如鳴琴。君不見，神燈紅，鬼燈緑，入海無心競遲速。東流燈影西上潮，鬼勢瑟縮魚龍驕。

萬刺史廷蘭邀集令子承紀丹徒官廨小飲即席賦贈 萬爲壬申庶常前輩。

方壺員島振公名，八十年來始合并。佳士盡看稱弟子，靈光真欲比先生。南遊畫鷁仍須迓，時約遊吳門日便道過訪。東下飛蝗偶有聲。適有飛蝗過境，幸不爲害。今日宰官誠不易，好傳良法拯疲氓。刺史居官舊有聲。

江口待慧超僧不至却寄一首

松寥高閣不同登，一榻慵眠醒未曾。僧性最嬾。我憶放生池上路，秋花病鶴與孤僧。

月波臺夜坐

月色轉綠天光青，松梢盡處明一星。星光忽隨白露零，倒射北斗光泠泠。星光墮後山光暝，竹屋居然覆漁艇。三更向盡吹曉笳，海上已復生紅霞。

林下二髯圖爲萬刺史昆仲賦

北江一漁舟，日昨泊北固。欣逢西江叟，相與話情愫。叟顏如春髯若戟，髯上泠泠流古色。比肩令弟何不來，與共官齋話晨夕。見公與公語，别公展公圖。我題詩贈公，公見應軒渠。君不見，林泉不復營生計，只有公家好兄弟。一執奇書一如意，石泉淙淙瀉奇氣。石上松花積何膩，山果投林有真味。阿兄詩成屬余季，老友寥寥亦堪寄。石門前頭百級砌，老木千章萬章蔽。門外紅塵即如沸，一山遊完一山替，五老八公時把臂。我昔亦是神仙吏，謫下九天居九地。他時華髮倘下垂，曳杖從公共遊戲。

六月二十日偕同人載酒至城東陸氏中隱園看荷花至二鼓始歸率賦

今年水滿荷花低，前後一月稽花期。花期忽展六月杪，花朵如盤色逾好。陸家荷榦捎城墻，隔城薰風沸滿塘。檥舟亭畔一雙燕，聞信遠復來尋芳。雛鶯縱老尚引吭，蝶翅不待秋間黄。花前十客羅百觴，過午一一來追凉。花枝迎客若問訊，一客一花須坐近。坐久未窮花底藴，花下蛩聲亦殊韵。殘蟾出水光何陡，花竟嫣然開笑口。看花親切花轉羞，花已低頭客濡首。花梢蓮實花下藕，花底誰人小垂手。引得荷盤貯杯酒，月影星光滿盤走。看花既足酒亦完，花外尚有千琅玕。深緑影護紅團欒，不須更與花朵語。花外鵑聲催客遽，一半酒人穿竹去。

陸孝廉繼輅洞庭緣樂府

下第才人暗自傷，忽驚奇福出尋常。龍堂入夜波如海，别展鮫宫作壻鄉。玉茗花殘閣亦傾，是誰拈筆與争名。到頭一例神仙夢，樂府新傳兩柳生。

陸公子鎔邀至城北看荷花而客坐正與花相背率賦一首 時將遊焦山。

屋向南頭水北頭，背花開譙我殊羞。預愁簾蒜遮香氣，聊折荷筒抵酒籌。有客苦談當世事，是誰能代古人憂。深杯到手休辭醉，明日征帆向潤州。

清泉濯足長卷

門前水，屋後山。山深深，水潺潺。紅塵三十年，足垢久當浴。尋常一曲流，又恐污吾足。奇峰千叠谿九回，溪流曲處點碧苔，客欲濯足時歸來。足垢既濯，登峰若飛。盧敖仙人，世外可期。飛空游行有時倦，展我北堂三萬卷。吉金樂石東西列，嗜硯居然又成癖。周秦彝器唐漢碑，硯材端溪復歙溪，何日約客來搜奇？我携蜻蛉舟，爾居鴻雁浦。挂帆一日即詣君，與闢一軒談邃古。

年來里中賽神之會事事競勝較十年前費已百倍矣感而賦此時七月望日俗所傳中元節也

令節尋常事，奢風幾歲開。綺羅裁幟翣，金玉裹輿儓。神豈餘威及，人争罄産來。徒充里胥槖，一日醉三回。

鳴鳩圖

占得危巢復幾時，滿天風雨劇相思。一枝費盡林鳩意，只有山禽總不知。

江流斷處有停水數十步荷花盛開偶賦

黃雲昏處盡黃蘆，留住荷花世界無。渚上鷺絲爲料理，約風三日水平鋪。

新搆卷施閣成登眺偶賦

萬瓦縱横内，居然峙一樓。愛從雲盡處，看到郭東頭。世味都應熟，吾生合少休。掃梁迎舊燕，相與話初秋。

題范秀才來鳳鐵琴詩草

以鐵作簫，以鐵作笛。何如鐵琴，聲出金石。琴或以石，琴或以銅。何如鐵琴，逸響遏空。君家鐵琴詩，堅古亦如鐵。前古與後古，試問欲誰敵。一編能窺天地心，白雹掣屋霜飛林。我携君詩及鐵琴，海上落落求知音。

月夜登北固更望金焦二山回途與友人憩演武廳小飲作

更從石脊眺昏黄，無盡江流入渺茫。百歲過人疑短夢，兩山與月鬥圓光。鸕鷀影逐浮漚没，蟋蟀聲隨墜露凉。北府健兒京口酒，算來今日總尋常。

哭同年楊大令倫

一生心術及詩篇，都復研摩到昔賢。稷契許身聊復爾，君生平作詩，服膺杜氏。所著有《杜詩鏡詮》二十卷。羲皇入夢致悠然。填胸卷軸逾三萬，歸骨程途渺七千。未敢與君中外叙，予與君皆蔣氏甥，君母則余外家姊也。忘形且自託齊年。

登別峰菴望海忽值風雨

朝曦色染滄溟緑，東望海門如半粟。滄溟突處天蕩摇，頃刻已見西來潮。象山南頭蒜山尾，一舸倒流還數里。風威不敵潮勢狂，吹角北岸停帆檣。君不見，日居萬瓦鱗鱗内，眼暗頭低殊不耐。此時懷抱覺暫開，足底隱隱聞驚雷。天公似把炎蒸洗，東海叱龍龍盡起。一晌江都電影來，翠屏洲上紅三里。

山中避暑聞同年曾都轉煥將報最入都却寄一首

野客空山避暑遲，正聞軺傳入都時。西京鹽鐵何妨論，南國鶯花盡入詩。應有功名參計相，最憐風味似經師。愛才一例尤難及，報到平安杜牧之。

地燈行

五月朔，燈高懸。不照地，乃照天。七月晦，燈下墜。不照天，乃照地。燈高懸，禮北壇。士人云：天燈爲天地水府而設。其實元張士誠有德于蘇常，蘇常之民于其死日懸燈一月以報之，託言天地水三官神也。天地水府稱三官，燈下墜，出東郭，幽明教主轄萬族。俗傳地藏爲幽明教主。天燈不接天，僅與星斗聯。地燈不貼地，都復罩階砌。地燈數比天燈多，五里直接官塘河。雜以梵唄兼笙歌，千舫百舫燈前過。君不見，天燈完地燈接，更有水燈波上貼。三燈看盡無燈看，秋半皓月升團圞。

偶檢故書得三友人遺札各賦一首

通政司副使錢澧

早年重望出遐陬，六詔人文第一流。作史舊曾居柱下，建言頻見伏螭頭。鷹從鳩化心仍恕，蓬自麻生節亦遒。君與余同年葉舍人雯最善，嘗共寓居，每以名節相勗。我是庾公樓上客，彈章傳到亦生愁。指甲辰年糾陝甘署督畢宮保一事。

太子太保提督花連布 提督死事尤烈，其諭祭碑文，余在翰林時所擬進也。與余同官貴州，交契尤密，生平本以志墓文見委，故所撰碑文，叙其死事頗詳盡云。

尺書肯爲故人題，已值倉皇盡命期。生戴頭來知秀實，死餘膽在說姜維。蠻荒屢共中宵讌，絕徼曾褰大將旗。君先在金川著功。八百里騅休更御，送公天上去騎箕。君有善馬，嗜之成癖。

鳳山縣知縣贈雲騎尉湯大奎

廿年里巷憶同居，廟食今看義烈俱。君少時與余同居中河橋委巷中。巷口即隋陳司徒杲仁祠，祠額名「英風義烈」。未到斷頭先墮指，最憐歸骨尚銜鬚。書埋魚腹濤空沸，餉轉羊腸道苦紆。君年前曾解餉甘凉。畢竟酒人能報國，君尤善飲。霸陵醉尉亦捐軀。時里中王麗可亦以佐雜殉節陝西。

近築西圃將次落成偶賦八截句

堆胸奇氣漸銷磨，山不嶙峋水不波。只有露臺高百尺，偶然平視到羲娥。

薙草澆花久乏人，攤書聊剩此閒身。不妨我少元章癖，滿架傾欹滿座塵。

荷戈歸後鬢初絲，未碍齋頭睡起遲。忽夢天山萬年雪，一燈如豆酒醒時。

轉憶童時奉母居，三遷遺訓尚欷歔。半間板屋孤兒占，聊抵親存侍板輿。

心事初冬鬢晚秋，祇餘春夏氣仍留。旁人莫笑閒居早，五岳遊完住此樓。

人說池亭入畫圖，臨流時悼影形孤。防他春到鳩鳴急，巢好先無婦可呼。

作達時時憶樂天，尚嫌七十始歸田。一丘一壑吾應足，不更描摩池上篇。

屈指平生志業虛，勞勞蹤迹五旬餘。東西豎亥行將徧，纔得蝸牛一角居。

蔣通判騏昌官興平縣日于土中得漢張騫印一方興平古槐里也壬戌歲出以相示并屬作一篇以紀

西京世數傳至九〔二〕，文爲仁君武英后。張騫鑿空縱萬里，金印何嘗大如斗。姓名惟剩玉一拳，誰果好事爲流傳。玉方一寸白如雪，或者采自黄河源。當時開邊承意指，堂邑氏奴同出使。隨軍即以勳得侯，終是人間妄男子。功名雖奇意則妄，地上行完歷天上。惟應地下名不傳，想欲携之伴深葬。騫經絶域我亦經，衹少一棹天邊行。伊江傳有故侯碣，伊犂傳有張騫石碣，搜訪究未能得也。搜訪百日終沉冥。四周雖完一角折，世上誰能盡完璧。漢家末葉益可傷，傳國璽猶輕一擲。君不見，廢丘千載剩荒丘，故物摩挲説故侯。國士一壞何處覓，轉因槐里憶朱游。朱雲，槐里人。墓已無考。

同里戈裕良世居東郭以種樹累石爲業近爲余營西圃泉石饒有奇趣暇日出素箋索書因題三絶句贈之

奇石胸中百萬堆，時時出手見心裁。錯疑未判鴻濛日，五嶽經君位置來。
知道衰遲欲掩關，爲營泉石養清閑。一峰出水離奇甚，此是仙人劫外山。
三百年來兩軼羣，山靈都復畏施斤。張南垣與戈東郭，移盡天空片片雲。

中秋夜坐

天上風初緊，人間暑盡收。獨摇明月影，頻訪市橋秋，暗響蟲藏砌，華燈燕出樓。年年當此夜，坐待曙光流。

八月二十日抵甯國同年魯太守銓邀遊北樓并留飲桂花樹下賦贈二首

自有兹樓復幾年，爭傳句好問青天。人言李白曾低首，我是洪厓許拍肩。不覺玉盤遲出海，何訪金粟早開筵。羣仙高會今三度，余與太守同年同門，然把晤甚少，惟己未歲太守謁選入都，會飲二次，及此而三耳。一榻仍容醉後眠。

汝潁東西頌宰官，一麾出守又江干。魚頭參政家聲古，鶴背仙人鬢影寒。秋老茱萸先釀酒，衙荒苜蓿罷堆盤。凌教授欲招飲，以此而止。升沉中外誰能記，仍作龍華會上看。

半月臺久坐

正值下弦候，來登半月臺。夢中雙屐遠，足底萬扉開。閱世餘喬木，流光漬古苔。他時闌楯葺，太守欲修北樓及此臺。應許醉千回。

席上喜晤施上舍晉賦贈

十年不遇施居士，金粟花開偶來此。白須居士金粟花，我鬢亦與霜爭華。主人開筵當日夕，夕日暉暉照杯赤。我傾一斗君百杯，秋老頓覺春風回。陵陽仙人作校官，邀我苜蓿餐闌干。我嫌苜蓿不救飢，却向太守求甘肥。山陰之尊飲不竭，滿案溪菱間山栗。仙人赤鯉膾作絲，興發不顧琴高嗤。青松枝頭碧月來，移酒欲上元暉臺。眼前百事不措意，肘後花朵驚齊開。山禽飛回水禽集，只覺樓高渺難及。何時百尺爲貯梯，時北樓梯拆不得上。送我白雲頭上立。

琴溪客館作

拉拉雜雜彈琵琶，蕭蕭瑟瑟開渚花。青天沉沉忽無見，殘月黯黯生光華。迢迢溪水何方瀉，漠漠山窗已成夜。膠膠擾擾鷄一鳴，雨點落落煙冥冥。

曉度翦嶺

屏山高萬仞，厚亦徑千尺。空明初日照，表裏恍不隔。甯知深谷底，夜氣未收墨。白鳥倚樹眠，青蟲抱枝蝕。林稍開百里，下嶺勢尤仄。天都雖半露，地脈已全坼。平塗無十步，絶頂一關阸。亭午日氣紅，楓林亦齊赤。

夜宿許村

許村凡五里，路險客難到。回厓視昏旦，絶頂突夕照。高低皆萬仞，山石時露竅。昏鴉無樹集，占此社公廟。原北色已瞑，原南赤如燒。蹤疲思托宿，地陷忽如窖。明晨還屈指，卅里路森峭。夜半囈語多，擔夫時競道。

與程吏部振甲話舊

精廬百里走難停，依舊山排屐齒青。老眼讀碑猶似月，故人堆鬢已多星。揮毫尚記參旁午，君久值機廷。鑿險今看邁五丁。君尊甫虚谷先生，修箬嶺南北道，幾及百里，至今行人德之。君又續修府城中道，八門皆徧。却喜過庭詩禮在，半傳家法半傳經。

程君款我于丹丘精舍前後凡五日醉後率成二律即贈令子待詔洪溥

帶得天都夢，來眠石室雲。半庭花韵寂，一谷草香薰。李白金魚佩，羊欣白練裙。醉中揮墨嬾，且與話離羣。

山雲猶殢夢，山溜已驚眠。林果堆衾上，秋蟲出枕邊。宿醒吾尚病，縱飲客疑仙。問訊諸郎好〔三〕，溪茶手自煎。

河西橋太白酒樓歌同汪孝廉㷁及程待詔洪溥作

春人不肯留，春燕亦難駐。秋風開簾帷，微黄入山樹。山葉欲落禽驚翔，紅樓參差已夕陽。一千年上事誰識，樓上有客傾千觴。新安茶多苦無酒，何似山陰剡溪走。仙人遊戲無定方，飛去飛來亦何有。我疑黄山六六古未開，五字那不題元暉。不然元暉去後公復來，何以長句不賦空銜杯。驚人句好公問天，我轉欲問公從前。惜哉仙人蹤跡不稍待，祇見樓外山色黯黯谿水鳴濺濺。公前祇有樓，公後復有橋。石橋千步樓百尺，遠視城郭何迢迢。白雲中間立少時，適有遠札馳相思。時得方明經如川札，約遊巖寺。同遊年少亦清絶，瀟洒並若崔宗之。君不見，樓頭一派揚之水，直下嚴灘復難待。故人憶我我憶公，雲自歸山水歸海。

烏聊山

女墻沿山百千級，客到女墻皆却立。城南暝色似拒人，一片昏鴉堞樓集。山顛五石皆隕星，突處尚帶天光青。山僧煮茗餉山客，五客一人蹲一石。山頭有落星石，今裂爲五。

太函山

離居幾日無情緒，雁尚未來春燕去。城頭乾鵲時一雙，咒得蘆花白如絮。太函山人晝掩關，五客偶復遊兹山。丹丘南頭碧潭左，一塔對窗如揖我。

傍溪菴

西風泠泠響天闕，炊煙一城飛出山。炊煙飛青水煙白，襯得斜陽滿江赤。新安古刹皆李唐，此刹勢復凌層岡。石厓中飛雲縷縷，佛頂古苔堆寸許。

環峰閣

雲光開處穿飛騎，一嶺蓼花紅到地。瓜花黄蔓復上天，石屋疏疏集秋氣。屏風一曲隱一牀，窗扇重叠穿朝陽。芙容花生溪水死，一半遊鱗鏡中紫。

留別程吏部

茶香清後酒魂蘇，更對奇峰引百壺。明日兩重山外路，夢君先欲夢天都。
偶向新安踏市塵，蕭然六合此閒身。煉丹池畔揮千紙，赤鯉先驚化墨鱗。

贈沈教授成渭

我愛沈夫子，平生見地超。鬢疏秋後葉，筆勁午前潮。地僻成鷄市，官閒類馬曹。醉談先世事，七十恍垂髫。

贈莊司訓雋甲

我愛莊夫子，中年薄宰官。君大挑一等，呈改教職。芙容開晥晚，苜蓿笑闌干。世事心知熟，羣經口誦完。俸錢餘數百，先約客晨餐。

出郭望天都峰

三爲歙嶺遊，一詣天都頂。天都頂上人，今晨若居井。蓮花何鬱麟，蓮蕊何迢迢。蓮峰雖絶奇，未與天爭高。我雖憶天都，天都不思我。天風響空中，青紅落雲朵。昨登九子山，正面天都峰。闊别三十年，舉手揖半空。芒鞋久已穿，遊客亦俱蜕。謂壬辰歲同遊諸君。我憶天都峰，無心返吴會。

半道宿吴公壁

危途怯宵征，百步亦千折。我攀飛鳥巢，忽見孤僧室。同儕亦驚喜，天上一燈出。甯知到天上，石屋左右列。酌我山腹泉，心空水清澈。重陽猶未届，霜露已成雪。危梯延客卧，膚凍慘欲裂。濛濛衾枕膩，嵐翠入窗密。燒燈雖未燼，辨色戒行疾。出屋望始驚，山禽挂枝歇。

道中偶得二絶句即寄洪溥并呈瑶田徵君

煉丹池北小方亭，無數山光入幕青。嬴得閉門三日醉，持螯左手不曾停。

易田三禮彝齋史，更有魚門五七言。怪底郎君家學好，春華秋實萃篁墩。徵君及文學敦、編修晉芳，皆篁墩支。

山中夜起

山空羣動息，木葉已先凋。衆響從何至，天風與蕩摇。砌涼蟲語寂，閣暗鼠聲囂。夜半催人發，新霜幕外飄。霜降節在重陽日，時甫月初五。

重陽日霜降

白衣方送酒，青女正飛霜。聊記重陽節，今年在下洋。

唐二軼華罷東流縣尉寓居皖口已二十年昨得問訊書作此奉答并勸歸里唐本名鵬，後以字行。

昔年曾住屋西頭，薄宦離家已卅秋。彭蠡九江時北望，廟溝一水尚南流。君舊居也。踏殘春草思前度，數到晨星憶舊遊。丘壠近聞荒翳甚，待君歸更理松楸。

見落葉有感

年已迫遲莫，無復少壯時。落葉既辭樹，終難上故枝。今年故枝衰，明歲新枝好。亦如人代謝，子老孫復抱。明年春異今年春，老人衰遲喜抱孫。花開千回落千徧，孫復抱孫吾不見。

乘月行宣城道中

葉葉隨風逐去程，半空殘月出殘更。秋林紅到傷心處，先有曙鴉啼數聲。李白西樓眺北樓，南樓又占庾江州。老夫才地雖然減，也築危樓東海頭。

登北樓作

卅載時牽夢，今辰眺覽真。頹然五蒼柏，都似六朝人。徑有元暉月，樓無庾亮塵。更應招白也，同醉小陽春。是日立冬。

夜泊小南湖

小南湖畔路，舟泊已初更。四壁懸星影，千灘出雁聲。夢零前夜雨，雲識詰朝晴。魚鼓敲何急，如從枕上鳴。

溧陽道中

木橋分西南，澗水四邊集。人家臨澗好，門外水聲急。青山無半里，朝爽近堪挹。村翁無一事，倚杖水邊立。兒曹農事竟，茅屋飭修葺。禽鳥静不譁，深村啄餘粒。

滆湖夜望

沿林風轉急，紅葉裹歸僧。隱隱青山隙，迢迢露塔燈。夜雲空際落，殘魄望中升。十月南湖涸，魚龍氣尚烝。

題畫

留得春風自掩關，三層閣上著書閒。祇饒碧蘚無紅葉，不使秋冬氣入山。

蠡河感舊

挂席去無影，夕陽空閉門。重經昔時地，頻斷昨宵魂。檻折春禽占，廊虚暗水吞。尚餘煙柳在，依約舊衫痕。

乘月行攝山道中至朝陽門作

水雲村樹共彎環，樹裏人家未啓關。正是四更殘月好，騎驢行徧六朝山。

南岡北阜界初分，遠憶茅濛蔣子文。江左名山本無幾，讓他一帝一真君。

過徐中山王墓道有感

難從英辟共功名，事過猶令野客驚。彭越醢非三尺法，謂藍玉、傅友德等。范增疽盡一杯羹。中山病疽，特賜鵝炙一臠，食之乃卒。龍蟠帝闕形仍壯，燕啄王孫兆已成。猶幸開平得前死，不然險欲壞長城。

送孫大星衍仍兵備山左

葛仙祠畔早披襟，在句容訂交。不信居然莫景侵。兩世逮君皆皓首，君祖母年近百齡，尊甫年已七十五，君鬚髮盡白又數年矣。一生于我伴長吟。知交出處關成數，天地分明鑒寸心。良史異時商合傳，莫教廊廟媿山林。

采石重謁大白樓

枯僧驚爲起蓬關，三十年前棹始還。身後名輸一杯酒，眼中人隔幾重山。前與孫大同遊，今孫大尚留滯吴門。夢留葱嶺煙雲外，月挂蛾眉杳靄間。公謫夜郎余更遠，得歸公亦代開顔。

然犀亭懷古

過江名士竟誰優，到死猶争第一流。倘遇可兒先拔舌，早逢英物一開眸。孤亭正對天門峙，百怪將從地府搜。却憶登壇誓師日，義旗幾欲指荆州。

一事傷心説倚閭，求忠于孝果非虚。勤王縱使能投袂，將母何因便絶裾。休更火犀然穴鼠，也慶風樹泣皐魚。留賓截髮兒能報，羨殺陶家奉板輿。

涇縣黄田訪朱吉士珔因留宿培風閣即席賦贈并寄哲昆觀察理閩中

君家門前溪水足，大石寬于百間屋。到來三折山已深，鎖徑一橋環碧玉。四山蒼蒼合一澗，澗水時聞不曾見。青松點入紅葉灘，時有水雲飛片片。溪風蕭瑟溪雨凉，鸕鷀直來問字堂。縹緗堆架一何滿，山鵲亦聽書聲忙。樓頭讀書日幾回，樓上客兩官蓬萊。西園子弟盡才俊，作賦險欲追鄒枚。一更月出斷厓口，却對好山爲置酒。醉向培風閣上眠，窗疏不礙看星斗。談深復憶神仙侶，槖筆乍完仍叱馭。溪山如此不歸來，却復看山厦門去。

列岫軒久憩

峰巒三面峻，都抱讀書堂。半夜吟聲苦，層霄月影凉。偶懸徐穉榻，真認鄭公鄉。他日來相訪，門前荷芰香。

二十二日夜雨曉起見山頂皆白蓋天氣嚴寒山半以上均已作雪也喜而有作

飛雪不到地，祇積高高峰。高處亦不停，旋轉西北風。稜稜夜半風尤猛，東嶺雪仍移北嶺。樓頭一白直接天，樓上客真同坐井。清寒入骨難久留，北風吹人下小樓。衝寒簾下一杯酒，酒色絶似清江流。曉風初收晚鐘動，山骨吟肩疊高聳。圍爐倚酒欲作書，飛白先驚入窗孔。

復憩松竹塢即贈陳孝廉寶泉

松竹軒中説授經，授經人已久知名。詩傳一一鶴聲峭，考比非非國語精。墨鯉鏡中浮浪起，蒼龍天半怒濤生。闌干月上應無事，更掃書堂鬥酒兵。

莫愁湖久憩并謁徐中山王畫象

結綺臨春事久非，湖北即清凉山，臨春結綺舊址在焉。隔坡樓殿尚依稀。到來海燕棲禪幄，運去山龍暗衮衣。空館尚餘調鶴地，真王徒剩釣魚磯。今湖尚屬中山子孫收税。惟應兒女英雄淚，灑向秋空作雨飛。

感賦

年來里中同歲者相繼物故，近聞劉舍人召揚亦歿于山左，亦同歲之一也，感而賦此。

流光到眼若飛塵，零落知交倍愴神。鄉曲苦無同歲友，名場嗤作過時人。酬知事每失交臂，傳世書仍欠等身。只有壯遊聊自慰，記經星海陟昆侖。

偶書示友

習尚多年即一更，後生原不及先生。好名亦是文人事，不近情人不近名。

楊大令倫劉舍人召揚歸櫬尚未抵里復追悼一首

一作郎官一省曹，五旬年命不堅牢。管甯死後無龍尾，謝守生前有鳳毛。君爲劉文定少子。學博可曾編《說苑》，愁多先已反《離騷》。殘秋旅櫬仍難返，望斷清江緑半篙。

天王堂謡 堂在城東太平興國寺。

天王堂中屋不修，雨脚總打天王頭。耳中穴鼠雀啄眸，力士杵亦隨波流。欲修天王堂，泥閉天王目。一臂天王已先剥，臂落金剛復傷足。擡天王，出募錢，募錢疏挂天王肩。募錢縱多僧醉飽，却任天王坐旁倒。

以長至日太和殿早朝詩課院中諸生亦敬賦一首

鴛瓦千行瑞雪消，火城三面集金貂。記曾采服趨中禁，特荷殊恩拜内朝。至日皇上或不御殿，則百官朝服列班午門外行禮，惟值内廷諸臣準采服拜乾清門階下。萬里烽煙清禹甸，丙辰丁巳長至日，皆得西南捷音。九天音樂奏虞韶。觚棱回首真如夢，獨向江村聽麗譙。

萬卷歸裝圖爲孫大賦

每耻前人我不如，年來妄念始消除。笑君積習偏難盡，尚喜人間未見書。君正褰帷我荷戈，買書錢已苦無多。丹黄别有三千卷，或可鼇君校本譌。

月午樓歌

仙人好居樓，樓築青山頭。樓居又比山居好，八牖居然拓天表。山樓明月不待宵，海上月出光先摇。讀書聲高月亦高，月午尚覺書聲飄。前黄高峰後箬嶺，書聲飄壓四山頂。松梢夜半老鶴醒，鶴唳亦比書聲清。樓頭鶴影兼人影，樓外雲鋪百餘頃。仙人世外無書看，聽書日日來檐端。月亦不得落，書亦不得完。君不見，紅闌干前白玉盤，讀倦且把明霞餐。

校勘記

〔一〕西京世數傳至九　「傳」原作「傅」，據《北江遺書》本改。

〔二〕問訊諸郎好　「問」原作「間」，據《北江遺書》本改。

更生齋詩卷第八

北郊種樹集

讀史六十四首

大九州藏小九州，大瀛海外水仍流。九州各有開天聖，迭拄乾坤到盡頭。

啾啾唧唧四邊鳴，造字臺邊夜哭聲。足見一篇無鬼論，便從上古已難行。

一粟先看世界浮，女媧摶土不曾休。自從未有人行日，玉兔金烏已出頭。

魯陽戈已嫌多事，第一尤憎后羿弓。正要不分昏與旦，懸他十日照寰中。

棋家國手說秋儲，此局開從允子朱。破盡工夫究何用，笑他一著競贏輸。

何須刻意別靈頑，物物同生宇宙間。各有出奇爭勝處，翼填東海擘開山。

蠶食何堪四面來，陽人負黍踵難回。周家八百年天下，末路惟餘避債臺。

曉饌牲牢夜擊鮮，華堂養士各三千。何如五百田橫客，蹈海都同魯仲連。

督亢先看具地圖，樊于期忽仰天呼。燕齊海上多奇士，狗盜要難及狗屠。

一椎一筑一匕首，三客果誰能策勳。滄海君來亦無用，先知獨讓滈池君。

開國先愁乏遠圖，西都習尚逮東都。漢家一代崇虛誕，黄石兵書赤伏符。

緣知隆準是真龍，白帝先愁試劍鋒。功狗已烹高鳥盡，祇留一雉雊深宫。

萬卷先從客舍儲，撰成《八覽》紀乘除。笑他只善居奇貨，也學虞卿强著書。

漢家中葉慶連綿，元狩元封國祚延。天上歲星來執戟，如何天子不長年。

前殿危言批逆鱗，後宫恩重亦忘身。朱雲折檻熊攀檻，越顯名臣與美人。

蘭茝招魂些續歌，楚天萬里不生波。願將魚腹詞人弔，文考湘江屈汨羅。

宣元以後治優柔，況復專朝有五侯。正與商君法相反，虱官不去鼠姦留。

客未登車主候門，世家家法已無存。史臣倘爲宣尼諱，十四傳中削此孫。

烈士傷心古道旁，一生曾未值孫陽。却看老驥還千里，正負鹽車上太行。

法堯禪舜亦家風，二十詔年作上公。不見露臺曾惜費，偏能全賜蜀山銅。

著書空費萬黄金，剽竊根源尚可尋。《吕覽》《淮南》盡如此，兩家賓客太欺心。

並世才能識魏公，死猶兩女嫁英雄。炙雞斗酒無多費，我欲時時酹冢中。

大將王常太尉牟，嗇夫游徼盡通侯。東京人物寥寥甚，卓茂居然冠輩流。

同時北海出儒宗，邴管仍堪合作龍。畢竟漢朝經學貴，黄巾争拜鄭司農。

祖尚元虚自晉賢，黄初人物已開先。漢家盛日尊黄老，不習《南華》内外篇。

霸業王基並有因，轉嫌封拜不酬勳。虞侯賜劍燕王刎，恐負難兄付託殷。謂孫大帝宋太宗。

東京文格本來卑，一字無慚語亦欺。不被古人瞞到底，曹娥碑與郭君碑。

多金贖女出匈奴，友誼曹瞞絶世無。愧煞君家五官將，刀頭難赦仲宣孤。

聖證篇成漢學亡，六書訓詁孰推詳。一編難與專門較，杜預《春秋》甯《穀梁》。

家世何應出阿戎，嗜錢鑽核作門風。葫蘆麈尾皆長柄，莫哂南朝王侍中。

絃歌小邑最風流，一令甯輸督八州。强使名賢附華胄，泉明地下亦包羞。

江東王氣總綿延，晉宋梁陳代屢遷。只有蔣山惟一帝，居然香火占千年。

白雀空矜一世才，新支堡下忽徘徊。死胡尚嚇生天子，何怪堅頭入夢來。

漁人何事舌偏饒，歷數炎精迄本朝。從此桃源不淳古，并知劉石與苻姚。

虛無上八洞真僊，稗史新傳委宛編。不信堯時白蝙蝠，能知混沌與開天。

已見苻堅過項城，八公鶴唳與風聲。淮南雞犬都仙去，尚剩沿山草木兵。

妄思成佛反遭魔，歷劫應知負債多。何必贖身同泰寺，累他臨歿喚荷荷。

武都山接谷軒轅，百頃仇池富水源。不是氐羌來據險，人間此亦種桃園。

蕭曹丙魏冠西京，房杜淪亡姚宋生。只有漢唐人物好，中興開國盡名卿。

三峰高接華山巔，下視蒼茫幾點煙。不是謫仙人在世，好詩誰敢問青天。

故雞相異兆生時，鐵額銅頭并護持。制得猪婆龍死命，僅須一箇李猪兒。

中唐風節數韓公，詎止文章一代雄。異類强藩盡低首，王庭湊與鰐魚同。

總是滄桑劫裏來，唐除丑口吕書回。何應一落金門第，不作仙人即盜魁。

萬羊太尉李文饒，食料誰知命所招。日啖半升原作相，何需八百石胡椒。

轉覺雙鬟有定評，旗亭聲價一時傾。怪他九級慈恩塔，偏檢都無李杜名。

絶代才人韓致光，百篇詩句一奩香。虎須捋罷吟幺鳳，鐵是心肝錦作腸。

述怪稽神作《語林》，誰知劫數已相尋。冠貂衣紫人如豆，篷下南朝徐楚金。

年名五代不多時，七姓官家盡健兒。辛苦九朝長樂老，朝秦莫楚費支持。

《魯論》半部篋中藏，垂老應知亦健忘。怪底一朝多語録，用他學究佐興王。

香孩兒事最堪疑，滅迹思將一代欺。身上黄袍袖中稿，製成恐不是臨期。

百事都嫌强出頭，扶乩壇上亦來遊。神仙何苦名心重，處處題詩向酒樓。

詩案曾留御史臺，憸人亦轉歎奇才。雄文却要蛟龍助，不枉先生過海來。

《尚書》別有古文傳，西蜀才人著《太玄》。僭聖亦同非聖例，揚雄梅賾趙師淵。今所傳《通鑑綱目》，實朱子門人趙師淵所作。揚以《太玄》擬《易》，趙以《綱目》擬《春秋》，與梅賾撰僞《古文尚書》，其罪一也。

一成一旅總堪憑，萬頃洪濤一葉淩。不據西湖據東海，趙家端可號中興。

儒林道學本同原，分傳翻嫌史例繁。只我欲書三獨行，石工軍校鄭監門。石工安民、殿前軍校施全、監安上門鄭俠。

萬乘曾爲孤注來，惹他讒口一時開。契丹西夏非强敵，衹覺中原乏將才。

七尺終當死報君，黄冠南下屬傳聞。一編琬琰名臣録，都讓王家生祭文。

戴主恩如戴昊天，投荒百日準歸田。家風尚愧鄱陽集，雪窖冰天十五年。

詩情畫筆號專門，三絶雖兼格不尊。説到彦回先齒冷，更誰人數趙王孫。

讀史常侵夜漏餘，時時一夢到華胥。可知不在青天外，竟欲乘風去卜居。

都似空中飛鳥過，强分名目費編摩。試將列傳平心看，一代傳人本不多。

千日中山醖已嘗，便須一鍤家中藏。伯倫死酒非真死，想要逃名入醉鄉。

飲啄何須更好名，修真先要近人情。烹龍炰鳳瑶池讌，誰説仙家不殺生。

晉代旌陽唐李筌，是誰人已得真詮。近來老輩神仙少，數到元時白玉蟾。

寓　興

一身從何來，父母之所畀。既須建修名，亦以綿世繫。受全歸亦全，所係實非細。菅然魂魄化，仍與親附麗。一一返厥原，同歸天與地。形骸既速化，齒骨朽亦易。留貽世間者，不滅惟此氣。

古人善讀書，書亦本來少。經年可卒業，不必徹昏曉。沉酣六經外，祕籍偶搜討。方書亦無幾，《素問》及《本草》。百二十國書，一一名作寶。少纔能肆力，多即難見巧。陳編逮今日，富至不勝考。所以無用書，空資蠹魚飽。

天地雖至大，物力本不多。惟茲樽節心，爲能養天和。日食數萬錢，遠聞王與何。飛走不得逃，高下設網羅。曾誇鼈重裙，兼詡四足鵝。風俗近益奢，背峰炙明駝。俊味罔不登，搜及燕雀窠。末流心竊憂，詎敢揚厥波。非有求福心，又豈懼譴訶。甘受鄙吝名，不敢知其佗。

學術本一途，後乃判釋道。魏收最無識，作史列三教。三教中復分，十百富名號。争奇仍門捷，一一欲建效。遂令清净域，無事亦争剽。民生半無業，物力因已耗。合一縱甚難，何不各守要。兼收更非計，分路或同到。惟求心所安，誓不惑果報。

新進喜事人，不可位相將。持其一偏見，遑復計得喪。紛然變成法，畢竟無一當。古來大聖人，貴述不貴創。周官不善讀，邪説復首唱。青苗市易行，天地爲播盪。巴東亦不免，時露好事狀。偉哉無口瓢，此乃真宰相。

側聞飛仙人，上者居列洞。騎龍跨鳳外，頑石亦能控。游行一世間，風伯自迎送。怡神雖足樂，于世究無用。況經年五百，劫數亦殊重。我意不謂然，隃麋復時弄。空言如有裨，後世亦諷誦。無爲守丹竈，甯可抱酒瓮。化人王無功，日昨屢入夢。沉冥雖已久，顔色益飛動。醉鄉苦無書，爲寫酒德頌。

家儲萬黄金，或者有憂色。行乞得數錢，陶然樂昕夕。賤者未必非，貴者未必得。置身豐歉外，庶不爲物役。鍾乳一千兩，胡椒八百石。縱如彭祖壽，亦恐難畢食。徒然使後來，笑聲千載劇。

少歲盛意氣，不願爲詞人。垂老筋骨衰，勤力始作文。投荒昨歸田，松菊僅有存。親亡逮卅年，兼復鮮弟昆。偕老願亦違，骨肉滿墓門。尚幸一室中，不乏子與孫。久客偶一歸，旨酒又已温。僕婢立我前，勸我盡一樽。慰勞固多方，嚬笑恐未真。欲營山水區，庶畢勞瘁身。持此一寸心，不死期報恩。北轅窮大宛，西轡險棧閣。洪河狎蛟蜃，滄溟截鯨鰐。回思至危境，亦即寓至樂，豈惟豁雙眸，胸次亦已拓。丈夫處閭巷，百事苦束縛。終年心賞處，僅止一邱壑。低瞻慙赤鯉，高視愧元鶴。甯知轆轤膺，天外亦飛落。平生無別嗜，有景必搜索。生當恣游覽，死即安冥漠。一世誰最愚，南山石成槨。束髮事結交，良友堪悉數。文章與談讌，各有投合處。立身復不同，分道各馳騖。揚雄性沉默，逡秀欣世務。君看華與管，始合分末路。彼此不必非，邪正性所賦。即如同學者，意見亦參互。王何標理解，張趙崇傳注。璣稱善名物，曜乃詳訓詁。一得皆可傳，無須學跬步。君看天上星，東西各分布。飛何必嗤走，赤亦難誚素。絶交論亦褊，故者無失故。

學術尚周孔，治術尚黄老。漢家西京前，異説不得擾。官皆核名實，學亦具師表。黄初尚元言，配老乃以莊。治術日以頹，沿流益荒唐。明道崇理學，升孟以配孔。專門學益希，語録衍千種。寥寥一千年，感此風教殊。實政罕逮民，私心競師儒。誰祀周元公，誰讀軒轅書。

獨遊水西登煙雨亭久憩追悼朱學士筠江太守恂

壬辰四月，曾同遊此。

山城一水環如帶，雙塔影飛三里外。行人望塔路不迷，斜日已過山城西。别來江水依然緑，竹樹千尋路千曲。林梢盡處立一亭，日氣轉赤煙光青。亭危一角驚先拆，使我傷今復懷昔。春燕巢空春草枯。憑誰更問春消息。當時逸氣横九垓，桃李迎客争先開。甯知過眼若飛電，三客坐處生莓苔。卅年舊事愁難再，何況風光隔千載。龍徙空山杳莫尋，鶴歸華表甯能待。芒鞋已倦蒲帆舉，别意惟同夜烏語。行客多時怨水風，危亭入夢仍煙雨。

過水西渡

已作如塵似夢看，殘春曾此一停鞍。能迎三十年前客，只有參天竹萬竿。

青弋江舟行

順流轉比逆水難，北風吹水欲上山。風中歸鳥性偏急，逆浪逆風穿樹入。青山影外溪流足，溪水亦輸江水緑。水西明月來水東，却罩一角斜陽紅。

夜　起

窗櫺高下緑低迷，夜半何人發水西。留得月痕剛一線，却教山鵑盡情啼。

長至後一日消寒第一集諸及門餞余洋川書院之生雲閣分賦得山樓即事四首

前宵雨初停，濕霧一山皺。白鳥入白雲，延回飛不透。

樓閣三百家，溪流自環繞。澗底出笙歌，年豐賽神早。

却倚青松樹，迤東築小樓。昨宵驚驟冷，靈鵲宿牀頭。

紅林千百株，一夕已無影。山風颯然來，巢禽各延頸。

蕪湖喜晤張太守祥雲 時攝道事

暫移五馬駐雄關，意外相逢遞往還。同輩漸如秋後葉，異書高比屋頭山。人傳海上魚龍橫，時洋匪在寶山、嘉定一帶滋事。我共江千鷗鷺閒。闊别十年重握手，喜君青鬢不曾班。

答友人贈梅

一棹欲歸江浦，五株誰贈溪梅。却掃軟紅塵去，安排萼緑華來。

港口小泊

濛濛雨細天垂黑，白鷺欲將行客嚇。眼前風浪轉不驚，飛鳥蹈空人蹠實。

消寒第二集陳孝廉懿本招遊蕪湖城東沿後湖隄至三昧菴

看黄梅作

後湖三百頃，煙霧忽微茫。寺作前山界，隄真夾水塘。瓜分留寓縣，東晉時，改蕪湖，立襄垣、定陵、逡遒三僑縣。果熟薦空王。坐久還成雨，黄梅發古香。

十五日晚自東梁山移舟至西梁山泊晨起阻雨

東梁山上雲，欲作西梁雪。移此江南舟，過江看落日，江干三尺霧，又向江南結。三更迎面雨，隱此當頭月。已有曙鵲聲，愁霖苦難歇。

守風西梁山竟日

雲從西走東，頃刻一山出。回瞻東梁山，復向雲表没。甯惟南下少，北去帆亦絶。檣烏與林鵲，對語較清切。荒庵懸陡岸，正晝色如漆。我倦亦枕書，陶然醉終日。

舟過蕪湖始聞彭尚書元瑞之訃謹輓一首

不求立異不從同，十載追隨朵殿東。編集會昌名一品，蓋棺光政贈三公。没後奉諭旨仍贈協辦大學士。升沉總在雲霄上，公自副相降補閣學，復擢侍郎尚書，皆直南書房。恩怨都銷氣焰中。最惜石渠天禄署，更誰博物比司空。公聞見最博，尤悉本朝掌故，一時無兩。

十七日晨起北風尚勁書此遣悶

昨宵雨如煙，今晨雨如霧。多謝西梁山，留人三日住。咫尺不見娥眉開，山溜隱隱喧驚雷。明朝未敢望江浦，祇願征帆泊牛渚。

是日晚抵采石因獨遊三元洞作

西來長江一萬里，盡向石竇光中收。回頭滄海亦不遠，初日欲上潮驚流。孤僧聽慣亦不訝，枕上長江六時卸。長明燈燼已十年，空水光中不知夜。

夜起登太白樓

準擬宵深秉燭遊，然犀亭下泊扁舟。青天無月人無酒，辜負三更太白樓。

十八日早自采石挂帆將抵江甯訪孫大星衍先寄一篇即以志別 時將赴山東監司任。

今晨挂席思凌空，五色已曜帆檣東。舵樓繙書未一卷，席帽亂捲三山風。新晴水面鋪朝旭，影外波濤尚如斛。艱危歷盡心已平，水狎黿鼉岸麋鹿。此時却憶單居使，可已乘流向揚子。白髮樽前有底忙，素心海內無踰此。河流雖濁官能清，河隄使者憎好名。得閒篆仿徐內史，好古客呼劉石經。功名試問誰能足，仕宦我知貧最樂。他時青兗來看山，北抵二嶗東岱嶽。

十九日早過烈山作

烏江浦口暫徘徊，昨日舟從采石開。半晌柁樓眠未穩，六朝山已上帆來。

十一月二十一日消寒第三集胡户部稷昆仲邀同孫兵備星衍冒雨至小倉山房探梅并留飲小眠齋即席賦呈並贈袁公子遲

曾見郎君入抱時，傳經近復課佳兒。古梅似向閒人揖，舊事都應老鶴知。墩割一隅 袁大令枚即葬山房側。 埋謝傳，錦留五色付丘遲。談深紅燭全銷焰，門外三更雨若絲。

十二月二日消寒第四集李兵備廷敬招同人集平遠山房觀宋四家墨蹟即席同賦

裝成《橘頌》《荔枝詩》，尚憶煙雲過眼時。余久客畢宫保署，見所藏宋四家至二十餘種，尤奇者蘇文忠《橘頌》、蔡端明《荔枝詩》也。一代傳人原磊落，百年真氣藉扶持。寒梅消息遲霜信，殘臘心情付酒巵。我是庾公樓上客，摩挲故物劇相思。

題秦宫人曉粧圖

仙雲如綺復如羅，天上新看鏡乍磨。錯認廣寒宫小集，一輪圓月一恒娥。

李兵備以會勘江浙地界泛海至羊山信宿公事畢繪泛海圖屬題率成長句以正

一帆出海何飄然，五百甲卒藏戈船。帆檣解與潮勢鬥，五色幢上蛟龍纏。竿梢時浮復時没，蜃氣回環一山出。海風吹人若步虛，却及島中方履實。誰言海外一事無，文案積若牛腰粗。經時履勘事甫竣，瞰海絶壁如浮圖。故人尚有洪厓在，挂席何應不相待。請公别買一葉舟，我亦時來看東海。

初四日消寒第五集李明經筠嘉招同李兵備廷敬何徵君琪陸孝廉繼輅林鎬儲桂榮楮華李學璜鮑熙改琦徐棠諸文學並鐵舟上人吾園小集時余以明日旋里諸公皆即席賦詩相餞醉後率答一篇即以留別

一鶴引一客，閑步汀西頭。汀西閣上人，一一如眠鷗。元裳丹頂時窺牖，埜鶴居然戀紅袖。有時合隊出探梅，七尺亭亭影俱瘦。簾前新月輝，簾外疏梅開。春人結束登春臺，鼓吹復從門外來。主人約客排宵讌，落日暉暉坐中見。陸郎年少飲亦豪，十七人中稱最健。香巖儲高詠竹圃鮑歌，激得閣外生回波。就中匿笑何春渚，七十風懷尚能補。坐中有歌者四人。解衣作畫改七薌，我亦石上題箋忙。鐵舟開士詩才逸，畫筆年來亦如鐵。謫仙開衙東海頭，好客絕似劉荆州。榖人詞老梅村叟，前後可稱雙祭酒。時遲吴祭酒錫騏以病不至。微嫌病酒及十旬，明歲花開可來否。一更飛觴至二更，坐上客始連翩行。冥濛歸路不知數，幸有導騎持燈迎。君不見，新知雜故知，卜晝又卜夜。三更未醒船已行，挂席當從蠡河卸。

鐵舟上人邀至南園早飯

晨餐未了午雞啼，好客應知劇孟齊。上人坐上，食客嘗滿。一味孤行最相稱，公參玉版我黄虀。

舟過昆山有感徐司寇乾學王司農鴻緒舊事率賦二絶句

傳是樓空水榭荒，百年先已感滄桑。早知身後名皆在，何必師生軋百場。司寇奉命所修《一統志》及司農《明史稿》，皆係可傳之書。

人言太僕繼南豐，微覺前賢面目同。我讀《亭林居士集》，不求工處自能工。

初七日消寒第六集瞿應謙别駕携酒招遊虎丘久憩生公石

時宿霧漫山飲畢不見一人悵然而返分賦得石字

山僧啓山關，驚出雙逸翮。甯知携榼者，先已候門隙。僧寮雖未啓，已布行客席。樓臺丹碧影，裹此寒霧白。三載偶一來，爲歡感今昔。兼携亡友句，時適携亡友遂甯張問簪詩，爲閲定。久憩生公石。同儕攖世事，一晌閒不得。時待諸同人並不至。千人石上苔，寥寥坐雙客。

臘八日破曉過錫山作

山雨接天白，破寒溪上來。北風吹别袂，南酒勸銜杯，宿鳥依林顛，驚魚蹴浪回。呼僮泛膏粥，聊賞膽瓶梅。

先壠側形家言尚有昭穆二穴因以昭穴葬亡婦而舍弟家適被水漂遂遷葬于穆穴自此先壠已無隙地他日子姓不得更附葬并作此詩以爲戒約暇日復課兒子等添種松百本作籬衛之庶幾封殖之義云爾

憶從葬西原，子姓殊不少。一輩課十株，佳柯已繚繞。冬青女貞樹，墳道藉以表。東南離百步，溝水成曲沼。春到上冢船，粼粼碧波小。經營三十載，齒髮慙已老。無貽地下羞，吾行倘堪保。

十步依我祖，五步依吾親。料量松栢株，芟此荆與蓁。石几清且修，藉以列俎尊。吾弟近亦遷，庶免水嚙墳。弟家爲水嚙墓門，爰遷袝穆穴。全家骨肉多，鬱鬱滿墓門。統計一室中，誰亡復誰存。恒榦有自來，吾以還二人。

逐臣西戍日，卜冢渾河源。回頭葱嶺高，萬仞瞰北原。豈知螻蟻微，竟荷天地全。荷戈復歸來，衣敝履亦穿。得祔先壠旁，此事豈偶然。願既遂首邱，萬念盡可捐。所慙德未酬，以昴子與孫。

憶昔初結褵，白雲溪畔室。追隨三十載，亦既衣翟茀。一朝人事改，丹旐屋頭設。明明同命者，今日乃獨活。忍心奚若此，委彼在林樾。翁姑歲時饋，地下冀修潔。却待松有濤，吾行亦歸骨。

十七日消寒第七集楊上舍槐招同趙兵備翼莊宫允通敏劉宫贊種之金太守棨方明府寶昌早飯石竹山房復至秦園茶話始别分體得五古一首

春筍未及抽，石竹已成列。草堂花氣暖，無異讌春日。主人工治饌，厨婢亦修潔。溪魚及園韭，日昨已梳剔。樽羅會稽釀，盤滿洞庭橘。甯惟充口腹，志意亦怡悦。尤欣嘉會早，讌罷日方昃。復有縮地方，秦園茗堪啜。宅北有茶亭，仿錫山秦園爲名。

更生齋獨坐

更生齋獨坐，俗客無一到。圖書堆滿案，藉以拓懷抱。主人五十八，始覺有白須。蓋棺無幾時，所幸樂有餘。前時葬山妻，日昨哭亡友。平兹萬古愁，庶藉一杯酒。林梅既寒香，水仙亦幽姿。呼兒開甕頭，屈指當祭詩。

讀歸方伯景照猶女佩珊詩册率跋一首時聞方伯已從戍所旋里即以寄之

每詡嬌兒筆陣遒，憶偕臣叔戍西郵。李騰空仙不旋踵，段秀實歸仍戴頭。種樹經曾携萬里，方伯在塞外蒔菊，種至數百。簪花格已定千秋。東山絲竹真堪慰，各有深閨侍唱酬。

過白土鎮

古縣華陽驛，前朝白土鄉。剩坡餘臘雪，微雨出朝陽。月向巇頭墮，人從驢背忙。盤餐思往事，乙未冬過此，本鎮茂才紀開旭以盤餐斗酒見餉。頻問讀書堂。

青元觀

仙人高卧處，觀後即葛仙翁大冢。一巷亂雲飛。列闕真如峙，蒼松相與依。鵲靈朝語警，鶴古道身肥。法侶來迎客，仍穿禮斗衣。

重至句容展亡友王廣文吉士殯率賦一篇即呈令兄司馬周南理問斗南

卅年不到華陽岡，岡南栝栢都已蒼。縣中老友誰更健，腹痛最憶西頭王。與令兄周南分居東西宅。當時賓從頻來往，修竹山房及西舫。漫士心情沈隱侯，校官風度王元長。騎驢已倦牽車來，醉客何止三千回。澹香吟屋賦詩處，采筆一一埋青苔。朱茂才鏞及令姪潞暨駱秀才三奇，均已下世。孫郎遠宦鴻河口，我亦荷戈天外走。前時白袷諸少年，相對各驚成老醜。青元館前訪葛仙，更向鳥翅岡頭眠。三峰遠復有前約，時將遊茅山。道士待客排雙筵。城南欲別頻回首，復挈城西草莽酒。一杯酹爾應快心，生友竟堪成死友。

臘月十九日消寒第八集王司馬周南招宋學博保暨令弟理問斗南文學簡可陪遊獨鶴山莊看梅歸飲修竹精舍即席賦贈分韻得莊字

三十年來事渺茫，塢中藤蔓屋頭桑。何期句曲羣仙會，重醉先生獨鶴莊。天上黄人曾捧日，時話西清舊事。月邊青女自飛霜。遲眠緩步消餘酒，嗅盡寒梅樹樹香。

二十一日自句容沿破岡瀆抵緑野村裴主政暢招同楊文學鳳翔暨小阮中翰錡上舍鋮集金粟山房作消寒第九集并約明日同遊茅山即席分體得長短句一首

我飲秦淮水，欲覓秦淮源。荒岡百折走不盡，側耳已聽流聲喧。未遵赤山湖，先逢破岡瀆。古澗寒流三尺足，其上莓苔蓋深緑。闞心七日即小除，爆竹響已盈衢途。年殘只我無一事，尚向山腹搜奇書。道人相貽緑玉笻，一笑欲上高高峰。甯知遊興昨方發，大茅山頂雲先紅。招邀伴侣皆疏散，祀竈黄羊亦充饌。饋歲人貽赤鯉魚，經時我啖青精飯。主人頻開緑埜堂，更約入夜傾千觴。一門羣從悉來謁，問我何事投遐荒。遐荒萬古風沙集，我感君恩仍雨泣。不是天邊早賜環，何能地上周遊屐。陶貞白，葛仙翁，拍手空際欣相逢。神仙大半遊世上，宰相亦復居山中。清凉境地真殊絶，一樹寒梅一甌雪。我向梅花樹下眠，羅帷夜半飛明月。

遊裴氏園亭

深澗遊魚五色，小樓乾鵲千聲。寒日欲斜松阜，亂雲已暗山城。

破岡瀆夾岸皆栽桃裴明經鍼于此送别更約花時復遊因作此贈之

破岡瀆後亂山多，結屋欣看傍澗阿。此是碧桃花世界，不妨開日更經過。

入茅山自黄仙墓至乾元觀宿

死非死，生非生，黄仙蜕處還留塋。出不出，處不處，宰相居山究何補？平生不解陶華陽，念念都欲縈君王。惟餘一事差快意，愛聽千尺松聲凉。宦途不礙神仙境，句漏旌陽兩仙令。但使能修駐景方，周妻何肉都非病。我來依茅岡，咫尺鄰荒墳。山風蕭瑟溪水温，夜半白狼來叩門。

山北尋老君垂雲諸洞

半月西已墮，半月東復升。團團滿月光，莓苔結三層。一洞嵌碧月，一洞垂紫雲。紫雲欲下倏復上，離地驚看不盈丈。高低元氣若吐吞，一朵突出驚當門。其餘一朵復一朵，忽若雕盤貯新果。朵雲盡處叩石鐘，復有雷鼓聲隆隆。君不見，巒中飛雲亦已奇，此洞何止雲能飛。洞中英英鋪不足，却惹生雲夜來宿。

乾元觀夜起乘殘月看梅

萬夢初醒處，回廊歷幾周。好花紅蝶背，新露白烏頭。徑轉風千尺，簾斜月一鉤。是誰喧客耳，春水竹中流。

宿乾元觀有懷孫兵備星衍

百轉千回歷鬱岡，跨驢前事渺難忘。曾攜天上神仙侶，來憩山中宰相堂。今日故人分出處，更憐餘子半存亡。乙未冬同遊者，兵備外，爲林公子崇緝與及門鄭聯華。今均已下世。蓬萊海水都清淺，《道書》以陶貞白爲蓬萊都水監，故及之。畢竟誰尋駐景方。

張太守鳳枝謫戍伊犁以愛姬冉寄其姊滎陽令署華太君處越歲太守札致太君偶不及姬姬本思憶成病復因是銜恨遂殂經卒太守自戍所還傷之屬賦此詩

繁臺幾化望夫山，却待征人久未還。情到死生何以報，揮殘老淚入陽關。

七千里外別銷魂，姬，貴州人。十五年前誓尚存。郎不薄情儂薄命，再生端欲入空門。

地府永埋千載恨，天山不寄一行書。傷心三尺生綃影，入夢多時尚未除。
索嶺盤江歎遠官，相隨幾見月團欒。定情金縷裙猶在，摺向空箱不忍看。
東坡南海公西海，莫雨朝雲夢總空。寂莫小桃墳上樹，異花猶染淚珠紅。
魂小仍隨油壁回，憶郎門向裏河開。築他燕子樓千尺，供養平生畫像來。
瞥見驚鴻影未真，在貴陽日，太守曾喚姬出拜。青綾步幛動遊塵。多應平視劉公幹，罰作新詩悼洛神。
尚有西臺讞案存，誓心終不出侯門。九原若遇河陽令，謂陳大令熙藩，時亦久卒。更欲低頭拜昔恩。

小除日更生齋招諸同人祭詩

年殘風雪寒，良朋悉遄歸。如何未入春，石砌已墮梅。東西比鄰中，雅有數子才。招來更生齋，相與銜深杯。諸君盡華年，感我莫景催。送客復入門，晴陽尚暉暉。

趙司馬懷玉自山左奔喪歸同官贈以一舟至清江浦渡河膠敗舟拆八口幾至覆没以救得免司馬作厄解自嘲并索余一詩記事

大舟峨峨高百尺，敗久無人肯相索。先生途窮欣得之，輂致妻孥及書策。忙中方渡天妃閘，意外忽趨河伯宅。無端突起尺一波，竟敢馮陵四千石。兼攝本郡。馮生詎欲謁陽侯，展氏不關多隱慝。艙無阿堵物堪羡，舟有辛餘靡亦拆。郎君幸免魚頭戴，如願本從龍窟得。篙工舵手聲齊奮，撒網持鉤拯亦亟。微軀險欲爲人鮓，定例并須援嫂溺。孤兒一日三番哭，水厄仍兼絶糧厄。推量其故亦可曉，至寶隨身遭迫逼。龍神要看瀧岡碑，鮫府思搜避雍刻。不然畫寶吳道元，或者字藏黄魯直。遭風濕米考竟升，落水蘭亭價誰敵。評書既貴屋漏痕，彷佛本當衣壞色。但令釜底不生魚，何必篋中長貯帛。罷官尚飲八閘水，助葬誰貽一船麥。可憐剩有朝衫緑，亦復染成天水碧。窮經先已集坎窞，讀禮還遲卜窀穸。曝日神方時傴僂，見星歸路難匍匐。髮膚未毁真天幸，妻子得全容衆力。王楊盧駱半遭此，君曾刊《唐四傑集》。才大例須沉澤國。先生盛名亦不減，一死何妨塞其責。即令萬一免沉淪，從此尤應斷縑墨。如何更不思衍咎，更準解嘲成解阨。君毋更以性命戲，勢必重遭神鬼劾。一官青社既偃蹇，三載塋廬須簡默。仍愁溺後陸士龍，照見麻衣笑聲劇。

中國古典文學基本叢書

洪亮吉集

第四册

劉德權　點校

更生齋詩續集

更生齋詩續集目次

卷一

卷二

天台石梁集

卷三

卷四

徑山大滌集

卷五

卷六

卷七

卷八

卷九

卷十

序

我朝二百年來，東南壇坫莫盛於毘陵，而尤以乾隆、嘉慶之際爲最著。《小倉山房詩》所謂「常州星象聚文昌，洪顧孫楊各擅場」者，想見名流輩興，動人歆慕。洪即稚存先生，顧、孫、楊則立方、伯淵、西河蓉裳諸先生也。蓀弱冠出游，從諸先生後，咸奉手有所受，獨稚存先生先以侍直内廷，繼復遠戍塞外，迨賜環南歸，始獲一識荆州。自是歲必游浙，輒相聚於湖山佳處。猶憶戊辰四月，梅雨浹旬，西湖漲溢，白、蘇隄半在水中。時蓉裳先生方主詁經精舍講席，令子伯夔隨侍，適先生來游，遂下榻於此。蓀於大水中棹小舟赴蓉裳先生之約，喜遇先生，作竟日譚讌。吴江郭頻迦亦在坐，先生諄諄相訂次年同游諸暨之五洩山，頻迦以無濟勝之具辭。詰朝各匆匆别去。逾年，先生遽歸道山，五洩之游竟不果。庚午，晤長君孟慈孝廉，知遺稿尚多，有待剞劂。孟慈服除後，出宰楚中，未幾病歿。諸弟俱幼，不相聞問者二十餘載。

兹遇孟慈弟子齡孝廉於倪濂舫糧儲坐中，並詩文續集未刻本俱在焉。糧儲自幼習聞先生之言論，服膺久而弗衰，既得是稿，亟任棃行，因相與商搉讎勘，佐成其事。凡《更生齋詩續集》十卷、《文續集》二卷，附《卷施閣外編》二卷，刻始於己酉四月，蕆工於七月。惟先生謝世迄今四十年，遺書久庋，間有蝕缺譌錯，當時手稿或不盡存，無從以原本校對。乃與子齡商定，凡佚脱殘損之字，胥闕疑待補，不欲憑臆增改。至先生之詩，論者或以爲好奇，不知先生詩於理則醇，於法則正。其用意造句不肯少涉凡近，類於好奇，乃少陵「欲語羞雷同」之意，實非牛鬼蛇神詭誕不經之奇也。蓀十一歲時，見畢秋帆尚書所選《吴會英才集》，即喜讀先生詩，及伯淵先生之峭麗古豔，蓉裳先生之纏綿跌宕，皆朝夕諷誦不去口。今復校栞是編，獲觀著述之全，可爲幸矣。道光己酉秋七月，海甯楊文蓀識。

更生齋詩續集卷一

甲子元日

六十看看欲到頭，卅年爲世又重周。慚無一事酬君父，祇有千篇記釣遊。涉筆動推今少輩，焚香静與古爲儔。修文未召巫咸遠，想尚容人少滯留。

題亡友管侍御世銘讀雪山房卷子即示令子學洛

春明門外攀車别，君留尚讀燕山雪。勸君遄歸君亦允，未遂歸心遽歸骨。故人歸骨纔一秋，我復荷戈西海頭。生還贈詩盈一束，只恨少君長句讀。故人有子亦老蒼，南邊讀雪仍作堂。山房讀雪南北殊，腹痛忍過君新居。君不見，平生相期汗青史，我愧投荒君遽死。丈夫事業甯止此，努力還期故人子。

續城東酒徒行贈陸孝廉繼輅即題其行卷後

孫郎憔悴黄郎夭，可惜城東酒徒少。雙丁二陸夾里門，城東近復添酒人。謂解元煦、明經履恒及孝廉叔姪。酒人豈止豪于酒，前後詩名亦誰偶。復有周郎絶妙詞，舉人儀暐。欲兼秦七同黄九。卅餘年來壇坫存，愧我筆弱非淩門。黄公壚下一回首，怕見渡口升朝暾。青山莊圮陳園破，約客欲從何處過。已少平生門酒場，茫茫清淚杯中墮。天荒地老仍歸來，杯底客盡埋蒿萊。青松影裏石林立，猶認玉山筵上頽。紫薇舍人前後死，謂莊選宸、劉召揚兩舍人。落拓更憐狂刺史。屠刺史紳。蠻府參軍亦已亡，楊大令倫。城西自此無餘子。城東酒薄花亦稀，僻處閒看飄酒旗。酒徒零落不頻到，壚畔剩有荒雞啼。遂令百尺鶯花地，無酒無詩壓奇氣。玉局堂空硯水枯，風廊月館都荒廢。我憐住近東邊城，却闢一齋名更生。荷戈甫罷荷鋤始，種菜自喜儕蚩氓。酒人舊者皆衰老，所幸諸公後來好。若説心期到古人，周郎陸弟尤傾倒。讀君詩完笑口開，新月影外休裴徊。一城梅花今始開，與爾且覆三千杯。

江陰過楊文定公里第

半生儒術慶遭逢，節使清名擢秩宗。六詔恩威開太傅，兩朝師友接宏農。腹心重寄虚前席，時純皇帝佇公入相而公還朝後不久旋卒。骨肉危言動九重。誰識老臣憂國意，屋頭猶挺後彫松。

祝秀才百五家食河豚作

千錢市鯸鮐，百錢市薹桂。言尋素心客，聊作首春會。是時春江正上潮，軟浪若席鯸鮐驕。年殘春首況無雪，厚味腊毒人偏遭。嘉慶九年歲甲子，我食河豚危不死。主人行觴忽中止，去品澄江一江水。是日，河豚雞犬食之有死者，而客無恙也。

登君山望靖江泰興諸縣作

江波寬處突一山，水勢壁立山彎環。潮平風静三百里，極目不到金焦間。焦山長老誰能待，時僧清恒約遊焦山。我跨石龍思過海。卅年前客無一存，只有馬馱沙未改。樓頭闢牖看八荒，落日正照滄溟黄。雲生雲滅爾許忙，來日飛雨今宵凉。

小塔巷訪李秀才

浮圖七級小，古巷一條斜。雁塔長安里，牛醫叔度家。樏疏書格補，粉暗畫屏遮。秀才工書畫。欲欵年前客，剛來載酒車。

三河口贈李明經攀第

結屋欣從里社前，水寬三尺枕書眠。江分舟楫春申浦，學仿盤盂夏甲篇。緑字赤文饒古簡，紅螺紫蛤剩閒田。丈夫事業原難盡，莫注蟲魚踵昔賢。

雨中自東氿抵烏溪口

卷施高閣中，霖雨已十日。却買一葉舟，遠從東氿出。蜀山中復斷，林影半明滅。鸕兹成陣起，孤客轉淒絶。夜半湖口風，衝波向船突。

翦湖至夾浦

北風利如帚，掃此天半雨。崇朝變飛霞，雲外白千縷。遥山成墨色，缺處隱孤嶼。萬頃盪朔風，鴻飛已無序。蘆汀停一半，雙翅濕不舉。衝岸帆影來，啾啾感羈羽。

長興贈姚茂才樟

肯被人呼作里儒，《三倉》研後賦《三都》。經沿杜預《春秋》癖，詩入張爲主客圖。二月雨聲偏雜雪，一州山影總環湖。爽心亭畔談心處，是日，陪遊城西爽心亭。多半花魂已欲蘇。

長興懷古

萬頃湖波一葉通，落帆剛值妒花風。吴王沼有烹殘鱠，越國山留鑄後銅。幢古尚傳唐大足，殿荒不祀楚重瞳。卞山神即項王，今廟已圮。三長王氣都銷歇，剩得靈濤響郭東。

與邢大令澍話舊

判案方停静掩關，繁區偏覺一官閒。夢縈鄧艾懸車道，大令家陰平。水接鴟夷放艇灣。訪友我曾乘下澤，著書君已有名山。素心海内應無幾，早許煙波遞往還。

二月二日過湖州城外

道場山外路，一半社公祠。五夜喧歌吹，三堤颭雨絲。病嫌蕉葉滿，寒覺杏花遲。入夢先棖觸，猶疑負米時。丙申秋，負米經此，垂三十年矣。

荻港舟次 近構吕仙祠，香火頗盛。

卌里吴興道，沉沉雲水鋪。乍烹新翦韭，猶有未芟蘆。近詡神仙宅，争趨里俗儒。社公殊寂寞，燈火塞他途。

長興遊城西地藏殿并上爽心亭遠望

乍歇濛濛雨，芒鞵趁午晴。水周三郡緑，山放一痕青。地迥天風峭，人稀土偶靈。小桃仍未蕊，危坐此孤亭。

新市道中

一鎮千帆集，波流四面通。鄉看界吴越，橋欲認西東。半殿祠風伯，全湖蟄雨王。陰晴仍未定，夕采門青紅。

將至黎里道出石門喜晤嵇大令承烈賦贈二首

五湖近作煙波長，百里來尋水竹居。失喜故人新宰縣，不妨退士暫停車。虚名自愧羊公鶴，公論羣嗤華子魚。記否别來遊跡遠，枕戈三月住穹廬。

東華門内書千紙，西子湖頭醉幾場。絶域山川曾著録，故園松菊久抛荒。交情隔世勞重訂，余蒙恩不死，自號更生，故云。宦況經年許飽嘗。却羨宦程無百里，桑麻影外即家鄉。

卷施閣即事

菜花黄處八窗舒，金石千通萬卷書。敞得小樓東面好，七層塔影上階除。

飛觴準待百花朝，玉蕊飄香紅杏嬌。擬向北街招老友，趁晴曳杖過斜橋。

十年記住層霄上，萬里曾窮西海頭。九地九天都歷徧，不妨此號謫仙樓。

纔從小閣鬥溪茶，却訝春陰暗絳紗。紅燭兩條人著史，時方編《西夏國記》。破除今日不看花。

卅載東西卜宅忙，此回居始傍宫墻。三遷心跡勞賢母，便合焚香禮北堂。

誰説心情老易驕，暮年筋力勝垂髫。樓前奇石時時拜，不向人間更折腰。

青山莊圮亦園荒，來鶴蒹葭境渺茫。要向市廛尋隙地，微泉閣外澹香堂。

栽花纔了便疏渠，深澗游鱗樂有餘。我亦與渠堪合隊，九重天上放生魚。

自石門放舟偕嵇大令承烈至海甯安瀾園久憩

一園已占州城半，水復占園南北岸。門前海色訝混茫，樓上雲光莽凌亂。入門石砌高下分，空腔老樹多嚇人。山禽尚咒昨宵雨，水鴨自占回塘春。竹聲初歇松聲起，蒼鼠導人行半里。貪看奇石過溪坳，不覺古梅橫澗底。樓臺半出倒景中，面面總與波流通。迎風千葉瑤草緑，零露一谷山茶紅。鶺鴒兩兩春城上，似怨杏花猶未放。照夢波光遞淺深，合歡窗影頻惆悵。一園百折勞幽尋，所喜客盡稱知心。扁舟已挈向生笛，此地合彈中散琴。半酣逃席人誰在，一尺夕陽勞久待。且容醉醒憩北窗，更理心情看東海。

水仙祠

心香一瓣到應知，入世襟期出世姿。欲報早春花事好，靈潮先撼水仙祠。

出海甯城東登塔院看潮

曲江濤頭天下奇，此邑還居曲江上。晨昏信早一二時，詭譎觀真萬千狀。靈符昨到廣利王，十萬水族推潮忙。甯惟日月色黯慘，亦覺天地同回皇。前驅已過尖山頂，塔上客來争引領。須臾濕霧城頭滿，四面人家陷成井。齋心半日心已平，不以目視以耳聽。空中倏忽地輪轉，夢裡突兀天山傾。觀潮萬衆都緘口，拜浪羣神亦低首。天帝分明呼吸通，海山忽覺低昂久。陰晴半刻驗未真，天水一色光難分。忙時仍閃赤白電，高處欲逐青紅雲。前潮甫過後潮續，至小濤頭亦千斛。山樓一一驚没脊，水府明明難駐足。潮升潮落曾幾時，白氣一綫中如馳。星芒幾點險欲落，塔影七級危難支。君不見，丈夫懷抱居然别，俯仰隨人究何必。不逐回潮東向奔，世間惟有西馳日。

回舟泊長安鎮

海甯稱四鎮，古諺賤長安。舊諺：四鎮分富貴貧賤。長安鎮，宋元時爲優人所集，故里俗皆賤之，今習尚已改。又荆襄米舟抵者，率皆聚此，生聚較前百倍焉。近覺煙波窟，偏欣粟米寬。越波輸萬頃，西湖水凡溉海甯等數州縣。楚艇集千竿。今昔居然異，攤書枕上看。

過嘉興城外感舊作

垂老驚心歲月遷，扁舟重過此湖邊。鶯花夢憶三春上，煙雨樓登卅載前。客喜窨金身首隕，鳥憐屬玉羽毛鮮。鄭公清德居然異，謂鄭贊善虎文。一世從無郭外田。

崑山訪亭林草堂及傳是樓故址

一百年前此縣中，居然甥舅擅宗風。甘陵植黨分南北，高密傳經析異同。舉世共推黄髮叟，全家吾重黑頭公。重來何止茅堂圮，萬卷樓荒蔓草叢。

吴門遊憶謝園書事

乍放辛夷未落梅，曲廊深館更徘回。但今已息生前餤，不怕重然死後灰。久宦總難填欲壑，多金聊復飾歌臺。聖朝畢竟官方飭，戀棧何曾恕駑駘。

江陰憩廣福寺偶成

幾年重復到兹方，感事先登選佛場。不礙董龍能富貴，果然孔雀擅文章。朱門客散今無影，黄歇山空夜有光。我向廬江尋小吏，豈容千騎説同鄉。

再跋佩珊女史繡餘詩草

白髮詩人上玉京，謂許寶善侍御、吴蔚光祠部。詞壇今屬許飛瓊。豪吟偏欲關身世，積軸翻嫌錮性情。大海魚龍呈幻景，滿溪鷗鷺訂幽盟。自慚何福承拈線，不繡平原繡更生。客冬承親繡荷囊及詩筒見寄。

朱家角訪王侍郎昶賦贈一首

朱家角口落帆遲，五載重逢慰所思。碩果近看餘一老，削瓜早見歷三司。百千著録偏能記，門下弟子最盛。

八十研經不廢詩。却望西南洗兵馬，快談不覺更憂時。

贈施布衣希閏

七十才名施小愚，靈濤仍向筆端驅。此回眼界原應豁，一個詩人一巨區。

崑山登文筆峯回憩花神廟作

蠟屐重來叩佛扃，山光不夜已冥冥。探奇絶頂雲全墨，語怪空堂燭半青。久雨半城籠濕霧，回風四壁走精靈。童年舊事仍能憶，傳是樓繙漢石經。丁亥春，初訪從叔縣尉至此，曾偕戚徐某一登傳是樓。

澱山湖舟中望九峯作

兹方稱水國，江海皆在左。靈明萬頃湖，偏容九峯卧。雲紅垂十里，白鷺飛一箇。漁舟來對面，正翦碧波破。却趁落月輝，初更挂帆過。

湖中值雨

湖龍只居湖，不復入滄海。龍居最多雨，白晝雲靉靆。愁霖已經月，星日悉韜采。舟行不到處，赤鯉飛作隊。意欲唤網師，漁人竟何在。

舟行即事

一樓四面窗，面面臨曠野。老蛟能變人，時來嚇居者。漁舟女梳頭，髮緑垂水面。正欲避日光，曉霞來一片。人傳赤鯉魚，大半是龍子。我欲烹鯉魚，畏龍嗔復止。社公生日過，香火仍不斷。簷桃開一枝，先與社公看。

將抵上海先柬吴祭酒錫麒

小艇偏愁逆浪衝，野雞墩外影濛濛。欹牀短夢驚檣馬，出海濃雲裹雨龍。濁酒縱斟難博醉，遠書欲寄更開封。吴郎消息仍無定，閒把燈花卜客蹤。

客中憶崔三景偁病

却跨班騅憶陸郎，記同情話向閒房。多時舊夢堆花幌，幾日春心艷海棠。石筍反肥林竹瘦，山霞何暖水雲涼。調劑莫向庸醫問，寫寄仙人海上方。

題元人畫幅

新月天邊已挂弓，池臺面面有春風。紅襟翠袖都無恙，對住黄雲一抹中。

更向門前築釣磯，山風養得水雲肥。深紅不艷深黄艷，菜甲花開蝶四飛。

一春心事鎮懨牽，自在山房自在眠。不掩合歡窗兩扇，曉霞紅到枕函邊。

忙裏偷閑尚讀書，風來頁頁卷還舒。居然一服清凉散，不啖荷珠即露珠。

避俗仍居雲水鄉，下安琴榻上雕梁。雙棲燕子孤眠客，一室權分上下牀。

絶壁居然劚小橋，半春橋外影迢迢。一層夜色一層月，更有一層花露嬌。

日午隨人上露臺，雨邊鏡影自裴徊。春衫花氣薰偏重，却惹遊蜂入袖來。

飲澗投林任所遭，無端生趣逼枝梢。朝三暮四狙公栗，春半秋千燕子巢。

小築居然占小洲，緑楊門外碧波浮。防他艇子衝波去，不畫春江在樹頭。

難平一尺愁中浪，易買三峯畫裏山。看罷海天斜日落，樓頭半月已彎彎。

江行即事

戲完蘋渚戲蘭橈，一隊銀鱗不過橋。要與海魚風味别，去潮不逐逐來潮。

留館也是園作

三度來遊候不同，者番剛值軟東風。龍拖急雨歸天外，燕掣新愁餉閣中。老去已慚花似錦，醉來各吐氣如虹。改生畫筆林生句，頓覺園林氣象崇。

讀李觀察廷敬六十自壽詩率呈二首

不及歌筵逐衆賓，遲來剛近百花辰。平安可憶狂書記，余未第時，曾客君署。脱略忘稱舊部民。天上大撓推甲子，人間小歲守庚申。君以小除日初度。松枝隱背松花食，早與長源作替人。

居鄰北海宦東海，守歷三州轄二州。君自常州守歷移江甯、蘇州兩首郡，擢兵備松太。自壽百升新釀酒，家傳萬石古諸侯。君昆仲皆官監司、郡守、刺史。寒梅正有霜中信，仙侶都來天上頭。謂祭酒吴錫麒等。絳蠟四圍紅袖兩，使君觴政本風流。

上海城隍廟

欹斜半里中，奇石散如馬。空羣縱未盡，駑下蓋已寡。馬驚人立石亦同，作勢欲落波濤中。君不見，人間頑石尚點首，莫逐回潮向東走。

春分日李兵備廷敬招同南園雅集聽俞生彈琵琶作

東邊西邊發杏花，推手却手彈琵琶。琵琶聲繁杏花放，一朵驚開酒筵上。琶聲稍略琵聲多，腕底欲養三春和。凌凌歷歷珠跳波，蕭蕭瑟瑟風捲荷。琵聲漸緩琶聲促，驚落一聲天上雹。山禽一步復一啄，啄得空階響如爆。琵琶形製亦絶倫，多年蝨已成車輪。麻姑仙爪借彈過，面上略餘纖指痕。客家圓泖尖山口，豈特嗜音兼嗜酒。收得新聲月已飛，杏花枝外仍垂手。

贈楚僧鐵舟

十年前事最難忘，雲水閒僧值武昌。避俗不妨居北郭，悟禪偏欲繪西厢。何嘗成佛輸靈運，未肯持齋學太常。醉向石闌揮數幅，張顛書畫本來狂。

重抵吾園贈主人

遥天纔覺掃陰氛，入望林嵐總不分。大海瀾回飛紫電，小樓簾捲落紅雲。花驚自逐黄蜂隊，鶴瘦猶欺白鷺羣。殘臘訂交今隔歲，不妨留我坐斜曛。

十一日偕同人雨中集吾園改山人琦復携影蘭女史見過率呈二絶

紅闌干外雨瀟瀟，趁雨還過獨木橋。不住鵓鴣花底唤，似言明日百花朝。

豈止閒房集素心，尚同野鶴步苔芩。美人怪底能行雨，惹得春泥尺一深。

花朝日偕同人至閘口訪瞿舍人秉虔賦贈

門前新築釣魚磯，却趁蒲帆欵水扉。一院雨聲紅燭瘦，滿溪雲影緑波肥。花當生日開仍斂，客號齊年會轉稀。笑我短衣西戍日，此君先已遂初衣。舍人庚子副貢。

花朝日鷗波池館即事

半春何事尋春忙，遠挈舊侶來兹方。緇衣緑衫間朱履，更有紅袖相扶將。鷗波池館波流繞，一路語聲吹不了。製旛親自護桃杏，築塢先看住魚鳥。大風吹海海紫瀾，海勢欲捲門前灘。樓頭仙客正高詠，天外惡浪堆如山。三更尚欲留清話，惡浪乍平帆可挂。鐵舟開士明日來，好補閒人入圖畫。時方繪《花朝雅集圖》。

吴淞江夜泊

三更風生棱，一港月沉采。開門欲逐呼婦鳩，海色斜飛半簾水。吴淞江接黄浦江，舟子一路歌吴腔。春林陰陰勒帆住，頭上杏花開半樹。

十八日招同人至艤舟亭小集

條風纔染緑楊枝，木筆争開洗硯池。半畝水光粱燕繞，一春心事杏花知。南樓雨暗更初急，東海雲濃月上遲。明日挂帆江口去，草薰波暖惹相思。

舟行宣城道中

挂帆早發南湖口，歷盡千村水楊柳。村村楊柳村村風，雞犬静默知年豐。午餘偶泊江干埭，高閣偏同柁樓對。紅窗幾日費翦裁，袖底一樹桃花開。

晚泊水陽鎮

夢中聽雨醒復晴，柳外蝃蝀花間星。黄鸝百舌相對語，寒食天氣須冥冥。踏青女伴嬌裝束，鬟不堆紅欲堆緑。濛濛柳葉簪髻旁，别插數朵蔬花黄。

寒食青弋江舟次

前年雨寒食，轉得晴清明。去年寒食霽，上巳反不晴。幽蘭露點茶，辛夷花製餅。只有故鄉人，能諳故鄉景。蜀岡岡頭訪名花，大鄣山北採嫩茶。閒情别有鶯燕識，江南江北殊春華。今年逸興遊難止，看海初完涉江始。雨餘殘月門幽黄，夢後野花成艷紫。一舟稜稜拓四窗，曉帳尚復挑銀釭。帆張百尺槳打雙，聊記寒食來春江。

二十三日山館看桃花

千聲碧玉簫，九曲紅欄橋。主人家居溪水坳，約客日晚看山桃。妖紅幾樹山窗下，薄命東風事游冶。除却瑶池與武陵，小桃可有長年者。爲花歎息花已知，花亦顧影矜多姿。君不見，花愁飄零月愁缺，短命桃花下弦月。

清明日宿甯國學署早起

敬亭山雲飄入房，遠近折柳聲何忙。推窗花色復迷目，紅紫下襯蔬花黄。沿階驚筍時時坼，砌下草生何鬱勃。尋春甯止鶯燕忙，破曉巢禽亦先出。山光一層雲一層，缺月未落朝曦升。尚嫌花氣未全暖，高處復倩紅霞蒸。看花人老猶能健，可惜好花都背面。凌晨欲出户尚扃，一畝紫苔先踏徧。

是日同人登北樓

一樓三面菜花黄，杏蕊飄紅柏葉蒼。二月雨多遲遠望，六朝山古易斜陽。朱方我尚思丁夏，絳縣人誰識亥唐。時喜晤戴文學某。自笑客懷同海燕，每逢春半便辭鄉。

廿六日琴溪雨中值同年魯太守銓

獨跨一驢盤石磴，忽逢五馬返江城。使君雨立官途左，待我詩從驢背成。琴筍琴茶貯滿盤，仙人爲備客中餐。翻憐赤鯉魚先去，不及橋西訪釣竿。

檢得屠刺史紳所寄詩追輓一首

故紙重繙百感興，卌年前事杳難憑。閑情究累韓光政，醇酒先亡魏信陵。曾記竺中重九讌，未忘燕市上元燈。詩人循吏談何易，一著終當讓義仍。君生平慕湯義仍爲人，然作吏傷于酷，以此不及。

偶成

猨臂北平善射，貝齒東方讀書。名將更推不識，侍臣誰及相如。
龍頭龍腹龍尾，三客分成一龍。固知才有大小，合作南陽葛公。

延芳書屋看牡丹有懷張太守鳳枝

延芳書屋此重遊，積雨初晴露未收。小苑風光偏綺麗，大方顔色不嬌羞。十分春向枝頭膩，千瓣香從幕外浮。誰識静中開落意，有人腸斷緑珠樓。

書更生齋壁

半生遊名山，垂老戀鄉曲。遭逢有通塞，懷抱本殊俗。好花方悦志，飛鳥已過目。三萬六千日，嘗苦遊不足。何止惜分陰，仍須秉明燭。

更生齋銘

一臠之味，精于五侯。容膝之室，寬于九州。居下易樂，居高易憂。尻輿神馬，於兹少休。

度箬嶺

雷聲西北厓，客行剛對面。春衣不沾濕，時落雲一片。黑霧欲迷人，欣飛谷中電。

萬福菴避雨

茶菴當孔道，暫此避炎蒸。風引劈空雨，雷驚入定僧。水泉飛百道，竹屋響三層。何事經帷内，仍懸隔宿燈。

將抵吴公壁急雨

孤峯無十仞，雨乃積百斛。手劈上嶺雲，思從下方宿。暝色又已來，依巖候雙燭。

長春山館夜宿

四山深黑處，中有一峯晴。瞥見茅菴突，孤懸落月明。水聲穿樹窄，石勢壓樓平。祇覺高寒好，看雲滅復生。

吴公壁阻雨二日

萬聲隔户總不聞，時户外寓客叢雜，徹夜有歌吹聲。滿耳祇覺飛濤奔。飛濤三日響不絶，風急入夜仍敲門。昨來笑我南行駛，誰信春衣薄如紙。林禽亦復不耐寒，穿屋東西噪難止。風聲水聲排一關，行客却步難躋攀。須臾松勢盡東靡，一水倒流仍上山。閒房客到誰復省，嶺逼檐低如坐井。君不見，四山無雲日韜景，各有飛泉冒山頂。

二十五日行至許村稍霽

山山春雨晴，嵐翠浄如洗。懸流驚斷渡，迂道行數里。山果欲熟時，深林鳥聲喜。

豐口從竹簰渡

十竹貫一繩，載客乃六七。高低懸十旬，直下祗一瞥。飛瀑厓上來，篙師頂先没。

行抵巖鎮方博士如川館我于鷗光精舍即席賦贈一首

閒中相訂已經年，館我豐溪潁水邊。鷗鷺有光飛徹夜，松杉倒影入層田。典林近欲裒千則，釋菜今看補一篇。他日曲臺如問禮，巷名何愧叔孫先。所居名先生巷。

抵洪源舊居贈從兄嘉鳴

莫笑頭銜已盡删，尚欣生入玉門關。身隨豎亥東西步，家剩淮南大小山。骨相總同前度瘦，心期誰似此翁閒。天都采藥如同往，兄醫道最精。定挈黄芝白朮還。

與族子仁夜話

卅載重逢有鬢絲，離觴入夜酒難辭。杜陵已覺從孫少，時從孫太守樸、中翰榜均已下世。王濟猶嫌臣叔癡。笑我半生甯暖席，感君三復致危辭。琅玕補種非無意，他日還來拂故枝。

洪源謁宗祠

連峯中斷處，剛見月華東。祠前即月華，一名司空山，以八世從祖恭靖公長工部時得名。開寶風原古，自唐開寶時，始祖諫議公爲宣歙觀察使，始家于此。忠宣派尚同。鄱陽支亦從此遷。水源分大壑，山勢表司空。只惜書聲少，還愁減素風。

雄村上先冢

雨霽飛濤浦，雲迷秀麥天。我尋先世壠，人指大同阡。骨肉分三地，松杉合百年。一篇循吏傳，誰可繼前賢？

岑山渡并登小南海久憩

岑山渡口夕陽流，兩岸人家總若浮。澗水忽然高十丈，三層樓上入扁舟。中流一嶼水瀠洄，驚鯉斜飛浪百堆。七十二鱗皆紫色，十年蕭寺聽經來。

潁水濁歌

豐、潁二水，皆出黄山，而清濁各别，至巖鎮東乃合流，戲作此歌。

淮水濁，潁水清，淮頭潁尾怡我情。豐水清，潁水濁，一澗雙流娱客目。潁水清，可濯纓；潁水濁，祇濯足，却比滄浪多幾曲。君不見，一峯昨向黄山傾，昨因積雨，黄山一峯忽圮，壓斃數十家，用及之。驚流百丈不得平，潁水愈濁豐難清。

夜宿古寺讀山海經作

閲徧《山經》復《海經》，總愁伯益未能名。幻來色相都無著，見慣靈奇亦不驚。螭魅歲多偏解語，髑髏宵半即飛行。先生欲續《夷堅志》，好趁神龕燭半明。

捕蟬行

一蟬響一枝，十蟬響十柯。閒開四面窗，蟬響何其多。餘聲尚未到别樹，黄雀突來將汝捕。微蟲雖小響未沉，倘向黄雀喉中尋。

賣兒行

賣兒女，供耶孃。人價低，穀價昂。耶孃飯未足，幾處抛骨肉。

土豪行

爲土豪，傳兩代，忽值歉年糧價貴。糧價貴，競攘糧，攘糧共向豪家藏。君不見，豪不攘糧糧滿屋，攘者出門豪入獄。爲世指名先就戮，得禍亦奇冤亦酷。

讀吴次尾見山樓集

舊居何處見山樓，客到荒村馬亦愁。防亂檄驚吴次尾，讀書功過賈長頭。獄成西市多儕伍，黨錮東京作輩流。太息青溪兩生廟，藻蘋同薦竟無由。

即　景

荷花世界水生香，隻影先看下北塘。畢竟艷情忘未得，白鷗都欲覷兇央。

程園紅豆樹歌　在巖鎮。

何年爲植相思樹，挺幹入雲雲亦妬。海南春色到江南，挈得羅浮蝶無數。花瓣白，花心黄，過嶺尚帶雲霞香。君不見，花間仙蝶時兩兩，只少鑾中鷓鴣響。

將别洋川書院留示諸及門

三度洋川感歲華，問奇差喜得侯芭。詩懷半敗催租吏，經學全輸賣餅家。夢到者番山徑熟，波回之字水程斜。心情幾日難爲别，且進門前載酒車。

四月十五夜起坐山樓看月

人家多住白雲鄉，燈影齊收露影涼。念念此時都已寂，空明水與月争光。

自琴溪歸里頻日趙兵備翼方大令寶昌聯舫約觀競渡率賦一首即和兵備原韻

琴高溪前雨糢糊，銀林𡾊頭啼鵜鴣。客行時復問來艇，競渡消息傳聞殊。蠡河橋畔忽狂笑，龍尾已揭龍身趨。初三國忌初四雨，初五淡日泥金塗。遂令畫舫塞河滿，幔曳五采簾垂珠。官河見舫不見水，萬艇直接三橋鋪。三龍出水各遊戲，東龍青色西龍烏。層層幟翣逼天半，一纖竟比高浮圖。誰憐霖潦及五月，三田之麥半已枯。朝來入市糴斗米，案上三百攤青蚨。民之蚩蚩竟何意，飯可不飽船先租。白雲溪接北闕口，夜半月出猶歌呼。水嬉六日費十萬，五坊質庫錢已無。諸公半有牧民責，俗奢示儉當何如！我今責備所不到，羸體久已成農夫。雖然瓶罄亦須恥，遣悶聊爾傾百壺。君不見，三斗五斗酒可沽，千聲萬聲雨脚粗。雨龍天外忽飛挂，水中龍畏真龍乎？

蔣二廷曜幽居圖

十年爲吏走風塵，夢醒仍餘自在身。溪上夜烏應歎息，紅顏都作白頭人。

薺菜挑殘三月三，閨中病婦亦携籃。山亭無日無人到，煮茗時爲世外談。

苦雨

一椽前後枕幽溪，三日林鳩不住啼。纔展八窗看曉色，雨聲南北電東西。

水明樓外水周天，樓上依微入爨烟。霉雨滿街人不到，一雙瀨鶒對牀眠。

十七日雨同人欲至檥舟亭不果回集天井坊至二鼓始散即席贈楊太守煒

偶乘佳節返江鄉，畫舸欣聯水一方。芳草門雞盃共飲，美人换馬曲難忘。纏頭不惜唐江夏，强項偏追漢洛陽。誰道使君心似鐵，呢他紅袖捧離觴。

寓齋望雨

日日莓苔滅緑痕，小樓望雨自晨昏。西南風急移龍陣，不向江干向海門。

五月廿九日欲至能仁寺訪趙舍人良霨迷道不得達回途已大雨矣却寄一首

風聲初密雨聲疏，三里來尋静者居。松翠到門零欲盡，電光入壁走偏徐。然藜正憶劉中壘，飛瀑先驚李左車。一尺水深歸未得，欲從山店買疲驢。

初四日急雨同人憩莫愁湖值鉛山蔣孝廉知節即席賦此

雨花岡外風千縷，散作莫愁湖上雨。湖頭乍覺收飛電，咫尺蔣山新月見。陰晴凉燠倏變遷，入座行客先添綿。闌干十二回風急，湖浪居然半空立。酒酣思膾赤鯉魚，却有魚艇風中趨。雨師風伯怒不止，謂我私烹赤龍子。憑軒幸我酒陣堅，風雨轉戰仍難前。酒杯初放茶杯接，三十六峯雲霧疊。隱仙菴遠不可尋，欲唤道士彈鳴琴。是日，欲至隱仙菴訪道士王清真，以雨不果行。鳴琴無聲雨聲代，急響迸從波上碎。文禽花鴨隊已分，一林昏鴉復逐人。僧雛一半野如鹿，僕從懶散如羊羣。棋收一局詩千句，難得三江酒人聚。三江詞客别十年，意外忽與同酣眠。酒人思歸天亦黑，小市燭龍多似織。君不見，出門百步望始愁，急浪正擺三層樓。

笑友人問近狀

得歸纔得卸櫜鞬〔一〕，桃李迎門恍欲言。從此却添閒富貴〔二〕，蛙真給廪鶴乘軒。〔三〕

口占題莫愁湖

神仙富貴分頭占，一箇茅山一蔣山。只有斯湖尚公道，英雄兒女總相關。

夜半發燕子磯

燕子磯頭三百舟，夜深齊欲趁東流。懸厓閣上西風起，盡挂征帆出蔡州。

偶成

海外仍傳箭，天南未洗兵。祇期中歲壽，準望泰階平。昔夢烏頭白，新歌魚尾赬。如聞叔孫婼，祈死有餘情。

中秋日李兵備廷敬邀同吴祭酒錫麒祝編修堃趙司馬懷玉林上舍鎬儲上舍桂榮改山人琦暨鐵舟上人吴淞江泛月至三鼓始返

船頭背北風，船尾向東郭。船頭明月隨潮生，船尾歌聲趁潮落。吴淞江頭尺五潮，明月影與波光摇。一輪端正出東海，已有百萬魚龍朝。鸕鷀鸂鶒隨波没，復有驚鱗浪中突。却舉空中酹月杯，柁樓先餞西馳日。天光收入江海光，天末一綫餘斜陽。二更風定月逾皎，霞采月采搏深黄。萬聲出郭何稠疊，一笛迎風衆聲讋。惹得吴淞百斛舟，四圍波面鋪如葉。吴淞江接黄浦江，拓徧十二玻璃窗。酒兵險欲與潮鬥，掆陣未肯隨波降。狂來别諟談天口，亂吸山陰百壺酒。左欲持螯右拍肩，傳杯合倩旁人手。欲落未落濤頭青，欲歸未歸更鼓明。諸公果爾發高興，喝月且使空中停。陽侯亦解欽詞伯，擘浪分風送歸客。君不見，歸客秋窗自在眠，月華正向樓頭直。

十六日瞿舍人秉虔邀同人集鷗波池館夜久即留宿齋頭率賦一首

依然半間舫，仍挂昨宵月。孤客醉未醒，潮生復潮滅。山雞啄粟味最腴，堆盤復進海大魚。座中林生樂有餘，説鬼已了仍軒渠。虛窗客散無餘事，插架奇書自鱗次。半晌齋南學坐忘，一廬秋水人間世。

十七日吾園小集聽鞠叟及俞生對彈琵琶

吾園水屋敞三邊，客倦時時許醉眠。絶似萬松塘外路，一雙飛瀑落檐前。

天寶開元法曲高，雲雷平地起檀槽。夜郎詞客飄零久，淚點從前宫錦袍。

十八日黄浦江上喜晤鄭侍御澂率贈一首

看潮偶集浦江東，廿載神交半刺通。久客想因吴地鱠，遠人知避鮑家驄。猶憐到海身如寄，誰識回天術最工。今日聖人求治切，願公莫更作冥鴻。

春江花月詞爲田汝苻作

郎持篙，妹持楫，人與花皆並頭立。天邊月一鈎，江上舟一葉。春江候潮郎候妾，百花生日開花筵。誓心歸郎郎亦憐，坐上客與傳紅箋。花生日到潮生日，花謝水流人已别，嗚咽秋江半江月。春江潮，秋江潮，潮有信，人無聊。禱潮神，神乃喜。欲讶徑寸珠，須憑一雙鯉。春潮反急秋潮緩，莫謂相思天不管，月與珠光同日滿。南去謝鯉魚，北去謝蹇修。趁此花月夜，更會春江頭。君不見，大潮生日纔通信，更待百花生日近，花下與郎時問訊。

題雲間女史張孅畫册

小閣三層淑景暌，寫成荷葉倚風斜。詞壇合唤張居士，畫是名家品大家。

十九日避酒出南園林上舍鎬復招同改山人琦湯布衣咸暨令子詡至春風樓痛飲三鼓乃返

酒人逃席思出遊，是日，大令蘇昌阿招飲，未赴。半道客復相遮留。醒談畢竟不能樂，一笑更上春風樓。玉壺山人改七薌，舊侶遠挈南園湯。故人有子如我長，樽前唤出爲奉觴。半樓斜陽半樓黑，一市人看座中客。非絲非竹非鳴鉦，頗訝歌聲出金石。是日，各誦自所製詩。此行十日醉百回，覆袖何止三千杯。秋花如拳亦怒開，花色却映黄金罍。酒人相持一何苦，江上濤聲已如虎。臨波故擾濁鶒眠，上嶺復爲鵁鶄舞。三更不歸入四更，籠燭道上無人行。君不見，酒人中酒亦易醒，卧聽絃管喧平明。縣署譙客，徹曙甫散。

元人白描揭鉢圖爲李同年廷敬賦

我疑九子母，亦是果贏蟲。化生一萬兒，其么最稱雄。人生不恕乃如此，飽啖人兒愛親子。一齒牙中嵌一兒，啼聲十萬喉中死。居然彼教生慈悲，飛鉢乃壓魔王孩。抛天鬼勢揭不得，鉢上似鎮山蓬萊。世間蠻觸何能算，笑看魔王法王戰。鬼兵噴霧高若雲，一座須彌色昏暗。蓮花臺上升朝陽，鬼頂盡復燎神光。

鬼兵卸甲鬼母哭，一步一拜馴强梁。君不見，降魔不獨西方教，我亦有方除鬼道。俟彼毒口開，施我障眼術。所啖一萬兒，均係魔腹出。魔兒食盡母始知，即借魔母除魔兒。魔種既絶人種滋，不然亦使魔兒一萬化作獍與梟，養成羽翼返舊巢。鴟鴞食母獍食父，鬼母寥寥哭聲苦。

出郭見秋成有望喜賦

半秋憂水潦，忽爾報豐穰。我喜同鴻雁，仍能飽稻粱。未知來日促，祇覺去年長。笑指黄花句，能容醉幾場。

九月三日偕朱比部文翰昆仲放舟至唐文襄讀書臺兼訪李秀才述來即席作是日值余初度日

五里迢迢此問津，讀書臺訪許東鄰。偶浮篋舫同飛鷁，閑看萍花漾隱鱗。山叟暮年忘甲子，水仙初度憶庚寅。兒童拍手緣何事，笑指風前墊角巾。

廿三日雨中天甯寺僧了月約至净室浴歸赴友人持螯看菊之約

雨中約我清池浴，九月温湯泛寒菊。浮波更有艾葉香，道士遠寄仙人方。齋心危坐歷日午，四面雨聲喧若鼓。僧厨不足饜老饕，歸漉新酒持霜螯。

何所行樂十六章

甲子冬孟，將遊狼山，道出邗溝，友人方孝廉本、儲明經潤書、韋進士佩金、宋博士葆淳等，日偕出遊，皆三十年前老友也。臨别，爰作《何所行樂》十六章以貽之。

何所行樂，邗溝北門。堆徑黄葉，生埋酒人。餘子尚醉，壚頭凍春。客欲作歌，餘聲忽吞。

何所行樂，平岡西頭。病燕不歸，仍巢小樓。澗水十折，時而不流。一板作橋，狐狸出遊。

何所行樂，荒翳蘭若。酒人思肴，攀樹及鵲。喬柯徑登，半苦脚弱。閒調僧雛，亦足噱噱。

何所行樂，舟行水瀕。銀刀漾雪，膾此錦鱗。紅橘滿樹，食之生津。踞地不起，言搜土菌。

何所行樂，城東竹林。闊别卅載，寥寥素心。鬼有新故，人無古今。促膝醉眠，鼾聲鳴琴。

何所行樂，踏波深渚。谿喧獺飛，忽已上樹。千尋藤蔓，挽客欲住。燐燈嚇人，集袂無數。

何所行樂，人皆不知。閒披墳蘿，搜尋古祠。一樓傾欹，柱半不支。鼓勇直上，危扶柏枝。

何所行樂，迎神下元。神輿參天，傔從古冠。靈旛颯颯，風露亦酸。時有影響，出乎深淵。

何所行樂，曲房琳瑯。赤日未暗，千鐙轉廊。楚女膝席，時呈一觴。短歌非短，長夜不長。

何所行樂，行酤市橋。不速之客，來如猨猱。箏琵絃索，間以玉簫。無須利市，時詠《大招》。

何所行樂，快登浮圖。茫茫四圍，淮江海湖。出没洲島，參差楚吴。望中金山，小如玉壺。

何所行樂，狂升蜀岡。生駒放青，倒牽石羊。斷碑稜稜，劈作界墻。林鴟笑人，胡不舉觴。

何所行樂，董相舊廨。千齡瓣香，十日廡下。更生橋居，廣川學舍。前無古人，後尠來者。

何所行樂，曹家選樓。同時寓公，邈焉寡儔。謂黄仲則暨余伯扶昆仲金畹芳明經，今並下世。停雲八表，歸骨九幽。

我思其人，憑軒涕流。

何所行樂，披尋古書。閒攤冷巷，叠壓十厨。鉤金卷石，搜及五銖。里姥怪問，疑爲賈胡。

何所行樂，狂書百綾。頗恥繆篆，惟宗召陵。老友末疾，謂錢同年坫得風疾後，以左手作篆尚工，今賣字爲活。運以左肱。雖嘲插標，實欽引繩。

抵維陽寓董公祠十日

得歸仍擁舊頭顱，又向邗溝訪釣徒。有愧更生劉子政，無妨重拜董江都。百年能作幾回客，三十年前曾寓此，敗壁尚有舊題。六日喜看三泛湖。笑我不窮仍不達，留題曾罩碧紗無。

自平山堂暮歸諸生復約過梅花書院感賦一篇

草玄亭側樹婆娑，又感諸生載酒過。第一巍科須手搏，九千奇字罷胸羅。翁思久作刑餘叟，劉秩誰呼曳落河。多謝故人勤慰藉，更番新調當離歌。

道中阻風前後三日

急浪衝舟三日停，寒蘆葉葉起荒汀。阻風中酒偏堪慰，寫滿牀頭廿卷經。時自寫《左傳詁》定本適竣。

同人詣上方寺看黄葉

月出上方寺，冷照宫門斜。炊煙簇高橋，寥寥幾人家。林葉未盡黄，斜著萬點鴉。繚垣從東頹，半藉松竹遮。屈指秋已殘，古冢尚作花。莓苔何青青，蝕此窗上紗。寒序氣轉温，仍響澗底蛙。閑僧伴勞蹤，坐久乃唤茶。同儕欲遄歸，分走路數叉。我亦挂席行，前塗指星沙。

登高旻寺浮圖望海先柬韋同年佩金

綏遠城頭薜荔丹，兩人同捧赦書還。誰憐謫宦皆重趼，偶博衰親一啓顔。君尚有太夫人在堂。夢裏烏孫疑鬼國，望中黑子是神山。閒從東海尋西海，心怯瓜沙萬仞關。

泰州岳家山謁忠武寺

忠武曾爲通泰鎮撫使，駐兵于此。

少保當年此著勳，斷垣兀自起風雲。年豐四野雞豚社，水滿三田鵝鸛羣。井邑久迷張氏壘，土人仍説岳家軍。心香一瓣無多祝，佇望東南凈海氛。

汪上舍文錦才而善病書此以勗之

李華有精思，乃賦古戰場。李賀有奇句，乃貯古錦囊。君才如二李，齒亦適與方。惟愁欲嘔心，涸此錦繡腸。願君師顏回，終日並坐忘。屏絶聰與明，静即療病方。君家令弟才，是亦雛鳳皇。樂此壎與篪，升歌間笙簧。我才慚子雲，何能賦長楊。他時草玄亭，時或具一觴。殷勤何所酬，惟當贈《凡將》。

贈岳家山僧鏡臺

少保崇祠外，支公此結茅。削堤危石齒，圓牖礙林梢。地逼萑苻澤，僧時遭劫。居同燕雀巢。幾時忘世事，門外挂蟰蛸。

豐利場訪汪兵備爲霖即日留飲北園作

二水環衣帶，居然緑浄園。地寬雲作陣，天闊海爲垣。紅燭轟朋飲，青楊隔市喧。興酣歸去晚，斜月滿平原。

廿一日復招飲韻石山房

三日帆停雲水鄉，快談纔了便飛觴。海中鷗鷺依人久，天上星辰瞰客忙。白髮繞觀新洒翰，素心驚問舊彈章。時客問己未年事。迎門殘月攔門酒，不覺先生興益狂。

侵曉泊通州南門喜歐陽炘同年見訪

一醉經旬日，酣眠髮未梳。故人來白下，得句比黃初。兩舫燭光合，三橋雁影疏。朝飢正難忍，同此食冬蔬。

自通州南門車行至狼山道中作

偶駕人車出古城，飛沙十里走灘聲。地因逼海峯逾削，天許看山日乍晴。激浪魚龍偏有勢，沿岡草木尚疑兵。時平故壘芟除盡，坐看閒雲滅復生。

登狼山絶頂浮圖

直上疑追鸛鶴羣，天風響處掃餘氛。連山四面圭稜峻，一塔三州界畫分。隔江即蘇常諸山。江海勢寬容隻影，東南地缺補浮雲。茫茫百感填胸次，且借壚頭薄酒醺。

歸途憩雲深處禪院

一山行已盡，黃葉四無邊。雲亂欲成海，石奇爭補天。暗泉斜礙足，古佛正隨肩。知我芒鞵倦，先邀竹屋眠。

訪唐駱義烏墓

偶訪先生墓，閑披老衲關。古碑今未泐，疑冢信難删。地近田橫島，雲連黄歇山。丈夫輕一死，風義凛塵寰。

狼山即事四十韻

此山當東南，一氣走江海。桑田今漸漲，海勢亦全改。連山首皆仰，獨此頫而迨。千秋黄翠赤，一一攢磈礧。先登甯反顧，直上級磊磊。山腰面平陸，擇地憩爽塏。隨雲升絶磴，樹古悉疑鬼。甯惟僧似玃，古佛亦傀儡。團蕉亦南北，倦或一升骽。鴻濛澒洞日，到此幾年載。白狼居天門，昔有白狼居此山，故名。頗復肆譎詭。多生遭啖嚙，視若蛇與虺。不知經幾劫，窟穴始無在。陽侯助喧豗，白日亦匿采。荒荒匹圍浸，今始削成壘。螺田蛤田漲，蜃氣蜃氣餒。横遭千頃奪，海若究奚罪。互疑東溟神，攫取巨靈賄。遂移斷鼇足，戴此石層累。驅濤罷文種，遠迹勞豎亥。强梁甯得忍，奪此乃與彼。居人判今昔，誰得悉原委。百千溝澮洫，水急潮尚匯。冀尋主者問，主者色猥痿。游移無定説，否否復唯唯。兹來風日好，喜值月之亥。冬容縱淒瑟，春氣仍蕩駘。年豐羣盗息，雨洗衆山靉。南閩及西蜀，各路悉奏凱。偏災勤撫卹，百族歌圜闠。名區真咫尺，不到空後悔。仍欣腰脚健，扶謝一枝枴。遊山先治具，羅列及葅醢。誰眙洞庭橘，兼致泖湖蟹。闌干坐經午，時復露檣桅。虞山黄歇山，數點青蓓蕾。海門當面出，雪浪門晶嗺。來源看萬里，直下竟難待。思窮秦漢蹟，石碣斷搜採。徑上塔五層，茫茫問真宰。

戈裕良布衣醉後失足敗面詩以慰之

我愛戈東郭，平生志行醇。醉傾千日釀，飲共八仙人。時坐中八人。邱壑胸中久，圭稜面上新。何因遇頑石，反自點頭頻。

連日汪觀察邀作狼山雉皋之遊臨别賦此志謝

東來客興詎闌珊，一日川程静掩關。時值家忌，閉關一日。别舫尚携三勝侣，謂同年歐陽炘、顧秀才、孫鼎熹上舍。故人今贈五名山。通州城南凡五山。簪裾謝後遊方壯，時觀察亦乞養家居。岳瀆行完鬢乍班。何止素心勤倒屣，最難天亦與清閒。

訪水繪園故址

冒氏名園好，亭臺劫火收。祇應餘逝水，猶足悟來遊。寺有談空處，園半今作雨香菴。池虚繪影樓。此行須秉燭，方不負句留。

水繪園旁有别創池館者率賦二首

絃管聲中烏鵲愁，百年無復舊風流。近來喜共屠沽飲，莫上君家水繪樓。

秋樹菴中葉已凋，沿堤惟剩草蕭蕭。辟疆園裏游鱗好，不過紅闌六曲橋。

通州觀海回將詣焦山道出三江營訪湯守備貽汾不值與令弟貽浚夜話即柬一首

觀海歸來欲住山，半程先此欵巖關。支離客到心偏喜，競病詩成手自删。半壁雲煙山徑削，一江鵝鸛水師嫺。心期十載交三世，擬挂征帆遞往還。

自三江營放舟至焦山

江南霜乍落，江北葉争飄。風緊劈波駛，天空入望遥。耳傾前後瀑，心寂去來潮。及到雙峯口，圖山手可招。

風水不便夜半始抵焦山

亂帆隨意去，一綫水光微。到岸鼓三下，沿堤葉四飛。夜潮寒到枕，山翠濕沾衣。欵户無人應，應知宿火稀。

顧文學鶴慶繪山水圖寄棲霞僧慧超屬題其首時慧超年甫六十又病甚

兩歲不通問訊書，嬾殘之嬾當何如？昨來偶得江臯咏，因嬾無何復成病。君家跛鶴真同心，君病鶴亦同呻吟。鶴病在足，君病在腹。鶴病煩俯仰，君病勞起伏。故人愛君仍祝君，手寫一朵峯生雲，古樹怪石雲氤氳。海中三神山，寰內五名嶽。君遊未臻一，胡乃病遽作？一峯拔地無彎環，此嶺絶似黔中山。君能黄金鑄頹顏，尚可與我同躋攀。茱萸灣中不相值，聞在幽居卧泉石。思君夢君何可得，展畫空堂閲三昔。

法界樓獨坐偶得四截句即寄巨超僧湖州

危坐法界樓，忽值北風迅。一雁掠波來，遥遥如問訊。巨公厓畔路，曾共巨公遊。今日思巨公，黄葉驚打頭。失足墮砌間，我醉眠不醒。丹楓欲埋人，驚飈積成阱。巨公雖不見，今見巨公徒。欲上青山頂，高瞻碧浪湖。

顧文學寫青山紅樹圖贈方丈僧覺燈即題其幀

春紅不如秋，秋紅復輸冬。嚴霜幾陣屋邊墮，山果山葉皆全紅。渡頭人對山椒立，十里青山裹紅葉。斜陽一層楓一層，襯得此山紅百摺。陡然落筆圖已成，心花筆花皆怒生。顔色欲與霜花争，霜花豔壓山腰重。半幅光凝如蝃蝀，照醒蛟龍五更夢。君不見，君爲北苑僧南能，詩景寫就貽詩僧。詩僧莫忽閒中景，領取山前萬堆錦。

題如鑑僧秋山宴坐圖遺照

池臺多半枕坡陀，門外江光似鏡磨。一片秋窗紅樹影，山僧無酒亦顔酡。放生池上憶前年，話到空江落月邊。病鶴與君回首早，放生池有病鶴與僧，皆前後化去。祇餘憔悴一枯禪。時練塘僧亦久病。

久坐山後望松寥二小山以水尚漲咫尺不得過

石梁徑可通松山，寥山乃在波深處。洪濤四面撼不停，欲共蒼鷹結巢住。野鷹皆集此山，故俗又名鷹山。征鴻占麓鷹占峯，共欲立足波濤中。蘆花隨雲白零亂，新月出波黿上岸。

于生淵聞余在焦山載酒相訪留住數日醉中作詩送之歸

昨宵一葉帆，酒與生同到。連晨酒欲完，臨江送歸棹。題詩巖石間，石爛詩亦朽。惟餘影孤撑，不隨東海走。我向茲菴住，時時醉不醒。夢中常到處，天外一峯青。卜築嫌卑濕，門低欲打潮。生所居第一村地苦卑濕。何時峙高閣，同上看金焦。

自然菴僧瀛洲號能飲酒半忽大醉逸去作此

青山瘞鶴銘前路，黄葉埋君醉後身。我笑茅菴老居士，枉勞仙客伴清樽。

將挂歸帆率賦一首

歸帆何止客心忙，江亦回頭認故鄉。却笑淮南五旬飲，抵他三萬六千場。

偶得長句贈覺燈超凡兩方丈即寄巨超下山慧超攝山兼示首座真源知客僧若愚

借菴從學詩，秋屏從學篆。尤憐嬾殘僧，殘夜鎮相伴。嬾殘之嬾誰可方，佛火亦斷爐無香。至今卧病古寮下，粥椀倩客調方嘗。峴山詩僧絶孤冷，前後同居攝山頂。與慧超前後主攝山方丈。幽居泉石我不忘，四面石峯如石井。華嚴樓閣雲煙間，今與真源並居焦山華嚴樓。正對黄鶴之南山。就中一僧雙鬢斑，棄儒學佛甘癡頑。真源本鳳陽諸生棄而學佛。知客軒中澹和尚，詩筆居然亦相抗。每聞清夜讀詩聲，知客西軒接方丈。僧中數子並不凡，筆與山石同雕鑱。君不見，山窗莫謂閒無事，讀罷新詩看奇字。時巨超寄詩相質，覺燈復代余作篆。

初九夜與于生淵方丈僧覺燈坐寺門石闌上玩月并望海門作

石闌干上影，飄入隔江舟。坐久月光濕，觀空心鏡浮。古懷搜斷碣，世事問閒鷗。不識滄溟外，誰爲天盡頭。

侵曉月波臺看日出

昨暮一輪日，今飛滄海東。氣收遥夜黑，光逼曙星紅。世外黄人捧，天中赤道通。誰言此臺小，觀日泰山同。日觀峯在泰山。

將歸復上山半看紅葉率賦

人衰先白髮，樹老偏紅顏。陰陽遞推遷，少壯往不還。造物亦已勞，曾少一日閒。我來值仲冬，草木亦盡删。雙峯既隱隱，三江亦潺潺。感此數子心，別易會甚難。離觴且暫停，更一登北山。留此一樹紅，伴客雙鬢斑。歸鴉倘前知，嘐嘐響禪關。

題趙兵備翼秋山晚景長卷

疾雷激電破山出，我自讀書君賦詩。祇覺静中皆有會，滿坡黄石點頭時。利名心並析秋豪，珠玉叢中壇坫高。十萬黄金詩一萬，送君歸老亦堪豪。卅年前苦較文忙，垂老都成陸氏莊。費制使淳、蔣漕督兆奎，前後皆出公門。江左淮南諸節使，歲除争饋束脩羊。哦詩長日許隨肩，一巷東西屋接連。只我居貧最無賴，乞君千萬買鄰錢。

趙兵備枉贈詩有虚名若論時長短縱不千年亦百年二語爰廣其意戲簡一篇

長即壽金石，短或同蟪蛄。若祇一百年，何足論有無。先生夙工長短篇，若論律體尤精妍。昔人所云銅頭鐵額五百漢，究不若先生銅墻鐵壁五百間。先生自言七律愜心者至五百首。珊瑚出海霞滿天，精采下照千餘年。昨來惠我詩一紙，大匠撝謙乃如此。王楊盧駱等閒耳，甘以浮名讓餘子。我生孤露奚足言，長亦世事相拘牽。雄心已徂落日邊，半共草木同酣眠。雖然生氣存，不與物並萎。無論文體荒，無論詩格卑。我即不好名，名或欲我隨。世間有盛必有衰，五百年内吾能知，五百年外或者難支持。

錢少詹大昕輓詩

相逢握手賀生還，余自塞外歸，晤先生于吳門。昔昔真如指一彈。猶記缺文商夏五，余《左傳詁》成，先生爲商推數事。最憐封札到秋殘。先生以冬孟謝世，秋杪尚通音問。淮南薊北生徒盛，王後盧前位置難。五十年來爲樸學者：王光禄鳴盛、盧學士文弨，而先生述作尤精審。十載頓亡三老學，馮高不覺涕汍瀾。

詞源學術未分途，獨力能將大雅扶。北斗垂名到南斗，西都爲客問東都。禮堂定後留其闕，樂石搜殘補所無。老不越疆吾自愧，僅同徐穉獻生芻。

十一月十四日爲莊徵君宇逵補稱五十之觴徵君出自壽詩見示率贈一篇

嗟余齒臘較君優，君已初衰我轉憂。屈指百年先過半，放裹圓月乍當頭。猶耽仲蔚蓬蒿坐，不作盧敖汗漫遊。好續南華舊時會，君家先世有《南華九老圖記》。繪君裙屐在西樓。

趙兵備見示題湖海詩傳六截句奉酬一首

六百家詩六十年，始于乾隆之元。定知誰可繼前賢。虛期識力超今古，却以科名派後先。舊雨諒難忘沈趙，沈尚書德潛爲王侍郎詩派所自出，趙兵部文哲又其患難友也，故所選獨多。邊風采不到黔滇。靈光一老仍無恙，畢竟輸渠筆陣堅。

十二月二日行城東

城東半畝宫，瑟然有春意。層檐障冰雪，草緑尚無際。窮陰沍寒候，初日出偏麗。遂令衆生物，别若一天地。林間雙喜鵲，聲響亦交替。我行顧樂之，稍休坐階砌。却藉壁粉書，嘉平月初二。

石竹山房悼楊上舍槐

主人買石連雲根，主人已亡石在門。主人謔客羅古樽，古樽纔覆君斷魂。徐家疊石亦如此，徐民部大榕亦最嗜奇石，築小圃甫就遽亡。石上松生人遽死。烏乎石苦不能言，一死一生皆若此。我爲弔客行石臺，腹痛忍舉堂中杯。君不見，吾家奇石出墻半，未識還能幾回看。

初八日侵曉詣天甯寺齋堂看食粥

一堂三百僧，夜起然巨燭。衆喙無一聲，同焉食齋粥。茅檐散餘粒，烏鵲欣可啄。齋餘仍沃釜，沾溉及羣族。汝曹無一事，飯飽惟鼓腹。豐年甯易覯，况享太平福。我居真咫尺，早食亦粗足。歸撥老瓦盆，應欣芋魁熟。

前題趙兵備行卷有十萬黃金詩一萬之句兵備復枉詩相嘲爰戲答一篇

此間歲暮偶苦貧，奇想乃欲富以鄰。適逢巨軸擲案上，白鬢紅頰此老何精神。人思黃金鑄越臣，不知臣家金穴原等身。牙籤玉軸中，偶爾一欠伸，下視黃鐵同黃塵。君家富術可傳世，不積俸錢惟積贄。先生居官極廉，歸里後以授徒起家。廣陵絳帳設五年，秦賈越商皆列侍。經生此席本寒乞，從此入門饒利市。楊侯百物知低昂，桓寬《鹽鐵論》亦詳。不貲富或由此始，坐令儒術生輝光。一金一幣用有方，任氏家法更爾能周詳。君不見，東鄰生亦粗成章，賣文諛墓何皇皇！歲入僅可升斗量，翻令此老笑口張，甚或妬此戔戔囊。又不見，賣文無論錢有無，究不若田文薛縣日日收市租。即有諛墓文，較及兩與銖，總不若張說橫財乃有三十鑪。我言十萬信不虛，質庫況爾盈吳趨。子錢及母錢，疊日飛青蚨，努力可望猗頓兼陶朱。我言如虛我受誣，君亦莫更欺狂奴。君不見，狂奴逼歲氣更粗，買鄰十萬何不即日輪，不然欲向畫上此老日日追前逋。

初抵吾與菴贈湛谷方丈

家鄉赤城寺，移住支硎山。東南名嶽多，興到遞往還。案頭儒生書，反比梵夾繁。偶竪一義奇，足警石性頑。歲晏客未歸，伴此開士閒。啓户挹北風，共鍊冰雪顔。驚聞剥啄聲，長松響禪關。

文硎山雜詩

探奇忽迷途，時入歸鳥隊。歸鳥向北飛，夕陽紅在背。餘霞猶塞逕，時復逗奇采。我居青松裏，三面窗染黛。窗前波一曲，静與山晤對。簷惟鳥鉤輈，亦覺魚瑣碎。興倦北壁眠，濤聲静堪愛。吾與菴。

山勢既百轉，廊形亦千回。人行螺旋中，首頫不敢抬。絶壁下陡風，鷹隼撲面來。半時行空虚，足底扉牖開。濃香滯遊蹤，山腰逗黄梅。頗訝衣袂斑，時時綴青苔。僧雛煮山茶，邀我坐石臺。法螺寺。

兹山雲氣青，石理偏黝黑。雲門開一綫，藤蔓倒垂赤。虚空樵徑斷，鳥過亦如擲。西行路稍展，又見一峯坼。松陰思久憩，石石起拒客。潺湲分一道，直下色如墨。虚廊紅粉剥，陰翳成古色。危坐百尺樓，波光亦將夕。寒泉亭。

山光飛不透，高處一關鎖。排空三兩石，位置亦帖妥。人行飛鳥背，面上落雲朵。山腰岐路出，恐與故人左。時披松竹翳，引領復危坐。不知斜陽東，已復露星顆。回途風轉急，吹落厓畔果。酌此半月泉，心空已忘我。暖翠關。

天平山

文硎石皆眠，天平石皆立。升中無寸壤，石石作階級。通天惟一綫，退九進乃十。晴陽煽中峯，冰霜不能濕。君看崖樹下，驟暖已蘇蟄。西行嶺逾陡，星影綴圓笠。嶜崟僅容足，隼與客争集。莫枕巨石眠，峯顇亦將及。石石悉破碎，石石悉渾淪。天風吹其間，播盪及石根。山巔黑磥砢，積勢尚未崩。後峯支前峯，雲氣驟吐呑。石頂百尺松，隨風掃天門。日月過亦愁，排空劃刀痕。盤盤西南山，兀立太古墳。鴻荒逮千年，遺蜕久不存。小憩一葉舟，峯名。茶香喜初温。

白雲泉

山頂挂一泉，强判上中下。泉聲飛落處，曲折走巖罅。山僧掩泉竇，古樹支一架。閒房面深池，坐久忘晝夜。雲光時欲斷，嵐影仍激射。游魚不知地，惟以天作榭。三更巖月上，星影向潭瀉。枯僧雙白足，久把塵事卸。終當營危巢，倘與世人謝。

無隱禪院

密林無冬春，幽谷有昏旦。嚴霜撼楓柏，仍覺光景爛。升巔意初疲，出險步方散。精藍踞山腹，巨石作鎌鏟。僧閒無伴侶，雲影去來幻。幽房閃虚聲，山魈見曾慣。回廊看瀹茗，鑪冷復增炭。頗驚苦寒月，滿地落花瓣。時山茶花甫落。静對一曲池，疏梅亦將綻。

水木明瑟園展畢宫保墓

白日何能燭九幽，劇憐愛子亦從遊。時公次子嵩珠驟亡。著書早欲傳千載，作宦空憐督八州。吴苑水雲留別墅，武昌風月剩危樓。年殘客到尤增感，愁聽歸鴉噪隴頭。

謁范文正公祠

曉日携筇度石阡，祠門開處謁前賢。煙雲倏忽成今古，憂樂平生判後先。邊吏尚呼窮塞主，路人猶指義莊田。年來秦隴仍傳箭，畢竟誰將國事肩？

花山

一樓支松腰，一寺陷石腹。非關莓苔青，太古已斑剥。人煙蒼翠裏，雲亦染深緑。林深樵斧歇，時亦響啄木。三峯盪遥紫，一澗瀉寒玉。峯奇非意想，驟覺訝心目。猶疑龍母宅，散把雨工牧。終當呼方平，一叱起衆伏。

中峯

到來三重岡，圓月出圓嶺。回瞻花山寺，尚復挂夕景。殘紅門虚白，空際無定影。獅山插天半，霞采黄百頃。連峯驚五色，照耀入塔頂。窮覩因久憩，已復啜苦茗。山居苦寒寂，清響出房冷。歸路約半程，星光滿墟井。

十五日偕陳徵君鱣鈕布衣樹玉暨澄谷方丈重遊白雲抵暮乃返

纔遊山寺歸，忽喜故人至。故人清興發，仍與詣山寺。樵童携一兩，石屋歷三四。同遊今六載，己未春，與布衣同探梅元墓。蠟屐喜重試。酌泉心乍定，陟嶺步初肆。歲晏冰雪中，所欣無一事。閑從麋鹿隊，默會巢許志。茅茨留古夢，松竹浣塵思。誠知人境遠，不覺客蹤滯。歸路月已高，村醪亦須市。

是日晚澄谷方丈招同陳徵君鈕布衣及黄主政丕烈見山閣小集分韻得把字

是夕月食，更餘始復。

更敲一點遲，月食二分寡。須臾光復滿，樓上酒堪把。故人皆非常，下筆媲羣雅。不來時入夢，來即我心寫。高談鬥檐鈴，逸響扼樓瓦。詞華挹雄向，學樸研鄭賈。寓慨觚不觚，精言馬非馬。奇香熏鵲腦，俊味得龍鮓。風棱削須眉，雲朵濕衫帔。談深甯忍別，欲去留復且。送客過石橋，輝輝月盈野。

偕湛谷至鄧尉看梅

探梅何太早，梅蕊未抒紅。領取高寒意，須從冰雪中。素心惟白石，行足共支公。誰識勞勞客，年前事鑿空。

十六日早泊舟米堆山至元墓探梅道中作

三更一棹出溪灣，鳥鵲隨人往復還。心祝水鄉年事好，落帆先泊米堆山。

探奇尋徧萬株梅，小憩危亭午夢回。正欲烹茶無處所，亂峯堆裏爨煙開。

還元閣

平田望山椒，朱甍亘天半。入門階級迴，石壁插霄漢。陽山何窈窕，正面作几案。鏡裏怖鴿飛，雲中估帆亂。枯僧導前路，延客憩別館。化人留精廬，高士擘古篆。還元閣爲徐高士枋所書。軒欞饒別趣，爐鼎寡近玩。捫碑心已肅，酌水手仍盥。危潭俯不測，峻坂陟無算。却出松柏林，古梅熏鼻觀。

香雪海

己未春首，曾探梅于此。是歲八月，即蒙恩遣戍伊犂，迄今已六年矣。

驚濤三萬里，噩夢四五年。逐客須鬢蒼，梅枝亦高騫。我居西海頭，時時夢山巔。振翮不得飛，誓老絶域邊。何期復生還，重履山下田。對花客憮然，花亦笑口嫣。當時手植枝，倏忽已及肩。尚斂萬樹香，交此四野煙。山色冷未蘇，水腹凍已堅。小卧峯頂雲，驚魂怯遥天。

光福鎮

一湖三萬頃，環以七十峯。一塔勢盡收，不覺階級崇。漁艇百尺帆，竭力使北風。静觀歷逾時，不越坳堂中。直下千百層，隱隱聞汹汹。湖寬出饞蛟，山中蟄雨龍。陽山爲龍所窟。所喜人事恬，墟井尚鬱葱。家家祀竈忙，村村爨煙濃。千門有神荼，四野無哀鴻。我顧樂不支，加餐向船篷。

驚魚澗

人境既已遠，樓與竹木平。疏梅甫著花，枇杷葉仍青。空外水四周，缺處嵌一亭。不知深山中，魚鳥何尚驚。雲泉乃其天，足以悦性靈。半晌頫首觀，時喜出藻萍。我亦縱壑鱗，曾經泛滄溟。當其勢倉皇，魴鯉爲失聲。倘非大造恩，安得返故扃。魚樂我不知，魚驚我怦怦。目極東逝波，滔滔傷我情。

題吾與菴圖

吾與菴中路，松篁峭不羣。畫中曾住我，世外忽逢君。初地無餘劫，浮天有斷雲。因遲顧居士，展卷把香熏。圖爲顧上舍鶴慶所作。

藕花菴

小築松深處，池臺割澗成。礙眉雙樹秀，劈面一峯傾。心静花膴影，神驚斧鑿聲。菴正面金山，土人鑿石不絶。累他雙燕子，故壘幾回更。

普賢禪院

一道水流急，尋源欵石扉。山茶紅礙帽，野竹緑侵衣。飯芋僧仍瘦，餐松鼠亦肥。未妨爐火斷，歲晚客來稀。

歲暮雜詩

我居吾與菴，冬月亦已殘。時携古人書，向此窗隙攤。古人欲立勳，亦恐無我閒。東風來何遲，西日去不還。願以一寸心，徑比木石頑。

飲石欲鍊骨，餐冰欲明心。我有太古懷，冉冉生自今。長松峙我前，高下及百尋。松聲灑然來，亦足挹素襟。頗感風日佳，因之亦長吟。

我感叔豹言，世禄非不朽。立德與立言，於我究何有？置身邱與壑，矢志頗不苟。身退尚著書，聊思慰吾友。不知千載下，可更識誰某。百事尠一成，穨然遽成叟。

三椽築茅廬，頫仰可無痗。高瞻逮皇古，下視及千載。知我即有人，先愁不能待。妻孥盈我前，知我意何在？妻孥猶不識，何况友朋隊。卑躬抱微尚，没世寡後悔。

世事百不識，我頗輕腐儒。語録盈我前，眼倦不欲舒。道在六籍中，勘實不履虚。何因襲元言，顧以聖自居。謬種日以多，修途日以紆。一世笑我狂，我亦笑子愚。

我家居毗陵，百載亦云久。憶從祖考來，成法可世守。一衣兼一食，垂訓皆不苟。童年感孤露，聖善有吾母。誨我勤載籍，誨我覓升斗。中道忽棄捐，遺言猶在口。築室先壠旁，他時正邱首。

箏簫笙笛琴，佐以胡琵琶。堂中聞妙香，堂下羅名花。我謀一日歡，費足資十家。餬飢亦有人，獨樂良所嗟。不見梓澤園，池臺久欹斜。白首同所歸，安能事驕奢。

憶從伊江歸，身世感再造。荷此天地恩，捐軀亦難報。身雖無所用，事必求厥要。屏除塵與翳，不使及堂奥。庶幾能辛勤，藉以展微效。

一巷數百家，生計皆苦艱。操作春逮冬，歲晚未得閒。妻孥亦同心，勤力井臼間。百病總不生，天憖醫藥難。狐裘一何温，鶉衣一何單！

生居城市中，所苦不識耕。亦有菜一畦，荷鋤學編氓。衣食纔取足，不欲求其贏。此多彼即寡，物理苦不平。啼飢滿門前，積粟亦啓争。我有藥石言，願以貽後生。

無衣必求衣，無食必求食。八口我所私，何敢累親識。儒生讀書外，貴在勤己力。縱無粱與肉，粗可啖糠覈。家政亦有經，當窗婦能織。

我生秉庭訓，不作無用言。虚抱拯世心，經訓藉可箋。鑿楹貯羣書，即是儒者田。書外一物無，茅亭及茨軒。著書暇日多，餘力吟一篇。

木實可作食，木葉可作衣。乳鴉巢其間，不識凍與飢。甯知歲臘殘，人事日已非。何處覓斗升，老幼日夜啼。司命苦乏供，清水汲石磯。衣麻常苦單，食粥常苦稀。

千村爆竹聲，樂歲實堪慶。人欣年齒增，羊豕命偏併。搜山及麋鹿，隨雲設陷穽。人縱重厥生，何爲輕物命。珍羞信堪飫，鼎俎亦易罄。我讀黄帝書，惟應食梟獍。

吴趨俗尚華，所重在元日。冠裘並新製，鬢髮亦梳刷。行逢衣淡素，羣語詈不吉。我多方外友，衫苦百垂結。云服壞色衣，方能見菩薩。

支硎及鄧尉，十日屐齒賒。雖看萬樹梅，惜少六出花。心切三田中，二麥初萌芽。嚴冬地無毛，惟藉雪霰遮。願祝東北風，掃此天半霞。夜聞折竹聲，飛花滿千家。

德雲精舍

老僧閒卧處，枕上水無邊。雀占屏爲屋，魚窺鏡作天。草青殘臘日，髮白上皇年。菴僧年八十，曾主鄧尉方丈，獲覲純皇帝。三面峯嵐好，都朝錫杖前。

石像菴

偶訪石居士，閒同鐵脚僧。晝昏樵北苑，衲古似南能。客醉包山果，時以楊梅酒餉客。茶燒塔院燈。勤公遺烏在，勤一僧始開山。傳已到雲礽。

留別澄谷方丈

君爲退院僧，我亦罷閒吏。從容雲水間，遂爾成默契。天平鄧尉兼支硎，介紹兩客交忘形。別山夢山山轉青，更夢老衲松風扃。

過錫山訪張太守鳳枝

南荒窮太守，何日返西荒。萬里纔歸骨，三旬屢斷腸。君入關後，始知愛妾雉經尋長君亦物故。疲蹤滯揚越，變調激伊凉。搜篋衣裘盡，空餘古錦囊。

小除日招同吴封君端彝趙司馬懷玉暨小阮秀才學彭莊明經穎曾暨小阮徵君宇逵段達和陸繼輅兩孝廉及兒子飴孫更生齋早集仿賈長江例祭詩即席用徵君原韻

小雨連晨路不乾，年除聊復强爲歡。要從寒瘦求郊島，敢説文章比杜韓。呵凍未妨傾卯酒，祭詩先已借辛盤。他時西海留壇坫，余自塞外回，署一齋名西海。合與長江一例看。

哭楊布政揆

八年憔悴歷行間，殉國仍憐鬢未斑。直北路皆籌筆驛，君自西川及甘陝軍營，無不陟歷。大西天作勒銘山。曾隨大學士福康安至西藏。愁看烽燧眉常斂，病伏弓弢血尚殷。誰料玉關分手處，君成死别我生還。

校勘記

〔一〕得歸　《北江詩話》卷二作「病餘」。

〔二〕從此却添閒富貴　「却添」，《北江詩話》卷二作「欲營」。

〔三〕蛙真　《北江詩話》卷二作「蝦蟆」。

更生齋詩續集卷二

天台石梁集

乙丑元旦

日月堂堂去絶蹤，丙寅明歲又將逢。偷生久愧吴都尉，祈死曾煩晋祝宗。尚以詩書綿世澤，早安耕鑿共村農。衰年默數童時侣，誰復迎門與過從。

詠懷詩

我昔有奇禀，十年居玉京。舉足踏列星，俯身瞰雷霆。一謫人世間，卧苦不得醒。時時亦仰視，但覺天宇青。前身與後身，昭昭易冥冥。

一日异昏曉，一氣變寒燠。朝霞暮復鮮，春草冬復緑。嗟哉志士心，炳若長夜燭。成童逮衰老，所履益諄篤。縱違時所尚，曾未改初服。冀以徑寸心，轉此日月轂。

我居衡門中，一世入懷抱。光明縱無多，志欲徹昏曉。繁星布天闕，大者僅參昴。浮雲與之俱，夜氣復繚繞。一綫殘月光，居然燭天表。

古人不可作，留此一卷書。我思見古人，掩卷時踟躕。古人豈好名，夙抱藉以抒。言言炳神明，詎比蕘與芻。古人得其精，我慚得其麤。願從積軸中，淘彼徑寸珠。

一世相識希，進願求一室。一室意見殊，寸衷誰可悉。居閒思賈郭，古反有儔匹。螳蜋申臂勇，蚯蚓用心一。不恨生世遲，所悲前哲歇。

嚴霜一以下，響已輟百蟲。怒雷一以奔，萬族何汹汹。足知天地心，藉以警聵聾。敬畏理不殊，至人等童蒙。繁音願悉收，震之以黃鐘。枯條願悉芟，潤之以谷風。

雷同所不敢，亦性所不能。性匪與世殊，顧受流輩憎。遂令十室中，獨處無一朋。囂囂復囂囂，古或有所承。何心學嵇康，所願師孫登。

今人何太浮，古人何太靚。授以一卷書，今人讀難竟。以之膺世事，心志苦不定。我雖慚往哲，六籍等性命。願假一歲閒，羣書讀當罄。

新正十日探梅鄧尉適姜尚書晟展墓費家湖側因便道過訪并率呈一篇 尚書，余庚戌讀卷師也。

臘月欲盡探古梅，南枝北枝仍未開。甯知俯仰祇半月，十里香氣衝人來。猶留千樹未全放，似待孤客先裴徊。訪梅兼訪梅間客，宦蹟迢迢屢南北。不特先生鬢久霜，傳經弟子頭俱白。尚書履聲何處尋，遠復散步來湖潯。十年懷抱欲傾剖，相與淺坐梅花陰。陰陽迅轉同車轂，憂國精神幸如昨。西北欣看掃賊氛，東南藉可安耕鑿。憶昔使節黔中還，尚書撫偏沅時，余視學貴州，任滿相見于辰州。烽火正照辰龍關。當時三客坐譚處，一客先已埋花間。時紅苗滋事，尚書與畢宫保並駐節辰州，辨理糧餉。越歲，宫保即謝世。今墓在靈巖山麓，距此咫尺。世間萬事誰能料，灑淚茫茫濕斜照。破冢曾無大鳥棲，荒祠剩有青蠅弔。愈惜勞勞世上人，忙拋歲月病拋春。本約吴封君端彝、莊徵君宇逵並遊，二君以病及事冗不至。惟餘憔悴投荒叟，尚乞花前自在身。

偶成

歲月堂堂去若何，谷風驚又被巖阿。半春夢比繁星密，一世人如磨蟻多。偶逐右曹趨日觀，未從博望泛天河。雲臺寂莫無名姓，事過同嘶馬伏波。

元宵夜風雨甚驟

臨街樓閣嬾重登，驟暖先將濕氣蒸。一夜雨聲如裂帛，不曾知有上元燈。

廿二夜豸橋道中

及此荒寒境，更闌月在樓。入林人影淡，摇夢擄聲柔。嗜好真無著，辛鹹任所投。長年知世事，絮語不曾休。

舟行即事

經旬憑酒暖，此夕忽奇寒。諫果誰堆枕，仁蘋訝滿盤。得閒繙歲歷，小極罷晨餐。望盡青山外，沈沈天宇寬。

早從烏溪口出太湖

炊煙紅不起，雲白膩空山。只有漁樵侶，閒蹤自往還。

自宜興渡湖至長興邀同年邢大令澍放舟至龍華寺訪巨超方丈率成一首

十六年前同虎榜，五千里外會龍華。吾師更駐焦山錫，約客閒烹顧渚茶。老衲座旁參笠屐，宰官身裏現袈裟。此來何止談空好，半里香浮萬樹花。

錢氏梅花莊

四條長四里，夾路盡疏香。合作梅花衖，時横古石梁。帽簷隨樹亞，鼻觀嗅花忙。百步山莊外，琅玕影亦長。

卞山正中亭

十里卞山松，危亭却正中。亂泉穿徑碧，初日鬭花紅。世外峰奇峭，雲邊路暗通。梅梁過方好，殿角隱玲瓏。

贈巨超方丈

曾訪靈威穿地肺，欲尋仙侶到天台。安心師已參三昧，行脚吾應號萬回。百折泉從杯底合，五峰山向坐中開。林禽笑我閒如此，一歲真看一度來。

青藤書屋歌先寄陳秀才鴻熙

波生波滅無已時，百劫我復遊天池。池中鷗鷺池邊客，池上青藤高百尺。青藤居士天池生，詩人名號亦屢更。百餘年來三易主，惹得青藤榦逾古。我携赤藤遊赤城，眼底頗欲無青藤。雖然青藤歲月亦已增，尚復夭矯屈曲如龍升。我繙青藤詩，坐向天池口。世間怪事無不有，却笑年前板橋叟。董龍甘自稱雞狗，更作史遷牛馬走。揚州鄭大令燮酷喜青藤詩，鎸一印章曰「青藤門下走狗」。愛憎之口何太懸，我欲一一離言詮。君不見，君詩幽隱無不穿，白日鬼嘯來重泉。鯨魚出没蛟蜃纏，惝怳絶似重洋船。奇光縱逐日與月，磊磊落落同星躔。身前既感梅林胡，身後復有中郎袁。虞山之論最不然，欲屈一代申松圓。平心我論處士集，獨此可與眇目山。人傳甥繼寫君詩，闢堂展君像。君與青藤總無恙，歷落嶔奇不平狀。我今游跡無定鄉，元方交後交季方。君介兄景初與余相識。感君兄弟苦留客，白日爲我傾千觴。天池旁邊覆觴起，欲往天台白雲裏。天台白雲上接天，興發我欲吟千篇。

昇平四章

昇平一百載，衆庶多于蝨。山侵豺虎居，水奪蛟龍窟。蛟龍猶有海，豺虎何所逸。御之不以理，勢必轉奔突。强梁或逃竄，老弱遭噬嚙。不知六合内，禦物固有術。欲人妥厥居，先使獸有穴。物物安其天，人禽庶堪別。

昇平一百載，胥吏多于民。小縣至數百，大縣逾千人。此曹何所長，攢弊及侮文。豪强尚相亢，樸鄙冤莫申。揣彼瘠與肥，破家或亡身。長官有遷移，吏則長子孫。嗟嗟肺石旁，人鬼皆含冤。我願仁者心，除惡務去根。庶幾獄訟衰，風俗或可淳。

昇平一百載，墳壟多于田。至今城郭旁，漸少陌與阡。百載已如此，何能暨千年。況復富貴人，風水說愈堅。一壟占十畝，壟百畝已千。膏腴日以荒，廬舍日以遷。遂令闤闠中，白晝飛紙錢。不見高高峰，白楊欲參天。

昇平一百載，僧釋多于農。經繙四十章，至比六籍崇。人傳大叢林，富必千萬鍾。十農養一釋，食力苦不供。游食尚細事，其徒況洶洶。凡玆名勝區，咸化梵釋宮。一衣必募緣，一食必擊鐘。有法限制之，患庶不養癰。

西湖殘夜自斷橋行至孤山麓偶成

缺月將殘夜，行人過斷橋。斷橋橋下水，嗚咽響如簫。舊夢醒仍憶，孤山望轉遥。梅花留數樹，相伴客無聊。

五柳居食魚

卅年前夢太怔忪，又向湖頭卸短篷。金色鯉魚烹一尾，上樓閒看北高峰。孤山處士今何在，湖上仙禽去不回。只我亦疑華表鶴，昆侖山頂忽飛來。

德生蒔喜晤華大令

廿載湖頭住，真成不繫槎。雙峯化人宅，獨樹老夫家。眼倦觀時局，心空閱歲華。林逋居咫尺，聊其種梅花。

將往天台浄慈方丈際祥畫山水長幅見贈率成長句報之

天龍忽入枯僧腕，五岳外山皆可轉。仍嫌山色揩未盡，一朵峯皆一雲浣。筆頭至竟生氣多，峯背一一生煙蘿。風聲雨聲有時歇，石竅盡現莓苔窠。一峯松濤一峯瀑，飛瀑却從松頂落。我疑天台石梁即在飛瀑東，策杖竟欲排虚空。左携支公右遠公，謂小顛、破迷二僧。頓覺雲霧出没日月倒景于其中。早潮初平莫潮長，缺處真堪挂帆往。君不見，沉思此景殊惝怳，畫裏南屏晚鐘響。

㲲菴訪破迷僧不值

我從西海歸東海，頓覺前身易後身。山鳥尚迎初度客，維摩應亦再來人。八年舊跡留空館，十里疏梅颺早春。久坐蒲團久繙偈，待師同證静中因。

萬峯寺訪小顛僧留贈一首

夢落天台瀑布前，欲從雲外謁飛仙。再來剛是春三五，回途擬仍至湖上。小劫曾經路萬千。東海萍浮應笑我，西湖僧好總名顛。法華堂外談空處，添得疏楊百樹煙。時巡撫阮君元于西湖添種新柳。

渡錢唐江抵西興

卅年三問西興渡，太息吾形已非故。西興津樹尚迎人，百轉千回飛白鷺。錢唐樹色初模糊，回頭復憶西子湖。早潮初落爨煙起，挺此九級高浮屠。風光絶似清明節，正月可憐纔晦日。十里疏楊裊緑煙，濛濛已有鶯聲出。錢清江水何回縈，我心却比江水清。一江初過一江迓，風急已度高遷亭。車車油碧船船畫，四面橋如采虹跨。明朝爛醉詞客家，别挂輕帆抵蒿壩。

抵紹興日偕陳景初運判鴻逵鴻磐兩茂才歷游省園徐園平園率賦一首

頳尾櫻桃翠羽禽，危亭都見百花心。誰憐越國春光暖，轉惜衰翁鬢雪侵。塵世劫完容小住，故人身後甫幽尋。惟省園主人不識，平園則少宰恕家墅徐園，又編修立綱所搆，皆同館也。並曾約遊，未果。今始到此，兩先生已皆歸道山矣。曲屏風外香爐阜，閲盡勞蹤自古今。

日昃復泛鑑湖至快閣訪謝太守肇洙留贈

名園歷盡已斜陽，乘興還登緑野堂。草木總含淳古意，蘇杭無此好春光。天隨合放煙波艇，賀老仍留風月塲。四百里湖存數頃，欲從何處悟滄桑？

王生行爲王明經衍梅賦

不可有兩庶有一，笑聲初停哭聲出。哭聲纔落南湖左，秦望山頭鵲聲墮。胸中本有萬斛才，百斛淚始隨聲來。淚不若蛟人海上之明珠，亦不作聲伯洹水之瓊瑰。有時班班駁駁色不定，艷處絶似珊瑚堆。願勿灑原野，恐此林木摧。願勿灑亭館，恐此春草萎。我心爲之一根觸，我手不能與之掬。唐衢死後一千一百年，只有茫茫此場哭。

陳徵君滎杰抱膝長吟圖讚

青天無雲，大海無波。惟此直木，不生磊砢。惟此峻嶺，不垂煙蘿。早稱鴻儒，晚膺制科。長吟抱膝，所思如何。目燿列宿，口懸天河。我展君圖，我爲作歌。

二月二日曹娥江舟次

孝女廟前路，社公生日天。遠遊真可戒，斷夢已多年。丙申歲遊至此，旋即奉太宜人訃。犬入鸕鷀隊，牛耕蚌蛤田。半程風日好，開牖卷書眠。

品石行贈袁茂才鼎

袁生五岳填胸滿，袖底纍纍石如卵。嗜之成癖誰可及，一日一回江水滸。友思攫之怫然怒，爲石居然砌成庫。有時出貯衆座中，左右高低若星布。石横作嶺矗作峰，所喜石石無雷同。世人愛玉君愛石，石不能言戴君德。他時海水倘復乾，圓嶠方壺漂入宅。

偶成

黄金不惜張車子，采筆無煩謝客兒。携得杖頭錢數百，石梁南畔去吟詩。

青藤書屋即事贈陳鴻逵鴻熙鴻磐三秀才

春花淡紫秋花青，藤抽一枝花一莖。花青難得紫易得，異種欲乞天池生。青藤上屋何淩亂，似爲幽人挺奇幹。名香一瓣酒半瓢，薄暝欲把詩魂招。

剡溪舟中

四山中間，一山出雲。匪山獨高，惟其不羣。白雲之中，乃有樵屋。初陽入門，曝此背腹。

將至嵊縣作

四邊山作嵊，三折水名之。更鼓沿江棹，仍思訪戴時。石奇餘斧鑿，屋古半茅茨。破曉南風急，城門到已遲。

欲抵新昌先柬應學博澧一首

八年前記過虹橋，半世交期話竟宵。君已滿盤堆苜蓿，我驚絶塞啖蒲桃。江波未似詩懷澈，山木都同鬢影凋。老尚欲携雙蠟屐，約公南訪赤城標。

自嵊縣乘山輿行甚駛偶賦

到岸山輿好，真同行客寮。捷能逾蹇乘，寬足抵團蕉。半世皐比座，前塵星使軺。老夫雙繭足，曾走萬程遥。

山陰道上

山陰道上鵝，多于天半雁。恨不習俗書，籠之返陽羡。川程久暌違，水田形亦改。只有赤城雲，迎人先門采。

斑竹嶺

踏青時唱艷陽歌，四面山窗合女蘿。誰信一條斑竹嶺，桃花還比美人多。

卅年前路夢中諳，月午曾停使者驂。留得紙窗棋數著，分明殘局付羊曇。丙申秋，隨學使者至此，學使與坐客對局至曉。故云。

初四日入天台宿清涼寺

坤輿何傾攲，天路殊肅穆。積此萬仞高，纔成一山麓。山形經數折，水勢乃逾曲。樵蘇蹤已斷，紫翠始重複。屏山南到海，倏爾回地軸。龍魚氣熏烝，螭魅勢懾伏。靈奇既頻到，虺蟒迹難託。娱幽富芝朮，拒俗挺松竹。藏經樓上望，雲日炫心目。薄暝客漸稀，鐘聲盪空緑。

清涼寺方丈際雲以萬年藤杖見贈書此報謝

人言天台藤萬年，拄者即可成飛仙。上人舉贈有深意，齒髮憐我當衰年。我氣可食牛，我行及飛鳥。幽尋更假藤一枝，幾欲携之出天表。勞人歲月亦可憐，茫蹻曾歷昆侖巔。此藤與屬庶足配，歸日緘置茅堂前。刻鳩作首末鐵裹，節目離奇枝磊砢。閒時偶舉一指空，白晝星辰杖頭墮。自顛至末十三節，缺處猶纏怒蛟血。藤生定屬羲葛前，隸首大撓忘歲月。庶幾渾沌蝙蝠精，或者與杖同時生。我携入華頂，我携向赤城。山神見之拱手避，轉或疑我真仙靈。潤以中峯雲，洗以太古雪。古意寥寥節中出，他時我欲覲玉皇。擲杖便已成飛梁，黄人捧日不敢過，叱馭乃欲歸扶桑。上人贈我何以報，倚杖作歌成古調。君不見，千言挂壁殊兀奡，一字真堪一星照，山鬼潛逃谷龍嘯。

過騰空嶺

萬緑影濛濛，千峰倚短筇。身輕捷于鳥，應讓李騰空。

過萬年嶺

隔溪聞打午時鍾，萬箇篔簹萬尺松。我向此庵難久駐，心懸六十五茅蓬。時將從方廣寺上華頂。

天台石梁歌

一山飛一泉，泉外皆桃花。仙人不留我，飯恐無胡麻。天台之藤高八尺，携向真源問消息。偶然飛雨撲面來，猶帶桃花好顔色。齞齬倫眼心已驚，直下萬仞終難停。誰于山水絶奇處，別闢一厓名捨生。土人每至石梁捨生，自去歲至此已四人。君不見，再生我荷格外恩，身外久已無餘身。更憑何物作施捨，涉險轉欲恬心魂。眼中飛瀑從天墮，忽覺蒼龍跨中過。心狂故惹世眼驚，却向橋心脚顛簸。欲前不前疑駭矗，欲落不落同崩雲。石梁盡處轉危坐，足底雷鼓何殷殷。山僧約至下方廣，我戀桃花不能往。歸來一枕松竹香，萬古泉從夢中響。

續天台石梁歌

一石疊一石，腹背莓苔青。惛然獨角龍，太古卧未醒。洞邊香氣何濛冥，洞裏五百仙人庭。時有五色鳥，來往傳仙靈。石梁南頭即仙島，無數瑶花及琪草。琴聲琮琤水聲繞，只有古今無暮曉。我疑中天宫闕難久居，故向石下營精廬。珠簾一兩重，葢此臺殿虚。清冷之淵樂有餘，白石已有羣靈趨。低頭我訝蟄淵龍，豈知仙人仰此若采虹。橋心我不敢狂笑，遊戲恐墮仙人宫。仙人宫，聽此夾岸雞犬如雲中。我笑昌黎生，蒼龍嶺頭多哭聲。我笑玉局叟，仙遊潭邊不前走。庶惟長庚星，能經赤城橋，我亦百步來迢迢。欲爲石梁歌，久向藍橋坐。狂甚思敲石門破，仙人應復煮胡麻，留我高齋作清課。

方廣寺夜宿

十折五折泉，千聲百聲磬。玲瓏喧水樂，轉使静中聽。玆來方廣寺，列屋若居阱。人疲争欲憩，僧古先入定。屏山亘方壺，澄波展圓鏡。升峰虞柏翳，看水怕波瞑。三更驚非常，紅霞半空迸。天風送濤響，此已隔人境。銅壺殘漏滴，于此悟心性。清遊向能遲，闌牖覘斗柄。

茅蓬贈詩僧如鵬

天台千百僧，一僧號能詩。獨向華頂居，隨緣結茅茨。緇流白眼俗子嗤，兀旉只有天公知。屋頭吹松濤，屋外敞竹軒。三更不眠待海日，放筆即己吟連篇。我交一世少素識，世外遇君何可得。下士方浮出竅聲，大鵬己鼓垂天翼。

送借月僧回清涼寺 本約同至華頂，以雨不果。

朱顔紺髮碧雙瞳，貽我天台緑玉筇。自笑己同遼左鶴，杖今先化葛陂龍。方丈所貽杖，半道忽遺却。臨别，師復以所持杖贈我。赤城待撥雲千頃，華頂同穿嶺萬重。珍重一枝臨别贈，與師何地復相逢？

出方廣寺雨

匝月少靈雨，春蕪勢欲殲。久拚泥蠟屐，却喜潤茅檐。平野緑初展，小桃紅尚緘。石門飛瀑外，層疊挂珠簾。

寒風嶺遇暴風

寒風嶺上風淩亂，欲掣籃輿入天半。輿夫失足客下輿，却望桐柏途仍紆。半程倏爾分寒燠，氣候亦如冬月肅。山程數折雨復晴，已有日脚穿簾旌。

瓊臺歌贈道士鄧和信

天風一吹三十里，對面驚看赤城起。黄雲盡向東海來，約客中路游瓊臺。瓊臺半日方能及，四面紫屏風矗立。馬鞍石上望此臺，一晌儼同人戴笠。瓊臺宫闕連玉京，帝曾於此觴百靈。半天嘈嘈發絃管，直待中秋月華滿。我聞頓覺神氣揚，恨不游戲于其旁。神丹縱不乞徐福，桃實亦可偷東方。昨來春半猶飛雪，欲上瓊臺望雙闕。雨脚初收日脚斜，東南一半山明滅。如何瓊臺中，乃復支草庵。道士自説來雲南，一爐升三霄，一燭照九幽，道士或是非常流。雖然道流見我輒消阻，我見道流時欲侮。他時騎虎出世間，切莫對我誇真仙。

初六日抵桐柏宫止宿夜起看雪

桐柏山有宫，半即在山麓。李唐全盛日，列及五千屋。玄談當日熾，象教亦懾服。如何一千年，興廢疊轉轂。華嚴寺宇盛，道侣轉瑟縮。丹房半傾圮，紺宇悉班駁。黄冠日思竄，土偶夜聞哭。閉門三道士，日僅給饘粥。我來停蠟屐，借此樓上宿。勉爲營一飯，扉破几無燭。殘夜白雪飛，光明照空谷。

雪霽自桐柏宫至赤城道中作

後峰霽色到前峰，十里晴光漾短筇。正是耳空心地寂，鐘聲穿出萬枝松。

衣裳獵獵朔風催，如夢溪山足底開。領取斷厓殘雪意，分明身在占輪臺。

上赤城山憩上下二寺

赤城何止山光赤，萬樹桃花助顔色。桃花深處初日紅，復有海上晴霞烘。赤城山色時深淺，五色紛披究難辨。我從石梁來赤城，足健已覺能飛行。有時閒向井泉坐，照水骨節皆空靈。勞生蹤跡何嘗歇，三十年來成一瞥。當時可望不可即，到此方能步瑶闕。一篇欲寄王淩門，謂韓城相公。使節枉自來山村。人生能著幾兩屐，此嶺惜無屐齒痕。陰陽回皇日倒景，正面看山仍引領。翔禽舞鶴不敢升，一塔居然冠山頂。石厓西頭洞久扃，闢之可以上玉京。我從玉京謫下已七載，縱有天路難重經。上巖下巖益何遠，引路桃花百千轉。桃花多處屐亦停，時汲水亭泉一椀。天風吹人人愈高，桃花笑客客復豪。平生每到快心處，笠屐竟欲從空抛。高低歷盡羊腸坂，童僕催人欲遄返。國清聞已打午鍾，欲共隨堂客僧飯。

問路

路逢天台人，不識天台路。終歲畏里胥，常從縣中住。

初七日抵國清寺

萬緑裏一寺，濤聲勢如奔。人行竹柏中，緑盡始到門。山房分東西，屋屋踞石根。危亭聳其間，稍具斧鑿痕。寒山拾得僧，號已配世尊。言望豐干樓，天闕殊可捫。無須午時齋，山翠已飽吞。一塔十一級，危梯久無存。窗牖塞薜蘿，當晝色尚昏。石竇出一泉，宛若玉女盆。我願酌一杯，不避濁水渾。一片冰雪心，粹然喜春温。

應學博秋山獨往圖

勞生能得幾日閒，偶乘春日游春山。先生獨抱秋心坐，無數秋山眼中墮。春山染碧秋山紫，畫裏山光淡如此。畫中山好何不回，莫更曳杖秋山來。

雨阻國清寺方丈僧全信以詩見質率題一首

寂寞無塵事，空山愈覺空。雲迷九霄白，雨洗百花紅。有夢來長日，忘言對遠公。卧吟詩句好，窗竹響玲瓏。

初九日雨止發國清寺

空山殘雨歇，霽色上浮圖。百道泉流湊，千村麥氣蘇。意中春色遠，空外嫩晴鋪。屋角風光好，聲聲喚鵓鴣。

華頂望海 半道值雨，不及至拜經臺。

此心真與世相關，不到滄溟誓不還。時海氛未盡。未許麻姑笑東海，却教精衛住西山。神遊碧落青冥界，目極方壺圓嶠間。更埽石壇雲氣凈，要從天路試躋攀。

關嶺望天姥峯

清晨發天台，日莫抵天姥。天姥山連華頂峯，濛濛百里時飛雨。峰從關嶺千回曲，祇覺山光異常緑。一雨空山響易成，東西百道争飛瀑。社公生日離新昌，新月從未鋪輕黄。昨宵已過上弦節，星點徹夜都無光。稽山勝友如雲集，待我東來卸征楫。歌罷楊枝復柳枝，船船蕩槳都桃葉。仙人飛夢無古今，我昔亦夢兹山岑。長庚去後一千載，復有逐客來長吟。雲中忽露斜陽影，一半人趨此山頂。乘輿還携訪戴舟，回頭却憶騰空嶺。

初十日月夜從剡溪放舟未曉已抵蒿壩

趁此溪頭月，放此溪頭艇。溪月出未明，斜陽尚留景。卧聞柔櫓響，不見布帆影。甯知半宵夢，已過百重嶺。到岸鐘已鳴，幽人睡難醒。

十一日晚抵山陰二鼓復偕王衍梅陳景初諸人乘月泛鑑湖復登快閣主人出酒痛飲至夜半乃返 快閣即宋陸放翁故宅。

四明狂客今已無，泛月誰復來兹湖。湖頭風月一千載，只惜前人渺難待。元嘉以後開元中，四明狂客康樂公。詩人末代餘放翁，一閣尚復留清風。清風吹山山欲動，明月壓波波愈重。行觴纔了客不歡，坐上才人哭聲衆。哭聲直入空潭裏，無數魚龍鏡中起。稽山三面飛紫煙，襯得菜花黄十里。此時元方復季方，中坐迭起傾千觴。王郎聲慘氣不揚，令我懷古心茫茫。生天成佛都應早，騷客最憐難自保。一疏空求回踵湖，剡川只賜知章老。我從前歲得賜環，足繭仍復趨陽關。能閒盡荷主恩賜，蠟屐游徧江南山。天台十日遊方足，更放輕舟此湖曲。篋底嶄無買笑金，狂來只聽才人哭。新交雖多憶故交，東望我轉思餘姚。青門種瓜客久死，飛舄又已無王喬。謂邵學士晋涵、王編修增。君不見，放翁詩名蓋今古，亦化會稽山下土。人生不樂當奈何，努力且進金叵羅。纍纍古冢何其多，我携絲竹環冢過。商聲羽聲響入波，地下倘欲聞高歌。

吼山

屏山何其危，瘦石肩巨石。天風盪其趾，飛鳥過亦嚇。當時神斧落，斜劈一千尺。雖經剥膚慘，石理本孤直。重重紅日照，未改色深黑。潭形肖山光，鑑影亦如墨。艱危升其巔，徑草復四塞。山靈尚扶杖，何況此孤客。出谷望轉驚，厓傾正當額。

石簣

石腹裂一潭，船走入腹罅。船行凡數折，頭上水光卸。冥冥入螺旋，正晝忽成夜。何時穿奥窔，于此嵌臺榭。風聲潭底出，天影穴中射。頗聞穴神魚，雲霧已能駕。時時致靈雨，十里潤禾稼。棱棱一峯墮，藤蔓絡未下。暗牖花忽明，山桃數枝亞。

空明庵小憩

吼山山石奇如許，圓者中規方者矩。截得山坳清峭峯，晴天白日都飛雨。春山百折桃花紅，一庵正嵌波影中。木魚聲中大魚出，波影日影何玲瓏。危巖坐待同遊集，衣上層層翠沾濕。非非想處一綫開，新月正逗潭中來。

十三日泛舟三江閘望海

半日晴帆走碧沙，桃梨隨路雜桑麻。石梁高壓三千丈，山腹深藏數百家。一瓣心香留古廟，九霄風力送浮槎。回頭更覺春如海，十里新黄漾菜花。

浮山頂望海

到此真無際，茫茫濁浪排。連峯偶然陟，隻影渺誰偕。事拙天難問，憂深地不埋。片帆隨目力，送爾入津涯。

題王衍梅笠舫圖並示商嘉言陳鴻磐兩秀才陳景初運判

王郎家住稽山邊，一笠一舫稱神仙。笠携遊山舫浮水，畫裏溪山原不改。我愛陳士巖，我愛商拜亭，迎客雙眼何其青。二梅山人亦詩史，座下願稱詩弟子。日携三客作勝遊，踏徧好山仍不止。桃花紅紅李花白，此夜應離謝公宅。明朝憶爾西子湖，一笠入夢如浮圖。

十四日渡江薄晚至西湖泛舟至湖心亭作

雲氣皆歸海，雙峯色轉青。正逢春半月，來訪水心亭。林鳥認顔色，山花悟性靈。南屏晚鐘好，都向夢中聽。

是日即移寓蘇公祠

德生庵外挂帆忙，一榻孤眠學士堂。正好四更殘夢醒，滿湖花氣上吟床。

築堂我勸祀香山，戊午冬，余乞假回，薄游湖上，曾勸謝方伯啓昆、秦兵備瀛建白公專祠，二公因循未果，近始建成。今日祠成却叩關。公學浮屠我嘲佛，就桑三宿儻蒙訕。

十五日偕華大令瑞潢何文學元錫臧秀才禮堂泛舟至金沙港抵暮乃返

桃花紅入波心中，一湖波光皆染紅。柳絲緑蘸孤山麓，一院風光都皺緑。晴紅艷碧西泠橋，衫影一色如花嬌。金沙港口畫橈集，酒旆葉葉來相招。湖堤添得千株柳，盡向六橋橋畔走。歌聲疑燕復疑鶯，香氣非花亦非酒。南屏鐘動歸舟忙，行客背上皆斜陽。一更已下城門鑰，更挈百壺橋上酌。湖頭色相已盡空，惟有圓月升中峯。

十六夜月不甚明淺步至錦帶橋望巾子峯作

橋裏松濤橋外風，一風收盡滿湖篷。半宵橋上看森峭，保叔塔頭巾子峯。

十七日平明枕上聽雨

六曲屏風倚絳桃，雨聲疏處夢初拋。無聊閒把雨聲數，二十七點桃花梢。

題孫侍御志祖深柳勘書堂遺照

深柳堂深昔繫舟，侍御有别業在西湖，昔曾以訪友至此。重來人憶舊風流。遺編合附儒林傳，絶學猶傳文選樓。一瓣香升通德里，百篇書黜大航頭。侍御辨僞《尚書》及王肅僞《家語》及《聖證論》甚力，又精于文選學，皆見所著讀書録中。先生志節居然异，丹墨應同白簡留。河間寔事仍求是，作僞心勞獨子雍。漢學遂令無繼軌，家聲應亦愧追蹤。王朗《易義》，尚守前説。爰書罪甚何平叔，立異心逾邴曼容。誰識廓清功最大，一編吾欲拜儒宗。

葛林園吟社圖爲何文學元錫賦

葛林園中死友誰？汪子久已埋蒿萊。十年前，汪明經中客死于此。葛林園中富生友，首數何三及黄九。圖爲黄同知易所繪贈。黄生畫筆何生吟，我觀一一皆賞心。洞庭山人鈕匪石，文苑居然兼貨殖。何生手寫十四經，遺事近復搜西泠。生有《南宋逸事》、《西泠逸事》二書。花南判府秋槎令，陳通判及華大令瑞潢。畢竟以詩爲性命。君不見，葛林園，園號本以仙翁傳。仙翁雖仙出西晉，若較淇厓仍後進。

蘇文忠公新祠圖

八年兩度此中遊，學士祠堂久滯留。公有才名照天地，我同蝀蟀記春秋。前遊以冬今以秋，故云。四賢各擅千秋業，一客今眠百尺樓。如此風光難盡畫，卷圖先向夢中遊。

北山寄居圖爲華大令賦

巾子峯前路，多年作寓公。元卿三徑別，彌勒一龕同。使宅魚環樹，乘軒鶴就籠。他時商配食，應在水仙宮。

十九日將歸仍詣五柳居食魚

一風兼一雨，收盡樹頭紅。楊柳誰家宅，湖波四面通。曉愁明鏡裏，春夢麴塵中。處處難爲別，回舟揖白公。

舟過半山十數里中桃李甚開喜而有作

一半波光漾日華，紅雲都罩路三叉。謫仙尚剩雙青眼，消受人間萬樹花。

湖頭纔別兩高峯，又見層岩障碧空。一片山光水中卧，看他千百度花紅。

三日東風已盡開，韶光如此稱銜杯。桃花不敢賺行客，我自石梁南畔來。

長安鎮訪汪别駕淮 别駕字小海。

層層桃李夾桑麻，碧澗中看走白沙。我擊唾壺歌小海，桃花紅盡即君家。

廿年久住梧桐鎮，慣聽梧桐疏雨聲。奇絶小樓開一面，半宵能看海潮生。

石門道中

瀹茗未嫌龍井淡，煮魚新愛馬皋鮮。扁舟能向兇湖過，又有人分梅里牋。

廿一日雨過鶯脰湖

濛濛只向布帆零，過盡吴江長短亭。載得雨聲歸故里，三田麥浪接天青。

暫把蜻蜓艇子横，七層高塔隱江城。冥冥萬點歸鴉處，仍有桃花一樹明。

三月二日墨雲軒雨坐

一室此孤坐，驚風爲掩扉。萬年藤杖瘦，千葉海棠肥。仰屋苦無策，垂竿幸有磯。天憐吟客倦，入暮雨聲微。

輓王韓城師

規公我本爲公賢，丙辰丁巳，余從公值内廷，屢規公當隨事盡言，公雖不能從，然頗嘉其戇直。我受公知已卅年。胸有樓臺起無地，手栽桃李出參天。勳存麟閣梁邱賀，家傍龍門司馬遷。宰相狀元如合傳，文襄文定愧居先。公與于文襄敏中、梁文定國治，皆以狀元宰相值機廷，他日列傳，亦當同卷。

上巳日偶成

欄前纔歇雨霏微，挑菜湔裙計總非。一水碧摇人影瘦，萬花紅襯日光肥。閒從野叟求魚膾，冷向山僧假衲衣。世事却同梁燕語，謫官門巷客來稀。

寒食前一日獨遊城東作

東風緑偏城頭草，城裏花紅出城表。紅纔十日緑半年，草花轉比林花妍。美人湔裙不須水，花露濕裙裙色改。一月門前不放船，誰知屋外春如海。檥舟亭北迎春堂，三里路接蔬花黄。君不見，春人已老雛鶯小，眉月昏昏星點皎。

清明日早晴

清明寒食景尤赊，小巷東西插柳斜。却向曙華臺上望，一城新緑膩人家。
萬葉千條拂岸隈，銷魂曾記手親栽。空心老樹輸人壽，已閱周天甲子來。
東風落盡小桃枝，墻角惟看漾雨絲。寒暖近來殊不定，山茶紅到牡丹時。

即事

生年已六十，七十即眼前。遊即夜繼日，亦祇二十年。疾病既時有，哀樂復間焉。縱或心緒佳，風雨時連綿。所以值賞心，不復惜酒錢。何須返蓬廬，醉即壚畔眠。
南土稱什物，北土稱五行。百産無不儲，人以贍厥生。造物恩亦溥，四時擷菁英。至人處其間，膾細食必精。流傳及後來，衣食皆有經。于世無所裨，得不懼滿盈。自非建樹宏，定負生與成。
人生一百年，憂患及垂老。縱饒孫與子，聚首復難保。閒呼來膝下，不復别愚巧。詩書偶然課，粥飯幸粗飽。回思釣游侣，如我已覺少。猶欣筋力健，况值風日好。呼兒開衡門，防有客來早。
插架三萬卷，足供老眼觀。關心惟酒錢，常恐歲入完。所願畢此生，杯斝不使乾。肉食恐未能，園蔬冀堆盤。老友約二三，茅檐久盤桓。游談戒無根，立論貴不刊。庶幾千百年，治術此肇端。我言亦非狂，前有荀與韓。

三月廿三日偕施上舍晉戴文學綺宋秀才佳士登甯國府署北樓并久憩半月臺

殘春已到下弦月，約客同尋半月臺。屈指雨從寒食釀，自寒食至此，雨連綿不絕。舉頭雲向敬亭回。難隨太白騎鯨去，準待琴高跨鯉來。東望蓬萊一惆悵，劇憐我亦謫仙才。

寄胡刺史紀謨安西

受降城外偶裴回，三面山城盡草萊。電影白搜豺虎窟，花光紅上髑髏臺。疲民尚責多年稅，病馬仍銜去日枚。絕憶安西舊都護，艱難仗爾濟時才。

周大令鶴立出其六世祖明忠毅公玉印見示敬賦二律 印鐫「季侯」二字，公字也。

此身已碎璧仍完，磊落驚從劫後觀。八體書形雜科蚪，百年姓字比麟鸞。藏鋒尚起波三折，吐燄曾經嶺百盤。印久失去，令弟忽從嶺南購得携歸。忠毅硯銘忠介碣，尚留三絕與人看。余曾見趙忠毅公東方未明之硯及周忠介公所書石碣，與此而三。

印來血色尚零星，想見孤忠諍大廷。叔世宦多無黑白，季侯名獨煥丹青。死慚郭鞏顏何甲，生喜忠賢目少丁。真氣至今填四角，紐文猶作怒獅形。

周大令鶴立以近作見示復贈一首

近來平望數詩壇，仙史銷聲郭鬢斑。近聞史文學善長已逝，郭謂上舍郭麐。豈意水西亭子住，正逢淮左使君還。此才合宦蓬萊頂，何計留春芍藥欄。君送春詩最佳。心許詞名壓鄉里，吴江楓落句應删。

初八日李同年德淦招同周大令鶴立章徵君天育遊水西煙雨亭復携酒飲風光潭即席賦呈并邀諸君同作

夢中煙雨醒復晴，挈夢來憩山中亭。連山四面排雲氣，却值此停煙雨際。闌前一水摇青天，平視紫翠來無邊。新安縱説好山水，無此九曲屏風妍。飛花飛絮何淩亂，白鷺静將行客看。茅庵鐘磬寂不聞，人語寥寥落天半。此山此水黯欲愁，太白一去空千秋。琪花瑶草亦銷歇，誰復快意頻來遊。李侯約客真佳絶，顧曲周郎渺無匹。照影先驚東逝波，關心欲餞西馳日。四山中間嵌一庵，携酒更上風光潭。風光亦復不能待，暢好花月辭江南。今宵陰晴昨宵雨，來日居然氣和煦。四座先知客興闌，林邊屋角都飛炬。斜陽忽落波影中，石磴百級盤虚空。君不見，水西送客到水東，正好新月彎如弓。

雨止夜坐讀周大令送春詩却寄

寂寥空館劇相思，百尺回廊半畝池。撩客草香花謝後，燭天星影月斜時。閒中慰藉無逾酒，病後商量欲廢詩。誰似使君能寓感，十章先寄餞春詞。

城北晚步

所居鄰北城，日晚聊縱步。徑有百草香，廛無十家住。女墻頹數尺，隔水聞喚渡。人家奩鏡外，時見片帆度。正苦歸路迷，窗疏一燈吐。

偶經廢圃

跨水一橋橫渡，上樓百尺高歌。誰説池塘草滿，不如天上星多。古宅惟餘廢井，朱門久絶高軒。千歲髑髏多事，教他萬鬼千言。

琴士行爲趙司訓紹祖作

琴嶺百折琴水清，我前琴谿遊，早識琴士名。一卷金石志，歐趙無其精。爾來勘方輿，敢與彪固爭。君以將修縣志，先作涇事一卷，考核極精。君不見，琴高仙人住玉京，李白本係長庚星。一既跨赤鯉，一復騎長鯨，遂令山川千載黯無色。山魅水怪拍手大笑此地無英靈，山川之神聞之氣鬱不得平。彙此瀆嶽之秀陶鑄成君形，即如青蓮集内汪倫萬巨縱有情，可惜開元天寶寂莫無名聲，一代獨步竟讓青蓮生。豈如趙生胸積一萬卷，偶爾下筆揮灑尤難停。我披所著書，欲使神鬼驚。我唫所作詩，欲使蛟龍聽，光燄上燭已接青天青。昨爲琴谿歌，今作琴士行，水色澄澈山勢添峥嵘。更欲開瓊筵，飛玉觥，飲滿百盞神仍醒。然後左手挈酈注，右手携桑經，大呼山靈爲我闢此山水扃。我欲藉爾溯源，上考南江分江兩水以迄清泠涇。許慎言：「泠水出陵陽山。」班固《地理志》則以爲清水。其實一也。韋昭云：「涇水出蕪湖。」誤。當從《元和郡縣志》作「涇水出徽嶺山」。爲是辯，已見文集中。

哭紀尚書昀

乍入綸扉疾已綿，客冬纔啓八旬筵。最憐干寶《搜神記》，所著説部書至六七種。亦附劉歆輯畧篇。乾隆中四庫館開，其目録提要，皆公一手所成。絶域紀遊思往日，公曾以事戍烏魯木齊。甘陵植黨感餘年。公與余座師朱相國同里，晚年意氣不合，頗復分黨。鯫生事事辜公望，余受公知最深，期望尤切。一事同公是戍邊。

十七日雨中諸同人携酒至水心亭痛飲酒半月出喜而有作

水心亭遠植水中，欲往祇覺雲濛濛。望前望後復阻雨，清興兩度都成空。忽驚四面窗櫺舉，看月不成先看雨。酒人隔夜招邀定，水面居然飛百炬。初更以後薄露開，酒人喚月天上來。當頭照我舉百杯，檻外十里收風雷。前宵飛沙昨飛瓦，難得今宵雨聲寡。心兵門盡章徵士，天育。拇陣揮殘左司馬。瀛。涇東涇西煙水鄉，李白一去誰能狂。我曾從公謫夜郎，歸後痛飲誠無妨。君千觴，我一斗。君不見，汪倫萬巨骨已朽，我欲從公酹杯酒。

送友人出塞

握別真無奈，西南萬里馳。腰身良馬識，心事寶刀知。地角秋生早，天山月落遲。删丹城外過，爲我采焉支。

數日病酒左司馬瀛以花露見餉賦謝一篇

清晨客敲門，餉我花上露。酒人因病酒，幾日啖蔬素。滴露向酒杯，泠泠散成乳。携之到花下，花葉恍回顧。帘知香一滴，本向樹頭吐。拜貺已及君，仍應拜嘉樹。

查秀才敦倫屢以詩見投作此答之

日日危亭共酒杯，憶君家住水雲隈。南唐舊事吾能識，可夢黄山白嶽來。千年君可繼汪倫，愛客尤憐情性真。今日好山杯底卧，欲招殘月與同吞。

飲酒四章

飲酒不讀經，飲酒惟讀史。君不見，生王何得及死士，生王之頭亦本不如死。田横之客五百殉一頭，欒布對彭越，奏事不得休。足知一生一死心不變，何況富貧同貴賤。翟廷尉，名知人，拜官可惜還書門。左手挈一編，右手執一壺。嗟嗟彼姝，乃逢秋胡。嗟嗟樂羊妻，乃有竊肉姑。蒯家里婦本盜肉，束火轉欲追亡逋。如何蘇秦妻，反不逢金夫。屈原甫來歸，申申詈女須。不若軹深井里聶政姊，所見不愧烈丈夫。我欲大哭，我時欲大呼，旁有老叟偏胡盧。

一斗既欲盡，百盞亦已空。酈寄不賣友，賣友惟樓公。陳相不背師，背師乃逢蒙。如何兩千年，論苦無折衷。朱游和藥不愧烈士風，陳容一死已足追臧洪。君不見，阮籍登廣武，定當哭途窮。生逢典午時，久已無英雄。

人言飲量寬，今飲頗不豪。君不見，海魚長百丈，不作東海橋。大鵬翼垂天，不掩北斗杓。鯨鯢之智反不若烏鵲，鸞鳳之翮我視同鷦鷯。醉欲眠，歌且謡，醉中百事不能識，杯尚在手書先抛。

送春

涇南風物最宜人，積雨初晴漾麴塵。三面水亭簾不捲，百花香裏度殘春。

蹤跡

蹤跡頻年客五湖，喜傳消息過三吳。萑苻窟穴居然净，荆楚閭閻漸欲蘇。一輩究誰研實政，九卿多半習浮屠。衰慵已厭杯中物，駡座何曾學灌夫。

舟中午卧

鳥同帆競出林影，風與篙争著岸聲。惹得半時殘夢醒，舵樓高下響縱横。

桃花夫人石

枉將妾貌比花妍，石上桃花色可憐。何似望夫山上影，不回頭已一千年。

即事

雨與禽争路，禽同雨競先。禽巢猶未入，雨早壓巢偏。

同心曲爲楊太守煒賦

閣上雙棲燕，池中比翼禽。時時分顧影，兩兩結同心。同心人睇同心侣，其向春波作私語。兕央秋老梁燕回，却剩瘦影同裴徊。君不見，同心人勝同心鳥，夜夜羅幃怕天曉。

看花絶句

荷擎似錢小，荷露作珠圓。不及長庚影，光芒徹夜圓。榴火枝枝艷，霜林葉葉紅。無情偏有色，難殿百花叢。

夜泊灣沚

我共鱗兼翼，從風百里馳。川程魚不識，天路鳥能知。舟楫勢逾猛，飛潛力不支。夜來商共宿，應傍水仙祠。

過黄池遇友人下水舟

一船張兩帆，我船偏逆浪。但願三朝不落帆，送君直過黄天蕩。

烏溪夜泊

星辰庚，燈長明，照客旅夢三更醒。長明燈燼長庚黑，螢火復來光片刻。空明心地亦有光，静室隱隱同朝陽。

移泊黄家潭 時水没村塢甚多。

十丈湖波立，驚鱗瞰鵲巢。電梭穿地出，漁鼓逼天敲。影暗藏林薄，燈明露市梢。連村衣食計，都向水中抛。

五月朔日清曉舟行

空外雨如席，泠泠向北傾。乍看雲氣瞑，不礙日華明。野樹風烟飽，閑鷗身世輕。晏公祠畔路，應已動鳴鉦。

聞周太守有聲擢守黎平却寄一首

南北盤江此上遊，十年前記久淹留。黎平歲科并式。獸肥民瘠分三縣，地少天多劃一州。遷徙絶無明土著，威儀真軼漢諸侯。詩筒忙處郵筒簡，想日披襟坐郡樓。

溼川志館口占

莫笑衰翁鬢雪盈，著書纔了又吟成。平心不與時高下，舉足仍爲世重輕。調水符煩開士送，游山屐有野人迎。溼南溼北題應徧，却惹樵蘇識姓名。

同及門詠荷錢

東西南北罩閑汀，顆顆圓如天上星。甚欲數錢煩姹女，只防錢數有奇零。
預恐秋來要採蓮，田田不到四旁邊。一擎出水居然大，此是西京當十錢。
一箇荷錢幾露珠，露珠欲算要乘除。多應蟻鼻錢無數，不及三銖與五銖。

憶女紡孫

昨聞油壁返江潯，望眼勞勞直到今。不是阿邪偏愛汝，歸甯無母最傷心。

連日苦雨望水心亭作

危亭三日浸波中，南北街渠急溜通。今日市蔬憐道阻，小池烹到水屏風。

更生齋詩續集卷三

匡廬九江集

又六月十七日侵曉由涇縣東門至晏公堂道中作

木綿花緑渚花黄，一頃芙蕖白露香。誰把燕支染初日，未明先挂郭門旁。

十里亭邊暫駐鞍，枳籬茅屋足盤桓。新收一斛桃花米，却網溪魚勸客餐。

由問津處上台泉山

平塗行廿里，徑路忽峭澀。峰峰勢如墜，險與額相及。陰厓盡犀利，飛鳥難佇立。天風吹其間，空處恍呼吸。雲頭皆上聳，似作上天級。橋危劣難步，如鳥側身入。龍爪怒作花，排空攫人急。每于盤折處，偏有怪蟲蟄。經時方出險，與客天半揖。秋聲陡然下，涼雨入衣褶。落月下北岡，亭亭尚如笠。

由石山菴上峰頂升望江樓遺址遠眺

涉江苦憶山，上嶺復思水。爰生天半巘，直下忽無底。高低青萬叠，一綫碧沄起。山房時隱現，半陷石潭裏。幽客尚早眠，窗軒緑如洗。兹峰望休歙，鳥道亦百里。只怪鷹隼低，穿雲飛不駛。無嫌瘦筇瘦，且陟毁垣毁。崇禮闉縱輿，靈光殿仍巋。危梯久無樘，紫繡纏葛藟。想見夜半時，延緣上山鬼。

尋雲門及大士厓諸勝

石腹裂一丈，森然出雲門。陰厓黑如炱，雲氣驟吐吞。倒挂百尺蘿，絡此松石根。上與青冥交，下嚙雲水紋。靈蛇穴其中，濕霧亦暗噴。秋蟲語寥寥，似欲驚旦昏。斜接大士厓，石頂已盡髡。峰峰儼負扆，石石悉戴盆。小水大水滌，牻牛駁牛犇。莫訝石質頑，或者靈性存。我行思少休，檢此峯頂蹲。坐久語默忘，泥衣曝朝暾。

三台池泉石既奇松竹亦茂日午坐此久憩

地脉不上透，飛泉出三霄。淪漣倏已清，雲霧亦暗交。履石石盡虚，佇足恐不牢。居然諸峰低，承此飛瀑高。百竅悉作聲，玲瓏響如簫。雖非東西江，疑有子午潮。宵分龍氣升，豺虎不敢咆。遂令半里中，不宿鷹與鴞。一石儼伏黿，東西跨成橋。我從石梁來，至此意亦消。況有諸仙人，相隨共遊遨。酌兹成霖水，分彼雨勢驕。明晨歸山窗，看足龍雷鏖。時正午，聞雷聲。

訪台泉書院故址有懷亡友劉編脩汝謨

劉曾主講於此，屢爲言泉石之勝。二十年來，山長皆假寓縣城，不復至此，是以傾圮。

世間俗士不愛山，蹤跡苦戀塵埃間。丹房玉井任傾圮，老鶴弔影行空壇。當時築廬本迢遞，橫舍初開佛樓廢。讀書燈比長明多，夜半光景連星河。山腰別作藏書庫，書帶草香堪避蠹。尋常不接遊客蹤，雲朵往把雲門封。君不見，江公作令劉公客，時讀壁間江太守恂碑記，書院即太守宰縣時所建也。此事迄今纔瞬息。蓬蒿填徑蘚塞窗，雨洗斷碑餘一尺。鬱孤峯前路欝盤，雞犬倘復思劉安。山僧怪我善登陟，屢引竹杖穿頽垣。卅年興廢何可算，獨鶴仍爲老僧伴。天風倒挂百尺藤，却藉枯枝絡頽岸。

二更乘月歸縣

不覺雲門寂，秋蟲響一山。乍醒孤枕夢，來欵老僧關。竹暗藏危巘，燈明下澀灘。荒城烏鵲好，迎客即飛還。

吴生行爲昌言文學作

我來涇川已三月，儒流幸有趙左陳。謂紹祖訓導及明經煊、孝廉賓泉。問誰健筆最凌厲，近得吴子真畸人。吟壇有爾一夔足，遠軼萬巨兼汪倫。開元天寶好風日，可惜二子無遺文。我疑謫仙縱遊日，二子僅足撰杖兼携尊。遂令謫仙人，揮灑秋與春，目空四海無等倫。若使此人早在至德以後大歷以前，上追高王岑，下伍郎劉錢，豪吟痛飲縱不及謫仙。酒亦可半斗，詩可五十篇。青蓮先生有畏友，白日不敢吟成顛。桃花潭上花光妍，一唱一和三千年。汪倫萬巨拍手笑，放爾高歌作同調。我遊台泉山，苦憶李供奉，日午山房惜無夢。回頭視吴生，詩已過十紙。我與青蓮生，恐皆不如爾。我爲吴生行，兼寄陳左趙，才人學士一時少。君不見，山中猿鶴何足道，送爾高飛出天表。

向趙司訓乞酒

丹鳥紛飛白鳥喧，空堂坐到曙星懸。子雲亭畔無樽酒，懶向牀頭更草元。已飭平頭漉酒杯，觥船聞向隔江回。君無更賣連城璧，惹得秦人舉國來。

正欲遊水東適吴别駕台至先爲言山水之勝並約便道過菉竹山房因率成長句投之兼酬枉贈之作 吴曾官湖南通判，乞假歸。

我遊水西憶水東，苦乏地主難追從。今晨始復值判府，告我家在藍山中。門前一水曲折通，窗外萬竹何玲瓏。藏書手校五千卷，鑿牖四面通疏風。山經地志嗜成癖，早有萬古蟠心胸。時時得蹈古人隙，腕底傾寫如長虹。羨君緑髮青雙瞳，眼光透紙已數重。班生酈生蹤跡苦，未到目驗得不輸吴儂。篋中聞製涇水考，與我所見將無同。大藍山當官道衝，興到竟欲馳青驄，瀏覽勝蹟追仙蹤。我慚衰謝已非昔，足力尚足欺巃嵸。山靈待我亦已久，留住一頃荷花紅。荷筒香可作酒筒，一飲已過三千鍾。翩然飛下丹頂鶴，爲我侍立之青童。遊山奇福一歲得再逢，春半遊天台山。即此可傲天寶大歷諸名公。我遊欲借雙茅龍，世人不相知，謂我白日跨雨工。昔時南江流過此，乃挾涇與桐。東流到海忽已竭，遂使懸溜之處飛枯蓬，中江水涸由臺濛。不知南江之塞昔日誰加功？搔首我欲咨蒼穹。新涼日昨墜短篷，秋燕不語鳴秋蛩。芙蕖花好不來醉，江上待放秋芙蓉。坐君竹屋飲君酒，碧月正好光簾櫳。卧遊三日苦未醒，山頂飛下辰時鐘，欲別徑爾携孤筇。花徑十里不遺蒼苔封，意所欲到思騰空。君不見，蒼梧九嶷連祝融，八百里水磨青銅，洞庭君山龍所宫。君昔宦此何雍容，歸興忽爾如雲濃，驅浪萬斛浮艨艟。東江時有北渚鴻，鼓翼昨下南高峰，遠寄一札何怔忪。緑袍金簡促爾覲南岳，切莫青弋江上久作垂綸翁。

初八日夜雨後作

雨聲疎欲斷，枕上月華生。獨客醒殘夢，新涼入二更。芙蓉生静渚，箄箖響秋城。愛此閒中味，牀頭句復成。

吴家宗祠宋太平興國二年梓樹歌

一枝老榦八百年，譆譆出出壽轉延。前歲樹出火自燒，燼其一枝。根株雖老葉仍嫩，四出勁枝如布陣。年深力厚色益蒼，花色紅白占雨暘。花紅即旱，白即多雨。土人以此占歲。有時一歲兩舒萼，土俗競傳花吉祥。吴氏科名盛日樹，或一歲二花。五株青蔥一株槁，槁木猶擎黑龍爪。排空欲攫五色雲，裂穴尚生三瑞草。稜稜四月花無數，誤認田家紫荆樹。土人誤呼爲紫荆樹。呼名既使巢鶴驚，復恐南山特牛怒。老夫曾讀種樹經，細辨榦葉分根莖。太平興國二年植，可匹萬歲通天琴。孫村汪氏藏有唐萬歲通天古琴，屢約往觀。君不見，南遊歙嶺東逕水，植物靈奇孰逾此。欲繪南方草木圖，程家紅豆歙縣岩鎮程氏園，紅豆一株大蔭數畝，亦宋南渡時所植。吴家梓。

吴通判招飲于菉竹山房酒後復至沙岸步月四鼓乃返

千竿緑竹裏一房，竹外十里飛天光，天水盡處雲爲鄉。白雲英英時入抱，不住窺人竹中鳥，座上玉山齊欲倒。圓日乍落半月生，更向竹外飛千觥，竹影攔客何縱横。三更出門四更返，遠向長隄陟危阪，白鷺笑人歸太晚。山房一枕忘曉昏，蟲響塞砌風填門，凉月影浸詩人魂。

十一夜宿菉竹山房

一亭千琅玕，一砌萬蟋蟀。琅玕影已重，蟋蟀聲不絶。忽然孤枕畔，飛上半圭月。秋夢甫欲成，蠨蛸帳中出。

十二日浣花亭聽雨

一亭四面山，潭水出其側。清晨來聽雨，醉醒到日夕。猶欣松竹外，沙鳥如素識。客正喜看山，潛鱗出窺客。

吴孝廉文炳屬題友人所贈詩畫長卷

英夢蟾，前身畫師今必傳。張問陶，飲中仙人詩亦豪。吴錫麒、法式善，南北詩人一時選。久别吴嵩梁，近見伊秉綬。一一讀君詩，一一思我友。君來乘竹輿，君去携竹杖。一路到門溪水漲，明晨擬欲趁早凉，墨妙來看成親王。君近得文待詔楷書長卷，成親王爲跋其後。

十二日自茂林至古溪潘村登文昌閣晚晴後村人招飲景范堂作

古谿谿水何彎環，一閣正面齊雲山。齊雲山頭雲尺許，散作千家萬家雨。雨絲迎客到茂林，雲朵導我來幽尋。秋林百尺秋聲早，一閣三層出林杪。承流山外雨脚收，閣上夕陽紅不了。栽松作柱柏作榱，柱裂一綫穿春雷。三月中，有雷從閣下起，裂東北一柱乃出。頗疑閣底怪龍伏，雷斧劈處山爲開。春雷輟響秋雷起，宴客仍從雨聲裏。東溪菱栗西溪藕，更煮溪流作春酒。主人愛客客亦豪，百罰深杯亦何有。二更月出酒半酣，約客散步來溪潭。君不見，籃輿睡足客夢甘，谿月從我歸谿南。

十三日雨中宴含暉閣

十里灘聲四面山，好花多處掩層闢。青天窺客竹牀上，白鳥結鄰沙岸間。復性書從愁裡著，閒情句向夢中刪。沉沉夜色蕭蕭雨，不到三更客不還。主人喜著書。

自水東宿二水山房先至桃花潭上縱眺

事隔千年夢亦勞，獨來潭上看雲濤。謫仙與我同寥落，敝盡從前宮錦袍。

涇水南來日夜流，小樓剛嵌水南頭。山房有一樓，余以酌月名之。三更潭上秋雲白，我欲呼君醉此樓。

初更後雨止月出復泛舟至桃花潭夜半乃返

桃花潭邊月欲華，放艇忽若乘仙槎。順流半里即一曲，曲處正放秋桃花。踏歌茫茫客誰見，桃葉桃根恍迎面。汪倫古冢喚不應，洲上土人傳有汪倫墓。剩有采雲飛片片。墩名磊玉岡采虹，帆轉面面丹山風。山風回盪月初綠，盡掃雨脚歸長空。潭中赤鯉魚，岸上白鷺鷥。吹殘日綫吹雨絲，對客飛舞偏多時。君不見，千餘年來兩遷客，魚鳥可憐皆素識。一樣承恩宮錦袍，酒痕墨污無顏色。縱然袍污無顏色，落筆奔虹尚千尺。多少川程與陸程，待君詩與江山敵。我亦生還感主恩，獨遊疑屬再來人。三更潭底呼明月，恐有當時舊酒痕。

考溪書塾小憩

活潑田千畝，清泠水一灣。更看雲外嶂，知是歙州山。有屋皆依岸，何人此閉關。醉君三百盞，仍棹酒船還。

浮田歌

浮田百頃平如掌，千尺水流三寸壤，下有泠泠水聲響。山農以爲地，游魚以爲天。下層魚蛤中層田，上者復蓋蒼蒼烟。一風低吹萬畦動，穲稏連雲壓魚重。仰食禾根抵魚俸，雙竿作翼身何輕。農人播種時，腋下挾兩竹竿，不則有沉没之患。種地恍種天邊星，穀食顆顆如星精。雁來紅與雞冠赤，米皆紅色，有雁來紅等名。上碓人誇好顔色，不是世間煙火食。山農一歲皆倍收米可十石、魚千頭，米作常饌魚爲饈。閒觀我忽發深嘅，百年桑田會須改，此亦人間小滄海。

月下經澀灘

三門六剌流何急，下水澀灘真不澀。鸕兹鴨夾欲趁人，十里路長飛不及。

十五夜乘月自考溪放舟經澀灘九里潭諸勝二鼓仍抵桃花潭上醉中作即呈同遊諸君子

明月忽在左，明月忽在右。麻川南來合舒口，一灘前已去一灘。後復來潭折，九里何紆回。纔經澀灘西，方飲考溪酒。時考溪村人餉酒及饌。煮得空潭尺鯉魚，狂思十丈蓮花藕。帆檣險切雲霧過，口渴我欲吞天河。樽前一人爲我歌，青衣陸郎善歌。激得怪響生山阿。却思此夕真何夕，滿墮秋空月輪碧。東坡先生携二客，七百歲前遊赤壁。東坡遊赤壁在七月既望。東坡居士青蓮生，我疑皆屬星斗精。赤壁之鶴長江鯨，何不乘興來遊行。泠江風起江波小，江上夜半輒起風，土人呼爲泠江風。月亦愈增顔色皎。舟人呼客客不聞，座上玉山先醉倒。

二水山房酌月樓夜坐

一水分二水，三更入四更。無人共斟酌，飛雨入飛觥。

十六日由竹林菴久憩復渡舟至水東飲翟氏宗祠即席賦呈一律

茅庵久駐夕陽紅，更挂飛帆入水東。載酒船皆尋賀監，空村人出看蘇公。遥山氣結三層雨，古屋凉生百尺桐。多謝諸君能醉客，新晴歸趁渡頭風。

雨霽自落星潭上藍山

藍山新霽後，飛瀑下如龍。引客一雙鷺，扶人百尺松。古懷殊落莫，石屋暫從容。又復蕭蕭雨，前峰翠益濃。

宿聳碧禪林夜半大風雨

空山風轉如轉石，石勢何能與風敵。僧房正嵌石嶺邊，巨石下壓幽人眠。有時風轉石亦盪，無數雨聲來灑帳。五更風止眠始安，枕上突兀生奇觀。君不見，落星之石石已黝，何日上天重作宿。

夜半雨止起至寺後看飛瀑作

山房一枕勢喧喧，無數秋聲閣上懸。偶趁半圭殘月影，獨來巖上看秋泉。

十八日自桃花澗沿飛瀑行三里許望放歌臺以水阻不得上

我携一壺酒，欲上百尺臺。山神久已厭狂客，深恐李白今重來。遂放百道泉噴此，日午雷奔流十里。流泐洄高處，又復遮蒿萊。我謝山神莫相惱，我才非仙量尤小，昭昭赤日可作保。山神聞之已深曉，他日來遊屐應倒。

落星潭

人傳東晋時，漁父見落星。道元采傳聞，遂以注《水經》。至今空潭中，雲氣日夕青。我來面空潭，憩此山半亭。誰貽黄金鮐，潭古出佳魚，土人名金鮐。佐我白玉觥。天星憶地星，夜半潭上横。我吟龍潭詩，要與龍子聽。

聞劉少司馬躍雲予告歸里却寄一首

此福真難及，君恩賜鑑湖。乍看拋笏晃，纔敢憶尊罏。卿相兩傳久，君爲大學士劉文定公次子。田廬一寸無。誰將去官日，清節繪成圖。

自桃花潭回案頭祝蝦詩已盈寸並承諸君子合觴我于試院之冰鑑堂因率賦四章報謝兼酬朱司訓熀吴茂才昌言枉贈詩數

自著漁蓑輟荷戈，一旬連日醉巖阿。銜杯李白愁何少，伏鑕張蒼幸已多。梗斷總疑身泛海，瀾翻仍覺口懸河。諸君貺酒兼貽句，一字須傾一叵羅。少年意氣劇縱横，百事如今寡一成。東海客從西海返，出山泉抵在山清。纔看甲子逢初度，轉向庚寅憶始生。檢點年華要行樂，秋風昨夜到江城。憶綴承明侍從班，邇來蹤跡慣看山。遊完五嶽纔婚嫁，官到三天合退閒。蠟屐甫收干嶂外，蠹魚同老百城間。侯芭倘欲探奇字，盍待先生静掩關。四座欣看疊舉觴，感君略一述行藏。平生友誼惟東郭，少日師資是北堂。齒老祇堪同犬馬，墳荒終見上牛羊。諸公遲暮先愁死，畢竟還輸賤子狂。

舟過桃花洞

枕上青山過萬重，桃花巖外水溶溶。偶然清響激殘夢，猶是水西菴裏鐘。

江上逢舊友

江干逢故人，半里手即招。横風吹來舟，忽已隔石橋。橋東橋西路雖遠，風急仍將語飄轉。

八月初五日夜舟過采石獨遊太白樓作

人説先生在上頭，一樽挈得便來遊。慚余亦有千春業，輸爾高居百尺樓。曾走萬程同小謫，更遲十日已中秋。闌前好插雙紅燭，照此空江入海流。

石湖串月歌

東橋月，西橋月，碧玉玲瓏串成玦。前石湖，後石湖，星點歷落鋪成珠。珠光初稀月光膩，倒影射天天作地。全湖何止波影凉，江海蒼茫貢清氣。謫仙我本天上來，曾向桂闕時裴徊。最清凉夜最圓月，不飲亦可傾千杯。一更延回至二更，天水與月初分明。吴孃雙槳捷如馬，一一儼向空中行。□□□□□□□，□□□□□□□。簫聲隱隱墮閣頭，帆影紛紛出湖口。君不見，星光月影何零亂，玉忽同珠結成串。三更歸夢過虎邱，十里水光飛不斷。

題戴上舍延介除夕遊山圖

一片千人石，年除半客無。偏君携好友，來此訪浮圖。酒滿屠蘇琖，春生煮芋罏。詩成誰可質，欝壘與神荼。

嬾魚歌爲周上舍綵賦

太湖三萬六千頃，至少十萬漁人船。君漁獨以嬾爲號，得暇偶亦漁于淵。高低老屋傍澗阿，胯下時復喧湖波。盤飧不必出門市，鰷鱮鰋鯉穿厨過。抬頭縹緲峰，涉足消夏灣，君漁既嬾常閉關。庶幾鈕山人，樹玉。時復同往還。登君之堂把君盞，快食君魚羨君嬾。三更飛夢出北窗，去訪靈威丈人返。

鈕太孺人撫孤孫圖

孤蓬少歲苦無根，憶受皤皤黃髮恩。今日畫中瞻大母，依然同撫外家孫。余少孤育于舅氏，最受外王母知愛。

包山雜詠十二首

綠楊灣

雲從西南抛，灣向東北拗。拗得一港魚，齊飛入山島。宵分援樹獺，竟欲升木杪。想厭魚味腥，狂思啖山鳥。

歸雲洞

朝朝送雲升，暮暮望雲返。山雲何不歸，白日忽已晚。頗聞雲數朵，怯此三折坂。七十有二峰，此峰雲獨嬾。

石公山

我登石公山，石石悉不讓。石公同石姥，不叱石無狀。遂令高下勢，分占南北向。或者開闢初，此山先倔强。

天風峽 俗名風衖。

天風走下天，一峽束之住。山神張口噏，風伯赫然怒。風威纔欲肆，山鬼倏扃户。石石態可憎，稜稜齒牙露。

大龍渚

石石欲上天，石石倏去地。凌虚纔半尺，肩闊脛偏細。全湖三萬頃，吐納此厓際。時有五色雲，神虬吐奇氣。

消夏灣

已過寒露期，灣尚號消夏。蓮根與蓮葉，此景最宜夜。西風回地軸，林葉欲全卸。鳥趁缺月飛，移巢苦無暇。

明月坡

三更全湖青，缺月吐暗白。暉暉斜映水，光不逗山脊。魚龍以爲朝，鷗鷺以爲夕。各各逞厥奇，茫茫孰能識。

連雲嶂

直石高百尋，橫石長半里。峰頭排怪石，一一作城垝。連峰無寸罅，何處悟石理。三面看欲完，生雲嶂中起。

林屋洞

足拖一澗行，背負千尺石。石奇皆壓頂，水涸尚没級。身危沙礫裏，四面仍束濕。隱隱聞大聲，疑逢老蛟蟄。

翠峰塢

山青欲斷處，積翠膩一屋。山靈惜空翠，圍以深澗緑。疲蹤眠石上，暝色下古木。啄木時一聲，酸風注空谷。

雨花臺 時晚桂盛開。

半畝金粟田，馥及四邊巷。山深饒露雨，花色浮淺絳。橫枝入禪窟，直幹依法幢。夜眠桂子香，成團月中降。

三山峽 時以築黄河堤需青石，官符劚山幾徧。

昨聞河流衝，殃及具區石。芙蓉青萬朵，一一遭斧劈。奸民藉官符，劚及蛟蜃域。三山渺然愁，鐫殘水中脉。

廿三日自石公山至林屋洞遊畢乘大風度湖歷三山峽黿山諸勝抵東山緑楊灣宿

莫釐峰頂仙雲笑，三十三年客重到。不訪靈威訪石公，居然白髪稱同調。竟携風雷入巖壑，欲與蛟龍争奥窔。鸓兹一隊隨行跡，蝙蝠四邊磨孔竅。崖根曲折頻穿履，石筍玲瓏尤礙帽。洪流倒射肩先濕，白刃横排足能蹈。山外無山境益奇，穴中有穴形逾峭。鐫鑱一一疑神鬼，對峙明明挺犀豹。千巖日月埋光景，萬古坤輿抉靈奥。奇書縱向九地埋，逸客來承九天詔。要攀玉柱升元闕，端坐金庭讀真誥。更無祕笈與開先，只有龍威識神妙。空中似有山神迓，幽處疑聞水仙操。書攤七二峰頭曝，旨抉五千言外要。盤渦夜色昏同墨，出洞明霞赤如燒。銀濤復歷胥江口，赤日欲斜神禹廟。千重鼓浪身如寄，十里沿山首猶掉。帆檣歷歷斜偏整，衣袂重重濕難燥。柑香難療遊子飢，魁芋欲煮仙人竈。離波十丈鷗先訝，入峽三層童甫報。升巖屐響如飛爆，過嶺燈光恍原燎。須臾一陣狂飇滅，穩待四更殘月照。全湖蛟蜃齊出波，激得山頭客長嘯。

初三日生日自壽

朝簪脱後髮慵梳，落落人間老荷鋤。心識開天遺事古，詩編元祐罪人初。淵明詎肯閒情累，叔夜終慚涉世疏。誰佐先生生日酒，滿籬黄菊滿園疏。

是日初曙山輿從離垢菴至石門久憩

山雲出山我入山，相與覿面山前關。山關直上復三里，正見山坳白雲起。雲根斷處露石門，流水一折仙凡分。山人據石洗雙眼，九月水尚春泉温。山頭一月晴陽爍，對嶺飛泉僅如勺。回頭正欲眺下方，一片白雲蒙市郭。

徐明經雲路爲余寫巨區濯足圖綴以三絶句

鬢邊已帶天山雪，足底猶餘瀚海塵。洗向太湖三萬頃，分明波影認前身。

水雲凉入一絲絲，明月坡頭夕照遲。白鷺怪人箕踞甚，亦拳一足看多時。

種來金粟滿閒街，時有濃香撲客懷。正向危橋曝雙足，夕陽紅已襯芒鞋。

白雲洞

石門旁邊白雲洞，偪仄四山圍若衖。四山丁丁樵斧衆，人聲雖微斧聲重。攪得乖龍卧初動，九地九天飛惡夢。

離垢菴

離垢菴中水無滴，一月山人下山汲。下山盤盤百千級，白雲雖鮮晴不濕。鬬牖偷將露珠挹，空裏靈虬忽呼吸。

清芬閣

鑪香隔宿餤初微，瘦骨憎人鬢影肥。窗外水光都不看，《黄庭》讀罷寫《靈飛》。

蘋香館

唐園南去水雲凉，一片蘋花十里香。莫向靈虛問消息，月中仙斧劈人忙。隱括本事。

得伊太守秉綬書時聞于役海上將往訪之先寄一首

萬程與我同嚴譴，半道偏君荷主恩。特旨乍寬金齒戍，羈魂猶入玉關門。仍看五馬臨江渚，復感雙魚下使轅。投老相逢各如夢，且從海上泛清樽。

贈僧默可

背城三十步，四面水雲澄。似出人間世，來尋物外僧。徑留前代蘚，塔隱隔宵燈。何止談空好，詩參最上層。

九月望日西關水榭看菊雅集主人出歌姬度曲爲壽即席賦贈一首

古岸西頭竹結鄰，已凉天氣忽尋春。半坡秋水三更月，百種名花一麗人。時有細香穿曲樹，不妨疏影替横陳。歌喉串串圓如豆，頻惹衰翁酒入唇。

待風凌江閣口

仙人已值上清宫，時閣中道士已入直天壇。門閉蕭蕭葦荻中。曝得白鷗秋夢破，蓼花紅外夕陽紅。

揚州登文選樓

隋唐開選學，曹李各名家。一郡人材集，茲樓歲月賒。户通金屈戍，城傍玉鉤斜。此日南州彦，誰堪號五車。

九月十九日偕汪布衣鯤江秀才藩林上舍鎬至平山堂北萬花村訪菊率成五絶句

兩年頻到萬花村，衣上分明舊酒痕。枯得岸東楊柳樹，小樓當面見朝暾。

平山堂北水雲寬，一晌西風送早寒。胡蝶翅黄花蕊紫，白頭人倚玉闌干。

節展重陽天展晴，過江客亦展行程。雁來紅外秋棠底，留聽寒蛩三兩聲。

東西各歷軟紅塵，共向邗溝話昔因。吟到白頭江令句，時汪君誦其少日所作「斟酌橋西舊酒樓」一絶，余爲擊節者再。悲秋纔了又傷春。

肯從物外事幽尋，憂樂相關鬢雪侵。閒與古梅商出處，早春顔色後凋心。

焦山贈張上舍崟

四十詩人張夕菴，别開小閣蒜江南。秋林萬葉紅如海，蠟屐閒從醉後探。

荷戈人在夕陽邊，張君曾爲余作《萬里荷戈圖》，極佳。宛馬如龍不著鞭。欲貎洪濛萬年雪，别施輕粉寫祁連。

張司馬鉉介其弟上舍以台蕩黄山及匡廬詩見質并先爲言

香爐瀑布之勝率贈二篇

松寥閣底話斜曛，已夢鑪峯頂上雲。欲挈天台赤藤杖，與公同訪武夷君。

名山處處不相逢，君住支硎我翠峯。君後一日遊支硎時，余已抵東洞庭矣。閒話鑑湖千頃月，海門剛打戍時鐘。

答松寥閣僧海峯

桑下曾留三宿蹤，剪蔬摘果話從容。門前萬斛濤如沸，不礙山僧左耳聾。

月波臺晚坐待月

一山初沉一山出，無數好山銜落日。殘陽欲墜星點横，人定月向山腰生。斜陽殘黄月殘白，凉暖樹頭分頃刻。神魚拜浪豚拜風，相與出没波濤中。松寥山深漏聲遠，夜色忽從黿背轉。鸕兹鸂鶒隊不全，鷗夢却與江波圓。

贈方丈僧秋屏

下弦殘月叩禪關，却喜枯僧去已還。時秋屏亦適從邗上歸。黄葉亂埋京口渡，紅雲昏擁海邊山。雪中鴻爪行誰定，壁上蝸涎句可删。尺五浪花争出没，野鷗何似野人閒。

待風半日獨至山後望松山寥山久憩

風急仍爲半日留，嬾居山榭泊江洲。鷹同獺占東西嶺，浪與人争出没舟。沙點亂埋樵客脛，雨絲時落野雲頭。茫茫北望真無著，隻影先隨大海浮。

雨止行山後

茅菴何似講堂閒，挈杖寥寥自往還。翳得秋林萬黄葉，雨中行盡北頭山。

舟過黄天蕩作

舟人競説黄天蕩，一點風無三尺浪。清晨棹出沙漫洲，似向大壑中間浮。天青四下垂無地，龍氣直衝霄漢氣。殘蟾欲墮曙色升，一點棲霞影波際。西來采石東金焦，沙漲都欲連州橋。尋陽九派自天落，惟此一折喧驚濤。千餘年來發深嘅，南江中江不歸海。麻姑何暇笑滄溟，此亦桑田屢遷改。四瀆合兩瀆，三江成一江。近聞淮與河，日夜相衝撞。勢必合此江淮黄，巨浸險欲無南邦。昔時揚子橋，今作揚子渡。中流一日值北風，徑指最高峯下路。東沙漲與西沙連，土人歲歲争洲田。天公亦似患人滿，時闢龍館開人煙。風帆直上真如箭，夢裏皖公先覿面。蕭蕭瑟瑟枕上聽，萬頃蘆花一行雁。

泊舟儀真城外喜晤蔣表兄馨

曉泊真州堤，偶憶素心客。濛濛雲氣外，呼僕落帆席。經秋不相見，頗喜好顔色。爲言人事改，升斗未嘗得。羈孤同旅雁，辛苦爲謀食。故人今賃屋，住我小樓北。歲晚倘過從，斜橋雪盈尺。

晚泊棲霞港望最高峯追悼詩僧慧超

晚泊棲霞港，茅菴不斷鐘。四更殘月影，一抹最高峯。苦憶三生客，驚枯六代松。古碑何日立，墳墓已全封。時已爲寫墓碣，屬焦山僧秋屏立于此山。

雨雁

一行江北雁，冒雨過江飛。乍掠漁郎浦，來尋燕子磯。煙雲圍矮屋，蘆荻作秋衣。却恨粱禽返，餘糧不共肥。

雨中望幕府諸山

遥天十重雨，曉止下三重。别有七重霧，分埋南北峯。墨光團鳥雀，寒氣裹魚龍。夢入仙山裏，愁雲影亦濃。

即事

空簾吹雨絲，日出飛鳥外。雷聲驚屋角，電影收亦快。驚心秋已盡，溽暑尚難退。青霜何時零，白鳥仍作隊。冥冥天北際，一角又全晦。坐久夫容花，成團與相對。

舟中讀黎明經簡詩跋後

黎侯遺此一卷詩，令我十日讀不止。雨龍入海鱗甲青，風鶴搜天翅翎紫。平心似嫌今古速，快意復恐塵寰促。狂思三萬六千歲，歲歲鶯花不重複。又欲身代東王公，妻代西王母，君有贈婦詩，極工。雙成采鸞指使不得休。一侍臨書一温酒，筆下似有千條蛟。一百萬匠爲鐫雕，樓臺窗牖無一世。人式更就四瀆駕起五嶽爲長橋，茫茫昧昧信手題。落筆時瘦時仍肥，肥若鼊足瘦鹿蹄。冠苔衣蘚襪蒺藜，立志不用雲霞衣。黎侯四十南海頭，五十我返西南陬。馮敏昌。張錦芳。趙希璜。李符清。皆素識，獨汝一面終無由。昨來入我夢，對面識不得。眼如落月黄，面若春雨黑。鬼光人光離一尺，人光欲前鬼光匿。我不畏鬼爾畏人，或者我尚饒精神。若論萬刼名不改，我即爲神亦慚鬼。黎侯黎侯爾何在，乃使東海奇人畏南海。

泊三山值大風

三更東南風，忽復轉西北，吹得稜稜樹頭直。枝枝葉葉風已刪，老榦不與巢相關。宵分獨鶴往復還，白月白飛丹頂丹。蒲牢身從五更吼，一寸嚴霜雪同厚。西梁山北起旱雕，作勢欲拍潯陽潮。

偶成

伏几偶有暇，即欲思幽尋。豈真好遊山，藉以消壯心。古陰惜分寸，我轉惜瞬陰。即此一瞬中，足抵千黄金。昔人去悠悠，白駒逝駸駸。頫仰即今古，悲歎何能任。少壯倏已過，惜此垂老期。垂老何所爲，程功日孳孳。不惜心力疲，但恐歲月馳。晨編映曙光，夕簡隨星輝。不作無用言，冀以酬所知。丈夫處衡門，會有藉手時。冬窮春復生，仍將事東菑。古來明達人，頫仰無所忝。劉生既枕戈，原伯甘伏劍。明明晋荀叔，不使言有玷。大都忠與孝，一往無轉念。倘計利害深，中懷定多歉。林禽珍羽翰，志士珍心肝。心肝亦區區，義憤所欝盤。一朝恒榦摧，韜以七尺棺。甯充虎豹飢，不作貍鼠餐。栽松作墓門，立柏作表垣。貍鼠已遁逃，虎豹尚踞蟠。驚看蓬蒿中，挺出青琅玕。

蕪湖與友人别

抗手不得下，持爾一杯酒。挂席十里行，酒杯猶在手。北風吹酒酒色寒，酒面淚落紅闌干。江魚張鬐欲迎客，紅淚茫茫落魚額。

五鼓江行

漏盡潮升落，川岐路渺茫。誰言五更短，已夢百年長。暝色争雅黑，蟾光門葉黄。半宵忘世事，心與水雲涼。

即景

山禽攔客夢，不使入山坰。白鷺復遮客，招邀入遠行。半程風轉急，一客卧初醒。永夜歌天問，寥寥燭影青。

舟中望九華山

名山一例青，青色此獨活。餘山仍貢翠，漬及林與樾。蒼然纔破曙，光已燭天末。濛濛紅樹影，一一厓上突。江行連日夜，面面看凹凸。一峯一薂萼，九嶺九仙骨。連天雲作被，匝地霰生襭。陰厓排五老，眉宇各超忽。青看一峯顯，青復一峯没。眼底青甫完，意中青欝勃。

紀夢

夢中得三四兩語，因足成之。

記泊樅陽郭外洲，偶然飛夢越洪流。一山花影一山月，大海盡頭天起頭。

將遊匡廬先柬九江太守方同年體二首

我爲陽羨書生老，君比江州司馬尊。南下似隨彭蠡雁，西來不污庾公塵。一麾出守憐同輩，雙屐看山剩此身。豈是折腰吾最嬾，品題花月要閒人。會試同門存者五人，四皆出守。

離家頻覺鬢毛添，所喜無人責米鹽。事外更休譏阮籍，酒中今已得陶潛。三畬四嶽遊曾慣，九派雙江跡未淹。别有繫人清夢處，香鑪峯頂水晶簾。

江行過太子磯

九派茫茫内，居然峙一拳。磯同開母石，波作濯龍淵。文體尊當代，家聲拓再傳。無由致虔謁，風緊峭帆懸。

遥謁昭明太子祠

百里遥遥接馬當，祠門開處見樅陽。一家詞賦同前魏，半壁江山啓後梁。初地自銷兵燹劫，選樓應築水雲鄉。我來鄭重摳衣謁，六代文章一瓣香。

華屋篇

人居華屋，從無百年。自歸山丘，歲時綿綿。綿綿之樂，勝于華屋。日入崦嵫，而出暘谷。出不必喜，入不必悲。任天而行，我何預爲。我不食肉，何以得辱。我不飲酒，胡顔之厚。東溟益深，南山益高。今我不樂，山川獻嘲。

二蟲篇

惟蟲有蠶，衣被海内。惟蟲有鼄，網羅同輩。一含生氣，一具殺機。雖同吐絲，趨向本岐。鼄不殉網，蠶則殉繭。報施明明，善惡奚辨。

舟泊古廟灣

秋水灘頭已上星，半間茅廨足居停。碁枯漫算千年劫，廟古猶餘一歲靈。没字碑歆誰刷墨，長明燈燼尚含青。山僧到老仍無識，諱説神肩説佛肩。

舟過大雷口

席捲江南雨，隨風入大雷。鵲聲飛若箭，魚浪蹴成堆。書向閒中寄，帆從夢裏開。商量看匡阜，潮已九江回。

江行值雨

飛雨若挂席，欲落仍未落。一席入江南，先驚暗郊郭。停杯無頃刻，叠嶂已垂幕。洶洶雷拔地，凛凛龍嘯壑。行經六百丈，風勢益開拓。欄前竄鷗鷺，竿上攫雕鶚。今夜一葉帆，應從何處託？

望建德諸山

東流南下數坡陀，建德千峯夕照多。風力乍剛舟底軟，不妨穿浪共魚梭。

大風不得泊舟偶作

茶餘正欲思午卧，惡浪如山枕邊過。案頭偶挈一卷書，船自低昂客安坐。此來愁水兼愁風，閒把碎事咨篙工。江潮初落客亦慵，夜夢已上香鑪峯。

初六日蚤舟過馬當 余以癸卯年自秦中回，道出此。

二十年前客，重來過馬當。樹猶同我瘦，山亦笑人忙。詞賦今誰健，煙雲昔已蒼。好風如許借，明日抵潯陽。

舟過小孤山以風利不得泊率賦一篇

我從金焦逆浪西，吉陽黄石皆危磯。忽驚天半落高髻，目所見者兹尤奇。藐然獨立天水際，奇在四邊無附麗。山僧居山五十年，知有青天不知地。寰中落落殊寡儔，只有砥柱居河流。一排濁浪一清漲，河伯海若都難讎。君不見，天門山亦江心柱，畢竟傍人門户住。一岸于湖一歷陽，縱然離立難軒翥。平生最薄樓君卿，五侯盛日咸饋鯖。朱門散後亦潦倒，低目俯首隨人行。兹山特立真吾友，面面看山舉杯酒。一拳俯瞰即東溟，數點蓋頭惟北斗。宫亭湖接桑落洲，明日合上潯陽樓。眼中餘子尚千百，一笑誰伴匡山遊。飛帆欲落仍未落，風利應知不能泊。香爐峯頂客復回，蠟屐商登最高閣。

是日晚泊舟金家漻回望小孤山作

潯陽南岸小孤濱，似畫江山月色新。大地亦浮何況我，北風如吼欲飛人。微茫檻外蒹葭雁，檢點樽前笠屐身。語笑漫言冬序冷，圍爐活火試燒春。

初入匡廬山

清遊逮凌晨，客夢已如昨。初途遵新塘，青氣溢城郭。峩峩匡廬君，雲外已飛落。雙峯挺奇峭，五老散枝絡。自此嶺萬重，皆從筍綦拓。豐隆霹靂車，盧敖轆轤屩。騰巖争奮迅，劈嶺益錯愕。蒼蒼意何居，于此震虚橐。衫裳既全委，猨狖殊可搏。天風莽回盪，大氣自蟠礴。南瞻隘衡湘，北望小灊霍。盥手告上真，兹當作南嶽。

過西林寺飯并望香爐峯拜經臺諸勝

一峯雲中欹，一峯雲外礙。峯峯隨意轉，各各逞向背。思窮旦晝晚，看徧頭腹背。天門有時敞，地穴或全晦。峯巒頻出没，日月驚破碎。杉奇超覩記，鶴壽迷世代。臺疑捫膝坐，客亦聳肩對。餘山千萬頃，青翠都割愛。静看香爐峯，雲煙起爐内。

由石門澗日昃抵報國禪林宿

清晨出城南，日晚宿山半。江城望兹嶺，不啻出霄漢。甯知天地高，俯此若童冠。三層雲霧接，一谷羅綺焕。横峯支危檣，直石立削岸。翠雨屋上飛，清泉竹中亂。空明禮星斗，齋肅手先盥。回看斜照没，始覺來路斷。時有五色煙，山僧夕將爨。寺前一峯，俗名帆竿石。

凌晨自錦澗橋登峯頂寺歷觀天池文殊臺聚仙亭諸勝

一綫蟠十里，危崖接青冥。初陽尚未升，甫落頭上星。濛濛萬重山，盪此天宇青。危樓揖高真，頫厓瞰滄溟。兹爲天帝居，何止仙人坰。東西兩香爐，拱此若闕庭。窗軒偶然開，雲霞倏已扃。一勺水倘嘗，百日醉亦醒。窮冬十月中，花木尚散馨。回途戀清暉，十步亦九停。仍登凌虚臺，題篇謝仙靈。

從天池至佛手巖久憩并尋訪仙亭白鹿升仙臺故址

一拳危支天，一掌狠擘地。何年巨靈手，劃此天地際。巖潭毛孔潤，松竹紋絡細。真同指南針，南向指銛利。瞿曇三五輩，並就掌中憩。周圍風竇裂，高下雲液膩。森然排玉爪，曲折走青氣。名泉試清冷，石屋訪靈異。廊長無燕雀，鷹隼亦齊避。却望北出峯，居然掉肩臂。

過黄龍澗抵黄龍寺宿藏經樓

一山千長松，松古悉垂瘿。森森諸異木，松外復高挺。青蒼莽回互，亂没衆山頂。疲蹤投傑閣，無異入窅井。高寒信難居，烏鵲已無影。森嚴繙佛藏，蕭瑟豈人境。須臾半圭月，南北逗光景。東行倏回踵，西望仍引領。天籟時一鳴，如同漏聲永。閒房燒栢子，襆被尚奇冷。夜半天池鐘，泠泠發深省。

度横嶺至棲賢寺 寺外即龍潭及三峽橋。

十里及横嶺，十里及古寺。雲霧影乍開，龍雷響齊至。千巖束一澗，至此忽奔恣。朝赮紅紫冒，夜壑蒼翠漬。驚兹百盤溜，時墮九霄翅。巨石不畏天，排空儼吞噬。三門倒翻軸，五老順排次。停驂遲輿夫，奮袂入亭隧。荒荒堆梵篋，一一藏舍利。寺僧出舍利見示。偈言盈四壁，所苦涉詞費。潭虚目尤眩，石墜項驚避。籃輿百千折，直下苦無地。陟險望始驚，空潭走龍氣。

秀峯寺看飛瀑并久憩白龍潭夜留宿七佛樓作

門前三峯肥，屋後兩峯瘦。空青幾層撲，濃緑萬重皺。如論形峭拔，前嶺實輸後。汹汹何隆隆，絶頂出懸溜。目眩耳久驚，心清齒先漱。何年滄海水，走入此巖竇。千春恣飛灑，一滴不滲漏。光明成世界，終古同旦晝。危厓既圍合，衆壑亦奔凑。雙瀑合一流，千絃恍齊奏。尤驚飛練白，襯此巖石黝。平生耽勝賞，似此實奇覯。伏枕夢亦驚，蛟螭帳中吼。

過瞻雲寺憩，晋王右軍書。堂復至寺後，五里訪玉簾泉。繚垣長萬仞，古木聳千尺。匡山諸古刹，此寺最雄特。東山名士舍，西域化人宅。毫枯先作冢，硯涸尚留墨。頗聞千葉蓮，仍帶筆端黑。玉井穿地虚，金輪亘天直。凴虚揭簾旌，蹤實訪泉脉。波光醒塵夢，鑑鏡照疲客。世去總不停，茫茫判今昔。吾宗恣游戲，壁有宋黄庭堅及吾宗洪芻題名。彼教耽寂滅。題此釋藏名，聊同勒厓石。

廬山道中雜詩

古寺東西入望遥，兩枯僧塔傍溪橋。天池長老忽飛去，一卧居然十二朝。釋慧持開天池後，即雲遊羅浮入古木中，至宋政和中復出，見徽宗所贈四偈。

半晨先已陟峯巓，便有空江落眼前。高下草香三百步，上天梯子軟于綿。

託鉢臺前劃界松，東西虬榦指空濛。懸厓直竪八千尺，下有白雲藏白龍。

黄龍寺外千章木，异種都從西域來。只我亦留衣上翠，萬松穿盡入輪臺。萬松塘，在巴里坤入烏魯木齊要道也。

紅紫千條翠一條，窮冬猶勝百花朝。棲賢寺外三山峽，五老招人過石橋。

七佛樓前夢未安，十三月墮四更寒。支頤碧玉闌干上，看足頗黎世界寬。

籃輿七尺卧如船，行客無端傍逝川。百轉千回總難住，愁看一道出山泉。

九點匡山九點煙，緇殘衪笈詫飛仙。何時五老超塵劫，白鹿居然早上天。

歷盡潯陽至阜陽，看山看水一旬忙。宫亭湖上三更月，人與魚龍徹骨涼。

日日禪燈傍法幢，籃輿行倦入吴艭。此來怪底歸裝富，九叠青山九派江。

十三夜乘月登南康城樓即贈周明府吉士

城古逼雲根，茫茫九派吞。渚沙摶左里，湖浪脅南門。一郡風聲峭，三州嶽勢尊。使君清興好，先此肅離樽。時明府餉酒。

夜宿星子行館

星子山城小，寥寥六百家。一軍營孔道，五夜起悲笳。佛火烘簾冷，仙山入夢華。恩恩雪鴻爪，淺又印湖沙。

抵白鹿洞書院

名山尚占師儒席，不作西來選佛場。奏艸我欽唐諫議，傳經誰似漢賢良。四朝石墨圍吟几，九派江聲入講堂。白鹿已仙元鶴去，藥苗猶與客争長。

周明府陪游鹿洞供帳甚盛率賦一篇志别

松杉開合洞門幽，白鹿仙蹤逝不留。只有使君真好古，遠陪謫吏一來遊。平生志節慚槐里，絶域文章號柳州。正是耳空心寂處，眼中百道出飛流。明府，柳州人。

十四夜遊白鹿洞乘月至郭嶺村宿

身離九峯雲，尚帶九峯月。九峯明月鎮隨人，伴我清凉寺橋歇。潯陽南岸宫亭左，佛火參差雜漁火。離觴兩日苦不醒，枕畔零星砌山果。此行山水都已經，明日欲詣琵琶亭。庚公樓上一盃酒，夢裏飛帆出湖口。

十五日五鼓度吴鄣嶺

忽覺白雲白，蓋此青峯青。回頭五老亦不見，惟有濤響摇青冥。玉盤未墮金輪早，一片黄金顔色好。半晌天風霧掃空，九峯端正排雲表。鳥飛不過人徑行，鳥與人鬥腰身輕。嶺頭濛濛蔭松立，正面復與匡君揖。

登九江城望琵琶亭

事隔千年夢未完，青衫紅淚尚難乾。休憐商婦舟中老，絶勝明妃馬上彈。一種琵琶成絶調，九秋蘆荻響空灘。無邊風色無邊月，輸與征鴻冷眼看。

過湖口望石鐘山

久聞湖口縣，欲上石鐘山。薄暮風差緊，清蒼嶺未攀。大聲和月卸，淺夢逼雲還。只有檐鈴好，終宵欸客關。

十八日守風華陽鎮因步行二十里至雷港訪倪進士模即席賦贈

十年京國悵分携，遷客行踪恐久迷。小艇到逢圓月上，故人家在大雷西。眠遲頻剪風前燭，話舊驚聞夜半雞。我住匡山已多日，新詩欲向草堂題。

雨宿倪氏雷岸讀書堂兩夕

廬山九朵雲，化作江南雨。欲挂東下帆，北風殊未許。

秋江夜泛圖爲估客題

江寬紙窄四十里，一點帆從荻中起。洲形北指如旋螺，曲處仍藏萬頭鯉。萬頭鯉上萬點鴉，中有茅屋漁人家。開門新月已半斜，紙上隱隱吹清笳。一人科頭一人裸，更有一人斜撥柁。秋江盡處煙樹青，似有山鬼行伶仃。

獨松行 在宣城灣沚，土人名一顆松。

村人導觀一顆松，歷盡千松總難見。忽然濤生絶壑底，瞥爾一松生對面。岡周百步松千步，松矮如人爪森布。松身既矮難上天，入地根株莽回互。面東不向東岡出，矯首欲逐西馳日。松身雖青爪牙赤，爪得夕陽紅似血。此松曾未五百年，偃卧已學高人眠。蟠根倘再百餘歲，逸榦已出涇江前。石人峩峩當道左，指地云銷地中火。地火屢灾田禾，土人劚石人壓之。陰陽生尅理或然，左右一望皆平原。此松既獨石亦獨，足底東西走黄犢。君不見，客行足繭千山中，卧穩欲學蟠根松。我呼石人石不語，一晌松青落如雨。

跋蘇文忠公遊廬山詩後

青蓮四十九，甫謁匡廬君。子瞻亦卅九，始擷廬山雲。我齒逾十年，天闕亦竟臻。鴻鵠雖遠揚，麋鹿亦可羣。青蓮逮今時，倏已千餘春。庶幾三謫仙，配此五老人。

黄崀山

兹山何嶔崎，積勢走百里。山腰圍萬井，如墮土囊底。高寒林木少，秀乃出石理。中峯尤塹絶，曲折不升屐。森嚴回地軸，岃傑配天體。排空日月燭，似出山腹裏。青氣被一山，峯峯浄如洗。玲瓏圓石竅，時有怪雲起。黄田暨丹谿，分踞石腹尾。破曉鐘一鳴，千扉豁然啓。

十二夜同人至丹谿步月久憩大石山至二更甫歸時陳孝廉寶泉已醉卧矣

半石出水半石沈，人坐半石聽鳴琴。谿聲如琴響不絶，忽復千步同幽尋。青松何肥客何瘦，月露洒衣衣覺皺。石梁頹處徑欲窮，却有危磯入波湊。人聲既寂燈影遥，笑語總向松間飄。穿松入竹途誰辨，倏忽出林人影見。橋危魚貫甫得過，倒影真同一行雁。初更出門歸二更，百步先已聞呼聲。君不見，客行不愧陳驚坐，如虎鼻聲堂北卧。

自方山脊西行二里許訪胡孝廉琦種松書屋即上山頂久憩仙人石歸途復至孝子祠看古栢率成長句

一山土戴石，一山石戴土。一山土戴石益奇，巨石中間劈雷斧。有時土斷石欲浮，石復戴石同昆邱。怪君詩筆最森峭，五岳盡立君牀頭。門前片片山雲落，屋後松濤響如瀑。君家山好不出門，松自成林石成谷。六客踞坐一客眠，一客欲去松蘿牽。松身離石更夭矯，拔地竟欲摩青天。閒中七客忘言久，静煮山泉當山酒。閒披一卷石上詩，時閱孝廉黄山詩。奇石頗能點頭否？離松閱柏入路歧，歸路正好沿丹谿。更闌客醉月亭午，入夢松身柏身古。

登石巖山即贈寺僧心一

黄崼山陰接翠濃，上坡雲樹已重重。孤僧似否支離鶴，一石先成縹緲峯。澗水盡頭藏兩寺，夕陽多處飲千鍾。時踞獨石飲酒。醉翁醉後頽唐甚，竟欲肩隨五老松。

丹谿九頭松歌

一株一頭合九頭，頭悉欲向雲中浮。三頭稍卑六頭仰，似向松身分少長。頭頭高出一指東，眼底直欲無高峯。排空時轉日月燭，力厚竟能回地軸。虬枝欲上仍未上，四下天青若垂幄。年深歷盡冰霰霜，笑問九老顔何蒼？飛泉時挂千尺練，冷翠尚蔭三重岡。茫茫歲月奔馳速，材大偏教卧空谷。過嶺濤頭尚有聲，入雲枝榦都無曲。何時得值丁令威，化作老鶴仍來歸。君不見，溪風蕭蕭月皎皎，夜半驚聞九頭鳥。

十五日黄田朱明經瑶招飲德星堂醉甚回卧松竹軒看月作

一飲歷四時，自午遂至酉。不知迎門月，待客亦已久。人生何時不可醉及睡，可惜當頭月相待。山山浸入白玉盤，松竹都同月中桂。煮泉不足思煮冰，酒及三斗茶三升。狂來欲上最高嶺，月正當頭天壓頂。

乘山飛來石

一拳奇石壓山巔，作勢雖高未傅天。只我尚非皮相客，此峯應號肉飛仙。雲頭乍落驚棲羽，松頂初平出爨煙。已覺上坡行十里，欲從高處望黄田。

乘山寺 有東西二房。

山半招提好，東西各掩關。酒香團作塢，雲氣合成山。澗吐流泉膩，杯浮落照殷。悤悤客歸去，誰似老僧閒。

飲中八仙石歌

山頂有巨石，甚奇，圍廣一畝。同人携酒飲其上，却得八人，爰名爲飲中八仙石作歌，邀同人共賦。

乘山石大皆如屋，此石尤奇生使獨。飲中却復得八人，危坐石上開清尊。酒人欲醉眠難起，一萬峯巒生脚底，上窺天頂下俯淵。頭上壓酒星，跨下出酒泉，天影淡淡泉涓涓。山前十萬人家好，幕地席天看數老。酒人既醉天亦愁，恐有奇篇壓山倒。玉山樵客醉欲顛，謂胡孝廉琦。更有鳳石稱頑仙，陳孝廉實泉不能登陟，即坐石上以待。餘者盡向峯頭眠。俯觀頌經臺，踞視飛來石。玉屏風外霞色鮮，更訝石城雲半赤。銀蟾未上金烏西，十里山轎忙如飛。吟成一篇傾一斗，又醉德星堂上酒。

新豐柯村謁忠宣公祠

文惠公弟八子楰始居柯村，今舉山前後子姓已有萬家，特邀余往，因爲留一日乃别。

六百年來此謁公，冰天雪窖記曾同。人傳蘇武居區脱，我逐張騫事鑿空。公所至，乃漢時北單于道。余出口至伊犁，則呼韓邪南單于道也。九死未忘酬主德，半生敢説有宗風。葛仙嶺畔祠堂好，一樣溪山入畫中。杭州西湖亦有忠宣公祠，與此並擅山水之勝。

望舉山作

舊説尚書塢，五代時，有洪允章尚書隱居于此。今成開士居。結茅千載冷，入室一燈虚。山半有祖燈菴。黍谷陰森似，冰天涕淚餘。崇祠對峯頂，雲尚結穹廬。

題明仇實甫山水畫册

畫師想復寫鄉關，一片閒雲互往還。絶似館娃宮畔路，幾陂春水幾堆山。

同人遊大幕山久憩圓通菴

青浮大幕小幕，緑接前溪後溪。沿灘偶颺花鴨，隔岸時聞錦雞。

女檣風色乍黑，官道雲光已昏。明日欲來看雪，此宵且莫扃門。

二十九日冰鑑堂曉起看雪

尋常水西山，宵半忽無色。重衾擁幽夢，門外雪盈尺。莓苔三四畝，先被浮霰奪。清響墜竹中，前宵雨留滴。堂深纔破曉，凍羽競垂翼。周行檐宇下，冰柱凝冠側。空館無炊煙，泠泠走空白。

十二月初七日雪喜涇縣胡世琦朱暄兩孝廉過訪

凌晨開西軒，一白屋脊突。奚奴驚拍手，昨夜五更雪。門前三里路，無徑可出没。陵陽暨昭亭，滉高門空潔。尤喜素心友，今蚤來可必。茅柴酒雖淡，飯以柏山栗。故人方出户，雪已斷來轍。呵手復掩門，高寒坐終日。

雨中編校左傳詁作

鳩聲入夜聞呼婦，麟史編年起息姑。一十二公如轉瞬，又看于越入勾吴。

十一日同人携酒至南樓小集月上乃返

一城爆竹聲，已覺冬月末。冬窮臘斷客不回，且向南樓眺斜日。松聲柏聲合一灘，樓北正面昭亭山。閒街絶少行客迹，飛雨亦逐斜陽還。西南不斷雲霞色，酒餕燭天天亦赤。斜陽纔了新月升，不使青天片時黑。一樓酒客傾百觴，宿鳥亦復憎人狂。閒中摇樹鵲驚起，突出睥睨臨空翔。眼前百輩誰能及，一石飲完仍著屐。初更行到西郭門，卧對南樓數階級。

十九日北樓寓館招同人爲蘇文忠公生日設祀偶成四絶句

謫居嶺嶠尚難回，甲子筵從海上開。只我幸同華表鶴，冰天雪窖已歸來。東坡六十歲尚在惠州。

大蘇赤壁遊何壯，小謝青山景尚留。公慕謫仙仙慕謝，一生低首此樓頭。

鮲船真可敵風棱，不怕檐前尺五冰。招得東鄰數詩老，戴吴興與沈吴興。謂沈沾霖、戴大昌兩廣文。

我距公生七百年，望公總不啻神仙。惟餘一事公輸我，明日歸耕陽羨田。時即日束裝回里。

官村阻風

相隔一百里，年殘尚阻風。凍梅香未逗，爆竹響先通。積雨巖中緑，斜陽影外紅。商量醉司命，先在小橋東。

小除日邀吴封君端彝莊徵君宇逵趙司馬懷玉上舍球玉蔣少府廷耀昆仲至卷施閣祭詩作

孔融北海尊常滿，謝客西堂歲小除。百首尚憐無傑作，今歲得詩四百餘首。一年敢信有傳書。歲内作《六書轉注録》、《比雅》及《弟子職箋注》等。盤飧不覺羅吴楚，頻日浙西、江北饋食物甚衆。里巷居然集顧厨。閒裏轉教忙不了，小廳昨日有梅舒。

更生齋詩續集卷四

徑山大滌集

丙寅元日

甲子才周歲復遷，衰翁又值丙寅年。身經荷戟投荒後，夢憶懸弧委巷邊。近市半生頻徙宅，孤兒卅載總呼天。太宜人棄不孝等已三十年。今看檐外春無恙，醉向屠蘇席上眠。

即事

一縷香浮半畝煙，偶然清夢落尊前。不歸燕子乍來雁，頻日見燕子。破例江南正月天。

丙寅新正將遊餘杭大滌山回至湖上訪破迷小顛諸老衲先柬三首

只有青山好，能供白首遊。誰憐雙繭足，曾歷萬峯頭。酒滿詩先得，天空海自流。更尋塵外境，老衲與勾留。
衰翁何所好，蠟屐并攤書。作客欲終老，還家逼歲除。古懷同石卧，青眼向梅舒。商畧屠蘇飲，門前自翦蔬。
罷官無寸禄，興發即幽尋。却喜遊山費，時來諛墓金。偶同雲去住，不共鯉浮沉。好勝仍如昔，誰言白髮侵。

憶謝園訪友不値

新年新月影，舊客舊書堂。木佛依然卧，山僧何處忙。天空喧衆籟，地冷結名場。只有黄梅樹，猶餘臘底香。

夜渡鶯脰湖

一舟出浦復入浦，漁火時斷時仍煇。殘星不隨烏兔没，野叟獨伴牛羊歸。叢祠久已絶香燼，土偶豈復留餘威。舵樓夜半忽長嘯，一客四面魚龍圍。

舟過嘉興

掉得蜻蜓艇子忙，半程先過語兒鄉。東南秔稻收偏足，雁齒船排兑白糧。

迎春花

迎春開，早于梅。送臘去，迎春來。山茶爲姨水仙姊，媵視辛夷妹桃李，九十日春從此起。花花都作黄金色，却買春光到南陌。頭搔碧玉花黄金，堆鬟美人方稱心。引春纔來花已謝，不願春人與聲價，十五盈盈不曾嫁。迎春花，倘策勳，合向花裏稱花神。君不見，迎春欣欣送春惱，富貴花開春已老，只有兹花得春早。

濤頭

濤頭忽起釣魚磯，海上樓船逐浪飛。無賴賊驚隨處是，有心人覺近來稀。看花易墮尊前淚，搜篋仍餘短後衣。匹馬願從楊僕去，未妨白髮佐戎機。

放歌四首

老烏三足鼈六足，分挽天關回地軸。茫茫天地雙飛走，已勝媧皇補天手。鼈足何必斷，烏翅何必垂，天地藉爾爲安危。君不見，黄人青女究何苦，汝與乾坤本無補。

側聞三千年，必出一始皇。燒却無用書，六籍方煌煌。又知後聖心，本與前聖通。若非千年一火攻，前聖後聖書雷同。馬遷書既焚，復出太史公。枕中秘既燒，又當有王充。淵雲枚馬代不乏，何必後者皆拙前皆工。

又疑天下事，此絀彼必伸。梟獍之惡，補以鳳麟。皇哉唐虞，嗣子朱均。倘非曾參孝已善事親，亦必不出食蹯嗚鏑冒頓兼商臣。吁，嗟乎！乾坤不測始乃神。冥冥蒙蒙，沙蟲倮蟲。閉以混沌，開以鴻濛。鼠乎混沌時，天地亦有終，山崩川竭即與人死同。奈何人反學不死，其意欲使天地皆無功！我謂不如朝千觴，暮百鍾，遺骸委混沌，元氣歸鴻濛，死而能樂即與不死同。目不知，有洪厓生浮邱公！

元夕西湖泛雨雜詩

春氣初蘇臘乍回，孤山梅蘂未全開。探春却笑春人早，兩歲皆先燕子來。

得閒聊訪定中僧，伴我湖樓次弟登。明日段家橋上坐，隔城遥看萬枝燈。元夕，城隍山燈火甚盛。

梅枝何瘦雪何肥，似夢春陰拍蹔衣。尋徧六橋無一客，鷺絲鸂鶒接天飛。

瓣香相約祀文忠，落落星辰此數公。謂梁侍講同書、何徵君琪、吴祭酒錫麒項州倅墉諸人。只惜丙寅元旦日，喪他六十七詩翁。潘侍御庭筠以元旦日謝世，年六十七。

撩湖兵撤已多年，蘋葉紛披荇葉牽。莫笑此間清淺水，枕波十里有桑田。

水仙開後放山茶，霜霰初消有露華。最小園林最低屋，參差都有出簷花。

一舟如葉浪成堆，風勢驚看水面回。引得船來復飄去，湖心亭子是蓬萊。

幽明都喜説元宵，燐火先從水上飄。却待四更人語寂，厝廛鬼出走三橋。

補插千枝楊柳煙，湖堤北去水黏天。南屏峯下鐘三杵，惹得魚龍夜不眠。

望湖樓上偶傾觴，冒雨重登選佛場。願得一年春事好，折花來奠水仙王。

霜松雪竹影參差，隔歲枯荷尚滿池。一塔春陰半宵雨，漲痕先入白公祠。

歲朝纔過别鄉關，且覓湖頭一日閒。應被在家兒女笑，傳柑元夜不曾還。

元夕偕何徵君琪華司馬瑞潢吴祭酒錫麒項州倅墉汪上舍淮戴比部敦元何文學元錫望湖樓小集

望湖樓上坐，暝色亂縱橫。鳥眩燈球影，魚驚爆竹聲。水雲歸畫舫，火樹隔山城。七客延回去，余仍盪槳行。

今歲孫上舍振學九十趙兵備翼八十吳上舍騏七十其弟上舍彪五十趙司馬懷玉六十汪上舍燾吳大令階並五十將以二月二日合宴于更生齋并招將及八十之孫封翁勳楊刺史奮吳封翁端彝劉總戎烜將及七十之陳大令賓金太守棨將及六十之楊兵備煒方大令寶昌同集十四客合計千年亦里中盛事也率賦此章并邀座客同作

社公生日茅筵開，相約北巷南鄰來。大年期頤次亦叟，一一同傾社公酒，更願人同社公壽。孫翁九十兩頰紅，八十趙傻顏如童。吳家兄弟誰能及，弟已五旬兄七十。街西短趙風格妍，六十與我相隨肩。辛夷花開玉梅放，坐上高年氣仍壯。永嘉柑子支硎梅，螺蛤昨又來東臺。更生齋接卷施閣，一石飲完愁不足。金楊兩守楊鑾州，入坐如虎元戎劉，誰復善嘯誰工愁。孫、吳兩封翁。主人六一翁後身，今歲適開六一樽，坐上客壽剛千春。一堂英英皆壽考，九老外仍餘五老，此會羣仙亦應少。春燈初然春燕來，明日主客帆皆開，吳大令及余皆以明日束裝。更約明歲傾春醅。君不見，社公生日耆英會，此會年年願長在。社公醺醺亦微醉，屋外春燈響如沸。

泊舟餘杭訪張大令吉安

江漲橋邊路，官塘卌里斜。縣憑山作障，人以水爲家。晝静喧鳴蛤，城空門乳鵶。欲尋賢宰話，剛值午時衙。

張大令留飲衙齋并觀社火

欲向名山信宿回，賓筵先爲散人開。何應琴鶴棲遲地，忽見魚龍曼衍來。蹤跡敢尋忘世侣，艱難今見濟時才。聯吟讀罷增惆悵，時閲大令在京邸時與張侍御問陶聯吟卷子。手寫新詩寄栢臺。

雙谿鎮道中

出郭三十里，桑柘多於苗。豈惟民俗淳，廛土亦不囂。側聞蠶繭荒，絲價日已高。秋禾亦半收，哀鴻尚嗷嗷。民力匪不勤，奈此生齒饒。一户加十丁，粟米亦易消。殷勤望豐年，先祝風雨調。籃輿及黄湖，陰晴判崇朝。

自黄湖渡大谿入徑山

徑山何綿延，雙澗渡超忽。驚波濺車帷，水際出復没。行完桑柘徑，對面一峯突。青看匝眉宇，寒已沁肌骨。寥寥疏梅花，霜霰尚零屑。僧房空翠裏，鐘響已清徹。逼徑尚百盤，奔流更層折。三千樓閣虚，荒龕且依佛。

天然菴

且倩閒僧爲煮茶，朝饑我自飯胡麻。挂枝鵲瞰孤行客，逆水魚吞乍落花。人與野雲同去住，山浮初日最清華。居然古寺藏巖腹，千尺琅玕路幾叉。

徑山道中雜詩

危厓絶巘路鉤連，埜竹扶人欲上天。莫笑滄溟一杯水，蓬萊山頂亦桑田。

夾道松篁路更微，遥天空翠拍人衣。山禽夢破客仍睡，十里野梅香四飛。

東坡居士題詩後，一一公然入畫圖。大好山川留副本，餘杭赤壁潁西湖。梅谷菴有小赤壁。

松源梅谷道微通，舊夢如塵掃欲空。留得長明燈一盞，三千樓閣劫灰中。

徑山憩半山亭復五里至山頂

初日欲下山，幽篁欲升嶺。籃輿千百折，送客入智井。危亭亘半山，五里及峯頂。傔從思後却，老衲復前請。鳥道既已微，猿聲若相警。疲蹤暫思憩，悍石齊欲挺。石火敲地爐，風泉瀹山茗。蹤迷前代古，候覺蚤春永。冥濛開絶巘，歷落門奇景。俯視天目山，天風振衣領。

自興聖寺至松源久憩

横松既已完，直栢忽截路。排空三百本，一一向天拄。甯惟柏猙獰，棲柏鴿亦怒。峯奇雲欲門，谷秀嶺仍妒。澗斷忽合流，途岐復分布。青纏猨狖迹，紅集禽鳥嗉。霜霰色淺深，樓臺影交互。高低皆聳榦，向背乏雜樹。空青迷去目，矄黑怵回步。却望淩霄峯，冥濛障空霧。

徑山回復沿南湖至洞霄宫

洞霄宫闕凌霄峯，面面盡與三霄通。黄冠緇衲各有界，道釋分占山當中。茫茫地肺連天目，復有湖腰瀉山腹。閒尋道士光庭記，名冠洞天三十六。錢唐江底地脉連，水外時復飛雲煙。仙人棋局偶亦有，種杏種橘都成田。洞中有洞誰能識，地底華陽天歷歷。金堂玉室客不歸，或者人間尚遷謫。丹爐細火摇春風，發欻竟比桃花紅。青童五百遞相守，跨鶴時到浮邱公。浮生住世甯多日，龍亦三番蜕皮骨。丹砂黄獨我不餐，肯學頑仙久偷活。

入九鎖山望天柱峯

蒼蒼九層山，百步即一鑰。每于山折處，石勢益刻削。飛泉四邊注，時復跨畧彴。傑閣既上騫，回峯乃前却。千花超屋放，一隼出林掠。陰霰漸已消，陽曦始於爍。天南惟一柱，地脉覺微弱。滄溟復奔瀉，日夜嚙山脚。感此東逝波，滔滔我何著！浮生慚志父，祈死感叔婼。放艇明日歸，空留後來約。

入大滌洞半里許觀宋人題名

洞上承九霄，洞下蟠九州。豈惟雲霞濃，亦匯江海流。我來大滌山，耽此洞壑幽。玲瓏萬竅中，石頂平四周。懸空三折虛，直下半里修。暗響來不窮，靈蹤去難搜。惟巢古仙人，百怪罔敢投。竅仄天路通，潭虛地輪浮。忽覺萬古奇，集此盈寸眸。金堂杳難攀，石墨偶亦留。何嘗滌塵凡，酌此雲半甌。

洞霄宫謁蘇文忠李忠定公祠

兵燹銷殘竹柏林，無塵遺跡偶披尋。石泉榆火春來咏，玉宇瓊樓醉後吟。再造乾坤原有力，罷閒宫觀究何心。二賢一體同樽俎，蘇李河梁此嗣音。

爲張大令題所橅唐韓幹畫駒駼馬

人枝指多識，馬枝蹄多力。枝蹄枝指都不凡，人亦要駕馬脱銜。我友張亥白張柳門，元本存柳門處，此軸係亥白所橅贈大令者。蒔塘大令稱族昆。分橅一匹韓幹馬，疑元疑宋疑唐人。君不見，騉駼駒駼識者寡，我憶投荒跨天馬。烏孫之北大宛東，寥廓萬里生長風。

二十日同人爲白文公生日設祀因小集湖上作

凍蕊初花草未茵，蓂公剛及二分春。文名偶並元才子，詩諫吾欽白舍人。大歷體裁輸後輩，永貞朝事感孤臣。到今誰續循良蹟，湖上驚飛清淺塵。時白堤外湖水半淤，急須疏濬。

自烏鎮迂道五里訪鮑處士廷博賦贈

草堂苕水上，五里不愁迂。充屋賜書富，開厨粒米虚。乍痊抛藥裹，奇窘蓄鈔胥。輌轆他年傳，應同孟子居。子部偏同史，編排二十三。時《知不足齋叢書》已刊至二十三集。榻前無客到，君已久病。窗外有雞談。處士元仍素，諸生青出藍。以君方孝緒，前哲定蒙慚。

回舟至支硎山訪寒石僧并聞鄧尉花事正盛喜而有作

臨安花乍落，鄧尉正花開。氣候江南晚，遊人湖上回。世情參老衲，心事證孤梅。復有支硎約，相將坐石臺。

自天平後山度嶺至蓮華洞

已遵千峯頭，峯頂石復立。排空諸幻相，作勢與雲及。山雲驚客到，倏爾巖竇入。東風吹未徧，臘雪徑猶濕。枯僧行谷底，時有墮薪拾。嶺半一樹梅，高枝野禽集。坐久甫下山，亭亭日如笠。

中白雲寺久憩

行徑一葉舟，風勢忽回旋。吹客入一菴，巖雲正凌亂。聞聲人不見，招手雲外唤。僧枯同植木，削立巖石畔。爲言遊客少，經日斷煙爨。朝飢殊可忍，振筆學蟲篆。僧昷峯善書。一牖闢向南，臨池目仍眩。呼童烹山茶，風爐竹中煽。峯頂一石，名一葉舟。

見山樓小集共得杭字韻

不斷茅菴内，生香與妙香。滿簷舒凍萼，一架蓺都粱。雨滴前宵緑，花餘隔歲黄。時黄梅尚開。無嫌香味少，春酒餉餘杭。

探梅先至香雪海待同人久不至

春光艷艷春花放，香氣熏人百千丈。花光作雪雪作雲，一片冥濛盪波上。十分花事今八分，春曉尚少看花人。年年花放客先到，花下已有春人墳。千花作衖隨花轉，人欲上山花不管。花梢望客客未來，十里延回花路遠。

鄧尉看梅雜詩

廿三宵漏正迢迢，捲幕清光入砌坳。要與高人助高格，四更山月颺花梢。
萬株緑萼間青松，小白長紅復數重。携得筍鞋才破曙，雲光濃逐露光濃。
湖外冥濛曉色開，萬花深處暫徘徊。何愁花底眠難醒，天半松濤刮夢來。
東西南北影交加，花裏驚看路幾叉。紅蕊積冠剛一寸，明朝都放帽檐花。
疏林黄葉路漫漫，歷盡湖頭磴百盤。除却溪梅與山鵲，無人知道早春寒。
東西二十幾坡陀，補種桑麻補插禾。近歲土人種桑者多，故花事稍殺。明歲來遊要三月，采桑人比看花多。

鄧尉看梅歌偕鈕山人樹玉徐明經雲路孫上舍□□董博士國華戴上舍延祈僧寒石同賦共得潭字韻

看花不到東西潭，潭東潭西花事最盛。無異半道先停驂。驚魚潤古近亦燼，鱗翼何地容驕憨。我於天地亦一物，半世容我留書函。神仙之字已三食，羽化早異蠹與蟫。周行海宇亦幾徧，甯止岱華兼嶠崡。看花奇福更難及，歲歲我住支硎菴。看花始放及初盛，佛與同坐僧同龕。有時静領花氣息，研北不住居花南。

衰年豈復有他嗜，積此花癖因成貪。花前酌酒酒始酣，俊味往往承分甘。餘杭新筍洞庭橘，西蠡蓴菜東臺蚶。三更酒倦畏酒渴，已剖三百閩中柑。支硎光福及元墓，十年花路我始諳。花前曲折浸湖水，花外歷落浮晴嵐。東西何止作花海，此地近亦饒桑蠶。重來更約月二三，天作卵色湖拖藍。桃花李花蕊已含，新柳拂水行毿毿。龍孫滿篋魚滿籃，世外復覓高人談。君不見，春愁我已不敢擔，看花人老花先慚。

題支硎山袁氏園亭

一谷雲二樓月，一塢梅花一溪雪。洞天福地客始歸，暖翠晴嵐住多日。

回里後卷施閣看梅作

西崦梅開已後時，故鄉仍比崦中遲。萬花堆裏歸來日，才見墻頭一兩枝。

二月初四日將解維楊兵備煒復約至城北歷遊放生池及水雲菴至日暝乃返

座中客爲趙司馬昆仲、楊秀才謹吉、汪上舍熹。

河干暫歇上河船，城北猶留半日緣。交舊五人青鬢改，軒窗三面紫雲穿。狂攜筆硯題凡鳥，是日就近訪友人不值，因命奴子輩至城頭放紙鳶。老逐兒童放紙鳶。尚有玉梅迎客語，欲從此地證空禪。

自北樓至南樓道中

谿山新雨後，風物最清華。行過數條巷，時浮一樹花。水邊樓百尺，竹外徑三叉。節候今年早，春人已采茶。

寒食花下獨酌

是處風風雨雨，滿城燕燕鶯鶯。昨夜今宵來夕，花朝寒食清明。
依舊敬亭山色，夜深來映書幃。我憶青蓮居士，青蓮又憶元暉。

古艷詞

郎憐心，妾憐纖。花連晨，月連夕。顔如芝蘭口如杜，薄媚未完仍薄怒。
歡欲來，紅墻隱黄梅。歡欲去，青天飛墨雨。西廊斜日東廊月，百計問歡何處匿。

清明日同人登城望宛谿鼇峯并至南樓作

清明前日是花朝，一萬人家折柳條。從此東風已無力，落殘文杏落夭桃。
濛濛新緑膩城墻，城裏花紅城外黄。不斷菜花三四里，菜花完處接斜陽。

高低人柳門腰身，百尺樓前絶點塵。一半柳絲牽客住，又分一半迓春人。寒食年年罷出遊，蘼蕪緑已上墻頭。何妨花裏扃門住，紫燕春人共一樓。

同人登賓月閣小集

四檐插入景德寺，一桁正對麻姑山。眼前俗客不到處，天上月華來欸闌。沿梯斷續駁青蘚，隔巷曲折排紅闌。酒人春半忽惆悵，兩樹白玉花初殘。時玉蘭花甫謝。

張秀才垣以其祖司馬汝霖西阪草堂集屬題時余適承修府志欲從草堂假書遂并及之

我從南樓回，不向北樓走。閒從阪東頭，歷及阪西口。阪西草堂高接天，萬卷圖書四圍柳。四圍楊柳花千株，主人樓頭方著書。主人兄弟今碩儒，司馬令嗣爲侍講纛徵君炯。弟客燕趙兄姑蘇。一樓書已傳三世，鼇嶺復從樓上峙。開門觴客客不辭，客識主人前代事。國師既爾求《方言》，太常亦復借《説文》。況我曾及成都門，余爲侍講門下門生。不爲侯芭定劉棻。一瓻來借同討論，欲訪載籍求根源。庶幾鄭小同，不愧康成孫。庶幾戴延君，不愧博士昆。緗書手冷酒急温，一花前頭酒一尊。君不見，樓頭萬卷樓下人，牙籤玉軸烘曉暾。我書在腹亦可捫，此客借書君莫嗔。

上巳前一日載酒從宛溪舟行登響山久憩

南樓望茲山，近若嵌眉睫。及繞宛水行，谿紆徑難涉。清川流如油，赤壁立若篋。沿波施輕篙，到岸振響屧。居然升雲頭，偶亦陷石脅。攀松争步迅，舉酒鬥拳捷。闢心舊猨鶴，過眼驚蛺蝶。如何半春樹，尚墮隔年葉。南瞻浩無際，北望阻城堞。十里菜甲花，新黄與天貼。

十一日泊舟沙棠灣行五里至敬亭山久憩翠雲菴作

泊舟沙棠灣，五里臻曲屈。一坡方逶迤，面復一坡突。懸藤巖豸縊，出罅砌蟲活。嫩紫跳澗垂，輕黄冒波欝。人疲來殿朵，鳥倦啼木末。語默甫歷時，陰晴變殊忽。東軒猛飛雨，西牖已斜日。駒隙影乍舒，仍遭電光奪。瞻西岡忽破，蹑北路如截。稜稜萬檐瓦，雉堞若居穴。一晌西北風，遥驚塔鈴掣。

敬亭道中

秧已抽針麥乍芒，花枝全脱草心香。紫藤故挽遊山屐，紅袖偏登選佛場。六代山川餘浩渺，七賢祠廟太荒凉。憑闌弔古情何限，坐看平岡下牧羊。

七賢祠題壁

俗士不讀書，前賢亦移代。勳階仍不識，云以代官位。緬憶李仲都，于焉發深慨。七賢祠栗主書謝朓爲晋人，其他官位舛錯者不一而足，用以志慨。

三月十五日凌教授廷堪約同人南樓小集酒半率賦即贈江上舍藩

半春花事已闌珊，且向高齋欵客關。一晌乍青原上雨，萬堆濃緑座中山。愁邊宛水偏迢遞，世外閒人偶往還。醉倚闌干望東海，賊氛何日净臺灣。時聞江浙官兵至臺灣會勦洋匪蔡牽。

十六日集賓月閣餞江上舍藩

賓月樓頭月是賓，主人除我恐無人。貧交又放邗江棹，小住同垂宛水綸。紅豆一株傳絶學，君爲惠紅豆再傳弟子。黄花十里颺殘春。著書匡阜他年約，瀑布香爐共此身。

雨中入南湖口

一萬頃湖來枕上，兩三點雨落牀頭。捷帆險擘鷺肩過，空翠欲從鴉背收。人與魚龍争定界，我同天地怳浮漚。著書匝月低眉坐，且借舟行豁遠眸。

夜宿南湖起眺殘月

漏盡曾無戍鼓敲，濛濛月黑雨瀟瀟。殘更一鳥獨啼樹，新漲萬魚争出橋。客夢似煙篷底散，神燈作炬浪中飄。南江舊迹沉埋甚，欲勘方書燭已銷。

南湖道中雜詩

尚留幾日好春光，出郭登舟攬勝忙。敢與衰翁鬢争白，荼蘼輕薄柳花狂。

暫把篷窗一扇開，山山山色併飛來。團團湖水明如玉，却與麻姑作鏡臺。湖與麻姑山咫尺。

并州快翦亦徒勞，嫩緑何須翦子抛。只要一雙梁上燕，翦他三萬頃湖梢。

沿堤松竹影濛濛，過盡千重復萬重。一色乾坤作新緑，山光微淡水光濃。

挂帆剛欲趁清晨，一葉驚飛草上塵。只有鷺絲心地險，挾波來嚇盪舟人。

殘春猶剩一分寒，湖雨湖風景色酸。正是把書新睡起，一峯晴翠落眉端。

縱有防兵演水師，黄池未是古黄池。何應草木形如門，絶似黄池争長時。

疏籬茅屋幾人家，屋上齊攤穀雨茶。貪采半畦新豆莢，攔門牛噉紫藤花。

昨傳

昨傳節使跨青驄，幾日星馳浙水東。預遣偏師平速僕，正欣小麥熟空同。連山社合防沙仔，仔，閩音讀作子。入峽舟須泊海翁。畢竟聖朝威德遠，半春先已息颱風。

呂大令榮以二詩見寄率占一首答之

我從瀚海穿沙海，君罷樅陽客廣陽。君前宰桐城，以母夫人憂離任，貧不獲歸，今尚留滯宣太間。試問耿恭馳異域，何如朱邑宦桐鄉。外家三徑全應圮，老屋雙橋半亦荒。余與君皆蔣氏甥，又同居中河橋側委巷中。自笑暮年仍遠客，賣文纔了著書忙。

四月初二日將赴琴溪以急雨復回先柬琴溪諸友

欄干千尺雨，仍復閉門居。擾擾風生翼，汹汹地出魚。漏仍聽四下，功不廢三餘。只惜琴谿上，諸君望眼虛。

馬州倅日恒築數楹山半其前即龍山萬頃竹也余故以緑天名之并係以詩

白馬迎人出樹巔，未至縣界，馬君已跨馬來迎。不知家在夕陽邊。四山入夢都紅雨，一閣爲君署緑天。竹舫偶開人外境，芒鞋我亦地行仙。坐憑百尺闌干好，花與諸郎並及肩。

自龍山口放槎入琴溪五里至巖龕洞作

碧鷄驚客夢，昆山有异鳥，土人名爲碧雞，常往來龍山及巖龕洞間。夢落雲頭重。浮槎五里訪碧雞，胡蝶先已成團飛。春溪水滿浮鸂鶒，緑竹㲀㲀巢䴉鷺。山光壓竹竹壓谿，軟翠十里何低迷。竹梢沉沉忽疑夜，一晌天青出山罅。嵐光何止衫袖濃，坐久須眉緑都借。儈雛三兩挽客槎，手汲谿水烹谿茶，屋外尚有殘春花。下波如風上波逆，却好兩槎浮八客。逆浪一灘高一尺，雲頭唤客客不聞。客正鼓浪來雲根，雲脚開處排清樽。洞橋十二何周匝，馬足險從人頂踏。放槎跨馬趁晚風，馬上夢落琴溪東。

琴溪道中

忽輿忽馬忽乘槎，十里驚看路百叉。鸂鶒夢邊偷過客，鷺絲肩上悄飛花。浮生偶入仙人港，小坐閒烹衲子茶。緑酒滿前慵不飲，修真都欲飯胡麻。

巖巃洞久憩

非沙非石非黄埃，百萬石卵融胚胎。鴻濛土與劫後灰，媧手一一親摶來。空穹服翼倚作隈，陷處即係蛟龍堆。陰厓仙果仍纍纍，枇杷橘柚桃李梅。小如鷽粟大芋魁，榾柮欲把山柴煨。古洞天黑如煤炱，尋幽復恐去不回，白晝誰把泉扃鎚。我謂洞天福地徧九垓，獨此幽隱遭疑猜。有潭如釜水若杯，裹以太古之莓苔。神仙避劫人避灾，天網到此誠恢恢。重扃時響九地雷，細路略可通蓬萊。如山有塿土有坏，獨此可以藏三才。君不見，汹汹隆隆地欲摧，混混沌沌天之胚。形骸土木任衆咍，七竅愼勿爲君開。

抵涇川作

涇川風物水西東，萬樹桃花入夢中。却笑謫仙來較晚，滿川桃實已全紅。

桑柘陰中拓八窗，危亭三面水淙淙。夢從西海歸東海，閒向南江憶北江。

宣城主簿郭蘭芬岐山人也自言其鄉新修五丈原諸葛忠武祠乞爲一詩余因憶乙巳年春曾親謁祠下今忽忽二十餘年矣感賦一篇即示郭君

五丈原高氣杳冥，三分國勢費調停。地形縱復輸中夏，天象居然見大星。丙魏尚慚真宰相，孫曹同媿小朝廷。茫茫川阜仍如昔，渭水蒼凉太乙青。

翟孝子詩

翟孝子，名彩令，涇縣水東人。早失母，獨與父居。父聾且痼疾，孝子乞食以養，間亦賣菜以資生計。父膳必竭力備甘脆，而自啖糠覈。乞食餘一錢二錢，亦必以呈父，父則緘置筐中，父以壽卒，啓篋，則積錢已三十餘貫。孝子居父喪曲盡哀禮，免喪遂卒。

賣菜傭，迺能孝，士大夫皆不能到。一錢二錢乞得來，父以緘笥牀頭堆，三十餘貫何纍纍！翟孝子，名彩令，父亡乃亡斯正命。桃花潭上桃花墩，桃花都繞孝子墳。我詩不妄作，冀以扶人倫，國典他日仍旌門。

友人屬題燕子牋樂府

一曲新詞勝秣陵，吴祭酒偉業有《秣陵秋樂府》。朱絲闌子寫吴綾。阮大鋮以吴綾界朱絲闌寫自所爲《燕子箋》曲本進呈。何應王謝堂前燕，亦與人間管廢興。

千年往事尚回頭，粉子先蒙伯起羞。一樣被他輕薄累，好將遺恨訴東流。

飯後讀書作

架有圖書廩有糧，暮年偏覺校讎忙。學知不足心知足，此是先生却老方。

積雨乍霽

天半雲頭落，人間雨脚收。沿梯一條蘚，緑已上危樓。

詠史

百歲知無幾，千回碧月圓。夜遊如秉燭，先入辟彊園。
元子雖英物，甯如買德郎。何應八州督，祗易一羝羊。
陶潛與張翰，分候詠黄花。倘斫鱸魚膾，先尋賣酒家。
一呼一息間，天已行數度。地輪日月輪，皆在空中駐。
龍戰苦不息，釣鼇東海濱。丈夫伸脚睡，天上動星辰。
樸學兼詞章，宏農美無度。注罷《山海經》，仍能作《江賦》。

十五日同人遊水西久憩煙雨亭

涇溪接賞溪，天水雲外緑。挈得幕山僧，來尋賞溪曲。�河學士新安守，謂壬辰夏，偕朱學士筠、江太守恂始遊此。三十年前一杯酒。言尋舊路忽已迷，惟有溪煙向東走。山僧纔打日昃鐘，星點已出涇川東。半山斜陽半山晦，月上琴高鯉魚背。

湖山謁桓簡公祠并留飲祠側

劉刁周戴禍隨身，死國誰如桓茂倫。兩地煙雲埋骨久，宣城涇縣，皆有公墓。此間邱壑賞心真。酒徒脱略偏容我，山色嵚嵜解笑人。猶有舊交君憶否，西風先起庾公塵。

十六日沈二尹國祥招同人水心亭讌集即席率賦

正月已醮湖心亭，水心此亭今復到。一春日日苦著書，一日得閒先醉倒。主人喜值休文雅，衆客須防孟威虓。黄鸝聲脆知迎客，白鷺足拳能引道。已欣翠巘十日晴，復有紅霞半天冒。笙簧合遣官蛙代，更漏仍憑夜烏報。閒時聊可盍朋簪，豐歲不須憂旱潦。耆英未集容箕踞，觴政既嚴難鼓譟。何因咄嗟便布席，或者牲牢先祀竈。辛盤果敵薑桂辣，丙穴魚須藻芹芼。銜杯欲使魴鯉覰，剩肉預防鷹隼盜。甄長伯倒半夜屣，孟萬年吹九日帽。隨波欲逐浮家陸，結栰思追盪舟奡。于廷尉醉仍藴藉，蓋司隸醒偏兀傲。朱虚便爾用軍法，徐邈先爲製名號。撼山軍勢已比嵬，背水陣形先植纛。餘歡尚欲催射覆，溯典更能搜僻奥。齋期誰肯恕周卿，閫政何須哂陳慥。回波栳栲裴嘲李，揮麈車轅謨詛導。觴多欲逼小户遁，瓶罄私聞大奴告。主須戒鄒客戒陽，時坐客乘醉欲闌入主人内室，並互以閫政相嘲，故戲及之。觶合名鄙鼎名部。最難北海樽常滿，後日，趙司訓紹祖復約于此小集。從此南州酒全秏。扃門明日復著書，好學應師武公耄。

十九日同人遊幕山并久憩圓通菴作 菴外即驛道。

已覺詩情逗郭東，石橋三里路斜通。兩山四面裹濃緑，一巷六時飛軟紅。古殿神光何閃爍，小窗竹影自玲瓏。閉門坐卧煙霞内，轉使雛僧畫筆工。僧非台能畫。

考坑長春寺僧巖石自繪巖關古寺圖屬題

長春寺有千竿竹，日判三竿飽饞腹。山僧煮筍雲上頭，雲朶一一驚分流。怒龍總向檐前挂，玩久山僧亦工畫。忽然邀我吟巖關，餉我一幅門前山。君不見，牽船住岸原非計，竟欲家從畫中寄。惟嫌雲破屋欲飛，爲我屋外添魚磯。

遊城南道士湖

道士湖頭路，冥濛百頃田。赤浮原上日，青織水西煙。地勢疑回踵，湖形與山陰回踵湖同。樓形哂及肩。趙氏築樓湖上，高不出屋，無由眺遠也。商量早秋飲，來及采新蓮。與章徵君天育約，新秋當携酒飲此。

三十日早發吴家灣

卧聞人語出蓬蒿，三百人家住水坳。鸂鶒鷺絲飛不斷，日華濃處爨煙高。

贈馬文學春田即柬姚比部鼐

叠嶂樓前識面時，擁書千卷出偏遲。言皆有物曾耽易，旁若無人祗諷詩。幾縷鬢絲江水濯，一生心事皖公知。何時又放秦淮棹，我欲因君寄所思。

更生齋詩續集卷五

武彝九曲集

五月一日過高淳郭外

一帶垂楊起爨煙，門前湖水浩無邊。烏衣燕築三層壘，紅蓼花成十頃田。高下僅留栽黍地，陰晴多分熟梅天。江鄉自古無城郭，矮屋頹垣總及肩。

送徐明經硋奉赦歸沭陽 君爲友人所累，謫役常州。

我慚北海孫賓石，君是南州徐季登。禮士世雖無仲舉，埋名客已返長陵。關心尚計中原菽，去歲淮徐海水災，近聞流移者始返。快意時呼大澤鷹。各有報恩心迹在，君亦以恩赦減等得先歸。請纓無路氣飛騰。

金忠節公聲畫像爲其六世族孫太守棨賦

早歲讀公文，中年讀公傳。公才公志皆不凡，欲以書生平世亂。君不見，熊廷弼、趙光抃、孫承宗、袁崇煥，或死讒，或死戰，餘者紛紛盡奔竄。有明之季不乏才，用才皆與才相違。小朝枉有史閣部，末路獨支劉念臺。烏乎勝國諸君子，先後争爲故君死！迂疏不必爲公諱，百世知公苦心耳。君不見，楊家四十萬衆侵，興京一戰皆已埋郊坰。何况枯僧將此不習兵，七百羸卒欲與萬衆争輸贏。蘆溝橋外偏師出，腹背交攻勢先屈。韜鈐既愧劉秉忠，車戰欲追房次律。魯陽事去難揮戈，國事如此身如何？杜松已殞薩爾滸，劉秩豈當曳落河。諒公之心敬公節，畫像猶疑眼流血。舊友池州吴應箕，門生歙縣江天一。我于公行文，已卜公爲人。豈徒文筆雄，未愧社稷臣。君不見，三天子障招公魂，松花茫茫落鬼門。鬼門關在績溪界，即公起兵處。

五日調蔣表兄馨

五月五日谿水濱，獨携濁醪來欵賓。長貧不復計子母，薄醉亦時稱主臣。青霜早墮鬢邊影，白骨更憶樓頭人。繁華夢向北窗覺，錦簟玉櫳餘隻身。君遣妾後婦亦旋亡，遂爾獨居。

雲溪競渡詞八首 自初五日至十五。

蔣家南岸趙家西，兩岸人家屋角齊。身退却嫌忙未了，一年五度醉雲溪。

斗米依然三百錢，路人兀自説豐年。衰翁尚記初生日，日屋家家飯海鮮。石首魚，一名飯魚。

四百絃揮落照中，三千紈扇門玲瓏。團團明月團團鏡，不放雲溪燭影紅。

北岸三楊兩已亡，楊進士倫、孝廉印曾、兵備煒，少時齊名，今惟兵備在耳。就中我最憶癯黃。景仁。劉駿。錢羮梅。沈元輅。謝榕。都零落，誰共溪頭五日觴。

幾日黃梅雨乍晴，管絃聲已溢江城。憑誰可洗箏琵耳，來聽連村打麥聲。

欲醉蜀中紅芍藥，時有餉四川紅酒者。須尋光福紫楊梅。老夫不是思家室，却爲銀鱗特地回。

燭龍纔去水龍還，元夕龍燈，五日龍舟，皆里中盛事。稅額仍分滸墅關。舊例：一競渡許領滸墅關贏餘十餘兩。怪底水鄉龍出沒，六龍城接九龍山。

像龍顏色被篙工，斷髮文身俗倘同。一樣水嬉君莫哂，戈船昨已下閩中。時正用師臺灣。

智鵲行

里儒張某，所居破屋三間。值大風雨，禽蟲皆飛噪入室，室人訝異，出屋覘之，而室已頹矣。蓋禽蟲先知預以告，故得免也。爲賦此篇。

巢禽依巢，穴蟲依穴。人有室家，亦念家室。風飄飄，墮鵲巢。雨淅淅，濕蟲穴。禽聲嘐嘐蟲響切，夜半飛鳴入君室。與君妻孥一何暱，三間老屋夜忽頹。月午竈上穿驚雷，厨荒無糧突無炭。君與禽蟲皆在難，屋之成毀蓋有時。微蟲不知鵲已知，救此覆壓甯非奇。君不見，人智莫如儒，禽智莫如鵲。歲歲營巢免矰繳，班鳩鵓鴣來就學。里諺云：班鳩教鵓鴣。言二鳥之拙也，鵲則不然。

義牛行

客爲言淳安王某，娶妻未期而王卒，婦獨居守節，惟畜一牛，鄰少年有欲犯之者，入門爲牛觸而死，婦遂得免。爲賦此篇。

節婦某，居溪頭。身以外，惟一牛。婦獨居，畏强暴。飼牛精勤兮，牛亦思報。東鄰少年兮，來何爲？雨急如注兮，乘人危。人欺心，牛怒目。左足入門兮，牛已觸。人刃牛背兮，牛觸人腹。回腸墮地兮，血漉漉。婦持火，喊室中，北巷南舍來洶洶。腹雖穿，目仍轉，口陳供狀兮，云死已緩。傳者日以多，觀者日以稠，競以絳帛纏牛頭。人雖無良牛則義，牛甫長鳴人絶氣。君不見，我旌牛義懲無良，兼表婦節扶綱常。夫王婦，姓已莫。詳史傳列女兮，毋或忘。

讀史記四首

居奇貨

善釣奇，釣一時，陶朱猗頓富不貲。不知善釣奇，亦可釣萬祀。生兒已作秦始皇，一世二世至萬世。又不見，奇貨居，奇禍來，遷蜀萬口何纍纍！富欲貧，何可得，不如周赧王，避債臺中作安宅。

千童縣

避秦人，居桃源，不若求仙徐福住海船。童男女，一千生息何繇繇！桃源無名兹有姓，童女童男亦何幸。居船居島樂有餘，島上至今皆姓徐。桃源中，不知漢，海外亦先忘理亂。有時苗裔來中原，各以東溟作鄉貫。君不見，勃海郡，千童縣。

長平坑

新安卒，二十萬。長平卒，四十萬。當時民少兵何多，有田不耕皆荷戈。芟除卌萬二十萬，人踵仍接肩仍摩。千年坑谷無生氣，鬼亦多于螻與蟻。君不見，殺降人，百劫罪不除。法網有時漏，天遣雷霆誅。又不見，城狐殲，野牛死，背署殺降人白起。

稷下生

淹中稷下稱好儒，平原信陵稱好客。好儒好客費不貲，畢竟十中無一得。君不見，三千賓客誰有名，毛公薛公亥與嬴。平原十九人皆拙，脱穎纔看一人出。齊宣王，好儒書。淹中稷下招世儒，談天雕龍占齊稷。孟子去齊宿于晝，大儒不重重小儒，霸業所以先銷除。楚蘭陵令亦走死，黄歇舊稱能好士。

讀田疇傳

燕齊奇士只田疇，一劍先輕萬户侯。那管作龍猶是可，就中我欲斫龍頭。

憶芮山寒碧潭

一世眠難起，幽人已入山。趁猿趨木杪，先鳥叩禪關。不分寒潭碧，猶留夕照殷。案頭詩百首，勸爲老僧删。

題楊布衣浦山水長幅

月采不可畫，畫之著軒楹。團團清光中，幾點白露零。夜色不可描，描之在林亭。沉沉景色中，燿以長短檠。樹頭幾日南風重，微覺連林北枝動。雲黄霧白暗一窗，窗外流水聲淙淙。枯棋幾著山坳内，□坐□船人數輩。陰雲忽結西北峯，下有蟄虎眠方濃。

六月六日胡孝廉世琦招同人賓月閣小集

一樓當暑坐，三面受風多。水火樽前鬥，時城南失火，因急雨乃滅。雷霆檻下過。雨沈棲鵲影，凉展候蟲歌。夜漏歸何晚，平橋起斷波。

初九日大雨雷電作

四檐皆瀑布，一港已驚濤。映隙光先暗，持編手尚牢。影仍依病燕，響似轉靈鼉。稍霽登城望，三田禾黍高。時正望雨。

久居

久居忘却有居停，風竹疏疏户暗扃。正覺夢中炎景赤，不知門外雨絲青。小年偶借書爲枕，老圃都依樹作廳。從此夜遊休秉燭，闌干處處有流螢。

呈張侍講燾

余房師王觀察奉曾侍講所取士也。

功業無成但校讐，好奇還許事冥搜。欲披北宋三千卷，北宋三大書，各一千卷。侍講皆有精本。時余欲先借《御覽》校勘。會上南州百尺樓。遠跡記曾來海島，侍講主講前歲爲海上遊，曾訪之不值。舊遊仍喜説瀛洲。投荒萬里公應惜，兩世門生總白頭。余與房師並曾遣戍伊犂，髮皆從戍所白。

贈市隱

茅檐時復捲飛埃，人海偏容天下材。鬻幘市邊仍岸幘，銜杯座上忽揮杯。千年涇渭胸中別，萬仞峯巒足底開。猶有未忘恩怨處，酒酣吟上越王臺。

魯太守銓新修北樓招同人宴集其上即席賦此

何止元暉去不還，謫仙人亦杳難攀。尚留六代吟詩屋，盡攬三州入畫山。駒隙影中喬木古，馬蹄聲外夕陽閒。誰憐四十年前客，五度來遊鬢已班。

十二夜同人步月至南樓薄醉乃返

炎威何時平，涼意已集木。言從半圭月，徑度破岡腹。時有草上螢，飛來閃人目。
南樓何迢迢，拔地三十丈。檐形欲飛出，幸此堞爲障。突窔忽有光，神龕月初上。
市脯何其多，待酒及良久。狂言忽然默，飲已不離口。何事玉與犀，碧筩杯在手。
東西隔五里，一月始一來。來遊匪偶然，值此蓮蕊開。三更客言旋，花朵先裴回。

避　暑

避暑知何地，西郊五里塘。野鷗衝面過，芳草及肩長。谷暗緘朝雨，池寬熨夕陽。柳絲知客意，先送一分涼。

憩城北道院

及此精廬好，環堂竹柏青。圓光綻神座，方響出山扃。煮茗風盈砌，焚香月半亭。清虛無箇事，閒與寫《黄庭》。

待月行

花上月，花下人，殘漏盡，皆横陳。明朝月與人，花下後先歇。君不見，看花翁已六十一，難待廿三終夜月。

采蓮行

荷花紅，荷榦緑，蓮子爲心藕爲足。六月食蓮子，七月尋藕根。荷花已無多，荷葉空當門。風朝朝，雨夜夜，何止好花顔色謝，采蓮人亦嫁。

破曙郊行見禾黍甚茂喜而有作

匝月不出門，門外集秋氣。簷惟草森森，新竹亦如臂。延回上山麓，雲已出波際。禾黍十里長，清光照天地。高原人跡少，時復有飛騎。折罷紅藕花，殷勤欲誰寄。

聞李大令德淦乞假遊敬亭山率柬二首

暫停手版謁官衙，忽漫看山拄笏斜。十月稻田剛望澤，晚凉應有雨隨車。

僧忙一日掃禪關，官却來偷半日閒。君距謫仙人幾代，此回方謁謝家山。

十八日魯太守銓招同張侍講燾何教授佳玫北樓小集至月上乃返

墻頭千頃雲，墻外十分月。危樓百尺高壓檐，和月和雲光不別。主人開樽古柏前，雲與明月來窺筵。元暉去後謫仙續，勝會距此剛千年。翰林仙人七十六，百罰深杯嫌不足。魚頭參政今領州，逸興亦與雲俱流。何家詩句傳人口，東閣梅花北樓酒。今人何必遜古人，肩拍洪厓亦非偶。人生百歲苦不閒，莫放醒眼看青山。一杯揖元暉，一杯酹太白，山鳥怪人狂似昔。君不見，我歌欲使太白聽，樓上正落長庚星。

半月臺久坐

景德寺前塔，頂同樓砌平。露浮千嶂顯，月罩萬扉明。天路眉端出，人煙跨下生。客談應已倦，啼鳥上山城。

酬胡吉士承珙二首并柬孝廉世琦

難醒半月臺前酒，擬泛三天洞口舟。時胡舍人岱雲約于七夕後，共遊三天洞。佳節定教尋宿約，故人何不共清遊。才名合占東西廨，時與猶子孝廉同住景德寺東西房。詩句分題南北樓。騎馬未須商去住，已凉時序暫勾留。

偶然三客萃賓筵，二十科聯五十年。時招張侍講燾與君小集。侍講以辛巳進士癸未入翰林，距君已二十科，余亦已八科矣。海嶽話來都似夢，時與侍講話黃海白嶽舊遊。蓬瀛謫後敢稱仙。餅慚洛下紅綾軟，膾到琴溪赤鯉鮮。寄語阿咸勤檢點，莫教臣叔著鞭先。

有俗僧欲修禪史書此嘲之

兩度相逢白髮添，欲修禪史静垂簾。何妨癡與貪嗔合，肯信才同學識兼。方寸地須尋樸實，十分功已托華嚴。闍黎未會枯僧旨，頻向團焦問米鹽。

得孫大星衍書却寄

半世相知爾最深，話來出處互相箴。官疲絶似風前鐸，身退應同爨後琴。一輩漫誇頭腹尾，百年無幾去來今。浮生齒髮終須朽，要使心交識此心。

山城晚眺

性僻時從物外行，一旬幾日上山城。雲煙到地倏無影，日月破空疑有聲。濃緑水光全著色，微紅花朵半難名。鄰翁四十先扶杖，私羡吾儂腰脚輕。

廿一日張侍講燾招飲雪樓即席賦呈 賓月閣名雪樓。

百尺闌干眼界寬，雪樓雖上不知寒。追凉意欲尋鄰叟，謂詹明經景春。冒暑行真笑宰官。前一日本約陳大令受培，今聞已赴皖矣。三郡地從雲外展，一房山待月中看。主人奇石都應拜，好飭奚奴爲整冠。

商量

商量誰可避炎威，八角蒲葵手自揮。長日乍支尼父枕，小園偏下董生帷。饞烏不食緣中飽，病燕無巢欲大歸。正是小窗殘夢醒，柳絲影裏下斜暉。

寄方上舍正澍江甯

十年蹤跡歎飄蓬，長日都拋短夢中。白下製衣天水碧，嵩高煨芋地爐紅。殷勤每與談遺事，矍鑠誰能及此翁。莫向越來溪上望，故家樓閣起悲風。謂畢尚書靈巖山館。

立秋日作

伏暑初平後，秋花欲放初。尤憐景光駛，莫放酒杯疏。籪蟹黄堪啜，園瓜緑欲鋤。攤書一揚搉，先自笑拘墟。

二十五日晚大風雨至五鼓方止時山田望澤甚切喜而有作

疏窗三面卷簾鈎，夜氣全昏百尺樓。鐵馬有聲殘暑退，銀河無影曉星浮。已驚十里菰蒲戰，佇見千村穲稏收。只我年年逐征雁，徂南仍爲稻粱謀。

凉夜久坐

宵凉樂静便，坐久不知還。夜氣全沉月，秋聲半接天。露明螢火外，蛩響曙雞前。却憶桃笙好，更殘着意眠。

六月晦日胡孝廉世琦招飲雪樓率賦一篇并呈吉士承珙舍人岱雲

十二樓風，二十一樓月。今來風月無一絲，祇有秋蟬噪檐隙。研經纔了即出遊，一月三度登兹樓。高齋對面尚如昔，謝李一去空千秋。元暉手植今蒼老，我覺風光後來好。六代煙雲六代松，閒中向客仍環繞。我欲暗摘樓頭星，復恐太白真星精。化爲奇石坐中落，光采尚壓青山青。君家伯仲今無輩，只我題篇已才退。三更醉向竹屋眠，夢裏一樓風月在。

讀亡友張編修惠言所輯虞氏易追悼一首

五代虞翻《易》，三傳杜甫詩。世非無識者，君殆欲兼之。病馬行吟日，蒼蠅作弔時。醉歌聊代簡，慰爾九泉思。

出宣城縣東門

百步牛亭一，寬于半畝宮。雨零山柿翠，雲染木棉紅。夙約欣朝霽，高年話歲豐。鷺絲拳一足，引客過橋東。

仙姑塘道中

池荷葉瘦芋葉肥，各灑清露沾人衣。秋聲南來一何遽，蓮子纔餐仍食芋。今年蹲鴟大若鳧，藕臂亦與腰爭粗。籃輿行抵東河口，且食田家瓦盆酒。村村打稻村村歌，豐歲之樂何其多。

發孫家埠

宛轉溪橋曲折過，避人鷹隼捷如梭。半程路盡穿禾黍，一縣山皆染黛螺。無事偶繙談鬼録，時攜唐人說部書。有時頻聽賽神歌。千林麻穗千林竹，不信蟬聲此地多。

日昃抵三天洞久憩

一石裂一穴，一穴戴一天。方行九地中，忽喜瞻三天。一竇出一泉，一泉飛百道。同行飛瀑中，疑泛滄海棹。天光暗處泉光青，大聲如鐘出不停。天眼下視蒼龍驚，玲瓏萬竅排山麓。石小猶寬百間屋，日月燭中回地軸。搜奇五客入洞門，衣緑盡染莓苔痕。天總若曙無朝昏，我欲覲龍窺海眼。人說近來龍亦嬾，行雨半途先欲返。君不見，龍能行雨客咒風，敬亭山客稽亭龍。風雨既歇雲濛濛，夜半對卧空山中。

三天寺曉起

東雲入西山，夜半忽平閣。一鳥啼禪關，濛濛衆星落。披衣侵曉露，徙倚竹中籜。清氣壓帽檐，微嫌袷衣薄。沿岡生細草，芒蹻不能拓。坐久樵響繁，飛泉注空谷。

稽亭嶺早度

秋雨洗山骨，獨來辰巳間。松濤無時停，捲上稽亭山。初日出谷中，幸有松竹攔。一綫衣上來，微驗苔蘚斑。南江亦微茫，斜向嶺北環。天際估客舟，驚帆出層瀾。高下十里餘，飛鳥去不還。客倦枕石眠，秋聲戞前灘。

初六日晚歸登風箏閣

鉤月仍難上，瓜期又已來。風箏樓上望，雲露一徘徊。

詠三天洞蝙蝠

千年服翼是耶非，已著仙人五色衣。敢向蟄龍頭上住，時時還拂頷珠飛。
酸風習習翅團團，未耐炎蒸却耐寒。欲採雷塘螢十斛，供他仙鼠月中餐。

爲莊表姪秦望題酒乞圖

多君只以麯爲天，屢向長安市上眠。乞得人間酒泉郡，飲完弱水看祁連。
合掌牢盆百萬財，何須冷炙與殘杯。多應欲學韓熙載，乞食歌姬院裏來。

過村塾

短垣三面出書聲，對擁皋比午睡成。夢起偶然談往事，張夫子問褚先生。

丹溪大石聯句 用「巧」字全韻。

大石在涇縣溪頭都岊峯禪院外，即胡氏書塾也。七月廿五日，與施上舍晋偕遊黄山，胡吉士承珙暨小阮孝廉世琦等共迎館于此。廿六日，阻雨，爰憩石旁，約爲聯句，共得二十韻。

奔流披山胸，突石劃地爪。挐雲聲攘攘，亮吉。出水勢稍稍。眠真牯羊獰，金匱施晋。伏訝褐兔狡。赴泉赤驥渴，胡承珙。吞犢斑虎飽。陽冰銛如鋒，涇胡世琦。陰汭柔過靤。圓排鑑開匣，涇胡岱雲。側簇杯合筊。堅非芋堪煮，亮吉。皺類栗初爆。縱横竟當叱，晋。屈强誰敢拗。胸穿島夷病，承珙。頸縮共子絞。轉肝同衛演，世琦。刖足等齊鮑。裂理驚横庚，岱雲。浮光欲纏卯。輕勻天機梭，亮吉。嚴整斗車璅。東西峥岱華，晋。三五法參昴。天造良亦奇，承珙。地形攢實巧。居然狀倜儻，世琦。從不勢屈撓。峯飛詑天竺，岱雲。石遁笑蠻獠。黔中有石能遁。梵宇鎮不浮，亮吉。鮫宫静誰擾。砰訇碎珠玉，晋。參差亂芹茆。側足渡横彴，承珙。險步著柔橈。休歌雨無極，世琦。會待月出佼。亮吉。

十三日施上舍晋借學廨招飲酒後因步月上南城悠然亭久憩

匝月不出遊，蓬蒿高及我。一葉一草蛩，迎人鳴道左。斜行三百步，已復上城垜。炎接西巘霞，涼吹北林果。迢迢山萬仞，化作雲數朵。秋到曾幾時，泠泠露如顆。孤亭流月采，苔滑渺難坐。歸路直宛溪，沿流數漁火。

廿一日章徵君天育招飲池上以碧筒杯飲酒致醉率賦

蓮葉影婆娑，殘蟾已點波。酒傾千日釀，杯借半池荷。涼露洒肩早，清香入肺多。山公已沉醉，甯問夜如何？

將詣黄山半道留吕州倅厚新宅

各占溪山勝，同營棣蕚樓。酒驚來百里，先十日購山陰酒以待。餅已説中秋。世事拋雲外，天都出嶺頭。曙雞啼亦緩，勸客夢句留。

重過洋川書院感舊

誰從月午樓頭望，我向雲生閣外行。急雨乍醒欹枕夢，長風猶遞讀書聲。攜笻百里身還健，刻楮三年學已成。謂及門譚秀才正治。主欲迓賓僮未識，擔夫争道入山硜。道逢擔夫與輿夫争道，偶詢之，即秀才從遊所携食具。

棕山久憩碧琅玕山館示及門芮生栩

一石欲迎客，一石忽拒人。回頭石兩三，豹伏虎又蹲。凝此霜霰姿，皺入雲水痕。空中經危橋，削處立仄門。回飈生陰厓，儼若集百神。生翠不可收，散入袂與巾。東西判涼炎，向背分晨昏。驚看天半雲，一一吐石根。纔經棕山西，急雨先翻盆。

黄山道中觸黑行五里居人有貽松明者行半里雨急復滅頗甚危險至人定後方抵湯口

嘌黑行五里，士人貽松明。松明行雨中，火滅不更明。濛濛萬株煙，身覺一葉輕。偏于顛危中，撲面虎氣腥。夜行以手前，手拒足始迎。危途一綫蟠，急溜復不停。雨久徹骨涼，幸此轉心清。下山秋葵花，扶我行伶仃。

浴硃砂泉

閒尋硃砂泉，遂就紫雲宿。我抱三春心，來當九秋浴。空明心一寸，藉此勺水沃。心清泉亦澹，至味飲難足。泉靈知客意，貢此六時燠。我亦鑑水心，瀕行手頻掬。勞生居世内，久已忘盥沐。暝坐歷片時，心光湛明燭。

夜起望天都峯

疾雷捲石走半里，激電閃水飛長空。四山草木盡風偃，壁立不動天都峯。洪厓仙客浮邱公，十年三謁青芙蓉。方平學道有真訣，瓶卧不叱疑癡龍。明星玉女開房櫳，面面總與三霄通。我疑日月宿山腹，夜半光采成青紅。朱砂泉亦門奇餤，支枕聊卧温湯中。天雞叫後日將出，宿霧盡捲茅篷東。

紫雲菴阻雨

天上雲如塞，人間雨不晴。濕龍時瞰客，妖鳥亦留行。衲解安心法，松吟出世聲。似傾東海水，濤與枕頭平。

雨兩日兩夕不止復成長句

蓮峯生雲雲對面，一白接天天不見。三更盡處地軸回，頭上隱隱天關開。白光初銷黑光入，萬樹恍零殘墨汁。前山後山悄無色，灰死不然仍復濕。虛堂一燈緑不開，餐飯無異餐煤炱。珊瑚虎魄盞皆暗，奇采不射流霞杯。疾風吹破遊神廟，愚公移山風伯效。涼蟬抵死不一鳴，雨急微聞砌蟲叫。黟山歙山百里間，一萬煙井門常關。海東何時金鑑還，罯遺晴翠升眉彎。

茅篷送及門譚茂才正治歸里

雨挐尋山屐，壬戌秋亦同至此。同眠聽雨篷。故書携孔鮒，時欲箋《小爾雅》，從余質疑。新漲起巖龍。地主情何摯，天都興轉慵。來朝登鵲嶺，雲外望遊蹤。

哭王司寇昶

傳世心期累病魔，一編金石尚摩挲。君病中刊《金石萃編》，未就。釣鱸江上休居早，下馬林邊枉拜多。君著録弟子最盛。挂劍久愆良友諾，斷碑誰爲謫官磨。前訪君病中，蒙以志墓文見委，并口占相贈云：「一語望君須記取，好爲有道撰新碑。」然君子恐未知也。年來老輩銷沉盡，獨向西風感逝波。

胡孝廉世琦約同遊武夷半道以婦病欲遄歸遂改遊齊雲以了尋山之約書此爲别并以寄嘲

幔亭同約謁仙人，白嶽今看訪隱淪。良友馬蹄篇自好，病妻鹿脯帖偏新。風雲徑路通霄漢，兒女情懷損性真。我向武夷君一笑，琴高跨鯉入紅塵。

浴朱砂泉逢石門道士口占贈之

丹竈雖支雪鬢横，淮南雞犬亦難成。年來畧悟平心法，卧看浮雲滅復生。

夜起作

山雨浮十級，盡没九級草。人同巢禽蹲，一一髮蓬葆。呼雞糧亦罄，客忍快量飽。圃中蔬盡割，原上粟亦少。惡雲沈全山，風力刮杉倒。夜半客盡呼，牀頭注流潦。

偶成

耳所不曾聽，天傾地坼聲。聞總若不聞，聲響或暫停。目所不及觀，疾雷破山勢。見與不見同，雷霆亦思避。耳目之用將毋同，不以外入摇其中。精神雖生心若死，至人處世亦如此。

山雲

但見雲入山，不見雲出嶺。多謝山雲心，留人住習井。

八月初一日雨中作

一層檐漏一層澗，更有一層懸瀑來。三處響聲都到枕，半宵孤客暫登臺。下方晴訝上方雨，東嶺雲穿西嶺雷。正欲抉雲飛不透，樹頭老鶴亦徘徊。

雜詩十首

潛虬貼然眠，志乃在霄漢。仙禽摧羽翮，夢已入天半。居卑志偏亢，精意與天貫。不逐燕雀羣，惟供世人玩。

澗松欝千尺，不及卑嶺高。托身崇庢間，頫視雪與濤。始知處塵寰，惟在見地超。但能凌清虛，無須察纖毫。

厚地不自潤，其高仰穹蒼。何況萬類繁，一一資雨暘。一物不得澤，立見枯且僵。我感高厚恩，中夜興傍徨。不然枕戈鋋，尚在西海傍。

平生耽遊山，晝夜皆不捨。藉此日月鐙，無燈先就舍。既無風雨患，又不若暮夜。昨者涉急湍，流從領

水程自祁門至浮梁道中

川程日落更悠悠，無數潛鱗出浪遊。石齒水中排萬萬，商量都欲嚙船頭。

石屋中間路渺茫，小樓當面水風涼。紅窗六扇夜齊啓，消受隔坡金粟香。

頻將濃露洗煙嵐，波影真如鏡影涵。剛欲卸帆風又順，水程西北復東南。

紅蓼花疏接渚蓮，船如駿馬競先鞭。村村雞犬雲中住，却笑劉安枉學仙。

曉過景德鎮

千舫集一堤，卧聞人語亂。初日尚未升，窑煙黑天半。

土人頻開山，沙石墜波上。十里清淺流，沙從船背響。

後遊仙詩

金闕時時響玉珂，太虛清議近來苛。神仙一例頭都白，爲比人間事更多。

浮虛南去好棲真，海水微茫隔世塵。半嶺丹砂明似火，鶴巢都寓古仙人。

半空玉佩響玲瓏，五百仙人結束同。羅襪盡裁新月樣，玉虛高處步天風。

下界仙從上界翔，年來天闕費平章。玉龍行雨多時嬾，好勅麻姑鞭背忙。

天曹百事更辛勤，日日呼龍種白雲。不願上蒼時雨粟，却教黔首嬾耕耘。
閶扉開處傍天河，織錦機邊晨夕過。特有嫩凉生足底，濛濛下界雨聲多。
一道飛流出谷粗，手忙時弄玉蟾蜍。到來始覺名心盡，洞府清閑不著書。
隔却齊州九點煙，醒時闊步倦時眠。近來語默尤無定，杜口能經五百年。
一晝真如百劫長，時時卧起歷虚廊。星巖月壑蕭閒甚，砌下偷眠小鳳凰。
種得昆侖玉一畦，製碑高與九霄齊。人間天上清才少，視草新徵李玉谿。
斷鼇無力已沉山，員嶠方壺杳渺間。欲遣龍宮運神力，一鰕皆戴一山還。
吴剛修月歲時深，桂殿依然斡四侵。枉有故人天上住，姮娥消息轉沉沉。

十一日蚤泊黄邱埠

小雨黄邱埠，微茫波面寬。紫塍收較晚，白露記初寒。歸燕穿帆席，驚魚立釣竿。上饒江路永，三折到餘干。

貴谿過明夏襄愍故居

弋陽溪水繞郊墟，二百年前舊相居。議禮朝中歐永叔，傷心身後賈公閭。九邊兵事謀非左，三受降城績總虚。公以青詞致端揆，不冠香葉計真疏。

弋陽谿上見雁

秋雁已來春燕去，新知雖密故交疏。溪山一帶清如許，正好新晴月上初。

楊家渡

雨雨風風暮復朝，番湖南去水程遥。山陰酒熟眠難醒，夢過楊家渡口橋。

過貴溪縣城

貴溪城外石，石石盡如拳。一一波心出，離離篙眼穿。水光秋入定，火色夜同然。石色皆赤而有光。只覺沙流駛，星馳下瀨船。

圭峯山

太華三峯外，兹峯亦削成。空青無霧障，奇秀與雲争。直柏當胸出，初陽貼掌生。此江清到底，照影亦分明。

舟抵弋陽縣

我行溯饒江，已抵弋陽縣。北風忽然峭，逆浪轉排岸。兹方饒紫石，睥睨色如絢。臨水三百家，平鋪夕陽半。波清真見底，潛鯉欲何竄。俗近喜曼聲，弋陽腔已亂。隱隱出郭歌，舟行及津館。

鉛山縣橋亭遥禮武夷山作

乍離三江津，已抵八閩界。懷玉山半泉，驚飛落天外。甯惟白雲白，山碧亦如帶。一一雲際峰，妙涵秋雨態。湍凉聳清聽，障薄響虚籟。行人遲未至，翻羨飛鳥快。欲禮武夷君，橋亭先望拜。

十四日雨王大令泉之留宿鉛山試院

二千里外聽秋雨，九曲溪邊夢月華。何意故人期再爽，復驚過嶺路三叉。銀河頓改宵中色，金粟先舒天半花。聞道信河河勢險，欲從博望借浮槎。時約望江倪進士模中秋日在武夷相待。

中秋日雨留鉛山

半世尋山約，今偏小滯留。欲看晴九曲，忽得雨中秋。月采虚雲外，天光礙嶺頭。仙人懲後至，不復肯同遊。

是夕王大令招集衙齋即席賦贈

看山千里不知疲，未信人間有路岐。賢宰乍留官舫宿，仙人恐後幔亭期。月當圓夜開文讌，天放晴光接武夷。知我欲從南向望，晚霞五色已分披。

中秋夜三鼓雨止月出喜而有作

纖纖雨止，一更二更。雲白天微青，團團明月三更生。世間事盡非非想，梁月影中檐漏響。主人開筵客懷爽，月與酒杯都在掌。仙人此時會幔亭，雲鶴總向空中停。劍佩往往衡明星，騎驢詞客走欲僵。策蹇不及龍鸞翔，後至乃復同汪芒。更殘雨復來，漏盡月仍出。此時高樓尚吹笛，西月初斜上東日。

十六日早從雨中束裝出城南門

佳節偏難自在眠，束裝都在曙光前。乍醒乍醉中年酒，時雨時晴寒露天。百里程途殊顯晦，一川簫鼓散雲煙。閩南氣候真難定，月正齊眉霧壓肩。

度紫溪嶺

雨中已過三條峽，晝裏仍看四出山。一朵嶺雲含蜃氣，隨風應自海雲還。

十七日宿車盤雨復不止至夜半甫有月

南軒初明北軒暗，雨月僅從軒脊判。須臾雨止月復明，風脚已吹檐漏斷。琅玕萬箇緑已濃，況有黛色參諸峯。星光閃白月閃緑，不雨先覺青濛濛。禽聲破曙啼窗隙，一隊翎毛總殊色。秋凉客夢亦易成，就枕大石聽灘聲。

度分水嶺

名山剛擬事幽尋，日日愁霖苦滯淫。楚國地從今日盡，詹家天自上旬陰。土俗以八月初八至二十日爲詹家天，云晴日常少。鯨鯢險破重溟浪，鷗鷺深知大造心。託處既高寒轉驟，静聽分水戛鳴琴。

自路口塘至羊腸望武夷支山作

青天展笙簟，直下垂山椒。人行枕簟中，登降不覺勞。晴雲卷還舒，一幅鮫客綃。山山成旋螺，轉轉同剥蕉。天思見靈奇，先須削皮毛。瓏玲萬株松，一一森霜毫。甯惟雨露殊，亦覺霞采饒。良田多于棋，土潤已不焦。東西百里中，來往肩背交。茶筍挾兩箱，土人以擔茶筍爲業，多至塞道。捷過猨與猱。灘聲無時停，半作飛雨飄。天青露峯尖，雪白封林梢。乃知正面山，看仍待來朝。

崇安縣屏南橋正望武夷

千峯盡南披，突有數峯峙。初陽天半出，五色露華漬。高黏蘿薜影，恍建赤白幟。棱棱齊振翮，一一思出世。又疑古畸人，天外舉頭勢。遂令雲影疾，儼若電光掣。鴉背落磬聲，心知定誰寺。仙漿時或滴，靈藥誰所蒔。兹城閩越界，分野斗牛次。龍煙開萬井，鳥道分四至。丹梯九千仞，合建祝融治。峩峩武夷君，不敢學平視。

自崇安城外至九曲溪道中作

朝朝霧色宵宵雨，剛到崇安縣裡晴。誰似四明狂客好，仙都許棹酒船行。

紅闌二十五長橋，無數仙雲水上飄。溪上小樓眠乍起，分明殘夢挂松梢。

屏南橋外水光肥，苔緑都成五采衣。一榦一枝横十畝，不教翠羽得斜飛。

亂雲深處嶺重重，知到仙山第幾峯。落日松花黄似雨，鶴巢糧已榖三冬。

連旬屋漏響如濤，澗水平添一尺高。五色石中魚比目，蘿溪秋緑不勝篙。

嶺路千重樵徑稀，峯峯皆中鉤魚磯。白鷗夢亦尋難到，何怪從無鸂鶒飛。

閩南文采固無雙，劈嶺皆堪作石幢。我欲磨崖勒名姓，却驚飛瀑打船窗。

巖扃三面嶺縱横，入郭煙嵐倏變更。一片黛光浮睥睨，崇安城是薜蘿城。

三神山上久盤桓，雅識瓊樓玉宇寒。植物較多生物少，松杉鳴總學龍鸞。
飛流落處接雲生，此是仙人十二城。臥對一峯看月落，木樨香冷浸桃笙。
松古時時學折釵，陰森雲氣亦難排。奚童不識靈奇蹟，衹覺巖東老虎厓。
沿溪一棹古香濃，夢冷神恬睡轉慵。夜半清光徹天地，馮夷宮接廣寒宮。
露白如珠夜有光，疏林隨處静生香。舵樓合署秋花屋，插徧深黄與淺黄。
掉頭來復掉頭還，魚鳥都無此客閒。却趁幾宵圓月好，推篷徹夜看仙山。
水緑如油染不成，初更明月鏡中生。宵凉幸泊金雞社，好聽更殘報曉聲。
危厓仙果樹頭嘗，瀑布頻添飛雨凉。我意欲留旬日住，出山流水一何忙。

武夷山謁沖祐觀兼望武夷諸峯

雙樟森天竿，獨桂墮月斧。仙人五畝宫，破碎竟難補。藤蘿纏笏冕，蛇兔穴柱礎。星官雖擁盾，雨立亦殊苦。抬頭峯何奇，窴窔具廊廡。形仍留渾沌，質不厭椎魯。前蹲不能却，仰亢安肯俯。凹疑夏金鼎，突訝周石鼓。凡兹巖與壑，物物留太古。厓形開裂處，黏以一寸土。排空走風雷，境異絶貙虎。摩挲尋斷碣，裂石僅三五。仙居真太息，所列衹環堵。暝坐圮閣旁，古香生洞府。

入第一曲宿水光厓望天樞玉女諸峯

枕席遊名山，持篙勝携屐。隨雲泛靈宇，飛隼亦難及。丹黄衝目過，黝黑抉脰入。玲瓏穿胸奇，曲折扼吭急。微凉風霰重，薄暝怪靈集。神嫌峯黯淡，猨訝徑生澀。陰陽一磨盪，天地此呼吸。杳然波三重，緑若衣百褶。探厓雀方哺，俯壑魚可拾。危菴臨萬仞，空處立千級。荒荒百重莽，積此太古濕。枯僧前已遁，疑有怪龍蟄。稍西峯愈峭，目力轉不給。偉哉九曲谿，奇險斷難十。

舟行第二曲望虹橋板厓

横木支作橋，直木立作屋。仙人苦多事，占此作盤谷。時携忘世侣，或亦棲眷屬。圓開雙月牖，境仿兩天目。東西缺盈丈，直下即潭腹。仙人能飛行，尚亦支獨木。又聞恒榦摧，藉此裁作櫝。古無不死人，其理已可燭。仍爲身後計，習恐染時俗。天風一吹盪，香氣尚芳馥。人生駒隙影，百歲期苦促。能謀千日醉，無待一棺束。大笑欲絶纓，舟行第三曲。

舟經釣魚臺并度溪望仙人橋諸勝

半石上接天，半石下壓溪。棱棱一石中，向背分東西。鴻濛未開前，誰已兆殺機。至今空山中，早復安漁磯。潛鱗逆波來，不敢浮漣漪。危厓復重重，鷹隼亦怯飛。扁舟偶然經，頗亦怵路岐。側聞賢聖心，歷險貴不迷。奔車少墨胎，墮甃無宣尼。又知明哲懷，濟世夙所期。一物不得安，周流每棲棲。閩南實巖疆，民力又已疲。何因障海氣，竟與赤岸齊。芟除本不難，乃致戮久稽。誰携百尺竿，釣盡鯨與鯢。

接筍厓以索斷不得上僅尋仙人掌雲寮泉諸勝而返

鐵索斷難續，石門扃不開。日月愁巇巇，到此馭欲回。壁立萬仞强，滑不生莓苔。足底蟠九淵，眉端挂三台。高堪鎮全閩，重亦壓八垓。我行歷寰區，此足稱奇傀。亭午赤日中，色暗仍如炱。得非太古時，凝此歷劫灰。媧皇不能鍊，委棄遂成堆。終憐石千尋，不置土一坏。山僧欲結茅，心怯絶壑雷。仙掌一畝平，鋪此星纍纍。庶幾夜半時，或有光景來。

自六曲溪上嶺五里至天遊莽 對面即天心菴。

一石削作壁，其高侵雲頭。峰峰盡停雲，獨此雲不留。飛鳥貼尚難，何况麋鹿儔。藤蘿善攀援，至此伎亦休。憑兹作石城，大可轄數州。鉏雲種茶槍，間亦開田疇。三霄雨露饒，一歲可倍收。旁行歷百盤，方得升嶺頭。居然三六峯，收此盈寸眸。山人飯胡麻，見客語不訕。得路松竹中，一閣雲際浮。房廊通星辰，好景無不搜。默然坐移時，吾真與天游。

自金雞嶺入桃源洞

一石作一山，石大愁累砢。惟兹洞中石，一一劃然破。金雞迓人入，翠羽留客坐。一谷數石支，琅玕植千個。重重巖岫複，瞥不入塵堁。厓頭飛瀑重，石勢亦顛簸。仙人遊戲慣，偶或來數个。何曾避秦客，于此洞中卧。山深人迹罕，近亦設巡邏。人心漸澆漓，藉險避茶課。仙扃一以豁，靈樹亦遭剉。坐令三道士，顏色盡寒餓。我欲塞洞門，横排石如磨。

九曲溪盡已抵星村偶登木架橋望迤西諸嶺 一縣所産茶，皆叢集于此。以是川、湖江、浙人無所不有。

采茶十萬人，擔茶十萬夫。即此茗飲微，先已繁人徒。藉此肩背勞，庶幾育妻孥。土人頗急公，税總先時輸。崇安大安關，一一須合符。川湖陝廣人，日日塞道途。遐方集幽凉，近郡趨杭蘇。云皆集兹村，賃屋常不敷。又聞一山茶，足抵一縣租。人皆競錐刀，利在害即儲。山空人事多，夜半猶傳呼。微明涉溪橋，長嶺環若郛。惜哉九曲溪，至此流已粗。舉杯别幔亭，村酒仍須酤。

回舟自第一曲沿嶺至止止菴復古菴紫雲洞久坐大王峯下

一峯雖欲頹，七竅仍未鑿。鴻濛元氣在，妙在不塗堊。縱然工草創，中已具邱壑。天風一吹盪，響若撼虛橐。抑從開闢始，勢積已欲落。雖無靈物住，幸有怪藤縛。積氣頂上生，全閩掌中拓。陰晴此分界，雷雨藉旁礴。精藍嵌其下，頭仰手難摸。嚴寒樵跡斷，幸此時隕蘀。艱危營略彴，層累措高閣。平生好奇性，至此亦錯愕。殘蟾猶未出，零霰已飛薄。終夜坐柁樓，齋心契冥漠。

廿一夜五鼓乘月登盤珠岩歷落石精舍天心菴迷路久之甫得登舟

明月不在峽，明月不在溪。茫茫月半圭，惟照天中梯。我行仲秋杪，涼露又已凄。高低磴百層，咽露蟲亦稀。浮空嶺盤盤，直上無端倪。遵厓眺東南，嶺峻月轉低。四山何煇煌，五色霞采披。因兹玉蟾蜍，曜作金狻猊。中途出山房，磊石石愈奇。枯僧知姓名，乞我留篇題。倚檻花疏疏，堆盤果離離。手指天心菴，云在叠嶺西。幽與月窟通，高訝天遊齊。去去勿復嗟，世坦無路岐。尋蹊路已叉，涉壑境始迷。

磊石精舍貽永清上人

我乘殘月到盤珠，磊石山房玉不如。却有永公能愛客，堆盤奇果出僧厨。滿廊修竹滿廊風，八月花開龍爪紅。怪底梵聲清徹漢，一雙元鶴化青童。

採茶歌

採茶人，多建昌。三月花時來，木落還故鄉。一年八月山中住，多買山園種茶樹。茶寮要比僧寮多，喚作江西採茶户。蠻童更較蠻女强，堆髻兩兩茶花黄。天然一樣好顔色，真味入葉花無香。房廊處處青煙鎖，雨後焙茶須細火。川湖陝廣客已齊，範錫似銀將茗裹。籠茶何止達八方，衣被已到西南羌。龍媒合隊易鳳餅，到口一滴如瓊漿。《茶經》此日須重續，顧渚松蘿味都薄。只惜仙人頂上頭，千層鐵索皆傾落。茶以武夷峯頂者爲上，今索斷不能復采。我來偶到生公房，幾葉却許清晨嘗。沉泥陽羨甆景德，飲罷兩腋生清凉。乞作采茶歌，采茶人並在。盤盤九曲溪，歲歲三時采。君不見，秋茶採後採春茶，三月韶光豔如海。

九曲溪放歌

昨訪匡廬君，偶然携五老。香爐峯前雙白龍，光到九天仍㬈㬈。今尋武夷君，隨意遊九曲。溪流一曲改一色，九曲溪完建溪續。東南奇秀甲此州，太白恨不同來遊。遂令頑仙占此作洞府，桂榦作屋沉香舟。散人來遊仙亦走，空挂雲蘿洞門口。我知歲月本無常，爾竟欲與乾坤争不朽。日携仙人笻，夜宿仙人舟。羅山浮山仙蝶已迎客，勸我何不便道遊羅浮。從此淩三山，從此跨十洲，快意便與天公遊。不知瓊樓玉宇，我亦住十載，荒飲謫佃星宿海。昆侖仙子亦不留，荷戟歸來顔鬢改。誠不如溪一曲酒一杯，酒盡即擲黄金罍。水底灧灧龍宫開，濯足便已升雲雷。幔亭仙人留客不能住，鼓棹仍尋富春渚。錢塘潮已不及期，歸路却喜霜螯肥。

自崇安溪至建陽

百里溪程水沸湯，兩邊山色送人忙。遊仙夢覺桃笙暖，已報飛帆到建陽。

題建陽北郭閩王廟 祀王審知兄弟。

不階尺土便稱孤，早日先分刺史符。難弟尚堪嗤趙宋，生兒原未愧孫吴。光黄家世基王蹟。閩越山川展霸圖。酹爾一杯天半酒，挂帆明日下西湖。

廿五日宿麻沙塘

橋亦長三里，驚流險拍天。欲遲殘夜月，稍怯瘴溪煙。鵝鴨居樓上，蠨蛸落枕邊。五峯山外瀑，擾客不成眠。

題崔三景侃折枝畫扇

濛濛只隔小窗紗，相約秋中待月華。忽詠異香生扇底，頓教胡蝶憶春花。

鳳爪花頳鴨脚黄，動人秋豔不生香。朝霞一片清華影，尚認紅顔未退房。

過邵武府

東南如掌出平原，百轉千回石築垣。山水清嚴浮去艓，雲煙明滅挂飛猨。西南有飛猨嶺。儒流解撰孫公疏，《孟子正義》乃邵武士人假撰，託名孫奭。理學仍分建水源。却隔武夷三百里，土風猶習種茶園。

萬年橋

建州郭外水迢迢，奇石嶒嶸束澗腰。正好夢中行數里，初陽紅上萬年橋。

續遊仙詩

憶送青禽西去遲，淡雲涼月羽參差。白榆芟盡栽紅豆，天上思君十二時。

上清何意蹈危機，百尺新裁蝃蝀梯。纔覺半身雲外現，却驚頭上響天雞。

遊戲三霄暨十洲，自來蹤跡好居樓。化人忽憶前身事，淚入天河清淺流。

一幅迴文五采舒，青鸞銜到墮階除。散仙不識蟲魚篆，翻訝《元經》是謗書。

衣袂都將淡色裁，揮殘清淚化瓊瑰。玲瓏千尺飛廊好，曾有仙人剗襪來。

雲中秋夢欲分飛，馬首清寒逼翠微。仙蜕偶然思羽化，烏君山上假烏衣。

天衢三萬六千賒，來往真憑電作車。要與下方通曉夢，閶扉開處月西斜。
偶逢風露亦悲秋，仙藥難靈病未瘳。親向三霄問無恙，月眉露鬢不勝愁。
路徑生疏杳不逢，祇聞玉佩響玲瓏。最憐夢亦無尋處，雲氣千重露百重。
記向雲窗共劈箋，行行瑣事説生前。天門小别休惆悵，後會依然五百年。
仙語親傳蕚緑華，欲從秋杪放春花。何如隨我天河去，八月同浮博浪槎。
上方花鳥自天成，卧榻閒隨斗柄横。慧業盡銷塵劫斷，獨留一閣號無生。

初三日謝大令壇具行榼招遊烏君山是日適值余初度率賦一篇

竹緑如莎草似茵，溪流曲曲不迷津。快携謝客登山屐，更假淵明漉酒巾。園叟偶然周甲子，湘纍猶是憶庚寅。二千里外三重嶺，誰識先生自壽辰。

烏君山道中

夙有烏君約，先携紅友來。水村時墜果，山鳥看銜杯。夢影圓如月，溪聲轉若雷。遥知小兒女，花裏綺筵開。連歲此日，兒子輩皆插菊百瓶爲余開讌。

抵烏君山

晴紅冒諸峯，碎緑展十里。幽人喜尋幽，先鳥著衣起。宿雲蒙郭外，一綫路初啓。村村秔稻熟，童叟輾然喜。涉澗水嚙衣，穿林蘚黏履。丹霞生氣表，紅葉墮林裏。靈奇具指顧，雲霧倏移徙。九叠屏縱張，千盤磴先圮。中途看瀑布，凭石聊作几。漠漠四山香，濛濛生袖底。

未抵山半急雨止茅篷

雲方從郭回，雨忽自天下。深山松竹暗，正晝忽疑夜。茶菴僅容膝，正嵌北山罅。衫裳先已透，襆被暫思卸。幸逢農事隙，于此話閒暇。欣兹嘉穀稔，兼詢苦茶價。叠嶺雲苦濃，茅檐雨如瀉。攜尊聊自壽，淺坐瓜蔓架。尤驚山外日，晴景相激射。何應主者吝，無復羽衣借。流潦行半程，幽巖税塵駕。

光澤縣東四十里宿杭溪閣

離程卅里水沄沄，尚帶衙齋宿酒醺。願化水鄉雲一朵，夢隨新月到烏君。

山縣應知近海場，吴鹽顆顆出新霜。欲烹邵武溪頭鯉，先試崇安郭外薑。

初七日早渡雲𥕢嶺

百折千回路不同，猨梯鳥道總斜通。添衣尚怯三霄露，落帽先經九日風。次第嶺生炎瘴末，東南家在海雲中。危途幸有停驂處，竹樹蕭蕭半畝宫。

度雲𥕢嶺即抵江西界光澤送人欲回復寄謝大令一篇

武夷仙人住雲頂，邀客來看半秋景。我泛晴溪九曲舟，尋幽直到烏君嶺。烏君嶺逼杉關畔，却有仙人宰山縣。城郭千家翠月飛，樓臺五色秋雲絢。日日尋山問水忙，攤書仍復向閒坊。三條巷作嫏環曲，百尺橋如螮蝀長。謝家初度崔除夕，初三日，值余初度，大令爲余置酒。令妹，吴安人，余戚屬也，亦出爲壽。因憶乙卯冬，余使節自黔中回，在姻家荆州太守署過小除，崔恭人亦偕哲兄聚東魯，思約余作消寒第五會。崔、吴並能詩，不減乃兄。兩地親情欵遊屐。各有閒庭咏絮人，中郎阿大欣俱集。愧我□□復荷鋤，半生先已雪盈梳。何應西海歸魂久，尚認南溟訪舊初。

鉛山澄波橋作

風酸雨薄恨難禁，腸斷秋棠傍砌陰。同是九秋籬落景，瓜黄花艷不傷心。

九日在河口阻雨寄王大令泉之

難題九日糕，尚説中秋餅。光澤令贈餅一筩，至此方食竟。漠漠坐蕭齋，思君隔重嶺。

上饒道中

過盡紅闌紫石橋，信河新漲緑迢迢。沿林柿橘浮波鯉，一路看山到上饒。

玉山擔

心欲不平，走井陘。欲心平，玉山道向常山行。長途百里平如砥，初日浮紅擔夫起。中央白石勦紫英，石卵如玉光晶瑩。來東去西路皆讓，閉目如行石牀上。擔夫生長山縣旁，生世不識離家鄉。朝看山雲暮看月，往返不曾差晷刻。西江上饒東富陽，山水窟裏雲飛揚。攤書一卷眠還讀，已報中途飯先熟。君不見，行人喜説上玉京，只恐天路無兹平。

江山船

江山船，船九姓，世作婚姻無別訂。江山船，左右蠡作窗，持篙之妹皆一雙。江山船，兩邊柱，人數不論鋪數，一鋪一人隨意住。蘭谿西郭桐廬東，水緑總照山花紅。沉沉夜漏時開燕，蠡殼窗中蟾魄見。蕭郎老去不傷春，窺鬢不須仍覿面。鄰船簫鼓何盈盈，我心轉比嚴陵清。孃持篙妹持柁，行客篷窗自高卧。君不見，鏡雲一朵忽飛來，只認散花天女過。

蕭山轎

蕭山轎，如束濕，兩頭纖纖中窘急。西興渡口通錢唐，百里喚作輿夫場。潮來潮去皆不避，履水真如履平地。有時路盡轉欲前，飛步直欲行青天。蕭山輿夫世應寡，負重如牛迅如馬，趁得輿錢僅盈把。半程輿忽肩頭卸，更向石牌高處架。輿夫蹠實客蹈空，欲下不下心沖沖。六橋花柳原無數，日走西湖如不覩。天閑十二驊騮驕，誰識道上輿夫勞。請因馬力借人力，厚給蕭山轎夫直。

白酒

已斷山陰釀，衢州白酒來。一風妨挂席，三漏盡銜杯。青女期難爽，烏君夢未回。寫愁兼寓感，聊復竟千罍。

過蘭溪

一派蘭溪水，迢迢尺五深。飽諳經世味，漸減近名心。夢繞松篁外，吟依橘柚林。怪他衾簟冷，月墮一峯陰。

蘭溪道中

嫩紅已復染枝條，一路山光水色饒。笑我比年真退鷁，來船帆幅盡伸腰。俗語云：千摇萬摇，不及蓬脚伸腰。

夢中頻復起推篷，要驗空江夜半風。時有一枝臨水塔，七層堆月影玲瓏。

舟行將抵建德

嚴江雨氣何濛濛，十里五里灘重重。順流亦復盡人力，却值五日東南風。嚴陵江水清如洗，飛隼影看沉到底。三層雲氣護峯棱，五色采文分石理。嚴陵江水無一尋，水心清澈同我心。惜無一客似皋羽，幸有五斗携山陰。蕭晨已覺流光短，如夢紅林百千轉。萬端我正感茫茫，雙槳尚歌歸緩緩。

過嚴陵灘

古時月照今時灘，古人總比今人閒。古時魚鳥竟何在，只有化鶴人飛還。西臺垂釣東臺哭，來往茫茫時代速。除却狂奴七字書，一篇生祭文堪讀。古人今人亦相接，眉近豈知難見睫。欲悟勞勞世上人，青林一日飛紅葉。三十年前舊友汪，癸巳年九月，與汪大端光自新安同舟過此。時汪官廣西司馬。近從陽朔看山忙。徐君墓亦無尋處，徐太守日紀桐廬人，没已及十年。明日扁舟下富陽。

七里瀧

我尋九曲溪，復渡七里瀧。紅雲仙人舟，緑浪吴娃艭。寰中看水亦已足，一曲水環山數曲，水色冥冥作青緑。兹逢九秋杪，值此千林紅。白雲黄葉兼丹楓，五色宕漾空江中。何因霜降無來雁，仍有秋分未歸燕。三尺梅粱記共棲，萬株楓樹重相見。天青月澹雲不流，景好可惜無人收。明霞海上來無際，蓋得萬家秋夢膩。桐君揖客上嶺行，却值山縣雞初鳴。午潮初平子潮起，魚尾壓波紅十里。

小泊桐廬山村

山雲平屋頭，水雲平砌下。沿坡三四家，居然住雲罅。遲遲月方出，挂席此間卸。人家閉門早，飛瀑向窗瀉。疏籬一燈背，清夢想閒暇。已有荒雞聲，嘐嘐起殘夜。

富陽江上買得一生魚乃縮項鯿也喜而有作

歸途擬趁月初弦，詎料秋冬節序遷。李白世皆傳欲殺，班生人望已如仙。果烹菱角長腰好，魚煮槎頭縮項鮮。雨日富春江上路，快看潮信似年前。癸巳年亦九月十八過此候潮。

十八日自富陽陸行至西湖就壑菴小憩即邀小顛載舟二僧泛湖至五柳居小飲月上乃返 分韻得「奇」字。

剛喜秋中到武夷，又從九日醉東籬。九日阻雨鉛山，醉逆旅陶翁家。難忘蒙頂仙人約，敢後孤山處士期。訪友半塘容欸曲，觀潮絶壁最恢奇。居然雲水成佳會，并挈閒僧泛總宜。是日登六和塔觀潮。

是夕宿壑菴值破迷方丈初度賦贈一首

蕭晨偏覺賞心孤，重展元宵舊夢圖。元夕在湖上看雨。山月四更容獨酌，水窗三面眺全湖。定知歸計輸秋燕，不盡心期語夜烏。明日古重陽已到，更從佛屋飲屠蘇。

哭錢三維喬三十韻

歸里忽哭君，年前哭君子。憶自君兒亡，預徵君欲死。君生抱隱憂，悲痛常填胸。九天與九地，埋寄均無從。復從前年來，憂貧更憂病。閶門不一出，兀兀學禪定。所居半間舫，乃抱一世憂。上愁國計虛，下苦民俗偷。出位貢一言，當局笑迂緩，寧知危苦詞，所見實深遠。半園半甫就，半已出巨萬。何常疏平原，亦未記午橋。囊金已無多，爲善苦不足。時解身上衣，頻分口中粟。我行三萬里，兩惠尺一書。紙色何黯慘，淚點仍糢糊。以君出腹孫，字我甫生子。人方計勞悴，君獨誓終始。哭我邗水頭，夢我祁連山。我歸君釁成，君以禁競渡，致遭里中毁折房屋。戚戚無歡顏。逐臣縱生還，良友遽死别。君詩我點定，我句君剖析。我時勸君達，君轉規我狂。遠出偶一歸，定復升君堂。感君抱沉疴，感君成骨立。甯知三度訪，隔幔成雨泣。君雖不能飲，我自奠一巵。天地色慘悽，哭君君不知。茫茫六十年，仙佛誤君久。我歌醒君迷，君其猛回首。

揚州頻年水灾伊太守秉綬作哀雁詩三章見示率寄一篇

淮海維揚屢告灾，晴天白日浪如雷。居民僅免爲魚苦，長吏能歌旅雁哀。積貯幾年隨水盡，流亡分日渡江來。春陵詩與監門畫，忍爲遺黎讀百回。

跋近人所選名家詩集後

詩人舊例無高秩，前有朱查後蔣袁。誰似新城王八座，一生名位比華原。明邊尚書貢新城同鄉也。

跋同年凌教授廷堪詩後

古樹屋中尋逸士，定林寺裏訪儒林。一編且置南樓上，合與東山門碎金。

城曲望水西山

凌晨欲出門,殘雪封巷口。欲訪水西山,須攜一尊酒。沙深不能渡,舟子尚招手。如雨黄葉來,埋人岸邊久。

將自涇縣抵宣城朱秀才鐘自台泉山四十里冒雨相送率賦一篇留别

昨與故人别,故人今復來。急雨行半程,面帶台山苔。感子送意誠,臨風久裴徊。君看原上禽,更殘亦飛回。窮冬生氣蘇,萬物先根荄。昭亭楊柳碧,待子春歸臺。

答張徵君炯

我行西阪街,苦憶東國彦。千里劇論心,一方難適面。徵君富文史,古笈録幾徧。餘情逮金石,目若巖下電。頃承入行札,已值歲將宴。宛水凍不流,昭亭亦飛霰。城西池館冷,經月罷文讌。京華著書客,定爾炙寒硯。思君成首疾,苦乏致書便。崇名邁前喆,誰把文似薦。來緘屢開闔,庶幾藉排遣。何日墊角巾,能從雨中見。

除日登城東浮圖

紇乾出雀與同升，四壁都鎸佛大乘。錫嶺白飄千尺雪，爨煙紅似萬枝燈。仍憑少日無前氣，欲掃浮雲最上層。心事未酬身已老，倚闌空有興飛騰。

趙兵備翼八十索詩率成二律

雲龍追逐願甯虛，一巷迢迢共卜居。同里又兼同館晚，大名剛稱大年初。年來老輩零落殆盡，惟公靈光巋然，于是益享大名。齊聲久愧荀鳴鶴，爲尾真輸華子魚。絲竹滿堂賓滿坐，興闌我亦夢華胥。

春華秋實久分途，公獨能兼錢少詹大昕蔣編修士銓盧。學士文弨傳世才仍工應世，里儒識本遜通儒。平心論斷追收約，快意詩篇到陸蘇。青史他年要專傳，一編文苑定難拘。

更生齋詩續集卷六

丁卯元日

西蠡河外北江邊，野叟歸田已八年。修竹好花供過目，幼孫弱子漸隨肩。念抛骨肉依初地，飫領煙霞作性天。人不祝儂儂自祝，著書飽食與安眠。

元日早起

一城人未起，先聽一城雞。氣暖春禽集，窗疏曙鵲啼。念隨花漏轉，肩與玉梅齊。疏嬾應成慣，休嫌禮數稽。

村西

村西枯竹林，枝節一何短。枉抛造化心，條條學蟲篆。學篆不已學草書，天然之妙旭不如。東風朝朝雨夜夜，已有驚蛇出其下。

早春試筆

沿門爆竹響如雷，元日柴門嬾不開。舊友衹餘梁上燕，關心海外未歸來。

沿坊走卒遞飛箋，主客應知尚晏眠。五十年來風俗改，何人剢粉到門前。余童時，見賀新正者皆剢粉書門，後漸易以徑寸紅紙，今則又有箋到人不到者矣。

索逋完後索詩筒，頗怯門前車門風。欲築一樓高萬仞，紅塵不到綠窗中。

游戲人間却幾時，已拋竹馬付諸兒。宵來仍作少年夢，誰説此翁雙鬢絲。

西圃獨酌

偶種一叢竹，森森高復低。高者及我肩，低與兒孫齊。竹今生孫我抱孫，愛竹不出常扃門。兒行携壺孫捧醆，竹裏醉眠歸去嬾。

偶開三尺澗，引水西復東。水泉縱無多，暗與西蠡通。泠泠春雨剛三日，西滆魚從東澗出。湖魚味美不思餐，買艇送往湖之干。

偶成一簣山，山石皆特立。峰形雖向背，各各不相襲。主人七尺峰三倍，各具昂藏日相對。昆侖山高上及天，此石小亦呼祁連。

偶築樓五楹，三面望朝旭。一臺名曙華，勢已高出屋。平臺時醉酒百鍾，笑語飄出城樓東。浮圖傾欹巽宫火，郭内三高祇餘我。客秋巽宫樓燬于火。

偶然作

我欽陶靖節，不僅作詩人。世外桃成障，門前柳拂塵。品非文苑傳，夢有武陵春。我亦能狂飲，先留乞食身。

我讀劉伶傳，知非僅酒人。祇求千日釀，不染五胡塵。物外尋知己，朝端有伯仁。傷心三日醒，智已不周身。

初三日曙華臺獨飲有懷亡友黄景仁馬鴻運諸人

春來夢不出春城，未免寒梅滯客情。雙澗急先分地瀉，一樓高欲與天争。難從泉下求三益，欲向花前盡百觥。且莫危言助狂飲，更生居士本餘生。

詠史

前祇三千年，後有一萬祀。若論後與前，我尚中古世。庶幾功德言，不朽成盛事。

日月光流地，滄溟氣燭天。四維相繫屬，一氣本綿延。不見冰輪内，山河影亦偏。

人頭戴鵲巢，人足踏蟻穴。人居禽蟲間，智乃不如物。如何一日中，陰晴亦難别。

金烏不知宵，玉兔不知晝。明明日月丸，識尚有所囿。何况一世人，惛然昧前後。宰相不讀書，或恐暗大義。宰相果讀書，爲害亦非細。不見祖孝徵，勸殺舅與弟。草呼趙簡子，鳥名春申君。人亦倣獸名，龍豹犀麒麟。彼此各相倣，人禽恐難分。古人不著書，後世無則效。古人書誤會，福少禍先兆。峨峨周官經，義等謨與誥。周公以爲治，荆舒以爲暴。

飛鳥共一天，遊魚各分地。湖魚欲入江，已覺水波異。何應一世人，飲水昧水味。張竦不飲酒，乃爲酒作箴。淵明不知音，乃撫無弦琴。馬總于學淺，忽復成意林。始知明識人，各別有會心。

人以日爲晝，鬼以晝爲夜。曙雞啼一聲，人鬼此分界。誰唱鮑家詩，凌風碧桃謝。

人日自京口至焦山

半林花，半圭月，半幅征帆趁潮出，南譙山頭度人日。刀鮆出水一尺長，無韭可剪山誠荒。

京口有懷張上舍崟昆仲暨及門于淵

人日爲今日，神州是古州。舊交三處住，間歲一來遊。地接元猿徑，天圍白鷺洲。無人與酬唱，擊楫自中流。

舟中讀漢書

淩物無妨即殺身，偶逢大度不生嗔。淮陰年少無名姓，青史惟傳胯下人。
約束宮中及府中，申屠嘉有古人風。始知絳灌無真氣，不敢公然叱鄧通。

渡江

多景樓前望，晨光接翠微。浪從潮上落，雪雜雨中飛。與鶴分餘粒，尋僧借補衣。贊公房未啓，先坐釣魚磯。

古意

愚公欲移山，何不倩巨靈。一一手擘之，事簡用力輕。冤禽欲填海，當與麻姑商。輕身一經過，東海塵已揚。奈何二者用心苦，縱有苦心功不補。山形益高海益深，何不與彼同浮沉。上既嗤愚公，下亦憐冤禽。長爪與巨蹠，庶幾知我心。素娥倘奔日，晝景當清涼。金烏倘入月，老桂添深黄。奈何織女星，不列北斗旁。七月七日中，就便挹酒漿。足知日月星，位置仍可商。天如蓮房星作實，顆顆星從房内出。東烏西兔何太忙，北斗南箕莫相失。
不學仙入冢中冢，纍纍今古同。學仙歸亦棲華表，墟墓之間樂事少，白楊風悲接青草。

佛法入中國，添得千浮圖。此法亦復佳，眺覽懷抱舒。不知九層臺，高于七級塔。懷清章華並接雲，中國此時無佛法。

人日泊舟江口

探春須及早春辰，游戲年來任性真。身後名皆讓餘子，酒中仙欲奪前人。命騷詎可同奴僕，對客何妨暫主臣。靈淥滿船誰肯餉，更從雲外買清尊。

春雨謠

雨落地，天難收。雲出岫，山不留。山雲雖出行復返，雨入土中難更挽。不辭作雨潤土膏，一尺禾黍門前高。爲雲最逸爲雨勞，昨宵一雨生意饒。農喜叱犢歸東皋，更望雨脚移西郊。門前雨，屋後牛，能使汝田歲有收。田中收十斛，飼牛亦用粟，行雨龍來潤中宿。

愬松寥閣追悼亡友鮑户部之鍾

猶存寄妹大雷札，忽讀哭兄《寒食》詩。君令妹茝香工詩，其《寒食》一律哭兄，尤佳。出塞冰霜憐我老，過江風日悼君遲。齊名里有王朝散，謂王太守文治。傳世才同江總持。七度贊公房内宿，吾衰先已鬢添絲。

寸草園圖爲張司馬鉉作

西蠡北江間，我亦有親舍。感君事母誠，築室北山下。日扶母杖來，憩此松樹根。涕唾不敢褻，襯以春苔温。感君事母能盡心，窗外孝筍先成林。一花一草不敢觸，却爲曾經老人目。披圖花好酒亦醇，所恨不及親常存。君不見，圖窮我亦淚難止，鮮民之生不如死。

海雲菴古梅歌

海雲菴中梅榦奇，虬枝一東復一西。看花不必待花放，閱此老榦心先怡。一枝北出尤倔强，離樹公然及三丈。回頭忽復思本根，復拗怒榦歸梅身。餘枝四出根不管，草聖居然學懸腕。紇干山雀立不牢，風力盡從枝上榦。自然菴中梅已蜕，兩樹竹樓堪晤對。海門菴亦有古梅數樹。算來總遜此榦奇，獨出應知寡流輩。迎門一枝牙爪全，我來幾欲飽老拳。榦奇花亦饒古意，一朵一朵如星圓。此來看梅復看雪，時有雪意。穩住山中欲三日。鐘魚夜半眠不安，呵凍來看北枝月。

戴文學綺屬題采术圖

飲海心難足，携筇更采山。幾時靈藥就，昨歲敬亭還。酒面紅難浣，虬須白欲删。前身疑李耳，跨犢入函關。

茱萸灣圖爲海峰僧題

茱萸灣中我昔遊，中有活鯉三千頭。畫師畫水不畫鯉，祇覺赤鮻隨波流。披圖悼歎東流水，瘦鶴臞僧已先死。謂慧超。長生惟有赤鯉魚，春雨飛入漕河渠。

月波臺有懷巨公方丈

山僧與鹿皆朝飢，山僧苦瘦鹿苦肥。鹿頑不復受拘束，時向山僧榻前宿。山僧遠出久不還，時復糧絶無朝餐。我勸山僧歸及早，山僧歸來鹿應飽。

初十日憩松寥閣郭明經錡從京口載酒過訪喜而有作并悼令叔舍人堃

前日送君返，今日期君來。君家愛客誰可及，分日醉我流霞杯。尊前檢點二三子，臣叔不癡偏欲死。看松苦憶松下人，七尺昂藏亦如此。年前與舍人久憩定慧寺古松下。東下江聲暫不停，草堂人日感重經。人日泊舟江口，方得舍人亡耗。應知綠蓋樓前路，定有沿門鬼火青。

張司馬鉉屬題黄山圖

石盡成雲樣，山兼得海名。化人煙外立，毛女樹頭行。黄獨安心服，丹砂浴骨輕。天都誰伴我，黄帝與容成。

巨公厓

盤空無路著芒鞵，一尺青苔險被埋。好置石臺三十級，凌風直到巨公厓。巨公開西厓而不置石級，殊爲缺事。今屬補之。

金山妙高臺看落日兼謁蘇文忠公畫像

妙高臺上望，落日大如盤。公去一千載，我來端正看。星明因月淡，地小覺天寬。盥手禮遺像，泠泠江水寒。

枕江樓望北固山

枕江樓上八窗開，正對南譙百尺臺。一色水光平十里，白鷗飛去不飛回。

曲折坡塘宛轉汀，吴姬十五已揚舲。居然北固春光好，甘露寺門楊柳青。

題金山映月樓壁

最憐大地如拳小，却喜長江似掌平。閒向最高亭上望，鸕兹笑我半天行。

海西菴讀亡友郭舍人舊作感賦一首

憶共僧房醉幾場，哭君應亦在僧房。才名死配鮑孤雁，鮑户部之鍾。食料生追李萬羊。君飲啖兼數人。九子峰頭雲寂莫，八公洞口月荒凉。君蹤迹皆在江南。惟應更約難兄弟，君六七兩弟皆能詩。閒向空江奠一觴。

愛　客

愛客華軒特地開，帳描芍藥被玫瑰。都應六曲屏風艷，春夢争從枕上堆。

哭座師朱大興相國

身繫安危二十年，惜猶癖佛癖神仙。都應世望儒臣厚，轉使人疑學術偏。事倘疚心先告客，言因造膝易回天。三朝耆舊三文正，諸城相國暨公謚文正，皆係特旨；至湯睢州之文正，則乾隆中所補謚也。論定均無愧昔賢。

何幸同趨内直班，余與公同直上書房。迂疏福命本來慳。狂言請削門生籍，諧語仍回聖主顔。余不隨部議論死，實出於特恩，然亦公回天之力也。尚恐此行成永訣，頻行遣公子錫經遠送，并諄諄以留此身有待爲屬。豈知謫吏竟先還。料公泉下應相待，九死孤臣鬢已斑。

江干

江干忽值日邊槎，報客沙堤更築沙。老輩漸同霜後葉，殘年多似雨中花。憶公天上騎箕尾，留我田間閱歲華。莫更傷心吟薤露，得閒且自課桑麻。

孫兵備星衍購虎阜園亭爲孫武子建祠廿三日適值落成偕同人放舟往謁并回飲白公祠作 共拈韻得孫字。

一十三篇書幸成，書成鄢郢氣先吞。美人小試平生略，廉吏今爲幾世孫。埋骨地猶徵越絶，迎神曲欲過齊門。吴王臺殿知何在，且傍新祠酹一樽。

理安寺訪寒石方丈兼與知客僧借月話舊

舊住梅花窟，新監法雨泉。萬松參色相，一鉢證枯禪。霽閣春煙聚，陰厓宿火然。客寮談事罷，飛瀑夢中懸。借月曾同遊天台石梁。

廿五日抵西湖即晚放舟至南屏宿壑菴作

到來剛是夕陽天，放艇遥遥破暝煙。却向遠公樓上宿，一湖春水落牀前。

歲歲湖頭訪早春，寒梅樹樹繞吟身。憑誰轉向天公乞，畀我升平一幸人。

曉自西天目中院陟三條嶺

筍輿穿松林，飛瀑醒殘夢。過谿聲乍歇，春夢復分送。飄然三萬里，輿中忽夢天山下萬松塘。夢壓筍輿重。稍稍曙鴉集，山鵲聲亦衆。朝暾光未透，殘月影仍弄。空中盤一綫，萬木撼天動。却感山神心，裁雲作長衖。

抵禪源寺宿復徧歷洗眼泉衆香精舍諸勝

陰厓疏地肺，陽井湛天目。信知天地藴，端在山水腹。森然三萬丈，古亦號浮玉。雙谿出巖罅，四郡彙山麓。雲生無定向，隨意與風觸。尤欣盈寸雨，潤此十圍木。幽人棲宿處，山館翠重複。百卉尚未萌，欣看早春緑。

獅子厓塔院望千丈厓并積雪 厓左近皆祖師塔院。

東厓望西厓，天外一峰出。春花背面開，怯此厓際雪。草根青未轉，寒意沁山骨。松杉千百樹，雪上挺孤孑。僧房三面敞，清磬一聲揭。方烹山叟菜，時有腹疾，知客僧普永餉薑作羹始稍愈。已損河魚疾。古人無不死，理自歸寂滅。不見纍纍邱，都標祖師碣。

由開山殿下嶺至西方菴久憩

石石破空出，盡向雲頭伸。危欄百尺完，奇石猛攖人。石腹裂丈餘，天與人界分。稜稜雪霰寒，此獨餘古春。猨猱竄無蹤，遺果若墮薪。枯僧采盈筐，客過藉以陳。勞蹤暫欲眠，跨下雲忽生。山泉抑何甘，經時口生津。

山行雜詩

柴門石罅開，禽語破岑寂。聊駐萬年藤，驚看一房雪。
閒吟過竹橋，果向靜中墮。豈知厓上猨，窺人竹邊過。
奇石逢奇客，從風亦盪摇。甯知百年外，人共石岧嶤。
洗心我亦能，何况僅洗眼。欲洗雙青瞳，先愁讀書嬾。

師從竹嶺來，曾陪蒜山客。蒜山客亦奇，前年我曾識。僧普永前年曾陪京江張司馬鉉到此。吟詩與山鵲，山鵲未知音。只有溪流好，詩成戛響琴。

二月朔日發禪源寺

石佛菴邊蚤束裝，記程明日到餘杭。道旁古樹垂垂老，天上浮雲故故忙。頻有冷泉蘇酒吻，肯教閒事入詩腸。兩朝耆舊君知否，不願人推陸與楊。時有以陸放翁、楊誠齋相擬者，故戲及之。

臨安道中懷古

衣錦營邊蚤日暉，客行三面嶺崔巍。試觀逝水滔滔下，不礙看花緩緩歸。履險程途容夢過，偏安事業與心違。滄桑陵谷都如此，莫聽猿啼淚暗揮。

自禪源寺至中院道中

尋山無意別尋芳，時覓籃輿逗古香。看盡梅花一千樹，於潛山縣到餘杭。

柳杉無數據山巔，松柏參差僅及肩。願作人間不才木，心空先已壽千年。柳杉惟天目最多，有至十餘抱者，以心空不適用，故得常存。

苕溪溪水緑如油，萬澗居然集一流。若到滄溟更回首，天源池在海西頭。

南屏日昨放輕舠，淺醉湖樓酒百瓢。清夢尚須分兩地，西溪梅樹半山桃。

護龍嶺望東天目作

夢度溪頭嶺，襟開樹杪煙。欲觀天左目，頻聳客前肩。揀歷新春過，看花古路偏。年年當此日，皆在客途邊。

夜宿青山鎮

過盡柔桑陌上亭，酒旗招我我方醒。青山何苦忙如此，送客勞勞不暫停。官清縱乏於潛絹，縣小猶分安邑肝。贏得道旁人聚聽，燭花影裏説長安。時逆旅中，值於潛令蔣君光弼話舊至夜半。

方竹杖歌報謝西湖僧小顛

上人贈我方竹竿，森森八尺白玉寒。削之爲杖無不可，一贈枯僧一貽我。以一竿贈理安寺方丈寒石。因之我憶元道州，甯方爲皂圓則羞。胥原欒却等倫耳，未願萬户居通侯。君不見，曲如鉤，直如弦，我甯纍纍死道邊。又不見，圓爲卿，方作皂，我願儀儀作官導。主人與杖有夙緣，戇直那復知其然。苔封蘚蝕性所喜，詎要天上蛟龍纏。携之南北隨所適，杖壽千年主人百。馬通縱作漢上公，羊舌甯慚古遺直。上人嗜酒我嗜書，掩卷且急謀行沽。上人醉死我倘弔，方竹杖頭酒一壺。噫吁嘻，七尺身，一尋竹，早共出遊宵共宿。他時杖破削作牘，紀事尚爲南董續。

餘杭蚕行

曉日尚未出，村村桑柘煙。山行路高低，所苦希平田。士女來何多，均挈市楮錢。一廟一瓣香，前後禮拜虔。自説神貺多，山場屢豐年。

續燕子樓詩爲某姬作

欲向雲谿上，重營闞盼樓。更憑雙燕翦，翦斷一生愁。玉貌辭金粉，紅顔到白頭。應知感恩妾，端不負徐州。

二月二日作

名山歷偏興飛騰，風日融和得未曾。獨有繫人清夢處，社公生日萬枝燈。吾鄉社火最甚。

憶楊户部芳燦兼柬顧秀才翰 時奉太夫人諱，寓居江甯中正街。

中正街前君念我，青泠江畔我思君。舊交苦憶王琴德，死友驚聞方梓雲。人有傳方梓雲死者。九級未妨傳彼教，時居長干友人有以浮圖九級考相質者。五言誰可張吾軍。故人有子真堪慰，寄我新篇已不羣。

里中謡

羝羊羣，吠犬獨，牯牛兩兩行不速。鵁鶄喜雨鵲喜晴，白鷺趁鴨行前汀。君不見，東家女兒嫁比鄰，鵁鶄一隊來迎親。阿姊嫁遠方，阿妹嫁宅邊。回頭語阿妹，父母心何偏。遠行三年始一歸，阿妹日日趨親闈。君不見，姊行甯知妹心苦，姊婿讀書儂婿估。

縣隸來，狗夜吠，一巷人家夜齊起。隸行欲殺雞，不管雞能啼。隸行欲索肉，不管母豬兒在腹。隸洶洶，捶阿公，阿婆旋轉門闌中。隸行飽餐錢飽橐，縣隸出門家夜哭。

菜花黄，韭花白，黄白斜鋪繞君宅。菜行作羹韭作齏，屋外山果仍離離。阿姊飼新蠶，阿孃繅舊綫。阿妹采桑愁客見，却把桑條半遮面。

度鶯脰湖至八尺鎮

南潯酒未斟，平望魚堪食。春事已三分，歸途纔八尺。黄蜂未出紫燕稀，胡蝶已向枝頭飛。社公生辰啓新醞，却喜百花生日近。

與吴上舍蒸從孫烜同登雲巖寺塔望海

到海三百里，浮圖六七層。滄溟全在目，日月竟同燈。境覺寰中窄，心從物外澂。因携兩年少，清興益飛騰。

戴上舍延介屬題宋文信國殘札

家亡國破死偏遲，猶向邊隅乞濟師。整頓乾坤待何日，流離骨肉歎經時。未趨西市心先定，已敗空坑力不支。我亦生平慕公者，心香一瓣淚千絲。

寒螿墩謁外祖父母墓

黄花十里望中收，兩水空明夾去洲。酒向寒螿墩上灑，響從乾鵲樹邊浮。存亡偶爾揮殘淚，余次子暨從子婦皆埋骨于此，與外家墓咫尺。中外居然合一邱。尚喜老夫腰脚健，年年此日定來遊。

花朝日同人檥舟亭雅集至月上乃返

絶憶去年今日，最憐似夢如塵。又看四分春色，依然十五閑人。同遊亦十五人，與前歲同。

桃樹千枝婍妮，時吴封翁端彝補種桃梅至百樹。玉蘭雙樹精神。玉蘭盛放。何妨夢得前度，此是宗之後身。

詩同杜甫《漫興》，〔一〕文學楊雄《解嘲》。客夢忽來杯底，征帆時度花梢。

玉局堂前語燕，金閶亭外流鶯。地喜四時皆勝，天教十日全晴。時適從吴門歸。

過了社公生日，百花生日方來。半圭月浸新柳，一陣風吹緑苔。

難得花開笑口，愁他柳鎖眉頭。一半埋憂地下，謂蔣立菴刺史、錢大令竹初父子、徐向之太守諸人。尚餘一半來遊。

十五日近園看杏花兼飲得月軒作

杏花待春雨，春雨久不來。辛夷亦嫣然，尚傍疏梅開。客行不行滯杯酒，已泊春船蠡河口。酒酣乘興忽出門，滿地月光隨客走。

以著書漢瓦當硯贈涇川胡孝廉世琦兼繫以詩

故人垂老還耽書，斵漢瓦硯爲蟾蜍。故人書成硯堪寶，移贈玉堂人視草。三十二字小篆工，爲亡友錢州倅坫所篆。突過鉉鍇兼瑛公。斯冰之後一人耳，錢自鐫一印章，曰「斯冰之後，直至小生」。此語已輸張侍中。《北齊書·張景仁傳》：景仁以侍書致位侍中，封建安王。故李百藥云：「自倉頡以來，八體取進，一人而已。」叢編披殘兔豪退，此硯稜稜更誰輩。天荒地老瓦獨全，冷眼看人二千載。瓦當中有黄色如鉅黍，絶似端溪鸜鵒眼。

及門譚秀才正治注小爾雅成因繪洋山注雅圖乞題爰跋其後

我耽六書老不衰，鮒慎雄揖籤常排。及門習此亦幾半，魚魚雅雅真吾儕。譚生生長洋山腹，獨嗜古音兼古讀。文章應世甯不工，不使奇書混流俗。人疑贋作無乃冤，漢世先已争流傳。劉熙《釋名》等書已引《小爾雅》。閩吴越本盡譌陋，我借宋刊繩其愆。山中百事皆能捨，手訂此書仍手寫。文深人説錢少詹，少詹亦不盡信此書。武斷我譏丁小疋。見余《六書轉注録》注中。南唐及此將千年，君家化書留一編。恐非此編不朽業，遠遜吾子蟲魚牋。故人老已難箋雅，孫兵備注《爾疋》未成。勤學多君侍親舍。留傳家倘置一編，或有精心過君者。山窗燈火三載同，近復四載離山中。煩生傳語同學吕，吕文學培時將注《五代史》。亟注霸史匡歐公。

哭莊上舍曾儀

蘆溝橋畔别多年，余遠戍時，君與張吉士扶病送至蘆溝橋。握手欣看落木邊。去歲九月君過訪，與詣旗亭痛飲乃别。欲以苦心傳絶業，難留癯骨證飛仙。生隨海燕成遷客，君無家可歸，其卒也在崑山張氏。死惜江城少墓田。君季父性乖戾，不欲君埋骨先壠。老友哭君時最慘，殘星明滅雨綿延。

哭張太守鳳枝

自經萬里鬢全霜，垂老無家寄食忙。君自戍所歸，寄居弟宅，弟之婦頗不能承順。最苦北門同永歎，君宅在北門外。記隨西海看斜陽。頡羹事往仍餘恨，銜索魂來早斷腸。君妾冉氏，寄居姻家，爲人所挑，銜恨縊死。正好哭君逢社日，一樓燕翦月昏黄。

溧陽道中

風光多在半春時，月正如圭柳若絲。絶憶謝家樓上路，杏花撩亂燕差池。

追悼同年李兵備廷敬

愛客時時約客遊，十年黄浦五淹留。余戊午年乞假歸，即訪君榷署，嗣後復四至上海。彈琴海上成連操，君善鼓琴。泛月江邊太白舟。甲子中秋日，君特招余及同年吴祭酒錫麒、鄭侍御澄諸人，至海口泛月竟夜。舊友升沉同雨散，使君蹤迹最風流。茫茫一掬臨岐淚，飄上吴淞百尺樓。

舟至淺口半日不得行因閒步岸上作

秋千影裏紙鳶斜，寒日剛來淑景賒。一寸草心三寸雨，四分春色二分花。故人已往經年夢，燕子新巢第幾家。半晌陰晴渾不定，綠楊枝上颺黄沙。是日雨沙。

將至水陽

此日西風緊，遲遲過水陽。岸花當面放，村柳及肩長。夜渚猶凝綠，朝暾故染黄。三年敬亭住，渾欲認吾鄉。

舟次望敬亭山作

敬亭山色别經時，薄薄東風漾雨絲。新柳綠藏漁父艇，小桃紅入水仙祠。半生我憶琴高渚，一屋人吟謝朓詩。檢點韶光要行樂，長堤已有燕差池。

敬亭山房讀書示符孫

讀書窗外浮雲徂，今吾已復非故吾。雖然老至尚不倦，日課一卷携一壺。沉思忽復入皇古，雅意倘欲追先儒。座旁有子性識懦，昔爲童子今丈夫。七尺已及檐前梧，六經不熟仍咿唔。我家田荒惟有書，吉金樂石堆滿厨，汝不努力胡爲乎！心堅力猛氣欲麤，落筆始有神攙扶。要探虎穴得虎子，何止僅攬驪龍珠。隨肩既自有羯末，謂祚孫、齡孫。繞膝況復生於菟。符孫去歲已生子。爾不見，敬亭山色清且都，宛水涇水流何舒。城南讀書有舊例，慎莫輸與韓家符。

北樓久坐

欲避笙歌席，高齋坐片時。菜花黄盡處，風力颺游絲。我面山樓坐，山花入望遲。豈知山上鵲，看我亦多時。

廿六日偕胡孝廉世琦宋文學佳士自春歸臺上城至悠然亭一路桃李盛開遂至南樓茶話乃返

城頭一晌度東風，城裏桃花城外紅。猶幸米囊開似雪，尚隨仙李艷晴空。曲曲窗扉面面開，東風無力捲花回。一雙燕翦千絲雨，入夢經旬並不來。時望雨甚急。人隨蝴蝶蝶隨花，都到城東賣酒家。偏有鵓鴣聲兩兩，静從樓角訴年華。城東小史劇多情，喉轉先于出谷鶯。時宋君携歌者至。正好四更殘月出，踏歌聲裏送人行。是日宴孝廉寓齋，夜過半乃回。

寒食前一日夜坐

十丈游絲接，攔花不出城。好春惟二月，望雨到三更。露鵲飛無影，風鳶墜有聲。奚僮忽私語，插柳趁天明。

清明日雨飲戴教諭大昌宅

驟覺風棱軟，因知地氣蘇。花光環列雉，雨色上浮圖。令節先蒸餅，婺源俗如此，戴即縣人。芳春尚擁鑪。未嫌歸路黑，燈火出神厨。

板橋道中

謝元暉有《出新林浦向板橋詩》，土人傳云即此，非也。新林浦、板橋皆在江甯縣南境。

林梢屋角門春華，長板橋南十數家。聊當六朝金粉看，菜花黄襯米囊花。

平鋪十里艷初陽，桃李争輸菜甲香。一種黄金好顔色，秋黄不愛愛春黄。

過港口鎮

山徑欲盡先飛煙，無數麥隴黏青天。季春花事已七八，剩有墻角山桃妍。斜陽厚處春陰薄，青翠一峰驢背落。邪行數里不見人，澗水中間響牛鐸。

抵山門洞

離山忽入山，山勢盡東捍。一門天半落，雲白作雙扇。晴光輸萬斛，石竅出無算。峰峰此歸束，石石即厓岸。乾坤疑重開，日月復疊絢。迂回通水脉，寥廓抵山縣。前行徑稍坦，立石作山案。高空調玉燭，光景長不斷。玲瓏羣洞好，曲若蚌珠貫。僧房嵌其下，面面山色换。屋後路復叉，千家爨煙亂。

靈巖寺

山房何嚴寒，樓上露珠瀉。忘言堪悟對，老衲已先啞。衣鉢渺無傳，孤僧百間厦。寺樓閣甚廣，而祇一僧。

紫雲洞 一名瞿硎石室。

危厓作仰塵，其下列深釜。攀梯升曲折，已有洞雲吐。欲采黄金丹，先從釜中煮。

朝陽洞 旁即夕陽洞。

天生向背厓，駐此朝暮景。仍疑三足烏，常棲此山頂。夜半留餘煇，盤空照前嶺。

漣漪洞

一掌擘十里，人向掌隙行。中藏千尺潭，波響曾無停。山空月午時，應有神虬鳴。

明心洞

十步即㷖黑，百步泉流侵。天眼裂東北，正照幽人心。山鳩穴外啼，寥寥成賞音。

龍洞

風輪何蕭森，中有雨工宅。兒童欲攬龍，時投一拳石。龍卧忽已醒，潭雲噴空白。

花園洞

山僧持木魚，勸客步軒舉。無端墮深壑，口噤不得語。直下千尺泥，泠泠雜花雨。

避世菴

已無避世人，甯有避人谷。或者智井深，時愁怪龍伏。地胏倘可通，稍南即天目。

水仙宫

兹巖石偏奇，嫩若乳初結。應爲山叟居，偏成水仙穴。夕照忽下灘，山雲洞中熱。

碧雲洞

巑岏欲升高，傴仄已入竇。一燈縋忽墜，人影恍居後。百步塞不通，天光地中透。

山門洞久坐

不種桃花不避秦，距城卅里號通津。寬疑典午瓜分縣，密訝宏農豆撒人。兩地煙雲穿脅近，與三天洞最近。此間邱壑賞心真。瞿硎去後無消息，留得三株作化身。洞有瞿硎樹，一本三株。相傳爲瞿硎手植。

三月三日山門洞修禊贈胡孝廉世琦

匝地花光紫，山青水蔚藍。洞天分六六，禊日恰三三。鳥轉雲生井，人歸月在擔。祓除應有賦，逸少爾何慚。

文脊峯訪瞿硎墓

五里來文脊，形同陸地船。穴胸堆紫艷，穿腹出清泉。開士扃雙刹，高人寡一椽。舊瞿硎祠反爲僧佛所。惟餘斷碑尺，藤蘚已交纏。

接梯百尺下入應真洞復從洞中盤折而上則已在山頂矣喜而作此 并引

此山舊稱有七十二洞，惟應真洞最奇。然前人題詠祇及紫雲等六洞，絶無涉此者。豈山徑稍僻，又幽深靈異，非世士所得津逮耶？特用表出之，又爲後來者前導云。

接梯直下三十丈，石笋倒生饒異狀。洞中曲折行不休，天頂已壓行人頭。洞中有洞無足異，奇在上天先入地。危压偪仄僅得過，腹背皆與鋒棱磨。聳肩縮首狀奇偉，不作真人定奇鬼。真人度世鬼攫人，變化不測斯爲神。君不見，貫珠纍纍行不斷，入險蛇行出魚貫。

靈巖寺夜起

百步路忽折，山空夜有光。暗中聞屧響，蝙蝠掠人忙。

文脊峯望柏梘山

南爲柏梘北敬亭，一縣界畫何分明。中間高阜復千百，下者爲田上松柏。東溪溪水誰發源，穴地腹流天目泉。君不見，中江南江亦屢徙，并入吾家北江裏。

寄題虎邱懷杜閣

長洲仙宰最風流，入汴時時憶虎邱。何事世人偏耳食，近虎邱建「懷杜」、「仰蘇」等閣，其實唐詩人子美等到此與否，尚無實據，徒以虚名奉之耳。不營一閣祀黄州。王禹偁爲長洲令，有循績。

培園訪胡孝廉

幽人探山回，塞牖八千卷。坐卧不出門，海棠嬌一院。時海棠盛開。

晚　歸

東風日日走飛沙，無計能收穀雨茶。猶有夕陽紅一綫，帶將星影照桃花。

笠澤垂釣圖爲沈博士雲霖

君居湖尾僕湖頭，意欲平分萬頃流。無奈諸禽偏不管，水東飛入水西鷗。

不教苜蓿入賓筵，君官貧，而宴客甚豐。興發時沽酒十千。一晌東風落榆莢，濛濛飛作沈郎錢。

桃花人面映波紅，一舸真凌萬頃風。却訝浣紗人尚在，又隨少伯泛吴中。

斜陽新月逗雙肩，笠里船來望若仙。東海巨鼇如釣得，更煩纖手爲烹鮮。

穀雨前一日至北郭詹秀才韻宅看牡丹即席賦贈

萬花從爾殿春回。妹欺勺藥婢玫瑰，屋角薔薇未敢開。半畝何時在家看，余家牡丹有十數種，惜花時皆不在家。游絲宛轉留香住，圓魄分明妒影來。誰識敬亭山色裏，一隅藏此好池臺。

是日晚章秀才承枋復約至綺園看牡丹并留飲花下作

滿闌紅紫盡舒芽，約客來烹穀雨茶。洛下千金買春色，江南十日賞名花。奇香座上勾人夢，圓影天邊門月華。正是萬方皆待澤，喜看激電布平沙。時望雨甚切，三鼓後忽得雨半寸。

雨中至北郭天甯寺看牡丹

陟險尋幽我尚堪，名香偏在霧中探。五風十雨江南路，萬紫千紅郭外菴。金蕺帶煙光乍碎，玉盤承露色逾酣。何妨更醉宣州酒，乘興來同彌勒龕。

童博士玲招飲牡丹花下時花中有白色一種尤佳因率呈一律

後起居然領衆芳，别開本色更非常。三霄雨露承青帝，一朵芬菲號素王。西漢玉盤名士賦，南朝金粉美人粧。石闌千外春如海，牽惹遊絲百尺長。

培園看牡丹

可堪不雨度芳辰，無恙丰裁尚出塵。十里散香蘇地脉，萬花低首避天人。到來鶯燕皆生戀，開後樓臺已餞春。絶憶浄名湖畔路，御爐香重酒温醇。

聞北樓下牡丹盛開柬宋秀才佳士一首　宋曾約花時讌客。

問訊花期日幾回，昨宵絲雨潤蒼苔。内家自合藏金屋，新詠先宜號玉臺。萬里憶從西海看，伊犂惟總統將軍廨有牡丹一叢。數叢今向北樓開。陵陽此會羣仙羨，可要琴高跨鯉來。

沈博士霑霖廨中牡丹極盛聞即日欲招客相賞先柬一篇

留春無計醉厭厭，入座先教别緒添。小院風光尤綺麗，大方顔色自莊嚴。隨來玉斗光疑碎，嗅處金莖露逐甜。誰識護花天氣好，濃陰日日滿珠簾。

十五日風箏臺望隔院牡丹

宋玉東墻界不分，遞來花氣忽氤氲。闌干四面圍紅玉，樓閣三層入紫雲。艷極竟同人面賭，香濃仍借日華熏。風箏臺上當年夢，猶是殷勤望鄂君。

是日晚趙秀才基招飲牡丹花下

石鼓東西八尺亭，如盤入座更娉婷。風光招客酒盈瓮，富貴逼人花滿庭。枝上萬重鋪畫錦，瓣中五色現華星。殘春百事居然足，只向稽山望雨零。時久旱望雨，傳稽亭山有雨龍，爰及之。

復至風箏臺看牡丹

不放花前酒盞空，看花日日換西東。三層綺萼衝雲上，一朵圓光滿鏡中。入定影驚當檻月，將開香度隔溪風。卅年爲爾增惆悵，艇子烏篷繫玉驄。

早起友人以折枝牡丹見贈復成一律

知道尋芳興已慵，折來偏喜日華籠。開當大地春光滿，艷覺層霄雨露濃。長袖暗熏香細細，曲闌低護影重重。閒中一事關心久，且把清尊酹玉容。

友人有慕古製三字作號者書此戲之友姓盧。

讀盡天經與地圖，三言真與古人符。字奇欲續公純椵，姓少應增叱伏盧。壁上龍蛇驚署欵，簾前鸚鵡轉名呼。當時若遇妻東叟，采入君家觚不觚。

讀南齊書

福不虛生禍有胎，匏聲腹上響如雷。何因面首人三十，不及須髯褚彦回。

金翅飛飛掃故宫，崇明新殿草叢叢。東昏尚復留遺種，天道從來曲似弓。

友人畫黄白牡丹見贈

細研金粉繪韶光，一幅生綃爾許長。當晝乍舒千尺錦，殿春仍與十分香。黄金世界留空影，白玉池臺寫淡粧。誰説嬌姿解傾國，莊嚴我轉敬花王。

喜雨 三月廿二日。

六十日不雨，一雨今傾盆。雙溝水驚流，鵜鶘已到門。豈止麥隴蘇，潤及枯草根。試登春歸臺，山雲尚如奔。下感長吏勤，上欽大造恩。涇川及宛陵，歡喜溢萬村。明晨春社中，焚香具雞豚。山農始飽餐，泥衣曝朝暾。

自題敬亭山下讀書圖

平生好居山，至老心不改。甯惟切青天，亦可眺滄海。居山復居樓，緬然心跡在。窗前書萬卷，窗外石磊磊。陳編出疑義，藉可問真宰。須眉鏡中白，自問欲何待。倘學衛武公，還須卅餘載。

風箏臺久坐

樓中無燕壘，砌下少閒花。縱説房櫳邃，難同富貴家。徑深容鶺呰，樹密隱蜂衙。坐久不成夢，軒東月已華。

四月朔日與胡孝廉世琦同登祐聖閣望試院青雲樓有懷舊遊

憶自青雲瞻祐聖，今從祐聖望青雲。五千里外談遊蹟，余與莊刺史炘在青雲樓訂交，後三十年，余謫戍出關，過邠州尚與談及往事。三十年來歎離羣。名士半先朝露溘，時同在試院者，張鳳翔上舍、高文照孝廉、邵晉涵學士、吴蘭庭孝廉、瞿華主簿、章學誠進士、黄景仁二尹，皆下世。好山多被夕陽熏。軒窗四面闌千尺，他日相思更有君。

古艷詞

山北電，山南雷，空中飛練掣百回。宵前風，宵後雨，門外落花紅尺許。去時月，來時燈，簾前芳草緑一層。香爐高，高六尺許，礙妾眉頭不能語，君心如堅妾能舉。羅帷通風不通月，况復屏風幾層隔，君心如堅妾能越。驚沙濛濛馬蹄駛，千山萬山行不止，君心如堅妾能死。

僧果仲邀遊大山

四邊嵐翠厚，中坐苦吟僧。得句居然逸，逃名尚未能。接天臺百級，匝地麥三層。此日虚堂話，山空月似燈。

薄晚醉後行山澗中

朱顔壯士慘西日，白髮野叟悲餘春。鬼桃初花怪鴟集，神幄半燼妖狐蹲。此時此景不沈醉，豈待尺五蓬蒿墳。

大山僧寮早起

滿枕黄鸝語，幽人睡始醒。夢回殘篋紫，簾入萬松青。别榻僕成魘，隔窗僧諷經。静中無限好，隨意闢林坰。

夜過三塔蕩

水緑冥濛山翠肥，前村夜色亦微微。雙頭榴火出門艷，六手怪虻穿帳飛。北斗帶雲光乍暗，南江入海事全非。似聞新漲溪頭水，没盡唐灣舊釣磯。

詠史詩十二首

章華纔輟功，乾谿復成臺。倘無沿夏釁，定爾升天來。

姮娥蟾蜍身，王母戴勝首。古今好色人，贊美不容口。

交若不擇人，巽穢籍猖獗。太平與廣陵，二曲一時絶。

琴操聶政婦，史記豫讓妻。既得配烈士，名與日月齊。

惟愍元瑜妻，不怨仲宣子。老瞞忽太息，我在不至此。

相隔一千載，同驚柩有聲。柳妃真達識，亡者豈重生。

長日與短夏，長年與短期。人生一世間，運會苦不齊。

丁儀尚未亡，婦作寡婦賦。一及黄初年，朱門果易素。

綰角承家學，無年有以夫。誰言梁妙士，不及漢童烏。

一斛酒對飲，蕭侯共楚王。君看三百騎，一日救西梁。
奇童請尺組，奇女請和戎。莫信無稽説，妍媸出畫工。
蕭韶同謝晦，幕共設青牛。荆州猶自可，我代郢州羞。

校勘記

〔一〕詩同杜甫漫興　「漫興」，杜詩作「漫成」。

更生齋詩續集卷七

五月二十四日抵焦山時望雨甚急即寄及門于淵

憂旱兼逃暑，來尋三詔山。久思忘世事，先此掩禪關。客夢閒中結，雲陰海上還。延回待吾子，同聽雨潺潺。

舸齋圖爲張郡丞鉉題

一舸作一齋，一齋包一切。半帆凌星辰，雙角貯日月。船頭日初落，船尾月復升。三十三重天，作舸最上層。君前好遊山，舸恐無所用。惟尋九曲溪，盪槳抵施鞚。時君將遊武夷山。明年武夷歸，舸上可勒功。君成地上仙，舟真水中龍。

又題煙波共泛圖

居然一舸有宗風，葉葉蒲帆細雨中。既約樵青同蕩槳，不妨君屈作漁童。岸頭菱芡水中芝，一一都來惹釣絲。怪底滿湖雲氣重，魚龍來聽唱酬詩。

眼波凝處水生波，空裏疑聞欵乃歌。第一要防河鼓妒，莫教縱棹入天河。

與覺燈方丈久坐月波臺望雨

禪房深處作吟窠，日日山僧載酒過。風伯雨師謀面少，海鷗江燕賞心多。堆胸自覺雲煙足，懸腕能將鐘鼎摩。覺燈從余學篆，近日已能懸腕。便欲與君營麥飯，不妨咒筍出林阿。

移住松寥閣喜張司馬鉉載酒過訪

名山一日居，苦復念良友。昨發京口書，兼求會稽酒。千頭覓林果，雙尾來石首。故人今日至，餉物無不有。仍移南寺榻，坐對北江口。望雨雨不來，浮雲變蒼狗。

松寥閣夜起

静欲聽檐漏，宵殘不掩關。雨聲難破塊，風力轉摇山。老衲夢中魘，新詩醉後删。闌干向東折，人對白鷗閒。

聞吾鄉已得雨喜而有作

昨望圖山外，雲濃欲蓋天。果然京峴雨，移入北江田。沛澤三方異，時揚州、鎮江亦皆苦旱。歡聲百里連。應知滆湖緑，飛到堞樓前。

自然菴久坐時適得伊太守秉綬札却寄一首

夕波亭外夕波流，遠景都從一鏡收。龍欲欠伸時出水，樹因拳曲易遮樓。宵深尚有穿風燕，晴久誰聞喚雨鳩。滿地秧針裁不得，使君宜爲衆生憂。

觀音厓晚眺

如何春夏交，已覺陵谷改。都因三時暘，減却半海水。桃花洲外望海門，一綫落日黄雲昏。半林烘晴半林濕，蒸得蟲蛇樹頭立。

江岸晚步

廊長偏覺影煇煇，倚偏闌干十二圍。一鵲出林呼暮雨，萬魚噴浪送斜暉。挑燈讀史心猶壯，隔浦招人手屢揮。半晌小樓凉意重，夕帆争帶濕雲歸。

挹江樓贈海峯僧

太常齋日已全虚，尚向僧房乞半居。莫更分他嬾殘芋，緑蔬青韭伴黄魚。

愛從閣上看回波，五度來遊鬢已皤。我與山僧苦分謗，周妻何肉累人多。戲調瀛洲僧。

三鼓上月波臺

晴江艷作桃花色，非日非雲滿天赤。東南螮蝀環若宫，中復百頃霞光紅。月波臺上三更立，望雨得晴心轉急。何策起此眠江龍，急雨一日傾江東。

焦山有懷阮巡撫元兼寄孫兵備星衍山東

持節多年尚黑頭，偶然居里小勾留。重開鄭許談經席，别創隋唐注選樓。堊室課徒成後起，蒼生望爾欲先憂。廿年兄弟都零落，謂張編修錦芳、徐州守嵩諸人。目斷揚州與兗州。

月波臺聽天台僧悟清彈琴歌

一僧飄然出空谷，携得天台石梁瀑。飛泉千丈瀉入琴，指下流水聲涔涔。神龍去今一千載，琴係唐神龍二年製，背鎸「玉振」二字。玉振金聲出琴背。琴紋細碎指纖削，七尺蒼龍殼初退。大絃濕露幺絃風，迎雨欲過滄溟東。琴彈一曲續一曲，太古夢欲醒焦公。大聲摇波復摇嶺，能使枯僧發深省。瓊臺赤城接太清，歸日彈與天公聽。

王秀才豫携所選羣雅集過江見質率贈一首

有客携舟至，飄然指海東。詩徵蠻嶠外，集中有緬甸國人詩。人老選樓中。天地此清氣，谿山饒古風。抱琴僧復至，應許賞心同。

北固山房訪石雷僧

瓜步濤聲到此回，寺門遥對象山開。煮茶曉接雲頭露，破夢春喧石脅雷。古佛一軀全點黛，枯僧百念總成灰。一原空如燒岡如炙，何日江神送雨來。

六月初二日登北固山淩雲亭追念舊遊感而有作

淩雲亭既成，多景樓復圮。極目海東頭，迢迢百餘里。圌山作案君山闕，想見尖山在天末。新凉吹衣上切雲，可惜天南少新月。危厓下瞰色已昏，數石裂作鼋鼉門。蒼然萬仞積黑鐵，遠勝互父山無根。瓜洲縱近何由見，如火斜陽壓波面。山僧知我欲少休，竹裏先開水仙殿。沿江正演北府兵，足底擂鼓聲如霆。渚鷗驚向海門去，一點白入三山青。浮雲白日真難待，卅載賓朋復誰在？乾隆甲午，袁兵備鑒宴客于多景樓。今在者惟應司訓澧與余二人。天上神仙亦白頭，蒼松一一皮皆蜕。石帆木末多景樓改名木末，又改名石帆。名紛紛，閲盡世代留煙雲。焦公高卧一千載，詎識伐荻新洲人。艮山門外塗如織，却取江干大堤直。看山已了復看江，百頃荷花好顏色。時沿堤荷花盛開。

爲友人題陽關送別圖

臨歧莫灑淚潺潺，此地稀逢客往還。一把宿烽紅似血，妖狐啼上古陽關。

長城高與亂山齊，故里從今信馬蹄。已覺夕陽西面少，烏孫還在夕陽西。

陽關門與玉關門，余少日，太宜人嘗口授唐人斷句百首。少日傳詩有淚痕。匹馬昨從嘉峪入，逐臣孤子倍銷魂。

舟抵太平雨過戴學使聯奎留飲白荷池上

一白皆如鷺，橫塘半畝花。偶然成夜飲，相對惜年華。篋展前朝帖，時觀姑熟帖舊搨。牋餘故相麻。懷衮樓下舊有梁文定公柱榜。漫嫌絲竹寂，城上有官蛙。

得家書知侍姬鄭氏亡耗

彌留何所道，苦憶耶孃老。誰識路七千，哀哀此愚孝。

彌留何所苦，但苦兒女孩。孤魂諒難安，矯首登泉臺。

若人何所長，心志最專壹。事我十五年，無時怠巾櫛。

若人何所短，哀至即欲哭。黔越本異鄉，誰能識衷曲。

夢入所居小樓復賦一首

六十衰翁淚不流，獨憐三十未平頭。時鄭年二十九。重來煮茗焚香地，合署遺簪墮珥樓。我老羹湯調最潔，兒癡衣履製偏周。沉思一事差餘悔，不遣渠儂返本州。姬苦念父母，時時雨泣。余憫之，擬送歸黔中，苦無便而止。

七夕感事

繙書纔了坐城根，瓜果筵前薄霧昏。欲向桑田尋妙子，肯從榆岸望天孫。長愁久已非人境，短夢何因到鬼門。尚憶廠橋西畔路，露涼雲净爲開樽。余從黔中報滿入都，時全家南下，惟姬隨侍北行。

讀北史偶成

劉松製碑銘，思道難了了。思道既讀書，爲文松不曉。信知學益人，飢者待之飽。明明愚與智，一日互顛倒。詞章尚如此，何況窮理道。百事且勿營，扃門讀書蚤。

倖臣值雩祭，喜當見真龍。庸人欲刑人，澆手湜厥兇。始知不學人，想出思議中。許惇衹繁須，呼作長鬛公。涉學既不深，意見多雷同。吾慕袁季祖，涉歷無不通。一卷字釋成，可配許叔重。

消夏十絶句 時校《南、北史》。

有鵝欲换書，甯取羲之媚。不學兩道流，後先工作僞。

人相扶爲王，土相扶爲墻。不意尉阿真，亦復通偏傍。

文章有緣起，何似撰物祖。仍聞奇字多，盍作倉頡詁。

青既可出藍，藍亦可出青。不見師孔璠，轉問弟子經。

光禄作《庭誥》，黄門製《家訓》。一姓南北朝，庶幾稱二俊。

我欲呼明月，時爲《敕勒歌》。棗枝纔廿束，反具抑何多。

傳永年八十，自號六十九。矍鑠哉此翁，志已可不朽。

庫狄逆作干，王周先寫吉。文吏慎勿嗤，彼乃刀作筆。

强于子昇文，何必更發誓。胸中兵甲多，日尚服棘刺。

魏收偷任昉，邢邵竊休文。若欲推逋峭，吾欽咨議温。

雨急謡

余十歲時，隨吾母至城西訪適王氏姑，時姑之夫卒，吾母往唁。晚值急雨，吾母肩輿歸，屬親串家嚴嫗偕余步行。嫗本不識路，昏黑中誤行三四里至北郭乃返，及抵外家雲溪老宅，鼓已二下。吾母率諸姊尚倚門以待，時寒氣沁骨，冠履盡冰，母姊互以衣覆之，夜半始甦。嚴嫗以是中寒，不數月即死。今五十年矣，回憶母姊燠休之景，尚若在目。今夕坐敬亭山館樓下，人定後，雷電急雨，中掌不及見指，一如雲谿始歸時。念舊感懷，不覺淚下，因作此篇，以志明發之慕云爾。

天已黑，電轉青，雨傾盆，走不停。嫗癡不識途，誤走八條衖。雨淋人頭，雷逐人踵。兒何不歸，勞母倚門。解兒身上衣，就母懷中温。傷心五十年，舊事常在目。兒寒兒煖誰復知，却倚茅檐夜深哭。

十八日甚暑舟泊澄江閣下

秋雲紅似火，燒此三間閣。却買一葉舟，來從閣前泊。江鄉三月旱，竹樹亦蕭索。村村人意擾，預恐歲收薄。愁聽乾鵲鳴，時從屋頭落。

發水陽鎮雨

一程天路黑，百里水光青。魚欲飛煙際，禽偏入客扃。電光隨意掣，蘋葉點波馨。客唱誰能和，聊煩野鷺聽。

雨行三十里至烏溪

濛濛百里江，罩此一天雨。日晚抵烏溪，烏溪黑如許。樓臺杳難見，煙外出人語。前行復千步，帆重愁不舉。已有鴻雁聲，延回感羈旅。

舟泊黄池

敬亭山下雨，迢遞到黄池。路暗誰人識，衾寒獨客知。出林秋氣重，拍枕漏聲遲。正欲回殘夢，涼蟾逗一絲。

舟行過青山

五十年中過幾回，雙峯如翦向天開。猶憐剩水殘山路，瘞盡三唐六代才。高詠未妨懸日月，荒墳應不長蒿萊。千年俊骨知難朽，我欲然犀夜照來。

二十一日偕胡孝廉世琦并挈兒子符孫登采石太白樓

江南山色連江北，截浪一山名采石。濤頭盡向牛渚回，激得巖洞聲如雷。初登蛾眉亭，復上仙人樓。此客亦是非常流，舉酒對坐樓西頭。君不見，温嶠騎然犀，只欲照厚地。又不見，李謫仙舉觴，只欲浮青天。才人思議誰能料，九地九天都欲到。水仙山鬼皆娉婷，曼緑欲鬥蛾眉青。衫披薜荔襪苔荇，來往倏忽同湘靈。君不見，歷陽湖沉冤鬼多，四十萬衆思凌波。江南山小容不得，送爾魂魄歸滁和。畢竟樊若水，何似虞允文。一拒北來客，一引西江人。殘唐南宋竟何在，令我轉欲思梁陳。江流逾窄山逾峭，山脚盡堪窺奥窔。新凉趁此風色佳，明日聽雨來秦淮。

三元洞

石腹裂一綫，中驚孕枯僧。人行腹上頭，已有龍氣蒸。山雲接水雲，自此始上升。有時拜浪豚，高瞰樓三層。蒲團坐經時，所見得未曾。歸路欲少休，扶此石罅藤。盤盤青雲梯，鼓勇仍先登。

自板橋泛舟至青溪感舊

三十三年鴻爪痕，余自甲午應試至白門三十三年矣。板橋南去萬花村。山松園裏時聯句，謂袁大令枚。水竹軒前對舉樽。與黄二尹景仁寓東花園。剩有冷香燒柏葉，絶無情劫問桃根。茫茫六代江山裏，葬盡詩魂與酒魂。三十年前舊友十無一在，是以云。

將挂帆北歸復約胡孝廉世琦莊上舍軫姚椿趙學彭顧翰姚椐四秀才莫愁湖小集率賦一篇爲别

内長干北手將分，尚有餘閒付薄醺。地迥乍開名士讌，天空都幻美人雲。全收海上魚龍氣，錯認湖頭鵝鸛軍。三百年來棋局冷，小樓猶復帶斜曛。

聞汪郡丞端光訃爲位哭之并賦二首後知誤傳而詩已寄去因而不削

七尺軀何□，偏含萬古憂。事徵新樂府，官僅古蠻州。天上愁難寄，人前哭未休。三汪君最壽，明經中、太學錦與君稱三汪，惟君年至六十。甲子乍能周。

郎君都領解，老子始顔開。君十上春官不第，前歲兩郎君同舉京兆試，次君復聯捷入翰林。畢竟百僚底，沈埋一代才。遇同昭諫蹇，賦比子山哀。天亦零愁雨，江南色死灰。

復得二律

南荒薄宦説三遷，君連攝同知通判及三府事。西海歸人已八年。九日正欣風雨集，余庚申九月七日自戍所歸里，甫二日，君即赴任廣西，迂道過訪。一樽長判死生筵。心期不逐時今古，蹤迹曾同路萬千。腸斷菊花籬畔飲，哭君仍在此花前。

斷緑零紅盡可傷，故交亡後故姬殤。何妨楚些歌三疊，算抵浮生夢幾場。西望最憐雲黯慘，南歸愁見月昏黄。招魂續魄都閒事，且向風前進一觴。

泊舟江口三日

三百舟同雁字排，半程先已隔秦淮。舵樓兩夕縈清夢，燕子磯南十字街。泊舟處距磯尚六七里。

欲趁空江月露微，石尤風緊宿危磯。但須幾點雲頭雨，惹得鸕兹拍岸飛。

炎　暑

炎暑尚未退，時時欲追涼。何因流火月，蟋蟀已在牀。沈沈紅蓼花，時點螢火光。屈指節序遷，開篋求衣裳。頗感侍側人，昨病今已亡。孤懸匏瓜星，照此織女房。他時砧杵聲，令我心徬皇。

江　行

五色霞紋好，時看紫翠零。真如女媧石，一一補天青。

萬緑冥濛内，朝暾一綫紅。譙公山不見，海霧羃三重。

曙華臺八月十二日坐雨

城北原南日已曛，雨絲偏欲灑鵶羣。憑誰畫取昏黄景，濃墨天光淡墨雲。

中秋日曙華臺獨飲醉歌

蟪蛄弔客啼清露，天上人間事無數。惟有樓頭酒一杯，酒魂喝月空中住。連宵急雨今始收，意外復得晴中秋。樓頭人去已三月，月采故向空房流。曙華臺邊月初出，照到夜臺應幾刻。魂孤魄冷不得眠，望我樓上宵開筵。

十六日同人檥舟亭訪桂并飲花下

黄雀未登俎，黄魚先滿盤。芋魁菱角間梨栗，餅與明月同團欒。檥舟亭前花色絳，香氣籠舟復籠巷。城東風日清且妍，一城人盡來花前。看花人多酒人少，日把金尊藉芳草。辛夷醉後醉木犀，玉局堂前玉山倒。城頭暝色僕馬催，窺客共向僧龕來。花窗人面叠升降，露砌鴨脚時裴回。此時一杯復一杯，圓月影向波心開。前宵初涼此宵熱，急雨更當飛十七。明朝泥滑不出城，留醉更生齋畔月。

題虎邱倉頡廟圖

一片生公石，先疑造字臺。八州稱地勝，四目向天開。柱訝寒門勒，温都斯坦有石柱，上勒「寒門」二字，相傳爲倉頡公所書。堂應沮頌陪。千秋崇廟食，留配秣陵限。江甯雨花臺有倉公祠。

偕趙表弟懷玉球玉近園訪桂并飲花下作即呈近園主人

得月軒前路，尋常作酒場。偶然携短趙，復此悼三楊。謂楊大令倫昆季。白玉團秋露，黄金挺異香。因君池館美，令我憶横塘。青山莊煙雨横塘，尤擅邱壑之勝。

跋明鄒忠介手書所製趙文毅傳後爲文毅七世孫同鈺秀才作

元老心肝死，明廷血肉飛。兩公明大義，一疏蹈危機。獨鼓無前氣，同披短後衣。至今泉下夢，猶是繞綸扉。

過言子巷

古風真未遠，一巷尚絃歌。不是東南彦，誰開文學科。世傳千祀速，海近五雲多。欲謁先生墓，慚由曲徑過。

破山寺

兹菴名破山，石破雲亦破。石裂出一泉，曾經老龍過。丹樨三百樹，天上異香墮。聽泉兼撫桂，静向門隙坐。食竹亦得肥，林梢竹雞大。

拂水巖

陽厓既已傾，陰壑亦漸改。惟留蒙密樹，秋雨暗如鬼。沈思百年上，侈此池館美。甯惟玷朝籍，兼辱雲與水。念及華子魚，臨流發三嘅。

劍門

萬石積一厓，中劣僅通谷。巉巖相凑處，彼此厲鋒鏃。蒙蒙青氣帀，天已成劍櫝。仍愁巖壑暗，别豁天兩目。謂東西兩湖。欲究海上奇，紆行入厓腹。

吾谷

千株松折腰，十樹柏拉項。何時生道左，作此送迎狀。伊惟巖壑勝，悼歎昔人葬。冥冥楓柏赤，作此屋頭障。紅始染一分，先同夕陽抗。

自城北登虞山日晚始抵城西

我從城北來城西，正中日影已漸低。琴川七道響如箭，日月湖好分東西。言游夷仲兩高卧，冢柏高與浮雲齊。何應尚父亦來此，世去已遠愁無稽。東皇里接太伯冢，一縣已判東西姬。澹臺南游亦曾到，吾道東矣嗟宣尼。奔車我已愧伯夷，撫劍切莫談要離。千年遺事若轉瞬，海色黯慘山低迷。人行深竹苦寥寂，怪鵲飛上山坡啼。

吴卓信文學出所補三國表見示并同遊虞山率贈一篇

九疊龍山四面遮，爾姬家共我姬家。古老相傳周封太伯于吴，以梅里以東爲爾姬家，至我姬家，則周人自謂也。途分姑蔑東西遠，表補黄初歲月賒。勝地未妨搜蠹簡，時張上舍海鵬出新刊《吴地記》見示。幽巖仍與報蜂衙。遥憐一片東湖水，松影溪光似若耶。

長真閣贈孫吉士原湘

我到長真閣，仍披短後衣。酒容添桂馥，詩老遜松肥。雨過千巖爽，年衰百事非。三十年前舊友無一存者。惟祈賞心處，爲我築漁磯。

自崑山至嘉興道中

飽食虞山鴨，難烹笠澤魚。静繙《吴地記》，間過陸家墟。水白穿淞泖，雲紅接闔閭。語兒鄉已近，煙雨眺清虚。

李太守賡芸邀遊煙雨樓即席賦贈

龍華會上説齊年，賢守開樽讌謫仙。氣煖尚疑春似夏，天空都覺雨如煙。半生斷梗隨行跡，九月疏花抱客肩。應是使君清興永，夜闌更鼓動離筵。

嘉興懷古

飽看虞山萬樹楓，秀州城外趁帆風。功名蠡種成何事，壇坫王朱竟孰工。螮蝀下垂天乍暝，殑央飛盡水連空。漁童拍手樵青唱，收拾煙霞入釣筒。

初六日早渡錢唐江

凌晨翦空江，一塔燿初日。微微丹樨香，冒此半塘出。新凉滄海上，帆影挂清切。仍因雲慘淡，致釀雨凄瑟。一響南屏鐘，聲從樹頭没。

蕭山偕同年王進士宗炎登北榦山久憩松風古院

稍離市廛囂，白鴿導前路。言升北榦嶺，已遠西興渡。沿回此江水，去海祗千步。竹柏皆有田，殊堪愜心素。攀援松樹頂，尚有隔宵露。溽暑苦未除，是日甚熱。僧房久延佇。

初七日自觀巷放舟訪陳博士石麟即同出郭至快閣

清晨檐漏停，十里水雲濕。濛濛放扁舟，未欲携蠟屐。紆回穿瑣巷，訪友市橋急。嵐光方欲逗，暝色已追及。一隊出郭鵝，斜陽影中立。

快閣追悼謝太守肇洙

三面窗櫺絲雨浮，依然秋水接天流。仲翔死後蒼蠅弔，不及先生有白鷗。

誰憐三載客重來，一徑青松掩緑苔。依舊半樓新月影，夜凉空掉酒船回。

小雲棲訪廣持僧不值

空腔老樹欲留客，行脚道人先出門。天黑欲浮蒿壩雨，地幽真擬曲江村。寺前湖水灣，絶似西安曲江村風景。投荒居士偶來此，沿海詩僧幾輩存。昨在西湖，湛谷、小顛二僧皆以詩見質。飽啖鏡湖菱百角，不妨終日坐雲根。

陳博士石麟濯足扶桑圖

欲覓仙人濯足方，落棠屬我爾扶桑。尤驚世外煙波闊，轉訝閒中歲月忙。出海五雲然似火，浴波十日沸于湯。微寒沁入天河水，不覺銀光徹骨涼。

偕陳石麟博士廣持上人暨諸同人遊石屋寺二首

香爐峰底路，九折復八折。一泉纔已渡，又見一泉出。流青頻礙帽，飛瀑時噴鼻。林風篩蝶粉，巖雨潤蜂蜜。頽光傾木杪，寒氣生石骨。精藍排東西，壑谷歷坳突。矯首望後來，時從石亭歇。

一屋貯一佛，佛已無地容。爐烟裊如絲，抱此香爐峰。延回升層臺，天遠水亦空。遥山裂東南，雲樹復百重。甯止青氣周，生翠流不窮。冥冥一谷烟，已把樵子封。石牀何高寒，早絶禽鳥蹤。與佛共坐忘，久久聞齋鐘。

天池歌示陳秀才鴻熙

我尋天池源，當在天河中。藉此日月光，呼吸自可通。昔居天池生，今屬鳳池客。君家兄弟皆不凡，日向喬林修羽翮。秋花下映秋池邊，飛魚一雙欲上天。池中夜半月初出，往往來浴秦時仙。主人愛水日頻倒，三面高樓復環抱。開窗看水水色空，容我臨流一長嘯。

題周學士長發遺照

才名我本愧三洪，視草尤慙周益公。今日卷中尋舊跡，風裁先喜覿髯翁。槖筆時趨香案邊，偶然落紙盡雲煙。萬言誰比枚皋捷，只有南華第二篇。學士詩文敏速，與張南華詹事號二髯，又稱雙絶。世德堂前瑞露滋，五株金粟豔當時。鑾坡世澤真能繼，又值郎君折桂時。學士曾孫逢吉有文譽，明日將揭曉矣。用及之。

重九日放舟至錢清江高秀才第留飲賦贈一篇

把臂真憐識面遲，廿年頻過習家池。余十年前過此，即知秀才能詩。重經萬七千餘里，始讀高三十五詩。青箬緑簑追往事，君配孫氏亦能詩。金童玉女豔當時。中郎亭外重陽好，四面雲山酒一巵。

舟行錢清江甚雨

欲向雲門寺裏遊，渡江先此小勾留。嫩晴兩日登山屐，急雨三時下瀨舟。帆與野鷗争泊岸，客隨征雁偶登樓。黄花籬下無消息，拭目東南起遠愁。時甯波尚有洋匪。

柳城橋登高

一村四面水迢迢，古塔先經劫火燒。却恨遠山皆十里，柳城橋上小登高。

廣持僧以憩寂圖索題

已久安禪寂，東坡居士知。未能忘綺語，法秀道人嗤。悟徹色香味，工兼書畫詩。披圖見松影，憩我亦多時。

金鼓洞訪倪上舍稻孫值道士留飲

石林既生煙，金奏已輟響。寥寥爨火紅，斜衝白雲上。道人能釀酒，邀客坐秋爽。倪生書畫癖，時有雲際想。時上舍欲棄家爲道士，余與同人力挽之。餐芝纔一月，頗復厭吾黨。我行思挽駕，擊以赤藤杖。老鶴忽若驚，穿林亦孤往。

南屏訪小顛僧即同至湖上薄醉

小顛實顛僧，頗復厭蔬素。齋厨三日淡，對客嗷然怒。素心吴與項，時爲致乾脯。堆盤雖大嚼，把盞僅中户。昨宵湖上飲，醉倒已無數。徑買一艇歸，孤眠白如鷺。

飲城隍山高真觀夜歸即贈項州倅墉 時寓項宅。

高真虛閣敞玲瓏，三面居然入望中。半嶺斜陽半湖水，一城暝色一江風。曲屏偶與黄壚隔，古井偏驚碧海通。莫訝夜歸程七里，茅庵時借佛燈紅。

秋盡

秋盡江干雲水温，幽人家近傍山根。潮平月落闢窗望，已有載花船到門。

哭徐刺史書受 時靈櫬甫歸里。

幾年消息盼歸輿，薄宦緣知橐久虛。筆陣已堪追二李，門風真可號三徐。君與從兄太守大榕、族弟刺史鏷慶，皆有詩名，時亦稱三徐。難忘舊事中州集，君與諸同人及余有《中州唱酬集》。苦憶平生下澤車。今日哭君情最慘，故交羣從盡邱墟。謂董州守熙昆仲、楊大令倫諸人，暨君兄弟日葵、日桂、日杏諸人。

自蜀山抵烏溪

萬頃靈湖雨，飛來南岳巔。四更微有霰，一氣散成煙。疊港收斜月，重衾隔夢年。夜烏啼未已，愁絶客難眠。

宿烏溪

一夜烏溪宿，寥寥聽轉更。露濃雲轉淡，魂斷魄初生。

醉歌 時宿宜興郭外。

我昔謫昆侖邱，美人望我西海頭，日落不落先含愁。我昔泛滄海舟，美人期我東海頭，初日未出先登樓。我曾攬三山，我曾浮四瀆，逾期而不歸，美人兩兩兮爲余哭。我今遊兮海虞山，飄然往兮默爾還，誰復與我歌刀環？我今遊兮越江曲，早潮初平暮潮續，誰復金錢爲余卜？甯隔萬仞山，莫隔一寸榫。隔此一寸榫，永無覿面期。甯阻千重洋，莫阻一層土。阻此一層土，與爾睽違極終古。望夫無山，望婦有灘。大婦小婦兮，邱壠同彎環。不見善權洞，洞外松楸悉成冢，暮歌無聲兮先欲慟。又不見祝英臺，臺外三尺皆蒿萊，飲酒不樂令心哀。烏呼！嵩華爛，滄溟枯，此時與君得見無？噫吁嘻，天長兮地久，我倘思君兮不朽。

憫災

三十四州内，奇荒只數州。今歲江浙三省皆旱荒，而淮、揚、常、鎮四府爲尤甚。此方當孔道，民氣獨含愁。静覺萍蓬轉，貧無籽粒收。自慚難補救，空抱杞人憂。

四安鎮

兩地舟車集，人囂市語哤。最憐今孔道，或即古南江。白菜朝趨市，紅雲夜染窗。漫言流已斷，空際響淙淙。

道中所見

一庵支絶壑，三面塞荆榛。時有太古夢，應知出世人。白雲生静牖，黄葉裹閒身。隔岸便多事，勞勞起麴塵。

廣德州濯纓橋

片帆昨趁朔風飄，目斷靈湖百里遥。已覺麴塵生袖底，半時愁過濯纓橋。

蟲聲

已識百蟲性，時時傍砌聽。雨浮三徑白，月界半天青。侍女花空豔，王孫草不馨。吟魂究何在，墻黑霧冥冥。

山徑晚步

秋聲不遺過溪橋，幾日風寒木盡凋。望裏縱教天路近，白鷗無夢到雲霄。

冬日寓興

嚴霜入山骨，一夜千林空。山形雖至剛，柔能入其中。志節非敢摧，奈值節氣終。君子于小人，時亦示有容。庶幾不滯凝，推遷乃無窮。

一巢千年松，十日飛不落。誰能奈高寒，伊惟此孤鶴。猶欣毛羽厚，未畏霜霰薄。矰繳雖滿前，難逾百重壑。君看籬下鶵，自詡今有託。育子亦已勞，驚心火燎幕。

三冬無春容，賴此萬紅葉。甯知不逾瞬，豔色亦遭劫。回皇三里内，影已失胡蝶。氣數難與争，飄零踵相接。幽人北窗卧，一夜響重疊。曉起望亦驚，高空排雉堞。

今年歲序荒，赤地乃逾半。澄江一條水，涸出南北岸。螟蝗災復繼，何止夏秋旱。哀鳴感蜚鴻，太甚詠雲漢。貧家柴一束，價已至無算。稍喜落葉多，堪供夜吟案。

一氣

一氣之中候復差，水仙開後忽山茶。無心久比空腔樹，有榦終殊没骨花。未覺後時輸竹柏，不妨異種類蓬麻。冬窮臘斷君須記，莫向春前訝歲華。

天竹

纍纍秋實動須扶，迥異人間十八姝。閱世既深欽碩果，看花到盡得明珠。三時始覺朱顏綻，一斛誰將紅淚輸。連夕海南風信緊，錯疑鮫國欲催租。

螢火

慣點紅窗六曲屏，暗飛先繞緑莎廳。光來册府搜奇字，影入天河混小星。電火掣時應暫息，雷塘荒後感重經。浮生變化真難定，轉眼楊花亦作萍。

蠟梅

孤高不耐入濃春，染盡冰霜未染塵。三友齋中先挺節，百花叢裏後凋身。素心詎愧忘年侶，黄帔終疑入道人。悟徹舊歡同嚼蠟，許從窗外久横陳。

蒼蠅

觸屏縈帳日千回，一物争傳出敗灰。但使后妃能自儆，無須宰相問從來。三更白汗揮成雨，六月朱門響若雷。莫學廉公善遺矢，肉中蟲已暗胚胎。

詹明經聖春以天寒翠袖薄二句繪圖寓已寥落之意屬題二絶

一郡千家僅此儒，窗前帶草亦齊舒。要同秋樹根頭例，日日扃門讀異書。

日暮天寒景逼真，幾時乞得畫中身。須髯似戟緣何事，却倚修篁學美人。

金陵懷古十二首和胡孝廉世琦

面面煙巒曲曲池，笙歌盈屋酒盈巵。新詩玉樹開金縷，韻事桃根迄柳枝。城闕易成偏霸地，江山剛稱夕陽時。閒從九級浮圖望，六代風光影一絲。

長干飛絮復飛沙，到客留心記歲華。王謝事難瞞舊燕，齊梁朝已變空花。惜無錦陌堪携酒，剩有閒坊可鬥茶。誰似故侯能憶友，新凉先餉緑沈瓜。

一半塵埋錦繡堆，梁間燕過亦裴回。萬枝燈外千秋颺，丁字簾前甲第開。終古未醒樓上夢，到今猶剩劫前灰。茫茫八代歸何處，留得荒城畫角哀。

季漢殘唐七百年，鍾山王氣果綿延。猶餘舊内零星地，想見新愁落月邊。響憶墮釵邀客聽，步因剗襪得人憐。臨春結綺皆消歇，井畔胭脂色愈鮮。

琅邪古郡逼龍潭，如夢江山屢駐驂。北府曾聞起劉裕，西州何處覓羊曇。才人豔曲春燈謎，逸客哀吟秋雨龕。三復桓公腸斷句，樹猶如此我何堪。

石城虎踞復龍蟠，不值先生冷眼看。但使耿仙留指爪，何須叔寶有心肝。午鐘已隕遊仙郭，夜譙誰窺狎客韓。畢竟舊時金粉地，清涼山月倍清寒。

一桁青山六代宮，興亡都在水聲中。杯深尚浸前朝月，樓小難禁昨夜風。真主幾時浮渡馬，小人何處辨沙蟲。新亭西望誠多事，不敵江流總向東。

無處池臺不館娃，銷金窟是古秦淮。三層樓接雙文宅，一曲谿藏十字街。高樹隊中防礙髻，小桃花底備兜鞋。沿門蛺蝶多情甚，故趁東風上玉釵。

開偏槐花舉子忙，沿街曲曲轉長廊。香生狎客題箋巷，塵起官家賭趟岡。携屐慣穿通德里，繙書先到大功坊。今布政司街，即明大功坊也。秋試時，書估皆集于此。永甯泉水尤堪品，已有園南芋栗嘗。

谷號流觴澗響琴，風光處處耐幽尋。內人北去青衫濕，小史南歸白髮侵。空笑沈三留聚寶，何曾秦始肯埋金。澄心堂紙庭珪墨，只寫淒涼亡國音。

淮流縱復接江潮，不及青溪水色嬌。幾日暖風陳百戲，四更涼月走三橋。閒中池館悠揚笛，夢後樓臺宛轉簫。屈指好天將造榜，一行新雁趁歸橈。

頂羽重瞳局總輸，湘東一目竟何如。翻因谷變陵遷日，轉意兒肥弟瘦書。三國赤烏難再見，六宮黑眚未全除。西山一片朝來爽，略遺幽人倦眼舒。

諱日

三十年成世，兒孤一世餘。最憐今夢寐，猶繞舊門閭。松柏墳應古，蓬蒿宅已墟。興隆里舊宅今已圮。趨庭真不遠，地下侍親廬。

志事將竣欲別宣城率賦二篇

兩年久住秦箏閣，閣上秦箏杳不聞。夜半敬亭山月上，時時新鬼哭秋墳。

誰人載酒辯遺經，枉築城西問字亭。只有一篇《窮鳥賦》，半程相送眼偏青。甯國縣趙生基，家極貧，而頗向學，瀕行相送獨遠。

南湖即事

曲港誰人打水圍，南湖初日漾晴暉。心驚歲晚風光暖，楊柳全青客已歸。

最憐烏柏及丹楓，不入東風桃李叢。却爲一春顏色淡，歲寒偏與十分紅。

蠡河感事

此身餘此恨，恨尚繞通津。行作稽山土，虚摹洛水神。絮花空有影，羅襪凈無塵。欲續驚鴻賦，春非昔日春。

王明經祖昌自新城二千里以詩見質率贈一首

二千里外片帆遲，訪我柴門歲暮時。歷盡九州山水窟，吟成一卷性情詩。唐衢似爲生靈哭，王濟猶嫌臣叔癡。西望關河冰霰少，塞鴻歸計尚須遲。

榆無皮歌

榆之皮兮，云以療飢。嗟榆之皮，不足以飽。烏乎！人飢難充木先槁，昨日嚴霜路旁倒。

蘆無根歌

蘆之根兮，云以給飧。嗟蘆之根，不果人腹。烏乎，蘆花茫茫兮空滿目，明歲哀鴻欲何宿！

營田廟賑局得暇校竟亡友錢大令維喬詩感賦二律

滿目哀鴻苦，民生漸不支。兩年懷舊淚，一卷斬新詩。鄭俠圖空繪，唐衢哭亦癡。最憐原野赤，宿草亦難滋。

舊友雲溪上，黃錢管最賢。眼皆高一世，胸已擅千年。地下詩成國，人前句欲仙。此身慚後死，耆舊倘重編。

惠山山樓即事

水國忽無水，山樓不見山。蒼茫携客棹，寥落訪禪關。以此三方旱，難謀一昔閒。惟應潭上水，照我鬢全班。

乍覺天光斂，重陰雪未飄。更携居士屩，來訪伯通橋。一世誰先識，孤生愧後凋。酒闌燈灺處，寒意入詩瓢。

品第二泉

一酌天宇白，再酌雲光元。三酌暨四酌，陶然復陶然。泉水日以潔，我心日以憂。願此一勺泉，直接滄海頭。化爲天半雲，飛洒東南州。歲宴縱不豐，庶幾麥有秋。

賑局二生行贈高星紫瞿溶兩秀才

高生乍展療飢術，卅萬人從筆端活。瞿生復檢續命方，腕底奕奕生春光。君不見，冬窮氣暖猶流汗，日昨官河已先斷。連廛何止米價昂，飲水都復成泥漿。三秋不雨三田白，日午黄塵坌如織。閒心檢點豆黍苗，何止無禾恐無麥。愆陽不已將愆陰，感召一一由人心。周宣既製憫旱什，杜叟倘有憂時吟。

九重詔下真寬厚，加意灾黎及春首。已看四野散膳黄，復見糧舟截江口。一方所幸守宰賢，爲衆禱雨祈豐年。連宵地脉頓蘇潤，滕六昨已飛檐前。諸君既爲民命請，瑞雪先從寸衷迸。沉思天譴何以頻，俗薄先祈自修省。我爲二生詩，聊抵春陵行。元之號作救時相，始亦不過貧諸生。二生二生努力矢厥誠，始慎終怠將無成。

喜雨詩 十二月二十一日。

嘉平月下旬，檐漏忽奔突。一寸二寸多，千村萬村活。沉思藴隆象，已逮三百日。朱門食肉者，半作道旁骨。飢寒剥膚慘，又恐成疾疫。三州牧民吏，補救苦無術。感此造物仁，頒霖歲將末。濃陰三日徧，始復致滂涬。赤眚天上收，青針地中出。神漿既飄盪，地脉始疏發。雨師風伯奮，無更苦旱魃。濛濛仍不已，定補臘頭雪。茅舍傾一樽，聊爲萬民悦。

二十六日文昌閣偕縣侯放賑詩

凌晨入廟門，香燼尚未冷。伊誰相晤對，植立一銀杏。經旬三次雨，民已萬千幸。縣宰遲未來，飢民久延頸。虚疲縱闌入，何忍更施梃。泥塗及流潦，老弱盡扶綆。提携尫及病，衣敗不獲整。因兹天譴厚，戒諭各修警。日午人始闌，虚堂逗晴景。却忍半日飢，吾心亦先省。

小除日卷施閣祭詩

賈尉詩名盛，黄金鑄此身。可知無佛處，或有謫仙人。與爾千秋隔，憐余萬首新。高寒一杯酒，聊可奠心神。

今歲新詩少，年除三百篇。到家誰與偶，出路不盈千。今歲欲至雁宕，亦未果。海闊難通雁，海内故人至年除間有候問，今歲則絶無。河枯不擊鮮。惟應梅信早，索笑向檐前。

祭詩後與兒孫飲屠蘇酒戲作

今年祭先生，不復讌新客。惟因斟屠蘇，先與幼兒食。齮孫年四歲，母已死生隔。三更聞啼呼，夢見母顔色。胙孫年十一，少即有性識。欹斜書小篆，時復露戈戟。小彪年十四，頗復肆頑劣。近稍知對偶，粗可就程尺。符孫年最長，經史亦涉歷。惟成文一幅，紙必數番擘。謂兹爲肖子，我已愧先德。謂此盡不才，家或尚能克。西鄰有衰叟，年已七旬偪。半生疲道路，老尚艱嗣息。謂蔣表兄馨。我雖慚五柳，尚有子可責。無云年歲儉，近已布霢霂。臺前曝濕薪，厨下溲餘麥。祖孫三五輩，日昃聊自適。誰餉彘一肩，剛逢小除夕。

除夕作

殘臘猶餘瑞雪浮，年光驚與水同流。三生夢裏雙紅燭，十載愁中半白頭。此境最宜千日酒，幾時同泛五湖舟。衰齡耕鑿無他願，祇望平田麥有收。

更生齋詩續集卷八

戊辰元日發筆

六十三翁鬢已皤，十年且喜住林阿。心情敢向人前嬾，骨肉偏輸地下多。緘口怕經談虎市，謀身容理釣魚簑。青苔一色連□館，不問門前長者過。

人日寄唐通州仲冕

長沙仙吏最風流，遠宦今居東海頭。我亦江南老詞客，蜀州詩就寄通州。

哀鴻聲裏滯鄉關，謫吏今年偶未閒。絶憶翠屏洲外路，半宵風雪上譙山。去年人日夜半始抵焦山。

長飢仍復值偏災，人日茅堂未敢開。不放袁安雪中死，洛陽賢令打門來。時刺史約修《通州志》，用戲及之。

朱方伯勳招飲即席用趙兵備翼韻奉贈一首并柬陳司馬玉麟

一樹梅花訂古歡，卅年高會續長安。方伯及座中陳司馬，皆三十年西安舊交也。紙窗竹屋連番雪，玉宇瓊樓此夜寒。客至最憐情似舊，春來已覺夢無端。闌干影外雙紅袖，白髮詩人耐久看。司馬眷烏衣橋西王校書，曾徒步過訪。

元夕與朱方伯陳司馬步月至檥舟亭

森然松竹間樓臺，大地春光喜復回。淡墨澗中魚欲出，粉紅墻外燕將來。無邊麥隴關心久，是處梅花記手栽。仍喜過年腰脚健，暫同明月影裴徊。

廉吏可爲不可爲二章爲楊州守奎賦

廉吏可爲，千山萬山兮，卒得脱歸。君以總督李侍堯案牽戍新疆，後以作吏有聲得赦回。楊園之道，可以樂飢。池館左右兮，壽期頤。噫吁嘻，廉吏可爲。

廉吏不可爲，廿年卅年兮，窮至無所依。厨無飱饔兮，祭無牲犧，憂同范史雲，樂無榮啓期。羌臨命兮，仍質衣。噫吁嘻，廉吏不可爲。

酬查文學雲桂兼柬袁秀才廷吉

查生年四十，不厭卧蒿萊。屬此憂時際，先抒用世才。夢中零雪霰，袖底激風雷。吾鄙真多士，袁絲復後來。

山房梅花下獨酌

幽蟾落未遲，翠羽來何速。先作滿溪紅，未抒全樹緑。輕顰淺笑無不工，朶朶豔入杯心中。春幡小把東風試，隔院緑珠尤絶世。時澹香堂緑萼亦盛開。

初六日西廟偕縣侯放賑詩 翊日即雷雨。

朝暾射堂皇，四牖倏已開。鶉衣百結人，户外先裴回。朝飢實難支，聞賑肯後來。所喜麥氣青，原田亦峟峟。郊圻十里間，菜甲先抽臺。縱乏澗底薪，已長門前苔。虬松雖髠鉗，燕筍先胚胎。庶幾三日霖，更震百里雷。平原春氣蘇，餘事觀桃梅。

十日

十日心期滯雨暘，半宵纔喜放春光。愁中碧月催人老，身外浮雲笑我忙。已覺壯懷消酒陣，不妨餘力付詞場。旁人漫詑才名艷，尚愧無雙江夏黄。謂黄二景仁。

登太平寺浮圖

薄醉閒來倚石幢，佛樓深處酒兵降。花光裏塔紅三面，燕翦穿簾紫一雙。十字港中容小刹，七層欄外見空江。尤憐脚底房櫳好，竹裏孤僧拓半窗。

花朝日偕陳司馬玉鄰自紅梅閣至檥舟亭訪花

五風十雨陰晴徧，如夢春郊緑成片。小紅樓外客吹簫，千點梅花雜飛霰。經時措意門前柳，一半關心梁上燕。迤東早詣梅花觀，斜北仍開水仙殿。東坡去後七百年，空有石池名洗研。無端寒暖分晴雨，天外明霞飛□電。江梅花後放山桃，樓閣亭亭變成□。多緣客意忙如許，激得春波去如箭。粉紅墻垛露鴉巢，糝緑窗紗出人面。無嫌卅載光陰促，與司馬別卅年矣。難得百花生日讌。桃花米比球琳貴，柳葉魚同蔬素賤。出門烏舅景將斜，入饌龍孫津欲嚥。花前百匝猶難捨，桑下三周恐生戀。須眉未變僧驚詫，要脚轉輕人健羨。明朝準擬文杏開，快意先爲塞鴻餞。

十六日同人洗硯池雅集

三度郊行未厭遲，兩重門外漾晴絲。閒繙天際烏雲帖，小坐蘇家洗硯池。

危亭三面受風徐，萼緑華來尚步虚。時緑梅尚未謝。占得春波碧三寸，柳絲如線綰遊魚。

屋角薔薇已半開，梅枝零落點蒼苔。所思尚在斜陽外，胡蝶入門人不來。

重陰漠漠霧漫漫，睡起繩牀未厭寒。偏是春魂有分界，遊仙夢不上蒲團。

漕河春半語聲喧，西上征帆東逝川。一晌呼晴復呼雨，鵓鴣巢外月輪圓。

任他新柳門腰身，人影衣香罥麴塵。正好水明樓外路，冥濛一樹囀烏春。

贈紅梅閣道士徐浣梧

柏檜形何峭，青牛古觀前。萬梅成幻影，一鶴下真仙。畫本方離手，琴囊恰及肩。道士能彈琴及詩畫。京華話疇昔，我亦直三天。道士曾入直光明殿。

杏花

十日池塘草色鮮，墻頭屋角一枝妍。春人未醒月初墮，燕子乍來花欲仙。根節自零苔蘚雨，陰晴難定鵓鴣天。慈恩舊事吾能識，錦樣風光接禁煙。

奉酬陳學博石麟山陰

學署至府山，相去僅數武。飲我信天巢，惟君成地主。三江閘外桃花村，紅艷欲斷春人魂。欲來不來春已改，來看白荷花照海。

桃花

怨緑愁紅正此時，東風作意漾晴絲。夢醒時灑鵓鴣雨，態倦欲扶楊柳枝。情味一生如中酒，韶光三月欲敲詩。誰知樓閣冥濛內，別有春人病不支。

詠海棠

西壁有紅色，殊非夕照光。好春餘帀月，空谷炫晴妝。獨立豈無意，先時亦斷腸。出墻花數朵，猶是壓羣芳。

雨後作

雨光青處斜陽黃，襯得小桃紅滿墻。小桃才開又將落，頂上雨聲如落雹。闌干十二春融融，夜漏欲盡聞疏鐘。曙光不紅花片紅，明日步履香東風。

天上老鴉歌

天上老鴉飛出海，樹上老鴉啼不改。直須天上老鴉紅，照徹樹樹鴉巢空。天上老鴉纔一隻，地上老鴉鋪地黑。林鴉却把天鴉看，汝倘不觸熱，我亦休啼寒。君不見，直待天上老鴉西沉不東出，地上老鴉聲始絕。

春分日久坐卷施閣

小閣經時坐，陰晴百徧呈。雷虹分夜色，花鳥定春情。夢覺金烏墮，窗疏玉李明。何須更開卷，奇思已縱横。

春日放歌

日采入地，花光浮天。二十八宿飛金錢，紅闌干前玉兔眠。一日十二時，玉兔眠已足。如何火珠盤，又見赤烏浴。赤烏浴處天雞鳴，天放一日花朝晴。緋桃赤烏相間紅，玉兔玉李光凌空。西王母向天公借，欲使萬花長照夜。百花生日百艸芳，欲以何物酬東皇，羣仙商略貢異香。壓盡人世迷迭兼都梁，九點烟外九縷浮青光。

春分前二日至前橋上冢

一歲三回謁墓田，老年筋力尚如前。童孫幼子都依隴，翠柏蒼松漸障天。十字路邊停蠟屐，七層塔外聳吟肩。尤欣天半雲霞好，化作春林桃李煙。

寄汪司馬端光廣西

九載南行感逝川，無端海外又驚傳。蠻江忽報沉文考，遠道誰能及武緣。到處新詩千首富，别來凉月百回圓。雲谿春水迢迢緑，何日重遊書畫船。

耕牛

平田一頃事春耕，滿背淋淋瀉雨聲。脚下馬蝗頭上鵲，尾稍仍有鵓鴣鳴。

牧羊

漫把蘆笙漫著鞭，牧童行處草芊芊。菜花黄外春波緑，日暖青羊抱子眠。

山雲連日

山雲連日護妝樓，鏡影全將緑樹收。一晌捲簾看曉色，桃花紅上玉人頭。
曲廊深户罩年光，夢境嫌無昔日狂。日午小眠眠易醒，游絲拖雨上匡牀。

手種白桃花今已盛開感而有作

種桃人已老，忍復看名葩。豔到春無影，宵疑月欲華。偶然呈素質，莫更認空花。幽意誰相省，殘梅隔絳紗。時瓶中緑梅尚未盡落。

紅白桃花下飲酒

我家紅白桃，種向桂林北。今歲始盛開，緋紅間純白。一枝界北墻，一枝垂南檐。亦如鵶頭女，兩小無猜嫌。枝頭垂遊絲，枝下生緑葉。倘非房廊深，險與人面接。白者待明月，紅者酣斜陽。恍如日月丸，墮此紅白旁。一枝須一杯，一樹須一斗。東皇驚我老，花下搔白首。

又詠桃一律 花白者蘂微黑。

黑蘂都應出刼灰，結根偏倚緑莓苔。前身東國梗猶泛，舊主西王母不來。入世未嘗知帝漢，懷人仍欲入天台。花遲未是超凡種，天上露桃先已開。

新霽

一望迴無邊，三更簾幕前。花魂全抱月，波影半含煙。閣暗飛山鵲，瓶寒落水仙。詩人風味好，清切此孤眠。

殘月

殘月原非暗，羣星本太明。偶然金虎見，頓使燭龍驚。墮雪春無影，奔雲夜有聲。憑誰泛槎去，先此問君平。

送友人至錫山讀書

挂帆直至寺門前，精舍東西樂静便。鬼語暗嗔人小立，燈花紅笑客孤眠。萬竿竹伴參禪侶，九子山成負郭田。他日草堂成捷徑，莫將簪笏傲雲煙。

雙峯書屋海棠歌即贈莊上舍闞和

一株花染一院紅，四十載上摇東風。看花人老已非昨，花榦尚復矜春容。池坳忽憶初栽日，花與客皆長八尺。論交半世貌已殊，花面轉紅人鬢白。君不見，鄰西櫻桃花，輸爾對鏡匀鉛華。又不見，墻東木瓜樹，遜爾凌波欲微步。一花開處一蝶攢，胡蝶久已飛成團。珊瑚作架瑪瑙盤，復作塞外焉支看。時榮時瘁那可知，相訪却值春陰時。千花照徑不須燭，樓閣上下光參差。幾年門閉春風裏，花裏書堂亦將徙。看花轉憶花下翁，腸斷鄭家通德里。四十年前，曾與秀水鄭先生虎文讌賞其下。今先生下世已久，後嗣亦頗不振。

過花南竹北山房有懷莊刺史炘

客遊凡幾度，主尚未歸來。竹已侵書案，池空築釣臺。幔虚藏凍雀，磚裂迸春雷。他日朋簪盍，都應呢酒杯。

讀鬼谷子

乾封縣左嵩□口，鬼谷先生本烏有。飛鉗捭闔誰所爲，蘇秦此時方下帷。書名始著隋唐録，我意尚非蘇季作。文辭卑婉似六朝，所以兩漢無傳鈔。談天説地争奇詭，戰國時人半仙鬼。十三篇義倘可詳，大九州説非荒唐。

上巳

禊日即今朝，嚴寒尚未消。上梯泥滑滑，攀樹雨瀟瀟。鴉黑黏松頂，蜂黄蟄柳腰。鄰西玉桃好，花雨亦驚飄。

雨坐

鴉咒雨，鳩唤晴。雨脚外，桃花明。雲叢叢，向東走。雹飛升，月銜斗。

初四日

朝霞紅豔處，萬樹濕光飛。涷雀棲花幌，潛鱗曝釣磯。何應成令序，渾不稱單衣。隔歲山門洞，風光已迥非。去歲三月三日在甯國山門洞。

雨夜卷施閣獨坐

萬家門盡掩，空霧占乾坤。是處無行跡，千花有淚痕。墨光團粉鏡，銀蠟照吟魂。一卷參寥集，空教滯酒樽。

寒食即事

紙鳶聲裏日初長，無數遊絲礙眼光。一徑緑先迷去路，萬花紅欲奪朝陽。新巢紫燕依然客，別路斑騅爾許忙。偏是春人惜春去，上樓愁換裌衣裳。

清明即事

如何一萬株楊柳，總在人家屋瓦邊。曉夢尚隨雲黯淡，春衫都鬥燕蹁躚。幾多野水欲爭地，無數紙鳶思上天。誰識東皇有深意，不教紫陌便飛綿。

獨坐待蔣氏昆仲

坐來春氣已氤氳，却展蓬扉待此君。洗硯草心霑墨雨，入欄花面似紅裙。仙遊屢被雙成誤，幻夢偏勞百和熏。寂莫小樓人不見，忽從鏡裏望生雲。

寄兒子飴孫兼柬劉嗣綰陸繼輅孝廉

幾年頻北望，一月水西流。畢竟春官第，誰符越國謳。土諺云：水西流，則里中必有登上第者。丹黄雲欲染，青緑樹俱浮。畫出清明景，村村喚雨鳩。

十二日即事

正是傷春夢雨天，小池荷葉已田田。人間別有崔徽宅，不種榆錢種荇錢。入門剛欲數疏星，忽地輕雷隱畫屏。何止月殘歸路黑，百花樓外雨濛冥。

十七日復邀同人檥舟亭小集時梨花繡毬盛放

欲雨不雨梨花天，欲晴不晴桃李煙。游絲入房柳拂地，日午始起春人眠。檥舟亭前一樽酒，花面看人人識否。千枝空白摇東風，斜陽壓花花粉紅。成團繡毬學雲皺，花朵障天天若繡。上樓青緑已塞門，不放紅紫銷人魂。花前未及千回走，何以朱顔忽成叟。尋春縱晚興益濃，不遣緑酒樽中空。趙生達者意亦顛，十日九醉春風前。君不見，春風送客花千片，更喜團欒月當面。

十八日即事

名園先已逼春城，纁陌垂垂細草生。樓下百花樓上月，不妨梁燕話三更。

幾度簾前學賭茶，那知春事已如麻。牡丹勺藥均無色，墻角新開姊妹花。

將抵江陰先柬黄大令鶴

殘春景物最和柔，乘興聊爲百里遊。千古此江稱海汊，使君從政自風流。花封似轄東西縣，君現攝江陰，又奏調常熟，二縣實咫尺。雲氣先排十二樓。且向琴堂話疇昔，挂帆仍欲詣通州。

十六日武廟偕新縣宰馬紹援放賑即呈縣宰

飢民厭長飢，日日詣官府。爲斂萬錢衆，拯兹一方苦。清晨廟門闢，十十兼五五。僧有香火緣，官真粥飯主。軍營武堪懾，胥吏文不侮。放賑日，例邀軍營官以備彈壓。灾黎所餘資，兼以分邮户。宰官新政肅，觀者植如堵。所欣原麥茂，藉以代秋黍。日午官長歸，輿前頌聲普。

西注。却怪金焦兩點山，樓臺松竹皆東顧。江南江北界已分，狼山福山成海門。飛帆我欲至東海，喚起碧月圓如盆。陳生怪底詩思狂，薺菜百頃山前黄。無雙江夏推黄郎，與我煮茗談斜陽。山前直下坡陀底，篳篥聲催入城裏。我獨推篷望遠山，馬駝沙上孤煙起。

黄泥菴

偶訪黄泥寺，偏多白足僧。水波圍四面，松竹立三層。獨鳥巢低覆，乖龍氣上蒸。夕陽猶未下，已有塔頭燈。

將抵通州先柬唐州守仲冕

斗大山城入望中，遠書猶喜得時通。折殘岸柳三春緑，來看榑桑初日紅。未必塞鴻知北事，時有北人附舟。且同檣燕話東風。明晨擬上狼山望，論世方知眼界空。

泊舟淺港候潮

到來雲氣已濛濛，忽遞狼山脚下鐘。怪兩入廊驅鳥雀，惡波浮岸孕魚龍。離家餐飯加三勺，入海樓船落半篷。天末故人知健在，料應遲客到高舂。

海上明月歌

東海明月黄，西海明月白。明月色總同，海水分五色。天河清淺魚浪遲，欲吸海水成天池。月裏浸此扶疏枝，金仙玉兔照影常多時。月光蓋地不蓋天，月色暗處浮青煙，轉藉北斗光天邊。麻姑不上天，月姊不出月，桑田滄海衹有長爪知。月姊止憶鴻濛纔啓日，日月合壁星聯珠。雙丸五曜天上會合須天符，亦如織女作配牽牛夫，一歲一會亘古期不殊。君不見，夏后羿，投鼠先忌器。彎弓思射月，先恐玉兔斃。是以九日射落，一月浮青霄。握矢不敢發，投弓每號咷。縱怨月姊不敢讎天公，百計刻薄衹使弦上弦下缺月彎如弓。東王公，西王母，一老翁，一老姥。蓬萊占得千萬年，不遣蟠桃會上羣仙得常預。雷公飛，電母馳，呼風伯，勑雨師，問以天上事，一一皆不知。天神界限一間不得達，乘風飄忽將何之。游行一世間，欺此民蚩蚩。有時肩聳欲直上，被此天門仙尉各各加鞭笞。縱然仰丹霄，不得叩玉墀。蒼蒼冥冥以上别有主者司，金童玉女會晤終無時，我欲大笑三十六洞羣仙癡。

舟行

行盡江邊歷海邊，濛濛細草欲生煙。舵樓夢醒忽西望，十里小桃紅潑天。

李家港陸行至雲台山

幾點星光門日華，乘車無异泛浮槎。半程路欲快朝飽，一海水驚翻夜叉。蝃蝀赤占今夜雨，酴醾黄綻昔年花。文園病渴新來甚，可許先嘗穀雨茶。

遇焦山僧有懷朱方伯勳兼柬陳司馬玉麟 二君並約同至焦山避暑。

花時同約訪禪關，閣上松寥六曲欄。殘月光猶吞大海，故人夢已占深山。浮蹤未比春雲幻，閲世誰如老鶴閒。莫被西湖强留住，却教游屐興闌珊。

内河阻雨

上車天乍晴，下舫天乍雨。天公真愛客，不使濕芒屨。蓬窗兀坐睡思生，即景閒適詩皆成。雨聲蕭蕭泥漉漉，初聽吴娃北江曲，更製吴歌教娃讀。

唐州守仲冕以九月八日初度因繪滿城風雨近重陽卷子索題爲賦四絶句 君少余七歲，余生日較君先五日。

七年君比樂天小，五日我慙履揆先。猶憶綱師園外路，君初識余，曾招集吴門綱師園。對牀風雨已多年。

繪圖君記九月九，訪客我來三月三。欲趁殘春更修禊，接天海水正拖藍。時三月廿三日。
催租不敢到琴堂，索句憑君踞隱囊。管下詩人須料理，莫教赤幘入江鄉。
江波轉處是柴桑，送酒人來亦渺茫。一片秋聲城上墜，欲從畫裏過重陽。

通州書院呈張侍讀𧦝

先生開講席，海上有詩壇。夢裏餘青嶂，指敬亭山。門前生紫瀾。蠹魚三世業，吠蛤六時餐。難弟歸何晚，長安住較難。謂令弟徵君炯。

三月廿三日通州偕張侍讀𧦝趙署守懷玉陸上舍鏞遊王氏園亭

何處林亭得靜便，清郎別墅泮宮前。園花作意思迎客，埜雀修翎欲上天。閣小未妨排燕壘，池寬先已占螺田。半生良會真無幾，一醉高齋又兩年。甯國府署高齋落成，與侍讀醉飲其上。今又二年矣。

天甯寺禪房久憩

竹徑行完筍屐香，得閒仍集贊公房。案頭一塔支天久，門外三江入海忙。掃壁未妨留草聖，壁多王孝廉元昆墨蹟。門茶先欲酹花皇。時牡丹半已開。誰憐千佛名經好，講舍西鄰選佛場。寺與書院咫尺，墻上多黏諸生甲乙榜。

廿四日自通州南門至狼山道中作

嫩晴時節出南闕，逸興先將風雨刪。萬樹梨花欲吞海，十年螺蛤竟成山。閒中舊夢仍迢遞，天外孤雲與往還。尤喜近郊墟落好，小橋流水自成灣。

登狼山

山形如石帆，跨海欲東出。江潮攔不住，倖有海門扼。江波揉緑滄溟黄，天外一髮通扶桑。金烏玉兔飛走何太忙，似訝石腹藏天狼。石石欲上天，石石悉離地。馬鞍山脉接此山，似向胸前出長臂。昔居東海中，今立長江頭。蜃樓海市倏忽不及見，夜夜吠蛤喧山陬。欲砌山南途，即采山北石，磴道盤空出山脊。君不見，山形萬仞塔百尺，海上巨鼇支不得。何況浮雲本無力，不然天風拔起瞬息不得停，飛作大海南頭化人宅。

伏魔道院看牡丹

世外神仙窟，人間富貴花。豔疑垂螮蝀，紅欲奪袈裟。瓮貯殘冬雪，園收穀雨茶。山人齊問訊，驚我鬢初華。

白衣禪院贈惟一上人

七十三年過，枯僧最解禪。面疑瓜乍削，心與月同圓。食仿無遮會，居真不繫船。更無經世意，獨酌在山泉。

支雲塔觀海

雲亦能支塔，先看塔下雲。百盤飛磴峻，五色采霞薰。海結雷霆陣，江浮鵝鸛軍。天南青一髮，黄欲入斜曛。

護生菴

及至門前看，山奇樹亦奇。須眉皆嵌骨，腹背僅存皮。杜甫鄰堪結，楊朱路已岐。欲歸歸及早，飛雨出疏籬。

老人峯歌

門前老人峯，端正視東海。鴻濛逮今日，頭鬢白難改。一條石脊如雲奔，似欲出江趨海門。麻姑畢竟近世人，衹見東海三揚塵。君不見，潮生潮落何時斷，此石不曾離海岸。地闢天開親眼看，東海塵揚已

二十七日抵江陰牡丹正開時黄大令已詣白門哲兄明經杰張燈宴我花下喜而有作

夙約看花到下旬，片帆飛渡及兹辰。左江右海地留客，十雨五風天餞春。欲護好憑雲作障，乍飄已覺月虧輪。休嫌老去情懷減，秉燭偏能學古人。

偶成

前身天上星，再世水中萍。柳絮原來好，三生業已經。
廿番風信後，百卉事如麻。繡出三春景，都應讓菜花。

繡毬

名園春盡始齊開，葉葉枝枝費翦裁。千縷繡成銀界畫，百花團作玉樓臺。記從粉蝶爲鄰久，欲向明蟾照影來。貪與詠詩人白戰，露凉風細久裴徊。

憶家中牡丹作

夢裏晴紅恐未真，遄歸剛喜及芳辰。竟携東海團欒月，來照南樓綺妮春。富貴偶然呈幻影，池臺著意與傳神。尤欣一陣簾纖雨，花避驕陽客洗塵。

抵家日牡丹僅有紅紫數朵

不許尋常風雨侵，别裁錦幕護深深。裝成一尺春風面，費盡千秋作者心。豔極更須名紫玉，貴來欲與鑄黄金。雲階月地春如海，好爲花時惜寸陰。

三月晦日牡丹尚開招同孫封翁勳以下作餞春介壽之筵率賦一篇邀同人共作 并小引

時封翁年八十，陳大令賓、蔣少府廷耀年七十，劉宫贊種之年六十九，趙上舍丙年六十四，朱方伯勳、瞿兵備曾輯年皆近五十，惟大令以事不至，賓主共七人。

七人四百四十歲，上自八旬逮五旬。高會固應追九老，此花剛喜殿三春。家因近海魚同嗜，是日徧羅海鮮。交到忘年酒共醇。只有潁川期未至，德星聚處少兹人。

近園看藤花

朝曦偏稱酒顔酡，小築真同安樂窠。雙樹影纏雙紫纈，一叢花襯一青荷。池臺入午團成錦，鶯燕喧春織若梭。尤喜藥欄消息近，蒲蘆應復點晴波。

新綠

南樓一望渺無邊，葉乍新鮮花乍蔫。草樹數層纔過雨，水天一色欲生煙。青光迢遞穿林隙，碧玉玲瓏照座前。欲買韶光與誰計，榆錢飄盡又荷錢。

題蔣同年純裕遺照即當輓章

江南本水鄉，此縣即淵藪。三江五湖内，復有四河口。君家門前交四河，紅闌綠樹生微波。銀桃金粟香滿柯，君於此時先發科。君生七十年，松亦一千尺。松間習静門不開，松下曾無一相識。我初締君叔，亦復交君朋。謂孫淵如。君時讀書松樹根，惜未一詣君之門。君言生世偶然耳，可生即生死即死。知君明悟絶等倫，不佛不仙成處士。卌年不出依所親，一出已死無爲軍。君就養令嗣無爲州廣文署。君心戀松松戀君，魂兮歸來松頂㵱。君不見，君顔雖孱身則壽，疾病支離竟成叟。哭君仍欲向河瀕，四水交流嗚咽久。

廿二日曙

兩株楊柳倚門栽，拂曙班騅踏露來。朝日射窗人始卧，夢中紅藥忽齊開。

一重門掩一桃符，六曲闌邊有藥爐。病起自憐餘瘦骨，故泥金粉寫麻姑。

立夏

立夏鰣魚入饌來，仍須夏至有楊梅。時新節物催人老，又見池蓮小暑開。

管上舍遺珍瞻岵圖

古言遺腹子，夢不到家公。形影雖難倣，神明本自通。艱危憐母共，孤露與兄同。君從兄漕督幹珍亦少孤。無限傷心淚，高山入望中。

舟行平望值雨

乍漏朝陽影，難平風伯顛。如何一谿雨，祇濕萬家煙。檐瀑斜穿屋，雷聲遠在田。遐瞻較清切，平望寺門前。

泊舟訪翁秀才廣平

展殘書卷復哦詩，正是平林飯熟時。却卸半帆成小泊，三家村裏訪經師。

越桑歌

越中人家十萬桑，遠勝宛洛千倉箱。持梯上屋取遠揚，桑下十畝蔬花黄。采桑歸來蠶已育，一女飼蠶嫌不足，與蠶同餐復同宿。一男耕種一女絲，阿母不復勞晨炊，十日門户先支持。采桑日日來平疇，不識駿馬知羸牛。羸牛尚堪耕，駿馬祇出遊。蠶行作繭菜作油，繭既不上身，油亦不上頭。飼蠶甫罷肩妝樓，任爾門外迎龍舟。君不見，苧蘿村裏多奇色，近解齊家昔傾國，早與西施洗羞澀。又不見，東鄰有女西鄰謗，南家女長婚北家。但令織素不浣紗，何礙越女顔如花。

四月十八日展放半賑即呈縣宰馬紹援

青黄不接時，竭力展半賑。朝四而暮三，狙公恐生慍。所欣期會日，麥隴早蘇潤。荆襄秈米集，稍覺舒困頓。丁多生計拙，頻致賢宰問。殷勤稽簿籍，慮或有牽溷。裒多益寡中，輿情覺甯順。濛濛時雨細，雲復布朝陣。屈指鼓腹期，當于月之閏。今歲閏五月。

道中見有收大麥者喜而有作

小麥葉尚青，大麥葉已黄。相距止二旬，二麥咸登場。天公仁愛心，欲潤飢渴腸。黔婁本貧家，所苦不自量。隨人捐粟絲，已反缺餱糧。置身賑局中，自顧轉不遑。油衫及乾衣，兼此備雨暘。飢黎氣將蘇，客子反别鄉。徑買一葉舟，連宵走蘇杭。

春船

春船買柔桑，夏船買新絲。亦如子母錢，相離不多時。草枯可作螢，桑柔可生繭。無知化有知，倏忽形已變。螢火照簡編，代此秋士燭。蠶桑作羅綺，以抵春女服。乞火不入鄰家坊，假衣不到鄰女房。人言造化奇莫測，我覺天公巧無敵。他時天上牽牛星，耕盡世間阡與陌。

抵西子湖

昨歲元宵節，先尋西子湖。今來携畫舫，均已换桃符。六曲花光暗，三郊麥氣蘇。天公真解意，晴色上浮圖。

自松木場步行至德生菴

愛客祇有湖頭山，十里迎客來新闢。滯人只有湖上灘，一灘沮淺復一彎。我嘗居湖頭，已熟湖頭客。此遊問我何太遲，燕子桃花屢相憶。君不見，冬禾盡殺草亦删，欲出苦被飢民攔。此回頗喜春波拓，小麥平疇已將熟。新紅不看看新緑，飽啖櫻桃到湖曲。

湖堤曉行

一片光明錦，裁成西子湖。嗅花嫌蛺蝶，亂筍厭茭蒲。白木詩人舫，青綠道士符。最憐佳節近，角黍滿筵鋪。

題楊公子夔生樊桐山館吟稿

偶然排五指，已現五丁山。花鳥方裁句，雷霆猛敏關。略嫌方寸悴，不使片時閑。欲浸詩魂潤，西湖水一彎。

理安寺方丈際風乞題其開山祖師通問所立條約長卷後 通問

于明崇禎四年親書條約，入國初順治四年方示寂。

箬菴龍池僧，俗家宜興。來主虎林剎。虎林六大寺，惟此極軒豁。盤盤松萬仞，石徑窮一髮。禪牀方入定，天柱忽然折。屋頭飛海水，地軸亦崩裂。惟應長明燈，不隨劫火滅。留茲心上偈，殊異口頭訣。應真凡五百，一一就戒律。何況粥飯僧，不值棒相喝。一百六十年，空門代傳七。猶能餘墨瀋，點畫出波磔。際風方外友，留客榻先拂。云君詩冷重，截若一方鐵。乞題三百字，永與鐘鼎埒。我觀空中花，四照亦四徹。百年曾一瞬，捷比電光掣。塵揚東海處，久已種麻葛。吾儕達觀久，眼若箕斗闊。惟頌過代僧，不禮三世佛。

自西湖至理安寺道中雜詩十四首即呈際風方丈

出門一片漾湖光，破曙先欣草木香。却到理安剛十里，石泉聲裏挂朝陽。

約伴東頭去采茶，便粧先已洗鉛華。桑麻影外樓臺好，轉勝沿湖十里花。

南北高峯氣尚冥，渚花黄已過前汀。雨光上嶺雨聲下，襯得水樓東面青。

勺藥荼蘼已歛芳，滿林新緑透疏香。蘇堤半里荷如蓋，已有菱花綴小黄。

雷峯巾子峯頭塔，不仗人工仗化工。繡得土花纔幾級，門晴門雨水光中。

茅菴時復露繩牀，草路微濛有濕光。浸得下弦殘月滿，水花水鳥共方塘。

荒祠廢壘門空花，莫更頻誇雨露華。留得故侯墳豆好，薦新合配上林瓜。俗名王墳豆。

兩年頻復訪僧扃，南北岡彎屐屢停。一晌寺樓風色峭，松濤聲已刮南屏。

衣香葉葉罩山泉，礙襪偏多紫杜鵑。何似老僧衣壞色，百花叢裏證枯禪。

新筍棱棱欲劈門，不知誰可具盤飧。何如且趁雷聲去，濕菌先搜古樹根。

一春將盡事如麻，采罷桑柔又采茶。指爪不閒頭尚綰，髻邊隨意插新花。

酒市新移五柳邊，食單偏逐歲時遷。何如宋嫂魚羹好，占斷西湖六百年。

日午湖頭樹影圓，東西簫鼓溢晴川。歸風却挂蒲帆峭，只有雲林盞飯船。湖船皆不使帆，惟雲林盞飯船有之。

三月堤成錦繡場，桃花楊柳逐時忙。水仙王廟知何處，空裏思焚一瓣香。

靈芬山館圖爲郭文學麐賦

客中我識先生久，不識家鄰太湖口。移家仍復傍太湖，萬頃靈淥當胸鋪。鏡中時展日月燭，腕底似綰蛟龍符。畫師不復施輕粉，破屋三間竹千本。簾間助校插架書，中有玉人舒玉筍。都緣帳後影延回，却惹案頭人瘦損。門前一派何潺潺，銷夏□□移前灣。隔湖雲朵不敢上，奇氣壓倒支硎山。先生詩名溢寥廓，只惜無錢買金谷。但使時飄蚱蜢舟，何須定占麒麟閣。合并且喜傍黄壚，巾子峯前酒百壺。却憶靈芬仙館裏，有人明日換桃符。時端五節近。

鳳墅讀書圖爲梁公子□□賦

訪友曾來履道坊，阿咸風度最安詳。湖山世業張功甫，宰相門材李贊皇。但使蔣家三徑闢，何妨陸氏一莊荒。余爲山舟先生門下門生。披圖清夢居然落，十二奇峯門鳳凰。山有排衙石十二，最奇。

聞張大令吉安五十初度書此代柬

幾年我别神仙宰，不識神仙僅五旬。一縣洞天兼福地，半生循吏作詩人。東吴百里思前約，西蜀三張步後塵。君在京邸時，與遂甯三張並名。我望琴堂爲稱慶，長官勤政小民醇。

新筍

老僧方穩臥，驚筍出匡牀。幸是肘間出，不然胸次傷。預應留隙地，免使礙新篁。日昨聞雷處，魚苗爾許長。

訪小顛僧静室見甫葺屋戲贈一首

傾完百杯酒，破盡三間屋。屋瓦欲打頭，酒魂方瑟縮。移錢葺屋酒已賒，門前日日催酒家。明晨出門僧不管，欲準酒錢輸屋券。

秋江載月圖爲嚴上舍元照侍姬香修賦

秋江潮已平，高閣夢初醒。秋江潮欲落，羅衾已嫌薄。道是采菱辰，濃秋勝好春。願將浮月艇，來載浣紗人。浣沙生世居東越，慧質固應塵劫出。修到花香已歷時，花香又復修成月。姬，一名秋月。修月何須定月圓，下弦弓比上弦懸。銀河清淺思前度，金粟分明證宿緣。盈盈一片秋江碧，羅襪欲凌凌不得。偶值桐江把釣人，渾疑碧漢乘槎客。苕溪水入霅溪流，比目魚來看上頭。欲繫小桃三月艇，好營燕子一層樓。一層樓上三生路，猛憶前生後生誤。大曲屏開花氣深，五銖衣薄香煙互。福慧雙修孰可如，不呼碧玉定明珠。半憨眉宇蜂思趁，小極腰肢柳欲扶。誰家怨鳥成相識，何處横塘定堪憶。行徧雕闌十二重，斷腸花比銷魂色。夫婿儂家絶可憐，九能名在楚宫篇。因緣天上人同住，消受人間福幾年。

湯指揮桓自山陰載酒來招飲湖上率贈一篇

蘇公堤畔傾千盞，賀老湖頭到幾時。如此溪山供縱眺，别來風月寄相思。才人佐幕羅昭諫，儒者知兵韋左司。天放嫩晴須痛飲，水仙祠外柳如絲。

贈范文學棠

范生吟五字，妙欲出意匠。不作時世粧，釵環古時樣。才雖越流輩，蹤跡苦播蕩。十首投贈詩，廣陵真絶唱。前歲在揚州，生投贈詩十章，詞極高古。

室女薛月璘銘辭

薛月璘名娟，錢塘人，吾友郭麐之義女也。年十七未字卒。郭君哀之，爲覓地于葛嶺之麓張孝女冢旁葬焉。嘉慶十三年四月念八也。屬爲之銘曰：

拳松勺水，瘞此稱玉。厝舍萬椽，骨白同哭。峨峨雙姝，義媲於孝。新土一坏，幽扃二妙。

西湖龍舟篇

一龍戲水復一龍，雙龍忽飛明鏡中。旌飄螮蝀䊷翻電，天外夕陽無此紅。湖心亭北平湖口，襯得三層水楊柳。一棹驚看竄萬魚，龍頭龍尾回旋久。平堤日昃生北風，簫鼓響入南高峯。排衙十石似起立，趁勢欲瞰湖龍宮。水仙祠即龍居殿，夜半光明偶然見。水中龍謁岸頭龍，白酒黄雞日三薦。天中節屆日午時，萬艇如蟻波中馳。盡排團扇欲招□，玉手却怕凉風吹。平湖一片燈光𥈭，水底神龍敢安卧。只有堤南宋玉居，時宋孝廉咸熙寓表忠觀以居憂，嘗閉户不出。三更幽夢何曾破。湖山勝處築一樓，日日采譙排樓頭。風流祭酒吴錫麟。老從事，項州倅墉。邀客盡日湖頭遊。回思競渡喧闐處，第一好山名互父。一晌鄉園入夢來，白雲溪上喧端五。

梁侍講同書以重赴鹿鳴詩見示時蒙恩新加學士銜率書四章奉賀

一週重復赴賓筵，緑髮青瞳玉齒堅。漫説阿婆將九子，轉疑王母會羣仙。重尋筍綬心應懶，乍插宫花興欲顛。我亦禮闈逢盛事，記蒙元老説齊年。庚戌登第，值嵇文恭重赴恩榮讌，與一榜進士認先後同年。

林下居然五十春，菰蘆夢每憶楓宸。朝端久已無前輩，座上誰堪作替人。九日乍斟新釀酒，三天仍念舊詞臣。西清諸老皆銷歇，閬苑真難步後塵。朱文正、紀文達皆與公同年，並于一二年前辭世。

門外時停使者騶歸田重荷

主恩覃頭銜，已領端明殿。手筆仍追老學庵，歲月既閒超物表。湖山如畫接江南，尤欣偕老人無恙，對誦楞嚴佛一龕。

問字車從巷口停，門生門下眼蒙青。人誇學士先多士，我覺晨星即壽星。早共七賢垂信史，公自注云：康熙丁卯周大相、甲午萬承式、丁酉趙世玉，雍正癸卯陳克鏋、己酉吴嗣富，乾隆丙辰馮浩、戊午顧光，凡七人。不妨千佛冠名經。昇平人瑞真難及，佇見簪花宴大廷。公以壬申成進士，再五年，又當重赴恩榮宴矣。

酬許兵部宗彦

玉局祠旁尺五亭，前歲正月二十日在蘇公祠訂交。訂交前度憶西泠。才名第一方三拜，樸學無雙許五經。海外書同典墳古，指君近日所刊書。屋頭山接道場青。君湖州人，寄居錢唐。明朝一棹西湖水，天放新晴酒半醒。

五月朔日同人集望湖樓看雨聯句

失却一湖淥，惟存南山尖。霧露雨雜飛，亮吉。天水雲相黏。遠波偃荷蓋，楊芳燦。峭壁掀松髯。選勝得小閣，郭麐。瞰虚倚層檐。汀梟没黮䵬，趙晋函。堤柳摇廉纖。鈴荻出暗艇，楊夔孫。酒苧飄溼帘。當門萬緑罨，顧翰。鋪紙雙紅鈐。要鑿混沌竅，亮吉。欲抉謨觴箝。干霄句嶢崢，芳燦。託波辭安恬。濤瀾卷鴻筆，麐。虹電揮鵝縑。灑胸滌夙疐，晉函。决眥蘇沉痁。襍褷薜荔衣，夔孫。羃㕓簋篣簾。篘香厭新醁，翰。鮓美漬苦鹽。涎垂青頭雞，亮吉。手斫巨口鮎。婆娑長尾勺，芳燦。迷迭矮足奩。觴急無緩送，麐。莾熟留餘熸。蘋風拂席起，晉函。竹翠八座添。會聚各羈旅，夔孫。疏放無猜嫌。遊興誰最豪，翰。酒户吾能兼。墨尿籠長衛，亮吉。殿屎憂窮閻。安得佛光現，方燦。罯放旭景暹。時長吏禱晴天。竺。丙丁帖從寫，麐。壬癸符可撏。潭鏡鑄水魄，晉函。瀑練飛霜鬑。莫愁屐折齒，夔孫。却厭車垂幨。蒲塘喚雙槳，翰。蠹簡帖百籤。險破唐述膽，亮吉。快逐娵喁噞。危峯辭霞坼，芳燦。頹塔歸雲淹。遠勢極了了，麐。小言謾詹詹。煙鶴叫蒼暝，晉函。沙蛤蝗涼瀸。防潦修擢對，夔孫。榮星禱屏黔。相期三五夜，叩舷泛明蟾。

臨平舟次夢入南樓感賦二首

開扉如月啓東風，余幼隨太夫人居外家南樓，惟臘盡始回中河橋舊居度歲，春正則又至南樓矣。十載從親住此中。夢裏杏花樓上月，依然來到枕邊紅。

紙鳶寒食放墻頭，竹馬元宵竟出遊。樂事此生誰第一，五龍旋處漾千秋。余九齡時，雲溪競渡最盛，有龍舟五、秋千船一。

將抵嘉興先柬李太守賡芸

日日山青對鳳皇，宛央湖上又端陽。堆盤角黍依然滿，下瀨戈船爾許忙。已覺客程忘日永，欲從官閣話宵涼。郊原一片昇平景，桑柘青青麥隴黄。

訪查比部世倓聞郎君新及第率贈二篇

兩處漁莊入畫圖，西湖住久復宛湖。攔門喜事真重疊，進士箋題道士符。

字寫泥金刷絳紗，京卿門第又清華。時小阮特旨以四品京堂即補。窗前一樹紅榴艷，此是郎君及第花。

早發長安壩

東西湖水湊，岸迴欲如浮。曉色分魚尾，晴光出草頭。地低飛獨鳥，天闊入扁舟。百里風帆峭，應知抵秀州。

端五日月上始抵虎邱競渡正喧喜而有作

初三乍有光，端五月纔黄。波沸千家宅，雲迷七里塘。羽觴隨地集，角黍到門香。又與西湖异，游蹤趁夜涼。杭州門禁甚嚴，將莫，湖上已絶游人。若虎邱，則又以夜作日，不至四鼓不止。

虎邱樓四面，龍舸闕三層。圓轉身如織，空明眼若燈。雲霞光乍斂，粉黛氣偏蒸。待得歸舟盡，天東日已升。

吴門龍舟篇

兩龍銜尾來南濠，一龍寬處仍打招。北濠龍首復高揭，意欲同趁三條橋。大官讌客天中節，斟酌橋邊五龍出。緑浪紅闌爾許長，錦標時向波心奪。孫武祠連白傅祠，凴空水馬忽飛馳。半程汗灑薔薇雨，兩岸晴飛楊柳絲。空中錦繖排如菌，船尾船頭接仍緊。翠葆霓旌夾岸陳，中間空不容飛隼。冶坊濱亦無尋處，錦繡堆成虎邱路。後艇前船距不多，蜻蜓舟復東西渡。金閶兒女嬌無匹，日旰梳頭出城闕。長袖都熏第一香，修眉盡仿初三月。團扇如雲障夕陽，更牽錦幕護羅裳。青酸梅子消微渴，紅艷榴花助晚粧。人龍傳喚初齊集，新月斜陽已相及。一晌驚逢意外人，船頭人向船窗揖。晏公祠外雲溪頭，歲歉忽爾無龍舟。龍舟盡向客中看，明午又約梁溪遊。更番簫鼓更番笛，夜半人行尚如織。祇覺忙趨七里塘，都應閒却千人石。

無錫城東看龍舟 時友人貽《陳忠裕公集》。

貝闕瓊樓結束工，最憐一棹去怔忪。閒繙卧子先生集，始覺人龍勝水龍。

初八夜偕朱方伯勳陳司馬玉鄰步月至元豐橋聽歌久憩有懷莊州守炘暨令子司馬逵吉 時適得州守札。

趁涼行百步，却復倚危橋。古巷冥濛月，高樓宛轉簫。最憐吾鄙彦，誰似阿龍超。莊司馬小字洵龍。欲寄相思意，更闌數麗譙。

絶塞烏頭白，陽關柳眼舒。我行三萬里，君寄兩番書。閭巷推張陸，心期比范朱。雲谿谿畔水，待子意何如。余在伊犁三月，凡兩得州守書。

喜雨詩和朱方伯勳

天公儻雨粟，多恐不滿斛。天公儻雨金，高或不至尋。何如三日三夕霖雨下，雨粟雨金無此價。南頭方伯心何仁，詩成喜雨來打門。君不見，酒兵明日欲齊舉，不賞龍舟賞龍雨。

又五月五日雨中至雲溪久憩

百道奔流急，争趨紅板橋。乍開金屋鎖，已有玉人簫。高柳溪風聚，叢祠燭影摇。又經蒲艾節，愁聽雨瀟瀟。

雲谿龍舟篇

白雲溪水清如許，忽换祥風及甘雨。一萬人家税麥租，帆檣盡向溪頭舉。麥舟已過龍舟來，五月五日窗齊開。新晴乍展波中月，宿雨初圓樹上梅。東紅橋接西金谷，春水居然十分拓。雙槳争飛燕子舟，三椽聊賃鴛鴦閣。蔣通守玉予于吴門買妾，欲于閣上合巹。逸客誰誇楚兩龔。龔上舍大投暨小阮刺史濟美，並善於音樂。樹樹銀花問燭龍，更無人處火榴紅。晨妝競炫齊三服，四邊燈火雲頭接。水馬吴門騎不如，波離層疊入窗舒。闌干宛轉飛胡蝶，迎徧桃根與桃葉。一片笙歌天上來，方伯厨。謂朱方伯晋階。晏公祠外將殘月，所喜朝霞已先出。管弦别奏春坊曲，劉贊善存子家曲部最精。鰕菜新開變凶年苦，閏歲仍逢閏端五。海霧難迷西蠡河，江鮮屢送春申浦。西湖看罷宛湖再，更有石湖弦管碎。豐年已何意頻開蒲艾觴，鄉園樂事依然在。我住雲溪五十年，昇平嘉節記猶全。杏花仙館凝眸處，癸甲樓臺子午船。余八九歲，時爲癸酉、甲戌。趙大令思勤，余王母弟也。所居擅雲溪之勝：五日前後，每于文昌閣外别結綵樓，選名部奏樂，至今人猶憶之。稍長，則壬午、戊子二年，競渡亦極盛。

廖布衣希聖携秦淮舟至白雲溪看競渡因邀入水樹小集即席賦贈

滿川簫鼓滿川風，天上船來春水中。自恐白雲顔色淡，柁樓斜挂美人虹。時即將此舟迓歌者頃刻而至。

飛帆日昨下吴頭，月滿先爲清夜遊。誰説老夫情味減，渾如杜牧在揚州。

十七日雲溪水榭和友人作

曉霞日昨被溪頭，三日甘霖始解憂。畢竟歲荒民户歉，六龍城僅一龍舟。
新晴無復有街塵，一曲驚波兩岸人。若把鄉園比吴郡，白雲尖是冶坊濱。
衫裳五色澋斑，不遣闌干一晌閒。惹得水禽啼徹夜，四更燈火在雲灣。
繡被全堆越鄂君，捲簾都有異香熏。如今水榭皆溪北，謂蔣魏諸家。壓倒灣南舊浣雲。
看罷西湖與石湖，韶光得似此間無。他時我欲牋風土，添入雲溪五日圖。
舊遊處處悉關心，絶憶中郎爨後琴。多謝畫樓雙語燕，幾番憐我鬢絲侵。

寓感

夢多仍入少年場，短短疏籬曲曲塘。腸斷百花樓已圮，更從何地著花王。
百合花殘會轉希，將離仍是影依依。一雙紅淚一雙燕，同向小樓深處飛。

更生齋詩續集卷九

紅梅閣聽成都道士馭霞彈琴

能爲落葉吟，千樹萬樹秋。林陰能爲水仙操，前川後川龍鯉嘯。十年住成都，十年住武當。青城峨眉咫尺不及上，獨鶴叱使擔琴囊。琴聲高與青天直，峰上一峰雲五色。琴聲疾與江流奔，峽外有峽分三門。琴聲宜簫復宜磬，只與笛聲難共聽。大弦聲寬包九垓，小弦聲細如蛟雷。白須道士紅梅閣，別有尾聲知寄託。他時閣外梅枝紅，爲我別奏花開與花落。

谿西曲

谿西一樹斜陽好，碧月疏星復環繞。簾捲西風第一家，斷腸花帶傷心草。小草傷心怨夕陽，斷腸花色是秋棠。冥冥更下宵前雨，漠漠重添夢後香。海棠香夢驚纔破，十二闌干屢遷坐。舊燕巢從藻井移，夜烏聲向紗帷墮。三月韶光錦樣珍，乍逢猶憶百花辰。七條錦瑟舒長恨，半榻幽輝記會真。懨懨小病精神欠，偏是眼波看不厭。篆乞中郎八法工，箋題小字雙文艷。八斗才華步後塵，二分明月是前身。才人各有關心事，一賦秋娘一感甄。從前密誓誰堪證，樓上百花樓下磬。青鳥爲通宛轉詞，碧波與作團欒鏡。

昨夜秋聲入柳梢，滿天風色滯歸橈。裁衣小玉偏成讖，貼枕文園已病消。年來悟徹無生劫，入世最憐饒慧業。莫更多情送柳枝，未煩好語傳桃葉。君不見，眼冷心空鬢已絲，半生學道未嫌遲。蘇家織錦崔家畫，天上人間會有時。

鄭姬亡已一周小兒女展其遺像以奠感賦

一幅留遺繪，眉仍鎖恨濃。依然小兒女，都識舊音容。貧乏谿魚薦，廉思井李供。傷心餘畫篋，猶是手親封。

廿五夜水明軒起看殘月

一綫將殘月，三更欲別人。最憐千種夢，都釀百花辰。悟後空明影，愁中去住身。無須更惆悵，黄鵠恍前因。

高山流水圖爲伍生以仁賦

伍生少日曾相識，頫仰隨身琴八尺。本是吹簫吳市人，忽爲海上彈琴客。海上琴聲久渺茫，成連去後海天荒。魚龍氣盡波濤斂，剩得沿山竹柏蒼。峰峰石勢何森峭，石上有音參至妙。不作冤禽泣血聲，時翻落雁平沙操。伍生不獨知琴心，掩卷時復成孤吟。昨宵興發摩軍壘，變作老龍吟海水。指昨所和《龍舟篇》。

玉桃篇

贈我雙玉桃，報以一端綺。玉桃既堪珍，重以手親繫。綺裁爲㦸桃鎮紙，此誼可生仍可死。人間天上兩有情，持此以配匏瓜星。

團扇詞

捉得天邊月，分明入手中。扇頭揮五采，真與月華同。

搦得秋空雲，裁成手中扇。玉手不知秋，招凉到銀漢。

紈扇只一枝，池荷三百柄。曲沼有文魚，閒來鏡中聽。

北斗裁成柄，南溟翦作波。尚憐鋪未滿，天上落長河。

將抵焦山先柬巨超僧一律

携將碧浪湖頭月，來作清凉寺裏秋。山館緑浮前夜雨，海雲紅擁隔江州。齊梁歲月催何遝，吴蜀江山老貫休。畢竟此身誰住著，又隨凉露點閒鷗。

曉發象山渡

十年焦公山，一歲遊輒一。歸須凉爽届，來必炎暑月。拂曉渡象山，風帆忽如瞥。山川平夜氣，初日海門出。山僧猶曉卧，一半窗未闢。頻年登眺處，水旱苦重迭。甯惟人事改，方丈亦三易。方丈僧巨超移主雲門龍華法座，四年始歸，與法嗣覺燈更替。笑指鉢内花，僧枯果偏活。

海門菴納凉作

一緑真無際，衝霄柏檜風。雨荒三世佛，凉引萬秋蟲。憶昨開松殿，先皇憩竹宫。菴有竹樓，屢經純皇帝題詩。穹碑龍篆古，猶壓莫霞紅。

觀音厓看落照

石厓三百級，正面大江西。不是僧寮峻，甯知天宇低。古藤纏屋瘦，高浪入雲齊。昨值樓船估，天南説鼓鼙。時聞川蜀民滋事。

松寥閣晚飯

一陣松杉雨，都從枕上聽。茶煙籠寺黑，佛火入樓青。龍象虚堂古，魚蝦晚市腥。老僧頻飯客，祈我寫金經。

定慧寺山門看出日

海不揚波處，稜稜曉日升。水愁諸怪集，峰怕亂霞蒸。已戛金山磬，猶明瓜步燈。年來厭僧俗，不上閣三層。指東昇樓也。

更定後又偕巨超僧至江口納涼

又與江光接，欄飛徑尺波。此心忘暑久，三面受風多。罷翦西窗燭，微聞北固歌。一樽聊自遣，不使酒顔酡。

西漢定陶鼎歌

陶陵，西漢定陶共王陵也。《共王傳》：哀帝二年，追尊共王爲共皇帝。此鼎鑄于右扶風隃麋、汧二縣，蓋有銘字十五，曰「隃麋陶陵共厨銅斗鼎」，是鼎當鑄于哀帝追尊之後，致之陶陵，以供禋祀之用耳。或以爲共王就封時自隃麋、汧携往定陶者，非也。吾友阮巡撫元以漢慮傂尺度之，高七寸三分。身高四寸二分，蓋高一寸六分。蓋上有三環，各高一寸二分。兩耳高二寸二分，三足高二寸。巡撫于嘉慶七年移置焦山，以配周鼎，并約同人賦之。後六年戊辰，亮吉避暑焦山，始摩搨數紙并爲此歌，以寄巡撫浙中。

古扶風縣喻麋汧，鑄此鼎獻陶陵前。陶陵歲月二千載，此鼎亦已經三遷。渭河寶氣三霄燭，丹鼎初成素靈哭。迢迢沛水留不得，庶壓洪流鎮坤軸。君不見，定陶共王元帝嗣，兒亦居然作天子。前殿熊傾帝戚家，後宮燕啄王孫矢。蓋書十五何斑駁，上有三環下三足。法物雖供一帝厨，聖卿已覆三公餗。王母行籌事已非，漢家臘盡鼎潛移。陶陵何似延陵永，禍水驚同海水飛。遺聞軼事誰傳此，空説鼎旁皆有耳。寶氣難從清泗沈，雄文欲共松寥峙。君不見，東平立石瑞豈徵，定陶鑄鼎神斯憑。再傳亦盡享天位，可惜末造非中興。一金一石興亡判，咎在先王寡英斷。若使先知漢鼎遷，何妨早法虞廷禪。滄海如今半作田，徒留舊物鎮雲煙。灞城銅狄如能説，何止相逢五百年。

焦山仰止祠觀楊忠愍公遺墨四紙敬賦一首

我昔謫官過狄道，曾向荒庵識公貌。公官雖謫路匪遥，不四千里來臨洮。我行更到日没處，大海西頭天倚杵。公官縣尉我戍卒，持版羞同荷戈匹。我前按部經龍場，教士一準餘姚王。我今謫戍出雍凉，戴德亦若容城楊。公謀閧煤山，無异諫馬市。公卿簿尉皆王官，不以升沈易其志。公愁邊地雨，我苦天山雪。冰霜雨雪皆國恩，鍊此孤臣舊肌骨。公詩詠元旦，我詩詠元宵。龍荒仍復夢早朝，醒眼忽訝天山高。公官縱起已喪元，我保首領歸田園。獄吏不敢呵，將軍不敢殺。途經三萬里，恍若行户闥。我傷公命纏刀鋸，聖主如天公不遇。絶命公吟出獄詩，銜恩我製歸田句。絶塞生還已十秋，更生公苦願難酬。公詩亦有

「自笑更生若有神」之句。公不見，歸田轉憶從軍樂，析米旄頭炊劍頭。

寄師大令範望江

滇中仙吏近何如，春首編摩到歲除。君喜著書。卅卷纂成今雨集，君選同人詩三十卷。一封飛寄大雷書。時見屬作《滇繫序》。門材久已欽羲獻，君令子詩最奇，惜年未三十而夭。鄉望真堪擬顧厨。何日畫船紅燭影，與君門酒到龍舒。

六月六日巨超僧送我過江因憶癸亥冬慧超巨超亦曾送我至此今慧超卒已五年矣不勝今昔之感作此以示巨超

年前送我隔江村，兩兩詩僧出海門。碧樹尚浮江口漲，青山已作化人墳。銷沈萬事歸情劫，檢點殘經拭淚痕。此別未知何地會，與師聊復坐雲根。

椒山讀亡友方正澍遺詩偶賦二詩

故人瘦骨真同鶴，死亦當鐫瘞鶴銘。賴有廣陵詩弟子，不教遺稿獨飄零。

曾泛秦淮渡口船，詩人本事説能全。應知此恨吾猶識，紅豆樓廳小影懸。君幼時曾眷一姬，欲聘之，而姬已卒，嘗懸其小影寄悵。

寄同年秦觀察維嶽武昌

故人住近青鸞嶺，遠宦今登黄鶴樓。閣上軫星聯斗極，門前漢水入江流。東華舊事心猶憶，西海孤臣淚未收。誰識塞鴻生計切，年年都爲稻粱謀。

放歌二首

今人雖善遊，所苦德不度。爽鳩氏已亡，仍占爽鳩樂。我行亦寓興，側足避輩流。華胥國何方，時作華胥遊。今人遊占百代前，我遊乃落八垓外。九州之外大九州，不學鄒公徒語怪。衣麤食淡心所甘，所願一歲無停驂。少遊曾未歷交廣，垂老蜀江猶嚮往。何時一棹任往回，除却天上皆曾來。

家産不滿百，置書三千金。欲於古人中，一二求知音。寥寥四千祀，我感子輿子。人知不知皆囂囂，囂囂或謂士也驕。其餘中古時，温嶠亦先識。無雙國士縱不能，第一流完先失色。高天下地居其中，欲與萬古維初終。君不見，斜陽欲落九野紅，萬古以外復有萬古來無窮。

乍歸對紫薇花小飲

石石皆堪作釣磯，樹於屋主倍依依。滿欄侍女花如活，獨對墻南兩紫薇。欲向長江溯急流，連宵酷暑乍回舟。凉蟬未響游魚静，恐擾先生夢裏遊。

滿地

滿地涼螢影，欺天初月光。草衰猶自緑，桂老不能黄。夜色徧中野，秋聲出上方。聊將後時感，分半付寒蛩。

十五日侵曉獨詣放生禪院看荷花

欲拂林間露，來看水渚蓮。樹奇偏礙日，僧老不知年。殿聳黿鼉窟，波分螺蚌田。乍驚霞五色，歸路雨綿綿。

友人以湯義仍孔玉叔院本屬題

玉茗香一庭，桃花紅一扇。一居婁水頭，一住秦淮岸。誰識東京黨錮賢，都歸南部煙花傳。南朝金粉傷心艷，歌扇舞腰情尚欠。花月銷殘怨更新，家山破後心猶念。一代興亡剩幾時，辰魚院本子龍詩。甯歌碧月瓊枝曲，不唱春燈燕子詞。

記客歲十二月二十五日黑水洋李軍門長庚死節事 時公婿陳司馬大琮，千里走使，乞爲公志墓并徵詩。

同雲慘淡覆同安，無計能令海水乾。萬姓淚垂除夕祭，三軍魂斷詰朝壇。歸元尚嚼張巡齒，植髮先衝宋意冠。只我舊曾叨載筆，墓門碑已爲公刊。

讀史時時恨未平，千年往事涕沾纓。將軍縱號楊無敵，節帥誰傳賀進明。但使上天騎列宿，不教入海斬長鯨。諸公莫更爲身計，可識東南久厭兵。

避暑

欲避林間暑，先浮海上槎。鄰家餽蔬蔌，過客問茶瓜。嬾謝知心侶，閒栽洗手花。擁書剛欲卧，蟲響落了杈。

聞伯姊訃二首

五日一問疾，三日一致書。如何臨命期，復與期會殊。撫棺我心傷，淚下如綆珠。啼號滿我前，下逮出腹雛。姊曾孫甫二齡。諸孫覔尊章，新婦呼王姑。側聞衛仲由，喪姊服不除。況藉保抱恩，六齡傷藐孤。余六齡，先大夫見背，即隨姊食宿。時太宜人多病且撫弱弟故也。若使德可酬，何敢惜髮膚。屈指臨穴期，呼天野踟躕。

仲姊四十逝，鬢髮不及蒼。弱弟甫遂初，半道驚摧傷。同生祇五人，半已罹咎殃。姊行奉華嚴，跬步亦致祥。神明久不衰，庶幾壽而康。如何奄忽期，不逮介壽觴。含憂出北門，墳冢何相望。君家墳北阡，我家冢南塘。何期七尺棺，亦向九地藏。他時我首邱，矯首瞻高岡。姊墓在寒盤墩。

廿九日侵曉至小東門橋下三里看荷

太平興國古寺，莒縣東門小橋。日昨故人書到，紅荷百本相招。

沿街殘漏未盡，曲巷宵燈尚明。正好出城七里，枝枝葉葉秋聲。

題史閣部可法爲吴進士昜題楊兵備龍友畫蘭卷子 卷藏吕廣文星垣處。

一種幽蘭葉，驚披劍戟林。果然遺世立，先有後凋心。幹吐清商氣，歌成變徵音。至今梅嶺上，枝節可同岑。

畫筆同詩筆，中含萬古冤。奇香出空谷，白日墮高原。節士方埋骨，將軍久喪元。巉巖一方石，忍與話寒暄。

偶然作

一條明月巷，穿北復穿南。復有紅燈影，迢迢接古菴。回廊曲檻尋應徧，北斗七星樓上見。昨宵初七今上絃，新月又教添一綫。春人春燕登春樓，爾許胡蝶皆來遊。姮娥亦解惜春艷，月露自灑千花頭。今年薰風遲，昨歲秋風早。荷枝零落梧葉稀，使我芙容復難好。九枝燈外三層臺，夜半忽夢春風回。黄姑織女擎酒杯，倒吸銀漢成春醅。我知西江流，吸尚不盈口。纔能解宿酲，未可酌大斗。斷鼇之足亦不足佐餐，何不天上呑雙丸。堆胸日月取次吐復納，庶使一世知我胸次遠比滄溟寬。

自別攝山今十年矣今早泊舟江口復與同人詣此感而有作即題幽居石壁

一條天路削雲成，十載遥遥憶化城。白鹿紫峰皆不入，獨來厓畔聽松聲。

曾書一碣附江潮，欲向深山瘞慧超。石筍滿林尋不見，北風吹夢雨瀟瀟。前年慧超僧葬此，曾爲書石碣。旋以欲徙葬，故碣尚未立也。

自棲霞港侵曉至燕子磯

一棹平明去，風高浪亦肥。岸霞紅濕樹，水鳥緑侵衣。北固潮聲上，西洲月影微。重衾理殘夢，聞已過危機。

爲馬文學樹華題明左忠毅公北鎮撫獄中寄子家問墨蹟

并引

昨在焦山，得讀明楊忠愍公貶狄道典史時詩文手札四通，余既跋以詩矣。不一月，來白門桐城，馬文學樹華復以同鄉左忠毅公獄中寄子書見示，并乞題數字于後。烏乎！二公之死雖不同，然殺身成仁一也。蓋明之亡，徵兆於嘉靖，而成於萬曆、天啓。公之家雖寸木尺土不留，而明社亦已屋矣。「人之云亡，邦國殄瘁。」又云：「誰生厲階，至今爲梗。」不勝感憤嗚咽，爰繫以詩曰：

寸木尺土公札中語。雖輸官，坐贓二萬那得完。贓銀縱繳命未繳，鎮撫獄中仍不了。懼公生命延，爲公生忠賢。懼公體肉或不分，爲公復生許顯純。危機一發已如此，公尚不知身欲死。一腔熱血寫已空，不剩點滴歸胸中。昨題忠愍書，今讀忠毅札，一樣成仁身已殺。血書直可懸國門，可教孝子兼忠臣。君不見，君家亦有馬文肅，義烈配公真不恧。何況東門追餞別，有人掩卷我仍思太僕。忠毅公檻車就道時，獨君八世祖太僕某追送甚遠，并爲經計其家。今君亦馬氏所自出也。

獨遊雨花臺兼久憩永甯泉作

茲臺名雨花，未厭百回上。感我身世浮，閒雲共飄蕩。昨年登未及，歸里營薄葬。此度倘不來，雲孤定惆悵。泠泠澗中水，亦欲結幽覡。因緣謁前修，慘淡識遺像。方正學祠。荒祠叢瓦礫，古壁繪儀仗。沈沈斜照影，已向屋頭漾。八月芋栗肥，田家肯相餉。

青谿曲

靈潮昨已生，秋水居然緑。銷盡古今魂，青谿只三曲。茉莉花千朵，門攢丁字簾。初三新月影，誰與門眉尖。一晌鍾山雨，閒雲落檻遲。夜烏啼處好，只傍小姑祠。

登北極閣望玄武後湖

城頭一片雨，飛入後湖東。湖水沈沈緑，山花隱隱紅。遊蹤方蹠實，秋隼忽盤空。畢竟無心好，閒雲入幔中。

地樓

傴仄行千步，蒼鷹導客前。一樓疑入地，萬竹欲扶天。墨訝當門雨，青浮隔嶺煙。舊遊何處在，零落剩題篇。壁中多友人題句。

隱仙庵訪桂并便道至隨園

兩株金粟秋風沸，花影接天香拂地。花前道士彈鳴琴，花外遊人復如蟻。看花客興初闌珊，分半亦或登倉山。君不見，謝公去後墩仍好，却割墩旁葬詩老。袁大令枚即葬墩旁。

石禪精舍題壁

石腹裂百竅，竅皆盤螺紋。每于平明時，呑吐天空雲。石奇不復就繩尺，雲縱玲瓏却輸石。有時石屋出洞簫，惹得片片雲俱飄。主人愛石識石性，不遺藤蘿牽石徑。石根却要苔蘚封，壓石復有千年松。松身入石無始終，石與松盡摩蒼穹。我摩石上松，更拜松下石，此客入門松亦識。君不見，三更客醉石欲扶，歸路復有松陰鋪。

城北蔚園訪汪秀才度不值嗣承以三詩枉贈率答此章

玄武湖從城上浮，城低忽復出高樓。百年竹樹參雲立，六代風光入座收。逸客偶然來駐馬，主人仍欲學眠鷗。新詩一卷披帷讀，已到隨州及柳州。

戲示承恩寺僧鷹巢

舊得閒中趣，今成方外交。寺鄰朱雀桁，僧占野鷹巢。妙悟匏生粟，詞鋒劍出鞘。陶然三百盞，僧善飲。身與世同抛。

題汪度詩集後

詩人城北添汪度，詩老城南失士顒。謂何士顒。何物書生解遊戲，鵝籠不住住雞籠。

泊舟幕府山下

幕府山前路，重來已十秋。更無迎客燕，只有喚晴鳩。老樹忽青幹，雛僧偏白頭。蒼茫咏詩處，新月上汀洲。

偶詣永慶寺訪詩僧棲碧不值因久坐厓石下

天空雲朵朵，忽爾不能飛。化作千尋石，真疑百衲衣。往來成孔道，奇秀壓危磯。聞有詩僧在，偏憐識面稀。

泊舟揚子橋追悼放生池僧慧超

欲覓山陰酒，先尋揚子橋。樹聲南北岸，風色往來潮。屋向閒坊認，魂從故紙招。更無耆舊在，薄醉暗魂消。

八月八日貴吏部徵家太守梧招同阿克當阿嵯使梅花嶺雅集

萬樹疏梅繞一樓，不知梅憶主人不。龍華會又多年別，鴻爪泥曾匝月留。玉節近趨天北闕，石經同領殿東頭。諸公事業皆堪紀，可許閒蹤狎渚鷗。四人曾同時掌文淵閣石經。

重至揚州有感

微酣回憶少年場，唐觀察侍陛。沈運使業富。方孝廉本。俞明經大謨。並已亡。猶憶舊居依北郭，汪上舍文錦家在北郭。誤傳和仲死南荒。昨歲誤傳汪司馬端光卒，後知不確。二分月照風花劫，一桁山沈雲水鄉。只有蔦蘿仍百尺，記隨秋隼上頹墻。鈔關門左舊城墻陷數仞，人取其便，皆由之。三十年前，亦曾由此訪司馬舊宅。

抵焦山作

半山金粟香，半山黄葉路。復有山北坳，泠泠積凉露。花黄露白林梢紅，碧月欲滿秋方中。山僧歸自江水東，笠上忽爾鳴秋蟲。京江渡口無朝夜，十萬流亡塞江下。江北水荒，高寶一帶流民並逃荒至江左。荆襄大舸亦已來，佇望數州平米價。

巨超方丈蓄四奇石得而復失因繪圖并石貯焦公祠中屬賦此詩

四石配四嶽，祇少嵩高山。誰云僅一卷，天上雲斑斕。何應胠篋徒，竟敢挾山走。雖云負之趨，畢竟不能有。轉使一卷石，游戲來人間。聳身同盧敖，興盡乃復還。泠泠空江中，金焦僅兩點。石數反倍之，恐復被凌踐。我屬焦處士，制剛轉以柔。伴以麋鹿羣，濯以滄溟流。處士與石言，石應亦點頭。從此及萬年，永鎮揚潤州。

馮上舍漬川春泛圖

一山花罩春溪曲，花裹人家水香足。三折溪光六曲闌，闌干垂手都如玉。閒携絲竹臨春波，足底來往舟如梭。墻頭女伴亦時立，笑語飄入春雲多。籬邊屋角篇三弄，惹得春陰樹頭重。我愛沿谿三百家，清明未醒元宵夢。玉驄穿柳船穿花，花影不辨誰人家。波離嫌薄蠡殼厚，窗扇面面飛紅紗。更闌始覺人聲靜，雨過天青月逾靚。舊種緋桃愜素心，新來紫燕稱同命。我泛春溪不見君，却同顧陸醉斜曛。雙橈欲破千層緑，一塔都飛九級雲。顧生畫筆圖爲顧文學鶴慶所作。馮生句，時覺靜中生逸趣。我展新圖向緑陰，一雙胡蝶飛來去。

八月十三日自焦山偕張司馬鉉暨令弟上舍崟巨超覺燈兩方丈詣曲江亭兼訪王文學豫即席分韻得觀字

蟹舍魚莊路百盤，到門千頃碧琅玕。憑誰解領閒中趣，記我曾馳域外觀。北固數峰朝爽入，曲江終古莫濤寒。詩人畢竟耽風雅，萬卷堆牀選已完。時文學輯《羣雅集》甫竣。

是日辰刻微雨同人抵翠屏州日昃乃返張氏昆仲復邀至松寥閣看月率賦一篇即送二張回江南王文學回江北

今晨雲外雨，送客出松寥。今夜雲頭月，隨人度板橋。王君居大虹橋。板橋流水通山寺，十里蓼花紅欲醉。南譙秋爽正逼人，秋燕未歸鴻未至。雲頭月與山前風，盡掃雨脚歸長空。所思人滯北江北，時遲靖江朱方伯勳未至。端正月來東海東。主人拉客花前走，正面花香置杯酒。談空説法兼苦吟，座上才人無不有。北山黄葉飛山南，所喜樹樹秋光酣。主人薄醉客亦憨，驚隼忽欲穿僧龕。須臾月霧三更白，非鬼非神瞰行客。千行帆影屋角斜，一道銀河樹中直。秋聲閣法界，樓明晨分渡。南北流却剩，一客吟中秋。

十四日晚步自不波亭至巨公庄

不波亭外不揚波，隱隱時聞北固歌。海氣接天今夜暗，星光和月昨宵多。松門有客携琴至，栗里誰人載酒過。時待江都令，酒未至。欲向雲頭駐光景，興酣先借魯陽戈。

中秋夕同人飲月波臺下作

幽人住空山，皓月出東海。方壺飛皎鏡，圓魄疊層采。天沉河漢影，地值江海匯。積此卅日晴，全除八方靉。一年惟此夜，萬古色不改。清吟誰可繼，勝侶久相待。臺孤驚突兀，屋半擇爽塏。呼琴彈屈曲，聽櫹摇欸乃。鸞龍客能嘯，魚鳥我編隊。所嗟文酒彦，前後不相逮。張王既云别，郭李郭舍人堃、李孝廉鐼。復誰在？狂譚走幽靈，孤抱愜真宰。挹兹波皓皓，枕彼石磊磊。願作竟夕歡，無貽後時悔。

聽秋泉僧彈琴即送歸全椒

一泉一琮琤，一鼓一惆悵。七十二道泉，都飛七弦上。今宵彈鳴琴，明日整歸櫂。家住全椒山，應繙醉翁操。

月下望象山渡

挂帆欲何之，象山山下路。水與岸俱平，人同鳥争渡。漏盡僧不歸，江干守風露。

三更後步月江岸

海月欲入江，江海無畛域。惟有魚鳥心，長空分界畫。海魚不入江，畏此罾網多。江鳥不入海，亦頗怯洪波。洪波萬丈空中立，海水入江如有級。一級平添十丈流，海雲復把江雲吸。秋中徹夜客不眠，樂與魚鳥同流連。有時魚飛鳥忽墮，好景都從鏡中過。酒傾一斗支一更，更盡日已東邊生。烏飛兔走誰能挽，日月亦應分界限。

月午行山中棧道

閒雲與流光，夜半門清景。豈知蜀道難，忽面吴江冷。一葉下前山，秋人已深省。

十六日發焦山

一棹斜陽發，帆雲盡北流。誰尋阿蒙宅，何處寄奴洲。地僻藏奸藪，天空出戍樓。過橋三五步，隱隱起吴謳。

十六夜舟中看月

不挂席帆行卅里，却見空江月初起。櫓聲曲折歸裏河，圓月初起聞清歌。山雲隱隱勢回首，今日仍傾昨宵酒。明晨酒醒已抵家，飽看金粟巖前花。

答友人問近狀

全家三十口，都仗賣文錢。近覺豐碑少，應知歉歲連。苦寒同往日，行乞踵前賢。欲向清淮去，思逢漂母憐。

湯騎尉貽汾秋江罷釣圖

鱷鯢猶未戮，君尚不能閒。且擊祖生楫，難扃求仲關。泛舟從别浦，落葉滿前山。我亦持樵斧，思將惡木删。

山居

嵐光薄薄映窗紗，一派谿聲雜煮茶。夢裏夕陽紅入帳，不知仍是紫薇花。

八月二十三日偕莊徵君宇逵楊上舍元錫湯騎尉貽汾放舟至蘆墅采菱回途復飲上舍騰光館中夜半乃返得詩六十二韻

指月堂前酒，騰光館裏花。偶然聯勝賞，相對惜年華。屋倣匡君社，舟同博望槎。誤經溪一折，舟子誤行別港中，久始得路。難認路三叉。徙户多逾雁，時江北流民麕至。精廬仄似蝸。未烹諸葛菜，猶蓄召平瓜。碧藕心饒孔，銀菱角露丫。酸心參橘釀，辛味鬥薑芽。林刎披綿雀，陂搜擁劍蝦。圓螺黏壁隙，扁豆綴籬笆。果熟低頭採，鰻肥赤手拏。塘偏植檉柳，岸反種蒹葭。水淺魚堪數，灘深鼈可扠。歡悰爵無算，雅集梪頻加。庖薦青頭鴨，檐飛白頸鴉。繞梁愁去燕，赴壑感修蛇。逸興緣黿飽，回途趁晚衙。緑零前夜雨，頹閃半霄霞。豈意中河楫，真如下澤車。小橋支獨木，疊屋響連枷。閣暝青槐蔭，墻傾紫蓼遮。總因談曲折，甯厭路回衺。谷湊回文錦，川流之字巴。紅林天被掩，黄葉徑堪爬。蠡水千條港，唐灣兩岸沙。亡懷隨雁鶩，捷足抵麢麚。鴻竟罹魚網，禽偏入兔罝。巷通津渡泠，堂遠市廛譁。欸户驚新築，沿門雜小家。旛竿罷高矗，余幼居外家紅杏樓，望君家宅前旗竿林立，今十不存一矣。溝壠愈低窪。憶昨經過數，都乘節序嘉。論文卮有當，從政璧無瑕。侈口談天衍，雄心逐日夸。闕文咨郭璞，奧義審侯芭。魯國争敷席，秦庭孰贈榼。詁應增楫榿，辨欲析梨柤。競爽猶能識，謂劉宸、蘇灝兩明經。標奇亦可誇。志皆勤簡策，論肯涉袈裟。事事嗤莊列，言言闢釋迦。後生資整飭，前路戒欹邪。此會真難繼，騰光館文會最盛，多至數十人，今已零落過半。

名流望獨奢。我曾陪老宿，君昔尚童牙。第宅頻年徙，交期五世賒。余及交君從祖及尊甫昆仲十數人，今又見君從子從孫，爲可慨也。宦皆淪墨綬，謂君從叔望秦暨從兄倫。齡不駐丹砂。病少三年艾，餐虚百秉秏。已多淪地下，分半宦天涯。慘聽鄰人笛，哀同絶塞笳。荷鋤從桀溺，種柳記琅琊。客已多沈湎，筵仍辦咄嗟。分羹餉番僕，擇米勝胡麻。泉品梁溪井，壺烹顧渚茶。自然傾肺腑，何取鬧箏琶。涼夜千行雁，荒汀百種蛙。曠懷輸阮籍，精理服裴遐。飲訝連宵縱，詩争一字差。才名阿閣鳳，月旦碧雲騢。賤子吟成痼，諸公癖嗜痂。候還鳴蟋蟀，更再轉蝦蟆。淺醉思前夢，輕裘替薄紗。時驟冷。蠟燈先墮穗，金粟再含葩。神貺留如願，仙風送若邪。王孫歸去晚，歸途經王孫巷。涼月半圭斜。

雨中柬吳參軍錫緒

檐前漠漠雨如絲，一晌誰能判早遲。忽望君家爨煙起，的知應是夕陽時。

八月晦日楊上舍元錫復招同人騰光館雅集即席賦贈 時館中海棠忽開數朶。

海棠紅處木樨黄，白髮重來校藝堂。已少昔人談往事，尚留秋燕話空梁。風生屋後松鼯徑，夢繞年前竹馬場。羯末封胡定何在，更從杯底憶錢郎。時談錢上舍羹梅佚事。錢爲楊氏甥，居宅即在騰光館前。

落葉篇

禽離巢，葉離樹。葉墮風，禽咽露。巢禽猶得向巢飛，落葉苦無歸束處。高高下下及半空，葉轉飄入禽巢中。君不見，隨風一葉依巢鳥，倘得温存過冬杪。

生日自壽

窮海歸來久，銀蟾百徧明。履霜驚此度，明日即霜降節。嚙雪感餘生。老守松筠志，貧稀鷗鷺盟。兒曹能壽我，先獻酒盈觥。

東郊早行

晨光開佛閣，三面俯清池。塔聳風生峭，林昏鳥出遲。上穹疑可問，小立定多時，一晌憑欄意，難教老衲知。

九月七日澹香斜月西堂梅開一枝是日齡孫適入塾讀書喜而有作

齡孫入塾，梅開一枝。胙孫報我，其喜可知。我喜云何，嗟兩孤兒。庶承世澤，以慰母慈。梅開於春，亦榮于冬。歸燕繞花，飛西復東。胙孫讀書，齡孫識字。以酒酹花，自今伊始。

是日偕莊徵君宇逵楊上舍元錫登太平寺浮圖

預作登高會，相將過郭東。古原人外緑，斜日雁邊紅。身世真無著，雲山望欲空。年年當此度，清興逐兒童。

朝看

朝看曙鴉出，莫送晚鴉回。只此蕭閑景，能令壯志灰。世情尤苦戇，天意轉憐才。自哂長饑久，何由滯酒杯。

重九前一日同人詣管氏味蓼居及安和川雲兩茶社看菊并至毗耶室訪斗壇

乍斟味蓼居中酒，閒煮安和軒裏茶。九日最欣多雅集，一生能看幾叢花。凉蟬韻寂風先峭，秋燕巢空月尚華。誰更築壇名禮斗，得閒須訪惠休家。

重九日苦雨自平臺望城東尚有登塔者

檐高先覺霧重重，塔上人追飛鳥蹤。半晌怪風摇突兀，七層疏雨響玲琮。難忘園叟花前約，已聽闍黎飯後鐘。念欲置身千尺上，好憑雲海盪心胸。

題畫

平心未敢役風雷，路斷天光暗暗開。削壁四邊無縫入，驚濤三尺有源來。藥爐尚貯全青火，石匣平封半紫苔。欲向此中尋舊友，迎人雙鶴早裴回。

十七日味蓼居讌菊花下

平明看花光，薄暝看花影。花光趁曉影趁宵，月澹霜濃門清景。花光入雨色更饒，花影逐月難摩描。紅闌干前雙石橋，已有尺五花魂飄。一城人向東方走，兩社門茶兹門酒。已覺秋燈欲斷魂，更煩秋燕頻回首。廿年前事吾能諳，金曹孔削名西南。廿年前，惟染坊金氏鍜鐵、孔氏花事最盛。似嫌疏散愛修整，重疊乃與花爲龕。甯知絶世丰神好，一涉矯揉生趣少。朗朗疑逢六代人，亭亭欲出三秋表。天然何似味蓼居，以瓶以鉢復以盂。種花早已識花性，祇覺清氣生空虚。滿堂銀燈滿堂客，不礙滿堂花五色。星斗初稀夜已闌，月華正向屏風直。爲花留滯花應喜，清夜沈沈醉難起。却憶重開花底筵，看花人隔千餘里。主人將以二十三日餞花。

采石望太白樓

雙丸流地上，旋轉不能休。一客居人世，悲歡不自由。偶携居士屩，來訪謫仙樓。坐久無人識，長歌學楚謳。

烏江謁項王祠

尚有荒祠在，門開江水東。死猶分五體，生已負重瞳。無力除英布，何心殺沛公。怒濤三百步，時起憤王風。

曉過東梁山

歷陽洲上夜燈虚，一晌天光出雨餘。峰頂黑遮三楚雁，濤聲青截九江魚。多年事作華胥夢，百戰場成退士居。祇要北風連日峭，看完浮玉看匡廬。

蕪湖過亡友故居

落日下窮巷，炊煙無幾家。傷心問行客，屈指數歸鴉。閣上書仍滿，門前水尚斜。可知魂已斷，無夢向天涯。

將抵懷甯先柬左大令輔二首

紅樹青山去路遥，長風沙外片帆飄。故人十載無來札，江水三更有退潮。愛客記曾追北海，著書端欲老南譙。癯錢季重。短趙懷玉。皆無恙，只惜霜前鬢盡凋。

三十年前季札城，酒徒零落可憐生。斷魂誰返黄江夏，景仁。消疾先亡馬長卿。鴻運。能燭斗牛惟劍氣，倘騎箕尾即星精。前遊歷歷難忘處，室號毗邪寺太平。

十月初一日經銅陵縣郭外

前宵泊蝪磯，日昨駐鵲岸。百里煙樹中，濛濛水雲亂。帆檣霧中出，挂席倏見半。十月稻蟹空，沿波秖留斷。甯知葭菼下，復有大魚窟。林開三百户，歷歷起晨爨。一晌鸛井移，先衝雁行斷。

舟行偶成

憶從别家來，水宿已一旬。忽同骨肉離，轉與鷗鷺親。因兹物外遊，時時飽煙雲。山禽縱往還，不及水鳥馴。魚磯魚避客，鵲岸鵲迓人。東西指顧間，百里路已遵。明晨九子山，又向几席陳。芙蓉沿岸花，欣逢小陽春。

江村

三錢五錢市上蔬，一串兩串谿頭魚。村人買肉須趁墟，訪客乃跨耕田驢。忽驚驢背垂楊短，吹得柳條門外滿。江村十月已賽神，户户紅燭燒當門。

舟中望江南北諸山

江水向南去，陵陽第幾灣。恨無驚客句，過盡謝公山。蔣栩魂猶滯，時同年蔣純裕旅殯未返。唐衢老不還。謂少府軼華。惟餘三百樹，楓帶夕陽殷。長江東接海，近喜不揚波。此客尚覊旅，青天發浩歌。雲排孫武陣，日返魯陽戈。聞説山光好，偏從午夢過。

夜泊梅根渚

及此北風緊，偏憐宿霧昏。岸驚排鵲尾，冶尚立梅根。夢續三山峽，燈迷獨樹村。孤舟真借泊，占此暮鴉屯。

望九華山

望華亭外路，濕翠半天飛。谷暗藏魚窟，山青作烏衣。三江分别派，五老拍危磯。莫厭盤飧少，猶烹荻笋肥。

懷甯王氏園登最高亭望江

六百丈纔過，泠泠江愈深。石牌千艇集，建德數峰沈。别浦通雷港，遥書達漢陰。時托寄樊城書。明朝小孤泊，應復上危岑。

登大觀亭謁余忠宣祠墓

隔岸峰巒面面青，小孤百里接危亭。東下即接岩扃。憑誰更作中流柱，只此曾埋大將星。十月鸛鵞排急陣，一江煙霧走陰靈。三朝國史老臣素，可惜無顔篡墓銘。

皖口寄懷同年董教增巡撫率東二首 時巡撫以試事扃門，故未及過訪。

龍華會上説齊年，一乘星軺一戍邊。夸父自憐當逐日，班生人望擬登仙。余奉恩命遣戍伊犁，時君以道員檢發四川，相值于平定州文潞公祠，談久乃别。無多别淚西風外，相與論心古戍前。屈指陽關荷戈日，看君蜀道上青天。

瀛州仙吏最風流，開府今看領上遊。陶侃歷官皆里閈，樓船三日即昇州。藎臣事業先清節，傳世文章已白頭。只我受恩慚未報，青冥高望渺含愁。

華陽鎮望馬當山

江南山已盡，藉此截長江。岸勢居然陡，濤頭未肯降。吴風吹樹杪，楚雨入船窗。誰復能貽客，雷池鯉一雙。

過小孤山

柁樓前頭酒一壺，眼底已落宫亭湖。天門至此八百里，只有此島江心孤。濛濛曉霧明于雪，誰與峨眉門高潔。祠門章貢已合流，十萬魚龍拜初日。

舟中書懷六首

落落人間一布衣，蒼生甯望釣魚磯。無妨季布輕前諾，已覺陶潛悟昨非。千載定歸遼左鶴，一生先息漢陰機。此心平處江潮静，盤豆洲邊新月飛。

倦客勞勞未息肩，束裝仍用賣文錢。置身萬斛波濤上，息影三更烏鵲前。八口計虚瓶内粟，五湖歸有鏡中天。此生不願因人熱，同學非無舊少年。

萬里曾經使節持，三天仍復愧師資。黄粱熟後身疑幻，白馬生來帝已知。病骨竟思埋貶所，謫官偏喜得褒詞。孤臣遭際真非偶，千載欣看此一時。

十年彈指説歸耕，穩卧菰蘆白髮生。不朽更須憑撰述，無才先已負生成。西荒大漠留碑碣，南海占城問姓名。莫笑謫官行樂少，正思歌詠答昇平。

展卷先忘去路遥，白雲時向案頭飄。絶交論繹朱公叔，定命書欽劉孝標。客裏年光驚冉冉，夢中天路記迢迢。鯫生名姓雖無似，不藉登科記上標。

嘉慶改元年五十，已爲白髮舊詞臣。即今又歷一星紀，豈意重歸萬里人。半世編摩推定力，六時風月剩閒身。儒林文苑隨君置，莫更描摩作隱淪。

曉起望廬山

一白從空起，人天界不分。欲平三郡險，陡落九霄雲。贛水下無際，爐峰高不羣。更誰參妙藴，搔首問匡君。

晚移舟泊黄梅南岸

敷淺原頭日初落，征雁嘹嘹下空廓。雁飛欲下仍未下，怯此城頭暮吹角。蘆花如雪飛晴波，雁羣轉比州民多。横空不更畏矰繳，合隊反能欺鸛鵝。數行不到宫亭口，回雁峰疑在匡阜。只有磯頭五老峰，茫茫笑客常奔走。移舟十里來黄梅，一塔正向雲頭開。尋陽古城在何處，且就瓦市同銜杯。

古詩十首

一日行卅里，百日行百馹。遥聞古戰塲，下有駿馬骨。沈埋雖百載，其氣尚蓬勃。捐茲黄金千，市彼白骨一。白骨既可珍，黄金本非惜。携歸伴尊俎，重若和氏璧。驊騮庶無恨，没世逢鑒别。

魏齊既無聞，信陵亦黄土。虞卿能著書，轉自有千古。淹中重游夏，稷下慕鄒魯。空名冀垂後，誰識用心苦。欽茲東國彦，嗤彼陽翟賈。《吕覽》十二篇，著書真莽鹵。

毛嬙及西施，千載骨已朽。如何稱艷質，談尚不容口。毛施儻長在，逆計成老醜。空名雖足炫，朽質非可偶。猶輸珠與玉，至寶可長久。一笑死子都，不如生嫫母。

秦晋兩顛頡，賢否業已殊。市中有曾參，可惜非子輿。聖母尚可欺，況此一世愚。臧倉沮鄒軻，彌子忌衛璩。惜哉尸諫人，不更留史魚。功同行不同，後先申子胥。

榮辱若轉轂，世路無常尊。繁花值飄零，亦下依草根。翟公罷官歸，早已居衡門。雖無簪紱榮，洵足長子孫。宵看白玉盤，朝望黄金盆。金玉既滿堂，富貴誰等倫。君看朝槿花，曾難逮晨昏。

撟闢戮侏儒，龍蹲實神勇。不膚撓目逃，漆雕亦堪踵。結纓誠志士，所惜臣衛孔。同門推賜也，論説若泉湧。升堂問夷叔，衛輒已神悚。一言申大義，庶足示嫡冢。據事肯直書，吾仍服南董。

日升月即淪，倏忽變光景。奈何矜春華，移步常顧影。東園桃李色，其勢秖俄頃。下有落葉堆，幽人動深徹。煌煌主父偃，烹食皆五鼎。當其恣口腹，無異摩踵頂。金門承盛寵，兵已在其頸。太息一世人，見真同坐井。

神仙非得已，厭住塵土中。蓬萊亦寓言，詎在東海東。麻姑控飛鵬，河伯騎赤龍。遊戲一世間，來往悉蹈空。時登閬風臺，或訪扶桑宫。西行飲大澤，夸父技始窮。何如魯陽戈，逐日如轉蓬。

張陳既凶終，蕭朱復隙末。傷心古道交，鮑管渺無匹。宣尼交子夏，細不假一物。識性可與居，何因致嫌隔。師門尚如此，況在友朋列。原思亦屢空，不詣萬鍾室。同門曾枉駕，駟馬門外結。去後金石聲，嘐嘐出蓬蓽。

朝見創一閣，莫見築一樓。行樂曾幾時，門戟忽已收。田園易主多，半屬昔日讎。前時掃徑人，今據堂上頭。千金價早輸，八口莫敢留。强中更有强，吞併尚不休。日午相宅來，門外停八騶。

將至黄州夜泊

匡阜西來第幾程，陽新南岸步新晴。野牛趁客行三里，山鳥迎人唤一聲。溢浦浪翻荆竹渚，庚公樓枕武昌城。武昌縣俗名小武昌。隔江煙景真如畫，紅樹叢中酒旆横。

將進酒三首

將進酒，進酒不復休。我有千日釀，已同萬户侯。君不見，燕昭但市死馬骨，顔觸不重生王頭。飲酒之樂，勝于封侯。

將進酒，進酒任所便。我有下若杯，已抵上界仙。君不見，文章吏部酒吏部，謝朓畢卓誰争先？飲酒之樂，勝于登仙。

將進酒，進酒不欲停。時醒亦時醉，可死即可生。君不見，莊周魂已化胡蝶，李白魂更騎長鯨。飲酒之樂，勝于長生。

西塞山懷古

飛隼都從下雉還，石田湖外水潺潺。孫郎已保長風夾，劉守須屯西塞山。世遠赤烏留古廟，時平鐵馬罷崇關。江聲月色皆依舊，添得楓林十里殷。

江行雜詠二十首

十里江風颺紙灰，甘興覊廟賽神回。千年血食誰能及，尚有神雅接肉來。

一間茅屋荆昭廟，却有層臺祀此王。謂梁邵陵王廟。不敢更將碑石讀，傷心韋粲死青塘。

楚詞鄂渚由來舊，轉説嘉名肇鄂君。一等荒唐不須述，朝爲行雨莫爲雲。

一意將謀建業居，快心先食武昌魚。百錢飽啖非難事，却笑馮驩便曳裾。時孫君星衍約同居江寧。

老守聲名開國初，荆臺隱士尚難如。一生苦事高無賴，却喜拈毫著異書。

坡老尚難知赤壁，路人莫更指烏林。惟餘鮑照書臺在，風月千年是賞心。

小阮能爲清夜遊，謂族子聖也。漢陽賢守亦風流。郎官湖水清如許，二十年前此泛舟。

勝賞偏逢風日佳，琴樽落落約同儕。難從海上尋成□，何處臺高有伯牙。

化碧萇弘事已陳，己酉年元旦，毛刺史大瀛曾約至三山徑觀梅，時同客畢尚書幕府。今尚書及刺史死王事已十餘年矣。尚書墓上亦荆榛。重來魯肅祠前過，只有梅花是故人。

排山惡浪響如雷，廣濟孤篷半夜開。一晌曉暾紅似血，錯疑萍實渡江來。

黄鵠磯頭打槳迎，却從樓上望宵晴。題詩不復知崔顥，始覺仙人不近名。

日日攤書向柁樓，古文刊盡大航頭。乘風破浪吾猶敢，五日江州抵鄂州。

當時兩客最依依，七百年來事盡非。誰把屏風圖赤壁，夜深引得鶴孤飛。

顧曲纔停露檄馳，綸巾羽扇客尤奇。江山却稱周公瑾，談笑先傾十萬師。

百年誰續雪堂遊，苦竹寒蘆起莫愁。畢竟後來才士少，詩名數到宋黄州。

一杯酹爾楚江干，雪涕臨風感萬端。不解愛才偏嫁禍，平心黄祖勝曹瞞。

絳帷曾愧備經師，復荷琱戈作健兒。三十年來一回首，臨風猶感庾元規。謂畢尚書。

未覺山公逸興頹，殘年短景苦相催。瀕行不與仙人別，此世偏應一再來。

花月江山酒不支，當時書記鬢先絲。劉安賓客誰還在，只有城南杜牧之。

三老長年路最諳，峭帆時北復時南。此生慣作江湖客，飽飯風霜夢亦甘。

月夜過道士洑四十里泊舟江心

遥見一燈紅戍樓，三里尚未遵灘頭。江聲一曲復一曲，舟子欲休仍未休。西南似有明霞起，道士洑中飛赤鯉。鐵鎖驚排古岸頭，紅欄欲照清江底。繙書復卷坐柁樓，薄冷已著羔羊裘。世人苦我太峭削，石骨更削令人愁。前舟撩淺後舟阻，只有一舟來古戍。推篷回望客始驚，新月照人三處住。

黄州郭外不及泊舟便簡吴太守之勷

尚憶仙郎出守時，衝寒我正玉關馳。十旬帝許歸田早，九載吾嫌訪客遲。縱壑魚排千尺浪，巢林鳥憶萬年枝。何應年少金臺侣，都覺尊前鬢有絲。

夜　泊

昨宿江南岸，今依江北灣。野鷗飛復止，導客去仍還。過枕千行雁，排窗萬疊山。故人如問訊，明抵鄂州關。

寄同年劉太守錫五武昌

頻趨鳳閣與龍樓，國史三年共校讎。余纂修國史兩年，皆與君同事。逐客記曾蒙曲赦，故人今並典方州。曾排虎豹天關上，忽侶魚蝦滄海頭。何意舊遊皆宦楚，一時星聚五諸侯。謂君及觀察秦君維嶽與舊漢陽太守紀君蘭皆同年，今漢陽太守劉君斌、安陸太守楊君開鏡又余同里也。

舟行即事

玲瓏魚綱挂斜暉，斷岸東西水榭圍。開得水芙蓉半里，鴨頭都帶落花歸。

清澈都疑七里瀧，注江别派響淙淙。豐年米碓村村接，却值紅輪正夕舂。

重到漢陽感賦二首

買得蜻蜓艇子孤，殘年風雪歷江湖。多應歲月虚生計，來看溪山入畫圖。臂力尚同鷹隼門，頭銜先愧馬牛呼。鯫生一刺須商略，合署三吴舊酒徒。

帆檣密密霧濛濛，花裏紅樓千百重。魴鯉價輸園客菜，管絃聲奪梵王鐘。魚龍夢醒天難曉，鶡鴠才高世豈容。欲與仙人談歷劫，五雲深處倚長松。

近于舍東築一草堂落成日已值冬令因名曰歲寒甫三日即復遠行舟中作此二詩歸當題于東壁也

九尺堂成萬卷儲，八窗開後眼初舒。勤搜蠹簡神仙字，老讀龍堂委宛書。陶瓦作龕藏蟋蟀，範銅爲硯綴蟾蜍。如今出處居然異，漫擬南陽抱膝廬。

陶侃分陰禹寸陰，纔經一瞬抵千金。跳空日月光難駐，投隙冰霜暗已侵。九曲源前曾酌蠡，七條弦外更鳴琴。歲寒堂裏歸來晚，要與松筠論素心。

從漢陽渡江中流望黃鶴樓是晚復同人登此感賦

黃鶴應知我，勞勞鬢已蒼。此來甯選勝，別日記投荒。墮淚思羊祜，謂畢尚書。遺鞭認葛彊。半時樓上望，閒話小滄桑。

重詣劉氏園林

山坳重見舊園林，二十年前此夜心。已少舊人名碧玉，尚餘秋菊綻黃金。關門雁到三湘遠，嶽麓雲來九野陰。擬約霅川狂道士，黃鶴樓有湖州道士松濤，頗能詩。散愁石上鼓鳴琴。

十九日出江夏東門八里至洪山久憩塔院望南湖及長江作

一山横郭外，一水懸城頭。偏于山水中，峙此一佛樓。十月氣早寒，三田慶豐收。出郭五里餘，始背江水流。偶從落葉中，瞥見一葉舟。升茲萬仞岡，豁我盈寸眸。東南雲樹低，煙外開黃州。

沿林無百步，忽復入山峽。何應窮冬時，花已黃菜甲。深青鋪十里，盡把麥苗壓。山場佔鷹隼，水郭富鵝鴨。禪房纔説偈，道侶亦傳法。時長春道院亦開堂傳法。尤欣腰脚健，千級祇一眨。客意俗少休，稜稜七層塔。

登洪山天鏡塔偕秦維嶼維巖兩茂才

一塔支天半，真如鏡有光。七層盤鳥道，九曲轉羊腸。上界風聲肅，全湖日影凉。此時心地寂，與客坐匡牀。

讀史

我思古神人，力與帝王匹。寸日尺月中，經天營地畢。星辰插天表，滄海流地末。一掌擘華山，靈胡究何物。

漢文日再中，鄭國天再旦。大都羣書中，所説半欺謾。魯陽戈縱鋭，羲叔鞭亦悍。何如停車輪，相與鬥天半。

馮夷夏末造，傅説殷中葉。一騎天上星，一統水中檝。仍聞吕公子，河伯又其妾。一笑讀郢書，真思焚祕笈。

一江千百折，欲西忽復東。真思九層臺，借此四面風。雲門風往來，逐此樵者蹤。不能感胎禽，我殊慙鄭公。

廿三日泊舟武昌縣郭外

崔顥題詩處，晴川入畫中。挂帆從此去，木落水流東。武昌縣郭紅雲裏，月向庾公樓上起。庾公去後千百年，落月還來照杯底。楚江月落何茫茫，西照黄鶴東滕王。洞庭湖寬八百里，飛夢直欲來瀟湘。樓高高兮在岳陽，城角流水何湯湯。祝融峯高障南服，此外一一疑龍荒。天公儻把玉尺量，楚天較比吴天長。楚天不向零陵轉，陽朔山深路愈遠。一晌歸心過九江，風帆直向江南捲。君不見，我家亦有洞山庭山挂林杪，金鏡初飛玉繩曉。烹龍炰鳳縱未能，笠澤魚蝦亦堪飽。盤盤萬卷堆窗中，有兒讀書青兩瞳。童孫亦解識奇字，砌下竹馬趨如風。歲寒堂入前宵夢，更有一齋名楚頌。腕底琳瑯校未完，敢將歲月堂堂送。夢醒黄岡對竹樓，忽隨征雁過黄州。香爐瀑布都如舊，擬向潯陽郭外遊。

夜泊蘄水縣界 廿三日。

一隊鵝羣夜欵扉，白鷗亦傍釣魚磯。鷺絲不怕西風緊，自接連天破浪飛。

燈火山城路不遥，忽驚風荻響蕭蕭。四更夢斷一回首，月正下弦江上潮。

一曲江流兩岸山，楚山開處是江關。明朝百幅屏風展，又泊江南第幾灣。

何止江山入畫圖，三旬三日住冰壺。宫亭湖上扁舟客，尚約同尋大小孤。

潯陽太守方三拜，醉客能傾百洞春。只隔大坡山一座，北風連日滯行人。

偶成三首示黄鶴樓道士松濤 道士本諸生，能詩。

黔婁苦長餓，列子欲遠嫁。孟冬月望日，放棹至江夏。緩急求友生，不一詣姻婭。半旬纔暖席，六日已反駕。其時晷景短，四野納禾稼。瘡痍猶滿眼，亀飽不逮夜。我持盈尺帛，思欲暖天下。我持一斗粟，萬户欲均借。博施堯尚病，養欲聖甯暇。惟存憂樂念，一飽天尚赦。號寒憫流乞，目顧裘裂罅。莫歎回也貧，参乎米堪架。

與生日已遠，與死日已近。明明鏡中髮，日日報人信。園田盈郭外，升斗尚奇吝。峨峨侍中貂，到老尚干進。思于貴人宅，四面種朝蕣。營求雖百出，榮辱祇一瞚。天帝下玉棺，王朝給金印。兩朝雖可樂，恐未可兼殉。窮其心所至，歲歲欲加閏。鐘鳴漏盡日，浼客推禄運。前堂咽絃管，後寢羅細嫩。奄奄餘氣在，愈欲逞戈刃。翁仲卧夕陽，勞勞待人殯。

我不學仙佛，而喜歷莽觀。沙彌時助汲，亦佐道者爨。青螺垂佛髻，以手頻撫玩。口誦莊列書，杯盤雜葱蒜。道本相背馳，譏嘲豈云叛。伊人昔冠幘，二十芹已泮。不能諳世故，名恐道流竄。徑思騎白鶴，星斗頫而看。眉低伯榦折，衣换骨不换。咨嗟數同學，名已列天半。塵心難盡死，間復涉星算。不知前世我，亦侍玉皇案。飄然三萬里，近亦履江漢。我能輕道釋，憫子俗不斷。門外萬斛濤，身心庶時灌。松濤雖弃家學仙，而榮辱生死未盡勘破，爰以此詩廣之。

夜抵富池鎮

風雨一時黑，空江夜半行。遠看漁火起，無異漆燈明。確覺春雲重，濤因漱石清。白鷗抛我去，身世太無情。

舟次偶成

至險至危處，偏能得至文。塗非阻山水，思豈入風雲。峴首羊公廨，姑溪李白墳。君苗能識此，歸日研須焚。

五鼓風利喜舟人挂帆作

日日五更坐，濤聲聽隔窗。忽聞風水利，百里到潯江。

急雨

一風阻三日，一日歷六時。雖阻三日風，適得卅首詩。此時即在家，枯坐亦若癡。奇篇不到方驚訝，却怪江神不相借。天寒景短風尤迅，如此篷窗尚難夜。關心三日甘井完，猛雨忽從牀上瀉。

題管幼安渡海圖

皂帽東來歲月虛，先生風義魯連俱。公孫事業成何等，一笑真同海大魚。

中原割據正紛紛，魏武陰謀逮魏文。何止九州成鼎足，龍頭腹尾亦三分。

説經義已若堅城，麈尾初回卷尚横。鄉望若教稱北海，東鄰先有鄭康成。

繚碧紆青海上峯，劈帆惡浪正重重。晏眠三日君休懺，此亦人間一卧龍。

獨坐偶成

華亭乍揮毫，君苗已焚研。何況四座中，英英逞雄辨。得君之筆已莫當，況又兼得君之狂。雖然尚勝謝康樂，事急乃師張子房。潘張鮑謝誰能久，一例儁才難白首。絃歌三徑歸去來，世外我欽陶五柳。朝廷重汲黯，卿相推李廣。勳名雖未極，身世已非枉。灌夫駡座傾一時，弟畜籍福兄爰絲。斬頭瀝血苦不及，没後乃把田蚡箠。漢家開疆如不足，票騎侍中恩最渥。君不見，青鳥飛從海上來，西王母識東方朔。

泊舟琵琶亭口值大風

黄童捧日不得停，未暝已挂長庚星。潯陽江岸一灣緑，屋裏楊柳猶深青。魚龍氣盛濤頭餒，劈浪分風欲趨海。回帆却想琵琶亭，五色霞飛日沉采。

書琵琶亭壁

兒女英雄事總空，當時一樣淚珠紅。琵琶亭上無聲泣，便與唐衢哭不同。

江州司馬宦中唐，誰似分司御史狂。同是才人感零落，樊川亦賦杜秋娘。

詠懷

男兒壽命長，一世復一世。膠膠擾擾中，一世已先逝。前人誰可見，後者復難俟。一寸白日光，須營百千事。富貴轉等閒，何嘗挂胸次。

一身處天地，何主復何客。既從逆旅居，即就逆旅食。所嗟心地曠，世路苦逼迫。聞言滄海寬，而又難築宅。昨窺瑶池宴，王母頭半白。後天而不老，語誕亦非的。何如任推遷，一醉昧今昔。

江南二三月，匝地皆春風。桃梅杏李棠，不使尺土空。發泄懼太盡，歛之以秋冬。窮陰而沍寒，仍復孕化工。我遊西海頭，氣候乃不同。何止花事稀，細草無一叢。流沙積石間，天地猶鴻濛。

頎然七尺身，氣候無不備。陰陽呼吸中，亦一小天地。我無異人者，人苦說我異。其失我亦知，未平心與氣。閒居繙六經，聊以寄吾意。持謝一世人，相親莫相棄。

過湖口縣作

匡廬山北多磥砢，作勢欲鎖全湖波。烏飛兔走亦拘束，過此一折難誰何。上流水勢本極旺，大合小合咸歸番。落星灣左出湖汊，分派亦如江有沱。魚龍氣勢溢郊郭，水怪竟比長江多。中流朽木亦作祟，斷梗究係誰人搓。宮亭祠鬼妄索食，商賈宰殺方許過。有時龍復與魚鬥，水面出没同抛梭。並居一壑尚如此，豈非同室先操戈。舟人未到已先戒，甘脆不敢烹錪鍋。鮫宫火食不易得，酷嗜五味相調和。風淒月黑勢尤懔，神鬼與客肩相摩。帆檣結隊乃得渡，後者擊鼓前鳴鑼。三時間值好風日，波面如鏡同揩磨。靴紋組織極細碎，一浪起成一目羅。天青作笠蓋湖頂，山翠合裹漁人簑。大孤小孤最森峭，餘嶺或亦成頭陀。峯山對岸石尤獰，雲外飛舞如天魔。老漁釣此三十載，怪底面黑頭先皤。尋奇偶亦一登岸，未敢久坐江之坡。呼舟急進馬當口，趁舵或恐來黿鼉。

歸舟過小孤

峯巒臨水極峥嶸，面面都疑刃削成。終恐此江留不住，小孤南畔石帆撑。山南面尤削，形如石帆。

過雷池風利不得泊有懷倪進士模

沿堤空望貯書楹，竹樹煙斜炊火輕。謁吏自稱前進士，閉門惟禮古先生。風燈注《易》三更影，雷港通江二水聲。別後定知饒异本，幾時鈔寄慰離情。君藏書最富，且多善本。其貯書處，余爲題「二水山房」。

將欲解維同年董巡撫教增左大令輔及唐少府軼華錢秀才夢雲並送我出樅陽門外賦此以別

散人來去何飄忽，總值初三一鈎月。忠宣亭畔宴客完，却出樅陽門送別。顔衰髮白誰能待，一別皆看十餘載。遊罷匡廬九子山，興闌却欲東歸海。填街百騎趨城東，旌旆遠映長江紅。立談客促主人去，挂席好趁西南風。堆盤筍大都疑藕，更有江鰣佐樽酒。擘紙題詩尚未完，半程已到支江口。

舟過金山忽風急不得抵岸翊日始步行至袁家渡易小舟復值水涸泊舟二日

風急蒲帆不及收，居然惡浪上船頭。滯人一角江心寺，三莫三朝看不休。

十一日捨舟陸行

我來自江州，十日五多阻。如何波浪完，又復犯塵土。淺灘來郡郭，計里一百五。輿前萬斛塵，風力又如虎。宵行宿山縣，蚤飯及津浦。身世不憚勞，殊嗟僕夫苦。

丹陽道中

十里籃輿一卸肩，川原瀰望説豐年。流亡小艇多如蟻，波面齊看出爨煙。
閲盡風濤意不驚，小橋流水忽關情。一灣緑盡無魚處，小鳥沿灘自在行。
孤露餘生記昔因，舟車南北往來頻。沈思三十三年上，風雪依然負米人。

同人遊城渡草堂

半程行水郭，三里歷溝塍。初月鴻驚影，先春魚負冰。紫藤垂幔久，紅樹倚闌曾。別有關心事，橋南閣共登。

十八日蚤起曙華臺翫雪作即柬趙兵備翼莊徵君宇逵

憶從經冬來，日望雪盈尺。今朝殘夢醒，一白入簾隙。推窗先失喜，二寸堆屋脊。門前送人處，忽已没來迹。甯惟蘇菜把，先喜潤原麥。陰風籠大地，寒氣斂八極。老子携一壺，公然肆登陟。孤吟須欲凍，題句硯先炙。莊生仍鼓興，是日，徵君作消寒集。趙叟久局蹐。誰復肯尋詩，來招阮孚屐。

十九日爲宋蘇文忠公生日設祀謹賦一首

六百年前舊草堂，宅西即宋鄒氏宅，爲公撤瑟之處。諒公猶戀水雲鄉。半程嶺尚名通蜀，七步橋先號顧唐。荆溪山及宅西顧唐橋，皆以公得名。過臘更須沉白馬，時河決尚未合口。未春早已祀黄羊。二十日立春，居人皆先期祀竈。耒陽迢遞當塗僻，藉此同伸一瓣香。

立春前一日作

此日名冬住，濛濛飛霰輕。何因土牛背，亦挂雨衣行。是日雪甚，以油衣罩土牛背。窺牖寒梅斂，沿汀積雪明。迎春堂畔路，先已逗新晴。

過汪氏舊居感賦

邗溪溪畔久迷津，卅載重來座上賓。已見小樓頻易主，最憐飛鳥尚依人。轉喉一曲青衫濕，彈指三生白髮新。欲逗年前別離夢，玉梅窗外影横陳。

西蠡河

西蠡河上新春朝，短橋明月連長橋。長橋短橋何處好，月裏醉眠曾到曉。天半樓臺春半花，掃眉人昔占春華。芳心自理橫塘曲，玉手親烹顧渚茶。外家三徑歸何緩，小字更聞呼九畹。榻短先教雲母遮，廊長已付鸜哥管。銀燭零殘話五更，羅衾瘦骨最堪驚。回文牋上疏前夢，煮藥爐邊訂再生。憪憪半世歸情劫，悟後莊周化胡蝶。慘淡紅傷過雨花，飄零黄墮經秋葉。抱病文園白髮新，别營小閣署傷心。明朝罨畫溪中路，紅淚千行雜雨霖。

祀竈日抵荆南山

此夜扁舟泊，中江第幾灣，萬家齊祀竈，雙屐獨登山。缺月同凄冷，閒鷗互往還。僧雛争問訊，燈火啓禪關。

登荆溪城樓後獨酌柁樓

年除誰似此身閒，野鶴孤雲與往還。西氿雪晴東氿雨，斬蛟臺上看南山。蓬窗夜永竟如年，中酒心情屢欲顛。買得洮湖一雙鯽，吴娃親手爲烹鮮。

抵蘆務鎮

春水赤欄橋，迢迢緑半篙。窑煙障天黑，瓦甓門山高。石瘦雲爲郭，村深土作壕。上坡雞犬少，野豕向人嘷。

陸行抵張公洞先憩洞口小院

半生曾未歷仙扃，百里迢迢肯暫停。欲共龍威疏地脉，更從伯益補山經。不參道釋心方素，只見松杉眼便青。明日渚南遊記就，欲書石碣寄幽靈。

荆溪南山上通宣歙爲南條山結尾率賦一篇

連峰千里接，此亦小終南。吴楚嵐光别，江湖水氣酣。饋鮮雙赤鯉，解渴萬黄柑。倘得佃陽羨，餘生我已甘。

入張公洞三首

絶地天始通，巖形口垂下。遥聞鳴鵠叟，曾此税靈駕。雲嵐方正晝，突窔忽長夜。欹梁危若棧，直石立作庌。命從呼吸奪，路向冥漠借。嗔人仙翼竄，似鬼壁像迓。傔從魂欲墮，燭炬光已卸。我從三天來，竟歷九地罅。潭虚難遽入，反使萬靈訝。危能逃虎口，或者天所赦。陽光迸厓竇，殘臘反成夏。欲搨石上銘，怔松苦無暇。

低頭入泉扃，仰首攀天門。靈奇萬變中，一一手可捫。恍疑古行軍，千萬列廣屯。又如昔緇流，五百排應真。逸若魚鳥騫，狠比龍獅蹲。末易始覺難，前朗後則昏。陰寒幾中心，犀利恍削臀。混沌竅不鑿，鴻濛氣猶存。爰升大將臺，洞口高處，俗名將臺。似叩天帝閽。赫日頂上移，似不照覆盆。百步變慘歡，一晌殊寒温。南嶽峙此前，中江走其跟。庶幾岩洞奇，並藉岳瀆尊。

琴高號水仙，謝客作山賊。靈威九節杖，阮孚幾兩屐。我生耽名山，五岳已畢歷。閬風五萬里，雪嶺八千尺。艱危隨所至，怪險無不陟。矧兹奇峭處，近與鄉土逼。善卷遜其邃，林屋較此仄。平生厭夷坦，此又最崱屴。惟愁高及下，太判皂與白。仍憑胸次朗，照此城府黑。出洞爆竹聲，迎人響厓側。青青陵上菽，鬱鬱原際麥。豐稔庶可期，兹來意又適。

回舟過東氿

半帆飛木末，一棹出雲扃。蕩得春波緑，都成曉霧青。塔頭零宿雨，樓外數晨星。多謝天風迅，吹人過驛亭。

春堤曲

山桃雖已放，海燕尚難來。心事誰能識，披簾日幾回。

樓頭醒短夢，樓外睇長川。檢點巢林鵲，都無好語傳。

題燕子樓壁

瑣窗同住記多年，小語呢喃劇可憐。海上尚無消息到，玉梅花放舊巢邊。

長廊一别已經秋，扶病蕭娘嬾下樓。不向閒房理刀尺，待他雙翦翦春愁。

小除日卷施閣祀賈浪仙兼祭一歲所得詩

方城尉，溧陽尉，主簿卑官與之比。韓潮州，柳柳州，范陽詩格亦已遒。釋名無本俗浪仙，亦仙亦佛惟此賢，身後倏已經千年。南江之樽北江稻，燭影縈回篆香裊。昔苦朝飢此朝飽，吟聲出紙何渺茫。瘦骨欲與天争蒼，鑄爾惜少黄金黄。

除夕

日午溪南自在行，新春殘臘半陰晴。不知今日爲除夕，一路爨煙紅出城。

偶成

小窗燈影照無眠，簷溜聲聲欲曙天。更比落紅還可惜，倚闌人不似當年。

更生齋詩續集卷十

己巳元日

八字橋欹百瀆荒，里中忽現小滄桑。半生苦乏忘形友，一卷先成救世方。屬國舟船歸海道，英吉利國忽領兵至廣東互市，近始遁歸。護堤官吏急河防。稍欣蟹稻村村熟，且與居人慶阜康。

初二日拜恭毅公影堂

國歷四朝家五代，百年真共享升平。人傳蓋里門風古，我懍尚書臣節清。後死未嘗忘撰述，時撰里中耆舊傳，趙氏編人者數人。此生猶及預耆英。自西海歸後，凡里中耆舊之會，余輒隨絨齋比部預焉。凄涼一曲留雲塢，記得曾騎竹馬行。

題崔學士景儀册亨從軍圖 崔出守泗城時作。

纔離櫜筆便從征，如此溪山躍馬行。畢竟詞臣解韜畧，平蠻萬里仗書生。

襟袖時時中薄寒，看山聊復據征鞍。平蠻露布從容作，此手纔經殺賊完。

解唱陰山勅勒歌，十年同憶侍鑾坡。丈夫一例能酬國，君擁旌旗我荷戈。
四山合處爨烟開，笳鼓聲聲向曉催。十萬貔貅待衣食，營門争望馬頭來。
陸九文名久出羣，高三十五解行軍。翰林學士能平賊，始信才兼此兩君。

是日至前橋展墓感賦

余自十一齡始，今五十餘年矣。如在里門，新正二日必至先壠展拜，遂詣伯姊宅起居，率以爲例。昨夏伯姊云亡，今歲拜墓後，不敢更詣姊宅。賦此志感云爾。

昔甫成童今作叟，五十四回橋上走。橋心近復長菰蒲，堤畔誰人補楊柳。余童時，芮村楊柳直接前橋。今已無一株。姊家正面黄塔莊，上冢已了先登堂。茅柴酒熟粳稻香，飯我即在青松旁。昔時歡笑今成泣，弔影橋心自孤立。蘆汀細徑不敢尋，獨向橋南棹舟急。

人日雪

衡門早已開，此日爲人日。一樹二樹花，千堆萬堆雪。年豐雖有兆，里諺亦堪怵。里諺云：雨落到丁卯，十人九餓倒。是日適值丁卯。爰升臺上望，凍雀滿黔突。穿徑爆竹聲，驚飛向東出。

初十日檥舟亭送客久憩

筆塔玲瓏硯水清，漕河一曲眺新晴。吟成大地風光暖，夢入浮漚身世輕。隔幔喜聞花氣息，捲簾思與燕將迎。憑誰會取衰翁意，獨向橋心曲折行。

元夕獨飲偶成

蠡河及雲溪，一條明月路。明月尚如前，遊人已非故。卌年前憶通宵遊，燈火徹夜南高樓。清歌妙舞嫌不足，興發復上吴孃舟。少年已去中年至，更鼓猶能待三四。紅杏池臺笛已沈，青楊門巷燈初試。朱顔既改白髮催，月圓倏過六百回。同遊各已减跳盪，孤影尚復工徘徊。月圓不及千回看，境已三番五番换。檢點從前樓上人，人間地下都分半。蠡水奔流去不停，白雲溪涸柳難青。銷愁竹葉千杯酒，送老《黄庭》一卷經。六橋走徧誰能待，細看橋心月飛采。詩狂我已欲上天，却送姮娥西入海。

曙華臺夜半

燕泥掃盡春光來，客歲花尚餘黄梅。看花看到花初吐，竟欲與花相爾汝。回廊曲處藏春風，人面亦如花面紅。初更月向闌干直，帷幙已饒春氣息。一雙胡蝶忽過墻，來嗅五樹梅花香。

花下憶亡姬塞雲

看花人，已六旬，花下百徧酣青春。種花人，年二十，花謝兩番人亦蟄。不辭看花酒百樽，花發苦憶花前人。花枝入户誰能省，花亦徘徊弔孤影。屏風展盡無一塵，却放花影來横陳。更殘月向花梢墮，忽夢詠花人一箇。

十九夜同人飲凝素齋梅花下作

黄梅緑竹，忽結素心。慈烏喜鵲，相與同林。古梅一樹，半畝垂陰。初更月出，黄如淡金。星點貼户，煙光入樓。幽人讀書，垂暮不休。慰兹良夜，有酒盈甌。白玉一樹，時辛夷始花。銀蟾半鈎。卅年成世，我已再經。緑鬢既元，修眉尚青。憂來無算，歲去不停。白駒過隙，佐以奔星。武夷仙人，昨返九曲。飲我采霞，飯以緑玉。天光沈沈，珠露盈幄。千枝塔燈，照客水宿。

二十日侵曉過九龍山

梁溪十里春波闊，春氣浮山山欲活。龍山入水驚横陳，漾影忽如龍欠伸。魚苗出岸知無算，一塔亭亭立天半。皐橋橋北昨賽神，萬盞神燈宿南岸。

斟酌橋夜泊

溪流幾曲浄無塵，睡起攤書已嚮晨。一角小樓紅日黤，古墻南畔拗花人。多分橋南滯酒杯，惹他桃葉眼波回。一聲唱我天山曲，門外春雷送雨來。

吾與菴久憩

吾與菴中雪乍消，老僧不在老梅飄。山樵眼冷偏相識，先向三層閣上招。天平山外徑清幽，好友能同竟日遊。却喜僧厨能欵客，斜陽麥飯見山樓。

自白雲泉復至寒山

上峯雲接天，下峯雲接地。只有中峯雲，冥濛灑空際。春水出地雲浮天，好景皆落山齋前。山齋盡處雲光膩，雲下遊人已如蟻。白雲濛濛欲趁人，幾朵已落晴湖濱。穿雲萬點歸鴉好，鴉已歸巢雲尚褭。天平遊罷遊支硎，白雲仍向馬首迎。須臾一角天光暝，雲復入山人下嶺。

白雲泉晚步

樹頭春水落，枕上白雲飛。即此空明景，都成色相非。莓苔仙鯉食，薜荔老僧衣。欲向澄潭裏，玲瓏築釣磯。

自萬峯臺看梅回途抵香雪海

遲來十日非早春，三分花事今七分。看花誰似春人嬾，十停人已三停返。距花十里花已香，屋上一一浮花光。千枝百枝各成隊，惹得遊人步初碎。東風初來力尚微，却引花雨漫空飛。枇杷衖接梅花衖，十里路中香霧重。隨花百轉花愈多，花裏時漾晴湖波。米堆山，柴積嶺，暫憩一亭如坐井。欲傾三萬頃湖光，來濯千花萬花影。

鄧尉山後憩萬峯臺

鄧尉山頭路，三層接陡坡。花成前後海，湖盪往來波。偶墮風中蕊，時聞雲外歌。臺高此孤坐，香氣受偏多。

花田老人歌 俗名紅梅緑蕚處。

花田老人骨格清，種禾半生花半生。種禾苦飢種花飽，花下孫曾讀書好。花翁花嫗扶花行，有女亦知花性情。花中結屋分三處，却好全家花裏住。花光入牖開朝暾，萬頃湖緑來衝門。花翁日坐花樹根，煮茗時與花温存。花翁告我言偏異，花好亦同佳子弟。繁枝須删草須薙，更種金錢作花婢。桃枝杏枝分作阡，紅萼緑萼枝相連。花王畢竟與花異，一一種近房櫳邊。花間卧起花前食，飽飯亦饒香氣息。花前胡蝶已作團，花外遊絲復千尺。千枝百枝態不同，朵朵盡綴山雲紅。花翁午卧忽驚起，門外百騎驕春風。頻年歲歉花無利，補種柔桑滿平地。花田盡處桑田多，更聽采茶兒女歌。

石樓

峯峯圍成村，石石列作屋。薄晚風雨來，全家藏石腹。

石壁

靈湖三萬頃，絶壁一千尺。門前縹緲峯，影與闌干直。

跋亡友劉汝梅遺詩

棣萼園荒宿草抽，世人猶自説三劉。君與伯兄孝廉汝器、仲兄編修汝礬，並有詩名。惟餘一卷《青門草》，誰買瓜疇葬故侯。

少日清游幾輩存，十年前憶别都門。飄零典到琴三尺，誰識東吴宰相孫。

一樹園雨中小集偕鈕山人樹玉顧文學廣圻戴上舍延衸

今朝值下弦，花事已如許。第一番春陰，第二番春雨。良朋攢蠟屐，花外相聚語。雖驚新節物，樂此舊儔侶。所思仍不到，謂陳徵君鱣。百里首難聚。拍岸風水聲，濕帆愁不舉。

重遊謝園追悼謝孝廉榕

五十年前此授經，重來猶剩草玄亭。周郎陸弟人誰在，時同學者小阮振祺與許生汝原。翠柏蒼松眼尚青。君已北州歸旅櫬，君以應試入都，客死于道。我曾西海逐浮萍。惟應喚雨鳩如舊，愁向溪流曲處聽。

題錢文敏畫幅

落筆饒秋氣，先生本法官。偶然施粉墨，隨意著林巒。北海樽難滿，西州淚豈乾。卷圖斜照影，忽帶雨聲寒。

晦日獨行東郊久憩小東門橋

菜花敷輕黄，蘋絲漾微緑。胡蝶影並雙，春郊我行獨。我從西郭來東門，是日赴西郭弔喪。十里雨霽無纖塵。山樵怪我腰脚健，邀我共坐橋邊村。半生幸作昇平叟，不向人間覓升斗。郊原一日行一回，佇看樹樹山桃開。

二月朔日

春樹欲緑，春燈乍紅。神香一瓣，先詣社公。鵲聲穿樹，從西復東。墻頭屋角，時轉光風。桃枝壓夢，春人未醒。泠泠玉露，宵燈尚青。池坳數尺，游絲裊冥。大魚窺潤，時響青萍。

二月二日看社火

辛夷時有出墻枝，驟暖輕寒併一時。多謝東風勒微雨，半宵走徧社公祠。
臨川里社足清幽，第一番風第一樓。忽地兒童拍雙手，萬枝燈裏颭龍頭。
星光雲影共裴徊，分半王孫巷裏來。拜罷社公無一事，隔墻閒看菜花開。

獨遊城北

稜稜北城坳，割畝資叢葬。惟留一樹楊，尚緑千間舫。人家夾溪水，簷瓦兀相向。濛濛梁棟濕，菜甲生屋上。春到曾幾時，官蛙已高唱。

春分偶成

日出堂東軒，日入堂西隅。房廊縱無多，天地在我廬。明月夜又來，輕風與之俱。雖處闤闠間，足使塵慮袪。排頭萬卷書，佐以酒一盂。東鄰復招邀，樂此談讌餘。

別來已春分，燕子不我顧。惟有黄栗留，時時欲穿樹。營巢究何意，歲歲商去住。丈夫生世上，空所欲依附。名園雖可陟，又恐失故步。何如滄海外，風月較清素。莫更南向飛，勞勞百重戍。

辛夷山茶海棠雜開喜而有作

我家辛夷花，僅有三十朵。玉女肯散香，泠泠滿賓坐。山茶紅數樹，緑葉尚包裹。海棠花又吐，婍妮出墻左。清閑無一事，正欲傾白墮。只惜花下人，閒房已深鎖。

花下作

日日扃門對衆芳，一花開處一飛觴。春分前後蔬尤美，雪裏紅兼露下黄。

砌草垂垂緑已侵，辛夷如玉柳如金。樓臺畢竟朝陽好，花裏分陰抵寸陰。

花南水北山房看玉蘭即贈莊司馬逵吉

一樹瓊枝綴蘚斑，素光偏趁夕陽殷。香生參伍東西廨，花覆淮南大小山。三世交期同輩少，余交君從祖及君，已三世矣。半春心事此宵閒。開樽已覺清寒甚，主客真參玉筍班。

初九日同人各携一壺一碟至檥舟亭賞玉蘭即席率成長句

連歲皆以二月十二日檥舟亭賞花，今歲獨先期三日。

看花忽把花期换，檢得陰晴各參半。玉局堂前五樹花，花光一一浮香案。一層暝色花一層，花外復有晴霞蒸。西頭飛雨忽然至，不礙碧月東邊升。杯深勾取花顏色，花外樓臺已如墨。何止聲聲唤雨鳩，花前百舌先饒舌。花光酒味均已酣，欲與彌勒居同龕。雖無碧玉捧觴至，時莊君逵吉約歌者不至。高會欲傾江以南。筍輿蠟屐聲相接，復有數聲柔艣入。笑我衝泥去獨遲，别花更向花前揖。

初十日

我家城東偏，頗富烏鵲巢。夢醒客未來，禽聲滿崇朝。衰翁日課仍如舊，一寸書完日加酉。墻頭鶯燕未盡來，籬角春光已如繡。門前雖無桃李香，闢牖十頃蔬花黄。蔬花黄到迷濛處，已接月光臺畔樹。楊氏園有月光臺。

花朝日

偶向郊原作意行，風光十日始清明。游絲幾尺約春雨，芳樹半堤飛早鶯。酒味到杯同月淡，仙人入夢比雲輕。闢心來日分携處，堤柳垂垂解送迎。是日，公餞朱方伯勳入都。

望日即景

墻頭花，籬角花，春半一一矜春華。海棠既無香，梨花復無色。只有橋南紅杏枝，東風裊得春無力。樓頭仙客醉已醒，隔幔時嗅香冥冥。閒房尚鎖春風裏，紅日膩窗人未起。

小東門橋憩古寺

寺廢三間屋，春深一樹花。雨荒生井鮒，庭小聚池蛙。舊榻留青瑣，新灘漾白沙。園蔬黄似錦，寥落幾人家。

花落有感

昔作羣花冠，今依百草根。東風任飄去，莫更入朱門。

偶成

卷書愁坐太無聊，官燭三更焰已消。留得半邊樓閣在，可憐花放可憐宵。

游絲時復罥窗紗，曲曲房廊燕語譁。不分杏花枝上雨，隨風先放白桃花。

十九日侵曉至前橋上冢

十里前橋路，濛濛破曉天。夜光黄綻月，春樹緑生烟。塔隱青松外，花開白鷺邊。高原回首處，垂淚過新阡。伯姊近亦葬此。

寒食自朱雀橋獨行至楊氏廢園感賦

獨行千步得樓臺，薄暝偏能去復回。半畝小池蛙蚓占，百年遺事燕鶯猜。弄姿已愧何平叔，冷齒誰談褚彦回。零落斷橋三五座，夕陽無主野花開。

清明日

八字橋邊展嫩晴，風光幾日稱清明。半城忽報迎神鼓，一巷驚聞折柳聲。别浦緑先迷酒旆，小桃紅欲上簾旌。餳香粥白仍如舊，棖觸蕭郎少日情。

牡丹將放喜而有作

姚黄魏紫閒殷紅，葉葉都舒一夜風。別院小門皆半鎖，美人入定百花中。
清明寒食景依依，不到春殘絮已飛。坐久石闌春氣重，花光五色上生衣。

牡丹將開薄飲花下

春花十二種，前後填澗谷。因花不出門，把書花下讀。時時勤灌溉，不復遣僮僕。君看花外影，過隙一何速。無愁花色暗，樓上已燒燭。禽語亦可人，遥遥舉杯屬。

早起看牡丹

婪尾風光尚足誇，鶯鶯燕燕翊年華。十分顔色誰同調，一品文章稱此花。錦幕有懷縈曉夢，石闌無意點新茶。休嫌杜牧尋芳晚，春在江南第幾家。

花下讀書

藤蔓隨風滿曲廊，每因晴晝逗濃香。憑君莫問書窗課，郁李花開日正長。
別院簾垂爾許深，不勞鶯燕遠相尋。名花畢竟如名士，七寶裝嚴李德林。

楊氏廢園訪友不值

一石壓岸頭，一泉依砌下。一泉分作數道飛，石險驚從屋頭卸。繚垣已失城作墻，百歲掣電留餘光。城頭睥睨闊千步，冷眼亦復看人忙。賣餳聲已穿樓閣，水次雙扉亦全落。日午偏憐炊火稀，桃花米貴春蔬薄。疏籬三折樵徑交，却有一窗臨斷橋。主人日昨出門去，庭樹八尺如人高。

上巳日送莊潼闗逵吉至陝西

樓船昨歳返江東，領郡清名繼乃公。擲帽最憐袁彦道，接䍦頻訪習文通。屏風影展三時緑，穀雨花開十日紅。我望長安忽西笑，欲緘鄉夢寄秦中。

是日雨

破曙檐前宿霧輕，風光上巳勝清明。九天九地龍行雨，一草一花鳩喚晴。閒校異書留宋本，别開小閣聽秦筝。誰憐柳外花如海，更理心情上子城。

白藤花盛開

月澹香濃天正青，殿春誰似此花馨。怪來紅紫無顔色，白玉玲瓏蓋一庭。

聞香。

十載看花眼，仍經舊草堂。錯疑三婦豔，來占百花皇。澗洄留殘雨，墻傾卸夕陽。山公醉歸處，隔巷尚

小山堂白牡丹僅三朵而光采溢目同人招飲率賦一篇

同人至城渡橋看賽神

社鬼與社神，同棲一間屋。春人與春鳥，共此扁舟宿。如何經穀雨，春水尚難足。驚花飛萬朵，撲處手堪掬。箏琵離鉦鼓，百舫出溪曲。夢醒倚柁樓，春旗柳邊緑。

過徐湖橋感舊

衰翁百感記從前，孤露餘生藉母賢。却典外家田十畒，薄營饘粥度凶年。太宜人有贈嫁田十畒，在橋側。亮吉少孤，藉以自給。及乾隆丙子歲大荒，始鬻田以資饘粥。

廡下人來畒有收，稗官頻與説曹劉。有橋側佃人馬舜侯，歲歲至外家賃春，頗能説漢末及三國故事，余與外兄弟嘗環聽之。賃春歲月還能憶，南塢村農馬舜侯。

四河口舟次追悼蔣州守龍昌昆仲暨從子孝廉純裕

兩舟分作渡，四水合成河。我覺名家好，偏驚喬木多。誤蛇穿雀網，引鷺掠魚梭。却俯門前井，家家感逝波。

舟過路程橋

雙井一井乾，靈泉汲何處。三橋兩橋圮，草復塞來路。何應梁上燕，祇掠草頭露。村烏皆白項，出語有如怒。世外行脚僧，亂流驚過渡。

泊舟烏路橋至大士菴小憩

豆麥苗俱實，人行青緑中。一菴餘積翠，雙徑罩殘紅。細筍生檐上，春星没岸東。横山真咫尺，曙色隱玲瓏。

雲溪老漁圖爲蔣少府廷耀賦

紅墻東西水雲吐，一雨水波增尺五。前溪漁翁誰可伍，白髮半頭倪勝祖。晏公祠外浮橋前，卅年風光殊可憐。誰人繫艇古岸邊，隔溪舟子王大年。三家共占雲溪渡，君與倪王隔墻住。却到桃花水發時，漁兄漁弟來無數。君前薄宦南海頭，巨鼈釣得竿纔收。因之眼界亦空闊，天地與身同一浮。最憐官罷身難老，捕蟹捉魚生計好。范蠡河頭鼓棹忙，蕭王里畔收帆早。一僮緑髮工煮茶，一婢赤脚能撈蝦。牽船岸上住亦得，何況西岸皆浮花。不然烹君茶，不然飲我酒。感君垂釣只直鉤，海上魚龍已驚走。

十八日觀里中神會

一樓眼百瞬，一牖頭三層。冥冥雨光裹，羃羃人氣蒸。黄埃天已漫，碧月海不升。一晝及半宵，城郭若沸騰。遂使百井煙，避此萬盞燈。兒童滿毁垣，健者綽楔登。寧惟市俗狂，守寺無一僧。支撑扶門垣，擠排入溝塍。塵灰既塞喉，燭淚真填膺。饞涎接釵環，雨汗揮羅綾。亦有墮阱中，呼救百不應。時復飽老拳，强弱相憑陵。此風卅年來，侈已無可增。我行況衰頽，訓俗愧不能。縱復家置喙，誰肯就勸懲。聊書目所見，遺我友與朋。

偶成

榴火雖艷，决非春花。宵燈雖滿，終輸日華。一房春夢，簾櫳束之。以語夏蟲，夏蟲不知。爰登高臺，爰望東海。半寸白雲，雨龍斯在。

深山讀書圖爲龔徵君烈賦

昔聞高士欲賣山，今日名山待人住。昔愁讀書無暇日，今日《六經》容我注。五岳以外，誰山可居？六籍以降，誰書可娱？書田縱無多，樂事實有餘。我方勘輿圖，君已編河渠，餘力尚欲箋蟲魚。寥寥空山中，自蚤至日昃。倘同陶侃惜分陰，一日抵人三十日。君耽著述容顔好，只我編摩亦忘老。一輩雖輸事業多，半生已吸煙雲飽。君不見，天禄閣，石渠閣，天上樓臺難久託。又不見，方壺山，員嶠山，海外景物難時攀。何如只讀世上書，只飲世間酒，支離號我作山叟。狂來何必更磨厓，自有姓名高北斗。

寄懷楊觀察煒嶺南兼六十初度

蓬瀛詞客本仙才，百粤遥遥幕府開。手板近看參座主，張制府百齡，君師門也。頭銜新復領霜臺。時攝臬使。癸辛志向閒中述，甲子筵從海上開。却趁好秋還按部，風光應放嶺頭梅。

將抵焦山先柬方丈僧清恒暨覺燈

昇平過百年，人已塞寰宇。如何空山中，鷹隼復掠取。魚龍占海鷹占山，却剩隙地開禪關。海門菴前浪頭黑，鷹糞積山山亦白。此時惟有法界僧，夜半起剔虚堂燈。禪心一切泯愛憎，見怪不怪吾還能。一年一度來何準，只借蒲團卧方穩。貽師先采雨前茶，爲我别烹春後筍。

新豐鎮

一棹真安穩，徐徐趁好風。地經吴别戍，名仿漢新豐。野店春旗緑，危樓夕照紅。記程應不遠，今夜宿琳宫。

丹徒鎮 舊縣也。

一半全淪水，丹徒古縣城。左擔同蜀棧，束馬類陰平。小港抽船税，衝途設市評。無嫌地形仄，千室慶豐盈。

江行

雲光及水光，不得至天半。惟有天光青，垂垂及江岸。鷹隼即至健，凝雲即飛還。高高上帝居，惟有列宿環。仙人能飛不能泊，天半何嘗有樓閣。翻身直下我亦愁，天海盡處誰能留。

抵焦山喜晤顧茂才鶴慶

十日東風不暫休，全傾海水入江流。論才我本非龍首，作畫君真逼虎頭。小艇喜逢魚透網，時得新網鰣魚。虚堂難得酒盈甌。怪來一夜神仙夢，滿壁都看繪十洲。

不及半年借菴詩又已成帙喜贈一首

壞色衣中古錦囊，卅年名已被詞場。龍宫欲鼓宵吟興，鼇背先翻旭日光。舊侶最憐埋玉久，時談及慧超如鑑。新篁多喜出林長。羡師曳杖經行處，不是江鄉即海鄉。師近從海甯還山。

自焦山放舟

山僧送客始掩關，一棹已出焦公山。五州北固祇一瞬，海燕趁舵驚飛還。晴江魚網多無比，却礙帆行網齊起。柁樓祇校一卷書，沙岸已逾三十里。

白雲半間圖爲湖州僧虚臺賦

我生歷九州，雲氣總不同。吴雲或如魚，燕雲或如龍。齊秦楚蜀梁，如虎如蹲熊。大者垂天鵬，小者飲渚虹。如波出滄溟，如帆破虚空。歸來九州雲，一一蟠心胸。豈知雲有雲本色，不數黄蒼絳青赤，五色幻雲皆遜白。上人取此何其廉，入山祇採雲一匳。歸來放之不盈屋，約及半間雲已足。以身爲雲同一廬，以心爲雲同一虚。高爲冠巾下履裾，曳此雲朵行徐徐。他時我倘來苕上，留住半間雲欲讓。出山何不更入山，欲挽閒雲向空放。

初六晚薄醉與巨超覺燈行山南棧道半里許始回

空山何所詣，淺醉視西日。泠泠西去路，百步行始疾。松松皆拗項，避客醉唐突。僧樓三面峻，棧道一徑仄。頭低避林瘦，足滑入石窟。螺田潮已上，莧圃苔欲没。薄暝僧亦歸，虚堂夢超忽。

初七日侵曉定慧寺山門久憩

山門不曾闢，朝日已出樹。亦學道士方，納新先吐故。晨霞比丹赤，空腹難久駐。齋心忘一切，呼吸日三度。間行山側徑，玩此枝上露。浮生駒過隙，少日已先悟。兹菴山水窟，來往卅回住。所希腰脚健，日走半程路。過此非所祈，餘年伴書蠹。

海門菴看新筍

竹樓已全欹，雜緑障天碧。滿院新筍肥，枯僧瘦如腊。來從青城道，僧，四川青城人。尚帶青城色。不知峨眉山，仍高幾千尺。驚蛇座邊竄，却礙數奇石。一徑青草青，雙峯白雲白。江豚恣跋扈，山鬼瞰食息。惟應長明燈，寥寥伴終夕。

瀨行焦山僧覺燈以新筍相餉留別一篇

山居及半旬，蔬食樂有餘。甯知草木華，並會江海腴。山僧不飲喜客飲，淺醉即卧焦公廬。山僧工詩復工隸，定力尤能壓靈異。鷹隼驅從海上雲，蛟鼉退出山前地。瀨行餉我筍一竿，别路聊以充朝餐。中泠泉水又已汲，烹我蒙頂新龍團。

十五夜元暉樓對月同飲

牖小排千葉，樓高壓萬椽。一雙人影瘦，三五月光圓。妙悟無生諦，虔修出世緣。片時臨水坐，疑泛總宜船。

病中有以石榴一瓶相餉偶成二絶句

百種都輸色相工，瑞香先用藥煙烘。平生不喜要人過，偏見此花心亦同。

一枝出水影盈盈，正好閒堂雨氣清。安石榴同天竺子，十分紅少一分情。

跋

良燿就傅之年，即聞海内有洪稚存先生。士林仰如泰山北斗，不異唐之昌黎。竊已心嚮往之，私冀異日得親炙光儀爲幸。時先生甫自伊犁賜環南歸，將尋山水友朋之樂。乙丑、丙寅間，訪先世父迂存公於大雷岸。世父富藏書，貯江上雲林閣。先生欲有所攷訂，輒登閣借閲，留宿讀書堂累日。良燿因得侍聆緒論，喜償夙願。見先生手披口誦，或據案作書，録新舊諸作，每旦可數十紙。惜童年不解珍弆，隨手散失，至今猶深悔之。己巳，先生歸道山。閲十餘載，而良燿從政粤西，川途隔越，僅於毘陵友人處索得先生已刻著作若干種讀之，其未刻者，末由見也。友人言先生後起皆好學能文，必能守其遺書，爲之欣慰。迨奉命轉漕三吴，始識喆嗣子齡孝廉，一再往還。今年春，復見於蘇臺，知前冬被鬱攸之警，未刻諸稿固無恙，洵所謂鬼神呵護者耶。越翼日，遂先以《更生齋詩續集》十卷來，則大雷岸訪先世父及雨宿讀書堂之作，皆在卷中。蓋先生與先世父京華舊雨，又同出大興朱文正公之門，以學問相契，誠非世俗泛交矣。顧子齡以家事拮据，方奔走於外，未克亟付剞劂。良燿乃力任之，益以《更生齋文續集》、《卷葹閣外集》悉校勘登諸板，然後先生之詩若文無有不刻者矣。先生詩自少壯至晚年，顛若畫一，絶無頹唐之筆，此識者所共見，無俟贅論。前集止於癸亥，今續集起甲子迄己巳，凡六年。刊既成，敬述其緣起，並追憶隅坐隨行時所聞所見者，綴於簡末。道光己酉夏五月，望江倪良燿謹識。

謹案：《更生齋詩文集》刊至嘉慶癸亥年止，皆曾大父手自删訂，始付剞劂。自甲子至己巳六年中，著作尚多，未經編輯，遽歸道山。先大父曾於禮廬彙次手鈔遺文二卷詩十卷，署爲《續集》，以别於前刊之書。併檢存曾大父中歲以前應世文二卷，署爲《外集》，恒携以自隨，護持惟謹。乙亥冬之官夷陵，方謀付諸手民，以綿先緒，不意半載卒官，原帙遂束置箱篋，悠忽三十餘年，浸被蠹蝕，此卷中所以存缺簡也。

用懃等幼孤守困，未知遠謀，惟恪守遺編，勿敢輕出示人。道光戊申，從祖子齡先生謁倪蓮舫方伯於吴門，亟以未刻遺書爲問，方伯雅重世誼，爲治以闡歇爲先，慨然任棗梨之費，遂出鈔本呈梓。越己酉五月蕆工，自此舉成而曾大父畢生詩文悉全刊布矣。惟當時刷印不多，流傳未廣，迨遭兵燹，鉛槧同盡。故自咸豐庚申以來，用懃奔走四方，汲汲蒐訪，洎全集已得六七，而續編迄未弋獲。復徧浼知交留意物色，無如轉輾搜尋，仍虧一簣。遂於上年夏初，先將已得印本陸續開雕，終以脱簡未完，五中負疚。即當代名流購置先集者，亦以未窺全豹爲搤腕也。今春吾鄉吴晋壬太守自京旋里，知用懃冥搜之切，袖此編相示，據稱得之都城廠市。龍津會合殆有數存，不禁喜躍而感涕矣。竊念《續集》之未能及時鋟板，爲先大父繼志之留憾，迺時閱三十年，賴倪方伯佽助以成；又閲三十年，經吴大守網羅而得，必待甲子一周，方合完璧；名山之業，藉手維持，從慰九原未竟之志，全千秋世守之書，吾子姓宜何如感激耶！方伯從孫豹岑太守知是舉也，復寄助刊貲，以要其成，敦尚風義，輝映後先。因書緣起於簡末，以志拳拳。但《卷施閣外集》二卷尚未覓得，海内學士文人如有藏本郵寄補刊，則尤禱祀以祈之者矣。光緒四年，歲次戊寅仲秋既望，曾孫用懃校竟謹識。

中國古典文學基本叢書

洪亮吉集

第五册

劉德權　點校

附鮚軒詩

附鮚軒詩目次

卷第一

機聲鐙影集（十三至二十歲作）

卷第二

采石敬亭集（己丑至壬辰）

卷第三

卷第四

卷第六

卷第七

附鮚軒詩卷第一

機聲鐙影集（十三至二十歲作）

元夕侍母坐命作

阿姊邀題句，慈親偶破顔。十年風雪裏，始覺有春還。

附塾篇

送爾書堂去，窗疏尚見星。母勤三歲績，兒受一年經。影小扶簾入，聲長隔院聽。敝衣經數補，莫訝未純青。

驅兒篇 補癸酉歲作。

余八歲，自塾中遣歸，吾母抱余泣，云云。及稍長有知，遂作《驅兒篇》，以記母語。

東家驅兒，不使讀書。兒跽告母，母驚兒呼。西家驅兒，不使入塾。兒跽告師，兒已受扑。入告母，出告師，孤兒不食淚若絲。牧羣羊，牧羣豕，孤兒甯願讀書死。君不見，三尺孤兒亦人子。

歲歎篇

十三知歲歎，十四忍朝饑。母病逋師俸，兒長著父衣。瘦憐親串識，貧覺館僮譏。冷巷歸來晚，書聲出破扉。

精衛

精衛精衛，生於海東。朝銜西山石，暮投東海中。力不自度，凡禽笑之。精衛精衛，勞無已時。心雖勞，志不改。塵飛揚，在東海。

正月十三夜至前橋訪姊二鼓始棹舟還

月午都將歸路迷，蜻蜓舟小住前谿。夢回三處尋蹤跡，影落水南魂水西。

夜起

不寐三更後，孤行衆竹中。夜光非借月，暗響不因風。影逐棲樓燕，肩差倚井桐。緗囊私昦句，未敢付奚童。

詠史篇

運去矣，籍若何，八千人散漢一歌。時至矣，勝亦武，百二關亡楚三户。噫吁嘻！秦明月，漢大風，恨有豎子無英雄。

母命詠月

乍覺冰蟾透下方，旋聞花漏入三商。此時金粟欲無影，徹夜玉繩微有光。眼底樓臺空浩渺，秋中節物自清涼。翩翩歸妹西行好，莫更拈蓍怨有黄。

遣僕篇 先君遣一僕，以歲歉遣去，作此送之。

影小如余瘦，形疲覺汝饑。青蒿憐故食，黄葉補秋衣。炊冷泉通竈，眠遲露入扉。舊巢猶苦戀，清淚滴依依。

同蔣十二阿定登太平寺浮屠

君從城北來，覓我城東路。松花一枝折尚新，知是卜家墳上樹。東門橋邊七層塔，君上一層心轉怯。孱顏紅坐緑蒲團，怪我偏將塔鈴踏。

閨思同蔣十二賦 得「花」字。〔一〕

簾明知夜起，閣敞看朝霞。影瘦只疑鳥，顏春欲誤花。情尤耽諷詠，意解惜年華。墨瀋留吟頰，㡬紋印指叉。庭隅垂竹實，墻隙隱匏瓜。穿樹鶯何急，巢梁燕乍譁。都嫌漏消息，不放入窗紗。

郭北篇

辛巳歲，洪子讀書郭北鄰翁家。翁憐其貧欲以女妻之，聞有所聘，乃止。洪子感其意，作《郭北篇》。

兒家城東偏，翁家郭北隅。附翁錢一千，伴翁兒讀書。讀書書何多，翁言兒大好。枉有七八男，無如此兒矯。翁言欲壻兒，設此堂上尊。十三名家息，十五廉吏孫。兒言苦濡澁，座客顧告翁。强自致一詞，柰此兩頰紅。兒宗實蕭蕭，母淚復縷縷。前織一匹縑，已聘貧室女。門前田十雙，屋内錦十箱。翁言雖至誠，厚意固不當。

清明後一日得蔣十二阿定江西訃

惜别河干尚縱談，蜻蜓舟小水拖藍。春光乍到一百五，慧質肯過十二三。髮緑挂窗留鳥愛，顏紅入鏡識花慚。明晨哭爾西郊去，酒滿銅瓶筍滿籃。

南樓夜宿

後牖穿明月，前樓看曙星。水分三面緑，天入一隅青。影暗藏書幌，魂驚貼畫屏。眠遲偏易醒，警夢有檐鈴。

母命口占送從母歸芳茂山故宅

巢成好挈孤雛去，羹盡難依邱嫂居。裁帛寄親千里外，時外王母就養江西官舍，未歸。簪蒿隨姊十年餘。谿田此日通漁舫，鄉夢全家上鹿車。只有諸甥偏戀母，櫻桃花下遞牽裾。

初三

初三花發檻，初五月窺門。樓小難藏影，簾重不隔魂。蛛絲黏鏡濕，鼠淚滴鐙昏。笛憶參差響，書摩宛轉痕。

病中作

病怕春光到眼前，未尋鐙火已孤眠。懷中自有空明月，身外都成浩渺天。偶憶紅顔思覽鏡，慵梳緑髮任垂肩。顔生衰早終生天，誰向黄塵羡永年。

樓居

只覺樓居好，簾鈎静裏斜。頹墻只三尺，春影過人家。

破曉

破曉簾前望，園荒緑欲齊。春知來路闊，天覺過墻低。驚筍有時折，野鶯無數啼。萋萋一坡草，踏爾過橋西。

中井鄉歌爲鄒翁賦

山花只入房，山燕只棲梁。一春緑竹不過墻，一生遊魚不出塘。誰來丈人家，北郭瘦李西谿楊。誰和丈人詩，南巷狂沈東頭王。丈人十雙田，歲得千斛糧。丈人一陂澤，歲牧千尾羊。嫁女不插花，娶婦但識桑。人間有此太古方，丈人不出中井鄉。

擬古艷詞

夜扇開幽影，春燈卸别輝。林花送愁去，棲燕抱魂歸。坐久風添陣，更闌月有圍。剩寒回繡幕，選夢入孤幃。

寄大興朱編修筠

壬午冬，在友人處讀公古賦數首，愛不忍釋，又聞公愛士，遂作此寄之。

昭陽歲涂月，公文傳手鈔。聞公學昌黎，興極乃欲號。昌黎善爲文，乃不識李翺。昌黎善爲詩，乃不值孟郊。我生十年學剌嘈，慈母訓我窮風謠。哦詩切雅賦切騷，世㢴才士如秋毫。君不見，公文足戴北斗杓，我筆亦傾東海濤。

省蔣十二墳

爲種一枝栢，流青入夜臺。攀條盡西向，記爾未生回。

芳茂山省從母

小築谿深處，都憐補薜蘿。亂山開户遠，秋月閉門多。衣冷親添纊，燈昏乍拂蛾。遲眠貪久語，不覺夜全過。

二月十三日夜乘月出城至小東門橋迷路三鼓始反

橋南未有人，橋北盡春墳。轉向危橋立，聽鐘别夜分。橋心暉暉月華滿，魚影過驚人影短。三更倦立倚孤桃，燕子識人來處遠。

藥裏

藥裏猶餘病裏身，三層閣小住幽辰。風簾白墮棲魂燕，花徑紅遮入夢人。往事雨昏勞把燭，此間天遠定無塵。蕭郎指爪愁都落，莫向閒中説好春。

午睡

一樹藤花六尺牀，錫簫聲遠繞空墻。幽眠乍起渾無事，新月在天春晝長。

題阿房宫圖

一百萬卒長城中，四十萬卒新安東。咸陽閭左已盡發，餘者内築阿房宫。小刑鞭笞大刑族，趣就咸陽萬間屋。連城跨渭百里餘，日月光窮許然燭。秦家築城非一隅，秦家築宫連百區。雄心一世至萬世，束縛黔首常安居。可憐絹粉今凄瑟，焦土星星野螢出。版屋祠荒賽百蟲，阿房賦冷吟殘蝨。噫吁嘻，愍儒鄉，火一日。咸陽宫，火三月。君不見，楚人灰紅秦燼黑，漢家龍興由火德。

芳茂山夜宿

節物無端五月前，喧聲徹夜擾幽眠。雷穿石壁都成窟，雨挾谿魚欲上天。深洞三時寒地氣，斷山十里接人烟。清閒不復營餘事，静把《元經》曉夕研。

樓　高

樓高笑語輕，飄樹復驚鶯。衫袖春風轉，房櫳曙色明。禽迷窺鏡影，竹隱上梯聲。幾日園梅發，疏窗緑綺横。

過潘二振焕故居書示其猶子尚基

傷春曾記欵朱門，一樹桃花一酒尊。苦憶君家狂阮籍，幾回花落與招魂。

園　居

十里巢禽樹，春深客到初。上樓人影瘦，滅燭雨聲疏。隔歲書猶讀，齊年髮共梳。庾郎貧正甚，同此食園蔬。

杏花樓春望

把書時復上層梯，愛看春濃柳覆隄。不惜工夫待殘月，藤床移向曲闌西。

初生十五六

初生十五六，如犢甫離乳。車旁隨母走，相距不數武。誠知芻秣好，未識誰是主。忽報上齒生，勞勞駕車苦。

初生十五六，如鳥始出巢。毛翮雖未强，氣已淩碧霄。一母將衆雛，飛處不欲高。朝出莫共還，稍知念劬勞。

初生十五六，如水初離源。到海尚有時，流聲已喧喧。洪纖悉包羅，意欲長百川。冰夷倘相嗤，何況鮪與鱣。

初生十五六，如月始離海。彎彎雖無多，九野識光采。延回到中天，河漢色已改。太白出較遲，何能久相待。

小池春漲

昨宵驚波來，漂去所著屐。下牀方欲索，摸得一雙鯽。

雲谿春詞

欹枕蓬窗聽雨眠，記來前事當遊仙。銷魂一曲雲谿水，坐閲春光十九年。

憶別城西爾許時，强邀相見出偏遲。生疏樓閣生疏意，却耐渠儂百日思。

樓上紅燈影接天，更闌催擺賞花筵。半酣只説沉沉醉，吹笛聲中自在眠。

疏窗三面綻薔薇，乍暖欣看試裌衣。忽地絃聲落天半，趙家樓上紙鳶飛。

銀燈影裏説元宵，踏月欣從女伴招。携得合歡何處放，半坡春水葛仙橋。

短短疏楊緑未成，溪流闊處有波聲。臨河亭北開圓牖，買得銀鱗便放生。

相逢剛及上頭時，百種聰明不自知。憶向瑣窗談故事，比來都已入新詩。

方書繙徧日偏長，四月陰濃葉亦香。正是日來垂手處，滿欄梅子一齊黄。

尋常鏡匣傍簾鉤，筆硯抛來懶不收。却恐被人窺楷法，故揉牋紙擲床頭。

新開池館曲廊邊，拜月人來月抱肩。一度逢人作莊語，偷開笑靨百花前。

録罷仙人肘後方，小疲時復倚回廊。學來百種玲瓏語，反覺鸚哥舌本强。

約伴同遊出獨遲，半宵偷謁社公祠。王孫古巷行將到，記得嘉名在楚詞。

城東烟景劇參差，玉局堂前花百枝。行到硯池剛欲歇，暗中扶柳立多時。

一度登樓望若仙，忽驚帆影逼吟肩。生來不識天涯路，却問春江在那邊。

石徑玲瓏漬古苔，堂扉斜對小池開。花磚南北皆知數，立盡三更夜月來。

山莊春半踏青無，處處危橋藉柳扶。獨向回廊看新月，任他女伴隔河呼。

平頭艇子橫雙枝，畫板平鋪上岸遲。却訝海棠陰覆屋，六年不到晏公祠。

幾日西頭户嬾開，却從仄徑上層臺。無端一片落花過，兜起昨宵春夢來。

把書時復到吟堂，病久應愁學殖荒。一事乍教開笑口，親聞家舅譽韓康。

比來多分識春愁，不遣雙鬟上小樓。只有畫廊雙燕子，飛來飛去看梳頭。

愛向閑亭自煮茶，壞墻北去路交叉。鄰姬怪底時來往，籬角先開姊妹花。

水明樓上晚涼多，摘得新橙手自搓。閒倚石闌談往事，忽驚天眼裂如梭。

閒愁誰復理衫裳，書籍拋殘滿曲廊。只有畫箱親自鎖，不知何事費提防。

八字分明記肯差，盈盈十五説年華。無端欲索生辰禮，一盒秋窗染指花。

兩株仙桂倚閒廳，幾日迷藏捉未停。同是曲欄何處躲，欲將纖影貼門屏。

朝來小婢却頻催，曉日三竿户乍開。一把鬢絲梳未得，傳呼阿母過房來。

苦雨連宵夢不成，臨街樓上盼朝晴。春泥一巷深三尺，偏認東來蠟屐聲。

居然板屋仿浮槎，六六文窗刷絳紗。何事五更簾已捲，欲乘殘月看疏花。

尋常不肯欵書樓，却爲花香少滯留。猶憶兩重門内事，一聲靈鵲惹回頭。

小閣新懸蛺蝶圖，年除不更貼桃符。宜春帖子催書過，好代堂前拜紫姑。

商量誰可伴青春，二月花枝二十人。攜得鏡臺何處去，杏花樓上度生辰。
園扉東去闢書堂，不遣簾櫳透日光。奇福却教消受盡，百花香裏貯匡牀。
病來仍不廢吟哦，紙做閒教小婢摹。欲向人前詡師法，强將難字課鸚哥。
一旬纔歇雨廉纖，臨水家家喚卷簾。剛是日西匀面了，龍舟已到白雲尖。
詩社年來不暫停，秋蟬吟後詠春星。憑他百首堆吟案，只許蕭郎有性靈。
識字先憂命不辰，頻推甲子恨梟神。羡他阿姊生來福，已遣羊車嫁璧人。
别來相見較矜莊，一卷華嚴禮法王。添種碧桃三兩樹，攔他春夢入閒房。
攔街報喜有紅箋，返棹匆匆泊岸邊。却被校官傳釋菜，替簪花朵出筵前。
清修只有燕鶯知，背客從無一語私。我本學仙卿學佛，十年端愧説相思。
一春心事訴花枝，猶恐花枝笑客癡。誰向樽前按檀板，聲聲譜出惱春詞。

獨酌謡

獨酌謡，獨酌無所好。生來菖蒲花，不解向人笑。阿三爲我提壺，阿二爲我行沽。風吹門開，胡蝶自來。揮之不去，落我酒杯。一杯邀春風，一杯待明月。嚌嚌嘈嘈聲不歇，市上人催酒錢切。獨酌謡，獨酌無所知。離離春心開，飄飄若遊絲。山風爲我披襟，百舌爲我行吟。樓高三層，月不得升。燐火飛出，光明若鐙。上樓鐘聲三，下樓鼓聲四。冥冥濛濛飛雨至，蝙蝠嚇人還展翅。

獨酌謠，獨酌無所憂。天邊開八門，地上列九州。三江昨餉鯸鮐，百粵復饋離支。何曾開筵，日食萬錢。邊令之腹，無其便便。一石亦不多，一斗亦可已。琳琳瑯瑯樂聲起，勸客高眠洞房裏。獨酌謠，獨酌無所待。劉伶及杜康，倏忽渺千載。北斗爲我持杓，列宿爲我餔糟。花開如盤，勸客盡歡。出飲市上，萬人圍觀。牛醫既可招，狗屠亦難捨。朝朝夜夜心自寫，狂藥醉人無死者。

亦園即事

名園都枕郭西頭，乘興聊爲三日留。銀燭樹寒人病酒，紫薇花發月當樓。閒禽自欲當軒下，秋水居然奪户流。小坐石闌聽一曲，謝郎含笑李郎愁。

雙船行 大姊命賦送楊氏表姊歸芳茂山。

儂家住横山，生長山橋東。昨日出賽神，忘却拜社公。來時船頭雨，去時船頭風。儂家住雲溪，生小繡古佛。歸甯無一程，返棹不終日。來時半帆風，去時半帆月。雙船遥遥何處分，出得小溪當水門。姊行持香妹持燭，同向晏公祠内祝。

將至崑山訪從叔縣尉

百里初看束急裝，白家橋左趁船忙。春山一路題詩好，阿姊先爲製錦囊。

崑山登文筆峯

山風昨夜穿窗破，落月一峯牀上墮。起來失喜闢北扉，雲氣縷縷穿人衣。林梢四面天光出，破曙看山始親切。牀頭拉客客不嚌，乘興携屐還孤登。褰衣只向山岡上，峯勢離人忽千丈。前行百折出樹梢，平視正對中峯腰。誰言峯勢高疑絶，一塔從空復飛出。峯臻一層塔七層，僧老爲剔長明燈。坐來足底雲生滅，萬瓦鱗鱗恍居穴。樓頭酒人知尚眠，詎識客已臻山巔。君不見，十年平地居局促，此日登山願粗足。西南一抹欲望家，却值海上生紅霞。

虎　邱

七里塘邊路幾叉，到來争欲詡繁華。萬家燈火千人石，一帶樓臺五色花。别有名園貯聲伎，愁無隙地種桑麻。龐眉書客蕭閒甚，只檢疏闌自煮茶。

無錫道中

漁舟還趁峭風開，臨水梳頭照百回。却過望亭三五步，九龍山影上帆來。

飲第二泉

第二泉邊過，無人約客遊。野花催上岸，山鳥喚登樓。别路月初好，全湖雨乍收。更殘到家早，先慰倚閭愁。

放歌行

梟不入，曾參居。棘不生，孔子林。借問棘與梟，甯知聖賢心？伐檀削跡，見惡世人。禽獸草木，知識獨真。魯東門，訪爰居，弔戎夷。海鳥饗太牢，國士無一衣。仰天出門忽大笑，誰是至人誰不肖？

春日贈鄰東王叟

屈指經旬桃李辰，貧家巷裏不知春。三間老屋四圍水，兩面毁垣千尺塵。結客孔融先下世，破家張儉尚依人。惟應寂寞墻東叟，甕牖前頭許結鄰。

贈唐上舍鵬

五年頓有三友，謂東鄰湯進士大奎。一巷分居兩頭。六時梵唄雙刹，巷東西皆尼菴。半夜書聲小樓。來從求仲羊仲，交到元方季方。陳留兼有小阮，蜀郡本少他楊。君兩從子皆能文，余家自歙縣遷常，僅止兩世。

偶成

曲曲房廊映水隈，魚苗五色上波來。當窗正欲鑑春影，一樹好花頭上開。

曉起

日光摇不定，窗外有桃花。漠漠分紅影，冥冥逼絳紗。露笙鋪幾日，風笛起誰家。只有閒鶯燕，猶能識歲華。

鵓鴣詞

西鄰有棄婦者，感而賦此。

春朝晴鵓鴣，喚婦如有情。春莫雨鵓鴣，回皇逐其侶。陰晴一日甯有期，鳩今逐婦何處棲？雨急祇繞雄巢飛，人之無良與禽異。險阻不離安樂棄，忽構一巢居别地。西鄰棄婦真無辜，入門拜姑出拜夫，臨别復聞啼鵓鴣。君不見，禽雖不言對以臆，逐婦歸須有時刻，不若人行死生隔。

春盡日騰光館賞牡丹

谿上誰開舊草堂，春殘先爲賞花忙。調脂金鼎儼同味，承露玉盤饒異香。百計可能留艷質，萬錢争與買年光。甯知别有關心客，倚偏東風幾曲廊。

行雲

行雲欲升天，流泉欲注地。同焉出一山，由來心跡異。高高下下一日中，水氣轉緑雲光紅。朝雲升天莫歸嶺，只有流泉去無影。君不見，作霖他日徧九州，努力倘逢東海頭。

偶成

闌干高下飛胡蝶，花影都從紙窗貼。樹頭接雨青數層，魚尾閃波紅一捻。春慵晝永誰相省，幾陣簾前笛聲警。鏡面屏風八曲垂，玲瓏照見茶甌影。

校勘記

〔一〕得花字　原「得花字」無，據《北江遺書》本補。

附鮚軒詩卷第一

采石敬亭集(己丑至壬辰)

依綠亭得句

雨止修竹間,微風起天末。呼童卷疏簾,面面看山月。

汪生彦和出元人畫二十幅分賦其五

君不見,竹冠布衣位至尊,漢家丞相非高門。驪山罪徒滿闕下,黥面盜首王皆真。當時入關佐天子,三傑首數韓王孫。留侯儒者固益上,詎與刀筆同時論。秦凶竟從趙高匿,楚虐幸有項伯恩。英雄歸漢有本末,丹青照水顏疑神。平生折節黄石公,我懷獨有滄海君。咸陽原爭兩豎子,冥冥者鴻竟離羣。始知高視出一世,四皓未免趨風塵。留侯功成即乞身,心所師者真其人,赤松黄石何足云。

右留侯歸漢圖

漢家龍興及三世,高論六籍搜根株。濟南碩儒老猶在,遐算未斷神疑輸。誰何作圖貌奇古,牙齒剥落身須扶。當時秦王厭章句,生也幸得逃其誅。乾坤非常炙燔禍,灰燼尚欲生真儒。峨峨執經門大夫,太常子弟秀者儲。《尚書大傳》世有本，乃謂口授勞呫嚅。千年此論出安國，更以隸佐亡蝌書。我懷不以紫奪朱，兀兀起坐重披圖。還憐真本生已易，斷篇何止將蒲姑。

右伏生授書圖

君不見，輼涼夜半離法宫，豪桀擾擾黄塵中。原嘗春陵有家法，殺人亂世非英雄。誰何要問佩兩龍，短裘駿馬羞雷同。報仇結客盡一世，末路顧與曹邱通。我懷嗤此田舍翁，兀兀一飲還千鐘。於虖男兒不種東陵瓜，有酒亦澆劇孟家。勳名生在死即盡，姓氏肯使餘人誇。披圖憐君重然諾，廣柳車來容束縛。一生幸免兩頭蟲，令人千載悲丁公。

右季布任俠圖

挈壺失官晦朔忙，閏位不復歸明堂。專家歷象棄灰燼，日角月齒憑荒唐。伊誰守官柱下史，兀兀不語悲張蒼。緣知滅水復不久，早奉定曆歸興王。披圖黍米繪極細，如彙六歷分低昂。百年星紀互得失，譚天口屈猶能張。扶風著書首《堯典》，禅晝益夜差五商。銅壺箭復減高密，迫促日馭無輝光。我從太初引之長，稍減陰曆還歸陽。誰推北辰定天紀，復需南正司總章。天人當日理本一，古幾至德來鴻荒。君官柱下得幾載，聞見猶勝落下黄。何人更論五德定，漢興可以追軒皇。

右張蒼治曆圖

洛陽少年真可喜，長沙上書思治安。致君堯舜固盛事，不問宰相皆材官。霸陵思治讓復再，德薄何能四三代。此時一官次鄧通，憔悴日值甘泉宮。無端鵩鳳引作侶，坐使譖讁來南中。君不見，南中還留屈原宅，千古萬古傷卑濕。斜陽何必鵩鳥飛，弔古甯同楚囚泣。孝文重道不重儒，孝武重儒誰上書。可憐牧豕亦作相，殿上挾策羞吾徒。如公季命關世數，經術甯同太常錯。卷圖不忍見横流，中有沉湘一篇賦。

右賈誼上書圖

山行

巖腹藏月華，幽房露虚白。山雞識天曙，過嶺噪林隙。斜輝不沾衣，十步見履跡。回瞻怯叢莽，頫視出泉脈。暗水復百重，微茫下岡脊。天光被原野，星景定川澤。宵露此一時，秋陰萬家宅。征衣冒幽險，居人昧昕夕。荒荒邨犬鳴，勞勞感行役。

對月

銅鋪蝕月月不流，曉星對户如凝眸。此時鐙影薄於紙，金鴨爐中瑞烟死。東家西家夢蝴蝶，孤客夜長聞落葉。何當反影入潭底，喚起老龍吟海水。時已三月不雨。

秋分同黄大景仁賦

晨光初次角，林木總含商。感爾淒然意，能令秋氣揚。竹廊雙燕引，石磴百蟲涼。此日單衣客，行看怯曉霜。

聞黄大景仁自湖南歸阻雨不見却寄

纔把征帆卸落暉，谿南谿北悵暌違。無端一夜瀟湘客，帶得蠻烟瘴雨歸。

初十夜雲谿憶蔣肇新昺弟

薄暑不成寐，寂寥踏谿路。疏鐘出林幽，銀蟾約波素。曾從三徑客，白袷愜幽步。勝景不可追，夕汀滿涼露。

獨坐

荷盤帶露傾年光，晚螢照客愁舉觴。此時不飲亦不醉，水面葉觸波聲涼。圓針初拈唾絲滑，五花無聲蝕羅襪。文奩妝罷知幾時，一綫蟾光上華髮。吴謳越謡不得長，兩兩起舞難成行。此身萬事不可待，明日有酒誰能狂。

遊顯慶寺次韻

晴鳩聲裏度危亭，平遠風吹酒面醒。古寺踏歌春黯黯，亂山入夢晝冥冥。林泉未改幽人素，雨露偏滋小草青。爲語藥闌消息近，好携蠟屐叩禪扃。

勸學篇

秦飈蕩六合，詩書死灰色。蠹魚頻窺人，千載不一值。後來羣師儒，沿流逞逆億。微言既中絶，古義墮井黑。大雅卓不羣，小人儒遁墨。我懷鷦鷯志，遭此蟾蜍蝕。聖學苟不頹，行將何致力。

蔣青曜齋頭掘地得古棺索賦

江濤翻沙作平陸，又剗離宫築城郭。城郭千年有廢興，茫茫別夜初歸鶴。鶴歸幽怨尋人徧，古屋經旬動雷電。怪事曾傳出漆鐙，羣公暇日誰經見。主人花發不敢看，主人掘地得古棺。望之却走不得近，古物出土光流丸。向我秋齋告奇字，謂我頗覩前史志。篆鼎苔文不可分，百劫記得蕭梁事。冢破空令舊苔補，落月陰寒動懷古。紫燕重逢識舊人，白楊既死依黄土。豈惟坯土愁難保，建陵一一生秋草。野燒曾傷寢殿基，摸邱便發蕭陵道。六代相看祗暮朝，美人金粉亦應銷。罌花古巷初歸樸，土木平時罷作妖。留傳遺物誰能識，把玩空增後來惑。梁苑螢飛又幾年，蕭家麥飯虚寒食。樂游原畔客初回，何處西風少劫灰。齒冷玉魚歸市上，心傷銅翟出蒿萊。書來索我題詩急，《齊諧》志怪誰能襲。露井秋桃正作花，蕭蕭莫向閒庭立。

暇日搜篋中得楊毓舒所贈詩却寄

閒搜篋中十幅字，先生作論尤激昂。銅鞮伯華不可見，遺直一語歸今楊。十年家隣市橋口，憔悴誰憐貌衰醜。虬須苦隨童子試，破帽襤衫縣中走。先生功名亦知止，先生貧賤能有恥。當時準經三十娶，已見哦詩出才子。蓬萊觀中宿儒在，經術還看棟梁待。先生著論空萬言，幾見微名上邑宰。乃知古人真可師，授徒築舍非無爲。秦延師說有長處，尚欲從君定指歸。

題　畫

高人策杖來何早，一徑緑陰門巷曉。時見幽禽下上飛，落花滿地多於草。

雲谿步月同蔣三星曜

故人喜相見，携手同幽尋。蒼茫隔谿月，早墮桃花林。不到遠公寺，誰知春草深。徘徊弄清影，君去更孤吟。

雲谿泛舟憶蔣氏舅仲

憶昨春星大如斗，置酒花前夜搔首。餞春筵上一歸來，君亦江鄉客行久。我棹吴興舴艋舟，夜深重過水明樓。傷春何似悲秋好，一夜涼颸落葉愁。

江口見月

騎鯨江上客，曾憶謝將軍。江月長如此，青山不見君。偶來欹短棹，長嘯激秋雲。薄莫蒹葭外，哀鴻不可聞。

青山謁太白墓

騎鯨醉月不肯留，死後却葬青山頭。青山無人幾千載，薜月松風苦相待。我欲發語驚鴻濛，詩成還輸白也工。笑謂先生安得死，明星在天月在水。直須痛飲齊悲歡，大地何似杯中寬。調羹著袍未必喜，知公不死長安市。夜郎去去愁瘴烟，知公不死南荒天。公乎公乎死亦達，不見世人皆欲殺。胸羅文字不博餐，下筆神鬼誰解看。公乎坎壈有若是，我輩自合號饑寒。君不見，杜陵叟亦太寂寞，死葬騷鄉掩詩魄。耒陽屬甫此屬君，不信名山會成錯。臨江罯試犀角然，水族不足窮奇觀。此間地下真五色，謝眺文章謫僊筆。湯湯日夜流無窮，當年爾去波濤中。波濤澒洞一千丈，怯爾文瀾不能上。噫吁嘻！滄桑陵谷今古愁，太白入月江西流。安知千秋而萬歲，浮者不沉沉者浮。君不見，江流逼岸無三里，會見青山没江底。一杯酬爾倘有靈，捉月仍從水中起。

歸安陳上舍文川餉甘鞠并索詩

竹栢葉大松風幽，曉雲如山積不流。空齋十日禪意寂，老鶴舒掌似有求。連朝茗椀太無色，江水苦渾茶苦澀。傾盤惠我鞠百枝，煎向甌中作深碧。此時却憶吴儂家，高閣日烹顧渚茶。江頭作客不歸去，山雨開徧棋盤花。

雜詩

太虚積雲氣，高與嵩華平。天風吹其間，幻象指顧呈。士生鮮實學，何苦争時名。寒螢值深秋，三兩參疏星。前生是腐草，顧影矜微明。

人生無百歲，百歲亦電滅。風前矜華姿，愁中抱枯骨。本無松栢性，旦旦斤斧伐。中虚鬼氣深，内實人理歇。不見嵇中散，養生昧真訣。

黄雲蔽四野，中有孤飛鴻。行行不敢下，怯此虞人弓。三日不得食，憂心常忡忡。道逢蒼鷹使，分食悲其窮。聞言鷗鷺肉，三歎不敢充。雲霞作羽衣，冰雪爲心胸。饑當啄寒蟲，渴當飲朔風。

立譚即相契，刎頸酬生平。男兒處身世，恩重命亦輕。所苦張陳交，言言誓神明。失意一杯酒，禍兆五鼎烹。縞紵何足樂，吾懷溯晨星。

積憂思舉頭，積響思傾喉。士生本歌哭，何以嗤幽憂。工容瑾先獻，作苦瑕易求。我行别鄉閭，親友牽車留。既知不可挽，一語贈遠遊。旨哉百錬鋼，不若繞指柔。

黄雲如車輪，吹墮郭北門。霜蹄與短轂，碾作十丈塵。塵飛值浮雲，莫遏東歸心。東歸亦何意，咫尺願作霖。作霖會相保，棲汝在弱草。

人生處貧賤，譬若星夜行。雖無迷途憂，終苦無光明。夜長何耿耿，中有蟋蟀鳴。蟲鳴愁宵凉，客行愁途長。途長有如綆，淚下沾衣裳。誰持明星歸，化月生光輝。

百年不長在，君誤亦已再。少日師神僊，《黄庭》肘間佩。繼復學擊劍，頗思厲鋒鋭。精神如懸毫，用之穎稍退。微明不自惜，行見月逢晦。將持養生篇，吾以習吾昧。

浮蘋從東流，桃梗從西浮。兩心苟不渝，終會大海頭。所苦對面間，有若萬里修。愛君屋上烏，彈君林中鳩。

嗟予寡兄弟，隻影吟風前。亦解耒與耜，恨無南山田。饑來出門去，舉足任所便。高堂盼遊子，有若農占季。浮雲闔須開，一望東南天。

南昌亭

報德何因此獨輕，當時恩怨愧難平。沛中亭長須臾起，會見王孫五鼎烹。

下馬亭邊夕照低，英雄身世本卑棲。陳平糠覈還憎嫂，尚説南昌亭長妻。

古檜行　在太平使院古府子城上。

城頭古樹記以百，非宋非元李唐植。森森古檜蟠空蒼，奇氣矯作百夫特。黄昏過樹雷雨青，白晝拏人爪牙黑。眼經百歲若飛電，身閱四朝猶過客。霜磨雨洗遺蹟盡，剩有創瘢餘徑尺。子城峨峨樹歷歷，建炎年中惡氛逼。建炎中，將軍陳淬死此。一呼落日兵四登，百戰孤雲氣逾直。將軍白馬當樹立，砍劍劍摧砍刀溢。風雲此日總削平，穴腹猶容怪蛇蟄。主人愛樹識樹性，不遣虬枝兩相擊。南枝使南北使北，以松歸松栢歸栢。先是古栢壓松上幾折，至是爲剪其旁横枝。樹老枝柯總有神，時清冰雪皆生色。余生好奇奇不屈，陡然見之意亦嚇。摩挲撫樹三歎息，此樹心空壽金石。

立春日訪蔣大肇新

問訊諸中表，浮雲作客頻。欣逢此時月，猶憶未歸人。予亦昔懷減，君應白髮新。夜闌茅屋裏，爐火坐生春。

雲溪即事

酒場吟地幾年留，鐵笛曾邀清夜遊。今日風光總無恙，水西明月水南樓。

蕭瑟秋光滿畫圖，幾株風柳水平鋪。他時賀監歸來日，祇向君王乞鏡湖。

夜坐憶舍弟清迪 弟出嗣季父後，季父亡，餬口于人。

九原吾叔不可作，汝更弱齡如我長。饑驅别家不得意，十步九蹶呼高堂。人言渠面若兄面，黄犢初生虎争健。寄食韓康命已窮，子與弟少育于舅氏。承家阿買人争賤。居無一椽食無繼，窮冬出門布袍替。汝行年少何足憂，甯知母也傷予季。在昔吾祖居新邨，百年古歙稱高門，倉庾豈獨富親族，徒隷亦感吾家恩。十載并州政聲起，窮邊民富家如洗。先曾祖守大同，有德政，里民建生祠以祀。遺愛空留君子津，傳家惟剩先生履。貧來親串何足多，昔時受恩今反戈。朱門大第亘山立，短褐欲進遭其訶。飄然一身謝家末，識字還憂不能活。殘衫破帽驅出門，手把遺書爲嗚咽。辛壬癸甲遭鞠凶，先王父王母暨諸叔父皆相繼没。生者更瘁饑寒中。愍孫不死亦天幸，覓食自此無西東。豈意飄零涉江汜，執友還憐故人子。負米聊容廡下春，傭書俾住城南市。當年兩小跳躍同，兄也讀書無汝聰。蓬窗經史空滿眼，使汝廢學傷哉窮。君不見，六棺未葬將誰俟，兩兩衰宗老孫子。一寄兄肥弟瘦書，黄昏淚落悲難止。

初月

墻頭開薄暝，樓上試新黄。乍鬬簾鉤影，微生匣鏡光。水程紅燭暗，天路碧雲長。欲拜風差勁，添衣下北堂。

殘月

啼烏頻訴我，纖月又如鈎。霧慘欲沉水，光微不上樓。誰同前夜看，行引盛年愁。客感不成寐，蕭蕭竹露流。

古風

朝行看蟻鬥，夜夢入虎穴。微中一爲緣，獨處神已泄。細火燒枯腸，中虚不知熱。匪伊金石固，更恐肝肺裂。百態罔敢呈，至人昧生滅。

鬥雞行

灌園老人食無穀，家留一雞啄人粟。呼兒飼雞雞苦飽，飽食雞飛兒受撲。灌園老人住無屋，秋雨穿墻漏床足。墻傾日引鄰雞來，矮屋疏籬看争逐。家雞飛鳴羽肅肅，采不外馳精在目。鄰雞據地有死心，陰血四周冠怒束。微生偶然亦當局，顧禍翻憐殺機伏。屋上啼鳩看欲癡，草間螻蟻驕難捉。家雞飛鳴衆雞怒，歸引羣雌更呼族。雄來成隊雌挈尾，争磔雞毛洞雞腹。人生快意縱一觀，甯知强者弱之肉。老人呼兒掩蓬户，雙淚階前抱雞哭。得失應知感塞翁，安危何事看蠻觸。君不見，屋外連邨菜甲黄，年來雞啄菜多荒。衰齡爾亦忘機好，卧看青山下夕陽。

洪烈婦詩

夫爲洪，妾爲葉，夫名志達妾家歙。夫何爲，書在篋。妾何爲，絲在匣。郎前還顧妾，眉行不離睫。一朝夢破金鼓聲，鏡中弔影花中泣。妾行不下堂，下堂死生隔。十步十不忍，一行一嗚咽。兵言欲生不欲殺，白刃差差繞三匝。夫死乎，刀在頰。妾免乎，兵在靨。不死溝渠死山峽，碎身示汝全軀法。郎魂歸，年十七。妾魂歸，年十七。霞冠羽衣魂欲活，里人作祠歛神魄。神告汝貞導汝節，客死淳安家歙州，九原魂魄悲難越。於虖！皇天搆難猶未歇，有田不耕走倉卒。妾死因夫夫死兵，一門大節差堪匹。人生忠義甯有激，蹉跎失身恨難說。他時重過里門看，後人無愧前人烈。

歲暮雜憶

盛處士聰

問訊先生疾，相逢涕淚頻。言將告良友，及見汝成人。與先君子交最善。風雪遲眠夜，須眉入夢真。應憐猶子遠，誰更尉長貧。

盛處士曜

先生能嗜義，破產未爲貧。樂志陳離坎，傳書愧甲寅。先生無子，開鬻肆於市。酒人朱亥近，高士井丹隣。一訪西頭市，匆匆又浹旬。

侍御舅氏

爲定依人計，當筵不舉樽。一書貽日下，百里走師門。親老原難別，途窮易感恩。白頭期望意，豈獨在高軒。

大令舅氏

半里雲灣水，波光映閣東。翛然讀書塢，清絶使君風。夢繞疲驢外，春殘竹馬中。誰言甥似舅，行跡共飄蓬。

十一叔縣尉

四十須眉富，臣家叔不癡。吏尊輕縣尉，俸薄比經師。數口拋三地，微官轉四時。自昭文尉調吴縣，更調崑山。江南芳草路，及此賦新詩。

楊大毓舒

百里澄江路，波清見汝心。貧無一椽隱，交到十年深。臨別曾沽酒，牽衣欲賣琴。與君門巷近，爲慰倚閭吟。

分題蕭士雲所繪離騷幛子

筆頭蕭蕭如有聲，水勢忽壓巴陵城。湘花黯心覺春重，楚女照水知波晴。神雅晝飛日沉采，騷人不來魂已在。餘紈更乞理心神，珍重秋屏寫山鬼。

元夕詞寄里中諸子

月出春城霧氣消，客中情緒是元宵。沉沉一様尊前月，不及谿南挂柳梢。

兩條門巷對谿流，百舌春來噪不休。劃斷雲溪春一曲，蔣家明月趙家樓。趙大懷玉、蔣二青曜，皆居雲谿。

路入楊園春正賒，風光多被女墻遮。一條芳草王孫巷，緑到橋南是董家。董秀才沅居玉梅橋。

留客橋南縱茗譚，滿谿谿水碧於藍。更殘不放春城鎖，吹角還知待左三。左大治昜居城東。

除夕

漫天霜雪朔風凉，客久驚看鬢亦蒼。逝者如斯誰惜别，酒行以往總思鄉。無多苦語憑南鴈，不盡名心爲北堂。猶有天涯知己淚，緘書欲寄更旁皇。

元夕觀舞槊

魯酒客不醉，吴歌聲澌沕。如何當筵上，絲竹轉幽鬱。傳呼雙吴兒，階下立屹屹。舞態猶逶迤，歌塵尚坌坲。一呼心魄蕩，壯士膝俱屈。雙矛白差差，巨刃峙屹屹。圍場一何徑，先標里中刎。霜銛試心刃，神理不間悲。陡然鶻初起，譬若泉始沸。千奇悟一正，轉展不見詘。四座爲低昂，兩軍信奇崛。彼龍睡初穩，此龍頷更拂。雷驚偶呈半，蜺飲不見訖。奇成鰲足斷，快比鯨首劊。行爲水崩注，止作山崛岉。方驚堅城摧，詎料殺機欻。撣術匠亦然，傷人唯恐不。鼓進氣不落，金鳴陣猶倔。技終作楚歌，座客顔色艴。燭燼暗不光，朱圍看成瀫。萬物理獨至，千夫勇難乞。終坐欲措詞，神癡口先吃。

觀魚亭

縱壑原多事，誰云江海寬。宵殘數驚起，只自厭波寒。

桂樹行寄大令舅氏

君家桂樹蔭數畝，雷火銷鑠枯其半。幹老猶穿闐闠雲，花開直到堂東畔。曾聞此樹二百年，時衰時盛皆其天。窮冬有時亦作蕊，異事往往人流傳。南省歸來氣烜赫，爲外從祖芳洲。白玉堂開置賓客。星欹月落客不眠，露重時聞花歎息。阿新表兄肇新。十齡索梨棗，花下憐余猶在抱。摩頂相看意獨深，甯知轉眼成年少。殘冬遠宦趣束裝，鐵鎖却合平泉莊。舅氏令德輿。花時偶向古墻過，馥郁猶作兒時香。甲申相傳此花白，却值銀城罷官日。堂開驗取看花人，阿新作須予十七。爾日相看尤跌宕，文章孝綽波瀾壯。酒酣顧我久不言，指樹爲公作宅相。隨花北開怡老堂，彌甥出入咸奉觴。深秋驛使嶺南至，荔枝紅傲巖花黄。六七年來事非昔，桂老香殘土花蝕。一作招魂楚些歌，蕭蕭大樹悲無色。外王母龔太孺人之喪。人生幾何花滿眼，對此唯嫌酒杯淺。三度摩挲已白頭，使君堂上生秋蘚。當時羣從六七輩，阿新别我客江館。秋到偏吟招隱詩，花開翻讓遊人看。此樹經年生計微，重來樹亦笑人非。何時更向花前醉，一訴君家全盛時。

古栢 太平使院，分賦園中草木。

不知何年樹，尋根不能到。枝低獨鶻借，心空百蟲鬧。物性謀安居，催君路旁倒。

斑竹

春來爆竹聲，灾及松與竹。甯知枝柯上，斑斑總成玉。莫待春雷鳴，龍孫先徙族。

薺菜

食薺味苦酸，食藿饑苦併。青青一畦菜，味與蘿蔔永。愁看三月三，挑殘不留影。

池草

離離千百種，種種出池沼。深知造化心，無名爾偏好。一與春風緣，還應作小草。

尋三元洞因登妙遠閣題壁

老僧竹屋臨空嵌，隻影不動蛟龍饞。鐘魚一聲夢初覺，能使風聲水聲約。陰房夜冷石骨青，神靈帶雨來聽經。即看岸勢高于屋，春水生時手堪掬。我行涉險愁無梁，老僧穩坐江中光。終嫌禪性滯江性，目所觸處無空蒼。名山結廬此弟一，脱有風濤百不失。消沉閱盡往來帆，總覺輸他一磐石。

壬辰元日立春

羲和鞭日一何駛，帝恐崆峒移甲子。天門夜半奏歷元，以龍紀年德在水。東龍不銜北陸尾，三百六旬從此起。儷人一笑春初蘇，當春開筵名燕喜。百年所見亦僅此，元日立春書太史。

春日

白日看雲坐小齋，閒無一事入幽懷。林禽告我春無恙，小樹依人影亦佳。病酒心情愁栢葉，看花消息到芒鞵。離居一倍風光好，閒煞城南十字街。

與黄大景仁夜話

已識牛衣賤，還驚馬齒加。新春同作客，多病獨思家。山色連晨雨，江聲入莫笳。吴鈎三撫罷，相對惜年華。

偶成

客行持鉛刀，利乃勝金鐵。持之十數載，懔懔懾虹霓。匪伊鋒刃良，所欣不能折。心空聽蝡蟻，萬牛齊闢穴。末俗争雄心，聖人抱雌節。

送陽羡萬應馨歸里兼寄趙大懷玉一百韻

束髮事結納，所交盡老醜。茫茫視六合，投刺頗不苟。閒身薄監厨，借面甯哭輌。街西翁八十，楊笠雲先生。重我似瓊玖。爲言君子交，種苗先去莠。我時感其語，背誦不徹口。平生交屈指，三人數成耦。趙生紀丁卯，楊生紀乙丑。毓舒。黄生己巳歲，景仁。論年處其後。與之三子交，登堂俱拜母。楊生棄經史，謂欲處甕牖。經歲不一出，户外狸跡内。生平重天倫，家庭樂斯厚。德曜識大義，聘至職箕帚。晨昏偶過從，足跣面嘗垢。我時規生失，捫蝨衣始卸。與生里閈間，重生比瑩琇。時時道予病，語語皆壓鈕。兼能新機闢，不使故習狃。出門望雅巢，知生宅邊柳。趙生處羅綺，不解事矯柔。豪門苦屏跡，偏欲結屠狗。窮經辯亥豕，讀書究蝌蚪。有時四座上，譚空氣爲蟉。挹生汪洋度，百川總能受。狂奴禮法脱，藉子作關紐。憶昨設廣讌，酒陣肅刁斗。生宰季氏費，我司孟孫郈。忘形三爵後，劇陣屢勝拇。快若敵王愾，巨𠧴錫一卣。又如玉斗讌，惠一生彘肘。壯哉秦雖雄，爲趙王擊缶。生詩更近道，水清魚瀏瀏。五言築長城，不遣戎馬蹂。如升岱宗立，一覽笑螻培。造物忌同調，分遣南北走。窮遊困逆旅，作書抵太守。沈太守業富。猥將片長揭，至此覓升斆。窮冬憶親串，恍若兒戀㲉。於虖黄公覆，亦復遭衆掊。狂來入酒肆，更遣紅粉詬。因饑聚師門，朱笥河先生。吐珠作才藪。天涯知己樂，頓改顔色愀。譚言偶抵捂，南東别其畝。繼還出肝肺，持刀欲親剖。生時作一篇，恒華勢偏陡。偉哉古錦囊，十年心血嘔。生才富集腋，我才慚敝笱。微嫌神太雋，理或不能壽。嗟嗟三子交，離合無不有。貧病予總同，疎狂爾皆不。頗羞儒生酸，意學勇夫赳。此歌彼即哭，我唱子能喁。緣嗤火牛縛，俗訝雪獅糅。有時發大言，忘身在杵臼。趙生體微弱，楊生色微黝。依依寸草心，爲鄰結蒣蔀。君從何方至，一見氣抖擻。鵝籠處已慣，新詠成一簍。黄鐘在東序，焉能寸莛扣。如陳光明鏡，刮目到矇瞍。終當兕出柙，暫見龍在湫。劣魔競摩壘，藉子作扞掫。貢之入玉堂，謂足俾我后。抑聞韋布樂，何必結纓綬。凜君意氣盛，訝君昏莫叩。君言昔尊人，才名重山阜。君先人舉丁巳鴻博弟一，官翰林。哀年早見背，零落成不偶。惟餘貯書富，四厨逾二酉。蘇頲風有父，無忌酷似舅。君爲儲畫山先生甥。我意終勸君，歸家理葱韭。前堂種松鞠，後池插菱蕅。土風山名茶，勝境湖結茆。閒身一聳立，快若脱械杻。相期臘雪前，來遊備乾糗。山蔬及邨芋，一醉酌濁醙。君謂僕言善，向我覓良友。我敦古處交，爲一數某某。君歸倘過郡，先揖趙生否。予登峯六六，時將偕學使遊黄山。望子在庭廇。君言春山青，稱此笠伊糾。我愁博徒去，擻我飲春酒。春盤鯉堪煮，春蔬麪堪溲。人生數樂事，甯復居此右。恨不從子歸，悲哉魚麗罶。季布耻作髡，食其人詈鯫。無糧乞仁祖，有酒貰武偵。悠悠薄俗交，咸工上其手。謂我衣垢敝，曷不少忸忸。幸師金人銘，括囊尚無咎。君時聽縷縷，歸心已先誘。君嫌識予遲，我曾耳君久。新交雖可樂，故交尚回首。書疏憶楊趙，客愁慮黄九。生平友作命，嫡娓不到媍。因君寄新詠，俾若覆醤瓿。爲言苦著書，欲以傳不朽。離然見結構，或尚少糔溲。終當致全力，十絲成一緒。傳之使後世，知山有培塿。兼期遞消息，一爲慰黄耇。定知屢空悲，無米實瓿甒。

憶城東元妙觀古松

城東古院計以七，靈境歸僊不歸佛。院中喬柯計以百，古意歸松不歸栢。陡然七尺横路岐，細看疑蜕蒼龍皮。左家兄弟皆好奇，淺醉來坐雙狻猊。我行來遊日嘗再，對酒看松有深會。十年學得種樹經，草木蠹朽咸乞靈。籬頭小試若無驗，無乃欲速戕其形。松根老人識真意，草木相持此生氣。半死桐心苦鵲巢，全虚檜腹因螻蟻。此松得土氣最先，偃卧猶足支百年。揠苗助長古或有，異事慎弗陳吾前。君不見，筆架山前響春雨，謖謖時聞作人語。輸爾支頤道上眠，斧斤不到棲神宇。

送江都汪中歸里

汪生手攜萬言策，賣書橋下曾相值。公然出語争錙銖，白眼逢人百不識。爾來對策何豐腴，紅綾本寫君唾餘。君言此事本偶爾，三載一至慰倚閭。撑腸拄腹苦無驗，手把奇書易長劍。去歲君盡以書籍寄仲則處，易長劍去。報道將酬國士恩，不逢知己才猶斂。官書堆案日不移，君昔樂此言不疲。君前客太平，作書記。乾坤一身任驅策，親在詎敢言非宜。我今勸君歸計速，樂土何如反邦俗！他時好結竹西鄰，白晝從君借書讀。

墻上蒿

墻上蒿，一旬高一尺。回身視根株，知君不能直。
墻上蒿，三春獨綿延。若非年命促，那不愁刺天。
墻上蒿，結根當白日。甯待霜與霰，節枯由觸熱。
墻上蒿，乃界東西鄰。成陰苦無多，兩處欲市恩。

青山紀遊

曉日挂絶壁，沿谿溯松聲。流泉合諸山，下向百畝傾。茅籬八九家，麥隴左右横。足知賦税外，尚有閒田耕。老翁七十餘，手足尚喜輕。頗感造化功，一雨亦久晴。東巖有化日，聊以終吾生。

造物無棄壤，山險作雁田。陰蘆風蕭蕭，皺入雲水天。荆棘穿我衣，草露滴我肩。一念昧素機，百態逞所便。明明人子身，忍墮豺虎前。披衣偶忡忡，心如月初絃。

谿回日亭午，崖轉天去尺。浮雲態紛馳，千里一改色。各懷東西志，微願不克適。心空半潭緑，漾此峯影碧。宿羽不可追，巖花笑行役。

空山節候晚，桃李初舒芽。流泉清淺中，衹惜無桑麻。墓古子姓盡，生意并作花。頹光入永夜，顔色誰解誇。人事總如此，歸途溯平沙。

四山合一澗，中有毒霧黑。回飈蕩深徑，松子積一尺。陰崖走妖氛，絶頂結晦宅。造物自隱忍，阻險俾養慝。自非光燄竟，雷火不敢蝕。巖空少留雲，林深渺停翮。我行憂境阻，欲假神鬼力。晏景不可停，咄哉蕩心魄！

當畬道中

稍稍雨灑塵，微微轉春氣。平原三月中，穠花豔天地。閒雲翳東至，春空亦微膩。游蜂與蛺蝶，後時識真意。所居異鄉國，微覺風土異。郊原計尺寸，物力多所棄。遥遥東歸心，欣看麥成穗。

日出廬井喧，流光照虚晨。山田極柔桑，尚有無衣人。孩提率牽袂，苦語出性真。我哀道旁辭，感激爲重陳。造物息百年，未補一日貧。慘舒各殊抱，何以歸真醇。桑榆苟堪耕，此輩非游民。

南陵道中

卅里南陵路，藍輿古道間。怒雲生怪樹，濃緑鬥層山。麥氣松衫入，禪心鳥雀嫻。還因去程急，未及訪玄關。

遊水西登烟雨亭

一水阻洄勞送迎，一石隱伏岡巒形。穠花遮馬不得過，駐馬下數山花行。十里復五里，乃至烟雨亭。是時咫尺五堆春陰，咫尺不放春山青。頹然倒影照虛壁，不雨常覺烟冥冥。風光千百年，闊遠無近情。逢山問山百不識，蒼翠複處難知名。吟聲落水開青萍，清切倒喚遊魚聽。謝公吟詩景猶在，好句剥落如殘星。沙洲芳草晴，沙岸桃花明。人生好景不久駐，遠夢忽送風塵醒。

三月十五日柳山道中

青草都愁石路幽，馬行真與雁行儔。百年親在還行役，三月春歸感去留。好景總思前路轉，名花行抱盛年憂。此身作客初千里，鄉夢依然共水流。

文家宗祠看牡丹待同人不至

文家宗祠在何處，三十里爲停驂來。官厨待客久不至，下馬淺步尋蒿萊。桃枝兩行緑成隊，細數猶憐牡丹在。野人屋外出不窮，不看花枝看旌旆。晴鳩一鳴春更長，兩兩點入花枝旁。閒雲白日偶然失，相與屋角愁年光。憑闌坐深客初至，草草看花畢春事。斜陽官道闃無人，重夢谿南白雲寺。

休甯道中

郊原四月雨，麥氣生微凉。蔬花與來牟，千里混遠黄。父老亦有言，孟夏刈劚忙。晨光赴東菑，晏景來卣莊。茅籬出烟火，飯熟待早嘗。計往望始奢，取今願初償。兒童讀書歸，拱立伺道旁。青青隴頭梅，褰衣試取將。懸未會有時，與子休驕陽。

附鮚軒詩卷第三

黄山白嶽集（壬辰、癸巳）

齊雲山阻雨

客心已馳黄海雲，天意還留石門霧。信知幽壑夜難涉，無乃山神期欲誤。香爐峯低五老高，十里雨脚嘗周遭。禪心入石孕奇理，虎氣逼夜森秋毫。名山遥遥數佳客，佳客曾經舊題壁。黄大景仁有戊子年題壁詩在道院。茶香隔座許暗探，事冷他年費重憶。連宵官鼓破客眠，對此那不思久淹。吾曹行止匪所料，咫尺自有神明監。明當出山訪行蹟，瀑布珠簾浄如拭。後隊還吹羽客笙，前旌欲宿幽人宅。

將止小谿遇雨

晨陰連衆象，雨勢薄炎方。絶巘風雷合，高原草木長。厨荒依斥堠，馬病厭津梁。一夢藍輿足，山花笑客忙。

葉嶺

獨峯峨峨百尺身，刻削極處歸真淳。地靈草木識山性，石骨自瘦膚仍春。摧朽星辰動陰魄，元氣冥然室生白。信知太古縱森峭，那得良工恕斤尺。

唐塢

我行出谷常背日，荷葉如錢繞田出。苗荒不及野草青，穩望秋收老蓮實。野人無事愁日長，簑笠出户鋤懸墻。田家生事尚如此，安得愁風復愁水。

山坑

山根竹雞啼向晨，催客遠夢辭風塵。柔桑翳邨出朝日，春水對户思幽人。山川西來忽平曠，錦石都隨亂流漾。三家飛雨屋上鳴，四月桃花谷邊放。

雷津

東行出險常左顧，如夢谿山忽無路。炎天徑有黄葉飛，春水人知白魚數。薜蘿深門帶濕開，似訝空谷喧驚雷。山深往往厭車馬，日午誰看官長來。

從焦邨入黃山至慈光寺宿

歌晨雨無極，浹晦火既濟。登壑有戒心，違原陟危理。巖紆氣森森，谷虛水瀰瀰。同兹登陟志，難令僕夫喜。青冥怵猿嘯，嚒黑蹈虎履。山川夜氣足，素景沉不起。感往詎有窮，陟今遂難已。瞻峯僅前路，入寺或數里。勞生苦無暇，明復戒行李。客感一飯蒲，門荒百年杞。

自慈光寺下山二里浴硃砂泉

南郊鬱炎理，黍谷紆涼氛。真疑造化力，不足齊冬春。何兹坎離交，振此水火原。法艮自不流，集渙罔測源。厥汋理固殊，覆釜狀亦全。互疑百神居，湯沐錫自尊。留兹北户積，盪彼南風薰。含氛不停扇，轉垢詎止輪。尋源有同愛，勞賤固不分。流香沐幽叢，積潤歸山根。調停果誰司，頗感涼燠均。我觀寒暑途，陰陽積勞薪。晨曦不停阿，夕馭詎息津。頹光煽流膏，元氣固不存。明明鑑止水，外爍由中温。沉痾亦當捐，滌煩庶歸淳。

文殊洞

履危信千殊，積駭非一狀。晨遊藉僧侶，夕止託神貺。孤生寄危磴，一轉一翠幛。諸峯漸莊嚴，雲霞聳奇相。千繩束一綆，步窘不得放。差無虺蓄懼，已見星緯上。束炬入巖竇，捫壁類古壙。聞呼數前踵，怯響屢後望。峯形覆空釜，口缺入遠亮。翻疑造化力，至此斷心匠。留兹胚胎質，攻鑿至久曠。陰泉滴虚房，乳香流佛藏。持梯抑何晚，升陟固不讓。憑崖步初懾，出實神始王。回瞻北斗光，空濛永相向。

文殊臺望天都峯

兹峯九百仞，積厚撼地軸。青冥阻元氣，久視眩𩄲目。危峯閃虚聲，冥雨隨所觸。回飈蕩遥紫，倒影虚衆緑。東南此分際，層累不厭複。元黄彙江海，一氣轉澗谷。云兹出雲霧，藉以被埆黷。虔衷合神符，忽值峯頂沐。連陰阻卑眺，展昧引高矚。我尋輿地志，藥物此最足。明霞積松膚，華星綴芝肉。遊輟契元朮，居人餉黄獨。陰晦理鬱盤，宵分展幽燭。靈區尚能駐，徒侣不更速。終當上孤雲，冥心契亭毒。

夜宿文殊院

客行無朝昏，百里積芒屨。違阿詎成厭，履崇信非遽。名標恣屢盼，獨妙寡衆譽。詎少一寸陰，卑生諒難據。枯蓬逝東轉，陽烏慘西馭。獨鶻不一鳴，孤雲總成去。奔湍響初雜，巉巖觸成仆。居人持火照，洞黑訝虎踞。回崖出深林，冥坐悄衆慮。峯明佛鐙見，院古菽黍具。獨寐不敢言，晨將戒徒御。

夜起登蓬萊島看日出不見 一名仙掌峯。

成此獨往心，孤猿屢窺户。聞鐘念初覺，出寺僅數武。沉沉壑光斷，荒荒白雲阻。昏晦持一鐙，幽林變溽暑。流星掌邊下，宿羽巖際數。朝霞信清華，殘魄虛卓午。坡回屢心掉，峯中始軒擧。盪此衣袂雲，還成吳會雨。沿轍草抽蔓，絶壑風振緒。亦感筋力疲，孤笻設迎拒。誰行深谷中，泠泠出疏語。

蓮華洞避雨

雷鳴山幽幽，電轉谷爛爛。峯前十里雨，引勢殊未散。轍餘鳥道喘，路豈猿穴憚。棧戲此其一，盤礴理孕萬。頗疑雨工居，陰晦若未旦。流雲聳虛聽，交枝阻幽盼。詎寡向日心，愁霖已成慣。昏霾悅山性，塗泥積神歎。去惜蕙草衰，留成白雲綰。單衣念徒侶，空谷屢奔竄。中峯雨稍微，攀條上孤幔。

冒雨登蓮華峯

薄蘿無天風，積氣晦一山。鳴泉不知方，出步冒險艱。去景炫谷中，留猿響松間。稍霽即復蒙，但覺草露環。流雲合山崩，激電與谷還。中峯東諸標，呼吸競一關。驚枝不留禽，振翮響已殘。回崖雨初昏，絶頂日復殷。荒荒阻東南，沉沉盼區寰。名都以歸天，帝命不敢盼。止壑内景虛，出表外象殫。羣生有芟除，芝草簡不繁。回瞻鬱千盤，徑絶不得攀。猱升信堪憂，勇退誠知難。

自文殊院下雲谷寺別休甯戴霖

臧巖㟐流光，出壑寡積陰。涼喧本難齊，草木各有心。峯明炫朝芝，道濕茂紫蕿。感此向背途，感欣頓殊襟。不惜巖岫回，成此灌莽森。十里違深湍，引領望遠岑。余懷鬱紆多，吾子饑渴深。積瘁已浹旬，寒暑詎不侵。君其表藥物，贈遠余所欽。途長入雲荒，景慘帶谷沉。明發各異馳，誰可慰積忱。遥遥寺門鐘，沉歎勞相尋。

發雲谷寺

豈不願積淹，離陽不停晷。君看密葉上，陰陰候禽改。朝霞綴春鮮，夕景被夏采。深兹懷哉念，復恐後者悔。觀魚入幽坰，看鳥擇爽塏。峯離自成嶽，川斷不入海。以此望遠心，山川庶能待。前門戒五兩，慘戚僕夫殆。奇標信觀止，孤懷有專美。

慈光寺觀明鄭貴妃所製袈裟

老僧破衲生春風，褊襹如雲降九重。九重鬼神識真意，監織萬縷霞光紅。霞光紅逾出川日，内府珍奇此其一。三番宫女催繡遲，一騎中官入雲疾。萬人集福歸一人，神器已曳空中陳。祖宗朝廟自有法，欲假佛力回明神。嗚呼，乾甯宫中職何曠！天地兵戈開甲帳。東南織造苦不支，一半今歸法王藏。當時恩重慚孤僧，諷經朝夕啓大乘。披衣入座祈冥福，日月已暗長明燈。滄桑一百年，遺物猶久存。黄封鄭重貯匣底，尚詡此出深宫恩。我謂陰謀本無用，玉合銷殘字龍鳳。建業山川不出雲，洛陽宫殿今如夢。劫後袈裟未作灰，嶺雲窺户野猿猜。長生枉向空王乞，不見秋風思子臺。

黄山松歌和黄二韻

於虖悊匠不可逢，擁腫拳曲無春容。乾坤一氣轉巽艮，斯石爲石松爲松。松華不承霜雪餘，石妙欲出膚腴中。中臧元氣藴雷電，火土木石皆從同。神祇千年愛護一，介則集吉剥則凶。吁嗟靈境與世異，太古本遺丸泥封。地靈藥物溢丹井，帝憫黎庶遭鞠訩。中横巨石忽裂一，精液已漏無由縫。卑枝無言入樵斧，合榦已破纏交蹤。流傳世人不解愛，詎有蒼翠蟠心胸。裁枝屈盆恣糅矯，鑿石劚骨工磨礲。山川一朝物性失，光怪已去神不從。其餘巨者庶免劫，肌理入石無初終。山花分紅極窈窕，幽草判緑何蒙茸。含苞不虞神鬼洩，落實分遺猿猱供。我知畫筆不得到，只有顯晦無春冬。驅除極感造化力，早以魑魅投寒空。陰崖點入勢益陡，南北向背皆從峯。根株偏能孕靈藥，牙爪誰識非真龍。我行十步即一憩，樹亦接引如朋從。理奇終恐化作石，轉運始信非人工。

同邵進士晋涵尋益然大師塔不得

大師裹足褊襹衣，佛手曾殺千熊羆。飄然來歸竹窗下，野鳥入掌呼晨饑。浮雲白日忽一轉，粥魚聲長鬢毛短。緣牀鼠怯劍氣腥，隔竹猿窺箭瘢滿。旄頭星落白虎傾，亘亘宇宙當銷兵。海濱招魯豈同調，午日弔屈斯平生。於虖男兒生爲寃禽死作佛，生憶名山死歸骨。天都成雲盪胸熱，上升爲星下作石。枯殘姓氏何足惜，自與此山同始卒。

贈邵進士晋涵八十韻

伊余少遭疾，廓焉昧趨承。聞言善可師，百里欣擔簦。夫子導前路，笥河先生。 餞翅摩秋鷹。陳編始相習，衆義恣轢輘。迷津不逢沮，浩海愁難溯。夫子謂我言，師友善者登。予時學括囊，賢勸惡則懲。所欣君子交，循階竟堪升。窮冬遇霜雪，百物志已凝。君乎遽唯唯，賤子慚儚儚。專家愧墨守，昧理咨疑丞。沿流築卑堤，引梯導初層。譚言偶微中，譬若矢射弸。貫珠何纍纍，古義若引繩。頗感四座中，百問亦百應。我懷其如何，易炭更置冰。自從熹平來，經史毒霧蒸。新蕪暨陳莽，誰薙千畝艿。鄒愚竟鬨魯，薛耻欲長滕。秦氛更臨晋，宋虐竟用鄫。推之興廢源，楚失齊亦曾。觚亡不存醴，鼎廢空留脅。尋源昧先河，識小矜于登。堆匈富陳言，得一即自矜。爲儒競綿蕞，守官昧殽蒸。不審涓滴微，遽謂滄溟增。如聽十五絃，小絶由大柂。殊軌偶相值，遭此震電馮。嗟嗟百年餘，其道若土崩。列宿争天躔，蟲飛更瞢瞢。餘姚暨四明，月晦置一燈。作論偶抵捂，歷今無殊稱。志乖理則合，千穗彙一塍。後來羣師儒，巵言競鈔謄。私爲一家說，遑辯淄與澠。宗規既守株，勦義若裂繒。不逢朱絃彈，瓦鼓還鼟鼟。逮今遇吾子，匪伊異人勝。乾坤師儒席，位置理亦應。憶予甫成童，授書契顔曾。平生師友誼，誨語常兢兢。因端更推委，所苦常無徵。如星列諸説，誰作旭日昇。惟兹兩夫子，平時亟聲偁。欲恃意氣隆，作論擬闢僧。蘆蒲及菰蔣，妒此獨角菱。終嫌毅力薄，十載少所憑。抑聞爲山卑，道在如月恒。寒蟲哂陽雁，晦羽悲群蠅。啾啾覩百鳥，斥此垂天鵬。君子審所自，不懼世俗憎。岱宗從東來，群山失崚嶒。途長有如年，詎敢跬步麦。我懷一篵土，欲補邱與陵。使彼後世言，淮水支分淩。逢君記前時，退若無一能。汪汪千頃波，久之不改澄。人言大羅天，羨子健筆淩。君時一回首，引領瞻觚稜。回帆擬著書，鈔殘剡谿藤。枝條千百年，貫之以巨絙。有時一傾吐，譬若火上騰。童牯競癡黠，俱欲麾以肱。聞言舌不下，几在詎敢憑。回知誘誠善，連少間可乘。謂宜藏名山，後有作者興。我欲書緒言，愧乏一束綾。不然别君時，置之在行縢。蓁蕪日以深，見此觸石鯪。炎飈日以酷，見此鳴秋蠅。風裁此吾師，敢云誼則朋。相期事黽勉，道統開雲仍。我觀古師儒，好修嘗受礽。後來咸醜正，規員競磨稜。含沙既沉骨，切膚詎知癥。引獸俾決籬，貪魚致亡罾。終當憂迷途，曷不大道陞。我欲家置喙，苦懷誰共惾。一綫苟有在，誓當廓之宏。君子有贈言，鄙人謹服膺。

次韻

邵晉涵

亶安月在塞，辰輪三角承。我初來姑孰，夜解雙繘甇。是時月生霸，霜氣摶翬鷹。見君廣座中，風轟嶒車輘。詞源沛溟漲，泭却海可淜。探懷出歌詩，古樂三階登。用陔棧以間，克壯鼓得懲。異才獨挺出，軒鶴從朝升。因緣比舍居，朽蓍占合凝。予方病呰窳，旅魄愁儚儚。縱有鏗鋐音，不得喧韡烝。君持五色筆，解贈三花層。引綸貫史事，往若矢決硼。纆徽準經義，古訓相糾繩。聞言自跡屑，瞪目不敢譍。徐觀謙謙懷，舒卷一幅冰。矯然秀楚質，不遺薪與蒸。吁嗟瓜園後，大道埋榛艿。火燎勢中裂，川沸氣上滕。淹中述游夏，棘下保杞鄫。枕膝授荄滋，秘義得未曾。栗階不涖事，誰辯葅醢胥。張圖昧東西，木豆雜瓦登。秦延廣師説，煩言亦可矜。敷陳若稽古，志豈邀祠烝。高密彙羣言，屹若堂墻增。中聲定律吕，候氣得互絚。誰傳聖證論，異議相削凴。清言繼飈起，防涘俄騫崩。冥心從臆決，蠹語終瞢瞢。蠓老自纏繭，蛾昧欲撲燈。班生譏禄利，揚子嗤名稱。變本彌加厲，一決頹溝塍。陳言强皮傅，百手争鈔謄。汲古資深源，曷不泝淮澠。飤必戎菽稷，寒賴裘葛繒。六經出土苴，絲竹綿清罄。百心挽之東，獨力健者勝。束身紘誦間，撝折理亦應。逡蹮正昧朔，圭槷傳高曾。旦亡利牿脱，夕愓懷冰兢。不逢澹雅才，微言誰與徵。閶闔春風來，朝日丹霞昇。江南山水窟，烟蘿被盤俑。青山破風雨，暝色延枯僧。西峯屬東阜，分簇尖尖菱。跣足踏流泉，蟠木曲作凴。繽窮蹊轉仄，石仆徑絶恒。長松落鳥嗉，草潔無棲蠅。援樛跨長脊，巨翅拔海鵬。歸攜素石一，獨愛人所憎。去作黄山遊，氣欲超崚嶒。黑雲壓素練，深澗一木麦。山花大如拱，俯引松拔陵。縣霤穿青崖，别竇通陰淩。躩空隻手易，縋險一躍能。夕陽開天都，灝氣浮蒼澄。諸峯梳合沓，爬剔瘦骨凌。别尋蓮華邃，華應峭出稜。骹枝下勾曲，絆足疑藟藤。急雨侵回巒，瀑卷版斷絚。沿溝下雲谷，迅甚快馬騰。悔不老巖岫，枕石拳其肱。逝將遊十嶽，志在力可凴。知君兼人勇，果決超先乘。願以嗜學心，望古逌然興。與君結綢繆，投紵報以綾。今君賦歸省，殘暑收絲縢。吟篇溢篋衍，光彩輝文鯪。江蘆繞紅芰，岸柳嘶涼蠬。秋風已可懷，矧此别友朋。川衢慎起居，執袪語頻仍。恭聞悊人言，好學爲祉礽。山川豈云遠，吴越一葉棱。伊余疏檢律，結體多疢瘮。遺文思網羅，槮漏張缺罾。期子事箴規，引我從善陞。在遠誼日篤，内鑒同祇倰。泰岑積土埤，基肇業自宏。物恒垂典訓，君其縷厥膺。

十九日遊齊山偕同幕諸子

吴生頭蓬髮偏寡，五旬一出如奔馬。厭煩不隨朱履客，逸興早弄僊壇瓦。東郊堤長竟三里，列騎傳餐走其下。須臾合隊簫鼓鳴，濃緑山光浄郊野。群公翩翩盛裙屐，賤子悠悠愧都雅。青山正銜郭三面，當杯不言我心寫。半坡盡隨巒氣入，高閣總與湖雲瀉。沿谿草暖屐齒回，出屋花濃袖香惹。茶杯當窗客思静，我行看山願求假。捫碑自同蟻升木，伏險人驚鼠憑社。愛山山亦識真意，合影回光向松榎。山僧勸客顧不停，獨木瓢傾復難捨。瞻西白日忽不駐，古栢含蒼谷流赭。歸路誰憐匹馬遲，一堤楊柳風瀟灑。

遊九華止一宿菴

西沛百里江，東照十里郭。巖光溢郊野，黛色轉澗壑。侵暝走山店，馬首青欲落。羣峯勢中斷，深竹補翠幙。石頂一寸光，離雲自噴薄。愁霖甫歸澗，山月已在閣。草香問鳴蟲，松聲契歸鶴。心期東走岱，誓欲南赴霍。愁無裹糧具，十載空宿諾。玆山暨黄海，數郡秀盤錯。對此石骨遒，危峯憶蓮鍔。歡游念旬日，久與猿狖搏。孤筇半生事，甯勞四禪縛。齋遲殿前磬，暝戛巖際鐸。撫枕不得眠，雷聲殷遥崿。

自一宿菴至中峯

疎鐘動蘭若，日華在朱樓。眷言視吾徒，明發不與儔。出屋始見山，啓户礙碧流。延緣上層阿，竹密阻且修。甯知高峯雲，出處尚未謀。回瞻及林泉，一一金碧稠。居人香火心，列屋無平疇。雲仍五百家，晨鐘炊烟浮。朝餐欸伊蒲，一飽未易酬。五月山氣涼，江聲拍林陬。誰能持回光，照此絶壑舟。僧卧不復言，長廊繪滄洲。

天臺

中峯抗佛殿，累累數百級。人攀鐵鑠竟，千尺復起立。飛泉走巖竇，龍卧未敢汲。初程事牽衣，猿猱步難入。同儕去百步，顧視不可集。履石石欲下，奔瀑勢踵及。勞生幸出險，且復眺原隰。人言天都雲，百里光可吸。支笻暫思憩，復與孤僧揖。山月出白扉，盤飧幸粗給。僧雞資半被，骨冷起膚粒。林深巖氣重，蒸此簷宇濕。空山五月中，水寒蟲尚蟄。挑燈夜難寐，窗户坐補葺。間鐘百年心，披衣出遊急。

東巖

拔勢飛鳥外，形奇覆樽罍。肩輿折層梯，客到花亦開。僧房壁流泉，石屋架古梅。回瞻百尺餘，乃動隱隱雷。諸峯漸沉西，巖雲怒飛回。一洞不獲升，千佛合講臺。山僧諷餘經，流霞燭深杯。驚看爆竹光，百丈飛紙灰。巖花與之俱，飄飄蕩林隈。餘景綴北窗，激電復苦催。即欲東下險，看雲尚徘徊。間蹤倘能留，把卷親石苔。

九華道中

近郭郭亦青，山光雨難晦。征衣山翠厚，顏色飛鳥愛。肩輿入深林，餘陽復曖曖。炎天異昏霽，高阜互向背。升中忌前顧，折級戒勇退。行李復載途，勞勞感負戴。平生夢五杈，十載始晤對。偶與閒僧俱，孤吟出流輩。

半畝

半畝園前松竹虛，憶從江上慰離居。僊人閣冷棲靈鵲，遠道書來落蠹魚。卧病九秋勞問字，薰香三座惜牽裾。窗深不貯能言鳥，枉自傳牋及小胥。

曉泊當塗

曉色入深港，停橈問古原。人稀楊柳密，郵僻鸛鵝喧。不雨思祈社，無年學灌園。朝歌爾何意，隱隱度崇垣。

塗行遇雨因止白馬山

不信龍山雨，還隨轍跡東。怒雷奔白馬，急景亂殘虹。天意成嘉穀，農心契晚風。匆匆駐征騎，與飯芰荷中。

八月十四夜病起看月寄趙大懷玉及里中諸子

憶從出谷攀楊柳，匹馬西行渡江口。半月羈人白板扉，三年作客黄藤酒。凉秋八月庭草荒，山月照面凝頹黄。堂深咫尺不敢過，時復蒼鼠窺長廊。客有吹簫間擊鼓，中座聽歌氣如虎。紅燭如山月不流，花枝照眼方亭午。夫君自昔擅佳名，謝家賓從羣有聲。暖風遂起蕭王里，夜火人歸泰伯城。城頭戍鼓催殘漏，漏盡還應續清晝。置酒堂前縱客譁，題詩扇底矜篇秀。五夜江聲擾客眠，鳥啼歸夢自年年。途窮久遭鬼數齒，室静那得狐憑肩。西鄰刻燭嫌宵短，我惜寒蟾夜行緩。千里誰回落月光，一壺且遣深杯滿。

中秋病甚偕黄二景仁飲

白駒抵隙先回戈，蝦蟇食影騰巖阿。銀輪椓斧聲未絶，破碎光欲含山河。星衢無雲極韜采，列闕四遣新霜磨。人間華燭不留影，天户乃輸金作波。餘光延緣照深室，顧視清切捐煩苛。巡檐乾鵲噪空闊，挂壁葛蔓纏交柯。頽山忽落一片影，絡緯滿樹秋聲多。檀槽柏板夜不足，啓户誰聽勞人歌。金陵酒逋重山積，兩歲過訪頻遭訶。揭來江北復逾月，寒鳥徙木蟲離窠。承君攜壺尉離疾，飲即不醉心先荷。挑燈對君飲君酒，酒半惜我遭沉痾。人生少年不足慮，遠夢幾夕勞穿梭。長歌聲煩短歌促，對影起復三摩挲。江頭銀浪飛昨夜，信使咫尺愁難過。高堂加餐問未得，不寐輾轉遑知佗。感君興發猶吟哦，新詩百篇韵不譌。東方欲明奈爾何，努力且試金叵羅。

十六夜獨坐

我胡不樂入復出，無酒空辜少年日。張燈博塞無一錢，日入祇聽江聲眠。狂蹤還憐舊濡首，十年萬事無不有。自謂聞歌已後時，誰憐不飲過重九。中座倉遑竄朱履，客不逢時同鵲起。遠道懷人索鯉魚，經旬多病餐荆杞。歌聲不長客不豪，東面月出墻頭高。巡檐幾雙白蝙蝠，照眼尺五黄蓬蒿。於虖歌成客何悄，月入空林照歸鳥。夜火城頭戍鼓鳴，寒潮江北行人少。須臾起舞光娑娑，百年此夕當奈何。人生會見金樽滿，只憶中年哀樂多。

江上寄遠

苦憶澄江赤鯉魚，北風吹浪夜徐徐。驚秋簾外覘辰角，惜别河梁指斗車。天遠幾州樓堞見，潮荒千畝荻蘆虚。愁心黄鞠籬前酒，不爲征人致蟹胥。

出郭園亭數畝寬，芙蓉照水若爲看。檐虚鐵馬當風檻，淚爲銅人卸露盤。飄泊梗思齊土偶，蒼皇橘化楚枝官。心知未卜瓊瑰夢，幾日堂前減客餐。

登八卦城樓懷古

海客秋驚病眼蘇，江城西上眺平蕪。頻年蘆荻生高壘，往日旌旗入小孤。天險幾曾供飲馬，山形依舊繞飛烏。遺文蛇鳥誰相識，落日征人按昔圖。

登大觀亭憶蔣大肇新

北斗照大江，江回斗杓轉。蒼蒼沙岸净，落落長雲展。海客驚氣秋，疏簾夜難卷。懷哉念羈躅，渺矣良會鮮。離居隔年月，吾黨念狂狷。飲水共一江，誰知道途舛。君愁鄉曲譽，我愧賓座選。千里對客燈，寒光耿苔蘚。華年事文史，獨處非所善。風潮警靈烏，夜柝吠邨犬。何當山月輝，懷人淚初泫。

安慶清水塘弔余忠宣

野人告我清水塘，曰莫塘邊屢回步。雉堞丹樓不見人，坊祠碧瓦同寒戍。殘碑無文首函鐵，傳有中書舊時血。報道潮聲入小孤，靈風夜火紅旗掣。烏虖江潮翻黄海潮紫，海上琴隨伯牙死。泰不華姓伯牙吾台氏，家僮抱琴從死。愛子同歸北闕魂，老臣尚曳東華履。當日承明踵後塵，和州遷謫感羈臣。崇碑欲紀先朝烈，簪筆誰歸後死人。

自集賢里至大龍山寄别邵五晋涵

集賢里中何所俟，忽憶吟聲越都市。秋光照眼炫客行，驚馬欲墮寒塘水。大龍山高不出雲，小龍山北侵斜曛。人生道路不成别，明日饑寒解念君。

舒城九日贈黄大

少賤猶能役，親衰不近名。避人來九日，爲客起新正。土俗寒偏壽，天心雨亦晴。無嗟村落酒，一醉感秋情。

題練潭館秋月樓

野鷹圍場徑十里，野鷹落處飛樓起。長川如練不能回，動送征帆越江汜。臨波館前行客集，嘶馬渡波人尚立。樓高擬眺月初升，幽輝正與斜陽及。

歸燕曲

浮雲急景須臾變，江水南頭送歸燕。燕燕辭家北向飛，客行猶是滯征衣。幸全毛羽非人力，得傍闗山便息機。飛飛訴客飄零苦，近海樓臺三易主。御史空堂夜鵲棲，將軍大樹樵人斧。重來空館雨廉纖，子弟江南白髮添。尋徧念橋歌舞地，幾家恩重爲開簾。開簾入慢誰相識，莫更凄凉說寒食。黃土成雲葬美人，青袍似草憐孤客。感今歎息重依依，舊侶梁園亦半非。尋常歌館侵花館，落日簾衣間舞衣。當時相見張公子，自謂平生總如此。百徧懽呼射獵場，崇朝走馬城西市。重門六月降嚴霜，鬼瞰空庭鼠嘯牀。輸他野雀全冰雪，記否征鴻有稻粱。一年一度還相見，顧影梁間自生羨。詎料悲秋識者稀，傷心久客逢人賤。聚散無端感昔緣，短書憔悴倩誰傳。應知桃梗流無定，海外相逢更黯然。

臯陶祠三十韻

黃屋衣裳古，朱軒日月中。九共誰第一，四岳譽僉同。大澤思神降，元臣翊運隆。陳謨歸至道，弼教本和衷。職亦勤虛聽，心期闢聖聰。曰稽符二典，欽若佐司空。永執刑無赦，羣推法至公。瘖丞初立禁，瞽瞍願持躬。瓜削看孤立，蠡強敢内訌。兩朝天屢薦，三殺帝無功。父子訏謨合，君臣精一通。神方歆石紐，禪已謝諸馮。雲鳥搜官紀，山龍仰法宫。趨庭原震肅，網俗自恢洪。唐傳留吁咈，羲篇續旅豐。勳將十世宥，律本累朝崇。六蓼亡何忽，蕭曹創豈工。遂令常叙失，已見簿書叢。漢典頻傳赦，流民屢致恫。以威能克愛，惟獄始興戎。世系差偃李，家聲混伯蟲。甄衰封未續，布起跡猶雄。禮樂雲孫守，墳祠木德終。荒原餘廟貌，古壁繪青紅。揖讓熊羆虎，森嚴松栢桐。訛方夔一足，業比舜重瞳。歷殿思成績，瞻筵沐古風。居人留宿火，行客薦新醴。氣已殊光嶽，聲還振瞶聾。徘徊有餘歎，五百見知窮。

六舒道中懷古

駐馬誰傳英布鄉，連雲古冢接層岡。將軍下策虛歸魄，亭長高臺早進觴。三户遺民悲義帝，中原羣盜竊真王。時危莫自矜皮骨，隆準相看只據牀。儒學東岡舊傳有九江王英布墓。按《漢書》，英布死鄱陽茲鄉。《史記正義》曰：布墓在鄱陽縣北百二十五里十三步，則不在此明矣。暇閲州志，英山復有布墓，蓋好古者爲之也。志載有樊噲墓，亦非。

移家豐沛識真龍，龍起先看荷盾從。禮樂悔令元子嗣，河山初改仲甄封。興王恩怨餘羹頡，土俗謳吟尺布縫。猶有藻蘋堪薦處，荒岡車馬自從容。

胡廉使季堂貤封兄嫂詩

皇帝御宇叶睿圖，孝治天下光風敷。慈甯壽考依古無，聖德及嶽嵩山呼。乾闓坤圛歌載塗，軥軥殸殸仰聖模。臣職欽恤臣官吴，沐浴頓首陳烏烏。帝曰俞哉倫紀扶，父官宗伯臣幼孤。三兄兩嫂逝忽諸，臣孤無兄嫂是餔。四齡鞠育難未紓，狐來跳梁鬼嘯除。嫂前勸之讀父書，蒲筵在南服北酴。一束五兩早夜儲，臣宗無人日荒蕪。新鬼故鬼小大殊，妥以松柏規以憮。猿鳴三聲淚俱枯，曾言事翁未事姑。饘酏酒醴黍稷稌，茅萑薜蕭轝莧蒲。璧畫溷浴兼庖厨，暢臼以椈杵以梧。十黍爲纍十纍銖，内則瑣息晨夕需。其甘如薺詎苦荼，百年女史乏董狐。彤管有煒思賢姝，伊前得姓早嬪胡。中道奄忽天無辜，卅年守節節不污。予手拮据口卒瘏，憂能傷人恤恤乎。貞魄渺矣六載徂，臣有身體有髮膚。臣不報德臣愧孥，粤稽在昔禮守株。不撫不問行路如，爲位而哭君子儒。罷舉制服真吾徒，以德報德始合符。恭逢錫典慶有孚，赫赫奕奕光泉途。榮以翟茀佐以襦，臣嫂瞑目臣心舒。臣官外臺奉職踈，蒙帝錫類報厥初。王言如綸金石模，臣職三復皋陶謨。

贈湯大令大奎即題吟秋圖卷子

使君四十年正强，六年令尹官大梁。哦詩先按舞文弊，折獄早擅譚經長。吟聲滿堂意超忽，小吏抄詩腕幾脱。忽然好句落袖間，猶飽羊脾口流沫。圖中使君詩思揚，杲杲白日明秋陽。寒蟬抱枝思同永，獨鶴咽露聲俱凉。長身修髯美無度，松下非君置身處。老屋谿山北望深，柘城士女南歸慕。我謂使君德在人，滿意何不圖陽春。商聲近殺古所戒，疑似無乃傷吾民。使君軒然意殊俗，春凝于秋志初肅。詠罷寒桃露柳詩，秋光偏向衣裳緑。

雜詩

晨風集悲鳥，朝日鳴哀琴。哀琴曲難和，君子有逝心。不惜反覆彈，所悲非好音。停觴仰天歌，浮雲晝生陰。廐馬振鬣號，賓徒各沾襟。明明喬松枝，化爲枯樹林。明明朱絲絃，徽之以黄金。積思登高樓，樓高亦無見。北陸慘積陰，浮雲生四面。所思在鄉邑，何處屬吴甸？遊子忘歲時，誰知屢遷變。閒居數儔侶，詎無所深眷。我友亦不遑，仲冬在異縣。

曰余寡時慕，將子欽前修。邂逅風塵中，匪爲一世籌。壯志皎若霜，言遲睇吳鈎。垂聲結長虹，撫懷映清流。君持硜硜節，無乃兒女羞。我無區區心，何以賦遠遊。

今人匪至愚，古人匪天亶。憂思徒匆匆，胡爲損餐飯。君看西馳日，去者當復反。後有萬世來，誰云我生晚。

陽春二三月，桃李當華滋。離居撫然悲，何以處盛時。衆芳各爭妍，前路安可知？諒非殊尤質，造物甯獨私。回飈集空房，中有憔悴姿。盛年不自惜，日暮將何之。

昔余慕清華，未嘗廢奔走。聞言京雒客，年命亦有偶。一自罹風塵，棲棲笑生畝。致身苦未遂，預恐成老醜。落日窮巷中，流光照虛牖。持編映簷隙，妻孥哂其後。朝虀不盈餐，夕枕詎貼首。苦覓後世名，其人骨先朽。

讀宋寶祐四年進士録作 丁亥年，在崑山徐秀才克莊家見之。

徐生手攜一幅紙，遠望字色昏如夢。爲言上有信國名，指畫摩挲出鸞鳳。淳熙以後西日淹，得士乃復如吳濳。百身欲贖汪制置，一語可羞留夢炎。公時策名數尤異，落筆居然有天意。已辦厓山後死臣，趙家塊肉初投地。祖宗當日稱得人，五色雲見尤非真。史家謅謬固不改，坐使咎祲誣名臣。公名首傳集英殿，玉晳豐姿衆尤羨。蛟螭誰幸踵後塵，姓氏皆能以公見。名傳不亡紙不亡，至寶示世無珍藏。轉憐易置匪偶爾，自天題處猶含霜。陵谷滄桑代皆有，黄冠更夢傳龍首。二十餘年世事非，一名天地甯相負。

白髮簾前舊考官，慶元歸去亦泥蟠。江南求士無人薦，不愧門生傳裏看。

附鮚軒詩卷第四

長淮清潁集（壬辰、己巳）

自淠水入淮半日至潁口

淠水流不歸，長淮極天静。我行發舒六，十月至清潁。潁尾清我心，潁歌行復警。嚴霜岸頭重，積勢落頹井。古樹啼鵂鶹，聞聲不知影。稍稍上初月，戚戚聚浮梗。曠野無人居，揚沙極千頃。中原此開闔，寥廓少翳屏。行當苦寒月，棲畝寡實潁。星辰肅中宵，行客畏短景。踟躕冰雪意，兆始心已領。百里不可休，客程同獸挺。

泊舟潁上縣見月

蒼蒼�士樹合，月出釵脚斷。古屋儼覆甑，昏帆迫頹岸。長淮影猶及，清潁波始亂。照此千里心，淒涼視星漢。寒沙聚人語，徒侶或奔竄。稍苦擊柝疲，嚴程詎更换。霜寒衣袂重，百里寡薪爨。孤客起夜吟，寒光亘幽幔。波流去不反，音響助淒惋。歌長竟誰聽，夢醒各已半。

昭靈宮祈雨詞

阜陽水國當河衝，潁汝作會淮作宗。淝茨渦泧柳滭从，六水闊絶流成壅。二水湏洞聲洶洶，導水與水合則滐。多時狂飈捲老葑，蟳曳毿尾牛身鱅。尉官鮇鮪文胥鯛，三足六眼趨獡獳。蝦須倒垂尺五濃，張鱗奮沫敢肆縱。淮神怠職耄且惷，俾鯀治水竟罔庸。祠官屢沉圭璧琮，帝怒下遣電目瞛。命截左耳投荒凶，青冥赫焉念鞠訩。割壤千里頒龍封，龍君甲族匪出尌。戴以虯角紅綃籠，前身作令儒者容。宫中九男立而廾，魚鱗著身爪縛胸。龍服被體何雍雍，髯翁守州德望顒。作碑刻石謬致恭，心知其奇不欲攻。春享秋享陳鼖鐘，瓊飱玉饔酒百甕。三歲特間一歲豵。云官敬神神惠農。沙濆滸流俱淙淙，穨猋庖霾膧雩霳。神實有術能彌縫，當年闢宮竪楔樅。越六百載猶崇墉，披圖堨來值杪興。怪事咄咄欲起訟，無何靈宮鼓逢逢。神欲索食憑里蘴，側聞灾荒懼尤兇。麥枯而腓樹乾柊，其雨其雨思靈霙。神縱有食慙礴饋，我來龍穴追龍蹤。將巫祝辭里具供，有禱而應斯真龍。

歲暮急葬歸里率俲述德抒情詩一百十韻呈大興朱學士

獨客星回紀，長歌漏轉宵。巢將辭越燕，跡本類吴藻。草木心甯死，山川境屢遥。躊躇寒暑易，承疊宿離昭。月令先嘗稻，園官已薙苃。回瞻將集霰，頗怯已涼飇。生計憑緣木，游轍諷荷蓧。未從箴君戒，先向兆人狣。惜別當兹夕，銘心匪一朝。輪還開眢爽，嶽首覩岧嶢。姓識南離曜，名隨北斗杓。無雙才已擅，第五譽尤標。早著金門籍，遂趨紫禁朝。黄鐘八風正，玉律四時調。内苑親書敕，中官屢賜餚。門聯兄弟戟，葉擅祖孫貂。職本司青瑣，班皆近碧霄。衡持分五雀，鵠設中雙雕。暫輟詞臣筆，來登使者軺。載書聯十軫，導節建重喬。首以專家學，同賡盛世韶。經猶疑漢壁，論欲出秦燒。積器歸鎔冶，儲才任琢琱。人文原冠絶，土俗懼輕爨。獨力將持鼎，中聲屢辯嚻。篇留三殿壁，禮議百庭燎。六籍資根柢，羣儒彙穆佋。叔孫終拜雅，季子願觀箾。漢運開文景，周興啓誦釗。門闌欣集胄，廟寢更懸弴。已有同聲應，咸回捷徑趫。好奇甯破冢，著論述圜橋。義切旒垂瑱，言繁袂侈綃。蟲魚猶闕畧，蝌蚪孰摩描。識字愁皆誤，遺經欲並彫。文當增枏榿，職敢獻蒟蕘。時奏刊石經。議黜孫炎鯆，功旌向栩橾。櫨梨原雜識，萊棗待精敹。洪範甯詳圉，輪人未注掣。音非離跡象，言或誤風謡。滇慎源思正，閩平寵詎邀。書亡傷木簡，韻失亂言簫。釋草偏驚蔴，持衣欲澣褕。工師難教巧，心匠盍深樵。禮曲毋嗤狗，辰嘉幸捕梟。朝因庠序重，俗恐姓名剽。志豈思求祀，功還著不祧。天從牛宿兆，川向尾閭澆。聽匪無充耳，言當置視瞭。商棲阿閣鳳，未假泮林鴞。夫子方垂矩，諸生各建幖。才原掄上下，質本辯莊佻。雝褅全蒸巌，明堂半體簝。卑心同啓牖，高會幾升庠。史筆難參夏，書篇或受鼂。何期翔鷟鸑，亦俾寓鷦鷯。卧病心難守，恒饑面苦黴。九三林即鹿，十二草衰蕭。本乏當胸鑑，甘成折足寮。程能唯粥粥，出語任嘵嘵。亦感飛而食，時還歌且謠。中江縈咫尺，南嶽望周繚。虎節愁逢魅，犀鐙或照蟂。野花顔種種，邨果實卣卣。語愧能言鵲，行遲獨足魈。賫糧惟飯朮，采藥尚名蕎。徑窄唯容屐，峯升更製鵃。屢陪登陟險，私喜勝遊鐃。駕每憐騏驥，車甯載歇獢。年光看電轉，爲客匪蘋飄。邑小絃歌古，途長旌節搖。名區饒杞梓，多士比瓊瑶。有象將趨古，無方可止囂。里流烏鰂券，鄉有墨尿驕。谷信愚公徙，山疑衆煦漂。飛蓬根豈直，佳種穗先刈。一再風初警，紛紜俗屢刁。師門雖戀棧，畏路敢揚鑣。重以高堂疾，兼之予羽譙。行將捶瘦蹇，歸即趁輕橈。去住皆承澤，裴回尚致怊。感深徒惘惘，溯别自迢迢。已卜先人壤，當還舊宅僑。蒿萊仍待剪，松栢懼先凋。痛切周虞殯，歌聞楚《大招》。冢中銘自古，曾爲先人誌墓。篋底蠹難銷。書卷終歸兆，衣裳欲設衷。移家從地歛，置塚傍湖洮。蓬室先孤范，蘭臺未受超。遺雛封始就，君子澤甯消。鎩羽猶存翮，離弦乍反弨。人爲推甲子，運或值元枵。眇矣孤生蒂，悲兹未秀苗。師恩營飲啄，色養遂簞瓢。苦志憐張逸，名篇送應劭。敢幾堂闞奥，先認樹爲柖。止目窺全乘，覃思獲數條。余懷方若戚，衆口抑何哨。總覺蜷輸捷，甯同雀競趒。夏牕横螮蝀，寒牗挂蠨蛸。永守三年艾，忘稽四月蔞。盡期心出窾，不愛斗無料。養志罍陳坎，酬思劍出襓。行須懲畫虎，歸及見迎猫。傳有膏肓守，言還肺腑要。臨流無玩水，大海願分潮。

山行

昔我不樂思幽眠，名山讀書歲月遷。明明此言挂人耳，皎日作誓心神鐫。山靈有約故不爽，春夢吹我來谿邊。名花獨憐後時至，光景已覺非新鮮。空山沉沉集往意，白日杲杲愁百年。人生買山安有日，僻壤棄處皆堪田。還思親在不克遂，欲徙雞犬來晴阡。看山一言願相約，吾誓與爾無間焉。

夾山館 明洪武中,設戍于此,以衛鳳陽。

鐵鎖亘地維,金臺固山鑰。雄瞻淮服奠,秀攬江介錯。絶險此一隅,巖形恣鑱鑿。幽扃既重置,繡壤始平拓。附蟻徑已升,棲猿樹難托。泉靈蘊真苞,澗響撼虛橐。維南峙天險,立表著神署。起脉引伏流,陰林阻炎爍。危兹谷神徙,險絶戍壘削。文成計苞桑,英謀尚依約。埋垣斷兵氣,篝火警棲鵲。遲回下平岡,暮天吹雨脚。

寄鉛山蔣編修士銓 時主揚州講席。

我年十五知讀書,廓然二十束出遊。東遊見君壁間句,一室偃卧三旬留。當時止識詩句好,欲訊君名識君少。客有傳言姓字真,生今恨不知名早。君辭承明得幾載,我復饑驅客江表。先人薄宦空數州,愛客囊傾室難飽。相知敢謂異存没,屋冷烏啼跡疑掃。門徑猶紅手植花,殯宫自緑心傷草。一生豈識劉孝標,岸然爲著廣絶交。芒鞵引入使者署,獨破世論容蕭騷。笥河先生。吾徒零落有誰語,豈意逢君復相許。病馬投閒感牧芻,哀禽入夜傷毛羽。君詩軒闔非一體,君貌蒼然具憂喜。貧賤相看總路人,途窮歸命緣知己。離堂夜半酒乍傾,我曹身世非忘情。譚深不盡百年意,努力尚期身後名。握手相知各草草,明日饑寒復難保。百計終慚奉母疏,一生忍謂依劉好。憶昨高堂念客寒,蹇驢風雪勸加餐。羊裘奚奴復付質,去冬,余急葬歸里,太夫人質羊裘贈行。雞黍拜母欣承歡。識君三代總好客,才調諸郎復超忽。有日重尋竹徑人，無情不問揚州月。兩度書來問塞鴻，故人疏節爲飄蓬。應從秋月思元度，更向青山夢謝公。

附：原贈作　蔣士銓

鐵崖樂府容齋筆，萬口爭傳洪亮吉。誰知二十五年身，一領藍衫尚垂翼。尚書五世爲清門，幾人眼識司空孫。三冬足用信天稟，四歲早孤稱稚存。訪我蕪城説經地，開閤延君感君意。衣留黄海萬峯雲，篋守冬官一篇記。新詩光怪森寒芒，萬鈞入手能挽强。月斧雲斤鏤肝腎，出入韓杜爭軒昂。卷軸填胸字難煮，學士愛才心獨苦。謂竹均先生。爲憐松栢少青邱，特贈泉刀買黄土。堯夫元振誰與儔，戴暨丁廣難復求。悠悠富貴豈足齒，寒潮欲打空城流。酒波亘亘射眸子，風雪殘年渡江始。明朝馬鬣寫新阡，别酒三巡君可起。

次　韻　彭元瑞

以硯爲田耕以筆，失得隨人歲凶吉。男兒貧賤慎所因，莫假俗流生羽翼。洪生投試欵我門，甲乙肯附榜末孫。補考例附三等，兹特置一等。手持半滅一剌字，主人罷去留書存。謂竹均前輩。使者階前幾尺地，吐盡胸中千古意。落筆根源篆籀文，滿胸堆塞嫏嬛記。哦詩作作更有芒，甯失不工句必彊。殘脂剩粉此間習，得之足令氣激昂。畫地作餅那可煮，何人下士知其苦。我嫌令甲不敢留，食汝安得乾净土。袁二標格今無儔，謂春圃。意氣鍼芥知相求。必能爲汝讀書供，此士詎比錐刀流。作詩代簡蔣夫子，介紹其間自君始。兩君不能致一客，故人可以三歎起。

次韻　錢維喬

丈夫家貧一投筆，豈曰無衣安且吉。誰能豁眼出雙丸，立使登天生八翼。故人陋巷席作門，窮經有若雒誦孫。頻年奔走挾書策，歸來寸舌誇猶存。大江左右掄才地，使者憐才發真意。中緣三徑作曹邱，各寫長歌當奏記。我昨夜見春星芒，頭顱加長學不强。東風打窗氣淅瀝，曉雹墮瓦聲低昂。故山黃獨不可煮，命託蒲颿敢言苦。亦知雞肋是人情，便得豬肝豈吾土。與君負米爲朋儔，劍氣何意識者求。人生磨礲在千古，富貴真作閒雲流。作詩西江兩才子，愛君拔君自隗始。邗溝烟水暮潮生，聽子清吟鷗鷺起。

自潁水入淮

我爲潁川謡，忽與潁尾别。君歌月暎清淮流，不識孤篷已飄雪。長淮岸頭郵樹斜，短棹繫岸驚棲鴉。可憐人鳥共淒絶，天水闊處難爲家。操舟者誰北風勁，十五吴姬寄身命。風波到眼不識愁，粧罷只照長淮鏡。

淮口阻風戲贈吴二蘭亭

同行十舟總值風，風吹一舟住南岸。草頭白浪高接天，反使鷩禽入舟竄。五更顛風吹向晨，吴子作詩寄餱人。僮饑僕瘦不敢語，賦命本薄人何憎。我舟如山集官渡，倉卒誰能更相顧。始知生也善諷嘲，昨者偶值蛟龍怒。

渡淮

長淮千里何溯洄，遠自桐栢之山來。洪纖巨細絡諸水，彙此四瀆通八垓。東南巨浸古所説，原野氣盡巖巒回。傍淮田下賦亦下，生計恃水無餘財。長年挐舟送行客，楚女擊楫中流哀。雲浮三時蚌開合，水結五色龍胚胎。陽噓陰吸有至理，水上白晝層宫開。要令幽險各有所，造物大矣何容猜。全淮得失繫吴楚，宵濟萬馬曾銜枚。王公設險古不廢，硤石置守高崔嵬。牛羊在野牧馬散，淮水蕭瑟山童峐。下流河勢苦相奪，二水若合坤輿頽。支祈力屈匪至此，河伯好事同臺駘。至人視世本一轍，險絶不異坳堂杯。朝帆開寒雨迷浦，莫雁戛水陰成堆。好風明日送舟疾，可至禹廟傾尊罍。

禹廟

禹都安邑今有墟，亦越五載來省徐。南巡重瞳兆權輿，衡嶽闊遠非人居。盦山作國淮所猪，會水爲澳戴石岨。乾坤赫焉集衣裾，帛繻黄元玉璠璵。四岳九牧行衙衙，我稽職方及州閭。九千六百數已餘，要荒胥爽感化湑。亦職玉帛同趑趄，來同翩翩合萬旟。曄若朝日輝瓊琚，明德遠矣衆所恖。《夏小正》刊月後余，實集萬國太史書。予嘉乃功有獎譽，享以崴衛以周廬。誰何牧豎矜智諝，掘强溝壑同鱻魚。終洿其邦作厲虚，汪芒大人跡迂俱。天軒地闔行步遽，帝資其血成川渠。崇崇者陵骨難舁，尼山讀書樂只且。千年能詳骨專車，博物詎止知夔魖。峨峨鼎成誰敢舉，惶惑百怪行人吁。夷堅誌之亦欷歔，白日屏息冀子瘉。侈哉黄熊三足挐，好事河伯煩吹噓。稍恥刻畫來鯨呿，男丁女壬生剋除。頹然空山夢其初，一首九尾勞卷舒。服妖德聖顔則好，留之三日非躊躇。呱呱者生實國儲，狐鳴涉波牽子袪。後此一紀能歸予，白魚身長倩懊懊。傴行而前若蘧篨，晝畀白璧夜揭橥。三來闞家俗都袪，太室即立神人胥。民顛于巢下則漁，予口卒瘏手拮据。熺熺赫赫天地爐，十日照野枯櫟樗。滔滔者流其泅諸，鰲輸其首難始紓。龍軒其頦不足屠，神知逃誅值盂涂。女媧華星綴衣袽，束縛烏脚羈蟾蜍。佐子木德相誅鉏，淮流湯湯未澱淤。台桑猥積而崎嶇，豐年厥惟黍與與。登高曠瞻懷古攄，大水作瀆小水墟。快如挈缾注泥潤，酬功欲陳水土苴，大哉非禹吾其魚！

擬唐塞下曲分賦

鐵騎三千夜不停，郵亭歷盡始邊亭。沙場明月光如雪，上馬都看大將星。

回鶻潛師夜襲唐，軍中歌舞走倉皇。健兒狎客身都死，誰向臺前辨國殤。

將軍三箭有威名，詔統偏師出右營。昨夜凱歌齊唱捷，中原萬里馬西平。
莫皷轅門尚未開，援糧三路羽書催。軍中博局休輕戲，恐有兵從地道來。
從軍十五戍三關，即次君恩重若山。昨日使回同寄語，寒閨不許盼生還。
射獵原南久不歸，邊城昨夜有霜飛。微寒索取狐裘著，一半征人未授衣。
戰皷沉沉戰卒傷，營門羯皷更催觴。三更宴罷餘粱肉，反使烏鳶食國殤。
屯田詔下少人家，白骨皚皚萬里沙。誰遣春風過塞北，十年戰地盡桑麻。
射虎翩翩右北平，生來李廣殉功名。將軍廟食征人喜，躍馬原頭伺賊兵。
玉門關外曉霜寒，白草黄沙路鬱盤。有詔征人齊解甲，狼山秪取地圖看。

陳生漢暘自楚南歸以卧雲仙子圖索題

陳生昨來客北衙，楚語對客常嗟呀。飄然六合無室家，遠夢忽幻雲爲車。顔枯想寂夢則賒，白晝數死窮幽遐。瀟湘沉沉月交加，十年夢斷楚水涯。愛而不見古所嗟，繪爾靈匹餐朝霞。按圖以索願恐奢，洛妃楚女來些些。美人南國訟鼠牙，誰爲閒情璧微瑕。歌詩一篇須拜嘉，彤管有煒詩無邪。

全椒宿江氏園亭

到來芳草莫，梁燕語前期。朱門風雨黯，南樓晦朔移。甯知遥夜酒，復此酌前墀。蠟淚紅暉永，芳尊緑意離。塵封夢猶澀，波響意如疑。莫下聞歌淚，吾生亦已疲。

署齋東鄰

夜長漫漫星爛爛，老嫗哭子常及旦。尋聲隔竹慘不窮，原野蕭條若絲散。喉枯入夜不得高，對此三夕爲憂焦。哀音慘埋壁間火，尸氣亂薄墻頭蒿。我行齋居理不怵，亦覺陰森動心魄。城頭鼓罷荒雞鳴，荒翳還遲日東出。嗚呼哀樂理本均，安得對此無酸辛。編書堆案勿復陳，東壁倒置新死人。

遊醉翁亭

一成坯，再成英，一再曲折山以名。注川曰谿，注谿曰谷，谿行谷行水聲複。藍輿背山始入山，水聲已往何時還。未登醉翁亭，先繙醉翁操，山禽飛還水禽噪。言尋醉翁石，更誦醉翁文。醉翁賓客不可見，山石欲雨谿生雲。咄哉文字亦有靈，能使此山此水無餘情。我觀翁時植梅喜且驚，猶復夭矯屈曲如龍形。春風蕭蕭壁間琴，脱千百載無知音。吾知山悽欲謝巖桂色，水咽復斷蛟龍吟。醉翁琴，琴喑喑，乃知醉翁待我成古今。我歌一篇翁賞心，滁山高絶滁水深。

贈吴秀才蘭亭

吴興四十無良朋，讀書千卷羞名倆。上官知名詢邑宰，一語偶及先生憎。霅谿谿頭尺深水，忽然長羞别妻子。把書數篦躬苦辛，低頭作客事世人。世人聞言共相侮，先生于俗未言苦。求友三時感寂寥，縱譚一夕窮今古。衙齋日出多晏眠，先生著屐哦詩箋。人歌匏材與爲隱，我誦葛屨箴其偏。歷陽南來共旬日，數見明珠筆端出。私門總欲輕腐儒，公論誰能賤經術。先生雖偏意豁如，前路謂我休躊躇。眉低於身何日舒，努力得閒還著書。

黄大景仁過訪作

十日不束帶，束帶爲故人。艾家橋下騎馬别，過眼已覺無餘春。男兒在世空作客，把臂兀兀羞儒巾。我爲書記纔一月，已被青霜減顔色。興來解髮還讀書，肯學兒童事修飾，朱門沉沉酒肉堆，枉殺落花埋古苔。墻邊靈轍三日餓，一語不出防嗟來。君知我愁憐我病，走語倉皇不能竟。雀鼠山花本合巢，蠐螬井李還同命。長安少年君弗嗔，一生富貴能幾旬？看雲已見白日昃，照鏡自覺朱顔新。江東風光復遲遲，江東櫻筍行可思。吾徒行樂有終始，莫恨不及春風時。春風春草梁園改，全盛應貽後時悔。勸客休嫌夜漏遲，埋君尚有青山在。緑鬢婆娑照眼明，花枝須看酒須傾。杜陵忘情任榮辱，李白與爾同死生。送君歸，視君影，烏帽欹斜玉鞭整。客裏爲歡事莫遲，高堂白髮行應省。我客南州無世名，故園有夢且歸耕。男兒終自戀知己，手把君詩縱復横。

甯國使院望敬亭山

曩遊不可追，玆山亦秋雨。郡城復蕭瑟，悽碧照簷宇。理賞感鬱陶，塵遊詎矜詡。萋萋值時卉，晰晰警羈羽。久客中路違，懷人獨行踽。微衷匪無願，緬此前悊矩。登陟理有窮，淹留念誰取。歡塵既星散，愁蹤匪蘋聚。朝吟眺孤雲，暮烟瞻斷縷。徙倚佇後來，孤懷酌郫醽。

題南樓

東山罷絲竹，南樓起文讌。風雅嗣哲孫，謳吟滿芳甸。郡齋固清暇，相賞有羣彥。守寂境已淹，忘遊跡欣便。陰陰藤蔓阻，鬱鬱芳杜薦。香草彌可思，賢蹤苦成羨。淹留文酒會，幾微哲人見。存没感世殊，陰暉識朝變。心空山水性，神驚去來電。風櫺散秋光，踈英落成片。誰能知傷心，更殘入簾燕。

欲至北樓不果兼憶黄二

謝公樓上月，復此愁中敞。春蟾已抱肩，秋輝復盈掌。層城倚危構，聳嶂結幽幌。露檻夕已迷，風軒杳難上。非無千載慕，後至已惝怳。絃踈調疑沉，屏虚夢成曩。移輝識前影，吹塵續餘想。松竹一徑深，烟泉四時賞。徒勞企英躅，復此念吾黨。幽區既神契，靈蹤亦虚往。

自涇縣至旌德道中作

井隘山左旋，鬼門日西伏。犇壑無徑波，危途有欹軸。緣邪枉矢注，蹈險脱輿腹。草暗夕已成，雲荒渺難宿。前暉尚傾樹，後響忽犇谷。車馬此寂喧，山花厭更僕。清笳發山半，戍火候茅屋。曩逢春雨深，茲來夜程蹙。悽泉墮山果，驚羽集巖竹。履坦亦有期，遵途愧難速。

度翬嶺

西陸謝日威，南行厚坤軸。積勢亦有基，尋蹤戒沿麓。人隨候蟲至，氣與秋澗肅。寒暑理不岐，奔馳念常速。華心入秋陽，慘序臨晦谷。炎衰委時卉，露瀋逗巖馥。以此持贈心，傷茲遠遊目。黟峯阻中眺，歙嶺斷平陸。迅羽祗弱飛，棲猿訝卑宿。雲迷去峯迴，翠阻來岫複。履盛跡已虞，升中勢猶蓄。頹光尚緣徑，縣響匪習木。蒼然見山城，藍輿下巖腹。

題錢文敏墨竹

琅玕之竹三尺長，繪圖蕭蕭天雨霜。秋官下筆真宰泣，刻削幸有生機藏。半幅陰雲互回合，半幅長風振閶闔。老蛟玉骨本凝重，怪龍三須倒生頰。筆端夭矯不自持，入夜細響生折枝。我時相思每一訪，屋北卷簾欣見之。蕭齋索句題公畫，我已題詩壁間挂。我詩公畫俱憔悴，腹痛思公昔年話。於虖蓺事非足稱，公也累累垂英聲。平時儒者負經濟，上馬殺賊來邊城。邊城坱莽尤無極，成功繪圖呈帝側。三時既見獄訟平，旬日更致苗民格。男兒功成氣軒豁，顧盼萬里流華日。歸鞍兀兀賦新詩，襟袖翩翩蘊奇術。十年瓜削據法堂，郎吏屏息趨公旁。西臺赦下額手慶，始知公力回穹蒼。公恩於人若山重，章疏流傳入歌誦。栢棟深憐一世才，鳳麟未竟平生用。得公粉本猶可誇，憶昨御題金盞花。雲霄天語偶惆悵，水墨拂拭生光華。我觀公畫頻回首，愛士如公復何有。君不見，渭濱千畝富奇材，尺寸恨不成公手。

登郡齋南樓懷黄二景仁作　分韻得覽字。

如何久行役，值此時序慘。寒雨亦凄其，山城復昏闇。窗虚頹宿列，樓高夜潮撼。歡緒悵景淹，華年怯波閃。非無懷哉志，念子猶未敢。憶昨江上亭，徘徊袪重摻。徒深三載約，撫志驚冉冉。迢遥别鄉國，抑鬱避讒諂。秋至候雁鳴，隆冬雪霜糝。百物皆懷居，勞人自御感。雖餘文史富，心跡倦披覽。獨客途路艱，獨愁衣帶減。我行仲冬月，别子執鉛槧。千里何蕭條，平原極葭菼。狂飆振肌骨，凛冽清曉犯。身謀既難遂，榮名亦俱澹。君如念朋儕，清修以爲範。久矣君子心，臨風獨流睠。

歲暮歸里别沈太守業富李大令廷颺

陽冰篆當籥，容齋帖姑孰。是州山水鄉，往事賢哲牧。幽坰繫華組，元林暎丹轂。秋雨鶴抱關，春喧吏持牘。微吟或緣樹，靈響尚傾谷。遥余憶前徽，惟君繼英躅。遂追物外賞，屢念塵中築。游聲固淹雅，勝景本殊俗。始節餌柏松，初心喻麋鹿。頻留迹成戀，欲去情匪速。偶作勝地謡，瑶華悵誰續。

臨發沈生在廷以詩贈行賦此志別

歲既不我與，明當復遄征。浮雲欲何之，且指東南程。倏忽三載淹，遲回念前盟。矯首桓公臺，引領眺北城。野景肅以凄，四序各告成。嗟哉游子心，愧匆同蚩氓。即欲從此辭，感子送意誠。吾曹勤讀書，亦猶農之耕。復恐耒耜銛，損此草木萌。陰陽蓄諸土，昌櫪理則榮。臨別贈一篇，子以貽友生。

寄汪孝廉端光

我昔約遊湖上山，值君此時復不閒。采菱雙槳送君返，裊裊碧波紅日晚。回船欲向湖頭居，得錢日買湖上魚。嘉興白酒亦供醉，興至懶曳侯門裾。踟躕此意何可得，我奉親言始爲客。寥廓君饒芋栗田，風塵我祗蓬蒿宅。我慚短翮常失羣，別袂與君不忍分。君歸我復不歸去，去訪橋南揚子雲。謂楊秀才芳燦。

立春日

頻悲寒序促，那復值兹辰。人意憐遲日，吾生重早春。川原看氣始，草木辨根陳。白髮還多病，踟躕强飯身。

江陰遇邵大辰焕

念與酒徒别，勞勞車馬間。風塵嗟鬢短，夙昔夢身閒。我意賤投閣，君才學閉關。從兹著書急，無復出名山。

題朱子久邨居圖

君家山田圍緑池，蹲鴟千畝富不訾。夕陽野影散籬落，細細却受東風吹。君家牧牛奴，不識後與前。牛奔十里或五里，尋著只在君家田。緑池水澆紅芙蕖，緑池水生紅鯉魚。池邊茅屋主人出，短褐暇日周田廬。君踰千億猶能儉，我得百錢應自斂。雖分菽麥未云智，得食糠粃亦嫌忝。憶昨嚴寒久絶薪，長饑高卧門常掩。祇令妻子識厨荒，不使高堂知歲歉。君儲千斛欲相贈，恐我貧來益持檢。寒窗聊復手君圖，坐對水田波瀲瀲。男兒心計亦最工，恨少黄犢趨春風。

除夕無米適族人饋薪炭至

囊空無復計饔飱，白髪相看有淚痕。漸典葛衣知歲冷，遠勞薪炭起春温。風塵多事留吟骨，涼暖關情感哲昆。慚愧饑烏隔林住，十年啼不近朱門。

附鮚軒詩卷第五

桐廬林屋集（己巳、甲午）

項生詩 生名森。

項生居雖在城邑，土室讀書常畏濕。一念癡隨蠹魚化，百歲昏同候蟲蟄。平生經籍笑充牣，妻子饑寒坐啼泣。無田耕硯亦已窮，生徒資糧復難給。鄰烏三日訝烟爨，雞犬眠階寡餘粒。風霜入屋秋已凍，窗户尚少茅萑葺。生時萬古恣冥搜，絮被中宵或僵立。著書雖自窮迹象，雅志不復工篇什。方今經學大昌盛，已闢四庫搜遺集。諸生濟濟七百輩，各付陳編日抄輯。朝廷大儒坐石渠，天下羣彥皆引汲。翁卿經樂次君禮，謂邵會元晋涵、戴孝廉震。手執專經後先入。生今著述非一家，萬象盤回互收拾。名卿知生薦將及，努力蓬窗勤講習。

廟東灾

廟東灾，戒工作也。

小兒攔街言，火雞飛上天。紅星兩丸墮，火雞復生卵。熇熇熚熚神祠火，廟令夜呼神擊我。一石水，半石泥。救火來，升天梯。縣官救火急救人，里巫救火先救神。救神遲，神臂落，剥膚之慘神所樂。前年神語致廟祝，前堂後寢匪我福，有茨有萑築茅屋。君不見，西頭之廟尚斵椽，北廟買盡城南甎。烏虖！一方甎，一尺椽，愚民姓氏寫未完，典衣三處輸神緣。

蜡祭失

蜡祭失，正淫祀也。俗尚五通，祀以爲蜡。

迎猫復迎虎，皖如太平鼓。妖巫坐堂中，八蜡變五通。迎神幡，不須長，高插燭，低插香，神居矮屋臨水旁。有時雞來啄周遭，犬來坐堂皇，兒童擲甎高過墻。巫前致詞，神自貶損人不知；福女禄女，無暇營其私。華堂五間列五筵，東西南北及屋前。拉拉雜雜鳴神絃，此樂與君同百年。百年長，一夕短。神留總角尚未綰，金爐吹灰墮銀盞。

洪源謁祖墓

五世還支子，全家問慼孫。野花生墓闕，古栢及祠門。樸塞吾宿忝，淵源系覺尊。所親欣絮語，燈火入前村。

白首吾宗叔，黄眉入室姑。未嫌新禮簡，記取舊名呼。歷寢書留几，開筵酒在壺。爲言居處僻，燒筍出山厨。

書堂三十楹，列坐盡橫經。樸學傳家久，鄉山照眼青。劈池栽石筍，裂幔出風霆。絶憶陰厓北，春濃霰亦零。

重來携弱弟，此别念衰親。山果紛相贈，谿茶采尚新。封書因問叔，勸食爲依人。儻復移家返，應知未厭貧。

發新安江

帆走百里風，收帆日初午。檣隨山翠轉，清絶數聲櫓。江蘋雖可拾，清鯽已厭數。自行新安江，罷思瀟湘浦。瞻峯百回仰，看水終日頫。舵樓起清籥，深村出漁鼓。林紅匪楓桕，草香過蘭杜。即景情已欣，思家念稍阻。崖窮樹猶複，川盡烟復補。寄語新安人，江行未爲苦。

七里瀧阻風

我行發新安，三日挂帆幅。南風吹急雨，蕭條傍東麓。東麓秖百家，舟檣共棲宿。魚蝦成小市，禽羽來棲竹。朝飲顔不歡，莫歌聲復促。遠思嚴陵隱，近憶臯羽哭。斯人既徂謝，遺者唯石屋。遥遥東西臺，樵夫自爭逐。江山感幽顯，風物互淒肅。解纜候轉風，還看去舟速。

富春郭

富春城樓樓跨橋，曉日已入錢塘潮。罟師張網集橋外，寸鯽尺鯉來迢迢。人來縣中不識塗，乘船進縣輸官租。城門朝開出鴨鳧，緑水蕩漾遊菰蒲。宰官舟船泊江口，昨日隔江迎太守。行僮烏帽倚舵樓，候吏黄須立沙阜。收帆入郭聞打衙，驚起白鷺飛蒼雅。平鋪萬瓦不得見，樓角矗處知人家。眼中楓樹十餘里，白石參差隱還起。停舟沽酒復遠行，之字江流去如駛。富春城郭天下無，富春邑宰舊識吾。作詩却寄君莫出，宰邑知君未旬日。聞邑人汪宰斯邑。

泛湖至五柳居小憩

西湖湖水清且泚，吴儂顔色湖波似。我愛回塘三百家，開門只飲西湖水。吴儂飲水復食魚，客來欲傍吴儂居。南屏山色波中緑，傍水尋山策蹇驢。

湖心亭看月偕汪大端光

汪生東來詩愈美，只惜遊山非性喜。湖心亭上三更時，一雙青瞳解看水。湖水緑欲愁，載君向西洲。扁舟來往二十里，君與明月同沉浮。

萬花樓看芙蓉

萬花樓底花無數，白玉闌干紫簾度。回塘歸燕已驚飛，卷幕輕鴻忽回顧。海棠春花不及秋，新月自遜殘時幽。簾空一畝芙蓉色，日莫疏香上曲樓。

孤　山

日日狂吟不知足，林逋祠旁一間屋。處士當時只種梅，先生去後誰栽竹。苦心傳世欲誰知，尚有横斜七字詩。千載園林休斧鑿，世人作亭同放鶴。放鶴亭側，復出一亭，頗礙觀眺。

寄楊秀才芳燦曻仲

十五二十不可當，羨君一門雙鳳皇。即看骨相已深穩，坐覺毛羽生輝光。去年前年識君再，今年看山復同載。喜君交友絶畛畦，共道狂歌越流輩。儷青妃白世亦工，眼底長句唯汪中。近删諷詠事經訓，只有黄子稱人雄。君兼二者或未暇，兀兀孤軍已方駕。龍阿出匣競鬥鋒，雷電繞身猶角射。比肩令弟真奇童，白日跳躍青兩瞳。朗吟已解獻康樂，著集那肯偷江東。檀楠杞梓期成用，造物于材自珍重。枯朽甯無入世心，干霄未識何年種。少年筆力尚排偶，前路饑寒復殊衆。著述湖山願豈償，奔馳歲月愁相送。各有慈幃白髮新，狂吟負米尚酸辛。誰回南北東西轍，見爾嶔崎歷落人。

包山寺

沿流息疲蹤，出谷轉清瞬。林長既丰容，寺古復幽鎮。延回橘柚色，凄颯松栢韻。餐翠禽鳥腴，墮紅谿澗潤。山僧移室火，行客戀香爐。止宿黍未陳，絶糧顔豈愠。金幢榻蟲篆，石級陷蟻陣。古佛驗始龕，洪鐘試初釁。僧修具清刻，禪行孰精進。拾果竹几盈，汲泉山井近。眠遲虚梵漏，寒早識霜信。明發臨孤潭，殘蟾復深印。

林屋洞

石脉引丹砂，巖形露元壤。幽奇徵道籙，惝怳絶塵賞。盤渦既深入，覆釜不獲仰。微腥怵來蹤，捫黑撼虚象。憑湍同矢注，轉徑識蛇枉。不惜口耳濡，怯此腹背響。行童持火照，驚我落千丈。萬竅争鬱盤，幽聲盪虚漿。巢温盡冬蟄，跡巨或修蟒。金庭玉柱間，風輪自森爽。昏崖通地肺，靈跡拓仙掌。至此阻屐笻，微窺見几杖。非無悠往志，轉惜牽世網。呼吸静有聲，陰陽孰能想。泥塗久昏翳，谷口始虚朗。勝景未可窮，鐫名繼疇曩。洞口有順治六年人題名。

大風自包山放舟至石公山遊畢渡湖抵莫釐峯僧寺宿

湖波連日吹黑風，雨意已在西高峯。狂蹤大笑出深洞，挂席欲至東山東。同行篙師不習船，乃以性命輕重泉。布帆三幅破兩幅，縷縷看向風中穿。石公山色落我眸，笑我咫尺何不遊。舟人苦辭日曛黑，不語携屐登沙洲。石公山居石樓末，頫視青蒼莽遼闊。扁舟徑欲乘宵去，一葉真如向風脱。虔心禮佛禱塔燈，九級照見波千層。我生譏嘲匪同調，歡喜只任同舟僧。同舟之僧來複山，半生冰雪鍊玉顔。禪心定山不定水，指顧失色狂風間。趙生新來左耳聾，目瞪不覺翻蛟龍。祇愁雪片濕衣袂，欲假酒力將寒衝。命輕舟小危一髮，港轉風收上寒月。傍山十里枯菡萏，幽境清凉照魚窟。湖山夙業尚淹留，蹤跡平生學渚鷗。兩日風狂三日醉，四更月出五更遊。

石公山

放舟來孤峯，展眺陟林杪。金鑑無陰晴，山雞昧昏曉。孤生疲竹杖，沉想入烟篠。視此一徑雲，遥遥去窮島。坤輿此微缺，石理側生巧。悟彼積勢奇，還看出林矯。危峯墮鴻翅，怒石刻鷹爪。履險跡屢傾，遵途意猶掉。莊生世緣浄，向子息機早。闢館樹橘橙，移舟販杭稻。園林尚堪宅，雞犬移自好。心賞撫碧苔，離蹤戀紅蓼。頗懷著書願，暇即事搜討。此意孰與償，名山鑒幽抱。

莫釐峯

賞心殊不偕，清晨登玆峯。晴景開遠林，嚴冬自春容。入寺尚履霜，及巓聞曉鐘。駭浪昨暮消，平波鑒千重。遥睇縹緲烟，近瞻東麓松。寓興無累懷，振跡鮮繼蹤。波平出湖田，千畝横亦縱。沙户復玆頓，茅籬間山農。詎必風土優，山水秀所鍾。頫仰六合間，頻拓萬頃胸。念隨飛鳥沉，思與湖雲濃。顧視待道流，佳景竟不從。茅齋樂羣憩，山果紛客供。稍留下蒼厓，視此玉檢封。

租舍

疏籬插棘護霜筠，租舍聊應絶市塵。稍喜歲時容坐客，未淳風俗愧居人。鄰童汲井窺南牖，老母梳頭拜北辰。粟米價騰生計少，笑看八口未憂貧。

雜詩

馬卿窮買賦，邢邵老作牋。丈夫非爲貧，肯作無用言。馬周客常何，封事草數篇。一朝天子知，不復歸窮軒。遇合固有期，賓主亦大賢。持此語世人，多謝俗子憐。

流波終無停，征禽詎知閒。欲以志念疲，矯此木石頑。夙抱一世心，壯歲復阻艱。東瞻織阿生，西征落霞殷。蹤跡千里餘，塵土犯鬢顔。我友亦告勞，去冬歸雪山。心跡各相審，勞勞寄塵寰。

憂來非區區，白日忽匿采。一葉墮素波，遥遥亦歸海。感此去志堅，驚濤庶能待。丈夫攖世務，百折不詒悔。立念非一時，沉吟自年載。瞻焉念儔侣，耕也任饑餒。屢空跡縱疲，遄征業甯怠。

陰陽迭回環，四序猶鱗差。草木各未萌，何獨苦後時。才短而志長，是用世所嗤。孤松託巖阿，成棟斧未施。結根百代前，詎炫一世姿。當其隱顯周，造物爲求知。智者尚退觀，愚者空爾疑。

前車揚薦牘，後軫載謗書。丈夫名知人，何以朝莫殊。留如握中珍，去若濁水珠。識趣固不堅，因人以步趨。掩抑達士懷，尺寸詎可拘。賢者尚復然，何況一世愚。

一裘值千金，毛羽豈足供。一食累萬錢，珍錯亦易空。履盛不自持，何以處勢窮。俗奢示之儉，即始訓有終。誰爲生民謀，一矯吴楚風。

客有雍門琴，未逢鍾期生。不審託業卑，獨欲操正聲。合樂而殊歌，哀音而激鳴。一彈賞音稀，再鼓里耳驚。持謝一世人，辛苦難自明。琴聲誠未諧，藉洗笛與箏。

古賢樂簞瓢，昔聖廉一介。信哉百世師，取與夙所戒。清修既不飭，多藏以爲快。陳平節尤累，戴聖儒復敗。人慕莊周通，吾師伯夷隘。

陽氣發不收，桃李冬猶花。窮辰雨雪稀，麥隴未出芽。側聞深村民，生計資魚蝦。何能待來春，米價已踵加。客子念歲時，顔色不復華。憂來本無方，非獨爲室家。

落葉不還樹，流波不還源。只有同袍人，千里識本根。念我蹤跡疲，問我衣裳寒。感子珍重心，昨一傾肺肝。久客頻兩眉，顔色爲不歡。冬窮春復萌，與子歸江干。

初泊揚州

作客頻爲江上行，寒城鼓角聽淒清。星躔已見妖氛歇，謠俗欣傳米價平。南下舳艫思就熟，東來盜賊敢偷生。刊谿谿畔經年住，寂寞愁聞歌舞聲。

送汪秀才中至甯波度歲兼寄馮兵備廷丞

宵從董相祠前别，酒向歐公堂上醒。南去租船愁短景，東行倚劍看疏星。眼中吾子容千輩，肘後奇書繫六經。聞説馮唐更招客，爲言王粲正飄萍。

寄大興朱學士三十韻

海内朱公叔，名篇著絶交。幾人猶按劍，俗黨異投膠。惜别旬時久，傷貧歲月淆。封書曾懇懇，待遠尚謷謷。夙者蟬無翳，兹來鵲有巢。殘編依甕牖，舊寢貼堂坳。徑喜蓬蒿隱，門從薜荔敲。經營心屢折，生計手頻抄。幕府稍陳乞，賓僚解獻嘲。信知供刻畫，誰可避喧呶。宦食嗟尤窘，儒經欲漸抛。艱難思一第，往昔夢三爻。旅館魚彈鋏，朱門肉委庖。延回凝望眼，去住憶同胞。時舍弟欲往六合。淮堰聞防汎，潢池已就勦。祇須歸耒耜，不必事鞭鞘。祝祭虚沉馬，驅鋤竟斬蛟。流民咸返室，新宅記誅茅。世總欣仁宇，吾真感樂郊。撫膺同季路，行脚類申包。客思飛蓬末，鄉心挂柳梢。住應謀粟米，行欲理芻茭。戚戚能廉蚓，依依久繫匏。錙銖甯世嗇，溝壑竟天教。運蹇鹽車驥，才輸織室鮫。賦詩憑雁鯉，懷舊詠蠨蛸。夫子勤編緝，諸生賤斗筲。更旬分薄奉，浹日厭嘉肴。宫舍梅垂蕊，寒冬竹有苞。固窮歸未得，衆口尚嘐嘐。

由江口泛舟至焦山

人言金山屋包山，焦山山高復包屋。舵樓清切望疏林，風急何容傍山麓。扁舟半日始接灘，山僧驚喜開禪關。排灘松檜一千樹，内有榴火猶含丹。此生得到清凈地，垢髮未洗停躋攀。齋厨粥飯客粗飽，石磴千級臻回環。佛樓梵塔搆雄傑，下視了了徵君壇。衆生大垢積有地，雀污不遺歸名山。對面一峯，雀嗉堆積，峯頂數尺爲白。澄心一鏡既全寂，凝眉兩株行可删。反思去水不千步，耳寂已不聞潺潺。海門初日孤照我，寒沁肌骨愁衣單。吾生窮眺衹百里，八荒縱望目力殫。譬如鷹隼視天地，力薄道遠猶知還。江流入海會有定，萍梗蹤跡苦未閒。魚鱗雲起欲飛雨，雅背風黑當狂瀾。東南一徑尚蒙密，有景不歷知緣慳。山僧約客復來此，我笑此行非可止。登舟解纜忽疾風，驚魂欲墮一江水。

冬夜不寐追念亡友率成十律其前後以死之日月詮次不繫輩行也

蔣表弟定熙

憶昨僑居久，親知冷暖殊。曾爲秦贅婿，未齒魯諸儒。公子尤憐姊，姬宗孰問姑。童烏真義重，三復贈羅襦。

董公子書圖

垂堂曾未戒，痛絶下帷生。我友能爲厲，如君尚可生。譺疑成鷺黑，冤孰辨魚頳。花院泠泠雨，猶聞唄佛聲。

潘上舍振焕

卧病潘公子，秋來尚一編。參苓欺命薄，萁豆感時煎。服缺從殤禮，囊充斬藥錢。空餘抱琴妾，愁絶繐帷邊。

蔣表兄寶善

何來車載鬼，已見室憑狐。痁本緣思婦，山應化望夫。枕棺麻絰在，入夢羽衣無。好擇諸帠子，行將任撫孤。君遺命以道士服斂，所聘孫氏，君死後守節不嫁。

錢進士璟

早著《錢神論》，難期駐景方。蓋棺家難起，入室舊巢傷。屬有嵇康戮，門餘戴聖贓。衰親真命蹇，頭白哭諸郎。

唐公子肇文

小築邗谿上，尤愁逼歲除。田荒還賣券，力薄更藏書。世澤應歸汝，才名孰可如。塵封舊留贈，石硯贅蟾蜍。

楊處士笠雲

欲識先人事，翁真大父行。快譚三世過，飽食一身强。後起憐余在，衰年覺慮長。詩編付誰手，零落感孫殤。

天寧寺僧智能

先櫬歸禪室，靈堂寄弱孤。苴麻參佛座，粥飯乞僧厨。北寺鐘同聽，東園菜早輸。前塵猶可憶，刻徧誦經珠。

盛處士龍光

人爲奇士目，説爾是孫斌。我讀先賢傳，知君邁法真。授徒租舍北，行藥住江濱。獨有遺言在，碑文付託頻。

楊秀才煐

弱歲矜通達，相知誼早敦。累年傷惡疢，遷室竟亡魂。燕燕篇中警，星星曙後存。素交恩義重，歸日哭私門。

登樓

出郭登樓客思多，啓窗三面俯江沱。下流未可依終古，中策頻誰障大河。堂北雪深容病臥，淮南歲歉尚高歌。虚愁薄俗透迤久，欲挂征帆次弟過。

贈孫秀才星衍

孫郎少日偏兒戲，一室狂言及昴季。詩句終能向我誇，姓名真不勞人記。嚴君四十官廣文，衙齋苜蓿連寒雲。窗開了了見絶壁，邂逅冀遇茅山君。茅山僊人不可學，時復讀書升屋角。醉舞堦前海鶴看，狂吟樹底山猿覺。

醉後登蜀岡野望

歲晚狂吟急，樓高莫景俱。燒原災野鵲，葬地入谿魚。樸塞天心苦，飛騰人事虚。眼中生計足，欲傍此村居。

慰汪孝廉端光悼亡

尺五薔薇一徑陰，孝廉亡婦正愁吟。緣知舊侶偏同命，轉讀新詩爲撫心。室静有聲飄故紙，夜寒無寐對重衾。蕭郎衣薄裝綿少，不怕冰花結素襟。

與楊秀才倫夜話作即寄其尊人詩南上舍

君家昔有江上田，歲租百斛輸豐年。官糧入倉穀積廩，蜡臘時復開賓筵。十年遷移不常好，有兒讀書田已少。朝供肉醢不足餐，莫食魚飧未能飽。生男娶婦女締姻，看君已作無田人。空倉穴鼠噪終夕，老屋巢鵲翻清晨。君今擁畫不復出，令子相逢在天末。兩世翻嫌識面疏，幾旬欲使狂蹤密。朗吟一篇避舍三，雛鳳不語饑鳶慚。置牀客舍容我住，喜我興發能狂譚。試看萬事東流水，貧賤于今莫深恥。矧君家貧有才子，穀田初荒硯田始。

贈木蘭院僧誦茗

相逢同著軟紅塵，誰認前身與後身。我信西來本無佛，茅庵還坐苦吟人。謀餐曾費寫經錢，遲客猶留炊後烟。一樣揚州木蘭院，山僧煮筍廿年前。

樓上

樓上疏鐙徹夜明，營前擊柝斷人行。宵嚴都尉親巡栅，歲歉村農罕入城。峴首一書愁未報，淮南十月更孤征。霜寒不是無衣苦，淒瑟難爲負米情。

春間彭少宗伯元瑞和蔣編修韵見贈未及裁報茲當還朝輒傚述德抒情詩一首五十韻奉上

闊絶諸生禮，淒其勞者歌。新春謁轅下，朔雪溯江沱。將母能毋亟，傷貧未可訶。憐儒曾降格，擢士本殊科。託業嗟萍梗，封書救坎軻。頻言才作記，俾以禮爲羅。幕府勤箋奏，時薦入維揚關署。生徒藉切磋。長饑資莞爾，卒業誦猗那。雅喜朋簪盍，徒成側弁俄。賓僚輕賈誼，旅舍值常何。積瘁消篇詠，更旬費揣摩。躊躇嗤短翮，曲折妒修蛾。譽匪羊公鶴，嘲因仲子鵝。有時逃座客，轉或泛湖波。獨處心期永，茲邦習尚頗。儒纔分菽麥，俗總壞鹹鹺。駭浪崇朝積，征帆竟夕過。省闈愁屢試，匣硯怕重磨。月桂依無忌，天花感曼陀。虬鐙虛照影，鵲語記傳訛。雅意將雕朽，微名等棄梭。情常關去住，請詎厭煩苛。使節經時滿，潮聲昨夜多。暫容停越席，旋即理征舸。學爲膠庠式，心尤下士荷。羣星咸識漢，衆水合宗河。愧比尋源鯉，真同測蠡螺。書紳言縷縷，箴佩色瑳瑳。鼎鼐調羹切，笙簧問瑟龢。行將膺玉簡，去即侍金坡。已返春官敕，還鳴學士珂。傳呼過淮甸，消息近東阿。海燕巢初徙，河魚疾已瘥。閶闔思集木，城郭彙盤渦。一再頻加賑，流移詎有佗。早歡平墊仄，誰復肆幺麽。風霰初回旆，萑苻正倒戈。奏應天聽喜，歸及聖情和。禁院趨青瑣，名廳敞緑莎。讌譚欣乍接，昔酒驗微酡。遠訊裁鴻雁，陳編究蚪蝌。總期襄化理，甯敢罷逶迤。別夢牽襟袖，垂情念笠簑。潛鱗驚失餌，倦鳥欲離窠。客館金先罄，高堂鬢已皤。涼風吹閣瓦，生意撫庭柯。室豈饒麤糲，門猶閉薜蘿。兩岐空頌穀，三百恥無禾。覓食悲諸弟，言愁紹九哥。匪公推肺腑，孰肯念蹉跎。燭向孤舟跋，詩成五字哦。感恩兼佩德，將紙復摩挲。

清泉白石圖爲余芑貽先生賦

清泉何淙潺，白石何盤紆。先生六十味道腴，頰端新拈白髭須。貌之玉立微有軀，雙肩山聳步復趨。枕流坐石樂有餘，談説仁義顔非迂。憶昔一載登師門，寒廳聚首十一人。二三子者章與秦，題難韵險藝畢陳。各脱束縛愁難馴，我成數藝甫及晨，頗恥刻燭來宵分。就中數子業最醇，乃獨譽我稱能文。風狂雪暗短景臻，作詩送别邁等倫。我慙貧賤敬未伸，十載念此空銜恩。先生五子一子才，早掇芹藻身猶孩。作詩曹謝賦馬枚，杶榦栝柏看呈材。先生師法妙化裁，門墻百株手自栽。披圖春風坐中來，泉石已老堪徘徊。我雖蒙鑄慚顔回，朗吟一篇獻濁醅。

段上舍達和修竹吾廬圖

我家城東南，數日過城北。馬家池頭竹樹幽，破曉來看雨中色。我思移竹先移居，近乞數筍栽東隅。待其榦老筍復茁，影覆一室真吾廬。君于此意亦三復，筆底森森繪寒玉。夜闌題竹復贈君，驚筍出我墻東屋。

折桃行當西洲曲

折桃訊粉樓，咏桃寄蕭寺。咏桃人十三，折桃人十四。十四復翩翩，郎年羨妾年。摩書争睹腕，聽講得隨肩。隨肩誰復見，只有書堂燕。種得百叢花，隔窗紅四面。妾處接郎家，門前石徑斜。來年不相見，知道鬢垂鴉。垂鴉年復幾，只住深閨裏。南陌踏青時，眼光還礙姊。别姊下庭除，尋郎問素書。還將奇字睹，試把玉釵輸。釵分情自急，去已低頭泣。遠水帶殘陽，爲郎幾時立。去住復匆匆，帆吹幾尺風。年年臨七夕，只自淚珠紅。指尖空自長，腰瘦難如曩。昨夜又重陽，夢郎名在榜。去夢復悠悠，來魂值陌頭。東風吹夢合，一夜上粉樓。

瘦影疏香圖

簾前露色垂空白，屋底鏡光揩慘黑。三更窗外發古梅，瘦步行來月華直。寒雅窺人争一枝，却視人影何參差。雛顔小妹愁不知，處姊十五應相思。

寒窗幽夢圖 二首爲孫大賦。

日紅不到谿光濕，〔一〕風折黄墻蘇燕蟄。園扉清冷未經春，薄暝初銜淚痕入。銀衫貼石手腕凉，病餘支頰銷頰黄。幽懷沉沉夢難破，魂小還從竹梢墮。

校勘記

〔一〕日紝不到谿光濕　「紝」，《北江遺書》本作「紅」。

附鮚軒詩卷第六

鍾阜蜀岡集（乙未）

詠史十首

項羽欲入關，沛公無如何。神明所都會，日復尋干戈。咸陽宫殿中，流血遂成河。哀哉青門瓜，乃比人頭多。

神理有代謝，杜伯齊城陽。峨峨蔣子文，晚復出建康。一朝無神靈，毁廟升牧羊。何似三户民，常禋楚懷王。

晋家府庫災，三日火未已。所藏希世珍，灰燼收不起。神奸與至聖，甯止相倍蓰。如何王莽頭，得配孔子履。

廢興非無端，今古若一轍。亡隋視亡秦，皆至二世失。才非不兼人，志乃在玩物。雷塘一斛螢，竟以天下易。

吾欽韓張良，吾愛越范蠡。穀城山下石，笠澤湖中水。遐哉兩先生，千古常不死。徒學辟穀方，真成妄男子。

荆山鼎既成，卞和玉亦剖。如何希世珍，俱爲楚人有。江流合漢處，萍實大如斗。我欲剖食之，甘芳溢人口。

燕丹欲圖秦，既殺樊于期。咄哉淮陰侯，不能活鍾離。求存反速亡，賣友仍貽譏。虞卿真丈夫，棄印隨魏齊。

鬱儀既纖人，恒娥亦悖婦。干戈生曠林，弟傲兄不友。如聞天上樂，乃復分道走。昭昭日月星，竟作逋逃藪。

我思蓋世豪，實惟楚重瞳。其事雖不成，氣已吞域中。男兒頭可斷，不惜歸江東。始知孫伯符，未足稱英雄。

顓頊出上代，伊尹生殷商。巍巍龍躋聖，誕降徵奇祥。讀書憮然疑，史説恐未詳。如何三聖人，類皆出空桑。

送黄大景仁至都門

弱冠心期誓始終，故人江夏有黄童。數行書札來春半，一夕舟檣出雨中。雀鼠幾時仍共穴，馬牛誰信不同風。應憐楚越依都徧，更向燕臺試轉蓬。

姑谿夜雨剪春蔬，歸計頻番説荷鋤。放眼關河斜日永，驚心歲月二毛初。生涯未解營巢急，妻子都嗤涉世疎。此日北堂應有夢，凝塵黯黯鬢慵梳。

鉛槧頻年席未温，十年心跡幾朱門。難忘節物偏垂涕，有約乾坤不受恩。涉世未妨顔更冷，依人何意舌猶存。蕭蕭故業斜陽外，共爾無慚廉吏孫。

蹤跡平生苦未閒，我貧君病改朱顔。料量絶業思傳世，各有名山待閉關。曉袂静看雲氣白，夜鐙慵拂劍光斑。偏慙楚客多鄉思，依舊春風策蹇還。

將至都門留别洪大六首

黄景仁

翩與歸鴻共北征，登山臨水黯愁生。江南草長鶯飛日，遊子辭鄉去友情。五夜壯心悲伏櫪，百年左計負躬畊。自嫌詩少幽燕氣，故作冰天躍馬行。

看人争着祖生鞭，彩筆江湖焰黯然。親在名心留十一，我行客路慣三千。誰從貧女求新錦，肯向朱門改舊弦？吴市簫聲燕市筑，一般凄斷有誰憐？

窮交數子共酸辛，脉脉臨岐語未申。割席管甯休罷讀，分財鮑叔尚知貧。初心小負栖岩約，後會依然戴笠人。除是白雲知此意，幾曾情艶軟紅塵。

冷炙殘杯夢亦慵，雪痕到處印泥蹤。原嘗好客依都遍，鄒季論交别更濃。浪許詞場誇姓氏，要將人海盪心胸。不妨面似先生黑，上帝何曾殺黑龍。

身世渾拚醉似泥，醉醒無奈聽晨雞。詞人畏説中年近，壯士愁看落日低。才可升沉何用卜，路通南北且休迷。只憐寒食清明後，鬼餒坟頭羡馬醫。載酒扁舟障錦車，風情昔日擅年華。牽魂西子湖頭月，照淚吴王苑裏花。已是舊遊如夢境，那堪遠别更天涯。馬前細草茸茸碧，來歲相看可憶家？

題陶太守易東井汲泉圖

君昔官并州，五冬而徂春。愛此樸塞區，唐魏之遺民。不假鞭撲威，民氣始一申。峨峨三間堂，案牘不復陳。日出報早衙，野老獻束薪。豈不上下孚，相與以性真。兒童習君顏，不識長吏尊。願者吾教之，斐然有其文。闢堂聘經師，相與恣討論。復苦遠汲勞，君也疏鑿勤。講舍之東偏，比户得飲淳。偉哉十萬錢，即澤十萬人。報最復遠移，千騎刺楚分。忽逢秋雨餘，值此黄淮奔。遠近决堵墻，老幼屋角蹲。君時值倉皇，拯溺復止紛。立馬尺水間，不惜泥土渾。息此百衆囂，魚貫出一門。餘人託城墻，兀兀萬竈屯。夜火明城樓，擊柝衛遠村。時時撫循之，無間晨與昏。善後計復周，俾得息痛呻。披圖識君顔，廉直厲且温。惟兹兩州民，沐浴其深恩。我感此一隅，先人蹟猶存。先曾祖曾歷官山西幾二十年。君也更繼之，惠遠澤復臻。誰爲使君謡，我實廉吏孫。他時國史中，補此吏蹟循。

酬彭秀才翰

洪子家貧不素飽，作客遥憐自辛卯。未過社日已離家，憶得出門何草草。昇州刺史苦愛客，隔歲招呼絶傾倒。數子相隨藉討論，六經未熟慚師表。君來適館我則喜，共對寒窗坐昏曉。避跡曾嫌吴楚囂，移家爲厭黄淮擾。已拈經籍過淮南，更覓書堂住江島。三百五篇頌難輟，六日七分工復早。魯兩生看絶業傳，楚三户覺居人少。彭生避地携昴季，洪子辭家念衰老。别夢更番涉米鹽，狂情歷亂辭花鳥。雨花亭子南城外，我昔來遊興孤矯。壯歲君看有鬢絲，少年我詎工文藻。彭生彭生本非俗，我有新詩向君讀。明日浮雲各去留，相思寄我書千幅。

寄趙大懷玉四絶

趙生讀魯詩，篇舉三百五。今日鉛槧中，例應廢蒙楚。一説蒙楚，悼亡詩也。

築室雲谿東，讀書慕不朽。亦若顔子淵，髮白二十九。

兀兀秉禮生，一歲值兩期。誰能善居喪，吾終望銚期。時趙有世母及妻之喪。

得朋信無方，結交戒便辟。今日士大夫，移牀誰遠客。

與徐民部大榕同舟述其先人殉節及家僕從死事感賦此

半日猶遲江上檝，一宵更聽官街鼓。鼓聲隆隆客難寐，意外逢君倍淒楚。譚深不厭傾耳聽，語久復煩屈指數。我悲詩老埋碧血，謂趙户部文哲。汝哭先人亦黄土。九原可作晋隨會，百身莫贖秦鍼虎。墨衰從軍自歲卯，君先人以丁父憂留營辦事。赤羽飛書贊旁午。崎嶇意自激風雲，慷慨心甯怯刀俎。箭鋒轉鬬無全目，裹瘡夜戰亡半股。是時列陣盡猿鶴，憶昨軍門萬貅貙。招魂蕭蕭植大旗，歸元凄凄忽飛雨。平生氣尚留須髮，慟哭腰猶繫圭組。丈夫既死存全豹，國士捐生出五羖。先生二僕從死，其一業治皮者。可憐共作百夫防，詎有名編五人伍。微軀容易裹馬革，今子切莫聞雞舞。方今聖人赫然怒，兀兀千軍倍雄武。心膂欣看任方叔，爪牙不復歌祈父。還聞二月傾巢穴，佇看千屯破樓櫓。帛米更番賜上方，廟謨重疊頒樞府。建祠錫爵隆俎豆，聚魄凝魂列勳簿。已看戰骨慰泉源，復見靈輀下江浦。君行記歷川南北，早歲即依天尺五。骨肉方看聚里閭，功名期不愸宗祖。君談已竟猶悲憤，我感無端自仰俯。男兒忠義非偶爾，烈士捐軀未爲苦。明年春後塞草生，詞客還歌戰場古。

春望

城隅聊北望，芳草一何多。繁花最撩人，稚禽鳴春和。飄飄襲輕裾，沉沉窺素波。漁唱忽復來，帆從影中過。

南村散賑圖爲山陽尉題

河流東來不可當，憶昨魚鼈升君堂。官卑方攝丞簿尉，天險欲合江淮黃。河流決城已旬日，散賑還呼尉官出。尉官耳聾年六十，驗票呼人百無失。大者屋角狂狐奔，小者樹底饑鷹蹲。頭顛頸縮三日餓，共盼賑粟來空村。持瓢舉釜復携斗，已見千人立沙阜。黄衫小吏足不停，村後村前更招手。深泥没髁無肩輿，尉來村北跨一驢。行籌散盡整鞭去，不遣索米來豪胥。淮陰太守知君績，早晚臺端奏賢跡。君今所補非寸尺，不見遺黎活千百。

憶舍弟

爲賈憐吾弟，奔馳屢告勞。奉親居舍北，食力去江皐。歲火周榆柳，年辰卜桔槔。尚慙非義養，未敢競秋毫。

偶成

弱冠始讀書，緬焉託經穴。不作章句儒，平生慕奇節。曲臺日繫肘，取與日用切。外此三百篇，行行富陳説。扶風業雖粹，槐里節尤絶。磊落一世懷，儻容有不屑。禮堂寫六經，虎觀集群悊。事經百輩後，不復有殘缺。所貴其師儒，人人善遺説。庶幾先聖意，得再見施設。昌黎障中流，功與魯鄒埒。井田與學校，不在守陳轍。緬此經濟儒，慨焉門户别。善哉歐陽言，六經盡除緯。我謂非聖書，流傳更滋僞。支離衆家説，頗苦隔肝胃。邪流混寰區，吾儒所深諱。功應闢吾黨，何忽歆異類。前古與後古，恝焉望同志。芟夷藴崇之，而俾無所試。浮屠道德言，自信無一字。我憂一世儒，兀兀釋負擔。士生習風流，恐復開清談。日用其經常，顧欲鄙大凡。陳編百年來，反復叢謗讒。逃儒或歸禪，士也行二三。峨峨卞忠貞，晋世多蒙鄙。太息通鄙閒，憂來念焚惔。

遲舍弟不至

別館雨方歇，離堂夜已扃。躊躇思子意，破曉看殘星。春草生門户，鄰花覆屋墻。貧家生意足，早晚願稱觴。

題陶公子花下讀書圖

我昔卑居近谿築，鄰花過墻常覆屋。少年不識杏與桃，但覺春光豔心目。嬌兒恃母無不至，竟欲把書升屋讀。鄰花吹墮復吹開，我讀書完復書續。未因屋窄思遷徙，可柰花殘意蕭肅。爾來一室更凄然，春日渾如坐空谷。眼中對此空成羨，慧眼輸君看春足。君家窮海花枝少，故畫疏枝滿橫幅。朝朝把卷惜朱顔，夜夜看花燒絳燭。居然少壯分今昔，我鬢初蒼爾顔玉。勸君時讀復時看，歲月真如電奔速。

讀書

我思古聖賢，一一備載記。讀書無餘閒，安能復營利。幸兹將毋暇，入室却游戲。力食既已周，盤飧幸粗備。少窮本孤露，離析到帚季。長識干禄艱，無心學毛義。陳編恣偃仰，非欲置論議。丈夫一寸心，筆墨非可寄。千秋萬歲外，有人知此意。

憶孫秀才星衍兼寄朱訓導沛

雨中春事忽過半，今者已往時難失。人生稱意只少年，花枝可看唯二月。墻頭燕語初撩亂，户外草生殊鬱勃。已看花氣逼眉宇，其柰春愁刻肌骨。迎風梅蕊飄屋角，淺笑桃枝倚巖窟。可憐花好更落開，痛若人生有存没。如君肯來來已暮，謂我不思思轉鬱。整衣日復望趨承，束帶誰能受迎謁。慣經作客甘顔厚，不善著書甯口吃。君因漫叟識愚公，世總肥秦視瘠越。遥思句曲不百里，近苦客齋無十笏。喜君比舍得詩人，坐讀新篇激林樾。前時一見尤深慰，古道須眉意超忽。先生老矣憐徐穉，夫子聖者同臧紇。酒兵越席工射覆，蠟屐登山歷凹凸。平生學杜能遺貌，朱君前以近作見寄，并贈余詩數章。十得其九非髣髴。筆端森嚴鋒穎禿，君以異采相黼黻。狂言欲使坐中詫，好句忽來紙上突。昌黎和仲舌本强，畏子巧言甘木訥。尤驚春去偏冉冉，思與酒徒同兀兀。榮楛得失休更計，久識此生由造物。我飯桃花例得仙，君悲石火猶依佛。蟫乾久已難吞篆，瓜苦惟應僅留瓞。要從方寸息雕鎪，須向口中留石闕。勞生役役本其理，嗟我道自爲親屈。三旬望弟復不至，柔櫓江心自揺扤。男兒青眼當向誰，看我朱門衣即拂。

夜坐

疇昔樂貧居，衡門亘松陰。一與塵世緣，久非平生心。朝出暮復還，豈不愧素禽。偃仰一室餘，不欲聞衆音。耳目雖無囂，尚苦俗慮侵。我行忘歲時，庭草忽已深。落月照我牀，恍然思幽尋。振步苦不遥，咫尺阻密林。瑶華信無多，少壯忽至今。秉燭有所思，遂以成長吟。

造物無成心，流藏有生息。于兹桃李花，偶然寄顔色。百物當其榮，欣欣亦攀陟。感兹羣動意，不復能緘默。英華信流露，方寸庶彫飾。吴生傷疾疢，盛守苦凄惻。早讀叔夜書，怛焉寐先識。

寒食醉歸作

身如病鶴形蹁躚，昨者苦辭歌舞筵。繞廊匝室百回步，初五月照空簾前。花開桃枝復李枝，忽恐春去無來時。含情清淚一飄灑，已被鶯燕窺相思。小樓西角簫聲永，有客傷春愁獨省。可憐五夜起徘徊，明燭滿堂吟瘦影。花枝折來非昔春，人老亦苦非春人。春風吹園雨如塵，夢斷不斷愁侵晨。臨街已聞折柳聲，苦道明日成清明。

曉　起

曉聞粥皷官齋側，瞥眼今朝是寒食。鄰家屋外數枝春，蜂蝶争誇好顔色。游蜂蛺蝶安得忙，拂曉却復經頽墻。三春人稀徑泥滑，一雨昨過苔痕香。横塘遠映城西閣，十丈朝暾射羅幕。誰從簾底著春衫，花好只從衫上落。園空無人草木幽，我今不來誰與愁。樓高欲隨峰勢側，簾卷已逐波紋流。華年作客情如昨，綺語銷除愁不作。傷春擬復共孫郎，寶馬日高馳郡郭。

讀馬令南唐書

神仙空説善調劑，畢竟誰將國事醫。劫裏萬人篚似豆，空中五嶽走如棋。經時胕繫真王印，幾日心懸大將旗。莫向新亭更西望，年來疆域漸離披。

簡寂虚推帝外臣，卌年三見海揚塵。皖公山下今非昔，固子坡前夢是真。天上鯉魚傳吉語，宫中烏爪出僊人。東南地大如甌子，肯使羣公議得伸。

春日偶成

傷春客占舊池臺，稱意簾櫳信手開。一晌鏡中紅不定，折花人帶日光來。

寄吕秀才星垣

前年作客歸里門，舊游説子能論文。蘭陵城邊數握手，杯酒未洽重辭君。識君文名已三載，才如百川不歸海。銀河倒注弱水西，努力滄溟欲相待。

錢公子中銑招飲即出其尊人文敏詩見示感賦二首

三年爲客歎消沉，聞説尚書墓草深。顧我久虚泉下望，感公重讀座中箴。時讀所書格言。經時絶嶠清烽火，公昔平貴州苗香要。往事燕臺盼雨霖。不爲蒼生留莫歲，杜陵淒斷蜀州吟。清宵同欵雨中扉，高閣開筵夜漏微。老去詩篇尤澹宕，重來賓客尚依稀。郎君彩筆親承久，小弟青雲事業非。時樹參會試報罷。兩過公門豈無意，感恩獨爲淚沾衣。

旗亭小飲悼馬秀才鴻運

馬卿消渴酒壚邊，只住人間三十年。黃卷共愁生計累，紅塵苦被世名牽。城樓月出誰同上，竹屋風吹祇獨眠。今日下河休痛飲，更無僮送典衣錢。君寄籍順天，補博士弟子員，以往反勞瘁病卒。

醉歌

年華過眼如飛塵，一杯自酌當春辰。眼看百事不復闕，只惜風雅無傳人。青蓮仙人本長庚，醉中揮手騎玉鯨。五花筆采埋九京，恨事頓使文章平。我今懷古抱積誠，欲生者死死者生。後來才弱誰與争，冢中枯骨珍連城。烏呼！一杯酒，萬世名，舉以贈子良非輕。我狂亦酹杯中酒，百篇于世應不朽。男兒何必事功名，落落姓名高北斗。

書陶太守易朝天贈言册後

三千里路趨朝去，四十篇詩餞客回。循吏共傳邀異數，帝心仍復念偏灾。召見時問去秋淮安水灾甚悉。頻年舊雨聯心契，歸日新緘許手開。不是吴公知賈誼，幕中誰得滯通材。

寄懷州倅舅氏

浮雲送翁豈有極，如翁五十復六十。窮愁心跡數端迸，多難人生百憂集。兩兒兩女昏嫁畢，五嶽催翁理遊笈。浮生甯作車坎軻，歲月難同蚓蟠蟄。聞翁求禄意有餘，擾擾自曳侯門裾。黄塵拜跪顔色苦，赤縣簿尉鞭笞俱。坐思一斗復百篇，安得轉翁還少年。時人愛少翁復老，何所位置于其間。白雲谿，白雲宅，中有茅籬兩蓬壁。鄭公之詩費公易，待翁歸來竟牋釋。所注有《周易遵注》等。翁閒更作《左氏鍼》，儻能驅我《周官》癖。

重過廢園有感

十二窗櫺敞絳紗，闌心閒看後時花。殘春寥落成秋夢，曉日荒黄似月華。憶舊已無機上錦，清遊思泛斗間槎。横塘波影空如昔，噪盡官私兩部蛙。

年　荒

田荒隨分摘園蔬，薄暑還看帶露鋤。鼎鼎百年生計少，勞勞人海著書初。重逢元禮談心切，若説深源濟世疏。青眼幾回南北望，感時懷舊鬢慵梳。

自儀真放舟至揚州懷汪孝廉端光

不及虹橋修禊辰，布帆東下剩殘春。囂慙里俗非吾土，窮憶交游有此人。日晚細尋花下路，風喧時避竹間塵。重來屈指無流輩，董相祠前駐短輪。

不雨

消息秋江上，連旬望雨霖。斗間雲耿耿，日畔氣森森。蝃蝀横猶昔，蝗蝻害至今。吴鄉頻歲歉，愁絶旅人心。

寄舍弟

憶把家書讀，愁言米價增。已知河鯉涸，只望雨龍升。八口兹何計，三田再不登。年荒應殺禮，親迎莫燒燈。

有客

有客更傳淮左郡，五旬不雨已無禾。頻年歸燕思巢木，此日枯魚泣過河。賣屋置船移地急，荷鋤立澤望恩多。百年土著流離甚，辛苦勞人尚作歌。

陶太守易守淮安日入古寺見維摩詰旁像周公孔子侍立因斥維摩象毁之重建惜陰書院中楹祀先聖先師而使諸生讀書其旁彭少司空元瑞既爲作惜陰書院記余復繫之以詩

浮屠之言竟如此，孔子吾師之弟子。空譚惑世已足誅，況敢模金鑄形似。居然右孔復左周，手搢兩笏還垂旒。此方儒者不能闢，無乃學術人心憂。淮安太守行春暇，古壁流觀發驚訝。三千盡繪經横膝，五百復驚僧出舍。大呼斥出象與獅，揔有法力甯能施。正周南面孔東面，盤辟雅拜尊吾師。我聞外侮人所召，史説無端列三教。謂魏收《北魏書》。能驅楊墨世已希，奏毁淫祠政尤要。羣經插架梵篋沉，太守建堂名惜陰。傳之後世俾勿失，莫使浮屠闌入室。

丙吉問牛圖

車斑斑，斑兩輪，我識漢家丞相尊。漢家丞相朝趨朝，道中累累奔百僚。車停不行路人咤，丞相公然爲牛下。仁心豈止愛一牛，丞相自爲陰陽憂。長安殺人不置論，我慶此牛丞相問。披圖今古服輒同，恨生不逢丙相公。君不見，三時不雨暑復酷，牛喘深宵汗流足。天心似復爲宏羊，丞相誰來問黄犢！

孝陵瓜

陵旁三十户，都賣孝陵瓜。野本摘來細，疏藤隨處花。薦新虚寢殿，乞種故侯家。忽覺新凉永，簾前感物華。

雲谿競渡詞在趙大懷玉席上賦即寄蔣氏舅仲 并引

谿流一曲，渡口數家，兩橋則風月居多，三徑則人材最盛。僕也少焉棲息，長復淹留，墅屢居甥，樓魯作贅。兹值歸帆之便，欣逢競渡之時，問畫舫之寂寥，頻云歲歉；詢烏衣之消息，半屬天涯。不無瘠歲之憂，益以勝遊之感。值倚樓之招客，遂入座以抒詞。對爾言愁，爲余命酒。然今者雖承雅讌，何心烹谿口之魚？倘異時念我狂言，爲手補岸頭之柳。

雲谿水淺舟難行，今年競渡不進城。居人閉户懸艾虎，行客坐岸聽林鸎。雲谿渡口晴陽驕，一十八株風柳摇。遊蹤至此起歎息，欲去被客還招要。招要我過谿南室，約把雲谿盛時說。我住雲谿二十年，風光除我無人述。當時雲谿只兩樓，樓檻對映東西流。蔣家居南趙家北，兩處日夜從清遊。相逢只説天中節，容易人生值兹日。龍舟夜謁水神祠，便喜明朝是初一。晏公祠外當河衝，水清波淺戲五龍。一龍前驅四龍竝，後者擊水前呼風。還因國忌龍舟歇，夜久鐙船復齊出。燭影看過第四橋，簾鈎正值初三月。兩邊樓閣竝時開，午日龍舟次第來。齊向趙家樓下泊，鬧鵝一日戲千回。此時却憶豐年樂，節底遊錢恣揮霍。海口生魚集市橋，湖裏好米填城郭。東家西家集畫船，南岸北岸銀鐙懸。沿河漁叟苦不睡，絲竹徹夜聞喧闐。俗奢則敝由來忌，荒歉頻年本天意。斗米應須二百錢，閉門不敢重游戲。雲谿我别今五年，蔣家舊宅聞頻遷。移居都向冷坊住，開閣誰欵幽人眠。閒來谿口尋蹤跡，巷裏居人尚相識。路指南頭乳媪居，舟橫北岸篙師宅。可憐石徑盡欹斜，多半樓臺住小家。簾幕影沉回舞燕，管絃聲歇鬧棲雅。日光下照官河口，趙家不種春楊柳。我向雲谿渡小舟，寂寥谿閣頻招手。今年已去明年來，我願俗好淳風回。相携士女樂佳節，不飲亦可傾千杯。我爲客譜雲谿曲，欲寄雲谿兩家讀。何時更續廿年遊，除是年豐室家足。

寄從舅氏人騏即題行卷

書來憶我秦淮路，秋到思人越舫齋。十日雨餘開菊徑，五旬歸後著芒鞵。料量竹石心殊苦，看取花枝影亦佳。只有謝家庭畔樹，尚隨萍梗客天涯。謂小阮重光。

夜抵泗州作

快哉風帆不能留，我乘夜月來兹州。舟人興發不避淺，篙急已觸城門樓。城門樓對僧伽塔，月裏頽見周匝。傑閣都教水勢沉，佛樓苦被帆檣壓。民人魚鼈厄有期，我豈識有吴支祁。此方户口最寥落，人實苦瘠蛟龍肥。收帆港口還鳴鐸，月黑波腥杳難託。行客終宵厭水風，居民百載無城郭。自州城湮後，泗州移治盱眙，不復設城郭。

道中作

上元縣南逢野叟，十里渴走將何求。呼余道上馬應馬，羨爾笠邊牛戴牛。禾枯浹旬向余語，欲到官衙請祈雨。翁乎任爾秧種枯，縣官祈雨怕減租。

七夕夜坐

屈指看初月，闗心未及秋。一年春夏永，七夕古今愁。暗鵲響辭樹，明河影入樓。此宵成獨立，清切數牽牛。

約伴

約伴東頭去，三更啓曲筵。誰知芸閣上，望雨亦難眠。

舍弟以八月親迎予憫其未知稼穡之艱難而即有家室爰作詩二章勗之以成人之義云爾

我年十五六，即爲童子師。無父誰復憐，門户獨力支。汝行作螟蛉，識母父不知。嗟嗟叔父喪，千里歸何遲。門少片瓦遺，廢讀亦此時。汝雖歷飢寒，幸母畜汝慈。衰宗數十年，變故亦已滋。前者汝勿忘，後者汝勉之。

貧家婚媾遲，汝尚未宜匹。傷兹季母心，急爲而授室。晨昏侍堂幃，冀以慰苦節。黽勉卅載修，冰霜歷周折。年衰心血盡，始及抱孫日。願汝勗室人，承顔幸無缺。

贈史秀才凱即送至潁州

與君本相知，卜舍幸咫尺。迢迢兩家巷，臨水一畝宅。犬吠過石橋，晨扉已知闢。綢繆外姻締，繾綣復逾昔。契闊屢過從，清譚恣閒適。浮萍匪長聚，去矣自南北。舟楫誰更遥，君爲潁陽客。傾兹一杯酒，屈指分手夕。歲莫歸衡門，相期事休息。

男兒行

君不見，男兒出身當建勳，二十作將皇威申。長安東頭弟一門，去時餞别歸洗塵。漢皇重武不重文，丞相詎有將軍尊。麒麟閣上十一人，磊磊落落當其倫。人生功成亦莫喜，計失頭須行萬里。

蓬生麻中行

但種麻，莫種蓬，種麻蓬已生麻中。移蓬根，植麻側，蓬心飛揚麻性直。君不見，蓬生麻中有張説，百年所争只一日。

立仗馬行

立仗馬，不得鳴，丞相以此愚明廷。馬不鳴，食三品，戀棧人多消禄廪。君不見，立仗馬生舞馬死，丞相之言亦良旨。

即事

鄉民數千人，曉集龍祖殿。焚香禱靈雨，老小叩頭徧。痛哭對縣官，民情亦堪見。鄉閭報荒册，堆案驚雪片。君等司牧民，無爲數清宴。灾荒尚屠殺，事已動謡諺。宴客設八珍，嗟余豈能咽。家雖無負郭，八口寄吴甸。晨昏助祈禱，天豈鑒微賤。齋肅告牧民，勉思民所便。

去冬淮安荒，民死十七八。天意未可知，水荒兼旱魃。感兹財賦地，頻復降兹罸。抑聞物力侈，商賈更輕猾。土木既已繁，多金建崇刹。奢淫理召禍，誰復肯深察。盛夏百草枯，炎炎肆誅殺。

近復

近復遷城東，屋舍八九間。非因卜其鄰，樂此蹤跡閒。久客偶一歸，入室静掩關。兀兀經史陳，文草藉以删。燕語不識疲，屢啓慈母顔。弱子復數齡，提抱不覺頑。遠聞剥啄聲，予仲亦已還。倘得無事貧，偃息安足患。

曉起

爐烟幾絲裊獨愁，殘魄一綫辭簾鈎。雞聲已曉方報曉，蟲韻未秋先警秋。秋聲初來隔帷帳，遠憶幽人起相望。夢好難尋五夜餘，樓高只住三層上。

憫旱

山之嶙嶙，不解出雲。雲之繹繹，不解沛澤。南山有雷，我聞其聲。朝雷興雲，莫雷復晴。十旬皇皇，民力亦屈。萬車遏流，江海亦竭。

寄遠

昨送北歸人，今逢北歸燕。傳語北歸人，來書附征雁。

夜起

遠隨明月去，獨望曉星來。蟋蟀三兩聲，海棠花半開。秋衫全濕露，團扇半粘苔。户訝流螢出，窗驚電影回。非因馳照遠，誰復認池臺。

秋風歎

秋風吹，復秋雨，簾底秋人怨如許。牽牛花開不歸家，滿庭又放金錢花。花間門鎖誰相省，電紫燐紅少人影。空房燭冷眠易驚，下階雨歇看啓明。

紅梅閣小憩

靈構非一椽，蓬門晝常扃。道流習清静，塵跡罕到庭。時邀二三子，暇日每一經。愛此野圃風，竹外敞曲欞。北户時啓扉，圍棋子丁丁。中有鶴髮翁，服食致百齡。瞠目不與言，高卧枕道經。各欲適懷抱，久久還忘形。

題江天雲樹圖送陶兵備易至廣東

黄陵廟前官舫開，使君遥溯長江來。金陵渚邊津鼓響，使君復傍長江上。長江一碧吴楚交，公來早潮去午潮。江甯太守衡陽宰，公官只飲長江水。江天尺幅寫入神，溯江送者還百人。就中年少揖官舸，緑鬢朱顔差似我。君不見，江潮初生海日紅，來船去帆咸使風。我乘素舸何所從，送公西上吾還東。

太平訪沈太守業富不值贈公子在廷四首

蹤跡辭賢守，心期念友生。欵門逢夜雨，撫樹識秋聲。兩地余遊倦，三年爾業成。談經匡鄭事，莫更急詩名。

今歲江南地，愁看八郡荒。蝗蝻曾接壤，禾黍獨茲方。日晚初離郭，秋成驗築場。似聞祈雨切，澤旱徧山鄉。入太平境，禾黍甚茂。

尊酒留賓切，開筵樂縱譚。脱冠懸竹樹，拾果貯筐籃。後約知南北，時座中有賈田祖、顧九苞諸人。清光此十三。桓公臺上望，題句爾何慙。

清絶憐公子，華年日正東。卷圖衣袂碧，落紙海雲紅。觀水淵源合，譚經志節同。他時東觀闕，應許嗣家風。時携《觀海圖》索題。

題饒上舍晊印譜

元明文敏筆法工，六書八體無能通。爾來識字益不廣，誰肯細意搜魚蟲。省文破體入書舍，閣帖堂碑益增價。子雲奇字縱失傳，太常《説文》猶可借。豫章先生值此時，乃欲一意追冰斯。唐人識字宋人否，藉與末俗平嘲嗤。祇今白髮看盈把，姓氏鐫殘賞音寡。宰印甯訛白下羊，隸書不混烏邊馬。先生五十動齒牙，只惜四海還無家。携將絶技廣南去，炎嶠恐乏窮侯芭。

中秋偶成四首之一

檀板聲搖燭影紅，韋郎情劫記匆匆。鄉閭一賦傷窮鳥，帷幕三秋盼斷鴻。往事酒傾波影裏，幾時簾動月明中。春人樓閣疑天上，十載遥遥夢未通。

至日度清流關作 補壬辰冬。

元雲開北嶺，至日度崇關。人馬朝飢極，烏雅掠食還。

附鮚軒詩卷第七

茅峰攝山集（乙未、丙申）

書汪少尹蒼霖民謡三章後 并引

甲午八月，河决入淮安城。其冬，蒼霖奉憲檄運米抵淮安城下。賦詩三章，仁人之言，知民疾苦矣。昔杜甫讀元結《舂陵行》謂「得結輩十數公，參錯天下爲邦伯，天下可安。」余亦謂今日得蒼霖輩十數人爲令丞，于吏治未必無補。蒼霖又嘗以强直爲上官所斥，因賦贈此章，非特贈蒼霖，亦甫所云庶幾知者聽耳。

五十命一官，悠悠困簿領。山城當孔道，坐席不得永。憶昨抵任來，東西屢馳騁。黔陽竣差委，飛檄調至省。載米數十船，前輸被灾境。淮民水中哭，聞者爲咽哽。風謡譜三章，言重意深警。江南財賦地，水旱更苦倂。今年零雨絶，赤地百萬頃。山邑命更懸，饑寒久延頸。心期長官至，爲可急匡拯。慷慨前竭誠，果遭上司屏。丞微顧白事，不斥良已幸。歸來卧荒廳，逸氣空耿耿。稽查又蒙檄，零雨泥没脛。流離散清奉，不忍溝壑挺。我聞昔丞簿，得爲民命請。監門繪流圖，藍田奏蒙省。吾儒所當效，不必厭官冷。酌酒讀子詩，中心契剛骾。

九月十三日飲朱博士沛室奉贈二首

博士齋頭飲，偏逢月十三，官貧愁歉歲，節冷喜狂譚。百念營生計，吾曹合負擔。無窮憂樂意，白髮影髿髿。

苜蓿荒西署，先生未厭貧。官清雙古柏，吟老一閒身。種學兒曹切，談經士氣淳。猶餘憔悴客，共爾結東鄰。

九月十五日沈公子紹祖招飲月上後復移飲王廣文吉士西舫醉歸贈孫大星衍作

沈生一樓滿貯書，其下置酒招癯儒。就中年少數爾我，吐納俱有千明珠。峨峨縣東王廣文，玉骨飲酒無由醺。携樽晚復酌西舫，我醉脱落頭上巾。十年作客狂難忍，萬椀急須澆舌本。齏腸食蟹苦攻馳，髀肉騎驢復消損。我前失路無所歸，典衣作客來欵扉。洛中先生初釋菜，院南主人思採薇。孫大自言生時夢伯夷入室，因字薇隱。忽然相約過谿步，數子于吾亦非故。三尺雛童訝欵門，主人迎階客四顧。清譚已了進百壺，愛客更肯容歡呼。燭花低昂眼花眩，失足尚厭旁人扶。狂來高歌出門走，兀兀横街屢招手。君從東路邀狂客，我頃西行追北斗。谿西尚有一燈紅，醉影延回谿路中。脱衫懸樹墮凉露，振袂過橋迎好風。橋頭匆匆復爾汝，爛醉誰知是賓主。三更歸路過縣門，側耳還聽數聲鼓。

得孫大詩知昨日醉眠處乃古墓也戲賦一首即寄孫大

城南路，昨日宵眠不知處。沙寒月薄影荒荒，白項老烏啼一樹。石阡埋没不計年，跣足走上岡頭眠。夢中白骨相爾汝，惹起醉魄時流涎。古人身後亦足悲，烈火燬盡山南碑。當時百縑乞名筆，奇字剥落飛成灰。青天沉沉醉歌苦，地下何知月三五。幽眠時揭紙錢開，漠漠酒香驚沁土。枕碑莫更笑客狂，猶勝斷隴眠牛羊。喬公墳上故人少，誰肯過往傾千觴。酒杯去手即欲愁，況復地下眠春秋。荒墳一畝儘容卧，未識更有閒人不。鬼風吹人寒露襲，幾尺醉魂離地立。跨驢明日復經過，贏得奇人壠頭揖。

同作　　孫星衍

兩生宵來醉眠處，却往經過不能去。原頭乃有大卧人，一簣斗起殊嶙峋。道旁農人爲予語，此墓多年近畊塢。天寒出窟狐作群，林空無人鳥呼侣。悵然爲憶昨日遊，快意一失成千秋。試呼墓中人，汝亦能飲不。醉魂飄飄出幽穴，如汝見麴涎應流。山頭土乾夜寂莫，知爾哀歌動吟魄。得非古豪英，列屋羅香姬。瓊杯綺食伐天禀，坐使螻蟻相凌欺。不然朝行碌碌厠官尹，似吏非吏隱非隱。黄金買譽立作碑，磨滅不博行人憫。君乎名山一息苟足垂，若敖雖餒悲何爲！君不見，浮名如雲死即歇，三寸桐棺喪幽骨。才豐德薄肆語言，不及墓底甘淪没。清風朗月去不回，知爾至樂無如歸。百年大悟信豪舉，回視身世真劫灰。吾儕不飲亦黄土，夷蹠塵埃各千古。一坏榛棘死何靈，莫聽酒人頭上舞。

新霽晚步歸小飲沈公子紹祖宅

句曲城東路，蕭蕭雨載塗。暫晴思策蹇，不夜復啼烏。地冷疏門禁，年荒減市租。華陽山石盡，聞已食蒿蘆。今歲句容最荒，村民先屑石粉食之，名觀音粉，近復食蘆根。公子能留客，深杯敢盡歡。早憐詩思窘，未覺酒腸寬。粟米應儲種，魚蝦僅入餐。吾曹欣飽食，莫更計宵寒。

樓上倚聲圖

夏居舫，秋居樓，月華只來樓上頭。吹瓊簫，續羌笛，梧葉秋飄古墻隙。梧飄一葉笛一聲，聲遲聲疾已五更。秋花如烟隔墻裏，石上聽歌人未起。

養寂

養寂非予心，習勞從所慣。非甘棄筋力，庶以别芻豢。羣居無一事，恐復涉嘲訕。才短識亦庸，無師古人慢。逢迎畏文士，涉歷羞巧宦。不作一世人，何能寡憂患。

得黄大書知家叔自潁州歸

襆被蕭蕭出潁城，空囊羞復溯歸程。關心鄉落悲年歉，過眼兒童愧世情。多病更憐難作達，詣人都餉不留行。惟因騎馬淮南路，水碧山青尚送迎。

潁歌清絶繫人思，開篋欣緘七字詩。感激最憐翻楚調，升沉且復任吴兒。孤猿獨鶴傷岐路，廢瓦頹垣夢昔時。多事更休題綺句，春人都已鬢如絲。時黄大寄到《綺憶詩》十數首。

道士家看鞠

道人半歲不出門，種得階前一畦菊。菊枯望雨無消息，日致城西水三斛。百錢買水甯忍饑，花開道士已典衣。我笑琳宫狂道士，看菊朝饑還飲水。

前題　　孫星衍

道人無家花作命，只種此花開獨盛。慫陽自説人力多，觸熱我知花骨勁。原頭草枯落照紅，更上傑閣看雲峰。秋心不及花態濃，九月村景如殘冬。

讀黄二綺憶詩漫和四首

小閣珠簾動影紋，别離消息悵初聞。徒教小玉燒心字，枉乞麻姑看手文。籠袖紙燈行怯怯，牽衣花刺觸紛紛。兒家一片横塘水，只到門前派已分。

氍毹廳北揖新正，碧玉多時羡長成。乍語已知留後識，相逢都尚識前生。消沉楚雨三更夢，來往鄰雞第一聲。剪罷燭花裁罷句，玉釵原不墮塵情。

紅墻一角露薔薇，日晚人來唤闔扉。説夢故教聲悄悄，傷春偏覺影依依。清修篋底裁番勝，密約樓頭毁嫁衣。最是玉缸凄冷處，蒲團真欲證忘機。

華年作客此蕭辰，已覺凉秋勝好春。鸜鵒頓離前度劫，芙蓉須認再生人。空從碧落傳私語，只向金僊乞病身。殘月一鈎幽夢醒，笑他還墮軟紅塵。

題沈公子畫幛

東風吹春著花樹，有客閉門花裏住。春光九十月初三，漠漠卷簾流影素。幽居隔竹時見山，竹外好鳥聲綿蠻。沈生園亭莫上關，恐有逸翮宵飛還。

聞同人會飲沈公子宅予以事阻不得往戲寄

我來句曲無所爲，日夕知從少年飲。廣文齋頭酒尚醉，復思騎馬過狂沈。沈生無錢能典衣，洪子得飲殊忘飢。連朝短晷去尤速，誰復料理霜螯肥。生家粉壁繪子安，樓上作賦千人看。忽思我亦好身手，二十落拓吟聲酸。鄰齋兀坐非一時，我狂只有群公知。撑腸拄腹五百卷，快意不欲爲人師。朝來高歌氣如虎，客欲出門逢吏阻。人生敗意皆若斯，却值升堂打官鼓。

憶昨

憶昨寬租詔，頻言下縣官。連旬清户册，累日駐征鞍。大吏徵求急，飢黎歎息看。窮鄉無宿食，莫更侈傳餐。

十月六日同朱大桂芳孫大星衍城南晚步

十日五日一出遊，原上草木初辭秋。惜哉歲歉寡歡思，且覓二子吟窮愁。市中擾擾無百家，落日鼓已鳴官衙。飢民入市競挐攫，野店插竹憑攔遮。故人住近宫墻左，破壁經時有烟火。吏病無能索市租，客來聊復供山果。芒鞵日晚踏市塵，城上月出光愁人。斜陽欲没尚未没，照曜樹頂棲烏嗔。城南城北荒塗永，城裏蓬蒿餘百頃。檜柏難尋隱士壇，轆轤已斷仙人井。前時一雨潤麥田，短麥稍喜抽平阡。已看黄口竭樵採，忍聽白髮談豐年。道旁一輩還相告，日昨征西捷書到。時金川大捷。百斛裹船米禁開，征人失喜居人噪。我今作客雖一方，百里尚得稱吾鄉。眼中見此誰得忍，樹赤無皮石無粉。

偶書呈朱博士

十餘年來俗不淳，水陸食譜宗吴門。維揚富人益輕猾，土木侈麗窮奇珍。淫祠一方有千百，媚禱役役勞心魂。衣裳更厭陳制度，袍袖割裂無完純。一方好尚匪細事，此事得不尤薦紳。吾曹讀書有原本，忍釀薄俗憂君親。十年此論不敢發，得遇公等眉纔申。一門風氣最淳古，兀兀把卷勤人倫。廣文雖微有禄入，節嗇尚得分親朋。喜公招客只一尊，五簋不必羅雞豚。佳兒四十布作褌，冠服稱體無新陳。行之一方俗可敦，請以此法遺子孫。

苦雨

始閔視北斗，初昏見南門。陽月倐已除，節候尚復温。驚看未蟄蟲，唧唧鳴樹根。山雨忽復來，急響勢若奔。寒暑理已乖，凉燠異旦昏。夙有登涉心，時擬遊茅山。浹旬阻清尊。我友住巷南，眼急瞻朝暾。予懷亦鬱紆，對此屋漏痕。

遊城東千佛樓作

原頭蕭蕭北風動，騎馬登山不施鞚。斜陽入寺紅已微，竹色圍樓緑疑夢。竹中添緑莓苔肥，慘碧忽訝開雙扉。移鐙入室許相見，可惜僧老無完衣。樓旁三楹屋深暗，僧言一樓狐復占。佛頭經雨已落青，畫壁凝霜欲成紺。鐘魚聲中日未昏，羣狐擲磚催閉門。空廊星疏鬼復語，白骨欲起亡精魂。欲言不言還屏息，此地年深本難宅。半畝莓苔積殯宫，敗墻破塚連荒碧。我思僧語無所徵，起視爲剔長明鐙。樓頭缺月夜半升，欲挈襆被陪枯僧。

同作

孫星衍

城東佛樓幾年閉，塞徑秋榛刺芒利。飛燐射屋鳥啄墻，鬼風吹檐斷佛臂。此間非墓非戰原，豈有厲魄號煩冤！青狸捧骨夜窺月，日氣不到羅神姦。迎廊一僧病枯瘠，見慣妖蹤訝人跡。老莎出户曲復斜，反鎖空堂晝深黑。樓前冷碧竹作堆，逼袖細影明殘暉。愁霖滴階漬幽血，敗粉剥壁生陰苔。竹梢矇朧上無路，疑墮中宵夢遊處。回頭不憶隔世來，過眼復恐今生去。簷牙壓肩樓脚摇，驚起穴棟千年鴞。屏聲獨立瓦争落，失勢一墮魂難招。原頭日落樹蒼莽，既下心神久恍怳。林梢却顧寺角移，那得騰身立平壤。

晚眺同得景字

惜此歲序遷，高原自引領。城空氣蕭瑟，鬱鬱見遥嶺。流水聲已澌，原田百餘頃。行當苦寒月，野復少遺秉。落日下北城，暉暉半樓影。荒塗寡人跡，枯骨穿棘梗。晷短測景臺，泉枯煉丹井。村墟炊烟直，籬落鐙火永。薄霧復四圍，蕭條隔人境。

偕孫大張二步月復得景字

初三月雖好，初五光尤永。一巷擊柝聲，雙橋月華影。橋南二三子，蹤跡喜馳騁。狂孫既軒宕，張子更修整。偶復作一篇，先尋句中警。嗟余本孤客，非子誰復省。編摩苦無暇，欲去未得請。昨復寄一書，還家索衣領。牀頭餘病婦，念我迫寒景。宵漏定不眠，疏窗剪刀冷。

丹陽酈布衣□爲予寫雲谿一曲圖時予客句曲而黄二景仁則遠在淮潁間因并命寫入圖復作詩寄黄

門前水，屋下流，屋小亦若蜻蜓舟。蜻蜓舟輕舉家住，楊柳門深不知處。沿谿柳色摇空春，春來只思樓上人。樓前流水深三尺，樓上人今去爲客。谿南狂客吟欲顛，月出唤渡愁無錢。沿谿灣環百回走，摇盡東風岸頭柳。谿花初開谿水鮮，谿禽窺客還少年。芒鞵布襪岸南立，復有笠影垂吟肩。元卿居，子雲宅，此時莫問樓頭客，一在江南一江北。

夜宿茅山元符宫步至印房待月復下飲石壇作

山行數十里，破暝入巖腹。勞人慣登涉，未欲憩征躅。携火出院門，荒荒踏叢竹。狂尋石千級，孤轉徑三曲。幽房經久閉，衰草已没足。青苔點朱符，元鶚咒紅燭。危蹲悄塵慮，激響應空谷。東山一千頃，月色依皺緑。光景忽復新，參差辨層屋。孤蹤尚登眺，道侣已相速。樹杪下石壇，山限面平麓。欣兹一尊酒，石上手屢屬。夜久霧氣清，山虚漏聲促。肴殘尚傾榼，石冷忽思褥。棲羽亦已醒，幽人杳難宿。歡悰于此聚，頗復念幽獨。時張紹南未得至。心賞不可忘，良辰記十六。

同作　　孫星衍

琳宫鎮山坳，高下飛軒櫺。征鞍上盤盤，日暝客始停。遵途百勞忘，尋異千念盈。徑微已三折，屋暗仍重扃。竝上怯曳衣，孤行危建瓴。道士然炬來，開門導前行。静覺鼠嚙松，微聞鳥梳翎。林空虎氣逼，草滑蛇涎腥。山頭白濛濛，寒氣生夜明。空窮露華凉，誰見風笛横。悄然步初還，遊侣見自驚。誰能守幽房，客夢冷易醒。

自元符宫上大茅峰憩曉霞閣

申旦不復眠，視此崕上月。初陽尚未升，了了見仙闕。冥濛松樹外，復見一星没。樓北客尚眠，樓西窗已豁。藍輿顧不至，久待意鬱勃。二里抵一泉，流清鑑毛髮。延回積千轉，磊磊出山骨。原野何欝紆，陰雲氣飄忽。層樓自孤迴，燬壁尚高揭。峰頂有五層樓，今燬于火。原田間山麓，百復不居一。歲歉民氣愁，山行寡完褐。犁鋤復群聚，草樹經劚掘。野雉不敢飛，窮搜入狐窟。疲蹤願登閣，幽想已入樾。曾言富仙釀，斟酌苦易竭。亦感生計微，年荒未收秫。

同作

孫星衍

晨策登危峰，峰危屏鞍騎。巖阿氣候交，僕從神色異。目流衣邊雲，足滑崕上翠。陷知仙蹤深，斷若鬼斧利。回巒激泉響，暗谷聚風勢。蟻行信逶迤，猿升亦凌厲。倒視白日懸，仰干黄雲閉。寒空四垂光，積氣浮厚地。唯聞天雞喧，不見井蛙沸。静懷鴻濛始，遠厭身世細。誰能逐輕塵，擾擾此中寄。山樓足高寒，飛闥白晝閉。甯惟戀佳釀，兼想挈孤被。

入蓬壺洞行二里許以燭盡不得入

探奇愜幽尋，百步得數洞。巉巖束穴口，已復拒徒衆。浹暝持一鐙，幽光破苔縫。遲回歎遊侶，賈勇得予仲。孫大暨霞浦鄭聯華同入。足洗踏伏流，身輕擬飛鞚。仙扃怯靈響，鬼壁怵虛哄。百步不一申，稍寬復思縱。頗欣露巖竇，已復出盎甕。去脉始及泉，回塗漸成衖。狰獰閃身入，岌嶪壓肩重。惜此燭炬消，誰持蠟燈送。蝸涎入衣綻，蝠嗉補壁空。堅此獨往心，危詞阻羣從。崕昏杳無覩，地煖已消凍。石乳嗅復馨，壁書捫可誦。石上有數人題名。靈蹤此疑聚，深處列屋棟。想有太古人，苺苔閉幽夢。

同作　孫星衍

看山不能吞，却往入山腹。玉柱既參差，華陽復洄洑。玆遊稍通人，所歷亦娛目。奇鋒訝孤豎，密理看斜矗。冬温蒸厚地，溜響滴虛谷。初驚石粼粼，始見沙漉漉。捫蹤走妖怪，穴竅散蝙蝠。垂乳甘可餐，流膏滑難觸。心疑轉仙逕，曠蕩見平陸。身輕便傴僂，足冷勇踏蹴。道人見魄訝，謂此足蛇蝮。微微濕氛腥，慘慘陰霧蓄。子行決獨往，我興恥瑟縮。惜哉萬丈窟，不乞一寸燭。山靈厭搜覽，居客怪剷劚。莫附杞人憂，甘同謝公辱。

遊乾元觀尋陶宏景宰相堂舊址

此山産丹砂，林木頗不茂。十里及欝岡，幽篁始深秀。峰回拓平陸，駿足亦已驟。山翠忽到門，鐘聲及清晝。沿林飛弱雉，列級卧頽獸。古壁挂笠瓢，虛堂祀星宿。碑文炫雷合，籤軸遭雨漏。尋井識毀垣，穿松歷遺構。夫君感通隱，信美想華胄。元芝究方術，玉篋富章奏。澗響已出扃，山雲詎歸岫。流連若人度，沉想莫余覩。三歎讀道書，孤懷爲心疚。

同　作　　孫星衍

尋幽轉山腰，折杖行數里。離崕樹歷歷，矗地石齒齒。羣峰已低環，玆岡復孤起。巖棲寡俗駕，客至道人喜。開門響叢竹，繫馬落松子。檐澁挂薜蘿，階荒合椿杞。蕉心冷逾碧，茗味苦還美。星燈列金僊，雷火合石理。窮搜已折屐，促坐況陳篋。念沉鐘聲前，影閉竹華裏。眈奇悵將别，臥静想無始。遵路何茫茫，霜林亂紅委。

偕王三沈大孫大遊駱氏園林

出郭衹一里，入村唯數家。過橋追落葉，摇樹起飛雅。上客留題急，名園春信賒。茅籬兩三處，只少酒旗斜。

自句容至江甯半道欲遊青龍山未果

鳴雞聲未斷，一路續山禽。古寺出層碧，當門轉午陰。霜林鞭影瘦，石磴燒痕侵。客飯匆匆去，幽棲未及尋。

自雨花岡北携酒至臺上痛飲復憩永甯泉二首

岡北岡南路，蕭蕭雨黯晨。大都饒落木，不復有居人。寒意欲侵骨，酒香思入脣。明朝騎馬去，無分乞閒身。

荒岡千百轉，知有永甯泉。屋底亂流響，原頭野火然。村童供茗具，行客卧苔甎。到晚逢僧語，憐余未解禪。

同作

孫星衍

寂寞荒臺路，狂眠共子來。居人驚腐脇，行客看擎杯。無復侵袍草，空生貼徑苔。客心懷舊迹，交手步千回。路轉知泉近，泠然漱玉琴。頹檐方列坐，危徑更幽尋。露肘天風冷，鈎衣竹翠深。原頭莫招手，正爾作鸞音。

遊小倉山房即呈袁大令枚

不覺幽居僻，孤行入竹中。鳥驚穿樹客，鶴抵應門童。白髮耽文史，青山作寓公。園西風月滿，二十五房通。

初七日雪與孫大飲城南酒樓

此日樓頭飲，還搜篋底錢。百壺邀冷客，雙燭啓離筵。詩許逢人説，狂驚入市眠。雪花如掌大，偏欲墮吟肩。

雨夜偕孫大宿承恩寺十笏齋讀僧雨疇詩孫大賞其破樓鬼

拜自鳴鐘句相約爲詩贈之竝寄偉然 偉然亦寺中詩僧。

寒風蕭蕭催卷簾，三更枕側開詩緘。虚堂晝短夜苦淹，一僧詩成白髮添。危樓初升雨廉纖，樓角倒射酸風尖。鬼聲隨葉墮屋檐，欲落不落蛛絲黏。琉璃燈昏佛火熸，羨爾險韻還頻拈。一詩刻鬼印玉鈐，壁光游仲亦已殲。粘詩作符可止痁，七字霍若霜鋒銛。一僧垂老甘虀鹽，好句亦復抵十縑。雙編携來驚阿咸，手擘八法爲書籤。子今往矣口若箝，嗟我石闕悲親銜。詩腸已澁韻苦纖，刻削心刃魂難恬。庵深不聞更漏嚴，雞唱喔喔來窮閻。新詩寄將不自嫌，支公遠公誰得兼。函封勿受世俗砭，我詩自有神明監。

將至句曲酌酒與孫大別

共被吟宵雨，添衣念曉寒。故人應話别，尊酒足餘歡。夢逐嚴更轉，詩留隔歲看。雲谿春水闊，隨我把魚竿。時擬同孫大旋里。

夜宿西來庵因憶春初與吴九祖健宿此感賦一首

西來庵畔聞鐘路，聊寄頻年此間住。故人襆被念宵寒，行客衣裘犯朝露。三更騎馬入一村，四更風急復出門。馬毛旋冰馬尾凍，兀兀鞍上愁吟魂。馬頭擊柝聲遥遥，曉星如月照過橋。間敲村店市濁酒，一醉陡覺冰顔消。眠牛岡頭曙雅起，一綫朝暾射林裏。居人宵夢尚未醒，客馬嘶風已十里。

偶成寄孫大

邑宰容狂客，居人識寓公。看山荒署裏，騎馬驛亭中。作達銜杯酒，尋幽理釣筒。吾交有孫楚，詩筆擅宗風。

爲林大令光照題劍俠圖

三尺寒雲落苔井，飛仙人來月無影。秋霜瑟瑟依鬢青，五花靈符佩鎮星。蒼松爲橋石爲室，相與隔橋論劍術。星文百步森有芒，已覺氣冷侵毛骨。神仙幾日離岫中，衣袂常帶朝霞紅。可憐秋水一渠碧，水色欲上摇青瞳。華陽仙令杯在手，説劍知君飛將後。繡緑千年尚不銷，無聊化作杯中酒。

烏翅岡探梅分得果字

秋仲余始來，仲冬歸未果。蕭條霜林下，凜冽雪花墮。園丁掃枯枝，驚見發梅朵。勸客時一來，寥寥此間坐。窗疏露山角，墻缺隱城垛。僻徑偶獨尋，重門尚深鎖。寧知狂客飲，喜與主人左。三兩酌濁醪，圍爐聚温火。吟篇判蔬葽，是日以席間所有分韻。投贈及果蓏。薄酒苦易醒，誰人復招我。

大風登攝山頂望江

山僧出户驚狂客，絶頂立同山木植。蒼松岡南閣一層，飛鳥欲下人還登。白雲濛濛一招手，天風忽吹離立久。雄心直挾海水飛，南望天門北京口。

白鹿泉

松杉已疑蟄澗龍，闌干亦如飲渚虹。天青下合水泉碧，山緑暗裹樓臺紅。鈴簷飄風看百尺，石徑生雲埋四壁。欲從略彴飲寒泉，怯此巉巖墮危石。

桃花澗

寒月欲盡居窮山，道人厭客久閉關。禽棲深林獸藏穴，只有孤客偏忘還。杉身三年長過屋，松古一鱗如瞪目。嚴寒尚厭冰雪稀，静揀山泉濯雙足。

紫峰閣石龕作

幾年捫壁壁忽崩，石頂裂穴藏枯僧。窮冬移來暑復出，愛此雲氣時薰蒸。幽崕無風日色斷，貼屋驚看蟄蟲滿。枯僧定後眼忽開，下視山空地輪轉。

與孫大約作攝山詩久不見寄戲簡一首

我生好怪不避讒，詩到何沈猶遭芟。平生刻骨愛猩鮑，謂此駿馬辭羈銜。騷壇庶復見黄子，能刈惡木培松杉。喜君筆力更食象，病虎不足充君饞。吾曹生世匪無益，一奇尚救世俗凡。風塵顔面日苦醜，人復鋭意憎青衫。森然落筆兩寒餓，豈意共有神明監。窮冬登陟本不惡，遊屐捷過隨風帆。君征喜我百無畏，〔一〕深處往往逢麏麚。山川靈秀積腑臟，剩者亦遺眉端嵌。君留奇句壓嵩崋，岡阜不足窮鐫劖。

幽居菴雨夜偕王三吉士沈大紹祖孫大星衍聯句三十韻

茅菴面山腰，嶢秃各百仞。豹霧釀濕雲，吉士。虬枝結陰陣。渠荒澗猶溢，亮吉。脉斷壑誰濬。梅梢束春魂，紹祖。篁叢定風信。廊敗已剥椒，星衍。階頹尚榮蕣。杉根破石理，吉士。隼爪畫沙印。陰陰結垂螺，亮吉。歷歷伏蹲鵔。坳奇卧猶局，紹祖。崕滑墜甘殉。盤鶻啾巢寒，星衍。饑鼯竄枝迅。龕深黑初透，吉士。

壁合紺誰釁。苔緑掩佛臍，亮吉。晴紅閃妖瞬。層氛塞巖罅，紹祖。積踵陷石躪。藤影交怒蛇，星衍。樓形露飛蜃。絲垂暗天網，吉士。蹷濕鮮地覶。蟻穴訝走珠，亮吉。蛟宫伏奔汛。微濛霑裘毫，紹祖。幽滴沐少鬢。窗風短燭焰，星衍。石气浮礎潤。呼酒拭敗几，吉士。割鮮借銛刃。饞嫌鴨脚瘦，亮吉。渴若鯨口進。驕吟帽先側，紹祖。恥醉魄尚振。枯僧刻殘香，星衍。雛僕匿斷燼。狂才愛披衲，吉士。癯客厭垂縉。循玆袂徧襬，亮吉。愧我髮鬅鬙。無舟遂藏壑，紹祖。有骨苦行殯。奇懷逼神惡，星衍。怪語奪天吝。佳遊真逝鳥，吉士。去日更馳駿。良朋偶散一，亮吉。時沈大欲先回。寒月驚過閏。蘧廬大誰息，紹祖。傳舍閒亦僅。狂遊謝紲絆，星衍。兒戲學齠齔。莫聽嶺鐘鳴，羈心逐轉軔。

小除前一日與孫大城北痛飲即送歸句容度歲

一旬歸客狂難已，十日醉眠呼不起。我病何能謝友朋，君才頗不容鄉里。城門樓西放晚晴，我歸惜君還遠行。酒徒無人只爾我，兀兀共把深杯傾。我憐歲月去不回，日晚聊折墻頭梅。墻頭梅花贈行客，明日東西復南北。男兒行路亦可憐，道上飄零寡顔色。君今二十衣仍素，我入中年鬢難黑。粟米愁餘損道心，文章富後供人役。金陵昔時共酒杯，前輩亦復知君才。我甘黄金與千擲，君被紅顔惱百回。紅顔昨日非今日，歲宴相逢又相失。富兒門巷鬧車輿，貧客衣裘厭霜雪。荒荒衰柳出層城，冷巷窮門爆竹聲。津頭戍鼓方三下，屋角疏星已二更。新詩別我何橫放，同輩誰能出君上。世上兒偏苛細微，里中姥忽驚奇狀。還君歌詩酬一卮，鄉黨豈足容男兒。人生貧薄亦何厭，握手只惜爲歡遲。孫郎高歌狂轉甚，別我還因接王沈。破産明朝事遠遊，典衣此日供荒飲。此間亦有趙與楊，累日爲爾稱離觴。座中卜子庶同調，送客獨至官河旁。官河迢迢夜程黑，倦僕離披立船側。一風鼓棹不得停，明日還家已除夕。

同作

孫星衍

千杯酬我上北邙，不及容我生前狂。千言相思寄行路，不及逢君得君怒。君來巷南雙拍肩，入市欲藉糟丘眠。六街隆隆塞賓從，酗酒還呼乞人共。市中先醉識子兄，入座不飲如公榮。卜生吾交君未識，揮袂徑使飛千觵。市橋來看立重足，更脱纓裾舞鸜鵒。我生志大不自量，非薄曩喆如粃糠。小儒不答風射耳，愛我如君合心死。屈魂鮑鬼不可呼，我識二子今應無。百千年來復誰樂，六十日醉真吾徒。凡鉛難燒石難煮，此脅應歸濁醪腐。眼中絶業合有傳，身後榮名苦無主。三更惜别各不知，欲去顛倒前相持。幽魂如絲墮空闊，側聽鄉語離多時。菰蒲蕭蕭夢中過，骨冷猶疑枕君卧。

送汪秀才中歸里

不敢居鄉里，來遊戀友朋。狂名偏自慰，絶業許相矜。我病心無竅，君愁眼有稜。明朝風雪路，應亦厭飛騰。

十六夜偕諸同人步月

破墻明月上，從爾復東行。一市鐙明滅，三更酒淺清。笛聲隨岸遠，䧿羽墜巢驚。無復童年戲，牽衣入曲城。

句曲與孫大遊鳥翅岡探梅

荒岡野橋谿水清，我初來遊因沈生。橋邊古梅百餘朵，瘦影入柏何縱横！孤艭東去復逾月，來此已聽春禽聲。花間氣候亦殊絶，墻北飛雨墻西晴。看花人老苦無暇，可惜數日還東行。油衫泥韤二三子，勸我花底傾餘觥。看花初舒復盛放，不待花落非人情。孫郎高歌值好春，瘦骨我獨支花辰。繞花百匝與君别，明日病馬騎勞人。

句曲與孫大别

長亭有春草，可以復遠行。我今别君歸，憔悴無歡情。可憐手中花，不及堤上草。隨我東西南北行，因風零落何能好。一生不合工隱憂，早與俗士成愆尤。閒門冷巷慣飄泊，一刺更厭逢人投。君知我心如皎日，我念君情比明月。落拓君真與世殊，狂名我更從人乞。世人與我争百年，擾擾禮法拘名賢。讒聲笑口有時止，我共君名入青史。邑中大姓讒馮君，桓生自識楊子雲。里中少年辱韓信，異國偏能重廉藺。

君今抑鬱何所爲，莫自憂愁減青鬢。我行折君墻上梅，數日念爾還東來。插梅泥中有根本，君若不來梅瘦損。江頭水色深復深，不能隨我去潁陰。潁中兒歌亦堪聽，對酒聞歌發狂興。一日寄一書，百日祇百回。莫嫌信使久闊絶，江口時有淮船來。淮船遥遥出江汜，欲别心難贈知己。我去真髡集戟烏，君留更作趨庭鯉。貽君書籍貯閒廳，絶業無如校六經。芟除園草種叢竹，俗客不到門嘗扃。君憐别語方離口，我念征人復回首。曲岸初生黯黯波，層城已隔青青柳。

社日雨偶成

短墻矮屋横如艇，杏樹垂枝入苔井。窗外濛濛濕雨絲，折花聲裏春人醒。蛛絲黏户暗不開，蒼鼠出牖銜莓苔。三條闃小雨聲滿，静聽蠟屐衝泥來。此時樓北亦啓扉，細響曲折升層梯。空園初春悵無侶，小兕東風社公雨。

憶孫大

所思終不見，日夕對衡宇。暗牖翻月波，驚巢墜棲羽。沿門柝聲響，夢醒識人語。燭燼暗不光，薄帷風自舉。塵虚繪遺跡，琴慘續遥緒。古井時一聲，知零前夜雨。

盤馬圖

君如有氣吞西域，兀兀草間騎一匹。馬頭飛鵠閃神弓，直叱驊騮與爭疾。我騎欵段亦狂吟，雅有男兒一寸心。贈君芻糧戒君御，獨向城西望君去。

寒食出遊作

眼明不欲看春水，意懶只合尋殘花。殘花飛飛不辭遠，風急復入春人家。蕭閒橋北遠市聲，我逐燕翦登春城。春城東西夕陽好，蝴蝶雙翻女墻草。紅橋白塔臨水旁，十里目極黄花黄。黄花叢邊故人住，死葬花香最深處。謂馬秀才廣運。沿谿楊柳記同攀，詎料都成墓前樹。死友已死生友狂，鄉黨欲斥憐孫郎。城東乞者飲君德，百徧問爾遊何方？我尋春出亦偶然，寂莫歸喚臨谿船。聽歌買醉亦有處，恥與俗士同周旋。

清明日諸同人餞予旗亭醉後賦此

君知我狂休更激，醉中牽人醒不識。君知我倦休復來，夢裏得句醒還猜。十年寥寥賞音寡，四座誰人手堪把。君今欲看隴頭花，使我頻隨富兒馬。東門城上放陽春，青眼看春有幾人。城中車輿盡東去，日莫不斷花間塵。欲行不行誰與共，獨客緣知乏人送。谿南燕翦忽西飛，十里隨人去如夢。

上冢

今朝原上草，萬緑慘一望。北郭展嫩晴，東塘拓新漲。全家兹上冢，人語雜烟舫。岸柳記昔移，山泥識初葬。林紅逗遥溜，窗碧啓虚障。新月眉際垂，春花袖中放。遲歸待深眷，薄飲接幽貺。十里颺紙錢，春人復惆悵。

夜泊金山寺

柳絲垂黄不垂碧，雨脚飄青復飄白。風林吹散一萬雅，隨我東來蔽江黑。前舟只聞柔艣聲，風水不定愁宵程。後舟微茫接沙尾，稍辨人聲出蓬底。一更初明山寺鐙，二更雨止歸寺僧。三更棲鳥避光景，塔漾空明七層影。

江上曉行

船頭明月已四更，孤客幽夢隨潮生。寺樓疏鐘祇一聲，北風吹舟南岸横。晨光初浮港口沙，微雨已落江南花。江魚千頭迎日華，水色艷艷明紅紗。朝暾東來月西缺，却視隔林星景没。舟人無言去帆疾，欲至真州岸頭歇。

遲孫大不至

相識隔百里，待來殊不來。酒邊雙淚落，身外一花開。病婦裾應孽，狂交札復催。城南風與日，遲爾上荒臺。

遣僕詞寄汪二尹蒼霖

予方愁，汝莫哭，主人堂前遣一僕。主人一步僕即隨，三月西來無斗粟。朱門騎馬誰家子，僕學主人還上視。人嗤汝拙汝莫懲，遣汝去隨强項丞。

雨花岡北小飲復至西天寺久憩

探巢豈止墮鵲卵，捫壁且欲尋蝸涎。百壺遊春不知遠，醉倒只乞墻根眠。花枝滿身縈緑煙，酒面冷貼青苔錢。夭桃嬌春柳絲憨，竹裏樓高有人占。花須隨蝶自悠揚，露眼窺人復明暗。原頭𡕥心吹冷香，衣上日脚明殘黄。殘黄過水光不没，一半驚看入墻缺。谿南古屋三四家，已有幽人盼新月。

自岡北至暢春園看牡丹因憶去歲與孫大醉飲處

日晚迷歸路，隨雲度北岡。野花沿岸白，新月過橋黄。百里虚傳札，經旬待舉觴。臺高更孤上，無復昔時狂。

落拓居人識，相逢索酒錢。好春餘幾日，爲客入中年。竹冷怕侵鬢，枝低更壓肩。明朝一雙淚，真欲墮花前。

上巳日寄孫大 時擬重遊句容。

短後衣看逐短輪，荒塗擾擾值兹辰。銷殘塵海無奇士，寥落雲山隔酒人。痛飲揔虚遥夜約，狂吟苦覓昔時春。浮萍飛絮都飄泊，好向閒中悟此身。

重過拈花庵

尚欲隨雲度小谿，四山殘月眼都迷。塵中惘惘千年鶴，夢裏荒荒五夜雞。客久竟須忘巧拙，塗窮寧復辨東西。拈花庵畔枯僧老，一再逢人乞舊題。

得句容諸友人札

九十山程折簡呼，尚憐狂跡滯窮塗。禰衡自欲兒文舉，爰盎偏應弟灌夫。爲客百年悲白日，論交一輩近黄壚。重來只向閒街走，多恐人知舊酒徒。

書事

户勘灾荒里訟冤，心清久厭吏庭喧。早聞市卒添梅福，已覺衙官少屈原。脱屣何能喻妻子，挂冠終不夢田園。憑君洗眼看塵海，局促誰人尚守轅。

客句容署中以縣試不得出寄孫大

夢醒空自惜年華，法鼓聲聲報晚衙。兩度揔慙巢幕燕，一春只看隔墻花。窺鐙鼠怯穿衣桁，緑壁蟲驚落畫叉。我自懷人不能寐，高吟時復振窗紗。

偶成

莫學王公寡宦情，耻隨平叔竊時名。百年我聽村雞舞，一輩誰先仗馬鳴。孤客感時雙鬢改，小樓入夜衆星明。亂雲堆裏重南望，水黑山昏斷去程。

重至句容

莫歎頻來席未温，一旬騎馬入朱門。蹇年不復營妻子，岐路翻成戀友朋。烏鵲辭巢知樹冷，狐狸窺院趁鐙昏。浮生迸入今宵夢，夢破勞勞斷客魂。

寄張紹南

只隔橋南北，離居未得同。酒魂沉盞緑，春夢壓鐙紅。念爾孤生蒂，憐余獨轉蓬。鄉心與流水，日夕向川東。

觀棋圖

山風颯颯卷床書，日午聊將倦眼舒。携得橘中雙病叟，三株松下鬥秋儲。

句容遊孔氏園亭

參差黄白一畝花，竹扇闔處知誰家。青衣亭亭復孤立，手搏飛絮團輕紗。深紅淺碧開錦屏，萬朵綴壁如華星。我吟一句一星落，片片飛入谿南亭。閒門却映深深竹，竹葉濃遮鳥巢緑。簷前鳩婦鳴不飛，静看水塘烏浴浴。

三月二十日夜與孫大挈榼至城上飲

華堂非不樂，相與草間飲。擾擾千百中，孤生自殊禀。君來携一榼，味復異烹飪。曲木藉作盤，曲枝勞作枕。回瞻白楊路，先有石瓶寢。酒面鋪月光，鬼風吹懍懍。

趙大懷王招飲醉後却寄

朝狂飲百觴，莫狂飲千鍾。恨客只說樊少翁，怪君何招蓋次公。立談一語咸失歡，醉鄉天地何能寬。醒時頗知客顏色，兀兀一尊移面壁。酒狂於我不可當，一月不出蓬蒿堂。讀書只欲究世務，放筆安肯爲詞章。胸中之奇亦思吐，意欲上書丞相府。直將心跡寄青雲，不用頭顱入黄土。

郊行

十日耽狂飲，兹遊欲避人。衫輕蕩飛雨，髮短入流塵。僧古百年衲，松閒七尺身。東門橋下水，照影失青春。

廢寺

尺五當門草，心知久閉關。亂墳三畝地，幽夢一房山。客鬢慚行役，僧修厭往還。尚留遺殿址，凄絶此松間。

種蔬

食力祈無暇，經旬獨種蔬。狂難知死所，儉欲夢生初。井李偏愁咽，墻蒿尚欲鉏。何因棄貧病，知好亦全疏。

得孫大書

我書必雙函，君書亦百紙。書來幾回讀，淚落忽不止。我顏如灰君色苦，夢慘從君聽街鼓。離堂一鐙分搆思，病婦黄頰支多時。忽然好句落吟管，晦日寄我城南詩。華年只覺奔馳急，君匪春人我三十。舟檝終慙身世浮，龍蛇苦羡秋冬蟄。一生一死安足愁，生我何不如蜉蝣。傭書朝暮自一室，揔閲百歲同憂囚。離居入夢華陽阪，冶葉倡條識春晚。生魂應挂楊柳枝，雨濕風飄不能反。

校勘記

〔一〕君征喜我百無畏　「征」，《北江遺書》本作「狂」。

附鮚軒詩卷第八

天台雁蕩集（丙申）

獨鶴行寄黄景仁

獨鶴亦不高，如人長七尺。羅張網布不可以暗飛，悄然墮爾秋原之孤白。幽蟾光短不得長，一星當天病眼黄。鶴于此時何處翔？不隨雅頭青，不隨鴨頭碧。不隨愁鴻南，不隨悽燕北。汝黑汝白不可知，汝南汝北我則思。君不見，羽毛如霜膝如鐵，汝今雖遠遊，慎勿使霜毛摧、鐵骨折！

飢鵷行寄孫星衍

飢鵷爾何來？聞自天上墮。世人不知爲奇祥，聞聲而驚反懼禍。何爲牽汝頭，縛汝脚，使汝烏不烏，鵲不鵲。墻傾月明，庭低露凉。秋蟲食之，令人心傷。徘徊不能行，我見驚是飢鳳凰。君不見，鳳凰雖已飢，光采自不藏。猶吐五色雲，高若百尺墻。世人文章休目迷，我辨毛質皆山鷄，不然何以飢鵷苦飢汝苦肥！

病馬行

秕三升，稭一尺，馬病空槽不能食。神駒力屈亦有時，馬今不病主不知。青天白日，蓋此四野。馬辭主人，哀鳴共下。鳴聲不欲高，恐復驚道邊。世人不相知，謂馬爲乞憐。文絲十尺絡兩羸，主今復飾㾐駱駝。君不見，同生相逢尚相失，空費黄金求死骨。

獨居懷黄二

二十力學經初横，三十著書還未成。鄰家老翁苦搥壁，欲睡厭我咿唔聲。園蔬青青食貧始，此意何能喻妻子。富人僚婿苦見輕，自審貧薄何由齒。我貧于世應食力，八口還嫌婦慵織。瓜葵未飽緣年歉，藥物預儲愁里疫。雅無親串饒知己，遠寄雙縑潤行李。肯將心力事時人，月值纔能謀粟米。故人已獻《長楊賦》，自説雲霄尚無路。飢寒念爾筋骨疲，百里津門直徒步。與君同家谿水頭，午日簫鼓喧中流。我貧頗復厭薄俗，不遣病婦登高樓。還愁賃屋豪家側，簷溜傾庭積卑濕。苦吟時復過三更，墻裏竹竿知月直。

舟行三塔蕩看月

湖堤昨日崩新漲，青石屼嵲紛相向。舟人飯罷銜北風，擊鼓船行三塔蕩。湖堤灣環湖月白，復有斜陽半湖赤。橋門去水只數分，波底接天無一尺。前帆已礙雅巢過，後艇方驚魚窟出。空明積水漾蒲衣。寥落居人飯蓮實。船頭明月忽已過，不若夢裏聽吴歌。前山白雲如絮多，明日急雨翻層波。

雨過石臼湖

溧陽之南集商舶，百錢買舟長十尺。推篷漁叟不識人，錯認湖頭販魚客。微風吹篷雨脚粗，一日一夕穿層湖。水花空明映蓮葉，時有菱角翻菰蒲。漁人網結湖邊宅，笑指層湖作衣食。牀前水淺撈白蝦，竈底泥深探清鯽。五湖天闊煙水通，放艇只憶陶朱公。按范蠡所泛五湖，此其一，餘不出當塗、蕪湖界中。故人戲語天倘從，老作石臼湖中龍。同行周君所言如此。

簡黄二景仁

東西南北誰能達，一月不寄長安札。金陵江頭候消息，兀兀束裝聞欲發。泥中垂翅亦其理，殿上策名知有幾。時獻賦報罷。我貧已是歷三州，嗟子何不遠千里。男兒脱身行路旁，素面日益塵沙黄。黄金臺前集多士，笑爾八尺身空長。斬蛟射虎縱一往，少年何必齒鄉黨。能容卿輩詎止千，雅識國士真無兩。平生亦知少所與，憶爾唯同瘦孫語。我因作客締心知，女也得人非貌取。余與孫子訂交因黄二。君家南頭住狂吕，百斛龍文亦思舉。矜名苦遭時俗駡，得句唯邀鬼神許。可憐蹤跡二三子，母病妻愁總如此。固窮不出誰能勸，離俗未遠吾猶耻。長貧甯使婦無褌，不遣朋來缺酒尊。當時總角共言笑，一輩更有誰人存。讀書雖多顏不迂，食力既久形非癯。乾坤亦憐壯心在，不使齎恨填溝渠。别離幾載無苗麥，君意欲歸歸詎得。三間老屋蒿數尺，十畝荒田禾半石。世奢豈復慮終始，我儉纔能救晨夕。瓶無斗粟休謀肉，身有葛衣應賤帛。狂來苦欲慕前賢，俗薄何能謝其責。我今作客苦乏資，女復告我歸無時。窮愁屬女休苦思，破悶聊寄孫郎詩。

五鼓出句容東門聞孫大已先期走送不值却寄

君乘殘月來，我逐荒雞起。華陽門邊後先出，豈意違君復數里。原頭草荒行接天，病馬兀兀楉楊鞭。谿橋東西路還判，別夢隨君已零亂。君今驚魂不自招，我逐暗影徒飄摇。春泥深尺那可跡，蠟炬遺灰杳難覓。哀笳三更復五更，憶君出城還入城。悲來無端念死生，此別惘惘俱吞聲。

紅梅閣夜坐贈道士王清真

勞勞定何意，擾擾遣久住。兀傲七尺身，特立百年樹。幽蹤無端心賞僻，喜聽禽聲厭人跡。即看松櫟醒醉顏，愛向宵深坐壇石。堂中飛仙人，一一古丈夫。莓苔陰陰塌西壁，怪此慘緑生肌膚。棲真幽人顏色醜，月午臺前禮星斗。塵沙十尺障眼脂，對面甯能辨誰某。蘭心玉質脆不堅，國士何以無長年。豈其奇才眩世目，不遺白髮垂吟肩。沉心觀物亦如此，幾徧梅枯栢難死。辭家君欲侣松喬，入世余愁對妻子。鑪煙已滅飛暗灰，道童天曉殊不回。振衣縱步出門去，歸路覺我形神摧。

寄朱博士沛

君昔送我時，城南廣文宅。門前青竹竿，森森月華直。博士今冷官，謀餐不能飽。頗感招客勤，盤中飣梨棗。我愁鬢髮疏，君若牙齒缺。相識只一年，驚看五回別。縣丞輸餉作，大尹賑饑詞。絶憶窮衙裏，都工五字詩。謂汪蒼霖、林光照。

將遊白紵山待同人不至

百日低眉坐，看山眼倍明。静餘戀屐想，狂即拂衣行。破冢愁尸氣，荒邨覓吠聲。何因久相待，幽絶晚涼生。

白紵山半望江北諸山漫賦

前行未及松頂𨵿，半嶺已落天門山。晴江帆風走十里，望去不越坳堂間。江天空濛雲百頃，行人舉頭天壓頂。驚濤隨風落耳邊，長松蕭蕭日没景。丈夫生世不合閒，履險始得開心顔。吴船百斛看横渡，卧穩亦覺魚龍頑。何時疾帆飛，渡我至江北。黄河决處看迅流，使我軒眉畫奇策。潛行欲索河伯符，不佩五嶽真形圖。魚頭誰識可换黑，黿眼切莫輕塗朱。山川英靈幾人在，看此横流日歸海。杯底銀濤雪浪飛，鏡中緑髮朱顔改。山雲欲出山雨從，越嶺已覺聲洶洶。君不見，壯遊能消磊落胸，愛此激電鋪江紅。

于湖曲

《晋書》：「明帝微行，至于湖，陰察王敦營壘。」于湖，縣名，屬丹陽郡。《樂府》誤作《湖陰曲》，《温尉集》亦然，今正之。

一言不合收斬鼉，利劍入座光新磨。虬須心懸祖龍坐，拔劍指天雲欲破。營門三日兀不開，妖夢豈識真龍來。原頭天低日輪黑，日在幺麽夢中赤。將軍大呼蜂目突，十萬奔鯨聳皮骨。豺聲一出衆已驚，怒叱百馬追龍行。君不見，西飛黄塵東掣電，赤日上天龍入殿。

方布衣薰寫幽居圖見寄賦謝

男兒已自辭官府，壯歲應須立門户。八口終嫌無事貧，一身肯作多錢賈。感君爲圖伯夷築，愧我未學樊遲圃。年豐祭止陳魚菽，歲歉賓應缺雞黍。承顔竟日説桑麻，入室三時響機杼。山田定早輸農税，臘月先聞擊村鼓。波平百尾齊上竿，雨急萬菌争出土。瓜桃未熟鄰先餉，錢帛可通誰是主。過因不事斥官蛙，未厭無稽傳市虎。能憂雅欲師唐魏，問俗甘不如鄒魯。譚知野老慣掀須，讀飭兒曹莫刺股。田廬課後童無約，種植經存茶乏譜。立談客可贈一囷，量腹我纔消二鬴。君不見，三間老屋亦太古，兩足木牀穿未補。男能辛勤女作苦，一月共得四十五。

姚良年鑄奸鼎歌

君不見，山之南，鬼止一足行趻踔。君不見，山之北，蛇垂兩頭人不識。乾坤浩大何足窮，日月匿影于巖側。奈何天生人，人復發其覆。形幽迹殊詭，一一誌篆籀。蠆身虎質非不仁，何必責獸皆麒麟。援箬攫綱理有饜，得食尚不嫌雞豚。怪哉神奸只食人，狂口嚼嚙憎人馴。遂令居高揣肥瘠，食盡不懼天公嗔。人觀此鼎毛髮逼，我謂鼎陳神鬼惑。豺狼當塗狐被劾，熊羆噬人貉遭責。一言君還縱姦慝，百怪誰甘受雕刻。强吞弱肉理豈容，造物未必終夢夢。森然顔面待鑱削，舍此更欲求良工。君不見，經蟲雕，史檮杌，飢餐人屍渴人血。問工何時鑄饕餮，四十八州争獻鐵。

與孫大飲鳥翅岡主人園

鳥翅岡頭路，春殘屢欵門。後來無此客，别夜肅清尊。病覺詩篇短，狂憐骨相存。千杯吾未厭，渾欲釂狂孫。

賈孝女詩 高郵人，翰林檢討賈兆鳳女。

一臂落，節獲完，兩臂碎，孝復全。刳膚活親奇女子，兒臂若完心即死。左臂療母母不亡，右臂封肉乞父嘗。骨肉已合肌膚傷。肌膚傷，兒勿惜，親在還能念兒瘠。君不見，親身康强家乏食，兒合臂創須事織。

九井山讀書歌爲朱明經滋年賦

望山山不登，卷書書不讀。山奇要戴巨鼇首，字古須搜蠹魚腹。我聞昆侖高，員嶠奇，發興欲遣愚公移。復聞秦王墳，不韋冢，兀兀陳編富周孔。腐儒執經休聚喧，中郎發邱須置官。寰中苦無名嶽住，地下或有奇書看。願君讀書能棄書，鼻準磨墨人嗤儒。願君入山不識山，山雨滴硯扉嘗闗。君不見，山扉嘗闗山徑阻，九井九龍稱地主。井泉聲寒誦聲苦，願君飲此可釋暑。

偶書

收得城西博進錢，一旬七日啓華筵。閉門只共屠沽飲，羞殺城東惡少年。

七月十二夜偕孫大暨王吴二秀才易僧服泛舟訪青山莊故址薄暝銜醉歸仍至旗亭痛飲四鼓乃别 莊爲京江相國、孫布政适别業。

清秋携客出郭門，名園傳自丞相孫。當時官富乞休早，聊以暇日娱清尊。名園蒼蒼列松柏，此地由來遠城北。無山而山名以奇，飛白當門題徑尺。平泉莊啓賓客多，往者不樂還高歌。鄉閭我識陸恭仲，試語舊事勞滂沱。曾言騎馬園南走，斥買閒田起岡阜。田夫築土經幾時，老去園丁變樵叟。横塘水涸煙雨荒，夜久月白西頭廊。傷心并乏狐兔竄，秖有曲院藏牛羊。山纔一成谿數尺，谿礐菱魚山礐石。水車載水注旱田，山丁移山入豪宅。百年老樹惜不得，大斧摧殘落巖側。寒窗無櫺户無格，署券園南索昂直。可憐憔悴張公子，辟債臺高客中死。諸孫寥落寡屋椽，依偏相公門下士。相公昔日崇清儉，盤馬廳成寡欄檻。哲嗣移家志已荒，多金築室心還慊。盛衰興廢無百年，看田作園園作田。林禽埜鵲遞相誚，巢樹不定頻遭遷。吾曹痛飲愁何著，退院僧來借衣著。三更艇子不得停，歸及江城鎖門鑰。

八月十三夜偕趙大懷玉令姪學愈暨孫大携酒至覓渡橋上飲

前宵飲城東，昨復飲城北。偏驚里中兒，成群喜觀客。城西岸頭七尺橋，紅欄却喜挂酒瓢。狂孫短趙幸俱集，共説月好輸今宵。人生放手即復左，遠夢遥遥落飛舸。瓠腰蔆角秋正鮮，明日縣南誰醉我？

中秋夕邀同錢唐郭焜暨孫大吕大携笛及酒至雲谿泛舟作

雲谿里中夜四更，無多少年只郭横。傾囊携來一瓠酒，欲覓同輩吹新聲。孫郎歌殘意不懌，隔岸還招吕生笛。五年圓月歷五方，喜此復得從君狌。回洲三面眺明鏡，升樹百尺餐清光。歌聲飛來壓簾重，可惜谿南百家夢。隨聲吹落波影中，宿燕啾啾復離棟。吾曹吟魂怕歸束，尺五菱舟載人六。風塵明日即别家，辛苦牽船不居屋。

嘉興煙雨樓

川凄雨復凄，天遠雲亦遠。寥寥沙際檝，擾擾竹中館。卑鄉集魚蠏，豐歲樂鷄犬。煙柳積百重，坡塘信千轉。征衣既頻質，寒序忽更暖。日午候北風，應看去帆滿。

雨霽登飛來峰

積奇登兹峰，峰卑阻雄眺。煙蘿雖復翳，巖石苦未峭。秋霖雜飛瀑，深谷積泥淖。窄訝虺蝮居，圓摩蝙蝠竅。朋僚厭幽濕，攀樹引夕照。空此邁往心，松門一舒嘯。

傷鱗賦 并詩

洪子以丙申之秋，蒼皇遠出，斯時也。聶政有母，寄姊嫈之家；文矩別妻，歸弟法之宅。十口遠送，百錢從行。車輪折於吴門，征帆淪于越市。猶復踰越險遠，窮來會稽。狂吟墮魂，獨處失影。鬻故衣於市上，備乾糗於日中。楊朱遭岐塗而悲，元伯念死友而泣。爰作傷鱗之賦，以寄所思。其辭曰：

鱗兮鱗兮！產於西蠡。柰何來遊，困此越谿。惟此越谿，匪子之依。投絲於南，設餌於西。蓱之有實，子不得食。首之斑斑，魚尾之赤。所思如何，我江我河。何時旋歸，送子涉波。念此涉波，有魴有鱮。餉子藻蘋，慰子風雨。一鱗之困，心焉永傷。一士之厄，于何不恫。惟翔思林，惟伏思沼。爰作傷鱗，以配窮鳥。

有讀傷鱗賦而悲者爲作二詩

囊金達千里，貧賤死里閭。柰何抱饑寒，顧欲處路隅。鯫生足文史，於世何所須。陶朱一何賢，泉明一何愚！

北風凌朝至，悲我無衣裳。念之輟晨餐，晨餐亦難望。入市有所需，餅餌索少嘗。多錢不能供，少錢不充腸。嗟嗟復嗟嗟，我僕泣路旁。

九日登府山望海亭寄里中諸子

沉憂匪不傷，夕鬢朝已改。侵晨冒幽險，飛鳥忽不待。山氣何凄凄，危崕匿陽采。寧知吟眺處，先有數人在。莽梗離北江，浮蹤眺東海。行傷居者病，去惜僕夫殆。禰衡憶孔融，侯生結朱亥。徒悲成令節，復此念前載。歸計辦耦耕，無年願同餧。

曉發曹娥江

晨帆縣江開，夕騎府山發。秋原易風雨，喜此天宇豁。微茫數峰轉，奮迅百里達。篷寒服朝華，檻膩積流沫。蘋花聚川氣，蒲節散石髮。眼識化隼鳩，心傷祭魚獺。川程此迢遞，山驛方峭拔。甫託東歸雲，還繙北來札。

虞江舟中晝眠夢孫大

雨淚忽不停，心傷枕函重。簾帷開虛風，秋陽暴幽夢。悲兹遲遲日，幽鳥時一哢。非無求友志，首疾念予仲。三旬滯鄉邑，百里走相送。放檝余已遥，奔駒爾難鞚。徒云堅後約，待此川澤凍。遠恨一以生，尋君舊詩諷。

晚泊櫟樹灘

黄悲西逝日，紅傷秋末花。羇聲出叢薄，暗影聚回沙。抑鬱川原棹，凄迷山半笳。停餐征騎集，持火夜程賒。推篷見孤月，何心不憶家！

自嵊縣至天台山行雜詩

楓生北山上，葉落入西嶺。傷此東南風，愁看去來影。蕭條莫天氣，悽瑟絶人境。露草黄一壇，土花紅半井。傷禽既相戒，廐馬行復警。寥寥天地心，窮秋一深省。

夜吟方倚樹，曉夢已入竹。風鈴散疏聲，懸鐙照悽緑。頗欣謝塵事。息仰在深谷。迹感鎩羽禽，狂驚失群鹿。窮鄉此留滯，樂歲苦躑躅。豈念懷與安，徒成歌復哭。

青谿多道士，華棟祀僊人。緑屬封君達，酡顏賀季真。林腰束雲岫，谷口入風塵。川緑疑成雨，巖紅忽覺春。開窗怪禽集，繫檻野猿馴。無由乞靈藥，終此駐閒身。

鐘沉遂無聲，燭滅忽有影。還登落月峰，眺此奔雲境。荒荒北來水，阻此西去嶺。客久亦撫心，僮勞屢延頸。來蹤匪無戀，去志忽不猛。寒月無裳衣，徒憂涉波冷。

山禽呼水禽，棲息多在户。夏蟲語秋蟲，寒久何忽暑。川原既相間，凉燠各有主。車馬喧寂中，勞勞自爾汝。征衣冒荊棘，客飯雜塵土。曰發斑竹山，言尋白蘋浦。

秋心何其紛，宵念亦不一。思隨麋鹿遊，矧有犬馬疾。遲遲及沙岸，擾擾駐巖室。霧徑杳已迷，星塗易相失。寒頻怯風信，飢苦藉木實。明發登北山，行當復三日。

台州使院雜詩寄孫大

秋風何其悲，冥雨入空隙。林鳩啼檐端，晨光慘將白。同儕渺何所，衾中斷行跡。簾櫳悲深沉，青鐙挂餘壁。階除展余步，墮瓦甫及額。竹柏凄一林，東西緑苔色。回房昔清讌，饑鼠嚙歌席。誰聽晨鐘鳴，聊來視孤客。

山樓與水樓，高下千百級。南城視北城，飛鳥亦不及。離離夕雲起，裊裊晨氣濕。枯薪既盈路，墮果欣可拾。獨客窗際樵，居人樓上汲。孤猿乍驚竄，已復傍人立。旅念亦已消，經旬滯鄉邑。

秋衾既迢遞，冬夜凄以肅。非因念遠人，胡爲秉明燭。明燭何搖搖，光紅倏成緑。懷哉不能寐，深室遺僮僕。帷帳列北隅，緇塵拂茵褥。衣裳久顛倒，書史誰復束。昏旦一以違，鳴雞喚人宿。兹邦及鄉邑，東西千里遥。林禽皆殊聲，感歎同枝條。抱痾來幽巖，辭喧及崇朝。雖曰積驅馳，文史亦已勞。日晚忽北風，廛廬送塵囂。鬱鬱梁棟間，巖雲不能消。登涉興轉孤，歡讌理必招。因悲復成篇，歌竟還長謡。

西軒夜吟寂，北寺鐘聲歇。山館落葉深，荒黄不因月。三更啓南牖，頫仰眺叢樾。墮石響北林，奔雲動城闕。巖要怪風起，老獸亦離穴。中野忽一鳴，哀聲振寥闊。霜巖肅帷幔，寒至砭肌骨。已念無衣裳，誰能坐棲瑟。

游思雖無方，鬱積亦有在。自與斯人違，沉沉歲時改。秦嘉傷婦病，范冉值妻餒。禽窮只守巢，萍離乃飄海。吴雲既昇滅，越嶺復崔嵬。子有東顧憂，予貽後時悔。蕭條此陽月，惻愴日無采。歸日東郭門，何人岸巾待。

見有倒松爲橋者

老樹裁爲橋，其根施作艇。纔辭怪鳥聲，已動游魚影。

謁禹陵觀窆石

蒼梧之崩竹已斑，黄熊之殛血復殷。人疑賢聖盡野死，亦識君父非生還。地崩山傾水泉出，誰識防風悍侯骨。誅龍于淵首不殊，絶鼇于山足不缺。茲陵峨峨獨百尺，豐碑蹲南穴列北。雲埋山昏人不識，四千年來一横石。當時神功爲劚山，山石已破摧天關。殢紅尚帶海蛟血，慘緑入骨生斒斕。江淮修修怨神女，生魂不招柰何許。塗山立石石不語，鬢絲爲風沫爲雨。乾坤功大甯復論，截江作國封末孫。我疑無物可酹德，庶海作醴山爲罇。君不見，驚濤昨日入海門，海岸已没千家村。時蕭山海塘屢壞，漂没人家。汝曹面目須感恩，不爾總戴魚頭奔。一坯山青一瓢海，疏鑿功深孰能改。神祠無窮石不毁，息壤千秋復留彼。

無錫舟次與孫大别倏忽三月詩已代簡

一船如梭眠不得，更覓一船東作客。推篷見我燭燼紅，落月懸君布帆白。錢唐江頭惡浪軒，我别郭子無一言。東西遥遥屢揮手，淚落不落中心煩。飛蓬無根逐風起，東去一千三百里。離家百日不得書，欲覓南谿北谿鯉。山中食桃還憶君，足繭遠踏東峰雲。貽君許覓鮑家艾，申旦入谷勞樵斤。寒風蕭條日西馭，破樓懷人獨箕踞。冬窮臘絶春不生，天盡海飛人復去。

自黄巖至樂清經盤石斤竹十餘嶺兼望雁蕩諸峰作

舒心及朝陽，結念向西日。奔星空谷中，驅濤廣川末。遵途念寒病，履險恃頑質。連峰驚西回，奔厓此孤突。危維天柱險，陰訝地維缺。目極泛海舟，神迷入山轍。離蹤念松桂，幽賞寄芝术。終憶謝守言，歸同阮生述。

持鐙何遥遥，照此前路濕。心傷戍樓鼓，值我夜行急。巖雨何蕭條，奔雲及原隰。林猿既哀嘯，宿鳥感回集。絶嶺一以長，衣驚北風襲。宵餐念難飽，僕馬誰更給。途慘且復行，嚴程尚三十。盤松岡還長，斤竹嶺亦阻。非因征客疲〔一〕，兼傷馬行苦。遲遲發長道，出堡值亭午。前旌既穿屋，後響復沿浦。絶續十里塵，巖花渺無主。冬川感陰翳，昏谷事仰俯。藤蔓慎莫牽，先愁客衣補。林紅無天光，竹緑補地影。藍輿及曛黑，顧視不可省。十里勢鬱盤，延回歎宵永。尋聲始離樹，辨響已入井。猿慘落果頻，禽驚出林猛。居人涉津訶，戍鼓隔樓警。紛玆菱栗餉，遠復啜巖茗。心怯念後來，懸燈照山頂。

過黃巖六十四條嶺

時逢江都人，寄書與汪大端光。自臨海至黃巖六十四里，半屬嶺路，故名。

東雲既鬱蒼，西嶺亦荒荒。古樹人巢聚，空灘雁渡忙。奇峰圍作屋，横石卧成梁。寥落長松蔭，凄清澗壑光。海飛天已盡，無復望君方。

舟行夜起

徒知川路闊，誰識放還長。暗棹穿絲網，征帆礙石梁。嚴程初擊鼓，寒月正褰裳。露白迷荒徑，鐙紅出毁墻。樓頭摇旆影，樹底角星芒。徒歌既難樂，空樽行復傷。已及鳴雞店，雞聲慘不揚。

將至青田作

蓬心初轉白，橘實未全丹。奔馳此冬月，迢遥及越灘。村紅列楓柏，郭暗樹松檀。廢井迎人少，窮鄉候騎單。五門臨細水，雙闕峙危壇。城隅落帆駛，山樓吹角殘。誰信奔灘急，真如上嶺難。

石門憩誠意書院看飛瀑

黯黯晨光開，泠泠布帆疾。非因探虚泉，聊爲駐幽室。川原開異境，曠朗見遥闕。鑿石避險艱，沿流戒奔越。亭空注飛雨，景短迫寒日。靈川饒徂思，華年緬陳哲。噓泉失真氣，奔壑斷雲轍。時乎乏龍蛇，羣材實蟣蝨。流離念文史，俶儻負奇節。稷下未奮須，隆中猶抱膝。埋垣神劍起，毁篋異書出。三復名世思，孤懷濟時術。

石帆山

放舟石帆山，山險落帆幅。奔流信湍激，水淺石矗矗。巑岏入窗際，頫仰欣在目。維兹僧宇峻，絶頂秀林木。隳響總入雲，危巢猶戴屋。延回勢千仞，壁立此背腹。常瞻東升雲，不見西景伏。陰厓畜陽煦，十月逗巖馥。叠嶺眺不窮，回灘去何速。思迎甘始藥，未辟子房穀。從此亦山居，彌年謝塵躅。

冬月寄孫大

同心燭不分，懸腕書尤疾。緣君傷遥程，知余念新别。離牀展冬夢，晝闥理宵結。瘴嶺一月行，蠻灘百重越。吴文三尺篔，越嶠千頭橘。且欲寄一書，何由審虚實。時孫大婦病甚劇。

天台赤城歌寄孫大

赤城黄海天下奇，我昔探奇入雲海。天台山高一萬丈，結霧蒙雲住仙宰。奔車覆舟何不閒，數載豈復窺青山。丈夫事業百無就，筋力苦瘁登臨間。山中之人薜蘿繞，塵面看山亦徒擾。奔猿立鶴噪豈休，笑我飢驅髮蓬葆。黄塵入骨體不輕，手扶赤藤上赤京。崖窮壑轉忽相失，側耳已聽鳴泉清。塵寰下士禽子夏，五嶽遊期迫衰謝。我留緑髮不敢遲，急復料理居山資。人生何爲南北馳，憂患亦苦無窮時。巖棲谷汲誰賞心，素抱幸有雍門琴。不然雲山蒼蒼萬條路，更挂飛瓢覓君去。吟肩拍處我欲狂，君亦尋君遂初賦。

甌江阻雨夜起望江心寺作 寺爲宋文信國避難與復地。

海潮初入雨縱横，帆落東甌九斗城。夜半題詩亦何意，荒雞聲裏酹先生。

校勘記

〔一〕非因征客疲　「疲」，《北江遺書》本作「瘦」。

更生齋詩餘

更生齋詩餘目次

卷一

卷二

機聲鐙影詞

更生齋詩餘卷一

冰天雪窖詞

主人少喜填詞，壯歲後，恐妨學，輟不復作。即偶一爲之，終歲不過一二首。歲戊午，自京邸乞假回，車箱無事，輒填至數十闋。及自塞外回里，亦時時作之，遂滿一卷，名曰《冰天雪窖》，從其後言之也。少日所作，亦不忍棄，并裁作一卷附焉，《機聲燈影詞》是矣。

臨江仙

半世著書難得了，緑鬢學仙愁已晚，即今況復蒼顔。天空鳥去不曾還。未知雙蠟屐，再入幾名山。硯臺肯放清閒。酒人相約掩蓬關。臉從花索笑，心與石爭頑。

憶王孫

涼風吹綻一天星，約伴時時過水亭。説鬼宵深不可聽。掩疏屏，小婢齊聲唄佛經。過汀故説愛新涼，躲過前頭姊妹行。私語喃喃已不妨。却提防，移得鸚哥出畫廊。

兩重門内忽相逢，一串花香出袖濃。剛賭秋千氣力慵。且從容，眼角回青頰轉紅。
傷春長自下簾鉤，杏葉扶疏柳葉柔。三月花前雨不休。没來由，私語催人上小樓。

滿江紅　陳其年先生填詞圖，爲伯恭學士賦。

卅載填詞，香一瓣、敬酬陽羨。可可是、家山百里，畫中頻見。前曾見先生四十畫像。涉筆偶描秋士影，關情別有春風面。笑青衫、五十尚沉淪，工排遣。　將擫笛，先施韉。乍展卷，仍安硯。仗卿卿壓盡，等閒釵鈿。別夜最憐天似水，當頭吹落雲成片。算個儂、風味有誰窺，梁間燕。

試問熙朝，人物在、宋元之右？只己未、宏詞一榜，尤稱淵藪。前輩愛才真似命，昇平樂事吾能究。趁閒來、歌板兩三聲，消清晝。　竹垞老，梅村叟。招玉叔，携紅友。且不知秦七，何論黄九？翡几暫停三寸管，新腔已落千人口。羨當年、風月最清華，誰能又？

雙調江城子　紅豆詞。爲禮親王世子作。

深秋門巷動涼颸。掩關遲，雨如絲。折得一枝紅豆、立多時。天上亦添新別恨，人不見，渺相思。
拈來枝葉影參差。意誰知，酒難辭。且與梁園賓客、譜離詞。只有文園消渴甚，賦不到，九秋枝。

十六字令 初冬。

風！一夜千林葉墮空。開軒望，斜月正中峰。

減字木蘭花

香濃月淡，幾朵露蘭光欲泛。行過房櫳，福橘裁燈墮小紅。 茶甌清洌，留得那年元夜雪。説夢聲低，偏惹簾前鸚鵡疑。

唐多令

真氣本無前，豪情忽欲顛。一百番、沉醉酣眠。亂摘九天星與斗，權當作，酒家錢。 寥廓約頑仙，踏紅雲種田。待秋成歲月三千。擬釣六鰲滄海去，雖不飽，且烹鮮。

眼兒媚

杏花樓上杏花香，無語斷人腸。干他甚事，鶯鶯燕燕，咒盡年光。 依然簾幕依然鏡，依舊隱斜陽。如今再要，當時人面，却費商量。

又

嵌心百事總難忘，閒處一端詳。鮑姑紈扇，柳孃羅襪，謝姊縑囊。　愁多不合住江鄉，夢少也千場。笙歌元夕，鶯花上巳，簫鼓端陽。

轉應曲

雷鼓，雷鼓，打過春三四五。還虧列闕豐隆，催得前村挂龍。龍挂，龍挂，一幅水鄉圖畫。

蝶戀花　時欲乞假南回，書示子弟。

十二闌干紅半曲。桃杏將開，一雨先舒蕚。多分散人真有福。半春好夢無重複。　卅里迢迢煙草緑。欲望江南，遠樹偏遮目。好水好山生計足，汝曹莫恨歸期促。

賣花聲　春分。

草緑未成茵，柳線難勻。等閑鶯語幾曾聞。只讓杏花同燕子，占盡春分。　心切望朝暾，霧暗連晨。闗心西北有征塵。日日玉堂天上坐，却是閒人。

謁金門

誰決策，除是劉琨祖逖。一事差堪嬴越石，承平非狎客。　叉手巡行今夕，放眼追思疇昔。好友緣儒都入墨，寥寥心孰白？

相見歡

黄昏獨下珠簾，病懨懨。差喜眉頭常苦，夢常甜。　三叉渡，三生路，白雲尖。惝怳長林斜月，影纖纖。

鳳棲梧

畢竟春來饒氣勢。萬鳥啼春，萬夢隨春至。惹得玉梅添意智，花開又豈干春事。　白袷春衫聞已製。輕暖輕寒，春轉無倫次。何是與秋非一致，春人只把情懷試。

滿江紅　譚子受《英雄兒女圖》。

大纛高牙，問此是、誰家年少？只亘亘、倚天長劍，勢將離鞘。千里偶追流電影，萬金顧買傾城笑。算渠儂、二十五年前，堪同調。　且緩緩，金樽倒。更草草，離愁攪。看車前努目，急思投効。兒女情懷何者是，丈夫志業誰能料？問卿卿、何日定天山？紅旗報。

菩薩蠻

玉皇宫殿高無極，東西龍虎更番直。天上事偏多，仙人鬢亦皤。　麻姑空一笑，偶自舒長爪。掐破碧桃花，花光照萬家。

減蘭　寄舍弟。

吾家阿弟，先我一年辭帝里。玉版銀鱗，飽啖江南二月春。　小桃開落，穩坐卷施東畔閣。應念衰翁，騎馬朝朝冒朔風。

應天長　直廬即事。

搆巢招得雙鴝鵒，激水養成千屬玉。長林麓，横溪曲，却向此中開竹屋。　閑官殊不俗，所喜更無拘束。昨賜萬條官燭，寫三朝要録。

江南好　時將乞假南回，作此寄里中親舊。

鄉園夢，昨已到雲溪。生小樓臺三徧换，柳邊門巷亦全非，新緑浸簾衣。

鄉園夢，昨已到花橋。對舫乍憐詩社歇，陸祁生每與丁叔候兄弟及兒子飴孫等聯吟，時並遠出。隔河添得酒旗飄，燈火徹清宵。

鄉園夢，昨到檥舟亭。小港蓄魚橋半圮，荒庵燒筍户全扃，僧老厭繙經。

鄉園夢，昨到放生池。煙柳緑交楊令宅，楊大令西河宅在池側。水雲碧罨謝家祠，清景待題詩。

鄉園夢，昨到驛樓前。障眼市廛高百尺，關心鄉語别經年，真個説歸田。

鄉園夢，昨到石橋村。高隼欲盤雲外塔，神魚時拜竹間墳，松子積臺門。

鄉園夢，阿弟屢邀呼。新築水亭招社燕，别營山冢葬童烏，猶子明男近殤。作達且提壺。

鄉園夢，好友遞將迎。木杪軒中搜逸句，竹初庵内證長生，奇論尚縱横。

鄉園夢，外舍最依依。榆莢緑迷穿徑水，薔薇紅隱上樓梯，花發子規啼。

鄉園夢，羣從亦翩翩。坐我小樓敲句好，輸卿長日枕書眠，屋外水周天。

前調　抵江南境作。

江南地，一碧已無塵。小市雨晴初試馬，長隄星暗乍逢人，猶剩一分春。

江南月，不厭徹宵看。無奈乍圓還乍缺，未妨輕暖與輕寒，長凭玉闌干。

江南岸，屈曲漾蘭橈。舊事乍思情漠漠，夜程初急雨瀟瀟，已過驛西橋。

江南艇，鸂鶒與同飛。待得柳稍殘月出，水禽蹤跡已全迷，留得夜烏啼。

江南屋，低小只如船，一樹石榴初吐艷，四更銀燭尚高然，隱隱笛聲穿。

江南路，從此遂幽尋。韓偓艷詞容寄意，陽城下考亦甘心，別念撫孤琴。
江南夢，日昨已全醒。黄卷誤人頭欲白，緑楊窺客眼猶青，閣小户仍扃。
江南客，天末溯歸蹤。漁唱便須蘆笛和，芰衣仍待柳絲縫，鷗鷺且從容。
江南侶，説著已銷魂。松栢徑中尋舊友，鵓鴣原上指新墳，尤歎此衰門。
江南節，屈指已天中。絲柳乍青蒲葉緑，楊梅初紫杏丸紅，水淺試雙龍。

虞美人

黄昏獨坐闌干左，竹葉深深鎖。横陳玉體見何曾，知道紅窗六月、不燒燈。　夢中囈語愁人覺，小婢都辭却。無聊長自睡瞢騰，懊惱一鈎殘月、鬢邊升。

江城子

生疏廊屋幾曾經。意忪惺，步伶仃。偏是半邊團扇有流螢。縱向曲闌深處躲，防照見，一星星。
紅闌干外路三千。病懨懨，説當年。贏得半生憔悴半生眠。只有畫籠鸚鵡好，渾不記，有從前。

采桑子

別來已覺無情緒，放了風箏，過了清明，總向閒門冷巷行。　何時約略三春夢，多比流螢，少比疏星，春睡瞢騰白晝醒。

轉應曲

天上，天上，誰把兩丸安放。東西滄海漫漫，出没真如轉丸。丸轉，丸轉，天也有時不管。

明鏡，明鏡，看了有時仍聽。吉祥善事多般，頓覺愁顔喜歡。歡喜，歡喜，儂與鏡兒知己。

春夢，春夢，誰向小窗分送。夢中説夢尤疑，身外分身絶奇。奇絶，奇絶，魂共燭花凝結。

千里，千里，只在離人足底。别來吴苑花香，又復燕臺夜涼。涼夜，涼夜，酒薄衾單多謝。

虞美人

人人愛説芳菲節，更愛團圞月。箇儂心事獨嬌憨，却喜花看春半、月初三。　長安道上金貂集，青紫容人拾。到來生怕説頭銜，只戀年時憔悴、舊青衫。

昭君怨

原是一般年紀，可可算他作弟。記得小名無，衆中呼。　入夜畫樓先鎖，百計要將人躲。何意學生疏，上頭初。

柳梢青

日斜剛下妝樓，招女伴、更番出遊。鳳尾墩邊，鵝毛洲上，龍嘴灘頭。

纔賭千秋，又邀鬥草，且漫藏鉤。衆裏聰明，箇中機警，格外温柔。

西江月

小膽疑聞鬼語，細心時卜神籤。夢裏鶯花繚繞，愁中風雨廉纖。一般時節症懨懨，相對燭花呵欠。

病兒生怕不增添，百計把人排陷。

減字木蘭花

最憐同調，八字果然生尅肖。判與他生，乍談心曲，何事小名呼小玉。彈指年華，未比梅花比杏花。

自有麻姑肯玉成。

蝶戀花

情短情長何自定。閒日偶從妝閣偵。聞説驚鴻，險被袁宗聘。私語又防人竊聽。團圞只指隨身鏡。

除了今生，更把來生訂。一晌遲疑還未應，喃喃只説心腸硬。

酷相思 贈俠士。

日晚黄塵都似織，徙倚徧、樓南北。便四海無家歸未得，一劍也、千金直，一騎也、千金直。　恥向人前稱羽客，况肯談天釋。任醉眼昏昏青轉白，天上也、誰相識，地上也、誰相識？

醉春風

好把春衣换。更舉離觴勸。眼前誰可寄相思？算算算。指上先掄，心頭久嵌，口中難唤。　合是人天眷。莫更情懷亂。個儂只怕太酸寒，看看看。爾許年華，這回風格，那般詞翰。

羅敷媚

年來情事誰能識，神也瞞他，佛也瞞他，小婢依微道着些。　無端兩地難牽合，心在誰家，身在誰家，夢裏時愁去路賒。

又

秋千架下分頭走，姊住東谿，妹住西谿，只望秋千影不迷。　更闌重到秋千下，月也低迷，露也低迷，畫索斜拋烏夜啼。

長相思

風蕭蕭，雨蕭蕭，窗裏無人響玉簫。紗燈壁上摇。　夢無聊，醒無聊，窗外荷珠落亂跳。游魚蹴浪高。

木蘭花慢　秋夜重憩團飄書屋，示蔣二、振三。

只團飄書屋，仍一片、挂斜陽。算杏已摧紅，蘭先殞紫，桂尚抒黄。愔愔那邊門巷，歎簾衣何短草何長！百徧欲尋歸燕，幾番試問寒蛩。　十年羣從半淪亡，頭白剩蕭郎。縱見了桃根，尋他菱角，也費猜詳。平時枕書眠處，是何人重與擺繩床？酒醒佛燈藏幔，夢回鬼語沿廊。

又　太湖縱眺。

眼中何所有？三萬頃、太湖寬。縱蛟虎縱横，龍魚出没，也把綸竿。林威丈人何在？約空中同憑玉闌干。薄醉正愁消渴，洞庭山橘都酸。　更殘黑霧杳漫漫，激電閃流丸。有上界神仙，乘風來往，問我平安。思量要栽黄竹，只平鋪海水幾時乾。歸路欲尋鐵甕，望中陡落銀盤。

念奴嬌　生日柬西家。

半秋纔過，不多時、到了初三新月。八字雙飛胡蝶好，生與菊花同日。剛欲題糕，仍邀説餅，且把書聲歇。

齊肩齊歲，那人先占佳節。猶記七夕樓頭，穿鍼簾底，腰瘦頻頻折。知道個儂勤頂禮，偏喚小名何必。笑靨方開，愁眉更斂，梁燕防饒舌。燈花解事，雙雙紅蕊偷結。

菩薩蠻 贈俠客。

偶然來預朱門宴，身輕只比梁間燕。驀地出人頭，燈前尚閃眸。一腔填恨血，匕首懷中熱。座客酒遲乾，先防冷眼看。

木蘭花慢 己未中秋内城南池寓舍作。

歎八年此夜，移八處、看陰晴。算幾載持衡，兩番入直，一度歸耕。西風欲催人老，趁乍寒刮得鬢星星。已被月中人笑，從今莫更多情。依然薄醉擁桃笙，如水玉階平。只三十年前，境難依約，夢不分明。沉思那回塵劫，把深杯都向夜臺傾。一例碧虚解事，半宵霞采横生。

臨江仙 恭纂高宗純皇帝實録第一分進呈，擬欲乞假南下，偶此書事。

天上樓臺曾小住，人説緑簑青箬好，可容仍殿朝班。玉堂官燭影闌珊。昨朝書已奏，明日棹當還。明湖如帶回環。夜涼偏欲夢鄉關，屋前雙叠港，屋後一堆山。

琴調相思引　歸燕。

一樣樓臺夕照昏。杳無心緒入朱門。欲飛還止，銜得舊時恩。　差喜故巢同海上，好春仍得話温存。倘逢精衛，可許代招魂。

減字木蘭花

夜涼人定，正好明心同見性。一縷茶煙，透到梅花小閣邊。　休休莫莫，夢好正嫌無着落。與我周旋，莫門眉梢眼角禪。

滿江紅　贈崔三瘦生。

十八年前，相見在、謝家庭院。驚一揖、玉梅花底，與花同顫。葛塢東西山水窟，劉綱夫婦神仙眷。便匆匆、從宦向湖頭，湖冰泮。　苕霅上，頻開讌。荆郢路，頻傳箭。只悠悠七載，幾曾謀面。蔥嶺南頭時入夢，蒜山北下仍相見。歎人生、聚散總無端，空中電。

昭君怨　苦雨。

窗隙與誰同坐，兕雨鵓鴣兩箇。兜起卅年愁，舊南樓。　暫向曲屏高卧，夢又把人顛簸，睡覺夜燈青，影伶仃。

滿庭芳　雨窗簡蔣振三昆仲。

撇却千山，行完萬水，偶來茅屋勾留。又教聽雨，日日捲簾鈎。畢竟誰人過訪，三兩客、兼雜鳴鳩。門扃響，奚奴睡熟，親爲點茶甌。　颼颼風乍急，紙窗摇動，無異扁舟。擬乘流徑去，隨分清遊。東海波臣尚笑，曾見汝、大漠西頭。祁連冢，何時築就，埋骨此荒丘。

念奴嬌　元夕醉中復至城東，憩巽宫樓。

餘生何意，擘鑾牋、重寫孝侯風土。醉我百杯元夕酒，更聽一堂簫鼓。我醉還歌，歌仍引滿，説盡邊亭苦。妻孥雨泣，昨年投畀豺虎。　殘夜出户閒行，城門東去，彌望多平楚。一領緑簑收拾好，恰稱滆湖漁父。踏曲歸來，兒童指我，眉目皆飛舞。爲言此客，與樓與月千古。

前調　錢竹初《松菊猶存圖》。

十年歸計，只剛剛、長就滿籬松菊。買得半園工位置，儘可賞心娱目。忽悟浮生，因求大藥，并禮西天竺。回頭自望，髩毛鏡裏先秃。　差幸服食祈年，迷途未遠，末路仍堪贖。莫待扁盧俱束手，醫雅難于醫俗。一逕香清，一簾花好，一味茶初熟。這回休誤，白駒頭上行速。

因而自省，笑先生、曷不工于責己。萬里歸來行樂好，何以埋頭不起。幾尺牙籤，三分燈影，一寸書堆几。蠹魚規客，先生今盍休矣！　倘冀後世名乎，三唐兩漢，試問誰堪擬？況是傳人皆有命，不朽古來能幾。文仿淵雲，經研鄭賈，詩筆還蘇李。君應誚我，愚公愚更無比。

沁園春 喜趙味辛乞假歸里，即送之青州司馬新任。依原調二首。

司馬江州，從事青州，頭銜若斯。歎機庭綸閣，鳳池遽奪，治中別駕，驥足安施。竿上緣魚，磨中旋蟻，可是先生宦興詩。呼驢問，儘才堪令僕，汝好爲之。　雖然樂已難支，只白髮高堂健飯時。算阿奴碌碌，無慚令弟，深源咄咄，尚有佳兒，跨鳳清才，乘鸞仙客，君諸壻皆有才名。都唱微雲山抹詞。掀髯笑，趁唐灣風月，且倒金巵。

三十年前，稱詩少年，惟君不狂。看元卿三徑，招邀二仲，謂黃仲則、左仲甫。宏農別館，欵接他楊。楊介祉蔚之元之叔姪，少時過從最密，西塍則系出山陰，故以他楊例之。陌上班騅，堤邊畫舫，新樣蠻箋古錦囊。今消歇，已半登鬼籙，半下名場。　別來萬里投荒，幸絕域初歸鬢乍蒼。便依然花鳥，何時索笑，依然樓閣，何地傾觴。蔥嶺煙雲，祁連冰雪，夢裏都憐徹骨涼。君知我，是愁多易老，恩重難償。

金縷曲 題萬大令廉山《請纓圖》。圖作于大令年十五時。後二十年，大令隨畢秋帆尚書、姜杜香侍郎勦辰州紅苗，最著勞績。

此客真先識。趁升平、時時留覽，九邊阨塞。試問請纓何太早？髮正垂垂覆額。天下事、引爲己責。手理韜鈐仍躍馬，果湖湘、陡建非常績。勳勒徧，壺頭石。　丈夫自信饒奇策，况生平、服膺所在，劉琨祖逖。如許少年能十輩，分置楚南川北。談笑盡、萑苻之澤。只我感恩思效死，便歸耕、尚枕投荒戟。隨爾去，殺殘賊。

鷓鴣天 秋杪，雲溪曉望。

谿光未是廿年先，一樣闌干到眼前。風急萬鴉争古木，露寒獨鶴舞長天。　情漠漠，淚綿綿，舊家仍倚白雲邊。尋春去問堂前柳，破夢來穿渡口煙。

滿江紅 中秋夕雨。

窮海歸來，正盼望、此年此夜。還準擬、半宵燈市，半宵水榭。三徑久憑風伯掃，萬錢欲向天公借。更持螯、左手右持盃，人閒暇。　雲驟暗，重簾罅。雷驟起，層檐下。忽蕭蕭瑟瑟，瓦溝如瀉。移樹鵲鷩巢乍圮，走橋人嬾粧先卸。歎街泥、滑處約良朋，稱多謝。

西江月　九月初七日，雨窗遣悶。

門外愁霖似潑，帳中清淚同揮。一年多事上心來，不飲已防先醉。　明歲重陽何處？去年此夕方歸。人言死別復生回，今日正當周歲。

鵲橋仙

日斜時候，日斜年紀，又是日斜風味。斷腸言語不須多，況正值斷腸天氣。　前宵牢記，昨宵牢記，此夜更須牢記。半生最怕説銷魂，敢再到銷魂田地。

江城子

柳絲南北罩通津。水波勻，月痕新。却到晏公祠畔暫逡巡。偏是畫船紅燭影，頻照見，夢中身。

又

播錢堂上記還真。是穠春，是花晨。依約別來如影復如塵。安得學他雙燕子，來與去，不隨人。

壺中天 和女史歸佩珊韵。即寄令叔方伯伊犁。

從天試問，恁詞華、只付掃眉才子。百歲含愁容易過，經得幾番彈指。未盡名心，先抛世味，且復營書史。回看海水，比來清淺如此。　猶憶絶塞歸來，君家癡叔，憔悴何能死。寥落雁鴻千萬里，憑寄阿兄數紙。并説中閨，尤憐嬌女，詩思清如水。比來相見，怪他風味都似。

又 贈僧鐵舟。

浮生如夢，記悤悤、滬瀆城邊小别。石爛海枯重握手，相對各驚華髮。瓶鉢隨身，才名蓋世，詩畫書三絶。鋼經百鍊，鐵舟果否如鐵？　今日短簿祠前，長洲苑外，客路將鋪雪。一領袈裟渾欲破，賣字依然得活。極目天南，關心鄉國，鞞鼓聲纔歇。何時飛渡，醉眠黄鶴樓月。僧，漢陽人。

浣溪紗

病後般般總率真，見時故故不温存，已教銷盡昨宵魂。　開士心情居退院，美人顔色賦長門。年來偏重過時人。

鷓鴣天

百罰深杯總不辭，忽從酒半透微詞。前房阿母都瞞却，只許青溪小妹知。　重攬鏡，更添衣，衆中偏覺語支離。不知天上頻携手，故説人間會面稀。

臨江仙　六月二十日，詣學宫觀諸生釋菜，并登尊經閣遠望。

憶向校官稱弟子，春秋祀屢追陪。仲丁六十又三回。舊題名已暗，明倫堂有進士舉貢題名，余皆預焉。親爲拂塵埃。　尋徧講堂兼學舍，兩株列栢誰栽？尊經高閣暫時開。青衫皆後進，紫燕亦新來。

浪淘沙　壬戌中秋，夜起望月不見。時在洋川書院。

纔歇雨冥濛。月甚朦朧。玉堦處處有吟蟲。咫尺好山都不見，説是秋中。　少壯去如風。老尚飄蓬。別家還喜住江東。金粟玉簪開已徧，閒却簾櫳。舍間廳事側多此二花。

蘇幕遮　醉題焦山月波臺。

屋禪關，樓法界，十仞高臺，更在危樓外。奇氣尚能除百怪，穩生蒲團，且受江豚拜。　舉杯遲，吟句快，乞篆題縑，總仗孤僧介。一日已償詩畫債。興來不學前人派。

瀟湘夜雨

汪秀才次玉屬題《夜意圖》。時余悼亡日近，與君同病，爰率賦此寄意。

悟徹前因，銷磨塵劫，又來樓上孤眠。微黄燈影鏡臺偏。聲慘慘、寺鐘初動，光黯黯、簾幕斜褰。無聊境，我方匝月，君已三年。　兩愁相校，望夫山外，愁更堪憐。只投荒歸日，病正纏綿。渾欲訴、金戈鐵馬，念誰禁、激管哀絃。忘情好。他時同穴，百歲鎮隨肩。

八聲甘州

夢亡婦

向空房盡處瓦燈昏，缺月影横陳。算傷離感逝，殘冬既爾，何况經春。打叠半牀衾枕，時爲拂纖塵。奩鏡都安好，與照歸魂。　畢竟瞞卿何事，只夜臺相值，問尚殷勤。歎襄王孤館，久已斷行雲！想闌干、東西十二，便夢回、總欲一周巡。梅花句、從今不賦，防要含顰。

前調

常熟訪吴祠部竹橋賦贈。

又匆匆扶醉入山城，雪意釀寒更。算玉芝堂杇，赤厓閣圮，紅豆莊傾。今日劍門吾谷，都已屬先生。歷徧江南北，壇坫崢嶸。　小弟頭銜一品，但才名艷絶，似遜難兄。羨盈門弟子，分日門心兵。更傳聞、量才尺好，隔絳帷、親授與雲英。憑誰有、平生奇福，來入詩盟！

小重山

夢不分明醒可憐。小樓簾半卷，月初弦。喘聲低緩髻斜偏。朦朧坐，誤認卜金錢。　衾薄忍添綿。舊曾揮淚處，錦仍鮮。擁來都恨夜如年。無眠客，今轉羡長眠。

如夢令 十三日侵曉，過碧浪湖。

龍氣出波冉冉，瀏瀨鷺絲皆閃。海日未升時，幾片斷霞如斬。休喊，休喊，驚破一羣鵝膽。

剩得曉星數顆，芒角出同諫果。尚未破天光，水碧盡將魚裹。孤坐，孤坐，千尺浪中一我。

菩薩蠻 十四夜，過南潯鎮。

高高下下游鱗繞，侵人不已侵巢鳥。一碧作魚天，空明不起煙。　東西樓似織，出水高千尺。玉手盡垂空，長廊接斷虹。

減字木蘭花 十五日五鼓，過平望湖。

偶開窗扇，破曙鵲聲波上亂。百頃湖光，捲上先生六尺牀。　雪花難集，倔强水蟲多不蟄。落月團團，東海魚龍尚愛看。

學巡更。惹得夜烏難住，萬點鬼燐穿樹。似復有人行，散如星。　瀫瀨鷺絲屬玉，齊傍水仙祠宿。宵半忽争鳴，

昭君怨　吴江道中夜行。

清平樂　湖中迷道。

風風雨雨，且向前湖去。欲問來船船不遇，進退總愁無據。　忽然香氣縱横，半空舉手將迎。岳瀆貴神抗禮，算來只有書生。

浣溪紗　萬頃橋。

萬頃湖頭萬頃橋，雨簑煙柳共飄揺，水從天外緑周遭。　宿火照將鴻雁暝，曉霞烘得鷺絲驕，是誰來伴客無聊？

鳳棲梧　戊子秋杪，至虞山赴邵先生荀慈之喪，時亮吉結褵甫三日。今復以事來遊，則距悼亡日甚近也，感而賦此。

憶昔來遊才合巹。新婦三朝，尚向紗帷隱。小別乍歸爲整鬢，對人言語尤奇窘。　三十三年真轉瞬。

未比松筠，早向深秋殞。紅豆莊前紅淚隕，回途魂已銷將盡。

虞美人　寶帶橋。

泠泠橋外光如電，雲朵裁成片。頃傳三萬六千寬，聞説真仙不殼、放漁竿。　蒲帆過盡危橋百，徑縱無千尺。便將蝃蝀屈成梁，只惜都無寶帶、一般長。

憶秦娥　殘冬甚暖，夏蟲並出，感而賦此。

羊裘熱，營營案上蠅聲出。蠅聲出。醉螯當漉，凍魚須徹。　煤逋藥債都應逼，商量草草營除夕。營除夕。年年共命，此年獨活。

清平樂　孫解元子瀟屬題雙紅豆卷子。

夢回永晝，滿地春光皺。半領緑衫花氣透，胡蝶趁香來嗅。　文窗特與丁寧，東風格外垂青。欲配一雙紅豆，除非天上雙星。

浪淘沙

夢入小紅扉。露灑簾衣。鏡奩殘月影微微。偏是獨眠人帳外，胡蝶雙飛。　小膽更多疑。怕踏層梯。

畫屏深處認依稀。七尺紫檀香案上，誰共扶乩。

前調

斜照鬼門關。落月彎環。夜臺可有望夫山。生怕瘦魂扶不上，添箇紅闌。　推枕漏初殘。朱淚斑斑。寒宵何止夢能還。地下若無埋恨處，仍到人間。

十六字令

拚，歷偏長廊耐曉寒。梅花瘦，不厭百回看。

聽，一雁寥寥下遠汀。荒寒境，月黑鬼燈青。

休，斷送春人不上樓。三更夢，和月挂簾鉤。

遲，已是疏鐘報曉時。山禽影，蔌蔌落高枝。

念奴嬌　未至常熟四十里，值大風雨。

三更向盡，忽驚呼、飛去蓋頭竹笠！鐵馬金戈聲作沸，波峭半篙難入。絕壑魚龍，陰厓神鬼，空處通呼吸。推篷起望，一湖湖水全立。　只有卅里遥程，前舟顛簸，側搶回須急。病羽樓頭，秋蟲砌下，纔復商量蟄。愁人無寐，殘宵短夢千摺。

水調歌頭 自吴江常熟回舟欲至婁上作。

性既不談釋，又不學神仙。半生纔一彈指，何苦慕長年。卿自埋憂地下，我欲寄愁天上，索醉向雲閒。自有十洲客，供我八方錢。胥江口，霅溪畔，尚湖邊。回頭三十三載，舊事散如煙。昔日蘆簾紙閣，今日梅花紙帳，清冷耐孤眠。短夢乍回處，殘月影床前。

前調

偶厭玉虚住，屈作世間人。人生誰最快意？良夜與良辰。我欲花開地下，更使水流天上，耳目一番新。倘荷化工允，寧懼俗流嗔。又誰願，朝列闕。叩羣真。百年三萬多日，卧足幾回伸。九野分鋪列宿，五岳填平四海，從此罷揚塵。萬事等閒耳，無鬼亦無神。

點絳唇 題《折枝圖》贈友。

遠恨新愁，半春已覺難消受。海棠花瘦，鴝鵒雙雙咒。十二紅闌，春氣應全透。闗心否？鶯前燕後，定有人垂手。

賣花聲　過三叉河贈練塘僧。

稍遠市樓譁。港到三叉。洲樣亦如瓜。淺泊江沙。一分月已透窗紗。留得雪泥鴻爪影，都爲梅花。山僧親爲煮山茶。白髮一龕忘世久，與證年華。

浣溪沙　梨花和金手山秀才。

一棹春遊蘇小家，紅紅紫紫信方賒，玉闌干外幾枝斜。仙子衣裳原縞素，美人顏色本空花，淡雲流水證年華。

望江南　過京口訪駱佩香女史，率成二首。

忘世事，只有杜蘭香。焚得一爐煙未燼，萬帆門外去來忙，吟客鬢都蒼。

凄冷處，招得女生徒。女徒殷姓，其姊爲故尚書和琳側室。琳死，姊以身殉。其妹流落無歸，因依佩香以居。桃李盛時顏寂莫，海山佳處語糢糊，猶憶故尚書。

更生齋詩餘卷二

機聲鐙影詞

蝶戀花　題畫。

絲雨絲煙湖上道，夢裏年華，深淺誰知道。天上玉梅開過了。又教人世東風早。　春事及今偏草草。有分披圖，月與花枝小。獨立數峯吟句峭，乾坤分半輪懷抱。

鷓鴣天

學畫敲詩興轉闌，更從花裏響銅環。雛籠出語偏生脆，翻遣鸚哥課小蠻。　顏冷落，致闌珊，萬重密意總相關。鄰家姊妹邀同坐，說夢先消春晝閒。

點絳唇　春病。

隔箇紅窗，强將八字排來看。自憐魂斷，欲把他生算。　文枕應難，且復憑詩案。誰相伴？喘聲低緩，虧得鸚哥喚。

風入松

題《春山獨往圖》。

翛然一境迥難攀，幾家人住谿灣。疏籬敗壁憑誰補？借亭亭、隔岸青山。小史亂頭粗服，先生雨笠雲衫。生綃忽破酒人顏，清夢置其閒。谿塘正好營高閣，待他時、風月人還。仲蔚蓬蒿須補，劉安鷄犬都删。

醜奴兒令

海棠小院春深見，一晌難描。千種無聊，容易將人挂眼梢。　低徊不解傷春句，一卷《離騷》。纖手難拋，自把蠅頭小字鈔。

紅林檎近

紅錦香猶淺，白閒春正長。睡起懶無事，鬢花凝釵梁。春衫携來早皺，呼小婢熨沉香。屈指挑菜年光。待畫艇尋芳。　麗句傳鸚母，名絲繡雁娘。妝樓無事，鏡邊更展縹緗。算傷春未敢，閒愁無據，背人私自禱海棠。

點絳唇　送春。

又是春殘，海棠花外游絲亂。淚珠成串，待把年光换。　惜别匆匆，鎮倚閒庭院。闌干畔，緑愁紅怨，約略傷春劵。

漁家傲　題《陳野航畫竹》。

午餘睡起茶初熟，一竿愛寫玲瓏玉。葉葉枝枝濃淡各。還須屬，三更窗外秋聲莫。　娟娟穩稱輕綃薄，圖成好置闌干角。待得晚涼新雨足。天如沐，月痕倒挂梢頭緑。

酒泉子

驀地行來，一樹好花離地。出雕闌，排玉砌，陟瓊臺。　四更玉笛聲三弄，肩上露華堆重。與雲飛，隨月上，逐風回。

探春令　題侍女屏風。

晚妝初罷怯春寒，約伴花間步。正一縷愁來無著處，把十三絃偷訴。　玉簫斜倚林間路。想個儂丰度。到宵深霜月空濛，錯認作梅花幾樹。

醉桃源　前題。

薰風池閣簾微亞。日暖豪犀倫卸。行到緑沉窗下，一樹榴花謝。　滿樽蒲酒人初暇，結伴消他長夏。采戲又還輸却，些事關心者。

紅窗聽　前題。

一院飛花空白晝。看結束、春弓閒走。隄畔盈盈堆絮厚，襯得鞵幫瘦。　簾幕深深垂錦繡。闌干外、總燒金獸。昨宵霜冷，今宵風驟。屈指剛三九。

買陂塘　題錢孝廉澍川《鸚鵡媒傳奇》。

爲多情青衫血淚，生生判向愁老。冰絃誰把傷心譜，又早别懷縈擾。幽會巧，君不見、茫茫碧落相思鳥。芳心寸拗。待密約重圓，愁盟暗續，一一淚珠繳。　銷魂處，我亦青鸞信杳。年來暗損懷抱。江南江北傷春恨，付與斷腸衰草。辜負了，是舊日、金釵鈿盒情多少！閒愁待掃。又一兩三聲，無端逗起，清夢隔簾悄。

河瀆神 迷藏。

游戲共登壇，窄靴小袖衣單。身輕總欲避遮攔，空裏時時指彈。同是曲欄何處躲？慧心先向偏左。女伴盡皆藏過，百忙何苦尋我。

清平樂

楊花凭早，不待春歸了。可惜玉人渾未曉，逗點與他知道。晝長人倦敲詩，畫屏一枕閒支。睡覺數聲搏黍，消他春日遲遲。

點絳脣

花事關心，東風吹到荼蘼架。燕兒多謝，呪得春成夏。不放春歸，斜日簾微亞。秋千下，游絲無賴，又向荷錢惹。

鵲橋仙

玉鉤響斷，玉簫聲斷，更苦玉人音斷。清明上巳總無聊，欲飛去晴江南岸。小園春半，小窗月半，尤喜小樓天半。黄鶯紫燕不曾來，只蝃蝀與人作伴。

望江南

幽夢破，斜倚小紅樓。又是卷簾人不見，滿街絲雨糝春愁，綠暗幾幾重流。

昭君怨 江行。

帶得綠簑鐵笛，消受短篷秋月。帆影入江流，小于鷗。目極楚天遥甸，潮接海門如線。一點着林梢，是金焦。

減字木蘭花

垂垂一樹，曾見個儂珍重處。已分成陰，頭白蕭郎恐不禁。還憐飛絮，一樣東風飄泊去。郎已沾泥，莫趁流鶯是處飛。

相見歡 夢中作。

無端踏却輕鷗，共清遊。夢裏居然東海，向西流。雲中屩，風中纛，不能收。幸喜天鷄初叫，始回頭。

一叢花

林禽喚我作春遊，煙景逼南州。藍輿卸處幽吟好，尋僧話、又引閒愁。無事銜盃，有山埋骨，此外總悠悠。

消沉白了少年頭，青鏡惜風流。江山勝處余歸也，等幾度、白玉成樓。悟徹孤花，彫殘心字，春總不如秋。

青玉案　十三夜玩月。

東風又把緗梅染，看靜裏、簾斜捲。追取十年前事轉。亭涼月暗，漏深花滿，兩兩傷春券。

如今細雨沿門糝，幾陣落紅愁欲浣。鐵笛五更吹更慘。任他風雨，任他憔悴，再也無人管。

千秋歲　瓶梅。

春來心性，花與人同命。香未拆，愁先迸。一枝聊供汝，五夜誰相訊？最好是、百花頭上懨懨病。

晝永寒先警，骨冷魂尤勁。花總謝，香難並。幾絲芳意織，一瓣心香永。拚得是、閉門風雨無人省。

買坡塘　邵二雲《姚江歸棹圖》。

黯然歸一肩行李，春風不遣人住。姚江雙槳悠悠去，去也更休回顧。天意苦，要汝是、名山夜雨成千古。功名射虎。只亘亘平生，才皆中下，李蔡豈君伍！

當年事，千佛名經曾數。一枝原最高處。衫青袍紫都閑物，惹我酒閒起舞。君莫誤，君尚有、數椽茅屋秋風浦。萍蹤語汝。恐又引先生，酒闌燈灺，清淚滴殘炷。

天仙子

溪上鷺絲忙報客，玉人遣透春消息。怔忪相送已嫌遲，無可說，衹相憶，門外澝湖千頃碧。

蝶戀花 落梅。

白白紅紅開未止，一擅孤標，即兆飄零始。如此人生剛半世，問年一樣輸餘子。　入夜春愁爲剪紙。屬汝重來，休昧初來旨。多分柔魂猶在水，五更吟斷梅花誄。

又

窗外游絲空復漾，十見花殘，那得人無恙。莫向酒閒矜跌宕，春風已把飛瓊葬。　花未開時愁已釀。寄語桃根，春到休輕放。人世有情還有障，招魂供汝青綾帳。

賣花聲

獨客正思家，到曉啼鴉。灑窗寒雨又如麻。不放南枝開到好，春有些差。　客裏事堪嗟，似錦年華。幾人紅淚隔窗紗。燕子平生真恨事，不見梅花。

倦尋芳 春星。

寂寥銀闕，怪底瓊妃，賸他數個。三五春宵，可許玉階同坐。人説高寒應讓汝，九重天上還難妥。笑風詩，只咏到衾裯，被他喚做。　也知我殷勤看爾，駐向樓頭，幾番難過。錦樣連錢，一例被風吹墮。仙掌夜過防暗摘，月盤露冷愁輕簸。寄新詩，先問汝點頭也麽。

荷葉杯

病到幾番委頓，誰問，曲闌旁？畫眉頻喚不能住，猜是，甚心腸？

蝶戀花 啼鴂和仲則。

草繡平堤花繡樹，如此江南，隻影堪飛度。畢竟塵情猶未悟，雨晴簾角聞呼侶。　倚樹鷓鴣爭笑汝。三度營巢，依舊無家住。幾日酒痕兼墨污，樓頭催澣春袍袴。

前題 鷓鴣。

莫向天涯棲苦竹，只遇啼鵑，歸計須頻屬。望帝愁魂魂已續，此間樂亦應思蜀。　何事啼聲常傍屋？解喚哥哥，引起春人獨。花到黄陵千度落，這回尚憶詩人谷。

憶秦娥

春時節，春人住處春光别。春光别，膩紅花朵，膩黄新月。　濛濛膩緑千條結，棲梯欲上愁三折。愁三折。文簫聲動，剪刀聲歇。

柳梢青 新柳次高東井韵。

向曉層巒，將煙做霧，釀雨成寒。鬢緑衫青，眉長眼瘦，于女何干？　一枝折了重看，怪徹底、春愁總諳，柳宿前身，萍花再世，我亦差堪。

沁園春 題《萬黍維持籌握算圖》。

儒林傳耶，貨殖傳耶，君因併書。嘆百不如人，一籌還展；十嘗九誤，些子都輸。業可拋經，讀宜從律，且把蒼生經濟儲。他年看，看致君事了，更累錙銖。　滿盤算了還虛，怕仰屋他年更苦劬。只田從玉局，須求陽羨；家從杜牧，更創吾廬。我謂先生，歸謀之婦，料理牀頭阿堵錙。先生笑，有五銖七幣，盍往觀乎？

摘得新

難得來，休教到便回。屋頭雙喜鵲，久徘徊。紅窗故啄墮青梅，勸銜杯。

玉珥墜金環

晝永窗虛，嫩寒先把花朝做。幾番凝恨上重樓，樓又教人鎖。長自雨篩風簸，把春陰、當成功課。沉思往事，判盡浮名，換他真個。　寂寞深園，小桃也肯留人坐。細拈春夢寫春愁，夢又將人躲。知道枕衾孤卧，算風光、幾曾到我？年華誤盡，到了今番，更教難妥。

東風第一枝 桃花。

團泪成花，搓煙做骨，商量不遣春瘦。幾番醉了重蘇，依然十三時候。前塵誤汝，應一例向風回首。笑無端占了珠簾，肯放玉人垂手。　只花也憐人非舊，問此度探春何後？簸錢堂上重來，不似那時清晝。芳心易逗，算薄命永供人咒。待拈他花片緘來，付汝一春消受。

八聲甘州

又西風吹雨上空樓，點點雜更聲。正涼隨雁至，宵同燭永，夢與年更。十二鏡雲何處？江館聽吹笙。多分樓前約，不記啼鶯。一半塵封玉鎖，看碧紗籠處，墨雨縱橫。只蠻箋消息，何事苦難憑？想蕭郎、傷春恁遠，料夢魂、逗不上銀屏。須知我、青衫淚濕，不爲浮名。

南鄉子 自雲溪放舟至青山莊。

藥王廟，晏公祠，北闕剛值午晴時。三折水程欣已到，都贊好，門外水田門内沼。花塢曲，月廊周，半塘煙雨幾時收？百步小橋隨鶴過，思久坐，翡翠北軒晴日墮。

長亭怨慢 蟹。

猛霜風漸肥郭索。是處橙香，薦他黄玉。記得年時，酒徒醉月小樓曲。深盃浮緑，陡地向天公祝。臣願把浮名，都付與蟹螯添足。稻熟。漸燈明深港，椮破一溪寒緑。鱸魚便美，怎占得九秋名目？第一是左手須閒，怕明日故人相速。只紫蛤紅螺，風味幾堪作僕。

金縷曲

寒夜，重光齋頭看秋海棠，因言前曾于花下掘得古櫬，發之，儼内妝宫嬪也。余感其事，因併賦之。嬪蓋齊梁時宫人云。

燭冷人初醒。正虚廊、角聲吹徹，商聲又警。籬落寒花開自好，露點欲斜仍整。粧慘淡、玉人微病。不向春園誇勝事，伴草根、菜甲三秋永。其下有，波如鏡。　千年舊事思量猛，被西風、吹將世换，泪珠紅併。一半齊梁遺蹟在，漠漠土花填井。待説與、古懷誰省。落月微黄天乍曙，向闌干、逗出銷魂影。重認取，劫灰冷。

玉燭新

窺簾新月小，却數朵花枝，照人寒峭。新詩寄與雙環巧，故把幽期漏了。文鴛堆枕，密意取夜香薰好。又早是玉漏星星，門前乳鴉啼曉。　紅箋付與殷勤，只此恨平分，幾時堪繳。歸期及早。重到也，不是玉簫年少。萍浮絮裊。試逗點、與他知道。須記取，錦瑟年華，暗中易老。

鶯啼序

關神武廟後有隙地，里人别搆諸葛忠武祠，落成謹賦。

丞相祠堂，看古栢、陰陰翠繞。重來處、一瓣名香，空裡晴絲自裊。黄石兵書吾懶讀，青田洞府愁難到。只先生志業，今古幾人同調？　憑高回首，炎精中燼，天意殊難曉。聞説定軍山下，翠羽靈旗，山昏月黑，鼓聲猶惱。陰平貽悞，夔門敗踵，滿盤都錯何須説，更誰周黄皓知幾早？相鄰壯繆遺祠，未了忠心，此時重表。

兹地當年，紫髯虎踞，更周郎年少。柰江山、數著殘棋，着手便教輸了。把荆梁、十郡名區，輸織屨、小兒坐嘯。尚躊躇，北定中原，南清江島。

當途高也。往日紛紛割據，算曹瞞尤狡。匹馬過秦中，早鷄肋全抛。虎鬚重燎，巾幗謀臣，彈棋冑子，一揮羽扇愁俱倒。只遺恨、在五原秋草。十年深計，擬將赤帝關河，重藉手，還高廟。

法駕導引 補赤城韓夫人詞。

天上樂，天上樂，博戲更藏鈎。怪底燭龍呼不醒，兩丸日月覆金甌。螢火照清秋。

雲漠漠，雲漠漠，飛渡赤城梁。摘取列星歸北斗，倒傾銀漢入西江。天闕賚平章。

銀漢畔，銀漢畔，織女起高樓。玉作簾衣花作座，海雲爲佩月爲兜。縹緲坐牽牛。

偕勝侶，偕勝侶，仙閣坐虚無。一賦玉樓猶未竟，人間甲子總糢糊。長爪比麻姑。

點絳唇 次黄仲則韵。

芳草多情，引他歸騎尋教遍。糢糊見，月殘尺五荒墳，小桃一樹傷心艷。寄將花片，没個人兒便。如線，霧隱傷春面。

如夢令

簾外日遲風簸，簾内粉消香涴。未慣是樗蒲，輸了更抛金鎖。還我，還我，莫被小鬟猜破。

摸魚兒 清風亭故址。

又斜陽晚林一抹，天空飛破歸鳥。危亭覓遍蓬篙徑，咫尺謝家山到。吟未了，算好景如前，好句還輸朓。初三月早，看一縷吟魂，寒鴉争瘦，逗去碧波小。　當年事，此地放歌孤嘯。狂來幾側烏帽。詩名天地成何補，身後一椽誰保？吟愈峭，把長句風前，漫博先生笑。思君欲老。怕騎鶴還來，此間亭上，留得醉中草。

青玉案 過凌歊臺故址。

凌歊臺剩荒基也，雨洗石、苔侵瓦。到日短衣尋客話。庾郎年少，衆中争羡，不醉看盤馬。　孤域陡築寒山罅，城裏猶聞暮潮打。休怪客愁容易惹。那邊人語，者邊雁叫，月照荒荒野。

減蘭

聞遊采石，早起披衣看曙色。不敢窺簷，烏鵲南枝夢正甜。　酒衫芒屩，二十男兒工跳躍。一縷吟魂，先向風前逗早春。

金縷曲 清風亭夢李白。

天與人俱老。又何爲、一千年後，此間憑弔？一半江山歸李白，一半分還謝朓。我到也、衹餘衰草。畢竟微軀容易盡，覓些須、身後名纔好。勤打叠，零星藁。　青衫百計供人笑，只悠悠、非公知我，恨和誰告？金粟前身真小劫，墮作五湖年少。有夢也、不離蓬島。猛憶人生何者是？只浮雲、偶寄孤飛鳥。殘夢破，余歸了。

前調 再次汪劍潭韵。

花是明朝放。只萋萋、滿城芳草，已供凝望。多病年時誰付與？緑酒紅愁同量。且小立、雨中惆悵。若許鶯花還再世，拉春人、早向春風葬。簾箔揭，心旌蕩。　樓高總伴閒雲上，有當年、鏡盟衫誓，笛懷琴况。可惜韶光都健在，春到也須微恙。莫輸與、個儂門巷。我比絮泥心更定，背夭桃、穩坐青綾帳。塵夢覺，釵鈿響。

前調

蠟屐嫌疎放。任些時、殘紅剩紫，幾曾凝望。廿載可憐青鬢改，江水未勝愁量。春付與、別人惆悵。我慕蠹魚能再死，趁餘香、好伴殘編葬。渾未管，流鶯蕩。　聽歌人在青雲上，只年時、招邀勝侶，尚牽游況。杜牧揚州人已换，只有月還無恙。照慘慘、幾家門巷。尺五桃潭三徑草，瓣心香供汝青綾帳。添一綫，春潮響。

前調　倒次汪劍潭韻。

夢遠金鈴響。正無聊、紅窗睡足，倚帷牽帳。羅襪閒行花露重，頗怯曉風深巷。渾悟到、玉人春恙。薄酒多愁眠易醒，問樓高、更有何情況？梯隱約，難重上。　傷春早怕春飄蕩，把泥金、書成梵字，伴花同葬。一例有情應解取，花也對人惆悵。已開滿、十分春量。此度見花應背面，誤人人、簾底三年望。屬來歲，休輕放。

醉花陰　爲孫大和婦王采薇韻。

日午麯塵何處避。斷粉零紅，且自由天地。三十年華愁也未，不回頭負春人意。　情到九原須更記。骨冷灰飛，灰冷情還膩。幽夢壓簾魂壓被，醉醒怕没絲兒氣。

浪淘沙

路遠小樓低。花朵分飛。依然銜恨上重梯。何止舊人尋不見，梁燕都非。　愁裏闢窗扉。殘月剛西。

畫簾風破鏡臺攲。只有曲屏風六扇，猶罩羅衣。

點絳脣

門艸歸來，一窗好夢非無據。筆床茶具，且復安排預。　强自支持，鬼病終難愈。誰來覷，藥爐煙畔，只有風飄絮。

憶王孫

山坳池閣水邊樓，一雨銀塘便覺秋，長日無人掉小舟。水分流，胡蝶閒來立鴨頭。

青玉案

算來未到銷魂地。偏是識、愁滋味，欲寫紅箋珍重寄。隨肩小妹，隨身小婢，多恐難回避。　幔垂不放通花氣。又早早斜陽把門閉。莫道文窗蹤跡祕。黄鶯紫燕，畫眉百舌，箇箇知人意。

浣溪沙　二首

玉腕偏憐金釧寬，鳳釵頻撥獸煙寒。萬重心事壓闌干。　杜牧已留來世約，蕭郎不作路人看。雖然猶覺恨無端。

前調

背面難禁萬種愁，見時無語只凝眸。初陽一綫下簾鉤。　百計未能通一語，暫時曾許共扁舟。淚痕和露咽心頭。

傷春怨 劍客。

匕首飛將過，到處人頭疑墮。日昨詣叢祠，土偶居然離坐。　旋空中如磨，電影終難挫。驀地指晴空，一道采虹中破。

金縷曲

僮窺園從予八年矣，體弱善病，今年予秋試被落，忽爾辭去。念事傷離，不能無作，命沽酒歌此調以送之。

衣薄還如紙。最凄涼、前宵毾㲪，今宵送爾。八載追隨無別事，傷病傷離傷死。總誤爾、朝飢飲水。苦訪蟲魚摩篆籀，但論才、爾便成佳士。休更作，朱門使。　無家我共僧居寺，只蕭蕭、寒雲丙舍，尚堪南指。入夢總從吾父母，醒處怕逢妻子。況薄命、久無人齒。明日出門誰念我？就飄蓬、斷梗商行止。爾去矣，淚流駛。

前調 重九日陶然亭作。

車馬長安道。有誰憐、中秋雨暗，重陽花少？尺五閒亭三徑柳，亭徑尚餘秋草。更難得、紅塵似掃。半舫斜陽新月影，借團蒲、穩夢仙人島。算懷抱，此時好。　玉山莫向壚前倒，只空囊、俸錢難假，酒錢輸了。門外鐘聲催客去，衣上薄寒清峭。料理是、餔糟代飽。無數樓臺凝醉眼，訝籬頭、果大星辰小。歸尚有，未棲鳥。

前調 憧得前詞，泣不忍去，復成此闋。

暗裏驚聞泣。一聲聲、無端惹我，青衫又濕。多病經旬誰得似，欲共候蟲秋蟄。爾似燕、舊巢還入。典盡衣裘頻擁絮，更同扶、瘦影當風立。渾不怕，霜華襲。　八年侍我肩差及，笑囊空、新詩屢付，傭錢未給。費爾一杯村落酒，爲我解除狂習。說月好、今宵初十。樓上三更雲氣净，看星辰如豆天如笠。吟正遠，催歸急。

青玉案 十一日，同人飲長安酒樓。

臨街樓上泠泠語。醪味薄、催添糈。一院酒人揮不去。持螯手冷，潑醅顏熱，繞著筵吟句。　臨街樓外疏疏樹。已覺秋聲落無數。一院酒人招不住。來時天慘，去時月暗，繞著城徒步。

憶秦娥 寄季仇。

鐘已動，一聲破我長安夢。長安夢。世情未了，鬢絲先種。　書乍捧，故人遲我華陽洞。華陽洞。丹沙填壙，碧山成冢。

浣溪紗

薄暝微醺枕酒瓢，病心一縷逐風揺，夢無來歷入鴉巢。　初八夜星還照曉，十三涼月却終宵，瘦魂尤避出林鵰。

買坡塘 送繆公子笠莊至江浦。

趁霜風沿林飛徧，巢荒去住無據。雁聲却有東歸信，切莫更留征羽。凄燕語，道千里同來，千里應同去。霜鴻未許，算我願隨陽，卿尤避熱，各自歎羇旅。　天涯路，來日風風雨雨。別離頓起愁緒。江南兄弟誰能健？羡爾雁行有序。須記取，只紫塞重逢，可識前時侶。天空欲舉。穩待爾重來，春風三月，共看滿林絮。

漁家傲

宣武坊前清酒美，多錢約客誰來會？日午闤窗人似海。孤劍在，萬金難買心無愧。　畢竟浮名猶可待，少年莫學呈身鋭。鼎鼎百年君誤再。棺已蓋，幾時贖取從頭悔？

一萼紅　龔孝廉克一寓居晋陽庵側，因屬余顔其齋曰《聞鐘》，并係以詞。

傍禪關，搆閒亭似舫，四面啓疏櫺。十五長宵，一雙人影，三千里外鐘聲。有多少春人心事，奈秋窗、黄葉已先零。借了蒲團，繙殘梵貝，悟徹鐙檠。　我亦能來聽此，只青衫似夢，百倍凄清。苦竹疏蘆，幽花淡草，此身如在江城。况惹起寒蛩鳴砌，又丁丁、蓮漏滴殘更。待得蕭齋響寂，人語還生。

摸魚子　龔克一邀遊夕照庵，即展其令弟紫樹殯。

正無衣壚頭索醉，油車忽引君到。愁中天氣還如霧，咫尺遠山舒眺。煙柳道，算怕是、逢人只是逢僧好。無多落照，但挂近禪房、和將夕磬，便有暮雅叫。　荆高市，酒人一樣潦倒。塵沙埋盡年少。江干舊侣今誰在？癸巳秋，予與劍潭、紫樹同客姑孰，至宣城始别。可惜龔生竟夭。渾未料，看冠蓋如雲更有閒人弔。高原古廟。但肯費茶瓜，時時款客、我輩不須召。

荷葉杯　自夕照庵步至萬柳塘。

三里望中依約，樓角，亭館太荒蕪。萬株楊柳一行無，風急戰菰蘆。　林際黑歸一片，雅點，隔寺暮鐘聞。寂寥城上去閒雲，雲薄帶斜曛。

小重山

舊日紅闌已作薪。玉蘭花滿樹，曬春裙。經過燕子亦嫌貧。呢喃語、故故入西鄰。　寂寞掩重門。小樓三面暗，易斜曛。屏風吹浄十年塵。中還有、兩小舊啼痕。

謁金門　送龔曉升南歸，即題其長松片石行幛。

歸亦得，卷裏天青雲白。不誤今宵歸計決，誤前時爲客。　屋三間，醒夢適，何止長松片石。七十二峰晴歷歷，在先生窗隙。

梧桐影　將至仙遊潭迷路。

馬獨來，南山麓。厓上石樓纔一間，推門且抱神龕宿。玉女泉，清無極。雲外木魚聲不停，三更月向東峰直。

臨江仙 溪山秋曉卷子。

十里空濛雲外水，水雲光隱回汀。最無人處小舟行。到來谿館冷，秋燕語分明。　渾異踏青前度至，滿坡花氣將迎。剩他幾樹綠無情。四更山曙早，紅葉點疏星。

蘇幕遮 寒禽枯木卷子。

綠初離，紅乍失，白釀層雲，黃澹初升日。空裏數聲禽語切，似説宵寒，約略明朝雪。　凍絲黏，冰綫結，莫折高枝，恐有東風出。轉向竹稍深處歇，玲瓏石愛蓬山骨。

臨江仙 蘇州。

紅鶴谿山烏鵲館，金閶從古繁華。三分樓閣二分花。一分留隙地，隨分種桑麻。　海物新奇争入市，晨餐都厭魚蝦。等閒吴語六時譁。笙歌叢作隊，脂粉瀉成洼。

玉樓春

園空膽小愁無侣，錦幕時時風欲舉。生憎梁燕不歸來，銜得徑泥何處去？　三更又是瀟瀟雨，剩得燈光青幾聚。小樓西畔宵無人，一片落花浮鬼語。

點絳脣

傳粉攤書，硯旁小匣先安鏡。梅花同命，瘦到年時影。　小别生疏，問語都愁應。更初定，爲憐春病，偷向床頭省。

好事近

抱處恍如無，柰小語心尤怯。夢裏有誰知覺，紅上雙雙頰。　三更碧月淡紗帷，凉把重衾壓。欲訴二年情事，和淚開吟篋。

金縷曲 元夕，柳子廟道中作。

緑鬢還如舊。又依然、長隄風細，碧空雲皺。草草柴門元夜到，催送斷腸時候。幸濁酒、數杯還彀。愁欲成癡眠轉醒，怕相思、一夕人天瘦。欹枕處，淚痕透。　樓高往日長垂袖，摘疏枝、殷勤記取，柳邊花右。分半紅窗堆卷軸，多付個儂消受。渾可惜、此生難又。欲倩雪衣爲懺悔，更煩他、百舌聲聲咒。春夢破，月如晝。

霜天曉角 讀《天寶遺事》。

開元政倦，無逸圖先换。頒到秋來羽扇，無多日，賢臣竄。　戚畹更相煽，羯奴先兆亂。河北河南皆叛，何須責、哥舒翰。

河湟使典，宰相居然忝。天子更思康登，還應惜，無人薦。　傳箭出郊甸，馬嵬軍又變。啓釁堂開月偃，休專怨、長生殿。

臨江仙 八月十一夜，雲谿晚步有感。

猶記石橋橋畔路，死生離别匆匆。緑波摇月去如風。唾痕都作血，岸柳不曾紅。　留得一行臨别語，幾生重得相逢。夜臺没箇寄書鴻。廿年如夢過，來聽渡頭鐘。

減字臨江仙 十二夜，步月葛仙橋。

十日秋陰情緒減，乍眠却喜新晴。紅墻千尺月華生。水明鐙暗，依約卷簾聲。　谿口寂寥尋渡少，酒徒多分飄零。柳絲笑客眼猶青。好天凉夜，衹剩一人行。

烏夜啼　十三夜。

水邊門掩重重，海棠紅。不信者般顏色、墮西風。　相扶醉，相偎睡，意惺忪。正好一鐙私語、伴秋蟲。中年一種情牽，病懨懨。欲借舊家樓閣、訴當年。　《黄庭》卷，丹爐畔，學飛仙。留得一絲兒恨、未生天。

小沖山　十四夜無月，三更後微雨。

一種閒情那得知。乍眠還又起、出門遲。秋鐙替月已多時。三橋走、衣袂雨絲絲。　空外影參差。西風吹不斷、柳絲兒。呢他燕子説相思。還生怕、燕子笑人癡。

滿江紅　十五夜坐，雨。

百事輸人，衹贏得、幾番沉醉。又苦是、宵燈替月，秋霖成歲。説餅齋拋荒徑外，采菱舟冷青溪內。倚闌干、聽雨到更殘，何曾睡。　風轉處，枝枝背。檐漏處，聲聲碎。只無端兜起，舊愁無奈。白玉盤埋雲慘淡，黄金花買秋憔悴。擘鸞牋、題恨寄花前，花垂淚。

人月圓　十六日，顧唐橋步月。

昨宵細雨沿門糝，深巷掩重扉。繞砌寒蛩，滿廊歸燕，秋思依依。　今宵暢好，橋邊樓上，人月雙輝。曉漏將殘，夜烏啼徹，直自忘歸。

醉太平　十七夜，庭桂甚開，鄰人復有貽秋葵野菊者，獨飲偶賦。

葵芳菊芳，蜂忙蝶忙。小庭節近重陽，是秋花總黃。　疏枝貼窗，濃陰滿廊。人閒月午清凉，比天邊更香。

金縷曲　送唐大令蔗園之嵊縣任。

衣上春雲起。記征程、錢唐到日，好花開矣。兄領三州君作縣，穩稱陸家難弟。只手版、也須隨例。昨夢越江東去好，是紅塵、不到天光膩。官事少，看山未。　京華往日曾聯騎，憶匆匆、斜陽古道，柳絲同繫。丁未春，偕君及孫淵如計偕北上。一幅東風吹上了，兩兩金門高第。偏剩得、杜陵書記。捉鼻功名知不免，笑他時、我亦神仙吏。輸一著，早曾計。

買坡塘 送莊舍人植三南歸，並寄蔣太守星仲、趙舍人億生、莊進士葆琛。

又懵騰幾番煙月，東風吹過年少。寂寥三徑尋遊侶，只有阿蒙還小。忘不了，是當日、曾經擲果蘭陵道。一官亦好。看衣桁簪花，佩囊槖筆，渾稱此風貌。　夷門路，金尊昨日頻倒。天涯尚未生艸。同來恁不同將去，撓亂數旬懷抱。歸正巧，算剪韭、烹葵煮筍都堪飽。寄聲短趙，更瘦蔣風流，癯莊緼藉，相憶令人老。

虞美人 二十夜，楊孝廉敬之招集騰光館看桂。

艸元亭在雲溪北，暇日能邀客。寂寥深院倒金尊，添得幾絲疏雨、易黄昏。　廿年前記題詩處，花壓闌干住。故人多半起雲霄，只我閒居尚赴、小山招。

南歌子 古州道中。

似柳應同韵，疑花未解羞。慣拋白足上危樓。喜折連枝果葉、插人頭。　生熟居然異，形聲迥不侔。怪來行立總如猴。拗得脆蛇寸寸、啖同遊。生苗有能啖蛇者。

人月圓 黎平試院作。

蠻中三月春光好，新雨又新晴。纔離豚水，仍盤獅嶺，又抵黎平。昨宵上巳，今辰寒食，來日清明。醲碧成蒼，催紅做緑，有甚心情？

浣溪紗 楊太守席上看牡丹作。

雲作簾衣絮作塵，向前還有幾多春？豔陽天氣説生辰。圓比十三將望月，嬌如二八上鬟人，晩蘭香味玉精神。

又 杏花。

一晌花枝欲上樓，東風先爲揭簾鉤，和煙和露搭床頭。百五時光容易過，十三年紀不知愁，初陽籬落悄凝眸。

菩薩蠻 淇縣道中，贈譚上舍子受。

青泉落處紅雲碎，馬啼亂踏林聲脆。十里繞淇泉，愁無青竹竿。遲行雖數里，已覺吟聲起。知我欲回車，來朝度曲徐。

桂殿秋

飯已熟，忽呼茶，滿盤堆得雨前芽。瓷杯到手復揮去，獨自開簾看杏華。

三字令

天上月，枕邊來，似追陪。香一盒，貯玫瑰。襯珠蘭，和玉蕊，髻旁堆。羅幕外，燕疑猜，蝶徘徊。鐘已歇，漏仍催。㛹矇朧，窗隙報，渚蓮開。

擬兩晉南北史樂府

自序

余童時從黄石緘先生遊，先生素邃史學，平居爲説典午南北之際事極詳，余聽之靡靡忘倦，每日夕自塾中歸，粗憶其節略，爲諸姊弟言之，太夫人顧而色喜。忽忽十數載，余童而冠，而先生則已休神家衖矣。頃歲以來，粗知讀史，又以不獲從先生遊，得悉其緒論爲恨。今秋文戰報罷，因取兩晋南北史事雜書之，爲擬古樂府百二十首，非敢計工拙，亦以誌童時結習未盡而所聞于先生者，雖忘失殆半，輒棖觸于燈昏雨黑時也。抑余聞先生言：西涯、西堂皆以樂府名家，然西涯上下千百年而篇什較少，西堂則珊瑚木難與牛溲馬勃並列，有陸平原多才之嘆。則先生雖伏膺二公之樂府，而尚不能無遺議也。因先生言，益增今日之愧。

乾隆三十五年長至後二日，稚存洪禮吉自序。

擬兩晉南北史樂府目次

卷上

卷下

擬兩晋南北史樂府卷上

馬同槽

聲嘈嘈，馬騰槽。火炎炎，龍上天。去年秉黄鉞，今年加九錫。龍旂十二旒，天子在頃刻。桃花源，武陵船，問魏與晋何茫然！

魏武帝夢三馬同食一槽，甚惡之，謂太子丕曰：「司馬懿非人臣也。」泰始元年，晋王炎稱皇帝，廢魏主爲陳留王。

廣武嘆

一日哭，留狂名；百日醉，留酒名。酒名狂名俱不免，先生能作青白眼。驅車何茫茫，廣武何荒荒！當時楚與漢，莽莽百戰場。百戰場，斜日下，豎子成名尚堪詫，擾擾何况牛與馬。

阮籍登廣武，觀楚漢戰處嘆曰：「時無英雄，使豎子成名！」籍能爲青白眼，見禮俗之士，以白眼對之。

蘇門嘯

阮生狂耶，稽生傲耶。先生何人，泠泠嘯耶。咸熙魏耶，咸寧晋耶。先生何人，冥冥隱耶。

孫登隱蘇門山，善嘯。阮籍見之，歸著《大人先生論》。嵇康從登遊三年，問其所圖，終不答。將别，謂曰：「子才多識寡，難乎免於今世矣。」

社稷勳

炎精中燼赤帝死，祖龍西來作天子，大開明堂錫弓矢。謀臣誰？裴與王。股肱誰？荀與羊。金符玉册何琅琅，策勳第一推平陽，當時曾殺高貴鄉。

武帝將廢賈后，楊太后争之曰：「賈公閭有大勳於社稷。」公閭，賈充字。充使成濟殺高貴鄉公。

作佳傳

一丸藥，勞侍婢。千斛米，作傳紀。彼哉譙周及門弟，三分竊據孫與曹，正統那付當塗高。君不見，一士已没賴半士，定論早出習鑿齒。

陳壽遭父喪，使婢丸藥，謂丁儀子曰：「覓千斛米，爲尊公作佳傳。」習鑿齒作《漢晋春秋》，以蜀爲正統。因有蹇疾，苻堅稱爲半士。

别駕謡

海沂之康，寔賴王祥。邦國不空，别駕之功。嗚呼别駕今三公，惜哉不作徐州終。

王祥爲徐州别駕，郡中謡云云。魏亡入晋，官太保，年八十五始卒。

峴山碑

杜公碑，碑書功，高岸爲谷谷作陵。(叶)羊公碑，碑墮泪，茫茫淚枯碑不碎。碑不碎，由民心。君不見，古來賢達皆争名，羊公碑後碑俱泯，此碑非金亦非石。碑之崇，崇以德。

羊祐墮泪碑，在襄陽峴山。杜預好爲後世名，刻石爲二碑，紀其勳績，一沈萬山之下，一立峴山之上。

飛渡江

前揚帆，後執柁，南人倉皇北人坐。橈居前，楫居左，岸軍愁呼水軍卧。城門開，降帆來，七萬騎，全軍回。當時若聽王渾指，北兵安得飛至此？

王濬率舟師直抵建業，吴人曰：「北來諸軍，乃飛渡江也。」詔濬至秣陵，受王渾節度。渾遣信令濬暫過計事，濬舉帆直指，報曰：「風利，不得泊也。」

銅駝嘆

立人當立德，擇子先擇嫡。宫門老臣三嘆息，銅駝會見在荆棘，老奴亦言座可惜。爲官乎，爲私乎，此座何不歸桃符？

索靖知天下將亂，指洛陽宫銅駝，嘆曰：「會見汝在荆棘中！」齊獻王攸，小字桃符。武帝嘗指御座曰：「此桃符坐也。」

清談誤

王與謝，揮塵尾；樂與衛，饒名理。清談亹亹從天來，洛中已建單于臺。

王弼、謝琨善清談，樂廣、衛玠善名理。桓温自江陵北伐，登平乘樓望中原，嘆曰：「遂使神州陸沈，百年丘墟，王夷甫諸人不得不任其責！」

雉短短

雉短短，飛來入宫院，欲竊主權欺主闇。昨日殺龍母，今日殺龍子。可憐銅駝宫，化作荆與枳。

惠帝后，賈充女也，武帝嘗曰：「賈公女有五不可。種妬而少子，醜而短黑。」后廢楊太后於金墉城，絶膳八日而卒。使太醫令程據毒太子。

金谷讖

紅蕤花開置行幕，一盃兩盃緩行樂，美人頭向盤中落。珠歌翠舞昕斜陽，珊瑚七尺施作牀。人間夢醒春茫茫，花枝如烟墮高閣。散盡黄金恣揮霍，白首同歸訊潘岳。

潘岳《金谷園詩》：「投分寄石友，白首同所歸。」後岳與石崇同死趙王倫之難，遂成讖。

中台坼

去年誅韓信，今年醢彭越。駿珧既首禍，瓘亮亦繼没。南風當國勢絶倫，手持天下歸先生。（叶）中台星坼日復蝕，先生不言務簡默。金墉城，太后薨；許昌宫，太子凶，誰與殺者張司空。

中台星坼，張華少子韙勸華遜位。華不聽。華將死，謂林曰：「卿欲害忠臣耶？」林稱詔詰之曰：「卿爲宰相，太子之廢，不能死節，何也？」華曰：「式乾之議，諫事俱在。」曰：「諫而不聽，何不去位？」華不能答。

華亭鶴

華亭鶴，雲間哭。聲何悲，悲二陸。白袷喜談兵，貉奴寧作督。機山深，三泖陰。蓴鱸千里方揚舲，此時笑殺張季鷹。

陸機將死，嘆曰：「華亭鶴唳，可得聞乎！」張翰聞秋風起，思菰菜、蓴羹、鱸魚膾，即日挂冠歸。

除三害

禾兮芃芃，稷兮翼翼，父老不樂，仰天太息。（一解）長跪告父老，父老究何苦？父老不苦長橋之蛟與南山之猛虎。（二解）父老慎勿悲，山有虎兮虎可摧，水有蛟兮蛟可揮。兒不讀書，兒身何爲？（三解）兒讀書，讀書不忘始。少慕奮身，十年俠士；長慕事親，十年孝子。（四解）兒讀書，讀書不近名。兒爲良臣兮天王聖明，兒爲忠臣兮讒人釁成。（五解）

周處爲御史中丞。梁王彤〔一〕違法，處深文按之。及齊萬年反，彤都督關中諸軍事。賊有衆七萬，彤逼處以五千兵擊之。絃盡矢絶，遂力戰而没。

思子臺

南風狂，惠風閉，千歲髑髏齒牙利。承華門，詔誰作，黄門侍郎有潘岳。許昌宫，逆誰預，黄門將軍有孫慮。思子臺，愁雲結，許昌一聲飛蓋裂，金墉城中貯金屑。

惠帝爲愍懷太子立思子臺。太子妃名惠風。太子喪發許昌，大風雷電，幃蓋飛裂。賈后廢金墉城，飲金屑酒死。

寧馨兒

寧馨兒，乃具媚人骨。少無宦情，皇皇詣闕；長無宦情，營營三窟。一代龍門竟誰識，可憐車前拜石勒。阿堵積室中，持籌亦錢癖，新婦可作阿戎匹。

王衍勸石勒稱帝。衍妻郭氏好聚斂，嘗令婢以錢繞牀，使衍不得行。衍晨起見之，謂婢曰：「舉阿堵物却！」

侍中血

長安門開鼓聲死，賊騎如雲走天子。西來從輦無一人，萬乘蒼茫草間止。行間殺氣何紛紛，侍中獨拜車前塵。馬前飛矢着龍節，侍中獨濺衣上血。侍中血，中散琴。琴聲欲絶日欲沉，有子乃不傳廣陵。

嵇紹蕩陰死節，血濺帝衣。後左右欲浣衣，帝曰：「嵇侍中血，勿浣也。」嵇康將刑，顧視白日，索琴彈之，曰：「《廣陵散》于今絶矣！」

龍虎争

虎皇皇，北來牽兩狼。南飛值龍龍角張，洛中碩鼠尺二長。（一解）莫打虎，打虎先傷龍，龍鱗十十五五。（二解）莫打鼠，打鼠已驚犬。犬聲欲聞數武。（三解）雄鷄默，雌鷄啼，大馬死，小馬饑。（四解）

元康中童謡：「虎從北來鼻頭汗，龍從南來登城看。」指齊王冏、成都王穎。永嘉初童謡：「洛中碩鼠尺二長，若不早去大狗至。」鼠指東海王越，狗指苟晞。大寧初童謡：「老馬死，小馬饑。」指明帝崩成帝幼而言。

十三月

十三月，狼生貙；十五月，貙生貐。貙生已難禦，貐生奈何許！蛟龍何況得雲雨。絳灌無文，隨陸無武，以之讀書，横覽今古。父作蒙珠離，子作遮須夷。神州擾擾不可止，洛中又出新天子。

劉淵十三月而生。淵子聰十五月而生。聰子嘗死復蘇，見淵爲蒙珠離國主，且曰：「遮須夷國無主，待汝父爲之。」

赤白氣

旗獵獵，天門開，雲中天子騎龍來。赤光耀以西，白氣耀以東。非烟非霧，杳不知其濛濛。熒熒煌煌，遂開明堂；磊磊落落，雄藝卓犖。石武鄉，一生低首惟高皇，幕中乃有張子房。

石勒生時赤光滿室，白氣自天屬於中庭。勒嘗謂人曰：「若逢高皇，當北面事之。遇光武，當並驅中原。」勒以張賓爲謀主。賓自比張子房。

特尚可

鍾離崩，陷石穴，一如丹，一如漆。入穴多于蟲，出穴莫敢雄，拔劍刺屋居其中。鹽神冉冉兮，紛相從。神之一飛兮，九日盡落。浹旬茫茫兮，不見城郭。天空空，野夢夢。遺以青縷，射以雕弓。鹽神去，王廩地。特與雄，廩君裔。欲寄食，寧作賊。官貪如狼政如火，李特尚可尚殺我。

李特爲廩君苗裔。先鍾離山崩。陷赤黑二穴。出黑穴者四姓，出赤穴者即特先。五姓争爲神，相約以劍刺穴屋，惟廩君劍獨着，遂爲神。有鹽神從之，其飛閉天。廩君射殺之，天乃開朗。特據廣漢百姓謡曰：「李特尚可，羅尚殺我。」

壯士歌

七尺刀，八尺鞍。《壯士歌》，悲陳安。啾啾唧唧，天陰雨黑。伏兵邀我西，飛騎追我北。班騅無聲草間匿，嗟嗟見人不見出。西流水，東流河。《壯士歌》，奈爾何！

陳安與趙將平先戰，會日暮雨甚，匿於山中，爲呼延青所殺。隴上人思之，作《壯士歌》。

留降款

一千義軍守陴哭，城中天子亦食粥。誰敷守者？索都督。長安城闕生蒿萊，長安城門不肯開。車騎來，萬户來。

劉曜逼長安，城中饑甚，愍帝食麲屑粥。索琳留降款不發，使子説曜曰：「若許琳以車騎、萬户者，請以城降。」

中興瑞

綿綿延延，華光燭天。王氣萃此者，五百二十六年。時已過，運乃昌，朱旗卓地一丈長。金符落天走建康，化龍一馬興真王。龍爲王，馬遂亡。

始秦時，望氣者云：「五百年後，金陵有天子氣。」至晋元帝中興，果五百二十六年。初，玄石圖有牛繼馬後，故宣帝深忌牛氏。及恭王妃夏后氏竟通小吏牛金，生元帝。太安時童謡：「五馬浮渡江，一馬化爲龍。」

夜半舞

鷄三聲，客三唤。起視東壁有疏燈，啓明光已亂。英雄乘時空浩嘆，元明之間久無旦。

祖逖與劉琨俱爲司州主簿，共被同寢。中夜聞荒鷄鳴，蹴琨起舞。

王與馬

王與馬，共天下。將軍前，丞相亞，將軍無謀丞相詐。丞相謂將軍，三州勢堪藉。事成爲王失爲霸，嗚呼將軍遽叱咤！鼓頻頻，肆逆氛。丞相大義已滅親，白旗懸首煩將軍。

王敦王導秉政，時人語曰：「王與馬，共天下。」永昌元年〔二〕，敦率衆内向，以誅劉隗、刁協爲名。敦死懸首南桁，莫敢收葬者。

新亭淚

愼勿學楚囚對，愼勿灑新亭淚。天茫茫，天方醉。人茫茫，人方睡。

過江人士，每至暇日，相要出新亭飲宴。周顗中坐嘆曰：「風景不殊，舉目有山河之異。」皆相視流涕。王導愀然變色曰：「當共戮力王室，尅復神州，何至作楚囚相對！」

呼伯仁

渡江來，不安坐。茂倫一言伯仁賀，向見夷吾在江左。夷吾有急呼伯仁，伯仁百口還累君。〔三〕爲君瀝肝膽，爲君全令名。（叶）伯仁言，感天子，夷吾不言伯仁死。三司耶？令僕耶？知人不易古所嗟，夷吾亦殺鮑叔牙。

王敦反，王導每旦率子弟詣朝待罪，見周顗入，導呼曰：「伯仁，以百口累卿！」顗不應。及入，爲導申救甚至。出，又上書明導忠誠。導不知，甚恨之。及王敦問顗于導，三問不對。敦遂殺之。

拜士行

朝亦運百甓，暮亦運百甓，欲清中原還致力。古人陰惜寸，今人時擲尺，欲清中原先惜日。（叶）陶士行，真名臣，神機魏武忠孔明，（叶）陸遜陸抗非其倫。前年擊杜弢，今年殺蘇峻。君不見，元規枉自受顧命，賊來亦拜陶士行。

蘇峻反，庾亮詣陶侃拜謝。侃止之，曰：「庾元規亦拜陶士行耶！」尚書梅陶與曹識書曰：「陶公機神明鑒似魏武，忠順勤勞似孔明，陸抗諸人不能及也。」

踐海冰

北風吹海海欲立，海底潛蛟抱冰泣。馬蹄踏海聲隆隆，三日不拆玻璃宫。玻璃平鋪三百里，鐵騎茫茫踐之起。君不見，一聲箄簗海冰開，海底已執乖龍回。

燕慕容皝討慕容仁，天寒海凍，從昌黎東踐海冰而進，凡三百餘里。仁部下叛，執仁以降。

義旗指

去年反王敦，今年反蘇峻。六師束手庾元規，八州觀望陶士行。君父之難安可逃，義旗一指天爲高。官軍已成白石壘，賊騎不越朱雀橋。功成倘憶絶裾處，夜夜精靈泣牛渚。

蘇峻之難，温嶠約陶侃東下，後侃以糧盡欲返。嶠謂曰：「公若沮衆敗事，義旗將回指于公矣。」初，嶠欲將命。母崔氏固止之，嶠絶裾而去。

獻行璽

獻行糧，獻行璽。尚薄袁本初，何敢學成李。二十八宿纏宮門，大業無愧張耳孫。龍章九錫未入告，白帢入棺還自悼。還自悼，百六乾坤總羣盜，執手傳家自忠孝。

前涼張軌，漢張耳十七世孫。據涼時，有玄石白點成二十八宿。子茂，以未受王命，白帢入棺，勉嗣子以忠孝。

一目主

長安天子眇一目，長安城中月鼎足，妖星茫茫射黄屋。死我者堅活我雄，東海大魚化爲龍，男皆爲王女爲公。

苻生眇一目，童時，祖洪戲之曰：「吾聞瞎兒一泪，信乎？」生引佩刀刺出血，曰：「此亦一泪也。」性殘忍，祖洪欲殺之，雄勸乃止。生立，太史奏長安城中三月並出。

識英物

兒勿啼，兒啼驚一切。兒啼何奇？知兒是英物。兒勿來，兒來光一室。兒來何殊？知兒有奇骨。星茫茫，墮兒頰中七。山巖巖，横兒頂中一。君不見，温太真，擅奇術，燃犀照餘幽魅出，何不携來照英物？

桓温生未期，温嶠見之曰：「此兒有奇骨，可試使啼。」及聞其聲，曰：「真英物也！」温面有七星。

日書空

夷甫矜空談，神州已陸沉。深源復中起，蒼生更誰倚？嗟嗟一百年，處士相後先。書空計已左。周旋猶作我。東山捉鼻四十春，蒼生所望真斯人。

殷浩被廢，在信安。終日恒書空作字。揚州吏民尋義逐之，竊視，唯作「咄咄怪事」四字而已。

海西公

局縮肉，馬作犢。海西公，犢化龍。犢化龍，是龍子。朝向離宫生，暮向吴宫死。吴宫死，悲何如？君不見，永嘉袖手永昌呼，入廟曾言帝室儲。何因龍種欺黄犢，會見鷄雌擾鳳雛。

海西公不男，使左右向龍與内侍接，生子，以爲世子。民間謡云：「本言是馬駒，今定成龍子。」「局縮肉」，元帝時謡。孝武時謡云：「黄雌鷄，莫作雄父啼。」

鬼董狐

鬼董狐，事何略，天地茫茫總初覺。元凱誰，蟒而攫。元海誰，鱗而躍。敦與温，重筆削。君不見，枋頭既敗史筆誣，定論只有鬼董狐。

干寶作《搜神記》，劉惔曰：「卿可爲鬼之董狐。」杜預在荆州，因宴醉卧。外人聞嘔吐聲，竊窺於户，見一大蛇垂頭而吐。劉淵母祈子于龍門，見一大魚，頂有二角，伏于祭所，夜夢旦所見魚變爲人，遂生淵。孫盛作《晋陽秋》，直書枋頭之敗。温見之，大怒。孫諸子懼，遂竄改之。

東山卧

大謝執如意，小謝揮塵尾。中謝無所爲，泠泠善名理。一門羣從真無慚，閨中飛絮還撒鹽。君不見，四十東山卧初足，與人同憂亦同樂，别墅風流賭棋局。

謝安兄奕，爲桓温司馬，喜執玉如意。弟萬，常着鶴氅裘，白綸巾。安悦兄子玄，戲賭紫香囊，得即焚之。

牛心炙

欲知名，啖牛心。欲書名，聚鵝羣。（叶）君不減，阮主簿。今可伍，王懷祖。携諸子，抱弱孫。婚嫁畢，學向平，學向平，事亦足。中年以後傷哀樂，（叶）得閒且自陶絲竹。

王羲之十三時，詣周顗。時重牛心炙，坐客未啖，顗先割啖之〔四〕，由是知名。阮裕有重名，爲王敦主簿。敦嘗謂羲之曰：「汝不減阮主簿。」王述字懷祖，與羲之齊名。

阿房城

鳳凰鳳凰止阿房，一雌一雄雙翱翔。不見雀來入燕室，但見浮雲閉白日。鳳西飛，雀東飛，腸斷朱宫復紫隄。錦袍一領軍前却，鳳凰鳳凰不如雀。

苻堅時謠云：「一雌復一雄，雙飛入紫宫。」又謠云：「鳳凰鳳凰止阿房。」時慕容冲與姊清和公主俱有寵。慕容垂妻亦得幸於堅，與同輩。宦者趙整歌曰：「不見雀來入燕室，但見浮雲閉白日。」慕容冲逼長安，堅使送錦袍一領，冲却之。

長星見

熒惑入南斗，天子下殿走。熒惑來天垣，天子坐未安。坐未安，亦何有！長星勸汝一盃酒。臣願天子聖，列辟賢，追古七十二帝恩綿延。臣更左執矢，右執鞭，妖星射落淵底眠，陛下聖壽千萬年。

長星見，孝武帝甚惡之，于華林園舉酒祝曰：「長星，勸汝一盃酒，自古何有萬歲天子耶！」

負畚來

負畚來，洛陽鬻，望塵來，司隸逐。卿無忘螭蟠，朕無忘龍伏。嗟嗟景略奪何速，不事西夷事南服。八公山，悲苻融，五將山，毒吴忠。景略有君死萇手，景略有兒縶泓首。丕登先亡鎮惡後，鎮惡死，報苻氏。

王猛少時，鬻畚於市。苻堅七歲，戲官道左，徐統戲曰：「不畏司隸縛耶？」堅至五將山，姚萇遣將軍吴忠圍之。求傳國璽不得，遂縊堅。猛孫鎮惡奔晋，隨劉裕滅後秦，爲沈田子所殺。

行路難

行路難，歌以哭，四座茫茫慘無樂。（叶）松栢何啾啾，屋下尸自愁。挽歌何慨慷，道上殯自往。袁山松，愁何工，君家兄弟才偏雄。呼盧十萬擲布帽，卿輩可識袁彦道。

袁山松喜歌《行路難》詞，又喜道上作輓歌，時謂「張湛屋下陳尸，山松道上行殯。」袁耽字彦道。桓温嘗博進負數萬，求濟于耽，耽許之。就局，十萬一擲，直上百萬。探布帽擲地，曰：「竟識袁彦道不？」

丁零王

丁零中，一隅地，幾人稱王歲人帝？

翟斌據丁零，慕容垂以爲河南王。翟釗改元定鼎，後敗，爲慕容永所殺。

新平寺

長星出天十丈長，東掃宛洛趨雍凉。明光殿前老父走，甲申乙酉悲魚羊。魚羊食人人更少，長安十陵長秋草。威鳳重飛入禁中，蛟龍更出屯官道。東帝鮮卑西帝秦，英雄歸骨向新平。萇登自搆君臣禍，垂永還操門户兵。

後秦姚萇縊堅于新平佛寺。堅時有人于明光殿大呼曰：「甲申乙酉，魚羊食人。」慕容永爲西燕，後燕主垂復滅之。苻登載堅木主與萇戰，每事必啓主後行。

五經表

宗生去，大事已；趙生來，大事濟，彼棄龍頭附蛇尾。才何奇，九州小；書何奇，五經表，不處城廬處洲島。沮渠據北乞伏西，自鄶以下還無譏。

秃髮烏孤據廣武，秦王興使韋宗覘之，歸曰：「吾乃知九州之外，五經之表，復自有人也。」宗生名敞，趙生名振，烏孤曰：「吾得趙生，大事濟矣。」沮渠據張掖，乞伏據金城。

借鬼兵

城門西，鬼兵十萬啾啾啼。城門東，陰旗獵獵愁燐紅。賊騎欲向南，鬼伯趨趁趕。賊騎欲向北，啾啾啼鬼伯。城門開，待鬼來。椒漿爲汝奠，靈甲爲汝裁。一朝賊退歸海中，幕府上簿皆鬼功。鬼兵不來兮，奈何許！賊兵皇皇兮，矢如雨。風折兮蝥弧，血染兮頭顱。將軍苦身折，天師竟無術。彼夫人兮真丈夫，抽刀殺賊賊即呼，天壤欲似王郎無。

孫恩攻會稽，内史王凝之素奉天師道，官屬請出兵。凝之曰：「我已請大道，借鬼兵守諸城門各數萬，不足憂也。」及敗，遂爲恩所殺。妻謝道藴聞變，肩輿出，手殺數人。

續佛經

君不見，長安天子好禪論，浮圖沙門多以萬。殿陛空陳《豐草詩》，深宮自進伊蒲飯。又不見，長安天子多武功，蜀氛西靖燕東封。一朝熒惑星失守，萬劫昆明火更紅。可憐德修期愈促，自謂當時邀佛福。邀佛福，三千佛經盈卧閣，萬死難懺姚萇惡。

後秦姚興好佛，與鳩摩羅什續佛經。長安里中沙門至萬人。興好獵。杜挺著《豐草詩》以諫。熒惑入匏瓜中，忽亡不知所在。是歲秦大旱，昆明池竭，童謡訛言，國人不安。

槐樹賦

《槐樹賦》，《述志賦》，撰作遐方一何富。上馬能殺賊，下馬作露布。龍吟夜半興真人，譜系乃出飛將軍。彼夫人兮亦清節，三年不言似亡息。

西凉王李暠，隴西人，李廣裔。著《槐樹賦》、《述志賦》。夫人尹氏，有志節。以先適馬元正，三年不言。

虎臺謀

兄爲囚，妹爲虜，父命事仇無不可。（叶）父已死，兄已誅，父命殺仇仇即夫。父仇不報豈女子？反面事人有餘恥，事已不成寧惜死？黄泉有血流浩浩，九州之外五經表。

南凉王傉檀女，爲秦王熾磐后。與其兄虎臺謀殺熾磐，事泄死。

沐謙刺

一尺匕首，三尺雲首。提革囊，飛入秦。飛入秦，殺龍子，感恩茫茫復中止。君有疾，吾侍之。君有藥，吾奉之。涔涔淚下不能止，義士今時爲君死。匣中夜半風颼颼，恨不飛斬仇人頭。

劉裕使沐謙刺司馬楚之。楚之待謙甚厚。謙未得間，乃夜稱疾。楚之果自齎湯藥往視，情意勤篤。謙感楚之恩，反爲之用。

彗星出

明堂坐，一龍纔升一龍墮。慟哭來徐公，徐公得無過。星離離，入太微。經北斗，絡紫微。茫茫一百二十祀，酖君以生不如死，晋亡亦有死節士。

彗星出天津，晋恭帝禪位於宋，自遜于瑯琊第，秘書監徐廣痛哭。謝晦曰：「徐公得無小過。」裕使張偉酖帝。偉曰：「酖君以生不如死。」遂自飲而卒。

義熙號

仇池一隅世忠孝，宋家日月飛不到，永初年間義熙號。當時彤弓與盧矢，老臣自當臣晋死，我死善事新天子。嗚呼國亡不與亡，柴桑處士仇池王。

仇池王楊盛，聞晉亡，不改義熙年號，謂世子玄曰：「吾老矣，當終爲晉臣，汝善事宋帝。」及玄立，始用元嘉年號。

桃源記

不聞人聲，但聞琴聲，不聞絃聲，但聞指聲。桃源中人，羲皇上人，何論魏人，何論晉人！

陶潛性不解音，畜素琴一張，絃徽不具，每朋酒之會，則撫而和之，曰：「但識琴中趣，何勞絃上聲！」

校勘記

〔一〕梁王肜　《晉書》卷五八作「梁王肜違法，處深文案之。」《晉書》卷三八有《梁王肜傳》。此應作「梁王肜」。

〔二〕永昌元年　原作「永昌九年」，據《北江遺書》本改。又《晉書》卷九八作「永昌元年」。

〔三〕伯仁百口還累君　「累君」，《北江遺書》本作「理君」。

〔四〕顗先割啖之　《晉書》卷八十作「顗先割啗羲之，於是始知名。」

擬兩晋南北史樂府卷下

一尺劍

一尺劍，馴兩蛇。五百載，還劉家。（一解）炎精斷，典午亂。真人興，紹皇漢。（二解）草肅肅，没輦轂，金之刃之悔不速。（三解）

宋武帝本漢後，爲高帝弟楚元王交裔。武帝伐荻新洲，大蛇長數丈，射之，傷。明日，見數童子青衣擣藥。宋時有童謡云：「欲知其姓，草肅肅。」蓋蕭道成受禪之讖。

味卿言

恪誰長？慕容暐，有霍光。猛誰伍？秦苻堅，有仲父。裕誰堪？司馬宗，有曹瞞。知人何詳己何略，如君之才總誰角，可憐死嘶高著作。

崔浩與魏太宗論近世將相之臣。太宗悦。賜御縹醪十觚，水精鹽一兩。曰：「朕味卿言，如此鹽酒。」浩後以譔國史族誅。高允爲著作郎，十七年不遷官。

金昌亭

東華哭聲猶未已，司空中書執戈起，同謀亦聞檀道濟。廬陵何人？武皇愛子陛下弟。金昌亭邊鼓聲沸，磨刀霍霍且及帝。五蛇升，一龍去。龍歸若得瞻皇馭，應問爾來何太據。

徐羡之與傅亮、謝晦受遺詔輔少帝。帝居喪無禮，羡之等令檀道濟引兵入。廢帝爲營陽王，復弒之金昌亭，并殺廬陵王義真。

東山屐

東山屐，屐不釋。屐不釋，作山賊。西堂夢，夢莫論。夢莫論，思王孫。君才苦多實苦少，別夢盈盈滿春草。君心苦雜迹苦幽，探奇累累山靈愁。山靈愁，向天訴，桃墟邨中夜相捕。君鬚成佛骨未仙，生天乃落孟顗前。

謝靈運既徙廣州，欲要合鄉里小兒于三江口篡取。爲秦郡將宋齊受〔一〕所發，于桃墟邨獲七人，靈運遂坐誅。靈運將刑，捨鬚作維摩詰像。孟顗事佛精懇，靈運素輕之，曰：「卿生天當在靈運前，成佛當在靈運後。」

檀江州

可憐白浮鳩，枉殺檀江州。萬里長城君自毀，明年飲馬長江水。長江飲馬君有知，目光裂電神雖馳。

魏人聞檀道濟雄名，憚之，圖以禳鬼。道濟被收，脱幘投地，怒曰：「乃壞汝萬里長城！」魏太武引兵南下，文帝登石頭城望之，謂江湛曰：「檀道濟若在，豈使胡馬至此！」

春月畋

咄爾簑，嗟爾笠。曷不遠匿，我馬欲逸。咄爾騎，嗟爾王。曷不傍皇，我田欲荒。一日荒，不得實，一日飢，不得活。王將四征營三驅，驅斥老農胡爲乎？還君壺觴不敢食，我田我田食我力。

衡陽王義季，都督荆湘。嘗春月出畋，有老父被苫而耕，左右斥之。老父曰：「盤於游畋，古人所戒。今陽和布氣，一日不耕，民失其時。奈何以從禽之樂而驅斥老農也。」義季曰：「賢者也。」賜之食，不受。

封狼胥

朔風一夜長城倒，百萬甲兵如電掃。石頭城上烽連天，不見居人見秋草。秋草秋肥胡馬驕，江南地赤總無苗。雍徐白骨連青冀，又見催書集飛騎。君不見，耕當問奴織問婢，封狼居胥亦何易。

宋文帝欲經略中原，王玄謨尤好進策。帝曰：「觀玄謨言，令人有封狼居胥意。」沈慶之諫曰：「耕當問奴，織當問婢。陛下伐國，而與白面書生謀之，何由濟？」帝不聽。魏人凡破南徐、徐、兖、豫、青、冀六州，所過赤地無苗，春燕歸巢於林木。

佛貍讖

江水飲莫飽，佛貍死江島。去年歲在寅，今年歲在卯，崔伯深，死亦早。

魏太武南下，童謠云：「虜馬飲江水，佛貍死卯年。」佛貍，太武小字。崔浩字伯深。

宜速斷

禁林半夜愁烏號，深宮一舉雙鴟梟。鴟梟食母獍食父，假以羽翼授以刀。齋宮門開燭未滅，舉几一揮指齊裂。湛之不斷江湛遲，陛下裁弟難裁兒。難裁兒，已殺父，嗟嗟雙鴟梟，更假一鸚鵡。

太子劭，始興王濬與嚴道育、王鸚鵡巫蠱事發，帝欲廢太子劭，賜濬死。與徐湛之、江湛、王僧綽謀之。僧綽曰：「事宜速斷。當斷不斷，反受其亂。」帝久不決，更以謀告潘淑妃。妃，濬母也。以告濬。於是太子劭遂與濬弒帝，并殺潘淑妃。徐湛之、江湛俱死。

見要人

衣如鶉，馬如狗，道逢八騶不得走。平生不喜見要人，要人近復生公門。君不見，要人耶，亦堪喜，陛下有綸臣仲禮。

顏延之子竣既貴，常乘羸牛笨車，道逢竣鹵簿，即屏往道左。謂竣曰：「平生不喜見要人，今不幸見汝。」侯景圍臺城，邵陵王綸及都督柳仲禮按兵不戰，梁武帝嘗問策於柳津。對曰：「陛下有邵陵，臣有仲禮，不忠不孝，賊何由平。」

竹林堂

寧馨兒，父不知，渠大鯱鼻何如斯？鯱鼻不懼鬼，射鬼鬼殺爾。今日當屠猪，急付大官厨。猪來代爾宰天下，竹林堂空鬼亦怕。

廢帝射鬼於竹林堂，爲壽寂之等所殺。王太后疾篤，呼廢帝，不往。怒曰：「那得生寧馨兒！」帝入太廟，指世祖像曰：「渠大鯱鼻，如何不鯱？」帝嘗惡湘東王彧，呼爲猪王。一日忤旨，帝縛之，使擔付大官厨，曰：「今日屠猪。」建安王休仁笑曰：「猪未應死，待皇太子生。」彧遂免。

違導旨

欲言耶，負導旨，不言還負翟黑子。宫中門啓戈矛森，臣寧負迹不負心。天威煌煌距尺咫，臣寧負生不負死。高渤海，真純臣，天文書上天顔温。臣子區區勞獎述，清河司徒臣不及。

高允嘗授太子經，及崔浩國史事發，并欲誅允。太子入言：「允小心謹密，且制由浩。請赦其死。」魏太武問曰：「《國書》皆浩所爲乎？」對曰：「浩所領事多，總裁而已。至於著述，臣多於浩。」太武怒曰：「允罪甚於浩，何以得生！」太子懼曰：「天威嚴重，允迷亂失次耳。臣向問，皆言浩所爲。」太武問：「信如東宫所言乎？」對曰：

「臣罪當滅族，不敢虚妄。殿下哀臣欲乞其生耳。」太武謂太子曰：「臨死不易辭，信也；爲臣不欺君，貞也。」遂赦之。允退，謂人曰：「我不奉東宫導旨者，恐負翟黑子耳。」先是翟黑子奉使并州，受布千匹，事發。謀於允，允勸首寔。翟黑子不從，太武殺之。魏太武使允集天文灾異書凡八篇。太武善之，謂不減崔浩。

領軍腹

七日宴，愼勿開，司空血裹長安臺。牽牛星，愼勿見，蒼梧首離仁壽殿。江州首禍徐州亡，天意總在蕭建康。箙中有箭箭有鏃〔二〕，痛恨不穿領軍腹。

宋明帝以七月七日殺巴陵王休若。後廢帝亦以七夕死。帝醉寢仁壽殿，令楊玉夫伺織女渡河，曰：「見當報我，不見當殺汝。」玉夫懼，遂弑之。帝嘗直入領軍府。值蕭道成晝卧，帝畫其腹爲的，欲射之。以王天恩言，遂以骲箭射。

石頭城

石頭城，悲孝子，悲忠臣，寧爲粲死慚淵生。(叶)江陵市，爲忠臣，爲節士，不作充生作陵死。

袁粲與子最同死，曰：「汝不失孝子，我不失忠臣。」沈攸之將起兵，曰：「吾寧爲王陵死，不作賈充生。」〔三〕攸，司馬邊榮亦不屈死。

天王家

生不落，降王車；死不入，天王家。王敬則，虎而翼，板輿迎居別宮耳，司馬家亡亦如此。王光祿，獺尾哭，興亡兩見勿復哀，鸞飛又向天邊來。

宋順帝禪位於齊，王敬則以板輿入迎帝。帝曰：「欲見殺乎？」敬則曰：「出居別宮耳，官先取司馬家亦如此。」帝曰：「願生生世世勿復生天王家。」右光祿大夫王琨，晉世已爲郎中。至是攀車獺尾慟哭曰：「人以壽爲歡，臣以壽爲戚，既不能先驅螻蟻，遂復頻見此事。」

移吾牀

紀僧真，無所須，從官乞作士大夫。士大夫非天子命，江家謝家聽不聽。欲娶須造中書堂，欲貴須近尚書牀。桃笙三尺牀七尺，尚書移牀遠俗客。

紀僧真得幸於齊武帝。請曰：「臣出自武吏，階榮至此。爲兒復得婚荀昭光女，無所復須，但願乞作士大夫。」武帝曰：「此由江斆、謝瀹，可自詣之。」僧真詣斆，登榻坐定，斆顧左右曰：「移吾牀遠客。」僧真喪氣返，曰：「士大夫固非天子所命。」

易犬子

延昌宫中國祚短，神龍墮地化作犬。楊婆咒禱空紛紛，寧知金翅啣王孫。王孫憶翁須好作，翁死旬時還奏樂。花枝裊裊春綿綿，楊郎宫中恣醉眠。狐裘錦衣左右直，徐郎殿前躬畫敕。寧失官家朝，莫犯周侯刀。寧違至尊訓，莫拒舍人命。禁中刀敕空縱横，國運詎識歸宣城。尚書不言侍中走，舉朝盡醉吴興酒。

齊武帝時有小史姓皇名太子，帝爲移點於外，作犬子。何點曰：「太子作犬，不得立矣。」後文惠太子果卒。鬱陵王〔四〕爲皇太孫時，令女巫禱祀，速求天位。及太子卒，益加敬信。世祖崩，大斂畢，即呼伎作樂。帝左右楊珉之〔五〕與何后同寢處。帝寵任綦母珍之、周奉叔及宦者徐龍駒等。珍之有所求，無不應。有司相語曰：「寧拒至尊敕，莫違舍人命。」奉叔有單刀二十口，嘗語人曰：「周侯刀不識君。」龍駒至代帝畫敕。宣城公鸞謀繼大統，多引朝中名士參畫。侍中謝朏心不願，求出爲吴興太守，致郡，至酒數斛，與弟吏部尚書瀹曰：「可力飲此，勿豫人事。」

郎君書

郎君書，悲欲死，不死三軍死尺紙。田横客，走安歸，先生血染門生衣，陸家門生頸已折。〔六〕袁家門生遭狗齧，先生之靈幾時没？

晋安王子懋與防閤陸超之、董僧慧舉兵討蕭鸞，爲參軍于琳之所殺。僧慧見懋子昭基書，曰：「郎君書也。」悲痛而卒。或勸超之遠遁。超之曰：「恐田横客笑人。」遂爲門生所殺，頭斷而身不僵。門生亦助舉棺，棺墮，折其頸而死。袁粲死後，其家匿一少子投粲門生狄靈慶。靈慶遂抱兒以首。兒死後，靈慶嘗見兒騎大羝狗戲，年餘，靈慶竟爲羝狗所殺。

解散髻

華林園中宴初設，彦回琵琶稱第一。清歌沈季琴王郎，三公解事惟拍張。尚書尚書技偏乏，稽首臣須用臣法。臣今有法臣知書，當時封禪推相如。帝曰休哉盛德事，琵琶聲停拍聲止。一代風流比謝安，插簪散髻解朝冠。王郎何似吴興守，力飲不肯解璽綬。

王儉爲國子祭酒，作解散髻，斜插簪。嘗謂人曰：「江左風流宰相，惟有謝安。」意以自比。齊高帝幸華林園宴集，使各效技藝。褚彦回琵琶，王僧虔、柳世隆彈琴，沈文季歌《子夜來》，王敬則脱朝服拍張，獨儉無所解，誦相如《封禪書》。齊主曰：「此盛德事也。」齊主受宋禪，以謝朏爲侍中，不肯解璽綬，乃用王儉爲之。

八騶嘆

君不見，鄧仲華，二十佐命人爭誇。又不見，王僕射，弱冠輿齊推定策。君名照耀同扶桑，三十官止中書郎。前無八騶任搥壁，人何轟轟我寂寂。絳衫戎服官門來，嗟君殊非濟世才。濟世才，任輕薄，驢乎驢乎汝好作，如汝人材皆令僕。

中書郎王融自恃人地，三十内望爲公輔。嘗夜直省中，嘆曰：「爲爾寂寂，鄧禹笑人。」行逢朱雀桁開，喧湫不得進，槌車壁嘆曰：「車前無八騶，安得稱大丈夫？」齊武帝疾亟，融欲矯詔立竟陵王子良。戎服絳衫，于中書省閤口斷太孫仗不果，遂坐誅。融嘗與劉祥同載，祥見道旁驢，曰：「好爲之，如汝人才，今皆令僕矣。」

閱武堂

閱武堂，種楊柳，至尊屠肉妃酤酒。阿兄來，盤馬走。阿丈來，醉一斗。宮中夜遊誰敢毀，宰相已作破面鬼。

東昏侯於芳樂苑設店，坐而屠肉。百姓歌曰：「閱武堂，種楊柳，至尊屠肉，潘妃酤酒。」東昏呼潘妃父爲阿丈，俞靈韻爲阿兄。沈昭略臨死，罵徐孝嗣曰：「廢昏立明，古今令典，宰相無才，致有今日。」以甌擲其面，曰：「使作破面鬼。」

合肥捷

合肥城邊鼓三下，將軍乘輿不跨馬。麾幢纖扇沿河堤，兵不貴多還貴寡。三關關北增高樓，將軍閉壘征人愁。征人誰知法中法，法在用强還用怯。百戰孰比將軍功，將軍豈數曹景宗。原頭射獵師不競，行路空歌霍去病。

韋叡體素羸，每戰，未嘗跨馬，嘗乘板輿，合肥之捷，魏人歌之曰：「不畏蕭娘與吕姥，但畏合肥有韋虎〔七〕。」先是諸將請益兵，叡曰：「兵貴用奇，豈在衆也。」梁武帝使叡救馬仙琕。叡至安陸，增築城二丈餘，更開大塹，起高樓。衆頗譏其怯，叡曰：「不然，爲將當有怯時。」曹景宗救義陽，頓兵不進，但原頭射獵而已。

談風月

南尚書，奔競譎。詹事官，求不獲。北尚書，選格裁。洛陽令，争不迴。停年格，銓選格，羽林夜火尚書宅。南尚書，北不如，宵來風月談軒渠。

徐勉爲吏部尚書。客有因宴求詹事五官者，勉正色曰：「今日祇可談風月。」魏崔亮爲吏部尚書，立停年格。洛陽令崔琡上書諫，不聽。先是張彝立銓選格，排抑武人，羽林相率焚其宅。

山中相

華陽夢破生紅塵，山中宰相作外臣。芒鞋尋山芝草竟，茯苓屢辱官家命。官家手敕來岩陬，先生不願金籠頭。同時亦有何處士，捋鬚不得臣老子。

陶弘景隱居茅山。國有大事，每遣使咨訪。時號山中宰相。梁武帝遣所在給茯苓。武帝手敕禮聘，不出，唯畫兩牛，一著水草間，一金籠頭。武帝欲拜何點爲侍中。點捋帝鬚曰：「乃欲臣老子耶。」

鹿子開

建康城頭衆驚走，棖棖取人飼天狗。朝呼食肉宵呼肝，棖棖得人食始歡。食始歡，殺鹿子。龍公不死鹿子死，四十八年王氣止。

梁武帝立長子統爲皇太子，時民間謡云「鹿子開城門」，蓋反語爲「來子哭」也。後太子果薨。天監十三年，都下訛言有根根取人肝肺及血，以飼天狗。百姓大懼。

房公馬

粮盈升，草盈把，兒童競養房公馬。見公之馬還思公，連錢蹀躞奔兒童。兒童粟多果馬腹，更瓣名香馬前哭。馬前哭，因思公，君不見，房公之馬鮑氏驄。

房謨爲大寧太守，有惠政。以不起兵應爾朱世隆，爲所執。以其馬別給戰士，戰敗，蜀人得之，謂謨遇害，莫不悲泣。善養之，謂爲房公馬。

鮮卑奴

銅拔打鐵拔，元家歲將末。鮮卑奴起渤海東，雹隱隱兮雷轟轟。朱家魏家總非匹，一冒空拳一穿鼻，賊來百箭殺百人，武牢不死真有神。宣訓宫中叩頭列，一母三天亦人傑。

高歡累世北邊，習其俗，遂同鮮卑。魏孝明時，洛下以兩拔相擊，謡云「銅拔打鐵拔，元家歲將末」。武牢之敗，親信都督尉興慶謂歡曰：「王去矣，興慶腰邊百箭，足殺百人。」歡妻婁氏生六子，洋、演、湛，皆爲帝。時謡云：「一母生三天。」

水東流

欲要君，四十啓。（叶）欲争君，二千騎。東帝不成作西帝，征途歔欷，悲啼勿啼。君心有南北，此水無東西。水東西，猶入海。魏東西，天命改。

魏孝武帝惡丞相高歡，西依宇文泰。歡上帝四十啓，帝不省。泰率二千騎逆帝，中途，帝謂侍臣曰：「此水東流而朕西上。」因流涕泣下。帝至關中，復與丞相泰有隙。飲酒，遇酖而殂。

南飛吉

烏鴉耶，燕雀耶，南飛者利耶。轅門中，置大鼓，將軍紫衣氣如虎，彎弓北來射鸜鵒。

賀拔勝奔梁三年，梁武帝遇之甚厚。屢乞師討高歡，不果，乃求還。勝自後，每執弓矢，見飛鳥南向者，皆不射之，以申懷德之意。魏時童謡云：「可憐青雀子，化作鸜鵒子。」青雀指孝静帝，鸜鵒指高歡。

明月謡

明月明月，相隨不滅。昨宵入懷抱，今宵委荒草。

魏孝武帝閨門無禮，從妹不嫁者三人，皆封公主。平原公主明月尤寵，帝以之入關，爲宇文泰所殺。

狐非狐

天門開，焦梨狗子天邊來。狐非狐，貉非貉，吠聲長，達河朔。青雀何噉噉，新巢復舊巢。舊巢鸜鵒啄，新巢飽犬腹。犬乎犬乎爾何酷，會見金鷄樹頭哭。

魏孝武時謠云：「狐非狐，貉非貉，焦梨狗子嚙斷索。」蓋指宇文泰，俗謂之黑獺也。泰母孕泰時，夢抱子升天，纔不至而止。周初童謠云：「白楊樹頭金鷄鳴，祇有阿舅無外甥。」蓋指隋受周禪之兆。

金甌缺

蕭繹盲老公，侯景跛老子。中原龍戰四十春，乾坤戾氣歸斯人。斯人不來國不破，誰使金甌向空墮。當殺不殺慕紹宗，當斷不斷吴老公。跛奴之禍禍已酷，盲僧譬成還骨肉。

梁武帝欲納侯景曰：「我國家如金甌，無一傷缺。脱納景，致紛紜，奈何？」後以朱异言，卒納之。景右足偏短。慕容紹宗追景急，景謂曰：「景若就擒，公復何用？」乃縱之。湘東王繹眇一目。初，武帝夢盲僧託生王宫，遂生繹。

臣如龍

天子勿走馬，大將軍嗔。大將軍勸陛下酒，敢勿聞。黄門郎來前且受意，癡人勢亦小差未。欲進食，先揮刀，龍耶虎耶亡崇朝。亡崇朝，反及禍。臣如龍，北面坐。臣如虎，尚是可。臣如鼠，已殺我。

東魏高澄忌魏静帝，使黄門郎崔季舒伺帝動静，嘗與書曰：「癡人比復何似？癡勢小差未？」澄爲膳奴蘭京所殺。高洋欲受魏禪，母婁氏曰：「汝父如龍，兄如虎，尚終身北面。汝何人，欲行舜禹之事乎？」

寒山石

一片石，寒山頂。餘者誰，比蛙黽。蛙聲蚓聲猶可識，邢家魏家工作賊。

庾信使北歸，人問「北方人士何如？」曰：「惟温子昇寒山一片石堪共語，餘若驢鳴犬吠耳。」邢邵曰：「江南任昉，文體本疏，魏收非直模擬，亦大偷竊。」收聞之謂人曰：「伊嘗于沈約傳中作賊，何敢言我。」

百年冤

濟南毅魄死不灰，九死上叫天閽開。精誠入日日忽變，白氣夾日如長圍。凉風臺前血一斗，百年來時繞階走。兒今何罪生王家，乞命作奴還俯首。深宫半玦留分明，兒今已死忍獨生。忍獨生，還把玦，明月不來空斷絶。君不見，婁家血泪還纏綿，濟南悲罷悲百年。

北齊昭帝廢故主爲濟南王，尋復弑之。立子百年爲太子。及昭帝疾，婁太后視之，問濟南所在者三，不對。太后怒曰：「殺之耶！」遂不顧而去。武成帝立，封百年爲樂陵王。河清三年五月，白虹圍日再重，又赤星見。帝欲以百年厭之。使召百年。百年知不免，割帶玦，與妃斛律氏别。見帝於凉風臺，曰：「乞命，與阿叔作奴。」帝不聽，卒殺之。妃把玦，不食，月餘亦卒。玦猶在手，父光自擘之，乃開。

握槊來

臣彈筝，君進酒。君持觴，臣爲壽。君王沉醉宮生春，兒家乃有握槊臣。趙郡痛哭宮門首，臣爲國家不爲酒。珠簾終蔽和士開，兖州刺史需君來。士開生，趙郡死，非常作事有龍子。

北齊和士開以善握槊、彈琵琶，有寵於武成帝。使士開與胡后握槊，復得幸於胡后。及武成帝殂，後主尤委任之。趙郡王叡與司空婁定遠立請出士開外任。太后命賜叡巵酒，叡正色曰：「臣論國家大事，非爲巵酒。」後主不得已，出爲兖州刺史。士開載二美女、珠簾詣婁定遠，願得一辭二宮。定遠許之。士開遂與太后及後主謀殺叡。瑯琊王儼殺和士開，斛律光聞之，撫掌曰：「龍子作事，固自不凡。」

劉桃枝

劉桃枝，信力士，所爲如此事。永安耶，鐵籠死。平秦耶，露車死。趙郡耶，雀離死。大明宮裏呼家家，腸肥腦滿悲瑯琊。桃枝桃枝技還絶，飛向青天斬明月。劉桃枝，愼勿過。君如鵂鶹見者禍，嗚呼爾首何時墮！

劉桃枝，齊天保間力士。齊文宣囚永安王浚、上黨王渙於鐵籠，使桃枝就籠刺浚，因自殺渙。平秦王歸彦被獲，載以露車，使桃枝拉殺之。桃枝拉殺趙郡王叡于雀離佛院。瑯琊王儼將死，呼曰：「乞見家家！」桃枝以袖掩口殺之。周韋孝寬畏斛律光，縱謡言曰：「百升飛上天，明月照長安。」〔八〕光字明月，故言。光至凉風臺，桃枝自後撲之，不仆。光反顧曰：「桃枝嘗爲如此事，我不負國家。」齊文宣嘗使桃枝殺高德政，桃枝不敢下，顯祖怒曰：「爾首即墮。」

金叵羅

爲丞郎，郎善盜。金叵羅，在官帽。爲達官，官善温。胡桃油，獻至尊。爲三司，司善刺。黄金丹，寬一死。爲流囚，囚善柔。蕪菁子，薰兩眸。盲人當國亦識古，官欲殺弟引慶父。盲人當國還傾朝，官欲殺舅引薄昭。盲人耶，竟誰恃？外有和老公，内有女媧氏。

北齊著作郎祖珽，疏率無行，嘗因宴失金叵羅，于珽髻上得之。武成帝爲長廣王時，珽爲胡桃油以獻。武成帝將殺珽，珽曰：「陛下勿殺臣，臣爲陛下合金丹。」因徙光州，置地牢中，夜以蕪菁子爲燭，由是失明。胡長仁、瑯琊王儼之死，皆珽引經成之。珽媚後主保母陸令萱，謂後主曰：「令萱，女媧以後一人而已。」

延年杖

延年杖，南面植。大司馬前，爲進舄。太師前，爲設席。皇帝陛下，北面進爵。百僚捧匜，三公洗勺。臣學孫吴，不學孔孟。羣公雍雍，陛下至聖。

周武帝視太學，以太傅于謹爲三老，賜以延年杖。謹入門，帝迎拜，謹答拜。太師宇文護設席，謹升席，南面坐。大司馬豆盧寧正舄。帝立于斧扆之前，西面。有司進饌，帝跪設醬豆，袒割，謹食畢。帝跪受爵以酳。謹幼好《孫子》兵書，于經史但略窺而已。

無愁曲

日短短，苦未足。夜遊還秉燭，琵琶絃撥無愁曲。鬬鷄開府鷹儀同，無愁天子歡無窮。歡無窮，起相和。杞人莫自憂天墮，女媧宮中捧石坐。

北齊後主好自彈琵琶，爲無愁之曲，内侍和者百數。民間謂之無愁天子。有鬬鷄號開府，狗馬及鷹，皆有儀同郡君之號。

百升謠

清風園中菜租減，盲老公言百升反。棗枝十束弓廿張，百升反具何尋常？老公言時老母証，官家比來亦大聖。天亡明月資秦人，中河不事椎層冰。吁嗟二妃一皇后，敕勒老公知不久。

北齊後主以鄴清風園賜穆提婆，於是官無菜，賒買于人，負錢至三十萬。斛律光以爲言，提婆大怨。祖珽以韋孝寬謠言啓後主，且續之曰：「盲老公背受大斧，饒舌老母不得語。」盲老公，自言；老母，指陸令萱。後主曰：「人心亦大聖，我前疑其欲反，果然。」籍光家，得棗枝二十束、弓廿張。先是，周人懼齊兵之西度，恒以冬月，中河椎冰。及齊政衰，反畏周，至冬月冰結，齊嘗使人椎之。

殺一圍

撮許賊，何能爲，官家更勸殺一圍。平陽城頭賊鋒挫，美人不來城不破，嚴兵何紛紛，伐鼓何喧喧，美人一呼官家奔。官家奔，亦何往？君不見，馬上徒膺禕翟榮，車前已作降王長。

周師圍急，安吐根曰：「一撮許賊，馬上刺取擲汾水中耳。」後主與馮淑妃獵于天池，聞晋陽陷，齊主欲還，淑妃請更殺一圍。齊人作地道攻平陽城，陷十餘步，將士乘勢欲入。後主敕馮淑妃共觀之。妃粧點不時至，城遂不下。先是，後主以淑妃爲有功勳，將立爲左皇后，遣使詣晋陽取服御禕翟等，至是遇於中途，後主按轡爲淑妃着之。

脚杖痕

欲從君，君不可從。陛下爲不孝，孝伯爲不忠。欲爲身，身不可避。堂上有老母，地下有武帝。天昏昏，誰與伸，嗟嗟陛下勿捫脚杖痕。

周宣帝爲太子時，有過，武帝輙加捶撻。及武帝崩，捫杖痕大罵曰：「死晚矣！」宣帝嘗從容問鄭譯曰：「我脚杖痕，誰所爲也？」對曰：「事由烏丸軌、宇文孝伯。」宣帝與孝伯謀殺齊王憲，對曰：「陛下爲不孝，臣爲不忠。」尉遲運勸孝伯出外，孝伯曰：「今堂上有老母，地下有武帝，爲臣爲子，知欲何之！」

景陽樓

樓高高，插天表，玉樹一聲天下曉。宮中天子樂事新，一日可敵千萬春。齊軍三來周再至，不恃人心恃形勢。宮女烟花狎客箋，送君還上九重天。噫吁嘻，胭脂井冷何堪辱！此間樂復不思蜀，一曲吳歌酒千斛。

陳後主聞隋兵臨江，曰：「王氣在此，齊兵三度來，周兵再度至，無不摧敗。彼何爲者乎！」後主入隋，嘗耽醉，罕有醒時。隋文帝問「飲酒幾何？」對曰：「與子弟日飲一石。」每預宴，文帝恐致傷心，爲不奏吳音。

高涼洗

中原龍戰苦不息，兵戈變盡狼虎跡。帝以倫常付巾幗，江南王氣悲銷沉。銷沉忠義無一人，投袂乃屬夫人城。許家善心亦國士，陳亡不死隋亡死，死時應愧夫人耳。

陳亡，嶺南數郡共奉高涼郡太夫人洗氏爲主，號聖母，保境拒守。隋遣陳叔寶遺夫人書，諭以國亡，使之歸隋。夫人集首領數千人，盡日慟哭。許善心聘於隋，會陳亡，痛哭三日。後以宇文氏篡弑不屈死。

阿干歌 附外域

莫聽《阿干歌》，阿干心獨苦。棘城西去白蘭山，茫茫隔今古。阿干爲弟言，馬傷君莫怒。弟言報阿干，連枝本同父。《阿干歌》，悲無窮，阿干有子還思忠。登高山而望遠海，慨異國之朝宗。《阿干歌》，歌自悼，阿干有孫還識孝。報讐不得留讐衣，縛草作讐兮射讐貌。《阿干歌》，歌以風，此歌安得流寰中。君不見，宋湘東與梁湘東。

河南王吐谷渾，慕容廆之庶兄也。因二部馬鬭，廆使讓之。吐谷渾遂度隴而西，居於白蘭，地方數千里。廆追思之，爲作《阿干之歌》。河南王吐延，雄勇多猜忌，爲羌酋姜聽所殺。子葉延立，痛念父讐，常縛草泣射。白蘭王阿柴登西强山，觀墊江源，見水東流，慨思朝宗。因遣使入貢於宋。

魚鼈橋

高句麗，乃是河伯之甥赤烏子。精誠貫日日倒戈，河伯乃遣魚鼈爲填河。魚耶鼈耶，今日濟我。犬耶豕耶，昔日飼我。

高麗王嘗得河伯女，閉於室內，女爲日所照，遂有孕，生一卵，大如五升。王棄於野，犬豕飼之。後破卵得一子，名曰朱蒙。高麗人謀殺朱蒙，朱蒙出走，遇一大水，無梁。後追騎至急，朱蒙告水曰：「我是日之子，河伯外甥，今追兵垂及，如何得濟？」於是魚鼈爲之成橋。

鬼鼓喧

銀刀霍霍波粼粼，江魚見水不見人。與魚同居識魚性，刺魚要伺魚入定。魚一尾，直百錢。得魚買醉神祠邊，深秋鬼鼓何填填！

獠人能卧水底持刀刺魚，百發百中，以口嚼食，以鼻飲。取人面皮，籠之于竹，及燥，號曰鬼鼓，每有慶賞，即用之。

雌雉卜

羽肅肅，飛來手中伏，男王叩頭女王祝。欲得粟，須剖腹。腹中粟如玉，今年穀大熟。九層樓中仙樂作，蘇毗千秋，阿修羅萬福。

女國，在葱嶺南。世以女爲王，姓蘇毗。俗祠阿修羅神，歲初以人祭。祭畢，入山祝之，有一鳥如雌雉，來集掌上，破其腹視之，有米穀則稔，瓦礫則凶，謂之鳥卜。王嘗居九層樓。

金羊牀

陽春有脚不得走，赤帝騎龍作歲首。蠻王笑擁金羊牀，琉璃珊瑚琥珀光，真珠瓔珞垂兩襠，七月七日華筵張。腰銀弓，手金戟，槖駝飛來能啖客。

波斯國王坐金羊牀視朝。國以六月爲歲首。有鳥如槖駝，能高飛丈餘，食草與肉，亦能食人。其國嘗以七月七日宴會。

新羅人

新羅人，新羅人，新羅山多水復險，終古猶匿秦遺民。當是避秦竟深入，深入千年作都邑。武陵太守空驚傳，寧知處處皆桃源。桃源中，共棲歇。他時飲馬長城窟，城邊猶認秦時月。

新羅國，其先世本秦亡人。避長城役來此，馬韓割其東界居之，以秦人，故名之曰秦韓。

雨爲歲

婆羅鼉鼓喧沙堤，緑魚千頭迎客飛。舟行海中不見海，云是鯨鯢腹中水。王開北户迎北人，蔗酒既設椰漿陳。椰漿陳，且高醉。春爲年，雨爲歲。

赤土國在南海中，冬夏常温，多雨少霽。隋使常駿通之。既入海，見緑魚羣飛水上。又數日，至一處，水色黄氣腥，舟行一日不絶，云是大魚糞也。其國重北，户北面。每有南使至，則啓北户迎之。以甘蔗作酒，亦以椰漿爲酒。

孔雀羣

孔雀孔雀，頭珠懸，尾翠壓，朝飛暮飛與人狎。蠻中不識文禽尊，呼作家鷄與野鴨。毛霏霏，羽堪衣。尉犁山北不可棲，雀乎何不東南飛？

龜兹國土多孔雀，羣飛山谷間，人取而食之，孳乳如鷄鶩，其王家常養千餘隻。尉犁山在龜兹國南。

燉煌西

燉煌西，白骨撑。日月飛不進，鬼火欲與天争青。朝行暮行不見影，鬼神西來落空井。魑魅耶？魍魎耶？叢叢細草生枯骸。枯骸欲歌人欲哭，燉煌之西且裹足。

高昌國在燉煌西。自燉煌向其國，多沙磧，茫然無有蹊徑，欲往者，尋其人畜骸骨而去。路中每聞歌哭聲，行人尋之，多致亡失，蓋魑魅魍魎也。

日出處

子夷人，不可悉，我家乃在扶桑之東見日出。日出不識日所歸，茫茫渡海尋光輝，尋光輝，光欲竭，汝家乃在滄溟之西見日没。日出必有方，日入必有鄉。願隨東升日，東升朝日王。

倭國人自稱子夷。其王以天爲兄，日爲弟，嘗以夜半治事，至日出而息，曰付諸弟。其誕妄如此。隋時遣使入貢，曰：「日出處天子致書，日入處天子無恙。」

校勘記

〔一〕宋齊受　原作「宋齊」，據《南史》卷一九《謝靈運傳》改。「宋齊受」，《宋書》作「宗齊受」。

〔二〕鏃　原作「鏉」，據《北江遺書》本改。

〔三〕吾寧爲王陵死不作賈充生　「王陵」，《南史》卷三七作「王淩」。

〔四〕鬱陵王　《南齊書》、《梁書》、《南史》均作「鬱林王」。

〔五〕楊珉之　原作「楊珉」，據《南齊書》卷二十、《南史》卷十一改。

〔六〕陸家門生頸已折　「折」原作「拆」，據《北江遺書》本改。按，《南史》卷四四作「折頸即死」。

〔七〕韋虎　應是「韋武」，見《南史》卷五一。「北軍歌曰：『不畏蕭娘與吕姥，但畏合肥有韋武。』武謂韋叡也。」

〔八〕百升飛上天明月照長安　「百升」原作「古升」，據《北江遺書》本改。按，《北齊書》卷十七、《北史》卷五四均作「百升飛上天，明月照長安」。百升爲一斛，暗寓「斛」字。

〔九〕亦能食人　按《北史》卷九七《西域傳》作「亦能噉火」。

跋南北史樂府後

屠紳譔

小年欲竆，堪逞志者墨兵；大雅相歡，乍移情兮樂部。擅三長而搦管，原四始以審音。聲與政通，辭緣情綺。論詩每稱爲史，咏史那得廢詩。振古如斯，當今無輩耳。洪君對巖，才不患多，書能求問，以譚天之口，成擲地之聲。謂夫兩介山河，六朝金粉。天醉投壺之酒，感此茫茫；人迷夾岸之花，憐其擾擾。龍争入好奇之局，鵠起高門靡之文。試將翠管填詞，難盡摸魚戀蝀；若命紅牙按曲，何妨換羽移宮。爰變新聲，獨彈古調。事或未經人道，言無不獲我心。晉啓化龍，陳亡擒虎，三百年王氣將終；甥承冒頓，舅代宇文，十六國人情可見。易淫哇而高如白雪，裁穢史則穆若清風。蓋筆有鹿盧，胸無芥蔕矣。若夫呼豨飲馬，陳陳已苦於相因；鹽州石壕，戛戛更難其獨造。何似取千秋金鑑，爲兩部鼓吹。登傀儡于場中，追魂而攝魄；寄陽秋于皮裏，怵目以劌心。縣門且不易千金，畫壁豈徒驚一絶。此日博聞强識，官可秘書；異時按部就班，郎宜協律。走也不知許事，欲喚奈何！樂認鈞天，編疑艷異。彼羌無故實，等閒當臏馥殘膏；苟別有會心，遮莫付銅喉鐵板。

附鮚軒外集唐宋小樂府

附鮚軒外集唐宋小樂府目次

附鮚軒外集唐宋小樂府

投牀下

開國主，顏如婆婆形取嗤。楊阿摩，投牀顧欲拯舅氏，宫中反出奇男子。

入牛口

流星大如斛，流星大如斗，隋家天子下殿走。君不見，鄭家天子持羊干，夏家天子入牛口。

起義兵

唐高祖，起義兵。何不學湯武，乃襲禪讓名。

與公訣

殺建成，殺元吉，侯君集張亮，又復與生訣。君不見，誅管蔡，族信布，上法周元公，下法漢高祖。

房公謀

房公謀，杜公斷。不數蕭曹在西漢，英公衛公逾絳灌。君不見，魏徵嫵媚誰可方，西京庶比張子房。

三斗葱

甯食三斗艾，不見屈突蓋；甯食三斗葱，不見屈突通。屈突通，生動第一死謚忠，只惜面縛來河東。

天策府

天策府，足文武。右班徐李左房杜，一傳已復作叛臣。杜衍房遺愛，復有徐思文。

文佳帝

作尼能奪壻，作后先奪帝。牝朝誰與開先聲？文佳皇帝陳碩貞。

求繭紙

唐貞觀，盛天子。結習未忘何至此，乃向雉奴求繭紙。

新豐酒

長安百萬宅，新豐一斗酒。鳶肩火色人，可惜不得久。君不見，褒公鄂公何足多，薦士轉不如常何。

十三人

十三人，破萬人。倘不反，誰等倫。豆子航，高雞泊。霸才不入淩煙閣，就中最惜王君廓。

呼畫師

護兒兒作相，世南男作匠。君不見，閻家兄弟更可嗤，爲宰相，爲大匠，爲畫師。

淩煙閣

淩煙閣，升功臣。文學館，升詞臣。二十四輩十八人，何須復圖李嗣真。

醉鄉記

一家著述誰最長，撰成世説記醉鄉。君不見，大儒縱自推文中，究不若，醉鄉居士王無功。

修本草

《七略》詳《素問》，《七録》升《本草》，吴公華公所搜討。唐興百事皆修明，李姚史學賈孔經，醫方亦校于志甯。

遠佞人

魏徵勸我遠佞人，佞人誰？士及裴矩同封倫。君不見，佞人畢竟不可離，兩朝富貴封德彝。

今接輿

一友古許由，一作今接輿。一師張留侯，一奉陶隱居。丈人舟，居士屩，何似酒家南董好，大業貞觀皆醉倒。

撲此獠

還笏起，血漬袍，簾中乃云撲此獠。君不見，此獠撲殺罪亦當，仁師劉洎命合償。

十八人

終身讓路，不枉百步。終身讓畔，不失一段。君家雖弟兄，亦真絜身不預十八人。

阿母子

阿母子，作皇帝，裏兒亦欲緣此例。君不見，太平安樂遞擅朝，此時皇后躬南郊。

矮子孝

矮子勸食我必飽，矮子進藥病必好。君不見，母得此兒可不死，安得家家有矮子。

安金藏

中興唐祚説五王，論功不及安金藏。

劉智遠

頭顱一擲幾不完，改名且復稱儒冠。改名誰？劉智遠。後六百年當帝漢，姓名先已成左券。

今董狐

劉知幾死那可誣，不畏生張説，只有今董狐。

生張説

纔脱稿，已立碣，死姚崇算生張説。

朝陽鳳

言路通，主德崇。言路絶，國祚戹。牝朝氣運亦已終，一朝威鳳鳴神龍。

眼孔大

是何胡兒眼孔大，宰相尚不足，只欲升御座。

蜀當歸

葉法善，追魂碑，何似羅仙翁，能貽蜀當歸。

賢宰相

賢宰相，大手筆，源張宋比漢三傑。君不見，開元相，姚元崇；天寶相，楊國忠。一朝賢佞何不同，至今人惜唐玄宗。

用康𧦬

僕射弄麈，侍郎伏獵，河湟使典，專主調燮。此時康𧦬誠惶惶，日夜佇望官平章。

檐鈴聲

鈴解語，嘲君王。三郎郎當，郎當三郎。

汾陽王

爲大將，爲福將，終唐世，無與抗。規模略具西平王，已與宰相多參商。

中興功

中興功，不可刊。李郭爲其易，張許爲其難。

驪山泉

周驪山，烽火揚；唐驪山，泉水香。一水一火，國祚顛簸。如何驪山，兩值女禍。

偃月堂

堂偃月，閣格天。一堂一閣搆造完，金甌天下已不全。

兄與妹

兄封衛，妹封虢。一以讒，一以色。一傾城，一傾國。

禄山反

禄山反，張公知。朱泚逆，姜公知。烏乎宰相有真識，兩朝天子轉溺惑。

六等罪

六等罪，案如鐵。張均張垍及希烈。畢竟凝碧池，難恕王摩詰。君不見，詩家可惜無鑒別，如何杜八哀，乃附鄭三絕。

于蔿于

縱不識顔太師，不可不識元紫芝。縱不識段忠烈，不可不識道州結。君不見，君家諷頌何紆徐，十篇猗玗沮一曲，于蔿于。

嗅靴鼻

一則嗅靴鼻，一不交一言。若欲覘宰相，孰佞與孰賢？

劉忠州

言利臣，首宇文。君不見，劉忠州，雖富國，已殺身，何況韋堅王鉷楊慎矜。

盲宰相

盲宰相，見地一何決，李元平當李希烈。

某可相

某可相，某可將，人方比伊周，自復擬葛亮。苑中天子射兔忙，偏教母死不發喪。

一丁字

能識一丁字，勝挽弓十石。君不見，三傳宰相真寡識，二聖在河北，竟欲呼作賊。

兩拾遺

至德中，大歷中，兩拾遺，真鉅公。李嶠元稹作才子，豈比詩仙與詩史。

陽道州

陽道州，却詔書臣州，民短皆侏儒。君不見，道州愛民有如此，直諫何妨忤天子。

陛下誤

由畿尉，擢言路。如何新進臣，敢説陛下誤。文章一代推中唐，柳韓元白各擅場，品端終屬兩侍郎。

祐膽落

居王屋，爲處士。居朝堂，爲御史。李祐雪夜成奇功，今日膽落朝堂中。

送臨賀

送罪人，乃進職。不負楊臨賀，自不肯負國。

少連笏

秀實笏，擊賊臣。少連笏，擊姦臣。姦臣擊縱不得死，不可謂非偉男子。

雁塔名

大雁塔，小雁塔，進士題名何雜遝。李白杜甫蓋代才，可向塔上題名來？

呼陸九

唐宰相資格可弗論，翰林學士須得人。君不見，九重待若師舉友，天子并聞呼陸九。

十六子

八關十六子，黨禍自此始。孤寒八百淚並流，此時畢竟思崖州。

中興相

中興宰相誰最優？唐惟李文饒，漢則魏弱侯。

甘露變

用李訓，用鄭注，赤族禍，兆甘露。君不見，當時宰臣最尸素，莫更追吟牡丹賦。

仙韶院

飯何所，木蘭院。錢何所，仙韶院。一家將相三十年，少賴伊蒲餐，老給優伶錢。

好羸馬

甯就蔭，不試文。好羸馬，不入羣。會昌一品集，三唐進士皆不及。

五色雲

文章好，門閥好。天瑞五色雲，人瑞鄭仁表。君家一事笑煞人，歇後鄭五爲相臣。

中朝黨

河北賊，易易耳，中朝朋黨鬨不止。黨人禍結，唐已亡絶。不關黄巢，亦不關朱梁。

柳長官

屆一州，壽天子，柳泌公然爲刺史。君不見，丹方莫笑柳長官，鄭注藥要人心肝。

孔吏部

孔吏部，不樂居朝當有故。

紇干雀

離函秦，入京洛，紇干山雀何不樂？

投濁流

唐家黨禍今始休，清流均已投濁流。

花林坊

生何所，花樹鄉。死何所，花林坊。君不見，韋平章，詩名可繼韓致光。

馬争棧

三羊五馬，擾及天下。馬争棧，羊脱韁。羊已屠，馬亦亡。

唐天子

夜郎自大竟如此，洛州刺史唐天子。

前進士

侍中多，節使多。君不見，頭銜何似梁高士，前進士名堪没世。

羅秀才

沈校書，杜主客，可憐唐進士，連翩盡臣賊。君不見，羅家秀才未脱白，請兵誅梁一何力。

修降表

一隅蜀，何草草，五十年中兩西討。君不見，文臣不合似李昊，生世偏工作降表。

殺高郁

唐天子，何太酷，一語居然殺高郁。

耿先生

前朝天子方服丹，後宮太后飛入山。飛入山，從道士。如何耿先生，亦復善生子。君不見，長身玉貌殊可憐，賣藥市上求青錢。

殺潘福

金陵城，甯作潘佑死，不作張洎生。君不見，悔殺此人方出齒，明日牽機藥隨至。

十國紀

典午十六國，大半起西北。唐餘十國帝復王，十九皆起東南方。

依樣畫

陶學士，佐命功。襌稿文，出袖中。朱梁周郭皆襌讓，君畫葫蘆亦依樣。

豹留皮

人留名，豹留皮。豈特王太師，兼有王凝妻。男能斷頭女斷臂，千載英英有生氣。

長樂老

五代十數君，無一臻壽考。九朝歷事只一人，死同宣聖年，生作長樂老。

王官谷

蹂函秦，躪京洛，賊不敢入王官谷。詩人一例悲滄桑，司空表聖韓致光。

降王長

唐李煜，蜀孟昶，可惜覆國遲，不作降王長。

淚洗面

朝辭秦淮暮入汴，此間旦夕淚洗面。淚洗面，何時乾，不若叔寶無心肝。

鑄錯字

雖去逼，已失勢，四十三縣鐵，難鑄一錯字。

讀典墳

生明時，讀《典》《墳》，不然詠作何等人。

致太平

半部《論語》王業成，一篇《周禮》致太平，宋朝儒術何峥嶸！君不見，學究來，宋阼開，語録布，傾宋阼。

不曉天

祥符中，宰相好。歌柘枝，輒醉倒。戴花喫酒須年少，不見宋家天不曉。

女堯舜

青苗除，免役除，女中堯舜誰得如。君不見，内朝亦建宣仁號，仁政仁心法仁廟。

求髮白

染髭鬚，染鬢髮，染黑作白求宰執，染白作黑媚側室。君不見，今人古人何太遠，甯作寇準無陸展。

楊無敵

李無雙，楊無敵，兩名將，光簡策。君不見，一既值衛青，一復逢王詵。陳家谷，遂殺身，數奇亦似飛將軍。

得狀元

得狀元，由手搏。狀元由手搏，尚勝种祕閣。

尚書令

尚書令，中書令，一張元，執國柄。西師十萬趨延安，此時空説有范韓。

艮嶽成

艮嶽成，大有益，北師攻城多砲石。

誤後世

不可作，平章事，尤不可，作學士。君不見，新法行，害一世；新經行，害百世。

黨人碑

碑磷磷，列黨人。碑首有君實，碑尾無安民。

城門開

言路開，城門塞，城門不塞言路塞。靖康内禪亦可哀，城門言路已並開，二帝北狩何時回。

冬青樹

花石綱，北宋亡。冬青一樹，畢宋南渡。

婦長舌

臣粘罕，臣兀术，夫長脚，婦長舌。

曲端旗

十萬師，敗符離。畢竟元帥符，不如曲端旗。

和議成

和議成，兵革偃，清凉居士時策蹇。

梨花槍

梨花槍，擾淮北。可憐二十年，夫婦迭作賊。

打六更

五更雖轉六，國祚不可續。

岳家軍

甯撼山，撼山易，撼岳家軍難。岳家軍，易易耳，除大將，只小紙。

賈平章

賈平章，木棉菴，何如半閒堂。

放白鴿

放白鴿，放白鴿，引得白雁來，宫中盡臣妾。

鄭所南

畫樹不畫根，畫蘭不畫土，誰説鄭所南，不及王炎午。

鬥蟋蟀

荆襄一帶勝敗輕，正鬥蟋蟀争輸贏。

余年甫弱冠，在外家園瓢書屋授諸表弟經，時甫卒業《史記》《漢書》，未暇讀他史也。見案頭有新舊《唐書》《五代史》《宋史》，暇即取閲之，日二卷爲率。太宜人時依外王母龔太君以居，太君年耄，喜説稗官及歷史諸故事。余出塾後即以日所閲者抑揚其説，爲太君言之，太君及太宜人喜輒爲進一餐。樓前有老杏一株，枝葉森茂，五六月間，輒坐樹下，陳説既畢事，因以己意製《唐宋小樂府》百篇，太君尚袖范祖禹《唐鑑》以賜云。

吕子曰：「樂之有情，譬若肌膚形體之性情也。」情失則蕩，音必鉅；失則隘，音必小；失則危，音必清；失則煩，音必濁。太鉅、太小、太清、太濁，則必若震霆，若聚蚊，若哀弦，若噪蜩。夫古之爲樂也，有節有侈，有正有淫。陽散則定以陰，陰閉則宣以陽，陰陽滯則爲淫爲侈，陰陽調則爲節爲正。其所以爲淫爲侈者，情之失也；其所以爲節爲正者，情之得也。夫上古之樂，情至而樂興；中古之樂，樂成而情生。是故，笙簧琴瑟，樂之器也；詞章譜曲，樂之文也，而皆非其情也。執笙簧琴瑟之所調，詞章譜曲之所著，而强襲焉、脗合焉，以爲是樂也是情也，人人皆樂，樂幾何不亡耶？夫漢魏晋唐之樂府，樂之糟粕也。當其時之爲之，則皆有情焉。然其文止以述時事，非以叙古人也。叙古難於述時，則以古人之情未必今人之情。以情述情，無過情無不及情，則古今又未必不相及也。何也？夫人之形骸，肥者、瘠者、高者、矮者、髯者、疾者，肌膚之白者、墨者、赭者，而皆不得以己與也，然其爲情也，則必隨乎其肥瘠高矮髯疾白墨赭者，各自肖而各不相肖，故其爲樂也，可觀、可興、可羣、可怨，其爲詞也，可曲、可直、可豐、可廉，皆適如乎其情而止。夫適如其情而止，雖古之樂府可也，况今之樂府乎！夫今之詞章譜曲，所施於笙簧琴瑟之用，而以爲樂府，則樂之名存而樂之實亡矣。然而，吾不以名存實亡而樂府之者何也？夫必漢魏之人之樂府有是題有是篇，而今之人之樂府亦因以有是題有是篇，是無情也，是無樂也。若古無是樂而今樂之，則不必笙簧琴瑟，而詞章譜曲固可以如其情而出之，譬如優孟衣冠以爲樂也。吾不謂然。陶氏之琴無弦，乃真琴聲也。夫今之樂府，鐵崖始之，茶陵繼之，悔菴又繼之。稚存洪子曰：「吾之爲樂府也，祖此矣。」昨歲喜晤洪子，且喜讀洪子之樂府，將以吾之所以論樂府者質之，而未有以間也。今洪子梓其樂府，乞余之序之。余固何以序之，録其將以告洪子者以寄，洪子以爲然否耶？夫清廟之瑟，朱弦而疏越，一唱而三嘆者，有進乎音者矣。洪子年少力學而性情自得，將不徒乎樂之有節無侈、有正無淫已也，異日者且與洪子相遇於無言也。

乾隆歲次辛卯夏月，松崖學弟管幹珍拜跋。

北江詩話

重刊北江詩話序

大雅不作，古義寖衰，末學膚詞，尠所闡發。求其扶植根柢，陶冶性情，作詩家指南者，百不獲一也。鄉先達洪稚存先生，忠讜偉節，詳載國史，生平著作等身，以詁經輿地之學，爲本朝巨擘，故刊行各種，幾於家有其書。此《北江詩話》六卷，乃晚年手定，刻之者三家：張詩舲中丞、李雲生太守及蜀中周霽堂茂才也。張刻袖珍本止前四卷，李刻僅後二卷，惟周刻爲同里湯秋史比部抄自《卷施閣叢書》中，實爲足本。惜以後進思附青雲，輒加評點於簡端，多縩繳呪齵之辭，而鮮鉤鐵索鑰之助。遂使讀者有佛頭着穢之憾焉。

余維先生立身以忠孝爲大，論學以經史爲宗，論詩以《三百篇》爲主，故於魏晋詩人，獨取陶靖節，以其去古未遠也。盛唐李杜，已視爲詩派之支流。歷宋元明，旁及各家，呑雲夢者八九，目中安有餘子哉！夫不探崑崙之源者，不足與觀水；不登泰岱之巔者，不足與觀山。誦先生之《詩話》，必想見先生之胸襟，而後能知其扶植根柢，陶冶性靈，作詩家之指南者，若是其難能而可貴也。先生曾孫用懃，因原刻體例未合，重加校正，隨全集一併重刊，並乞誌其緣起如此。則又孝子慈孫之用心，非尋常刊布古籍者所可同日語也夫。

光緒三年歲次强圉大淵獻陽月，同里後學王國均謹撰。

北江詩話卷一

西漢文章最盛，如鄒、枚、嚴、馬以迄淵、雲等，班固不區分别爲立傳，此文章所以盛也。至范蔚宗始别作《文苑傳》，而文章遂自東漢衰矣。

漢文人無不識字，司馬相如作《凡將篇》、揚雄作《訓纂篇》是矣。隋唐以來，即學者亦不甚識字，曹憲注《廣雅》以「餠」爲「餅」、顔師古注《漢書》以「汶」爲「汶」是矣。

余最喜觀時雨既降、山川出雲氣象，以爲實足以窺化工之藴。古今詩人雖善狀情景者，不能到也。陶靖節之「平疇交遠風，良苗亦懷新」，庶幾近之。次則韋蘇州之「微雨夜來過，不知春草生」，亦是。此陶、韋詩之足貴。他人描摩景色者，百思不能到也。

世俗以爲月中有姮娥，又有蟾蜍，非也。張衡《靈憲》云：「羿請不死之藥於西王母，姮娥竊之，奔月宫，遂託身於月，是爲蟾蜍。」是蟾蜍即姮娥所化，非有二也。高誘《淮南王書注》亦云：「姮娥奔入月中，爲月精。」今人稱美色者必曰「月中姮娥」，無論事涉輕褻，亦失之遠矣。

唐詩人去古未遠，尚多比興，如「玉顔不及寒鴉色」、「雲想衣裳花想容」、「一片冰心在玉壺」及玉溪生《錦瑟》一篇，皆比體也。如「秋花江上草」、「黄河水直人心曲」、「孤雲與歸鳥，千里片時間」以及李、杜、元、白諸大家，最多興體。降及宋元，直陳其事者十居其七八，而比興體微矣。

《三百篇》無一篇非雙聲疊韻。降及《楚辭》與淵、雲、枚、馬之作，以迄《三都》《兩京》諸賦，無不盡然。唐詩人以杜子美爲宗，其五七言近體，無一非雙聲疊韻也。間有對句雙聲疊韻，而出句或否者，然亦不過十分之一。中唐以後，韓、李、温諸家亦然。至宋、元、明詩人，能知此者漸鮮。本朝王文簡頗知此訣，集中如「他日差池春燕影，衹今憔悴晚烟痕」，此類數十聯，亦可追蹤古人。然疊韻易曉，而雙聲難知。則聲音、訓詁之學宜講也。

杜牧之與韓、柳、元、白同時，而文不同韓、柳，詩不同元、白，復能於四家外，詩文皆别成一家，可云特立獨行之士矣。韓與白亦素交，而韓不仿白，白亦不學韓，故能各臻其極。

詠古詩，雖許翻新，然亦須略諳時勢，方不貽後人口實。如唐末李昌符《緑珠詠》曰：「誰遣當年墮樓死，無人巧笑破孫家。」意極新穎。然按《晋書》紀傳，石崇被殺未久，趙王倫即敗，秀亦同誅，不待緑珠之入而家已破矣。若崇肯遣緑珠，緑珠即從命以往，亦徒喪名節耳。詩人作詩，自當成人之美，如「一代紅顔爲君盡」，何等氣色！而昌符顧爲此語，吾卜其非端人也。

明御史江陰李忠毅獄中寄父詩：「出世再應爲父子，此心原不問幽明」，讀之使人增天倫之重。宋蘇文忠公《獄中寄子由》詩：「與君世世爲兄弟，又結他生未了因」，讀之令人增友于之誼。唐杜工部送鄭虔詩：「便與先生成永訣，九重泉路盡交期」，讀之令人增友朋之風義。唐元相悼亡詩：「惟將終夜長開眼，報答平生未展眉」，讀之令人增伉儷之情。孰謂詩不可以感人哉！

昆明錢侍御澧，爲當代第一流人。即以詩而論，亦不作第二人想。五言如「寒渚一孤雁，烟籬五母雞」，「風連巫峽動，烟入洞庭寬」；七言如「夜不分明花氣冷，春將狼藉雨聲多」，「曉簾纔捲燕交入，午睡欲終蟬一吟」，「拆皆成字蒸新麥，望即生津飣小梅」，「門接山光來異縣，墻分花氣與芳鄰」，皆戛戛獨造。至五言古《長風》三首及《還家》三首、七言長短句《赴隨州》一篇，無意學古人而自然入古，其杜老《北征》、元叟《春陵行》之比乎！

錢宗伯載詩，如樂廣清言，自然入理。紀尚書昀詩，如泛舟苕、霅，風日清華。王方伯太岳詩，如白頭宫監，時説開、天。陳方伯奉兹詩，如壓雪老梅，愈形倔强。張上舍鳳翔詩，如倀鬼哭虎，酸風助哀。馮文肅英廉詩，如中、韓著書，刻深自喜。蔣編修士銓詩，如劍俠入道，猶餘殺機。朱學士筠詩，如激電怒雷，雲霧四塞。翁閣學方綱詩，如博士解經，苦無心得。袁大令枚詩，如通天神狐，醉即露尾。錢文敏維城詩，如名流入座，意態自殊。畢宫保沅詩，如飛瀑萬仞，不擇地流。舅氏蔣侍御和甯詩，如宛、洛少年，風流自賞。吴舍人泰來詩，如便服輕裘，僅堪適體。錢少詹大昕詩，如漢儒傳經，酷守師法。王光禄鳴盛詩，如霽日初出，晴雲滿空。趙光禄文哲詩，如宫人入道，未洗鉛華。王司寇昶詩，如盛服趨朝，自矜風度。嚴侍讀長明詩，如觸目琳瑯，率非己有。王侍講文治詩，如太常法曲，究係正聲。施太僕朝幹詩，如讀甘讒鼎銘，發人深省。任侍御大椿詩，如灞橋銅狄，冷眼看春。鮑郎中之鍾詩，如昆侖琵琶，未除舊習。張舍人壎詩，如廣筵招客，間雜屠沽。程吏部晋芳詩，如白傅作詩，老嫗都解。曹學士仁虎詩，如珍饌滿前，不能隔宿。張大令鶴詩，如繩樞瓮牖，時發奇花。湯大令大奎詩，如故侯門第，樽俎尚存。張宫保百齡詩，如逸客遊春，衫裳倜儻。舅氏蔣檢討蘅詩，如長孺戇直，至老益堅。汪明經中詩，如病馬振鬣，時鳴不平。錢通副澧詩，如淺話桑麻，亦關治術。李主事鼎元詩，如海山出雲，時有可采。姚郎中鼐詩，如山房秋曉，清氣流行。吴祭酒錫麒詩，如青緑溪山，漸趨蒼古。黄二尹景仁詩，如咽露秋蟲，舞風病鶴。顧進士敏恒詩，如半空鶴唳，清響四流。瞿主簿華詩，如危樓斷簫，醒人殘夢。高孝廉文照詩，如碎裁古錦，花樣尚存。方山人薰詩，如獨行空谷，時逗疏香。趙兵備翼詩，如東方正諫，時雜詼諧。阮侍郎元詩，如金莖殘露，色晃朝陽。凌教授廷堪詩，如畫壁蝸涎，篆碑蘚蝕。李兵備廷敬詩，如三齊服官，組織輕巧。林上舍鎬詩，如狂飇入座，花葉四飛。曾都轉燠詩，如鷹隼脱韝，精采溢目。王典籍芑孫詩，如中朝大官，老於世事。秦方伯瀛詩，如久旱名山，尚流空翠。錢大令維喬詩，如逸客飡霞，惜難輕舉。屠州守紳詩，如栽盆紅藥，蓄沼文魚。劉侍讀錫五詩，如匡鼎説詩，能傾一座。管侍御世銘詩，如朝正岳瀆，鹵簿森嚴。方上舍正澍詩，如另闢池臺，廣饒佳麗。法祭酒式善詩，如巧匠琢玉，瑜能掩瑕。梁侍講同書詩，如山半鐘魚，響參天籟。潘侍御庭筠詩，如枯禪學佛，情劫未忘。史文學善長詩，如春雲出岫，舒卷自如。黎明經簡詩，如怒猊飲澗，激電搜林。馮户部敏昌詩，如老鶴行庭，舉止生硬。趙郡丞懷玉詩，如鮑家驄馬，骨瘦步工。汪助教端光詩，如新月入簾，名花照鏡。楊大令倫詩，如臨摹畫幅，稍覺失真。楊户部芳燦詩，如金碧池臺，炫人心目。楊布政揆詩，如滄溟泛舟，忽得奇寶。孫兵備星衍少日詩，如飛天仙人，足不履地。吕司訓星垣詩，如宿霧埋山，斷虹飲渚。張檢討問陶詩，如騏驥就道，顧視不凡。何工部道生詩，如王、謝家兒，自饒繩檢。劉刺史大觀詩，如極邊春色，仍帶荒寒。吴禮部蔚光詩，如百草作花，豔奪桃李。徐大令書受詩，如范睢宴客，草具雜陳。趙大令希璜詩，如麋鹿駕車，終難就範。施上舍晋詩，如湖海元龍，未除豪氣。伊大守秉綬詩，如貞元朝士，時務關心。方太守體詩，如松風竹韻，爽客心脾。張司馬鉉詩，如鑿險追幽，時逢異境。張上舍崟詩，如倪迂短幅，神韻悠然。劉孝廉嗣綰詩，如荷露烹茶，甘香四徹。金秀才學蓮詩，如殘蟾照海，病燕依樓。吴孝廉嵩梁詩，如仙子拈花，自饒風格。徐刺史嵩詩，如神女散髮，時時弄珠。吴司訓照詩，如風入竹中，自饒清韻。姚文學椿詩，如洛陽少年，頗通治術。孫吉士原湘詩，如玉樹浮花，金莖滴露。唐刺史仲冕詩，如出峽樓船，帆檣乍整。張大令吉安詩，如青子入筵，味别百果。陳博士石麟詩，如晴雲舒紅，媚此幽谷。項州倅墉詩，如春草乍緑，尚存冬心。邵進士葆祺詩，如香車寶馬，照耀通衢。郭文學麐詩，如大隄遊女，顧影自憐。張上舍問簪詩，如秋棠作花，凄豔欲絶。胡孝廉世琦詩，如陟險驊騮，攫空鷹隼。羅山人聘詩，如仙人奴隸，曾入蓬萊。僧慧超詩，如松花作飯，不飽獮猴。僧巨超詩，如荇葉製羹，藉清牢醴。僧小顛詩，如張顛作草，時覺神來。僧果仲詩，如郭象注《莊》，偶露才語。僧寒石詩，如老衲升壇，不礙真率。閨秀歸懋昭詩，如白藕作花，不香而韻。崔恭人錢孟鈿詩，如沙彌升座，靈警異常。孫恭人王采薇詩，如斷緑零紅，凄豔欲絶。吴安人謝淑英詩，如出林勁草，先受驚風。張宜人鮑茝香詩，如栽花隙地，補種桑麻。余所知近時詩人如此。内惟黎明經簡未及識面。或問君詩何如？曰：僕詩如激湍峻嶺，殊少回旋。

陸放翁六十年中萬首詩，可云多矣。然萬首實不始於此，前蜀王仁裕生平作詩滿萬首，蜀人呼曰「詩窖子」，見《蜀檮杌》及《十國春秋》。

雕蟲小技，壯夫不爲。余於詩家詠物亦然。然亦有不可盡廢者。丹徒李明經御，性孤潔，嘗詠佛手柑云：「自從散罷天花後，空手而今也是香」；如皋吴布衣，性簡傲，嘗詠風箏云：「直到九霄方駐足，更無一刻肯低頭。」讀之而二君之性情畢露，誰謂詩不可以見人品耶？

詩有後出而愈工者，余自伊犁赦歸，有紀恩詩云：「一體視猶同赤子，十旬俗已悉烏孫。」人以「烏孫」「赤子」爲工。後趙兵備翼見贈一聯云：「足以烏孫途上繭，頭幾黄祖座中梟」，則可云奇警矣。後同年韋大令佩金亦自伊犁赦回，余登揚州高明寺浮圖望海并懷韋中一聯云：「夢裏烏孫疑鬼國，望中黑子是神山。」亦爲揚州人傳誦。然卒不能及趙也。

怪可醫，俗不可醫。澀可醫，滑不可醫。孫可之之文，盧玉川之詩，可云怪矣。樊宗師之記，王半山之歌，可云澀矣，然非餘子所能及也。近時詩人，喜學白香山、蘇玉局，幾於十人而九然，吾見其俗耳，吾見其滑耳。非二公之失，不善學者之失也。

近青浦王侍郎昶有《湖海詩傳》之選，刊成寄余。余於近日詩人，獨取嶺南黎簡及雲間姚椿，以其能拔戟自成一家耳。

侍郎詩派出於長洲沈宗伯德潛，故所選詩，一以聲調格律爲準。其病在於以己律人，而不能各隨人之所長以爲去取，似尚不如《篋衍集》、《感舊集》之不拘於一格也。

侍郎居青浦之朱家角，昨歲二月，余自吴江至上海，因便道訪之。侍郎已病不能起，耳目之用並廢，蓋年已八十矣。瀕行，侍郎持余哭，諄諄以身後志銘見屬。然尚能詩，口占一律贈余，末二語云：「一語望君須記取，好爲有道撰新碑。」余亦爲之揮淚而別。

詩固忌拙，然亦不可太巧。近日袁大令枚《隨園詩集》，頗犯此病。「老尚多情覺壽徵」，商太守盤詩也。「若使風情老無分，夕陽不合照桃花」，袁大令枚詩也。二公到老，風情不衰，於此可見。

黄二尹景仁，久客都中，寥落不偶，時見之於詩。如所云「千金無馬骨，十丈有車塵」，又云「名心澹似幽州日，骨相寒經易水風。」可以感其高才不遇、孤客酸辛之况矣。

孫兵備星衍，少日詩才爲同輩中第一。如集中「千杯酎我上北邙」等十數篇，求之古人中，亦不多得。小詩亦凄豔絶倫，如《夜坐詠月》云：「一度落如人小别，片時圓比夢難成」；《廣陵客感》云：「紅燭照顔年少去，碧山回首昔遊非。」讀之皆令人惘惘。中年以後，專研六書訓詁之學，遂不復作詩。即間有一二篇，亦與少日所作如出兩手矣。

汪助教端光詩，如著色屏風，五采奪目，而復能光景常新。同輩中鮮有其偶。豔體詩尤擅場，嘗有句云：「並無歧路傷離别，正是華年算死生。」描摹盡致，《疑雨集》不能過也。

學昌黎、昌谷兩家詩，不可更過。朱竹君學士詩，學昌黎而過者也。然才氣畢竟不凡。記其少時送人長句有云：「江南四月不成春，落盡桃花澹天地。」今北地有此才否？

劉文正統勳，不以詩名，然偶有作必出人頭地。乾隆中，張桐城相國廷玉予告歸里，奉勑作送行詩，時門下士如趙編修翼等，皆客公所，並令擬作，卒莫有稱意者。公在機廷，忽自握管爲之，中一聯云「住憐夢裏雲山繞，去惜天邊雨露多。」遂繕進呈，純皇帝亦大賞之。一時送行詩，遂無有出公右者。

管侍御世銘，以制舉文得名。然所作詩，實出制舉文之上。記其《漢茂陵》一律云：「要使天驕讋漢旌，登臺絶幕遠横行。雄心晚爲泉鳩悔，萬命先因宛馬輕。獨攝衣冠容汲直，不留弓劍待蘇卿。淒涼玉盌人間出，起告曾無同舍生。」神完氣足，非僅以格調見長者。

畢宫保沅詩，如洪河大川，沙礫雜出，而渾渾淪淪處，自與衆流不同。平生所作，歌行最佳，次則七律。憶其《荆州水灾記事》云「劈空斧落得生門」，又云「人鬼黄泉争路入，蛟龍白日上城遊」，真景亦可云奇景。至《河南使署喜雨》詩云：「五更陡入清凉夢，萬物平添歡喜心。」則又民物一體，不愧古大臣心事矣。

余自伊犁蒙恩赦回，以出關入關所作，編爲《荷戈》、《賜環》二集，海内交舊作詩題集後者，不下百首，惟同年曾運使燠一絶最爲得體云：「君得爲詩是國恩，長歌萬里入關門。請看紹聖元符際，蘇軾文章戒不存。」

吴任臣撰《十國春秋》，搜采極博。然如前蜀安康長公主，見《後蜀紀》及《徐光溥傳》；僧醋頭，見僧智諲、後蜀賈鄂王昭遠等傳；而《前蜀公主傳》、《後蜀僧衆傳》不列及之，何也？

余於四時，最喜二月，以春事方半，百草怒生，萬花方蕊，物物具發生氣象故也。一至三月，則過於爛漫矣。因喜此月，於是植物亦最喜杏，動物亦最喜燕。少日讀《國風》「燕燕于飛」及《夏小正》「來降燕乃睇，囿有見杏」，輒覺神往。稍長，凡前人詩詞之詠杏及燕者，無不喜諷之。杏詩如「海杏大如拳」，「客子光陰詩卷裏，杏花消息雨聲中」，「小樓一夜聽春雨，深巷明朝賣杏花」；詞如「杏花疏雨裏，吹笛到天明」及「紅杏枝頭春意鬧」、「杏花春雨江南」之類是矣。自所作亦不下十數篇，在汴梁客館有《杏花》詩四絶句，其一云：「倚墻臨水只疑仙，豔絶東風二月天。要與春人鬬標格，有花枝處有秋千。」極爲同人所賞。在貴州日，《行部至都匀驛館》云：「無人知道春將半，時有出墻紅杏花。」《里中檥舟亭即事》云：「一春消息杏花知」。餘不盡録。燕詩如「燕燕尾涎涎」，「袖中有短札，願寄雙飛燕」與「金窗繡户長相見」、「飛入尋常百姓家」、「亂入紅樓檢杏梁」；詞如「落花人獨立，微雨燕雙飛」「軟語商量不定，看足柳昏花暝」之類是也。自所作亦不下數十篇，童時《賣花聲》詞云：「燕子平生真恨事，不見梅花。」爲江南北女士所傳誦。按試貴州遵義府使院，有句云「與客生疏惟燕翦，背人開落有棠梨」。《伊犂紀事》四十首中有云：「只有塞垣春燕苦，一生不及見雕梁」。《滬瀆客中雜詠》云：「避俗仍居雲水鄉，下安吟榻上雕梁。雙棲燕子孤眠客，一室權分上下牀。」他如《歸燕曲》等，皆係長篇，不更録入。

呂司訓星垣詩，好奇特，不就繩尺，曾用七陽全韻作柏梁體見貽，多至三四百句。末二句云：「乾坤生材厚中央，前後萬古不敢望」。頗極奇肆，然古人無此例也。余亦嘗贈以長句，末四語云：「識君文名已三載，才如百川不歸海。銀河倒注弱水西，努力滄溟欲相待。」亦頗寓規於獎云。

呂又有句云：「桃花離離暗妖廟」，又《題博浪椎圖》云：「人間十日索不得，海上大嘯波濤聲。」蓋好奇不肯作常語如此。

古今詠月詩，佳者極多，然如「明月照高樓」、「明月照積雪」、「月華臨静夜」等篇，皆係興到之作，非杜云：「四更山吐月，殘夜水明樓。」李規規於詠月也。李、杜爲唐大家，即詠月詩而論，亦非人所能到。古云：「青天中道流孤月」，又云「五峰轉月色，百里行松聲。」寫月有聲有色如此，後人復何能著筆耶！今詠雪月詩，高超者多，詠正面者殊少。王右丞「灑空深巷静，積素廣庭閒」，可云詠正面矣。吾友孫兵備星衍《終南山館看月詩》：「空裏輝流不定明，烟中影接多時緑。」亦庶幾近之。

畢宫保有青衣周某，頗學作詩，嘗有句云：「燭短夜初長。」余與同人皆賞之。

楊比部夢符，好學六朝文，小詩亦極幽峭。余嘗以一聯戲之曰：「詩筆四靈文六代，科名兩度籍三州。」蓋楊寄籍山東，補博士弟子，續舉陜西鄉試，成進士，則又浙江原籍也。比部後又寄居吾鄉，宅在烏衣橋三將軍巷，卒後，其子以比部遺命，乞余爲六朝文格以表其墓，末云：「訪將軍之巷，大樹猶存；過邗水之橋，溪流半涸，亦足以悽愴傷心者矣！」即指此也。

河豚以江陰爲第一，鰣魚以采石磯爲第一，刀鱭以江甯棲霞港爲第一。余《七招》中所云「牛渚銀鱗，晴江石華，味或華而不清，質或清而不華，藐江鄉之風味，首鯸鮧之足誇」是也。

劉相國墉，繼正揆席，人皆呼爲「小諸城」。性滑稽，一日在政事堂早飯，忽朗吟曰：「但使下民無殿屎，何妨宰相有堂餐！」一坐爲之噴飯。

嘉慶十年正月，紀尚書昀奉命以原官協辦大學士，乃未半月遽卒，年八十一矣。乾隆中四庫館開，其編目提要皆公一手所成，最爲贍博。生平尤喜爲説部書，多至六七種，故余哭公詩云：「最憐干寶《搜神記》，亦附劉歆《輯略編》。」先是，又誤傳翁閣學方綱卒，余亦有輓詩云：「最喜客談金石例，略嫌公少性情詩。」蓋金石學爲公專門，詩則時時欲入考證也。後乃知誤傳，而詩已播於人口。或公聞之，亦不以爲怪耳。

山陰酒，始見於梁元帝《金樓子》，并呼之爲「甜酒」。考前代酒最著名者，曰「宜城醪」、「蒼梧清」、「京口酒」、「蘭陵酒」、「霅下酒」，及酒泉郡本以酒得名，余曾歷品之，究以山陰酒爲第一，酒泉郡酒及「霅下」次之。「蘭陵酒」，今沂州蘭山縣釀酒法，已失傳。若「宜城」「京口」酒，《南史·邵陵王綸傳》稱「曲阿酒」，皆重濁，又失之太甜，與今吴中之「福真」、錫山之「惠泉」相等，未見其美也。「汾州酒」、「滄州酒」，性又與「燒春」同，自當别論。「蒼梧清」亦同「燒春」。「霅下酒」今名「南潯酒」。

近時士大夫頗留意飲饌。然余謂：必不得已，《酒譜》爲上，《茶經》次之，至一肴一味皆有食單，斯最下耳。

果以哈密瓜爲上，即古之敦煌瓜也。然必屆時至其地食乃佳。若貢京師者，則皆豫摘，色香味多未全，非其至也。其次則綏桃、哀梨，又次則洞庭之楊梅、閩中之橘、柚，又次則凉州之蒲桃、泉州之甘蔗、伊犁之蘋果。若安石榴、廣南荔枝，則實未嘗至其地，俟再論定。

魚則海魚爲上，河魚次之，江魚次之，湖魚又次之。尋常溪港之魚，則味薄而腥矣。

南中多禽，北中多獸。南中禽多巢居，北中獸多穴居。若南獸之巢居，如熊楢之類。北中禽之穴土，如鳥鼠同穴之類。則亦僅見者耳。塞外則凡禽皆穴居，以風多而林木少故也。

小説家所言，亦皆有本，如《西遊記》之雷音寺、火燄山，皆在吐魯番道中，余遣戍伊犁日曾過之。裴岑紀功碑在巴里坤南山頂關帝廟中，余本擬歸日搨數十本以貽好古者，及歸，乃取道於小南路不經此，遂無由搨取，迄今以爲歉。至舍問金石，藏有此碑，尚係客西安時所購得。

終南山中牡丹高百餘尺，均係木本，花皆大如斗，香氣聞數百里。

「窮達戀明主，耕桑亦近郊。」唐錢起詩也。「身多疾病思田里，邑有流亡愧俸錢。」唐韋應物詩也。讀之覺温厚和平，去《三百篇》不遠。

杜工部詩：「近來海内爲長句，汝與山東李白好。」足見長句最難，非有十分力量十分學問者，不能作也。即以唐而論，以長句擅場者，李、杜、韓而外，亦惟高、岑、王、李四家耳。

「不知今夜遊何處，侍從皆騎白鳳凰。」逼真神仙。「黄昏風雨黑如磐，别我不知何處去。」逼真劍俠。「千回飲博家仍富，幾處報仇身不死。」逼真豪士。「天寒翠袖薄，日暮倚修竹。」逼真美人。「門前債主雁行列，屋裏酒人魚貫眠。」逼真無賴。「依倚將軍勢，調笑酒家胡。」逼真豪奴。近江甯友人燕山南《暑夜納凉》詩云：「破芭蕉畔一絲風。」逼真窮鬼語。陳毅《感事》云：「偏是荒年飯量加。」逼真餓鬼語。

余蒙師唐先生爲垣，素工詩，今集多散失，猶憶其《過殤女厝棺》詩曰：「白晝畏人依故隴，黄昏覓伴嘯孤村。」荒寒蕭瑟及小兒女情態，並寫得出。

菜花詩始於張翰「黄花如散金」，太白所云「張翰黄花句」也。近人菜花詩又有「花枝不上美人頭」句，余獨以爲不然，曾反其意作一詩曰：「摘得菜花何處用？嫩黄先襯玉搔頭。」亦明此花之可以上美人頭耳。客歲，又有句曰：「深紅不豔深黄豔，菜中花開蝶四飛。」

滬瀆城近海，土人爲言：曾有蛟幻作人夜叩門者，故相戒夜不闢扉。余《紀事詩》有云：「一樓四面窗，面面臨曠野。老蛟能變人，時來嚇居者。」即指此。

伊犁地較西安已高八百一十里，見《元和郡縣志》。故初一日即見新月，余《紀事詩》所云「月朔新蟾已抱肩」也。

湯泉以黄山硃砂泉爲第一，久浴之實可延年益壽。驪山及昌平者次之。餘則硫黄泉居多，水性酷烈，僅可以除風濕及疥癬之疾耳。余按試貴州，《浴郭外湯泉》詩云：「半生莫謂塵勞慣，已試人間第七湯。」蓋指黄山及臨潼、盩厔、昌平州、和州、句容與石阡也。後遣戍伊犁，又浴湯泉一，近頭臺蘆草溝。

近時九列中詩，以錢宗伯載爲第一，紀尚書昀次之。宗伯以古體勝，尚書以近體勝。漢軍英廉相國，亦其次也。

黄二尹景仁詩：「太白高高天尺五，寶刀明月共輝光」，「獨立市橋人不識，一星如月看多時」，豪語也。「全家都在風聲裏，九月衣裳未翦裁」，「足如可析似勞薪」，苦語也。「似此星辰非昨夜，爲誰風露立中宵？」「買得我拚珠十斛，賺來誰費豆三升」，雋語也。

江甯詩人何士顒，居長干里，有友人投一詩曰：「仰首欲攀低首拜，長干一塔一詩人」。

近人有《蘋果》詩云：「緑如春水方生日，紅似朝霞欲上時」，新穎而不涉纖，亦詠物詩之佼佼者。

近時能爲中、晚唐詩者，無過方上舍正澍，其《遊仙》詩云：「鈞天樂苦無新奏，唱我紅墻夢裏詩」，「無數仙官齊仰首，殿中一帝一書生。」讀之飄飄欲仙。至若「月黑花臺一箇螢」，「紅豆樓窗懸小影」，「年年一度忌辰開」，則又鬼氣偪人矣。

吴祭酒偉業詩，熟精諸史，是以引用確切，裁對精工。然生平殊昧平仄，如以長史之「長」爲平聲，韋杜之「韋」爲仄聲，實非小失。

朱檢討彝尊《曝書亭集》，始學初唐，晚宗北宋，卒不能鎔鑄自成一家。

近來浙中詩人，皆瓣香厲鶚《樊榭山房集》。然樊榭氣局本小，又意取尖新，恐不克爲詩壇初祖。

同里錢秀才季重，工小詞，然飲酒使氣，有不可一世之槩。有三子，溺愛過甚，不令就塾，飯後即引與嬉戲，惟恐不當其意。嘗記其柱帖云：「酒酣或化莊生蝶，飯飽甘爲孺子牛。」真狂士也。

「生不並時憐我晚，死無他恨惜公遲。」查編修慎行過紅豆山莊作也。近湖北張明經本，有《題袁大令小倉山房集後》云：「奄有衆長緣筆妙，未臻高格恨才多。」同一用意，而各極其妙。

北江詩話卷二

詩文之可傳者有五：一曰性，二曰情，三曰氣，四曰趣，五曰格。詩文之以至性流露者，自六經四始而外，代殊不乏，然不數數覯也。其情之纏綿悱惻，令人可以生，可以死，可以哀，可以樂，則《三百篇》及《楚騷》等皆無不然。河梁、桐樹之於友朋，秦嘉荀粲之於夫婦，其用情雖不同，而情之至則一也。至詩文之有真氣者，秦漢以降，孔北海、劉越石以迄有唐李、杜、韓、高、岑諸人，其尤著也。趣亦有三：有天趣，有生趣，有別趣。莊漆園、陶彭澤之作，可云有天趣者矣；元道州、韋蘇州亦其次也。東方朔之《客難》，枚叔之《七發》以及阮籍《詠懷》，郭璞《遊仙》，可云有生趣者矣。《僮約》之作，《頭責》之文以及鮑明遠、江文通之涉筆，可云有別趣者矣。至詩文講格律，已入下乘。然一代亦必有數人，如王莽之摹《大誥》，蘇綽之倣《尚書》，其流弊必至於此。明李空同、李于鱗輩，一字一句，必規倣漢、魏、三唐，甚至有竄易古人詩文一二十字，即名爲己作者，此與蘇綽等亦何以異！本朝邵子湘、方望溪之文，王文簡之詩，亦不免有此病，則拘拘於格律之失也。

李太白或以爲隴西人，或以爲蜀人，或以爲山東人。今以新舊《唐書》本傳及集中詩校之，云白十歲通詩書，既長，隱岷山，又爲益州長史蘇頲所禮。是白爲蜀人無疑。嗣後客任城，又與孔巢父等稱「竹溪六逸」，皆在山東。杜甫詩據見在而言，故云「近來海内爲長句，汝與山東李白好」也。至隴西李氏之望，又非居地。

李、杜皆當稱「拾遺」。肅宗至德二年，拜甫爲左拾遺；代宗立，以左拾遺召白，而白已卒。若甫稱「工部」，則劍南參幕日檢校之官；李稱「翰林」，則賀知章薦舉時供奉之署，皆非實職，故云當稱拾遺爲是。況皆朝廷之所授也。

宋朱嚴第三人及第，王禹偁贈詩曰：「榜眼科名釋褐初」，是宋人亦以第三人爲榜眼。

人之一生，皆從忙裏過却。試思百事悤忙，即富貴有何趣味？故富貴而能閒者，上也。否則甯可不富貴，不可不閒。余在翰林日，冬仲大雪，忽同年張船山過訪，遂相與縱飲，興豪而酒少，因掃庭畔雪入酒足之。曾有句云：「閒中富貴誰能有？白玉黄金合成酒。」此閒中一重公案也。及自伊犂蒙恩赦歸，抵家日偶賦一絶云：「病餘纔得卸櫜鞬，桃李迎門恍欲言。從此却營閒富貴，蝦蟆給廩鶴乘軒。」蓋散人之樂，實有形神並釋、魂夢俱恬者。此又閒中公案之一重也。此詩偶忘編入集，附記於此。

陶彭澤詩，有化工氣象。餘則惟能描摩山水，刻畫風雲，如潘、陸、鮑、左、二謝等是矣。

臧洪之節，過於魯連。弘演之忠，逾於豫讓。高漸離之友誼，青萍子之後勁也。欒布之義烈，王叔治之先聲也。

姑蘇、姑胥、姑餘，皆一地也。姑、胥、餘並音同。《淮南・覽冥訓》：「軼鶤雞於姑餘。」高誘注：「姑餘，山名，在吴。」

忠義奮發之語，有古今一致者。祖逖渡江，中流擊楫曰：「祖逖不能清中原而復反者，有如此江！」宋岳飛傳除荆南鄂州制置使，渡江中流，顧幕屬曰：「飛不擒賊，不涉此！」然逖方披荆棘得河南數郡即卒，而飛竟盪平襄、鄧，翦滅湖湘諸賊，始朝服入朝。則忠義奮發雖同，而飛之才勇過於逖矣。

李愬之用元濟降將李祐，岳飛之用楊幺賊黨黄佐，其用意並同。

飛後定謚「忠武」。見飛孫珂《金陀粹編》。其謚册引諸葛亮、郭子儀二人皆謚「忠武」爲比，而《宋史》本傳不載，可云疏略矣。

邯鄲淳《曹娥碑》，見《古文苑》，文筆平實，不足以當「黄絹幼婦，外孫虀臼」之譽也。蔡中郎《郭有道碑》自言「臨文無愧辭」，今讀之絶無異人處。蓋東京文體之衰，此二篇又東漢之平平者，乃知向日盛傳此二碑，皆係耳食，爲古人所欺耳。余《詠史》詩云：「不被古人瞞到底，《曹娥碑》與《郭君碑》。」

關神武欲取秦宜禄妻，見《蜀記》裴松之注，《三國志》引之。近有一腐儒，必欲爲神武辯無此事。不知英雄好色，本屬平常，不足爲神武諱也。

賦物詩，貴在小中見大。前人詠簷馬詩，五律下半云：「當世正多事，吾曹方苦兵。那堪檐漏下，又作戰場聲。」余近遊天台，自嵊縣陸行，坐竹兜，甚適，亦有一律，下半云：「半世皋比座，前塵使者軺。老夫雙繭足，曾走萬程遥。」亦或庶幾耳。

《左傳》僖公十三年城濮之戰，《傳》言「執宛春以怒楚」。今《廬州府志》載宛春爲廬州人，不知何據？

七律之多，無有過於宋陸務觀者。次則本朝查慎行。陸詩善寫景，查詩善寫情。寫景故千變萬化，層出不窮；寫情故宛轉關生，一唱三歎。蓋詩家之能事畢，而七律之能事亦畢矣。近日趙兵備翼亦擅此體，可爲陸、查之亞。

中唐以後，小杜才識，亦非人所及。文章則有經濟，古近體詩則有氣勢，倘分其所長，亦足以了數子。宜其薄視元、白諸人也。

有唐一代，詩文兼擅者，惟韓、柳、小杜三家。次則張燕公、元道州。他若孫可之、李習之、皇甫持正，能爲文而不能爲詩。高、岑、王、李、李、杜、韋、孟、元、白，能爲詩而不能爲文，即有文亦不及其詩。至詩及排偶文兼者，亦祇王、楊、盧、駱及李玉溪五家。餘則蘇頲、吕温、崔融、李華、李德裕等，文勝於詩；李嶠、張九齡、李益、皮日休、陸龜蒙等，詩勝於文。均不能兼擅也。宋代詩文兼擅者，亦惟歐陽文忠、蘇文忠、王荆公，南渡則朱文公，餘亦各有所長，不能兼美。

杜工部之於庾開府，李供奉之於謝宣城，可云神似。至謝、庾各有獨到處，李、杜亦不能兼也。

宋初楊、劉、錢諸人學「西崑」，而究不及「西崑」；歐陽永叔自言學昌黎，而究不及昌黎；王荆公亦言學子美，而究不及子美；蘇端明自言學劉夢得，而究亦不能過夢得。所謂棋輸先著也。

東漢人之學，以鄭北海爲最。東漢人之文，以孔北海爲最。東漢人之品，以管北海爲最。

人才古今皆同，本無所不有。必視君相好尚所在，則人才亦趨集焉。漢尚經術，而儒流皆出於漢；唐尚詞章，而詩家皆出於唐；宋重理學，而理學皆出於宋；明重氣節，而氣節皆出於明。所謂下流之化上，捷於影響也。

一代割據之主，皆有人材佐之，方足以倔强歲月。石趙之右侯，苻秦之王景略，李蜀之范長生等是矣。降至唐末、五代皆然，吴越之羅隱，荆南之梁震，馬氏之高郁，皆其人也。他若李密之用邴元真，王世充之用段達，以迄張士誠之用黄蔡葉，雖欲不亡，得乎？

秦三良，魯兩生，以迄田横島中之五百士，諸葛誕麾下之數百人，皆未竟其用而死，惜哉！鵲巢避太歲，明有所燭也。拘儒避反支，識有所囿也。

徐知誥輔吴之初，年未强仕，以爲非老成不足壓衆，遂服藥變其鬚鬢，一日成霜。宋寇萊公急欲作相，其法亦然。余見近時公卿，鬚鬢皓然，而百方覓藥以求其黑者，見又出二公下矣。袁大令枚有《染鬚》詩，余嘗戲之曰：「公事事欲學香山，即此一端，已斷不及。香山詩曰：『白鬚人立月明中』，又云『風光不稱白髭鬚』，而公欲飾貌修容，是直陸展染鬚髮，欲以媚側室耳。」坐客皆大笑。

宋真宗稱向敏中大耐官職。此言實可警熱中及浮躁者。蓋一切功名富貴，惟能耐，器始遠大。徐中書步雲，召試得雋，急足至，方同客食牢丸，喜極，以牢丸覓口，半日不得口所在。人傳以爲笑。此即不能耐故也。《世語》稱魏文帝與陳思王争爲太子，及文帝得立，抱辛毗頸曰：「辛君知我喜不？」毗歸告其女憲英，憲英以爲「宜懼而喜，何以能久？魏其不昌乎！」是知倉猝中最足以覘人氣局度量也。

屠刺史紳，生平好色，正室至四五，娶妾媵仍不在此數。卒以此得暴疾卒。余久之哭以詩曰：「閒情究累韓光政，醇酒終傷魏信陵。」蓋傷之也。

孫兵備星衍配王恭人，善詩，所著有《長離閣集》，兵備曾屬余爲之序。蓋余次子盼孫，曾聘恭人所生次女。然兩家子女，不久並殤。恭人亦年二十四即卒。其閨房唱和詩，雖半經兵備裁定，然其幽奇惝恍處，兵備亦不能爲。如「青山獨歸處，花暗一層樓」；「一院露光團作雨，四山花影下如潮」。此類數十聯，皆未經人道語。

《新唐書·楊貴妃傳》：「妃嗜荔枝，必欲生致之，乃置騎傳送，走數千里，味未變，已至京師。」杜牧之詩所云「一騎紅塵妃子笑，無人知是荔枝來」者也。人遂傳送荔枝自此始。不知非也。《後漢書·和帝紀》云：「臨武長汝南唐羌上書云：『舊南海獻龍眼、荔枝，十里一置，五里一候，奔騰阻險，死者繼路』云云，帝遂下詔『勅大官勿復受獻。』由是遂省焉。」謝承《後漢書》所載亦同。是荔枝之貢，東漢初已然，不自唐始，亦不自貴妃始也。

李賢《後漢書注》引《帝王世紀》：「紂時，傾宮婦人衣綾紈者三百餘人。」綾字始見此。《説文》：「東齊謂布帛之細者曰綾。」《玉篇》：「綾，文繒也。」蓋布帛之細者皆可名綾，今俗有綾布是也。

余里中有以酒食醉飽至成獄訟者，余戲贈以詩，内一聯云：「内史獄詞由海蛤，涪翁風病起江瑶。」一時傳以爲工。

《史記》：吕不韋使其客八人著所聞集論爲八《覽》十二《紀》，三十餘萬言。漢淮南王客亦八人，《漢書》所云「八公」者是。今考兩家賓客，類皆割裂諸子、撏撦紀傳成書。秦以前古書，亡佚既多，無從對勘，即以今世所傳《文子》一書校之，遭其割截者十至七八，又故移徙前後，倒亂次序，以掩飾一時耳目，而博取重資。故余《詠史》中有一篇云：「著書空費萬黄金，剽竊根原尚可尋。《吕覽》《淮南》盡如此，兩家賓客太欺心。」足見賓客之不足恃，古今一轍。唐章懷太子注《後漢書》，魏王泰著《括地志》等盡然。李書籠以一手注《文選》，所以可貴也。

余自塞外還，道出河南偃師，聞吾友武大令億卒，往哭之，其子明經穆淳出謝，並乞題數語於繐帳，以慰先人。余即作一聯云：「降年有永有不永，廉吏可爲不可爲。」蓋大令諸兄皆老壽，惟大令年未周甲也。

青陽涂上舍國熙《淮陰侯》一詩，頗有論古之識，今録之：「首建奇謀闢漢疆，韓侯未肯負高皇。不將十面收强楚，終見三齊識假王。相背君休思蒯徹，存心誰復似張良？臨風空灑英雄淚，淮水淮山兩渺茫。」

寫景易，寫情難；寫情猶易，寫性最難。若全椒王文學鼇詩二斷句，直寫性者也。「呼奴具朝飧，慰兒長途飢。關心雨後寒，試兒身上衣。」「兒飢與兒寒，重勞慈母心。天地有寒燠，母心隨時深。」實能道出慈母心事。

近人有《白門莫愁湖》詩：「英雄與兒女，各自占千秋。」余以爲英雄、兒女平分，尚未公允，曾口占一絶云：「神仙富貴分頭占，一箇茅山一蔣山。只有斯湖尚公道，英雄兒女總相關」。蓋分言之，不如渾言之耳。

「問君能有幾多愁？却似一江春水向東流。」李後主詞，寫愁可謂至矣。余最愛白門凌秀才霄《秦淮春漲》詩云：「春情從此如春水，傍著闌干日夜生。」寫情亦可云獨到。二君皆借春水以喻，然一覺傷心欲絶，一覺逸興遄飛，則二君之所遇然也。

「蟬曳殘聲過別枝」，實屬體物之妙。余又見殘聲未到別枝，而半道復爲雀所食者，雀嗉中尚若音響，曾作《哺蟬行》云：「一蟬響一枝，十蟬響十柯，閒開四面窗，蟬響何其多！餘聲尚未到別樹，黄雀突來將汝哺。微蟲雖小響未沈，倘向黄雀喉中尋。」亦可見天地間景物，無所不有，苦吟者亦描寫不盡耳。

《左傳》：蔡哀侯見息嬀弗賓，又云楚子元欲蠱文夫人，及子元反自鄭，遂處王宫。曰「弗賓」，曰「欲蠱」，蓋好色之招釁也。今漢水入江處，有桃花夫人廟，相傳即息夫人。余嘗題一絶云：「空將妾貌比桃妍，石上桃花色可憐。何似望夫山上石，不回頭已一千年。」弔之亦原之耳。

《詩序》言江漢之女，被文王之化，有不爲强暴所污者。是知遇强暴而不污，惟第一等烈女子能之，若息嬀之遇楚文，高澄妻之值高洋，皆所云强暴之污也。洋之禽獸行，固不足責，楚文能爲伐蔡復仇，似良心尚有未泯處。至子元蠱之成與否，尚屬疑案。總之，悲其遇可也。原其心亦可也。若元微之之崔氏，則失之於前；陸務觀之妻唐氏，則失之於後。又不可援息嬀之例。

女子不幸而作秋胡之妻、樂羊之婦。然身可死，名不可没也。若息嬀者，則又恨其名之傳也。

如畫溪山，必須畫舫乃稱。平山堂之舫，不及西子湖；西子湖之舫，不及桃葉渡。至若山陰鏡湖之舟，雖船船皆畫，然正如薄笨之車，旋轉不便耳。

虎邱泛舟，以朱翠炫目勝。秦淮泛舟，以絲竹沸耳勝。平山堂泛舟，以園林池館稱心勝。若西子湖、鑑湖，則以上三者，春秋佳日，時時有之。又加以山水清華，洞壑奇妙，風雲變化，烟雨迷離，覺可以娱心志、悦耳目者，無逾此也。外如鴛鴦湖之百重楊柳，消夏灣之千里芙蕖，柳色花光，亦其次也。

余屢夢至一處：石厓陗削，門外有古澗，時濯足其中。遇有不稱心事，輒誦舊作二句云：「久無胸次居公等，别有池臺寄夢中。」即指此也。

李青蓮之詩，佳處在不著紙；杜浣花之詩，佳處在力透紙背；韓昌黎之詩，佳處在「字向紙上皆軒昂」。

漢昭帝十四歲，識上書人之詐。顯宗八歲，辨奏牘之誣。皆所謂「生而知之」者。魏高貴鄉公亦然，特所遇不幸耳。漢靈帝之不登高，晉惠帝之「何不食肉糜」，則真下愚耳。然以惠帝之愚暗，而於嵇紹之死，則曰「侍中血弗浣」。成帝之童蒙，而於劉超、鍾雅之遇害，則云「還我侍中右衛」。是知惟忠義可以感人，無智愚賢不肖之異矣。

蘇端明爲《上清宫碑》改作一事，不敢斥言，作一詩嫁名唐代云：「淮西功業冠吾唐，吏部文章日月光。千載斷碑人膾炙，不知世有段文昌。」近時朱檢討彝尊因事斥出南書房，亦有一絶云：「海内文章有定評，南來庾信北徐陵。誰知著作修文殿，物論翻歸祖孝徵。」二公意皆有所指。然非二公之才望學殖，亦不敢作此詩也。

歐陽公善詩而不善評詩，如所推蘇子美、梅聖俞，皆非冠絶一代之才。又自詡《廬山高》一篇，在公集中，亦屬中下。甚矣，知人知己之難也！

歐陽公「行人舉頭飛鳥驚」七字，畢竟不凡。

幔亭張樂，豔説中秋，蘭亭賦詩，韻傳上巳，黄羅傳柑之在元夜，白衣送酒之屬重陽，以及曲江之三月三日，驪山之七月七夕，皆藉詩文得傳。他若盱江之五日，上河之清明，又以圖繪益著。文人筆墨，有益於良辰勝地如此。

明李空同、王弇州皆以長句得名，李之「戰勝歸來血洗刀，白日不動青天高」，王之「老夫興發不可刪，大海迴風生紫瀾」，皆屬歌行中傑作。

近時長沙張進士九徵、吾鄉萬進士應馨，才氣皆風發泉湧，惜尚多浮響。

王新城尚書作《聲調譜》，然尚書生平所作七言歌行，實受聲調之累。唐宋名家，大家均不若此。

「甯可枝頭抱香死，不曾吹墮北風中。」「此世但除君父外，不曾別受一人恩。」此宋末鄭所南思肖詩也。讀之頑夫廉，懦夫立志。

言情之作，至魂夢往來，可云至矣。潛山丁秀才鵬年又翻進一層云：「如何夢亦相逢少？怕我傷心未肯來。」

商太守盤《秋霞曲》、楊户部芳燦《鳳齡曲》，皆能叙小兒女情事，宛轉關生。然淋漓盡致中，下語復極有分寸，則商爲過之。

詩人愛用六朝，然能出新意者亦少。惟陳布衣毅《牛首山》詩極爲警策，云：「似愁人世興亡速，不肯回頭望六朝。」

無錫一縣，明及本朝進士第一凡三人，而皆名臯：正德九年唐臯，曾寓居無錫；萬曆二年孫繼臯；今歲嘉慶六年辛酉恩科則顧臯。不及二百年，三人相繼魁天下，而皆名臯，亦異事也。

詩人用意，有不謀而合者，宋陳子高詩云：「淚眼生憎好天氣，離腸偏觸病心情。」而吾友汪助教端光云：「並無岐路傷離別，正是華年算死生。」雖取徑各別，而用意則同。然二聯亦皆前人所未道也。

王新城《居易録》載鼎甲之衰，未有如康熙丁丑者：狀元李蟠以科場事流徙奉天，榜眼嚴虞惇以子弟中式降調，探花姜宸英亦以科場事牽涉卒於請室。余謂康熙癸未亦然：狀元王式丹以江南科場事牽涉卒於罪所；榜眼趙晋以辛卯江南主試賄賂狼藉，爲巡撫張伯行參奏伏法；探花錢名世則以年羹堯黨，世宗憲皇帝特書「名教罪人」四字賜之。乾隆乙未科一甲三人亦不利：狀元吴錫齡、探花沈清藻皆及第後未一年即卒；榜眼汪鏞以傳臚不到，未受職先已罰俸，官編修幾三十年，垂老始改御史。

高東井孝廉，高才不遇，所作詩亦時有憤時嫉俗之語。嘗記其《觀劇》一絶云：「曲江宴上探花回，試窘師門却費才。端莫輕他由竇客，許多卿相此中來。」

李太白詩「相迎不道遠，直至長風沙。」長風沙今在安慶府懷甯縣，即石牌灣也。《宋史·周湛傳》：「爲江淮發運使，上言大江歷舒州、長風沙，其地最險，謂之石碑灣。湛役三千萬工，鑿河十里以避之。人以爲利。」《水經注》：「江水徑長風山南，得長風口，江浦也。」

「錢唐門外卸蒲帆，小婢相扶上岸攙。一晌當風立無奈，夕陽紅透紫羅衫。」此余癸巳年初到西湖作也，不復存稿。戊午冬，乞假歸，薄遊湖上，於春渚徵君扇頭見之。

羅世材，湖北人，成嘉慶四年進士，距鄉試時，已十一上春官矣。其題號舍詩曰：「年年棄甲笑于思，依舊青鞋布韈來。三十三回燒畫燭，可知蠟淚已成堆。」羅多髯，故以自嘲云。其房師潘學士世恩爲余言之。

章編修道鴻，甲午江南解元也。是科余本擬第一人，房師以制藝中數語恐犯磨勘，力言於主司，抑置副榜第一，而章遂首多士矣。張亦十一上春官，及入翰林，已爲余七科後輩，功名之遲速有定如此。康熙中，粵東梁佩蘭亦十二上春官，方得第，然選庶吉士未及散館而卒。

「古來才大難爲用」，杜工部詩也。《新唐書·隱逸·孫思邈傳》：「獨狐信異之曰：『聖童也，顧器大難爲用。』」或即工部語所本。

李學士中簡在上書房最久，諸皇子皆服其品學。乾隆乙酉歲秋，上偶以「鳩唤雨」命題，試内廷諸翰林，君詩最速成，中一聯云：「慾陽猶可挽，拙性本無他。」

應制、應試，皆例用八韻詩。八韻詩於諸體中，又若別成一格。有作家而不能作八韻詩者，有八韻詩工而實非作家者。如項郎中家達，貴主事徵，雖不以詩名家，而八韻則極工。項壬子年考差題爲《王道如龍首得龍字》，五六云：「詎必全身見，能令衆體從。」貴己酉年朝考題爲《草色遥看近却無得無字》，五六云：「緑歸行馬外，青入濯龍無。」可云工矣。吴祭酒錫麒，諸作外，復工此體，然庚戌考差題爲《林表明霽色得寒字》，吴頸聯下句云：「照破萬家寒」，時閲卷者爲大學士伯和珅，忽大驚曰：「此卷有破家字，斷不可取！」吴卷由此斥落。足見場屋中詩文，即字句亦須檢點。

詩有自然超脱，雖不作富貴語，而必非酸寒人所能到者。馮相國英廉《詠雪》詩：「填平世上崎嶇路，冷到人間富貴家」，畢尚書沅《喜雨》詩：「五更陡入清涼夢，萬物平添歡喜心」之類是也。

近人作金山詩，五言以方上舍正澍「萬古不知地，全山如在舟」二語爲最；七言以童山人鈺「重疊樓臺知地少，奔騰江海覺天忙」二語爲最。

余有《憶女紡孫》詩云：「不是阿耶偏愛汝，歸甯無母最傷心。」及讀濬縣周大令遇渭詩《送女》云：「來時有母去時無」，則兩層并作一層，益覺沈痛。

商太守盤詩似勝於袁大令枚，以新警而不佻也。

余頗不喜吾鄉邵山人長蘅詩，以其作意矜情，描頭畫角，而又無真性情與氣也。晚年，入宋商邱犖幕，則復學步邯鄲，益不足觀。其散體文，亦惟有古人面目，苦無獨到處。

原壤《貍首》之歌，已開阮籍之先，賴聖人能救正之耳。

静者心多妙。體物之工，亦惟静者能之。如柳柳州「回風一蕭瑟，林影久參差」，李嘉祐「細雨濕衣看不見，閒花落地聽無聲」。鹵莽人能體會及此否？

詩家例用倒句法，方覺奇峭生動，如韓之《雉帶箭》云：「將軍大笑官吏賀，五色離披馬前墮」。杜之《冬狩行》云：「草中狐兔盡何益？天子不在咸陽宫。」使上下句各倒轉，則平率已甚，夫人能爲之，不必韓、杜矣。

作牡丹詩自不宜寒儉，即如前人詩：「國色朝酣酒，天香夜染衣。」比體也。「一叢深色花，十户中人賦。」諷諭體也。外如「看到子孫能幾家」、「一生能得幾回看？」皆是空處著筆，能實詮題面者實少。若不得已求其次，則唐李山甫之「數苞仙豔火中出，一片異香天上來」，宋潘紫巖之「一縷暗藏金世界，千重高擁玉樓臺」，尚能形容盡致。余自少至今，牡丹詩不下數十首，然實詮題面者，亦殊不多，今略附數聯於後。辛酉年《三月十五日在舍間看牡丹》詩：「得天獨厚開盈尺，與月同圓到十分」；壬子年《京邸國花堂看牡丹》詩：「縱教風雨無寒色，占得樓臺是此花」；今歲《培園看牡丹》詩：「十里散香蘇地脉，萬花低首避天人」；又：「當晝乍舒千尺錦，殿春仍與十分香」；及少日里中《騰光館看牡丹》詩：「調脂金鼎儼同味，承露玉盤饒異香。」與本日所作六首，不知可有一二語能彷彿花王體格否？

白牡丹詩，以唐韋端己「入門惟覺一庭香」，及開元明公「别有玉盤承露冷，無人起向月中看」爲最。近人詩「富貴叢中本色難」，亦其次也。余昨在宣城張司訓珍席上詠白牡丹云：「三霄雨露承青帝，一朵芳菲號素王。」以花在泮池旁，或尚切題也。

紅牡丹詩，前人絶少。余前在同鄉劉宫贊種之席上，賦牡丹詩，中二聯云：「神仙隊裏仍耽酒，富貴叢中獨賜緋。影共朝霞相激射，情於紅袖最因依。」僅敷衍題字，不能工也。

太倉王秀才芥子，有牡丹詩一聯云：「相公自進姚黄種，妃子偏吟李白詩。」爲一時所傳誦。然究傷纖巧。

北江詩話卷三

藏書家有數等：得一書必推求本原，是正缺失，是謂考訂家，如錢少詹大昕、戴吉士震諸人是也。次則辨其板片，注其錯譌，是謂校讐家，如盧學士文弨、翁閣學方綱諸人是也。次則搜采異本，上則補石室金匱之遺亡，下可備通人博士之瀏覽，是謂收藏家，如鄞縣范氏之天一閣、錢唐吴氏之瓶花齋、崑山徐氏之傳是樓諸家是也。次則第求精本，獨嗜宋刻，作者之旨意縱未盡窺，而刻書之年月最所深悉，是謂賞鑒家，如吴門黄主事丕烈、鄔鎮鮑處士廷博諸人是也。又次則於舊家中落者，賤售其所藏，富室嗜書者，要求其善價，眼别真贋，心知古今，閩本蜀本，一不得欺，宋槧元槧，見而即識，是謂掠販家，如吴門之錢景開、陶五柳、湖州之施漢英諸書估是也。

南宋之文，朱元晦大家也；南宋之詩，陸務觀大家也。

成親王工詩，年四十六，髮已半白。嘗有《夜坐》詩曰：「事繁書慰夜，心短睡辭人。」

詩人之工，未有不自識字讀書始者。即以唐初四子論，年僅弱冠，而所作《孔子廟碑》，近日淹雅之士，有半不知其所出者。他可類推矣。以韓文公之頫視一切，而必諄諄曰：「凡爲文辭，宜略識字。」杜工部，詩家宗匠也，亦曰「讀書難字過」。可見讀書又必自識字始矣。弄麈宰相，伏獵侍郎，不聞有詩文傳世，職是故耳。近時士大夫，亦有讀「鍼灸」之「灸」爲「炙」，「草菅」之「菅」爲「管」，呼「金日磾」「万俟卨」一如本字者，則「弄麞」「伏獵」，又可以分謗矣。

吾鄉有進士起家現居要地者，人乞其一札爲寒士先導，用《晋書·劉宏傳》「得劉公一紙書，勝於十部從事」語，此君復椷云：「劉公何人？現居何職？乞開示，以便往拜。」人傳以爲口實云。

人但知陶淵明詩一味真淳，不填故實，而以爲作詩可不讀書。不知淵明所著《聖賢羣輔録》等，又考訂精詳，一字不苟也。

道家之有真實本領者，釋氏不能學。道家之祖尚元虚者，釋氏始竊其緒餘以名於世。大抵釋氏書之精，皆莊、列之緒餘也。其至粗如「道在屎橛」等，釋氏亦竊之。南宋儒者，似又竊釋氏緒餘。此即莊子所謂「每況愈下」也。

李白《扶風豪士歌》，在吴中所作，非贈人也。《涇縣舊志》以爲贈縣人萬巨所作，鑿矣。

今時學者，讀斷爛朝報，即以爲通曉世事；讀高頭講章，即以爲沈酣經籍；何與昔人之知今知古異乎！

詩句限年，往往成讖。袁大令枚丁酉元日詩：「不賀賓朋先自賀，堂前九十四齡親。」然太夫人即於是年棄養。朱學士筠辛丑歲自福建學使任滿歸，歲朝作詩，有「五十三年律漸工」句，果於是年下世。乾隆中，皇五子□□王亦最工詩，於謝世之前，賦《元日》詩云：「三十九年蒙豢養。」亦不久奄忽。三詩並出無心，又並作於元日，並成詩讖，可云異矣。

余最愛明張夢晋一絶云：「隱隱江城玉漏催，勸君且盡掌中杯。高樓明月清歌夜，此是人生第幾回？」謂有思之惘惘、盡而不盡之致。近時桐城方世泰亦有二語云：「稱心一日足千古，高會百年能幾回？」便稍覺直致，然亦似《劍南集》中語。

詩詞之界甚嚴。北宋人之詞，類可入詩，以清新雅正故也。南宋人之詩，類可入詞，以流豔巧惻故也。至元而詩與詞更無别矣。此虞伯生、吴淵穎諸人所以可貴也。

李明經御，字琴夫，詩有奇氣，京口詞人之冠也。嘗見其《讀戰國策書後》九首之一云：「解紛如解玉連環，一笑飄然東海還。世上共求天下士，不知東海在人間。」

今歲二月中，遊天台，獨未及訪銅壺滴漏，以爲歉事。秋杪，以事至焦山，張司馬鉉自京口携其台、蕩、黄山詩，屬爲訂定，内有《越山至銅壺滴漏處》一篇云：「俯觀繩繫背，側立僕持踵」，頗能繪涉險情事。又云：「佛以四海水，入山一毛孔」，雖用釋典，亦與此題確稱。張娶詩人鮑海門女，字茝香，亦能詩，有《送外遊黄山台蕩》一律，頗工。張答之曰：「粗成唱和今生願，小證烟波夙世緣。」前余在京師，鮑郎中之鍾屢誇其二妹皆工詩，余未之信，今茝香即其第二妹也。

司馬從弟上舍崟，工近體詩。畫青緑山水，殊有元人筆法。曾作《萬里荷戈圖》見贈。余寄以二詩，末一首云：「荷戈人在夕陽邊，宛馬如龍不著鞭。欲貌鴻濛萬里雪，别施輕粉寫祁連。」上舍時時誦之。

焦山後有松、寥二小山，境極幽邃，鷹鶻鼋獺，遂各據其一。今一山峰頂盡白，蓋鷹糞所積也。余守風山後，曾久憩於此，偶得句云：「鷹同獺占東西嶺，浪與人争出没舟。」荒寒奇險之景，或亦遊焦山者所未及道耳。

太倉蘇加玉茂才遊山詩，亦頗刻畫盡致，如《遊黃山朱砂菴至文殊院》詩云：「抱崖十指牢，垂巖一足賸。屈膝磨過腹，縮頂低觸脛。」遊山實有此境。辛酉冬，余過太倉，飲汪庶子學金家三日，無日不與茂才偕，飲量甚豪，一如其詩。

今人以「餻」字爲俗，並附會云：唐劉夢得作《九日》詩，不敢用「餻」字。此說未確。《方言》：「餌謂之餻」。《廣雅》：「餻，餌也。」惟《說文》不收此字，徐鉉《新附》始有之。然詩人所用字，豈能盡出《說文》耶？《北史·綦連猛傳》謠云「七月刈禾太早，九月噉餻未好。」是六朝時歌謠已用餻字矣。

吾鄉乾隆壬戌、乙丑二科，皆得鼎甲二人：壬戌榜眼楊述曾、探花湯大紳，乙丑狀元錢維城、榜眼莊存與是也。然宋時亦有之：熙甯癸丑省元邵綱、狀元余中皆毗陵人，是矣。《萬青閣偶談》載一甲三人，同時皆至八座。惟康熙癸丑狀元韓菼爲禮書，榜眼王鴻緒爲户書，探花徐秉義爲吏侍。今考乾隆乙丑亦同：狀元錢維城刑侍贈尚書，榜眼莊存與禮侍，探花王際華户書，亦皆同時，又皆曾直南書房，皆曾爲會試總裁，似又過癸丑矣。

《槐廳載筆》載兄弟同時爲主考，尚漏吾鄉莊少宗伯存與修撰培因。皆乾隆丙子，一典試浙江，一典試福建，皆道出里門。不二年，又皆視學。一直隸，一福建。無錫秦編修泉，弟編修潮。皆乾隆癸卯。一典河南，一典陝西。若父子同時爲考官者，大學士劉統勳主考順天，其子編修墉主考廣西。皆乾隆丙子。及吾鄉劉冢宰綸主考順天，其子編修躍雲主考山東。皆乾隆庚寅也。

《池北偶談》載順治戊戌一甲三人：常熟孫承恩、鹽城孫一致、全椒吴國對，皆江南人。己亥一甲三人，亦皆江南徐元文、華亦祥、葉方藹也。至乾隆庚戌一甲三人，亦皆江南吴縣石韞玉、青陽王宗城與亮吉是也。下科始分江蘇、安徽爲二。是科特旨，命無錫嵇文恭璜赴禮部恩榮宴，會後同年與同鄉後進三人，接坐禮部堂上，則又戊戌、己亥所不能及。信乎壽考作人之化所致也。

殿試卷例以前十本進呈。惟乾隆庚辰年，秦尚書蕙田等以十本外尚有佳卷奏，奉特旨，許以十二本進呈。是科十四名以前並入翰林，洵屬異數。至乙卯年恩科，大學士伯和珅讀卷，以無佳策，止取八本呈覽。然是科一甲有兩盛事：狀元王以銜即本科會元王以鋙胞兄，探花潘世璜又前科狀元潘世恩從兄也。

本朝一百餘年，湖南士子成進士，未有入進呈十本中者。有之，自乾隆庚辰，今劉參相權之始。暨嘉慶乙丑，劉充殿試讀卷官，而狀元探花皆在湖南矣。考宋淳熙丁未，湖南亦最盛，省元湯璹、狀元王容，皆長沙人。見《齊東野語》。

方上舍正澍有《過瓦官寺》詩曰：「廢苑苔生天子筆，寺舊有梁武帝題額。荒街春繡地丁花。」歎其屬對之工。然亦有所本，唐人詩云：「牀頭兩甕地黄酒，架上一封天子書。」語亦生峭可喜，乃知方詩又本於此也。

宋蘇子容詩：「把麻人衆引聲長。」蘇子由詩亦云：「明日白麻傳好語，曼聲微繞殿中央。」蓋唐宋時宣麻制，皆曼延其聲如歌詠之狀。今殿試臚傳日，鴻臚寺官立殿下唱第，引聲亦甚長，唱一甲三人、二甲第一人、三甲第一人，必移時始畢，蓋古法也。又一甲三人，唱名至三次，亦寓慎重之意。又俗語謂狀元「獨占鼇頭」，語非盡無稽。臚傳畢，贊禮官引東班狀元、西班榜眼二人前趨至殿陛下，迎殿試榜，抵陛，則狀元稍前進，立中陛石上，石正中鐫升龍及巨鼇，蓋警蹕出入所由，即古所謂螭頭矣。俗語所本以此。榜亭出，一甲三人隨之，由午門正中而出。蓋親王、宰相亦無此異數。大學士嵇文恭公嘗笑語余曰：「某爲宰相十年，不及一日之新進」云。

作詩造句難，造字更難。若造境造意，則非大家不能。近日順德黎明經簡，頗擅此長。惜年甫四十而卒。然所存諸詩，尚足以睥睨一世。

唐少府軼華，居中河橋側，余未出塾，即與訂交。倜儻有俠氣，沈淪簿尉，非其志也。今寄居皖公山左，余遊匡廬，曾便道訪之，爲題柱帖云：「看山蹤跡吾還健，入世心期爾最先。」蓋總角時第一相識也。

作富貴語，不必金玉珠寶也，如「夜深斜搭秋千索，樓閣冥濛細雨中」，及「夜深臺殿月高低」，僅寫雨及月，而富貴氣象宛然。然尚有臺殿樓閣字也。温八叉詩云：「隔竹見籠疑有鶴，捲簾看畫靜無人」，韋端己詩「銀燭樹前長似晝，露桃花裏不知秋。」第二等人家，即無此氣象。近人詩，則「天氣清涼人好睡，闌干閒在月明中」，及「路暗迷人百種花」亦是。余前有《送春》詩云：「三面水亭簾不捲，百花香裏度殘春。」又《初夏》云：「居然一服清涼散，不啖荷珠即露珠。」正不必用八寶丹，自爾不寒儉也。

杜工部之救房琯，則生平「許身稷契」之一念誤之也。李供奉之知郭子儀，則生平慕魯仲連一流人之識廓之也。韓吏部之折王庭湊，則生平諫佛骨及不好神仙之定見致之也。能諫佛骨，即能驅鱷魚；能軀鱷魚，即能折王庭湊。故余嘗有《詠史》詩曰：「異類强藩盡低首，王庭湊與鱷魚同。」

古人事皆有本。明宣德時芳草鬭雞缸，即仿漢時春草雞翹織刺以爲之者。史游《急就篇》：「春草雞翹鳧翁濯」，顔師古注云：「春草，象其初生纖麗之狀也；雞翹，雞尾之曲垂者。」言織刺爲春草雞翹之形。一曰染衣色似之。蓋漢儒施於綃素者，明則用之於磁器耳。

古人重女工，故蟲鳴亦皆以絍織爲名，巧婦、布母、女鷗、工雀，名義並同。《御覽》引《春秋考異》鄄云：「戴絍出，蠶期起。」《詩正義》引里語云：「促織鳴，嬾婦驚。」正可相對。

王文簡詩，律體勝於古體，五、七言絶句又勝於五、七律。余最愛其《國士橋》一篇云：「國士橋邊水，千秋恨不窮。如聞柱厲叔，死報莒敖公。」《螅蟻夫人祠》一篇云：「霸氣江東久寂寥，永安宫殿莽蕭蕭。都將家國無窮恨，分付潯陽上下潮。」以爲此非詩人之詩，可與知人論世矣。

余最喜宋魏野《上寇萊公》詩云：「有官居鼎鼐，無地起樓臺。」夫萊公以崛起爲宰執，立朝未久，而云「無地起樓臺」，世尚傳其清節。今吾鄉劉文定公，官卿相者三十年，其子今少司馬躍雲繼之，父子服官於朝，至七十年之久，而家無一畝之宫、半頃之地，可云清矣。昨聞少司馬以年過七十，與休歸里，余憂其棲止無地也，先寄以詩曰：「此福真難及，君恩賜鑑湖。乍看抛笏冕，才敢憶蓴鱸。卿相兩傳久，田廬一寸無。誰將去官日，清節繪成圖？」孰謂古今人不相及哉！

吴門汪布衣緄，字墨莊，少工詩，所遇輒不偶，近歲自都中携貴人書謁揚州都轉，都轉甚禮之，復爲友人所讒，卒無所得。寄食於江上舍藩家，江亦赤貧之士也。聞余至揚，偕江來訪，因同至傍花村看菊，坐半，江代吟其少日詩曰：「斟酌橋西舊酒樓，樓中夜夜唱《凉州》。棗花簾外初圓月，一度銷魂便白頭。」余爲之擊節，以爲不減明張夢晋「高樓明月清歌夜」一絶。明日，因携之謁揚州太守伊君秉綬，屬爲之地，太守亦極賞此詩，酒間，汪又誦其一聯云：「古原牛嚙新生草，小院蜂攢乍放花。」亦南宋詩之佳者。

廬山周圍五百里，界九江、南康、饒州三府境，其雄偉奇秀，非霍山及衡嶽可比。又實居江、漢之衝，不知當時何以不作南嶽？余《遊廬山》詩有云：「天風一回盪，大氣自蟠礴。南瞻隘衡湘，北望小灊霍。稽首告上真，兹當作南嶽」。非於匡君貢諛，乃紀實耳。

古人之名，有必不可與之争者，即或名槩古人，亦須俟後人論定而軒輊之，當吾身則不可。嘗見岳州岳陽樓詩榜有二：東則孟襄陽，西則杜浣花，餘人不敢參也。前有妄人官是郡者，别作一榜，以己所作與杜、孟鼎足焉。甫去任，人即撤之。此與古人争名之過也。采石太白樓，亦最爲東南勝景，余少時即見神龕旁有柱帖云：「我輩到來惟飲酒，先生在上莫題詩。」三十年復過此，則柱榜易矣。詢之，則近日貲郎守是郡者所爲。吁！可云不自量矣。

桐城潘君恂，宰陽湖日，勤於吏治，每至冬夜三鼓，必親巡坊市，稽察非常。余友人楊繼曾自親串家醉歸，適值之，楊本龍城書院肄業諸生，有文譽，潘平時亦賞之，姑貸其過，命作《飲酒犯夜賦》，以「酒人犯法欲闖城門」爲韻，限辰刻至縣交卷。楊素工帖括，不嫻詞賦，窘極，四鼓走訪余館中，長跽乞憐，余不得已，披衣起，爲代作，破曙甫畢。猶記末一聯云：「倘思玉汝於成，一篇之誥原在；不畏金吾之戒，三章之法何存？」潘君極賞之，并贈金以歸。

今關神武廟徧海内，然柱帖絶少佳者。余少時曾代人作二聯云：「一樣英雄感騅逝，千秋家國尚鶺嘸。」又云：「《左傳》癖應開杜預，季興功足抵岑彭。」近遊三天洞，道出孫家埠，里人方新神廟，乞作一柱聯長句，余爲題云：「稍緩須臾，帀歲即元稱章武；庶幾夙夜，一篇亦志在《春秋》。」

前人詩云：「老健方知妬婦賢。」亦有所本：《北史·隋獨孤后傳》「后性尤妬忌，崩後，宣華夫人陳氏、容華夫人蔡氏俱有寵，帝頗惑之，由是發疾，至危篤，謂侍者曰：『使皇后在，吾不及此。』」則知妬婦亦有可取者。然若魏孝文幽后、齊馮淑妃等，身不正而復妬，則又獨孤后之罪人矣。

同年李賡芸，字許齋，才學兼茂，以二甲第二人成進士，以爲必預館選。然是科一甲三人皆江南人，故李遂以知縣即用。余送之出都，詩末云：「郎官改祕閣，此例亦有舊。二十有七人，待子成列宿。」後李以循吏著聲，今見官浙江嘉興府太守。而黄主事鉞，遂以能書被薦入懋勤殿，未幾，對品改贊善，擢中允，竟符列宿之數。

今世士惟務作詩，而不喜涉學，逮世故日膠，性靈日退，遂皆有「江淹才盡」之誚矣。《北齊書·孫搴傳》：「邢卲嘗謂之曰：『更須讀書。』搴曰：『我精騎三千，足敵君羸卒數萬。』」豈今之不務讀書者，胸次皆有孫搴三千精騎耶？

錢州倅坫，工篆書，然自負不凡，嘗刊一石章云：「斯冰之後直至小生。」余嘗戲之曰：「是何足道！張景仁淺陋下才，尚作蒼頡以來一人，斯冰上視蒼公，卑卑不足道耳。」蓋《北齊書·儒林傳》：景仁以侍書致位通顯，遂除侍中，封建安王。故李百藥云：「自蒼頡以來，八體取進，一人而已。」蓋譏之也。

詩除《三百篇》外，即《古詩十九首》亦時有化工之筆，即如「青青河畔草」及「四顧何茫茫，東風摇百草」，後人詠草詩有能及之者否？次則「池塘生春草」，春草碧色，尚有自然之致。又次則王胄之「春草無人隨意緑」，可稱佳句。至唐白傅之「草緑裙腰一道斜」，鄭都官之「香輪莫碾青青草」，則纖巧而俗矣。孰謂詩不以時代降耶？

詞臣掌誥册，固屬佳選。然亦隨時代爲榮辱。唐賈至世撰傳位册，詞林以爲美談。獨李昊世修降表，則世以爲口實矣。是雖才不逮至，然亦可悲其遇也。

袁大令枚詩，有失之淫豔者。然如「春花不紅不如草，少年不美不如老」，亦殊有齊梁間歌曲遺意。又《月中苗歌》云：「胡蝶思花不思草，郎思情妹不思家」，詞雖俚而亦有古意，不可以苗歌忽之也。

「人之將死，其言也善。」蓋死生之際，亦天良激發之時。宋陸務觀，近時吴偉業，皆詩中大作家也，陸臨終詩云：「死去應知萬事空，但悲不見九州同。王師北定中原日，家祭無忘告乃翁。」人悲之，人復敬之。吴臨終填《賀新凉》一闋，其下半闋云：「故人慷慨多奇節。爲當年沈吟不斷，草間偷活。艾灸眉頭瓜噴鼻，此事終當决絶。早患苦重來千疊。脱屣妻孥非易事，便一錢不值何須説！人世事，幾圓缺！」人悲之，人無惜之者。則名義之繫人，豈不重乎！若謝康樂臨命詩：「韓亡子房奮，秦帝魯連恥。本是江海人，忠義動君子。」則非由衷之談，世亦不能爲所欺也。最下則范蔚宗之「雖無嵇生琴，差有夏侯色。」則未死之際，已爲其甥所嘲，益不足言矣。

余有《論詩絶句》二十篇，中一首云：「早年壇坫各相期，江左三家識力齊。山下蘼蕪時感泣，息夫人勝夏王姬。」又辛酉年至太倉，《過吴祭酒故居》一律云：「寂寞城南土一抔，野梅零落水雲愁。生無木石填滄海，死有祠堂傍弇州。《同谷》七歌才愈老，《秣陵》一曲淚俱流。興亡忍話前朝事，江總歸來已白頭。」亦悲之也。以江總儗之，才品適合。

西施古皆以爲吴王美女，獨司馬彪《莊子注》以爲夏姬。馮夷古皆以爲河伯，獨彪注述舊説以爲吕公子之妻。狙公古皆以爲老狙及狙之長者，獨彪注以爲典狙之官。彪，魏晉間博識大儒，必有所本，非苟爲異説者。

吾鄉雲車，相傳爲隋司徒陳杲仁守城時所製，不知即古雲梯遺製也。《墨子》「公輸班爲雲梯」，《淮南兵略訓》「攻不待衝隆雲梯而城拔」，高誘注：「雲梯，可依雲而立，所以瞰敵之城中。」今吾鄉雲車，高亦與雉堞齊。惟古法以數十人推挽而前，今則以有力者一人肩之，爲不同耳。

英雄好色，奸雄反可以不好色。英雄好色者，所謂不修小節，如闗長生之欲娶秦宜禄妻，李西平之欲挈西川妓歸，及郭汾陽、韓蘄王、常開平等皆是也。奸雄反可以不好色者，蓋别有大志，轉不以聲色爲意，如褚淵遺侍山陰公主，備見逼迫，卒不及亂。相傳明趙文華爲諸生時，館一富家，其夫已殁，妻甚少，慕趙風格，夜半叩門，趙詢知爲主人妻，堅不啓，明早託故辭館出，不與人言也。後淵轉以此爲世主所重，趙亦以此爲里鄙所推。安知二人不即以此爲盜名地耶？若王莽之買婢，詐云贈後將軍朱子元；隋煬之屏斥姬侍，獨與蕭后共處，則又強制之力，不久即敗露也。

郭象《莊子注》「是猶對牛鼓簧耳」，今人云「對牛彈琴」，或本於此。

「亡息肯矜紅粉豔，避秦衹覺白衣尊。」從舅氏蔣侍御和甯少日《詠白桃花》詩也。「春風似翦頻頻削，秋露如珠不敢零。」舅氏《詠方竹》詩也。均有巧思。

瓜州東北，七十年前又漲一新洲，長廣四十里，土人名翠屏洲。洲上桃花極多，三月中，在焦公山望之，爛若錦繡，故又名桃花洲。王秀才豫，洲上詩人也，曾乞余作《桃花洲歌》。秀才與阮侍郎元、秦京兆瀛交最密，所著《種竹軒詩集》，京兆爲之序。

今人以九江郡西琵琶洲，謂得名於白傅爲江州司馬時聽商婦琵琶於此，因號琵琶洲。不知非也。《水經注·江水》下：「江水東逕琵琶山南，山下有琵琶灣。」考其道里，正在潯陽境内，則琵琶之名久矣。

北江詩話卷四

詩人不可無品，至大節所在，更不可虧。杜工部、韓吏部、白少傅、司空工部、韓兵部，上矣。李太白之於永王璘，已難爲諱。又次則王摩詰，再次則柳子厚、劉夢得，又次則元微之，最下則鄭廣文。若宋之問、沈佺期，尚不在此數。至王、楊、盧、駱及崔國輔、温飛卿等，不過輕薄之尤，喪檢則有之，失節則未也。

昨歲遊廬山，憩於同年九江太守方君體官廨數日，廨後即庾公樓，太守以柱榜見屬，余爲篆一聯云：「半壁江山真劇郡，一樓風月幾傳人。」太守首肯，然頗嫌「劇郡」二字非古，余舉《三國志·王觀傳》示之，明帝即位，下詔書，使郡縣條爲劇、中、平，時觀爲涿郡守，遂上言以涿郡爲外劇。始折服也。唐楊倞《荀子注》云：「劇，囂煩也。」是魏時之劇、中、平，即今之衝煩疲難所本。

今楷書之匀圓豐滿者，謂之「館閣體」，類皆千手雷同。乾隆中葉後，四庫館開，而其風益盛。然此體唐宋已有之，段成式《酉陽雜俎·詭習》內有「有官楷，手書」。沈括《筆談》云：「三館楷書，不可謂不精不麗，求其佳處，到死無一筆」是矣。竊以謂此種楷法，在書手則可，士大夫亦從而傚之，何耶？本朝若沈文恪、姜西溟諸人之在聖祖時，查詹事、汪中允、陳奕禧之在世宗時，張文敏、汪文端之在高宗時，庶幾卓爾不羣矣。至若梁文定、彭文勤之楷法，則又昔人所云「堆墨」書也。

本朝册封使至安南、琉球等國，海船中例載漆棺，以備不虞。棺上必釘銀牌十數枚，鎸曰天使某人之柩。蓋預防危險時，天使即朝衣冠卧棺内，至船將覆，則棺外已施釘，令其隨流漂没，海船過而見之，或鉤取上船，至内地則告於有司，以還其家。必釘銀牌者，所以犒水手，無此，則恐見亦不撩取也。然事亦有所本。宋天聖中，御史知雜事，章頻使遼，死於虜中，虜中無棺櫬，至范陽方斂。自是遼人常造數漆棺，以銀飾之，每有使人入境，則載以隨行，至今爲例。事亦見《筆談》。

昔人笑馮道「忘携《兔園册子》來」。然《兔園册子》，畢竟是唐及五代時習尚。若今日之習尚，吾見其龍頭雜事而已矣。又考《兔園册子》雖不傳，大要是類書之淺近者，雖不及歐陽詢、虞世南、徐堅之詳審，要亦其次也。蓋初唐人撰集，定無不舉來歷，匙自作聰明之弊，勝今日之《錦字箋》、《廣事類賦》遠矣。唐人及北宋人著書，皆有法度，故白《六帖》既遠勝孔《六帖》，《廣事類賦》去吳淑《事類賦》則又不可道里計矣。

唐宋詩人，永年者殊少。杜甫年五十九，李白年六十餘，王維年六十一，韓愈年五十七。《孟浩然傳》云：「年四十始遊京師，張九齡、王維雅稱道之。」今考張九齡以開元二十一年十二月作相，王維始從濟州參軍擢右拾遺，是浩然遊京師當在開元二十二年以後，至開元末，浩然已卒，是年亦不出五十。《高適傳》言五十始爲詩，其卒在永泰元年，年當在七十左右。白居易年七十五，宋歐陽修、王安石、蘇軾皆六十六。至南宋則詩人老壽者多，陸務觀年八十六，楊廷秀年八十三，范成大年七十，尤袤年七十。

袁大令枚，自作《生輓》詩，雖極曠達，然尚不如豸青山人李鍇二語，蓋其胸次之高，悟道之早，又非大令所能及。其句云：「定知無物還天地，何不將身占水雲？」

余家藏古鏡極多，海馬蒲桃至十餘面，相傳皆漢時物也。六朝鏡亦四、五，内有二面，形質極薄，而雕鏤甚工，疑皆宫禁中所用殉葬。其一背銘云：「天上見長，心思君王。」一背銘云：「久不見，侍前稀，君行卒，我安歸？」篆法工整，語亦悽豔。余在貴州，曾以「天上見長鏡」作消寒會詩題，亦曾以課多士。

倪進士模，居望江之大雷岸。余遊匡山回，阻風華陽鎮，因徒步二十里訪之。其讀書草堂距家三里，正面建德諸山，屋旁即雷港也。余以二水山房顔之。草堂後，小閣七間，積書至五萬卷，金石千餘卷。平生嗜古錢，撰《泉譜》四卷，極爲精審。時阻雨，留三宿乃去。談次，出其《懷人詩》三十首，乞爲點定。詩非所長，蓋學人之餘事耳。

趙州師道南，今望江令師範之子也。生有異才，年未三十卒。其遺詩名《天愚集》，頗有新意。五言如「海霞明雁路，松日淡僧衣」，「一庭如野闊，雙鶴並人長」，均係未經人道者。時趙州有怪鼠，白日入人家，即伏地嘔血死，人染其氣，亦無不立殞者。道南賦《鼠死行》一篇，奇險怪偉，爲集中之冠。不數日，道南亦即以怪鼠死。奇矣。

九江府署後距城，有樓三楹，人傳爲晋庾亮與殷浩等登眺之所。不知非也。亮鎮荆州時，治所實在今湖北武昌縣，土人名爲小武昌，以别於今武昌府。在江之北，樓正面江，故名南樓。若九江府在江南，有樓面江，乃北樓耳，何得云亮與浩等所登乎？余同年方太守體，以爲亮弟翼鎮江州時所築樓，近之。余有《庾樓詩》一篇云：「吴楚山川此上游，兹樓剛對武昌樓。南來傑閣推章郡，東下雄藩是石頭。頻歲舳艫趨海道，全家棣萼領江州。憑闌一望真無際，千點飛帆雜渚鷗。」蓋訂向來之誤也。《文選注》以此爲湓口南樓。

廬山甲於東南，然最勝者則文殊臺之陗，佛手巖之奇，黄龍寺之古樹，開元寺之飛瀑，可稱四絶。

楊兵備煒，少余三歲，與其從兄大令倫，皆童年舊交也。以戊戌庶常起家，官至南昌太守。公事去官，復緣衡工例，需次道員，今已發廣東，到日即署肇羅道矣。其《自嘲》一首，余極愛其頸聯云：「舊叨甲第登瀛選，新署頭銜納粟官。」洵紀實也。

章炯，績溪人，詩酷嗜昌谷，己所作亦有神似者，如「娉婷鬼女夜行役，漆燈照見雙履跡。土花蝕面不分明，猶帶生前小桃色。」年甫三十卒，信乎其爲「鬼才」也！

江上舍藩，寓居江都，實旌德人也。爲惠定宇徵君再傳弟子，學有師法。作小詩亦工，其《過畢弇山宫保墓道》詩曰：「公本愛才勤説項，我因自好未依劉。」亦隱然自具身分。余識上舍已二十年，惜其爲飢寒所迫，學不能進也。

孟東野詩：「出門即有礙，誰謂天地寬。」非世路之窄，心地之窄也。即十字而跼天蹐地之形，已畢露紙上矣。杜牧之詩：「蓬蒿三畝居，寬於一天下。」非天下之寬，胸次之寬也。即十字而幕天席地之槩，已畢露紙上矣。一號爲「詩囚」，一目爲「詩豪」，有以哉。

「我未成名君未嫁」，同傷淪落也。「爾得老成余白首」，同悲老大也。用意不同，而寄慨則一。

馬融《西第頌》，陸游《南園記》，事甚相類。文人稱頌時宰功德，即杜工部、韓吏部亦不免，何況明吴與弼諸人乎！腕可斷，文不可作，真高人一籌者矣。

「粉白黛緑」，古人皆言「粉白黛黑」，《楚辭·大招》：「粉白黛黑，施芳澤只。」張揖、郭璞並云：「靚，粉白黛黑也。」靚與艶同。《玉篇》、《廣韻》並同：「䩰艶，青黑色。」李善《文選注》，成於唐顯慶三年，而《三都賦》皆標題云「劉淵林注」，恐係後人追改。《蜀都賦注》引《管子》曰「四民雜處」，即改「民」作「人」，豈其避太宗諱，而不避高祖諱者乎？

黔中田教諭鈞，能詩，嘗記其《題桃花源圖》一律内頸聯云：「青隴人耕無税地，紅燈兒讀未燒書。」頗有新意。乙卯八月初三日，十三府教官録科到者四人，都匀縣訓導殷象賢，南籠府訓導吴永輔，安順府訓導鄧成洛，平越府訓導冉奇瑜，試以《論語》題文一首，《秋海棠》詩八韻，吴永輔、殷象賢詩並可擅場，吴詩云：「無枝憑鳥宿，有葉庇蟲啾。」殷詩云：「浣露香彌潔，經風膩欲流。一枝酣午夢，數朵媚晴秋。」二人皆己酉拔貢生，詩筆清新，亦田教諭之亞也。

五丈原在郿縣西南，與岐山縣接界，原平如掌。余癸卯歲訪莊大令炘於郿縣，曾騎馬徧歷之。原盡處，有諸葛忠武祠三楹，以漢前將軍關神武配。祠已荒圮，余有長句記游，末云「回風蕭蕭馬蹄起，如掌原平三十里」是也。丙寅三月，余在宣城，忽有主簿郭蘭芬投謁，自云岐山人，并言縣人已重新五丈原諸葛忠武祠，乞作一詩，以刊祠壁。余爲賦一律云：「五丈原高氣杳冥，三分國勢費調停。地形縱復輪中夏，天象居然見大星。丙魏尚慙真宰相，孫曹同媿小朝廷。茫茫川阜仍如昔，渭水蒼凉太乙青。」郭，本縣學生，亦頗能詩，惜到任未半歲即卒。

僧果仲詠王昭君詩：「和戎原漢策，遣妾亦君情。」論斷平允，可以正前人「漢恩自淺胡自深」諸句之失。

贈人詩，能確切不移，則雖應世之篇，亦即可以傳世。乾隆中，宜興湯侍御先甲，以建言爲上所知，旋即擢鴻臚卿。王太守嵩高，時在揚州安定書院代山長，劉侍講星煒贈詩云：「海内共傳真御史，殿中新拜大鴻臚。」人以爲稱題。乾隆末葉，蒙古伍彌泰以西安將軍入爲協辦大學士，旋即正揆席，孫兵備星衍乞萬進士應馨代作一詩賀之，内云：「唐代中書多節度，漢家丞相即將軍。」伍讀之，亦擊節。憶乙卯冬，余以黔中使竣入都，時畢尚書沅在辰陽籌餉，邀留數日，出其所定《靈巖山館集》屬題，官移一獄，即編一集，蓋尚書自陝西、河南擢督湖廣，旋降撫山東，不久仍復舊尚書，一生愛才如命，使節所歷，五嶽又皆在部中，故余詩中一聯云：「諸生並致層霄上，五嶽分標各卷中。」前客河南撫署，亦有贈尚書詩曰：「管下名山皆有嶽，座中奇士盡談經。」時邵學士晋涵、孫兵備星衍、錢州判坫及余皆在幕中耳。

余遊大别山，日晚薄醉，歷山澗中，忽得一詩云：「朱顔壯士慘西日，白髮女史悲餘春。鬼桃初花怪鴟集，神幄半燼祆狐蹲。」此時此景不沈醉，豈待三尺蓬蒿墳！」讀之覺有鬼氣，須更以醇酒沃之。

李善注《思舊賦》，引《文士傳》云：「嵇康臨死，顔色不變，謂兄曰：『向以琴來不？』曰：『已來。』康取調之，爲《太平引》，曲成，歎息曰：『《太平引》絶於今日耶？』」又引《嵇康别傳》曰：「袁左尼嘗從吾學《廣陵散》，吾每固靳之不與，《廣陵散》於今絶矣。」據二書，則《太平引》、《廣陵散》當係二曲，康臨刑所彈者《太平引》，而又憶及《廣陵散》也。故余《詠史》詩曰：「交若不擇人，巽穢籍猖獗。《太平》與

《廣陵》，一曲一時絶。」

李善注《文選》，雖止究音訓，然亦間正文義，如江淹《恨賦》：「或有孤臣危涕，孽子墜心」，善注云：「心當云危，涕當云墜，江氏好奇，故互文以見義耳。」然實亦不然，《漢書·揚雄傳》：「猋泣雷厲」，既可云「猋泣」，即可云「危涕」，《字書》亦云：「猋，疾也。」又昔人云「心膽俱墜」，則「墜心」亦無不可。蓋江氏雖好奇，而亦無礙義訓也。

王昭君賜單于一事，《琴操》之言，最得其實。云王昭君者，齊國王襄女也，年十七，獻元帝。會單于遣使請一女子，帝謂後宮欲至單于者起。昭君喟然而歎，越席而起。乃賜單于。是昭君之行，蓋由自請。而《西京雜記》妄以爲事由毛延壽，説最鄙陋。而世俗信之，何耶？余曾有一絶正之云：「奇童請尺組，奇女請和戎。莫信無稽説，媸妍出畫工。」

莊刺史炘，余僚壻也，長余十歲，壬辰夏，始訂交於甯國試院之青雲樓。刺史博學能文，生平慕王深甯品學，輯其遺文，多至數卷，亦可見其勤矣。尤篤于友誼，余遣戍道出邠州，刺史正官其地，固留二日，瀕行稱貸贈贐。余到戍百日，曾兩得刺史書，以文與可戒蘇和仲詩相勗，所謂「北客若來休問訊，西湖雖好莫題詩」是也。余至今感之。今歲客宛陵，偶登祐聖閣，望青雲樓，有懷刺史一律云：「五千里外談遊迹，三十年來歎離羣。」即指訂交之始言之。

余在黔中，與彭廷棟、花連布兩軍門交最厚，後二君皆進勦銅仁苗匪，先後死國事。彭死正大營，而花之死尤烈，其諭祭碑文，余在翰林時所製，叙死節事頗詳，亦藉以報知己也。平時飲量尤洪，至數斗不亂。在軍營時，余曾作《平苗凱歌十章》寄福文襄相國，内一首云：「出險方看建鼓旗，居然絳灌列偏裨。前軍早報花連市，已解長圍八永綏。」其才勇可知。

唐韓翃詩：「日暮漢宮傳蠟燭」，然燭之用蠟，究不知起於何時？《楚辭》云：「蘭膏明燭，華容備些。」《文子》曰：「膏燭以明自銷。」《史記》曰：「始皇冢中，以人魚膏爲燭。」是古燭炬之外，或亦以膏爲之，亦稱爲脂燭是矣。桓譚《新論》：「燈中脂炷，燋秃將滅。」徐廣曰：「人魚似鮎，四足。」《正義》引《異物志》云：「人魚似人形，長尺餘，始皇冢中以人魚膏爲燭，即此。」大抵古人之燭，或用麻，或用木蓼，或用胡麻，或用脂膏，並無所謂蠟燭。《潛夫論・遏利篇》始有「脂蠟明燈」之語。三國以後，方屢見於書。《晋書》及《世説》：石崇及石季龍皆以蠟燭炊。又《晋書・周顗傳》：顗弟嵩以蠟燭投顗。《後魏書》：世祖南伐，劉義恭獻蠟燭至。齊梁間并有詠蠟燭詩。合此數事觀之，蠟燭容起於東漢以後。詩人之詩，固不必責以考據也。《説文》亦無「蠟」字。《玉篇》、《廣韻》：「蠟，蜜滓也。」《西京雜記》雖有閩越王獻高帝蜜燭事，然雜記所言，本非可據。又按南粤王趙佗傳，衹言獻桂蠹一器，應劭注云：「桂蠹，中蝎蟲也。」桂蠹係可食之物，故小顔云：「此蟲食蓼，故味辛，而漬之以蜜食之。」《西京雜記》之蜜燭，蓋因桂蠹而附會耳。然亦可知蠟燭之制，必起於粤中，以其地有蜜滓也。

鍾會《遺榮賦》、潘岳《閒居賦》，似乎能不汲汲於仕宦矣。然實皆中躁而外恬，心競而迹讓，非僅不能欺人，亦並不能自欺也。

「采菊東籬下，悠然見南山。」忘世之侣，其天機活潑如此。即《陳風》詩人「衡門之下，可以棲遲」之遺意也。「南登霸陵岸，回首望長安。」憫時之儔，其情致纏綿若此。即《周南》詩人「陟彼高岡，我馬玄黄」之遺意也。余故謂魏、晋人詩，去《三百篇》未遠。

牛、女七月七夕相會，雖始見於《風俗通》。至曹植《九詠》注，始明言牵牛爲夫，織女爲婦。自此以後，遂皆以爲口實矣。近時沈文慤德潛《七夕感事》一篇，極自然，亦極大方，其一聯云：「只有生離無死別，果然天上勝人間。」蓋沈時悼亡期近故也。近時七夕詩，遂無有過此者。即沈全集中詩，亦無過此二語者。

今人云：凡食鼈者，不得復食莧。蓋莧能生鼈，二者同食，恐於腹中作蠱耳。古食禁方即有之，《淮南・畢萬術》亦云：「青泥殺鼈，得莧復生」可證。又《畢萬術》云：「燒黿致鼈」，許慎注云：「取黿燒之，鼈自至」，試之亦殊驗。

余友黄文學肇書，平生事事謹飭，即作家書寄兒子，亦必閉門具草，竟日方竣。其生徒常笑之。然作家書本最難，魏文帝《典論》亦引里語曰：「汝無自譽，觀汝作家書。」余嘗以此觀親戚朋友，其家書之簡净明晰、詞約而理足者，必善爲文者也。

詩各有所長，即唐宋大家，亦不能諸體並美。每見今之工律詩者，必强爲歌行古詩以掩其短，其工古體者亦然。是謂舍其所長，用其所短。心未嘗不欲突過名家、大家，而卒至於不能成家者，此也。

高青邱詩，高華而未沈實，則年限之也。李空同詩，蒼莽而未變化，則意氣之虚憍害之也。大抵兩家詩不可以觀全集，唯膾炙人口者佳耳。

詩人所遊覽之地，與詩境相肖者，惟大、小謝。温、台諸山，雄奇深厚，大謝詩境似之。宣、歙諸山，清遠綿渺，小謝詩境似之。

遊山詩，能以一二句檃括一山者最寡。孟東野《南山》詩云：「南山塞天地，日月石上生。」可云善狀終南山矣。近日畢尚書沅《登華山》云：「三峰三霄通，一嶽一石作。」余丙午歲《遊嵩高山》云：「四面各萬里，玆山天當中。」或庶幾可步武東野。

顧甯人詩有金石氣，吴野人詩有薑桂氣，同時名輩雖多，皆未能臻此境也。

王文簡之學古人也，略得其神，而不能遺貌。沈文愨之學古人也，全師其貌，而先已遺神。

用前人名句入詩，仿於元遺山，而成於王文簡。然必不得已，則用其全句可也。若王文簡用杜詩「意象慘淡經營中」，而必改末一字爲「成」字，非湊韻，則直欲掩其迹耳。點金成鐵，其能爲文簡解乎！

詩可以作可以不作，則不作可也。陸劍南六十年間萬首詩，吾以爲貽誤後人不少。

吾鄉「六逸」詩，惟楊起文宗發天分最高，故所爲詩，亦度越流輩。録其《春日飲友人花下》云：「桃花已紅顔，李花已白首。鮑家復值湯惠休，千載風流一杯酒。緑煙滿堂吹不開，明月欲去花徘徊。人間到底不能別，除是襄陽醉裹回。」無意學太白，而神致似之。

「言爲心聲」，固也。然必謂製危苦之詞者，所遇必窘阨；作吉祥之語者，處境必豐腴。則亦不然。吾鄉楊孝廉印曾及猶子上舍敦復，一生喜作金華殿中語，然孝廉一第後，即客死於外；上舍則垂老不遇，並不免飢寒。則又事之不可解者。

劉明經大猷，工制舉業，窮老不遇而卒，人不知其能詩也。嘗讀其《臨安懷古》二十截句，多未經人道語，如《岳忠武墓》云：「地下若逢于少保，南朝天子竟生還。」可云警策。

凡作一事，古人皆務實，今人皆務名。即如繪畫家，唐以前無不繪故事，所以著勸懲而昭美惡，意至善也。自董、巨、荆、關出，而始以山水爲工矣。降至倪、黄，而并以筆墨超脱，擺脱畦徑爲工矣。求其能繪故事者，十不得三四也。而人又皆鄙之，以爲不能與工山水者並論。豈非久久而離其宗乎？即詩何獨不然。魏晋以前，除友朋答贈，山水眺遊外，亦皆喜詠事實，如《古詩爲焦仲卿妻作》以迄諸葛亮《梁父吟》、曹植《三良詩》等是矣。至唐以後，而始有偶成漫興之詩，連篇接牘，有至累十累百不止者，此與繪事家之工山水何異？縱極天下之工，能借之以垂勸戒否耶？是則觀於詩畫兩門，而古今之升降可知矣。

錢閣學載《詠丁香》詩云：「曉風纓絡索垂地，細雨玲瓏玉倚天。」頗極體物之工。

詠物詩有實賦者，近人《詠臙脂》云：「南朝有井君王入，北地無山婦女愁」等是也。有虚摩者，全椒張明經龍光應試《詠艾人》云：「抱病七年嘗憶爾，多情五日又逢君」等皆是。

或曰：今之稱詩者衆矣，當具何手眼觀之？余曰：除二種詩不看，詩即少矣。假王、孟詩不看，假蘇詩不看是也。何則？今之心地明了而邊幅稍狹者，必學假王、孟；質性開敏而才氣稍裕者，必學假蘇詩。若言詩能不犯此二者，則必另具手眼，自寫性情矣。是又余所急欲觀者也。

詩有俚語而可傳者，江甯燕秀才山南句云：「神仙怪底飛行速，天上程途不拐彎」。思之却有至理。

嚴侍讀長明詩，致清遠善，能借古人意境轉進一層，記其在《秦中消寒四集同詠蠟梅》句云：「幾時過小雪，一樹恰斜陽。」可云工巧。然生平不能造意造句，是以尚難方駕古人。

吾友孫君星衍，工六書篆籀之學，其爲詩似青蓮、昌谷，亦足絶人。然性情甚僻，其客陝西巡撫畢公使署也，嘗眷一伶郭芍藥者，固留之宿，至夜半，伶忽啼泣求歸，時戟轅已鎖，孫不得已，接長梯百尺，自高垣度過之，爲邏者所獲，白於節使，節使詢知其故，急命釋之，若惟恐孫之知也。後酒間淩肆益甚，同幕者不勝其忿，爲公檄逐之。檄中有「目無前輩，凌轢同人」諸語，節使見而手裂之，更延孫别館，有加禮焉。時程編修晉芳，以貧病乞假詣西安，節使虚上室迎之，未數日即病，節使率姬侍爲料理湯藥，不歸寢者旬日。及卒，凡附身附棺之具，節使及余輩皆躬親之，不假手僕隸也。一日兩舉哀，官吏來弔者，竟忘程爲客死矣。櫬歸日，復以三千金恤其遺孤。時言舍人朝標投節使一詩曰：「任昉全家欣有託，禰衡一箇儘容狂。」洵實録也。孫後以乾隆丁未第二人及第，自編修改部，今官山東督糧道。

謝玄暉有《之宣城出新林浦向板橋詩》，宣城圖經及方志、藝文載此詩，土人遂以今城東十里新林浦板橋當之，不知非也。景定《建康志》：「板橋在江甯縣城南三十里，新林橋在城西南十五里。」《金陵故事》：「晉伐吴，丞相張悌死之。悌家在板橋西。」《揚州記》：「金陵南沿江有新林橋，即梁武帝敗齊師之處。」新林、板橋皆沿江津渡之所，玄暉自都下赴宣城，故先經新林，後向板橋也。詩首二句即云「江路西南永，歸舟東北騖」是矣。若今宣城東新林浦板橋，距江甚遠，何得云「天際歸舟」「雲中江樹」乎？圖經、方志誤認「之宣城」三字，即以爲二地皆在宣城。非也。李太白詩：「獨酌板橋浦，古人誰可徵？玄暉難再得，灑酒氣填膺。」即指謝此詩而言。

揚州舊城有文選樓，土人相傳，以爲梁昭明撰《文選》之處。不知非也。昭明未嘗至揚州，蓋實隋曹憲注《文選》之樓。李善即憲弟子，亦州人也。余曾有詩正之曰：「隋唐開選學，曹李足名家。一代人材盛，兹樓歲月賒。户通金屈戌，城傍玉鉤斜。借問今時彦，何人擅五車？」

北江詩話卷五

李太白詩，不特天才卓越，即引用故實，亦皆領異標新，如「蓬萊文章建安骨」。《後漢書·竇章傳》：「是時學者稱東觀爲老氏藏室，道家蓬萊山鄧康，遂薦章入東觀爲校書郎。」是白所言「蓬萊文章」，即東觀文章也。《俠客行》「鄲邯先震驚」，邯鄲，古未有倒言「鄲邯」者，然張宴《漢書注》：「邯山在邯鄲縣東城下。單，盡也。」是「鄲邯先震驚」爲盡邯山之地皆震驚耳。白詩不肯作常語如此。他若《行路難》《上雲樂》等樂府，皆非讀破萬卷者，不能爲也。

乾隆中葉以後，士大夫之詩，世共推袁、王、蔣、趙矣。然其詩雖各有所長，亦各有流弊。好之者或謂突過前哲，而不滿之者又皆退有後言。平心論之，四家之傳，及傳之久與否，亦均未可定。若不屑於傳與不傳，而決其必可不朽者，其爲錢、施、錢、任乎！宗伯載之詩精深，太僕朝幹之詩古茂，通副澧之詩高超，侍御大椿之詩凄麗，其故當又求之於性情、學識、品格之間，非可以一篇一句之工拙定論也。今四家俱在，試合袁、蔣等四家並觀之，吾知必有以鄙言爲然者矣。太僕詩，以四言五言爲最，次則歌行，即近體亦別出杼軸，迥不猶人。讀其詩可以知其品也。五言《哭亡婦》云：「白水貧家味，紅羅舊日衣。」七言《志感》云：「委蛇歲月羞言禄，寂寞功名稱不才。」何婉而多風若此！侍御於三《禮》最深，所著《深衣考》等，禮家皆奉爲矩度。故其詩亦長於考證，集中金石及題畫諸長篇是也。然終不以學問掩其性情，故詩人、學人，可以並擅其美。猶記其《送友》一聯云：「無言便是别時淚，小坐强於去後書。」情至之語，余時時喜誦之。

本朝文教覃敷，即異域人，亦皆工於聲律。余嘗見滇中土司李鴻齡詩，幾欲俯首至地。鴻齡雖寄居蒙自，實緬甸國人。五言歌行，實有奇趣，近體則倜儻風流，幾欲合方城、玉谿爲一手，與粤東之黎洵可稱勁敵，誰謂九州之外六經之表無奇傑儁偉之士乎？

余嘗讀《魏書·崔浩傳》，而歎其學識迥非代朔諸臣所能冀及。然至於殊死者，史家以爲非毁佛法所致。豈其然哉？蓋其人事事欲見己之長，遂事事欲形人之短耳。其論王猛、慕容恪、劉裕，可云當矣，余則以此論浩，曰：「若崔浩之達識，魏太武之荀彧也。以浩觀之，而高允爲不可及矣。余嘗有《詠史樂府》論浩、允云：「臣才區區勞獎識，清河司徒臣不及。」蓋謂此也。

近時詩之能學盧玉川者，無過江甯周幔亭，有《詠僕夢魇》詩云：「被我一聲嗷，跌碎夢滿地。」可謂奇而入理矣。次則上虞張上舍鳳翔，其《詠西瓜燈》云：「藍團盧杞臉，醉剜月支頭。」

杜工部詩：「赤岸水與銀河通」，前人即以在今江甯六合縣者當之。郭璞《江賦》所云「鼓洪濤於赤岸」，李善《文選注》：「赤岸在廣陵輿縣」是也。余以爲雖詩人放筆所及，固不可以道里繩之，然地勢畢竟太迥遠。《水經注·河水》下引《孝經援神契》曰：「河者，上應天漢。」《西京雜記》亦有「河水上通天河」之説。則此赤岸當以在黄河者爲是。今考《水經注》：「大河又東逕赤岸北，即河夾岸。」下引《秦州記》：「枹罕有河夾岸，岸廣四十丈」云云，是赤岸在枹罕縣矣。上距河源甚近，當即工部詩所云「與銀河通」者也。

詩奇而入理，乃謂之奇。若奇而不入理，非奇也。盧玉川、李昌谷之詩，可云奇而不入理者矣。詩之奇而入理者，其惟岑嘉州乎！如《遊終南山》詩：「雷聲傍太白，雨在八九峰。東望紫閣雲，西入白閣松。」余嘗以乙巳春夏之際，獨遊南山紫、白二閣，遇急雨，回憩草堂寺，時原空如沸，山勢欲頹，急雨劈門，怒雷奔谷，而後知岑詩之奇矣。又嘗以己未冬杪，謫戍出關，祁連雪山，日在馬首，又晝夜行戈壁中，沙石嚇人，没及髁膝，而後知岑詩「一川碎石大如斗，隨風滿地石亂走」之奇而實確也。大抵讀古人之詩，又必身親其地，身歷其險，而後知心驚魄動者，實由於耳聞目見得之，非妄語也。

《北史·盧思道傳》：「年十六，中山劉松爲人作碑銘，以示思道，思道讀之，多所不解，乃感激讀書，師事河間邢子才。後復爲文示松，松不能甚解。乃喟然歎曰：『學之有益，豈徒然哉！』」余嘗有詩曰：「劉松製碑銘，思道難了了。思道既讀書，爲文松不曉。信知學益人，飢者待之飽。明明愚與智，一日互顛倒。詞章尚如此，何況窮理道，百事且勿營，扃門讀書蚤。」觀思道之言，而益知孫搴之妄矣。《李謐傳》：「少師事孔璠，數年後，璠還就謐請業。」與此同。

體物之工，後人有未及前人者。即如漢、唐以來，詠蘭詩亦至多矣，而《楚辭·九歌》以二語括之，曰「緑葉兮素枝，芳菲菲兮襲予。」祇八字，而色、香、味並到。詠橘詩亦多矣，而《九章》之《橘頌》，以十四字括之，曰「曾枝剡棘，圓果摶兮；青黄雜糅，文章爛兮」！祇四語，而枝、葉、蒂、幹、花、實、形狀、采色並出。後人從何處著筆耶？

《唐書·白居易傳》：「嘗與胡杲、吉皎、鄭據、劉真、盧貞、張渾、狄兼謩、盧貞燕集，皆高年不仕者，人慕之，繪爲《九老圖》。」按居易集中，亦歷述九人官爵、里居、姓字，以年齒爲序，蓋事實仿於後魏中書令高允之《徵士頌》，歷載中書侍郎固安侯范陽盧元子真等三十四人而各係以頌，其前後當亦以年爲次。吾鄉莊氏南華九老會，其附入者，又二十一人。石門君之孫徵君宇逵，亦各爲頌以繫之，亦仿允之例也。余曾爲作序，見集中。

杜工部之在嚴鄭公幕府也，所作詩與鄭公不同。杜牧之之在牛奇章幕府也，所作詩與奇章公不同。歐陽文忠公之在錢思公幕府也，思公學「西崑」，而文忠則學杜。陸渭南之在范石湖幕府也，石湖主清新，而渭南則主沈鬱。故能各自名家，并拔戟自成一隊。即明沈明臣、徐渭之在湖梅林幕府，梅林雖不作詩，然二君亦皆能各極所長。雖督府嚴重，尚各有脱略儀檢，不可一世之槩。惟吾鄉邵山人長蘅，初所作詩，既描摩盛唐，苦無獨到，及一入宋商邱幕府，則又亦步亦趨，不能守其故我矣。人或以其名重，尚豔而稱之。吾以爲其品既不及前脩，則其詩亦更容論定也。

唐杜光庭爲道士撰集諸道經，多以己説參之，俗語稱「杜撰」，或以爲即始於此。非也。《顏氏家訓·雜藝》篇：「江南閭里間有《畫書賦》，乃陶隱居弟子杜道士所爲，其人未甚識字，輕爲軌則，託名貴師，世俗傳信，後生頗爲所誤。」考林罕《字源偏旁小説序》：「又作《隸書賦》云，假託許慎，頗乖經據。實則陶先生弟子杜道士所爲，大誤時俗，吾家子孫，不得收寫」云云。余意「杜撰」二字，蓋出於此。然兩人皆姓杜，又同爲道士，又皆工作僞，可怪也。余嘗有《消夏十絶》，其一云：「有鵝欲换書，甯取羲之媚？不學兩道流，後先工作僞。」

岳陽樓望洞庭湖詩，少陵一篇尚矣。次則劉長卿「疊浪浮元氣，中流没太陽。」余以僞在孟襄陽「氣蒸雲夢澤，波撼岳陽城」二語之上。通首亦較孟詩遒勁。

余昨過錢清鎮，有閨閣詩人孫秀芬，欲執贄門下，余婉辭却之。然閲其所作中有《詠夕陽》一律，其頸聯云：「流水杳然去，亂山相向愁。」居然唐賢興到之作。余歎賞久之，以爲可以配「王曉月」也。

高麗使臣朴齊家，工詩及畫。其入貢也，慕中國士大夫每有一面輒作見懷詩一章，多至五十餘首，可謂好事矣。按，朴本吴越著姓。《東國通鑑》云：新羅景明王七年，吴越國文士朴巖投高麗，爲春部少卿。吴任臣《十國春秋·吴越武肅王世家》亦云：天寶十六年，我國文士朴巖之裔。自唐末至今已八九百年，尚爲其國文學侍從之臣，世澤可云長矣。

文宋瑞有《己卯十月一日至燕》詩：「黄粱得失俱成幻，五十年前元未生。」蓋是時信國正五十也。與阿文成《五十自壽》詩「四十九年前一日，世間原未有斯人」，二公之詩，不謀適合。均不愧英奇本色。李昌谷「酒酣喝月使倒行」，語奇矣，而理解不足。若宋遺民鄭所南「翻海洗青天」句，則語至奇而理亦至足，遂爲古今奇語之冠。

陳明經增，海甯人，束髮即有詩名。然屢試不第，人以「三十老明經」目之。余識之於江陰官廨，出近作就正，因決其必當遠到。其詩尤工七言，如《襍興》云：「未開桃李村無色，來話桑麻客有情。」《齋居》云：「騎月雨從春後積，出山雲在樹頭濃。」《閨意》云：「紅樓日晚愁多少，翠被春寒夢有無？」《牡丹》云：「一尺梳鬟争玉面，千金論價買春風。」其《詩箴》十六篇，學司空表聖體，亦有新意。

年家子管學洛，工制舉業，四十不售，遂入貲爲郎。然詩與詞皆工，實爲後來之秀。記其《雨中牡丹》四絶末一首云：「小窗燈影照無眠，簷漏聲聲欲曙天。更比落紅還可惜，倚闌人不似當年。」可云丰神絶世。其《賀新凉》詞中數語云：「恨不奮身千載上，趁古人未説吾先説。」亦有新意。

唐有兩李龜年。一在僖宗時，見《五代史・南詔蠻》下，云「僖宗幸蜀，募能使南詔者，得宗室子李龜年」云云。是李龜年又唐之宗室也。

詩之遇合，有得之於柱帖者。吾鄉錢侍講名世，未遇時，留滯京邸，歲除，幾無以爲生。時新城王文簡官刑部尚書，素好士，錢不得已，以春帖子干之云：「尚書天北斗，司寇魯東家。」文簡大契之，周邺甚至，并爲延譽。錢不久遂登上第。

乾隆間，丹徒鮑山人皋，旅客維揚，時博陵尹少宰會一以前巡撫視鹺邗上，方抵任，商人浼山人爲聽事柱聯，山人書十六字云：「淮海維揚，貢金三品。文武吉甫，爲憲萬邦。」少宰一見，賞歎欲絶，知爲山人所作，遂延入爲上客。山人一生温飽，皆十六字之力也。

徐凝《廬山瀑布》詩：「終古長如匹練飛，一條界破青山色。」東坡以爲惡詩，是矣。然東坡詩如「嶺上晴雲破絮帽，樹頭日挂銅鉦」諸聯，獨非惡詩乎？且非獨此也，銅鉦又屬凑韻。嘗有友人子以詩見示，筆甚清脆，卷中忽以銅鉦二字代曉日，予曾諭之曰：「東坡此種，最不可學，今用庚字韻，故曰銅鉦。若元字韻，則必曰銅盆，寒字韻，則必曰銅盤，歌字韻，則必曰銅鍋矣。」坐客皆失笑。韓退之「縞帶銀杯」，亦同此類。

里中楊氏，自前明至國朝，科第不絶。土人傳爲「旗竿里楊氏」是也。其子弟會文之所曰騰光館，饒有泉石之勝。凡外人預斯會，得雋者又數十人。余童年亦預焉。然楊氏子弟工制藝者極多，若以詩名者，惟上舍元錫爲最。所著有《攬煇閣集》，歌行尤擅場，五、七言律詩亦豪宕自喜，五言如「狂名千載後，心事一杯中」，「幾人能小住，終歲爲誰忙」？「萬瓦露華白，一窗燈影紅」；七言如「論才直欲兒文舉，駡坐猶能弟灌夫」，「雲泥可隔交終淺，蕉鹿相尋夢或真」；《屋漏墻圮》云「難使壁如司馬立，竟無垣與段干踰」。皆戛戛獨造，非尋行數墨者所能到也。

秋試揭曉，順天、江南類皆在重九前後。揚州申副憲瀫，官京師日，重九日同人集墨窑廠登高賦詩云：「古來重九西風冷，明日長安落葉多。」蓋是年以初十日揭曉也。人傳誦以爲工。今歲余偶在里中，重九前同人日日讌集，聞江甯當以初七日揭曉，亦賦一詩云：「回風已墮千林葉，冒雨誰登九日樓？」皆借落葉以喻報罷之人。惟此回揭曉在重九前，情事又不同耳。

余督學貴州日，曾兩值鄉試，甲寅、乙卯是也。先期即拔取十三府諸生之能文者，聚貴山書院中。院中生徒有額缺，余捐廉俸，爲廣額數十名。科歲兩試，皆先期於五月前抵省。五月一日試諸生，頭場準例《四書》文三首，詩八韻，以一日夜爲限，二、三場亦然。余亦宿書院中，俟諸生交卷畢始歸。六月一日，則試二場。七月一日，則試三場。時總憲馮公光熊，方撫黔中，與余尤相契，每書院扃試日，亦分派文武員弁巡邏，以防傳遞。余又苦黔中無書，先令人於江浙購買《十四經》、《二十二史》、《資治通鑑》、《通典》、《通考》以及《文選》、《文苑英華》、《玉海》等書，貯書院中，令諸生尋誦博覽。試三場日，并明諭諸生曰：「所問策皆在此數部中。諸生能各尋原委，條析以對，即屬佳士。不必束書不觀也。」後張吉士本枝、胡吏部萬青等會試皆以對策獲雋，即其效矣。貴州中額祇四十名，甲寅科肆業書院者中至二十四名，乙卯科復中至二十七名，可云多矣。任滿日，督撫例以學臣賢否具摺入奏，時督臣爲大學士福康安，撫臣即總憲，即以此具奏，爲學臣課士之效。丙辰召見時，復蒙純皇帝垂詢及之，亦異數也。試後，余輒令院中生徒，録闈藝送署中，爲决去取，頗復不爽。乙卯歲，銅仁苗匪滋事，督、撫並在軍營代辦，監臨者爲鍾祥賀方伯長庚，是科余决院中生徒中式者當有八人，填榜日自第六名起，至四十名止，所擬者僅得五人。方伯好立異同，不待填榜，竟即笑向余曰：「使者此次决科，當有一二名遺漏矣。」余亦笑應之曰：「且待填畢再議。」及書五魁竟，則黄生鶴魁多士，張生本枝第二，胡生萬青第四，八人者竟無一不售。方伯忽大驚曰：「何術之神若此？」余曰：「此易曉耳。順天、江、浙大省，積卷至萬餘，可中可不中之卷又多，故難預定。若貴州則入試者僅三千人，其科歲試皆在三名以前者，平日能文可知。所懼者八韻詩，五道策，或抬頭不諳禁例，及有平仄失粘等病耳。余皆束之於書院中，一月數課，課藝成，皆面指其得失。則以上諸病，漸可以除。闈藝又復過人，甯有不售之理耶？」諸公皆悦服而散。

古詩「青青河畔草」一篇，連用疊字，蓋本於《離騷·九章》之《悲回風》。《離騷》以後，學《騷》者宋玉、賈誼、東方朔、嚴忌、王褒、劉向、王逸等若干人，而皆不及《騷》，以絶調難學也。陶淵明以後，學陶者韋應物、柳宗元以迄蘇軾、陳無己等若干人，而皆不及陶，亦以絶調難學也。庾信《哀江南賦》，無意學《騷》，亦無一類《騷》，而轉似《騷》。王維、裴迪《輞川》諸作，元結《舂陵》篇及《浯溪》等詩，無意學陶，亦無一類陶，而轉似陶。則又當於神明中求之耳。

《説苑》：「鄂君乘青翰之舟，下鄂渚，浮洞庭，榜人擁楫而歌，鄂君舉繡被而覆之」云云。此鄂君當亦以封於鄂得名。按《史記·楚世家》：「熊渠伐庸揚粤至於鄂，乃立其中子紅爲鄂王。」《世家》蓋據《世本》，是鄂之名已久。即《楚辭》「乘鄂渚而反顧」，亦當在鄂君之前。而地理書乃云鄂渚以鄂君得名，其誤已不足辯矣。余戊辰年江行，曾有一絶正之曰：「《楚詞》鄂渚由來舊，轉説嘉名肇鄂君。一等荒唐不須述，朝爲行雨暮行雲。」

江夏縣有邵陵王廟，祀梁邵陵王綸，香火尚盛。余亦以詩正之云：「一間茅屋荆昭廟，却有層臺祀此王。不敢更將碑石讀，傷心韋粲死青塘。」

自黄州至漢陽，江岸南北，名山極多。然山名大半起唐宋時，非《禹貢》山川及《漢書·地理志》等之舊也。如大別、小別等山，誤始於唐李吉甫；内方山、壺頭山、烏陵峰等，誤始於宋樂史；漢川之赤壁山，誤亦始於吉甫；黄岡縣之赤壁山，本名赤鼻山，誤始於宋蘇軾。他若武昌縣亦有西塞山，通城縣有雞籠山，皆非舊地。蓋辯之不勝辯矣。大別、小別等考，在文集中。江行抵黄州，亦有一絶云：「坡老尚難知赤壁，路人更莫指烏林。惟餘鮑照書臺在，風月千年是賞心。」蓋謂此也。

劉長卿，開、寶進士，《全唐詩》編在李、杜以前，蓋計其年代，實與王、孟同時。然詩體格既殊，用意亦迴别。前人以長卿冠「大曆十子」，蓋以詩境而論，實異於開、寶諸公耳。即如同一謫官也，摩詰則云：「執政方持法，明君無此心。」不特善則歸君，亦可云婉而多風矣。若文房之《將赴嶺外留題蕭寺遠公院》則直云：「此去播遷明主意，白雲何事欲相留？」殊傷於婞直也。孟浩然之「不才明主棄」，亦同此病，宜其見斥於盛世哉。劉、孟之不及王，亦以此。

有心作衰颯之詩，白香山是也。如「行年三十九，歲暮日斜時。」夫年始「三十九」，何便至「歲暮日斜」？此有心作衰颯之詩也。若無心作衰颯之詩，則亦非佳兆，如顧况之「老夫年七十，不作多時别」，柳宗元之「從此憂來非一事，豈容華髮待流年」等詩是矣。余友黄君仲則，方盛年，忽作一詩云：「茫茫來日愁如海，寄語羲和快著鞭。」余竊憂之。果及中歲而卒。余六十後，忽以不得已事，重赴漢江，將歸，同人餞於黄鶴樓江岸，以爲不更能作楚遊矣。余故反其意，作《留别》一首云：「未覺山公興便頹，殘年短景苦相催。瀕行不與仙人别，此世偏應一再來。」或亦自相慰藉之語耳。

武昌魚雖多，而味稍薄。即以鰣黄魚而論，産關以東者爲最，次則東南沿海。若武昌所産，則味鮮而實薄矣。惟槎頭縮頭鯿及鱖花，則洞庭湖者爲最，其次則武昌、黄州一帶江水中。余自九江泝流至漢陽，日市此二魚自給，飽飯後輒誦唐張志和「西塞山前白鷺飛，桃花流水鱖魚肥」一詞，爲之神往。

唐崔塗詩：「曹瞞尚不能容物，黄祖何因解愛才？」前人每以此二語爲禰正平一生定論矣。殊不知非也。知正平者，孔北海以外，惟祖一人，觀其謂「惟處士能道祖意中」語，則非不知己可知。其子又能使賦鸚鵡，則賞音復在一家是已。後正平之不得其死，實自取之。若以《春秋》誅意之法斷之，則殺正平者仍屬曹瞞，非黄祖也。曹瞞不肯居殺士之名，故送之劉表，表名列顧厨，又漢末之好名者，故又轉而至黄祖耳。即以三國鼎峙之主而論，諸毛繞涿，便以殺身，謂蜀先主能容之乎？張子布之積薪，虞仲翔之遠謫，倘歸之孫討虜，謂討虜能容之乎？是正平之殺身，本由素定，黄祖特不幸居殺正平之名耳。余前有詩云：「狂生不殺示有容，磨刀仍復及孔融。」非刻論矣。昨過鸚鵡洲有感，又賦一絶云：「一杯酹爾楚江干，雪涕臨風感萬端。不解愛才仍嫁禍，平心黄祖勝曹瞞。」願與論世者更決之。其次則杜拾遺之於嚴武，亦正平之往事也。《雲溪友議》以爲武欲殺杜甫，冠鈎於簾者三，其母徒跣救之，始免。李白之《蜀道難》，爲房琯、杜甫而作也，事雖不可盡據，然觀其贈甫詩「莫倚善題《鸚鵡賦》」一語，則已兆殺機矣。甫之得免禍，亦幸已哉。平心論之，對其子孫斥名其祖父，事本難堪，即以此殺身，亦非盡嚴武之過也。

潘安仁之斥孫秀微時，蘇子瞻之揚章惇陰事，亦皆取禍之道，不可爲法。

康熙中葉，大僚中稱詩者，王宋齊名。宋開府江南，遂有《漁洋緜津合刻》。相傳趙秋谷宫贊罷官南遊，過吴門，宋倒屣迎之，以《合刻》見貽，趙歸寓後，書一柬復宋云：「謹登《漁洋詩鈔》，《緜津詩》謹璧」。宋銜之刺骨。時王已爲大司寇，宋使中以千金貽之，欲王賦一詩作王、宋齊名之證，王貽以一絶云：「尚書北闕霜侵鬢，開府江南雪滿頭。誰識朱顔兩年少，王揚州與宋黄州。」此時不録集中，見盧運使見曾所輯《山左詩鈔》。若平心論之，趙固傷輕薄，然宋豈止不及王，亦并不及秋谷也。至吾鄉邵山人長蘅所作詩序，實係阿私所好，不足爲據。余過黄州日，憶及此事，亦曾賦詩云：「百年誰續雪堂遊？苦竹寒蘆起暮愁。畢竟後來才士少，詩名數到宋黄州。」未知諸君子以其言爲諦否？

北江詩話卷六

開、寶諸賢，七律以王右丞、李東川爲正宗。右丞之精深華妙，東川之清麗典則，皆非他人所及。然門徑始開，尚未極其變也。至大曆十才子，對偶始參以活句，盡變化錯綜之妙。如盧綸「家在夢中何日到，春來江上幾人還。」劉長卿「漢文有道恩猶薄，湘水無情弔豈知。」劉禹錫「懷舊空吟聞笛賦，到鄉翻似爛柯人。」白居易「曾犯龍鱗容不死，欲騎鶴背覓長生。」開後人多少法門。即以七律論，究當以此種爲法，不必高談崔顥之《黄鶴樓》、李白之《鳳皇臺》及杜甫之《秋興》《詠懷古跡》諸什也。若許渾、趙嘏而後，則又惟講琢句，不復有此風格矣。

七律至唐末造，惟羅昭諫最感慨蒼凉，沈鬱頓挫，實可以遠紹浣花，近儷玉溪。蓋由其人品之高，見地之卓，迥非他人所及。次則韓致堯之沈麗，司空表聖之超脱，真有念念不忘君國之思。孰云吟詠不以性情爲主哉！若吴子華之悲壯，韋端己之淒豔，則又其次也。

皮、陸詩，能寫景物而無性情，又在唐彦謙、崔塗、李山甫諸人之下。

韋端己《秦中吟》諸樂府，學白樂天而未到。《聞再幸梁洋》、《過揚州謁蔣帝廟》諸篇，學李義山、温方城而未到。然亦唐末一巨手也。

王建、張籍，以樂府名，然七律亦有人所不能及處。建之《贈閤少保》云：「問事愛知天寶日，識人皆在武皇前，」《華清宮感舊》云：「輦前月照羅衣淚，馬上風吹蠟炬灰；」籍之《贈梅處士》云：「講《易》自傳新注義，題詩不署舊官名，」《寒食内宴》云：「瑞烟深處開三殿，春雨微時引百官。」皆莊雅可誦。

《圖經》：「馮夷，華陰潼鄉里人也。服食成水仙，爲河伯。」今考王充《論衡》：「夏桀無道，費昌問馮夷」云云。是馮夷尚屬夏末時人。然《山海經》已有「馮夷之都」，則與夏時馮夷又屬兩人。地書又云：「河伯馮夷者，本吕公子之妻。」是河伯又屬女子。三人皆名馮夷，皆爲水仙，又皆作河伯，可異也。馮冰同音。

同年秦觀察維嶽，壯歲悼亡，即不置姬侍。雖官鹽筴，自奉一如諸生。詩不多作，然蹊徑迥殊，語語超脱，五言如《泊舟江岸》云：「江渚魚争釣，衡陽雁正回；」七言如《黄岡即事》云：「新茶雀舌鬭心久，舊牘蠅頭信手鈔。」他若《勘灾展賑》諸作，則又仁人之言，語語自肺腑流出者矣。

昌黎詩有奇而太過者，如《此日足可惜》一篇内「甲午憩時門，臨泉窺鬬龍」。豈此時時門復有龍鬬耶？若僅用舊事，則「窺」字易作「思」字或「憶」字爲得。

皇甫持正不長於詩，故評詩亦未甚確。即如元次山詩文，皆別成片段，而持正乃云：「次山有文章，可惋只在碎。」余頗不爲然。下云「長於指敘」，始得次山梗概。蓋持正究長於評文，不長於論詩耳。

孟東野詩，篇篇皆似古樂府，不僅《遊子吟》、《送韓愈從軍》諸首已也。即如「良人昨日去，明月又不圓」，魏晉後即無此等言語。他若昌黎《南山》詩，可云奇警極矣，而東野以二語敵之曰：「南山塞天地，日月石上生。」宜昌黎之一生低首也。次則「上天下天水，出地入地舟。」造語亦非他人所能到。高常侍之於杜浣花，賀祕監之於李謫仙，張水部之於韓昌黎，始可謂之詩文知己。即如水部《祭韓公》詩云：「獨得雄直氣，發爲古文章」。亦惟此二語，可該括韓公詩文。外若白太傅何常不傾倒昌黎，然僅云「户大嫌甜酒，才高厭小詩」而已。蓋韓、白詩派不同，故所言只如此而已。

李樊南之知杜舍人，亦非他人所及。所云「惟其有之，是以似之」也。

謫仙獨到之處，工部不能道隻字，謫仙之於工部亦然。退之獨到之處，白傅不能道隻字，退之之於白傅亦然。所謂可一不可兩也。外若沈之與宋，高之與岑，王之與孟，韋之與柳，温之與李，張、王之樂府，皮、陸之聯吟，措詞命意不同，而體格並同，所謂笙磬同音也。唐初之四傑，大曆之十子亦然。欲於李、杜、韓、白之外求獨到，則次山之在天寶，昌谷之在元和，寥寥數子而已。詩文並可獨到，則昌黎而外，惟杜牧之一人。

又有似同而實異者：燕、許並名，而燕之詩勝於許；韋、柳並名，而韋之文不如柳；温、李並名，而李之駢體文常勝於温。此又同中之異也。詩與駢體文俱工，則燕公而外，唯王、楊、盧、駱及義山五人。

杜工部、盧玉川諸人，工詩而不工文。皇甫持正、孫可之諸人，工文而不工詩。

元和、長慶以來詩人如白太傅、杜舍人，皆有節槩，非同時輩流所及。其寄情深色亦同。余昨有《題琵琶亭》二絶云：「兒女英雄事總空，當時一樣淚珠紅。琵琶亭上無聲泣，便與唐衢哭不同。」其二云：「江州司馬宦中唐，誰似分司御史狂？同是才人感淪落，樊川亦賦杜秋娘。」

武元衡、沈詢皆死於非命，未死前一日，皆爲五言斷句，遂皆作詩讖。詢詩云：「莫打南來雁，從他向北飛。打時雙打取，莫遣兩分離。」果夫婦併命。元衡詩云：「夜久喧暫息，池臺惟月明。無因駐清景，日出事還生。」果日未出而先隕。又何其奇也？較潘岳《寄石崇》詩「投分寄石友，白首同所歸」，其驗尚在數年以後者，不爲異矣。

汪文學瑔，旌德人，隨父賈於泰州，遂寄居焉。雖賈而工詩。其弟秀才瓚，受業於余，瑔時以所作託瓚寄質，余心賞之。惜年未三十而卒，臨終屬其弟乞余爲作詩序，余憐而許之。猶憶其《寄婦》詩云：「不知何處秋砧急，錯認山妻擣藥聲。」《春閨》云：「陌上小桃紅不了，可能開到壻歸時。」蓋工於言情者。余序中以唐李觀爲比，李翱所云：「觀之文如此，官止於太子校書，年止於二十九。」今瑔功名止於上舍，生年亦止二十九，均可云才人命薄矣。弟瓚亦能詩，其《寒食訪余里第》有句云：「寒食連番雨，桃花到處村。」

高侍郎啓，以宫詞「小犬隔花空吠影，夜深宫禁有誰來」二語賈禍，至於殺身。不知迪詩實有所承，語意非創自啓也。唐王涯《宫詞》三十首之一云：「白雪猧兒拂地行，慣眠紅毯不曾驚。深宫更有何人到？只曉金階吠晚螢。」詞意與迪詩略同，但較迪詩稍藴藉耳。

隋文帝獨孤皇后，以高熲呼之爲「一婦人」，遂銜恨刺骨。然唐太宗后長孫氏，亦開國皇后也，其病中諭太子，即自稱「一婦人」。何度量之相越，一至此也？卒之隋一傳而亡，唐延祚至四百年，亦未始不由於閫德矣。

古人小葬，必先作買地券，或鎸於瓦石，或書作鐵券。蓋俗例如此。又必高估其值，多至千百萬。又必以天地日月爲證，殊爲可笑。然此風自漢、晋時已有之。明嘉靖中，山陰縣民於本縣十七都地壂得晋太康五年瓦莂云：「大男楊紹，從土公買冢地一邱，東極闞澤，西極南縢，南極北背，北極于湖。直錢四百萬，即日交畢。日月爲質，四時爲任。太康九年九月廿九日，對共破莂，民有私約如律令。」後閲元遺山《續夷堅志》，載曲陽縣燕川青陽壩有人起墓，得鐵券刻金字云：「勅葬忠臣王處存，賜錢九萬九千九百九十九貫九百九十九文。」事在唐哀宗時。則唐五代時土風尚然。其錢數必如此者，蓋不欲滿十萬，或當時俗例然耳。不知此例自何代始止？然今人於墓前列界石，書四至，尚本於此。余爲山陰童鈺題《楊紹買地莂歌》，在集中。

今人言一日十二時，若古人止有十時，《左傳》昭五年：「卜楚邱，曰：日之數十，故有十時」是也。今人推禄命者言八字，若宋以前只有六字。蓋第用年月日，不取時也。

《甯國府圖經》：「涇縣西五里，有淳于棼故居。」云棼「南齊明帝時爲相國，嘗捨宅爲寺」云云。《名勝志》「棼又作髠」。益非。今考唐李公佐《南柯記》云：「東平淳于棼，吴楚游俠之士。嗜酒使氣，不守細行。累巨産，養豪客。曾以武藝補淮南軍裨將，因酒忤帥，斥逐……家居廣陵郡東十里。」當即其人。下云「貞元七年九月，因沈醉致疾」云云。無論公佐此傳皆屬寓言，即實有其人，亦唐中葉人，非南齊也。又云官相國，豈幻夢中位居台輔，即信以爲實耶？《圖經》及方志蓋又因公佐所言而附會之，地理家遂采爲名勝古蹟，誤之誤矣。

又涇縣名宦，於三國吴時首列陳焦，云生有善政，死即留葬桃花潭側，宣德中《縣志》并載焦葬後七日，穿土化爲小兒，坐於墓上，久乃不見云云。皆因《吴志·孫林傳》於永安四年載安吴民陳焦死埋之六日，更生，穿土中出。《太平廣記·再生部》引《五行志》亦同。二《志》並云安吴民，則非涇縣宰可知。方志之誣妄如此。而人輒信之，並列於祀典，何也？

詩雖小道，然實足以覘國家氣運之衰旺。即如五代晋時馮道奉使契丹，高祖宴之於禁中，及使回，道賦詩云："殿上一杯天子泣，門前雙節國人嗟。"蓋是時燕雲十六州已割屬契丹，國勢奄奄，如日之垂暮，故雖宰相作詩，而氣象衰颯如此。至宋則不然，太祖太宗之世，宇内漸已削平，景物熙熙，已若日之初煦，故李昉《禁林春直》詩云："一院有花春晝永，八方無事詔書稀。"又《昌陵挽詩》云："奠玉五回朝上帝，御樓三度納降王。"何等氣象！蓋同一宰相也。而吐屬不同如此。孰謂詩不隨氣運轉移乎？

謝靈運《山居賦》，李德裕《平泉草木記》，其川壑之美卉木之奇，可云極一時之盛矣。然轉眼已不能有，尚不如申屠因樹之屋、泉明種柳之方，轉得長子孫永年代也。蓋勝地園林，亦如名人書畫，過眼雲烟，未有百年不易主者。是知一賦一記，雖擅美古今，究與昭陵之以法書殉葬、元章之欲抱古帖自沈者，同一不達矣。

粤雅堂叢書北江詩話跋

右《北江詩話》四卷，國朝洪亮吉撰。按先生字稚存，陽湖人，「北江」其號也。志行氣節，爲儒林引重。於經史註疏、《説文》、地理，靡不參稽鉤貫，著撰等身。爲詩，涉筆有奇氣，精思獨造，遠出恒情，仿康樂、仿杜陵、仿太白、仿楊誠齋，然實嘔心鏤腎，總不欲襲前人牙慧。迨荷戈萬里，奇氣噴薄而出，益如天馬行空，不可羈靮。賜環後，枕葄墳典，管領湖山，當時詞人，咸推祭酒。嘗見其小印，作「曠代逸才」四字，亦唯先生不愧此言。吴穀人《駢體文續集墓表》、江鄭堂《漢學師承記》，載其著述多至百十種，而均未及是書。道光戊申，始得詩舲中丞刻本，特重付梓人，俾後來談藝者有所矜式焉。先是，趙甌北撰《七家詩話》，欲以查初白配作八家。先生止之，賦詩云：「初白差難步後塵」；又云：「只我更饒懷古癖，溯源先欲到周秦。」自註云：「余亦作詩話一卷，自屈、宋起。」見《更生齋集》。則先生之宗旨可知。然是書無論及靈均輩語，殆亦不無遺佚歟？又先生嘗賦《論詩絶句》，顧甯人、吴野人共一首，王阮亭、朱竹垞各一首，今讀是書，所論幾於疊矩重規；又如吴梅村、邵青門、沈歸愚、袁簡齋、蔣心餘、厲樊榭、孫淵如諸子，均有宋玉微詞；然俱精確不磨，固不同文人相輕積習，轉貽笑柄者。至自述各詩，單詞片語，亦如西子王嬙，嫣然一笑；即屏除綺語者，亦知其美。若「竹兜」五律，謂庶幾前人《簷馬》作，則未敢附和。然要其目光如炬，上下千古，龍子作事，固自不凡。又先生《論詩絶句》：「藥亭獨漉許相參，吟苦時同佛一龕。尚得昔賢雄直氣，嶺南猶似勝江南。」亦可謂不存鄉曲之見。而是書僅及藥亭之晚達，未論其詩，及屈陳諸子；至黎二樵明經，則推崇已極，與王蘭泉《蒲褐山房詩話》同；顧謂「惜其年甫四十而卒」，而不知樵夫實久主粤中壇坫，年幾七十餘，生平足跡未嘗度嶺，與先生未及謀面，僅得之傳聞故耳。

秋盡日，南海伍崇曜謹跋。

右《北江詩話》第五、第六兩卷，先生哲嗣子齡明府宦粤，以續刻先生遺著數種見貽，此册與焉。亟重付剞劂，俾與前重刊張詩舲侍郎所刻四卷，得成完璧，亦厚幸也。

咸豐甲寅閏七夕，伍崇曜再跋。

輯佚 附録

輯佚附録目次

輯佚

與王復手札

貴治兩獲甘霖，足徵新政宜人所致，佩誦之至。比惟榴花獻節，動定勝常爲慰。尚之已攝汝州之倅，不久即入省城爲通志局提舉矣。尚書師哲弟不日南來，味辛亦聞日内到此，皆近日之消息也。新方伯詩及爲人皆近今所少，今早復至齋頭過訪，肫摯之意，感人殊深，亮吉又言及吾弟及尚之，并爲轉致感激之誠也。昨亮吉贈渠詩，末句「我瓣名香爲詩伯，不因新作黑頭公。」其和詩甚佳，已屬奴子鈔寄一紙。足下以名士出宰名都，琴堂小暇，麗句應多，能見示一二否？兹因奴子胡順仍依戀舊主，遠叩花封，草草附札，詢近日升祺。想見銅臺左右，鄴水東西，靈蛇出竇，銜漳浦之元珠，舊燕來巢，帶洛河之皎月，樂可知矣，不其然乎？飛鴻倘南，有以復我。不一。秋塍明府二弟足下，亮吉手啓，五月初一。

竹初乞食圖曲本，渠專人來取，老夫子云在尊處，祈寫副本，竟即寄來，至屬。

（見《文物》一九六二年第九期，原手迹藏上海博物館。據陳垣先生考證，此札當作於乾隆五十三年。）

附録

洪北江先生年譜

門人旌德吕培等同編次

先生姓洪氏，諱亮吉，字君直，一字稚存，號北江，晚號更生，行一，江蘇常州府陽湖縣左廂花橋里人。先世本居歙縣洪坑，系出唐宣歙觀察使經綸，始避唐敬宗諱，改宏氏爲洪氏。三十六世，至先生高祖千運府君，諱德健，國子監生，封中憲大夫。娶程恭人，生子二。長爲先生曾祖秋山府君，諱璟，康熙戊寅拔貢生，山西大同知府，祟祀交城大同名宦祠。娶汪恭人，歙國子監生世昌女。繼娶徐恭人，歙處士成教女，生子十一。次爲先生祖封旅府君，諱公寀，國子監生，考授直隸州同知，貤贈承德郎，贅於常州趙氏，遂遷居焉。娶趙安人，武進户部尚書謚恭毅申喬孫女，翰林院侍讀熊詔女，生子五。次爲先生父午峰府君，諱翹，國子監生，累贈奉直大夫。娶蔣太宜人，武進歲貢生封奉政大夫金聲孫女，雲南嶍峨知縣斆淳女，生先生兄弟二人。

乾隆十一年丙寅，先生一歲。以九月初三日子時生於常州中河橋東南興隆里賃宅中。宅後有積水池，先生生於池南西舍。

十二年丁卯，先生二歲。

十三年戊辰，先生三歲。

十四年己巳，先生四歲。午峰府君命先生伯姊課之識字，先生每字必詢其義。日晚，皆爲蔣太宜人述之。是年，凡識七八百字。

十五年庚午，先生五歲。在家塾，從季父希李先生受《禮記·大學、中庸》兩篇。正月八日，仲弟靄吉生。

按先生從父四人：長諱翰，字翮飛，行一，國子監生，未婚卒。次即午峰府君。次諱翔，字雲上，行三。次諱翻，字君佐，行四，國子監生，贈修職郎。次諱翱，字希李，行六。先生仲弟，字赤存，行二。

十六年辛未，先生六歲，在家塾，受《論語》。七月二十日，午峰府君客鎮洋縣署，得疾歸，未至家五十里，以廿四日申時卒於洛社舟次。越日，殯於城東天甯寺華房。先生隨蔣太宜人暨三姊一弟守殯宫，凡五十日始歸。

十七年壬申，先生七歲，以午峰府君卒，貧無所依，隨蔣太宜人及姊弟寄居外家，外王母龔太孺人之意也。時外家亦窘，蔣太宜人率諸女勤女工自給，并儲修脯，俾先生就外家塾受經，率夜四鼓方就寢。事詳《機聲燈影圖記》及《南樓憶舊詩》。是歲，塾師爲莊覲五先生，城西坂上鄉人。同學則其子騂剛、表兄肇新、廷耀、馨，凡四人。讀《論語》畢。

十八年癸酉，先生八歲。在外家塾，從惲牧菴先生銘受《孟子》。惲先生，武進縣學附生，憫先生幼孤而慧，常分館餐食之。後其孫與三，以乾隆甲午科舉順天鄉試，爲先生同歲生，惲先生猶及見之。

十九年甲戌，先生九歲。在外家塾，從黄敬菴先生朝俊受《孟子》及《毛詩·國風》。黄先生，武進縣學增生，課讀極嚴。是秋，先生適楊氏從母亦以嫠居，貧苦無依，率二女就從兄啓宸後樓以居，與外家相近。移舍日，值先生讀《孟子》「既醉以酒」一章，解塾詣其處，龔太孺人及蔣太宜人適在坐，因舉「宜其室家」句命之屬對，即應聲曰「飽乎仁義」。龔太孺人極賞之，自此益鍾愛焉。是歲，表弟定熙亦入塾；與先生年相若，後卒於叔素園先生官舍，先生有詩哭之。

按先生舅氏三人：長名樹誠，字實君，國子監生，贈登仕郎。次名琦，字素園，乾隆甲子舉人，江西德興知縣，皆蔣太宜人兄。次名蘅，字曙齋，乾隆壬午科副榜貢生，賜檢討銜，出嗣世父淮安教授文元後，爲蔣太宜人弟。事皆詳先生所撰《外家記聞》一卷。處士肇新、少府廷耀、上舍馨，處士定熙、奎耀，皆實君先生子，蔣太宜人之姪，先生之配蔣宜人兄弟也。

二十年乙亥，先生十歲。在外家塾，從黄先生受《毛詩》畢。

二十一年丙子，先生十一歲。蔣太宜人率先生歸興隆里舊宅，從旁舍塾師受《尚書》。同學生徒十餘人，不能徧課，每篇音訓譌者恒至十數。日夕歸，蔣太宜人令之背誦，必爲泣而正焉。如「濟河惟兖州」，「兖」讀作「衮」之類。九月八日，叔父君佐先生卒於廣西百色廳寓舍，無子，以仲弟爲之後。十二月，伯姊適城北前橋村芮處士光照。

二十二年丁丑，先生十二歲。從周線里岳介錫先生受《禮記》。是冬，舅氏素園先生以國史館謄録議敘選授江西德興知縣，迎養龔太孺人於官舍。自此蔣太宜人益貧苦無所依。

二十三年戊寅，先生十三歲。仍就外家從表兄肇新受《禮記》及《周易》，塾課畢，先生始學作詩，嘗作《中秋即景詩》，有「月出百尺樓，花香三重門」之句，不敢示人，惟以示表弟定熙。冬十月，舅氏實君先生卒於德興官舍，表兄肇新奔喪西上，因從陳蕤賓先生寶讀書。先是丙子科，陳先生赴江甯鄉試，舟覆於江。午峰府君往館世執漳浦蔡太守觀瀾江甯官署，塗次遇之，急募舟以拯，并助館金一笏爲試費。陳後以己卯舉於鄉，與先生亦中表兄弟也。課徒之暇，喜録唐宋詩餘，于是先生亦學作小令，并與表兄馨日課漢魏六朝三唐詩，成誦乃已。是月，仲姊適同里汪上舍德渭。

二十四年己卯，先生十四歲。在鹿苑菴，從董獻策先生舒傳受《春秋左傳》，并學作制舉文半篇。董先生，常州府學附生。同學十數人，惟與楊布衣毓舒交最密，暇即唱酬往還。是歲，作詩數十篇及《斥釋氏文》一首。

二十五年庚辰，先生十五歲。在西廟溝謝氏塾，從唐麟臣先生爲垣受《左傳》及《史記》《漢書》雜文。唐先生，武進縣學附生，工詩。三月上巳，先生始作制舉文全篇，題爲《則以學文》一句，文成後，唐先生極賞之。同學爲謝孝廉榕、上舍振祺等四人。孝廉與先生極契，後中乾隆戊申科順天榜舉人。是歲，先生有《附塾》《驅兒》諸詩，及送表弟定熙至江西官署詩，集中始有存稿。

二十六年辛巳，先生十六歲。從茭蒲里繆映藜先生謙受唐宋雜文及制舉義。繆先生，江陰縣學廪生。同學爲陸上舍焜、□布衣文在、張布衣先甲兄弟，凡十餘人。三月，初應童子試，不售。

二十七年壬午，先生十七歲。在百花樓巷莊氏塾，從金壇荆廷緯先生汝翼受《公羊》《穀梁》及制舉義。荆先生，金壇縣學廩生。先生從表姊子，長於先生八歲，舉業最工，因是始識作文法。荆先生後以是科副榜貢生中順天癸卯舉人，己酉進士，官華亭教諭，卒。是歲，同學爲莊上舍逑兄弟二人。始學作古文，有《祭花神文》及《園居》《南樓夜宿》《初生十五六》等詩，初與唐上舍鵬訂交，間有唱和焉。

二十八年癸未，先生十八歲。在城北四十里郵村鄒翁元士家塾，仍從唐麟臣先生習制舉義。同學爲鄒福、梅廷、梅金川三人。鄒翁極重先生，欲以女妻之，知有所聘，乃止。五月，解館歸。即染時疾，復延及全家，蔣太宜人病瀕危者數次。大母趙安人、大父封旅府君即於是月相繼卒。先生承重，居廬至匝月，後病稍瘳。八月初，復赴鄒氏塾。是秋，舅氏素園先生罷官，奉龔太孺人旋里。先生解塾，即從蔣太宜人仍居外家，與表兄馨、從表兄定安尤契，倡酬談讌，每徹晨夕。《郭北篇》《中井鄉歌》諸詩，皆是年作也。

二十九年甲申，先生十九歲。從北後街余芑貽先生豐受唐宋古文及制舉義。余先生，常州府學附生，奇賞先生，有異才之目，每課文日，先生常兼作數篇，或一題即製其二其三，午餘，諸同學方搆思未就，輒已交卷，時蒙擊節嘆賞。歲暮解塾，獨爲詩送先生，次即賞楊生清輪，後楊成乾隆甲辰進士。里中皆謂余先生有知人之鑒焉。是歲，同學爲余先生子明經彤及楊、章、秦、畢諸生，共十餘人。有《雲谿春詞》《獨酌謠》諸詩，始學爲駢體文。

三十年乙酉，先生二十歲。在外家團瓢書屋，授表弟兆峋經，素園先生子。歲得脩脯錢二千八百。暇即從舅氏曙齋先生問業。時表兄馨、從表兄定安，皆授徒於家，三人昕夕往還無間，有《春園唱和集》。又與里中諸名士結社，訂交始廣，有《題阿房宫圖》諸詩，填詞四十餘首。

三十一年丙戌，先生二十一歲。仍在外家授徒，從學則表弟兆峋、從表弟榮、從舅氏秀君子。衡章族舅氏濟川子。三人，歲入脩脯錢七千。正月二十五日，叔父雲上先生卒。六月，應童子試，不售。是歲，詩社以《洗研池賦》、《檳榔行》《雲谿竹枝詞》命題，先生試列第一。又在楊氏騰光館會課，凡四十人，皆里中名宿，先生年最少，從舅氏榕盦先生閲其文，奇賞之，亦列爲第一。此後先生常詣舍南竹屋問字，至辛卯秋客皖江乃已。又賦中秋《減字木蘭花》詞十首，同輩傳鈔殆徧。劉文學宸贈詩云：「才子清眠起夜分，新詞字字鏤香雲。何當共握琉璃管，寫盡羊欣白練裙。」是歲，詩詞約及百首。

按雲上先生四子：長開吉，字元愷，爲先生從兄。次顯吉，字尚儀。次亘吉，字禹平。次良吉，字元良。皆先生從弟。蔣榕盦先生名和甯，乾隆壬申進士，由翰林院編修改官湖廣道監察御史。

三十二年丁亥，先生二十二歲。適汪氏仲姊以先生制義不進，因與蔣太宜人謀，復令先生在張王廟西潘氏塾從時月圃先生元福受作文法。束脩二十千，皆仲姊獨任之。時先生乾隆壬申舉人，中甲戌明通榜，工帖括。同學則潘上舍尚基、方上舍起莘、青陽陳上舍蔚、江陰陳秀才宏器諸人。尚基之叔振煥，亦舊識也。六月，應童子試，不售。七月，諸同學就江甯鄉試。先生又僦鹿苑菴後雲依閣讀書，每夜輒至三鼓，僧徒厭之，託言有賃宅者，遷先生入菴旁土室中，上漏下濕，居之晏然。冬十月，外王母龔太孺人病劇，先生自塾中歸侍疾，衣不解帶者旬日。及卒，慟哭嘔血。七七竟，始奉蔣太宜人歸興隆里舊宅。是歲，有《南樓贈書圖記》、《訪從叔縣尉至昆山紀游》、《哭外王母》諸雜體詩。

三十三年戊子，先生二十三歲。在仲姊宅，授汪甥楷經。汪氏居天井里，室宇深邃。宅中所延經師，則同里段布衣聖烈、李布衣瑞寬與先生爲三。其羣從皆好賓客，每有文讌，三人者恒首坐焉。九月十六日，蔣宜人來歸，先生贅於外家，凡三日，始同歸興隆里舊宅。宜人，蔣太宜人兄實君先生女也。婚甫五日，即赴弔邵先生齊燾於常熟。邵先生，乾隆壬戌翰林，主常州龍城書院，奇賞先生與黄君景仁。是歲，有《催粧詞》、《哭邵先生》及《游虞山詩》，又有《寓興詩》二十首及《東鄰棄婦》等詩，《寓興詩》後即失去。

三十四年己丑，先生二十四歲。仍館汪氏。正月，叔姊適同里史君德孚。五月，應童子試，補陽湖縣學附生。七月，與諸同人訪城西徐墅陳刺史明善於亦園，與無錫邵秀才辰焕、江陰居進士紳、同里劉文學駿、中表莊上舍寶書、趙上舍懷玉唱和詩極多。是月，長女傳簫生，未幾殤。有贈趙表弟七言長歌。

按先生少孤，午峰府君未及命名，初名蓮，字華峰。是年以縣試第二，府試第三，院試第八，補縣學生。督學則副都御史滿洲景福也。後以壬辰年改名禮吉，辛丑年就試禮部，以嫌名當有所避，復改今名。莊爲先生從母之子，後官聊城縣丞。趙爲先生祖母兄兩浙鹽驛道侗斆之孫，後以庚子召試舉人，官内閣中書、青州府同知。

三十五年庚寅，先生二十五歲。仍館汪氏。從學者甥楷及汪生植等三人。七月，偕黄君景仁附瓜船至江甯鄉試。九月，榜發，薦而不售。有游京口三山及江甯雜詩。是秋，識錢唐袁大令枚於江甯。大令謂先生詩有奇氣，逢人輒誦之。始與里中董太守思駉、左刺史輔訂交。

三十六年辛卯，先生二十六歲。仍館汪氏。從學者汪董諸生等四人。五月，偕趙表弟懷玉赴江陰，同寓趙孝廉敬業寓齋，科試一等四名，補增廣生。七月十日，次女傳綫生。越歲春，即痘殤。偕楊秀才繼曾炳文、劉上舍培基赴江甯鄉試，同寓秦淮河房。九月，榜發，不售。十一月，先生以館穀不足養親，買舟至安徽太平府，謁朱學使筠。時學使尚未抵任，沈太守業富素重先生，留入府署。未匝月，適安徽道俞君成欲延書記，太守以先生應聘，已至蕪湖，有留上朱學使書，學使得之甚喜，以爲文似漢魏，即專使相延入幕，以臘月八日復抵太平，黄君景仁已先在署。學使作書徧致同朝，謂甫到江南，即得洪黄二生，其才如龍泉太阿，皆萬人敵云。是年秋，在江甯與汪明經中、顧進士九苞訂交。及入學使署，又與邵進士晋涵、高孝廉文照、王孝廉念孫、章孝廉學誠、吴秀才蘭庭交最密，由是識解益進。始從事諸經正義及《説文》《玉篇》，每夕至三鼓方就寢。是年，所作詩文逾百篇。

三十七年壬辰，先生二十七歲。在安徽學使署，隨歷徽州、甯國、池州、安慶、廬州、鳳陽七府，六安一州，徧游采石、青山、敬亭、黄山、齊雲、齊山諸名勝。六月，以歸省旋里。七月，仍赴太平。十一月，以兩世六棺未舉，歸奉先生祖父母及午峰府君、叔父雲上君佐兩先生、叔母趙孺人櫬，葬於城北前橋村新塋。是冬，以所負多，訪蔣編修士銓、汪孝廉端光於揚州，編修解槖金助之，乃得歸，已迫除夜矣。是歲，作文二十餘篇，詩二百餘首。

三十八年癸巳，先生二十八歲。時四庫館始開，江浙搜采遺書，安徽省設局太平，聘先生總司其事，沈太守業富并延兼管書記。閏三月十六日，長子飴孫生。七月，朱學使以閲卷乏人，復延先生偕試徽甯二府。九月，自徽州偕汪孝廉端光歸里，由新安江徧遊嚴陵、富春及錢唐山水諸勝，唱和幾及百首。十月，先生以不能家食，往謁胡按察季堂於蘇州，因訪趙表弟懷玉於穹崦，同游東西兩洞庭，入林屋洞，探金庭玉柱之勝，宿包山寺二夕，記游詩約十餘首，月杪復歸。時錢文敏公維城居憂在里，見先生詩文，奇之，徒步過訪焉。是冬，移居白馬三司徒里賃宅。十二月，聞朱學使離任入都，因附江陰繆君晋階赴廣西便舸，至太平送之。繆君爲先生舅氏素園先生壻。時選來賓縣界牌司巡檢，挈家赴任。貧不能歸，沈太守業富、袁大令枚，皆薄助行資，於歲除日騎驢抵里。有《感族人饋薪炭》詩，作《兩晋南北史樂府》二卷。

三十九年甲午，先生二十九歲。正月，赴江陰補壬辰年歲試。先是，錢文敏公曾語學使彭閣學元瑞，謂先生爲昌黎復生，由是閣學亦久知先生。十三日，補試準附一等三名。後又次蔣編修士銓元韻贈先生七古一篇，薦入常鎮通道袁君鑒署授徒，歲修百二十金，并令在揚州安定書院肄業，膏火費亦及百金，自此將母稍裕。七月，偕黄君景仁赴江甯鄉試，同寓明徐氏東園舊址。是科闈中得文及五策，已定作元。房師賈先生景誼乾隆丁丑進士，官蘇州總捕同知。以首藝有别解，與兩主司力争，因定作副榜第一焉。座師則翰林院侍讀學士今文華殿大學士董公誥、司經局洗馬今兵部尚書劉公權之也。榜發，座師及學使皆惋嘆不置。十月，復詣揚州，冬杪始歸，偕汪孝廉端光唱和詩極多。是歲，始與孫君星衍訂交，同里則孫、黄、趙諸君外，復偕楊君倫、吕君星垣、徐君書受，唱酬無間，里中號爲七子。

四十年乙未，先生三十歲。彭閣學薦入江甯陶太守易署中，修校李鍇《尚史》，匝月事竣。太守亦重先生，因延課其孫，兼管書記。四月，以太守俸滿入都，因歸省親。七月，復至江甯。九月，太守擢惠潮嘉兵備道。先生以親老不能遠游，因就句容林大令光照聘，課其壻漳浦鄭秀才聯華。時孫君星衍尊人孝廉勳，官句容教諭，而訓導全椒朱君沛、縣丞錢唐汪君蒼霖，皆工詩愛客，縣中紳士王廣文吉士兄弟、沈公子衣言亦慕與先生交。凡客句容三月，文讌殆無虛日，又徧游茅山棲霞，紀游詩約數十篇，臘杪始歸里門。十二月十日，次子盼孫生。

四十一年丙申，先生三十一歲。正月，仍至句容縣署。二月，歸里，旋至揚州及江甯訪友。三月，復往句容校縣試文。四月，以林大令罷任歸里。時浙江學使王公杰欲延先生校文。七月，往謁學使於紹興，值其扃試，例不當通刺，資斧幾至乏絶，及試畢往謁，學使一見先生如舊相識，遂偕往試台州處州二府。中途歷天台、雁蕩諸勝，皆有詩紀事。十月二十六日，蔣太宜人在里猝得中風疾卒，春秋六十有三。仲弟以先生在千里外，恐得訃後驚悼有他變，即作札言太宜人病狀，屬姊壻史君德孚持至處州，并促偕歸。到日亦值扃試，留書而返。先生於試畢得書，星夜遄返。十一月十四日晡時，舟至戚墅堰，距常州三十里，疾步至城。有僕窺園父仇三爲營卒，途遇之，問家中狀，仇以實告。先生驟聞哀耗，五内昏迷，方度八字橋，忽失足墮水，兩岸陡削，人不及救，隨流至滕公橋。有汲者見髮颺水上，攬之，得人，試心口尚微温，始呼衆集救，問里中識者，共舁至家，救者不知先生，疑爲避債赴水，及審狀，則皆曰：「孝子，孝子！」悲嘆而散。天嚴寒，衣履冰濕，鄰人蔣松圓釋先生衣，自解衣衣之。舉家號哭呼救，久之方蘇，搶呼痛哭，幾不欲生，水漿不入口者五日。諸姊以大義責先生，始稍進米飲。七七内僅啜糲粥，席藁枕凷，晝夜號哭，終喪不進肉食，不入内室，所服皆白衣冠，不御緇布，自以未及侍蔣太宜人含斂，哀感終身。嗣後每遇忌日，輒終日不食，客中途次不變，三十年如一日。是歲，在苫次撰次蔣太宜人行述。

四十二年丁酉，先生三十二歲。居憂，在里授徒。從學者汪甥楷、劉生登禾、孫生星衡、瑀及張楊諸生，凡七人。長子飴孫時已五歲，亦日課以《爾雅》十數行。十一月，座師劉公權之視學安徽，遣人相延。先生亦以營葬乏資，遂於長至前由陸程赴太平，并約孫君星衍偕行。劉公相待有加，以先生衣縞素，不肯更易，因約值節日朔望，皆聽獨處，專遣人司飲食，在學署一載，率以爲常。又因先生譽孫君學行，因并款留，以助衡校。自是先生與孫君助學使校文外，共爲《三禮》訓詁之學，留太平度歲。

四十三年戊戌，先生三十三歲。在安徽學使署。二月，隨試太平、徽州、甯國、池州四府。五月中始返太平，偕孫君至句容學署度夏。七月，復同詣太平，隨試江北諸州府。十一月，在滁州，因葬事先歸，以十一月廿六日祔葬蔣太宜人於午峰府君墓。知友在百里以内者咸來會葬，如高郵金君蘭、無錫楊君芳燦兄弟及同里孫君等，皆館於白馬三司徒里賃宅，旬日方去。先生在冢次三日夜，負土成墳，始歸。歲暮，以負債多，偕孫君至句容。聞座師劉公遭母憂，復親詣太平弔唁，至除夕前仍回句容。

四十四年己亥〔一〕，先生三十四歲。仲弟以少孤失學，假仲姊資學爲賈，累歲虧折資本，至無以償。時先生服闋歸里，決計携弟北上，别謀進取。又以無行資，袁觀察鑒薦入常州黄太守潪定署，閱府試文，薄有所贈，方得成行。過揚州，汪孝廉端光復助以行資，始舍舟從陸道，遇漢軍繆秀才公儼，今名公恩。聯車北行。五月初二日，抵都，居黄君景仁寓齋。時四庫館甫開，讎校事繁，座師董公誥爲總裁官，屬總校江甯孫舍人溶延先生至打磨廠寓齋，總司其事，歲脩二百金，仲弟亦送入方略館効力。先生節嗇所入，半給仲弟館費，以半寄歸爲衣食之資，迎養叔母余孺人、季父希李先生於家，用度益窘。每遇訪友，或假書，十里五里，無不步行。八月，應順天鄉試，不售。時翁學士方綱、蔣編修士銓、程吏部晉芳、周編修厚轅、吴編修錫麒、張舍人塤，共結詩社，首邀先生及黄君入會。每一篇出，人争傳之。是以先生遇雖甚困，而友朋之樂，以此二年爲最。九月朔日，女紡孫生。是年，得駢體文四十首、詩詞約二百篇。

四十五年庚子，先生三十五歲。在孫舍人寓校書。仲弟以思家得咯血疾，新歲益甚。先生質衣具資，遣人送歸。時甫近上元，以無衣不克出門，託疾斷慶弔絶過從者凡兩月。時方南巡，諸臣例獻賦頌，先生爲山陰梁尚書國治製頌十八章，首邀睿賞，于是都下求屬稿者甚衆。先生亦精力絶人，日爲孫舍人校官書八巨册，類有攷證數十條，夜則製進呈册頁一通，每至三鼓方休。是年恭遇萬壽，頌述之文益多。自二月至七月，所製凡五六十篇，得酬金四百兩。時前橋新塋前地一畝，欲爲豪家佔買，先生得家問，即以所得金之半寄歸，先與立券，豪家遂不能奪。仲弟病痊後，復假貸北來，先生爲盡償宿逋，并取還前典質之物，類皆賣文錢也。八月，應順天鄉試，出闈，即爲四川查按察禮聘掌書記，入蜀，歲修四百金。先生以屢困場屋，不復有進取心。九月朔，遂辭孫舍人，暫寓蓮花寺，待查公同行，適其方擢四川布政使，未即就道。初七日，揭曉，中式第五十七名舉人，孫舍人同獲雋，查公遂力止先生無行，于是復遷寓舍人宅。是科座師爲協辦大學士漳浦蔡文恭公新、刑部左侍郎無錫杜公玉林、内閣學士滿洲嵩貴公，房師爲掌貴州道監察御史清苑李公孔陽。李公閲薦首場，即得疾，二場屬吴江丁郎中雲錦代閲，三場屬嘉定曹中允仁虎代閲，座師以制藝皆散體，已定作副榜第一矣。忽中允得五策，以爲顧亭林復生，蔡文恭公取閲，亦深賞之，遂移入前列，以五策進呈。揭曉後未一月，房師即以疾逝。先生與同門生視含斂，并稱貸而厚賻之。是歲，與黄君及欽州馮編修敏昌、順德張解元錦芳唱和，及詩社所作，共得詩百餘篇，雜文數十篇，著《三國疆域志》二卷。

四十六年辛丑，先生三十六歲。在孫舍人寓校書。時移寓賈家胡同。三月，應禮部試。本房山陰王編修增閲卷呈薦，闈中已定作江南第二本矣。固始吴副憲玉綸爲副總裁，旋以軍機中書汪君學金卷易之。先是孫君星衍已入關，并札言陜西巡撫畢公沅欽慕之意，先生遂決意游秦。四月十六日，偕崔同年景儀西行。崔方至四川定省。時征逆回京兵入陜，道出山西，因迂道由館陶、臨清至河洛，抵開封而資斧已竭，適舊友楊司務仁基、同年管户部世銘皆在開封，共假資以行。五月望後抵西安，寓開元寺一宿。畢公聞先生來，倒屣以迎。翊日，遂延入節署。時幕中爲長洲吴舍人泰來、江甯嚴侍讀長明、嘉定錢州判坫及孫君與先生，凡五人。陜西尚有回警。日偕畢公籌兵畫餉，暇即分韻賦詩，常至丙夜，間游牛頭、香積諸寺，尋曲江及漢唐古跡。又代莊州判炘修《延安府志》，歲杪方竣。是月二十五日，適汪氏仲姊以疾卒，先生聞訃，哭之慟。仲弟以尚未議叙留都，每月揭資寄之。是年，道中懷古紀游及唱和詩共得二百首，雜文數十篇。

四十七年壬寅，先生三十七歲。在西安節署。三月，偕同人至牛頭寺看桃花，抵終南山麓，始返。四月，黄君景仁以將赴選，謀資入秦，寓開元寺者三月。閒旬必偕孫君出訪之，或同游名勝，竟日而還。六月，至朝邑訪莊大令炘。回塗過潼關，赴陸司馬維垣之約，時陸署同州知府，其子户部鍾爲先生庚子同年。留二日。即順道游華山，宿玉泉院。質明，坐竹兜行二十里，至青柯坪，久憩。自此以上皆當步行。遂自千尺幢直上，小駐媪神洞飲泉。由仙人窔、日月崖、蒼龍嶺至三天門，塗皆危絶，攀鐵索，穿石脅，方得上，先生步行若飛，餘人不能及也。從天門東折詣玉女峰，坐洗頭盆側，蒼栢滿崖，夕陽欲下，天風泠泠，渺非人境。復上謁金天宫，宫在落雁峰下，距峰頂尚五里。道士供果餌畢，因至後山松檜亭，視新月亭址，即秦昭王與天神博處，時七月哉生魄日也。薄暝，仍回金天宫。蔬食後，出屋視星斗，皆大於瓜，皎潔异常。倦宿東軒，徹夜有聲不絶，蓋呼吸可通帝坐矣。四鼓，招道童秉炬上落雁峰，視日出。峰頂僅十餘步，左爲華池，右則鐵屋一間，祀老子。時夜尚昏黑，忽閃電自隔河來，八百里中條山畢見。久之，海日始上，霞光萬千，較黄山仙掌峰所見又不同矣。蹲久下嶺，天尚昏黑無所見，復秉炬，西至蓮花峰，視巨靈擘山處，又南折至環翠巖，望山南諸峰，并訪陳希夷習静石屋，徑從原路下山。未刻，至玉泉院。華陰知縣來訪，足力已竭，幾不能具禮。兩日後，始復舊。以初八日返節署。九月，舊友湯大令大奎以輸餉至甘肅過陜，相訪，并出《炙研瑣談》，屬爲點定。是歲，凡得詩百餘首、文二十餘篇，著《漢魏音》四卷，撰《淳化、長武二縣志》。

四十八年癸卯，先生三十八歲。在西安節署。三月，莊公子逵吉約游郿縣。尊人炘方署縣事。因同由興平抵馬嵬驛夜宿，各有題壁詩。留郿縣五日，登太白山，從新開路至上池一勺，久憩。別日，復上五丈原，望陳倉岐山，回途過盩厔，偏訪仙游樓觀諸勝。時太倉王上舍開沃主講盩厔，因留宿書院中二日，由鄠縣歸西安。五月，得黄君景仁安邑臨終遺札，以身後事相屬。先生由西安假驛騎，四晝夜馳七百里，抵安邑，哭之于蕭寺中，爲措資送其柩歸里。時季父希李先生留滯漢口，約先生同歸。先生遂自蒲州渡河，由襄陽至漢陽，而季父已先行。座師杜公方鞫獄武昌，喜先生至，邀留旬日。陪遊黄鶴樓、西塞山及隔江大别、梅子諸山，至七月望夜方行。八月朔日，抵里門。因爲黄君營葬。先是畢公知所居賃宅逼隘，因贈資爲購宅，即今花橋北居第也。以十月初三日移居焉。十二月，偕陸同年壽昌、趙表弟懷玉計偕北上，復迂道至句容江甯，乃克成行。時將南巡，車馬皆乏，僱小車前行。除夕，住拈花集度歲。是歲，紀游詩百餘首，《澄城縣志》二十卷。

四十九年甲辰，先生三十九歲。正月十八日，抵都門。二月，偕江陰繆孝廉汝和寓泡子河觀音寺。時已締兒女姻，其第四子先生壻也。三月，應禮部會試。試畢，偕同人游西山。榜發，薦而不售。本房編修祥慶公閲卷最遲，至四月四日，方以三場並薦，總裁蔡文恭公及紀公昀奇賞之。紀公尤擊節五策，必欲置第一。時内監試豐潤鄭侍御澂以得卷遲，疑之，欲移置四十名外。紀公堅執不允，因相與忿詈不可解。總裁胡公高望調停其事，遂置不録。紀公於卷末賦《惜春詞》寄意。出闈，即先詣寓齋相訪焉。先生以四月出都，由山西赴陜，道中爲《田家詩》寓意，以資斧告匱，迂道訪沈運使業富于運城。五月半，抵潼關，聞畢公祈雨太白山，因至盩厔仙遊寺相見。翊日，同游樓觀，半道聞甘肅回警，畢公即回西安調撥兵餉，先生以病暑留盩厔縣署，旬日方返西安。莊公子逵吉繪《元都訪古圖》，有百韻詩紀事。是月十九日，第三子符孫生。時西安修濬城隍未竟，而西事頗急，畢公屬先生及孫君時假出游爲名，規畫其事。六月，程編修晋芳乞假來陜，抵署即病不起，畢公與先生等日爲營畫醫藥，及没，皆躬視含斂。是歲，著《公羊穀梁古義》二卷，詩文合百餘首。

五十年乙巳，先生四十歲。在西安節署。正月，畢公入覲，并摩唐開成石經進呈，擬薦先生、孫君及吴縣江布衣聲書國朝三體石經，即在西安刻石以進，爲當軸者所阻而止。二月，偕嚴侍讀長明游紫閣、白閣、圭峰、草堂寺，由滻水橋巡第五橋諸舊蹟。時畢公調撫河南，趣先生至開封，遂於月杪由陜入汴。至則豫省方積旱，又河工事填委，不復有關中唱酬之樂矣。五月十一日，季父希李先生卒。十一月，自豫南回，枉道至固始謝大令聘署齋，盤桓旬日，方還里門。仲弟以議叙從九品需次，省先生於開封。先生致書曹州守太谷吴君□署，俾就近食力焉。後以史氏甥女歸其子上舍昭。回里後，歲歉甚，復節嗇衣食，贍諸親友，間亦與錢大令維喬、蔣太守熊昌諸人，爲銷寒小集。是歲，得紀游詩百首，修《固始縣志》。

按希李先生二子：長名原吉，字思周；次名炳吉。皆先生從弟。

五十一年丙午，先生四十一歲。在里中。二月偕錢大令維喬等買舟至浙江省，從舅氏榕龕先生。時舅氏曙齋先生父子、楊孝廉夢符、孫振學、吴祖健、蔣承曾、陸繼曾四上舍並以事至杭，崔浣青恭人暨公子景侃亦往任所，連舫十數，徧游錫山虎溪，復至元墓靈巖，流連篇什，繼以清歌，極琴尊游覽之樂。抵錢塘日，即居蔣表弟重耀寓齋。榕龕先生子。間日游龍井、天竺、靈隱、浄慈諸名勝，與邵編修晋涵、楊孝廉、蔣上舍、崔公子吟咏，常至徹夜。留月餘，復歸里中。三月，重赴開封節署。八月，登封陸大令繼蕚延修縣志，并約爲嵩山之游。以十月由鄭州密縣抵登封，陟太室、少室，訪嵩陽書院暨啓母石，手搨三石闕銘，信宿少林寺，乃回。甫抵開封，聞榕盦先生之訃，哭之慟。是歲，南北紀游詩約百五十首，著《東晋十六國疆域志》，修《登封縣志》，爲友人改纂《懷慶府志》。

五十二年丁未，先生四十二歲。正月，偕孫君星衍計偕北上入都，寓繩匠胡同。三月，應禮部會試，榜發，不售。以五月初抵里。時競渡方盛，與莊表兄寶書、陳大令賓、陸廣文壽昌，日爲泛舟之游。五月，搆卷施閣于宅西，稍有樹石及小池，日偃仰其中。畢公屢書促行。十一月，偕莊舍人復旦重赴開封節署。是歲，得詩二百首，撰《乾隆府廳州縣圖志》。

五十三年戊申，先生四十三歲。在開封節署。賦寒食紀游詩四十首，和者數十人。八月，畢公擢督兩湖，先生偕行，以九月五日抵武昌節署。時楊進士倫亦主講于此，時與出游晴川黄鶴諸勝，唱和甚多。歲暮，畢公甫自荆州堤工回署。汪明經中、毛州判大瀛、方上舍正澍、章進士學誠，亦先後抵署。談燕之雅，不減關中。

五十四年己酉，先生四十四歲。正月二日，計偕北行，毛州判大瀛餞先生於江北三山徑，梅已半開矣。由漢陽北上，元夕後抵開封，居同年徐大令書受寓齋數日。渡河至武陟，訪王大令復，不遇。因獨游濟源，謁濟瀆廟，至盤谷，欲往王屋山，不果。二月，抵都，居孫君星衍琉璃廠寓齋。三月，應禮部會試，榜發，不售。五月八日，抵里。七月，之杭州訪友，留旬餘，乃歸。八月，仲弟選授崇文門副使。時同年李太守廷敬官常州，延修府志，并選唐百家詩，以九月進署。十二月，返舍。與錢大令維喬、莊公子逵吉爲消寒小集。是歲，得詩六十餘首。

五十五年庚戌，先生四十五歲。正月元夕，趁山東使船計偕入都，至王家營，以船行甚遲，復由陸取道泰安，登泰山。至高老橋，日已逼暮，欲逕上，同伴不可，乃還。以二月杪抵都，居仲弟海岱門三條胡同寓齋。三月，應禮部會試。四月初九日，榜發，獲雋。座師爲東閣大學士王文端公杰、吏部侍郎後官體仁閣大學士朱文正公珪、工部侍郎鄒公奕孝，房師爲刑部員外郎後官安襄鄖道王公奉曾也。先是朱文正公雖未識面，然知先生名已久，入闈後，欲暗中摸索得先生作第一人。及得李君賡芸卷，有駮策問數條，以爲先生，擬第一。復得朱君文翰卷，用古文奇字，又以爲先生，遂置李君卷第六，而以朱君冠多士。及拆號，而先生名在第二十六。乃相與嘆息，以爲名次亦有定數云。殿試，先生卷條對詳明，讀卷大臣進呈第一，欽定第一甲第二名。五月初一日，引見，授職翰林院編修。七月，派充國史館纂修官。是秋，先生與仲弟移寓三里河清化寺街，饒有竹木之勝，查給事瑩舊宅也。歲除，先生以逋負多，避債至城東數日，除夕抵暮乃歸。是歲，偕同年張太史問陶唱酬甚多，所得詩文數十首。

五十六年辛亥，先生四十六歲。在京供職。正月十六日，長子飴孫娶婦，汪氏仲姊季女也。四月，蔣宜人率眷屬由水路抵都。十月，石經館開，派充收掌及詳覆官。時至國子監監視刻石，以蔣衡所書《十三經》字多譌俗，有《上石經館總裁書》，欲一一更正，不能從也。是歲，偕法學士式善、劉檢討錫五、伊刑部秉綬、何工部道生、王孝廉芑孫，唱酬甚多。

五十七年壬子，先生四十七歲。在京供職。三月，考差，引見，蒙記名。八月，充順天鄉試同考官。十四日，又在闈中奉視學貴州之命。向例，未散館翰林，無爲學政者。有之，自先生及同年石修撰韞玉始，蓋異數也。九月，榜發，得士董履坦等十三人，副榜希齡等二人，即日至海淀御園謝恩，兼請聖訓，即蒙召見，垂詢鄉貫科第甚悉，并命速赴新任。先生退，即束裝。十六日，次子盼孫殤。二十四日，挈家上道，十月半，抵樊城，眷屬暨賓友由水程進發，先生馳驛先行。十一月十三日，抵貴陽，巡撫嘉興馮公光熊等皆出郭相迓。十五日，接印任事，即緘題觀風十三府一廳所屬生童，以衙署逼窄，捐貲搆署後樓閣，即今聽事西紅香館、聽雨篷、曉讀書齋、千葉蓮臺等是也。十二月初三日，眷屬抵署。從子繩孫、悼孫、史甥超宗，並隨署讀書，延表姪蔣上舍維垣教之。從弟顯吉、原吉、再從姪建禾、蔣表弟曜西、汪甥楷、屠甥景儀，及桂陽李秀才、萬坤先後至署，佐理閱文及幕中雜事。是歲，得詩七十餘首。

五十八年癸丑，先生四十八歲。在貴州任。二月，出巡上游。歲試安順、南籠、大定、遵義四府。五月，回署。六月，歲試貴陽府。八月出巡下游。歲試平越、思南、石阡、鎮遠、思州、銅仁六府。十一月，回署。先生每課士，皆終日坐堂皇，評騭試卷，積弊悉除。又歷試諸府，皆拔其尤者，送入貴陽書院肄業。一歲捐廉俸數百金，助諸生膏火，又購經史足本及《文選》《通典》諸書，俾資諷誦。其在省日，每月必自課之，令高等諸生進署，講貫詩文，娓娓不倦，欵以飲饌，奬之銀兩。由是黔中人士，皆知勵學好古。甲寅乙卯兩科，書院諸生中式者至五十餘人，内如胡吏部萬清、花給諫杰、黄大令鶴、何編修應杰、張工部本枝、邱編修煌、翟編修錦觀、徐進士時英、蘇大令廷棻、焦進士承煒、劉進士煜兄弟、賀進士世清等，連翩擢第，餘皆領鄉薦及登拔萃科以去。五六年間，所識拔之士，無仍爲諸生者。是歲，具摺奏請以《禮記》鄭康成注易陳灝，奉旨交部議奏，爲部臣所格，不行。凡得紀游詩及雜文共百五十首，著《意言》二十篇。

五十九年甲寅，先生四十九歲。在貴州任。二月，出巡下游。歲試都匀、黎平二府。都匀試畢，陸行至三脚屯，由都江舟行，古之牂柯江也。至古州，復登陸。時彭提督廷棟兼攝古州總兵，與孫司馬鑑出迓，邀游五榕山，入諸葛洞。時方仲春，百卉齊放，菜甲花黄及一二十里，先生嘗云：「江南無此春景也。」留一日，始行。沿路苗寨中，皆合隊出迎，男吹蘆笙，衣錦衣，插雉尾，女則衣黑襜褕，以銀圈飾頸，富者至一二十圍。晚至館驛，必東西列亭下唱歌，以荷包及銀犒之，方去。黎平以歲科並試，留四十日，乃行。中途歷游南泉山、少寨洞、獅子崖諸勝，奇麗皆目所未睹，先生並有游記。三四五月，科試鎮遠、思州、銅仁、思南、石阡、平越、都匀七府。五月十四日，返署。先一日長孫瀫曾生。八月，值甲寅恩科，録送士子入闈。九月，科試上游安順、南籠二府。十一月，回署。是歲所得詩文百餘篇，著《釋歲》《釋舟》二篇。

六十年乙卯，先生五十歲。在貴州任。正月十九日，布政使以下奉邀巡撫馮公及先生至城南甲秀樓，張讌放燈，酒半，得銅仁苗石柳鄧戕官起事耗，署按察使張公繼辛、貴東道尼堪富什渾公聞信即行。甫曙，馮公繼往。自此至任滿入都，苗氛未豢〔二〕，數公並在軍營，時有書函往復，頗靖規畫焉。三月，科試大定、遵義二府。五月，回署，六月，科試貴陽府。八月，值乙卯正科，録送士子入闈。九月，以將報滿，蔣宜人先率子婦回里。十一月十日，先生自省城啓行。督撫密摺陳奏聲名，以爲清廉愛士，數十年所未有。諸生送者，自圖雲關至貴定，三日中常不絶。熊生焕章、楊生大奎隨行，皆新中式無力入都者。十五日，抵鎮遠，新任學使談君祖綬亦至，當即交印，由洪江進發。十二月，抵辰州，晤湖督畢公沅、湖南巡撫姜公晟。十九日，抵荆州，姻家崔太守龍見以公事出，晤崔浣青恭人、錢上舍伯垌兄弟。廿四日，抵襄陽，晤房師安襄鄖道王公奉曾。除夕，抵河南南陽府度歲。是年，得詩數十首，著《貴州水道攷》三卷，門下士爲先生校刊《附鮚軒》《卷施閣》二集。

嘉慶元年丙辰，先生五十一歲。元日，偕南陽鎮總兵袁果、南陽府知府完顔岱等，至幄殿，行朝賀禮。初二日，上道。初七日，至滎澤，過河，半渡，風大作，舟幾覆。薄暮，仍返南岸。因步行，携從子悼孫及兩門生至惠濟橋行館草宿。越一日，月夜復渡河，夜半，忽冰凌大下，衝舟至四十里外，方得泊。明蚤，復至滎陽驛，索人夫帆纜，始成行。午刻，抵北岸。十四日，抵安陽，晤同年趙大令希璜。元夕，宿磁州。廿八日，入都。廿九日，詣宫門覆命。時先以任滿日，黔省督撫保奏過優，蒙諭，見面時題奏。當日軍機處將原摺先遞，旋即召見，諭問黔中課士情形，黔楚苗匪近狀，民情安擾，官吏賢否甚悉，又垂詢祖父兄弟并甲第師生。良久方遣出。是年，以皇上登極恩詔贈先生父承德郎、母安人。復以本身妻室應得封典，貤贈祖父母如例。二月，僦寓兵馬司前街。四月，散館一等，奉旨留館。六月，派本衙門撰文。七月，派充咸安宫官學總裁。八月，移寓沙土園八角琉璃井官房，有亭池樹石之勝。是歲，得詩約百首。

二年丁巳，先生五十二歲。在京供職。二月廿四日，長孫女生。三月初三日，奉旨在上書房行走，侍皇曾孫奕純讀書。即日移寓澄懷園近光樓下。五月，恩賜葛紗宫扇香串藥定有差，蔣宜人率子婦等抵都。八月丁酉朔，皇上釋奠于太學，奉旨偕李編修鈞簡、石修撰韞玉、王編修宗誠分獻後殿。是日，四子肸孫生。其母侍姬鄭氏□□人，蔣宜人前以多病，爲先生購得之，命隨入都侍巾櫛焉。十月，仲弟以嗣母余太孺人年邁乞養歸，先生垂淚送之，自此亦有歸志矣。十二月，恩賜御書福字，風羊鹿尾諸品有差。是歲，得詩文七十餘首，刊《東晋疆域志》竣。

三年戊午，先生五十三歲。在京供職。元夕後，仍遷入澄懷園直廬。正月十二日，仲弟副使君卒于里門。二月廿七日，大考翰詹諸員於正大光明殿，欽命題爲《井鮒賦》、《春雨如膏詩》、《征邪教疏》。先生於疏内力陳内外弊政，至數千言，情詞剴切。閲卷者皆動色，初擬二等前列，旋置三等二名。三月初二日，引見，蒙高宗純皇帝記名。時甫得仲弟凶訃，痛哭不食者累日，即於初七日陳情引疾。二十五日，挈家屬從陸路南回。四月二十五日，抵里，哭仲弟於厝舍。五月，詣蘇州，哭畢公沅於其墓。七月望日，送舅氏曙齋先生暨長子飴孫至江甯鄉試。九月，榜發，飴孫中式第四十二名舉人，曙齋先生亦以年過八十，循例欽賜舉人。十月，因長子飴孫至高淳謁房師張君其緍先生，偕至宜興，徧游善卷龍池之勝，旋即歸里。初十日，叔母余太孺人卒。先生經理喪事，踰月不出户庭。十一月，至杭州，訪阮學使元、秦觀察瀛，寓西湖漱石居，半月而歸。十二月，葬余太孺人於前橋先塋，并卜葬仲弟於塋南計家村。是歲，得詩文約百首，刻《十六國疆域志》竣。

四年己未，先生五十四歲。在里門。正月，爲洞庭包山之游，回舟復至香雪海探梅，月杪返里。二月驚聞高宗純皇帝升遐，以内廷翰林例應奔赴，隨即束裝北上。三月初二日，抵都，奉旨在觀德殿隨班哭臨，因赴本衙門銷假，暫寓同年戴刑部敦元鐵廠寓齋。四月，派充實録館纂修官，偕總裁諸公，首先訂定條例，承纂第一分書，即高宗純皇帝初登極時事也。是月，以高宗純皇帝升祔太廟，恩詔贈先生父奉直大夫，母宜人。本身妻室並請封典如例，充己未科會試磨勘官，殿試受卷官。五月，奉旨教習己未科庶吉士。分課湯君金釗、張君惠言、貴君慶等十四人移寓西華門南池子關帝廟。八月，第一分《實録》告成，先呈御覽。先生以春初束裝匆遽，在都車馬衣履一切未具，遂于二十日在本衙門乞假，已准，擬於九月初二日叩送高宗純皇帝梓宫後南行。時川陝餘匪未靖，湖北、安徽尚率兵防堵。時發諭旨籌餉調兵。先生目擊時事，晨夕過慮，每聞川陝官吏偶言軍營情狀，感嘆焦勞，或至中宵不寐，自以曾蒙恩遇，不當知而不言，又以翰林無言事之責，不應違例自動章奏，因反覆極陳時政數千言，於二十四日上書成親王及座師吏部尚書朱公珪、左都御史劉公權之，冀其轉達聖聽。發書後，始以原稿示長子飴孫，告以當弃官待罪。是日，宿宣南坊蓮花寺，與知交相別，同人皆懼叵測，先生議論眠食如常。二十五日，即經成親王等將原書先後進呈。奉旨，傳至軍機處指問。旋有旨：落職，交軍機大臣會同刑部嚴審，定擬具奏。二十六日，王大臣等在都虞司訊問〔三〕，並面傳諭旨：「洪亮吉係讀書人，不必動刑。」先生感激聖恩，伏地痛哭，一一如問，指陳無隱。當經王大臣等擬以大不敬律斬立决。奉旨免死，發往伊犁，交將軍保甯嚴行管束，二十七日即行。時事出倉猝，車馬行李，俱無所出。姻家崔大令景儼方在都門謁選，偕同年王編修蘇、同里莊上舍曾詒等，日夜摒擋。滿洲侍郎成格公，時官户部主事，素未識先生，自以屋券質銀三百兩爲助，方得成行。計在刑部三日夜，及自刑部至兵部，暨出彰儀門，慰問者不絶於道，其中多有未經識面者，先生一一謝之。崔、莊二君及同里張庶常惠言、陶孝廉登瀛，皆送至蘆溝橋，信宿而返。二十八日，至良鄉，遣長子飴孫旋里，支持家事，遂挈二僕一車夫以行。統計：自京師至西安，二千六百五十里，計程二十六日；自西安至蘭州，一千六百九十里，計程十八日；自蘭州至肅州，一千四百七十里，計程十八日；自肅州嘉峪關至伊犁，萬一千里，計程七十二日。先生行篋蕭然，資斧屢見匱乏，賴故交素識，殷勤贈賮，饋食解衣，始得遄行抵戍。在直隸山西，則如李大令景梅、蔣刺史榮昌、陳大令曰壽；在陝西，則如朱太守勳、莊刺史炘、費大令濬、錢州判坫；在甘肅，則如楊户部芳燦、布政揆、姜按察開陽、唐大令以增、周二尹能珂，皆先生素交也。十月初八日，抵西安，重僱車馬，留三日，乃行。十一月初四日，抵蘭州。十二月初一日，抵肅州，重僱出關長車。除夕，在鎮西府度歲。事皆詳遣戍伊犁雜記。是歲，得詩一百四十首。自西行以後遵旨不飲酒，不賦詩。

五年庚申，先生五十五歲。在伊犁塗次。正月二日，自鎮西府西行。十六日，抵烏魯木齊。二月初十日，抵伊犁惠遠城。自八月二十七日由都起程，至是凡行百六十一日，始抵戍所。先是伊犁將軍保甯妄測聖意，於未到之先，先遞奏摺，中有「該員如蹈故轍，即一面正法，一面入奏」等語。奉硃批「此等迂腐之人，不必與之計較。」保公之意始息。到日，派辦册房事務，并給西城官墅一所。先生自抵伊犁，除謁見將軍外，蹤跡不出户庭。所居環碧軒，高柳百株，亭亭蔽日，軒下谿水四周，暇則静坐擁書，間或巡欄閒步而已。是年四月，京師亢旱。皇上虔禱三壇，祈求雨澤，因命清理庶獄，分別減等，又敕刑部及各省，詳查永遠監禁人犯，分別省釋，其在新疆年久未經釋回者，俱分別開單，候旨加恩。先生以到戍未及三年，例不開列。自四月二十四日皇上親禱社稷壇之後，經旬尚未得雨。閏四月初三日，因奉上諭：「從來聽言爲郅治之本，拒諫乃失德之大。朕從不敢自作聰明，飾非文過，採擇羣言，折衷而用，兼聽並觀，惟求一是而已。去年編修洪亮吉既有欲言之事，不自具摺陳奏，轉向成親王及朱珪、劉權之私宅呈送，原屬違例妄爲。經成親王等先後呈進原書，朕詳加披閱，實無違礙之句，仍有愛君之誠，惟『視朝稍宴，小人熒惑』等句，未免過激。令王大臣等詢問，擬以重辟，施恩改發伊犁。然此後言事者日見其少，即有言者，亦論官吏之常事，而於君德民隱，休戚相關之實，絕無言者，豈非因洪亮吉獲咎，鉗口不敢復言，以至朕不聞過，下情復壅，爲害甚鉅。洪亮吉所論，實足啓沃朕心，故銘諸座右，時常觀覽，若實有悖逆，亦不能壞法沽名，不過違例奔競取巧營私之咎，況皆屬子虛，何須置辨，而勤政遠佞，更足警省朕躬。今特明白宣諭王大臣并洪亮吉原書，使內外諸臣知朕非拒諫飾非之主，實爲可與言之君，諸臣倖遇可與言之君，而不與言，大失致君之道，負朕求治之苦心矣。」王大臣看此諭，先行迴奏，仍各殫心竭思，隨時密奏。軍機大臣即傳諭伊犁將軍保甯，將洪亮吉釋放回籍，等因，欽此。是日午刻，皇上硃筆親書，諭旨交軍機頒發中外。下午以後，同雲密布，即得甘霖。御製《得雨敬述詩》紀事。御製詩注有「納言克己，乃爲民請命之大端」。本日親書諭旨，將去年違例上書發往新疆之編修洪亮吉立予釋回，宣諭中外，并將其原書裝潢成卷，常置座右，以作良規。正在頒發，是夜子時，甘霖大沛，連宵達晝。旋據報：「近郊入土三寸有餘，保定一帶亦皆深透。天鑒中誠，捷於呼吸，可感益可畏也」等語。是月二十七日，先生在伊犁，欽奉諭旨，於將軍署庭涕泣叩首，恭謝聖恩訖，即呈明將軍，以五月初一日東還。統計居伊犁僅及百日。同人言：自闢新疆以來，漢員賜環之速，未有如先生者。有《紀恩》詩四首記事，同人皆贈詩送别。二十日，抵烏魯木齊。六月初六日，抵哈密。二十一日，抵肅州，換車而行。七月十三日，抵蘭州。十六日，次孫宛曾生。是月杪，抵西安。八月十六日，抵開封。九月初七日，抵里。親故話舊，幾如隔世，因自號更生居士。十二月小除夕，女紡孫適江陰繆氏，繆墹梓入贅於家。是歲，得詩九十五首，補作《伊犁紀事》等詩九十七首，雜文十四篇，著《天山客話》一卷，《紀程》一卷，《外家紀聞》一卷。

六年辛酉，先生五十六歲。在里門。自二月以後，偕里中耆宿，爲壺碟之會。每逢花辰令節，與趙觀察翼、莊宫允通敏、徵君宇逵、蔣通守騏昌、吴封君端彝、陳大令賓、蔣表兄廷耀等，往還唱酬無間，每歲皆然。其於莊大令述祖、臧明經鏞堂，則時時相與商榷經義，屢有辨證焉。五月十三日，孫宛曾殤。六月，避暑焦山定慧寺。詩僧慧超、巨超，皆從論詩。同年曾都轉燠，邀遊揚州平山堂，數日，仍返焦山。七月，孫總戎廷璧邀游太湖東西二山，遂至消夏灣觀荷。十月，松太道李觀察廷敬邀游吴淞江，鎮洋汪庶子學金邀游趣園，遂自蘇州徧游婁東諸勝而返。是歲，得詩二百十九首，文三十一篇。

七年壬戌，先生五十七歲。在里門。旌德譚君子文居下洋鎮，自建洋川書院，延課諸郡生童。聘先生主講席，遂以二月携第三子符孫、墹繆梓至洋川，與諸生講經談藝，每至宵分。遠近聞風從游者日衆。四月，旋里。八月，青陽陳明經蔚邀游九華，歷天臺東巖諸勝，復游黄山，浴朱砂泉，重至洋川書院。十月，旋里。十九日，蔣宜人卒，有《悼亡八首》記事，作《蔣宜人行狀》。十二月，吴江徐待詔達源邀遊黎里，旬餘而返。先生自塞外歸，尤喜導揚後進。每遇世交子弟才藻過人者，輒向名公鉅卿稱道不置。同里如劉編修嗣綰、莊上舍曾詒、黄孝廉載華、丁明經履恒、陸孝廉繼輅、秀才耀遹、黄上舍乙生、莊秀才綬甲、周孝廉儀暐、陸上舍鏞、高秀才星紫、瞿孝廉溶等，皆得獎勵之益；其專心古學者，如劉孝廉逢禄、董上舍士錫諸人，則以漢魏諸儒勗之；其在蘇州、松江、鎮江、徽州、甯國、池州及浙江東西諸郡，簪屐所至，從游最多，每有異才，必加獎許；其尤邀心賞者，至折輩行相交，請質文字，纍纍常盈几案，至有數千里轉輾介紹以求詩文題字者，如雲南師大令範、袁明經揆、四川郭主簿蘭芬等，不可勝計；至如羽士緇流，素工吟咏者，亦欲得一言以爲幸。偶歸里中，及所過之地，户屨恒滿，樽酒過從，論文考古，動輒移晷，先生不憚其煩也。是歲，得詩百七十七首，文三十五篇，著《左傳詁》二十卷。

八年癸亥，先生五十八歲。在里門。正月，同年曾都轉燠過訪，因偕同里趙觀察翼、劉宫贊種之、莊宫允通敏、舅氏曙齋先生、莊庶常詵男、謝庶常幹，爲詞館之會，留讌數日始行。二月，鹺政額勒布公聘主揚州梅花書院，因游京口諸山，遂至平山堂看梅。四月，以揚州講席酬應較繁，辭之而歸，仍赴洋川書院。是月廿八日，次孫女生。五月，旋里。六月，至焦山定慧寺避暑，旬餘而返。八月，仍赴洋川書院。十一月，自洋川由水程沿江至蕪湖，張太守祥雲、陳孝廉懿本留游後湖蟂磯諸勝，遂訪孫觀察星衍於江甯。月杪，旋里，偕同里諸公爲消寒雅集，杯酒往還，更迭置讌。十二月，復游上海，偕李觀察廷敬及幕中諸客，爲消寒會，旬日返里。十二日，葬蔣宜人于前橋先塋昭穴，復遷葬仲弟副使君於穆穴，先生自營生壙，戒子孫毋得更葬，爲詩以記之。葬事既畢，因至句容茅山，偏游青元館、華陽岡、乾元觀，與舊友王司馬周南談燕竟日而返。是歲，於宅西西圃小築泉石，創曙華臺、更生齋。得詩二百九十九首，文三十二篇，刊竣《乾隆府廳州縣圖志》五十卷，著《比雅》十二卷。

九年甲子，先生五十九歲。在里門。正月，率長子飴孫弔平學使恕於江陰。同年邢大令澍邀游長興龍華寺，遂泛湖至長興，自長興訪王少寇昶於青浦，李觀察廷敬復邀游上海，偏訪南園、吾園及葉氏也是園。三月，重赴洋川書院。四月，自洋川至歙縣洪源，謁先祠，展大同府君之墓。五月，旋里。初七日，第五子齮孫生。六月，送書院諸生至江甯鄉試，留居報恩寺精舍匝月。八月，重游上海，李觀察邀同先生及吴祭酒錫麒、祝編修堃、趙表弟懷玉諸人，以中秋夜泛月至吴淞江，飲宴達旦，各有詩紀事。十月，如皐汪觀察爲霖邀游北園，遂偕登狼山絶頂，望海，訪水繪園故址，回塗溯江，復至焦山小憩。十二月，至蘇州，游天平支硎諸山，久住吾與菴，遂往鄧尉香雪海探梅而返。是歲，得詩二百五十九首，文二十一篇。

十年乙丑，先生六十歲。在里門。正月，自宜興渡太湖至長興，偕詩僧巨超游卞山，遂自湖州至天台，偏游天台石梁、赤城、瓊臺諸勝，宿桐栢宫國清寺，數日而返。三月，涇縣李大令德淦聘修縣志，設志局於蕭公祠。先生日與縣人趙舍人良霌、廣文紹祖、左明經煊、朱廣文煐等，訂定志例，酬酢往還無間。五月，旋里。六月，重至涇縣志館。八月，旋里，復爲太湖包山之游，偏訪石公山、林屋洞、緑楊灣諸處。

九月三日，爲先生周甲初度，長子飴孫等於里第授經堂稱觴二日。初十日，第三子符孫娶婦崔氏。乾隆辛巳進士，分巡湖北荆宜施道、永濟崔君龍見之孫，乾隆壬子科副榜貢生、甘肅兩當知縣景儼之女也。十月，由京口溯江至星子縣，登匡廬絶頂，自香爐峰歷石門澗、天池、佛手巖、黄龍澗、秀峰寺諸勝，回塗重至涇縣。是月七日，次孫女殤。十二月，旋里。是歲，得詩三百四十三首，文二十二篇。

十一年丙寅，先生六十一歲。在里門。正月，至杭州，以元夕泛舟西湖，遂至餘杭縣，徧游徑山、大滌山諸勝，宿洞霄宫，回舟復至鄧尉看梅。二月，甯國魯大守銓聘修《甯國府志》，設志局于城北戚氏故居。先生以《涇縣志》事將成，命長子飴孫先往編校，自留甯國訂定條例，閒訪敬亭南湖之勝。四月，自甯國至涇縣，由水程旋里。五月，復至甯國。七月，自甯國至涇縣，遂由旌德太平往游黄山，浴朱砂泉，宿紫雲菴，復自黟縣祁門溪行至崇安縣，游武夷山，徧歷九曲溪及天樞玉女諸峰，入桃源紫雲洞，自上饒玉山舟行旋里。是月四日，孫凱曾生。第三子符孫所生。二十三日，第三子婦崔氏卒。八月二十三日，孫彪曾生。長子飴孫所生。十月，重赴涇縣。十一月，以《涇縣志》告成，自涇縣至甯國，壻繆梓補江陰縣學生。十二月，由甯國旋里。是歲，得詩三百十七首，文二十二篇，著《六書轉注録》八卷，編纂《涇縣志》三十二卷。

十二年丁卯，先生六十二歲。在里門。正月，往游金焦二山，小憩定慧寺。二月，舟行至於潛縣，游東西天目山，宿禪源寺，數日而返。重赴甯國志局，第三子符孫侍行。五月，旋里，避暑焦山定慧寺。六月，重至甯國。是月二十日，次女生。二十二日，側室鄭氏卒。七月，自甯國至江甯。八月，嘉興李太守賡芸邀游煙雨樓，遂游常熟虞山，至嘉興，復渡浙江至紹興，登北幹山，訪快閣天池之勝。十月，重至甯國。十一月，以府志告成，自甯國旋里。是歲，常州大旱，秋霧復傷稼，禾苗不成，飢民皇皇，城邑尤甚。先生首請于蔣太守榮昌及武進、陽湖兩明府，設局營田廟，捐資施賑。先生總理局事，自捐三百金爲倡，餘按城鄉各商賈殷户，酌資勸捐，每日卯刻入局，漏下一二十刻始返，風雨無間，又慮賑鬻賑米有疾疫及狼藉粒米之虞，於是改賑以錢。自十二月至戊辰四月，每月放賑一次，計在局四閲月，凡捐銀一萬七千九百餘兩、錢十萬六千四百餘千，所賑飢口二十萬四千九百六十餘，其鄉歸鄉辦者不在此數。閭閻稍蘇，而灾厲不作，鄉人感之。是歲，得詩二百九十二首，文二十四篇，編纂《甯國府志》五十卷。

十三年戊辰，先生六十三歲。在里門。二月六日，偕陽湖畢明府開煜在武廟放第二次賑。三月十六日，偕陽湖馬明府紹援在西廟放第三次賑。是月，自江陰渡江至通州，遊雲台山及狼山，登支雲塔，觀海。四月十八日，偕馬明府在武廟放第四次賑。是月，至杭州，小住湖上，游雲棲理安諸寺，回舟復觀吴門競渡而返。六月，避暑焦山定慧寺。是月二十日，適芮氏伯姊卒，先生哭之慟，浹旬不出户庭。八月，率第三子符孫至江甯鄉試，回塗復至揚州訪友，重憩焦山，以中秋月夕，徧游月波臺巨公崖，與詩僧巨超等談游竟夕。十月，江行至漢陽，訪洪山、南湖、晴川、黄鶴之勝，月杪旋里。十一月，游荆溪南山，入張公洞里許而還。初五日，孫序曾生。第三子符孫妾戈氏所生。是歲，靖江朱方伯勳居憂，寓郡中，先生偕方伯及其客陳司馬玉鄰唱酬，往來最數。得詩二百七十一首，文二十篇。

十四年己巳，先生六十四歲。在里門。正月，至蘇州鄧尉看梅，久憩吾與菴。三月，重游焦山，小憩定慧寺及海門菴。四月廿二日，先生偶患脇疾，服醫家消導之劑，月杪漸愈。五月初五日，脇痛復劇，飲食漸減，猶日坐歲寒堂，未嘗偃卧，有問疾者，皆自謝之。初九日，服醫家降伐之劑，脇痛未減，時有喘逆。十二日，氣息漸微，家人環問，頻云無所苦，彌留之際，老媪抱幼孫彪曾侍側，呼先生，猶徐應之。未刻，先生卒。越一日，殯于北江草堂。子飴孫等以是年十二月二十四日申時葬先生于武進縣德澤鄉前橋祖塋昭穴。

常州府志人物傳

洪亮吉，初名禮吉，字稚存，陽湖人。其先出於唐監察御史宏察，避孝敬太子諱，更氏洪。亮吉六歲孤，母蔣賢明，督課嚴，風雪夜受經至雞鳴。亮吉純孝，既壯，爲嬰兒戲娱母。貧，出遊，歸聞母凶耗，慟絶墮水，得救免。三年徹酒肉，不入中門，其性摯如此。

亮吉少工文辭，從安徽學使朱筠遊，時同幕府餘姚邵晋涵、揚州王念孫、汪中、同縣孫星衍，並敦向古學。亮吉因治經，熟精三史，學益宏博。乾隆五十五年成進士，殿試一甲二名，授編修充國史館纂修官。五十七年充順天鄉試同考官，拜貴州學政。貴州僻遠，寡聞見，亮吉購經史古籍給學官教授，奏《禮記》陳澔注孤陋，易鄭氏，格不行。嘉慶元年，充咸安宫總裁，上書房行走。三年正月大考翰林，時白蓮賊起，川陜不即平，亮吉爲《征邪教疏》斥時政，置下等。會弟亡，引疾歸。四年正月，高宗純皇帝崩，亮吉奔喪入都，與修實録，務依古史裁簡約核，事與掌院議不合。欲歸，目擊時事，胸中欲吐者坌涌，而翰林無言責，不得達，乃上書成親王，極言時政萬餘言。

王得書不敢祕，與大學士朱珪、劉權之白奏。上見「視朝太晏」、「小人熒惑」等語，以爲論及宮禁，震怒，革職，方對簿，詔：亮吉讀書人，體弱，毋許用刑。亮吉感動伏地，問何爲上書，從容應曰：「庶人傳語，況翰林乎？」王大臣等當亮吉大不敬律，斬立決。特恩免死，遣戍伊犂。九月二十四日上書，二十七日即行。自詔獄出彰儀門，矚問者不絶於道，或爲之泣。亮吉意氣自如，出塞抵萬松岡，慨然指語左右曰：「此吾童年所夢見也，今至此，非前定耶？」明年閏四月，京師旱，上詣壇祈禱減軍流罪，不雨，朱珪奏「安南黎氏二臣忠而久縶」，上立出之，又不雨。詔赦直言獲罪洪亮吉歸。是日大雨。是時亮吉抵伊犂三月矣。詔曰：「聽言致治之本，拒諫失德之大。自洪亮吉獲咎，言者日少，即言皆官吏之常，不涉於君德民隱，使朕不聞過，下情壅閉，其以亮吉書示内外諸臣，使知朕非飾非拒諫之主，而爲可與言之君。速令伊犂將軍大學士保甯放歸亮吉。初，和珅誅，中外窺。承上旨，亮吉遣在途，保甯奏當以他事坐之死，上敕不許。及詔至，亮吉奉詔涕泣，竟得還。而亮吉遂歸，署其室曰更生，表不殺恩。

里居十年，天下欽望，以識面爲幸。嘉慶十四年五月卒，年六十有四。亮吉性剛急，好古人偏奇之行，喜游，登黄山天都峰絶頂，入茅山石洞，持燭行數里，放舟上洞庭縹渺峰，大風浪吟嘯自得，皆人所難，而氣質沈厚，可任大事。亮吉既殁，朝廷詔旨猶時及之，有直言陳大計者稱美，謂有洪亮吉風。舉朝唯阿，則激勵之，今何無洪亮吉其人！其名在朝廷如此。著書二百六十餘卷。子飴孫，字孟慈，嘉慶三年舉人，知湖北東湖縣。沈敏嗜學，能繼父業，多撰述。卒於官。

皇清奉直大夫翰林院編修洪稚存先生行狀

通議大夫　日講官起居注左春坊左庶子充

皇清文穎館總纂修官蒙古法式善撰

曾祖璟，山西大同府知府。曾祖妣，徐氏封恭人。

祖公寀，太學生貤贈承德郎。祖妣趙氏，貤贈安人。

父翹，太學生贈奉直大夫。妣蔣氏，贈宜人。

先生姓洪氏，初名蓮，改名禮吉，後又改名亮吉，字君直，一字稚存，號北江，晚自伊江歸，乃自號更生，然人皆稱爲稚存。先生云：先世居歙，祖遷於常州，乃居常爲陽湖人。先生生四歲，伯姊教之識字。五歲能背誦《大學》《中庸》。六歲孤，母蔣太宜人携居外家，自課之。先生所以繪《機聲燈影圖》也。太宜人嘗舉「宜其室家」命之屬對，遽應聲曰「飽乎仁義」，太宜人頗奇之。十三學作詩，詩以排奡勝，蓋少年時即能爲盤空硬語焉。二十四補縣學生，與同縣趙懷玉、黄景仁爲友。至江甯，袁大令以爲逸才。朱竹君筠督安徽學，賞其文似漢魏，與黄景仁俱延入幕，嘗稱二子之才，致書京朝官，謂如龍泉太阿，皆萬人敵。先生既居學幕，交江都汪中、餘姚邵晉涵、武康高文照、高郵王念孫、會稽章學誠、興化顧九苞、歸安吴蘭庭，學日進。會朝廷開四庫館，命江浙搜采遺書，而安徽省設局，則先生總其事，錢侍郎維城、彭學使元瑞、蔣編修士銓争稱之。乾隆甲午科，中江南副榜第一，里中人以先生與孫星衍、黄景仁、趙懷玉、楊倫、吕星垣、徐書受爲七子。四十一年，佐浙江學幕，聞太宜人病，馳歸，距常州三十里，徒步入城，途遇僕以太宜人卒告，先生方度橋，遂墮水，隨流下數里，汲人救之出，久乃蘇，歸家，水漿不入口者五日，終喪不肉食，不入内寢，自以未及視含斂，哀戚，終身遇諱日輒不食，雖客中途次不變。中四十五年順天鄉試，會試報罷，與孫君星衍遊秦，居畢制府沅幕，爲校刻諸古書，而日遊秦中名勝，詩文益勝。

庚戌科成進士，以廷試一甲第二名入翰林爲編修。壬子充順天鄉試同考官，闈中奉命視學貴州。翰林未散館而爲學使者，前則韓城王文端，近則吴縣石君韞玉及先生三人而已。秩滿還朝，入直上書房。嘉慶三年，翰詹廷試，欽命題有《征邪教疏》，先生下筆數千言，觀者皆動色。旋以弟喪歸里。平生於兄弟朋友之喪，皆力行古道。當黄君景仁客死秦中，先生實經紀之，徒步送至其家云。今上親政，朱文正薦之，既入京，自以蒙特達知當竭忠圖報，而翰林無言事責，乃以己意論時事，上王大臣乞轉奏。天子鑒其愚戇，僅謫戍伊犁，不一年赦歸。而所上王大臣書，天子特置之座側而嘉許焉。先生深知感激聖恩，既返里閈，杜門著書，由是四方求詩文者益衆。而先生所自著考證，書亦益精。以嘉慶十四年五月十二日卒于家，年六十有四。

娶蔣氏，先卒。子四：飴孫，戊午舉人，國史館謄録官，議叙知縣。符孫，太學生。胙孫，齮孫。女二人，孫四人，孫女一人。

生平撰述刊者，有《卷施閣詩文集》三十二卷，《附鮚軒詩集》八卷，《更生齋詩文集》二十八卷，《三國疆域志》四卷，《東晋十六國疆域志》二十卷，《乾隆府廳州縣圖志》五十卷。

當先生臚唱日，余方侍班，一見即與定交。飴孫居喪次不能爲文，以余久故知先生深，乃寓年譜乞余爲行狀，以待他日有道能文之士爲銘幽文者之采擇。謹狀。

翰林院編修洪君傳

通議大夫山東等處督糧道兼管德常臨清倉事加三級同里孫星衍撰

洪亮吉，字稚存，常州陽湖人。先世徽州，祖公寀，爲趙氏贅壻，因居常州。趙氏守太原，坐法籍没家産，洪保其孤，以義聞。父翹，蚤卒。君六歲而孤，母氏蔣，撫教有法。幼聰慧，以貧故，無常師，能自力學。孝事寡母，一弟三姊，怡怡如也。既入縣庠，有時譽。常仿尤侗爲樂府，述兩晋南北史事，音節遒峭，先達見而稱之。時大興朱學士筠，督學皖江，延攬名士，君與同里黄秀才景仁、揚州汪上舍端光，皆爲幕下士，從學使登涉名勝，各爲詩歌相矜尚，黄似李白，君學杜甫，一時稱洪黄。時幕府有戴君震、邵君晋涵、王君念孫，皆好古學，君亦窮究經籍，尤精熟三史。乾隆二十九年中甲午科副榜。君詩古文愈進，當道多延之修古書校文者，遊道日廣。四十一年丁母艱，自浙中奔喪歸，哀毀有過禮，三年不肉食，不入於内，不與里中祭弔。時古禮久不能行，或反謂其迂僞。四十五年庚子科中北榜舉人，旋至關中，依畢撫部沅與纂宋元資治通鑑，始爲地理之學，撰補三國十六國疆域志等書。

五十五年庚戌科成進士，以一甲二名賜及第授編修。又二年，充壬子科鄉試同考官。是年奉命督學貴州，奏《禮記》宜用鄭氏古注，今功令試士從元陳澔注，舛漏不足闡發經義，未奉部議施行，復命後久之假歸。

今上親政，修高宗純皇帝實録，朱文正珪保薦君起復赴都，君修史依古法，務簡質，與諸鉅公議多不合。又以上大開言路，翰林無專達之責，每在師友座扼腕論事，勸諸大僚，激揚人物清濁，人多以爲狂。將假歸，乃致書親王大臣，累數千言，列某封疆誤國不恤民，某使臣婪索虧帑藏，某號稱正士託迹權門，某官列清班乞憐貴要，又言部使出按章輒瞻徇完結，不能伸理冤獄，凡指斥内外臣四十餘人。上得其書，交刑部訊結，依大不敬律擬斬决奏上。上以君無違礙之句，有愛君之誠，免死，改發伊犁。未三月奉旨釋回。上又因君獲罪後，言事者少，即有言者，無君德民隱休戚相關之實，特製導言納諫論，置原書座右，宣示諸臣，并有「亮吉所論，實足啓沃朕心及知朕爲可與言之君」之諭。先是，伊犁將軍某妄測聖意，密奏俟君到戍所，引事置之重辟。有旨申飭，不行。君卒以保全。歸里後，杜門撰述。卒於嘉慶十四年五月十二日，春秋六十有四。

君一生勤學，不以所遇榮枯釋卷帙。伉爽有志節，自稱性褊急，不能容物，好古人偏奇之行，每惡胡廣中庸，不悦孔光、張禹之爲人。遊山窮極勝境，登黄山天都峰絶頂，入茅山石洞，然燭行數里，皆人所不能到。放舟登洞庭縹緲峰，值大風浪，嘯歌如故。晚年詩愈刻峭，爲六朝駢體文，筆力遒邁。自刻成文集若干卷，注《左傳》若干卷，他著作復數百卷，詳於家傳，不具述云。

妻蔣氏，先卒。子：飴孫，符孫，胙孫，齮孫，飴孫，亦能讀父書，爲古學。

舊史氏曰：吾於洪君之遇，而知聖世容人納諫之政，度越千古也。唐宋不殺言官，恕其一死；或探上意，斃之道路；或不見省録，終於戍所，何可勝道！君以違例言事，蒙恩免死，不斃於邊帥陰謀之手，於是知聖明之獨斷遠矣。

洪稚存先生傳

文林郎翰林院編修充國史
館纂修官宜黄謝階樹撰

洪稚存先生亮吉，江蘇陽湖人也。其先居歙之洪坑，本宏氏。唐時有經綸者爲宣歙觀察使，避孝敬諱，改爲洪氏。三十六世，至先生高祖德健。德健生璟，拔貢生，累官山西大同府知府，有政績，入祀名宦祠。璟生公寀，贅於常州，遂占籍焉。公寀生翹，翹生先生。先生生六歲而孤，家貧，隨母僑外家蔣氏。少慧，童時能爲詩古文辭，及壯，伉爽有志節。有司聞其名，辟掌書記，鬻文得金，即以將母。後數歲，母病中風卒。先生在處州，聞疾馳歸，比至里得實，大哭昏絶，方度橋，墮水，流里許，有汲者見其髮，持之，則闖然人也，呼衆，共舁之，識爲先生，既甦，而哭不絶聲，觀者皆垂淚歎息曰：真孝子！時天寒，卒無所得衣履，里人蔣松圓解己衣衣之。終喪如禮，以不得視母殮，遇忌日輒不食。又以聞母疾時方聽樂，遂終身不近絲竹，其天性如此。又數歲，遊陝之西安。黄景仁其友也，亦客安邑，將死，託以身後事。先生得書，四晝夜馳七百餘里至安邑，扶其柩旋里，且營葬焉。其風義皆此類也。

乾隆庚戌舉禮部試，廷試第二人，除授翰林院編修，充國史館纂修官。明年，充順天鄉試同考官，旋命爲貴州學政。故事，翰林未散館無爲學政者，有之，自先生及修撰石韞玉始。三歲滿任。今上元年四月，散館留編修。旋充咸安宮總裁官。明年，命上書房行走。又明年，大考翰詹官，上命諸臣擬《征邪教疏》。是時川、楚、陝餘氛未靖，先生指陳規畫，慷慨數千言，無所爲忌諱。閱卷官嫌其切直，抑置三等。是月，病免家居。又明年，高宗純皇帝上賓，先生以供奉内廷，奔京哭臨。四月，充實録館纂修官、會試磨勘官、殿試受卷官。五月，教習庶吉士。於是上方親政，詔求直言極諫之士。先生念身自微賤，受知兩朝，居侍從之列，歷試諸職，欲終不言，則非人臣匪躬之義；言之，又慮其不可以徑達也。自聞詔後，不知寢食者累月，一日奮曰：「吾終不可以立仗馬，辜聖天子恩。」乃反覆極陳時事，手書爲三函，乞成親王及故大學士文正公朱珪、今兵部尚書劉權之代奏。明日，成親王等以先生書奏。聞有旨褫職，逮問王大臣，當以大不敬律斬立決入奏。當時中外惶惑，以爲先生禍且不測。内閣中書趙懷玉先生，同里友也，訣之以酒，懷玉一滴不能下嚥，而先生大嚼，以爲先生之未知之也，目之欲語而止者再。先生察其色異，卒問曰：「君似有所言者，何囁嚅也？」懷玉未有以應，已而哽咽出聲曰：「有旨。」先生遽曰：「有旨斬立決耳。吾乃今日知死耶，君少安。」顔色不亂，飲啗如平常。當是時監視者伺於門，行刑者屬於道，而不知上之聖明實無意死之也。於是朱珪入見，免冠頓首曰：「亮吉小臣妄發，罪死不赦，然亦愚忠人也。陛下幸無督過之。」上意愈解。得旨遣戍伊犂。是日出獄，將行，度道里之費不貲，滿洲今禮部侍郎成格，時官户部主事，甚貧，雅未識先生，以屋券質銀三百兩盡餽之，乃就道。先生之行也，居民聞其至，圜觀而拜於馬前。將宿，或薦酒饌，已寢，則置牖上，以首叩户閾而去。又明年二月，先生至伊犂。四月，京師旱，上禱雨心切，命清理庶獄。故事，戍伊犂者滿三年，則伊犂將軍入奏，未及期不得上請。閏四月三日，尚未得雨，特旨釋洪亮吉回籍。詔午下而夕大雨。先生居伊犂厪百日，漢臣賜歸之速，未有如先生者。先生歸，自號更生居士。後十年以疾卒於家，年六十有四。

先生雅好遊覽，自吴、越、楚、黔、秦、晋、齊、豫山水，履迹幾徧焉。遊輒有詩文，故生平著述甚富，有《附鮚軒》、《卷施閣》二集及它詩文、志乘若干卷行於世。

史官謝階樹曰：先生上書時，豈復知有生死哉？忠義憤發於中，有不能自已者焉。天子既已薄其罪矣，又以其書宣示王大臣，蓋堯舜之主從諫如此也。然先生之後，卒未有聞焉。何也？豈猶有所希歟。嗚呼！余讀《漢書》至薛廣德、張猛共諫御樓舩之事，於是元帝善猛曰：曉人不當如是耶！先生之志，余又奭然傷之矣〔四〕。

皇清奉直大夫翰林院編修洪君墓志銘

奉政大夫山東青州府海防同知武進趙懷玉撰

君姓洪氏，諱亮吉，字君直，一字稚存。曾祖璟，山西大同知府。祖公寀，考授直隸州州同贈承德郎。祖妣趙氏，懷玉之主姑也。考翹，國子監生，贈奉直大夫。妣蔣氏。先世居歙縣，承德贅於趙，始爲陽湖人。君生六歲而孤，家貧，就外家塾讀書，聰穎出諸同學上。年二十四，補縣學生。朱學士筠視安徽學，往從之遊，所交多知名士。始，君擅詞章，至是乃兼治經。以乾隆甲午副榜貢生，舉庚子順天鄉試，庚戌成進士，殿試一甲第二人，授翰林院編修。明年，爲石經收掌及詳覆官，以舊書《十三經》多訛俗，白總裁，欲更正之，未能從也。旋充壬子順天鄉試同考官，督學貴州，奏請以《禮記》鄭康成注易陳澔，爲部議所格。教士敦勵實學，購經史足本及《文選》《通典》等書，俾諸生誦習。所識拔者，多掇科第去。黔人爭知好古。還朝，充咸安宫官學總裁，入直上書房，侍皇曾孫奕純讀書。弟靄吉卒於家，君以古人有期功去官之義，乃引疾歸。及高宗純皇帝升遐，赴都哭臨。充實録館纂修官，教習庶吉士。

時川陝賊未靖，上宵旰焦勞。君目擊情狀，欲有獻替，顧翰林例不奏事，於是上書於成親王及座主朱尚書珪、劉左都權之，冀其轉奏。大指謂聖躬宜勤政遠佞，臣工多奔競營私，語過激。有旨交軍機大臣與刑部會鞫，讞上，當君大不敬，擬斬立決。特恩免死，發往伊犁，交將軍保甯管束。當會鞫時，予省之都虞司，次日省之刑部獄，第三日追送廣甯門外，雖勉以正誼，而生死未卜，泣不能忍。君則辭意慷慨，無可憐之色。未抵戍所，將軍奏「該員如蹈故轍，當以事置之法」。有旨申飭以免。庚申四月，京師旱。上親書諭旨，釋令回籍，旋得甘雨。御製《得雨敬述詩》紀事，有「將原書裝潢成卷，常置座右，以作良規」之注。計居伊犁甫及百日。新疆漢員賜環之速，未有如君者。自此遨遊山水，枕葄墳籍者十年，卒得考終家衖。上之成就而安全之者可謂至矣。

君既歸，自號更生居士。丁卯，吾鄉歲祲，首請當事設局賑濟，而自捐金爲倡，主其事頗力，鄉人賴以就蘇。君厚於天稟，情性過人，然明好惡，別是非，無所迴護，議論激昂，伉爽有古直者之風；詩文涉筆有奇氣，舉世稱之。生平所著書凡二百六十餘卷，訓詁地里，尤所顓門云。嘉慶十四年五月十二日卒，春秋六十有四。

配蔣氏，前卒。子五人：飴孫，嘉慶戊午舉人，議叙知縣。盼孫，殤。符孫，國子監生。胙孫，齮孫。女二人，孫四人。以是年十二月己酉葬武進縣德澤鄉前橋之原。飴孫等來乞銘，予既與君中表，又數十年麗澤之雅，周知始終，無以辭也。銘曰：

君之制行惟孝友，爰及宗婣，如身與手；君之致身在忠讜，主聖臣直，令終高朗；君之力學，經爲基，六書指掌，九域列眉；君之行文，古是則，瓌瑋連犿，猋馳電激。嗟乎！洪君家邦之華年，甫協乎卦氣，遽託體乎山阿。謂予言爲可信，庶識石而弗磨。

清故奉直大夫翰林院編修洪君墓碑

朝議大夫國子監祭酒錢塘吴錫麒撰

夫忠孝爲庸行之常，而不磨者至性；文章乃千古之事，而難得者通才。是以郭李著美於人倫，顔謝騰聲於藝苑，若欲並推準的，咸麗名實，求之古昔，往往難之，乃今見之於吾友洪君矣。

君諱亮吉，字君直，一字稚存，號北江，晚號更生，常州陽湖人也。先世居歙縣洪坑，至君祖公寀，贅於常州趙氏，遂遷居焉。父翹，國子監生，累贈奉直大夫，母蔣太宜人。君生有奇姿，羣稱英物。六歲遭贈君之喪，無所依倚，隨母寄居外家，外王母龔太孺人極愛憐之。枕石漱流之語，決其將興；凱風寒泉之思，策之自勵。其時，君方處困，蔣亦居貧，太宜人晨遣從師，夕而考業，寒月一杅，秋螢一囊，讀甫畢而雞號，寢未甯而漏絶，此後之《機聲燈影圖》所爲志也。學既博通，才唯伉爽，師則青藍相代，友乃韋弦交贄。養志之歡，或慰之窺客；負米之悴恒，輔以傭書。每當沿溯江湖，旁陟郡縣，所遇中朝碩望，海内名流，如朱文正公珪、袁大令枚、邵編修齊燾、沈都轉業富、蔣先生士銓，莫不誇董綏以儒梟，目房喬爲國器。甲午中副榜，是年始與孫君星衍訂交，合黄君景仁、趙君懷玉、楊君倫、吕君星垣、徐君書受，互相唱酬，謂之毘陵七子。入林之約，把臂非遲，過關之圖，衝寒如見，一時之盛，梓里稱之。丙申，蔣太宜人卒。

時王文端公督學浙江，方延校文，家人僅以病告。君星夜遄歸，半途得耗，昏迷墮水，幾至不救，歸而辟踴無節，柴毁易狀。趙和死且無恨，哀感路人；劉超哀不離身，常如喪次，人尤重其孝云。庚子舉京兆試，又十年，庚戌始捷，南宫廷試，以第二人授翰林院編修，壬子充順天鄉試分校官，闈中即奉視學貴州之命。故事，未散館無任學政者。有之，自君始。寒氊甫謝，使節行握，撤省門之棘，論早無譁；集泮林之桑，音皆改聽。蓋君至黔，敦厲古學，崇奬儒修，購經史善本及《文選》諸書，以資諷誦，請以《禮記》鄭康成注易陳澔，集《説文》，章《爾雅》選學，於是權輿經術昌明，鄭志由之津逮，至今黔人能務讀書者，君之教也。丙辰，任滿還京，補行散館，以一等留館供職。丁巳，奉旨在上書房行走。戊午大考，題有《征邪教疏》，君力陳内外積弊至數千言。裴顧感時，孫洙論事，揭流民之狀而圖之目前；發流涕之言而聲之紙上。固知其矢愚忠而欲効，懷朴惷而思陳者久矣。

迨己未，值皇上親政之年，正川陝用兵之日，君忡忡葵抱，慊慊芻私，引素食以爲羞，伏青蒲而未敢，遂乃上書三府，冀達九重，致冒昧於語言，幾莫全乎要領。幸賴如天之度，加之不殺之恩，俾得荷戈荷殳，遠戍絶漠。經天山之日，已分魂歸；度玉門之關，敢期生入。乃磨盾之墨猶濕，而賜環之詔已行。時因京師久旱，奉命清釐庶獄，且查在新疆年久者，將行寬典。君到戍纔及百日，特荷恩旨釋回。膏雨同飛，仁風曲被，并示求言之渴用，開進諫之誠。謂狂直若朱雲，詞原過激；念忠愛如蘇軾，心本無他。發函俾警乎臣工，留牘早銘於座右，謙哉！帝德大矣。王言人盡三呼，天真再造，而主之誼厚矣，而臣之遇榮矣。

於是重望衡茅，言歸桑梓，遂得棲魂隴畝，偶影妻孥。激流植援，聊供小憩；經邱尋壑，時賦近遊。每過徐君之墓，黄公之壚，樹已苔封，草多烟積，逝者不作，餘生倖存，則諮父老，以桑麻課子孫，以誦讀藉答高厚，以畢此身，亦復奚慕。乃己巳四月遊焦山歸，衣袖所留，猶是雲氣，江風忽過，竟散詩聲。蓋到家病不旬日，怡然就化。嗚呼哀哉，君生於乾隆十一年九月初三日，殁於嘉慶十四年五月十二日，年六十有四。

娶蔣宜人，先君七年卒。子五人：長飴孫，戊午舉人。次盼孫，次符孫，次胙孫，次齮孫。孫五人：轂曾，宛曾，凱曾，彪曾，序曾。

君之大節章矣，至其友于兄弟，惠及朋友，尤復恤然於急難之故，灌焉於死喪之戚。嘗以仲弟殁，引疾去位，歸里持喪。又其友黄君景仁，旅死安邑，君自西安假驛騎四晝夜行七百里，哭之於蕭寺中，送其柩歸。二秋徂殁，延之之服有逾；千里結言，元伯之車俄及。他如義敦戚黨，誼篤師門，指囷折券之風，樂善好賢之雅，即云餘行，人孰能之？生平嗜好山水，窮極險異，足蹟所到，名勝殆周。故自發軔江淮之始，以逮從軍磧鹵而西，中間關隴馳輪，巴黔弭節，州有九而陟其八，嶽有五而登其三。竹柏相聞，即通之屐齒；薜蘿在眼，無阻於樵步。所歷阨塞之地，華離之區，究興廢於古今，證異同於枕葄，雖興託登眺，而義資攷訂。即至域逾萬里，身濱九死，而疏勒之辨，昆侖之釋，論者爲法顯之志《西域》，道元之注《水經》不能過也。昔龍門作史，乃在涉江而還；長卿著書，已是倦遊之後。君則早通學海，畢貫經神，受寫定於禮堂，務折衷於洨長。

所著有《左傳詁》二十卷，《公羊穀梁古義》二卷，《漢魏音》四卷，《六書轉注録》八卷，《比雅》十二卷，《史記》等四史謬誤十二卷，《三國疆域志》二卷，《東晋疆域志》四卷，《十六國疆域志》十六卷，《西夏國志》十六卷，《乾隆府廳州縣志》五十卷，《貴州水道志》三卷，《天山客話》二卷，《紀程》二卷，《外家紀聞》二卷，《附鮚軒詩》八卷，《卷施閣文甲集》八卷、乙集八卷、《詩集》十六卷、《詞》二卷，《更生齋文甲集》八卷、乙集四卷、《詩集》十六卷，而郡縣志與應奉文字、幕府箋奏不與焉。夥矣哉！其探纂前聞，牢籠萬有，久已聚將成庫，積可等身矣。若夫雷霆發榮，雲霞焕采，振轡於搏桑之表，迴瀾於積石之源。元神翕張，精氣回斡，又何大哉，又何盛哉！

今其孤飴孫等，將以某月日卜葬君於武進德澤鄉前橋之原，而乞余表其墓道。余與君生既同歲，舉亦齊年，契合性真，脱略繩檢。顔公乞米之帖，互易楮毫；燕市捉酒之場，共數晨夕。篇什具在，日月可推；事變相尋，蹤跡偶闊。然君既生還於西域，余亦乞養於南陔，幸得合并，復尋歡會。見君齒髮如故，步履益强，方謂聖問屢勤，天寵行賁，乃龍虵之厄，哲人其亡；而風木之悲，我辰安在？衣蜉蝣其如雪，蓐螻蟻而奚辭。若君者，本末無渝，德行斯諒。他日史官之筆，書不朽者三；今兹有道之碑，能無愧者一而已。

清故奉直大夫翰林院編修加三級洪君墓碑銘

通議大夫山東等處督糧道兼管德常臨清倉事加三級同里孫星衍撰

洪編修與星衍生同里，客同方，先後同入詞館，交凡三十年。嘗言「吾兩人誰後死作志銘者」，又戲言「恐相狎相謗也」。今年夏，得君子符孫書，知君竟死矣，痛之深，因爲作傳。其年十月，孤飴孫等仍請爲文表，隧不可辭。

君姓洪氏，諱亮吉，字稚存。先世出于唐監察御史宏察，避孝敬諱，改洪氏。生起居舍人子興，子興生宣歙觀察使經綸，傳三十六世至封中憲大夫德健，生山西大同府知府璟，爲君曾祖祀名宦。璟生贈承德郎，考授直隸州同知，公寀爲君祖，贅于趙氏，始居常州，生贈奉直大夫翹，爲君父，配贈太宜人蔣氏。君六歲而孤，母矢志守節，三姊一弟，寄居外家，勤女紅，以自給。母督課君讀書甚嚴。君少穎慧，能爲詩古文。邵編修齊燾主講毘陵，君偕黄秀才景仁從之遊，有時譽，稱洪黄。十八歲，大母趙安人及祖父相繼下世，君承重居廬杖而後起。廿四歲入學爲附生，謁安徽朱學使筠，延之校文。時幕下士多通儒，邵君晉涵、王君念孫、汪君中，俱以古經義小學相切礲，所學日以進。乾隆三十九年甲午科舉，本省鄉試副榜時，當道知君名，多延校書授讀者，遊道益廣。四十一年十月，母猝病卒。君在浙江學使王文端杰幕，得母病耗，馳歸，將至里而有以母死告者，昏迷，痛不得視含斂，因落水，爲汲者救，得甦，觀者稱爲孝子。既哭，痛不欲生，不食者累日，或喻以毁不滅性，始進粥粒，居喪務行古禮，不入内，不食肉飲酒，三年如一日。

四十五年庚子科，中北榜舉人。五十五年庚戌科成進士，殿試一甲二名，授編修充國史館纂修官。五十七年壬子科，充順天鄉試同考官，即拜貴州學政之命。君以古學教士，黔省僻遠無書籍，爲購經史《通典》《文選》等，散置各府書院，不數年，所拔高才生多擢高第官臺閣者，因奏陳灝注《禮記》孤陋，宜以鄭康成注易之以試士，格于部議。嘉慶元年，充咸安宫總裁，在上書房行走。三年正月，大考翰林，君爲《征邪教疏》，指陳時弊，閲卷者抑置三等。會得仲弟凶耗，引疾歸。四年，以保薦入都，與修高宗純皇帝實録，教習庶吉士。君在館撰著，議依古史，裁務簡約，足明事體，與同館諸公意不合。既擬假歸，又感激今上大開言路，翰林無奏事之責，因陳時政數千言，指斥故福郡王所過繁費，致州縣虚帑，藏以供億，故相和珅擅權，時有達官清選，或執贄門下，或屈節求擢官出使者，凡羅列中外官罔上負國者四十餘人。爲書分上成親王及朱文正珪、劉相國權之，進呈御覽。有旨革職審擬。君詞色不撓，直陳無隱，或詰以官無言責，君曰「庶人傳語，況翰林乎！」王大臣等擬以大不敬律置重辟。奉旨改發伊犁。當是時，滿漢大小官無知與不知，皆慕君敢直言，送行者接軫都門外。將至戍所，某將軍妄測聖意，奏請俟君至，斃以法，以發後聞。有旨申飭不行。五年四月，京師亢旱。上祈求雨澤，因命減釋軍流，不得雨。問朱相國珪，奏稱安南黎氏二臣忠而久繫，旱儻在是。釋之，又不得雨。上乃念君以直言獲罪，立予釋回。

是日甘霖大沛。上信感應之速，御製《得雨詩》以記其事，《導言納諫論》言：「亮吉原書無違礙之句，有愛君之誠，實足啓沃朕心。并將其書裝潢成卷，常置座右，以作良規，以勸言事者，毋因亮吉獲咎，鉗口不敢復言。」君以六年歸至里門，雖蒙編管，江左名士過君講學問字者無虚日，或有延君主講者，盡心教士，其學大行。十二年，常州旱荒，饑民皇皇，有司勘，不成灾，不能入告。君請于當道，倡率士夫等捐資賑濟，得銀十餘萬兩，所活饑民數十萬，他邑所無也。卒于十四年五月十二日，春秋六十有四。

君性伉直，好善疾惡，自稱不能容物，慕古人節義事，不喜胡廣中庸。生平好學，嘗引《荀子》言，爲人戒有暇日。經史丹黄，手不停批，凡注釋經史小學詩文雜著之類二百六十餘卷。海内知名之士，皆以識君爲幸。登臨名勝，窮極幽渺，足跡幾偏岳瀆。遊幕所主，皆一時名德不輕就人。文有六朝體格，詩似大謝及杜工部，深嫉浮屠教，文中未嘗用釋藏語。年六十，體氣壯盛，同人望君起官有所建白，以報前席之遇。攖疾遽不起，嗚呼哀哉！

妻蔣宜人，廿三歲歸君，親操作，以事寡姑，進以甘旨，自啖糠覈，不恥惡衣食，歸甯與三姊居，姊所嫁皆素封，金珠耀首，視之泊如也。佐君之官，善經理家政，自奉儉約，周恤戚黨，無倦色。方君遠戍，子輩匿不以告，將歸，乃言之，宜人驚悸成疾，久之始安，以嘉慶七年十月十九日先君卒，得年五十有七。先是君爲生壙，先墓旁葬其妻。其孤飴孫等乃以其年十二月廿四日窆君于武進縣德澤鄉前橋之塋。弟靄吉，官崇文門副使。子飴孫，嘉慶三年舉人，國史館謄録官。盼孫殤。符孫，國子監生，俱嫡生。胙孫、齮孫，母鄭氏。女二，長適江陰縣學生繆梓，次字錢塘項光亨。孫：彀曾，凱曾，彪曾，序曾。銘曰：

堯鼓舜木聖所資，危言不死遇已奇。惟陽感天澍雨施，求忠移孝兩不虧。著書萬卷放厥詞，研經補史理地維。登涉岳瀆窮西陲，玉樓亟召騎箕歸。我交于君曠世知，大書無愧有道碑。

前翰林院編修洪君遺事述

同里　惲　敬

君諱亮吉，字君直，一字稚存。唐宣歙觀察使宏經綸改姓洪氏，子孫世爲歙人。君曾祖璟，大同知府。祖公寀，候選直隸州州同，贅於武進趙氏。武進後分陽湖君爲陽湖左厢花橋里人。父翹，國子監生。母蔣氏。君生六年而孤，家貧苦，身力學，由縣學生充副榜貢生。常橐筆游公卿間，節所入以養母。母卒，君時客處州，弟靄吉不敢訃，爲書言母疾甚，促君歸。君亟行，距家二十里舍舟而徒，方度橋，遇賃僕之父仇三，問得家狀，君號踴，失足落水中，流數里，汲者見髮颺水上，攬之，得人，有識君者，共舁至家，久之方甦。君以不及視含斂，後遇忌日輒不食。年三十五，順天鄉試中式。更十年，爲乾隆五十五年，會試中式，賜第二人及第，授編修充文穎館纂修官、順天同考官，督貴州學政。貴州之士向經史之學，爲歌詩有格法，君有力焉。皇上嘉慶元年，充咸安宮官學總裁官，旋奉旨上書房行走。君初第時，大臣掌翰林院者網羅人才，以傾動聲譽。君知其無成，欲早自異，遂於御試《征邪教疏》内力陳中外弊政，發其所忌。隨引弟靄吉之喪，乞病假歸。後高宗純皇帝升遐，座主朱文正公珪有書起之，復入都供職。

君長身火色，性超邁，歌呼飲酒，怡怡然。每興至，凡朋儕所爲，皆掣亂之爲笑樂，而論當世大事，則目直視，頸皆發赤，以氣加人，人不能堪。會有與君先後起官者，文正公並譽之，君大怒，以爲輕己，遂快快不樂。君於是復乞病假，行有日矣。留書上成親王并當事大僚言時事。成親王以聞。有旨，軍機大臣召問，即日覆奏，落職，交軍機大臣會同刑部治罪，君就逮西華門外都虞司。羣議洶洶，謂且以大不敬伏法。君之友，中書趙君懷玉見君縲絏藉稾坐，大哭投於地，不能言。君笑起謂趙君曰：「味辛，今日見稚存死耶，何悲也？」頃之，承審大臣至，有旨，毋用刑。君聞宣，感動大哭，自引罪奏上。免死，戍伊犁。明年，京師旱。皇上下手詔赦君，在戍所不及百日。自君獲罪至戍還，文正公常調護之，君與文正各盡其道蓋如此。十四年，君以疾終於家，年六十四。君娶於母黨。一子飴孫〔五〕，舉人，候選知縣。次符孫，次胙孫，次齮孫。君學無所不窺，詩文有逸氣。所著《左傳詁》十卷，《比雅》十二卷，《六書轉注録》八卷，《漢魏音》四卷，《乾隆府廳州縣圖志》五十卷，《三國疆域志》二卷，《東晋十六國疆域志》六卷，《詩文集》若干卷行於時。

論曰：敬與君同州，君多遊四方，未得見。後敬居京師廢招提中，君日晡攜大奴叩户入，曰：「聞子居在此，携斗酒隻雞來飲食之，不愈於他日酹墓地乎？」是年，君官侍從，數往來。及出官貴州，敬作縣江表，至竟未一相遇，然君於敬不可謂非深知異待也。君之智力，足以顛倒英豪，激揚權勢，獨於名義所在，壹心專氣，以必赴之，此非經生文士之所能企逮而惜乎！所見止於如此。然君不遇聖主受殊恩，非伏鑕槀街，則襲棺絶域矣。吾州多異才，敬於君尤爲惋歎焉。

原任翰林院編修洪君墓表

榮禄大夫兵部右侍郎無錫秦瀛譔

嘉慶四年，陽湖洪君稚存方官翰林，上書王大臣言事，乞轉奏。奏上，上命軍機大臣鞫問，下於理，擬重辟。上貰其死罪，遣戍伊犁。閲一年，京師旱，特頒詔旨赦之還。君歸又九年，以疾卒于家，年六十有四。

君諱亮吉，初諱蓮，又諱禮吉，字君直，一字稚存，號北江，晚號更生，而稚存之名特著。其先歙人，遷常州武進，今析治爲陽湖人。曾祖璟，拔貢生，山西大同府知府，崇祠名宦。祖公寀，國子生，貤贈承德郎，贅常州趙氏，遂遷於常。父翹，國子生，累贈奉直大夫，娶蔣氏，贈宜人，是爲君妣。君生六歲而孤，母蔣宜人，僑居外家就塾讀書，甚穎慧。每夜，蔣宜人親課之，爲訓解字義，於制舉文字外，并好爲詩歌，輒驚其老輩。年二十四，補縣學附生，旋中本省鄉試副榜。年三十五，始中順天鄉試舉人。又閲十年，爲乾隆庚戌恩科成一甲第二名進士，授編修。壬子充順天鄉試同考官，遽奉視學貴州之命。未散館而爲學政，蓋前此所希有也。君感激知遇，期以文章報國，悉心課士，俾知學既事。還朝，適楚黔有苗民之變，尋教匪煽亂，蔓延秦蜀，會方大考翰詹等官，試題爲《征邪教疏》，君力陳内外弊政數千言，慮紙竟雙行書之。高宗純皇帝方欲用君，而君仲弟靄吉之訃至，君亟陳情移疾歸。無何，先帝登遐。君以奔國喪詣京師。時軍事孔棘，上焦勞特甚，君遂有上書王大臣之事。方君書上，禍不測，旁觀皆危之，而聖主鑒其悃忱，卒用保全其出都門，送者争致饋遺，爲泣下，而君恬然遠行，蓋亦知上求言求治不久，棄君於荒外，而君之戇直得見宥於聖明，實爲千古不易得之遭逢也。

君生平於學無不窺，著述甚多。其刊行者，有《卷施閣集》三十二卷，《更生齋集》二十四卷，《三國東晋十六國疆域志》二十三卷，《乾隆府廳州縣圖志》五十卷。喜遊覽，所志名山水，多見於其詩。又天性過人，事母蔣宜人至孝。母殁，君方在處州，家人先以病告，歸，過郡城之八字橋，得凶問，失足墮河幾死。篤愛其弟，存殁無間。娶蔣氏，封宜人，有婦行，先卒。子：飴孫，舉人。符孫，胙孫，齮孫。女二，嫁娶皆士族。孫：榖曾，宛曾，凱曾，彪曾，序曾。孫女一。君以嘉慶十四年五月十二日卒，以是年十二月二十四日葬於武進縣德澤鄉前橋祖塋之昭。

其同年友，無錫秦瀛爲之表其墓。

洪稚存先生事略

李元度撰

洪先生亮吉，字稚存，陽湖人。生六歲而孤，家貧，以副貢客公卿間。朱學士筠督學安徽，先生從遊最久。旋客浙江學使王文端杰幕中，資館穀養母。母卒，時方按試處州，弟靄吉不敢訃，詭言母疾甚，趣之歸。先生亟行，距家二十里舍舟而徒，方渡橋遇賃僕之父仇三，得家狀，號踴失足落水中，流數里。汲者見髮颺水上，攬之，得人，有識先生者，舁至家，久之乃甦，以不及視含殮，故遇忌日輒不食。

年四十五，成乾隆庚戌進士，賜第二人及第，授編修。明年充石經館收掌官，以舊書《十三經》多譌俗，白總裁，欲更正之，未能從也。壬子，分校順天鄉試，闈中拜視學貴州之命。故事，詞臣未散館無授學政者，異數也。在貴州疏言《禮記》宜以鄭康成注易陳灝，爲部議所格。教士以通經學古爲先，黔士向學，先生有力焉。嘉慶元年，入直上書房。先生初第時，大臣掌翰林院者網羅人才，以傾動聲譽。先生知其無成，於早自異，遂於御試《征邪教疏》内力陳中外弊政，發其所忌。隨引靄吉之喪，以古人有期功去官之義乞病歸。其後，座主朱文正珪有書起之，復入都供職。嘉慶己未，教習庶吉士。先生長身火色，性超邁，歌呼飲酒，怡怡然。每興至，凡朋儕所爲，皆掣亂之，爲笑樂，至論當世大事，則目直視，頸皆發赤，以氣加人，人不能堪。曾有與先生先後起官者，文正公並譽之，先生大怒，以爲輕己，遂邑邑不樂。復乞病，行有日矣。

時川、陝賊未靖，先生欲有所獻替，顧編檢例不奏事，乃上書成親王暨當事大僚，言時事，冀其轉奏。謂故貝子福康安所過繁費，州縣吏以供億，致虛帑藏；故相和珅擅枋時，達官清選，多屈膝門下，列官中外者四十餘人。末復指斥乘輿，有「群小熒惑，視朝稍晏」語。成親王以聞。有旨，軍機大臣召問，即日覆奏，落職，交刑部治罪。先生就逮西華門外都虞司。群議洶洶，謂且以大不敬伏法。其友趙中書懷玉見先生縲絏藉藁坐，大哭投於地，不能言。先生笑起謂趙君曰：「味辛，今見稚存死邪，何悲也？」頃之，承審大臣至，有旨，毋用刑。先生聞宣，感動大哭，自引罪。坐身列侍從，用疑似語訪君父，大不敬，議斬立決，奏上免死，戍伊犁。將軍某妄測聖意，奏請俟君至弊以法，先發後聞。得旨嚴飭，不行。明年，京師旱，詔減釋軍流，不雨。朱文正奏安南黎氏二臣忠於其主，久縶獄，請釋之。又不雨。上乃手詔赦先生，是日沛然雨。遂頒諭，言天人感應之理至捷，誠臣工弗以言爲諱。御製得雨紀事詩，有「亮吉原書無違礙之句，有愛君之誠，實足啓沃朕心，已將其書裝潢成卷，常置座右，以作良規」之注。仁宗之容超臣直越前古，而先生諒節，實能上格天心云。先生在戍所不及百日，自獲罪至戍還，文正公常調護之。既歸，自號更生居士。丁卯，歲大祲。有司勘不成灾，饑民剥樹皮以食，先生力請當道設賑局，捐金爲之倡，所全活數十萬計。性嗜山水，遊嵩、華、黄山，皆躋絶壁題名。家居十餘年卒，年六十有四。

其學無所不窺，詩文有奇氣，少與武進黄景仁仲則齊名，江左號洪黄。仲則客死汾州，千里奔其喪。世有巨卿之目。其後沈研經術，與同邑孫星衍季逑論學相長，人又稱孫洪云。所著《左傳詁》二十卷、《公羊穀梁古義》二卷、《比雅》十二卷、《弟子職箋釋》一卷、《六書轉注録》八卷、《漢魏音》四卷、《乾隆府廳州縣圖》五十卷、《三國疆域志》二卷、《東晉疆域志》四卷、《十六國疆域志》十六卷、《詩文集》共六十四卷，行於世。

（録自李元度《國朝先正事略》卷三十五）

洪亮吉傳

《清史稿》

洪亮吉，字稚存，江蘇陽湖人。少孤貧，力學，孝事寡母。初佐安徽學政朱筠校文，繼入陝西巡撫畢沅幕，爲校刊古書。詞章考據，著於一時，尤精揅輿地。乾隆五十五年，成一甲第二名進士，授翰林院編修，年已四十有五。長身火色，性豪邁，喜論當世事。未散館，分校順天鄉試。督貴州學政，以古學教士，地僻無書籍，購經、史、《通典》、《文選》置各府書院，黔士始治經史。爲詩古文有法。任滿還京，入直上書房，授皇曾孫奕純讀。嘉慶三年，大考翰詹，試《征邪教疏》，亮吉力陳内外弊政數千言，爲時所忌。以弟喪陳情歸。

四年，高宗崩，仁宗始親政。大學士朱珪書起之，供職，與修《高宗實録》，第一次稿本成，意有不樂。將告歸，上書軍機王大臣言事，略曰：「今天子求治之心急矣，天下望治之心孔迫矣，而機局未轉者，推原其故，蓋有數端。亮吉以爲勵精圖治，當一法祖宗初政之勤，而尚未盡法也。用人行政，當一改權臣當國之時，而尚未盡改也。風俗則日趨卑下，賞罰則仍不嚴明，言路則似通而未通，吏治則欲肅而未肅。何以言勵精圖治尚未盡法也？自三四月以來，視朝稍晏，竊恐退朝之後，俳優近習之人，熒惑聖聽者不少。此親臣大臣啓沃君心者之過也。蓋犯顔極諫，雖非親臣大臣之事，然不可使國家無嚴憚之人。乾隆初年，純皇帝宵旰不遑，勤求至治，其時如鄂文端、朱文端、張文和、孫文定等，皆侃侃以老成師傅自居。亮吉恭修《實録》見一日中硃筆細書，折成方寸，或詢張、鄂，或詢孫、朱，曰某人賢否，某事當否，日或十餘次。諸臣亦皆隨時隨事奏片，質語直陳，是上下無隱情。純皇帝固聖不可及，而亦衆正盈朝，前後左右皆嚴憚之人故也。今一則處事太緩，自乾隆五十五年以後，權私蒙蔽，事事不得其平者，不知凡幾矣。千百中無有一二能上達者，即能上達，未必即能見之施行也。如江南洋盜一案，參將楊天相有功駢戮，洋盜某漏網安居，皆由署總督蘇淩阿昏憒糊塗，貪贜玩法，舉世知其冤，而洋盜公然上岸無所顧忌，皆此一事釀成。況蘇淩阿權相私人，朝廷必無所顧惜，而至今尚擁巨貲，厚自頤養。江南查辦此案，始則有心爲承審官開釋，繼則並聞以不冤覆奏。夫以聖天子赫然獨斷，欲平反一事而尚如此，則此外沉冤何自而雪乎？一則集思廣益之法未備。堯、舜之主，亦必詢四岳，詢羣牧。蓋恐一人之聰明有限，必博收衆采，庶無失事。請自今凡召見大小臣工，必詢問人材，詢問利弊。所言可采，則存檔册以記之。倘所舉非人，所言失實，則治其失言之罪。然寄耳目於左右近習，不可也；詢人之功過於其黨類，亦不可也。蓋人材至今日，銷磨殆盡矣。以模稜爲曉事，以軟弱爲良圖，以鑽營爲取進之階，以苟且爲服官之計。由此道者，無不各得其所欲而去，衣鉢相承，牢結而不可解。夫此模稜、軟弱、鑽營、苟且之人，國家無事，以之備班列可也；適有緩急，而欲望其奮身爲國，不顧利害，不計夷險，不瞻徇情面，不顧惜身家，不可得也。至於利弊之不講，又非一日。在内部院諸臣，事本不多，而常若猝猝不暇，汲汲顧影，皆云多一事不如少一事。在外督撫諸臣，其賢者斤斤自守，不肖者亟亟營私。國計民生，非所計也，救目前而已；官方吏治，非所急也，保本任而已。慮久遠者，以爲過憂；事興革者，以爲生事。此又豈國家求治之本意乎？二則進賢退不肖似尚游移。夫邪教之起，由於激變。原任達州知州戴如煌，罪不容逭矣。幸有一衆口交譽之劉清，百姓服之，教匪亦服之。此時正當用明效大驗之人。聞劉清尚爲州牧，僅從司道之後辦事，似不足盡其長矣。亮吉以爲川省多事，經略縱極嚴明，剿賊匪用之，撫難民用之，整飭官方辦理地方之事又用之，此不能分身者也。何如擇此方賢吏如劉清者，崇其官爵，假以事權，使之一意招徠撫綏，以分督撫之權，以蕆國家之事。有明中葉以來，鄖陽多事，則別設鄖陽巡撫；偏沅多事，則別設偏沅巡撫。事竣則撤之，此不可拘拘於成例者也。夫設官以待賢能，人果賢能，似不必過循資格。如劉清者，進而尚未進也。戴如煌雖以別案解任，然尚安處川中。聞教匪甘心欲食其肉，知其所在，即極力焚劫。是以數月必移一處，教匪亦必隨而迹之。近在川東與一道員聯姻，恃以無恐。是救一有罪之人，反殺千百無罪之人，其理尚可恕乎？純皇帝大事之時，即明發諭旨數和珅之罪，並一一指其私人，天下快心。乃未幾而又起吴省蘭矣，召見之時，又聞其爲吴省欽辨冤矣。夫二吴之爲和珅私人，與之交通貨賄，人人所知。故曹錫寶之糾和珅家人劉全也，以同鄉素好，先以摺稾示二吴，二吴即袖其稾走權門，藉爲進身之地。今二吴可雪，不幾與褒贈曹錫寶之明旨相戾乎？夫吴省欽之傾險，秉文衡，尹京兆，無不聲名狼藉，則革職不足蔽辜矣。吴省蘭先爲和珅教習師，後反稱和珅爲老師，大考則第一矣，視學典試不絶矣，非和珅之力而誰力乎？則降官亦不足蔽辜矣。是退而尚未退也。何以言用人行政未盡改也？蓋其人雖已致法，而十餘年來，其更變祖宗成例，汲引一己私人，猶未嘗平心討論。內閣、六部各衙門，何爲國家之成法，何爲和珅所更張，誰爲國家自用之人，誰爲和珅所引進，以及隨同受賄舞弊之人，皇上縱極仁慈，縱欲寬脅從，又因人數甚廣，不能一切屏除。然竊以爲實有真知灼見者，自不究其從前，亦當籍其姓名，於升遷調補之時，微示以善惡勸懲之法，使人人知聖天子雖不爲已甚，而是非邪正之辨，未嘗不洞悉，未嘗不區別。如是而夙昔之爲私人者，尚可革面革心而爲國家之人。否則，朝廷常若今日清明可也，萬一他日復有效權臣所爲者，而諸臣又羣起而集其門矣。何以言風俗日趨卑下也？士大夫漸不顧廉恥，百姓則不顧綱常。然此不當責之百姓，仍當責之士大夫也。以亮吉所見，十餘年來，有尚書、侍郎甘爲宰相屈膝者矣；有大學士、七卿之長，且年長以倍，而求拜門生，求爲私人者矣；有交宰相之僮隸，並樂與抗禮者矣。太學三館，風氣之所由出也。今則有昏夜乞憐，以求署祭酒者矣；有人前長跪，以求講官者矣。翰林大考，國家所據以陞黜詞臣者也。今則有先走軍機章京之門，求認師生，以探取御製詩韻者矣；行賄於門闌侍衛，以求傳遞代倩，藏卷而去，製就而入者矣。及人人各得所欲，則居然自以爲得計。夫大考如此，何以責鄉會試之懷挾替代？士大夫之行如此，何以責小民之誇詐夤緣？輦轂之下如此，何以責四海九州之營私舞弊？純皇帝因内閣學士許玉猷爲同姓石工護喪，諭廷臣曰：『諸臣縱不自愛，如國體何？』是知國體之尊，在諸臣各知廉恥。夫下之化上，猶影響也。士氣必待在上者振作之，風節必待在上者獎成之。舉一廉樸之吏，則貪欺者庶可自愧矣；進一恬退之流，則奔競者庶可稍改矣；拔一特立獨行、敦品勵節之士，則如脂如韋、依附朋比之風或可漸革矣。而亮吉更有所慮者，前之所言，皆士大夫之不務名節者耳。幸有矯矯自好者，類皆惑於因果，遁入虛無，以蔬食爲家規，以談禪爲國政。一二人倡於前，千百人和於後。甚有出則官服，入則僧衣。惑智驚愚，駭人觀聽。亮吉前在內廷，執事曾告之曰：『某等親王十人，施齋戒殺者已十居六七，羊豕鵝鴨皆不入門。』及此回入都，而士大夫持齋戒殺又十居六七矣。深恐西晋祖尚玄虛之習復見於今，則所關世道人心非小也。何以言賞罰仍不嚴明也？自征苗匪、教匪以來，福康安、和琳、孫士毅則蒙蔽欺妄於前，宜緜、惠齡、福寧則喪師失律於後，又益以景安、秦承恩之因循畏葸，而川、陜、楚、豫之民，遭劫者不知幾百萬矣。已死諸臣姑置勿論，其現在者未嘗不議罪也。然重者不過新疆換班，輕者不過大營轉餉；甚至拏解來京之秦承恩，則又給還家産，有意復用矣；屢奉嚴旨之惠齡，則又起補侍郎。夫蒙蔽欺妄之殺人，與喪師失律以及因循畏葸之殺人無異也，而猶邀寬典異數，亦從前所未有也。故近日經略以下、領隊以上，類皆不以賊匪之多寡、地方之蹂躪掛懷。彼其心未始不自計曰：『即使萬不可解，而新疆換班，大營轉餉，亦尚有成例可援，退步可守。』國法之寬，及諸臣之不畏國法，未有如今日之甚者。純皇帝之用兵金川、緬甸，訥親僨事，則殺訥親；額爾登額僨事，則殺額爾登額；將軍、提、鎮之類，伏失律之誅者，不知凡幾。是以萬里之外，得一廷寄，皆震懼失色，則馭軍之道得也。今自乙卯以迄己未，首尾五年，僨事者屢矣。提、鎮、副都統、偏裨之將，有一膺失律之誅者乎？而欲諸臣之不玩寇、不殃民得乎？夫以純皇帝之聖武，又豈見不及此？蓋以歸政在即，欲留待皇上蒞政之初，神武獨斷，一新天下之耳目耳。倘盪平尚無期日，而國帑日見銷磨，萬一支絀偶形，司農告匱，言念及此，可爲寒心，此尤宜急加之意者也。何以言言路似通而未通也？九卿臺諫之臣，類皆毛舉細故，不切政要。否則發人之陰私，快己之恩怨。十件之中，幸有一二可行者，發部議矣，而部臣與建言諸臣，又各存意見，無不議駁，並無不通駁，則又豈國家詢及芻蕘、詢及瞽史之初意乎？然或因其所言瑣碎，或輕重失倫，或虛實不審，而一概留中，則又不可。其法莫如隨閱隨發，面諭廷臣，或特頒諭旨，皆隨其事之可行不可行，明白曉示之。即或彈劾不避權貴，在諸臣一心爲國，本不必避嫌怨。以近事論，錢灃、初彭齡皆常彈及大僚矣，未聞大僚敢與之爲仇也。若其不知國體，不識政要，冒昧立言，或攻發人之陰私，則亦不妨使衆共知之，以著其非而懲其後。蓋諸臣既敢挾私而不爲國，更可無煩君上之迴護矣。何以言吏治欲肅而未肅也？夫欲吏治之肅，則督、撫、藩、臬其標準矣。十餘年來，督、撫、藩、臬之貪欺害政，比比皆是。幸而皇上親政以來，李奉翰已自斃，鄭元璹已被糾，富綱已遭憂，江蘭已内改。此外，官大省、據方面者如故也，出巡則有站規，有門包，常時則有節禮、生日禮，按年則又有幫費。升遷調補之私相餽謝者，尚未在此數也。以上諸項，無不取之於州縣，州縣則無不取之於民。錢糧漕米，前數年尚不過加倍，近則加倍不止。督、撫、藩、臬以及所屬之道、府，無不明知故縱，否則門包、站規、節禮、生日禮、幫費無所出也。州縣明言於人曰：『我之所以加倍加數倍者，實層層衙門用度，日甚一日，年甚一年。』究之州縣，亦恃督、撫、藩、臬、道、府之威勢以取於民，上司得其半，州縣之入己者亦半。初行沿有畏忌，至一年二年，則成爲舊例，牢不可破矣。訴之督、撫、藩、臬、道、府，皆不問也。千萬人中，或有不甘冤抑，赴京控告者，不過發督撫審究而已，派欽差就訊而已。試思百姓告官之案，千百中有一二得直者乎？即欽差上司稍有良心者，不過設爲調停之法，使兩無所大損而已。若欽差一出，則又必派及通省，派及百姓，必使之滿載而歸而心始安，而可以無後患。是以州縣亦熟知百姓之技倆不過如此，百姓亦習知上控必不能自直，是以往往至於激變。湖北之當陽，四川之達州，其明效大驗也。亮吉以爲今日皇上當法憲皇帝之嚴明，使吏治肅而民樂生；然後法仁皇帝之寬仁，以轉移風俗，則文武一張一弛之道也。」

書達成親王，以上聞，上怒其語戇，落職下廷臣會鞫，而諭勿加刑，亮吉感泣引罪，擬大辟，免死遣戍伊犁。明年，京師旱，上禱雨未應，命清獄囚，釋久戍。未及期，詔曰：「罪亮吉後，言事者日少。即有，亦論官吏常事，於君德民隱休戚相關之實，絶無言者。豈非因亮吉獲罪，鉗口不復敢言？朕不聞過，下情復壅，爲害甚鉅。亮吉所論，實足啓沃朕心，故銘諸座右，時常觀覽，勤政遠佞，警省朕躬。今特宣示亮吉原書，使内外諸臣，知朕非拒諫飾非之主，實爲可與言之君。諸臣遇可與言之君而不與言，負朕求治苦心。」即傳諭伊犁將軍，釋亮吉回籍。詔下而雨，御製詩紀事，注謂：「本日親書諭旨，夜子時甘霖大沛。天鑒捷於呼吸，益可感畏。」亮吉至戍甫百日而赦還，自號更生居士。後十年，卒於家。所著書多行世。

（録自趙爾巽等撰《清史稿》卷三百五十六）

（中華書局校點本）

洪亮吉傳

《清史列傳》

洪亮吉，字君直，江蘇陽湖人。六歲而孤，母蔣賢明，督課嚴，風雪夜受經至雞鳴。亮吉純孝，既壯，爲嬰兒戲娱母。家貧，橐筆出遊，節所入養母。及歸，聞母凶耗，慟絶墜水，得救免。三年徹酒肉，不入中門。少工文辭，與同邑黄景仁詩歌唱和，時稱洪黄。後從安徽學政朱筠遊，同幕戴震、邵晉涵、王念孫、汪中等皆通古義，乃立志窮經。家居，與孫星衍相孯摩，學益宏博，時又稱孫洪。

乾隆五十五年，一甲二名進士，授翰林院編修。五十七年，充順天鄉試同考官，即拜貴州學政之命。亮吉以古學教士，黔省僻遠，無書籍，爲購經、史、《通典》、《文選》等，散置各府書院，奏《禮記》宜用鄭氏注，今功令試士，從元陳澔注，舛漏不足闡發經義。未奉部議施行。嘉慶二年，命在上書房行走。三年正月，大考，命擬《征邪教疏》，時川、陜餘匪未靖，亮吉指陳規畫，慷慨數千言。是月，因弟靄吉卒，引古人期功去官之義，病免家居。又明年，高宗純皇帝上賓，亮吉以供奉内廷奔京哭臨。

仁宗親政，詔求直言極諫之士。亮吉念身自微賤，受知兩朝，居侍從之列，欲終不言，則非人臣匪躬之義，言之又慮其不可以徑達也。自聞詔後，不知寢食者累月。一日奮曰：「吾終不可以立仗馬，辜聖天子恩。」乃反覆極陳時政累數千言。略謂故福郡王所過繁費，州縣供億，致虛帑藏。故相和珅擅權時，達官清選或執贄門下，或屈膝求擢。羅列中外官罔上負國者四十餘人，手書爲三函，乞成親王、大學士朱珪、兵部尚書劉權之代奏。上見「視朝稍晏」、「小人熒惑」等語，以爲論及宮禁，震怒，革職對簿，詔：「亮吉讀書人，體弱，毋許用刑。」亮吉感慟伏地。問：「何爲上書？」從容應曰：「庶人傳語，況翰林乎？」王大臣等當亮吉大不敬律，斬立決。奉旨免死，發往伊犂，交將軍保寧嚴加管束。明年二月，亮吉至伊犂。四月，京師旱，上禱雨心切，命清理庶獄。故事，戍伊犂者滿三年，則伊犂將軍入奏，未及期不得上請。自四月二十四日皇上親禱社稷壇之後，經旬尚未得雨。閏四月初三日，奉上諭：「從來聽言爲致治之本，拒諫乃失德之尤。朕從不敢自作聰明，飾非文過，兼聽并觀，惟求一是而已。去年編修洪亮吉既有欲言之事，不自陳奏，轉向成親王及朱珪、劉權之私宅呈送，原屬違例妄爲，經成親王等先後呈進原書，朕詳加披閱，實無違礙之句，仍有愛君之誠。惟『視朝稍晏』、『小人熒惑』等句，未免過激，令王大臣等訊問，擬以重辟，施恩改發伊犂。然此後言事者日見其少，即有言亦論官吏之常事，而與君德民隱休戚相關之實絶無言者。豈非因洪亮吉獲咎，鉗口不敢言，以致朕不聞過，下情復壅，爲害甚鉅！洪亮吉所論，實足啓沃朕心，故銘諸座右，時常觀覽。若實悖逆，亦不能壞法沽名。況皆屬子虛，何須置辨？而勤政遠佞，更足警省朕躬。今特明白宣諭王大臣，并洪亮吉原書，使内外諸臣知朕非拒諫飾非之主，實可與言之君。諸臣倖遇可與言之君而不與言，大失致君之道，負朕求治之苦心矣。仍各殫心竭思，隨時密奏。軍機大臣即傳諭伊犂將軍保寧，將洪亮吉釋放回籍。」是日午刻，皇上硃筆親書諭旨，交軍機頒發中外。午後，同雲密布，即得甘霖。御製得雨敬述詩紀事。御製詩注有「納言克己，乃爲民請命之大端。本日親書諭旨，將去年違例上書發往新疆之編修洪亮吉立予釋回，宣諭中外，並將其原書裝潢成卷，常置座右，以作良規。正在頒發，是夜子時，甘霖大沛，連宵達晝。旋據報，近郊入土三寸有餘，保定一帶亦皆深透。天鑒中誠，捷於呼吸，可感益可畏也。」自闢新疆以來，漢員賜環之速，未有如亮吉者。亮吉遂歸，署其室曰「更生」，表不殺恩。十四年卒，年六十四。

亮吉伉爽有志節，自稱性褊急不能容物，好古人偏奇之行，每惡胡廣《中庸》，不悦孔光、張禹之爲人。生平好學，不以所遇榮枯釋卷帙，嘗舉荀子語爲人戒有暇日。故其學於經、史、注、疏、《説文》、地理，靡不參稽鉤貫，窮日著書，老而不倦。少好《春秋左氏傳》，覺杜《注》望文生義，不遵古訓者十居五六，於是冥心搜録，以他經證此經，以別傳校此傳，寒暑不輟者十年。遵《漢·藝文志》例，分經爲四卷，傳爲十六卷。訓詁則以賈、許、鄭、服爲主，以三家固專門，許則親問業於賈者也。掇及《通俗文》者，服子慎之所注與李虔所續者截然而兩，徐堅《初學記》等所引可證也。地理則以班固、應劭、京相璠、司馬彪等爲主，輔晋以前輿地圖經可信者，亦酌取焉。又舊經多古字古音，半亡於杜氏，而俗字之無從鉤校者又半出此書。因一一依本經與二傳，暨漢唐石經、陸氏《釋文》與先儒之説信而可徵者，逐件校正，疑者闕之，成《春秋左傳詁》二十卷。其他所著有《公羊穀梁古義》二卷、《六書轉注録》八卷、《漢魏音》四卷、《比雅》十二卷、《弟子職箋釋》一卷、《傳經表》二卷、《通經表》二卷、《四史發伏》十二卷、《三國疆域志》二卷、《東晋疆域志》四卷、《十六國疆域志》十六卷、《西夏國志》十六卷、《乾隆府廳州縣圖志》五十卷、《曉讀書齋雜録》八卷、《卷施閣詩文甲乙集》三十二卷、《更生齋詩文甲乙集》十六卷、詞二卷，又有《外家紀聞》二卷、《伊犁日記》二卷、《天山客話》二卷、《北江詩話》六卷。子飴孫、符孫、齮孫。飴孫，字孟慈，嘉慶三年舉人，湖北東湖縣知縣。博極羣籍，聞見既洽，心力尤鋭。撰《世本輯補》十卷、《三國職官表》三卷、《史目表》二卷、《毘陵藝文志》四卷、《青埵山人詩》十卷，又撰《漢書藝文志考證》、《隋書經籍志考證》，皆未成。二十一年卒，年四十四。符孫，字幼懷，撰《齊雲山人詩文集》。齮孫，字子齡，道光十九年舉人，廣東鎮平縣知縣，著有《梁疆域志》四卷、《淳則齋駢文》二卷。

（録自《清史列傳》卷六十九）
（中華書局民國十七年排印本）

洪亮吉傳

江　藩

洪亮吉，字君直，一字稚存。先世居歙縣，祖公寀贅於武進趙氏，至君，籍陽湖。生六歲而孤，依外家讀書，穎悟異常兒。晚自塾歸，母氏篝燈課讀，機聲軋軋，與書聲相間不斷。年十八，祖妣趙及祖相繼下世，君承重，水漿不入口，杖而後起。二十四歲，入學爲附生，與同邑黄秀才景仁爲詩歌相唱和，有時譽，人目爲洪黄。後謁安徽學使笥河先生，受業爲弟子，先生延之校文。時幕下士多通儒，戴編修震、邵學士晉涵、王觀察念孫、汪明經中皆通古義，乃立志窮經。家居與孫君星衍相觀摩，學益進，時人又目爲孫洪。乾隆三十九年甲午科，中本省鄉試副榜。四十一年，母猝病卒，時在浙江學使王文端公杰幕中，得病耗，馳歸里門。有以死告者，大慟，失足落水，遇汲者救甦。既以不得視含斂爲終天之恨，遂絶粒。或喻以毁不滅性，始啜粥，居苫枕凷，不入内，不飲酒食肉，里中稱爲孝子。四十五年庚子科，中式順天舉人。五十五年庚戌石韞玉榜，以第二人及第，授編修，充國史館纂修官。明年，又充石經收掌詳覆官。藩是時館總裁王文端公第，君手定條例，屬藩呈之，公是其説。彭文勤主其事，以爲不然，文端不能與之争也。後文勤自作凡例，文端命藩勘定，駮其秕謬者數十條。文勤大怒，謂藩與君互相標榜。嗟乎，直道之不行也久矣！五十七年壬子科，充順天鄉試同考官，即拜貴州學政之命。黔省僻遠，無書籍，爲購經、史、《通典》、《文選》諸書置各府書院，黔人争知好古，君之教也。奏陳灝《禮記注》乃臆説空言，絶無師法，宜易鄭玄注以試士，格於部議不行。嘉慶元年，充咸安宫總裁，在上書房行走。三年正月，大考翰詹，時教匪充斥，題爲《征邪教疏》，君指陳時事，直書無隱。又在師友前論時事。扼腕歎息，皆以爲狂。君知不容於時，適弟藹吉卒於家，以古人有期功去官者，乃引疾歸。今上親政，修《高宗純皇帝實録》，朱文正公珪薦君，復赴都與修實録。教習庶吉士，與同館議論不合，將乞假歸矣，念今上大開言路，而陳奏者皆無經國之計，身居翰林，又無奏事之責，因陳時政數千言。謂故福郡王所過繁費，州縣供億，致虚藏帑；故相和珅擅權時，達官清選或執贄門下，或屈膝求擢。羅列中外官罔上負國者四十餘人，作書上成親王及朱文正劉相國權之，進呈御覽，有旨革職審擬。對簿時，詞色不撓。王大臣等擬以大不敬律，置重辟，有旨減死，發伊犂。武進趙君懷玉入詔獄慰之，君曰：「昨日念念在西市，今日念念在玉門關矣。」次日，趙君送至廣寧門外，握手黯然，而君神氣自若。將抵戍所，某將軍妄測聖意，奏請俟君至，斃以法，先發後聞，有旨申飭不行。五年四月，京師亢旱，上因久不雨，減釋軍流，不雨；朱文正奏稱安南黎氏二臣忠於其主而久繫獄中，請釋之，又不雨。上乃念君以直言獲罪，立予釋回。是日，甘霖大沛，御製《得雨詩》紀其事。又製《導言納諫論》，言「亮吉原書無違礙之句，有愛君之誠，實足啓沃朕心，并將其書裝潢成卷，常置座右以作良規，以勸言事者毋因亮吉獲咎，鉗口不敢復言。」君以六年歸里，雖蒙編管，而江左名流過君講學問字者無虚日。十二年，常州旱，有司勘不成灾，飢民剥樹皮以食，君請當事率紳士捐資賑濟，所活飢民數十萬，邑人至今稱頌不衰。十四年五月十二日，以疾終，得年六十有四。

君性伉直，疾惡如仇，自謂不能容物。生平好學，嘗舉荀子語「爲人戒有暇日」，所以窮日著書，老而不倦。深嫉浮屠氏之説，詩文中未嘗用彼教語。撰著行於世者：《左傳詁》二十卷、《公羊穀梁古義》二卷、《漢魏音》四卷、《比雅》十二卷、《六書轉注録》八卷、《弟子職箋釋》一卷、《補三國晋書地理志》、《十六國疆域記》、《乾隆府廳州縣志》、《詩文集》若干卷。君在畢尚書沅幕中最久，預修《宋元資治通鑑》，修陝西、河南各州縣志，是以深於史學，而尤精地理沿革所在。嘉慶四年，藩遇君於宣城，論《説文解字》五龍六甲之説及「冕旒」字，不合；君出示所作古文，藩又指摘其用事譌舛。君斷斷强辯，藩曰：「君如梁武之護前矣。」君愠見於色。因藩談次偶及輿縣，君云「在江都」，藩據《文選注》赤岸山之證，當在六合。藩又謂《太平寰宇記》鄧艾石鼈城白水陂事不見於史而已，並未言無此事也。君忽寓書於藩，謂輿縣實在江都，而鄧艾事樂史本之《元和郡縣志》，豈可疑爲無此事者。灑灑千言，反覆辨論。藩不答一字，恐激君之怒耳，豈知益增其怒，遂不復相見矣。今作君傳，潸然淚下，自悔鹵莽，致傷友道，能不悲哉！

（録自江藩《國朝漢學師承記》卷四）

洪更生

（清）平步青撰

《絎石齋紀事稿》有竹汀、淵如、更生贊最佳。竹汀云：「深服六藝言皆醇，靡源不泝開其湮，繼亭林後此一人。」淵如云：「古言奥義隻發濳，通絶代語雕蟲兼，卓哉平反寬其鉗。」更生云：「慕范孟博不負母，西荒歸來益縱酒，三書帝置諸座右。」自注：「恭本御製文初集《導言納諫論》。」庸按：嘉慶四年八月癸亥，上諭：「洪亮吉呈遞成親王書札，語涉不經，全無倫次。書内所稱，如『先法憲皇帝之嚴明，後法仁皇帝之寬仁』等語，妄測高深，意存軒輊，狂謬已極。所稱諂事和珅諸人，如孫士毅、竇光鼐、李綬等早經物故，吴省欽則業經罷斥，蔣賜棨、韓鑅雖尚列朝籍，亦不復嚮用，此外如吴省蘭、胡長齡、汪滋畹等與和珅交涉之處，皆朕所素知。春間將和珅定讞時，已明降諭旨，凡依附和珅者，概不必株連。洪亮吉平日耽酒狂縱，放蕩於禮法之外，儒風士品掃地無餘。至原書三件，除成親王呈進者留以備覽，其呈遞朱珪、劉權之二書，仍著發還，聽其或留或燬可也。」五年閏四月初三乙卯，上諭：「洪亮吉原書，實無違礙之句，仍有愛君之誠，惟言『視朝稍晏』及『小人熒惑』等語，未免過激。洪亮吉所論，實足啓沃朕心，故置諸座右，時常觀覽。洪亮吉釋放回籍，仍行知岳起，留心查看，不準出境。」伏讀聖諭，是成邸所呈進書置諸座右，其遞朱文正、劉文恪二書，業經奉旨發還，雖聽其或留或燬，然必已燬棄不存。衎石之贊，三字微誤。至諸城實入北江彈文，聖訓煌煌，諸家紛紛辨雪，皆未核也。

（録自平步青撰《霞外攟屑》卷一）

關於洪亮吉遣戍的實録

《清實録》

諭内閣：本年正月，朕親政之初，即特頒諭旨，廣開言路，原欲内外臣工各抒所見，指陳利弊，以收兼聽並觀之效。不特事關國計民生，彈劾官吏，俱當直言無隱。即朕用人行政，有能規諫者，如果敷陳得當，朕必虚心採納，特加獎擢，以風勵有位。而半載有餘，條陳政務摺奏，尚不乏人，從未有匡及朕躬者。朕方時深虔惕，不敢稍存滿假之念。昨軍機大臣等，將洪亮吉呈遞成親王書札進覽，語涉不經，全無倫次。洪亮吉身係編修，且曾在上書房行走，若有條奏事件，原可自其封章，直達朕前，或交掌院及素識之大臣代奏，亦無不可。乃洪亮吉輒作私書，呈遞成親王處，並稱有分致朱珪、劉權之三書，因命一併呈閲。書内所稱，如「先法憲皇帝之嚴明，後法仁皇帝之寬仁」等語，洪亮吉以小臣妄測高深，意存軒輊，狂謬已極。又稱「三四月以來，視朝稍晏，恐有俳優近習，熒惑聖聽」等語。朕孜孜圖治，每日召見臣工，披閱章奏，視朝時刻之常規，及宫府整肅之實事，在廷諸臣皆所共知，不值因洪亮吉之語細爲剖白。若洪亮吉以此等語言手疏陳奏，即荒誕有甚於此者，朕必不加之罪責，更當加以自省，引爲良規。今以無稽之言，向各處投札，是誠何心？設成親王等不將各札進呈，轉似實有其事，代爲隱諱矣。且「俳優近習」，究係何人？必有所指。先命軍機大臣向伊訊問，則毫無指據。此外所供各款，亦多出自臆度。爰允軍機大臣等所請，將洪亮吉革職，交軍機大臣會同刑部審訊。而洪亮吉惟自認一時糊塗，信筆混寫，是何言耶？又書内所稱諂事和珅諸人，如孫士毅、竇光鼐、李綬等早經物故，吴省欽則業經罷斥，蔣賜棨、韓鑅雖尚列朝籍，已不復嚮用。此外若吴省蘭、胡長齡、汪滋畹等與和珅交涉之處，皆朕所素知。春間將和珅定讞時，已明降諭旨，凡依附和珅者，概不必株連，豈有因洪亮吉一言，復行追究之理？又如楊天相一案，朕早有所聞，特交費淳等確查，並無冤枉的據，若果有屈抑，則案内參革治罪之陳大用，及現在監禁之林朝相、沈春發等，豈無一言申訴，何待洪亮吉爲之嘵嘵不平乎！又如秦承恩關閉城門不納難民等事，屢經審訊，並詢之陝省文武諸臣，實無其事，是以加恩釋放，給還抄産。惠齡則因其曾經屢獲逆首，降補侍郎，皆有明旨宣示，此等貽誤地方之員，亦必罪至於死，方可加之重典。即如顯肆謗訕之洪亮吉，尚不肯遽抵於法，况封疆大臣，焉有罪狀未明，輒置之重辟乎？此外羅列貪黷諸人，及向軍機章京、章煦求認師生等事，據供皆得自傳聞，漫無確據，更無庸一一根究矣。至洪亮吉肆意妄言，有心誹謗，經軍機大臣會同刑部，照大不敬律，擬以斬決，實屬罪由自取。但朕方冀聞讜論，豈轉以言語罪人？

亦斷不肯爲誅戮言臣自蔽耳目之庸主。今因伊言，惟自省於心，有則改之，無則加勉而已。洪亮吉平日耽酒狂縱，放蕩禮法之外，儒風士品掃地無餘。其訕上無禮，雖非諫諍之臣可比，亦豈肯科以死罪，俾伊竊取直名，致無識者流妄謂朕誅戮言事之人乎！惟近日風氣，往往好爲議論，造作無根之談，或見諸詩文，自負通品，此則人心士習所關，不可不示以懲戒，豈可以本朝極盛之時而輒蹈明末聲氣陋習哉！洪亮吉著從寬免死，發往伊犁，交與將軍保寧嚴行管束。至原書三件，除成親王呈進者留以備覽，雖所陳係毫無影響之事，朕必不因此含怒，以干太和之氣，而阻敢言之風，且可隨時披閱，藉以爲始勤終怠之儆。其呈遞朱珪、劉權之二書，仍著發還，聽其或留或燬可也。所有辨理此案始末，特行通諭中外臣工知也。

（録自《清實録》《仁宗實録》卷五十）

乙卯，諭內閣：從來聽言爲郅治之本，拒諫實失德之大。朕從不敢自作聰明，飾非文過，採擇群言，折中而用，兼聽並觀，惟求一是而已。去年編修洪亮吉，既有欲言之事，不自具摺陳奏，轉向成親王及尚書朱珪、劉權之私宅呈送，原屬違例妄爲。經成親王等先後呈進原書，朕詳加披閱，實無違礙之句，仍有愛君之誠，惟言「視朝稍晏」及「小人熒惑」等句，未免過激。令王大臣訊問，定以重辟，施恩改發伊犁。然自此以後，言事者日見其少，即有言者，皆論官吏之常事，而於君德民隱休戚相關之實絕無言者。豈非因洪亮吉獲咎，鉗口結舌，不敢復言？以致朕不聞過，下情仍壅，爲害甚鉅。洪亮吉所論，實足啓沃朕心，故置諸座右，時常觀覽。若實有悖逆，亦不能壞法沽名，不過違例奔競取巧營求之咎，況皆屬子虛，何須置辯。而勤政遠佞，更足警省朕衷。今特明白宣諭王大臣併洪亮吉原書，使内外諸臣知朕非拒諫飾非之主，爲可與言之君。諸臣幸遇可與言之君而不與之言，大失致君之道，負朕求治之苦心矣。王大臣公看此諭，先行迴奏，仍各殫心竭思，隨時密奏。軍機大臣即傳諭署伊犁將軍大學士保寧，將洪亮吉釋放回籍，仍行知岳起，留心查看，不准出境。

（録自《清實録》《仁宗實録》卷六五）

洪亮吉

番禺張維屏子樹輯

字君直，一字稚存，江南陽湖人。乾隆五十五年賜進士第二人，官翰林院編修，有《卷葹閣集》。

君生六歲而孤，家貧，就外家塾讀書，聰穎出諸同學上。乾隆己丑，年二十四，補縣學生。朱學士筠視安徽學，往從之遊，所交多知名士。始君好詞章，至是迺兼治經。庚子，中順天鄉試舉人。庚戌，成進士，殿試一甲第二名，授翰林院編修。明年充石經館收掌及詳覆官，以舊書《十三經》多譌俗，白總裁欲更正之，未能從也。壬子，充順天鄉試同考官，闈中拜視學貴州之命。故事，未散館翰林，無爲學政者，蓋異數也。在貴州奏請以《禮記》鄭康成《注》易陳澔，爲部議所格。教士敦厲實學。購經、史足本及《通典》《文選》等書，俾諸生誦習。由是黔中之人，爭知好古。丙辰，充咸安宮總裁。丁巳三月，入直上書房。戊午，弟靄吉卒於家，君以古人有期功去官之義，乃引疾歸。己未正月，高宗純皇帝升遐，赴都哭臨。四月，充實録館纂修官，教習庶吉士。八月乞假，擬俟送梓宮後南還。

時川陝之賊未靖，上宵旰焦勞。君目擊情狀，欲有獻替，顧編檢例不奏事，於是上書成親王及座主朱尚書珪、劉尚書權之，冀其轉奏。成親王以原書進呈。大指謂聖躬宜勤政遠佞，臣工多奔競營私，語過激。有旨交軍機大臣與刑部會鞫。讞上，當君大不敬，擬斬立決。特恩免死，發往伊犁，交將軍保寧管束。庚申四月，京師旱。上親書諭旨，釋令回籍，旋得甘雨。御製得雨敬述詩紀事，有「納言克己，乃爲民請命之大端。」及將原書裝璜成卷，常置座右，以作良規之注。計居伊犁甫及百日。自新疆闢後，漢員賜環之速，未有如君者。自此枕葄墳籍，放浪山水者十年，卒得告終家衖。上之成就而安全之者可謂至矣。

君既歸，自號更生居士。好遊，居里中觴飲無虛日。丁卯，吾鄉歲祲，首請當事設局賑濟，而自捐金爲倡，城鄉之民賴以就蘇。君厚於天禀，精力過人，然明恩怨，别是非，少容人量。君嘗語予：「人孰無病，要自有其真耳。君若後吾死，銘誄當必出君手，幸無失吾之真也。」豈知斯言遂爲今日讖哉！詩文涉筆有奇氣，生平所著書凡二百六十餘卷，經傳訓詁、地理沿革，尤所顓門云。嘉慶十四年五月卒，春秋六十有四。（《亦有生齋集》）

君常橐筆游公卿間，節所入以養母。母卒，君時客處州，弟靄吉不敢訃，爲書言母疾甚，促君歸。君亟行，距家二十里舍舟而徒，方度橋，遇賃僕之父仇三，問得家狀，君號踊，失足落水中，流數里，汲者見髮颺水上，攬之，得人，識君者共舁至家，久之方甦。君以不及視含斂，後遇忌日輒不食。（《大雲山房文稿》）

洪常博奇思獨造，遠出常情。五古歌行，傑立一世。早年與仲則齊名，江左時號洪黄。後沈研經術，著書盈篋。與季逑同客最久，論學相長，人又稱洪孫云。夙嗜山水，所遊嵩、華、黄山，皆升絶壁題字乃反。綜其奇蹟，各爲一集。又以至性過人，篤于友誼。暨黄客死，素車千里奔赴其喪，世有巨卿之目。故其贈友諸什，情溢于文。（《吴會英才集》）

稚存少孤失怙，爲母夫人守節教養而成，是以刻意厲行，確苦自持，而於取與尤嚴，蓋古之狷者也。性好山水，如天都華嶽皆登其巔，必縋幽歷險而後已。作文具體魏晋，作詩五言古仿康樂，次仿杜陵；七言古仿太白，然嘔心鏤腎，總不欲襲前人牙慧。至於經史註疏、《説文》地里，靡不參稽鈎貫，蓋非僅以詞章名世者。（《湖海詩傳》）

洪稚存太史志行氣節，儒林引重。余讀《卷葹閣乙集》，朴質若中郎，遒宕若參軍，肅穆若燕公。（《八家四六文鈔》）

稺存先生刻意厲行，希蹤古人。其所爲詩文，脱去恒蹊，直攄胸臆。觀其論好名，謂名可好而不能假，則先生生平直情徑行，鋭於自見之意，亦大略可覩矣。（《聽松廬文鈔》）

國朝駢體文，體格高華，才藻豐贍者，不止數家。若論氣韻之古，無過《卷葹》一集。（《松軒隨筆》）

洪北江詩有真氣，亦有奇氣，時或如飄風驟雨，未免失之太快。（《聽松廬詩話》）

先生未達以前，名山勝遊，詩多奇警。及登上第，持使節，所爲詩轉遜前。至萬里荷戈，身歷奇險，又復奇氣噴溢，信乎山川能助人也。（同上）

「作客二十年，衣食知其難。卑身與周旋，不敢忤世顔。」此洪稺存先生詩也。以先生一代奇才，而猶歎謀食之難，周旋之苦，則世間有才之人而不免奔走衣食，以致消磨壯心，屈抑真氣者，蓋未易更僕數也。然殘杯冷炙，杜老心酸；乞食叩門，陶公語拙。古賢有同慨矣，悲夫！（《松心日録》）

先生詩如「一峰缺處補一雲，人欲出山雲不許。」又「雲光裹地亦裹天，風力飛人復飛馬。」又天山大

雪句云「雲頭直下馬亦驚，白玉闌干八千丈。」皆善狀奇境。（《聽松廬詩話》）

先生絶句有奇情快論者，偶録數首。「大九州藏小九州，大瀛海外水仍流。九州各有開天聖，迭柱乾坤到盡頭。」「一粟先看世界浮，女媧摶土不曾休。自從未有人行日，玉兔金烏已出頭。」「轉覺雙鬟有定評，旗亭聲價一時傾。怪他九級慈恩塔，徧檢都無李杜名。」「都似空中飛鳥過，强分名目費編摩。試將列傳平心看，一代傳人本不多。」「門前三萬六千頃，架上二千四百年。胸次近來無一事，釣竿纔放枕書眠。」（同上）

（録自《國朝詩人徵略》卷五十）

序言

先生曾孫彦哲大令重刊是集當光緒初元間，集資不足，稱貸告竣，迨後仍抵售於人。今本處出資購其原板，歸之公家，以廣流傳。將見嘉惠士林，不脛而走，且益慰博雅者快睹之意。所有助資襄校姓氏概未删除，悉存其舊。

光緒己丑十月，湖北官書處識。